HIMMEL ÜBER LANGANI

Barbara & Stephanie Keating

HIMMEL ÜBER LANGANI

Eine Liebe in Afrika

Roman

Aus dem Englischen
von Ulrike Laszlo und Karin Dufner

Weltbild

Die englische Originalausgabe erschien 2005 unter
dem Titel *Blood Sisters* bei Harvill Press, London.

Besuchen Sie uns im Internet:
www.weltbild.de

Genehmigte Lizenzausgabe für Verlagsgruppe Weltbild GmbH,
Steinerne Furt, 86167 Augsburg

Ein Unternehmen der Droemerschen Verlagsanstalt
Th. Knaur Nachf., GmbH & Ko. KG, München
Übersetzung: Ulrike Laszlo und Karin Dufner
Umschlaggestaltung: Atelier Seidel, Teising
Umschlagmotiv: Atelier Seidel, Teising
Gesamtherstellung: Bagel Roto-Offset GmbH & Co.KG, Schleinitz
Printed in the EU

ISBN 978-3-8289-9052-4

2010 2009 2008 2007
Die letzte Jahreszahl gibt die aktuelle Lizenzausgabe an.

Für die Kanisas

Prolog

Er war über zwei Stunden gelaufen, und nun ging sein Atem stoßweise und keuchend. Sein Körper war schweißgebadet. Rinnsale liefen ihm an der Brust hinunter über verkrustetes Blut. Sie rannen unter die Perlenbänder an seinen Armen und Handgelenken, die Kupferreifen an den Beinen und den ledernen Lendenschurz, sein einziges Kleidungsstück. Aus dem Busch drangen von allen Seiten Geräusche von Tieren auf der Jagd nach Beute. Durch die afrikanische Nacht hallte das laute heisere Brüllen eines Löwen, der nach seiner Gefährtin rief, und das irre Kichern einer Hyäne. Aus der Ferne ertönte das Stampfen einer Büffelherde, die von ihren Weidegründen zum Fluss trabte. Der Krieger nahm nichts davon wahr. Er hörte nur seinen röchelnden Atem, der heftig ein- und ausströmte, und den Schrei, der immer noch in seinen Ohren klang.

Auf dem Schlachtfeld hätte sich nur einer befinden sollen, ein Mann, der schrie und um Gnade winselte. Aber er war bis zum Schluss stumm geblieben. Nur sein Blick hatte die Verachtung für seinen Henker verraten, bis der Krieger dieses Verdammnisurteil nicht länger ertragen konnte und es mit seinem blutigen Messer für immer auslöschte. Er hatte nicht damit gerechnet, dass so viel Blut fließen würde oder dass er den schweren, süßlichen Geruch die ganze Zeit über in der Nase haben würde. Sein gesamter Körper schien danach zu stinken, als er davonrannte. Gewiss konnte ihn jedes Raubtier im Busch riechen. So wie die Hyäne mit dem übel riechenden Atem und dem verfilzten, getüpfelten Fell. Angezogen von dem Geruch des Todes und der Aussicht auf

Fleisch und Knochen, war sie durch den Busch herangeschlichen.
Er hätte es zulassen sollen, dass die Hyäne die Frau tötete. Mit ihrem Erscheinen hatte er nicht gerechnet. Sie konnte sich nicht wehren. In dem Moment, als er sah, wie sie begriff und ihre Augen sich weiteten, hatte die Hyäne zum Sprung angesetzt. Er hatte seinen Speer geworfen, hatte gesehen, wie die Waffe traf und das Tier stürzte. Dann fiel die Frau zu Boden, und als sie aufschrie, wusste er, was sie gesehen hatte. Auch er konnte es sehen, ganz gleich, in welche Richtung er seinen Kopf drehte. Die Leiche des Manns lag ausgestreckt auf der Erde, Arme und Beine weit gespreizt, die Genitalien abgeschnitten und in den stummen, vor Schmerz aufgerissenen Mund gesteckt, der Bauch aufgeschlitzt, sodass seine Eingeweide auf den Boden quollen, die Augenhöhlen blicklos in der Dunkelheit dem Mond zugewandt. Noch lange Zeit nachdem er von dem Opferplatz geflohen war, sah der Krieger dieses Bild vor sich und hörte das Schreien. Er hatte seinen Speer im Nacken der Hyäne stecken lassen und sich in den umliegenden Busch geschlichen, wobei er seine Spuren auf die Art verwischte, wie sein Volk es tat. Bald schon würden Fährtensucher hinter ihm her sein und von der Hügelkette aus Ausschau nach Zeichen halten, die ihnen verrieten, in welche Richtung er sich gewandt hatte.
Zuerst war er von einer wilden Begeisterung erfüllt gewesen – er hatte sich unbesiegbar gefühlt. Seine Suche war erfolgreich gewesen, er hatte seinen Schwur erfüllt. Er spürte die Wirkung des *bhang*, des Marihuanas, das er vor dem Ritual zu sich genommen hatte. Noch immer jagte es durch seinen Körper und ließ farbenprächtige, geheimnisvolle Szenen vor seinen Augen entstehen. Er empfand keine Schmerzen, als er die Luft tief in seine glühende Kehle sog. Sie brannte in seinen Lungen, um dann pfeifend und mit schäumendem Speichel vermischt durch seine zusammengepressten Zähne wieder hinauszufahren. Sein

Herz pochte heftig und übertönte die Geräusche hinter ihm, die er nur noch als entferntes Summen wahrnahm. Er erreichte dichtes Unterholz und lief an dessen Rand entlang, um dann auf einen felsigen Vorsprung zu klettern, wo seine Verfolger seine Fußspuren verlieren würden. Nun ging er den Weg langsam zurück, wobei er in seine eigenen Fußstapfen trat, bis er zu einem anderen Abschnitt des Buschwerks gelangte. Ohne auf die Dornen zu achten, ging er in die Hocke und schlüpfte in das Dickicht. Die Droge verschaffte ihm einen anderen Blickwinkel, so als befände er sich in großer Höhe und könne sich selbst unter den Büschen kriechen sehen, in wellenförmigen Bewegungen wie eine Schlange, bis er an der anderen Seite des dichten Unterholzes auftauchte. Seine Haut war zerkratzt, und das hervorquellende Blut vermischte sich mit dem Blut seines Opfers, das seinen Körper bedeckte. Er machte keinen Versuch, es abzuwischen.

Er hatte sich bewährt, hatte den Feind getötet. Der große Gott Kirinyaga war jetzt sicher beschwichtigt. Er hatte die Geister seiner Vorfahren versöhnlich gestimmt und den Geist seines Vaters besänftigt. Er richtete sich auf, drehte sich um und verschwand im Wald. Dabei achtete er darauf, die Trampelpfade der Tiere zu umgehen. Auf einer von der Hügelkette weit entfernten Lichtung blieb er stehen, zufrieden, weil er seine Spuren zur Genüge verwischt hatte. Seine Hände zitterten, als er den kleinen Lederbeutel von dem Lederriemen an seiner Hüfte löste, etwas von dem dunklen Pulver auf die Handfläche klopfte und es tief in beide Nasenlöcher sog. Der erneute Adrenalinstoß war so heftig, dass sein Körper erzitterte. Wieder setzte er sich in Bewegung und lief mit großen Schritten durch die Nacht, hinaus aus dem Wald und am Rand der Steppe entlang zu seinem nächsten Zufluchtsort. Noch zweimal blieb er stehen, um sich einen weiteren Energieschub aus dem Lederbeutel zu holen. Doch dann war alles aufgebraucht, und der Weg zu seinem Ziel war noch weit.

Die Schreie in seinem Kopf waren wieder da. Blitzartig auftauchende Erinnerungen behinderten seine Sicht und ließen ihn auf dem unebenen Boden stolpern. Der Blutgestank des toten Mannes war in seine Lungen eingedrungen. Ihm war, als ob er mit jedem Atemzug den Tod seines Opfers einatmete. Jetzt nahm er um sich herum Gestalten im Schatten wahr. Hyänen. Sie liefen hinter ihm her. Verfolgten ihn. Er glaubte, sie ebenfalls riechen zu können, aber es konnte auch der Gestank des Tieres sein, das er mit dem Speer getötet hatte. Oder der üble Geruch des Opferbluts, das durch die Hitze seines eigenen Körpers geronnen war. Einen Moment lang meinte er in einiger Entfernung vor sich ein Feuer aufflackern zu sehen. In seiner Einbildung bewegten sich Figuren in dem roten Licht, und in seinen Nasenlöchern hing der Gestank von verbranntem Fleisch. Er schlug einen Haken, denn er wollte nicht sehen, wer das Feuer entfacht hatte oder was dort verbrannte. Das Bild verblasste.

Langsam schwand die Dunkelheit, und in dem Übergang zwischen Nacht und Dämmerung, wo die Welt grau und verschwommen erschien, wusste er nicht mehr genau, was Wirklichkeit war und was nicht. Er befürchtete, dass er unfreiwillig in die Welt der Geister gelangt war und den Weg zurück nicht mehr finden würde. Er hätte die Hyäne nicht töten sollen. Sie war gekommen, um den Geist des Mannes zu verschlingen, und er hatte sie von ihrem Dienst abgehalten. Die Hyäne und der Tote wanderten auf dem Pfad der Geister. Sie suchten ihn. Sie witterten das Blut an seinem Körper. Panik stieg in ihm auf, und er beschleunigte seinen Schritt. Ein Zweig schlug ihm ins Gesicht. Er spürte, wie sein Kopfschmuck herunterfiel, doch er widerstand dem Drang, stehen zu bleiben und ihn aufzuheben. Er war jetzt ein wahrer Krieger, gleichgültig, ob er den Kopfschmuck aus Federn und Perlen trug oder nicht.

Er hörte, wie ein zweiter Schrei den ersten übertönte. Er begriff, dass dieser aus seinem eigenen Mund kam, als er das

Feuer wieder sah. Dieses Mal war es direkt vor ihm. Und es war echt. Daneben stand ein Mann und häutete mit einem *panga*, einem großen Messer mit flacher Klinge, einen Buschbock. Der Krieger sah die Klinge im Feuerschein blitzen. Keuchend blieb er stehen. Niemand durfte ihn sehen, niemand durfte wissen, dass er auf seinem Weg hier vorbeigekommen war. Der Mann wich zurück und starrte ihn erschrocken an. Ein Jäger. Er hatte Reisig gesammelt und ein Feuer entfacht, um sich vor den wilden Tieren zu schützen, doch nun stand er einem viel gefährlicheren Feind gegenüber. Neben ihm auf der Erde lag ein kurzer Speer. In seiner Panik bückte er sich, um ihn aufzuheben, als der Krieger ihn mit gefletschten Zähnen ansprang und mit seinem Messer zum ersten Mal zustach.

In der Ferne jaulten und kicherten die Hyänen, riefen sich gegenseitig die Neuigkeit zu. Hier floss Blut. Bald würde es ein Festmahl geben. Als die ersten Lichtstrahlen die Landschaft erhellten, zeigten sie sich. Die Luft war erfüllt von ihrem Geknurre und Gezänk, dem Geräusch schnappender Kiefer und knackender Knochen, als sie ihre Zähne in den frischen Kadaver gruben.

Kapitel 1

Kenia, Juli 1957

Die Schulglocke läutete, doch das Mädchen blieb in der Auffahrt stehen. Früher oder später würde man sie vermissen. Und dann würde es wieder Ärger geben. Aber vielleicht würde der Wagen auch durch das Tor fahren, bevor man ihr Fehlen bemerkte, und dann war alles gut. Während des ganzen Morgens hatte sie durch das Fenster des Klassenzimmers Ausschau gehalten, bis man sie getadelt hatte. Nach dem Unterricht war sie die Auffahrt hinuntergeschlichen und hatte einen Platz gesucht, wo man sie von den Schulgebäuden nicht sehen konnte. Es war ein strahlender Nachmittag. Nach den Wolkenbrüchen am Tag zuvor segelten nur wenige Wölkchen hoch oben an dem verwaschenen blauen Himmel. Vielleicht hatten der Regen und die schlammigen Straßen die Fahrt verzögert.

Sarah Mackay hielt den Blick fest auf die ungeteerte Straße gerichtet. Die rote Erde war immer noch feucht, und die blauen Eukalyptusbäume, die die Straße säumten, schwankten und zitterten im Wind. Sie liebte diese Wächter des Plateaus mit der silberfarbenen Borke, die hier in 2400 Metern über dem Meeresspiegel wuchsen. Nachts wisperten und seufzten sie, wenn sie in ihrem schmalen Bett im Schlafsaal lag und davon träumte, an der Küste zu sein, daheim in Mombasa, fast fünfhundert Meilen entfernt.

Nach dem Ruf der Glocke hatte sich der Spielplatz geleert. Ein merkwürdiges Gefühl der Verlassenheit überkam sie, als hätte sich die Welt rasch ohne sie weitergedreht und sie würde sie nie wieder einholen können. Vielleicht würde sie jahrhundertelang in einer Zeitfalle festsitzen und auf ein Auto warten, das niemals kommen würde. Sie hatte die stämmige Figur und das zerzauste Erscheinungsbild ihres Vaters geerbt. Ihre Kleidung wirkte immer zerknittert, gleichgültig, was sie damit anstellte. Sarah begann zu singen, um ihr Unbehagen zu unterdrücken. Sie war ein kräftiges Mädchen mit einem runden Gesicht und haselnussbraunen Augen und ziemlich klein für ihre dreizehn Jahre. Das Singen half ihr, Kummer und Einsamkeit zu verdrängen, bis sie nichts mehr davon spürte. Sie wusste, dass sie ein Naturtalent war. Manchmal sang sie bekannte Lieder, aber oft dachte sie sich eine Melodie und einen geheimen Text dazu aus, nur für sich selbst. Es war wie Fliegen – man wusste nie, ob man bei der nächsten Zeile tief sinken, in die Höhe schießen oder auf einer dieser langen, beglückenden Noten landen würde, die man als perfektes Ende empfand. Doch dieses Lied wollte sich einfach nicht auflösen. Also brach sie ab und ahmte den Ruf einer Golddrossel nach, die am Rand der Auffahrt in einer Akazie saß. Erfreut hörte sie, dass der Vogel ihr mit einem Pfiff antwortete. Doch er weigerte sich, das Schwätzchen fortzusetzen, und flog davon, um Jagd auf Insekten zu machen. Sie sprach gern mit Tieren. Insgeheim lächelnd führte sie eine imaginäre Unterhaltung mit einem Warzenschwein und stieß dabei einige Grunzlaute aus.

Der Sonne sank. In der abendlichen Kühle wehte der Geruch eines Feuers heran, das für die Nacht angefacht wurde. Allmählich wurde Sarah hungrig. Die Straße hinter der Schule erstreckte sich meilenweit durch Weizenfelder bis zu der dunklen Baumlinie am Rand der Klippe. Wenn sie ausritt, beugte sie sich gern aus dem Sattel herab und sammelte Samen und Beeren ein. Später flocht sie dann mit einem Draht ein Armband oder eine Halskette daraus. Ihre selbst gebastelten Schmuckstücke waren sehr gefragt. Im Augenblick arbeitete sie an einem Geburtstagsgeschenk für ihre beste Freundin. Sarah mochte Camilla Broughton-Smith, obwohl sie immer alles im Griff hatte, im Unterricht zu den Besten gehörte und äußerst umschwärmt war. Ihr Vater war ein wichtiger Mann und ebenfalls sehr beliebt. Vielleicht lag das in der Familie. Sie waren zur gleichen Zeit ins Internat gekommen, und an diesem ersten Abend war Sarah untröstlich gewesen und hatte stundenlang geweint, nachdem der Wagen ihrer Eltern am Ende der langen Auffahrt verschwunden war. In den folgenden Tagen hatte sich das Gefühl der Einsamkeit noch verstärkt. Die anderen Mädchen hatten sich über ihr Heimweh lustig gemacht und über den gekürzten Saum ihrer Schuluniform und die neuen, viel zu stark glänzenden Schuhe gespottet. Camilla war ihr zu Hilfe gekommen, hatte die Möchtegern-Tyrannen verächtlich abgefertigt, ihr angeboten, bei den Hausaufgaben zu helfen und ihr etwas von ihrer beeindruckenden Wochenendgarderobe zu leihen. Camillas Füller lief niemals aus, nie verschmierte er ihre Finger oder ihre Schulbluse. Ihre Hefte waren so ordentlich wie ihr Schrank. Probleme, die andere zum Weinen brachten, tat sie beiläufig ab. Manchmal sagten die Lehrer, dieses Mädchen sei für ihr Alter unnatürlich hart, und wenn diese Fassade eines Tages zerbräche, würde das verheerende Folgen haben. Sarah wünschte, sie hätte ebenfalls eine so harte Schale mitbekommen.

Sie sah zu dem sich verdunkelnden Himmel hinauf. Wenn nach dem Tee jemand losgeschickt würde, um sie zu suchen, würde sie in großen Schwierigkeiten stecken. Das konnte ebenso schlimm werden wie an dem Tag, als sie eine Ringelnatter gefunden und im Klassenzimmer freigelassen hatte. Hannah van der Beer hatte sie verraten. Sie hatte zu Sarah hinübergesehen und die Hand vor ihren breiten, lachenden Mund geschlagen, als Schwester Evangelis kreischend von ihrem Stuhl aufgesprungen war. Hannah mit ihrem dichten flachsfarbenen Haar, der lauten Stimme und dem breiten Akzent. Insgeheim beneidete Sarah das afrikaanse Mädchen um ihre überhebliche Art. In ihrer Gegenwart bekam man Minderwertigkeitskomplexe und fühlte sich wie ein Schwächling. Die

Buren, hatte ihr ihre Mutter erklärt, waren Menschen holländischer Abstammung aus Südafrika. Sie waren zur Jahrhundertwende hergekommen, mit ihren Planwagen bis in das Hochland Kenias gezogen und hatten dort im Buschland ihre Farmen angelegt.

Sarahs Gedanken schweiften ab, als sie in der Ferne eine Staubwolke entdeckte. Ein Auto näherte sich. Ihre Aufregung wuchs zu einem überwältigenden Glücksgefühl, als der Wagen, ein Komet mit einem Schweif aus Staub, in Sichtweite kam. Ja! Der graue Mercedes verlangsamte die Fahrt und bog in die Auffahrt ein. Ihr Gesicht strahlte, ihre Augen glänzten. Sie breitete die Arme aus, als sie ihrer Mutter entgegenlief. Sie hatte die Stunden gezählt, die die Fahrt von Nairobi hierher dauern würde, wo Betty Mackay die letzte Nacht verbracht hatte. Die Schule lag auf halbem Weg zwischen ihrem Zuhause an der Küste und der Hauptstadt Ugandas, wo ihr Vater Raphael an einer Ärztekonferenz teilnahm. Sarah hatte die Erlaubnis erhalten, zwei Nächte bei ihrer Mutter im Country Club zu verbringen und wie eine Tagesschülerin morgens zur Schule zu kommen. Genau wie Hannah van der Beer.

»Mum! Mum!«, rief sie ihrer Mutter zu. Der Wagen hielt. Die Tür öffnete sich, und jemand stieg aus. Sarah blieb verwirrt stehen. Das war nicht ihre Mutter.

»Mum?« Die Sonne blendete sie, und sie konnte nicht erkennen, wer diese Person war. Die Stimme, die ihr antwortete, war von dem breiten Akzent Südafrikas gefärbt.

»Ich fürchte, ich bin wohl nicht die Richtige, Liebes. Ich bin Hannah van der Beers Mutter. Weißt du, wo sie steckt? Ich komme zu spät, um sie abzuholen.«

Peinlich berührt bemerkte Sarah, dass Hannah bereits auf das Auto zukam. Der Wagen sah aus wie der der Mackays, nur dass er ein anderes Nummernschild und eine Beule im vorderen Kotflügel hatte. War das Burenmädchen schon hier gewesen, als sie unbekümmert vor sich hin gesungen und kindische

Tierlaute ausgestoßen hatte? Sarah lief purpurrot an. Wie konnte sie das nur ungeschehen machen? Sie begann etwas zu murmeln und bemühte sich, nicht in Tränen auszubrechen.
»Es tut mir Leid. Meine Mutter kommt heute. Von der Küste. Von zu Hause. Sie hat einen Wagen der gleichen Marke. Ich dachte, Sie wären sie. Ich meine, ich dachte, sie wäre Sie ...«
Sarah war so beschämt, dass sie weder Mrs. van der Beer noch ihrer Tochter in die Augen schauen konnte. Sie rannte die Auffahrt zu den Schulgebäuden hinauf. In dem viereckigen Innenhof lehnte sie sich gegen eine Wand, ein Häufchen Elend. Hannah würde allen erzählen, was geschehen war. Und die ganze Klasse würde über sie lachen. Da war sie sich sicher. Aber wenn man überleben wollte, durfte man niemandem zeigen, dass man verletzt war – niemals. Das war Regel Nummer eins. Jemand stand neben ihr und redete auf sie ein.
»Hörst du mich? Ich habe dich überall gesucht«, wiederholte Camilla Broughton-Smith. »Wo warst du?«
»Ich habe auf der Auffahrt gewartet.« Sarah versuchte, ihre lähmende Niedergeschlagenheit abzuschütteln.
»Deine Mutter hat angerufen. Ein Stein hat die Windschutzscheibe ihres Wagens zerbrochen. Sie lässt sie in Nakuru reparieren und wird morgen Mittag hier sein. Na, komm schon! Meine Güte, davon geht die Welt nicht unter!«
Sarah zwang sich zu einem Lächeln. Sie konnte nicht erklären, warum sie so deprimiert war. Denn eigentlich verstand sie es selbst nicht. Sie hatte sich zum Narren gemacht, und morgen würde sich Hannah van der Beer köstlich über ihre Eigenheiten amüsieren. Vielleicht sollte sie allen von ihrem beschämenden Irrtum erzählen und versuchen, ihn mit einem Lachen abzutun. Verzweifelt starrte sie Camilla an und zuckte dann die Schultern.
»Danke für die Nachricht. Ich sollte jetzt besser meine Hausaufgaben machen.«

Der graue Mercedes fuhr durch die Tore der Klosterschule. Hannah van der Beer beobachte, wie die Spielwiesen und die blauen Eukalyptusbäume im Farbenspiel von Licht und Himmel wie ein Stillleben am Fenster vorbeizogen. Sie dachte an Sarah Mackay, die vor Publikum singen und tanzen konnte, gut zeichnete, die Laute jedes Tieres nachahmen konnte, wenn sie wollte, und mit ihren Händen wunderschöne Dinge bastelte.

Und ich bin ein großes, vorlautes afrikaanses Mädchen mit Schuhgröße 39, dachte Hannah. Ich weiß, dass alle mich hinter meinem Rücken *yaapie* nennen. Niemand sieht mich als Italienerin, wie Ma.

Carlotta van Beer stammte aus einer italienischen Familie in Johannesburg, aber ihr Mann war Afrikaaner und nannte sie immer Lottie. Hannah drehte den Kopf und betrachtete das geradlinige Profil ihrer Mutter, das dunkle, zu einem Knoten aufgesteckte Haar, die sonnengebräunten aufgerauten Finger, die das Lenkrad umfassten. Sarah Mackays Mutter war blond und hübsch. Sie trug schöne Kleider und hatte zarte Hände, denen man ansah, dass sie sicher keine Hausarbeit verrichtete.

»Wer war das?«, fragte Lottie.

»Ein Mädchen aus meiner Klasse.«

»Kommt sie von weit her?«

»Mombasa. Sie haben ein Haus an der Küste«, antwortete Hannah. Sie konnten von ihrem Garten aus direkt an einen weißen Sandstrand mit Palmen gehen. Einmal hatten die van der Beers Urlaub am Meer gemacht, und Hannah wäre am liebsten nie wieder nach Hause zurückgekehrt.

»Das ist ein weiter Weg.« Lotties Stimme klang nachdenklich. »Es muss schwer sein, wenn man so weit weg von zu Hause ist. Wäre es nicht nett, sie an einem Wochenende zum Mittagessen einzuladen?«

»Was? Du meinst, wir sollten sie auf die Farm einladen? Zum

Mittagessen bei uns?« Hannah war Tagesschülerin. Eigentlich eine Außenstehende. Sarah wohnte im Internat, und ihre Eltern kamen aus England oder vielleicht aus Irland – jedenfalls aus Europa. Das war etwas ganz anderes. Die Afrikaaner hatten wenig Kontakt zu britischen Kolonialbeamten oder den englischen Farmern. Und ihr Bruder würde Sarah vielleicht hänseln oder irgendeinen Unfug treiben, wenngleich ihn ihre Imitationen von Tierlauten sicher beeindrucken würden. Allerdings hatte Sarah selbst einen Bruder, also wäre das wohl nicht so schlimm. Aber wenn die Farm in ihren Augen zu primitiv war, würde sie das allen in der Klasse erzählen, und Hannah wäre mehr denn je eine Außenseiterin. Sie seufzte. Was für eine schwierige Entscheidung!

»Na?« Lottie war erstaunt über das lange Schweigen ihrer Tochter. »Was hältst du davon?«

»Ich denke, wir könnten sie fragen. Aber ich bin nicht sicher, ob sie kommen wird.«

In den folgenden drei Wochen suchte Hannah nach einer Gelegenheit, um ihre Einladung auszusprechen. Aus irgendeinem Grund redete Sarah Mackay kaum mit ihr und schien sie sogar zu meiden. In Wahrheit hatte Hannah unter den Internatsschülerinnen keine richtige Freundin, obwohl sie schon seit zwei Jahren die Klosterschule besuchte. Diese Mädchen schienen aus einer Welt zu kommen, in der die Tochter eines afrikaansen Farmers der dritten Generation nichts zu suchen hatte. Sie stammten aus Familien, deren Wurzeln in weit entfernten Orten wie London oder Dublin lagen, oder irgendwo in den so genannten »Home Counties«. Alle waren auf Landsitzen oder in Stadthäusern aufgewachsen und würden irgendwann dorthin zurückkehren. Schließlich, an einem späten Nachmittag, entdeckte Hannah Sarah im Kunstsaal, wo sie gerade allein eine Kohlezeichnung fertig stellte.

»Das ist gut, Sarah! Ich wünschte, ich könnte so gut zeichnen.«

»Das stimmt noch nicht ganz.« Stirnrunzelnd beugte sich

Sarah über das Papier. Ihre Wange war mit Kohle verschmiert, und ihre Hände fuhren ungeduldig über die Zeichnung, während sie sich mühte, die Schattierungen mit den Fingerspitzen besser herauszuarbeiten.

»Zeichnest du gern Landschaften? Ich meine, im Buschland, mit Bäumen und Tieren, wie bei uns auf der Farm.«

»Eigentlich nicht.« Sarah sah nicht einmal auf. »Zurzeit konzentriere ich mich auf Porträts, wie du siehst.«

Hannah fühlte sich vor den Kopf gestoßen. Sie würde eine andere Gelegenheit finden müssen, um ihre Einladung auszusprechen. Manchmal fragte sie sich, warum man sie überhaupt auf die Klosterschule geschickt hatte. Alle anderen Töchter der afrikaansen Farmer besuchten die Kikoma Schule, die Mädchen und Jungen aufnahm und in keiner Hinsicht religiös geprägt war. Hannah erinnerte sich, wie sie im Wohnzimmer von ihrem Lieblingsplatz am Fenster aus, verborgen hinter den schweren Vorhängen, die Diskussion belauscht hatte.

»Das ist etwas anderes, Jan«, hatte Lottie sehr bestimmt erklärt. »Bei Piets Erziehung hattest du das Sagen. Er besuchte die Kikoma-Schule und hat sich dort gut gemacht. Er ist stark und klug und sehr selbstständig. Aber Hannah ist nicht so, auch wenn sie äußerlich so wirkt. Und ich bin kein Afrikaaner wie du. Ich möchte, dass unsere Tochter mit verschiedenen Arten von Menschen verkehrt, damit sie etwas anderes kennen lernt als die engstirnige Denkungsart deiner düsteren holländischen Reformisten.«

»Piet ist nicht engstirnig. Und auch nicht düster.«

»Er verbringt seine gesamte Freizeit mit uns.« Lottie tat seine Worte mit einer ungeduldigen Geste ab. »Du darfst nicht vergessen, dass Piet fünf Jahre lang ein Einzelkind war, bis Hannah zur Welt kam. Er genoss all unsere Aufmerksamkeit, und wir sind aufgeschlossener als viele unserer Nachbarn.«

»Also können wir auch Hannah zu einem aufgeschlossenen

Menschen erziehen. Ohne unsere ganzen Ersparnisse für diese Schule auszugeben.«

»Nein, Janni. Für Hannah ist die Klosterschule die beste Wahl. Die Nonnen vermitteln den Mädchen eine Erziehung, die sie in Kikoma nicht erhalten würde. Alle bezeichnen diesen Ort als *heifer boma,* als Koppel für Kühe, und ich fürchte, sie haben Recht.«

»Deine Freundin Katja van Rensburg sollte besser nicht hören, wie du von ihren Töchtern sprichst.« Jan lachte. Seine Frau war wunderschön, wenn sie sich aufregte. Ihre olivenfarbige Haut färbte sich rosig, und das italienische Temperament blitzte in ihren Augen auf, wenn sie gestenreich ihren Standpunkt bekräftigte. »Es ist ein Internat, Lottie. Du willst doch sicher nicht, dass Hannah dort wohnt, obwohl ihr Zuhause nur zehn Meilen entfernt liegt?«

»Nein, natürlich nicht. Sie nehmen auch Tagesschülerinnen auf. Es gibt ungefähr zwanzig aus der Stadt, die ...«

»Das sind Töchter von Regierungsbeamten und Ärzten und all diesen Geschäftsleuten und englischen Farmern. Ich weiß ja, dass du mit einigen ihrer Frauen befreundet bist. Aber unsere Familie ist anders.« Jan sog an seiner Pfeife. »Es wird ihr schwer fallen, sich in der Klosterschule einzuleben. Alle gehören irgendwo anders hin. Vor allem in diesem Alter. Hannah wird nicht den Rest ihres Lebens mit Briten oder mit deinen Verwandten in Johannesburg verbringen. Sie ist eine Afrikaanerin, und ich möchte, dass sie stolz darauf ist.«

»Sie sollte sich bei beiden Seiten ihrer Familie wohl fühlen, Janni, und später im Leben die Freiheit der Wahl haben.« Lottie küsste ihn auf die Stirn. »Ich bin dafür, dass sie diese Klosterschule besucht. Das wünsche ich mir. Bitte melde sie an und begleite mich zu einem Gespräch mit der Mutter Oberin. Das ist fürs Erste alles, was ich will.«

»Woher sollen wir das Geld nehmen?«, fragte Jan. »Die Klosterschule ist sehr teuer. Wir müssten einen Teil unserer Ersparnisse dafür aufwenden. Und wenn eine Trockenperiode kommt oder unser Vieh von der Rinderpest befallen wird? Oder wenn wir einen neuen Traktor brauchen? Was dann?«

»Unsere Tochter ist wichtiger als ein neuer Traktor«, erklärte Lottie. »Wir können ihr nicht die bestmögliche Schulausbildung vorenthalten, weil wir uns vor irgendwelchen Dingen fürchten, die vielleicht niemals eintreffen werden.«

Jan beschloss, nachzugeben und Zeit zu sparen. »Du kannst die Vereinbarungen selbst treffen. Ich werde nicht irgendeiner Mutter Oberin meine Aufwartung machen. Für mich ist die Sache erledigt.«

Zwei Jahre später war Hannah überzeugt, dass ihr Vater wohl Recht gehabt hatte. Sie gehörte nicht in die Klosterschule, wo sie immer noch keine richtigen Freundinnen gefunden hatte. Doch in Sport war sie hervorragend. An einem Nachmittag während der Schulmeisterschaften in Hockey konnte sie damit glänzen: Sie schoss vier der fünf Tore für ihr Team und brachte es so an die Spitze der Liga. Damit war sie der Star des Tages. Ihr Gesicht war vor Erschöpfung und Glück gerötet, als das Match zu Ende war. Dann kam Sarah Mackay, um ihr zu gratulieren, und plötzlich fasste sie sich ein Herz und sprudelte die Worte heraus, die sie so oft in Gedanken geübt hatte.

»Das war gutes Teamwork, Sarah. Ah, da ist meine Mutter. Sie möchte wissen, ob du an einem Wochenende zu uns zum Mittagessen kommen möchtest.« Als sie hastig ihre Einladung hervorstieß, tauchte gerade Camilla Broughton-Smith auf. »Und du auch, Camilla.«

Hannah konnte kaum glauben, was sie da sagte. Aber wenn sie beide einlud, war die Chance größer, dass sie kommen würden.

»Was? Ich auch? Übrigens, Glückwunsch. Du hast hervorragend gespielt. Das hat diese Gänse von der Oberschule glatt aus ihren schmutzigen Söckchen gehauen.« Camilla schlang ihren weißen Arm um Sarahs Schultern.

»Meine Mutter würde euch gern zum Mittagessen einladen. Nächstes Wochenende. Na ja, an irgendeinem Wochenende. Ich meine, wenn ihr wollt.«

Hannahs Mut verflog rasch, und ein schmerzliches Gefühl der Verlegenheit überkam sie. Hätte sie doch niemals davon angefangen! Sarah Mackay starrte sie mit offenem Mund an.

»Eine wunderbare Idee!« Camilla gab ihrer Freundin einen Schubs. »Natürlich kommen wir sehr gern. Nicht wahr, Sarah? Ich war noch nie auf einer Farm in dieser Gegend. Habt ihr Kühe und Schafe? Und Pferde?«

»Ma, das ist Sarah Mackay.« Hannah hatte das Gefühl, dass sie die Sache jetzt durchziehen musste. »Erinnerst du dich noch? Du hast sie bereits kennen gelernt. Und Camilla Broughton-Smith. Sie würden beide gern zum Mittagessen kommen. Wie du vorgeschlagen hast.«

»Gut. Ich werde gleich mit Schwester Evangelis darüber sprechen.« Lottie lächelte ihre Tochter an. »Wie wäre es kommendes Wochenende? Falls es euch Mädchen passt. Wir könnten grillen, wenn das Wetter mitspielt. Und Piet wird auch da sein. Wenn ihr Lust habt, könnt ihr eure Badeanzüge mitbringen. Bei uns gibt es eine Stelle, wo man schwimmen kann, aber ich warne euch – das Wasser ist kalt.«

Langani Farm war seit 1906 im Besitz der van der Beers – dem Jahr, in dem die Familie in Kenia angekommen war. Sie hatten ihre Planwagen von Südafrika auf dem Schiff hierher gebracht. In der Ansammlung von Hütten, aus der später die Stadt Nairobi entstehen würde, kauften sie ein Gespann undressierter Ochsen und einige Grundnahrungsmittel, bevor sie sich auf den Weg in die Wälder des Hochlands machten. Mit den schweren Möbelstücken und dem Hausrat kämpften sie sich nach oben. In der dünner werdenden Luft fiel ihnen das Atmen schwer, während sie sich durch glitschigen Schlamm schleppten, der bei jedem Schritt nachgab. Manchmal mussten sie sich ihren Weg durch dichte Vegetation bahnen. Zitternd ertrugen sie bittere Kälte, Nebel und Regen, um das Land der Verheißung und die ihnen zugeteilten Morgen zu erreichen. Jahrelang hatten sie mit der groben Erde gekämpft und versucht, dem kargen Boden eine neue Ernte abzuringen. Sie hatten gelitten, wenn Tiere starben, der Rostpilz ihren Weizen befiel, Dürrezeiten oder Wolkenbrüche über sie hereinbrachen oder Heuschrecken über die reifen Felder herfielen und die Ernte zu einem unerfüllbaren Traum wurde. Doch Zähigkeit lag den Afrikaanern im Blut. Langsam und mit der für sie typischen Unnachgiebigkeit machten sie das Land urbar und formten ihre Welt.

Sarah würde nie vergessen, wie sie zum ersten Mal Lotties Garten auf Langani Farm sah. Das Haus war lang gestreckt und niedrig, mit dicken Steinwänden und hohen Kaminen. Das schräge Wellblechdach wurde von steinernen Säulen gestützt, um die sich Geißblatt und Bougainvillea rankten. Von der tief liegenden Veranda überblickte man einen samtigen Rasen und leuchtende, geschwungene Blumenbeete, doch hinter den liebevoll gepflegten Bäumen und Büschen lagen offenen Felder mit vereinzelten Dornenbäumen, auf denen sich Herden von Zebras, Giraffen, Gazellen, Elefanten und Büffeln tummelten. Nur eine geschnittene Hecke trennte den Garten von der Wildnis, ein schwaches Bollwerk zum Schutz vor dem wuchernden Busch und den Raubtieren. In der Ferne hinter der Ebene ragten die schneebedeckten Gipfel des Mount Kenya glitzernd in den Himmel.

Bei diesem ersten Besuch auf der Farm grillte Jan van der Beer mittags unter den Bäumen für sie, und dann fuhr Lottie sie zum Fluss. Das Wasser war tatsächlich eiskalt – es kam direkt von den schmelzenden Schneegipfeln der Berge. Sarah kreischte, als sie sich waghalsig vom Ufer in das Becken unter dem Wasserfall stürzte. Hannah stand auf der sicheren Böschung und lachte, als Sarah nach Luft rang und heftig ruderte, um ihre erstarrten Gliedmaßen aufzuwärmen.

»Wir haben dich gewarnt, aber du wolltest ja nicht hören«, rief Hannah.

»Steh nicht einfach herum und kichere wie ein Pavian, sondern komm ins Wasser, wenn du das so lustig findest. Und du auch, Camilla. Du kannst doch nicht nur im Gras liegen und so tun, als wärst du ein Filmstar.«

Hannah kletterte die Böschung hinunter, als eine andere Stimme ertönte.

»Kommt schon, ihr Zimperliesen. Rein mit euch, sonst werde ich euch Beine machen, und zwar schnell!«

Piet van der Beer, groß und schlaksig, erschien am Ufer und streifte sein khakifarbenes Hemd und seine Stiefel und Socken ab. Mit einem Schrei sprang er von der Böschung und klatschte mit angezogenen Knien in den Fluss. Wenige Sekunden später tauchte er neben Sarah auf und schüttelte sich das Wasser von der Haut. Er fuhr sich mit sonnengebräunten Fingern durch das blonde Haar und grinste sie an. Durch ihren ausgekühlten Körper strömte Wärme. Zum ersten Mal in ihrem Leben wurde sie sich ihrer kleinen Brüste unter dem Badeanzug von der Klosterschule bewusst, und ihrer etwas zu molligen Arme und Beine. Er blinzelte ins Licht und zwinkerte ihr zu. Dann warf er den Kopf in den Nacken und lachte laut auf. Ein Augenblick der Offenbarung, der ihr Leben für immer verändern sollte.

Kapitel 2

Kenia, November 1962

Das leise, rhythmische Krächzen der Ochsenfrösche verstummte abrupt beim Geräusch von Sarahs Schritten und setzte sofort wieder ein, als sie stehen blieb, um die kalte Luft des Hochlands einzuatmen. Langsam sank die afrikanische Sonne am Horizont, und sie lehnte sich auf der Veranda gegen einen Pfosten, um diesem majestätischen Schauspiel zuzusehen. Der Generator tuckerte in einem langsamen Crescendo und sorgte dafür, dass die Lampen im Haus aufleuchteten. Wie immer brach die Dunkelheit ganz plötzlich herein, und die ersten verstreuten Sterne blitzten auf. Der Duft des Nachtjasmins und der Rauch des brennenden Holzes überdeckten den Geruch des Tages nach Staub und Eukalyptusbäumen. Hinter dem Schutzwall in Lotties Garten hörte sie das hohe Wiehern eines Zebras. Stimmen und Gelächter mischten sich in der hereinbrechenden Nacht mit dem Zirpen der Grillen und dem Quaken der Frösche. In den Unterkünften des Personals ertönte schwach und blechern afrikanische Musik aus einem Radio. Sie ging zurück in ihr Schlafzimmer und stellte fest, dass sie als Letzte zum Abendessen erscheinen würde.

Als sie von dem Ausritt zurückkam, war sie ganz aufgeregt gewesen. Sie waren am frühen Nachmittag aufgebrochen und in gemächlichem Schritt durch ein Palisanderwäldchen geritten. Die lavendelfarbenen Blüten bildeten auf der Erde einen Teppich, der sich zwischen den Hufen der Pferde wirbelnd wendete. Jenseits der Bäume zitterten dürre Grashalme in der weißen flirrenden Hitze. Eine Zeit lang blieben sie am Rand der Ebene stehen und warteten, bis ihre Augen sich an das gleißende Licht gewöhnt hatten. Dann winkte Piet sie heran, und sie galoppierten an den Grenzen der Stammesreservate in den glühenden Nachmittag hinein.

Auf den Hängen verstreut lagen die *shambas* der Farmarbeiter. Die kleinen terrassenförmig angelegten Gärten waren mit Mais bepflanzt. In jeder *boma* befand sich eine Ziegenherde, und auf den Lichtungen vor den Hütten scharrten Hühnerscharen gackernd auf der trockenen, harten Erde. Frauen in farbenprächtigen *kangas* hockten auf dem Boden und zerstampften Mais zu *posho*, dem Grundnahrungsmittel. Nackte Kleinkinder wälzten sich beim Spielen im Staub. Hunde mit Ringelschwänzen blinzelten mit einem Auge in die grelle Nachmittagssonne und knurrten halbherzig. Die glutheiße Luft trug den Gesang von Frauenstimmen heran.

»Man hört die Babys selten schreien«, meinte Sarah. »Nur wenn sie krank sind.«

»Sieh sie dir an.« Piet fuhr mit seiner Reitgerte durch die Luft. »Entweder sind die *totos* auf dem Rücken ihrer Mütter festgebunden, oder sie werden vorne getragen, sodass ihre Münder sich direkt vor den Brüsten befinden. Sie haben keinen Grund zu weinen. Wann immer sie trinken möchten, brauchen sie nur die Leitung anzuzapfen.« Er lachte laut auf, als er bemerkte, dass seine Wortwahl Sarah peinlich war. »Das ist wohl nicht die passende Ausdrucksweise für euch behütete Klosterschülerinnen, was? Nichts für ungut, aber wenn man auf einer Farm lebt, ist das Füttern der Kleinen ein ganz natürlicher Teil des Tagesablaufs, ganz gleich, ob sie zwei oder vier Beine haben.«

Er trieb sein Pferd an, und sie preschten in wildem Galopp über die karge Ebene. Hier und da erhoben sich Ameisenhügel aus dem Gras. Eine Herde Thomson-Gazellen wedelte beim Herannahen der Pferde nervös mit dem Schwanz, jagte über das Buschland davon und verschwand in der flimmernden Hitze. Aus dem hohen Gras tauchte ein Straußenmännchen tauchte auf und lief vor ihnen her. Seine schwarzen Federn glänzten in der Sonne, und er befand sich so nah vor Sarah, dass sie seine Wimpern und die Stoppeln an seinem blassen Hals erkennen konnte, bevor er ins Unterholz floh. Sie ritt ebenso schnell wie Piet. Es bereitete ihr keine Schwierigkeiten, mit ihm Schritt zu halten. Das Donnern der Hufe und der Geruch der roten Erde und der wilden Gräser berauschten sie. Sie ließen Hannah und Camilla zurück und sausten über die Ebene, bis sie schließlich in einer Staubwolke am Rand eines Wäldchens zum Stehen kamen. Piet beugte sich vor und packte die Zügel von Sarahs Pferd. Dann schob er den Hut zurück und sah sie an, atemlos und in die Nachmittagssonne lächelnd. Seine Bewunderung war offensichtlich.

»Guter Ritt, Mädchen. Nicht wie meine Schwester oder Lady Camilla. Die schlafen auf ihren Pferden beinahe ein. Du bist eine gute Reiterin, das steht fest.«

»Wir reiten immer mit Hannah aus, wenn wir das Wochenende hier verbringen.« Sarah konnte ihre Freude über seine Bemerkung nicht verbergen. »Aber mit dir macht es mehr Spaß. Wenn uns der Stallbursche begleitet, dürfen wir keinen solchen Galopp hinlegen. Und dein Vater lässt uns nicht allein ausreiten.«

»Pa ist für euch verantwortlich, wenn ihr euch nicht unter den Fittichen der Nonnen befindet. Er kann euch nicht allein auf dem *bundu* herumrasen lassen. Außerdem ist Kipchoge ein guter Mann für einen Ausritt.«

»Ja, aber trotzdem ist es ohne ihn schöner.« Sarah warf ihm einen Seitenblick zu, in der Hoffnung, ein weiteres Lächeln zu erhaschen.

»Wir sind schon miteinander ausgeritten, als wir noch *totos* waren. Sein Vater war Pas erster Stallknecht. Früher ritt er für Lord Delamere die Pferde zu und trainierte sie, aber nach den Rennen betrank er sich regelmäßig. Als man ihn feuerte, kam er nach Hause, saß herum und sah zu, wie seine Frauen auf seiner *shamba* die Arbeit erledigten. Jetzt herrscht er wie ein Despot über die Stallungen, aber eigentlich kümmert sich vor allem sein ältester Sohn Kipchoge um die Pferde.«

»Und meint er, dass er nach der Unabhängigkeit einen eigenen Stall besitzen wird?«, fragte Sarah. »Die neuen Politiker erzählen den Leuten offenbar, dass sie alles kriegen können, was die Weißen besitzen, sobald die Briten das Land verlassen haben.«

»Ich glaube nicht, dass Kipchoge viel von den Politikern hält. Die meisten sind Kikuyu. Er ist ein Nandi, und zwischen den Stämmen herrscht ohnehin ein tief verwurzeltes Misstrauen. Meiner Meinung nach wird es hier mehr Probleme zwischen den Stämmen als zwischen den verschiedenen Rassen geben. Die Weißen werden den Schwarzen nur langsam Macht und Eigentum überlassen. Kipchoge und ich sind zusammen aufgewachsen, er ist beinahe wie ein Bruder für mich. In unserer Generation werden Schwarze und Weiße zusammenarbeiten, um ein neues Land zu erschaffen.«

»Und was hält dein Vater von dieser Idee?«, fragte Sarah listig.

»Pa hat altmodische Ideen, aber ein gutes Herz«, erwiderte Piet lächelnd. »Er hat immer nur Afrikaner kennen gelernt, die keine Ausbildung und kein Interesse an der Bewirtschaftung einer Farm hatten. Allerdings glaube ich, dass er insgeheim optimistisch ist, trotz seiner düsteren Vorhersagen.« Er drehte sich im Sattel um und fuhr mit dem Arm durch die Luft. »Hier ist die Grenze unseres kleinen Besitzes. Wenn du möchtest, können wir morgen wieder ausreiten, nur wir beide, am frühen Morgen, bevor meine Schwester und Lady Camilla aus den Federn kommen. Lass uns zum Fluss hinunterreiten und die Pferde tränken.«

Piet führte sie vorbei an Dornenbäumen, in deren Zweigen runde Nester von Webervögeln schaukelten. Sarah, die neben ihm ritt, befand sich in einem tranceartigen Glückszustand. Sie betrachtete die goldenen Haare auf seinen Unterarmen, lausch-

te dem breiten Tonfall seiner von Afrikaans gefärbten Stimme und fand es wunderschön, wie sie sich mit dem leisen Wiehern der Pferde, dem Knarren des Sattelleders und dem Zirpen der Heuschrecken vermischte. Unter der Krone eines Dornenbaums stiegen sie von den Pferden. Piet holte ein Päckchen aus seiner Satteltasche und zog ein Messer aus seinem Gürtel.
»Wir können aus dem Fluss trinken. Das Wasser kommt direkt vom Mount Kenya und ist so sauber und klar, wie man es sich nur wünschen kann. Und ich habe *biltong* mitgebracht, das Pa und ich getrocknet und geschnitten haben.«
Sie bespritzen sich die Gesichter, schöpften mit den Händen das eiskalte Wasser und schlürften es gierig. Die Pferde tranken ausgiebig, schnaubten zufrieden und zogen sich dann zum Grasen an das Flussufer zurück. Piet legte sich in den Schatten und verschränkte die Arme hinter dem Kopf. Sarah und Hannah setzten sich mit verschränkten Beinen neben ihn. Camilla lehnte sich mit dem Rücken an einen Baumstamm und streckte auf vorteilhafte Weise ihre langen Beine aus.
»Ziemlich salzig«, meinte sie und verzog das Gesicht, während sie auf dem dunklen, zähen Fleisch herumkaute.
»Was verstehst du schon von *biltong*, Lady Camilla. Ich wette, auf den Partys im Regierungsgebäude gibt es so was nicht.«
»Nein. Und wenn meine Mutter sehen würde, dass ich dieses Zeug esse, würde sie mich sofort zum Arzt schleppen, damit er mich auf Wurmbefall untersucht. Anschließend würde sie einen Notfalltermin bei einem Zahnarzt vereinbaren.« Camilla sah ihn durch eine herabfallende blonde Haarsträhne an. »Während du dich im College mit nutzlosen Theorien beschäftigt hast, hat Hannah sich um unsere interkulturelle Bildung gekümmert. Sie bringt uns *biltong* in die Schule mit. Das gehört zu unserem regulären Carepaket – ebenso wie der Sirupkuchen deiner Mutter. Und nenn mich nicht Lady Camilla.«
Piet lehnte sich in den Schatten zurück und betrachtete seine

Schwester und ihre Freundinnen. Sie waren sehr verschieden, sowohl was ihr Äußeres als auch ihren familiären Hintergrund betraf.

»Die Freundschaft zwischen euch dreien ist schwer für mich zu begreifen«, erklärte er. »In gewisser Hinsicht seid ihr wie Schwestern, und doch trennen euch Welten. Wenn ich euren Gesprächen zuhöre, scheint ihr in einer Art Code zu reden, beinahe so, als ob die eine weiß, was die anderen denken oder tun werden.«

»Und das ist noch lange nicht alles«, erklärte Camilla lachend. Schließlich hatten sie zusammen nachsitzen müssen, gemeinsam Preise entgegengenommen, einander bei den Hausaufgaben geholfen, Stürze vom Pferd und Hiebe mit Hockeyschlägern überstanden, ebenso wie Religionsunterricht, Prüfungsangst und Schulbälle. Auch grässliche Jungs, unerfahren und pickelig oder aalglatt und darauf erpicht, sich einen Vorteil zu verschaffen, mit dem sie dann in einer Umkleidekabine prahlen konnten. »Du hast einiges verpasst, als du in Südafrika warst, Piet. Und letztes Jahr hast du sogar Sarahs Einladung ausgeschlagen, uns an der Küste zu besuchen, weil du mit so aufregenden Dingen beschäftigt warst, wie Rugby zu spielen. Eine schlechte Wahl!«

»Ich würde Südafrika gern einmal sehen«, meinte Sarah.

»Das Land ist wunderschön, aber es gefällt mir nicht, wie man dort mit Afrikaanern und Farbigen umgeht. Es ist ein Polizeistaat, und früher oder später wird es dort Blutvergießen geben«, erklärte Piet bedauernd. »Leider wird man hauptsächlich die Afrikaaner dafür verantwortlich machen. Wir können froh sein, hier in Kenia zu leben, trotz Pas Bedenken, was die *Uhuru* betrifft. Und es ist unser Zuhause, nicht wahr?«

»Wenn man sich vorstellt, dass das alles dein Zuhause ist. Meine Güte, was für ein Erbe.« Sarahs Stimme klang ehrfürchtig.

»Unsere Urgroßeltern haben die ganze Farm in dieser Wildnis aus dem Boden gestampft.« Piet deutete auf das Dickicht auf der anderen Seite des Flusses. »Sie lebten in Hütten, die sie sich aus Schlamm und Stroh gebaut hatten, bis sie mit Ochsenkarren Eichenholz und große Zedernstämme heraufschleppen und sich daraus Häuser bauen konnten. Dann übernahmen ihre Söhne und Enkel ihre Arbeit und schufteten wie Sklaven, um das zu schaffen, was wir heute haben. Ich werde der Nächste sein, und es gibt hier so viel zu tun.«

»Was zum Beispiel?«, fragte Sarah erstaunt. »Alles scheint bereits perfekt zu sein. Aber das kommt wahrscheinlich daher, dass dein Vater ständig daran arbeitet.«

»Eine Farm bleibt nicht einmal einen Tag lang im selben Zustand. Aber ich will mich nicht nur mit Pa gemeinsam um das Vieh und den Weizen kümmern, sondern einen Teil der Farm in ein Naturschutzgebiet für das Wild umwandeln. Er findet das eine gute Idee.«

»Du meinst, eine Art Nationalpark?« Sarah starrte ihn an. »Wie willst du das machen? Du kannst das Gebiet ja nicht einzäunen, oder?«

»Nein. Das wäre am Anfang zu kostspielig. Aber wir würden das Abschießen und Jagen aller Tiere in diesem Gebiet verbieten, selbst zur Nahrungsbeschaffung. Einen Teil der nördlichen Ebene und den Wald an der Westseite der Farm möchte ich nur für die Tiere reservieren. Dort gibt es jede Menge – Leoparden, Büffel, Elefanten, Savannenwild. Selbst Bongos, obwohl sie so scheu sind, dass man sie im Wald fast nie zu Gesicht bekommt. Ich werde einige unserer Arbeitskräfte zu Wildhütern und Rangern ausbilden. Und ich möchte eine Art Ausguck bauen, wo man nachts Tiere beobachten kann. Wie von einem Baumwipfel aus, aber nichts Großes. Ich will nicht, dass sich hier Menschenmassen tummeln und die Gegend kaputtmachen.«

»Ich werde eine Klinik eröffnen«, verkündete Hannah. »Nicht so etwas wie Mas Krankenstation für die Arbeiter und ihre *totos*. In meinem Krankenhaus wird man sich um verletzte und verwaiste Tiere kümmern – um kleine Antilopen oder Pinselohrschweine, die ihre Mütter verloren haben, oder ein lahmes Zebra. Erinnerst du dich an die neugeborene Giraffe, die von ihrer Mutter im Stich gelassen wurde, Piet? Ich werde eine Klinik gründen, wo ich für solche Tiere sorgen kann.«

»Welch noble Pläne. Wenn ich berühmt bin, werde ich euer Engagement gebührend bewundern. Natürlich werde ich hier immer ein Zuhause haben, ganz gleich, wohin ich gehe. Wahrscheinlich an die Küste.« Camilla vollführte eine elegante Geste mit der Hand. »In Kilifi oder Watamu – direkt am Meer. Jeder in Europa wird das für ungeheuer exotisch halten und sich um eine Einladung reißen. Dann könnt ihr alle zu den Partys in meinem skandalösen Haus kommen. Piet, du wirst der glanzvolle Ranger sein. Alle amerikanischen Ladys werden sich unsterblich in dich verlieben und versuchen, sich auf der Safari in dein Zelt zu schleichen, während ihre stinkreichen alten Ehemänner tief und fest schlafen, weil sie bis obenhin voll mit Gin sind.«

»Und wie willst du so berühmt werden?« Piet kaute auf einem Grashalm und schmunzelte bei dem Bild, das sie heraufbeschworen hatte.

»Zuerst besuche ich eine Schauspielschule. Dann werde ich über Nacht von einem brillanten Agenten entdeckt, der mich zu einem Bühnen- und Filmstar macht. Mein Name wird in aller Munde sein. Ich werde nach Kenia zurückkehren und dort einen Film drehen. Wie Grace Kelly in *Mogambo*. Und du wirst mich und die anderen Stars zu deinem Baumhaus mitnehmen, damit wir wilde Tiere beobachten können.«

»Und du, Sarah?« Piet beugte sich zu ihr vor und kitzelte sie mit einem harten Grashalm. »Warte, lass mich raten. Entweder werden dich die Nonnen in ihrem Kloster einsperren, oder du wirst Medizin studieren wie dein Vater. Das ist es! Du wirst Missionarsärztin in irgendeinem abgelegenen Ort, umgeben von dankbaren Eingeborenen, denen du beigebracht hast, ihre Gebete zu sprechen.«

»Ich weiß nicht, warum du mich als Missionarin siehst«, meinte Sarah, gekränkt über seine Vorstellung von ihr, die so gar nichts gemein hatte mit dem Bild von dekadentem Glanz und Erfolg, das er bei Camilla bereitwillig akzeptiert hatte. »Außerdem studiert mein Bruder Medizin. Zwei Ärzte in der Familie sind genug. Nach meinem Abschluss werde ich Zoologie studieren, und zwar an der Universität von Dublin. Dann werde ich hierher zurückkehren und Forschung betreiben. Vielleicht über wandernde Tierarten im Mara Nationalpark oder in der Serengeti. Oder über den Bongo in deinem Wald, den niemand jemals zu Gesicht bekommen hat. Oder über Warzenschweine. Ich liebe Warzenschweine.«

»Ihr drei werdet der Schrecken des ganzen Landes sein. Wie ein Rudel Löwinnen«, meinte Piet. »Schwestern im Geiste, wenn schon nicht blutsverwandt.«

»Aber wir könnten Blutsschwestern werden.« Sarah beugte sich vor. »Gib mir dein Messer, Piet. Wir werden uns damit in die Hand ritzen, bis ein wenig Blut hervortritt. Dann werden wir unser Blut vermischen und geloben, immer zusammenzuhalten und miteinander durch dick und dünn zu gehen. Was auch geschehen mag. Wir werden Schwestern im Blut sein, auf die traditionelle Art der Kikuyu oder Massai.«

»Damit will ich nichts zu tun haben.« Piet schüttelte den Kopf. »Das ist eine komische Idee für ein paar Klosterschülerinnen. Nur Krieger machen so was. Und wenn Pa davon erfährt …«

»Ich kann mir nicht vorstellen, wer ihm davon erzählen sollte«, sagte Camilla mit zuckersüßer Stimme.

»Ich weiß nicht, Sarah. Das ist ein Ritual der *watu.* Ich finde das ziemlich gruselig.« Hannah verzog beunruhigt das Gesicht und sah um Unterstützung heischend zu Camilla hinüber.

»Meine Güte, Sarah, du hast so einen Sinn fürs Dramatische und Morbide. Das ist der Fluch der Iren.« Camilla richtete sich

auf und streckte eine Handfläche aus. »Ich finde die Idee großartig. Einer deiner besseren Einfälle. Also los.«
Sarah stand auf. »Ich werde mit ein paar Zweigen ein Feuer machen. Komm schon, Piet. Spül dein Messer ab, dann halten wir die Klinge in die Flammen, um sie zu sterilisieren. Ich werde die Schnitte machen, wenn Camilla und Hannah zu zimperlich sind. Schließlich bin ich die Tochter eines Arztes.« Sie warf ihm einen Blick über die Schulter zu. »Dein Messer ist sehr scharf. Wenn du es mir nicht gibst, werde ich mein altes stumpfes Taschenmesser nehmen und damit große Fleischstücke aus unseren Händen hacken. Dann haben deine Eltern einen Grund, mit uns zu schimpfen.«
Sarah räumte eine Stelle am Boden frei und wollte gerade nach Brennholz suchen, als Camilla bereits mit einer Hand voll trockener Zweige neben ihr auftauchte. Hannah blieb mit ernster Miene sitzen. Camilla hob die Augenbrauen und blickte sie schweigend an.
»Na gut, ich mache mit. Wir werden dieses Gelöbnis gemeinsam ablegen.« Hannah wandte sich an ihren Bruder. »Und glaub ja nicht, du könntest im hohen Gras verschwinden, Piet. Du wirst unser einziger Zeuge sein. Gib mir dein Feuerzeug.«
Schon bald knisterten die Zweige, und aus der Mitte des Holzstapels stieg eine dünne, spiralförmige Rauchfahne auf. Sarah ergriff Piets Messer und hielt es über die Flammen. Dann erhob sie sich und drehte es so, dass die Klinge in der Nachmittagssonne glitzerte.
»Ich fange an.«
Sie sah, wie Piet protestierend einen Schritt vortrat, achtete aber nicht auf ihn und fügte sich rasch einen Schnitt unterhalb des Daumens am Handballen zu.
»Und jetzt ich.« Camilla zuckte mit keiner Wimper, als Sarah den Schnitt machte.
Hannah streckte ihre Hand aus und beobachtete stumm,

wie die scharlachroten Tropfen aus ihrer Handfläche hervorquollen.

»Komm her, Piet, damit wir einen Zeugen haben, wenn wir unsere Hände aneinander pressen, bis sich unser Blut vermischt«, befahl Sarah. »Ach, und übrigens ist Camillas Blut nicht blau. Ich hoffe, dass das niemanden schockiert.«

»Wir sollten jetzt unser Gelöbnis ablegen«, schlug Camilla vor. »Etwas, das uns immer verbinden wird, gleichgültig, wie weit wir uns von diesem Tag und diesem Ort entfernen mögen.«

»Ich gelobe, dieser Freundschaft stets treu zu bleiben. Und immer für meine Schwestern da zu sein.« Sarahs Augen glänzten, als sie die Worte sprach.

Piet entdeckte Tränen in Hannahs Augen, als diese die Worte wiederholte. Camilla hingegen lächelte, als sie ihre Handfläche auf die ihrer Freundinnen presste und ihr Gelöbnis ablegte.

Der Ritt zurück zur Farm verlief schweigend. Im Stall lehnte Sarah sich gegen Chuma, den kastanienbraunen Wallach. Mit geschlossenen Augen ließ sie das Ritual, das sie soeben vollzogen hatten, noch einmal an sich vorüberziehen. Sie dachte an Piets Gesichtsausdruck, an die Fältchen, die sich um seine Augen abzeichneten, wenn er lachte. An die geschwungene Linie seines Mundes. Als er ihr aus dem Sattel geholfen hatte, spürte sie ein Prickeln auf der Haut, und als er sie einen Moment festhielt, damit sie das Gleichgewicht nicht verlor, war ihr ein Schauer über den Rücken gelaufen. Seine Arme waren sehr stark, und er trug ein aus den Schwanzhaaren eines Elefanten geflochtenes Armband. Es sollte Glück bringen und ihn beschützen, hatte er ihr erklärt. Sie konnte den Geruch seiner Haut wahrnehmen und die Schweißperlen auf seiner Stirn sehen, direkt unter der Krempe seines Lederhuts. Die Gefühle, die er in ihr auslöste, verwirrten sie so sehr, dass sie ihm nicht einmal danken konnte, als er ihr beim Absatteln und mit dem Zaumzeug half.

»Wir sehen uns beim Abendessen, Kleine. Ich muss los und Pa einholen.« Er zauste kurz ihr Haar und ging davon, um das Sattel- und Zaumzeug aufzuräumen.

Im Gästezimmer lackierte Camilla gerade ihre Nägel.

»Wo um alles in der Welt warst du? Ich habe bereits ein Bad genommen und mir die Haare gewaschen. Das war ja eine verrückte Zeremonie heute Nachmittag!«

»Meine Güte, du bist ja schon fast fertig zum Abendessen.« Sarah ignorierte die Anspielung auf ihr Gelöbnis – sie wollte das Ereignis nicht herunterspielen. »Wie schaffst du es nur, dir immer die Nägel zu lackieren oder dir die Beine einzucremen, während ich Pferde abreibe oder …«

»Ich habe eben beschlossen, mein Leben dem Streben nach Glamour zu widmen«, erklärte Camilla lakonisch. »Dieser Piet hat's gut. Sein großartiger Lebensplan scheint sich schon bald verwirklichen zu lassen. Kommst du deshalb so spät? Bist du noch bei dem Goldjungen geblieben – auf ein kleines privates Tete-a-tete?«

»Unsinn.« Sarahs Gesicht brannte, und sie zitterte, als sie sich umdrehte, um nach ihrer Haarbürste und ihrem Kulturbeutel zu suchen. »Was soll ich anziehen? Was ziehst du an?«

Camilla hatte sich bereits für einen Rock und einen Pullover entschieden, den ihre Mutter ihr aus Italien mitgebracht hatte, und ein Paar hochhackige Schuhe. Sie schlüpfte in die Sachen, trug schimmerndes Rouge auf und schminkte sich die Lippen, bis sie voll und glänzend wirkten.

»Ich werde mich ein wenig mit Hannah unterhalten. Wenn du möchtest, kannst du dir meine blaue Bluse leihen. Die Farbe steht dir. Keine Sorge – du wirst großartig aussehen. Aber du solltest dir etwas einfallen lassen, damit dein Gesicht nicht dunkelrot anläuft. Das ist ein eindeutiges, verräterisches Indiz. Bis später.«

Zuvor hatte Sarah gesehen, wie der Küchenjunge Holzscheite auf das Feuer unter dem riesigen Fass gelegt hatte, in dem das

Wasser für das Haus aufbewahrt und erhitzt wurde. Als sie sich im Spiegel betrachtete, sah sie, dass ihre Haut rosig vom Duschen war. Der Generator lief noch nicht, und sie war ein wenig nervös, weil sie ihr Make-up in dem dämmrigen Licht auftragen musste. Sie hatte sich noch nicht oft geschminkt und wünschte, Camilla wäre hier, um ihr zu helfen. Unbeholfen trug sie ein wenig Grundierung auf und verteilte sie, bis sie glaubte, den Sonnenbrand auf ihrer Nase verdeckt zu haben. War es nötig, die Wangen zu schminken? Sarah hatte ihre Zweifel, aber vielleicht würde die Farbe die Konturen ihres Gesichts besser zur Geltung bringen. Das Auftragen der Wimperntusche gelang ihr gut, und sie stellte zufrieden fest, dass ihre haselnussbraunen Augen nun größer wirkten und beinahe goldfarben glänzten. Camilla hatte einen Stapel Kleidungsstücke auf dem Bett liegen lassen, und Sarah kramte die blaue Bluse heraus. Sollte sie wirklich die Bluse von jemand anderem tragen? Hannah würde sicher bemerken, dass sie nicht ihr gehörte. Wenn sie begriff, dass ihr Bruder der Grund für diesen ungewöhnlichen Aufwand war, würde sie ihr keine Ruhe mehr lassen. Und auch Camilla konnte recht unbarmherzig sein.

»Zum Teufel mit ihnen«, sagte Sarah laut. »Ich habe lange genug unter ihren Krisen mit ihren Freunden gelitten. Jetzt bin ich an der Reihe.«

Als sie auf die Veranda trat, hatte sie das Gefühl, mondän auszusehen. Als der Generator ansprang, lief sie zurück, um im Licht einen letzten Blick auf ihre Aufmachung zu werfen. Ob Camilla es bemerken würde, wenn sie ein paar Tropfen Parfum stibitzte? Etwas Schweres und Verführerisches, anders als ihr eigenes frisch duftendes Eau de Cologne. Sie drückte auf den Lichtschalter und warf einen Blick in den Spiegel. Ihr Gesicht sah aus, als hätte sie Kriegsbemalung aufgelegt. Es fehlten nur noch ein paar Federn … Sie rannte ins Badezimmer, griff nach ihrem Waschlappen und murmelte ein Dankesgebet, dass sie das noch rechtzeitig entdeckt hatte. Als sie das Rouge abgewaschen hatte, war ihre Haut glänzend und fleckig. Stöhnend begann sie von vorne. Dieses Mal trug sie nur eine ganz dünne Schicht Grundierung auf, wenig Wimperntusche und einen Hauch Lippenstift. Dann ging sie den Pfad von dem kleinen Gästehaus zum Haupthaus entlang.

Als Sarah ins Wohnzimmer trat, saß Jan van der Beer bereits mit einem Krug Bier in der Hand in seinem Lieblingssessel neben dem Kamin. Über der Sessellehne hing ein Leopardenfell, und zu seinen Füßen lagen seine drei afrikanischen Löwenhunde. Er war ein großer Mann mit einem rötlichen wettergegerbten Gesicht, das Scharfsinn verriet. Seine Figur wirkte kräftig; Arme und Beine zeichneten sich deutlich unter der Kleidung ab, und seine breite Brust schien beinahe die Knöpfe seines Hemds zu sprengen. Er warf Sarah einen freundlichen Blick zu und nickte wortlos.

»Was möchtest du trinken, Liebes?« Lottie lächelte sie an und klingelte nach dem Hausboy. »Wir haben Sherry vom Kap. Oder lieber eine Limonade mit Bier?«

»Ich nehme einen Sherry, bitte.«

An den bisherigen Wochenenden hatte man den Mädchen hausgemachte Limonade oder Ingwerbier angeboten und im vergangenen Jahr hin und wieder ein kühles Bier. Heute Abend hatte Lottie jedoch Sherry und Wein aus dem Keller geholt und das Beste von allem ausgesucht, was in ihrem Küchengarten wuchs. Dies war ihr letzter Besuch, bevor sie die Schule beenden und an weit entfernten Orten ein neues Leben beginnen würden. Sarah hatte schon einmal Sherry probiert. Er hatte ihr nicht besonders geschmeckt, aber sie wusste nicht, was sie sonst hätte wählen sollen. Ihre Mutter trank gern spanischen Sherry, trocken und hell und mit holzigem Geschmack. Der afrikanische Sherry leuchtete jedoch dunkel in dem Glas und schmeckte süß. Und er war ziemlich stark. Als Sarah daran nippte, spürte sie sofort, wie er ihr zu Kopf stieg. Befangen sah sie sich um. Hannah saß auf einem Hocker neben dem Sessel ihres Vaters und hatte ihre kräftigen Beine angezogen. Das blonde Haar war zu einem Zopf geflochten, der ihr seitlich über die Schulter fiel. Ihr rundes Gesicht strahlte.

»Du siehst gut aus, Sarah! Anders. Was sagt der Rest der Gesellschaft dazu?«

»Ich dachte schon, du wärst unter der Dusche ertrunken. Eben wollte ich nach dir sehen.« Camilla sah vom Sofa auf, wobei das Licht auf ihr Gesicht fiel und ihre schimmernde, makellose Haut zur Geltung brachte.

»Setz dich und beachte die beiden einfach nicht«, meinte Lottie. »Hannah hat Recht – du siehst gut aus. Tatsächlich wirkt ihr alle heute Abend bezaubernd, jede auf ihre Weise. Wie neue Blüten in meinem Garten. Blumen aus Licht, wie es in dem Gedicht heißt.«

»Du bist heute Abend in sehr romantischer Stimmung«, warf Jan ein. »Diese Mädchen werden sich von deinen italienischen Anwandlungen hinreißen lassen, Carlotta, und sich dann nicht mehr auf die Abschlussprüfungen konzentrieren können. Ich denke, du bringst sie jetzt besser auf den Boden der Tatsachen zurück.«

»Was schadet es, ein paar Minuten in den Wolken zu verbringen, während wir auf Piet warten? Lange wird es nicht mehr dauern. Ich kenne meinen Sohn – bestimmt hat er inzwischen einen Bärenhunger. Normalerweise braucht er nicht so lange, um sich zum Abendessen frisch zu machen.«

»Normalerweise sitzt er beim Abendessen auch nicht mit drei jungen Damen am Tisch.« Jan hob seinen Bierkrug und prostete seiner Tochter und ihren Freundinnen zu. »Dass er das Rugbyspiel am Wochenende in Nanyuki abgesagt hat, hängt sicher auch damit zusammen.«

»Guten Abend, Ma. Abend zusammen.«

Piet trug eine frisch gebügelte khakifarbene Hose und ein grünes, am Kragen offenes Hemd. Im Schein des Kaminfeuers erschien er Sarah wie eine blank polierte Götterstatue. Er trank einen großen Schluck Bier. Als sie den Schaum an seiner Lippe sah, verspürte sie unwillkürlich den Drang, diesen mit dem Finger abzuwischen. Vielleicht ihn zu kosten. Eine unerträgliche Beklommenheit überkam sie, und ihr Nacken brannte. Er betrachtete sie lächelnd. Ob er wohl erriet, was sie dachte? Konnte er die lächerlichen Gedanken lesen, die sie aufwühlten? Piet wischte sich mit der Hand den Schaum vom Mund. Sarah trank hastig einen Schluck Sherry und verschluckte sich. Er kam zu ihr herüber und klopfte ihr kräftig auf den Rücken.

»Tut mir Leid. Das ist mir in die falsche Kehle geraten.«

Sie verhaspelte sich und schnappte nach Luft. Die Mascara, die sie so sorgfältig auf die Wimpern aufgetragen hatte, lief ihr nun sicher über die Wangen. Verzweifelt versuchte sie, ihren Atem unter zu Kontrolle zu bekommen, und kramte in ihrer Handtasche nach einem Taschentuch. Meine Güte, wie schrecklich! Wie konnte sie sich nur so dumm und ungeschickt verhalten?

»He! Ich liege nicht im Sterben!«, protestierte sie.

Der Vorfall endete in Gelächter, als alle sich um Sarah versammelten, ihr gute Ratschläge gaben und sie trösteten. Piets Hand lag auf ihrer Schulter, und der tröstende Druck seiner Finger brannte sich förmlich in ihre Haut. Als der Gong zum Abendessen rief, erhob sie sich mit zitternden Knien.

Lottie hatte Kerzen angezündet, und in der Mitte des langen Tisches stand eine Schale mit den scharlachroten Blüten eines Tulpenbaums. Alle hielten die Köpfe gesenkt, während Jan das Tischgebet sprach. Dann ging die Tür zur Küche auf, und Mwangi, der Hausboy, gekleidet in ein weißes *kanzu*, trug eine große Suppenterrine herein.

»Wo kommt denn der alte Gauner jetzt her?«, wollte Jan wissen, als Mwangi wieder in der Küche verschwunden war. »Ich dachte, er wollte ein paar Tage in seiner *shamba* verbringen.«

»Er erzählte mir, dass er seinen Bruder besuchen würde. Der

liege im Sterben und müsse wohl bald beerdigt werden«, antwortete Lottie. Ihre dunklen Augen funkelten belustigt. »Er wollte einen Vorschuss auf sein Gehalt und eine Woche Urlaub. O, und Geld für die Hin- und Rückfahrt. Als ich ihn nach dem Namen des Bruders fragte, sagte er, er hieße Kariuki. Er hatte vergessen, dass er bereits letztes Jahr Urlaub genommen hatte, um den armen alten Kariuki zu begraben. Also erklärte ich ihm, er könne die Hälfte von dem haben, was er verlangte – fünf Tage unbezahlten Urlaub. Und außerdem würde ich ihm das geliehene Geld am Ende des Monats von seinem Lohn abziehen. Das war gestern, und jetzt scheint es, als hätte sich sein Bruder auf wundersame Weise erholt.«

»Man möchte meinen, er würde dieses Spielchen allmählich aufgeben«, meinte Jan. »Jetzt ist er schon seit über zwanzig Jahren bei uns und hält uns immer noch für *domkopfs.* Wahrscheinlich wollte er sich mit dem Geld eine neue Frau kaufen. Was ist das in der Suppe, das so gut schmeckt?«

»Frische Erbsen aus meinem Garten und Minze. Mein Beitrag zum Abendessen. Janni hat die Forellen gefangen.« Lottie sah ihren Mann liebevoll an. »Der Hauptanteil stammt jedoch von Piet. Mögt ihr Mädchen Wild?«

»Ich liebe Hirsch. Und Perlhuhn«, erklärte Camilla. »Wenn wir unseren Urlaub zu Hause verbringen, geht mein Vater immer bei einem Freund auf die Jagd.«

»Nun, heute Abend gibt es die Keule eines jungen Impalas. Piet hat es erlegt. Mein Junge ist ein guter Jäger.« Jan betrachtete seinen Sohn mit unverhohlenem Stolz. »Und Lottie macht die besten Soßen. Es geht doch nichts über ein Abendessen mit Zutaten aus eigenem Bestand, stimmt's?« Er wandte sich an Camilla. »Jagt dein Vater hier auch?«

»Dafür fehlt im Moment die Zeit. Ständig wollen ihn Dutzende Politiker, Staatsbeamte und Reporter sehen. Meine Mutter klagt schon darüber, dass sie nie ein Wochenende gemeinsam verbringen können, weil so viele Besprechungen in den

Abend hinein dauern und es ständig in letzter Minute Terminänderungen gibt.«

»Nun, er taucht auf jeden Fall oft genug in den Nachrichten auf, was auch immer geschieht.« Jans Miene war grimmig. Lottie warf ihm einen warnenden Blick zu und klingelte, um den ersten Gang abräumen zu lassen.

Jan wechselte das Thema. »Ihr Mädchen seid also in den nächsten Wochen sehr beschäftigt. Lottie sagte mir, wir werden euch erst wiedersehen, wenn eure Prüfungen vorüber sind und ihr die Schulzeit endlich hinter euch habt.«

»Keine freien Wochenenden mehr.« Camilla stocherte vorsichtig in ihrer Forelle herum. »Man sagt ja, die Schulzeit sei die beste Zeit des Lebens, aber vielleicht gibt es auch einige Dinge, die ebenso schön oder sogar noch schöner sind.«

»Aber natürlich!« Lottie war erstaunt über die Niedergeschlagenheit des Mädchens. Camilla war noch so jung, dass sie optimistisch und voll Begeisterung auf ihr zukünftiges Leben blicken sollte. »Bei deinem Hintergrund hast du so viele Möglichkeiten, Liebes. Dich wird nichts aufhalten können, Camilla! Ich wünschte, ich hätte so viel Freiheit gehabt wie du, als ich die Schule abschloss.«

»Das war schon gut so.« Jan war aufgestanden, um das Fleisch zu tranchieren, und reichte nun die Teller mit Bratenstücken und sämiger Soße Mwangi, damit der Hausboy sie servierte. »Es ist besser, dass wir uns begegnet sind und ich dich unter meine Fittiche genommen habe. Du hast ohnehin schon genügend verrückte Ideen im Kopf.«

»Ich frage mich nur, ob ich jemals wieder hierher kommen werde.« Camilla hatte scheinbar Jans Versuch, die Stimmung aufzulockern, nicht bemerkt. Der Wein, den sie zu hastig getrunken hatte, löste ihr die Zunge. »Wenn wir die Schule verlassen haben, wird alles so weit weg sein. Zumindest für mich. Sie sind schon seit Generationen hier und werden immer hier sein. Und Sarahs Eltern werden auch nach der Unabhängigkeit hier bleiben. Aber mein Vater könnte nächstes Jahr an das andere Ende der Welt versetzt werden.«

»Mein Dad versucht, uns immer warnend klar zu machen, dass wir nicht wirklich nach Kenia gehören, dass uns nur einige wenige privilegierte Jahre hier gegönnt sind.« Es verstörte Sarah, dass Camilla so verloren wirkte und den Tränen nahe war. »Aber man hat ihn gebeten zu bleiben, und darüber freut er sich sehr. Und obwohl mein Bruder in Irland Medizin studiert, würde es mich nicht überraschen, wenn er zurückkäme. Vielleicht gehören wir doch alle hierher. Ich werde auf jeden Fall nach Kenia zurückkehren und hier arbeiten. Das kannst du doch auch tun, wenn du willst, Camilla. Hast du schon eine Ahnung, wohin dein Vater nächstes Jahr versetzt werden wird?«

»Nach einer Stellung wie dieser verbringen Leute wie mein Vater manchmal ein oder zwei Jahre im Auswärtigen Amt in London«, erwiderte Camilla.

»Über einen Aufenthalt in London würde ich mich nicht beschweren«, meinte Hannah träumerisch. »All die Theater und Konzerte, die Museen und Geschäfte! Und anschließend lebst du vielleicht an einem exotischen Ort, von dem du noch nie gehört hast.«

»Vater wird wahrscheinlich eines Tages zum Gouverneur oder Hochkommissar ernannt werden und in eine entlegene Kolonie versetzt werden. In der Zwischenzeit wird Mutter sich in London verliebt haben, falls wir dort landen. In Ascot und Henley und bei Einladungen für ihren Bridgeclub wird sie ganz in ihrem Element sein.« In Camillas Stimme schwang Verachtung mit.

»Wenn du nach London ziehst, werde ich dich dort besuchen«, erklärte Hannah. »Danach wird es ziemlich schwer sein, mich dazu zu überreden, auf der Farm zu bleiben.«

»Meine Tochter wird auf jeden Fall reisen, aber sie wird immer wieder hierher zurückkehren wollen«, meinte Jan. »Da können wir alle ganz sicher sein.«

»Ihr sollt wissen, dass ich an diesem Ort die glücklichsten und besten Tage meines Lebens verbracht habe«, sagte Camilla mit zitternder Stimme. »Nichts wird vergleichbar sein mit Langani und den Zeiten, die wir hier verbracht haben ... und in denen ich zu dieser Familie gehörte.«
Ein bekommenes Schweigen folgte. Lottie hatte sich oft gefragt, warum Camillas Eltern in all den Jahren nie zu den Schulfeiern gekommen waren. Und obwohl die drei Mädchen die Ferien meist auf der Farm und dem weitläufigen Besitz der Mackays verbracht hatten, waren sie niemals in das Haus eingeladen worden, das den Broughton-Smiths in Nairobi zur Verfügung gestellt worden war. Camilla antwortete immer ausweichend, wenn sie nach ihrer Familie gefragt wurde.
»Es ist nicht leicht, ein Einzelkind zu sein«, hatte sie einmal gestanden. »Meine Eltern sind nicht darauf eingestellt, Kinder großzuziehen. Vater wird von dem Gouverneur auf Trab gehalten und muss sich um den ganzen amtlichen Kram kümmern. Aber er schreibt wunderschöne Briefe – ich hebe sie alle auf. Mutter, na ja, sie ist ein nervöser Mensch. Höchst angespannt, wie Daddy sich ausdrückt. Sie könnte niemals allein hierher fahren, wie deine Mutter das tut, Sarah. Und sie ist mit all den Partys und Wohltätigkeitsveranstaltungen in Nairobi vollauf beschäftigt.«
Als ihre Freundschaft enger wurde, erkannten Hannah wie auch Sarah, dass man besser keine Fragen über Camillas familiäre Situation stellte. Es war ihr sehr peinlich, dass sie die Gastfreundschaft der beiden nicht erwidern konnte. Der einzige Versuch war nicht sonderlich erfolgreich verlaufen. George Broughton-Smith hatte den Gouverneur auf einer Reise in das Hochland begleitet und sich mit seiner Tochter und deren Freundinnen in der nahe gelegenen Stadt Nanyuki verabredet. Er hatte sein Bestes getan, mit den Mädchen eine Konversation zu führen, doch die Begegnung war sehr steif verlaufen. Während des Essens wechselten unvermitteltes Geplauder und ge-

zwungenes Gelächter mit peinlichem Schweigen, das sich endlos auszudehnen schien. Nach dem Lunch gab George jeder von ihnen zwanzig Schillinge Taschengeld und brachte sie in die Stadt, wo sie in den indischen *dukas* einen Einkaufsbummel machten, während er in einem Café Zeitung las. Die Rückfahrt zur Schule war das Einzige an diesem Tag, woran sie sich mit Freude erinnerten.

»Ob es dir gefällt oder nicht, Lady Camilla: Ich werde dich besuchen. Im guten alten England«, sagte Piet.

Hannah starrte ihren Bruder an. »Du gehst nach England?«

»Nicht direkt nach England. Pa meinte, ich könnte für ein Jahr die Landwirtschaftsschule in Aberdeen besuchen.« Er grinste über die verblüffte Miene seiner Schwester. »Da das im Moment aber sehr teuer für uns ist, werde ich stattdessen vielleicht auf einer Farm in Schottland arbeiten. Auf dem Anwesen von irgendwelchen Verwandten der Mackenzies aus Mau Narok, und ...«

Hannah wandte sich ihrer Mutter zu und sah, dass Lotties Gesicht vor Zufriedenheit strahlte. Also hatte Ma es gewusst! Wahrscheinlich war sie bei dieser Entscheidung sogar maßgeblich beteiligt gewesen. Alle hatten es gewusst – außer ihr! Das nahm sie ihnen übel.

»Die Entscheidung ist erst vor ein paar Tagen gefallen, Han. Und nur unter der Bedingung, dass Pa eine Aushilfe für die Zeit findet, in der ich nicht hier bin.« Piet hielt es für klüger, das Thema zu wechseln. »Möchtest du morgen früh mit uns ausreiten, Ma? Ich dachte, wir brechen vor dem Frühstück auf und halten Ausschau nach der Schimpansenfamilie, die ich letzte Woche entdeckt habe.«

Sarah spürte einen Stich. Er hatte versprochen, mit ihr auszureiten – nur sie beide. Sie hatte sich so darauf gefreut! Das wäre die perfekte Gelegenheit gewesen, Zeit mit Piet allein zu verbringen und seine ungeteilte Aufmerksamkeit zu genießen.

»Ich bin am Vormittag beschäftigt. Dein Vater und ich haben

eine Verabredung auf der Farm der Murrays«, antwortete Lottie. »Wahrscheinlich werden wir nicht zum Mittagessen hier sein. Aber abends werde ich euch Mädchen zur Schule zurückfahren.«

»Heutzutage begreift niemand, was die Regierung wirklich vorhat.« Jan runzelte die Stirn und nahm sich noch eine Portion von Lotties neuen Kartoffeln. »An einem Tag versichern sie, uns Minderheiten beschützen zu wollen, wenn die Unabhängigkeit kommt, am nächsten hört man Gerüchte, dass unser Land beschlagnahmt werden soll. Wir könnten enteignet und vertrieben werden. Das würde bedeuten, dass Langani aufgeteilt und in kleinen Parzellen an die Kaffern verkauft wird.« Er schnaubte verächtlich. »Keinem wird es gelingen, die Farm in Portiönchen von jeweils vier Hektar ertragreich zu bewirtschaften. Wir schaffen es ja schon kaum mit dem ganzen Land. So wie ich unsere Arbeiter kenne, werden sie den Weizen verrotten lassen und ihn durch Mais ersetzen, der in dieser Höhe nicht gut gedeiht. Dann werden sie Bankrott machen und hungern. Glaubt mir, das ist kein guter Plan. Und es wird noch schlimmer werden. Wir müssen uns überlegen, was wir für uns tun können, falls die Regierung uns im Stich lässt.«

»Darüber wollen wir bei diesem Abendessen nicht sprechen, Jan.« Lottie versuchte, den düsteren Prognosen ihres Ehemanns die Spitze zu nehmen. »Und du solltest aufhören, das Wort ›Kaffer‹ zu benutzen. Das kann man nicht mehr sagen.«

»Lottie, wir werden eine Menge Probleme haben, und das sollten wir alle begreifen.« Diesmal ließ sich Jan nicht zum Schweigen bringen. »Hier auf Langani wurde niemand während des Mau-Mau-Aufstands angegriffen, und die meisten unserer Arbeiter mussten keinen Eid leisten. Aber in den nächsten zwei oder drei Jahren werden wir nicht von Unruhen verschont bleiben. Vor allem, wenn die Engländer weiterhin entschlossen sind, unseren Besitz zu verschleudern und uns dann im Stich zu lassen.«

»Da bin ich nicht deiner Meinung«, entgegnete Lottie ruhig. »Ich glaube nicht, dass die Unabhängigkeit so viel ändern wird. Unsere *watu* sind zufrieden. Niemand auf Langani beklagt sich.«

»Es ist noch nicht lange her, dass ich Seite an Seite mit unseren britischen Nachbarn gekämpft habe«, erwiderte Jan. »Während des Ausnahmezustands brauchten sie uns Afrikaaner, aber jetzt haben sie uns bequemerweise aus ihrem Gedächtnis gestrichen.«

»Diese Zeiten sind vorbei«, sagte Lottie mit strenger Miene. »Wir können nicht in der Vergangenheit leben, Jan. Und Kenias Zukunft kann sich für uns alle positiv entwickeln.«

Jan schüttelte schweigend den Kopf und hing seinen Gedanken nach. Während des Mau-Mau-Aufstands hatte er seinen Bruder bei einem Angriff aus dem Hinterhalt im Wald sterben sehen. Ihre Truppe hatte sich monatelang in der feuchten Kälte der Wälder versteckt und nicht genug zu essen gehabt. Ihre Gesichter waren zur Tarnung geschwärzt, und ihre Körper begannen zu stinken, während sie nach Terroristen suchten. In dunklen Nächten waren sie durch das Unterholz gerobbt, auf der Jagd nach den Kikuyu, die den Eid abgelegt hatten. Sie drohten, die Farmen der weißen Familien zu zerstören und sie auf grausame Weise umzubringen. Damals waren viele seiner britischen und afrikaansen Nachbarn nach Rhodesien oder Südafrika geflohen, und einige waren nach England zurückgekehrt.

»Unsere Kaffern haben eine Unterkunft, medizinische Verpflegung und Schulbildung«, hielt er seiner Frau entgegen. »Aber in ihrem tiefsten Inneren glauben sie, dass wir uns auf ihrem Land befinden, Lottie. Obwohl niemand hier war, als wir ankamen, und außer Dornen nichts auf diesem Boden wuchs. Jetzt sehen sie, was in dem Land steckt. Zum Teufel, nachdem wir die Drecksarbeit geleistet haben, wollen sie es nun für sich selbst haben.«

»Wir haben beglaubigte Dokumente von den Briten, die besagen, dass diese Farm seit 1906 unser Eigentum ist. Niemand wird das in Frage stellen.« Piet beugte sich vor und klopfte mit seinem Löffel auf den Tisch. »Nach der Unabhängigkeit werde ich ein Staatsbürger Kenias sein. Dann werde ich mit Kipchoge, Mwangi oder Kamau auf gleicher Stufe stehen. Mit den gleichen Rechten.«

»Du solltest nicht so dumm sein, dich als einer der ihren zu betrachten, Piet. Das sind gefährliche Träume.«

»Da täuschst du dich, Pa. Ich habe echte Freunde unter unseren Afrikanern. Kipchoge ist wie ein ... na ja, wir gehören einer neuen Generation an. Wir respektieren einander und werden gemeinsam etwas auf die Beine stellen – und zwar gleichberechtigt. Im Geiste von *Harambee*, wie Kenyatta sagt. Also mit vereinten Kräften. Ich sehe das von einem neuen Standpunkt aus.«

»Es gibt hier einige Hitzköpfe, die uns nicht leiden können, egal, was wir tun, mein Junge. Sieh dir diesen verrückten Odinga an. Seine Reden sind erfüllt von dem Hass auf uns weiße Farmer. Sollte er an die Macht kommen, wird er jegliche Form einer demokratischen Regierung zerstören, die die Briten hinterlassen.« Jan hob den Zeigerfinger. »Sie reden über afrikanischen Nationalismus, aber das ist nur ein anderer Name für Kommunismus. Schau dich doch um! Wie viele unserer Nachbarn haben schon verkaufen müssen. Sie packen ihre Sachen auf ihre Laster und ziehen in den Süden.«

»Janni, einige Farmer, die das Land verlassen, haben hohe Schulden«, warf Lottie ein. »Ihre Farmen stehen vor dem Bankrott, und die *uhuru* ist nur ein Vorwand, um das Gesicht wahren zu können, wenn sie packen und gehen.«

»Und inwiefern unterscheiden wir uns von ihnen?«, fragte Jan herausfordernd. »Hast du den Brief der Bank nicht gelesen?«

»Welchen Brief?« Piet war schockiert. »Haben wir Schwierigkeiten mit der Bank?«

»Janni! Unsere Situation ist vollkommen anders.« Lottie wirkte aufgewühlt, als sie die Angst in Hannahs Gesicht sah. »Uns geht es gut, und wir werden unsere Farm führen wie bisher. Außerdem würden die Briten nie zulassen, dass ...«

»Die Engländer sind bereits dabei, ihre Hände in Unschuld zu waschen, was dieses Land betrifft«, unterbrach Jan sie mit vor Zorn gerötetem Gesicht. »Sie werden sich der Verantwortung entledigen und alle zukünftigen Probleme unter den Teppich kehren. So wie die Belgier ihre Leute im Kongo im Stich gelassen haben. Sie haben zugelassen, dass dort gemordet und vergewaltigt wurde und dass man ihnen ihr Land genommen hat. Odinga könnte eines Morgens hier hereinspazieren, Langani beschlagnahmen und es unter seinen Freunden aufteilen. Und wir hätten keine Möglichkeit, ihn aufzuhalten! Wenn wir das überleben wollen, müssen wir uns auf einen Kampf gefasst machen.«

»Das kann nicht geschehen. Ganz bestimmt nicht, Pa.« Hannah war den Tränen nahe. »Hier werden immer noch Briten sein, die dafür sorgen, dass alles friedlich abläuft. Außerdem gibt es auch einige gute afrikanische Politiker – das hast du selbst gesagt.«

»Es wird nicht so kommen, wie Pa denkt, Kleines«, erklärte Piet. »Die britische Kolonialbehörde wird die Farmer unterstützen, die hier bleiben und ihr Land behalten wollen. Dein Vater nimmt doch an all diesen Regierungskonferenzen in London teil, nicht wahr, Camilla? Und dort spricht man über finanzielle Mittel zur Rückführung für weiße Farmer, die das Land verlassen wollen.«

»Nicht alle weißen Farmer, Piet«, warnte Jan. »Nur Briten.«

»Und? Unsere Familie besitzt britische Pässe, seit sie hier lebt.« Piet lehnte sich zurück, zufrieden, dass er in dieser Diskussion den Schlusspunkt gesetzt hatte.

»Und wie, denkst du, sind wir dazu gekommen? Sie haben den ersten Afrikaanern britische Pässe und Land gegeben, weil sie

Kollaborateure im Burenkrieg waren, Junge! Im Kampf gegen unser eigenes Volk, die Buren. Hast du das gewusst? Nein, ich sehe, du hattest keine Ahnung! Die Männer, die vor sechzig Jahren ihre Familien hier hergebracht haben, sind fast alle geflohen. Weil sie Spitzel waren. Die britischen Pässe waren der Lohn dafür, dass sie ihre Landsleute ans Messer lieferten. Wären sie unten im Süden geblieben, hätte man sie an den Bäumen aufgehängt.«
»Das ist nicht wahr!« Piets Stimme klang ungläubig.
»Doch, es ist wahr. Allerdings will das in der afrikaansen Gemeinschaft niemand zugeben. Und die Briten werden uns niemals als ihresgleichen ansehen, egal, welche Vereinbarungen sie treffen. Wenn die *uhuru* kommt, werden sie uns nicht einmal einen Tag Zeit lassen.«
»Ich bin überzeugt, dass das nicht stimmt.« Camillas Gesicht war sehr blass. »Mein Vater befasst sich mit Abfindungssummen und der Frage der Staatsangehörigkeit. Er wird dafür sorgen, dass alle fair behandelt werden.«
»Wir sind Buren, meine Liebe. Die Briten mögen uns nicht, und es ist ihnen egal, ob wir bleiben oder gehen. Es schert sie auch nicht, was in unseren Pässen steht. Und wohin sollen sie uns repatriieren? Nach Holland oder Großbritannien? Dahin könnten wir niemals gehen. Nach Südafrika? Sie würden keinen Penny dafür bezahlen, das wir uns in einem Land der Apartheid niederlassen. Sie werden uns den Rücken zukehren und froh sein, dass sie uns los sind!«
»So habe ich dich noch nie reden hören, Pa.« Hannahs Stimme klang angstvoll.
»Und es ist auch nicht der richtige Moment, um damit anzufangen«, erklärte Lottie wütend. »Ich werde läuten und Mwangi bitten, den nächsten Gang zu bringen.«
»Ich bin sicher, dass Sie solche Dinge nie erleben werden.« Camillas Gesicht hatte sich vor Aufregung gerötet, und sie erhob sich halb von ihrem Stuhl. »Mein Vater arbeitet direkt für den

Minister, der für die Kolonien verantwortlich ist. Bestimmt ist man sich in seiner Dienststelle dieser Probleme bewusst. Sie würden niemals jemanden so behandeln, wie Sie befürchten.«

»Sieht ganz so aus, als würdest du in die Fußstapfen deines Vaters treten und ebenfalls Diplomatin werden, junge Dame«, meinte Jan mit unverkennbarem Sarkasmus.

»Reg dich nicht auf.« Piet streckte beschwichtigend die Hand aus, damit Camilla sich wieder setzte. »Ich bin mit all den jungen Kikuyu, Massai und Nandi in dieser Gegend aufgewachsen. Vor ein paar Jahren haben sie mich sogar zu ihrem Blutsbruder gemacht. Es ist, als wäre ich ... Na ja, ich bin wie ein Bruder für sie. Ich habe mit ihnen gefischt, gejagt und gegessen seit ich ein *toto* war. Glaub mir, es ist anders als in Pas Generation. Wir jungen Leute haben eine andere Beziehung zu ...«

»Diesen Kerlen kann man nicht über den Weg trauen! Sie denken nicht so wie wir. Und sie haben eine andere Auffassung von Loyalität. Ich habe dich schon einmal davor gewarnt, Piet. Du bist ein verdammter Narr, wenn du so was glaubst, mein Sohn. Das wird zu einer Katastrophe führen.«

»Schluss mit diesem Gerede!« Lottie schlug mit der Faust auf den Tisch, sodass die Gläser klirrten und das Geschirr klapperte. »Piet, du kannst allen Wein einschenken. Janni, wir werden jetzt unsere Gläser erheben und auf unsere wunderbaren Kinder und ihre Freunde anstoßen. Und auf eine heitere, freudvolle Zukunft für uns alle.«

Jan schwieg. Es tat ihm Leid, dass er Camilla gegenüber einen so harschen Ton angeschlagen hatte. Sie war noch ein Kind, erst achtzehn Jahre alt, wie seine eigene Tochter. Lottie hatte Recht. Er hätte dieses Thema nicht anschneiden sollen. Sie prosteten einander zu, doch Hannah war den Tränen nahe, und Sarah hatte einen Kloß im Hals, der ihr das Schlucken erschwerte. Als sie die Gläser wieder abstellten, spürte Camilla, wie Piet unter dem Tisch nach ihrer Hand suchte und ihre Finger drückte. Nach dem Abendessen setzten sie sich an das

Kaminfeuer und spielten Scharade. Mit seinen unbeholfenen Versuchen, die Begriffe schauspielerisch darzustellen, erntete Jan viel Gelächter. Sarah gewann mühelos und unterhielt anschließend die Runde mit verschiedenen Lauten von Tieren und ihrer Mimik. Schließlich stand Jan auf und legte ihr den Arm um die Schultern.

»Genug, du verrücktes Fräulein! Es ist Zeit fürs Bett. Morgen muss ich sehr früh aufstehen und eine Weide kontrollieren, da Piet seine Arbeit wegen einiger hübscher Damen vernachlässigt. Danach werde ich zu dem Treffen auf Murrays Farm gehen. Ich wünsche euch jungen Leuten eine gute Nacht.«

»Das Licht wird in einer halben Stunde ausgehen.« Lottie umarmte alle und strich Camilla liebevoll über die Wange. »Unterhaltet euch nicht die ganze Nacht lang.«

In Hannahs Zimmer lag der Überwurf, der sonst über die Bettdecke gebreitet war, bereits zusammengefaltet auf dem Koffer am Fußende ihres Betts. Sie liebte das weiche Fell und die geschmeidigen Tierhäute, die ihr Vater für sie getrocknet und geglättet hatte, als sie noch ein kleines Mädchen war. Lottie hatte ihr seitdem eine Auswahl neuer Steppdecken angeboten, aber Hannah beharrte darauf, die alte zu behalten. Sie setzte sich und klopfte auf das Bett, damit Sarah sich zu ihr gesellte, während Camilla sich in den Sessel am Fenster warf, von dem aus man auf den Garten hinausblicken konnte. Der Vollmond erleuchtete den Nachthimmel und zeigte ihn in einer stillen, entfernten Schönheit, der nichts und niemand etwas anhaben konnte.

»Ich verstehe einfach nicht, was heute mit Pa los war«, sagte Hannah. »Vielleicht ist er nur traurig darüber, weil dieser Ort für uns nun nicht mehr der Mittelpunkt der Welt sein wird.«

»Das ist schon in Ordnung. Als ich sagte, dass ich möglicherweise nicht mehr hierher zurückkehren kann, habe ich wohl einen wunden Punkt getroffen.« Camilla schien ihre Fassung wiedererlangt zu haben.

»Das stimmt. Wir haben in den vergangenen fünf Jahren so schöne Zeiten hier verbracht. Wie beängstigend, sich vorzustellen, dass wir an den Wochenenden nicht mehr nach einer nur halbstündige Fahrt in Langani sein werden«, meinte Sarah.
»Zumindest für dich wird die Farm immer noch der Mittelpunkt der Welt sein, Hannah. Du und Piet werdet sie eines Tages bewirtschaften. Er wird das Naturschutzgebiet gründen, dort die Aussichtshütten bauen und …«
»Ich weiß, dass dies mein Zuhause ist, und ich liebe es. Nur manchmal scheint so weit weg von allem zu sein.«
»Weit weg wovon, um Himmels willen?«, fragte Sarah.
»Von anderen Menschen. Von allem Neuen auf der Welt. Für euch ist das kein Problem. Ihr kommt für kurze Zeit zu Besuch, aber wenn ihr hier leben müsstet, nur mit euren Eltern …«
»Und Piet. Du kannst dich nicht über seine Gesellschaft beklagen! Ich hätte nichts dagegen, einen großen Bruder wie ihn zu haben.« Camilla wandte sich von dem mondbeschienenen Garten ab.
»Ich dachte immer, es würde ein Mordsspaß werden, wenn er alle seine Freunde einlädt.« Hannah verdrehte die Augen. »Aber sie trinken nur ständig Bier, reden über die Bewirtschaftung von Farmen, Politik und Rugby. Und über die Mädchen, die sie in Nairobi oder Nanyuki kennen lernen. Mich beachten sie nicht einmal.«
»Die Freunde meines Bruders haben mich auch nie als menschliches Wesen betrachtet. Aber eines Tages wird dich einer von ihnen bemerken – dich richtig wahrnehmen –, und dann wird alles anders sein«, entgegnete Sarah.
»Ich bin zu groß. Groß und schwer wie Pas Ochsen. Warum kann ich nicht so klein, hübsch und dunkelhaarig sein wie Ma? Vielleicht hätten sie mich wirklich in die *heifer boma* schicken sollen!«
»Du bist nicht zu groß, sondern hoch gewachsen. Dein dichtes

blondes Haar ist wunderschön, und du bist so schnell wie der Wind. Wenn ich renne, läuft mein Gesicht dunkelrot an, und ich kann mich erst sehen lassen, wenn meine Gesichtsfarbe wieder normal ist. Außerdem spielst du gut Tennis und reitest hervorragend. Heute sahst du auf deinem Pferd richtig stattlich aus.«

»Stattlich? Das klingt nicht sehr reizvoll.«

»Wir können nicht alle so aussehen wie Camilla«, erklärte Sarah. »Es ist nicht fair, dass sie eine perfekte Figur, große blaue Augen und eine reine Haut hat. Und dazu besitzt sie noch Verstand.«

Camilla schwieg. Sie schien auf irgendetwas hinter der Fensterscheibe zu starren; dann beugte sie sich vor und klopfte leicht gegen das Glas. Schließlich drehte sie sich um, stand auf und lächelte den anderen zu.

»Kommst du mit ins Bett?«, fragte Sarah.

»Noch nicht. Geh schon vor. Wir sehen uns dann später.«

Sarah ging in die Nacht hinaus. Kühle Luft von den Bergen umgab sie, und in der Ferne hörte sie ein trockenes Bellen. Es kam direkt von der Grenze des Gartens. Ein Leopard! Wenn Piet jetzt hier wäre! Er besaß eine starke Lampe, mit der er nachts das Wild beobachtete.

Der Mond warf einen breiten Lichtstreifen in das Schlafzimmer, sodass sie weder die Sturmlampe noch eine Kerze anzünden musste. Sie putzte sich die Zähne mit eiskaltem Wasser und kletterte ins Bett. Der morgige Tag war noch Stunden entfernt. Ihr Körper fühlte sich heiß an und prickelte vor Ungeduld. Wie konnte sie die Wartezeit überstehen, bis sie ihn wiedersah? Wie sollte sie nur einschlafen können? Doch der Ausritt am Nachmittag und der Sherry in Kombination mit dem Wein sorgten dafür, dass sie fast augenblicklich einschlummerte.

Sie war nicht sicher, was sie aufgeweckt hatte. Langsam drangen eine leise Stimme und unterdrücktes Gelächter in ihr Be-

wusstsein. Beunruhigt und verwirrt setzte sie sich auf und warf einen Blick auf Camillas Bett. Es war leer. Sarah fuhr mit den Füßen in ihre Pantoffeln und ging zum Fenster. Die Veranda war in kaltes weißes Mondlicht getaucht. Scharf umrissene Schatten hüteten die Geheimnisse der Nacht. Am Rand der Dunkelheit lehnte sich Camilla gegen das hölzerne Geländer. Dann trat sie mit einem leisen, weichen Lachen ins Licht und murmelte Worte, die Sarah nicht verstehen konnte. Der kalte Wind brachte die Eukalyptusbäume zum Wispern und blähte die Falten ihres Nachthemds. Sie fröstelte. Dann trat Piet aus den Schatten hervor und nahm Camilla in seine Arme. Sarah sah ihre Augen im Mondlicht glitzern. Sie beobachtete, wie Piets Hand nach oben glitt und die Stelle berührte, wo Camillas Brüste sich unter ihrem Pullover wölbten, sah zu, wie Camilla sich zurücklehnte und ihn anlachte.
Sarah stand wie erstarrt in der Dunkelheit. Der Schmerz, der sie durchdrang, war so heftig, dass sie glaubte, jemand habe ihr ein Messer in den Körper gestoßen. Sie zwang sich, vom Fenster wegzugehen, aber obwohl sie die Augen schloss und sich die Bettdecke über den Kopf zog, konnte sie das Bild nicht verdrängen, wie Piet Camillas Gesicht in seine Hände nahm und sich herabbeugte, um ihre Lippen zu küssen.

Kapitel 3

Kenia, Dezember 1962

Sie standen dicht nebeneinander im Morgennebel auf dem Bahnsteig, lachten und weinten, umarmten die Nonnen und Lehrer, was sie in all den Jahren in den Klassenzimmern kein einziges Mal getan hatten. Sie versprachen, in Kontakt zu bleiben, sich Briefe zu schreiben und einander bald zu besuchen. Hannah war zum Bahnhof gekommen, um sich zu verabschieden. Nun stand sie neben Camilla und machte dumme Witze, um ihre Verlegenheit und Traurigkeit zu überspielen. Sarah trat zur Seite, unfähig ihre Tränen zu verbergen. Ein Teil ihres Lebens war nun bereits vorbei. Sie fühlte sich aus dem Gleichgewicht geworfen, so als müsste sie sich nun ohne Richtlinien und vertraute Gesichter in einen leeren Raum stürzen. Der indische Stationsvorsteher erschien auf dem Bahnsteig. Sein Atem verdampfte in der frostigen Luft, als er tränenreiche Abschiedsszenen unterbrach und plappernde Mädchen in die Waggons wies. Er schlug Türen zu und rief dem Lokführer, den Maschinisten und dem Schlafwagenschaffner Kommandos zu. Die Mädchen beugten sich weit aus den Fenstern, winkten und riefen ihre letzten Abschiedsgrüße, als der Zug den Bahnhof im Bergland verließ und sie mit einem jammervollen Pfeifen von ihren Kindheitsjahren fortbrachte.

Als sie am späten Nachmittag in Nairobi eintrafen, standen die Eltern in Grüppchen auf dem Bahnsteig. Ihre Gesichter strahlten vor freudiger Erwartung. Willkommensgrüße ertönten, als die Kinder und ihr Gepäck auf den Bahnsteig gebracht wurden. Gepäckträger rollten Schrankkoffer zu den bereitstehen-

den Autos. Sarah versuchte zu erraten, wer in der Menge Marina Broughton-Smith war.
»*Jambo*, Saidi. Unser Gepäck steht dort drüben.« Camilla begrüßte einen Mann in einer Chauffeursuniform. »Das ist meine Freundin *Memsahib* Sarah, die bei uns wohnen wird.«
»Wo sind deine Eltern?« Instinktiv wusste Sarah, dass sie nicht danach hätte fragen sollen, aber die Worte waren ihr einfach so herausgerutscht.
»Keine Ahnung. Ich nehme an, sie sind beschäftigt. Wir werden sie noch früh genug zu Gesicht bekommen.«
Saidi fuhr sie durch die breiten Straßen der Stadt zu der Wohnsiedlung Muthaiga, wo Alleen großflächige Grundstücke mit gepflegten Rasenflächen und Blumenbeeten einrahmten. Das Haus der Broughton-Smiths wirkte auf beunruhigende Weise kalt und unpersönlich, und als Sarah über die Schwelle trat, brachte die Stille sie aus der Fassung. Sie hatte das Gefühl, sich in einem Haus zu befinden, das keine Seele hatte: Es war nur ein imposanter Steinhaufen, der keine Ähnlichkeit mit einem Zuhause hatte, wie sie es kannte. Von Camillas Eltern war keine Spur zu sehen, als sie dem Hausboy die Treppe hinauf in den Gästeflügel folgte. In ihrem Zimmer stand ein Himmelbett und ein mit Samt bezogenes Sofa mit einem dazu passenden Sessel. Daran schloss sich ein eigenes Bad an. Es war beeindruckend und löste ein Gefühl der Verlorenheit in ihr aus. So stellte sie sich eine Suite in einem teuren Hotel vor, obwohl sie noch nie eine gesehen hatte. Draußen erstreckte sich ein riesiger Rasen, der von Sträuchern und einem Rosengarten umrahmt wurde. Als sie das Fenster öffnete, strömte kalte Luft mit süßem Blumenduft herein.
Während der gesamten Schulzeit hatte Camilla nie eines der Mädchen zu sich nach Hause gebeten, und Sarah hatte die Einladung neugierig und ohne Zögern angenommen. Aber der Anblick von Piet und Camilla im Mondschein hätte ihre

Freundschaft beinahe beendet. Es war eine Qual gewesen, als sie sich am nächsten Morgen während des Ausritts bemühen musste, fröhlich zu wirken und scheinbar unbefangen mit Piet zu plaudern, als sei nichts geschehen. Den ganzen verpfuschten Tag lang hatte sie darum gekämpft, ihren Schmerz und ihre Erbitterung zu verbergen. Nach der Rückkehr in die Schule wurde das Gefühl, verraten worden zu sein, noch stärker. Sie wartete darauf, dass Camilla den Vorfall erwähnen und ihr eine Erklärung dafür geben würde. Doch nichts dergleichen geschah. Camilla schien ihre Reserviertheit nicht zu bemerken, und obwohl Sarah manchmal vor Wut kochte, wollte sie sie nicht direkt darauf ansprechen. Sie versuchte sich einzureden, dass Piet in ihr nie etwas anderes gesehen hatte als eine kleine Schwester, doch dadurch verstärkte sich ihre Eifersucht nur noch mehr. Dann begannen die Prüfungen. Sarah verdrängte alles andere aus ihren Gedanken und verbrachte jede freie Minute über ihren Büchern, bis sie eines Abends ihre Biologieaufzeichnungen nicht finden konnte.

»Ich habe sie mir gestern geborgt«, sagte Camilla. »Es macht dir doch nichts aus, oder?«

Das war der Tropfen, der das Fass zum Überlaufen brachte. »Verdammt, es macht mir aber etwas aus«, brüllte Sarah. »Du glaubst offenbar, dass du dir alles nehmen kannst und nicht einmal vorher fragen musst – nur weil du so tust, als seist du meine Freundin. Aber du bist nicht meine Freundin, und schon gar nicht meine Schwester. Und wenn wir hier rauskommen, dann will ich dich nie mehr wiedersehen. Nie mehr.«

Camilla starrte sie völlig verblüfft an und öffnete den Mund, um zu protestieren, aber Sarah war jetzt in voller Fahrt, und der ganze aufgestaute Schmerz brach aus ihr heraus. Camilla beteuerte, dass sie diesen Vorfall nicht bewusst herbeigeführt habe, doch das brachte Sarah noch mehr auf.

»Mir ist es verdammt gleichgültig, wer damit angefangen hat«, erklärte sie zornig. »Du wusstest genau, wie ich für Piet empfand. Und jetzt lass mich in Ruhe. Ich will nur noch meine Prüfungen ablegen und dann nach Hause fahren.«

Camilla setzte sich, blass und schockiert. Ihre übliche Gelassenheit war wie weggeblasen. »Du kommst mit mir nach Nairobi«, beharrte sie. »Du wirst bei mir wohnen. Alles ist schon vorbereitet.«

Plötzlich brach sie in Tränen aus, und Sarah wandte sich erstaunt um. Sie hatte Camilla noch nie weinen sehen. Ihr Körper zuckte. Sie verbarg ihr Gesicht in den Händen und schluchzte flehentlich.

»Bitte, Sarah. Bitte! Du musst mit mir kommen. Ich kann nicht allein nach Hause fahren. Du darfst mich jetzt nicht im Stich lassen. Ich brauche dich in Nairobi. Du und Hannah, ihr beide seid alles, was ich habe! Jetzt, da die Schule vorbei ist, müssen wir zusammenbleiben. Wir müssen – wir haben es uns geschworen.«

Wegen des Gelöbnisses gab Sarah schließlich nach, und so war sie schließlich doch in Nairobi gelandet. Am Abend nach ihrer Ankunft begegnete sie Marina Broughton-Smith zum ersten Mal und erkannte sofort, woher Camillas Schönheit kam. Mutter und Tochter besaßen das gleiche ovale, von aschblondem Haar umrahmte Gesicht, die gleichen blauen Augen und die gleiche zarte Haut, die gerade Nase und den perfekt geformten Mund. Eine Frau von Botticelli, dachte Sarah ein wenig bekümmert. Marinas Hände schienen ständig in Bewegung zu sein, sie flatterten überallhin, berührten flüchtig Kristallvasen und ledergebundene Bücher, verharrten einen Augenblick auf ihrem hellen Haar und nestelten an der Perlenkette an ihrem Hals. Ihre Gegenwart schien den Raum zu durchdringen und eine gewisse Unsicherheit zu verbreiten. Ihre Stimme klang hell und ein wenig atemlos, und sie lächelte häufig, aber in ihren Augen lag ein Ausdruck, der auf eine empfindsame Seele schließen ließ.

»Ich hoffe sehr, dass du die wenigen Tage in Nairobi genießen wirst, meine Liebe. Wie schön, dass Camilla eine Freundin mitgebracht hat! Sally Mackay, nicht wahr?« Marina beugte sich vor, und Sarah musste an Fotos der Queen denken, wenn sie gerade einen Blumenstrauß entgegennahm. »Wir haben schottische Freunde mit dem Namen Mackay in Blairgowrie. Bist du vielleicht mit ihnen verwandt? Wir fahren dorthin zur Jagd. Zumindest taten wir das, bevor George dafür gesorgt hat, dass wir das ganze Jahr über hier angebunden sind.«

»Sarah. Mein Name ist Sarah. Wir sind nicht mit dieser Familie verwandt. Meine Eltern stammen aus Irland, nicht aus Schottland. Obwohl vielleicht vor vielen Jahren …«

»Oh, ich verstehe. Iren. Wie interessant. Die Iren sind ja so charmant und haben eine wundervolle Sprache.« Marinas strahlendes Lächeln spiegelte sich nun auch in ihren Augen wider. Aus einem unerfindlichem Grund wirkte sie erleichtert. »Wir haben Freunde in Irland. Sie besitzen einen Rennstall in der Grafschaft Kildare. Vielleicht kennen deine Eltern das Gestüt der Odwyers? Es ist ein herrliches Anwesen.«

»Meine Mutter kommt aus Sligo, und mein Vater stammt aus der Grafschaft Monaghan.« Sarah sah an Marinas Gesicht, dass ihr Interesse kaum wahrnehmbar verblasste, als deutlich wurde, dass es wohl kaum eine gemeinsame Basis gab. »Ich glaube nicht, dass meine Eltern jemanden kennen, der Pferde züchtet. Aber vielleicht haben sie …«

»Sarahs Vater ist Arzt«, fiel Camilla ihr ins Wort. »Er kümmert sich um Menschen, nicht um Pferde, Mutter. Daran bist du sicher nicht allzu interessiert.«

Marinas Lächeln erlosch, und ihre Augen begannen zu glitzern. Sarah senkte den Blick, peinlich berührt von der bissigen Bemerkung, mit der Camilla ihre Mutter offensichtlich verletzt hatte. Wie ein verwundetes Tier wandte sich Marina ab und zog die Schultern hoch.

»Die Grafschaft Monaghan. Gespenstische kleine Städte an dieser störenden Grenze. Ja, ich bin einmal durch Sligo gefahren. Es kam mir sehr ursprünglich und malerisch vor, wie man es bei Yeats liest – sehr hübsch.« Sie berührte flüchtig Sarahs Arm – offensichtlich konnte sie es kaum erwarten zu gehen. »Nun, ihr Lieben, ich muss mich beeilen. Um sieben muss ich im Club sein. Saidi kann euch später zum Kino fahren, wenn ihr wollt.«

Im Verlauf der Woche beobachtete Sarah fasziniert die Gepflogenheiten der Familie. An den meisten Tagen war von Marina nichts zu sehen, bis sie dann gegen sechs Uhr im Wohnzimmer erschien, schick gekleidet für eine Cocktailparty oder ein Abendessen, mit einem Drink in der Hand. Sie nippte an ihrem Glas und rauchte einige Zigaretten, während sie in einem Magazin oder einem Buch blätterte und auf ihren Mann wartete. Wenn George dann eintraf, küsste er sie flüchtig und erkundigte sich in einer merkwürdig altmodischen und förmlichen Art, die Sarah nur aus historischen Romanen kannte, wie ihr Tag gewesen sei. Doch gegenüber Camilla verhielt er sich ganz anders. Offensichtlich gab es zwischen den beiden eine starke Zuneigung. Am Frühstückstisch umarmte er seine Tochter und zeigte sich interessiert an ihren Fragen und Ansichten und ihren Plänen für den Tag. Er war groß und attraktiv, ein wenig korpulent, doch seine gut sitzenden, maßgeschneiderte Anzüge verbargen jedes überflüssige Pfund. Sein Haar war dicht und gewellt und fast weiß, aber sein gebräuntes Gesicht wies keine Falten auf, so als hätte jemand sie weggebügelt und seine Haut wieder so hergestellt, wie sie in seiner Kindheit gewesen war. Er trug einen großen Siegelring mit einem eingravierten Wappen. Sarah war fasziniert von seinen weichen Händen und seinen gepflegten, polierten Fingernägeln, die oval zugefeilt waren. Offenbar ließ er sie maniküren. Wenn Camilla ihn ansah, wirkte ihr Gesicht sanft und sorglos. Sie hakte sich gern bei ihm unter und hielt seine Hand, wenn sie mit ihm sprach.

Allerdings verbrachten die Broughton-Smiths kaum einen

Abend zu Hause. Sobald George sich umgezogen hatte, brach er mit seiner Frau zu dem jeweiligen gesellschaftlichen Ereignis auf, das ihnen ihr Terminkalender vorgab. Beim Frühstück ließ Marina sich nie blicken. Aber nachts, lange nachdem sie zu Bett gegangen war, hörte Sarah ihren leichten Schritt, wenn sie sich zurückzog. Viel später stieg George dann die Treppe mit schwerem, beinahe lustlos anmutenden Tritt hinauf.

»Deine Eltern sind wirklich immer sehr beschäftigt«, bemerkte Sarah am zweiten Abend in Nairobi. »Wann redest du mit ihnen darüber, was du jetzt tun willst? Oder über alles andere?«

»Sie haben mich für einen Kurs in Kunstgeschichte in Florenz angemeldet. Du weißt schon – eine dieser Schulen, die von jungen Damen besucht werden, die sonst nichts zu tun haben. Und danach geht's weiter mit einem langweiligen Lehrgang, wo man Unterricht in Maschineschreiben, Stenografie, gutem Benehmen und Schminken erhält. Ein Kurs für höhere Töchter, die kurze Zeit als Sekretärin arbeiten wollen, bevor sie heiraten. Schrecklich! Wenn ich damit eine Art Sicherheitsnetz erworben habe, darf ich mich an einer Schauspielschule anmelden.«

Sarah war verblüfft. »Warum gehst du nicht an die Universität und trittst dort einer Schauspielgruppe bei? Bei Produktionen an Colleges tauchen häufig Talentsucher auf.«

»Ich habe keine Lust, weitere drei oder vier Jahre Prüfungen abzulegen und Dinge zu lernen, die ich nicht wissen muss.« Camillas Gesicht wirkte gelassen, aber Sarah bemerkte, dass sie die Hände zusammenpresste. »Sie sagen, ich könne nicht erwarten, auf der Bühne Erfolg zu haben, nur weil ich in ein paar Stücken auf der Schule und hier in Nairobi mitgespielt habe. Nicht dass sie jemals gekommen wären, um es sich anzusehen. Nur ein einziges Mal, weil es sich um eine Wohltätigkeitsveranstaltung handelte, die Mutter mitorganisiert hatte.«

»Nun, ich nehme an, bei ihrem Terminkalender …« Sarah verstummte.

»Gib dir keine Mühe, Entschuldigungen für sie zu finden. Sie ignorieren meine Ziele, weil sie hoffen, dass ich sie allmählich vergesse oder mich entmutigen lasse. Aber das werde ich nicht. Ich werde eine brillante Schauspielerin sein – das ist alles, was ich mir wünsche.«

»Wenn du noch einmal mit ihnen darüber sprichst, sehen sie vielleicht ein, dass du dich besser sofort an einer Schauspielschule bewerben solltest.«

»Sie sehen, was sie sehen wollen. Ich werde meine Zeit nicht mehr damit verschwenden, mich mit ihnen herumzustreiten. Daddy ist enttäuscht, weil ich nicht in den diplomatischen Dienst will, und Mutter interessiert sich nur für meine Heiratschancen. Sie haben mir einen Kompromiss angeboten, mit dem ich leben kann. Und danach kann ich wieder mein Leben in die Hand nehmen.«

»Aber sie sind deine Eltern. Möglicherweise haben sie nicht begriffen, wie ernst es dir mit der Schauspielerei ist.«

»Komm schon, Sarah. Meine Wünsche sind ihnen völlig egal. Jetzt lass uns aus dieser Leichenhalle verschwinden und ein wenig Spaß haben.«

Sie verbrachten den Morgen im Muthaiga Club und faulenzten am Swimmingpool. Sarah lag in der Sonne, sog die Hitze in sich auf und war froh, dem stillen, beklemmenden Haus entronnen zu sein. Camilla trug einen riesigen Hut und saß unter einem Sonnenschirm. Kellner kamen und gingen mit gekühlten Drinks, Snacks und kleinen pinkfarbenen und weißen Zetteln, die Camilla unterschrieb. Eine Reihe von Freunden und Bekannten tauchte auf, um den neuesten Klatsch in Nairobi auszutauschen, Verabredungen für ein Tennisspiel zu treffen und über die gesellschaftlichen Ereignisse zu reden, zu denen sie alle eingeladen waren. Sarah fühlte sich ausgeschlossen und eingeschüchtert von den Gesprächen unter den Hauptakteuren der Partyszene Nairobis. Zur Mittagszeit trank Camilla einige Pimm's aus großen, vereisten Gläsern, und als sie aufbrachen, stellte Sarah besorgt fest, dass ihre Freundin ein wenig schwankte.

»Hey, hast du einen Schwips?«

»Wahrscheinlich. Aber den kann ich heute Nachmittag ausschlafen. Rechtzeitig zur Inspektion, bevor sie abends ausgehen.«

Der Fahrer stand wie immer zu ihrer Verfügung und beförderte sie in das Zentrum von Nairobi, wo Camilla viel Zeit zu verbringen schien. Auf dem Gehsteig vor dem Thorn Tree Café fanden sie einen freien Tisch und bestellten Eiskaffee. Camilla kannte dort offenbar jeden und schien an allen Aspekten des Lebens ihrer Bekannten interessiert zu sein. Sie erkundigte sich nach Kindern und Enkeln, Geschwistern und Partnern, Golf-Handicaps und Bridgepartien.

»Wie kannst du dir nur all das merken, was dir deine Freunde und Verwandten erzählen?«, fragte Sarah.

»Sie alle haben ihre eigene Geschichte, verstehst du? Selbst der langweilige alte Mann mit den gelben Zähnen und dem ausgefransten Buschhemd kann dir ungewöhnliche Dinge erzählen. Ich habe das gelernt, indem ich Vater beobachtete. Es gehört zu seinem Job, und er macht ihn sehr gut. Und so habe ich immer jemanden, mit dem ich mich unterhalten kann.«

Diese Worte waren ein Eingeständnis ihrer Einsamkeit, und Sarah wandte sich rasch ab, um ihr Mitleid zu verbergen, das sicher nicht erwünscht war. Kurz fuhr ihr der Gedanke durch den Kopf, dass diese Passanten für Camilla eine Ersatzfamilie darstellten, doch sie verwarf ihn rasch als dumm und weit hergeholt.

»Aber du erzählst ihnen nie etwas über dich«, meinte sie, während Camilla sich eine weitere Zigarette anzündete.

»Sie alle kennen meine glamourösen Eltern und glauben, ich wäre verpflichtet, sie zu mögen.« Camilla beobachtete, wie die Safari-Wagen mit Wasserbehältern, teuren Lederkoffern und Holzkisten mit Gewehren und Munition beladen wurden.

»Sieh dir diese Berge von Gepäck an – was wollen sie damit hier am Ende der Welt anfangen?«, überlegte sie laut.
»Mein Gott, ich wäre so gerne reich und würde in ein eigenes Zeltlager aufbrechen. Weiße Jäger, schroffe Landschaft, große Flinten und brüllende Löwen bei Nacht.«
»Primitiv und schweißtreibend. Aber ich kann mir gut vorstellen, wie du da mittendrin steckst. Wenn Piet sein eigenes Wildreservat gründet, kannst du ihn ja begleiten.« Camilla sah, wie der Schmerz in Sarahs Augen aufflackerte. »Meine Güte, Sarah! Ich habe mich schon ein Dutzend Mal dafür entschuldigt.«
Sarah zögerte. Eigentlich wollte sie etwas erwidern, aber es widerstrebte ihr, ihre Qualen während ihres Aufenthalts in Nairobi wieder aufleben zu lassen. Also blieb sie stumm und beobachtete, wie Camilla jemandem ein strahlendes Lächeln schenkte.
»Anthony! Gehst du auf Safari?«
»Ich helfe einem der Jäger von Ker and Downey. Vier Kunden, drei davon möchten auf die Jagd gehen. Einer sieht heute allerdings etwas mitgenommen aus. Ich glaube, er hat sich gestern in der Long Bar eine ganze Flasche Scotch gegönnt. Wir werden etwa einen Monat unterwegs sein. Willst du mitkommen?«
»Meine Güte, nein. Ich habe keine Lust, meine Zeit in einem sumpfigen Camp mit wildfremden Leuten zu verbringen.«
»Ich bin kein Fremder. Und ich habe Platz in meinem Zelt.«
»Machst du Witze, Anthony?« Camilla lachte. »Das ist meine Freundin Sarah Mackay. Anthony Chapman.«
Er setzte sich zu ihnen und bestellte Tusker Bier für alle. Sarah war sofort begeistert von seiner Geradlinigkeit und seiner Art, wie er sie direkt ansah.
Er hatte braune Augen mit schweren Lidern, und seine Adlernase ließ ihn ein wenig unnahbar erscheinen. Aber sein Lächeln betonte seine sinnlichen Lippen.

Sein rötliches Haar war zu lang und fiel ihm im Nacken lockig über den Hemdkragen. Gesicht und Hände waren braun gebrannt und mit Sommersprossen übersät. Wenn er zuhörte, saß er reglos da, wie ein Tier in der Wildnis, das all seine Instinkte nützte, um alle Geräusche seiner Umgebung aufzunehmen und einzuschätzen. Doch wenn er lachte, wirkte er völlig ungehemmt. Sarah bedrängte ihn mit Fragen über sein Leben im Busch und lauschte hingerissen, als er seinen Tagesablauf im Camp schilderte.

»Ich war schon auf Safari«, erklärte sie. »Allerdings nur in unserer Familienkutsche und jeweils bloß für ein paar Tage am Stück. Wir übernachteten in Unterkünften für Selbstversorger in Tsavo und Amboseli. Am liebsten wäre ich für immer dort geblieben. Die Jagd fand ich jedoch immer traurig. Und grausam. Ich bin erstaunt, dass du das tun kannst, wo du dich doch wirklich für die Tierwelt begeisterst.«

»Die Jagd wird streng kontrolliert. Man kann nicht einfach in den Busch gehen und alles abknallen, was sich bewegt. Hier wird nicht wahllos getötet.«

»Aber getötet wird doch.« Sarah wollte ihn nicht gegen sich aufbringen, aber dieses Thema war sehr wichtig für ihre eigenen Zukunftspläne. »Ihr schießt Elefanten, Löwen, Büffel und Leoparden. Eigentlich könnt ihr alles erlegen, was sich als Wandschmuck in eurer Bibliothek eignet, oder?«

»So ist es nicht.« Er drückte seine Zigarette aus, gereizt über ihre Unwissenheit. »Du musst für jede Trophäe eine Lizenz beantragen, gleichgültig, ob es sich um einen Büffel, einen Kudu oder einen Leoparden handelt. Natürlich wollen die meisten Kunden zumindest zwei von den so genannten ›Big Five‹ erlegen, aber sie sind nicht immer erfolgreich.«

»Trotzdem haben die Tiere kaum eine Chance. Sie stehen praktisch hilflos Menschen mit Waffen und schnellen Autos gegenüber, die unbedingt töten wollen«, entgegnete Sarah.

»Wir schießen nicht aus schnellen Autos. Nicht einmal aus

langsamen. Es gibt Bestimmungen, die den Abstand vom Fahrzeug, von dem Tier selbst und einiges mehr festlegen.« Anthony war nicht mehr verärgert, sondern genoss diesen Meinungsaustausch. »Du musst dich dort draußen zu Fuß fortbewegen. Jeder deiner Schritte erzeugt ein Geräusch oder gibt ein Signal, das ein Büffel oder ein Löwe, der sich im Dickicht versteckt, schon lange vorher wahrnimmt, wenn du dich ihm näherst. Und abgesehen von den Lizenzen für Trophäen erlegen wir nur Tiere, um Nahrung für das Camp zu besorgen.«

»Trotzdem tötet ihr dafür Tiere«, gab sie halsstarrig zurück.

»Das tut dein Metzger auch«, erwiderte er mit einem Lächeln.

»Ich glaube mich erinnern zu können, dass Sarah vor kurzem ein Stück eines Impalaschenkels verdrückt hat«, warf Camilla genüsslich ein. »Und sie war voller Bewunderung für die Person, die das arme unschuldige Tier geschossen und auf den Tisch gebracht hat.«

Sarahs Gesicht wurde knallrot.

»Dein Heiligenschein verblasst ein wenig, wie mir scheint.« Anthony zog die Augenbrauen hoch. »Der Bestand breitet sich zu rasch aus, Sarah, und wir haben einen wachsenden Bedarf an Land, auf dem Lebensmittel angebaut werden können. Es ist nicht möglich, wahllos alle Arten von Wild zu schützen.«

»Das ist mir alles klar. Wir haben Freunde, die eine Farm bewirtschaften, und manchmal müssen sie einen Leoparden schießen, weil er ihr Vieh angegriffen hat. Oder sie müssen einen Büffel töten, der die *shambas* der Arbeiter niedergetrampelt hat. Ich verstehe, dass man für ein gesundes Gleichgewicht sorgen muss. Aber das ist etwas anderes, als wenn jemand ein Tier nur zum Spaß tötet.«

»Ich denke, da bewegen wir uns auf einem schmalen Grat. Aber von dem Geld für die Jagdlizenzen werden die Ranger bezahlt, die in den Reservaten und Parks patrouillieren. Zumindest theoretisch.«

»Es ist eher wahrscheinlich, dass sich ein paar Politiker davon

einen weiteren Mercedes oder eine neue Frau kaufen«, meinte Camilla fröhlich.
»In dieser Gegend kann man sich reinen Zynismus nicht leisten«, gab Anthony zurück. »Ein Teil des Geldes wird für den vorgesehenen Zweck verwendet, und das ist besser als nichts. Und die professionellen Jäger sind auch sehr gute Wildhüter, die illegale Aktivitäten sofort bei den zuständigen Behörden melden und oft auch das Wildern von Nashörnern und Elefanten verhindern.«
»Du willst also sagen, dass der Zweck die Mittel heiligt – wie beim Abschießen von prächtigen alten Elefanten für den Kochtopf, zum Beispiel?« Sarah war noch nicht überzeugt.
»Noch einmal: in der Theorie, ja.« Anthony schob seinen Hut aus dem Gesicht und leerte sein Glas. Das Lächeln war aus seinen Augen verschwunden. »Sicher wird unter den Politikern gepokert und gemauschelt. Und nach der Unabhängigkeit wird das möglicherweise noch schlimmer werden, falls Korruption zu einem ernsten Thema wird. Und das ist sehr wahrscheinlich. Wer weiß, was dann geschehen wird.«
»Ein düsteres Szenario«, meinte Sarah. »Ich hoffe, dass es dann noch Leute wie dich geben wird, die sich für das Überleben der wilden Tiere einsetzen.«
»Das scheint dir ja sehr am Herzen zu liegen.«
»So ist es«, erklärte Camilla. »Sarah ist eine Art Kreuzritter, so wie du. Sie möchte Zoologie studieren und nach ihrem Examen hierher zurückkommen, um im Naturschutz zu arbeiten. Also ihren Teil dazu beitragen, dieses Land zu retten.«
»Braves Mädchen. Vielleicht werden wir eines Tages zusammenarbeiten. Ich habe einen Freund, der auf seiner Farm ein privates Wildtierreservat gründen will. Er möchte eine kleine Lodge bauen, von der aus Leute das Wild an einem Ort beobachten können, der nicht von lärmenden Touristengruppen überlaufen ist. Wenn ich ein wenig Geld auftreiben kann, möchte ich es in dieses Projekt investieren.«

»Wo soll das sein?« Sarah beugte sich ungläubig vor.
»Der Ort heißt Langani Farm. Der Mann, der sie bald leiten wird, ist ein alter Kumpel von mir. Piet van der Beer. Tatsächlich stammt er aus der Gegend, wo ihr Mädchen eingekerkert wart.« Erstaunt lauschte er, als die Mädchen ihn aufklärten. »Nun, sein Plan ist wirklich gut, obwohl es schwer werden wird, das Geld dafür aufzubringen. Aber Piet ist ein guter Mann, und wenn jemand so etwas auf die Beine stellen kann, dann er.« Anthony wandte sich Camilla zu. »Was gibt's Neues bei dir?«
Sie zuckte die Schultern. »Alles wie gehabt. Meine Eltern beharren immer noch darauf, dass die von mir gewählte Karriere zu bohemienmäßig sei, was immer das auch heißen mag. Ich glaube nicht, dass einer von den beiden jemals einen Bohemien getroffen hat. Also habe ich eingewilligt, eine standesgemäße Ausbildung zu machen, bevor ich mich an einer Schauspielschule einschreibe. Lass uns nicht davon reden. Du kannst damit rechnen, dass ich schon bald schön, brillant und berühmt sein werde.«
»Das meiste davon bist du bereits.« Seine Augen verengten sich, als er leicht ihr Handgelenk berührte, und Sarah sah, wie auf Camillas nacktem Arm eine verräterische Gänsehaut erschien. »Jetzt muss ich zu meinen Kunden. Es war nett, dich kennen zu lernen, Sarah. Benimm dich anständig, Camilla. Ich habe meine Spione, also werde dich auch aus der Ferne im Auge behalten. Vielleicht kommst du mit mir zu dieser Weihnachtsfeier im Muthaiga? Meine Kunden werden sicher um diese Zeit ein paar Tage in der Stadt verbringen wollen.«
»Vielleicht.« Ihr Lächeln strafte ihren lässigen Ton Lügen. »Welch eine Überraschung, dass du Piets große Pläne kennst.«
»Wir guten Jungs müssen zusammenhalten. *Salaam* euch beiden.«
Sarah sah ihm nach, als er wegging. Seine Gliedmaßen schienen viel zu lang zu sein, und seine Bewegungen wirkten

schwungvoll und anmutig. Als er außer Hörweite war, wandte sie sich Camilla zu.
»Du hast einen Verehrer.«
»Er ist nur ein Buschbaby.« Camillas Blick folgte ihm, als er in seinen Landrover stieg und davonfuhr. »Auf einem Pferd macht er allerdings eine sehr gute Figur, das muss ich zugeben. Ich habe ihn schon Polo spielen sehen. Noch besser passt er jedoch in eine staubige Klapperkiste mit Allradantrieb irgendwo am Ende der Welt.«
»Er ist viel mehr als das. Intelligent. Begeistert von dem, was er tut. Und er sieht gut aus.«
»Zu dünn und zu blass. Wo er herkommt, gibt es jede Menge von seiner Sorte.«
»Ach, komm schon, Camilla. Du hattest doch gerade Herzklopfen.«
»Ich habe nicht vor, mich von einem Cowboy aus Kenia aus der Bahn werfen zu lassen. Er passt überhaupt nicht in meine Pläne. Lass uns zum Muthaiga Club zurückgehen und schwimmen. Hier ist es viel zu heiß.«

»Liebling.« Marina saß im Wohnzimmer, als sie am späten Nachmittag zurückkamen. »Wir gehen zum Abendessen aus, aber Daddy ist schon früher nach Hause gekommen. Er wird gleich herunterkommen, dann können wir zusammen etwas trinken.«
»Mach dich auf was gefasst«, murmelte Camilla. »Das wird eine Folge der Serie ›Happy Families‹, wie du sie noch nie gesehen hast.«
George Broughton-Smith mixte ihnen Drinks. Das Klirren der Eiswürfel in den Gläsern machte Sarah die Stille im Raum deutlich bewusst. Sie dachte an das Wohnzimmer in Langani, wo alle redeten und lachten und gut gelaunt ihre Meinungen austauschten. Ob Camillas Eltern schon immer so unnahbar gewesen waren?

»Was gibt es Neues in der Schickeria von Nairobi?«, fragte George und sah seine Tochter liebevoll an.
»Alles beim Alten. Wir haben Anthony Chapman getroffen. Er redete über Naturschutz und Geld für Nationalparks. Sein übliches Steckenpferd.«
»Wir brauchen hier solche jungen Männer. Vor allem jetzt.«
»Er ist der Meinung, dass es nach der Unabhängigkeit noch mehr Wilderei und Korruption geben wird«, sagte Camilla.
»Da muss ich ihm leider zustimmen. Ich würde gern das Gegenteil behaupten, aber es gibt bereits überall deutliche Anzeichen dafür.«
»So schlimm wird es schon nicht werden.«
»Natürlich nicht. Aber leider sind Politiker, die neu ins Amt kommen, oft bestechlich. Die Aussicht auf Geldsummen, von denen sie bislang nicht einmal zu träumen wagten, verdreht ihnen leicht den Kopf.«
»Wir wollen doch bei unseren Drinks nicht über Politik reden, George. Es gibt so viele Dinge, die für die Mädchen sicher interessanter sind.« Marina legte für einen kurzen Moment ihre blassen Finger auf Camillas Arm. »Ich habe mir überlegt, ob ihr beide morgen mit mir zum Mittagessen nach Limuru kommen wollt. Würde euch das Spaß machen?«
»Wir haben Saidi gebeten, uns in den Nationalpark von Nairobi zu bringen. Wir wollen dort picknicken. Vielleicht läuft uns sogar ein Löwe oder ein Nashorn über den Weg.«
»Du meine Güte!«, rief Marina aus und verzog das Gesicht wie ein schmollendes kleines Kind. »Ich habe Chantal Dubois von der französischen Botschaft eingeladen, mit uns zu kommen. Sie wollte ihre Tochter mitbringen, die in eurem Alter ist. Ich bin sicher, Sarah würde sich gut mit ihr verstehen.«
»Sarah interessiert sich mehr für wilde Tiere und Leute wie Anthony Chapman«, erklärte Camilla. »Oder die van der Beers.« Sie wandte sich ihrem Vater zu. »Daddy, wie wird die

britische Regierung die Farmer entschädigen, deren Land nach der *uhuru* den Afrikanern gegeben wird?«

Der livrierte Hausboy trug ein Tablett mit kunstvoll zubereiteten Appetithäppchen herein. Unter dem Eindruck der Spannung um sie herum verspürte Sarah plötzlich enormen Hunger. Sie häufte etliche der kleinen Happen auf ihren Teller, um dann festzustellen, dass außer ihr niemand etwas aß. Peinlich berührt starrte sie auf ihre Portion.

»Was um alles in der Welt interessiert dich an Abfindungen für Farmen?« George Broughton-Smith sah seine Tochter erstaunt an. »Deiner Mutter wird es nicht gefallen, wenn du plötzlich Interesse für Politik entwickelst.«

Camilla richtete ihre Aufmerksamkeit auf das Tablett mit den belegten Brötchen.

»Du hast meine Freundin Hannah kennen gelernt, Daddy. Sie, Sarah und ich sind inzwischen wie Schwestern. Ihre Familie besitzt eine Farm, auf der Sarah und ich unsere freien Wochenenden verbracht haben. Das ist mein Lieblingsort auf dieser Welt – der Ort, an dem ich immer wirklich glücklich war.«

Sarah bemerkte den schmerzlichen Ausdruck auf Marinas Gesicht und überlegte verzweifelt, wie sie das Gespräch in eine andere Richtung lenken konnte. Aber Camilla war fest entschlossen, diese Gelegenheit zu nutzen.

»Nach der Unabhängigkeit wollen sie in Kenia bleiben und die Staatsbürgerschaft erlangen. Doch sie fürchten, dass man sie möglicherweise zwingt, ihr Land für ein Butterbrot zu verkaufen oder ihre Farm im Rahmen eines Umsiedelungsplans hergeben zu müssen.«

»Ich denke nicht, dass du dir um die Farmer in Kenia Sorgen machen musst, Liebling«, sagte Marina. »Sie hatten viele gute Jahre. Ich bin sicher, dass die fähigen Leute unter ihnen in der Lage waren, ansehnliche Summen auf die Seite zu schaffen. Die meisten haben Nummernkonten im Ausland. Wir müssen nicht für sie sammeln gehen.« Sie schloss die Augen, als könnte sie damit alle weiteren Auslassungen zu Farmwirtschaft und Politik abwehren.

»Das ist eine weit verbreitete Ansicht, die aber nicht der Wahrheit entspricht, meine Liebe«, erklärte George. »Einige dieser Farmen werden in große finanzielle Nöte geraten, wenn die Unabhängigkeit kommt.«

»Sie werden das Land verlassen und sich in England eine Farm suchen. Oder an einem primitiven, unwirtlichen Ort wie Australien.«

»Du verstehst das Problem nicht, Mutter. Es geht um Afrikaaner der dritten Generation. Ihr Leben spielt sich hier in Kenia ab. Eine andere Heimat haben sie nicht.«

»Buren. Wie außergewöhnlich! Ich habe gehört, dass sie sich schwarz kleiden, Hüte tragen und immer noch in Pferdekutschen herumfahren. Wie diese komischen Leute in Pennsylvania, die in Hütten ohne Strom wohnen. Möchte jemand noch einen Drink? Sally?«

»Sie heißt Sarah, nicht Sally«, sagte Camilla zornig. »Und wir sprechen nicht über irgendwelche komischen Amerikaner, sondern über die van der Beers – meine zweite Familie.«

»Ich möchte nichts mehr trinken, vielen Dank.« Jetzt, da sie direkt angesprochen worden war, mischte Sarah sich hastig in das Gespräch ein. »Es sind wunderbare Menschen. Eine tolle Familie, die zusammenhält. Der Sohn hofft, eines Tages die Farm zu übernehmen. Sie haben riesige Weizenfelder und eine große Viehherde. Camilla und ich haben dort wunderschöne Zeiten verbracht.«

»Tatsächlich? Ich kann mir Camilla nicht als Melkerin vorstellen, obwohl sie uns versichert, sie könne jede Rolle spielen.« Marina lächelte und hob mit zitternder Hand ihr Weinglas.

»Jan van der Beer brachte uns auf Langani bei, Forellen zu fangen. Außerdem sind wir durch den Busch gestreift und haben gelernt, die Spuren der Tiere zu lesen und Vögel zu bestimmen. Wir sind zwischen Zebras und Gazellen über die

Steppe geritten«, schwärmte Sarah. »Es ist fantastisch dort. Und es wäre eine Tragödie, wenn man das Land aufteilen und ihnen wegnehmen würde.«

»Ich habe mir nie viel aus Farmen gemacht.« Marinas Miene war gefroren. »Wo Vieh ist, gibt es auch immer Fliegen.« Sie blickte an Sarah vorbei zu ihrem Mann. »Liebling, ich glaube, du solltest jetzt nach dem Wagen läuten.«

»Diese Farmer haben nach der Unabhängigkeit zwei Jahre Zeit, sich zu entscheiden, ob sie kenianische Staatsbürger werden möchten.« George ignorierte die Aufforderung seine Frau. »Natürlich ist das riskant. Und es stimmt, dass einige von der britischen Regierung aufgekauft werden. Dann wird ihr Land genossenschaftlich aufgeteilt und an die örtliche Bevölkerung abgegeben.«

»Ja, aber Jan und Lottie wollen nicht verkaufen«, erwiderte Camilla. »Und sie glauben nicht, dass sie einen fairen Preis bekommen würden.«

»Es gibt unterschiedliche Ansichten über die Höhe der Ausgleichszahlungen«, räumte George ein. »Und viele Leute sind verärgert darüber, dass die großen Gebiete zwangsverkauft und neu aufgeteilt werden sollen. Dabei geht es um mehr als eine Million Morgen. Ich persönlich glaube nicht, dass man so riesige Farmen in kleine landwirtschaftliche Betriebe aufteilen kann, die rentabel sind. Aber damit wird eine neue Klasse von einheimischen Landbesitzern entstehen. Und dadurch könnten gewalttätige Auseinandersetzungen in Zukunft verhindert werden.«

»Aber Hannah stammt aus einer Burenfamilie, Daddy. Was wird mit ihnen geschehen?«

»Das ist eine komplizierte Sache. Viele von ihnen werden wohl nach Südafrika oder Rhodesien zurückkehren. Andere werden sich um die kenianische Staatsbürgerschaft bemühen. Aber ihre Anträge werden nicht gern gesehen. Die afrikaansen Farmer haben sich in den vergangenen Jahren weder bei den Briten noch bei den afrikanischen Gemeinden beliebt gemacht. Sie haben nie wirklich versucht, sich zu integrieren. Eigentlich so wie die Asiaten, obwohl beide sich gegen diesen Vergleich wehren.«

»Aber könntest du dich über die Situation der van Beers informieren? Herausfinden, ob ihr Besitz von der britischen Regierung aufgekauft werden soll? Vielleicht könntest du dich sogar mit Jan treffen und darüber sprechen, Daddy«, bat Camilla. »Er war so gut zu Sarah und mir. Lottie ist wie eine Mutter für uns. Vielleicht könnten wir sie einladen, wenn sie das nächste Mal in Nairobi sind.«

»Wir haben wirklich keine Zeit, mit deinen Bekanntschaften von der Farm zu verkehren, Camilla.« Marinas Augen funkelten eisig. »Dein Vater ist ohnehin schon viel zu beschäftigt. Ich bin sicher, dass es dafür offizielle Möglichkeiten gibt, Liebling, und denke nicht, dass wir uns einmischen müssen.«

»Mutter, den van der Beers verdanke ich eine wunderschöne Schulzeit. Sie haben Sarah und mich behandelt wie Töchter. Immer wenn ich auf der Farm war, fühlte ich mich zu Hause. Als Teil der Familie. Einer Familie, wie du sie dir nicht einmal vorstellen kannst.«

Marina blinzelte und hob die Hand an das Gesicht, als sei sie geohrfeigt worden. »Deine Familie ist hier, Camilla. Wir haben unsere eigenen Traditionen.«

»Wir beide sind den van der Beers sehr dankbar für ihre Gastfreundschaft dir gegenüber«, meinte George. »Ich werde versuchen, mich über die Situation in dieser Gegend kundig zu machen. Aber jetzt sollten wir uns auf den Weg machen, Marina.«

Sarah atmete erleichtert auf, als sie das Haus verließen. Sie sehnte sich danach, diesen Besuch hinter sich zu bringen und in die Normalität ihres eigenen Heims zurückzukehren. Nach dem Abendessen spielten die Mädchen im Wohnzimmer eine Partie Scrabble, bei der Sarah wieder lachen konnte.

»Ein typischer lustiger Abend bei den Broughton-Smiths.« In Camillas Stimme schwang Resignation mit. »Mutter lebt in einer Fantasiewelt, zu der mein armer Daddy keinen Zugang findet. Vielleicht ist das auch gut so. Wenn sie mit dem wirklichen Leben konfrontiert wäre, würde sie möglicherweise völlig zusammenbrechen.«

»Ihr scheint euch nicht besonders gut miteinander unterhalten zu können«, meinte Sarah vorsichtig.

»Eines habe ich mir geschworen.« Camilla stand abrupt auf, und Sarah sah, dass sie die Hände zu Fäusten ballte. »Ich schwöre, ich werde niemals werden wie sie. Niemals. Ich werde alles nur Erdenkliche tun, um ganz anders zu werden. Komm, lass uns schlafen gehen.«

Als sie das Scrabble-Spielbrett aufräumten, hörten sie, wie die Haustür aufgeschlossen wurde.

Aus der Eingangshalle drang Stimmengemurmel zu ihnen.

»Still«, flüsterte Camilla. »Sonst werden wir noch einmal in eine Auseinandersetzung hineingezogen.«

»Ich werde mir noch einen Brandy genehmigen«, sagte George. »Möchtest du mir Gesellschaft leisten?«

»Vielleicht. Wenn du aufhörst, mir Vorträge zu halten.«

Sie gingen in das Arbeitszimmer und ließen die Tür offen. So hatten Camilla und Sarah keine Möglichkeit, unbemerkt die Treppe hinaufzusteigen.

»Ich halte dir keine Vorträge, Marina. Unserer Tochter sind ihre Freundinnen sehr wichtig, und das hast du offenbar noch nicht ganz begriffen«, sagte George beschwichtigend. »Ich finde, du solltest nicht so geringschätzig über die van der Beers reden. Es war dir sehr recht, dass sie Camilla jahrelang an den Wochenenden und in den Ferien bei sich aufgenommen haben.«

»Ich hätte diese weite Strecke auf den schrecklichen, schlammigen Straßen nicht fahren können. Meine Migräne …«

»Saidi hätte dich hingebracht.«

»Um dann meine Zeit in diesem langweiligen Club mit stiernackigen Farmern und deren altbackenen Frauen mit ihren steifen Dauerwellen zu verbringen?«

»Du hättest versuchen können, dich mit deiner Tochter zu unterhalten.«

»Camilla hätte keine Schule mit solchen Leuten besuchen sollen.«

»Meine Güte, Marina! Die Welt ist voll von aufrichtigen, normalen Menschen, die du nicht einmal wahrnimmst.«

»Aufrichtig und normal wie du, nehme ich an.« In ihrer Stimme lag eine beißende Schärfe. »Von der Welt, wie sie deinen Vorstellungen entspricht, habe ich genug gesehen, George, und ich habe beschlossen, dass ich mich in den von mir selbst gestalteten vier Wänden wohler befinde.«

»Aber du denkst nie an Camilla. Niemals! Wir haben nur ein Kind, Marina, und …«

»Es war nicht sehr wahrscheinlich, dass ich noch ein Kind bekomme. Dafür hast du schon gesorgt, George. Und ich habe mich um Camilla bemüht. Am Anfang habe ich alles versucht«, schluchzte Marina. »Ich habe sie nicht aus den Augen gelassen. Aber auch das war dir nicht recht.«

»Du hast sie erstickt. Sie war eher eine Obsession als ein Kind für dich. Du hast ihr nie erlaubt, mit anderen Kindern zu spielen. Es war beinahe so, als wäre der Rest der Welt mit einer schrecklichen, ansteckenden Krankheit infiziert. Camilla hätte ebenso gut in einer Isolierstation aufwachsen können.«

Sarah presste die Hände auf die Ohren und sah Camilla flehentlich an. Aber es gab keinen Ausweg. Wenn sie zur Treppe gingen, wäre es offensichtlich, dass sie das Gespräch belauscht hatten. Camilla schüttelte den Kopf. Ihre Augen waren dunkel vor Schmerz, und sie zog hilflos die Schultern hoch.

»Ich hatte große Angst, dass ihr etwas passieren könnte«, verteidigte sich Marina. Sie hörten, wie das Feuerzeug klickte und Marina tief einatmete.

»Und dann hast du dich von ihr abgewendet. Du bist jeden

Tag ausgegangen und hast sie ihrem Kindermädchen überlassen. Ohne Zweifel wegen deines neuen Freunds.«

»Erwähne ihn nicht.« Marinas Stimme wurde lauter. »Sprich niemals seinen Namen aus. Von diesem Thema will ich nichts hören, verstanden? Hast du mich verstanden, George?«

»O Gott«, seufzte George müde. »Es hat keinen Sinn, das alles noch einmal durchzukauen. Ich habe dir die Wahl gelassen. Und ich glaube, es wäre besser für dich gewesen. Weiß Gott, fast alles wäre besser als das hier.«

»Eine Trennung? Damit ich in einem albernen Kaff in Sussex allein lebe und dort der Frauenliga beitrete, während du in der Weltgeschichte herumreist und tust, was dir gefällt? Das halte ich für keine gute Idee, George. Da musst du mir schon etwas Besseres anbieten.«

»Ein Haus in Belgravia oder Knightsbridge mit der Entourage, die du dir wünschst, kann ich mir nicht leisten, Marina. Das muss dir bewusst sein. Inzwischen sind deine Indiskretionen zu offensichtlich und zu häufig geworden.«

»Sie sind weitaus akzeptabler als deine schmutzigen Affären. Schließlich bin ich es, die deine Karriere zusammenhält, und es steht dir nicht zu, Kommentare über …«

»Verdammt, das haben wir doch alles schon besprochen.« George versuchte, seinen Zorn zu unterdrücken, konnte aber nicht verhindern, dass seine Stimme lauter wurde. »Du weißt, dass wir uns einen Skandal nicht leisten können, und ich bin nicht bereit, jetzt schon zurückzutreten. Das ist eine entscheidende Phase meiner Karriere.«

»Und deshalb sitze ich hier auf diesem gottverlassenen Kontinent fest. Ich sterbe hier, George.« Jetzt schrie sie ihn beinahe an. »Ich sterbe in dem Gefängnis, das du mir gebaut hast. Verdammt, du hast mir versprochen, nur einen Auftrag zu erledigen, und nun sind wir seit sechs endlosen Jahren hier. Weit weg von allem, was man unter Zivilisation versteht. Nein, rühr mich nicht an! Lass es sein!«

Camilla ließ sich auf das Sofa fallen und verbarg ihr Gesicht in den Händen. Sarah blieb an der Tür stehen, stumm vor Entsetzen.

»Nach der Unabhängigkeit werden wir versetzt werden. Daran besteht kein Zweifel«, erklärte George. »Aber bis dahin zerstöre nicht das Band, das Camilla zu ihren Freundinnen geknüpft hat. Diese Schule war gut für sie. Und wir schulden den van der Beers einiges.«

»Sie hätte nach Cheltenham gehen sollen wie ich! Stattdessen hast du eine spießige Klosterschule mitten in Afrika für sie ausgesucht. Was soll sie nächstes Jahr in Europa anfangen, wo sie niemanden aus den richtigen Kreisen kennt? Und sieh dir ihre Freundinnen an, um Himmels willen!«

»Was stimmt mit ihnen nicht?«

»Wir haben gerade eine Woche mit diesem einfachen Mädchen verbracht, deren Vater irgendein Provinzdoktor ist. Ein Niemand! Ich kann nur Gott danken, dass uns nicht auch noch das Bauernmädchen aufgehalst wurde. Zumindest war Camilla so klug, mich nicht zu fragen, ob sie auch sie einladen könnte. Und jetzt sollst du einen Buren retten, der wahrscheinlich nicht einmal richtig Englisch spricht und in seinem ganzen Leben noch kein Buch gelesen hat. Unfassbar.«

»Allmächtiger, Marina, es kann nicht jeder so borniert sein wie du.«

»Sicher sind meine Ansichten nicht liberal genug für den Lebensstil, den du bevorzugst. Du bist nicht bereit zuzugeben, wie widerwärtig deine ...«

»Halt den Mund«, zischte George durch die Zähne und schlug hörbar mit der Hand auf den Tisch. »Sei still oder geh, ein für alle Mal, damit wir uns endlich nicht mehr gegenseitig quälen müssen. Ich tue mein Bestes, aber heute Abend ertrage ich das nicht mehr. Ich gehe schlafen.«

»Nein. Nein, George! Bitte geh nicht weg.« Marinas Stimme

klang hysterisch. »Darin bist du ein Meister. Nie versuchst du, unsere Probleme zu lösen ...«
»Dafür gibt es keine Lösung, Marina. Wirst du das denn nie begreifen? Verdammt, du nachtragendes Biest, du wirst mich nie verstehen oder mir auch nur einen Augenblick Frieden in meinem Leben gönnen. Du lebst nur für deine Rache.« Er schien den Tränen nahe, und eine Weile herrschte verzweifelte Stille. »Du solltest besser einen Blick in deinen Terminkalender werfen und überlegen, wohin du morgen gehen willst.«
Marina drehte sich auf dem Absatz um und verließ den Raum. George ließ sich auf einen Sessel fallen und blieb einen Moment lang unentschlossen sitzen. Dann stand er auf, durchquerte die Eingangshalle und rief die Treppe hinauf.
»Marina? Marina, es tut mir Leid. Ich komme jetzt nach oben. Ich muss nur noch meine Brille suchen.«
Als er zurück in das Arbeitszimmer ging, ließ ihn eine Bewegung stutzen. Er drehte sich um und erblickte seine Tochter und Sarah, die wie angewurzelt vor ihm standen.
»O Gott! Nimmt das denn kein Ende?« Er fuhr sich mit der Hand durch das Haar. Sein Gesicht wirkte traurig und abgekämpft. »Camilla, mein Liebling, es tut mir Leid. Ich hatte doch keine Ahnung. Ich wusste nicht, dass ... Gott, was für ein verdammtes Desaster!«

Kapitel 4

Kenia, Dezember 1962

Sie fuhren durch einen Hain von Kokospalmen und Cashewbäumen auf der Straße, die zur Fähre führte. Eigentlich war es eher eine Art Trampelpfad, der sie an den Klippen entlang zur Bootsrampe brachte. Sarah entdeckte die Fähre, die sich schwerfällig ihren Weg durch den Kanal bahnte, der die Insel Mombasa vom Festland und den blendend weißen Stränden der Südküste trennte. Sie musterte ihren Bruder, der sich im Rückspiegel betrachtete und sein drahtiges Haar glatt strich. Schwankend und scheppernd legte die Fähre am Kai an und spie dann langsam Autos, Fahrräder und Passagiere aus. Armer Tim! Bei Camilla hatte er keine Chance.

Im Flughafengebäude ließen sie sich unter den staubigen Flügeln eines hölzernen Deckenventilators auf einer Bank nieder. Als das Flugzeug endlich gelandet war, beobachtete Sarah, wie ihr Bruder jedes Detail von Camillas schicker Erscheinung aufsog, als sie die Rollbahn betrat – ihre knapp sitzende khakifarbene Hose, den geflochtenen Ledergürtel um ihre schmale Taille und die weiche cremefarbene Bluse. Ihre zarten Füße steckten in Ledersandalen, und ihre Fußnägel waren pinkfarben lackiert. Sarah wurde sich bewusst, dass sie eine verknitterte Bluse trug und ihre Leinenschuhe vom Laufen auf dem Riff abgewetzt waren. Ihr vom Wind getrocknetes Haar war kraus, und ihre sonnenverbrannte Nase schälte sich.

Tim schwänzelte um Camilla herum, nahm ihr die Tasche ab, öffnete ihr die Wagentür und fragte sie, ob sie bequem sitze, wobei er seine Hand einen Moment lang auf ihrem nackten Arm liegen ließ. Genau wie Piet! Rasch verdrängte Sarah diesen Gedanken. Sie wollte nicht, dass ein schmerzliches Gefühl diese letzten, gemeinsam verbrachten Ferien trübte. Anschließend würden sie weit voneinander entfernt ihre Ausbildung fortsetzen. Sarah kletterte in den Wagen und nahm wie üblich hinter Camilla auf dem Rücksitz Platz. Als sie über die Insel fuhren, versank die Sonne langsam hinter den Kokospalmen, und die rosarote Dämmerung war erfüllt von den Gerüchen der Kochfeuer und der tropischen Vegetation. Ladenbesitzer erhellten ihre *dukas* mit Kerosinlampen oder nackten Glühbirnen. Aus den blechernen Radios schepperten Trommelrhythmen in den warmen Abend. Camilla lehnte sich in ihrem Sitz zurück und genoss die Hitze, den Geruch nach Seegras und das Rauschen der Wellen.

Singend befestigten die Hafenarbeiter die Ketten der Fähre, um die Rampen herunterzulassen. Das Haus der Mackays stand auf dem Festland und überblickte den Kanal und die Hafeneinfahrt von Mombasa. Es war aus Korallenblocks gebaut und mit einem Ziegeldach gedeckt. Der zweistöckige Hauptbau besaß hohe, mit dunklen, geölten Fensterläden versehene Fenster und geschnitzte arabische Türen mit Scharnieren und Bolzen aus Bronze. In den Seitenflügeln waren die Schlafzimmer mit breiten Terrassen untergebracht waren. Von dort blickte man auf den Garten, wo sich Betty Mackay, der erbarmungslosen Sonne trotzend, mühte, den Anschein eines gepflegten Rasens zu wahren. Das Anwesen war von einer Korallenmauer umgeben, die bereits vor Jahrhunderten von den Arabern errichtet worden war und nun von lila und orangefarbenen Bougainvillen überwuchert war. Betty stand auf den Stufen um sie willkommen zu heißen. Im Türrahmen hinter ihr zeichnete sich Raphaels stämmige Silhouette ab. Sein Gesicht strahlte, als er Camilla begrüßte.

»Drinks um sieben«, verkündete Betty. »Raphael hat versprochen, zu Ehren von euch Mädchen eine Flasche Champagner zu köpfen.«

Vor dem Fenster des Gästezimmers verströmten die Blüten

von Oleander und Frangipani einen betäubenden Duft, und Grillen zirpten. Die Wellen, die an die Felsen unterhalb des Hauses schlugen, kündigten die Flut an. Camilla warf ihre Reisekleidung in einen Wäschekorb und stieg summend unter die Dusche, beglückt über die weiche Küstenluft, die Ruhe und den herzlichen Empfang, den man ihr bereitet hatte.
Vom Wohnzimmer blickte man durch einen Hain von Flammenbäumen auf den Ozean. Türen und Fenster standen weit offen, und eine abendliche Brise erfüllte die Luft. Ein alter Deckenventilator schwirrte und ratterte. Holztruhen mit schimmernden Messingbeschlägen aus Sansibar dienten als Couchtische. Der rote gewachste Fußboden glänzte vom täglichen Polieren. Sarah liebte dieses Ritual seit ihrer Kindheit. Sie hatte immer auf den Stufen gesessen und Moti, dem Hausboy, dabei zugesehen, wie er, mit zwei Kokosnussschalen an den Füßen, die kardinalrote Politur auf den Boden goss. Singend bewegte er seine Füße in einem ruckartigen Tanz, während er über den glänzenden Boden rutschte und seine Bewegungen beim Polieren dem Rhythmus seines Gesangs anpasste. Auf der großen Fläche lagen einige Perserteppiche, die Raphael Mackay in den vergangenen Jahren von den Dhaus im alten Hafen mitgebracht hatte. Er wurde oft gerufen, um die Seeleute vom Persischen Golf zu behandeln, und genoss es, im Schneidersitz auf den Decks zu sitzen, Ratschläge zu erteilen und Medikamente zu verordnen, dabei sirupartigen Kaffee zu trinken und um den Preis eines Teppichs zu feilschen, der ihm ins Auge gefallen war. Auf einer geschnitzten arabischen Anrichte standen zwei große Tonkrüge. Betty hatte nackte Akazienzweige hineingestellt und ihre Dornen mit Frangipaniblüten verziert. Vom Plattenspieler ertönte ein Klavierkonzert von Mozart.
Camilla erschien barfuß und schwebte in einem Sarong mit ärmellosem Oberteil in den Raum. Sie hatte sich das Haar im Nacken zurückgebunden und trug goldene indische Ohrringe.

Wenige Minuten später tauchte Sarah mit einer unter der Brust verknoteten Bluse auf.
»Der Knoten gefällt mir.« Tim pfiff leise durch die Zähne.
»Kommt schon, Leute.« Raphael verteilte Champagnercocktails. »Es ist Zeit, den jungen Ladys viel Erfolg in ihrem neuen Lebensabschnitt zu wünschen. Auf Sarah und Camilla! Mögen all eure Wünsche und Träume in Erfüllung gehen.«
»Und auch auf Hannah«, fügte Betty hinzu. »Die van der Beers werden morgen Abend mit uns essen. Sie sind unten am Diana Beach. Und zu Silvester haben wir für uns alle einen Tisch im Mombasa Club reservieren lassen. Das letzte Jahr als Kolonie! Welche Pläne haben deine Eltern für den Jahreswechsel, Camilla?«
»Sie werden auch hier unten an der Küste sein«, antwortete Camilla. »Bei Freunden am Nyali Beach.«
»Ach du liebe Zeit!«, rief Betty aus. »Wir müssen sie gemeinsam mit Jan und Lottie morgen zum Abendessen einladen. Das wäre großartig.«
»Dann könnte Jan sich mit Camillas Vater über die Situation auf Langani unterhalten«, meinte Sarah begeistert.
»Sarah.« Raphael runzelte warnend die Stirn. »Der arme Mann will sicher nicht über geschäftliche Dinge reden. Schließlich macht er hier Urlaub.«
»Es wäre doch eine günstige Gelegenheit. Ich bin sicher, deinem Vater würde es nichts ausmachen, oder, Camilla?« Als keine Antwort kam, versuchte Sarah es noch einmal. »Camilla?«
Camillas Gesicht wirkte so verschlossen wie in Gegenwart ihrer Eltern. »Wir alle zusammen – das könnte Spaß machen.« Ihre Worte klangen beiläufig, aber Sarah bemerkte, dass Camilla die Hände im Schoss so fest verkrampfte, dass ihre Knöchel von dem Druck weiß wurden. »Nach dem Abendessen werde ich ihre Telefonnummer heraussuchen.«
»Ich habe deinen Vater vor einigen Wochen getroffen«, brach

Raphael das entstandene Schweigen. »Es war auf einer Konferenz. Wir brauchten Geld für die neue Kinderabteilung im Krankenhaus, und er hat uns sehr geholfen. Es wäre wunderbar, wenn wir uns alle treffen könnten. Vielleicht können wir sie überreden, auch Silvester mit uns zu feiern.«

Nach dem Abendessen gingen sie zum Kaffee auf die Veranda. Kein Lüftchen regte sich.

»Ich denke, wir werden euch jetzt allein lassen, Kinder.« Betty war es leid, die kleinen Mücken zu bekämpfen, die sich ständig auf ihren Armen, ihrem Gesicht und ihrem Haar niederließen. »Raphael hatte im vergangenen Monat wieder einen Malariaschub, und seitdem haben wir sehr ruhig gelebt. Heute ist er zum ersten Mal aufgeblieben, um sich einen Drink zu gönnen und richtig zu Abend zu essen. Schlaft gut.«

»Das Mädchen macht mir wirklich Sorgen«, sagte sie zu ihrem Mann, als sie sich neben ihn legte und ihren Kopf an seine Schulter schmiegte. »Irgendetwas stimmt nicht mit ihr. Sarah erzählte, dass es in ihrem Elternhaus sehr bedrückend war. Anscheinend behandelte sie der Vater recht freundlich, aber die Mutter war sehr schwierig. Vielleicht sollten wir sie doch nicht zum Abendessen einladen.«

»Doch, natürlich.« Raphael nahm sie in die Arme. »Es würde merkwürdig aussehen, wenn wir uns nicht bei ihnen melden würden, wo wir doch wissen, dass sie hier an der Küste sind.«

»Ich weiß nicht recht, Raphael. Es ist seltsam, dass Camilla gar nicht darüber gesprochen hat.«

»Trotzdem bin ich der Meinung, dass du sie auf jeden Fall anrufen solltest. Es ist sehr kurzfristig, aber dann hast du es zumindest versucht. George Broughton-Smith wird dir gefallen. Und falls seine Frau ein wenig kompliziert ist, so ist sie nicht die erste unglückliche *Memsahib*, der wir begegnet sind. Und unser Gast aus Ghana ist ein bemerkenswerter Mensch. Das wird eine großartige Mischung geben.«

»Da ist noch etwas. Denkst du, ich sollte dem Personal sagen, dass …?«
»Wir hatten schon viele Gäste, die nicht aus Europa kamen. In wenigen Monaten kommt die *uhuru*, und dann werden alle in diesem Land jeden Tag gemeinsam an einem Tisch essen.«

Den nächsten Morgen verbrachte Betty damit, die Dinnerparty vorzubereiten. Zu ihrer Überraschung hatten die Broughton-Smiths ihre Einladung angenommen. Ein vages Gefühl der Unruhe beschlich sie, während sie Gläser und Silber polierte, im Garten Blumen abschnitt und den Tisch mit ihrem besten Geschirr deckte. Im Haus war es still, und das Ritual der Vorbereitung beruhigte sie. Tim war mit den Mädchen zu dem Strandhaus gefahren, das die van der Beers gemietet hatten; sie würden erst am Spätnachmittag zurückkommen. Als Betty einen letzten prüfenden Blick auf den Tisch warf, stellte sie stolz fest, dass sie gute Arbeit geleistet hatte.
Um sieben Uhr dreißig erstrahlte das Wohnzimmer im Kerzenlicht. Vom Plattenspieler erklang Tanzmusik, und die Hausboys trugen gestärkte weiße *kanzu* mit scharlachroten Schärpen. Sarah fand, dass die weißen Smokings mit schwarzer Fliege ihren Vater und ihren Bruder in unglaublich attraktive Wesen verwandelt hatten, während ihre Mutter einem der Geschöpfe in den Modejournalen ähnelte, die jeden Monat mit den Postbooten aus England kamen.
»Du siehst bezaubernd aus.« Raphael hatte sich immer noch nicht daran gewöhnt, dass seine Tochter kein Schulmädchen mehr war. Ihre Kindheit war so rasch verflogen, und er hatte nicht bemerkt, wie das pummelige Mädchen verschwunden war. Er hatte zu wenig Zeit mit ihr verbracht, um mitzuerleben, wie sie zu dieser jungen Frau mit den feinen Gesichtszügen, den weiblichen Formen und den funkelnden Augen herangewachsen war.

Liebevoll sah er sie an, als er ihr ein Glas Sherry reichte. »Ich bin sehr stolz auf dich.«
Camilla hatte sich um Sarah gekümmert, ihr widerspenstiges Haar in sanfte, aus dem Gesicht gekämmte Wellen verwandelt und ihre Wangen und Augenlider geschminkt. Ihr im Nacken gebundenes Kleid war blassgrün und schwang um ihre Beine, wenn sie sich bewegte.
»Hier, nimm diese Ohrringe – ich trage heute Abend keinen Schmuck.« Camilla hatte an ihr herumgezupft, bis sie zufrieden war. »Perfekt. Warte nur, bis Piet auftaucht – wir werden ihn an einem Stuhl festbinden müssen.«
Im Spiegel konnte Sarah sehen, wie eine Ader an ihrer Kehle zu pulsieren begann. Sie hatte sich wie verwandelt gefühlt, bis ihr Gesicht und ihr Hals sich vor Aufregung röteten, Flecken auf ihrer Haut erschienen und alle Aschenputtel-Illusionen zerstörten.
»Wo ist Camilla?«, fragte Raphael seine Tochter.
»Sie hat mir geholfen, mich zuerst zurechtzumachen. Daher kommt sie ein paar Minuten später.«
»Jesus!« Bei Tims Ausruf wandten sich alle um.
Camilla erschien in einem trägerlosen schwarzen Kleid, das in der Taille von einem breiten Gürtel und einem Blütenzweig gerafft wurde und so eng anlag, dass es die Form ihrer Beine betonte. Hinter einem mit Perlen geschmückten Ohr steckten weitere Blüten. Sarah sah, wie sich im Gesicht ihres Bruders scheue Furcht und unverhohlene Bewunderung malten. Von Tim konnte sie an diesem Abend keinen Beistand erwarten. Er würde schon mit sich selbst genug Schwierigkeiten haben. Als sie das Geräusch des ersten Wagens auf dem Kies hörten, schenkte sie ihm ein Verschwörerlächeln.
»Jetzt geht's los.« Betty griff nach ihrer Halskette und drückte kurz die Hand ihres Manns, bevor dieser zur Haustür ging.
»Betty, Liebes, das ist Dr. Winston Hayford aus Ghana.« Raphael führte seinen Gast ins Wohnzimmer. »Er hat wegen eines

Forschungsauftrags das letzte Jahr in London verbracht und ist nun zu unserer Konferenz hierher gekommen.«
»Dr. Hayford, ich freue mich sehr, dass Sie kommen konnten«, sagte Betty.
»Und ich freue mich zu sehen, dass Raphael sich von seiner Malaria erholt hat«, erwiderte er.
Sarah war fasziniert von dem Anblick des großen schwarzen Manns. Sein weites Gewand war mit einem geometrischen Muster in Hellgelb, Grün, Braun und Scharlachrot bedruckt, und auf seinem großen Kopf saß eine bestickte Kappe. Die Hornbrille auf seiner breiten Nase wirkte gewöhnlich und deplatziert. Er sprach perfekt englisch mit einem Akzent, den er wohl entweder einer teuren Ausbildung in Übersee oder dem stundenlangen Hören des BBC World Service verdankte. Noch nie zuvor hatte Sarah einen so imposanten und attraktiven Afrikaner gesehen. Als sie ihm die Hand schüttelte, sah sie, wie Moti mit dem ersten Vorspeisentablett aus der Küche kam. Mit offenem Mund blieb er stehen und starrte den großen Ghanaer an. Dann drehte er sich um und steuerte mit ungewohnter Geschwindigkeit die Tür an, durch die er gekommen war. Raphael schenkte seinem Gast einen Whisky mit Soda ein und verließ die Gruppe, als der zweite Wagen vorfuhr. Betty sah sich nach dem Tablett mit den Appetithäppchen um, doch von dem Hausboy war keine Spur zu sehen. Sie seufzte und rief nach Moti, bevor sie den Broughton-Smiths zur Begrüßung entgegenging.
»George hat Ihnen wahrscheinlich erzählt, dass wir uns bereits begegnet sind.« Raphael führte Marina zum Wohnzimmer. »Und wir haben uns sehr darauf gefreut, Sie kennen zu lernen. Unsere Töchter haben aus uns ja bereits eine Art Großfamilie gemacht. Wie schön, dass Sie kommen konnten.«
Camilla stellte ihr Glas ab und durchquerte den Raum, um ihren Vater zu umarmen und ihrer Mutter einen flüchtigen Kuss auf die Wange zu drücken. Betty atmete erleichtert auf. Ra-

phael übernahm die restliche Vorstellung und mischte dann die Getränke.

»Guten Abend.« Marinas Stimme klang fröhlich, als sie mit einem strahlenden Lächeln den hoch gewachsenen Afrikaner begrüßte. In einer Hand hielt sie ihr Glas, und mit der anderen strich sie den Chiffonschal über ihren Schultern glatt, bevor sie Dr. Hayfords ausgestreckte Hand ergriff. »Ein prächtiges Gewand. Trägt man das zu bestimmten Ritualen in Ihrem Dorf?«

George Broughton-Smith trat eilig vor, und Betty hielt den Atem an. Sie legte die Hand auf den Arm des Ghanaers und umfasste dabei eine schwere goldene Uhr.

»Tatsächlich habe ich noch nie in einem Dorf gewohnt«, erwiderte er belustigt. »Ich bin in der Stadt Accra geboren und habe meine frühe Kindheit dort verbracht. Das ist also meine Stadtkleidung. Aber Sie haben schon Recht, dieses Gewand ist für besondere Gelegenheiten.«

»Heiß, staubig und überfüllt, soweit ich weiß. Aber sicher haben Sie mehr aus Ihrem Leben zu erzählen, als davon, wie Sie in den Straßen Accras herumgelaufen sind.« Marina sah ihn unverwandt an, zog die Mundwinkel nach oben und flirtete unverhohlen mit ihm.

»Natürlich. Ich wurde auf ein Internat in England geschickt. Danach habe ich in London Medizin studiert.«

»Wie wunderbar! Sie müssen auch alles von diesem Hut erzählen. Die Stickerei ist wirklich aufwändig. So etwas kann man hier an der Ostküste nicht finden. Oder zu Hause. Kommen Sie und setzen Sie sich neben mich auf das Sofa, Dr. Hayford.« Marina nahm seinen Arm. »Ich will alles über Ihr Leben erfahren. Natürlich nicht über blutrünstige medizinische Praktiken, sondern über Ihr wirkliches Leben. Haben Sie eine Frau? Vielleicht sogar mehrere, die Ihnen Sorgen bereiten und sich um ihre Stellung streiten? Und Dutzende Kinder, wie ich mir vorstellen könnte?«

»O Gott!« Camilla wandte sich ab. »Wahrscheinlich hat sie schon ein paar Drinks intus«, flüsterte sie Sarah zu.

Als Betty in die Küche trat, fand sie ihr Personal mit ernsten Mienen und gesenktem Blick vor.

»Ist etwas passiert? Wo ist das Tablett mit den …?«

»*Memsahib,* wir können das Essen nicht servieren.« Moti trat von einem Fuß auf den anderen und fühlte sich sichtlich unwohl.

Bettys Herz schlug schneller. »Was ist mit dem Essen los?«

»*Memsahib*, das Essen ist in Ordnung.« Der Koch kratzte sich an seinem ergrauten Kopf. »Aber wir können diesen schwarzen Mann nicht bedienen. Das ist nicht richtig.«

»Was für ein *shauri* ist das?« Betty spürte, wie Panik in ihr aufstieg. »Dieser Mann kommt aus einem anderen Teil Afrikas, von weit her. Er ist ein wichtiger Boss, ein Arzt wie *Bwana* Mackay.«

»Er ist ein Schwarzer, *Memsahib*. Unsere Freunde und Familien werden uns auslachen, wenn wir ihn bedienen.«

»Das ist doch lächerlich! Dr. Hayford ist unser Gast, genau wie alle anderen Gäste hier.« Betty funkelte den alten Koch an, der ihr seit fünfzehn Jahren gute Dienste leistete. Doch er vermied es, ihr in die Augen zu sehen. »Also gut, Johannes. Ist das Fleisch im Ofen? In Ordnung. Wir werden uns morgen früh darüber unterhalten. Ihr könnt jetzt alle in eure Unterkünfte gehen. *Memsahib* Sarah und ich werden uns um das Abendessen kümmern.«

Betty drehte sich auf dem Absatz um und verließ die Küche. Hinter sich hörte sie unbehagliches Gemurmel, und dann wurde die Hintertür geschlossen.

»Gütiger Himmel«, flüsterte Betty. »Ich hatte eine Vorahnung, dass sich dieser Abend zu einem Albtraum entwickeln würde. Sarah, einen Moment, bitte!«

»Was ist los?«

»Das Personal will Dr. Hayford nicht bedienen, also habe ich sie alle in ihre Quartiere geschickt. Steh nicht da und starr mich mit offenem Mund an! Wir müssen das Dinner selbst servieren. Kannst du Tim und Camilla bitten, uns zu helfen? Fangt mit den Canapés an – sie sind schon längst überfällig. Sobald dein Vater die van der Beers vorgestellt hat, werde ich in der Küche verschwinden. Gott sei Dank ist alles schon fast fertig.«

Raphael führte die afrikaanse Familie bereits ins Wohnzimmer. Jan van der Beer versuchte seine Überraschung beim Anblick von Dr. Hayford zu verbergen, aber Lottie nahm die Sache in die Hand, plauderte unbefangen und erzählte von der kleinen Klinik für ihr Personal. Hannah stand neben ihrer Mutter, befangen in ihrem Abendkleid und verwundert über den ungewöhnlichen Gast. Ihr blondes Haar war ordentlich zu einer Hochfrisur aufgesteckt. Lottie hatte ihr eine Saatperlenkette geliehen, und sie trug den goldenen Armreif, den sie zu Weihnachten geschenkt bekommen hatte. Erleichtert bemerkte sie, dass Sarah sie zu sich winkte.

»Eine Krise in der Küche. Nimm dieses Tablett und biete die Vorspeisen an. Camilla, du zündest alle Kerzen an, während ich Ma helfe, die Suppe aufzutragen. Tim kann dann alle an ihre Plätze führen, wenn wir fertig sind.«

»Meine Liebe, Sie haben sicher den ganzen Tag in der Küche verbracht.« Marina schenkte allen am Tisch ein Lächeln und ließ dann den Blick auf Bettys abgehetztem Gesicht ruhen.

»Leider ist mein Koch plötzlich erkrankt.«

»Und Sie sind tapfer für ihn eingesprungen.« Marina zog mit diskreter Verwunderung die Augenbrauen hoch. »Das beeindruckt mich wirklich. Ohne mein Hauspersonal wäre ich außerstande, bei einer Dinnerparty das gesamte Menu zuzubereiten und zu servieren. George – kannst du dir vorstellen, wie ich den ganzen Tag in der Küche schufte?«

»Nein, meine Liebe. Das übersteigt meine kühnsten Vorstellungen.«

»Es geht doch nur darum, das Essen aufzutragen.« Betty rang

sich verzweifelt ein Lächeln ab. Sie hätte Marina nicht neben Jan van der Beer setzen dürfen. Bislang hatten sie offenbar kein Gesprächsthema gefunden. Wenigstens unterhielten sich die anderen Gäste angeregt miteinander, und am Tisch wurde viel gelacht.

»Sie sind also der tüchtige Farmer.« Als die Suppe serviert wurde, wandte Marina mit einem Mal ihre Aufmerksamkeit dem Mann zu ihrer Linken zu. »Genau so sehen Sie aus – robust und gebräunt. Als Kind mochte ich Farmen sehr. Wie das nun mal so ist! Aber als ich erwachsen wurde, war es mir dort zu schmutzig. Ständig musste man mit schweren Regenjacken und Gummistiefeln herumlaufen und war trotzdem von oben bis unten mit Schlamm beschmiert. Und dieser Gestank! Man kann ihm einfach nicht entrinnen.« Sie legte die Hand auf Jans muskulösen Arm, drückte sanft zu und beugte sich näher zu ihm. »Aber offenbar hält Sie die Arbeit im Freien recht fit. So sind Sie wesentlich attraktiver als die blassen Schreibtischtäter, die üblicherweise beim Dinner meine Tischherren sind.«

»Es ist ein gutes Leben – man muss nur hartnäckig sein.« Jan war sich nicht sicher, ob sie ihre Worte ernst meinte oder sich über ihn lustig machte. Diese Engländer und ihre Art, sich durch die Blume auszudrücken, würde er nie begreifen.

»Wie mir ihre Frau erzählt hat, bewirtschaftet Ihre Familie die Farm bereits seit einigen Generationen, Mr. van der Beer«, warf Winston Hayford ein. »Werden Sie bleiben, wenn das Land die Unabhängigkeit erlangt hat?«

»Langani ist unsere Heimat und unser Land«, erklärte Jan entschieden. »Als wir ankamen, lebte niemand dort. Wir haben fast drei Jahrzehnte lang harte Arbeit hineingesteckt. Ich führe eine rentable Farm, und meinen Kaf… – meinem Personal geht es gut. Also ist es unser Recht, dort zu bleiben, und das werden wir auch. Jawohl.«

»Ich glaube, dass Menschen mit Glauben, Weitsicht und gutem

Willen hier am richtigen Platz sind. Das hoffe ich zumindest«, meinte George. »Der Staatssekretär versucht einen schwierigen Balanceakt, aber ich glaube, dass sich eine Regelung finden wird, mit der die meisten Betroffenen leben können. Allerdings wird es uns nicht gelingen, jeden zufrieden zu stellen.«

»Sicher befinden Sie sich momentan in einer sehr schwierigen Situation, George.« Der Arzt aus Ghana lächelte, und Betty sah, wie ein Goldzahn aufblitzte. »Die Regierung Ihrer Majestät kann sicher nicht erwarten, diese emotionsgeladene Frage über den Landbesitz vor der Unabhängigkeit zu lösen, nicht wahr? Und Kenia hat zusätzlich noch das Problem mit der indischen Bevölkerung und deren gewaltiger Wirtschaftskraft. Die Inder scheinen noch wesentlich unbeliebter zu sein als die Weißen.«

»Diese Woche mache ich eine Pause von den politischen Fragen zur Unabhängigkeit«, erwiderte George. »Ab und zu wird das Thema ermüdend. Momentan möchte ich nur den einen oder anderen Krimi zu Ende zu lesen und ein paar Tage mit Tiefseetauchen verbringen.«

»Das ist ein Rotwein aus Spanien – ein Rioja.« Raphaels Ton klang übertrieben munter. »Wirklich köstlich! Tim, würdest du bitte einschenken, während ich das Fleisch tranchiere?«

»Aber nächstes Jahr um diese Zeit wird für Sie alles erledigt sein, Sir.« Piet wollte das Thema nicht ruhen lassen.

Lottie sah überrascht auf. Sarah hörte die Entschlossenheit in seiner Stimme und verschluckte sich fast an ihrem Bissen. Wie leidenschaftlich wirkte sein Gesicht im Kerzenlicht, als er dem älteren Mann die Stirn bot! Ihr Herz schlug heftig, und sie musste Messer und Gabel beiseite legen, um ihre Hände ruhig zu halten.

»Ich habe keine Ahnung, wo ich mich nächstes Jahr um diese Zeit befinden werde, junger Mann.« George war sichtlich irritiert.

»Sie werden sich an einer anderen Botschaft befinden, Sir. Aber wir werden immer noch hier sein und versuchen, unser Grundstück zu behalten und ein neues Land aufzubauen – unter den gesetzlichen Rahmenbedingungen, die Sie uns hinterlassen werden.«

»Piet, das ist nicht der richtige Zeitpunkt, um über die Situation der Farmen nach der Unabhängigkeit zu sprechen.« Lottie funkelte ihren Sohn an und blickte Hilfe suchend auf ihren Mann. Doch Jan lehnte sich in seinem Stuhl zurück und betrachtete Piet voll Stolz.

»Schon gut, Lottie«, meinte George. »Ihr Sohn gehört zu der jüngeren Generation, die schließlich die Verantwortung für die Zukunft tragen wird. Immer vorausgesetzt, die jungen Menschen können alte Vorurteile abbauen und sich in erster Linie als Kenianer betrachten, ungeachtet der Herkunft oder Hautfarbe.«

»Aber Vorrang hat doch sicher die Zukunft der einheimischen Kenianer, oder?«, meinte Dr. Hayford. »Deren Politiker haben Versprechen gegeben, die sie nicht halten können. Es gibt Stammesloyalitäten, die sich nicht so leicht überwinden lassen. In Ghana haben wir diese Fallstricke bereits zu spüren bekommen. Und wir sind noch weit davon entfernt, dieses Problem zu lösen.«

»Kenyatta gibt sich große Mühe, alle Beteiligten zusammenzubringen«, erwiderte George. »Sein Aufruf zu *harambee* ist nicht nur ein Schlagwort – er scheint die Menschen dazu bewegen zu können, an die Möglichkeit einer Integration zu glauben. Er ist eine bemerkenswerte Persönlichkeit, und ich denke, er wird einen hervorragenden Staatsmann abgeben.«

»Aber er ist ein Kikuyu«, entgegnete Raphael. »Wie werden die anderen Stämme, die ihre eigenen Rechnungen zu begleichen haben, sich in diesen Prozess der Teilung des Landes einfügen?«

»Sie werden sich kaum wie britische Gentlemen benehmen.«

Dr. Hayfords Stimme klang skeptisch. »Viele Afrikaner werden zu stolz und zu kurzsichtig sein, um Ratschläge zur Führung kleiner Farmen anzunehmen. Anstelle der Fachleute, die ihnen bereits vertraut sind, werden andere Fremde kommen und ihnen sagen, was sie zu tun haben.«

»Afrikaner haben bereits auf allen Ebenen Schlüsselpositionen in der Regierung und im wirtschaftlichen Sektor übernommen«, warf Raphael ein. »Und dann gibt es den Plan, einiges aufzukaufen. Über eine Million Morgen, die bisher Eigentum von Europäern sind, sollen in kleine Grundstücke für afrikanische Farmer aufgeteilt werden.«

»Ein unsinniges Vorhaben, das den Großteil fruchtbarer Erde in diesem Land zerstören wird«, erklärte Jan. Er spürte Lotties Fuß unter dem Tisch, konnte sich aber nicht beherrschen. »Und wir Afrikaaner stecken dann fest in einem Niemandsland zwischen den abrückenden Briten und den Eingeborenen. Wie die Asiaten. Allerdings mit dem Unterschied, dass die Inder nach Indien zurückkehren oder mit ihren neuen britischen Pässen nach England gehen können, ganz wie sie wollen.«

»Ich bin sicher, dass diese absurde Idee sich nicht durchsetzen wird.« Marinas Stimme übertönte das Gemurmel am Tisch. »Tausende Inder in England? Das kommt nicht in Frage. Das Land ist zu klein und viel zu kalt. Es gibt dort keine angemessenen Arbeitsplätze, also würden sie sich nur in ihre Löcher verkriechen und sich vermehren wie die Karnickel. Als Nächstes würden wir dann überrannt von …«

»Mir scheint, dass du über dieses Thema nicht genügend informiert bist, um dir eine Meinung zu bilden, Marina.« Ihr Mann wirkte peinlich berührt. »Das ist eine komplexe Frage, die ich heute Abend sicher nicht im Detail erörtern möchte.«

»Es gibt keinen Grund, mir den Mund zu verbieten, George. Ich habe das Recht, wie alle anderen meine Meinung zu sagen. Ein offener Meinungsaustausch wirkt sehr belebend. Finden Sie nicht auch, Dr. Hayford?«

»Allerdings, Madam. Ich finde Ihre Ansichten sehr aufschlussreich. Und Sie sind ehrlicher als alle Menschen, mit denen ich in letzter Zeit zu tun hatte. Äußerst erfrischend.« Er lächelte Marina mit unverhohlener Belustigung an.

Eine Stille trat ein, bevor betont lebhaftes Geplauder das Schweigen brach. Betty servierte das Dessert und ließ sich auf ihren Stuhl sinken. Gott sei Dank, das Abendessen war beinahe überstanden! Sie fühlte sich so erschöpft, als hätte sie einen Marathonlauf hinter sich gebracht. Zumindest war das Essen heiß auf den Tisch gekommen und sehr schmackhaft gewesen. Jetzt war sie dankbar, als die Gäste ihr Komplimente für die Vanillemousse mit knusprigen Karamellstückchen machten. Vielleicht konnte sie sich nun endlich entspannen, und die Unterhaltung würde sich etwas unkomplizierten gestalten. In wenigen Minuten würde es im Wohnzimmer Kaffee geben, und die Männer würden sich zu Brandy und Zigarren in Raphaels Arbeitszimmer zurückziehen. Worüber, um alles in der Welt, hatten sie nur vor diesem politischen Umsturz gesprochen? Und würde alles jemals wieder so werden, wie es gewesen war?

Als Raphael sich erhob, um den Dessertwein einzuschenken, ergriff plötzlich Camilla das Wort. In ihren Augen lag ein kalter Glanz. Ganz wie die Mutter, dachte Betty.

»Du hast aber gesagt, du würdest dich über Langani erkundigen, Daddy. Du hast versprochen zu prüfen, was man tun kann, um Jan und Lottie zu helfen, damit sie dort bleiben können.«

»Ich kann keine besonderen Vergünstigungen erwirken, Camilla.«

»Aber du hast es versprochen«, beharrte sie, ohne auf Georges Unbehagen zu achten. »Also was konntest du für sie tun, liebster Daddy?«

Dr. Hayford lehnte sich mit einem kaum merklichen Lächeln zurück, amüsiert über die Zwickmühle, in der der britische Diplomat sich befand.

»Ich denke, ich werde das zu einem anderen Zeitpunkt mit Jan und Lottie besprechen, wenn du gestattest, meine Liebe.« George wandte sich direkt an Jan. »Sie werden doch noch eine Weile hier bleiben?«
»Ja, ein paar Tage. Und wenn Sie Zeit haben, würde ich mich freuen, mich mit Ihnen zu unterhalten.«
Jan war es nur allzu recht, das Thema vorläufig fallen zu lassen. Die Atmosphäre war nun äußerst gespannt. Und wie kam der Arzt aus Ghana hierher? Völlig unverständlich, warum Raphael einen Kaffer zum Dinner eingeladen hatte – auch wenn es sich um einen gebildeten Mann handelte. Der Schwarze war charmant, aber sie waren alle gleich, egal, welche Schule sie besucht hatten oder was sie anhatten. Er konnte sich nicht vorstellen, dass an seinem Tisch jemals ein Schwarzer sitzen würde.
Nach dem Abendessen erhoben sie sich. Die Damen zogen sich in Bettys Ankleideraum neben dem großen Schlafzimmer zurück. Sie konnte die Männer im Arbeitszimmer reden hören – ihre Stimmen klangen heiter und umgänglich.
»Meiner Meinung nach haben wir heute lang genug über unsere ungewisse Zukunft geredet.« Betty stand am offenen Fenster und atmete einige Male tief ein, um sich zu beruhigen. Doch die Luft erschien schwül und stickig, und sie fühlte sich nicht besser, als sie sich wieder umdrehte. »Es scheint ratsam, die alte Regel zu befolgen, dass man bei Tisch nicht über Politik, Sex oder Religion sprechen sollte.«
»Sex und Religion wären bei dieser Gelegenheit eine bessere Wahl gewesen. Aber es war ein köstliches Dinner, und wir werden es nicht vergessen.« Lottie legte den Arm um die Gastgeberin.
»Sehr originell, diesen außergewöhnlichen Mann aus Nigeria einzuladen.« Marina strich sich über die bereits perfekte Frisur.
»Ghana, Mutter. Er kommt aus Ghana.«

»Nun, das ist dasselbe, Schätzchen, unabhängig vom äußeren Schein. Ich habe bisher noch nie bei einem Dinner neben einem schwarzen Menschen gesessen, nicht einmal in Nairobi. Ich habe mich köstlich amüsiert. Er ist so aufgeschlossen und intelligent. Wirklich erstaunlich, wenn man sich vorstellt, dass er zur Gemeinde des Royal College gehört! Und nun hat man ihm sogar eine Stelle als Facharzt in London angeboten«, sagte Marina munter. »Hoffentlich hält er unsere Anschauungen nicht für allzu konträr zu seinen. Er scheint sich sehr für die Entwicklung dieses unglückseligen Landes nach unserem Rückzug zu interessieren.«

»Die meisten von uns unterstützen den Gedanken einer Partnerschaft, auch wenn Ihnen das schwer verständlich erscheint.« Lottie konnte ihre Missbilligung nicht verbergen. »*Harambee*, wie Mzee es nennt.«

»Da haben Sie Recht – es ist mir völlig unbegreiflich. Ich kann nicht verstehen, wie irgendjemand diesem schrecklichen alten Mann vertrauen sollte«, erklärte Marina. »Bis vor kurzem war Kenyatta nur ein weiterer Terrorist, den wir eingesperrt hätten. Jetzt ist er plötzlich eine berühmte Persönlichkeit, und das mit dieser Kostümierung, dem lächerlichen Fliegenwedel, dem mit Perlen verzierten Hut und diesem zotteligen Bart. Ich kann nur hoffen, dass Sie kein Vertrauen in diesen Mann setzen, meine Liebe.«

»Da die britische Regierung anscheinend bereit ist, die Farmer zu verraten und zu verkaufen, können wir ebenso gut ihm vertrauen.« Lottie stand auf und schob den Hocker wieder an seinen Platz zurück, ohne einen Hehl aus ihrem Zorn zu machen.

»Ma, lass uns damit aufhören. Nicht heute Abend. Unsere Ferien haben gerade begonnen. In ein paar Tagen werden wir Silvester feiern. Ich bin sicher, dass das neue Jahr uns allen Glück bringen wird, wenn wir es uns nur fest genug wünschen.« Hannah war den Tränen nahe. Noch nie war sie solchen Strö-

mungen ausgesetzt gewesen – feindselig und zerstörerisch trieben sie ihre Eltern und Freunde in unvorhersehbare Richtungen.
»Lasst uns zu den Männern gehen.« Betty öffnete die Tür zur Veranda und trat zur Seite, um Marina Broughton-Smith den Vortritt zu lassen. Diese Frau war unerträglich. Solchen Menschen begegnete man in Büchern und Filmen, doch es war unfassbar, dass sie tatsächlich existierten. Betty fragte sich, wie sie wohl so geworden war. Man konnte sich einfach nicht vorstellen, dass jemand mit solchen Vorurteilen geboren wurde.
Im Wohnzimmer herrschte zwischen den Frauen unbehagliches Schweigen. Die Männer hatten sich auf Angeln als neutrales Thema geeinigt. Gerade beschrieb Dr. Hayford die bemalten Fischerboote in Ghana. Raphael wollte die Stimmung mit ein wenig Musik auflockern und wählte eine Platte aus.
»Oh, wie schön – ich liebe Nat King Cole.« Marina wandte sich an Dr. Hayford. »Nur schwarze Sänger haben diese Stimme, die einem das Gefühl gibt, mit warmen Sirup übergossen zu werden. Möchten Sie mit mir tanzen, Winston?«
Lottie warf Jan einen mahnenden Blick zu, als ihr Mann unwillkürlich einen Zischlaut ausstieß. Betty griff nach ihrer Perlenkette und suchte verzweifelt nach den passenden Worten, bis ihr Ehemann die Hand ausstreckte.
»Und du, mein Liebling? Möchtest du mit mir tanzen? Ich weiß, es ist einer deiner Lieblingssongs.«
Scheinwerferlicht blitze durch die lang gestreckten Fenster. Winston lächelte bedauernd. »Ach, mein Wagen ist da.« Er hob seine bestickte Kappe von einem Tischchen und reichte sie Marina. »Hier ein kleines Geschenk für Sie, Madam. Ich hoffe, es wird Sie an diesen Abend erinnern und Ihnen vielleicht eines Tages dazu verhelfen, Verständnis für mein Land und meinen Kontinent aufzubringen.«
»Wie freundlich von Ihnen.« Sie sah mit einem kleinen Lächeln

zu ihm auf und legte ihre Hand auf seine. »Ich freue mich auf Ihre Hilfe in dieser Sache. Falls Sie an Silvester noch hier sind, möchten Sie vielleicht mit uns feiern? Dinner und Tanz?«

»Ich fürchte, dieses Mal wird es nicht klappen«, meinte er mit einem gezwungenen Lächeln. »Die Zeit dafür ist noch nicht reif. Aber ich hoffe, dass wir irgendwann in der Zukunft einmal miteinander essen und tanzen werden. Unter anderen Umständen und vielleicht unter einer anderen Flagge. Darauf freue ich mich. Ich wünsche allen eine gute Nacht.«

Betty begleitete ihn zur Tür. »Wir haben Marina Broughton-Smith erst heute kennen gelernt. Sie scheint ein wenig unberechenbar zu sein.«

»Sie und Raphael waren wunderbare Gastgeber, und ich habe den Abend sehr genossen.« Er schwieg einen Augenblick und wog seine nächsten Worte ab. »Manchmal verstärkt es den geheimnisvollen Nimbus einer schöner Frau, wenn sie tief in ihrem Inneren sehr unglücklich ist. Man kann nur hoffen, dass sie eines Tages ihren Frieden findet. Bis dahin gelingt es ihr lediglich, sich selbst zu verletzen.« Er lächelte. »Seien Sie nicht zu streng mit Ihrem Personal, Betty. Oder mit Ihren Gästen. Anpassung erfordert Geduld.«

»Ein interessanter Mann. Und ein wunderbares Beispiel dafür, was im Idealfall geschehen kann, wenn zwei Kulturkreise sich begegnen und voneinander lernen.« George Broughton-Smith nippte an seinem Brandy. »Ich wäre froh, wenn mehr Leute wie er auf der Abgeordnetenbank in Nairobi sitzen würden.«

»Vielleicht in einigen Jahren. Westafrikaner sind schließlich anders. Gebildeter und kultivierter.« Raphael hatte sich über die politische Diskussion in Anwesenheit des Ghanaers geärgert. Hier in Kenia war jedes Gespräch über ein Thema mit rassischem Beigeschmack ein Minenfeld, wenn Afrikaner zugegen waren. »Man mag vielleicht glauben, dass dort, wo er herkommt, alles besser ist, aber Korruption ist ein gewaltiges

Problem in Westafrika. Auf jeden Fall hat er sein Land verlassen und für die nächsten Jahre eine Stelle in London angenommen.«

»Ich glaube, es ist Zeit für uns zu gehen, George, mein Liebling.« Marina war aufgestanden und segelte zur Eingangshalle. »Camilla, willst du uns morgen nicht begleiten? Wir werden Silvester mit unseren Freunden von der Hohen Kommission feiern. Ich weiß, du magst Robert Harper, den Sohn des Geheimrats. Er wird bestimmt da sein.«

»Ich bleibe hier, Mutter. Bei meinen eigenen Freunden.«

»Camilla, deine Mutter verdient etwas mehr ...« George sah seine Tochter beinahe verzweifelt an.

»Oh, ich nehme an, wir werden sie bald wiedersehen. Nicht wahr, Camilla, mein Liebling?« Marinas Gesicht war blass geworden. »Außer du hast geplant, deine gesamte Zeit mit deinen verschiedenen Ersatzeltern zu verbringen.«

»Wir sollten jetzt zum Strandhaus zurückfahren.« Lottie begriff plötzlich, dass Marinas verkniffene Miene ein Zeichen von Eifersucht war. Eifersucht und auch Seelenqual. Einen Moment lang tat sie ihr Leid. Sie machte ihrer Familie ein Zeichen, um der gespannten Atmosphäre zu entkommen, die die Broughton-Smiths verbreiteten. »Betty und Raphael, vielen Dank für das großartige Abendessen. Wir sehen euch morgen Abend.«

»Camilla?«, rief George bittend aus und blieb auf den Stufen an der Haustür stehen.

»Mach dir keine Sorgen, George, mein Liebling«, sagte Marina. »Dein kleines Mädchen wird schon bald wieder an deine Tür klopfen und dich zu einer Diskussion über ihr momentanes Lieblingsthema nötigen. Auch wenn das keinen Sinn hat.« Sie drehte sich zu Jan um. »Sicher ist Ihnen klar, dass mein Mann es sich nicht leisten kann, sich für Leute mit Ihrem Ruf zu verwenden.«

»Was soll das heißen, Mutter?« Camilla trat einen Schritt vor.

»Das reicht, Marina. Wir sollten jetzt gehen.« Ihr Mann konnte seinen Zorn kaum verbergen. Er drehte sich um und umarmte kurz seine Tochter. »Wir sprechen ein anderes Mal darüber, Camilla.«

»Warum lässt du ihnen diese falschen Hoffnungen, George?« Marina ignorierte seine Warnung. »Sag ihnen die Wahrheit.«

»Welche Wahrheit?« Piet stand neben Sarah. Sie griff nach seiner Hand, doch er rückte von ihr ab.

»Marina, wir gehen. Jetzt.« George nahm ihren Arm und versuchte, sie von der Gruppe weg die Treppe hinunterzuführen.

»Mir ist es gleich, wenn man dir Vorwürfe macht, weil du Camillas naiver Laune nicht nachgegeben hast.« Marina schüttelte die Hand ihres Manns ab und behauptete ihre Stellung, sodass alle auf den Stufen stehen bleiben mussten. »Diese wunderbaren neuen Politiker werden nicht vergessen, was in den schlimmen alten Zeiten geschehen ist. Ich habe die schwarze Liste in deinem Büro gesehen, George. Du hast die Akte offen liegen lassen. Mr. van der Beer weiß sehr gut, wovon ich spreche. Ihm ist klar, dass er nach der Unabhängigkeit nicht auf seiner Farm bleiben kann. Was auch immer du für ihn tust.«

»Leute wie Sie wissen nichts über die Mau-Mau-Jahre«, sagte Lottie, zitternd vor Zorn. »Sie waren nicht einmal im Land. Sie wissen nichts von der Not, die hier herrschte, und von der Angst und der Gefahr, mit der wir leben mussten.«

»Hör auf, Lottie«, befahl Jan. »Dieser Frau haben wir nichts mehr zu sagen.«

Marina ignorierte die Unterbrechung und wandte sich an ihre Tochter. »Im neuen Kenia ist kein Platz für die weiße kriminelle Schicht, Camilla. Ich fürchte, du hast dir äußerst ungeeignete Ersatzeltern ausgesucht, Liebling. Keine gute Wahl.«

Piet und Hannah starrten ihren Vater an. Doch Jan drehte sich um und ging davon, die Hände tief in den Taschen, die Schultern gekrümmt, den Kopf gesenkt. Seine Familie folgte ihm wortlos. Die Mackays warteten in entsetztem Schweigen, bis

George Marinas Ellbogen packte und sie zu ihrem Wagen führte. Sie stieg ein und starrte blicklos vor sich hin. Türen wurden zugeschlagen, und Reifen knirschten auf der Auffahrt. Dann waren alle fort, und das Licht der Scheinwerfer glitt über die Kronen der Palmen. Camilla stand allein in dem Lichtkegel, der aus der Eingangshalle nach draußen fiel. Sie warf einen Blick auf die versteinerten Mienen um sie herum und ging dann die Veranda entlang zu ihrem Schlafzimmer.

Sarah wusste, dass sie jetzt keinen Schlaf finden würde. Also folgte sie Camilla und klopfte an ihre Tür. Als sie keine Antwort bekam, kletterte sie die Wendeltreppe an der Außenseite des Hauses hinauf, die zu der großen gefliesten Dachterrasse führte, von der aus man den Kanal sehen konnte. Die Schiffe fuhren so nah vorbei, dass man jedes Detail an Deck betrachten konnte. Oft hatte Sarah mit ihren Eltern dort gestanden und Freunden nachgesehen, bis die winkenden Gestalten am Steuerbord des Schiffes immer kleiner wurden und sich in fadendünne Schatten verwandelten. Ein leises Geräusch ließ sie herumfahren. Tim tauchte an der obersten Treppenstufe auf und kam zu ihr herüber.

»Kannst du nicht schlafen?«, fragte er.

»Nein. Ich überlege pausenlos, was sie wohl meinte. Allerdings glaube ich, dass Lottie es weiß. Sie erwähnte sofort den Mau-Mau-Aufstand, also geht es vielleicht darum. Ich weiß, dass Jans Bruder während des Ausnahmezustands getötet wurde. Oben im Aberdare Forest.«

»Das waren schlimme Zeiten«, meinte Tim. »Manchmal greifen Menschen zu verzweifelten Mitteln, wenn sie um ihr Leben kämpfen oder ihre Familien oder ihr Eigentum verteidigen müssen. Die Mau-Mau haben nicht viele Europäer getötet, aber die sind auf barbarische Weise umgekommen. Und viele unschuldige Afrikaner wurden terrorisiert. Man hat sie gezwungen, sich diesen widerwärtigen Eidzeremonien zu unterziehen, oder sie wurden verstümmelt oder umgebracht. Die

Kikuyu massakrierten Tausende ihrer eigenen Leute, die sich ihnen nicht anschließen wollten. Zwar wurde Langani niemals direkt angegriffen, aber Jan verließ die Farm für eine Weile. Die meisten Farmer traten den *King's African Rifles* oder den Spezialeinheiten bei und gingen in die Wälder, um die Banden zu jagen. Sie rieben sich mit Tierfett ein, schwärzten ihre Gesichter und trugen Perücken. ›Pseudo-Gangs‹ wurden sie genannt. Sie lebten monatelang in Todesgefahr und waren ständig dem Hungertod nahe, während sie Terroristennester aufspürten und liquidierten. Gott weiß, was Jan in diesen Jahren gesehen oder getan hat.« Tim zündete sich eine Zigarette an.

»Gib mir auch eine, bitte.«

»Du rauchst? Seit wann?«

»In der Schule rauchen alle hin und wieder. Jetzt brauche ich einfach eine.« Sie zog an der Zigarette. »Ich kann nicht begreifen, warum Marina so über die van der Beers redet. Was geht es sie an, was Jan vor vielen Jahren getan oder auch nicht getan haben mag? Was hat sie davon, wenn sie die van der Beers beleidigt? Und Piet – hast du sein Gesicht gesehen?«

»Ich glaube, sie ist schrecklich eifersüchtig, weil Camilla bei Leuten wie uns glücklicher ist. Wer weiß. Sie ist eine erbärmliche, überspannte Zicke.«

»Arme Camilla«, meinte Sarah voller Mitgefühl.

»Camilla ist hart im Nehmen. Sie wird es überleben. Aber Hannah könnte es wirklich etwas ausmachen. Sie ist weitaus verletzlicher und braucht deine Freundschaft viel nötiger.«

Sarah sah ihren Bruder überrascht an. »Ich dachte, du wärst verrückt nach Camilla.«

»Oh, das bin ich auch. Aber sie würde mich verschlingen und wieder ausspucken, noch bevor ich einmal tief Luft holen könnte. Sie ist ein Mädchen, das ... na ja, das man begehrt, bei dem man aber nicht die Erfüllung sucht. Hannah hingegen ist ein erdverbundener Typ – weitaus vielversprechender.«

»Soll ich ihr erzählen, dass du das gesagt hast?« Sarah kicherte. »Anscheinend bist du ein kluger Mann. Und ich dachte, du wärst nur mein idiotischer Bruder.«

»Ab ins Bett mit dir, Mädchen. Wir können Afrikas Probleme heute Nacht nicht lösen. Hoffentlich entschädigt uns der morgige Ausflug für die Unannehmlichkeiten. Falls Hannah und Piet immer noch mit uns kommen wollen.«

Camilla hörte ihr gedämpftes Lachen und die geflüsterten Gutenachtwünsche, als die beiden am Fenster des Gästezimmers vorbeigingen. Als es wieder still wurde, beobachtete sie vom Bett aus die Schatten der Nacht. Sie war immer noch wach, als die ersten rosigen Strahlen der Morgendämmerung auf die ruhige Oberfläche des Meers fielen.

Kapitel 5

Die Sonne stand bereits hoch am Himmel, als sie sich in Tims uraltem Wagen auf den Weg machten. Sie brausten durch die gezackten Linien der Sisalplantagen, bis die geteerte Straße in eine holprige Sandpiste überging.

»Ich komme mir ein wenig gemein vor, weil wir Silvester nicht mit unseren Eltern verbringen«, meinte Sarah. »Es wird sehr nostalgisch werden. Aber ich stimme Tim und Piet zu – wir sollten in die Zukunft blicken und nicht in der Vergangenheit verweilen.«

»Da wir gerade von der Vergangenheit sprechen – es tut mir Leid, wie Mutter sich gestern Abend verhalten hat.« Camillas Miene war unbewegt, aber ihre Stimme zitterte leicht.

»Vergiss es. Bei den meisten Eltern gibt es bestimmte Dinge, über die sie nicht reden wollen«, sagte Piet. »Pa sagte kein Wort, als wir in unser Strandhaus zurückkehrten, und Ma befahl uns, den Vorfall von vergangener Nacht nie wieder zu erwähnen.«

»Aber vielleicht geht es um etwas, das wir wissen sollten«, meinte Hannah.

»Nein. Wir sollten seinen Wunsch respektieren. Wahrscheinlich hatte er irgendwelche Schwierigkeiten mit der britischen Regierung, und das steht in den Akten. Aber er ist nicht der einzige Farmer, der sich in dieser Situation befindet. Außerdem hat unsere Freundschaft nichts damit zu tun, wie unsere Eltern gelebt haben. Sie ist ganz allein unsere Angelegenheit.«

»Ich nehme an, du hast Recht«, erwiderte Hannah zweifelnd.

»Sie gehören einer anderen Generation an, und wir können

nicht die ganze Zeit darüber nachgrübeln, was sie getan oder nicht getan haben.«

Hannah wurde unterbrochen, als der Wagen mit einem Satz auf den holprigen Weg prallte. Sie öffneten die Fenster und sangen aus vollem Hals. In stillschweigendem Einverständnis vermieden sie es, den vorherigen Abend noch einmal zu erwähnen. Sie erreichten den Mida Creek und fuhren an den von den Gezeiten geprägten Schlammzonen entlang. Vögel zwitscherten hell in den Mangrovenbäumen, die in dem braunen Wasser wurzelten. Eine leichte Brise kam auf, und die Luft roch nach Salz, als sie von der Hauptstraße zu den Ruinen von Gedi abbogen.

»Wir können uns zuerst ein wenig umsehen und dann im Palast des Sultans picknicken«, schlug Tim vor. »Und wenn wir genug von Geistern und Trümmern haben, fahren wir hinunter zum Strand von Watamu. Was meint ihr?«

»Solange wir nur bei Einbrechen der Dunkelheit von hier fort sind«, meinte Sarah.

»Natürlich. Eine Stadt, wo es spukt, ist nachts nicht der richtige Ort für Sarah!«, neckte Camilla sie, als Tim in einen schmalen Pfad einbog. »Wie ich gehört habe, wimmelt es hier von Gespenstern.«

»Es ist merkwürdig, dass in den alten arabischen Aufzeichnungen nichts davon zu finden ist«, sagte Tim. »Eine blühende Stadt, von der die Nachbarn jedoch nichts wussten. Bis heute ist nicht bekannt, ob die Einwohner an Malaria starben, von feindlichen Stämmen getötet wurden oder die Stadt einfach verließen. Übrigens, nehmt euch in Acht vor Schlangen und *siafu* – ihr wollt doch nicht in eine dieser Ameisenstraßen treten.«

»Großartig. Das klingt so einladend, dass ich mich frage, warum wir hier sind.« Camilla stieg als Erste aus dem Wagen. Die schwere, feuchte Luft roch nach den verfaulenden Blättern des Dschungels, in dem sich die Ruinen verbargen. »Meine Güte, ist das unheimlich! Selbst am helllichten Tag.«

Ein Hitzeschwall schlug ihnen entgegen, und die Stille, die sie umgab, wurde nur durch das Ticken des heißen Metalls unterbrochen, als der Motor abkühlte. Hin und wieder hörten sie das Kreischen und Plappern der Affen in den Zweigen über ihren Köpfen. Die alte Stadt ragte bedrohlich aus dem Dickicht, geheimnisumwittert und überwuchert von Pflanzen. Schimmernde Nektarvögel schwebten über Büschen, die ihre Wurzeln in die verlassenen Gebäuden geschlagen hatten. Es kam einer Invasion gleich, in diese andere Welt einzutauchen. Langsam und schweigend gingen sie weiter, bis sie zu der Lichtung gelangten, in der sich der Palast befand. Affenbrotbäume breiteten ihre nackten Zweige über die vergessenen Wohnstätten. Die Wurzeln der kleineren Bäume schienen die alten Mauern im Würgegriff zu haben und die letzten Spuren des Lebens aus dem bröckelnden Gestein zu pressen.
Die Gebäude lugten wie stille Beobachter aus dem Grün hervor. Die Korallenmauern und das in Stein gemeißelte Flechtwerk hielten scheinbar Ausschau, wie eine Frau in *purdah,* die die Welt durch ihren Schleier betrachtete, und von deren verhüllter Gestalt man nur den einen oder anderen verlockenden Blick erhaschen konnte. In den Ruinen der Großen Moschee und des Sultanspalasts gähnten leere Fensterhöhlen. Sie wurden bewacht von drei Grabsäulen.
»Meine Güte, was für ein Ort!« Piet stieß einen langen Pfiff aus und starrte durch die überwucherten Wege, die in einer Mauer aus undurchdringlichem Blätterwerk verschwanden. »Ich komme mir vor wie ein Eindringling. So als hätten wir kein Recht, diesen Traum zu stören.«
»Du lieber Himmel, Piet!« Camilla sah ihm lächelnd ins Gesicht. »Ich wusste gar nicht, dass du ein Romantiker bist. Du bist genauso schlimm wie Sarah mit ihren mystischen Anwandlungen.«
»Du könntest noch alles Mögliche über mich herausfinden, wenn du wolltest, Camilla.«

»Es ist zu heiß, um weiterzugehen. Lasst uns die Picknickbox aufmachen, etwas Kaltes trinken und eine Kleinigkeit essen.« Sarahs Stimme klang angespannt – das konnte sie sogar selbst hören. Sie setzten sich im Schatten des Sultanspalasts ins Gras. Es gab kaltes Hühnchen und Salat, frische Brötchen, schmale Papiertütchen mit Salz und Pfeffer und eiskaltes Bier aus der Kühlbox sowie Limonade, um es damit zu mischen.

»Noch nie hat mir Bier so gut geschmeckt.« Hannah lehnte sich gegen die alten Steine und trank mit geschlossenen Augen einen großen Schluck aus ihrem Glas. »Ich hoffe, der Sultan sieht uns nicht zu. Es würde ihm nicht gefallen, Frauen ohne Kopfbedeckung mit nackten Armen und Beinen zu sehen, die in seinen Gemächern Alkohol trinken. Spürt ihr nicht auch, wie er sich förmlich im Grab umdreht?«

»Wenn ihn das wirklich stören würde, wären wir schon verjagt worden«, meinte Tim und machte sich genüsslich über das Bier und die Hühnerschenkel her.

»Verjagt? Von wem?«, fragte Camilla.

»Die Menschen hier vergruben einen Tonkrug an der Türschwelle ihrer Häuser, in dem sich ein Schriftstück mit einem Zauberspruch befand, der einen mächtigen Geist anlocken sollte. Dann bezog ein Dschinn das Gefäß und beschützte das Haus vor Feinden.« Tim lächelte. »Wäre der Dschinn des Sultans böse auf dich, hätte er dich bereits hinausgeworfen oder dich vielleicht an deinem Essen ersticken lassen.«

»Oder eine Mamba geschickt, die dich mit ihrem Gift erledigt hätte«, fügte Piet hinzu. »Wie diese dort!«

Er sprang auf und deutete auf eine dunkle Ecke. Hannah kreischte, als eine gefleckte grüne Schlange vor ihnen über den Boden glitt. Dort, wo die Sonnenstrahlen sie trafen, schillerte ihr Körper hell.

Piet brach in johlendes Gelächter aus. »Dummerchen! Siehst du nicht, dass das eine harmlose Ringelnatter ist? Du bist mir ja eine tolle Expertin!«

Camilla warf ihm einen strengen Blick zu. »Du solltest deine Schwester nicht so auf den Arm nehmen. Mir hast du auch den Schreck meines Lebens eingejagt.«
»Tut mir Leid.« Piets Augen funkelten immer noch übermütig. Er drehte sich zu Sarah um, die auf die verfallenen, teilweise von Bäumen und blühenden Lianen verdeckten Denkmäler und Gräber starrte.
»Du bist so still. Woran denkst du?«
»An John Masefields Gedicht«, antwortete sie träumerisch. »Ich kann mich nicht an den Titel erinnern, aber er könnte es über diesen Ort geschrieben haben.

Die bleichen Knochen längst vergang'ner Städte
Ragen Skeletten gleich aus dürrer Wüstenglut.
Und jeder blanke Schädel ist ein Zeuge,
Der Lügen seines Herrschers Kunde tut.
Einst waren sie stolz lebensfrohe Recken,
Die Märkte strotzten vor Geschäftigkeit,
Wo nun Schakale wild den Mond anblecken
Und lautlos Vipern lauern um die Morgenzeit.«

Als sie geendet hatte, trat ein langes Schweigen ein. Hannah lief ein leichter Schauder über den Rücken.
Schließlich brach Camilla den Bann. »Ich frage mich, was sie wirklich vertrieben hat. Warum sie das alles verlassen haben.«
»Vielleicht war das Leben hier irgendwann so schwierig und gefährlich geworden, dass sie einfach aufgaben«, meinte Tim.
»Und alles, was sie sich mit harter Arbeit schwer erkämpft hatten, wurde von den Wäldern verschluckt und löste sich in Nichts auf.« Piets Stimme klang niedergeschlagen. »Das ist die Geschichte Afrikas, nicht wahr? Menschen, die keine Ahnung hatten, wie sie das Land nutzen konnten, vertrieben die Stämme, die dort gelebt hatten. Bis wir kamen, kümmerte sich niemand um den Boden.« Er sprang auf, ballte die Hände zu

Fäusten und steckte sie in die Hosentaschen. »Aber ich werde nicht zulassen, dass eine Bande gieriger Politiker unsere Farm raubt oder uns vertreibt. Mich interessiert es nicht, ob es Afrikaner oder Briten sind, ob sie schwarz, weiß oder hellgrün sind. Niemand wird mir das Recht nehmen, hier zu bleiben, in dem Land, in dem ich geboren wurde.« Er unterbrach sich, peinlich berührt von der Verwunderung, die sein Ausbruch hervorgerufen hatte. »Ich glaube, ich mache jetzt einen kleinen Spaziergang«, murmelte er und ging mit schnellen Schritten davon. Als er durch den steinernen Türrahmen schritt, berührte er die bröckelnde Oberschwelle mit einer Geste, die Ehrerbietung und Bedauern ausdrückte.

»Piet!« Camilla stand geschmeidig auf. »Warte auf mich. Ich komme mit, wenn du dir noch mehr anschauen willst.«

Hannah sah auf und bemerkte Sarahs Gesichtsausdruck. »Nein, Camilla. Er braucht ein paar Minuten für sich.«

»Ich werde auch einen Spaziergang machen.« Sarah verfluchte sich innerlich dafür, dass sie das dumme Gedicht ausgegraben und damit Piets Ausbruch verursacht hatte. Was hatte sie sich bloß dabei gedacht? Hatte sie ihn mit ihren literarischen Kenntnissen beeindrucken wollen, weil Camilla ihn einen Romantiker genannt hatte? »Ich werde ein paar Fotos schießen. Nur um den Mythos zu widerlegen, dass auf dem Film nichts zu sehen ist, wenn man Bilder von Gedi zu entwickeln versucht.«

Sie nahm ihre Kamera und ging auf einem der Pfade in den Wald hinein, wobei sie darauf achtete, eine andere Richtung als Piet einzuschlagen. Zuerst war ihr unbehaglich zu Mute, doch dann begann sie, Vogelstimmen nachzuahmen, und freute sich über die Reaktionen. Sie ging bis zur Grenze des verlassenen Dorfes, wo der Wald immer dichter wurde. Schließlich erreichte sie eine Lichtung, auf der zwei verfallene Gebäude nebeneinander standen. Davor befand sich ein großer Steinbrunnen.

Sie blieb stehen, als sie ein Prickeln im Nacken verspürte – so als würde jemand sie beobachten. Auf der Lichtung hing ein seltsamer Geruch in der Luft, süßlich und unangenehm, und sie vernahm ein Summen. Ohne nachzudenken, hatte sie sich ziemlich weit von dem Picknickplatz entfernt, also ging sie nun zögernd und vorsichtig weiter. Auf der anderen Seite des Brunnens war die Erde gerodet worden, und sie erblickte einen schwarzen Hügel, der sich hob und senkte, als sie sich ihm näherte. Als ihr der Geruch in die Nase stieg, begann sie zu würgen. Ein Schwarm Fliegen, vollgesogen und schwer, erhob sich wie ein fliegender Teppich in die Luft und enthüllte das Ding, an dem die Insekten sich gütlich getan hatten. Sie schrie auf.

Es war eine junge Ziege, am Boden angepflockt, den Bauch von einem Ende zum anderen aufgeschlitzt. Ihre Eingeweide glänzten, und ihr Blut sickerte in die Mulde im Boden, in die man sie gelegt hatte. Entsetzt begriff sie, dass das Tier noch am Leben war. Es rang nach Luft, sein Körper zitterte, und seine Augen wurden milchig, während langsam das Leben aus ihm entwich. Sarah starrte die Ziege an, dann wurde es dunkel vor ihren Augen. Mit einem Mal befand sie sich an einem anderen Ort, und die blutende, zitternde Kreatur auf dem Boden war ein hilflos stöhnender Mann, der sein Gesicht von ihr abwandte und sich verzweifelt mühte, den Blutstrom aus seinen Wunden einzudämmen. Ein Panda hatte seine Brust und seine Arme und Beine zerschnitten und seinen Bauch aufgerissen. Entsetzt schrie sie auf, als sich die blutigen Überreste seines Kopfes flehend zu ihr wandten. Dort, wo die Augen sein sollten, sah sie nur noch leere Höhlen.

Sie würgte und drehte sich um, um zu fliehen, aber die Beine versagten ihr den Dienst. Sie hörte, wie jemand auf sie zugelaufen kam, und spürte, wie Hände nach ihr griffen, während sie zu entkommen versuchte. Dann erkannte sie Piets Stimme, und ihr wurde bewusst, dass es Tim war, der sie stützte, als sie auf die Knie fiel und sich heftig übergab.

»Schon gut, altes Mädchen. Jetzt ist alles vorüber. Kein schöner Anblick, nicht wahr?« Tim hielt ihr den Kopf, während sie versuchte, von der Ziege zu erzählen.
»Es war grausig.« Piet kniete sich neben sie. »Ich habe das arme Ding von seinem Leiden erlöst.«
»Ich bin mir nicht sicher, ob du das hättest tun sollen«, meinte Tim und warf einen Blick über die Schulter. »Dieser Wald ist ein geheiligter Ort. Hier finden oft Opferrituale statt. Um so etwas handelt es sich wahrscheinlich. Um den Teil eines Exorzismus oder eine ähnliche Zeremonie. Ein böser Geist wird von einem Menschen in eine Ziege versetzt, und dann wird das Tier geopfert – aufgeschlitzt, um die Macht des Geistes in geheiligtem Boden versickern zu lassen. Das Tier muss dabei lebendig bleiben, um auszubluten.«
»Igitt! Das ist barbarisch!« Bleich starrte Camilla auf die grausigen Überreste und wich zurück, als der Fliegenschwarm sich wieder erhob. »Kein Wunder, dass du dir die Seele aus dem Leib geschrien hast, Sarah! Ich wäre tot umgefallen.«
»Du solltest nicht allein im Busch herumspazieren.« Tim musterte das blasse Gesicht seiner Schwester und sah an ihren Augen, dass sie immer noch Angst hatte. »Hier gibt es auch Elefanten und den einen oder anderen Büffel, der nicht zögern würde, sein Revier zu verteidigen.«
»Ich denke, wir sollten uns auf den Weg machen.« Piet streckte die Hand aus, um ihr aufzuhelfen. »Die Leute, die das getan haben, werden wahrscheinlich zurückkommen. Du hast doch niemanden auf dem Pfad gesehen? Oder etwas gehört?«
Sarah erinnerte sich an ihr Unbehagen, als sie geglaubt hatte, beobachtet zu werden. Aber wahrscheinlich hatte ihr nur ihre überreizte Fantasie einen Streich gespielt. Sie schüttelte den Kopf. »Nein, da war niemand.«
»Dann lasst uns von hier verschwinden.« Tim zog ein großes Taschentuch hervor und wischte ihr das Gesicht und die Hände damit ab. »Fühlst du dich besser?«

»Mir geht es gut«, erwiderte Sarah und vermied es, das tote Tier anzuschauen. »Es tut mir Leid, dass ich ein solches Brimborium veranstaltet habe. Ich weiß auch nicht, was über mich gekommen ist.«

Schaudernd verdrängte sie die Gedanken an die schrecklichen Sekunden, in denen sich das Opfertier in einen Mann verwandelt hatte. Sie schalt sich selbst für ihre Albernheit und ließ sich von Hannah, die ihren Arm mit festem Griff gepackt hatte, langsam zum Wagen zurückführen. Als sie davonfuhren, atmete sie erleichtert auf.

»Es heißt, dass die Scheinwerfer der Autos von Besuchern in Gedi urplötzlich nicht mehr funktionieren und sie dann hier im Dunkeln sitzen müssen.« Sie versuchte zu lachen.

»Da steckt zweifellos der Dschinn des Sultans dahinter.« Tim griff ihren Versuch auf, die Stimmung zu heben.

Hannah rutschte auf dem Rücksitz hin und her. »Genug von Gedi. Ich habe die Nase voll von diesen alten Geistern, die hier überall lauern«, erklärte sie.

»Wie wäre es mit Schnorcheln am Watamu?«, schlug Tim vor. »Bevor wir uns um die Zelte kümmern.«

»Klingt göttlich«, meinte Camilla. »Und dann gehen wir in den Turtle Club und tanzen, bis die Fußsohlen qualmen. Gib Gas, Tim. Ich bin bereit für die tropische Unterwasserwelt, gutes Essen und Sternenlicht.«

Als Sarah wieder aufwachte, hatte der Wagen angehalten. Vor ihr schimmerte das Meer türkis und kobaltblau unter einem wolkenlosen Himmel. Der Wind wisperte in den Kasuarbäumen, und die Flut war bereits da. Innerhalb weniger Minuten befanden sie sich in der Lagune, tauchten in den kühlen Ozean ein und spülten Staub, Müdigkeit und verstörende Träume fort. Schwärme von kleinen Fischen umgaben sie; ihre schillernden Farben funkelten im klaren Wasser wie Juwelen. Ein Stück von der Küste entfernt entdeckten sie den ersten Korallengarten. Eine Stunde verging, und dann eine zweite, während sie in der stillen Schönheit einer anderen Welt dahintrieben, in der es keine Gedanken an Neid oder Zerstörung und keine lauten, zornigen Stimmen gab. Schließlich machten sich gegenseitig Zeichen und schwammen in das seichte Wasser am Strand zurück.

»Wie im Märchen! Es gibt nichts Schöneres auf der Welt«, stellte Tim fest, nachdem er aufgetaucht war. Sein Gesicht strahlte, als er sich das Wasser aus dem drahtigen Haar schüttelte. »Es ist ein Ort der Fantasie, erfüllt von einer wohltuenden Stille, Schwerelosigkeit und Frieden.«

Hannah ließ sich rücklings im Wasser treiben, fuhr mit ihren Fingern durch die Wellen und zeichnete Linien in den aufgeworfenen Sand. Er ähnelt Sarah sehr, dachte sie. Beide sind ständig hin- und hergerissen von der Unklarheit, der Schönheit und Zerbrechlichkeit der sterblichen Menschheit. Es hatte ihr Spaß gemacht, mit Tim im blaugrünen Meer zu schwimmen, neben ihm zu den Korallenbetten hinabzutauchen und sich mühelos von der Strömung treiben zu lassen.

»Ich treibe lieber schwerelos im Wasser als im Weltall«, erklärte sie.

»Wo bleibt dein Sinn für Abenteuer, Schwesterherz?« Piet rollte sich auf den Bauch und rückte näher an Camilla heran.

»Verwurzelt auf dieser Erde. In diesem Sand. Auf unserer Farm. Aber vielleicht werde ich einmal meine Ferien auf dem Mond verbringen, wenn ich eine alte Dame bin. Falls die Amerikaner oder die Russen es bis dahin geschafft haben, dorthin zu fliegen.«

»Wenn Pa sich entschließt, Langani aufzugeben, wirst du das alles noch einmal überdenken müssen«, erwiderte Piet. Hannahs Aufschrei zog die Aufmerksamkeit aller auf sich.

»Also ich bleibe! Und du auch.« Die wilde Entschlossenheit in Hannahs Stimme verblüffte ihren Bruder. »Du hast es selbst gesagt: Das ist unsere Heimat und unser Land. Wir werden bleiben.«

»Kommt schon, ihr beide!« Sarah grub erregt ihre Finger in den Sand. »Wir alle werden nach der Unabhängigkeit noch hier sein. So oder so werden wir alle zurückkommen, egal was wir jetzt vorhaben. Ich weiß, dass wir am Ende alle wieder hier leben werden – sogar du, Camilla. Dieses Land wird uns niemals loslassen.«

»Sie ist mal wieder weit weg.« Camilla stützte sich auf einen Ellbogen. »Aber ich nehme an, wir können froh sein, dass es sich dieses Mal um eine ihrer heitereren Vorhersagen handelt. Und sie hat Recht. Ich kann mir nicht vorstellen, nie mehr hierher zurückzukehren. Gleichgültig, was ich auch tun werde – dieses Land wird immer ein Teil von mir sein.«

»Mich interessiert im Moment eher die unmittelbare Zukunft.« Tim stand auf und griff nach seiner Kleidung. »Die Sonne geht bereits unter, und wir müssen noch unsere Zelte aufschlagen. Danach haben wir Zeit für ein kaltes Bier und eine Dusche. Und anschließend gehen wir essen und tanzen.«

Der Turtle Club war brechend voll mit Familien aus dem Landesinneren, die ihre Ferien an der Küste verbrachten. Die Luft vibrierte vor Lärm und Gelächter. Getränke wurden gluckernd eingeschenkt, und die Gäste prosteten sich zu und ließen die Gläser klirren. Tim inspizierte den Inhalt ihrer Geldbörsen und bestellte frischen Hummer und gekühlten Weißwein. Freunde kamen vorbei und luden sie ein, sich zu einer der größeren Gruppe zu gesellen, aber sie wollten sich nicht in das Getümmel stürzen. Während sie sich ihr Abendessen schmecken ließen, spürte Camilla plötzlich, wie sich zwei Hände auf ihre Augen legten. Dann hörte sie Piets Ausruf.

»Anthony! Meine Güte, wie schön, dich zu sehen! Wie kommt es, dass du nicht draußen im *bundu* bist?«

»Meine Kunden wollten eine Pause machen und nach Nairobi kommen, wie ich mir schon gedacht hatte. Also fuhr ich hierher. Ich wusste, dass ich hier ganz sicher auf einige *rafikis* stoßen würde.« Anthony Chapman sprach mit Piet, blickte dabei aber Camilla an. »Darf ich mich dieser exklusiven kleinen Gruppe anschließen?« Er setzte sich und bestellte Wein. »Und hier ist ja auch die künftige Zoologin, umgeben von seltsamen Exemplaren, die es zu erforschen gilt. Oder möchtest du lieber mit mir tanzen, Sarah?«

Sie nickte lächelnd, doch als sie sich zur Tanzfläche umdrehte, sah sie, wie Piet einen Arm um Camillas Taille legte und ihr etwas ins Ohr flüsterte. Sarahs Magen krampfte sich zusammen, und sie versuchte vergeblich, sich auf Anthonys Worte zu konzentrieren, während er sie mitten hinein in die Menge führte und der Tisch aus ihrem Blickfeld verschwand. Als sie zu der kleinen Gruppe zurückkehrten, erhob sich Piet und reichte Camilla die Hand, doch Anthony war schneller und wirbelte mit ihr davon. Einen Augenblick lang zögerte Piet. Dann zog er Sarah auf die Tanzfläche und begann, wild hin- und herzuhüpfen und sich im Kreis zu drehen. Dabei lachte und johlte er, bis ihr schwindlig und unerträglich heiß wurde. Dann wurde die Musik langsamer, und er zog sie näher heran. Als sie sich an ihn schmiegte, wurde ihr schmerzlich bewusst, dass ihr Schweißtropfen über die Stirn ins Gesicht liefen. Sie versuchte sich zu beruhigen und sog einige Male tief die kühle Seeluft ein. Am liebsten wäre sie mit ihm davongeschwebt, hinunter zum Strand, wo die Musik nur aus dem unaufhörlichen Rauschen der Wellen bestand. Aber als die Melodie verklang, grinste er sie an, strich ihr über die Wange und brachte sie zum Tisch zurück. Zwischen Euphorie und Bedauern hin- und hergerissen setzte sie sich wieder. Kurz vor Mitternacht stand Champagner auf jedem Tisch. Als die Musik verstummte, wurden bereits die ersten Toasts ausgebracht.

»Ich habe hier schon viele Silvesterabende mit meinen *rafikis* verbracht, und ich hatte niemals das Bedürfnis, jemanden zu ermutigen, eine Rede zu halten.« Der Besitzer des Turtle

Club war auf einen Tisch am Rand der Veranda gesprungen. »Aber heute Nacht ist alles anders für uns. Dies ist das letzte Neujahrsfest, das wir unter der guten alten britischen Regierung feiern. Nächstes Jahr um diese Zeit werden wir in einem unabhängigen Kenia unter anderer Flagge leben. Also wollen wir heute Abend unsere Gläser auf all das erheben, was dem vorangegangen ist. Wir trinken auf alle, die dieses wundervolle Land zu dem gemacht haben, was es ist, und auf alle, die den Mut haben, hier zu bleiben und für eine blühende Zukunft zu arbeiten. Viele dieser Leute befinden sich heute Abend unter uns.« Er hob sein Glas über die Menschenmenge und ließ den Blick über die hoffnungsvollen Gesichter schweifen, bevor er seinen Toast aussprach. »Auf das großartige Land, das uns alle zu diesem historischen Moment geführt hat. Gott schütze die Königin, Gott schütze Kenia und uns alle.«

Eine einzelne Stimme begann, die ersten Worte der Nationalhymne zu singen, und nach anfänglichem Zögern stimmte die Menge ein, bis der Gesang anschwoll und das Lied über das mit Palmenblättern gedeckte Dach hinaus auf das Meer trug. Menschen durchquerten den Raum, um sich optimistisch oder bedauernd zu umarmen; sie sprachen sich Hoffnung zu, verkündeten ihren Entschluss zu bleiben oder ihre Entscheidung fortzugehen, um ein neues, ungewisses Leben zu beginnen. Luftschlangen flogen durch die Luft, als der Countdown zu Mitternacht begann. Pfiffe ertönten, der Sprechchor wurde immer lauter. Auf der Tanzfläche bildeten die Menschen Kreise und rempelten sich lachend an, als es zwölf Uhr schlug und die Band »Auld Lang Syne« spielte.

Schließlich winkte Piet die anderen heran und führte sie aus der wogenden Menge hinaus und hinunter zum Strand. Sie spazierten am Wasser entlang und entfernten sich immer weiter von den Lichtern und der Musik, bis sie nur noch das leise Klatschen der Wellen hörten und den schimmernden breiten

Streifen des Mondlichts sahen, der sich bis zum Horizont erstreckte. Anthony zog Hemd und Hose aus und stürzte sich in die Fluten. Piet tat es ihm gleich und warf seine Kleidungsstücke in den Sand. Schon bald ließen sie sich alle im Wasser treiben, umgeben vom Meeresleuchten und dem sich widerspiegelnden Sternenlicht.

»Welche Pläne habt ihr für morgen? Bleibt ihr alle noch ein paar Tage?«, wollte Anthony wissen.

»Nein. Wir fahren am Vormittag zurück nach Mombasa. In ein paar Tagen werden wir zu Hause in Langani erwartet«, antwortete Piet. »Tim wird nächste Woche sein Studium in Irland fortsetzen und Sarah mit nach Dublin nehmen.«

»Was ist mit dir, Camilla?« Anthony umfasste ihre Handgelenke und zog sie im Wasser zu sich heran. »Du musst doch noch nicht sofort wegfahren, oder?«

»Wir fahren alle zusammen«, entgegnete Piet scharf. »Camilla wird bei den Mackays wohnen.«

»Glückliche Mackays«, meinte Anthony leichthin.

»Lasst uns nicht zurückfahren.« Hannahs Stimme klang verzagt. »Lasst uns hier gemeinsam ein neues Leben beginnen, hier und jetzt. Wir eröffnen eine einfache Bar und kaufen ein paar strohgedeckte Hütten, die wir vermieten. Das Land wird uns gefangen halten, wie Sarah sagt. Aber fern von den Streitigkeiten, der Angst vor der neuen Regierung und den drohenden Veränderungen.«

»Nein«, entgegnete Sarah bestimmt. »Jetzt ist nicht die richtige Zeit dafür. Doch wir sollten uns vornehmen, hierher zurückzukommen. Wir werden in dem Jahr zurückkehren, in dem wir drei einundzwanzig Jahre alt werden, gleichgültig, was geschieht. Und wir werden in Piets neuer Lodge wohnen, vielleicht gemeinsam auf Safari gehen und einige Zeit hier an der Küste verbringen.«

»Diesem Vorschlag schließe ich mich an«, erklärte Anthony. »Und wenn Piet euch in seiner Lodge aufnimmt, werde ich die

Safari organisieren.« Er sah Camilla an. »Du sagtest, du würdest mit mir auf Safari gehen, wenn du reich und berühmt bist, weißt du noch?«
»Es wird kalt hier im Wasser«, warf Piet ein. »Komm mit mir, Lady Camilla. Ich werde dir eine Laterne für dein Zelt besorgen. Und mich vergewissern, dass du nicht alles in Brand steckst.«
Es herrschte ein kurzes Schweigen, dann lachte Camilla auf.
»Mir reicht das Mondlicht. Ich brauche nur meinen Schönheitsschlaf, auch wenn ich dafür lediglich so viel Platz wie eine Sardine in der Dose habe.«
»Du kannst schon von den luxuriösen Zelten mit Kronleuchtern, Seidenteppichen und Badezimmern träumen, anlässlich der großen Safari zu unserem Wiedersehen«, sagte Anthony.
»Ich finde auch, dass wir schlafen gehen sollten.« Tim versuchte, die wachsenden Spannung zu entschärfen. »Piet, wir sollten Wasser und Laternen für die Zelte herrichten. Ihr Mädchen könnt in ein paar Minuten nachkommen. Wo übernachtest du, Anthony?«
»Ein Stück die Straße hinunter. Ich bin bei Freunden untergekommen, die dort ein Haus besitzen. Ein glückliches neues Jahr euch allen. Man sieht sich. Bald, hoffe ich.« Anthony machte sich auf den Weg und ging am Strand entlang auf die entfernten Lichter und den Lärm des Turtle Clubs zu.
»Was für eine herrliche Nacht!«, rief Sarah. »Es ist schwer, diesen Abend zu beenden, vor allem, weil wir nicht wissen, wo wir alle schon in ein paar Tagen sein werden.«
»Wir wollen uns ein Versprechen geben«, schlug Hannah vor. »Ein feierliches Gelübde, wie wir es schon einmal getan haben. Dass wir hierher zurückkommen werden, wenn wir einundzwanzig werden.«
»Ich gelobe es.« Camilla streckte beide Hände aus. »Wir alle geloben es uns, nicht wahr?«

Sie knieten sich im Kreis in den Sand, umgeben von den plätschernden Wellen des dunklen, vom Licht der Sterne gesprenkelten Ozeans, umarmten einander und redeten lachend über die Verheißungen der Zukunft und ihre Errungenschaften, von denen sie sich bei ihrem aufregenden Wiedersehen berichten würden.

Kapitel 6

London, November 1964

Camilla wurde von einem schrillen Vogelkonzert geweckt. Nicht von dem Pfeifen der Kapröteln oder dem leisen Gurren der Tauben, das in Kenia an jedem Morgen den Tag ankündigte. Hier sah man hauptsächlich Krähen, schwarz und lärmend, die von ihren Sitzplätzen auf Telefonleitungen und kahlen Bäumen den bleiernen Himmel ankrächzten. In Italien hatte meist die Sonne die herrliche Landschaft und die prächtige Architektur beschienen. Ihr Vater war für ein Jahr an die Botschaft in Rom versetzt worden, und sie hatte viel Zeit mit ihm verbracht. Sie hatte die alten Straßen und historischen Bauwerke der italienischen Städte erkundet, war in den Hügeln der Toskana gewandert und hatte auf einer Gondel die Kanäle von Venedig besichtigt. Ihr Vater hatte darauf bestanden, dass sie in Florenz einen Kurs in Kunstgeschichte besuchte, und das hatte ihr großen Spaß gemacht. Aber jetzt waren sie alle wieder in London, und sie zählte die Tage bis zum Ende des obligatorischen Sekretärinnenkurses und sehnte sich nach einem anderen, freieren Leben.

Zumindest wohnten sie in der Nähe des Parks. Jeder sagte ihr, wie glücklich sie sich schätzen könne, nur einen Steinwurf von den Wiesen und den vom Regen durchnässten Bäumen entfernt zu sein. Camilla ging jeden Tag dorthin. Ihre Mutter schwärmte ständig von der perfekten Lage ihrer Wohnung, obwohl sie kaum dort anzutreffen war. Marinas Terminkalender war voll mit Verabredungen zu Mittagessen und Bridgepartys oder der Organisation von Wohltätigkeitsveranstaltungen. Camilla stellte fest, dass ihr ihre eigene Gesellschaft genügte. Sie konnte sich nicht vorstellen, Freundschaften zu schließen, die sich mit dem engen Band zwischen ihr, Sarah und Hannah vergleichen ließen. Briefeschreiben lag ihr nicht sonderlich, doch sie schickte regelmäßig Postkarten mit flotten Sprüchen auf der Rückseite und Geschenke von jedem Ort, den sie gerade besuchte. Sie glaubte nicht, dass ihre Freunde ermessen konnten, wie einsam sie sich in London fühlte. Es gelang ihr nicht, sich den Kreisen anzuschließen, die ihrer Mutter zusagten, und Marinas Zwangsvorstellungen von der Hierarchie der Londoner Gesellschaft widerten sie an. Ihr Vater arbeitete im Auswärtigen Amt wieder für die afrikanische Abteilung und reiste immer noch regelmäßig zwischen London und Nairobi hin und her. Wenn er sich nicht im Ausland befand, schien er bis in die späte Nacht Besprechungen in Whitehall zu haben. Er spielte immer noch eine Schlüsselrolle bei den komplizierten Verhandlungen zwischen der britischen und der kenianischen Regierung, während die neue Verfassung ausgearbeitet wurde, die Kenia in eine Republik verwandeln sollte. Camilla hatte gehört, wie er am Telefon über das strittige Problem der asiatischen Gemeinde und deren Recht, nach Großbritannien zu gehen, diskutiert hatte. Im Parlament wandte sich Enoch Powell immer noch vehement gegen eine unbeschränkte Einwanderung, und die Presse war voll von emotional geprägter Rhetorik über dieses Thema. Viele weiße Farmer in Kenia spotteten immer noch über den Plan der Neuaufteilung des Landes und beharrten auf ihrer Ansicht, dass weite Teile der fruchtbarsten Gebiete dann durch Ignoranz und Misswirtschaft zerstört werden würden. Es gab wutentbrannte Vorwürfe, die britische Regierung habe in der Eile, die frühere Kolonie zu übergeben, die wenigen Menschen im Stich gelassen, die das Land reich gemacht hatten. Als Camilla ihren Vater auf die van der Beers ansprach, reagierte er schroff.

»Sie haben sich entschieden, sich dem Auszug nach Rhodesien anzuschließen, um ihrem Sohn einen Neuanfang zu ermöglichen, meine Liebe. Jetzt liegt es in den Händen deines jungen Freunds, das Beste daraus machen.«

»Sie hätten das Land niemals verlassen, wenn Mutter damals nicht diesen Wutanfall gehabt hätte«, erklärte Camilla. »Und du hast mir nie gesagt, worum es dabei eigentlich ging.«

»Du weißt, dass ich über heikle Themen nicht sprechen kann.«

»So heikel, dass sie darüber Bescheid wusste?«

»Jan van der Beer hat zum Wohl seines Sohns eine selbstlose Wahl getroffen. Piet hat nun die Möglichkeit, es zu schaffen, wenn er einen klaren Kopf behält und hart arbeitet«, entgegnete George. »Wahrscheinlich hätte es nicht besser kommen können.«

»Wie kannst du das sagen? Sie hassen Rhodesien. Und es ist kein guter Ort für einen Neubeginn, mit Ian Smith und all dem Durcheinander und der Verbitterung wegen der Unabhängigkeit und der Wahlen für Afrikaner. Schau mich nicht so verblüfft an, Daddy. Ich lese alles darüber, weil Hannah dort unten in diesem Schlamassel sitzt.«

»Das Wichtigste ist, dass junge Menschen wie Piet eine sehr gute Chance auf Erfolg haben. Daran solltest du denken, meine Liebe. Jomo Kenyatta hat glaubhaft versichert, dass für alle die Möglichkeit zur Zusammenarbeit bestehen wird.«

»Ich wünschte, ich wäre bei der Unabhängigkeitszeremonie dabei gewesen«, meinte Camilla. »Ich hätte gerne gesehen, wie das alles abgelaufen ist.«

»Es war ein sehr bewegendes Ereignis. Mzee in seiner Stammestracht, und der Herzog von Edinburgh und der Gouverneur mit Säbel und Federbusch.« Bei der Erinnerung daran musste George schmunzeln. »Kenyatta und Prinz Philip wurden durch eine Reihe von Seitenstraßen zur Zeremonie gefahren, damit sie nicht von der Menge aufgehalten würden. Aber der Schuss ging nach hinten los, denn ihr Wagen blieb im Schlamm stecken, und sie kamen eine halbe Stunde zu spät! Bei einer der Feierlichkeiten sah ich einige frühere Führer der Mau-Mau mit einer Art Uniform und langen verfilzten Haaren. Sie standen auf dem Rasen vor dem Regierungsgebäude mit all den piekfein gekleideten Politikern und Leuten von der Botschaft. Die so genannten Mau-Mau-Generäle schüttelten die Hände aller möglichen hohen Tiere und ihrer Gattinnen, als hätten sie niemals etwas anderes getan. Aber ein königlicher Handschlag blieb ihnen versagt. Kenyatta selbst hielt sie taktvoll auf, um einen diplomatischen Fauxpas zu vermeiden. Ein kluger alter Knabe. Insgesamt war es eine fröhliche Feier – und sehr bewegend. Das enorme Wohlwollen, mit dem sie durchgeführt wurde, war erstaunlich.«

»Ich wünschte, wir wären in Kenia geblieben«, seufzte Camilla. »Es ist das einzige Land, das ich jemals als Heimat angesehen habe. Und es ist der Ort, wo meine wahren Freunde leben. Wie schön wäre es, die Weihnachtsferien an der Küste oder auf Langani zu verbringen! Hat sich das Land verändert?«

»Noch nicht. Ich glaube, dass die Menschen, die genug Mut und Vertrauen aufgebracht haben, um zu bleiben, ihre Entscheidung letztlich nicht bereuen werden. Und der junge Piet hat die gleichen Chancen wie alle anderen auch.«

»Das entschuldigt nicht, was Mutter getan hat.«

»Eine Menge Leute hatten Zugang zu den Akten, die deine Mutter auf meinem Schreibtisch gefunden hat. Jeder hätte die Sache ans Tageslicht bringen können.«

»Welche Sache?«, wollte Camilla wissen, aber George schüttelte nur den Kopf. »Erzähl mir von Hannah. Wie geht es ihr? Was macht sie?« Es war klar, dass er sich auf keine weiteren Diskussionen über Jan einlassen würde.

»Ich habe schon eine Weile nichts von ihr gehört. Meine Schuld. Ich bin keine große Briefschreiberin.«

»Du solltest dich bemühen«, meinte George. »Nach all den

Veränderungen in ihrem Leben ist es für sie sicher besonders wichtig, den Kontakt zu dir und Sarah aufrechtzuerhalten.«

»Was soll ich ihr denn sagen?«, verteidigte Camilla sich zornig. »Schließlich war es meine Mutter, die den Umbruch verursacht hat. Deswegen hockt Hannah nun in einem verhassten Dorf in Rhodesien. Es war die liebe Marina, die ihre Zukunft in Langani zerstört hat. Was könnte ich sagen, um das zu ändern?«

»Es war nicht dein Fehler, Liebes«, erwiderte er. »Du solltest ein unangebrachtes Schuldgefühl nicht als Entschuldigung benutzen, um die Verbindung einschlafen zu lassen. Diese beiden Mädchen waren jahrelang wie Schwestern für dich. Niemand kann es sich leisten, eine solche Freundschaft wegzuwerfen. Und ich bin sicher, dass die Beers weiterhin nur Zuneigung für dich empfinden.«

»Das weißt du doch gar nicht«, entgegnete Camilla. »Du begreifst nicht einmal ansatzweise, wie verheerend dieser Umzug für sie war. Und offensichtlich ist dir auch nicht klar, wie ich mich dabei fühle.«

»Deine Mutter hat an diesem Abend einen bedauerlichen Fehler gemacht.« Georges Miene war finster. »Sie war eifersüchtig und unglücklich, und ...«

»Einen bedauerlichen Fehler?« Camilla explodierte. »Ich verstehe nicht, warum du sie immer in Schutz nimmst. Wieso kannst du Mutter nicht so sehen, wie sie wirklich ist? Warum lässt du dich nicht von ihr scheiden, Daddy?« Sie bemerkte, wie ihr Vater zurückzuckte, doch sie konnte sich nicht bremsen. »Ihr seid nicht glücklich miteinander, und sie ist ständig wütend und verbittert. Allein wäre sie besser dran, und du könntest dann weiter ...«

»Camilla, das ist eine Sache, die nur deine Mutter und mich etwas angeht, und niemanden sonst.« George drehte sich abrupt um. Mit versteinerter Miene griff er nach den Autoschlüsseln, öffnete die Haustür und ließ den trüben Londoner Morgen herein. Dann zögerte er und nahm mit einem gezwungenen Lächeln seine Tochter in den Arm. »Ich werde erst spät zurückkommen, und morgen liegt ein harter Tag vor mir. Aber am Wochenende unternehmen wir etwas zusammen.«

Seit diesem Tag hatten sie nicht mehr über die van der Beers gesprochen. Camilla wollte sich nicht mit ihrem Vater zanken, und so vermied sie heikle Themen, die die kostbaren, gemeinsam verbrachten Stunden verderben konnten. Jetzt dachte sie an ihn, während sie durch die regennassen Fensterscheiben hinaussah. Die feuchte Luft war über Nacht in ihr Schlafzimmer gekrochen, und sie fröstelte, als sie das Schiebefenster schloss, um den Lärm und die Abgase des morgendlichen Verkehrs auszusperren. Ihr Kopf schmerzte von den Cocktails und den vielen Zigaretten, die sie auf der Party am Abend zuvor geraucht hatte. Wann war sie bloß nach Hause gekommen? Ob George ins Büro gefahren war? Es war Samstag, aber er arbeitete oft am Wochenende. Wenn er noch im Haus war, konnten sie gemeinsam frühstücken – das wäre ein guter Start in den Tag. Im Salon war jedoch keine Spur von ihm zu sehen. Enttäuscht ging sie in die Küche und stellte den Wasserkessel auf den Herd. Mit einer heftigen Bewegung schob sie eine Scheibe Brot in den Toaster, um dann im Kühlschrank nach Butter, Marmelade und Milch zu suchen. Das hohe Pfeifen des Wasserkessels bohrte sich in ihren schmerzenden Kopf. Rasch hob sie ihn hoch und goss das kochende Wasser über die Teeblätter. Etwas davon spritzte auf ihre Hand, und sie fluchte laut vor Schmerz. Oben schlief Marina noch. Wahrscheinlich würde sie erst gegen Mittag aufstehen. Aber das war ihr gleich. Das Letzte, was Camilla jetzt wollte, war ein belangloses Gespräch mit ihrer Mutter über die gesellschaftlichen Ereignisse am kommenden Wochenende.

Sie musste jetzt nur noch die letzten Wochen ihres Kurses

überstehen. Den eintönigen Stenografie- und Schreibmaschinenunterricht hatte sie bereits hinter sich gebracht, und sie sprach fließend Französisch. Außerdem hatte sie einige oberflächliche Vorlesungen über englische Literatur, Kunstgeschichte, über die Kunst des Tischdeckens und die Zubereitung von Soufflées besucht. Das alles hatte sie beinahe in Trance über sich ergehen lassen. Ihre Mitschülerinnen waren hauptsächlich darauf erpicht, Einladungen zu den begehrtesten Partys in London zu erhalten. Die Wochenenden verbrachten sie in zugigen Herrenhäusern auf dem Land, um nach guten Partien Ausschau zu halten. Camilla hatte wenig mit ihnen gemein, aber sie stürzte sich auf alles, was London zu bieten hatte, und stieß ihre Mutter mit der Wahl ihrer Bekanntschaften vor den Kopf.

»Du triffst dich mit höchst unpassenden Leuten, Camilla.« Marina hatte ihre Tochter von oben bis unten gemustert. »Und dein Aufzug ist schrecklich. Vulgär und billig und schlecht geschnitten. Du siehst aus wie eine Verkäuferin.«

»Vielleicht habe ich ja vor, eine zu werden. Man muss nicht mehr reich sein oder aus einer Familie der oberen Mittelklasse stammen, um akzeptiert zu werden. Ein Straßenhändler aus dem Eastend oder eine Verkäuferin können ebenso angesagt sein wie eine Herzogin. Und auch wenn meine Freunde sich nicht so ausdrücken oder kleiden wie du – sie sind Künstler, Schriftsteller und Menschen, die etwas Neues zu sagen haben. Die Welt verändert sich, Mutter. Wir sind eine neue Generation mit anderen Werten und müssen uns nicht hinter einer Mauer der Engstirnigkeit verstecken. Du kannst dir nicht vorstellen, wie dankbar ich dafür bin.«

»Mach dich nicht lächerlich, Camilla. Du gehörst zu einer gewissen Gesellschaftsschicht, weil du das Glück hattest, dort hineingeboren zu werden. Dafür solltest du sehr dankbar sein.«

»Deine Maßstäbe von Klassen, Geld und Besitz werden glücklicherweise schon bald Geschichte sein.« Camilla umrahmte ihre Augen mit Kajal und setzte einen gestrickten Hut auf. »Bis dahin gehe ich erst einmal ins Kino.«

»Mit dieser kindischen Einstellung schadest du dir nur selbst.« Marina seufzte. »Dein Ruf ist alles, was du besitzt, Camilla. Wenn du ihn einmal verlierst, wirst du ihn niemals zurückbekommen. Deine Straßenhändler wären nur allzu erfreut, wenn Leute wie wir sich selbst ruinieren. Ich kann nur hoffen, dass du dir diesen Unsinn aus dem Kopf schlagen wirst, wenn wir lange genug Geduld aufbringen.«

Ihre freie Zeit verbrachte Camilla mit Theater- und Kinobesuchen. Stundenlang studierte sie die Redeweise und Gestik der Schauspieler, in deren Fußstapfen sie zu treten hoffte. Gierig sog sie Kunstwerke und Musik jeglicher Art auf, nützte die kulturelle Vielfalt Londons, schlenderte durch Museen und ging zu Konzerten. Nachts tanzte sie in lauten Clubs, trank Wodka, rauchte, ließ sich durch von Marihuana vernebelte Stunden treiben und führte seltsame Gespräche in schäbigen Kellern. Die manische Energie der Stadt erfasste sie, und ihr Drang nach Veränderung zog sie rund um die Uhr in einen Strudel von Aktivitäten. Aber selbst inmitten einer Gruppe von Menschen, wo sie sehr oft alle Aufmerksamkeit auf sich zog, blieb sie eine Beobachterin, eine Außenseiterin in einer hektischen Welt, die sie nicht wirklich berührte.

Sie durchkämmten die neuen Boutiquen in der Carnaby Street und der King's Road und kam mit hüfthohen Stiefeln, kurzen Röcken und Schlaghosen oder mit indischen Kleidungsstücken, verziert mit Perlen und Bändern, nach Hause. Es gab einige Kämpfe, als sie ihre Kaschmirpullover, Perlen und Seidenschals ausrangierte. Dabei hatte Marina gehofft, dass ihre Tochter sie für ihr Verlobungsfoto in *Country Life* tragen würde. In der Lucie Clayton School lernte sie, professionell Makeup aufzutragen und sich wie ein Model auf dem Laufsteg zu bewegen – eine Art Wiegeschritt, wobei man die Hüften vorschob und die Lippen zu einem Schmollmund aufwarf, was ihr nicht schwer fiel. Es hieß, ihr Gesicht und ihre Figur seien ideal für die Kamera. Man prophezeite ihr, dass sie es auf die Titelseite eines Hochglanzmagazins schaffen könne.

Zuerst lehnte Camilla diese Vorstellung ab, weil sie befürchtete, sie könnte dadurch von ihrem eigentlichen Ziel, einem Leben am Theater, abgehalten werden. Aber schließlich erklärte sie sich bereit, für einen Modefotografen Modell zu stehen, den sie in einem Nachtclub kennen gelernt hatte. Ricky Lane hatte sie von der anderen Seite des Raums aus angestarrt, war dann zu ihr herübergekommen und hatte ihr einen Drink gebracht, der mit einem Papierschirmchen und einem rauchenden Vulkan verziert war. Sie hatte bereits Fotos von ihm gesehen und mochte sein ansteckendes Lächeln und seinen Cockney-Akzent. Er versprach, die Ergebnisse ihrer Sitzung einer der führenden Modellagenturen zu zeigen, und gab sich sehr optimistisch.

»Komm schon, Süße«, meinte er grinsend. »Du wirst nicht über Nacht zu einem Star. Mit deinem Gesicht und deiner Figur kannst du dir ein bisschen Kleingeld verdienen, um die Pausen zu überstehen. Ein paar Mäuse im Sparschwein erleichtern den Weg zum Ruhm ungemein. Möglicherweise borge ich mir dann sogar hin und wieder was von dir.«

Ihr praktischer Verstand sagte ihr, dass eine Schauspielerin damit rechnen musste, zeitweilig ohne Arbeit zu sein. Ohne Engagements, wie alle es nannten. Da war es besser, als Fotomodell zu arbeiten, als in einem schäbigen Café zu bedienen. Sie war schon zum zweiten Mal in der Schauspielschule zum Vorsprechen eingeladen worden und glaubte, einen guten Eindruck hinterlassen zu haben. Bald würde sie das Aufnahmeschreiben erhalten. In der Zwischenzeit war Modeln eine brauchbare Nebentätigkeit, und es spielte keine Rolle, ob sie damit Erfolg haben würde. Trotzdem war sie nervös, als sie Rick Lanes Studio erreichte. Der Raum war kalt und hässlich und stank nach kaltem Zigarettenrauch. Sie kam sich hölzern vor, als sie in das gleißende Scheinwerferlicht und die Kamera schaute. Doch als er hinter seinem Stativ Anweisungen gab, begriff sie sofort, was er von ihr wollte. Er hatte den Plattenspieler aufgedreht, und nach und nach ließ sie sich vom Rhythmus der lauten Musik mitreißen. Lautlos sang sie den Text mit, während sie sich drehte, posierte, lächelte und schmollte und den Kopf so bewegte, dass ihr Haar wie ein Glorienschein um ihr Gesicht fiel. Sie wusste, dass er mit ihr zufrieden war, als er mit der Kamera näher kam, sie aus verschiedenen Winkeln fotografierte und den Auslöser immer schneller betätigte. Seine Stimme wirkte immer aufgeregter.

»Meine Güte! Du bist ein Naturtalent! Ich wusste es! Wir werden großartige Sachen miteinander machen, Schätzchen – denk an meine Worte. Jetzt dreh dich zu mir. Und wieder weg von mir. Ja, das ist es, Prinzessin Camilla. Das ist es!«

Nach der Sitzung vergingen jedoch etliche Wochen, ohne dass sie etwas von ihm hörte. Als Weihnachten näher rückte, überkam sie ein schreckliches Gefühl der Einsamkeit und Depression, das sich nicht verscheuchen ließ. Sie schickte Karten und Geschenke an Hannah und Sarah und fragte sich, wann sie die beiden wiedersehen würde. Falls überhaupt jemals. Die Wochenenden verbrachte sie allein. Sie legte sich ins Bett und zog die Vorhänge zu, um das trostlose Licht nicht sehen zu müssen, das Sehnsucht nach der weiten, sonnenbeschienenen Steppe und dem warmen Meerwasser aus ihren Kindheitstagen in ihr weckte. Sie begann ihre Melancholie zu genießen und versank immer tiefer in Traurigkeit und Lethargie. Marina klopfte an ihre Zimmertür und schlug einen Einkaufsbummel oder ein gemeinsames Mittagessen vor. Ihr Vater riet ihr zu einem Wochenende in Schottland oder Paris. Aber nichts davon konnte Camilla reizen, und sie war kurz davor zu verzweifeln, als ein Anruf von Sarah kam. Betty und Ralph Mackay machten Urlaub in Irland und hatten ein Haus in den Wicklow Mountains gemietet. Ob Camilla über Weihnachten kommen wolle? Ihre Erstarrung wich einer übersprudelnden Energie. Sie stürmte zum Reisebüro und kaufte anschließend rasch weitere Geschenke ein.

»Aber wir gehen alle zu dem Ball im Dorchester. Der Tisch ist reserviert, und Silvester verbringen wir in Schottland. Bitte tu uns das nicht an, Camilla! Das ist höchst selbstsüchtig von dir und bringt uns in eine peinliche Situation.« Marina redete auf sie ein, bekam dann einen Wutanfall und brach schließlich in Tränen aus. George zog sich in sein Arbeitszimmer zurück. Doch Camilla hielt an ihrer Entscheidung fest. Sie hatte sich bereits ein Ticket nach Dublin gekauft und zählte nun die Tage.

Als das Flugzeug zur Landung ansetzte, sah sie hinunter auf das Mosaik von smaragdgrünen Feldern, das Dublins weitläufiges Stadtgebiet umgab, und genoss das Kribbeln der Vorfreude im Bauch. Sogar die plötzlich auftauchenden grauen Wolken und der sich langsam aus Kaminen kräuselnde Rauch gefielen ihr. Das Flugzeug landete rumpelnd, und sie fühlte sich wieder lebendig. Sie war selbst erstaunt über die kindliche Aufregung und die Freude, die sie durchströmte. In der Ankunftshalle erwartete Sarah sie, gehüllt in einen formlosen Wollmantel und einen langen Schal. Ihr Haar war vom feuchten Wind zerzaust. Neben ihr stand Tim, abgespannt und müde, aber mit einem strahlenden Lächeln auf dem Gesicht. Die drahtumrandete Brille rutschte ihm über die Nase, als er Camilla so fest umarmte, dass ihr beinahe die Luft wegblieb.

»Zu dünn! Guinness und Stampfkartoffeln zu jeder vollen Stunde. Anweisung des Arztes, mein Mädchen.«

»Du siehst selbst nicht gerade aus wie das blühende Leben. Ich stelle es mir schrecklich vor, sterbenskrank zu sein und dann dich zu sehen, wie du dich gleich dem leibhaftigen Sensenmann über mich beugst.«

»Das kommt davon, wenn man als Assistenzarzt für einen Hungerlohn arbeiten muss. Ich glaube, dies ist mein erstes freies Wochenende seit ungefähr hundert Jahren! Meine Güte, was hast du in deinem Koffer? Ich hätte Krafttraining machen sollen.«

Camilla schob ihre Hand unter Sarahs weiten Ärmel und drückte ihren Arm. »Du hast mir das Leben gerettet. Noch ein weiterer Tag, und ich hätte mich umgebracht. Und der Welt mein geniales Talent vorenthalten.«

»Wir haben nichts Aufregendes vor an Weihnachten. Die Besuche bei den Verwandten, die über das ganze Land verstreut sind, haben wir glücklicherweise schon hinter uns gebracht. Also ist niemand da außer uns und Tims neuer Eroberung.« Sarah senkte die Stimme, während Tim das Gepäck im Kofferraum verstaute. »Eine kleine blonde Krankenschwester, frisch geschrubbt und rosig. Sie muss in den Winternächten sehr warm und kuschelig sein, denn ich weiß nicht, was er sonst an ihr …«

»Ich mag zwar vor Entkräftung halb blind sein, aber deshalb bin ich noch nicht taub, Sarah. Wir brauchen keine Vorschau auf Deirdre.«

»Wie ich sehe, hat sie großen Eindruck auf Sarah gemacht.« Camilla musterte Tim neugierig und sah, dass er rot vor Zorn war. »Ich dachte, du bevorzugst den dunklen, gefährlichen Typ, liebster Timmy. Hoffentlich ist aus dir kein anständiger katholischer Junge geworden, der jemanden sucht, mit dem er in ein Reihenhaus ziehen und eine Schar Kinder in die Welt setzen kann.«

»Im Augenblick suche ich eher nach einer Möglichkeit, meine Schwester zu erwürgen und ihre Leiche verschwinden zu lassen.«

Als Camilla am nächsten Morgen aufwachte, war sie gut gelaunt – alle Ängste und Verstimmungen waren verflogen. Sie fühlte sich frei. Es war, als wäre sie nach langer Zeit wieder nach Hause zurückgekehrt, zu den Verwandten und Freunden, die ihr am meisten bedeuteten. In der Ferne bildete das Meer am Horizont ein schmales silbernes Band. Sie verbrachte den Tag mit Betty und Sarah in der Küche, half dabei, den Truthahn und die Füllung zuzubereiten, schlug Buttersoße und buk Minzplätzchen. Am Abend saßen sie am Kamin, verpackten Geschenke und tauschten Geschichten aus. Nach dem Abendessen zogen sich alle warme Mäntel an, schlangen sich dicke, handgestrickte Schals um den Hals und wanderten in das Dorf, wo die Kirchenglocken zur Mitternachtsmesse riefen. In der kleinen Kirche fiel Sarah mit klarer, reiner Stimme in die Hymnen und Lieder ein, die sie gemeinsam in der Schule gesungen hatten. Als Camilla ihrem Beispiel folgte, spürte sie einen Kloß in ihrer Kehle und kämpfte gegen die aufsteigenden Tränen an.

Am ersten Weihnachtsfeiertag hatte sich die kleine Gruppe um das Kaminfeuer versammelt, als Tim mit seiner Eroberung auftauchte. Deirdre war ein hübsches Mädchen mit sanften Rundungen, einer Stupsnase und kobaltblauen Augen. Offensichtlich fühlte sie sich unbehaglich, und während der ersten Stunde lauschte sie nur still den Gesprächen um sie herum. Aber nach zwei für sie ungewohnten Gläsern Sherry schwand ihre Zurückhaltung. Als Erstes machte sie eine Bemerkung über Camillas überschlanke Figur und die Gefahren des Rauchens. Sarahs Haut und ihr Haar seien ein wenig zu trocken, meinte sie dann und empfahl ihr einen Teelöffel Lebertran am Tag. Sie selbst halte sich auch daran. Und es wäre großartig, wenn Tim aufhören würde, so viel zu rauchen und zu trinken, aber diese jungen Ärzte im Praktikum seien eben alle gleich. Dann wandte sie sich der älteren Generation zu. Raphael musste sich einen Vortrag über die Vorzüge der Krankenpflege und die Tyrannei der Ärzte im Krankenhaus anhören. Man sah ihm an, dass er sich wie in der Falle fühlte. Da streckte Camilla den Arm über den Tisch und griff nach Tims Hand.

»Erinnerst du dich an unsere Weihnachtsfeiern in Kenia, Timmy?« Ihre Stimme klang hoch und schelmisch, und sie sah ihn kokett an. Betty sah beunruhigt auf. Das Mädchen hörte sich genauso an wie seine Mutter. »Es ist so aufregend, dass wir wieder zusammen sind, auch wenn der afrikanische Mond und die Palmen fehlen. Aber wir werden sie alle wiedersehen, wenn wir zurückkehren. Du sagtest doch gestern, du würdest zurückgehen, nicht wahr?«

»Ich sagte, ich müsse zuerst meine Zeit im Krankenhaus ableisten – vielmehr sie überstehen.« Tim rutschte unbehaglich auf seinem Stuhl hin und her. »Weiter kann ich noch keine Pläne machen.«

»Natürlich nicht, mein armer Schatz.« Camilla spitzte die Lippen und gab ein einschmeichelndes, zärtliches Geräusch von sich, das einem angedeuteten Kuss glich. »In der Zwischenzeit zeigst du mir deine schöne Stadt und all diese Pubs, wo es dunkles Bier und Austern gibt.«

»Tim ist völlig erschöpft. Und ihm bleiben nur die nächsten Tage, um sich auszuruhen.« Deirde sah verunsichert in die Runde. »Ich frage mich, ob eine Rückkehr nach Afrika das Richtige für ihn ist. Ich habe über die Probleme gelesen, die es dort gibt – der Schmutz, die Hitze und die mangelnde Bildung. Und jetzt, da diese Länder unabhängig sind, wird es noch weniger Geld für Krankenhäuser geben.«

»Aber das stört ihn alles nicht, oder, Timmy?« Camilla wich seinem Blick aus und schenkte Deirdre ihre ungeteilte Aufmerksamkeit. »Wenn man in Afrika lebt, lernt man, Unvermeidliches zu ignorieren, wie Bettler oder Leprakranke, die dich auf den Märkten belästigen, und nackte Krieger, die mit Speeren bewaffnet hinter dir herlaufen, oder Leute, die dir Betelsaft auf deine besten Schuhe spucken. Du nimmst sie einfach nicht wahr, dann kannst du dein eigenes Leben genießen. Und Timmy weiß mit Sicherheit, wie man das Leben in Kenia genießt. Stimmt's nicht, Sarah?«

»Du weißt es jedenfalls.« Sarah wagte es nicht, ihrem Bruder in die Augen zu sehen. Sie kam sich vor wie eine Verräterin, doch gleichzeitig musste sie an sich halten, um nicht loszuprusten.
»Sie nehmen mich auf den Arm«, erklärte Tim verzweifelt. »Und das schon seit Jahren! Immer wenn sie zusammenglucken, gibt es Probleme mit ihnen.«
Deirdre versuchte zu lächeln. »Ich finde, sie sollten sich ein paar bessere Scherze zulegen.«
»Wenn du das glaubst, hast du wohl noch nicht Tims grässliche Witze gehört«, entgegnete Camilla zuckersüß. »Hat er dir den von dem katholischen Missionar erzählt, der einen Gorilla schwängert und dann …«
»Deirdre, nimm dir noch Pudding, meine Liebe, und schenke diesen Mädchen keine Beachtung.« Selbst Raphael war peinlich berührt. »Tim hat Recht – die beiden kennen kein Erbarmen.«
»Hast du jemals darüber nachgedacht, im Ausland zu leben, Deirdre?« Sarah nahm die Fährte wieder auf. »Ich meine, es stimmt, dass wir alle nach Kenia zurückgehen wollen. Mehr als alles andere.«
»Ich weiß nicht, ob ich in so einem Land leben möchte. Es gibt so viel zu tun in Irland, und das genügt mir.« Deirdre warf Tim einen Blick zu. »Möchtest du wirklich nach Kenia zurückkehren?«
»Ich habe keine Zeit, mir darüber Gedanken zu machen«, antwortete Tim.
Camilla wandte sich an Raphael. »Als wir noch zur Schule gingen, meintest du einmal, dass Kenia nur ein vorübergehender Aufenthaltsort für uns sei. Aber es lässt einen niemals los, nicht wahr? Wir befinden uns im Exil und warten nur darauf, heimkehren zu können.«
»Ich dachte, du wolltest unbedingt in England auf der Bühne stehen«, warf Tim ein. »Dann wirst du schon bald in irgend-

einer schäbigen Provinzstadt proben müssen. Wahrscheinlich bei einer Repertoirebühne in Bognor Regis, damit du ein Gefühl für das wahre Leben und dein Handwerk bekommst. Dort haust du dann in einer Bruchbude, wo es nach Kohl und Desinfektionsmitteln stinkt. Oder hast du dir den Traum vom Theater aus dem Kopf geschlagen?«

»Natürlich nicht«, erwiderte Camilla. »Im kommenden Herbst werde ich an der Schauspielschule anfangen. Und du brauchst gar nicht die Nase darüber zu rümpfen, Timmy. Ich habe keine Angst davor, mir die Hände schmutzig zu machen. Vielleicht schließe ich mich tatsächlich einem Tourneetheater an. Für ein oder zwei Spielzeiten, um Erfahrung zu sammeln. Ich werde dir Tickets für meine Premiere schicken und dir ein Zimmer in meinem schäbigen Hotel buchen. Dann können wir gemeinsam die englische Küste kennen lernen.« Es freute sie, dass Tim endlich lachte.

»Deirdre, erzählen Sie uns von Ihrer Familie in Galway.« Betty versuchte, das Mädchen ein wenig aus sich herauszulocken.

»Ich würde sehr gerne wieder das Austernfest besuchen.« Seltsamerweise war Deirdre sehr zurückhaltend, was ihr Zuhause und ihre Familie betraf. Auf Raphaels freundliche Fragen antwortete sie nur ausweichend und vage. Tim verschwand mit ihr kurz nach dem Mittagessen unter dem Vorwand, einen Spaziergang über die Felder machen zu wollen. Abends tauchten sie kurz noch einmal auf, um sich zu verabschieden, und fuhren dann in die Dunkelheit hinein, während die anderen am Kamin Tee tranken.

»Das war ein wenig grausam.« Raphael konnte seine Belustigung nicht ganz verbergen.

»Sei nicht so scheinheilig, mein Lieber. Du weißt, dass ich meine Zweifel über sie habe.« Betty legte ihren Arm um ihn. »Ich glaube nicht, dass sie die Richtige für ihn ist.«

»Sie ist viel zu verschlossen für Tim.« Camilla gähnte. »Warum bringst du ihn an Ostern nicht nach London, Sarah? Wenn

wir es schaffen, Piet von Schottland wegzulocken, wären wir alle wieder zusammen. Timmy würde das sicher Spaß machen.«
»Hast du von Piet gehört?« Sarahs Stimme klang angespannt.
»Nein.« Camillas Lippen zuckten, und sie senkte den Blick. »Nur eine Postkarte. Hannah hat mir geschrieben, dass er in Schottland ist, da es auf Langani jetzt einen Verwalter gibt. Wie seltsam, sich die Farm ohne Jan und Lottie vorzustellen! In gewisser Weise fühle ich mich immer noch dafür verantwortlich.«
»Meine Güte, es war doch nicht deine Schuld«, erklärte Betty.
»Hat Hannah dir kürzlich geschrieben?«, wollte Sarah wissen.
Camilla nickte langsam. »Ja, aber leider habe ich sie vernachlässigt. Vor Weihnachten habe ich mich in Selbstmitleid gesuhlt. Wie dumm von mir. Das liegt wohl in der Familie.« Sie hob bedauernd die Schultern. »Ich muss mich bemühen, das wieder gutzumachen. Sobald ich zu Hause bin.«

Am Flughafen nahm Betty Mackay sie in die Arme und versuchte, dem Mädchen eine Wärme und Liebe zu vermitteln, die ihr Herz vor dem Erstarren bewahren sollte. An ihrem letzten Abend in Wicklow hatte sie Camilla vorgeschlagen, den Sekretärinnenkurs in Irland zu beenden.
»Du könntest dir mit Sarah eine Wohnung teilen. In Dublin gibt es viele Möglichkeiten für talentierte junge Leute. Vielleicht könntest du ja ein Engagement beim Abbey oder Gate Theatre bekommen. Ein Cousin von Raphael ist einer der berühmtesten Schauspieler und Regisseure in Irland. Du könntest dich bei ihm vorstellen.«
Camilla schüttelte den Kopf. »Ihr seid alle so nett zu mir, aber ich habe die Zeit in dieser langweiligen Schule schon beinahe hinter mir. Danach werde ich die Schauspielschule besuchen und meinen Weg gehen.«

»Bist du sicher, dass sie dich dort aufnehmen werden, Liebes?«, fragte Raphael. »Ich könnte dir auf jeden Fall einen Vorsprechtermin im Abbey besorgen.«

»Tausend Dank, aber ja, ich bin mir sicher. Sie haben mich schon zu einem zweiten Vorsprechen bestellt, und ich nehme Privatstunden bei jemandem, der an der *Royal Academy of Dramatic Art* studiert hat. Er glaubt, dass ich ganz bestimmt angenommen werde.«

Camilla bereute diese Lüge in dem Moment, in dem sie sie ausgesprochen hatte. Aber sie wollte sie beruhigen und ihnen zeigen, wie überzeugt sie von ihrer Berufung war. Und vor allem wollte sie von niemandem bemitleidet werden. Niemand sollte ihre Unsicherheit spüren. Sie umarmte Betty. »In der Zwischenzeit werde ich vielleicht durch den Fotografen, von dem ich euch erzählt habe, einen Auftrag als Model bekommen. Also werde ich es noch eine Weile in London aushalten.«

Einen Monat später bekam sie ihr Zeugnis in Schreibmaschine und Stenografie und eine beeindruckende Urkunde, die bescheinigte, dass sie die Lucie Clayton's School für Sekretariat und Mode absolviert hatte. Als sie gerade ihr Diplom betrachtete, klingelte das Telefon.

»Hallo, Schätzchen. Hier ist Ricky. Ich war über Weihnachten und Neujahr bei einem Fototermin. Jetzt werden immer mehr Fotos direkt vor Ort geschossen – ich war in Spanien. Sonnenschein sogar an Weihnachten und verdammt viel von diesem alten Wein – vier oder fünf Liter für einen Fünfer. Ich war die Hälfte der Zeit sturzbesoffen.«

»Klingt aufregend.« Camilla gefiel der optimistische Klang seiner Stimme.

»War's auch. Ich habe einem Kumpel von mir deine Fotos gezeigt. Er ist Agent und möchte dich sehen. Freitag um drei, wenn dir das recht ist. Ich werde mitkommen. Dich ihm vorstellen und so.«

Ihr war sofort klar, dass man sie engagieren würde. Kurz darauf erhielt sie ein Schreiben, mit dem sie sich am folgenden Nachmittag bei einem Fotostudio melden sollte. Es ging um Werbeaufnahmen für ein Shampoo, und die Firma wollte eine Naturblonde und ein neues Gesicht. Nach dem Termin hatte Camilla einen Vertrag, die Zusicherung für einen Scheck über eine ansehnliche Summe und einen weiteren Auftrag für Modeaufnahmen in der folgenden Woche. Sie strahlte, als sie die Straße entlangschwebte, angetrieben von einem neuen Gefühl der Macht. Endlich konnte ihr ihr Aussehen wirklich etwas nützen. Aufträge wie diese würden es ihr ermöglichen, eine Wohnung zu mieten oder vielleicht sogar zu kaufen, irgendwo weit weg von dem ständigen Genörgel ihrer Mutter. Wenn das Jahr zu Ende ging, würde sie Schauspielunterricht nehmen, und zu Ostern würden Sarah, Piet und Tim nach London kommen. Wenn sie jetzt zu suchen begann, würde sie dann schon ihre eigene Wohnung haben und alle aufnehmen können. Sie würde ihnen die Stadt zeigen, zusammen mit ihren besten Freunden ihre Lieblingsplätze aufsuchen und ihre Entdeckungen mit ihnen teilen. Endlich lag ein klarer Weg vor ihr! Sie war überglücklich.
Ihren ersten Aufträgen folgten rasch weitere, und in einem Zeitungsartikel hieß es, sie sei das schönste neue Gesicht in der Londoner Szene. Seit diesem Tag klingelte das Telefon pausenlos. Sie flog nach Paris und wurde am Eiffelturm, in Versailles, an der Rive gauche und auf Champagnerempfängen fotografiert. Was für ein Glück, dass sie fließend Französisch sprach. Es war aufregend, verwirrend und erschöpfend, und oft fühlte sie sich einsam. Als Sarah an Ostern nach London kam, war Camillas Gesicht in den Hochglanzmagazinen und auf Postern und Plakattafeln in der ganzen Stadt zu sehen.
»Meine Güte, wenn ich mir vorstelle, dass ich ein Magazin aufschlage und mir mein eigenes Gesicht entgegenblickt!«, rief Sarah. »Was um alles in der Welt ist das für ein Gefühl?«

»Ein Gefühl der Freiheit. Nun kann ich mein eigenes Leben führen.«

»Das muss doch wahnsinnig aufregend für dich sein. Was halten deine Eltern davon?«, wollte Sarah wissen.

»Es ist nur eine vorübergehende Sache, bevor ich an die Schauspielschule gehe.« Camilla hob einen Eimer mit Wasser aus der Spüle und öffnete den Schrank, um einen Wischmopp herauszuholen. »Komm schon – wir müssen den Boden putzen.«

»Das glaubt mir kein Mensch«, meinte Sarah. »Du bist berühmt, dein Gesicht ist überall zu sehen, und du wischst Fußböden.«

»Das ist nicht gerade meine Lieblingsbeschäftigung, aber meine Putzfrau hat vorhin angerufen und gesagt, dass sie erkältet sei.« Camilla machte sich mit grimmiger Entschlossenheit an die Arbeit. »Piet kommt morgen Nachmittag an, und dein Bruder ebenfalls. Ich kann nicht zulassen, dass sie in einem Saustall hausen müssen.«

»Ich helfe dir.« Sarah sah sich um und überlegte, wie sie sich nützlich machen konnte. Alles war ihr recht, um den Gedanken an Piet zu verscheuchen. Ihr war ein wenig übel.

»Du kannst keine Hausarbeit machen«, erklärte Camilla. »Damit ruinierst du dir deine Nägel, die heute Morgen für Mr. van der Beer so perfekt manikürt wurden. Koch uns lieber Kaffee und schau nicht drein wie ein Hähnchen auf dem Grill.«

Die Wohnung befand sich im obersten Stock eines weißen Stuckgebäudes in Knightsbridge. Man musste drei Treppen hinaufsteigen, bis man vor Camillas Tür stand. Zwei hohe Schiebefenster ließen das Wohnzimmer geräumig und groß erscheinen. Hinter einer Falttür versteckt befand sich eine Einbauküche, die sie jedoch seit Sarahs Ankunft aus Dublin nur selten benutzt hatten. Vom Fenster aus blickte man auf ein rechteckiges Rasenstück mit saftigem grünen Gras, und die Bäume bildeten ein Blätterdach, das bis unter das Fensterbrett reichte. Das Rumpeln der Busse in der nahe gelegenen Brompton Road war nur gedämpft zu hören – viel häufiger ertönte das gemütliche Brummen der Taxis, die auf dem Platz vor dem Gebäude hielten. Sarah stellte einen Vergleich zu der unordentlichen Wohnung an, die sie mit ihrem Bruder teilte, und kam zu dem Schluss, dass nur Camilla es schaffen konnte, sich in so kurzer Zeit ein so mondänes, unabhängiges Leben aufzubauen. Und sie hatte es allein geschafft – weder ihr wohlhabendes Elternhaus noch einflussreiche Freunde hatten ihr dabei geholfen. Im Zentrum von Swinging London, wohin sie so plötzlich katapultiert worden war, schien sie sich sehr wohl zu fühlen. An ihrem ersten gemeinsamen Abend hatten sie bis in die frühen Morgenstunden in Erinnerungen geschwelgt, über Sarahs Familie und Hannahs Leben in Rhodesien gesprochen und Mutmaßungen angestellt, wo sich ihre gemeinsamen Freunde aus Kenia jetzt wohl befinden würden.

»Wie geht es deinen Eltern?«, fragte Sarah schließlich.

»Wie gehabt. Daddy ist irgendwo unterwegs. Vielleicht in Kenia. Manchmal verbringt er mehrere Wochen dort. Gewöhnlich schaut er vorbei, sobald er nach Hause kommt. Mutter sehe ich nur selten. Momentan organisiert sie einen Wohltätigkeitsball für Waisenkinder. Großzügig, nicht wahr? Glücklicherweise hasst sie die Treppen hier. Hin und wieder ruft sie an, um über meinen Lebenswandel zu jammern. Wenn sie gerade nichts Besseres zu tun hat.«

Sarah ließ den Blick über die teuren Möbel und Vorhänge schweifen, über die seidenen Lampenschirme, die Teppiche auf dem Boden und die Bücherregale voll mit Bänden in leuchtenden Umschlägen. Das alles trug Marinas unverkennbare Handschrift. Immerhin musste sie sich die Zeit genommen haben, das alles zu gestalten.

»Hat sie dir nicht mit dieser Wohnung geholfen?«

»Beim Einzug besaß ich nur ein durchhängendes Bett und ein

paar Sachen, die meinem Vormieter gehörten. Ein bisschen schäbig, aber mich hat es nicht gestört. Es war mein Eigentum. Doch nachdem sich Mutter wegen meines Auszugs fürchterlich aufgeführt und tagelang geheult hatte, tauchte sie hier auf, um Frieden zu schließen. Ein paar Tage später stand ein Möbelwagen von Peter Jones vor der Tür und lieferte das ganze Zeug. Außer den Büchern. Die hat Daddy mir mitgebracht. Er hat mir auch den Plattenspieler geschenkt.«

»Waren sie noch nicht zusammen hier? Ich meine, zum Abendessen oder so?«

Camillas stumme Geste drückte sowohl Spott als auch Bitterkeit aus, und so fragte Sarah sich nicht weiter nach.

»Schau«, meinte Camilla. »Du hast nie ein Wort über meine Familie oder deren Abwesenheit verloren. Dafür war ich dir immer dankbar. Nein, lass mich ausreden.« Sie grub ihre Finger in Sarahs Arm. »Es ist eben eine Tatsache, dass manche Menschen Eltern haben, die sich nicht vertragen und die wahrscheinlich besser keine Kinder haben sollten. Aber ich habe gelernt, mich um mich selbst zu kümmern. Ich bin gern hier. In zwei Wochen habe ich mein letztes Vorsprechen, und dann werde ich ab Herbst auf die Schauspielschule gehen. Davor werden wir alle im Sommer in Kenia unseren einundzwanzigsten Geburtstag feiern. Du brauchst also wirklich kein Mitleid mit mir zu haben.«

»Trotzdem bete ich, dass du dich eines Tages besser mit deinen Eltern verstehen wirst.«

»Beten! Als ob das etwas nützen würde«, schnaubte Camilla. An Sarahs Gesichtsausdruck erkannte sie, dass sie ihre Freundin beleidigt hatte. »Sag bloß nicht, dass du immer noch regelmäßig sonntags und feiertags zur Messe gehst?«

»Doch, das tue ich«, erwiderte Sarah trotzig. »Ich kann das nicht alles wegwerfen, bloß weil jetzt die Nonnen nicht mehr ständig hinter mir stehen. Für dich ist das anders. Du hast zwar eine katholische Schule besucht, bist aber nicht katholisch erzogen worden. Bei mir ist das in der Seele verankert, was immer auch geschehen mag.«

»Ich kann mir nicht vorstellen, jemals wieder einen Fuß in eine Kirche zu setzen. Nichts als Gottesfurcht und Zerknirschung, und alle Gefühle werden unter den Teppich gekehrt. Das ist nur ein Vorwand, um alle natürlichen Instinkte zu unterdrücken. Und Gott bewahre, wenn du jemals einen Gedanken an Sex verschwendest – damit würdest du die ewige Verdammnis auf dich ziehen.«

»Die Religion hat auch ihre guten Seiten.«

»Nicht für mich. Katholiken wollen, dass jede Frau der Jungfrau Maria gleicht – immer leidend und geschlechtslos. Und in ständiger Angst davor, geradewegs in der Hölle zu landen, sollte sie nach einer Knutscherei von einem Bus überfahren werden.«

»Es geht nicht nur um Hölle und Verdammnis«, beharrte Sarah. »Sondern auch um Liebe und darum, sich um andere Menschen zu kümmern. Den Benachteiligten zu helfen. Was ist daran schlecht?«

»Ich muss mir in erster Linie selbst helfen«, erwiderte Camilla schroff. »Ich schaffe es gerade, meinen eigenen Kopf über Wasser zu halten, da kann mich nicht auch noch um den Rest der Menschheit kümmern.«

»Ich helfe in so einer Einrichtung in Dublin aus. Einem Asyl, wo Alkoholiker und Obdachlose eine Mahlzeit und ein Bett für die Nacht bekommen. Mir gefällt es, meinen Beitrag zu leisten.«

»Erzähl mir bloß nicht, du wärst zu einem professionellen Samariter geworden. Wahrscheinlich wirst du demnächst ein Büßerhemd und offene Sandalen tragen und Topfhalter aus Makramee knüpfen.« Camilla fuchtelte theatralisch mit den Händen herum. »Wenn du nicht aufpasst, wird noch ein Jesus-Freak aus dir. Du hattest schon immer einen Hang in diese Richtung.«

Sarah lachte und wandte sich ab. Wie dumm, sich deswegen gekränkt zu fühlen! Sie konnte unmöglich erklären, wie einsam sie sich an der Universität in Dublin fühlte, wo alle einander bereits aus früher Kindheit kannten, wo die Gänge lang und finster waren und durch die schmutzigen Fenster kein einziger Strahl des leuchtenden Sonnenlichts fiel, das für sie einmal zum Alltag gehört hatte. Im Obdachlosenasyl St. Joseph's konnte sie sich in Menschen hineinversetzen, die tausendmal entfremdeter und verzweifelter waren sie selbst. Sie glaubte, dass sie in der kalten, beengten Welt, in der sie nun lebte, etwas verändern konnte. Camilla war offensichtlich ein Teil dieser glamourösen, beschwingten Metropole geworden, und Sarah schämte sich einzugestehen, dass es ihr nicht gelingen wollte, mit ihren Kommilitonen Freundschaft zu schließen.

»Was wollen wir in der großen Stadt unternehmen?«, fragte sie, ängstlich darauf bedacht, nicht mehr über ihr Leben in Dublin zu verraten. »Ich kann nicht viel ausgeben, aber in den letzten drei Monaten habe ich mir an den Wochenenden ein bisschen Geld als Kellnerin verdient.«

»Ich werde dir die Carnaby Street zeigen, wo viele neue Boutiquen eröffnet wurden. Aber ich werde es nicht zulassen, dass du dort dein Geld ausgibst«, erklärte Camilla bestimmt. »Es macht Spaß, sich alles anzuschauen, aber dort tummeln sich bereits viele Touristen, die nur gaffen, und all die Prominenten, die dort gesehen werden wollen. Ich kann dir einige fantastische Läden zeigen, wo ich meine Klamotten und alles mögliche andere Zeug kaufe. Als Model bekomme ich dort alles zum halben Preis. Jetzt geh schlafen, damit du morgen fit für unseren Kaufrausch bist.«

Nach einem späten Frühstück brachen sie zu einem Einkaufsbummel auf. Sarah fand die überfüllten Straßen sehr aufregend. Wo immer sie hinsah, erblickte sie Schlaghosen und Miniröcke, mit Kajal umrandete Augen und geometrische Haarschnitte. Die Männer trugen Jacketts mit Samtkragen und Stiefel mit hohen Absätzen, und ihr Haar reichte über die Ohren und den Nacken. Hippies und Blumenkinder mit durchsichtigen Röcken und weiten Hosen, behängt mit Perlen und Federschmuck, standen an den Ecken oder ließen sich durch die Straßen treiben. In den Cafés wurde starker Kaffee in winzigen Tassen serviert, den man Espresso nannte. Einige Gäste lümmelten sich auf den Stühlen und starrten entrückt in die Ferne, während sich süßlicher Rauch aus ihren Mundwinkeln und Nasenlöchern kräuselte. Andere saßen aufrecht da, wippten mit den Knien und schnippten mit den Fingern in einer anderen, von Amphetaminen geschaffenen Welt. Dröhnende Musik drang hinaus auf die Straßen, und die Luft schien vor ungestümer Energie zu vibrieren.

»Das war fantastisch«, meinte Sarah, als sie sich einige Stunden später beladen mit etlichen Einkaufstüten zur Wohnung zurückschleppten. »Ohne dich hätte ich diese Sachen nie gefunden. Allerdings wünschte ich, du würdest mich den Haarschnitt und die Strähnchen bezahlen lassen. Ich habe genug Geld, um ...«

Doch Camilla schob Sarahs Proteste beiseite und durchsuchte ihre Garderobe nach passenden Accessoires. Unter anderem entdeckte sie ein Paar Schuhe von Charles Jourdan, von denen sie behauptete, dass sie ihr ohnehin nicht passen würden.

»Hör auf zu schnattern und nimm sie. Nach einigen Fotosessions werden die Sachen nicht mehr gebraucht, und ich kann mir etwas aussuchen. Ich habe genug von dem Zeug und ziehe nicht einmal die Hälfte davon an. Wenn du es nicht willst, gebe ich es der Putzfrau für ihre grässliche Tochter. Komm schon, Sarah, wirf dich in Schale. Ich habe Karten fürs Theater.«

Nach dem Stück gingen sie in einen Nachtclub in einem dunklen Keller, wo Sarah einige Leute kennen lernte, die Camilla als Freunde bezeichnete, obwohl sie mit niemandem eine enge Beziehung zu haben schien. Ein Fotograf mit breitem Cockney-Akzent flirtete mit Sarah und wollte sie überreden, Marihuana zu rauchen, aber sie traute sich nicht. Sie saß eine Weile neben ihm und genoss es, mit ihm zu reden und zu beobachten, wie seine Augen sich verengten, wenn er durch den pausenlos seinen Lippen entströmenden, gekräuselten Rauch Camilla zuzwinkerte. Offensichtlich war er völlig vernarrt in sie. Seine Annäherungsversuche blieben jedoch unbemerkt, und nach einer Weile entschwand er. Später beobachtete Sarah, wie er an der Bar den Arm um ein junges Mädchen mit grünen Haarsträhnen und einem sehr kurzen Kleid legte. Für eine Weile kam Jonathan Warburton an ihren Tisch und bestellte Champagner. Er sah gut aus, wenngleich er etwas düster wirkte, und rauchte pausenlos Zigaretten in einer Spitze. Sein Akzent klang sehr vornehm, und Sarah fand sein Samtjackett und sein geblümtes Hemd wunderschön, obwohl sie noch nie zuvor einen Mann in einem ähnlichen Aufzug gesehen hatte. Seine Aufmerksamkeit schmeichelte ihr, und zu ihrer Überraschung rückte er ganz dicht an sie heran. Nach einer Weile legte er eine Hand auf ihren Oberschenkel, während er sie mit treffenden Kommentaren über die Leute ringsumher unterhielt.

»Möchtest du tanzen?«, fragte er, und sie nickte geschmeichelt. Er umfasste sie und hielt sie eng an seinen Körper gepresst, aber sie wich verlegen zurück, als sie spürte, dass sein Verlangen sich regte, und er nicht die Absicht hatte, ihr das zu verheimlichen. Sie befanden sich erst wenige Minuten auf der überfüllten Tanzfläche, als er sich herabbeugte und ihr ins Ohr raunte, ob sie nicht in seine Wohnung gehen sollten. Sie lehnte lächelnd ab, worauf er sie verärgert zwischen den ekstatisch tanzenden Paaren stehen ließ und loszog, um sein Glück anderswo zu suchen. Von Camilla war keine Spur zu sehen, also saß Sarah eine Zeit lang allein da und nippte an ihrem Wodka. Sie hielt sich zurück, da sie nicht wollte, dass sich ihr Gesicht vom Alkohol rötete. Als Camilla schließlich an den Tisch

zurückkehrte, hatte sie einen jungen Mann mit hochhackigen Cowboystiefeln und Bluejeans im Schlepptau.
»Ich bin Baxter«, stellte er sich vor und lächelte Sarah an. »Camilla hat mir erzählt, du kommst aus Dublin. Ein guter Ort für Fotos und Drinks. Wie ich höre, fotografierst du gern.«
»Ja, ich schieße Fotos in der Stadt, aber im Trinken bin ich nicht so gut. Da fehlt mir die Ausdauer meiner Freunde.« Sarah freute sich, jemanden gefunden zu haben, der ihre Interessen teilte. Ihre übliche Schüchternheit verflog, als sie den Rest des Wodkas leerte. »Ich versuche gerade, eine Mappe mit Porträts zusammenzustellen – Gesichter in den Pubs, alte Damen im Park beim Entenfüttern, die Blumenverkäufer in der Moore Street. Wenn man Dublin kennt, hat man sie alle schon gesehen. Ich studiere Zoologie, und meine Kamera wird später bei meiner Arbeit sehr wichtig sein. Was für Bilder machst du?«
Sie bemerkte, dass Camilla die Augen verdrehte. Baxter warf den Kopf in den Nacken und brach in schallendes Gelächter aus.
»Ich mache Aufnahmen von solchen Vögelchen wie deiner Freundin hier, in allen möglichen verrückten Klamotten. Das ermöglicht es mir, meine ganze Zeit mit schönen Frauen zu verbringen, und dafür werde ich sogar noch bezahlt. Manchmal gehen sie sogar mit mir ins Bett. Einen schöneren Beruf kann ich mir nicht vorstellen.«
Sarah wurde dunkelrot vor Scham, als sie begriff, dass sie mit David Baxter sprach, dessen Modeaufnahmen weltberühmt waren. Vor Verlegenheit wie betäubt, versuchte sie verzweifelt, etwas Kluges zu sagen, aber es wollte ihr nichts einfallen. Baxter schien das nicht zu bemerken, ebenso wenig wie die anderen, die allem, was sie seit ihrer Ankunft in London gesagt oder getan hatte, nicht die geringste Beachtung geschenkt hatten. Er bestellte Champagner und unterhielt sich mit Camilla über eine Fahrt aufs Land, wo er sie in einem Feld mit einigen

verfallenen Gebäuden und wilden Pferden fotografieren wollte. Um sie herum war die Luft von Lärm und Rauch erfüllt. Immer mehr Leute tauchten auf und stellten sich in Dreier- und Viererreihen an die Bar. Einige Pärchen trugen Abendgarderobe, während andere Lederjacken, Jeans und Rollkragenpullover bevorzugten. Nach drei Stunden bekam Sarah Kopfschmerzen und sehnte sich nach einem Spaziergang auf den kühlen, feuchten Straßen zurück zur Wohnung. Doch Camilla zeigte keinerlei Anzeichen von Erschöpfung. Sie wirbelte mit ungebrochener Energie mit ihren Bekannten über die Tanzfläche, wechselte unbekümmert zu ihr wildfremden Tanzpartnern oder bewegte sich sogar allein zur Musik.

Es war bereits zwei Uhr morgens, als sie schließlich den Club verließen und nach Hause gingen. Die Straßen waren still, nur ab und zu ließ ein vorüberfahrendes Auto das Regenwasser aufspritzen. Camilla empfahl einen Schlaftrunk aus einigen Aspirin mit mehreren Gläsern Wasser, und Sarah fiel wie betäubt ins Bett.

Erst kurz vor Mittag wachte sie wieder auf. Als sie in die Küche taumelte, saß Camilla bereits am Tisch. Sie trug ausgefranste Jeans und ein blaues T-Shirt aus Voile, das deutlich ihre Brüste zeigte und erkennen ließ, dass sie keinen BH darunter trug. Sie hatte sie sich einen Schal wie einen Turban um den Kopf geschlungen, und ihr Gesicht war mit einer weißen Paste beschmiert, einer Art Feuchtigkeitsmaske, wie sie sagte.

»Hier ist Kaffee, und es gibt Obst, Joghurt und frisches Brot. Du wirst den ganzen Nachmittag hier bleiben müssen«, meinte sie mit einem schelmischen Funkeln in den Augen. »Um drei Uhr habe einen Fototermin. Also bist du das alleinige Empfangskomitee für Piet.«

»Nein! O nein, das kann ich nicht!« Panik überkam Sarah, und ihre Kehle war mit einem Mal so trocken, dass sie beinahe an dem Schluck Kaffee in ihrem Mund erstickt wäre. »Du kannst mich hier nicht allein mit ihm lassen.«

»Klingt nach einer wunderbaren Gelegenheit.«
»Nein. Ich kann ihn nur in Gesellschaft von anderen treffen, damit ich mich wieder an ihn gewöhnen kann. Aber allein – ich habe keine Ahnung, was ich zu ihm sagen soll.«
»Gar nichts«, schlug Camilla vor. »Leg einfach deine Arme um ihn, küss ihn auf den Mund und zieh ihn aufs Sofa. Damit sollte die Sache erledigt sein.«
»Mach dich nicht über mich lustig. Ich brauche Zeit – und ein wenig Zuneigung. Ich weiß nicht, was ich tun soll.«
»Meine Güte, Sarah. Du hörst dich an, als wärst du immer noch ein schwärmerischer Backfisch in der Klosterschule. Du bist eine großartige, erwachsene Frau, bereit einen erwachsenen Mann zu verführen. Adam und Eva. Tu es einfach.«
»Ich brauche Zeit, und ...«
»Du hast genügend Zeit. Du kannst das ganze Wochenende mit ihm verbringen. Und es gibt keinen Grund, auch nur einen Moment davon zu vergeuden. Du musst nur verführerisch und hübsch aussehen. Und ihn anschauen, als sei er Gott.«
»Aber ich bin nicht hübsch.«
»Natürlich bist du das. Das irische Wetter hat dir einen beneidenswerten Teint beschert, und in deiner neuen Aufmachung siehst du großartig aus. Außerdem ist er nur ein einfacher Farmer – ein Landei, das sich verirrt hat. Jetzt lass uns dein Haar aufdrehen und dir etwas zum Anziehen aussuchen. Danach musst du nur noch warten, bis er kommt.«
Camilla verließ die Wohnung kurz nach dem Mittagessen. Sie kaute an einem Apfel und trug eine Segeltuchtasche, voll gestopft mit Haarbürsten, Kämmen und Kosmetika. Sarah hörte, wie sie im Hof ein Taxi herbeirief. Dann fiel die Wagentür zu, der Motor wurde hochgejagt, und der Wagen brauste davon. Darauf herrschte Stille, bis das Ticken eines Weckers Sarah daran erinnerte, dass er schon bald hier sein würde. Es würde ihr nicht gelingen, ihre Aufregung über das Wiedersehen mit ihm zu verbergen. Sie würde niemals Camillas Läs-

sigkeit an den Tag legen können – er würde sie durchschauen und ihr Verhalten lächerlich finden. Oder – noch schlimmer – Mitleid mit ihr haben.
Während sie auf Piet wartete, setzte sie sich an das offene Fenster und zündete sich eine Zigarette an. Er hatte ihr ein paar Mal geschrieben, kurze Mitteilungen über seine Erfahrungen im schottischen Hochland. Die wilde Landschaft sei wunderschön, mit herrlichen Seen, zerklüfteten Küsten und düsteren Bergen. Doch er könne sich nicht vorstellen, wie die Menschen ihr ganzes Leben in einem endlosen Kreislauf von strömendem Regen und Nebel verbrachten, sich ständig mit schweren Stiefeln und dicken Jacken durch den Matsch kämpften, immer gefasst auf den nächsten Sturm und dankbar für ein paar Stunden mit milchigem Sonnenschein. Sie würden so viel zu besprechen haben, dachte Sarah. Ihr Herz schlug viel zu schnell, und bei der Vorstellung, ihm bald gegenüberzustehen, hatte sie Mühe, gleichmäßig zu atmen. Sie drückte die Zigarette aus und sprang auf die Füße. Wie hatte sie rauchen können, kurz bevor sie ihn vielleicht küssen würde? Sie ging ins Badezimmer, um sich die Zähne zu putzen. Als sie gerade die Zahnbürste in den Mund gesteckt hatte, klingelte es an der Tür.
»Gütiger Gott«, murmelte sie. »Bist du denn niemals auf meiner Seite?« Hastig spülte sie sich den Mund aus und spritzte sich Wasser ins Gesicht, wobei sie versehentlich den sorgfältig aufgetragenen Lippenstift verwischte. »Ich komme!«, rief sie und rannte durch das Wohnzimmer in den Flur. Dann blieb sie stehen, holte tief Luft und bekreuzigte sich, bevor sie die Tür aufriss.
»Sarah! Wie schön, dich zu sehen, kleine Sarah! Mann, du siehst großartig aus!« Er umarmte sie und trat dann einen Schritt zurück, um sie genau in Augenschein zu nehmen. Stumm vor Freude stand sie vor ihm und sah zu ihm auf. Als sie ihm die Arme um den Nacken legte, wanderte sein Blick über ihre Schulter und schweifte suchend durch den Raum

hinter ihr. Sie hörte die Enttäuschung in seiner Stimme und sah, dass das Lächeln aus seinem Gesicht verschwand.
»Wo ist sie? Ich dachte, sie würde hier sein. Ich wollte sie sogar bitten, mich am Bahnhof abzuholen, aber der Zug hätte Verspätung haben können. Sarah, du weißt doch, von wem ich spreche, oder?«
»Sie musste zu einem Fototermin. Mittlerweile ist ihr Bild in allen bekannten Magazinen. Es ist erstaunlich.«
»Ja. Sie hat mir ein paar Fotos geschickt, und ich habe sie in den Zeitschriften gesehen. Ich kann es kaum glauben – wie sie in den Magazinen aussieht! Wann wird sie zurückkommen?«
»Gegen sechs, denke ich.« Ihre Stimme klang erstickt vor Enttäuschung und Eifersucht, doch sie wusste, dass er das nicht bemerken würde. »Möchtest du in der Zwischenzeit Tee oder ein kühles Bier? Wir könnten auch irgendwo einen Kaffee trinken.«
»Nein, lass uns hier bleiben. Es gibt so vieles zu erzählen. Und ich will alle deine Neuigkeiten hören, kleine Schwester.«
»Das meiste habe ich dir schon in meinen Briefen geschrieben.« Es verletzte sie, dass Camilla ihm Fotos geschickt hatte. Nach Dublin hatte sie keine geschickt, und sie hatte auch nicht erwähnt, dass sie Piet welche hatte zukommen lassen.
»Nein, das hast du nicht. Ich weiß überhaupt nichts über dein wirkliches Leben. Nur über dein Studium.« Schmunzelnd drückte er ihre Hand, und ihr Herzschlag dröhnte in ihren Ohren. »Wie geht es deinen Eltern? Und Tim?«
Sarah kochte frischen Kaffee und setzte sich neben ihn auf das Sofa. »Du bist sehr blass«, meinte sie. »Ich habe dich bisher immer nur sonnengebräunt gesehen. Du siehst seltsam aus – so als müsste man dich zusammen mit der Wäsche an die Luft hängen, damit du ein paar Sonnenstrahlen abbekommst.«
»Wo ich war, macht sich die Sonne rar«, erklärte er. »Komm schon, versuch nicht, das Thema zu wechseln, Mädchen. Erzähl mir all deine Geheimnisse. Hast du einen Freund?«

Sarah erzählte ihm von Dublin, von der Nebelluft, den Menschenmengen und dem erstickenden Geruch nach nasser Kleidung in rauchigen Kneipen. Sie versuchte, das Smaragdgrün der Felder zu beschreiben, den violetten Himmel und die Krähenschwärme, die sich von frisch gepflügten Äckern in die Luft schwangen. Und sie sprach von den keltischen Liebesliedern, die an offenen Torffeuern gesungen wurden, und von den Männern, die auf Fiedeln und Löffeln spielten. Aber sie sagte nichts über ihre Einsamkeit und ihre Sehnsucht nach der heißen gelben Sonne und dem salzigen Geschmack des kobaltblauen Meeres.

»Wie geht es Hannah und deinen Eltern?«, fragte sie schließlich. »Die Gerüchte über die Unabhängigkeit Rhodesiens, über die Regierung, die Schwarze einsperrt, weil sie Politiker werden wollen, und über diesen Ian Smith mit seiner auf Weiße beschränkten Partei klingen beunruhigend.«

»Ja, dort unten herrscht ein raues Klima. Und Pa kann weder seinen Cousin noch seinen Job leiden. Die Bewirtschaftung einer Tabakfarm interessiert ihn nicht. Er muss oft Kontrollgänge machen und Ausschau nach *tsotsis* halten, und das hasst er.«

»Was sind *tsotsis*?«, wollte Sarah wissen.

»Diebe. Das ist wohl der passendste Ausdruck für sie. Sie greifen Farmen und Geschäfte von Weißen an und organisieren Überfälle auf Straßen. Eine Menge Menschen sind dabei bereits getötet worden.«

»Du meinst, sie sind so wie die Mau-Mau?«

»Auf gewisse Weise ähnlich. Sie haben es auf die Weißen abgesehen. Und sie bereiten Probleme an den Grenzen zu Mosambik und Sambia. Aufständische gehen auf Raubzug, stehlen Vieh und so weiter. Es ist kein Leben für Pa, an einem solchen Ort als Angestellter sein Geld zu verdienen, nachdem er zuvor sein eigener Herr war. Er braust oft auf, und Ma muss es ausbaden. Es ist nicht einfach«, erklärte er. »Ich hoffe immer noch, dass er seine Meinung ändert und nach Hause kommt.«

»Und Hannah?«, fragte Sarah. »Ihr scheint es dort unten gar nicht zu gefallen.«

»Ja, das stimmt. Aber sie kommt in der Wirtschaftsschule gut voran. Und Ma hofft, dass sie anschließend in Südafrika ein College besuchen wird. Vielleicht bekommt sie ein Stipendium, mit dem ein Teil der Gebühren gedeckt werden kann.«

»Ich finde, sie sollte nach Hause zurückkehren«, meinte Sarah. »Nach Langani.«

»Ma besteht darauf, dass sie zuerst ihre Ausbildung beendet. Und ich denke auch, dass das sehr vernünftig ist. Außerdem – was sollte sie auf Langani tun?« Er schüttelte den Kopf. »Dort haben wir auch einige Probleme. Nein, Hannah sollte fürs Erste im Süden bleiben.«

»Welche Probleme? Gibt es Schwierigkeiten mit deinem Verwalter?«

»Nein, ganz und gar nicht. Lars Olsen ist ein guter Mann, und er arbeitet hart.« Piet schwieg einen Moment lang, und Sarah bemerkte, dass er versuchte, eine Entscheidung zu fällen. Dann stellte er seine Kaffeetasse ab und sah ihr direkt in die Augen. »Nachdem Pa gegangen war, entdeckte ich, dass die Farm hochverschuldet war. Lars und ich haben eine Weile gebraucht, um einen Plan aufzustellen und eine neue Regelung mit der Bank zu treffen, die uns genug Zeit lässt. Deshalb habe ich meine Reise nach Schottland verschoben. Langani steht immer noch auf der Kippe, aber die Bank hält still, dank Lars.«

»Und Jan hat nie etwas darüber gesagt?« Sarah konnte kaum glauben, was sie da hörte. »Hat er sich nicht klar gemacht, wie die Dinge stehen?«

»O doch«, erwiderte Piet resigniert. »Allerdings weiß ich nicht, ob er die Probleme unterschätzte oder ob er einfach nicht zugeben konnte, dass er der Karren derart in den Dreck gefahren hat. Zahlen waren nie seine Stärke, aber er hätte blind und taub sein müssen, um nicht zu begreifen, was los war. Keine Ahnung, was er sich dabei gedacht hat.«

»Hast du mit ihm darüber gesprochen?«, fragte Sarah.
»Nein.« Piets Miene war düster. »Ich nahm an, dass er im Süden schon genug Probleme hat. Und auch Hannah habe ich es nicht gesagt. Also wäre es schwierig, sie jetzt nach Hause zu holen. Außerdem wird sie dort gebraucht. Ma verlässt sich auf sie. Ich weiß nicht, was sie ohne Hannah täte.«
Er ergriff Sarahs Hand. Sie drückte seine Finger und hoffte, dass er verstehen würde, wie sehr ihr daran lag, seine Probleme und Träume mit ihm zu teilen. Als sie sich gerade überlegte, ob sie ihn küssen sollte, hörten sie einen Schlüssel im Türschloss.
»Ich dachte schon, ich würde nie mehr aus diesem zugigen Atelier verschwinden können. Und diese schrecklichen Klamotten waren die Rolle Film nicht wert! Piet, du siehst aus wie ein Gespenst. Sehr seltsam in diesen Großstadtklamotten.« Camilla warf ihre Tasche auf den Boden, legte die Arme um seinen Nacken und küsste ihn mitten auf den Mund. »Wie lange bist du schon hier?«
Er brachte keine Antwort hervor, und Sarah begriff, dass er verlegen war, völlig übermannt von Camillas unbefangener Umarmung. Sprachlos vor der Frau seiner Träume, dachte sie verbittert. Sie bückte sich nach dem Tablett, und als sie die leeren Tassen in das Spülbecken stellte, stiegen ihr Tränen der Wut und Verzweiflung in die Augen. Es kostete sie einige Mühe, sich zu fassen, bevor sie sich neben Camilla auf das Sofa setzte.
»Schottland ist ein wunderbares Land, um dort zu arbeiten«, erzählte Piet gerade. »Ich habe so viel gelernt, neue Techniken und großartige Maschinen gesehen, die wir auf Langani einsetzen könnten, sobald wir das Geld dafür aufbringen können. Ich habe auch eine Woche in Edinburgh verbracht. Eine freundliche Stadt. In den Pubs kann man sich gut amüsieren, und ich habe das Theaterfestival besucht. Aber nach all den Monaten sehne ich mich wirklich danach heimzukehren.«
»Dieser Junge hat nur seine Farm im Kopf«, meinte Camilla.

»Vielleicht wird dir nach deiner Rückkehr all das fehlen, was du hier tun konntest.«

»Diese Gefahr besteht sicher nicht.« Piet lächelte. »Ich will mich nur in die Arbeit auf der Farm stürzen. Vor allem möchte ich die Idee verwirklichen, einen Teil von Langani in ein Wildreservat zu verwandeln. Kurz vor meiner Abreise traf ich in Nairobi einen Architekten. Er hat Pläne für eine kleine Safari-Lodge gezeichnet, und Anthony Chapman ist bereit, ein wenig Geld zu investieren. Wir werden eine Firma gründen, um das Projekt zu starten. Sobald ich wieder zu Hause bin, werde ich damit anfangen.«

»Du bist wirklich ein Buschbaby, Piet. Adieu Heidekraut, Malt Whisky und liebliche Lochs. Und niemals ein Blick zurück.« Camilla zündete sich eine Zigarette an und blies den Rauch in seine Richtung.

»Ich begreife einfach nicht, wie Menschen in diesem Klima leben können. Es gibt kein strahlendes Licht, das die Landschaft aufleuchten lässt, und die Sonne erwärmt dir nie das Herz.«

»Nun, Sarah und ich haben Pläne für die nächsten Tage, die dich erwärmen werden. Leg dich ein wenig aufs Ohr, bis Timmy kommt. Er müsste in etwa einer Stunde hier sein. Dann werden wir viele helle Lichter finden, um dich aufzuheitern.«

Im Schlafzimmer suchte Camilla nach einer passenden Garderobe für den Abend und bestand darauf, dass Sarah eine ausgestellte Hose und ein eng sitzendes Top anzog. Für sich wählte sie ein Minikleid, das aus einer Art glänzendem Plastikmaterial gemacht schien und am Saum ein Muster aus kreisrunden Löchern aufwies.

»Und?«, fragte sie, während sie nach passenden Accessoires suchte.

»Und was?« Sarah gab sich keine Mühe, ihre Enttäuschung zu verbergen. »Er ist nur hier, um dich zu sehen. Ich interessiere ihn überhaupt nicht – in mir sieht er lediglich eine Art kleine Schwester. Und das weißt du auch.«

»Er ist ein bisschen in mich verknallt wie ein Schuljunge. Aber tief in seinem Inneren weiß er, dass das nichts zu bedeuten hat.«

»Bist du wirklich nicht an ihm interessiert? Bitte sag mir die Wahrheit«, flehte Sarah und wischte rasch die aufsteigenden Tränen mit dem Handrücken ab. »Mist! Jetzt schau mich an.«

»Ich interessiere mich nicht für ihn und habe es nie getan. Ich bin nicht in ihn verliebt – und übrigens auch in keinen anderen Mann. Und das ist die Wahrheit«, erklärte Camilla. »Ich weiß nicht, ob ich mich jemals wirklich in einen Mann verlieben werde. Auf eine lebenslange Bindung wurde ich nicht vorbereitet. Aber sollte es sie jemals geben, dann sicher nicht mit Piet van der Beer.«

Nach einer knappen Stunde kam Tim aus Dublin an. Er umarmte Camilla, schlug Piet begeistert auf den Rücken und kramte einige Päckchen mit geräuchertem Lachs, aus Backpulver gebackenem Brot und irischem Whisky aus seinem abgewetzten Koffer. In der Kneipe um die Ecke planten sie dann den Abend. Piet lehnte sich gegen die Bar und betrachtete Sarah mit neu erwachter Bewunderung.

»Mann, du siehst toll aus«, sagte er. »Dein Haar mit den Strähnen gleicht der Mähne eines Löwen, und deine Augen sind so grün und glänzend. Die kleine Sarah – wer hätte das gedacht?«

Sie legte die Hand an seine Wange. Doch als er zärtlich zu ihr herablächelte, zog sie sie hastig zurück, um das Zittern ihrer Finger zu verbergen. Sie aßen in einem französischen Lokal, wo Camilla sofort zum besten Tisch geführt wurde. Sie winkte ab, als die Speisekarte gebracht wurde, und bestellte für alle. Bald darauf verzehrten sie Austern mit Weißwein und riesige Lendensteaks mit ausgezeichneten Pommes frites. Danach gab es Käse und Rotwein, und Piet verdrückte noch eine halbe Apfeltorte mit einer goldfarbenen Glasur. Sie tranken doppelten Espresso, von dem Sarah ein wenig schwindlig wurde, rauchten und unterhielten sich unablässig, um die getrennt verbrachte Zeit zu überbrücken. Sie schwelgten in Erinnerungen an die Tage auf Langani und an die weißen Sandstrände an Kenias Küste. Als sie sich schließlich lachend vom Tisch erhoben, waren alle ein wenig beschwipst.

»Wir müssen zu Fuß zurückgehen«, meinte Sarah. »Ich habe viel zu viel gegessen, und wenn ich nicht schnell ein wenig Bewegung und frische Luft bekomme, falle ich um.«

»Ich kenne den richtigen Ort, um das Abendessen abzuarbeiten«, erklärte Camilla. »Gehen wir.«

Auf der Straße drängten sich die Leuten, die aus den Theatern und Kinos strömten. In dem Nachtclub hämmerte dröhnende Musik, und sie tanzten wie Derwische, bis sie nicht mehr konnten und vor der Hitze und der verrauchten Luft an die kalte Luft flüchteten, um wieder einen klaren Kopf zu bekommen.

»Und wohin nun?«, fragte Camilla. »Was würde euch gefallen? Ich kenne eine gute Jazzkneipe. Ruhig und eher für ältere Nachteulen geeignet. Dort trifft man oft auf Film- und Theaterleute mit ihren neuesten Eroberungen. Ideal, um ein wenig zur Ruhe zu kommen.«

»Sollten wir nicht lieber nach Hause gehen? Ich bin schon halb tot und habe bestimmt Blasen an den Füßen«, klagte Sarah matt. Aber sie konnte sich nicht gegen die anderen durchsetzen, wurde in ein Taxi gezogen und musste einigen Spott wegen ihrer mangelnden Kondition ertragen.

In dem diskret beleuchteten Kellerraum setzten sie sich auf dicke Kissen, und Camilla bestellte Drinks in breitrandigen Gläsern, die sie »Swimmingpools« nannte. Es handelte sich um eine Mischung aus Gin, Curaçao und anderen unbekannten, gefährlichen Zutaten. Der Pianist spielte Gershwin und Cole Porter, und eine Sängerin trug gefühlvolle Lieder vor, die von Liebe und Verlangen handelten. Camilla rückte näher an Tim heran. Er wandte sich ihr zu und zögerte einen Moment, doch dann legte er ihr den Arm um die Schultern und führte ihr das Glas an die Lippen. Sie lächelte und sah ihn verführerisch an. Piet wandte sich ab. Sarah konzentrierte sich verbissen auf den Klavierspieler, bis Tim und Camilla sich erhoben und auf die kleine Tanzfläche im angrenzenden Raum zusteuerten.

»Möchtest du tanzen?«, fragte Piet. Als Sarah aufstand, fragte sie sich, ob er wirklich mit ihr tanzen wollte oder ob er einfach nur Camilla und Tim folgen wollte. Doch sie beschloss, nicht weiter über seine Gründe nachzudenken, und ging mit ihm der Musik entgegen.

Camilla war an einem Ecktisch stehen geblieben, um ein Pärchen zu begrüßen, und Sarah ging an ihr vorüber und folgte Piet durch einen niedrigen Torbogen auf die Tanzfläche. Sie musterte die anderen Paare. Bei den Männern sah man Anzüge, aber auch Jeans und schwarze Polohemden, und die Frauen trugen folkloristische Perlenketten und hauchdünne Röcke, die ihre Knöchel umspielten. Auf der anderen Seite der kleinen Tanzfläche sah sie einen Schwarzen, der sich langsam und anmutig zur Musik bewegte. Er drehte ihr den Rücken zu und hielt seine Partnerin so eng umschlungen, dass nur die juwelengeschmückten Finger ihrer Hand an seinem Nacken sichtbar waren. Ihre Körper bewegten sich, eng aneinander geschmiegt, in einem sinnlichen, schwebenden Rhythmus, und als sie sich langsam näherten, stellte Sarah erschrocken fest, dass sie den Mann schon einmal gesehen hatte. Hastig blickte sie beiseite. Die Begegnung mit ihm war mit zu vielen belastenden Erinnerungen verknüpft, und sie wollte sich nicht das Vergnügen an diesem Abend verderben lassen. Aber es war zu spät. Dr. Winston Hayford hatte sie bereits entdeckt. Er erstarrte und brachte nur mit Mühe ein Begrüßungslächeln zustande, während Sarah fassungslos auf das perfekte Gesicht und die hübsche Figur seiner Begleiterin blickte. Camilla kam direkt auf sie zu. Auf ihrem Gesicht spiegelte sich zuerst Überraschung, dann Zorn wider.

»Liebling«, sagte Marina mit ihrer leisen, atemlosen Stimme. »Wie schön, dich hier zu treffen! Kein Ort, an dem du üblicherweise verkehrst. Du erinnerst dich an Dr. Hayford?« Der große Afrikaner streckte seine Hand aus, während Marina sich an Sarah wandte und ihr ein strahlendes Lächeln schenkte. »Wir sind uns ja bereits in dem wunderschönen Haus in Mombasa und in Muthaiga begegnet. Leben Sie jetzt in London?«

»Nein, ich bin über Ostern von Dublin hierher gekommen.« Sarah war verzweifelt bemüht, den Austausch von Höflichkeiten rasch hinter sich zu bringen, um flüchten zu können.

»Und Sie müssen der Bruder sein.« Marina wandte sich Tim zu, berührte seinen Arm und lächelte ihn an. »Sie sind einander ja so ähnlich. Studieren Sie nicht Medizin? Camilla muss Sie beide einmal in unsere Wohnung mitbringen. Zum Abendessen oder auf einen Drink.«

Piet stand mit grimmigem Gesicht neben Sarah. Sie tastete nach seiner Hand, griff aber ins Leere, als Marina ihm einen flüchtigen Blick zuwarf und sich sofort wieder abwandte.

»Mutter. Welche Überraschung.« Camillas Begrüßung klang äußerst feindselig. »Ich kann Daddy nicht entdecken, aber vielleicht war er ja heute Abend nicht eingeladen. Es ist wirklich schön zu sehen, dass du deinen Teil zur internationalen Verständigung beiträgst. Willst du Piet nicht begrüßen? Ich bin sicher, du kannst dich noch an Piet van der Beer erinnern.«

»Bitte nicht, Camilla«, sagte Sarah leise. Ihre Kehle brannte wie Feuer, und sie begann zu zittern. Rasch ging sie auf Dr. Hayford zu und sah ihn flehentlich an. »Sind Sie wegen eines medizinischen Kongresses hier?«

»Nein, ich bin für eine Weile nach London versetzt worden.« Seine Miene wirkte höflich und sachlich, aber Sarah entdeckte hinter seinen großen Brillengläsern Mitgefühl und Bedauern. »Marina, ich glaube, wir sollten zur Park Lane weitergehen.«

»Guten Abend, Mrs. Broughton-Smith.« Piet war nicht von der Stelle gewichen und streckte ihr die Hand entgegen, um sie zu zwingen, ihn zur Kenntnis zu nehmen.

Doch Marina machte keine Anstalten, darauf einzugehen. Winston Hayford erkannte, dass sie entschlossen war, Piets Gruß zu ignorieren. Er ergriff ihren Ellbogen und wollte mit ihr auf die Treppe zusteuern, um eine weitere Konfrontation zu vermeiden. Sie sah ihn kurz an und schob seine Hand beiseite.

»Ich war der Meinung, du hättest jegliche Verbindung zu diesem jungen Mann abgebrochen, Camilla«, sagte sie. »Ich dachte, wir waren uns einig.«

»Nun, liebe Mutter, dann musst du deine Meinung revidieren.« Zorn stieg in Camilla auf und löschte alles um sie herum aus. »Denn Piet und ich haben uns verlobt. Wir werden heiraten.«

In der nun einsetzenden Stille drehte Marina sich auf dem Absatz um und ging davon, gefolgt von Dr. Hayford. Ihre Absätze klapperten auf dem glänzenden Boden. Sarah beobachtete wie hypnotisiert, wie sie den oberen Treppenabsatz erreichten und in die Nacht hinaustraten, weg von dem fröhlichen, sorgenfreien Abend, den sie verdorben hatten. Ihr Puls hämmerte, als sie sich angstvoll wieder ihren Freunden zuwandte.

Piet starrte Camilla an. Sein Gesicht strahlte, und er riss sie in seine Arme.

»Camilla – ich hätte niemals zu träumen gewagt, dass … Ich weiß nicht, was ich sagen soll, außer dass ich schon immer …«

»Piet, es tut mir Leid.« Camilla sah ihn benommen an. »Es tut mir wirklich Leid. Ich weiß nicht, was mich dazu getrieben hat, etwas so Dummes zu sagen.«

Tim drehte sie wütend zu sich herum und spie ihr seine Worte förmlich ins Gesicht.

»Lernst du denn niemals etwas dazu, du selbstsüchtiges kleines Biest? Begreifst du nicht, was du heute Abend mit deinen teuflischen Spielchen angerichtet hast? Du denkst niemals an andere, am allerwenigsten an deine Freunde. Weil wir nicht wichtig sind, außer wenn es darum geht, dich in deinem ewigen Krieg mit deiner Familie zu unterstützen. Niemand ist wirklich wichtig in deinem verdammten, verkorksten Leben. Nur du selbst.«

»Nein. O nein. Es tut mir so Leid. Wirklich.« Camilla lehnte sich zitternd gegen einen Tisch. »Ich wollte niemanden verletzen. Ich war nur so schockiert, als ich sie gesehen habe. Zusammen. Auf diese Weise. Und Daddy ... Immer macht sie alles kaputt, wenn ich glücklich bin, und ich weiß nicht, wie ich damit umgehen soll. Ich schaffe es einfach nicht. Immer gibt es ...«

»Du wirst Lehrgeld bezahlen müssen!« Tim packte ihre mageren Schultern und schüttelte sie. »Denn eines Tages wird der heftige Gegenschlag kommen, und du wirst einen hohen Preis dafür zahlen, deine Freunde für deine krankhaften, schrecklichen Plänen benutzt zu haben. Du wirst eine unglückliche Frau werden, genauso wie deine Mutter. Aber dann komm nicht zu uns und bitte um Hilfe.«

»Ich wollte sie doch nur erschrecken. Sie für das bestrafen, was sie Daddy angetan hat.« Camilla unternahm keinen Versuch, die Tränen wegzuwischen, die ihr mittlerweile über das Gesicht liefen. »Für das, was sie ihm und mir all die Jahre angetan hat. Ich wollte, dass sie dafür bezahlt, wie sie uns alle behandelt hat. Nur das war meine Absicht. Bitte, bitte versucht doch, mich zu verstehen.«

Piet stand da wie zu Stein erstarrt. Sein Gesicht war weiß, und seine Lippen bildeten eine dünne, zuckende Linie. Dann nahm er Camilla bei der Hand.

»Komm, Lady Camilla«, sagte er. »Wir sollten nach Hause gehen. Wir sollten alle heimgehen und uns beruhigen.«

Aber Sarah brachte es nicht über sich, den anderen zu folgen. Tim rief ihren Namen, als sie sich rasch von der Gruppe entfernte und zur Damentoilette rannte. Sie schloss die Tür hinter sich ab. Dann glitt sie auf den Boden, lehnte sich gegen die gekachelte Wand der Kabine und schluchzte, bevor sie all ihre törichten Träume in die kalte weiße Schüssel erbrach.

Kapitel 7

Rhodesien, April 1965

Hannah schlug die Fliegengittertür zu und setzte sich auf die Stufen der Veranda. In der Mittagshitze wirbelte der Wind verdorrte Blätter mit einem trockenen Rascheln in die Luft und erstarb dann in der glühenden Stille. Vor der Veranda befand sich ein kleines Feld, auf dem dank Lotties Bemühungen Ansätze eines Gartens zu erkennen waren. Sie hatte Bougainvilleen, Portulakröschen und Immergrün angepflanzt, um der Umgebung des graubraunen Bungalows ein wenig Farbe zu verleihen. Dahinter lagen Tabakfelder, Meilen von grünen Stängeln, deren breite Blätter im Wind raschelten und Geheimnisse durch die Reihen flüsterten. Hoch über ihr an dem messingfarbenen Himmel hielt ein Turmfalke Ausschau nach Beute. Einmal war er bereits nach unten gestoßen, hatte eine Maus mit seinen Krallen gepackt und sie an einen verborgenen Ort gebracht, um sie zu verschlingen.

Wie ich, dachte Hannah. Eine arme, hilflose Maus, die ohne Warnung aus ihrer Umgebung gerissen und verschluckt wurde. Wie hatte ihr Pa das nur antun können? Sie an diesen gottverlassenen Ort zu bringen, ohne sie zu fragen. Ihre flehentlichen Bitten, bei Piet bleiben zu dürfen, hatte er einfach ignoriert. Während der letzten Tage in Langani war er wie versteinert gewesen. Er hatte in seinem Büro oder im Wohnzimmer gestanden und schweigend aus dem Fenster gestarrt, sich einen Whisky nach dem anderen eingeschenkt und ihn heruntergekippt, als ob er den Geschmack nicht wahrnehmen würde. Wie hatte Ma das zulassen können? Hannah wusste, dass es ihrer Mutter das Herz gebrochen hatte. Sie erinnerte sich an den Tag, als sie die Farm verlassen hatten. Wie schrecklich hatte sie sich gefühlt, hin- und hergerissen zwischen ohnmächtigem Zorn und Niedergeschlagenheit. Wie sie bei Sonnenaufgang in den Garten gegangen war und die Berge betrachtet hatte. Sie hatte das hölzerne Geländer auf der Veranda berührt und seine rauen, angenehmen Rundungen ertastet und alle Kindheitserinnerungen in sich aufgesogen, die ihr nun genommen wurden. Und dann hatte sie Lottie entdeckt. Sie kniete in einem Blumenbeet, streichelte die Pflanzen mit zitternden Fingern und flüsterte ihnen etwas zu, das Hannah nicht verstehen konnte, während ihr Tränen über die Wangen liefen. Hannah hatte sich davongeschlichen, unfähig, das Leid ihrer Mutter länger mit anzusehen. Und als die Zeit zum Aufbruch gekommen war, hatte sie ihrem Vater mit einem letzten flehentlichen Blick in die Augen gesehen, darin jedoch nur Erschöpfung und Verzweiflung wahrnehmen können. In Panik hatte sie sich umgedreht, war von dem Wagen weggelaufen und hatte sich in ihrem alten Zimmer versteckt, bis Piet gekommen war und sie vom Bett gezogen hatte.

»Du musst jetzt tapfer sein«, hatte er gesagt. »Es ist auch für sie sehr schwer – vielleicht sogar noch schwerer als für dich. Sie brauchen jetzt deine Hilfe.«

Sie hatte ihn anschreien wollen, dass für ihn ja alles in Ordnung war. Er blieb und musste sich nicht von allem verabschieden, was er seit jeher liebte. Er musste nicht mit Ma und Pa fortgehen, die offensichtlich selbst von Kummer überwältigt waren. Warum wurde gerade sie entwurzelt und musste mit ihnen gehen?

Sie konnte immer noch nicht begreifen, warum sie an diesen schrecklichen Ort gezogen waren. Sie verabscheute ihn! Verabscheute ihn wegen all der Leiden, die er ihr und ihren Eltern zufügte. Und sie hasste das Gefühl des Neids und der Verbitterung, das sie empfand, wenn sie von den anderen hörte. Sarah schrieb ihr oft – lange Briefe, in denen sie ausführlich von den Neuigkeiten des Studentenlebens an der Universität in

Dublin berichtete. Und Piet schickte knappe Mitteilungen an seine kleine Schwester, die sie vor Zorn und Sehnsucht beinahe verrückt machten. Am schlimmsten waren jedoch die witzigen Postkarten von Camilla, die ihr nicht wirklich etwas sagten, sondern nur von einem aufregenden, mondäne Leben kündeten.

Ich werde hier sterben, dachte Hannah. Ich werde vertrocknen wie diese verdorrten Blätter hier. Der Wind wird mich wegwehen, und man wird mich vergessen. Oder, noch schlimmer, ich werde alt und fett werden wie diese Kuh Mrs. van Riebeck. Dann wird es nicht der Wind sein, sondern ein Kran, der mich davonträgt. Ich werde nach Schweiß stinken, eingehüllt in eine Wolke Veilchenparfum, und in einem formlosen Baumwollkleid und einer Schürze mit einem grauenhaften Blumenmuster unter meinem Hängebusen durch die Gegend watscheln. Meine Güte, was für ein grässlicher Gedanke! Und sie werden mich mit einem Kretin wie Billy Kovaks verkuppeln, der ständig schnieft. Allein der Gedanke, ihn zu küssen! Schwabbelige, nasse Lippen und Hände, die mich begrapschen und sich anfühlen wie tote Fische. Bei dieser Vorstellung schüttelte sie sich heftig, doch dann musste sie grinsen. Nun, zumindest war das etwas, was sie Sarah schreiben konnte. »Dies sind meine grauenhaften Tagträume. Sind sie nicht furchtbar?« Wirklich schlimm war jedoch, dass sie nichts anderes zu erzählen hatte. Nur eine beängstigende Vorstellung von ihrer Zukunft, die keinerlei Perspektiven bot. Und auf der anderen Seite der Erde entdeckten ihre Freunde und ihr Bruder das wirkliche Leben. Das war einfach ungerecht.

Pa trank wieder. Sein Atem roch säuerlich, und seine Augen waren leer und blutunterlaufen. Heute hatte er Lottie angeschrien, bevor er wieder einmal mit seinem Cousin auf Patrouille ging. Auf Langani hatte er niemals seine Familie angeschrien. Wie konnte Ma das jetzt nur ertragen? Hannah brachte es kaum noch fertig, in das Gesicht ihrer Mutter zu blicken. Ihre Miene war verkniffen vor Gram, und in ihren Augen lag Traurigkeit, aber gleichzeitig auch Verständnis. Doch es hatte keinen Sinn, freundlich und verständnisvoll zu sein – warum begriff sie das nicht? Das machte ihn nur noch zorniger und ermutigte ihn, sich in Selbstmitleid zu ergehen. Er sollte sich zusammenreißen und nicht länger in diesem elenden Loch verstecken, wo die Arbeit überhaupt nicht mit dem zu vergleichen war, was er zu Hause geleistet hatte. Es war noch nicht einmal seine eigene Farm. Sein Cousin, Kobus van der Beer, behandelte ihn wie einen Sklaven. Ihr Pa war jetzt Aufseher auf einer Tabakplantage, ein Arbeiter, der Befehle von einem groben, bulligen Mann entgegennehmen musste, der nichts als Stroh im Kopf hatte. Pa sollte sich wieder auf seinem eigenen Land befinden und dort Vieh züchten und Getreide anbauen. Als sie darüber gesprochen hatten, hatte Jan erwidert, dass sein Name auf einer Liste stehe, weil er gegen die Mau-Mau gekämpft habe. Und dass diese Kaffern sich daran erinnern würden. Er meinte, Langani hätte nach der *uhuru* enteignet werden können, wenn er dort geblieben wäre. Mittlerweile war dieses Thema tabu, und die Möglichkeit einer Rückkehr nach Kenia wurde nicht mehr erwähnt.

Alles wäre besser gewesen als dieser Ort, wo Jan immer mehr Zeit im Busch verbrachte, auf der Jagd nach Banden von schwarzen Guerillakämpfern, die sich ihren Teil vom Land des weißen Mannes holen wollten. Auf allen Farmen redete man nur noch über die wachsende Zahl der gefährlichen Banden, die von schwarzen Nationalisten angeheuert wurden, um die Weißen zu terrorisieren und die Öl- und Stromleitungen nach Rhodesien zu zerstören. Alle waren der Ansicht, dass man einen Ausverkauf der Macht der Weißen verhindern und gegen Gewalt von Seiten der Stämme schnell und mit Härte vorgehen müsse. Ian Smith würde es denen schon zeigen! Er hatte bereits die politischen Parteien der Schwarzen verboten und ihre Führer ins Exil gejagt. Und er versprach, alle Bewegungen zu zerschlagen, die eine schwarze Regierung anstrebten. Die Folge davon war eine ständig angespannte Lage im Land und die Bildung von Bürgerwehren, wie Kobus van der Beer sie organisiert hatte. Hannah hasste es, wenn sie ihre Gewehre nahmen und mit verkniffenen Mienen davonritten. Manchmal waren Kobus und Pa tagelang unterwegs. Wenn Jan dann zurückkam, stank er fürchterlich. Seine Augen waren rot gerändert, und er hatte offensichtlich stark getrunken. Und Ma fühlte sich erbärmlich in dem heruntergekommenen Haus mit dem lecken Dach und der maroden Veranda, wo Termiten unbarmherzig am Unterbau nagten. Sie sollten heimkehren. Ihre Chance ergreifen.

Alles war in jener Nacht in Mombasa zugrunde gerichtet worden, als Camillas Mutter diese Beschuldigung ausgesprochen und damit die Familie zerstört hatte. Während ihres Ausbruchs war Jans Miene hart wie Stein geworden. Danach schien sie zu zerbröckeln, und sein Kampfgeist war wie weggeblasen. Er war vor Hannahs Augen zusammengeschrumpft und ein alter Mann geworden. Doch Pa war nicht alt. Er war ihr Pa, ein Hüne, der alles schaffte, jegliche Schwierigkeit meisterte und am Ende triumphierte. Dieser mürrische Klotz, der mit einem Gewehr in der Hand das Haus verließ und nach seiner Rückkehr Whisky in sich hineinschüttete, der im Halbdunkel saß und ihre Mutter anbrüllte, war nicht ihr Vater. Wenn er nicht auf den Feldern arbeitete oder Patrouille ging, trank er unablässig. Sein Blick war gehetzt, als würden Geister ihn verfolgen, die ihm flüsternd mit Verurteilung und Vergeltung drohten, und es war, als würde er Lottie nur anschreien, um diese Stimmen zum Schweigen zu bringen. Heute hatte Hannah wieder einmal versucht, ihrer Mutter begreiflich zu machen, dass sie Pa dazu bewegen musste, nach Hause zurückzukehren.

»Wenn diese schwarze Liste etwas mit dem Ausnahmezustand

zu tun hat, warum können wir dann nicht darüber sprechen?«, hatte sie gefragt. »Viele Leute haben gegen die Mau-Mau gekämpft. Aus England kamen Soldaten ins Land, um gegen sie vorzugehen. Diese Frau ist ein gehässiges Weibsstück. Sie war nur eifersüchtig auf uns, das ist alles! Pa sollte nach Langani zurückgehen und vergessen, was sie gesagt hat, oder sich den Behörden stellen. Irgendetwas. Er hasst diesen Ort, Ma. Wie wir alle. Du solltest zu Hause in deinem Garten sein, und nicht an diesem hoffnungslosen Ort. Sieh dir dieses Haus an – es wird bald über uns zusammenstürzen. Alles ist ärmlich und verrottet. Es regnet herein. Wir werden die Kakerlaken nicht mehr los. Und ich habe es satt, jedes Wochenende hier draußen im *bundu* festzusitzen. Und Pa ist die ganze Zeit wütend. Ma, hörst du mir zu?«

Lottie hatte ihre Tochter gepackt und sie unsanft geschüttelt. »Hör du mir zu, Mädchen! Die Wahrheit ist manchmal schwer erträglich, aber du musst sie akzeptieren. Es hat keinen Sinn, dir selbst etwas vorzumachen. Manchmal treffen Menschen Entscheidungen, die sie später bitterlich bereuen. Dein Pa hat das zu einer Zeit getan, als alle ein bisschen durchgedreht sind, als dein Onkel ermordet und vor den Augen der armen Katja und den Kindern in Stücke zerhackt wurde. Er war nicht der Einzige, und er hat versucht, Wiedergutmachung zu leisten, obwohl das nicht einfach war.«

»Aber was hat er denn so Schreckliches getan? Was?«

»Die Details haben dich nicht zu interessieren, Hannah.« Lottie klang müde und abgespannt. »Aber falls es eine schwarze Liste in George Broughton-Smiths Akte gab, war das eine ernsthafte Bedrohung für Langani. Wir hätten die Farm verlieren können. Schwarze Politiker erinnern sich nicht gern daran, dass vor allem ihre eigenen Leute von den Mau-Mau getötet wurden. Nur wenig Weiße wurden ermordet. Aber sie wollen nicht daran denken, was die Kikuyu einander angetan haben, wie sie ihre Brüder und Vettern massakriert haben, die den Eid nicht leisten wollten, wie sie ihre eigenen Frauen vergewaltigt, gequält und getötet haben, wenn diese sich weigerten, Essen zu den Banden zu bringen, die sich in den Wäldern versteckt hielten. Sie erinnern sich nur daran, was der weiße Mann dem schwarzen Mann angetan hat.«

»Also sprach sie über die Mau-Mau«, stellte Hannah fest.

»Ja, das stimmt. Daher können wir ihre Worte nicht einfach vergessen, Hannah, und so tun, als sei nichts geschehen. Dein Vater hat Langani verlassen, damit Piet die Farm behalten und sich dort ein eigenes Leben aufbauen kann, wie schon Generationen vor ihm. Es bedeutet ihm alles. Pa wusste das und gab seine eigene Zukunft dort auf, um deinen Bruder zu schützen.«

»Piets Zukunft? Das ist alles, woran ihr beide denkt! Piets Zukunft! Piet besucht das College in Südafrika. Piet geht nach Schottland, um sein Studium dort zu beenden. Piet bleibt auf Langani. Pa gibt alles auf, um die Farm für Piet zu retten! Versteh mich nicht falsch, Ma, ich liebe Piet, und ich bin froh, dass er all diese Chancen bekommt. Aber was ist mit mir? Denken du und Pa niemals an meine Zukunft? Ihr habt einen Verwalter eingestellt, den ihr kaum kennt, damit er sich während Piets Abwesenheit um Langani kümmert, und ihr habt eure Heimat aufgegeben für dieses – dieses Drecksloch!«

»Hannah!«

»Nein, warte! Ihr habt Piet das Studium in Schottland bezahlt, und Pa hat hier einen lausigen Job, den er hasst. Er lässt sich als billige Arbeitskraft ausbeuten und geht in den Busch, um für eine verlorene Sache zu kämpfen – für ein Stück Land, das ihm nicht gehört. Solange er hier bleibt, hat er keine Chance auf ein besseres Leben. Und für mich ist in unserem Schatzkästchen nichts übrig geblieben. Oder? Stimmt das nicht, Ma? Kein Geld für mich, um eine Universität in Südafrika zu besuchen oder irgendwohin zu gehen, um irgendetwas zu tun! Alles, was ich bekommen habe, ist ein blöder Kurs in Wirtschaft an einer zweitklassigen Sekretärinnenschule am Ende der Welt. Ich lebe hier inmitten von Tabakfeldern mit Ratten und Kakerlaken und habe keine Zukunft! Verstehst du mich? Ich wollte Kenia nie verlassen. Du wusstest das, wolltest aber nicht zulassen, dass ich in Nairobi bleibe und dort den Kurs mache. Dann hätte ich anschließend nach Langani zurückkehren können, sobald Piet wieder da war. Ich hätte ihm helfen können. Warum durfte ich nicht dort bleiben?«

»Hannah, Hannah, wir haben das alles bereits besprochen. Wir konnten dich nicht allein in Kenia zurücklassen. Du warst zu jung, und es gab nicht genug …«

»Genau. Es gab nicht genug Geld für mich, weil ihr alles in Piets verdammte Zukunft gesteckt habt!«

»Hannah! Pass auf, was du sagst! Das reicht jetzt. Pa und ich haben versucht, das Beste für dich zu tun.«

»Ach ja? Und was ist das Beste für mich? Hier zu bleiben und mit anzusehen, wie Pa sich zu Tode säuft und uns beiden das Leben zur Hölle macht? Wir müssen uns mit seinen Launen und seinem Selbstmitleid abfinden, weil er vor Jahren etwas getan hat, was ihn nun verfolgt. Ist es das? Du solltest das nicht zulassen – du darfst nicht dulden, dass er dich so behandelt. Wenn er sich nicht beherrschen kann, dann solltest du ihn verlassen, und ich sollte das auch tun. Wir beide sollten von hier fortgehen. Jetzt. Heute!«

Lottie hatte voll Mitgefühl die Hand ausgestreckt und war zusammengezuckt, als Hannah zurückwich.

»Mein armes kleines Mädchen«, sagte sie leise. »Du bist noch so jung und siehst alles nur in Schwarz und Weiß. Wenn du älter bist, wirst du erkennen, dass nicht alles so eindeutig ist.«

Hannah hatte das Gefühl, der Kopf würde ihr vor Wut und Enttäuschung zerspringen. Nur mit Mühe konnte sie an sich halten. Sie hatte Angst davor, was sie noch sagen würde, wenn sie blieb.

»Du kannst weiterhin mit Scheuklappen herumlaufen, wenn

dir das gefällt, Ma. Aber ich habe die Nase voll von diesem Ort. Ich habe alles hier satt. Und jetzt gehe ich.«

Lottie war ihr nicht gefolgt, und dafür war sie dankbar. Sie schämte sich für ihren Wutausbruch, aber sie war dazu gezwungen worden, wie sie, immer noch grollend, feststellte. Jan war immer ihr Held gewesen, stark und mächtig. Er hatte ihr beigebracht, was richtig war. Aber diese Frau hatte behauptet, ihr Vater sei ein Krimineller, ein gewalttätiger Mann, und niemand wollte ihr sagen, was er getan hatte. Wenn Marina Recht hatte, wie konnte Ma dann bei ihm bleiben? Wie konnte sie in seinem Bett schlafen, am selben Tisch mit ihm sitzen? Hannah hatte zunächst geglaubt, dass Camillas Mutter aus persönlichen, bösartigen Gründen gelogen hatte. Doch als sie ihrem Vaters ins Gesicht geblickt hatte, war ihr tief in ihrem Inneren klar geworden, dass er etwas sehr Schlimmes getan hatte. Und sie hatte Angst. Angst vor ihm, Angst um ihn und um sie alle. Was würde das alles letztendlich aus ihnen machen? Und nun hatte sie so schreckliche Dinge über Piet zu ihrer Mutter gesagt. Dabei liebte sie ihren Bruder wirklich sehr. Warum konnte sie diese zerstörerische Eifersucht nicht abschütteln und sich für ihn freuen?

Sie sehnte sich nach Sarah. Sarah hätte sie aufgeheitert – sie verstand es immer, die Leute zum Lachen zu bringen. Mein Gott, sie vermisste ihre Freundinnen so sehr, fragte sich oft, was sie gerade machten. In ihrem letzten Brief hatte Sarah sich über ihre Dozenten und Kommilitonen empört, über das irische Wetter geklagt und Hannah beneidet, weil sie im Busch sein durfte, wo ihr die tropische Sonne auf den Rücken schien, wo sie Mangos essen konnte und die Luft nach wilden Tieren roch. In Dublin, so schrieb Sarah, wisse niemand, was eine Mango oder Papaya sei. Welche Ignoranz! Sarah hatte ihr auch mitgeteilt, dass sie an Ostern nach London reisen und sich mit Camilla treffen würde, die dort mit berühmten Leuten verkehrte und nun, da Bilder von ihr in Magazinen und Zeitungen erschienen, selbst ein Star war. Und sie hofften, auch Piet zu treffen, wenn er es einrichten konnte, von Schottland nach Swinging London zu kommen. Sarah wollte sich die Carnaby Street anschauen und die Nachtclubs besuchen, in denen Gruppen wie die Rolling Stones ihre Karriere begonnen hatten.

Hannah lächelte unwillkürlich. Sarahs spitz zulaufende Handschrift flog über die Seiten ihrer Briefe, als hätte ihr Füller Schwierigkeiten, mit ihren hervorsprudelnden Gedanken Schritt zu halten. Piet war ein Dummkopf – er verzehrte sich nach Camilla, obwohl er doch nur mit dem Finger schnippen brauchte, um Sarah für sich zu haben. Warum ließen sich solche Dinge nicht auf eine einfache, unkomplizierte Weise lösen? Sie fragte sich, ob Tim ihr jemals schreiben würde. Sarah hatte ihr erzählt, dass er sich mehrere Male nach ihr erkundigt hatte. Hannah hatte erwidert, er solle sie doch selbst fragen, wenn es ihn interessiere, wie es ihr ging. Aber mittlerweile war er Arzt und arbeitete rund um die Uhr, also hatte er wahrscheinlich keine Zeit, ihr zu schreiben. Außerdem war er mit einer Krankenschwester aus der Klinik befreundet, aber Camilla hatte kurzen Prozess mit ihr gemacht, was immer das auch heißen mochte. Camilla war natürlich viel zu beschäftigt mit ihrem neuen Leben, um Briefe zu schreiben. Eine Zeit lang hatte sie Postkarten mit Fotos all der exotischen Orte geschickt, die sie besuchte, aber die Botschaften auf der Rückseite waren nur vage und kurz gewesen.

Der Gedanke an die Broughton-Smiths erweckte wieder Abneigung in ihr. Man sagte ja, wie der Vater so der Sohn. Wem glich Camilla wohl? Ihr Vater schien ein anständiger Mensch zu sein, aber ihre Mutter war eine bösartige Hexe! Wäre Camilla vor all den Jahren nicht mit Sarah auf die Farm gekommen, wäre das alles vielleicht nicht passiert. Nein, das war nicht fair. Was immer Pa auch getan hatte – früher oder später wäre es ohnehin ans Tageslicht gekommen. Aber sie wünschte, es wäre nicht die Mutter ihrer Freundin gewesen, die so viel Leid über die Familie gebracht hatte. Und George Broughton-Smith hatte nichts unternommen, um ihnen zu helfen, obwohl er in London wieder einen einflussreichen Posten hatte. Sarah sagte, er arbeite immer noch mit der kenianischen Regierung zusammen. Ob er Piet helfen könnte, wenn es zu einer weiteren Kraftprobe bei der Landverteilung kommen sollte? Würde er es wissentlich ignorieren, wenn die neue Regierung die Farm enteignen und das Land an die Einheimischen verteilen würde?

Ihre Gedanken kehrten immer wieder zu Langani zurück, und sie fragte sich, was dort im Augenblick geschah. Vor ihrer Abreise hatte Pa einen jungen Verwalter aus Norwegen eingestellt. Der Mann schien seine Arbeit gut zu machen, seit ihr Bruder in Schottland war. Zumindest behauptete Piet das. Aber er würde ihr es auch nicht erzählen, wenn es nicht so wäre, oder? Aus dieser Entfernung konnte niemand beurteilen, ob der Mann sich bewährte oder alles in den Sand setzte. Niemand konnte wissen, ob er während der Abwesenheit der Besitzer nicht in die eigene Tasche wirtschaftete. Es gab Leute, die so etwas taten. Sie stellte sich vor, wie auf Langani die Gatter schief hingen, das Haus verfiel, die Landmaschinen auf dem Hof verrosteten, das Vieh an einer Seuche erkrankte und Lotties wunderschöner Garten von Unkraut überwuchert wurde.

»Aufhören! Hör auf damit – das ist verdammter Unsinn«, murmelte Hannah. So schnell konnte nicht alles zugrunde gehen. Jemand würde schreiben, alte Freunde oder Nachbarn, und sie warnen, falls es Probleme gab. Aber Hannah wollte sich selbst davon überzeugen. Es war ebenso ihre Farm wie die Piets. Und auch wenn sie kein Diplom in Landwirtschaft besaß wie ihr Bruder, so hatte sie doch andere Fähigkeiten, die sich als nützlich erweisen konnten. Sie hatte entdeckt, dass Betriebswirtschaft ihr lag. Wie ihre Lehrer ihr bestätigten, hatte sie einen Sinn für Zahlen und Organisation. Sie waren beein-

druckt von ihren Fortschritten. Piet wollte ein Wildreservat aufbauen und Touristen damit anlocken. Dabei konnte sie ihm helfen. Er konnte die Farm leiten – möglicherweise würde der Norweger bleiben und ihn dabei unterstützen. Und sie würde sich um die Touristen kümmern. Genau, das war es! Sie musste nur noch Piet davon überzeugen. Er musste begreifen, dass sie nicht nur seine kleine nervtötende Schwester war, sondern eine Partnerin, die einen wichtigen Beitrag zur Führung der Farm leisten konnte. Ihm musste klar werden, dass die Farm auch ihr Erbe war. Sie war sicher, dass sie ihrem Bruder genug bedeutete, damit er ihr eine Chance gab. Eine Möglichkeit, ihren Teil beizutragen.
Und wieder regte sich der nicht zu unterdrückende Neid in ihr. Wärst du sein Bruder und nicht seine Schwester, müsstest du nicht um Anerkennung kämpfen. Dennoch hatte sie das Gefühl, dass Piet Verständnis für sie haben würde. Nächsten Monat würde er aus Schottland zurückkommen, den Kopf voll mit neuen Ideen und Plänen. Und er würde sicher viel zu tun haben. Das war der ideale Zeitpunkt für ihre Bitte. Wenn sie ihm klar machen konnte, wie ernst es ihr damit war, würde er sie unterstützen.
In all den Briefen, die sie ihm seit ihrer Ankunft im Süden geschickt hatte, hatte sie sich über die Tabakplantage, die Wirtschaftsschule, einfach über alles beklagt. Sie hatte sich schuldig gefühlt, weil sie über alles schimpfte, aber es war eine Möglichkeit gewesen, Dampf abzulassen. In seiner typischen unverblümten Art hatte er erwidert, dass es natürlich nicht einfach sei, aber schließlich nur ein paar Jahre dauern würde, und dass Pa und Ma sie dort brauchten. Er gab ihr also zu verstehen, dass sie sich damit abfinden musste. Das hatte ihren Zorn und das Gefühl, ungerecht behandelt zu werden, noch verstärkt. Mit seiner tollen Position in Schottland hatte er gut reden – er saß ja nicht in dieser Bruchbude fest. Sie erinnerte sich daran, wie sie sich als Teenager auf Langani eingeschränkt gefühlt

hatte, weit weg von Nairobi und all den aufregenden Dingen dort. Hätte sie jetzt nur zurück auf die Farm gehen können, hätte sie sich nie mehr beklagt.
Am Himmel tauchte der Turmfalke wieder auf, segelte dahin und spähte nach seinem nächsten Opfer. Hannah stand auf. Sie würde nicht die Maus, die wehrlose Beute sein. Sie würde der Jäger sein, ihre Ziele verfolgen, beobachten, auf ihre Chance warten und dann zuschlagen. Sie würde diese Zeit durchstehen, ihren Abschluss machen und Piet beweisen, dass sie keine Heulsuse war, die sich gehen ließ. Sie würde es ihm zeigen – sie würde es allen zeigen.

Zwei Monate vergingen, und sie stürzte sich mit neuem Eifer in ihr Studium. An den Abenden half sie Lottie im Haus und war bestrebt, sich Pas Launen nicht zu Herzen gehen zu lassen. Das fiel ihr jedoch nicht leicht. Pa hatte sich immer für alles interessiert, was sie tat, sich nach der Schule oder ihren sportlichen Leistungen erkundigt. Jetzt fragte er sie überhaupt nichts mehr. Manchmal hatte sie das Gefühl, dass er ihr nicht in die Augen schauen konnte, aus Furcht davor, was er darin lesen würde. Wenn sie vom College zurückkam und ins Wohnzimmer trat, stand er oft auf, schlurfte in sein Schlafzimmer oder auf die Veranda und blieb dort, bis das Essen fertig war. Sie wünschte, sie könnte etwas sagen oder tun, um ihm zu zeigen, dass sie ihn liebte, aber sie war sich nicht mehr sicher, ob das noch der Fall war. Wie konnte man jemanden lieben, der das Glück einer ganzen Familie aufs Spiel gesetzt hatte?
Lottie hatte zu nähen begonnen. Darin war sie schon immer geschickt gewesen, und nun nahm sie Aufträge aus der Nachbarschaft an, um ein wenig Geld dazuzuverdienen. Sie machte auch Marmelade ein und verkaufte sie samstags auf dem Markt. Und sie buk Gebäck und Kuchen für ein Café in der Nähe. Zwar war sie ständig müde, aber für die Kunden, die an ihrem Stand etwas kauften, setzte sie stets ein strahlendes Lächeln

auf. Hannah fühlte sich beschämt, wenn sie ihre Mutter bei all den zusätzlichen Aufgaben beobachtete, während ihr Vater mit einem Bier oder einem Whisky am Küchentisch hockte. Er verließ jeden Morgen das Haus, um nach der Ernte zu sehen und die Lagerhäuser für die Tabakpflanzen zu inspizieren. Mittags kam er schwitzend und mit gerötetem Gesicht zurück, nahm sich eine Flasche und schimpfte auf die Kaffern, die sich auf den Feldern abplagten. Auf Langani hatte er seine Arbeiter immer gut behandelt. Hier wirkte er aggressiv und herrisch, und die Männer wichen seinem Blick aus, wenn er seine Befehle brüllte. Wenn er auf Patrouille war, fühlte Hannah sich schuldig, weil seine Abwesenheit sie mit Erleichterung erfüllte. Gleichzeitig sorgte sie sich um seine Sicherheit. Einmal hatte jemand auf ihn geschossen. An dem Lastwagen, mit dem er unterwegs gewesen war, sah man immer noch die Einschusslöcher.

Sie fragte Lottie, ob sie als Kellnerin im Café arbeiten könne und schämte sich, als sie den Ausdruck von Dankbarkeit in den Augen ihrer Mutter sah. Ihr Angebot war keineswegs so großherzig, wie es sich anhörte. Sie wünschte sich nur sehnlichst, aus dem Haus zu kommen. Und es war ihr peinlich, ihre Mutter an ihrem Marktstand stehen zu sehen, wo sie mit einem gezwungenen Lächeln vierschrötige Farmer und deren Frauen oder gut gekleidete Städterinnen bediente und sich von Kindern Frechheiten gefallen lassen musste. Aber Lottie strich ihrer Tochter sanft über die Wange.

»Nein, Liebes. Ich möchte, dass du dich auf dein Studium konzentrierst, Hannah. Nichts soll dich davon ablenken. Zuerst machst du dein Diplom, danach habe ich Pläne für dich.« Lottie öffnete eine Schublade der Anrichte und zog eine alte Schachtel heraus.

»Pa weiß nichts davon. Wenn er es wüsste …« Sie zögerte. »Na ja, du weißt, was er damit machen würde. Alles, was ich nebenbei verdiene, lege ich für dich auf die Seite. Wenn du deinen Kurs beendet hast, schicke ich dich auf die Universität in Johannesburg. Du kannst studieren, was du willst, und während dieser Zeit bei meinem Bruder wohnen. Es wird noch eine Weile dauern, bis ich das Geld zusammenhabe. Hab noch ein wenig Geduld.«

Lottie schob sich mit einer müden Geste das Haar aus der Stirn. In dem Lichtstrahl, der ins Zimmer fiel, entdeckte Hannah Falten auf dem Gesicht ihrer Mutter, die sie noch nie zuvor gesehen hatte. Tränen brannten ihr in den Augen. Am liebsten hätte sie Lottie angeschrien und ihr gesagt, dass sie keine Schuld an der Plackerei ihrer eigenen Mutter haben wolle. Was bedeutete ihr ein Studium in Johannesburg? Sie wollte nur, dass alles wieder werden würde wie früher. Keine noch so große Summe hart verdienten Geldes würde ihr das Leben hier erleichtern. Sie warf einen Blick auf den zerkratzten Deckel der Blechschachtel, die die Träume ihrer Mutter für sie bargen, und wandte sich dann ab. Ihr Schuldgefühl bereitete ihr Übelkeit.

Drei Wochen später, Lottie war gerade auf dem Markt, hörte Hannah den Postboten kommen. Rasch lief sie zum Briefkasten und entdeckte einen Brief mit einer kenianischen Briefmarke. Piet! Piet war wieder zu Hause! Sie riss das Kuvert auf und begann zu lesen.

Liebe Ma, lieber Pa und liebe Hannah,
gestern bin ich zurückgekommen. Es ist herrlich, wieder zu Hause zu sein. Lars hat sich gut um alles gekümmert, und die Farm sieht großartig aus. Wir haben fünf Ochsen zu einem annehmbaren Preis verkauft, und der Weizen macht sich heuer gut. Lars hat sich bewährt, und ich würde ihn gern noch behalten. Zumindest bis ich das Wildreservat und die Lodge aufgebaut habe, könnte ich seine Hilfe gebrauchen. Ihm scheint es hier zu gefallen, und ich kann mich wirklich nicht um alles selbst kümmern. Ich denke, dass wir nun mit dem Bau der Lodge beginnen sollten. Es

wird unser Einkommen erhöhen und dazu beitragen, der Farm über diese schlechte Phase hinwegzuhelfen. Auf meiner Heimreise habe ich in Nairobi Anthony Chapman getroffen. Er wird schon bald hierher kommen, um sich das Stück Land anzusehen, das ich für das Wildreservat vorgesehen habe. Er ist bereit, sich finanziell am Aufbau zu beteiligen. Es gibt auch einige andere Jäger und private Betreiber von Safaris, die uns zugesagt haben, den Ort für ihre Kunden zu nutzen.

Der Garten sieht gut aus, ist aber nicht mehr ganz so perfekt, wie du es gewöhnt bist, Ma. Ich glaube, er vermisst dich. Kamau und Mwangi und allen anderen Bediensteten fehlst du. Und mir natürlich auch. Vielen Dank für die Briefe, die ich bei meiner Ankunft vorgefunden habe – es war schön, deine Handschrift auf den Kuverts zu sehen und zu erfahren, dass es dir gut geht.

Pa, wie steht es mit der Tabakernte? Zumindest sollte es dir nicht an Arbeitskräften mangeln. Wir hatten hier ein paar Probleme mit Wilderern, die Präriewild wegen des Fleisches geschossen haben. Die Massai haben Zäune zerschnitten und ihre Rinder und Ziegen heimlich auf unsere Weiden getrieben. Lars und ich werden Anfang nächster Woche mit dem Stammesoberhaupt sprechen. Außer der Sache mit den Wilderern hat Lars alles sehr gut im Griff, und wir können uns glücklich schätzen, ihn gefunden zu haben. Er lässt Grüße ausrichten und wird bald seinen monatlichen Bericht schicken. Mach dir keine Sorgen wegen der Farm. Wir werden es schon irgendwie schaffen.

Hannah, wie ich von Ma höre, hast du dich mit Eifer auf deinen Kurs gestürzt und machst gute Fortschritte. Weiter so! Vielleicht kannst du demnächst hier ein paar Ferientage verbringen. Bis dahin sei ein braves Mädchen und hilf, wo du kannst.

An Ostern habe ich Sarah und Tim und auch Camilla in

London getroffen. Wir haben ein Wochenende miteinander verbracht und einige Sachen erlebt, von denen ich dir eines Tages erzählen werde. Ich weiß nicht, ob ihr wirklich den Sommer hier verbringen könnt, wenn ihr einundzwanzig werdet. Für alle haben sich die Dinge sehr verändert.
Jetzt muss ich los, doch ich werde mich bald wieder melden. Ich wollte euch nur wissen lassen, dass ich wieder zu Hause bin und viele neue Ideen habe – einige davon werde ich euch in meinem nächsten Brief mitteilen. Ich kann es kaum erwarten, damit anzufangen!
Liebe Grüße an euch alle.
Piet

Hannah brannten Tränen in den Augen. Er hatte Pläne und konnte es kaum erwarten, sie in die Tat umzusetzen. Und dieser Lars sollte bei ihm bleiben. Sie konnte den Gedanken nicht ertragen, dass sie dabei keine Rolle spielen würde. Stattdessen würde sie an diesem schrecklichen Ort gefangen bleiben und in ihrem trostlosen Gefängnis einsam und voller Heimweh verschmachten. Einen Moment lang spürte sie einen ungerechten Hass auf Lars. Dann brachte sie Piets Brief in die Küche. Jan saß am Tisch. Er war am frühen Morgen von einer Patrouille zurückgekommen und trug immer noch seine staubige Kleidung. Vor ihm stand ein unberührter Teller mit kaltem Fleisch und Käse, den Lottie ihm vorbereitet hatte, bevor sie das Haus verließ. Seine Augen lagen tief in den Höhlen, und er hatte sich nicht rasiert. Er griff nach einer Whiskyflasche und schenkte sich ein, wobei seine Hände leicht zitterten.
»Ein Brief von Piet ist gekommen. Willst du ihn sehen?« Er sah auf, gab aber keine Antwort. »Ich sagte, wir haben einen Brief von Piet bekommen …«
»Zeig ihn deiner Mutter, wenn sie wiederkommt.« Jans Stimme klang heiser. »Wo ist sie überhaupt?«

»Sie bringt eine Näharbeit zu Mrs. Kruger. Sie näht ihr Stuhlbezüge, erinnerst du dich?« Hannahs Antwort klang knapp und barsch. »Nicht dass dich das interessieren würde«, fügte sie leise hinzu.
»Was hast du gesagt?« Jan hob ruckartig den Kopf.
»Nicht dass es dich interessieren würde. Das sagte ich«, wiederholte sie übertrieben deutlich und starrte ihn zornig an.
Jans Gesicht rötete sich, und er erhob sich halb von seinem Stuhl. »Und was soll das heißen, he?« Schwerfällig ließ er sich wieder auf den Stuhl fallen und griff nach der Flasche. Hannah beugte sich vor und riss sie ihm aus der Hand.
»Das heißt, dass dich nichts mehr interessiert, außer diesem Zeug, mit dem du dich voll laufen lässt! Schau dich an, Pa! Ma schuftet die ganze Woche, jeden Tag, Stunde für Stunde, um diese Familie zusammenzuhalten. Und du tust nichts anderes, als dich nach der Arbeit zu betrinken und sie zu beschimpfen. Du zerstörst nicht nur dein Leben, sondern auch unseres! Du wirst nicht einmal diesen lausigen Job behalten, wenn du so weitermachst. Und was sollen wir dann tun?« Sie trug die Flasche zum Spülbecken und schüttete den Inhalt hinein.
»Gib das her!« Jan sprang wütend auf. »Gib mir das sofort zurück!« Er packte ihren Arm mit seinen riesigen Händen und wirbelte sie herum. Aus seinem Atem schlug ihr der Gestank nach schalem Alkohol entgegen. Sie wandte das Gesicht ab und versuchte, sich aus seinem Griff zu befreien.
»Was ist los?«, brüllte er sie an. »Kannst du es nicht mehr ertragen, deinen Pa anzusehen? Ist es das? Du willst wohl nicht daran denken, wie er wochenlang auf dem Bauch durch die Wälder gekrochen ist, damit du und deine Mutter und Piet sicher in euren Betten schlafen konntet, he? Ich habe es für euch getan, hörst du? Für euch alle, jawohl! Aber daran will sich jetzt niemand mehr erinnern.« Seine Augen füllten sich mit Tränen, und er schüttelte Hannah heftig.
»Was hast du für uns getan?«, schrie Hannah. »Sag mir, was du

getan hast? Was war so nobel, dass es uns unsere Zukunft auf Langani gekostet hat? Warum will mir das niemand sagen?«
»Was weißt du schon? Du hast ein behütetes Leben geführt, wurdest immer beschützt und hast alles bekommen. Du hast nicht gesehen, wie dein Onkel aussah, als sie mit ihm fertig waren – der Bauch aufgeschlitzt, die Kehle durchschnitten und die Genitalien in seinen Mund gestopft. Genau das hätten sie auch mit mir und dir und mit deiner Mutter und deinem Bruder getan!«
»Aber jetzt ist alles zerstört. Du hast alles kaputtgemacht! Du hast uns alle zerstört.« Hannah hob voll Zorn die Flasche und zerschmetterte sie am Rand des Spülbeckens.
»Verflucht, Mädchen!« Jan griff nach den gezackten Überresten und schnitt sich an den Scherben. Er blickte auf die Wunde, aus der Blut auf den Boden tropfte, dann hob er seine verschmierte Hand und schlug Hannah mit voller Wucht auf die Wange. Sie wankte, fiel gegen das Spülbecken und stürzte zu Boden. Der rote Handabdruck pulsierte in dem Nebel aus Wut und Verzweiflung, der Besitz von ihm ergriffen hatte. Hannah versuchte aufzustehen. Ihre Augen wirkten durch den Schock wie erstarrt. Sie legte die Hand auf den Fleck auf ihrer Wange, ließ sie dann sinken und betrachtete sie wie betäubt. Weinend brach Jan neben ihr in die Knie.
»Hannah! O Gott, meine kleine Hannah. Es tut mir so Leid! Ich weiß nicht, was über mich gekommen ist! Komm her, lass mich dir helfen. Oh, es tut mir so Leid, mein kleines Mädchen …«
Hannah ließ ihn auf dem Boden zurück, ging in ihr Schlafzimmer und schloss sich ein. Dann setzte sie sich auf das Bett und starrte die Wand an. Sie begann zu zittern. Wie aus weiter Ferne hörte sie ihren Pa an die Tür hämmern. Er flehte sie an, ihn hineinzulassen und ihm zu vergeben. Er würde aufhören zu trinken und nie wieder die Hand gegen sie erheben. Er weinte und bettelte, während sie stumm und fassungslos in dem sti-

ckigen, kleinen Schlafzimmer saß, bis sie ihn den Gang hinuntergehen hörte. Er murmelte vor sich hin, und nach wenigen Augenblicken hörte sie ein Knirschen und Klirren, als er sich daranmachte, die Scherben wegzuräumen. Später öffnete sich quietschend die Fliegengittertür und fiel dann ins Schloss. Danach herrschte Stille.

Sie stand auf, machte leise die Tür auf und ging ins Badezimmer. Selbst nachdem sie sich das Gesicht gewaschen hatte, schien der Abdruck seiner Hand in ihrem Spiegelbild noch hell zu leuchten. Ihr Hinterkopf pochte schmerzhaft von dem Sturz gegen das Spülbecken. Sie ging zu ihrem Schrank, holte einen Koffer heraus und packte einige Kleidungsstücke ein. In der Küche zog sie die unterste Schublade der Anrichte auf und nahm Lotties Blechschachtel heraus. Darin befand sich ein Bündel Geldscheine, mit einem Gummiband zusammengehalten. Sie zählte sie sorgfältig und steckte sie in ihre Geldbörse, verließ das Haus und zog die Tür hinter sich zu.

Der Bus nach Salisbury fuhr im Schneckentempo die steile Küstenstraße hinunter, und Hannah starrte aus dem Fenster, ohne das Geringste wahrzunehmen. Am Flughafen kaufte sie sich ein Ticket nach Nairobi. Während sie darauf wartete, dass ihr Flug aufgerufen wurde, hatte sie schreckliche Angst, dass ihr Name plötzlich aus den Lautsprechern ertönen würde, dass Lottie erraten hatte, wohin sie gegangen war, und ihre Flucht missglücken würde. Sie versuchte an den Garten auf Langani zu denken und rief sich jede Blume, jeden Busch und jeden Baum genau ins Gedächtnis, wobei sie sich deren Farbe, Form und Standort vor Augen führte. Das Haus wollte sie sich nicht vorstellen, denn das würde sie an die Menschen dort erinnern, und sie wollte jetzt an niemanden denken. Als das Flugzeug endlich abhob, lehnte sie den Bordservice ab, schloss die Augen und schlief.

Am Flughafen Embakasi stellte sie fest, dass sie nicht mehr viel

Geld übrig hatte. Vor dem Terminal standen Taxis bereit, aber sie beschloss, den Bus zu nehmen. Der Fahrer und die Passagiere starrten sie neugierig an. Weiße *Memsahibs* fuhren nicht mit dem Bus, und schon gar nicht allein. Sie sprach Suaheli, als sie die Fahrkarte bezahlte, und freute sich, als sie mit einem anerkennenden Lächeln dafür belohnt wurde. Ein kleines *toto* setzte sich neben sie und sah ihr mit leuchtenden Augen ins Gesicht. Vorsichtig streckte der Junge den Arm aus und berührte sie, und sie nahm seine kleine Hand in ihre. Dann rückte sie ihre Sonnenbrille zurück und sah durch das Fenster in die gleißende Sonne. Der Bus rumpelte schwankend mit seiner Ladung von dicht aneinander gedrängten Menschen die Straße entlang. Mit jeder Station wurden es mehr.

Im Norfolk Hotel ging sie zur Rezeption und bat darum, ein vom Empfänger bezahltes Telefonat führen zu dürfen. Völlig erschöpft wartete sie in der kleinen getäfelten Telefonzelle, bis sie den durchdringenden Schnarrton am anderen Ende der Leitung hörte. Ihre Verzweiflung wuchs, als sich eine fremde Stimme meldete.

»Lars Olsen? Sind Sie das, Lars? Ich möchte Piet sprechen. Ist er da? Was sagen Sie?« Ihre Stimme klang nervös vor Ungeduld und Übermüdung. »Hier ist Hannah, seine Schwester. Können Sie ihn bitte holen? Es ist dringend.«

Die Sekunden schienen sich endlos hinzuziehen. Dann ertönte eine vertraute Stimme.

»Han? Wo bist du? Ma ist vor Sorge fast verrückt geworden. Wo zum Teufel steckst du?«

Hannah umklammerte den Telefonhörer. Zum ersten Mal wurde ihr bewusst, was sie getan hatte, und ihr Mut schwand. »Piet? Ich bin im Norfolk.« Sie begann zu schluchzen. »Kannst du kommen und mich abholen, Piet? Ich will nach Hause.«

Kapitel 8

London, Mai 1965

Nach ihrem zweiten Vorsprechen war Camilla sich sicher gewesen, dass sie im Herbst die Schauspielschule besuchen würde. Am Abend war sie mit Ricky Lane ausgegangen, um zu feiern, und sie konnte sich kaum daran erinnern, wie sie nach Hause gekommen war. Nach wiederholten Versuchen, den Schlüssel ins Schloss zu stecken, waren sie vor Lachen im Treppenhaus auf dem Boden gelandet. Dann hatte sie seine Annäherungsversuche abgewehrt und fest entschlossen die Tür von innen zugesperrt. Vollständig bekleidet hatte sie sich auf ihr Bett fallen lassen und zehn Stunden durchgeschlafen. Drei Tage später kam sie von einem langen Modeshooting zurück und fand den Brief. Sie las ihn zweimal und eine Woge der Verzweiflung schlug über ihr zusammen, als sie einsam auf ihrem Sofa saß. Tränen der Erniedrigung liefen ihr über das Gesicht. Gepeinigt von dieser Abweisung und dem Gedanken an ihre eigene Arroganz, schenkte sie sich einen Wodka mit Eis ein. Sie war so von sich überzeugt gewesen, und nun musste sie den Preis für ihren Hochmut bezahlen.

Sarah konnte sie nicht anrufen – davor hatte sie Angst. Das schwarze Telefon stand auf einem polierten Tischchen und schien sie anklagend anzublicken. Nach Ostern hatte sie einen förmlichen Dankesbrief aus Dublin erhalten. Seitdem hatten sie keinen Kontakt mehr miteinander gehabt. Weder Sarah noch Tim hatten ihre Reaktion auf Marinas Verhalten an diesem schrecklichen Abend verstanden. Camilla wusste, es war unverzeihlich, wie sie Piet behandelt hatte, und sie bedauerte die gedankenlosen Worte zutiefst, die sie in dem endlosen Kampf mit ihrer Mutter als Waffe eingesetzt hatte. Aber sie hatte das Gefühl, dass Sarah zumindest versucht hatte, sie zu verstehen. Jedes Mal, wenn sie an diesen Abend dachte, erinnerte Camilla sich an die blassen, mit Juwelen geschmückten Finger ihrer Mutter, die sich um den Hals des Schwarzen geschlungen hatten. Sie sah es noch deutlich vor sich, wie kraftvoll und besitzergreifend er sie in seinen Armen gehalten hatte, als sie mit ihrem langsamen, sinnlichen Tanz ihr Begehren und ihre Intimität zur Schau gestellt hatten. Sie konnte diese unbekümmerte Offenbarung nicht ertragen, und sie wusste, dass eine so öffentlich ausgelebte Affäre sehr unangenehme Konsequenzen für einen Diplomaten im Auswärtigen Amt haben konnte. Camilla machte sich Sorgen um ihren Vater und verachtete Marina dafür, dass sie keinerlei Wert auf Diskretion legte. Trotzdem hätte sie Piet nicht für ihre Rache benutzen dürfen. Jetzt musste sie den Preis für ihren Verrat und ihre Überheblichkeit bezahlen. Camilla würgte leicht, als der Wodka brennend durch ihre Kehle lief. Das Ablehnungsschreiben lag vor ihr. Sie zerknüllte es, glättete es wieder und zerriss es schließlich in kleine Fetzen. Dann warf sie ihre glänzende Bühnenkarriere in den Papierkorb und schenkte sich einen weiteren Drink ein.

Zwei Tage lang traf sie sich mit niemandem. Sie sagte ihre Fototermine ab und verärgerte ihren Agenten Tom Bartlett, indem sie ihren Telefonhörer neben den Apparat legte. Am ersten Nachmittag klingelte es an der Tür, aber sie blieb in ihrem Bett liegen und zog sich ein Kissen über den Kopf, um sich völlig von der Außenwelt abzuschließen. Nachdem es eine Ewigkeit geklingelt und geklopft hatte, hörte sie, wie sich Schritte auf der Treppe entfernten und unten auf der Straße eine Autotür zugeschlagen wurde. Am dritten Morgen kroch sie aus dem Bett, wankte in die Küche, durchwühlte den Schrank nach Kaffee und spülte eine schmutzige Tasse aus, die im Spülbecken lag. Der Pförtner hatte ihr die Post unter dem Türschlitz durchgeschoben. Camilla bückte sich und hob die

Briefe lustlos auf. Überrascht erkannte sie auf einem der Kuverts die ordentliche Handschrift ihres Vaters. Er schrieb, er habe versucht, sie anzurufen, aber offensichtlich sei etwas mit ihrem Telefon nicht in Ordnung. Er nahm an, sie sei auf einem Fotoshooting, und wollte etwas mit ihr besprechen. Sie schauderte bei dem Gedanken, dass sie ihm von der Ablehnung der Schauspielschule erzählen musste, legte den Brief zur Seite und zog sich eine Jeans und einen Pullover über.

Der Bus, in den sie aufs Geratewohl eingestiegen war, brachte sie in eine Gegend Londons, in der sie noch nie zuvor gewesen war. Ziellos lief sie unter dem wolkenverhangenen Himmel durch die Straßen. Zum ersten Mal in ihrem Leben hatte sie versagt und nicht bekommen, was sie sich leidenschaftlich gewünscht hatte. Jetzt sah sie sich gezwungen, ihren eigenen Wert und ihre wahren Fähigkeiten einzuschätzen. In den düsteren Straßen mit den zersplitterten Fensterscheiben und überquellenden Mülleimern sah sie müde, niedergeschlagene Gesichter, denen man ansah, dass frühere Träume im täglichen Kampf ums Überleben zerbrochen waren. Als sie sich neben eine zusammengesunkene alte Frau auf eine Parkbank setzte, wurde Camilla klar, dass ihre Eltern versucht hatten, sie zu beschützen. Selbst ihre Mutter hatte sich bemüht, ihr durch den Kokon, in den sie sich bewusst eingesponnen hatte, die Hand zu reichen und ihr eine gewisse Sicherheit zu vermitteln.

Camilla suchte eine öffentliche Telefonzelle und wählte die Nummer ihres Vaters. Der Klang von Georges Stimme hob zum ersten Mal ihre Stimmung, seit sie den Brief bekommen hatte. Sie verabredeten sich zum Abendessen in seinem Club.

Im Badezimmer versuchte sie, sich Worte zurechtzulegen, um zu erklären, wie sie so felsenfest an einen Aufnahmebescheid hatte glauben können. Niedergeschlagenheit und Scham spiegelten sich in ihren Augen wider, als sie sich schminkte. Resigniert hob sie die Schultern und gestand sich ein, dass sie einen Narren aus sich gemacht hatte und ihr nicht anderes übrig blieb, als es jetzt zuzugeben. Er würde es als Erster erfahren, und sie konnte zumindest die ersten Sätze ihres zerknirschten Geständnisses vor einem mitfühlenden Zuhörer üben.

»Es tut mir so Leid. Ich weiß, wie enttäuscht du jetzt sein musst.« George griff über den Tisch nach der Hand seiner Tochter. »Aber du kannst dich sicher noch an anderen Schauspielschulen bewerben. Ich glaube, dein größter Fehler war, dich auf die eine zu beschränken.«

Doch Camilla schüttelte den Kopf und starrte auf ihren Teller, um ihre ungeweinten Tränen zu verbergen. Sie war dankbar, dass er ihr nicht zu viele Fragen gestellt hatte oder sie für ihr unangebrachtes Selbstbewusstsein getadelt hatte.

»So etwas machen wir alle irgendwann einmal durch.« Er sah sie ernst an. »Ich fürchte, falls du immer noch eine Karriere als Schauspielerin anstrebst, musst du lernen, mit Zurückweisungen leben zu können. Was hat der Privatlehrer gesagt, von dem du mir erzählt hast? Der so sicher war, dass du aufgenommen wirst?«

»Ich habe ihn erfunden«, bekannte sie beschämt.

George nickte. »Das war dumm«, erklärte er. »Aber das spielt jetzt keine Rolle mehr. Ich kann dich einem meiner Freunde vorstellen, der in der Leitung des *Royal Court Theatre* sitzt. Ein sympathischer junger Mann mit vielen Kontakten, den du bestimmt mögen wirst. Wenn du dich nicht an einer anderen Schauspielschule bewerben möchtest, könntest du vielleicht mit einem Job hinter den Kulissen beginnen. Es gibt sehr viele hervorragende Schauspieler, die es auf diese Weise geschafft haben. Sie fangen mit kleinen Aufträgen und als Zweitbesetzung an, bis eine passende Rolle kommt. Und schon sind sie auf dem Weg nach oben.«

»Ich weiß nicht, Daddy. Im Moment bin ich nicht in der Lage, darüber nachzudenken. Aber ich habe einige gute Termine für Fotoshootings. Eigentlich so viele, wie ich mir wünschen könnte. Glücklicherweise habe ich einen der besten Agenten in London. Sein Name ist Tom Bartlett. Nächste Woche werde ich mit Ricky Lane Fotos in Schottland machen. Modeaufnahmen für das Magazin *Queen*. Mein Foto wird zum ersten Mal darin zu sehen sein – vielleicht sogar auf der Titelseite. Und ich habe Angebote, im Juni nach Paris und im Herbst nach New York zu gehen.« Camilla zog in gespielter Überraschung die Augenbrauen hoch. »Ich werde ziemlich berühmt sein, weißt du. Man wird mich in Restaurants erkennen und mir den besten Tisch zuweisen. Selbst jetzt sprechen mich schon wildfremde Leute auf der Straße an. Manchmal ist das richtig lästig.«

»Aber das ist nicht, was du eigentlich machen wolltest. Du solltest dich nicht verleiten lassen, wegen einer Absage deine Schauspielambitionen zu begraben.«

»Ich werde sie nicht begraben. Letztendlich werde ich es schaffen.«

»Es freut mich, das zu hören, Liebling. Lass dich nicht beirren, auch wenn es schwer wird. Ich werde sehr stolz auf dich sein. Welche Pläne hast du jetzt?«

»Ich hoffe, den August und Anfang September in Kenia verbringen zu können. Hannah, Sarah und ich haben uns das versprochen. Wir wollen dort unseren einundzwanzigsten Geburtstag feiern – und unsere seit kurzem entdeckte Weisheit.« Sie legte den Kopf zur Seite und lächelte ihren Vater traurig an. »Vorausgesetzt, dass sie mich überhaupt noch dabeihaben wollen.«

»Warum sollten sie das nicht, um Himmels willen?« George war überrascht.

Aber Camilla konnte ihm nicht erzählen, dass sie Marina und ihren schwarzen Liebhaber in einem der bekanntesten Nachtlokale Londons begegnet war, während er in Kenia weilte oder bis zur Erschöpfung in Whitehall gearbeitet hatte. Das Risiko, ihren Vater zu verletzen, war zu groß. Er war das einzige beständige Element in ihrem Leben, die Person, die sie liebte und der sie vertraute. Und sie konnte auch nicht gestehen, was sie als Folge davon Piet und Sarah angetan hatte. Sie schreckte vor der Erinnerung daran zurück und zwang sich, wieder an die Gegenwart zu denken.

»Was wolltest du mit mir besprechen?«, fragte sie.

»Es wird eine große Veränderung in meinem Leben geben«, erklärte George. Er zögerte, schenkte ihnen Wein nach und zündete sich eine Zigarre an. Dann folgte ein langes Schweigen, und Camilla wartete verstört. »Ich werde das Auswärtige Amt verlassen«, verkündete er schließlich.

»Was?« Camilla sah ihn ungläubig an. »Aber du liebst deinen Job, Daddy. Er ist dein Leben. Sicher werden sie dich bald zum Gouverneur oder Hochkommissar oder zu etwas Ähnlichem ernennen. Wieso, um alles in der Welt, willst du jetzt ausscheiden?« Er antwortete nicht sofort, und sie bemerkte, dass er versuchte, sich eine Antwort zurechtzulegen. »Nein, sag es mir nicht«, fuhr sie fort. »Es ist wegen Mutter. Da bin ich mir sicher. Sie hat dich dazu überredet. Es geht um Geld, nicht wahr?«

Sie starrte ihn unverwandt an. Ihre Augen forderten eine Antwort, und ihr Instinkt verriet ihr, dass sie Recht hatte. Er senkte den Blick, und sie sah wieder Marina in dem Nachtclub vor sich. Marina, die einen Skandal verursacht hatte, der ihn zum Rücktritt zwang. Doch sie wagte es nicht, weitere Fragen zu stellen, weil sie sich nicht sicher war, ob er von Winston Hayford wusste.

»Es hat nichts mit deiner Mutter zu tun.« George sah ihr jetzt wieder direkt in die Augen. »Ich habe einen interessanten Job auf dem privaten Sektor angenommen. Eine Tätigkeit mit mehr Handlungsspielraum.«

»Mehr Handlungsspielraum als beim Verändern der Welt? Das glaube ich dir nicht.«

»Es ist eine Herausforderung«, bekräftigte er. »Ich werde einen internationalen Fonds für Naturschutz und Umwelt leiten. Ich werde ich auf der ganzen Welt unterwegs sein. Aber in erster

Linie werde ich mich um Ostafrika kümmern, weil ich dort so viele Jahre verbracht habe. Diese neuen Regierungen haben nur wenig Geld für Nationalparks und Artenschutz zur Verfügung, und sie stecken in einer Krise. Vor allem in Kenia. Eine große Anzahl von Elefanten werden von Banditen abgeschlachtet, die über die somalische Grenze hereinkommen, und in anderen Gebieten sind es Elfenbeinjäger. Und der Bestand der Nashörner ist so stark gesunken, dass sie vom Aussterben bedroht sind, wenn nichts geschieht.«

»Aber solche Gelder verschwinden meist in den Taschen gieriger, korrupter Leute. Das hast du selbst oft gesagt.«

»Ich werde einen Fonds kontrollieren, der ordentlich verwaltet wird, wo die Gelder direkt an ein überwachtes Projekt gehen und nicht in der Kasse eines Landes verschwinden. Ich freue mich schon sehr darauf.« Er versuchte seiner Tochter ein Zeichen der Begeisterung zu entlocken, aber sie reagierte nicht. »Die Stiftung besitzt eine Wohnung in Nairobi, die ich benutzen kann, wenn ich mich dort aufhalte.«

»Dann werden du und Mutter endlich an verschiedenen Orten leben? Offiziell getrennt?« Jetzt, da dieser Moment offenbar gekommen war, verspürte Camilla eine eigenartige Furcht, während sie auf seine Antwort wartete. Es wäre eine logische Folgerung, und sie fragte sich, ob eine Scheidung nicht der wahre Grund für die Veränderung im Leben ihres Vaters war. Das würde das Ende ihrer kleinen Familie bedeuten, so unvollkommen sie auch sein mochte. Überrascht stellte sie fest, dass dieser Gedanke sie mit tiefer Traurigkeit erfüllte.

»Nein. Es wird sich nichts ändern.« George wich ihrem Blick aus.

Camilla seufzte. Sie würde nie begreifen, warum er bei ihrer Mutter blieb, warum sie sich nicht freundschaftlich einigen und dann ihre eigenen Wege gehen konnten. Zumindest einer von ihnen hätte dann eine Chance, glücklich zu werden. »Wann fängst du mit der neuen Arbeit an?«, fragte sie.

»In ein paar Monaten. Im Juli, genau gesagt.«
»Sicher hast du darüber schon eine Weile nachgedacht. Aber du hast kein Wort darüber verloren. Zumindest nicht mir gegenüber. Es kommt alles so plötzlich.« Mit einem Mal war sie verdrossen und verletzt, obwohl sie sich nicht erklären konnte, warum. »Wie viel Zeit wirst du in Kenia verbringen?«
»Ich hoffe, am Ende des Jahres wird es ungefähr die Hälfte meiner Zeit sein. Nächste Woche fliege ich nach Nairobi, um im Ministerium für Tourismus und mit den Leitern der Nationalparks Gespräche zu führen. Dann geht es zum gleichen Zweck weiter nach Tansania und Uganda. Und es gibt auch noch andere Projekte in Asien – Tiger und Pandas und Wälder, die abgeholzt werden, ohne dass man dabei an die wilden Tiere denkt.«
»Und wo wird sich Mutter in der Zwischenzeit aufhalten? Bestimmt hat sie nicht vor, dich durch die Dschungelgebiete dieser Welt zu begleiten.«
»Hin und wieder wird sie vielleicht mitkommen.«
»Du weißt genau, dass sie das nicht tun wird.«
»Ich nehme an, sie wird den Großteil ihrer Zeit in London verbringen. Sie sucht nach einem Haus auf dem Land. Etwas Kleines für die Wochenenden.«
»Das wusste ich! Das passt zu ihr. Jetzt bekommt sie alles, was sie haben wollte – eine Stadtwohnung und ein Landhaus, um dort die Wochenenden mit ihren Freunden aus London zu verbringen. Dank deines neuen Jobs kann sie ihre gesellschaftlichen Träume verwirklichen, und du musst dafür deinen Beruf aufgeben, der dir so am Herzen lag.«
»So einfach ist das Leben nicht, Camilla.«
»Für sie schon.«
Camilla war immer noch verbittert, als sie sich in Pall Mall verabschiedeten. Sie sah ihm nach, wie er davonging, die Schultern gekrümmt, um sich vor dem Wind zu schützen. Ihr war nicht danach, den Rest des Abends allein zu verbringen und über das seltsame Leben ihrer Eltern nachzudenken, also nahm

sie sich ein Taxi und fuhr zu Rick Lanes Studio. Es war schon spät, aber sie war sicher, ihn dort anzutreffen.

»Wo zum Teufel hast du gesteckt, Schätzchen? Wenn du noch einmal aus heiterem Himmel ein Shooting sausen lässt, ohne mir Bescheid zu sagen, suche ich mir ein anderes Talent. Davon gibt es jede Menge.« Er zündete sich eine Zigarette an. »Du siehst schrecklich aus.«

»Ich hatte eine schlechte Woche.«

»Den Leuten bei Mary Quant oder beim *Tatler* ist es scheißegal, wie die Woche für dich war. Und mir auch. Ich will nur meinen Lebensunterhalt verdienen.«

»Es tut mir Leid.«

»Ja, klar. Ihr feinen Pinkel seid doch alle gleich. Du scherst dich einen Dreck um andere. Du glaubst, du kannst dich mit den Beziehungen deiner vornehmen Familie immer wieder aus der Affäre ziehen, wenn du versackt bist und am nächsten Morgen nicht aus dem Bett kommst. Ihr seid furchtbar verzogen, alle miteinander.«

»So bin ich nicht, Ricky.«

»Wie bist du dann?« Er schlenderte auf sie zu, warf seine Zigarette weg und riss sie in seine Arme. »Komm schon, Schätzchen, zeig mir, wie du wirklich bist.«

Seine Lippen waren erstaunlich weich, als er sie küsste, und sie atmete den Geruch seines Atems nach Tabak und Whisky ein. Als sie spürte, wie er seine Hände auf ihrem Rücken unter dem T-Shirt nach oben wandern ließ und dann nach ihren Brüsten griff, stieß sie ihn von sich.

»Lass mich los, du Idiot!« Sie lachte mit leicht zittriger Stimme. »Das haben wir doch schon geklärt. Einige Fotografen mögen sich wohl mit allen ihren Modellen vergnügen, aber das ist nichts für mich. Weder mit dir noch mit irgendeinem anderen.«

»Zumindest wenn es kein Lord oder Bankier oder so etwas ist.«

»Oh, komm schon, Ricky! Versuch mir bloß nicht zu erzählen, dass das eine Frage von Klassenzugehörigkeit ist. Du weißt, dass ich nicht so denke.«
»Ich frage mich manchmal, ob du überhaupt denkst, in diesem Gefrierschrank, den du deinen Kopf nennst.«
»Du bist Fotograf und kein Psychologe«, erwiderte sie und zauste sein Haar. »Wann fahren wir nach Schottland? Da es dort wahrscheinlich kalt und nass ist, solltest du Gummistiefel und eine Wachsjacke von Barbour mitnehmen, so wie diese feinen Pinkel, von denen du ständig sprichst. Und wenn du dich nicht anständig benimmst, jage ich dir ein paar Schrotkugeln in den Hintern. Ich habe in Schottland schon geschossen – und zwar nicht mit einer Kamera. Los, komm – lass uns was trinken und tanzen gehen.«

Im Moor war es kalt und regnerisch. Ricky ärgerte sich über das Wetter und das Licht. Camilla tröstete sich mit riesigen Portionen Porridge und Rahm zum Frühstück. Nach dem ersten katastrophalen Tag in der Moorlandschaft ließ sie sich an der Hotelbar nieder und bestellte zwei Whisky für sie beide.
»Schau«, begann sie. »Ich weiß, dass das Licht schlecht ist. Und wahrscheinlich wird es während unseres gesamten Aufenthalts regnen. Warum nützen wir das nicht zu unserem Vorteil und machen etwas Besonderes daraus?«
»Sehr witzig«, meinte Ricky und kippte seinen Drink in einem Schluck hinunter. »Wie stellst du dir das vor, Schätzchen? Sollen wir die ganze verdammte Fotoserie unter einem Regenschirm schießen, oder was?«
»Ja«, antwortete sie. »So etwas in der Art. Ich könnte zum Beispiel einige der Pullover nass machen, sodass sie mir am Körper kleben und man sehen kann, dass ich nichts darunter trage. Die Wolle wird meine Körperformen zeigen, sogar die Brustwarzen. Ein dicker Pullover wird plötzlich Sex ausstrahlen. Die Farben sind leuchtend und werden sich großartig gegen

den grauen Himmel und die weiten nebligen Felder ausnehmen. Ich kann mir viel Öl ins Haar schmieren und es glatt an mein Gesicht pressen, dann wird es aussehen, als hätte ich stundenlang im Regen gestanden und auf jemanden gewartet, der nie erscheinen wird. Wir schminken meine Augen mit viel Kajal und lassen vielleicht sogar ein paar Spuren davon über meine Wangen rinnen. Die Wimpern müssen stark getuscht werden, und die Lippen hell und glänzend geschminkt. In dem fahlen Licht wird das brillant aussehen. Ein verlassenes Mädchen, verloren im Regen. Vielleicht sogar barfuß. Die Kleider werden eine komplette Geschichte erzählen.«
»Du wirst dich erkälten und dir den Tod holen«, sagte Ricky, aber dann lachte er wie ein Irrer und rieb sich die Hände. »Das ist verdammt genial. Jawohl, das ist es.«
»Nur gut, dass einer von uns beiden Verstand besitzt. Richte dich schon darauf ein, meine Arztrechnungen zu bezahlen«, meinte Camilla. »Und bis dahin kannst du mir noch einen Drink spendieren.«

Auf der Rückfahrt nach London war Camilla müde und fest davon überzeugt, nie wieder die Feuchtigkeit loszuwerden, die sie bis auf die Knochen durchdrungen hatte. Sie hatte im Regen posiert, barfuß und fröstelnd auf weiten Feldern, auf dem Rücken eines Pferdes und an einer Bushaltestelle, mit den farbenfrohen Kleidungsstücken, die nun gewagt wirkten. Als Ricky sie vor ihrer Wohnung abgesetzt hatte, lief sie die Treppe hinauf und freute sich auf heißes Bad. Überrascht entdeckte sie eine Nachricht von Anthony Chapman in ihrer Post und rief ihn sofort an.
»Was, um alles in der Welt, tust du hier?«, fragte sie.
»Eine große Verkaufsreise. Während der letzten achtundvierzig Stunden habe ich dich pausenlos angerufen. Wo warst du, Camilla? Ich fliege in drei Tagen weiter nach New York. Möchtest du heute Abend zu meinem Diavortrag kommen? Einer

meiner Kunden veranstaltet am Cadogan Square einen Abend für ein paar Leute, die eventuell an einer Safari interessiert sind. Du könntest mir helfen, sie zu überreden.«

Überrascht stellte sie fest, dass sie sich danach sehnte, ihn zu treffen. In Nairobi hatte er sie zu Wohltätigkeitsveranstaltungen und Rugbyspielen mitgenommen, und sie hatte ihm beim Polo zugesehen oder mit ihm im Muthaiga Club Tennis gespielt. Zwischen den Safaris waren sie gelegentlich miteinander zum Abendessen gegangen, und er hatte sie einige Male geküsst. Weitere Annäherungsversuche hatte sie jedoch unterbunden. Ihre Zukunft lag in London, und hier gab es keinen Platz für den Jäger und Safariführer Anthony Chapman. Jetzt überfiel sie Heimweh nach dem Geräusch des ersten Regens, der auf versengte Erde prasselte, nach dem Kampf zwischen Mensch und Natur, der majestätischen Schönheit der endlosen Steppe, dem glitzernden Schnee auf den Berggipfeln und dem schimmernden blauen Ozean. In dem eleganten Londoner Salon stellte sie erfreut fest, dass die Gastgeber und deren Gäste sie erkannten und Anthony für die Wahl seiner Begleitung bewunderten. Während seine Dias auf der Leinwand aufleuchteten, saß sie ein wenig abseits und ließ sich von der Kraft Afrikas mitreißen. Während des Abendessens genoss sie die Gespräche mit seinen potenziellen Kunden. Einige waren bereits mit ihm auf Reisen gewesen, während andere noch über eine erste Safari nachdachten. Camilla ließ ihren Charme spielen und setzte ihre Überzeugungskraft ein, um ihm zu helfen, seine Vision des Landes zu vermitteln, das er liebte.

»Gute Arbeit«, flüsterte er ihr zu, als der Abend zu Ende ging. »Gemeinsam haben wir sie wirklich in Stimmung gebracht. Zwei der Pärchen werden sich ganz sicher anmelden. Wie wäre es morgen mit einem gemeinsamen Abendessen?«

Als sie am nächsten Morgen aufwachte, schien die Welt sich verändert zu haben. Der Tag zog sich endlos hin, und sie vertrieb sich die letzten Stunden damit, sich besonders hübsch zu machen. Anthony kam früh und brachte ihr einen Blumenstrauß und Schokolade von Fortnum & Mason. Er konnte seine Bewunderung für ihr umwerfendes Aussehen nicht verbergen. Sein Anzug wirkte ziemlich altmodisch. Seine Schuhe waren poliert, aber etwas abgewetzt, als wäre er schon zu oft damit durch den Busch gewandert. In dem gut besuchten Restaurant, das Camilla ausgesucht hatte, wirkte er ein wenig deplatziert, aber es amüsierte ihn, dass sie von allen erkannt wurde. Erfreut stellte sie fest, dass er keineswegs befangen war und sich in dieser eleganten Umgebung durchaus wohl zu fühlen schien.

»Ich nehme nicht an, dass du in naher Zukunft nach Kenia zurückkehren wirst, jetzt da du in die Hallen des Ruhmes eingezogen bist. Genau, wie du es vorhergesagt hast.« Als sie protestierte, erscheinen Lachfältchen um seine Augen. »Doch das überrascht mich nicht. Du bist wie geboren für diesen Zirkus. Aber vielleicht brauchst du eines Tages eine Pause und sehnst dich danach, ein paar Wochen im *bundu* zu verbringen.«

»Ich habe keine Ahnung, warum alle zu wissen glauben, wie ich mich fühle oder was ich vorhabe«, gab sie zurück. »Tatsächlich plane ich, den August in Kenia zu verbringen. Ich werde mich mit Sarah und hoffentlich auch mit Hannah treffen, um unsere Volljährigkeit zu feiern. Das haben wir uns in jener Nacht am Strand von Watamu versprochen. Erinnerst du dich noch daran?«

»Ich erinnere mich an den Strand, aber den Rest des Abends habe ich verdrängt, weil du mir da, wie schon so oft, eine Abfuhr erteilt hast.« Er grinste sie an. »Wird dieses Wiedersehen stattfinden? Bin ich eingeladen?«

»Wahrscheinlich und möglicherweise, in dieser Reihenfolge. Wir werden auch Langani besuchen, um uns die Anfänge von Piets Wildpark und seiner Lodge anzuschauen. Wie ich annehme, wird das auch deine Lodge sein. Als er an Ostern hier war, hat er so etwas erwähnt. Hat er bereits mit dem Bau begonnen?«

»Er ist gerade dabei. Bis zum Juli ist er sicher schon weit damit gekommen, und es wird dir gefallen. Er hat diesen unglaublich begabten Architekten aufgetrieben. Einen Polen namens Szustak, der säuft wie ein Loch und in seiner Freizeit zweideutige Gedichte schreibt. Aber er ist ein hervorragender Designer. Die Lodge unterscheidet sich von allen bisherigen Safariunterkünften. Natürlich ist es viel kleiner, und was es einzigartig macht, ist die Verwendung der hiesigen Materialien. Die Gebäude werden in einen Felsvorsprung eingebaut, wobei die Felsen einen Teil der Wände bilden. Von dort hat man einen großartigen Blick über die Steppe bis zu den Bergen. Piet errichtet eine Wasserstelle, die nicht versiegt, und eine Salzlecke, um Elefanten, Büffel und sogar Nashörner anzulocken. Etwas Vergleichbares gibt es nicht. Piet ist ein großartiger Kerl, und er baut dort oben etwas Außergewöhnliches auf.«

»Das ist ja ein richtiger Lobgesang.«

»Den hat er auch verdient. Ich bin stolz, mitmachen zu dürfen. Und ich glaube, dass dieses Projekt andere Landbesitzer dazu anregen wird, ihren Teil zum Naturschutz beizutragen.«

»Mein Vater sucht sich ein anderes Berufsfeld«, erzählte Camilla. »Er ist einem Fonds beigetreten, der Geld für Nationalparks und den Umweltschutz bereitstellt. Ich nehme an, er wird sich häufig in Kenia aufhalten.«

»Ja, das habe ich schon gehört«, erwiderte Anthony. »Die Umweltschützer in Nairobi sind optimistisch. Die Organisation verfügt über eine Menge Geld, und er kennt das Land bereits sehr gut. Heutzutage gibt es in Kenia unzählige Neuankömmlinge mit vielen Ideen, und obwohl sie es alle gut meinen, haben sie keine Ahnung, wie sie mit den Problemen in diesem Land umgehen sollen. Wir brauchen erfahrene Kräfte wie George. Was ist mit deiner Mutter?«

»Sie fährt ab und zu auf Besuch hin, aber im Großen und

Ganzen ist sie glücklich, hier zu leben. Ich hingegen kann es kaum erwarten zurückzukehren.« Sie sah ihn über den Tisch hinweg an und genoss seine Natürlichkeit und die offene, ungekünstelte Art, wie sie sich miteinander unterhalten konnten. Es gab keine Hintergedanken und kein Bedürfnis, den anderen zu beeindrucken oder ihm etwas vorzumachen. »Vielleicht könntest du nach Langani kommen, wenn wir alle dort sind«, schlug sie vor. »Du könntest dich mit Piet treffen und uns die Lodge zeigen – schließlich ist es ja auch dein Projekt.«

Er nickte, offensichtlich angetan von der Idee. »Ende August habe ich zwischen zwei Safaris ein wenig Zeit. Wie wäre es mit ein paar Tagen Camping?«

»Wir alle? So wie wir uns das in jener Nacht am Strand von Watamu ausgemalt haben?« Bewusst lenkte sie das Gespräch in diese Richtung, um die anderen in seine Einladung miteinzubeziehen.

»Warum nicht?« Er sah keine Möglichkeit, seine eigentliche Absicht weiterzuverfolgen. »Ich könnte uns ein Camp organisieren, vielleicht im Norden. Piet kann sich vielleicht auch freimachen. Ich würde für die Zelte und das Personal sorgen, und wir könnten alle zusammenlegen, um Verpflegung und Benzin zu kaufen. Was hältst du davon?«

»Ich schlage vor, dass wir jetzt tanzen gehen. Dann werde ich zwei Monate lang wie eine Verrückte arbeiten, und anschließend können wir alle gemeinsam zum Zelten gehen.«

In dem überfüllten Nachtclub wurde ihnen sofort ein Tisch zugewiesen. Camilla saß in dem schummerigen Licht an seiner Seite, unterhielt sich angeregt mit ihm und gestand, wie enttäuscht sie über die Absage von der Schauspielschule war.

»Wie ich sehe, bist du berühmt und erfolgreich, aber um dein Leben wirklich genießen zu können, bräuchtest du einen Beruf, der dir am Herzen liegt.« Er griff nach ihrer Hand. »Wenn diese Karriere als Fotomodell nur die zweite Wahl für dich ist, dann musst du den Weg wiederfinden, den du von Anfang an beschreiten wolltest. Ich kann mir nicht vorstellen, Kompromisse zu machen. Ich muss einfach im Busch sein, Leute auf Safaris begleiten, mit meinen *watu* am Feuer sitzen und meinen Teil dazu beitragen, die Natur in Ostafrika zu schützen.«

»Da kannst du dich glücklich schätzen.« Ihre Stimme klang traurig. »Wahrscheinlich werde ich im Herbst versuchen, einer Schauspieltruppe beizutreten, und am Anfang hinter der Bühne arbeiten, um auf diese Weise meinen Weg zu machen. Daddy kennt jemanden, der mir vielleicht eine Chance geben wird. Oder ich werde mich nächstes Jahr noch einmal an der Schauspielschule bewerben.«

»Bist du glücklich, Camilla?«

»Was um alles in der Welt bedeutet das?« Sie versuchte die Frage lachend abzutun, doch sie hatte sie aus der Fassung gebracht. Beim Druck seiner Hand fuhren leichte Schauer durch ihren Körper, und sie sah hastig beiseite.

»Wenn du darauf keine klare Antwort geben kannst, solltest du dir dein Leben vielleicht noch einmal genauer anschauen«, meinte er. »Dich entscheiden, was du wirklich willst, und darangehen, es zu erreichen. Und jetzt führ mich auf die Tanzfläche, damit ich dieses gewaltige Abendessen abarbeiten kann.«

Camilla schmiegte sich mit einem gewissen Zugehörigkeitsgefühl in seine Arme. Er führte sie mit festem und doch leichtem Griff. Sie tanzten, ohne miteinander zu sprechen. Im Taxi legte er den Arm um sie, und sie lehnte sich mit geschlossenen Augen an ihn. Als sie ihre Wohnungstür erreichten, drehte er ohne Zögern den Schlüssel im Schloss um und führte Camilla ins Schlafzimmer.

»Ich weiß nicht, Anthony«, flüsterte sie. »Ich habe nicht damit gerechnet, dass …«

»Wir haben beide daran gedacht, solange ich mich zurückerinnern kann«, erwiderte er. Er küsste sie vorsichtig und wartete, bis sie ihre Lippen öffnete. Seufzend legte sie sich aufs Bett, während er sie langsam auszog. Er murmelte etwas in ihr Ohr und lachte kurz auf, als er ihr die langen Stiefel von den Beinen zog. Dann ließ er die Hände über ihre Oberschenkel gleiten und lauschte ihren leisen Lauten. Als er sich aufrichtete, um seine Gürtelschnalle und seine Hose zu öffnen, setzte sie sich auf und schob ihn sanft von sich.

»Ich muss dir etwas sagen«, begann sie.

»Du musst mir nicht alles sagen. Ich will dich, Camilla, und du weißt, dass dies der richtige Moment für uns ist.« Er zog sie wieder an sich und stöhnte vor Begehren auf. »Du weißt, dass wir beide es wollen. Wir müssen keine Spielchen spielen.«

»Nein. Warte, Anthony.«

Überrascht sah er sie an, als er spürte, dass irgendetwas zwischen ihnen lag. Er begriff nicht, welches Geheimnis sie ihm anzuvertrauen versuchte. Dann schob er seine Hände unter ihren Körper und zog sie an sich, wobei er sie immer wieder küsste. Voll Verlangen verstärkte er den Druck, hielt jedoch inne, als er ihren Widerstand spürte und sie einen leisen Schmerzensschrei ausstieß.

»Was ist los?«, fragte er, lehnte sich ein Stück zurück und streichelte ihr Gesicht. »Tue ich dir weh?«

Sie schüttelte den Kopf, zog ihn ohne Hemmungen zu sich herunter und bewegte sich unter ihm, bis ein heftiges, erhebendes Gefühl der Glückseligkeit sie überwältigte. Danach streckten sie sich auf dem Bett aus, und er küsste sie wieder. Zärtlich berührte er ihre feuchten Brüste und ließ seine Hände zu dem geheimnisvollen Körperteil wandern, das er soeben entdeckt hatte.

»Camilla, habe ich dich verletzt?« Er stützte sich auf den Ellbogen, betrachtete seine Finger und sah ihr ungläubig ins Gesicht. »O Gott, Camilla, war das …?«

»Ich habe versucht, es dir zu sagen, aber ich wusste nicht, wie ich es ausdrücken sollte. Ich dachte, du würdest mich vielleicht auslachen. All diese grässlichen Witze über Jungfrauen …«

»Meine Güte, komm her. Komm in meine Arme und lass mich dich ganz langsam küssen und dir sagen, wie wunderschön du bist.«
Er hielt sie fest an sich gedrückt, verwundert über das Gefühl der Demut und Zärtlichkeit, das er empfand. Camilla hob ihm ihr strahlendes Gesicht entgegen. Der Mond schien sein Licht auf die traurigen Stellen ihrer Seele zu werfen und sie von allem zu befreien, was sie in der Vergangenheit verletzt hatte. Anthony führte sie zärtlich in das Badezimmer und füllte die Wanne. Eng an sie geschmiegt, streichelte er sie, flüsterte ihr ins Ohr und küsste ihr das Gesicht und die Hände. Dann stieg er gemeinsam mit ihr in das dampfende Wasser. Träumerisch legte sie sich zurück und genoss schweigend, wie er sie mit einem Schwamm wusch, danach abtrocknete und in einen flauschigen Bademantel gehüllt zurück ins Schlafzimmer trug. Dann schlief sie ein, den Kopf an seine Schulter gelehnt. Als sie beim Morgengrauen erwachte, war er immer noch an ihrer Seite. Sie betrachtete sein Gesicht im Schlaf, sonnengebräunt und bereits von feinen Fältchen durchzogen. Seine Wimpern erschienen ihr unglaublich lang, und sie bewunderte die rötlichen Lichtreflexe in seinem Haar und seinen sehnigen, attraktiven Körper. Sie beugte sich über ihn, blies ihm sanft ins Ohr, legte ihre Hand auf seinen Bauch und streichelte ihn, bis er erwachte und sie noch einmal liebte.
Der Morgen war warm und sonnig. Gemeinsam schlenderten sie durch die Stadt, fuhren mit einem Ruderboot auf dem Serpentine-See, legten sich im Hyde Park ins Gras und hielten einander in den Armen, während hoch über ihnen die Wolken an dem blauen Himmel vorüberzogen. Am Abend kauften sie im Supermarkt an der Ecke ein paar Sachen für ein einfaches Abendessen ein, liefen lachend die Treppe hinauf und schlossen die Tür hinter sich, um die Außenwelt auszusperren. Sie aßen langsam und nippten an ihrem Wein. Er beobachtete jede ihrer Bewegungen und nahm voll Freude wahr, wie ihr Ge-

sicht aufleuchtete und sie die Hand nach ihm ausstreckte, als sie sich im Kerzenlicht zulächelten. Im Schlafzimmer zog er sie zärtlich aus, legte sich zu ihr aufs Bett und betrachtete ihren Körper, der im Mondlicht hell schimmerte. Als sie sich dieses Mal liebten, waren ihre Sinne noch geschärfter, und sie erforschten neue Stellen aneinander, bis sie zufrieden und erschöpft waren. Dann hielt er sie fest und sicher in seinen Armen, und sie betrachteten den Mond und die unzähligen Sterne an dem rechteckigen Stück Himmel, das sie durch das Fenster sehen konnten.

Nachdem er am nächsten Morgen gegangen war, saß sie auf dem Sofa und wagte kaum zu atmen. Sie war sich bewusst, dass sie niemals etwas Wertvolleres oder Außergewöhnlicheres als das spüren oder erleben würde und dass ihr das niemand mehr nehmen konnte. In einigen Wochen würde sie ihn in Nairobi wiedersehen. Es kam ihr wie eine Ewigkeit vor. Sie schwebte in das Wohnzimmer, berührte sein leeres Glas und setzte sich für einen Moment, um das Kissen an sich zu drücken, gegen das er sich noch vor kurzem gelehnt hatte. Im Gang warf sie einen Blick in den Spiegel und bemerkte, dass ihr Gesicht ungewohnt sanft wirkte und ihre Augen vor purer Freude strahlten. Dann nahm sie den Telefonhörer in die Hand, um Sarah zu erzählen, dass ein Wunder geschehen war und nichts mehr so sein würde, wie es einmal war.

Sarah war jedoch kurz angebunden, und Camilla hatte das Gefühl, dass die Erinnerung an Ostern in dem Nachtclub ihre Freundschaft wohl für immer belasten würde. Doch dann stellte sich heraus, dass es Raphael gesundheitlich sehr schlecht ging. Camilla hatte also keine Gelegenheit, von den Ereignissen zu berichten, die sie vollkommen verwandelt hatten. Den Rest des Tages verbrachte sie zu Hause. Sie hatte keine Lust, sich ihre Alltagskleidung anzuziehen und das Kapitel ihrer intimen Begegnung zu schließen. Sie wollte das Nachklingen seiner Berührung auf ihrer Haut und die Intensität ihrer

Empfindungen noch länger spüren. Es war schon spät, als das Klingeln des Telefons den Zauber brach. Lustlos hob sie den Hörer ab.

»Liebling, möchtest du morgen mit mir essen gehen?« Marinas zarte Stimme klang ängstlich.

»Ich weiß nicht, Mutter. Am Nachmittag habe ich einen Termin und …«

»Wir können uns ja nur kurz treffen. Ich habe dich seit Wochen nicht gesehen, und es gibt aufregende Neuigkeiten. Gegen elf Uhr treffe ich mich mit jemandem. Vielleicht könntest du anschließend ins Mirabelle kommen. Gegen halb zwölf? Bitte, Camilla.«

Camilla empfand ein flaues Gefühl im Magen. Wen wollte Marina in der Harley Street treffen? Vielleicht ihren schwarzen Freund, den Doktor? Sie seufzte. »Und wer kommt sonst noch? Ich habe keine Lust auf eine Parade.«

»Nein, es geht nur um uns beide.«

Marina nippte bereits an einem Gin Tonic, als Camilla eintraf. Mit ihrer schlanken Hand winkte sie dem Kellner. »Du siehst wunderbar aus«, sagte sie zu ihrer Tochter. »Irgendwie ganz verändert. Was ist geschehen?«

»Lass uns bestellen, Mutter. Ich habe nicht viel Zeit.«

»Hast du in letzter Zeit mit deinem Vater gesprochen?«

Camilla schüttelte schweigend den Kopf und war nun auf der Hut.

»Sein neuer Beruf wird ihm großen Spaß machen. Die Aufgabe ist so vielfältig, und er muss sich nicht länger mit diesen alten Spießern vom Auswärtigen Amt und den selbstgefälligen Diplomaten herumplagen.«

»Ich dachte immer, dass er seinen alten Beruf geliebt hat.«

»Sie haben seine Arbeit nie richtig zu schätzen gewusst. Und das ist jetzt eine echte Herausforderung! Ich denke, unser Leben wird sich grundlegend verändern.« Marina lächelte sehnsüchtig. »Ich wollte dir erzählen, dass wir uns ein Häuschen auf dem Land gekauft haben. Es wäre schön, wenn du einmal zu Besuch kommen würdest.«

»Du ziehst von London weg?«

»Natürlich nicht, Liebes.« Marina schnippte ungeduldig mit den Fingern. »Aber ich wollte schon immer einen kleinen Zufluchtsort für die Wochenenden haben. Wenn hier alles zu hektisch wird. Das wundervolle Landhaus, das ich gefunden habe, liegt in Burford und stammt aus dem siebzehnten Jahrhundert. Es ist recht klein – nur zwei Schlafzimmer und ein winziger Garten. Es muss renoviert werden. Ich dachte, du möchtest vielleicht am Freitag kommen und es dir anschauen.«

»Nicht an diesem Wochenende. Ich fahre nach Deauville. Modeaufnahmen für einen französischen Designer. Sie wollen die Fotos am Strand und auf der Rennstrecke schießen.« Camilla sah, dass ihrer Mutter Tränen in die Augen schossen. »Oh, Mutter, bitte keine Szene.«

»Sei nicht so hart zu mir, Liebling. Ich bin nur ein wenig enttäuscht. Jetzt lass uns einen Blick auf die Speisekarte werfen, dann kannst du mir deine Neuigkeiten berichten. Ich hoffe, du isst genug.«

»Du hast selbst ein paar Pfund abgenommen.«

»Ja, aber ich tue auch etwas dafür«, erwiderte Marina. »Deine Arbeit fordert manchmal Dinge von dir, die nicht gut für deinen Körper sind. Bist du sicher, dass du mit dieser Modellkarriere weitermachen möchtest?«

Camilla sah überrascht auf. Sie war an Marinas Umwege gewöhnt und hatte keinen Zweifel daran, dass hinter der Bemerkung ihrer Mutter etwas anderes steckte. Aber sie konnte nicht erraten, um was es sich handelte.

»Ich bin zufrieden mit meiner Arbeit, Mutter. Da ich den Sommer in Kenia verbringen will, möchte ich vorher nichts Neues beginnen.«

Zu Camillas Überraschung erhob ihre Mutter keinen Einwand

dagegen. Marina nickte nur und lenkte das Gespräch dann auf die Renovierung des Landhauses und auf einen weiteren Wohltätigkeitsball, den sie gerade organisierte.

»Möchtest du mit uns auf den Ball kommen?«, fragte sie. »Dein Vater würde sich sehr darüber freuen, weißt du. Und ich mich auch. Du kannst auch einen Gast mitbringen, wenn du möchtest. Vielleicht gibt es da ja einen geheimnisvollen Unbekannten, der für dein blendendes Aussehen verantwortlich ist.«

»Vielleicht ist es einer meiner Straßenverkäufer mit Cockney-Akzent, Mutter.« Camilla lächelte. »Es könnte dir peinlich sein, wenn ich mit so jemandem auf dem Ball auftauchen würde.«

»Oh, Liebling.« Marina stieß ein kurzes, atemloses Lachen aus. »Ich werde dir zwei Karten reservieren lassen.«

Sie tranken ihren Kaffee aus, und Camilla bemerkte, dass die Hände ihrer Mutter leicht zitterten, als sie die Tasse abstellte. Zu viele Cocktails gestern Abend, dachte sie. Aber sie ist sehr friedlich heute. Beinahe liebenswert. Sie seufzte. Das würde nicht lange anhalten.

»Kommst du noch mit mir in die Wohnung?« Marina zögerte das Ende ihrer Verabredung hinaus. »Ich möchte dir ein paar Fotos von dem Landhaus zeigen. Es ist wirklich bezaubernd.«

»Ich fahre von hier aus direkt zu Tom Bartletts Büro.« Camilla sah auf ihre Armbanduhr. »Tatsächlich bin ich schon ein wenig spät dran.«

»Natürlich. Wie dumm von mir. Daran habe ich nicht mehr gedacht. Der Portier kann uns sicher zwei Taxis besorgen. Ich bin plötzlich sehr müde. Aus irgendeinem Grund fühle ich mich nicht ganz sicher auf den Beinen. Ich hatte viel zu tun diese Woche, und nicht alles ist so gelaufen, wie ich gehofft hatte. Du siehst heute außergewöhnlich hübsch aus, Liebling, das muss ich wirklich sagen.«

Marina bezahlte die Rechnung und stand auf. Als sie die Hand ihrer Tochter ergriff, hing etwas Unausgesprochenes zwischen ihnen in der Luft. Camilla unterdrückte das Bedürfnis, Anthonys Besuch zu erwähnen, seinen Namen laut auszusprechen. Ihre Mutter würde ihre Beziehung mit einem Cowboy aus Kenia nicht gutheißen.

»Das müssen wir öfter machen, Liebes«, meinte Marina, als ihr Taxi vorfuhr. »Ich hoffe, dass ich dich hin und wieder zu Gesicht bekomme. Ich weiß, dass du jetzt sehr beschäftigt bist, aber vielleicht können wir uns noch einmal zu einem Mittagessen treffen, bevor du nach Kenia reist. Oder zum Abendessen. Oder zu einem Drink in der Wohnung. Was du möchtest. Du bedeutest mir sehr viel, das sollst du wissen.«

Das Taxi fuhr davon, und Camilla blieb allein auf der Straße zurück, umgeben von einem Hauch des Dufts ihrer Mutter und erfüllt von einer gewissen Beunruhigung. Sie hatte an Marina etwas wahrgenommen, das sie nicht benennen konnte. War es Angst? Einen Moment lang wünschte sie, sie hätte ihr doch von Anthony erzählt, aber jetzt war es zu spät. Sie sah ihre Mutter nicht wieder, bevor sie in das Flugzeug nach Nairobi stieg.

Kapitel 9

Dublin, Mai 1965

Sarah schloss die Wohnungstür hinter sich und zog sich ihren Wollhut tief ins Gesicht, um sich vor den heftigen Windböen zu schützen, als sie sich auf den Weg zur Hauptstraße machte. Sie hatte beschlossen, ins College zu fahren, um zu sehen, ob eine der Dunkelkammern frei war. Wenn der Bus bald kam, hatte sie gute zwei Stunden Zeit, um die Bilder zu vergrößern. Seit Tagen goss es ununterbrochen in Strömen. Wenn Autos vorbeifuhren, spritzte Wasser auf den Gehsteig. Es klatschte gegen ihre Stiefel, und sie spürte, wie die Nässe ihren ganzen Körper durchdrang. Der Wind bahnte sich unbarmherzig seinen Weg unter den Kragen ihres Mantels, und das Regenwasser rann ihr in den Nacken und über das Gesicht, ganz gleich, in welche Richtung sie sich drehte. Sie hatte diese ständige Düsternis satt. Wie anders war der Monsun in Kenia, wenn sich einige Stunden lang Wasser wie aus Schleusen auf die ausgetrocknete Erde ergoss, um dann mit einem Mal zu versiegen, und schimmernder Dampf in die warme Luft aufstieg. Wenn es in Mombasa regnete, liefen die Kinder nach draußen, kreischten vor Vergnügen und bespritzten einander in den sich bildenden Pfützen. Streunende Hunden leckten das schlammige Wasser auf, und in der Luft hing der schwere Geruch nach durstigem Lehm, der das Wasser aufsaugte und die Hoffnung auf keimendes Grün weckte. Hier pressten sich die Menschen in Hauseingänge oder drängelten sich unter einem Meer von Regenschirmen aneinander vorbei, jeder von ihnen vertieft in die eigene Trübsal, gefangen in dem unaufhörlichen Nieseln, das wie ein Vorhang aus tief hängenden Wolken fiel, wenn der Regen etwas nachließ. Sie würde sich nie an dieses Land gewöhnen können. Jetzt im Mai sollte der Frühling allmählich in den Sommer übergehen, um Himmels willen! Der Bus bremste mit quietschenden Bremsen vor ihr, als sie in letzter Minute den Arm hob, um ihn aufzuhalten.

Sie stand im Gang, eingeklemmt zwischen den dampfenden, aneinander gedrängten Körpern in dicken Mänteln, während das Regenwasser von den zusammengefalteten Schirmen auf den Boden tropfte und dort Pfützen bildete. Feuchtes Haar, feuchte Wolle, feuchtes Leder, der Geruch nach nassen Füßen und abgestandenem Schweiß – das alles bereitete ihr Beklemmung. So musste sich Vieh auf dem Weg zum Schlachthof fühlen, dachte sie. Geduldig und ergeben, während es holpernd und ruckelnd in sein Verderben fuhr. Wäre nur irgendwo in der Ferne ein Streifen blauen Himmels zu sehen gewesen! Sie sehnte sich danach, dass der Sommer begann und ihre Vorlesungen, Seminare und Examen und das Gedränge in der Bibliothek endeten. Dann würde sie alles hinter sich lassen und das Licht des Tagesanbruchs in Afrika genießen, den Singsang der Kinder auf dem Weg zur Schule, das Geräusch des Winds in den Palmen und das Tosen der Brandung am Riff. Sie würde frei sein, in ihrem Dingi über die Lagune flitzen, das Segel halten und Raphael etwas zurufen, während sie ein Wettrennen zum Kanal veranstalteten. Oder sie würde auf Safari gehen, in den *bundu* fahren, mit dem durchdringenden Geruch der Akazien und dem roten Staub der Erde in der Nase.

Sie trat von einem Fuß auf den anderen, um in dem schwankenden Bus das Gleichgewicht zu halten, und fragte sich wieder einmal, ob sie sich in Irland jemals wohl fühlen würde. Als ihre Eltern auf Urlaub hier gewesen waren, hatten sie davon gesprochen, wieder »nach Hause« zurückzukehren. Aber ihr Zuhause und ihre wahren Freunde waren in Afrika. Ihre Stimmung sank noch mehr, als sie an das katastrophale Wiedersehen in London dachte. Seitdem hatte sie Camilla nur einmal geschrieben und sich sehr förmlich für ihre Gastfreundschaft bedankt. Wenn sie an die Szene in diesem Nachtclub dachte, stieg immer noch Groll in ihr auf. Sie konnte Piets Gesicht vor sich sehen, zuerst verwirrt und dann strahlend vor Hoffnung, als er Camillas Hand ergriffen hatte und es kaum fassen konnte. Und dann der Ausdruck in seinen Augen, als er die Wahrheit begriff. Er hatte sein Innerstes bloßgelegt, ohne etwas zu verbergen, ohne sich selbst zu schützen. Dieser Idiot! Hatte er nicht vorhersehen können, was sie vorhatte? Sie alle waren Schachfiguren in einem grausamen Spiel gewesen! Vielleicht war das alles, was sie je in ihnen gesehen hatte. Und sie hatte Piet mit einer Gefühllosigkeit abgefertigt, die unfassbar erschienen wäre, hätte man nicht gewusst, dass sie die Tochter ihrer Mutter war.

Danach hatte Sarah Hannah geschrieben, allerdings das Vorkommnis in dem Nachtclub nicht erwähnt. Wieder ein unangenehmes Ereignis, das mit den Broughton-Smiths zu tun hatte. Und dieses Mal war es ihre gemeinsame Blutsschwester gewesen, die ihnen Leid zugefügt hatte. Hannah hatte sofort geantwortet und sie wissen lassen, wie sehr sie Sarah um ihr Leben in Irland beneidete. Sie hatte Lotties Bemühungen erwähnt, Geld für ein Studium an der Universität zusammenzubekommen. Doch es war klar, dass Hannah so schnell wie möglich ihre Ausbildung an der Wirtschaftsschule beenden und dann nach Langani zurückkehren wollte. Die hastig hingekritzelten Worte verrieten wenig über ihr eigentliches Leben, und Sarah machte sich besorgt Gedanken über das, was ungesagt blieb.

Von Piet hatte sie nichts gehört. Sarah hatte versucht, ihn zu trösten, doch er hatte sich barsch, fast grob verhalten. Schließlich hatte sie einige Plattitüden gemurmelt und ihn dann seinem Gefühl der Demütigung überlassen. Es gab nichts zu sagen, was seinen Schmerz hätte lindern können. Jetzt war es an der Zeit, Tims Rat zu befolgen – sie musste diese traurige Angelegenheit hinter sich lassen und ihr Leben in Dublin in die Hand nehmen, bis sie ihren Abschluss machen konnte. Sie dachte an die Pläne, die sie mit Camilla und Hannah geschmiedet hatte. Das Leben war so einfach gewesen, als sie einander gelobt hatten, ihren einundzwanzigsten Geburtstag gemeinsam zu feiern. Sie hatten sich alle für unbesiegbar und unzertrennlich gehalten. Sarah zuckte die Schultern. Fürs Erste musste sie ihre gegenwärtige Situation überstehen. Sie musste noch für einige Examen pauken und dieses grässliche Wetter ertragen, bevor sie in die Welt zurückkehren konnte, die sie liebte. In der Zwischenzeit war die Fotografie ihre Leidenschaft geworden. Ihr Vater hatte ihr zum Studienbeginn seine Spiegelreflexkamera, eine Leica, überlassen. Ein Stück, das ihm sehr teuer war.

»Die Kamera wird dir später bei deinen Forschungsarbeiten in der Natur wertvolle Dienste leisten. Du solltest am College einen Kurs für Fotografie besuchen, um das Handwerk zu erlernen. Wenn du den Dreh raus hast, erwarte ich fantastische Bilder von dir«, hatte er gesagt, als er ihr die wichtigsten Handgriffe gezeigt hatte.

Das war der Beginn einer neuen Leidenschaft gewesen. Ihre ersten Versuche waren nur mittelmäßig ausgefallen. Aber nach und nach lernte sie, mit dem Belichtungsmesser und den Filtern umzugehen und mit langer Belichtungszeit zu arbeiten, die die Bilder weicher machte und die Dinge so darstellte, wie sie selbst sie sah. Im Augenblick bereitete sie eine Mappe vor und hoffte, hin und wieder freiberuflich für Magazine arbeiten zu können. Die *Irish Times* hatte einen Wettbewerb ausgeschrieben, bei dem eine beträchtliche Geldsumme winkte. Außerdem sollte dem Gewinner die Möglichkeit gegeben werden, seine Fotos auszustellen.

Als sie im College eintraf, war die Dunkelkammer glücklicherweise nicht besetzt. Sie war erleichtert, dass niemand sie bei ihrer Arbeit störte. Wenn sie ganz allein ihre Bilder entwickelte und ausdruckte, konnte sie ihren Gedanken nachhängen und musste nicht auf peinliche Weise Kontakt zu ihren Kommilitonen suchen. Irgendetwas stimmt wohl nicht mit mir, dachte sie. Ich kann mich einfach nicht anpassen. Trotz ihrer Wurzeln war sie hier nach all der Zeit immer noch eine Fremde. In Afrika hatte sie sich seltsamerweise immer als Irin gefühlt, während sie sich in Irland wie eine Ausländerin vorkam. Wie Ruth auf den Getreidefeldern in der Fremde, nur dass Sarah in Dublin ihren Boas nicht gefunden hatte. Ihr Boas war ein afrikaanser Farmer, der Tausende Meilen entfernt lebte und sie als eine Art kleine Schwester ansah. Hin und wieder fragte sie sich, warum sie immer noch an ihrem unerfüllbaren Jugendtraum festhielt. Diese Verehrung aus der Ferne war lächerlich. Es wurde Zeit, dass sie sich mehr den netten jungen Männern im College widmete, die an ihr interessiert waren. Aber die Studenten in ihrem Alter kamen ihr unreif vor. Irgendwie unfertig. Und das lag nicht nur an Piet. Irgendein Teil von ihr konnte sich nicht mit Irland, mit dem College oder mit irgendetwas anderem hier anfreunden. In Dublin gab es nur wenige Studenten aus dem Ausland, und die Iren schienen sich untereinander alle zu kennen oder miteinander befreundet zu sein, während sie eine Außenseiterin blieb. Wenn sie versuchte, das Leben in Afrika zu beschreiben, die faszinierende Landschaft, die Bräuche der Stammesvölker und die wilden Tiere in der Steppe, hörten ihr die Leute eine Weile zu, bis ihre Blicke abschweiften und Sarah sah, dass sie sich keinen Begriff von dem machen konnten, worüber sie sprach. Sie konnten sich nicht einmal ansatzweise die Weite der Masai Mara vorstellen, das beeindruckende Schauspiel, wenn Hunderttausende Gnus sich auf ihre jährliche Wanderung machten, das mystische Gefühl, das einen befiel, wenn man das Licht der Morgendämmerung auf dem indischen Ozean tanzen sah. Schließlich hatte sie aufgehört, davon zu erzählen. Nur nicht bei Mike. Mike hatte sich interessiert gezeigt und wollte alles

begreifen. Zumindest glaubte sie das. Und das war wie ein Geschenk für sie!
Sarah stand allein in der Dunkelkammer, vollkommen vertieft in die geisterhaften Erscheinungen, die wie Ertrunkene in einem Swimmingpool aus der Entwicklerflüssigkeit auftauchten. Begeistert beobachtete sie, wie die Aufnahmen Gestalt annahmen und immer klarer wurden, bis sie die geisterhaften Figuren erkennen konnte, die von Falten durchzogenen Gesichter und knorrigen Hände, den Zigarettenrauch, der sich über den Augen kräuselten, die zu viel Leid gesehen hatten. Diese Bilder waren gut. Sehr gut. Sie hatte das kaum zu hoffen gewagt, aber als sie jetzt eine Vergrößerung nach der anderen mit einer Plastikzange aus der Wanne nahm, sie abspülte und zum Trocknen aufhängte, sah sie, dass diese Fotos eine Geschichte erzählten. Die Männer und Frauen saßen in einer schäbigen Küche am Tisch. Alle waren am Rand der Verzweiflung, machten sich aber gegenseitig Mut, spendierten einander Zigaretten und lächelten tapfer in die Kamera. Ihre Finger waren von Nikotinflecken übersät, so wie ihr Leben von Abhängigkeiten aller Art behaftet war. Sie hatte die Aufnahmen letzte Woche in dem Obdachlosenasyl St. Joseph's aufgenommen, einer Zufluchtsstätte für Alkoholiker und Drogenabhängige an der Liffey, in der Nähe der Bahnstation am Sarsfield Quay. Sarah arbeitete dort ehrenamtlich seit letztem Winter, als sie dort zum ersten Mal in der Suppenküche geholfen hatte. Seltsam, wie eine zufällige, scheinbar unbedeutende Entscheidung ihrem Leben eine überraschende Wendung gegeben hatte.
Eines Nachmittags hatte sie am schwarzen Brett im College eine Notiz entdeckt.

Freiwillige bei der Essensausgabe für Obdachlose
im Stadtzentrum gesucht.
Am Dienstag, den 26. November

An diesem Tag hatte sie sich besonders verloren gefühlt. Sie teilte sich eine Wohnung mit Tim, aber als Assistenzarzt auf einer Unfallstation war er kaum zu Hause. Wenn sie ihn zu Gesicht bekam, war er so müde, dass man kaum mit ihm reden konnte. Ihre Träume von gemeinsamen Studentenpartys mit neuen Freunden und Tims Kommilitonen hatten sich in Luft aufgelöst – zum einen behinderte sie ihre Schüchternheit, zum anderen die strapaziöse Arbeit ihres Bruders. Als sie auf das schwarze Brett schaute, beschloss sie, etwas für Menschen zu tun, denen es schlechter ging als ihr. Und vielleicht würde sie dabei sogar Freundschaft mit anderen Freiwilligen schließen.

Zwei Tage später fuhr sie am Abend zum Gemeindezentrum am Merchant's Quay. Ein Franziskanermönch in einer braunen Kutte und Sandalen führte sie zu einem jungen Mann, der im Eingangsbereich die Tische deckte.

»Das ist Sarah Mackay, Mike. Würdest du ihr bitte zeigen, was zu tun ist?«

»Natürlich, Pater Connolly.« Der junge Mann zählte die Gedecke, bevor er aufsah.

»Kann ich dir dabei helfen?«, fragte Sarah. »Oder gibt es etwas anderes zu tun?«

Ein Lächeln erhellte sein dunkles, ernstes Gesicht. Er musterte sie kurz und betrachtete den Schnitt ihres Wollkleids, die blaue Perlenkette und die hellen Wildlederstiefel, die sie von Camilla bekommen hatte.

»Na ja ....« Er legte das Besteck zur Seite und wies auf einen leeren Tisch. »Ich denke, du könntest ...«

»Mike, bist du hier immer noch nicht fertig?« Ein großes Mädchen kam auf sie zu. Sie trug ihr Haar mit einem roten Schal im Nacken zusammengebunden und wirkte sehr zielstrebig und tüchtig. »Lass das. Ich habe einen der anderen gebeten, die Tische vorzubereiten. Dich brauche ich an der Tür.«

»Das ist Sarah«, sagte Mike. »Sie ist neu hier und hilft heute Abend aus. Sarah – Cathy.«

»Hallo.« Cathy lächelte flüchtig. »Wir brauchen jemanden in der Küche. Dort herrscht Chaos. Kannst du kochen?«
Sarah spürte Panik in sich aufsteigen. Kochen? Bevor sie nach Dublin kam, hatte sie niemals kochen müssen. Wenn man die Wohnung mit seinem Bruder teilte, kam man zwar nicht umhin, sich ein paar Grundkenntnisse anzueignen, aber für so viele Leute kochen?
»Nein, nicht wirklich. Aber ich könnte an den Tischen bedienen, mit den Leuten reden oder …«
»Ich bin sicher, du kannst Kartoffeln schälen. Gut. Die Küche ist dort drüben.«
Auch Kartoffelschälen hatte Sarah in Kenia nicht gelernt, aber Cathy hatte Mike bereits am Arm gepackt und ihn mit sich gezogen. An der Küchentür blieb sie unschlüssig stehen, bis eine stämmige Frau mittleren Alters am Spülbecken sie ansprach.
»Vielen Dank fürs Kommen, Schätzchen. Hier ist ein Eimer mit Kartoffeln – einfach abschrubben. Mach dir nicht die Mühe, sie zu schälen. Wir kochen sie in der Schale.« Sie musterte Sarah von oben bis unten. »Ach, du meine Güte! Du solltest dir besser eine Schürze suchen, damit du dir dein Kleid nicht schmutzig machst – es ist viel zu schick für diese Arbeit. Du bist hier nicht auf einem Tanzabend, verstehst du?«
Sarah wurde rot. Wie dumm von ihr! Sie hatte aus Respekt für die Gäste, die sie bedienen sollte, ihre besten Sachen aus dem Schrank geholt. Und nun wirkte es so, als wollte sie damit angeben. Nun, für das nächste Mal wusste sie Bescheid. Sie fand ein Geschirrtuch, band es sich um die Taille und machte sich mit einer Bürste an die Arbeit. Im Laufe des Abends wurde es in der Küche immer heißer und dampfiger, während sie Karotten schnitt, Kasserollen spülte und Bratpfannen auskratzte. Ihre Wangen glühten, und ihr sorgfältig frisiertes Haar hing ihr strähnig in die Stirn. Sie schleppte riesige Töpfe mit Kartoffeln und Gemüse vom Ofen zum Küchentisch

und verteilte den Inhalt auf Teller. Dann ging es wieder zurück zum Spülbecken und zu den fettigen Pfannen und Servierplatten.
Draußen im Saal füllten sich die Plätze an den Tischen. Freiwillige Helfer wiesen die Gäste ein, schenkten Orangensaft aus und reichten Teller mit Brot und Butter zur Suppe. Hin und wieder konnte Sarah an der Küchentür einen Blick in den Saal werfen. Männer und Frauen allen Alters in abgetragener Kleidung drängten sich auf den Bänken und griffen nach dem Besteck. Ihre Hände waren rau, ihre Fingernägel schmutzig. Einige blickten gehetzt drein, als wären sie auf der Flucht, während sie hastig ihre Suppe löffelten und Brot hineintunkten. Sie fragte sich, was sie auf die Straße getrieben haben mochte und dazu gebracht hatte, in Hauseingängen unter Pappkartons zu leben. Es beschämte sie, dass sie sich vorher darüber geärgert hatte, den schlechtesten Job hier bekommen zu haben. Selbst ihre bescheidene kleine Wohnung war warm und trocken. Es gab kaltes und warmes fließendes Wasser, parfümierte Seife und saubere Handtücher und Bettlaken. Ihr Leben war der Himmel auf Erden im Vergleich zu dem ausweglosen Schicksal dieser elenden Menschen, die oft nichts zu essen hatten und jeden Tag in der Angst lebten, zusammengeschlagen zu werden oder von geschäftigen Passanten oder der Polizei vertrieben wurden.
»Wenn ich versuche, mit ihnen zu sprechen, werden sie sich wahrscheinlich an meinem vornehmen Akzent, meiner teuren Kleidung und meiner privilegierten Herkunft stoßen«, sagte sie leise zu sich selbst. »Und das mit Recht.« Die Köchin rief nach ihr, und sie kehrte zu ihrer Arbeit am Spülbecken zurück.
Nachdem der Pudding serviert worden war, kam es zu einem Zwischenfall. Sarah hörte den Lärm, als sie gerade einen weiteren Stapel Teller abwusch. Sie folgte der Köchin zur Küchentür und schaute in den Saal. Mike stand in der Mitte des

Raums und redete auf einen hageren Mann ein, der einen in der Taille mit einer Schnur zusammengebundenen Mantel trug.

»Es tut mir Leid, John-Jo. Du kannst nicht hereinkommen.« Mikes Stimme klang bestimmt, als er die Hand auf den Arm des Mannes legte. »Du weißt, dass du beim letzten Mal Hausverbot bekommen hast.«

John-Jo versuchte, sich an Mike vorbeizudrängen, brüllte etwas Unverständliches und zog etwas aus seiner Tasche. Die Umstehenden wichen zurück, als er mit den Armen fuchtelte und mit Mike rang. Mit einem Mal war es in dem Saal ganz still geworden. Alle sahen zu und warteten. Dann kam Pater Connolly aus seinem Büro gelaufen.

»John-Jo, du kennst die Regeln. Kein Alkohol hier drin.« Der Priester nahm ihm die Flasche ab. »Sollen wir dir einen starken Tee machen? Für alles andere bist du zu spät dran. Wenn du hier essen willst, musst du eher kommen.« Er legte einen Arm um John-Jos knochige Schultern. »Mike hat Recht, verstehst du? Du hast letztes Mal Hausverbot bekommen, aber wenn du dich ruhig hinsetzt, kannst du eine Tasse Tee bekommen und dich aufwärmen. Möchtest du das?«

John-Jo spuckte auf den Boden und murmelte etwas Unverständliches. Der Priester nickte und führte ihn in die Küche zu einem Tisch an der Hintertür. Der unwillkommene Gast ließ sich auf einen Stuhl fallen, sah auf und bemerkte, dass Sarah ihn beobachtete. Seine Augen waren blutunterlaufen, aber von einem strahlenden Blau und zeugten von Intelligenz, obwohl er krank und unterernährt aussah. Ohne mit der Wimper zu zucken, hielt er ihrem Blick stand. Peinlich berührt wandte sie sich ab.

»Haben wir noch etwas zu essen, Mary?« Pater Connolly sah die Köchin hoffnungsvoll an.

»Es gibt noch ein paar Kartoffeln und Karotten, Pater, aber das Huhn ist aus.« Sie starrte John-Jo an. »Ich dachte, er dürfe hier nicht mehr rein. Er macht immer nur Ärger, Pater. Er ist gewalttätig. Letztes Mal hat er alles kurz und klein geschlagen.«

»Ach, Mary, ihm geht es nicht gut. Er sieht heute so schlecht aus wie seit langem nicht mehr.«

»Sie würden auch so schlecht aussehen, wenn Sie so viel trinken würden, Pater!«

»Geben Sie ihm die Reste vom Abendessen und eine Tasse heißen Tee mit Brot und Butter. Draußen ist es bitterkalt.«

»Ich richte ihm etwas her, Pater, aber den Teller bringe ich ihm nicht. Er ist nie zufrieden mit dem, was man ihm gibt, und wird dann auch noch unflätig. Die Schimpfworte, die er mir die letzten Male an den Kopf geworfen hat, höre ich mir nicht mehr an.« Mary knallte zur Bekräftigung einen Topf auf die Anrichte.

Sarah räusperte sich. »Ich übernehme das.«

Der Priester drehte sich überrascht um. »Waren Sie den ganzen Abend hier? Ich dachte, Sie seien nach Hause gegangen. Nun, es wäre sehr nett, wenn Sie John-Jo das Essen bringen würden. Achten Sie nicht auf das, was er sagt. Stellen Sie ihm einfach einen Teller und eine Tasse Tee hin. Mike wird aufpassen, dass er Sie nicht belästigt.«

Sarah trug den Teller mit dem Essen zu John-Jo hinüber. Mike stand in der Nähe und behielt den Mann argwöhnisch im Auge. John-Jo saß in sich zusammengesunken am Tisch und stützte den Kopf in die Hände. In der Hitze des Raums hatte sein Mantel zu dampfen begonnen, und ein ranziger Geruch entströmte ihm. Seine Fingerknöchel waren abgeschürft, und unter seinem dünnen grauen Haar war Schorf auf der Kopfhaut zu sehen. Sie stellte den Teller vor ihn hin.

»Leider gibt es kein Huhn mehr«, sagte sie. »Aber vielleicht mögen Sie das. Und ich hole Ihnen noch Brot und Butter dazu, wenn Sie möchten.«

»Verdammtes Huhn. Immer verdammtes, stinkendes Huhn. Ich hasse das verdammte Hühnerfleisch.« Er wühlte in einer seiner Manteltaschen. »Hier – kannst du das kochen? Ich habe es von einem Metzger unten an der Straße. Besser als jeden Tag das verdammte Huhn.«

Er hielt ihr ein glänzendes Stück rohes Fleisch vor die Nase, an dem ein Teil des fusseligen Inhalts seiner Manteltasche klebte. Sie sah, wie geronnenes Blut über seine Hand lief und an seinen langen Fingern hinabtropfte. Eine Welle der Übelkeit erfasste sie, als sie den Geruch des Fleisches und des Mannes wahrnahm, und einen schrecklichen Moment lang fürchtete sie, ihn Ohnmacht zu fallen. Mike wandte sich ab, doch Pater Connolly hatte ihre plötzliche Blässe bemerkt.

»Komm schon, John-Jo, du kannst doch nicht erwarten, dass jemand …«

»Nein, das geht schon in Ordnung.« Sarah hatte die Sprache wiedergefunden. »Ich werde das gern zubereiten.« Sie nahm den blutigen, schleimigen Fleischbrocken entgegen, bemüht, ihren Brechreiz zu unterdrücken. »Es wird nur ein paar Minuten dauern. Ist es Ihnen recht, wenn ich es brate? Ich bin keine gute Köchin, aber das werde ich schon schaffen.«

Sie floh zum Spülbecken, drehte den Wasserhahn auf und spülte das Fleisch sorgfältig ab. Nachdem sie die Flusen, die Haare und andere unbenennbare, grässliche Dinge davon entfernt hatte, sah sie, dass der Fettrand grünlich schimmerte. Aus Angst, er könnte sich davon eine Vergiftung holen, schnitt sie ihn ab. Er konnte es noch nicht länger als ein paar Stunden bei sich tragen, sonst wäre es vertrocknet. Schaudernd ließ sie es in eine Pfanne mit heißem Öl fallen, und als es gebraten war, sah es gar nicht mehr so schlimm aus. Die Köchin stand im Hintergrund und stapelte, leise vor sich hin murmelnd, saubere Pfannen in die Regale. Sarah wärmte den Soßenrest auf und goss ihn über das Fleisch. Dann legte sie das Geschirrtuch ab, das sie als Schürze benutzt hatte, strich sich über das Haar und brachte John-Jo sein Abendessen. Die anderen entfernten sich, während er sich darüber hermachte. Sarah zog einen Hocker an den Tisch und setzte sich ihm gegenüber. Durch die Tür sah sie, wie der Priester und Mike die Leute hinausbegleiteten und die langen Tische abräumten. Die Köchin wünschte ihr eine gute Nacht und bedankte sich. Dann war sie ganz allein mit dem Mann in der Küche.

»Willst du probieren?« John-Jo sah sie aus seinen stahlblauen Augen an.

»Äh, nein danke, John-Jo. Nein.«

»Ich wette, diese Scheißer haben dir nichts zu essen gegeben, stimmt's? Na los, probier ein Stück. Du hast es gut zubereitet.«

Er schob ihr mit seiner Gabel ein Stück zu. Hinter ihm sah sie Pater Connolly und Mike, die sie beobachteten. Cathy zog die Augenbrauen hoch und tat, als sei ihr übel. Sarah spürte, wie Entschlossenheit in ihr aufstieg.

»Danke. Ein kleines Stück zum Probieren. Ich habe schon zu Abend gegessen, bevor ich hierher gekommen bin.« Sie nahm ihren Mut zusammen und schob sich das Fleischstück in den Mund.

»Mm, sehr gut. Und Sie haben Recht – das habe ich wirklich gut gemacht. Nur die Soße könnte heißer sein.« Es schmeckte tatsächlich nicht schlecht. John-Jo strahlte plötzlich über das ganze Gesicht.

»Gut gemacht, Mädchen. Du bist in Ordnung.« Er verzehrte den Rest der Mahlzeit und schüttete seinen Tee hinunter. Dann lehnte er sich mit einem Seufzer zurück und schloss die Augen.

Leise stand Sarah auf, trug den leeren Teller zur Spüle und wusch ihn ab. Dann ging sie hinaus in den Saal, um zu sehen, ob sie noch irgendetwas tun konnte, doch es war niemand mehr da. Sie hörte, wie hinter ihr ein Stuhl gerückt wurde, und sah sich um. John-Jo war aufgestanden und kam schwankend auf sie zu. Ihre aufsteigende Angst schwand, als er an ihr vorbei auf das alte Klavier an der Wand zusteuerte und den

Deckel öffnete. Er zog sich einen wackeligen Stuhl heran und setzte sich an die Tastatur. Dann fingerte er wieder in seinen Manteltaschen. Sarah fragte sich, ob er wohl eine weitere Delikatesse zum Braten oder womöglich eine Flasche verbotenen Alkohols hervorkramen würde, doch er förderte nur ein zerdrücktes Zigarettenpäckchen und eine Schachtel Streichhölzer zutage.

»Das ist für dich, Mädchen. Weil du dich für unser Abendessen so hübsch angezogen hast. Das gefällt mir. Und du hast mein Fleisch gebraten und hattest keine Angst davor, es mit mir zu essen. Du bist in Ordnung. Wirklich in Ordnung, Mädchen.«

Dann schloss er die Augen und begann zu spielen. Die Zigarette hing zwischen seinen Lippen, als er die Finger auf die Tasten legte. Das Klavier reagierte auf seine Berührung, und sein Spiel verwandelte blecherne Klänge in wunderschöne Musik. Beim letzten Akkord beugte er den Kopf über die Tastatur und ließ seinen Fuß auf dem Pedal ruhen, bis die Töne langsam verklangen. Sarah traten Tränen in die Augen. Sie war bewegt von der Schönheit der Musik und dem Talent des Klavierspielers, der sein Leben verpfuscht hatte! Und nun hatte er ihr dank seiner Gabe ein wunderschönes Geschenk gemacht.

Der Mann sah zu ihr auf und grinste.

»Ach, verdammter Mist!« Er erhob sich, schlug den Klavierdeckel zu und verließ den Saal.

»Er war einmal sehr berühmt.« Pater Connolly stand im Türrahmen. »Bis der Alkohol ihn zugrunde gerichtet hat. Ich glaube, das ist der Zorn, den er in sich trägt – Zorn darüber, das verloren zu haben. Es weggeworfen zu haben.«

»Wohin geht er jetzt?«

»In unser Asyl am Sarsfield Quay. Wenn er dort nicht auch Hausverbot hat, weil er schon einmal einiges zertrümmert hat. Mary hat Recht. An manchen Tagen kann er sehr gefährlich sein.«

»Ja. Ich freue mich, dass ich helfen konnte.« Sarah reichte ihm die Hand. »Gute Nacht, Pater.«

»Sie haben heute Abend großartige Arbeit geleistet. Ich hoffe, Sie kommen wieder. Gott segne Sie, meine Liebe.«

»Danke.«

»Mike wird Sie zur Bushaltestelle begleiten. In dieser Gegend sollten Sie so spät am Abend nicht allein herumlaufen.«

Sarah war erleichtert, dass sie nicht allein auf die dunklen Straßen hinausmusste. Auf dem Weg plauderte sie mit Mike. Er erzählte ihr, dass er im letzten Semester Jura studierte. Seine Freundin hatte sich von ihm getrennt, weil er wegen des Studiums und seines großen Interesses an der Arbeit zu wenig Zeit für sie gehabt hatte. Vor einem Jahr hatte er das Plakat gesehen, mit dem Freiwillige gesucht wurden.

»Ich arbeite manchmal nachts in der Unterkunft, und am Wochenende teile ich Suppe aus. Ehrenamtlich, aber trotzdem sehr lohnend«, erklärte er. »Oft ist es sehr traurig, aber manchmal auch wahnsinnig komisch. Es hat mir gezeigt, wie zäh Menschen sein können, selbst wenn sie sich in einer verzweifelten Lage befinden. Vielleicht möchtest du mich einmal auf einer Nachtschicht begleiten?«

In der folgenden Woche hatte Sarah sich der Gruppe angeschlossen. Sie half dabei, riesige Töpfe mit Suppe, Tee mit Milch und Zucker und Stapel von dick belegten Brötchen zuzubereiten und an die Menschen zu verteilen, die auf Parkplätzen im Freien, in verfallenen Gebäuden oder auf Bänken schliefen oder sich auf den nassen Gehsteigen unter Pappkartons und Zeitungen zusammenkauerten. Dann schrieb sie sich für die Montagsschicht im Obdachlosenasyl ein.

St. Joseph's war ein baufälliges Haus im georgianischen Stil mit langen Schiebefenstern, die im Wind klapperten. Innen hingen nackte Glühbirnen von dem bröckelnden, mit Rosen verzierten Stuck. Der einzige warme Ort im Haus war die Küche. Die großen Gasbrenner und der Herd gaben eine behagliche Wärme ab, die das Feuer in den offenen Kaminen nicht spenden konnte – in den hohen, spartanischen Räumen war nur ein kleiner Bereich wirklich warm. Die meisten Leute versammelten sich in der Küche und drängten sich um den Kamin. Ihre Gesichter waren von der Hitze der glühenden Kohlen gerötet, und ihre Rücken eiskalt von der Zugluft, die unter der Tür hindurchpfiff. Mit der Zeit lernte Sarah die ständigen Gäste lieben, verlorene Menschen mit bedrückenden Schicksalen und zerfurchten Gesichtern, in denen sich ihr verpfuschtes Leben widerspiegelte. Endlich hatte sie das Gefühl, dass ihr Leben einen Sinn und Erfüllung hatte.

Und es gab einen Mann in ihrem Leben. Den Großteil ihrer Freizeit verbrachte sie nun mit Mike Daly. Er war dynamisch, leidenschaftlich und sehr engagiert bei allem, was er tat. Und er schien einen ausgeprägten Sinn für soziale Gerechtigkeit zu haben, was ihn ihrer Meinung nach zu einem ausgezeichneten Anwalt machen würde. Ihre ungewöhnliche Herkunft schien ihn zu faszinieren, und nach anfänglicher Zurückhaltung begann sie, ihm von ihrem Leben in Kenia zu erzählen. Zumindest versuchte er, sich vorzustellen, was sie ihm beschrieb. Sie genoss die gemeinsamen Nachtschichten und erzählte ihm Geschichten aus ihrer Kindheit in Afrika. Sein Interesse schmeichelte ihr. Er wollte alles wissen über das Leben der »großen *Bwanas*«, wie er sie nannte, und über die kulturelle Vielfalt der Afrikaner und der weißen Siedler. Seine eigene Familie stammte aus Limerick. Sein Vater besaß eine Drogerie, und seine Mutter war Lehrerin. Er hatte sich für ein Jurastudium entschieden, weil es so viele Menschen gab, die sich selbst nicht helfen konnten, die ein schweres Schicksal hatten und keine Hilfe bei ihren Familien fanden. Die Gesellschaft hatte sie verstoßen, und der Staat bot ihnen kein Sicherheitsnetz. Die Politiker verkündeten ständig, wie sehr ihnen ihr Schicksal am Herzen liege, doch sie taten nichts für sie.

Zum ersten Mal seit Beginn ihres Studiums spürte Sarah, dass sie einen Menschen gefunden hatte, der sie verstand. Wenn Mike sie mit Fragen überhäufte, wurde ihr bewusst, wie wenig sie eigentlich über die einheimische Bevölkerung in Kenia wusste, obwohl sie dort aufgewachsen war. Wenn er sie küsste, regte sich ein warmes, angenehmes Gefühl in ihr. Überwältigende Erregung verspürte sie jedoch nicht, aber vielleicht würde das noch kommen, wenn sie sich näher kannten.

»Wie ich höre, hast du dich mit Mike Daly angefreundet«, sagte Tim, als sie sich eines Abends zum Ausgehen zurechtmachte. »Er macht sich gerade einen Namen bei der extremen Linken.«

»Ihm geht es um die Rechte der benachteiligten Menschen, nicht um Politik.« Sie hatte den kritischen Unterton in seinen Worten sehr wohl gehört. »Er ist sehr engagiert, und das ist doch nichts Schlechtes.«

»Soviel ich gehört habe, ist er ein Linksradikaler. Es überrascht mich, dass du mit ihm gehst.«

»Ich gehe mit niemandem«, verteidigte sie sich und wechselte das Thema. »Übrigens siehst du völlig erschöpft aus. Du solltest etwas essen und trinken und dann ins Bett gehen. Das Sofa ist zu kurz für dich – du wirst dir den Nacken verrenken und aussehen wie Quasimodo. Ich werde dir Tee und einen Toast machen.«

Sie stellte den Wasserkessel auf den Herd.

»Ich hatte sechsunddreißig Stunden Bereitschaft. Jetzt kann ich einfach nicht mehr.« Er fuhr sich mit der Hand über seine müden Augen. »Wahrscheinlich habe ich die Hälfte der Patienten in der Notaufnahme umgebracht. Bei den meisten kann ich mich nicht einmal mehr erinnern, warum sie gekommen sind. Wäre Deirdre nicht gewesen, könnte man mich nach dieser Woche begraben.«

»Deirdre? Ich dachte, das wäre vorbei.«

»Wie kommst du denn darauf?« Tim setzte sich auf und runzelte die Stirn.

»Na ja, ich habe sie schon seit Monaten nicht mehr gesehen. Genau genommen seit Weihnachten. Du hast sie nie hierher gebracht.«
»Warum hätte ich das tun sollen? Damit du sie wieder dumm anreden kannst?« Tim tastete nach seiner Brille, setzte sie auf und funkelte seine Schwester wütend an. »Ich kann von Glück sagen, dass Deirdre trotz dir und deiner zickigen Freundin noch mit mir spricht.«
»Ach, komm schon, Tim. Wir haben sie nur ein wenig auf den Arm genommen. Ich wusste ja nicht, dass du und Deirdre – also, dass das mit euch beiden etwas Ernstes ist.«
»Du warst so damit beschäftigt, sie auf den Arm zu nehmen, dass du keinen Gedanken daran verschwendet hast, wie ich mich dabei fühle. Du hast mich auch nie nach ihr gefragt.«
»Nun ja, sie ist ... ich bin sicher, dass sie ein guter Mensch ist. Aber ...«
»Deirdre ist ein sehr guter Mensch. Aufrichtig und geradlinig. Und sie macht sich wirklich etwas aus mir.« Er warf seiner Schwester einen vorwurfsvollen Blick zu. »Es ist nicht einfach, wenn man in eine Gruppe von fremden Leuten kommt, vor allem, wenn es sich um Kolonialisten wie uns handelt, und sich dann von seiner besten Seite zeigen soll. Man hofft dann, dass man sich bei dieser Familie wohl fühlen kann und Freundschaft schließen wird. Stattdessen habt du und diese verdammte Camilla ihr das Gefühl gegeben, ein dummer Bauerntölpel zu sein.«
Sarah sah ihn verärgert an. Der Gedanke, dass Tim tiefere Gefühle für Deirdre hegte, war ihr nie gekommen.
»Wir haben doch nur Spaß gemacht, Tim«, protestierte sie.
»Du solltest nach anderen Möglichkeiten suchen, um dich zu amüsieren«, entgegnete er säuerlich. »Oder eine andere Zielscheibe für deine boshaften Spitzen finden. Versuch wenigstens, ein bisschen nett zu ihr zu sein.«
Der aufsteigende Zorn verdrängte ihre Gewissensbisse. Tim

hatte manchmal einen Hang zur Wichtigtuerei. So unhöflich hatten sie Deirdre nun wirklich nicht behandelt. Zumindest rechtfertigte das nicht dieses Aufheben. Die langen Schichten im Krankenhaus machten ihn reizbar und ungerecht. Früher hatte er nie etwas gegen einen Jux einzuwenden gehabt. Sie schob ihren Ärger beiseite und versuchte, sich versöhnlich zu zeigen.

»Es tut mir Leid. Ehrlich. Ich hatte keine Ahnung, dass du so an ihr hängst. Lass uns die Sache begraben und einen Neuanfang machen.«

»Aber es ist dir egal, was ich für sie empfinde, oder?« Er wollte das Thema nicht auf sich beruhen lassen. »Sie war bei unserer Familie zu Gast, und wir feierten Weihnachten. Nach Hause konnte sie nicht fahren, weil ihre Mutter Alkoholikerin ist. Deirdre hätte es nicht ertragen, mit anzusehen, wie sie wieder einmal nach dem Abendessen betrunken umfiel und sich in die Hose machte.«

»Das wusste ich nicht.« Sarah suchte nach einem Weg, dieses quälende Gespräch zu beenden. »Ich habe mich entschuldigt – ich hatte kein Recht, sie zu ärgern.« Sie reichte ihm einen Teller mit gebuttertem Toast und eine Tasse Tee. »Jetzt iss und trink, und dann gehst du ins Bett und schläfst ein paar Stunden. Wenn du wieder aufwachst, wirst du eine vorbildliche Schwester vorfinden, die vor Liebenswürdigkeit und Charme sprüht, das verspreche ich dir.«

Er trank mit halb geschlossenen Augen den Tee und schlang den Toast hinunter, wobei Krümel auf sein Hemd fielen. Noch bevor sie die Wohnung verließ, war er fest eingeschlafen.

Sie fühlte sich immer noch schuldig wegen Deirdre und stürzte sich im Obdachlosenasyl sofort in ihre Arbeit – sie kochte, rührte Suppe in den Töpfen um und schrubbte und wischte. Am frühen Morgen, als Ruhe einkehrte, setzte sie sich mit Mike zusammen und genoss es, als er ihr über das Haar und die Wange strich. Als er sie später nach Hause brachte, wurden seine Küsse immer leidenschaftlicher, doch sie schob Tim als Entschuldigung vor, um sich ihm zu entziehen. Ihr wurde klar, dass es nur noch eine Frage der Zeit war, bis er mehr von ihr erwarten würde, aber mit diesem Thema wollte sie sich noch nicht beschäftigen. Es war lächerlich, dass sie das Gefühl hatte, Piet untreu zu werden, aber er war immer noch fest in ihrem Herzen verankert, wie eine alte Gewohnheit, die man nur schwer ablegen konnte. Sie musste eben Tag für Tag ein wenig daran arbeiten, um ihn allmählich zu vergessen.

Ende März fragte Mike sie, ob sie zu einer Party im Haus eines Senatsmitglieds mitkommen wolle.

»Gerry McCall hat mich zum Abendessen eingeladen, und ich möchte gern, dass du mich begleitest«, sagte er.

Sarah war erfreut, aber auch nervös, als sie erfuhr, dass der Gastgeber für seine Karriere wichtig sein konnte. Also hatte Tim doch Recht gehabt – Mike hatte politische Ambitionen. Sie machte sich sorgfältig zurecht und rief sich dabei ins Gedächtnis, was Camilla ihr geraten hatte, um das Beste aus ihrem Aussehen zu machen. Mikes anerkennender Pfiff zeigte ihr, dass es ihr gelungen war.

Zu Beginn des Abends unterhielten sich die Gäste über die Situation im Norden. Sarah verstand zu wenig davon und war nicht in der Lage, auch nur eine kluge Bemerkung dazu beizusteuern. Aber dann wandte sich das Gespräch zwangsläufig der britischen Regierung und den Kolonien in weit entfernten Ländern zu, und Mike berichtete von Sarahs Hintergrund. Alle Augen waren auf sie gerichtet, und sie beschlich das unbehagliche Gefühl, dass das von Anfang an sein Plan gewesen war. Er stellte ihr eine Frage nach der anderen über ihre Familie und ihr Leben dort. Zuerst antwortete sie ganz offen, doch nach und nach wurde ihr klar, dass er sie seinen sozialistischen Freunden vorführen wollte – als sein persönliches Beispiel für die Übel der Kolonialherrschaft. Allmählich begann sie sich

über die Engstirnigkeit und die Feindseligkeit gegenüber den Briten zu ärgern.
»Für die Hausarbeit waren erwachsene Männer zuständig, nicht wahr?«, fragte Mike. »Sie nannten sie Hausboy«, fügte er dann als witzige Nebenbemerkung hinzu. »Gleichgültig, wie alt sie waren. Wie demütigend!«
»Hatten Sie kein schlechtes Gewissen, wenn Sie Menschen so ausbeuteten? Sie lebten doch zusammengepfercht in winzigen Unterkünften hinter Ihren Herrschaftshäusern.« Tom Russell, ein Journalist, musterte sie durch den Rauch, der aus seiner Zigarre aufstieg. »Wie viele Leute mussten sich ein Zimmer teilen?«
»Jede Familie hatte zwei Räume und ein ...«
»Eine ganze Familie in zwei Zimmern? Das klingt ein wenig wie auf den Sklavenplantagen in den Südstaaten.«
»Also bitte! Gebt dem Mädchen eine Chance«, mischte McCall sich ein, und sie warf ihm einen dankbaren Blick zu. »Um Himmels willen, es gibt etliche Familien hier in der Benburb Straße, die so leben. Und wer tut etwas für sie? Die Hälfte von ihnen wird schon längst im Grab liegen, bevor unser Mike ihnen helfen kann.«
Alle lachten, aber Sarah regte sich auf. »Aber so ist das wirklich nicht. So wie Sie das sagen, klingt es furchtbar und beschämend. Aber das ist es nicht. Das afrikanische Personal gehört zur Familie. Sie sind glücklich. Ihre Bezahlung ist gut, ihre Kinder können eine Ausbildung machen, und sie werden medizinisch versorgt, wenn es nötig ist. Und die Unterkünfte, in denen sie leben, sind viel besser als die Lehmhütten auf ihrem eigenen Land. Dort hausen sie in nur einem Raum und haben weder fließendes Wasser noch eine richtige Belüftung.« Sobald sie das gesagt hatte, wurde ihr klar, wie gönnerhaft es klang.
»Feudal. Das ist es doch, oder?«, meinte Mike. »Es erstaunt mich immer wieder, wie die Briten selbst heute noch damit

durchkommen können. Jetzt fordern die Kolonien zwar lautstark ihre Unabhängigkeit, aber wie sind sie darauf vorbereitet worden? Sie kennen nichts anderes als die Abhängigkeit von ihren Herren.«

Sarah schwieg. Wie konnte sie das Engagement ihres Vaters im Krankenhaus beschreiben? Die ständige Fürsorge ihrer Mutter für die Frauen und Kinder, die auf ihrem Land lebten, oder das Gefühl des Stolzes, das die Bediensteten empfanden, weil sie zu ihrem Haushalt gehörten? Keiner der Menschen hier würde diese besondere Beziehung begreifen. Und jetzt gab es so viele Schulen, Colleges und Lehrgänge, wo Afrikaner sich weiterbilden konnten. Von Mike hatte sie so etwas nicht erwartet. Sie war verwirrt und verletzt von der Art und Weise, wie er sie benutzt hatte.

»Die Wilden sollen bleiben, wo sie hingehören, oder?« Ein anderer Gast gab eine plumpe Imitation eines britischen Offiziers zum Besten.

»Komm schon, Sarah«, sagte Mike, als er sah, dass sie wütend die Stirn runzelte. »Ist es wirklich fair, dass ihr eure Bediensteten wie Vieh in einer Koppel haltet und von ihnen erwartet, dass sie Tag und Nacht euren Befehlen gehorchen, für euch kochen und putzen und dabei zusehen, wie ihr ein Leben in Luxus führt? Zumindest im Vergleich zu ihrem eigenen Leben. Ist es richtig, dass sie euch ein Vier-Gänge-Menü servieren, während sie sich mit ihrem Brei zufrieden geben müssen? Wie heißt das Maiszeug?«

»*Posho.* Es ist das Gegenstück zu den Kartoffeln, die wir essen«, erwiderte sie zornig.

»Richtig, *posho. Posho* und billiges Fleisch. Aber natürlich bekamen sie zu Weihnachten immer ein Geschenk und einen Bonus, nicht wahr? Mussten sie sich am Weihnachtsmorgen nicht immer alle in der Eingangshalle versammeln?«

»Im Wohnzimmer. Dad gab jeder Familie ein Kuvert mit Geld, und von Mum bekamen sie etwas zu essen – irgendetwas

Besonderes, das sie sich normalerweise nicht leisten konnten. Außerdem gab es Kleidung für jeden und Spielsachen für die Kinder.« Während ihrer Aufzählung kam es ihr so vor, als würden die Geschenke und die Freude der Beschenkten mit einem Mal wertlos. »Es ist das Gleiche, was ihr hier macht. Wie bei St. Vincent de Paul oder …«

»St. Vincent de Paul unterstützt Menschen, die verzweifelt sind, weil sie nicht arbeiten können oder weil sie alt und allein stehend und bedürftig sind. Sie werden nicht ständig in Knechtschaft gehalten«, warf Tom Russell ein.

»Das stimmt«, stieß Mike triumphierend hervor. »Ein paar Münzen und ein bunter Stofffetzen. Der gerechte Lohn für ihre Mühe.«

Sarah spürte, wie sich ihre Wangen vor Zorn röteten. Sie kam sich vor wie ein Insekt unter einem Mikroskop, das unter einem riesigen, kritischen Auge zappelte. Warum konnte sie diesen Leuten ihren Standpunkt nicht begreiflich machen?

»Es war niemals ein Problem«, erklärte sie. »Das Leben war einfach so.«

Aber die Gäste hatten das Interesse an dem Thema verloren und wandten sich wieder dem hiesigen Klatsch und ihrem Whisky zu. Mike zuckte nur die Schultern und bedachte sie mit diesem überheblichen Lächeln, das sie immer in Wut versetzte, wenn sie Streit hatten. Was wusste er denn schon darüber? Wahrscheinlich war er in seinem ganzen Leben über Belfast oder London nicht hinausgekommen. Der Rest des Abends zog sich wie in Zeitlupe quälend langsam dahin. Als er sie nach Hause brachte, stieg sie wortlos aus seinem Wagen. Danach herrschte eine gewisse Kühle zwischen ihnen, und sie war erleichtert, als er die Nachtschichten im Obdachlosenheim aufgab, um sich auf sein Examen vorzubereiten.

Aber seine Bemerkungen hatten sie getroffen, waren wie ein langsam wirkendes Gift in ihre Gedanken eingedrungen, hatten Selbstzweifel und in ihr geweckt und sie ins Grübeln gebracht. Sie dachte an ihre sorglose Kindheit, unberührt vom Leben der Afrikaner, in deren Land sie gelebt hatte, ohne zu wissen, wie diese wirklich über ihre weißen Herrschaften dachten. Sie begann ihre Erinnerungen an manche Dinge zu hinterfragen – etwa an das fröhliche Lächeln der Bediensteten ihrer Familie und ihre offensichtliche Zufriedenheit mit ihrem Leben, an ihren Stolz, für den *Bwana Daktari* zu arbeiten, und den Respekt, den sie ihm entgegenzubringen schienen. War das alles wirklich echt gewesen, oder war sie einfach davon ausgegangen, dass sie glücklich waren? Sie dachte an Lona, die Tochter von Walter, ihrem Koch. Sie waren im gleichen Alter gewesen und hatten zusammen im Garten oder im Lager der Bediensteten gespielt, wo Lonas Mutter in der Sonne saß, gehüllt in ein buntes *kanga* ein Baby an ihre üppige Brust gebunden, und *posho* für das Abendessen zubereitete. Sie sang immer bei der Arbeit, und wenn sie lächelte, blitzten weiße Zähne in dem schwarzen Gesicht auf. Sie roch anders, und Sarah hatte Betty einmal nach dem Grund dafür gefragt. Ihre Mutter meinte, wahrscheinlich läge es an der Ernährung. Jetzt, da sie daran dachte, glaubte sie beinahe einen Hauch von *posho* und dem Stoff des *kanga* wahrzunehmen, den milchigen Duft des Babys und den beißenden Geruch der heißen Haut in der Sonne. Mit sechs Jahren war Lona an einer Lungenentzündung gestorben. Ihre Mutter hatte sie zuerst zu einem Medizinmann gebracht, weil sie glaubte, das Kind wäre mit einem schweren Fluch belegt worden. Als Walter sie schließlich zu Raphael brachte, war es bereits zu spät, und selbst der allmächtige *Bwana Daktari* konnte sie nicht mehr retten. Kurz darauf waren Walter und seine Frau in ihr Heimatdorf am Victoriasee zurückgekehrt. Beschämt stellte Sarah fest, dass sie nicht einmal den Namen der Frau wusste. Sie hatte nie nach ihnen gefragt und sich auch keine Gedanken über ihr Schicksal gemacht. Lag das daran, dass sie sie möglicherweise nie als wirkliche Menschen, sondern nur als Bedienstete betrachtet hatte? Oder war ihre Jugend schuld gewesen, dass sie bis heute die Erinnerung an sie ohne Gewissensbisse verdrängt hatte?

Einige Monate später stand sie im roten Licht der Dunkelkammer und gelobte, sich nicht mehr so unsensibel zu verhalten, wenn sie nach Kenia zurückkehrte. Sie würde einen Weg finden, um ihren eigenen Beitrag für dieses Land zu leisten. Etwas, das in gewisser Weise die unermüdlichen Bemühungen ihrer Eltern widerspiegelte, als diese versucht hatten, den Menschen dort medizinische Versorgung und Bildung zukommen zu lassen. Kritisch betrachtete sie die entwickelten Aufnahmen. Diesen mitgenommenen Menschen, deren Gesichter ihr jetzt entgegenstarrten, verdankte sie so viel. Ihre Zeit in dem Obdachlosenasyl war sehr wertvoll gewesen, und mittlerweile konnte sie sogar Mikes verletzendem Verhalten etwas Positives abgewinnen. Sie war dadurch zum Nachdenken gezwungen geworden. Aber sie ging nicht mehr mit ihm aus. Sie vertraute ihm nicht mehr und hatte das Gefühl, von ihm benutzt worden zu sein. Während sie darauf wartete, dass die Bilder trockneten, lehnte sie sich in ihrem Stuhl zurück und dachte an den Abend, an dem sie die Fotos geschossen hatte.

Bei ihrer Ankunft hatten nur ein paar Bewohner und Helfer in der Küche gesessen, aber Sarah wusste, dass der große Ansturm kommen würde, wenn die Kneipen schlossen. Mittlerweile war sie es gewohnt, darauf zu achten, dass niemand Schnaps hereinbrachte, und ihn denen, die welchen dabeihatten, geschickt abzunehmen. Wenn es Ärger gab, war meistens Alkohol im Spiel. Bei der Übergabe von hereingeschmuggeltem Whisky und Gin gingen oft Möbel zu Bruch, weswegen in den unteren Räumen nur ramponierte Stühle und Tische standen. Ihr alter Freund John-Jo war einer der schlimmsten Missetäter. Sarah trug ihre Kaffeetasse zum Tisch und holte ihre Kamera hervor.

»So, wie wäre es jetzt mit ein paar Porträts?«, fragte sie die Gruppe lächelnd.

»Verbrecherfotos! Gütiger Gott, warum willst du von uns Bilder machen?«
Duncan war ein kleiner, drahtiger Mann mit buschigem Bart und kaputten Zähnen. Er grinste die alte Frau neben ihm an. Sie zwinkerte in den übel riechenden Rauch, der sich aus der selbst gedrehten Zigarette in ihrem Mundwinkel kräuselte. Duncan warf Sarah einen Verschwörerblick zu.
»Knips diese Schönheit und mich! Sehen wir nicht prachtvoll aus?«
Schon bald setzten sich alle in Pose, und ihre Befangenheit legte sich, bis sie schließlich die Kamera gar nicht mehr wahrnahmen. Dann erschien John-Jo, wie durch ein Wunder erstaunlich nüchtern, und öffnete den Klavierdeckel. Jemand stimmte ein Lied an. Sarah beobachtete, wie die Musik ihre Gesichter bei dem Gedanken an bessere Zeiten weicher erscheinen ließ, und stellte die Belichtungszeit so ein, dass sie kein Blitzlicht brauchte. Denn sie wollte diese Momente ohne grelles Licht einfangen und niemanden daran erinnern, dass sein Leben und sein Scheitern auf einem Bild festgehalten wurde. Sie richtete die Kamera auf Joan, eine dünne Frau aus Galway mit wildem Blick, die eine messerscharfe Zunge hatte, wenn sie wütend war, und Aggie, klein und schüchtern, außer wenn sie ein paar Bier und Whisky intus hatte – dann konnte sie sich in einen wahren Teufel verwandeln und mit ihren Flüchen das Haus erzittern lassen.
Von der Linse eingefangen, drehten sie sich und stampften im Takt der Musik, die sie zurück in ihre Jugend brachte. Im Licht tauchten ein feuchtes Auge, ein zahnloses Lächeln, eine fettige Locke, eine hochgezogene Schulter, ein gereckter Kopf und in die Seiten gestemmte Arme auf. Während die Tänzer in dem schäbigen Raum herumwirbelten, verschwammen in der Bewegung die graubraunen Wände vor ihren Augen, sodass die feuchten Flecke an der Mauer sich in das geheimnisvolle Wandgemälde eines Ballsaals verwandelten. Sarah bewegte

sich zwischen ihnen und machte Nahaufnahmen. Das war gut. Sie wusste, dass die Atmosphäre von dem Film aufgesogen wurde. Beinahe empfand sie es als Geschenk Gottes, dass es ihr gegeben war, diese heiteren Momente einzufangen und zu bewahren.

Diese Bilder würden bleiben, selbst wenn es in dem Haus still wurde und nur noch das Schnarchen aus zerwühlten Betten zu hören sein würde, oder das Brutzeln eines Essens spätnachts, mit dem jemand ausgenüchtert werden sollte. Selbst nachdem die Wirklichkeit wieder alle in ihren eigenen Überlebenskampf geschickt hatte, würde diese Nacht der Magie, der Befreiung und der Freundschaft auf zehn mal acht großen Hochglanzbildern bestehen bleiben und niemals in Vergessenheit geraten. In dieser Nacht gab es in St. Joseph's keinen Ärger. Sarah hatte es kaum erwarten können, den Film zu entwickeln, um zu sehen, ob die Bilder wirklich so großartig geworden waren, wie sie glaubte. Jetzt, als sie die Fotos mit wachsender Begeisterung betrachtete, wusste sie, dass ihr ein hochwertiger Beitrag für den Wettbewerb gelungen war. Und wenn sie ausgestellt wurden, würden sie eine Stimme sein, die für ihre Freunde im Obdachlosenasyl sprach. Als die Fotos trocken waren, steckte sie sie behutsam in eine Mappe, räumte die Dunkelkammer auf und fuhr nach Hause.

In der Küche spülte sie die Bratpfanne und den fettigen Teller ab, den ihr Bruder in das Spülbecken gestellt hatte. Als sie nach Tim sah, lag er quer auf dem Bett. Seine Schuhe, die Brille und der weiße Mantel bildeten einen Haufen auf dem Boden neben ihm. Er sieht sehr verletzlich aus, dachte Sarah. So jung. Die ehrenwerte Deirdre hatte er nicht mehr erwähnt. Aber wenn er nun bis über beide Ohren verliebt in das Mädchen war und das seiner Schwester nicht anvertrauen konnte? Sarah schauderte, als sie sich ein heißes Bad einlaufen ließ, sich in der Wanne zurücklegte und nachdachte. Sie war sicher, dass Deirdre nicht die Richtige für ihren Bruder war. Aber zumindest hatte

er jemanden, während sie sich wieder einmal zum Narren gemacht hatte.
Von Camilla hatte sie nichts mehr gehört. Nach dem Vorfall in jener Nacht hatte sie erbärmliche Entschuldigungen vorgebracht und versucht, das restliche Wochenende zu retten, indem sie mit ihnen ins Theater, in eine angesagte italienische Trattoria und in einen Club gegangen war, wo die Rolling Stones spielten. Sie hatten sogar Gelegenheit gehabt, eines der Bandmitglieder kennen zu lernen. Aber es war unmöglich, das Debakel mit Marina zu vergessen. Tim war einen Tag früher als geplant nach Irland zurückgefahren.
»Sie versucht sich unsere Vergebung zu erkaufen, und das ertrage ich nicht«, erklärte er. »Ich fahre. Wir sehen uns in Dublin.«
»Nein, Tim. Sie ist chaotisch, das stimmt, aber sie ist nicht so berechnend. Sieh dir doch ihre Herkunft an! Was wäre aus uns geworden, wenn wir in solchen Verhältnissen aufgewachsen wären?«
»Du bist zu großzügig, Sarah. Zu nachsichtig. Camilla macht nur Ärger. Vielleicht kann sie nichts dafür, aber sie ist genau wir ihre Mutter und verbreitet Unglück, wohin sie kommt. Es war idiotisch von Piet, auf sie hereinzufallen, aber das hat er nicht verdient. Du solltest vorsichtig sein, sonst macht sie als Nächstes dich fertig und wirft deine Überreste zum Müll. Wenn der Schaden dann angerichtet ist, wird ihr natürlich alles wieder Leid tun. Eine solche Schwester brauchst du nicht.«
Wie naiv sie alle gewesen waren, als sie diesen kindischen Pakt geschlossen hatten! Jetzt waren sie weit voneinander entfernt, getrennt durch familiäre Umstände und Probleme, die offenbar alle Versuche, die Freundschaft zu erhalten, scheitern ließen. Es hatte so natürlich geschienen, so richtig, einander immerwährende Liebe und Loyalität zu geloben. Sarah stieg aus der Wanne und rieb sich kräftig die blasse Haut mit einem Handtuch ab. Sie hasste es, dass sie so teigig und milchig

wirkte. An ihrem kleinen Schreibtisch füllte sie die Bewerbungsunterlagen für den Wettbewerb aus und etikettierte sorgfältig jedes Foto auf der Rückseite, bevor sie die Bilder in einen festen Umschlag schob. Als sie ins Wohnzimmer ging, saß Tim zusammengesunken auf dem Sofa und sah sie aus blutunterlaufenen Augen an.

»Ich wollte auf dich warten, aber du bist spät dran, und so bin ich eingenickt. Ich wollte dich nicht verpassen.« Er starrte auf den abgewetzten Teppich. »Es gibt Neuigkeiten von daheim. Mum hat angerufen.«

»Ist alles in Ordnung?« Eine dunkle Vorahnung befiel sie. Betty rief nur an Geburtstagen und zu besonderen Anlässen – oder wenn etwas nicht stimmte. Tim antwortete nicht sofort, und das Zischen des Gasofens klang in der langen Stille wie eine Warnung.

»Jetzt wieder. Zumindest glaubt sie das«, sagte Tim schließlich. »Aber sie haben einen Riesenschreck bekommen. Dad hatte wieder einen ernsten Malariaschub. Er war sehr krank und reagierte nicht auf die Medikamente. Sie dachten … Na ja, sie dachten schon, es wäre vorbei. Mum wollte uns bereits vor zwei Tagen anrufen, damit wir nach Hause kommen. Sie waren so verzweifelt, dass sie ihm große Dosen des altmodischen Chinins gegeben haben. Jetzt hat er es überstanden. Aber er muss sich noch eine Weile schonen.«

»Kann ich jetzt anrufen und mit ihnen sprechen? Fragen, wie es ihnen geht?« Sarah setzte sich, zitternd vor Entsetzen.

»Nein, dazu ist es viel zu spät. Mum war ständig im Krankenhaus und versucht jetzt, ein wenig Schlaf nachzuholen. Sie war Tag und Nacht bei ihm. Schau, ich bin sicher, dass es ihm jetzt wieder gut geht.« Tim stand auf und nahm seine Schwester in den Arm. »Aber es gibt ein Problem, mit dem sie fertig werden müssen, Sarah. Sie müssen Mombasa verlassen und sich einen anderen Ort suchen, wo sie leben können. Man hat Dad gewarnt. Er kann sich keinen weiteren Malaria-

schub leisten. Nie wieder. Beim nächsten Mal würde er es nicht überleben.«
»Die Küste verlassen?« Sarah starrte ihn ungläubig an. »Aber wohin sollen sie denn gehen, um Himmels willen? Er wollte Mombasa nie verlassen. Nur um dort bleiben zu können, hat er jahrelang Möglichkeiten, Karriere zu machen, ausgeschlagen. Es ist unsere Heimat.«
»Sie haben noch nicht darüber gesprochen. Fürs Erste wird er viel zu schwach sein, um sich gründlich damit zu beschäftigen. Aber soweit ich es verstanden habe, darf er sich nicht mehr in einem Malariagebiet aufhalten. Darauf bestehen die Ärzte.«
Sarah stiegen Tränen in die Augen. »Du weißt sicher, dass er es überstanden hat? Sie verschweigt uns doch nicht etwas?«
»Nein, das glaube ich nicht.« Tim rieb sich die Augen. »Vielleicht kommen sie hierher, während er noch krankgeschrieben ist. Damit er sich erholen kann. Möglicherweise suchen sie auch ein Krankenhaus für Tropenkrankheiten in London auf und wenden sich an das Entwicklungshilfeministerium, um die Möglichkeiten einer Versetzung zu besprechen. Danach werden sie Klarheit darüber haben, welche Alternativen es für sie gibt.«
»O Gott. Ja, natürlich. Alternativen.« Sie war immer noch wie betäubt von dem Schock.
»Allerdings glaube ich nicht, dass du diesen Sommer in Kenia verbringen kannst, Sarah. Denn sie werden nicht dort sein. Vielleicht werden sie nie wieder dort hinkommen.« Er sah, wie sie die Zähne zusammenbiss und ihr Tränen über das Gesicht rollten, als sie versuchte, die ganze Tragweite des Geschehens zu begreifen. »Tut mir Leid, Mädchen. Ich weiß, wie sehr du dich darauf gefreut hast.«
Nicht nach Kenia reisen? Ihr Herz sank. Nur die Aussicht auf einen Sommer mit Hannah und Piet hatte sie aufrechterhalten. Sie konnte nicht fassen, dass nun ihr Traum zerstört war. Vergeblich versuchte sie, ihre Enttäuschung zu verdrängen. Dad

war krank. Das Wichtigste – das Einzige, was zählte – war seine Genesung. Sie umarmte ihren Bruder, zog ihren Mantel an und nahm ihren Regenschirm.

»Ich mache einen Spaziergang«, erklärte sie. »Das wird mich vom Grübeln abhalten. An Schlaf ist im Moment sowieso nicht zu denken. Warte nicht auf mich.«

Auf der Straße versuchte sie sich zu beruhigen. Das war nicht das Ende der Welt. Ihrem Vater ging es wieder gut. Aber der Gedanke, dass sie ihr Zuhause nie wiedersehen würde! Diese Vorstellung war zu schmerzhaft. Und Piet. Ihr Magen krampfte sich zusammen, und sie bemühte sich, rasch an etwas anderes zu denken und ihre wachsende Verzweiflung zu bezwingen. Am liebsten hätte sie sich mitten auf die Straße gestellt und geschrien. Sie versuchte sich vorzustellen, wie sie den Sommer verbringen würde. Sie konnte einen Kurs besuchen, um ihre fotografischen Kenntnisse zu erweitern und ihre Mappe zu vergrößern. Das würde zwar teuer werden, aber sie konnte sich einen Teilzeitjob suchen, um das Geld dafür aufzutreiben. Die Kälte betäubte ihre Gedanken und trieb sie wieder ins Haus. Sie ging zu Bett und lag mit Tränen in den Augen wach, bis die Morgendämmerung den Himmel grau färbte.

Als sie mit ihrer Mutter telefonierte, erfuhr sie, dass die Eltern nach Irland kommen würden, sobald Raphael kräftig genug für die Reise sei. Schon früh am Morgen verließ Sarah die Wohnung, um ihre Bilder zur Post zu bringen. Bevor sie das Kuvert verschlossen hatte, hatte sie sich die Fotos noch einmal angesehen und festgestellt, dass sie noch besser waren, als sie am Abend zuvor gedacht hatte. Geduldig reihte sie sich auf dem Postamt in die lange Schlange ein und flüsterte ein letztes Gebet, bevor sie das Kuvert in den Briefkasten fallen ließ. Den Rest des Tages verbrachte sie in der Universitätsbibliothek und versuchte, sich auf die Diagramme zu konzentrieren, die sie sich einprägen musste. Schließlich gab sie den Kampf auf und machte sich auf den Heimweg. Obwohl sie sich danach sehnte, in die Wohnung zurückzukehren, fürchtete sie sich gleichzeitig, dass dort weitere schlechte Nachrichten auf sie warteten. Als sie ihre Tasche auf den Tisch stellte, klingelte das Telefon, und sie war überzeugt, dass es noch einmal ihre Mutter war.

»Ich habe dir einen Brief geschrieben«, sagte Camilla. »Ich weiß, das ist schon seit langem überfällig, und du findest wahrscheinlich, dass es eine feige Art ist, mit der Sache umzugehen. Deshalb wollte ich mit dir sprechen. Es tut mir sehr Leid, dass ich dich und Piet und alle so verletzt habe.«

»Du kannst die Menschen nicht immer nur für deine eigenen Zwecke benutzen, Camilla, nur weil in deinem Leben etwas schief geht.« Sarah brachte es nicht über sich, ihr Trost oder Mitgefühl zu spenden.

»Das ist mir klar. Wirklich. Irgendwie werde ich es wieder gutmachen. Bei dir und bei Piet. Offenbar schaffe ich es einfach nicht, mit meiner Mutter klarzukommen.« Ein langes Schweigen folgte, während Camilla auf eine Antwort wartete, die nicht kommen wollte.

»Ich erwarte einen wichtigen Anruf, deshalb muss ich jetzt auflegen. Lass uns ein anderes Mal darüber reden.«

»Oh. Ja gut. Nur noch ganz kurz: Ich möchte immer noch unsere Geburtstage in Kenia feiern, so wie wir es uns gelobt haben.« In ihren Worten schwang ein Ton mit, den Sarah nicht zu deuten wusste. Ein Flehen vielleicht, zumindest eine gewisse Dringlichkeit. »Ich möchte im Sommer zurückkehren, wenn es dir recht ist. Und Piet.«

In Sarah stieg Ärger auf. Das also war der wahre Grund für Camillas Anruf – sie wollte sich vergewissern, dass ihre Pläne für die Ferien noch aktuell waren.

»Was Piet sagt oder tun will, weiß ich nicht«, erwiderte sie. »Ich jedenfalls werde wohl nicht kommen können …«

»Nach unserem Aufenthalt an der Küste könnten wir alle für

eine Woche in den Norden zum Campen fahren. Vielleicht in Samburu«, unterbrach Camilla sie. Ihre übliche gedehnte Sprechweise war verschwunden, und ihre Stimme klang atemlos und aufgeregt. »Wir könnten uns ein Zelt mieten und auf Safari gehen. Natürlich bräuchten wir einen Landrover und die Ausrüstung, aber Piet und …«

»Du hattest Kontakt zu Piet?« Der aufsteigende Groll drohte Sarah die Kehle zuzuschnüren.

»Nein, natürlich nicht. Aber ich muss dir etwas erzählen.«

»Das wird warten müssen.« Sarah schnitt ihr das Wort ab. »Im Augenblick bin ich mit wichtigeren Dingen beschäftigt. Dad hatte einen schweren Malariaschub. Er liegt noch im Krankenhaus, und nach seiner Entlassung werden meine Eltern hierher kommen, damit er sich richtig erholen kann. Wir werden also von der Küste wegziehen.«

»Oh, Sarah, das ist schrecklich! Wie geht es deiner Mutter? Wie kommt sie damit zurecht? Meine Güte, gibt es irgendetwas, was ich für euch tun kann?«

»Es sieht so aus, als sei meine Reise gestorben, Camilla. Ich kann es mir nicht leisten, allein dorthin zu fahren, wenn Mum und Dad hier sind. Du sprichst also mit der falschen Person. Wende dich lieber direkt an Piet und Hannah – mit mir kannst du nicht rechnen.«

»Aber das wollte ich dir doch erzählen! Anthony Chapman war soeben in London und hat uns angeboten, Ende August ein Camp für uns bereitzustellen. Ich habe eine günstige Vereinbarung mit ihm getroffen, die ich mir ohne Probleme leisten kann. Das wird mein Beitrag zu unserer Geburtsfeier sein. Ich bin diese Woche für ein Fotoshooting bei Vogue gebucht, und man hat mir einen großen Auftrag in der Parfumwerbung angeboten. Daher bin ich im Moment recht gut bei Kasse. Ich würde dir auch gern dein Flugticket bezahlen, Sarah. Bitte – ich will das für dich tun. Für uns alle. Bitte denk darüber nach. Ich muss dir noch etwas erzählen, aber das kann warten. Jetzt mache ich besser die Leitung frei, aber ich werde dich in ein oder zwei Tagen wieder anrufen.«

Als Sarah aufgelegt hatte, ließ sie sich in einen Sessel fallen. Irgendetwas an Camillas Vorschlag war seltsam gewesen, so als ob sie noch etwas hinzufügen hätte wollen, aber Sarah hatte jetzt keine Zeit, darüber nachzudenken. Die Vorstellung, wieder nach Hause fahren zu können, an die Küste, nach Langani und vielleicht sogar auf Safari zu gehen, war sehr verführerisch. Sie hatte nicht zu träumen gewagt, jemals einen Urlaub in einem privaten Camp wie dem von Anthony verbringen zu können. Als sie ein Geräusch hörte, sah sie auf.

»Wer war am Telefon?« Tim lehnte im Türrahmen. »Eigentlich habe ich heute den Abend frei, aber ich fürchte, das wird sich noch ändern, weil das Personal knapp ist. Und alle Welt scheint an Grippe zu leiden.«

»Das war Camilla. Sie wollte wissen, ob ich im August nach Kenia komme. Anscheinend könnte Anthony Chapman uns nach Samburu zum Campen mitnehmen, um unsere Geburtstage dort zu feiern. Camilla sagte, sie habe gerade einen lukrativen Auftrag bekommen und wolle alles bezahlen. Sogar mein Ticket nach Nairobi.«

»Meine Güte, die lässt wohl niemals locker«, meinte er angewidert. »Siehst du denn nicht, dass sie versucht, sich deine Anerkennung zu erkaufen? Wie oft fällst du noch darauf herein?«

»Wenn es etwas in ihrem Leben gibt, das ihr wirklich etwas bedeutet, dann ist es ihre Freundschaft mit Hannah und mir«, beharrte Sarah. »Und ich bin nicht gewillt, das außer Acht zu lassen. Zumindest nicht ganz. Warum kommst du nicht mit? Eine Safari würde dir gefallen, und du hast so hart gearbeitet.«

»Und Camillas Silberlinge annehmen?« Tim lachte verächtlich. »Auf keinen Fall! Außerdem könnten uns Mum und Dad hier brauchen. Oder bist du so fasziniert von deiner reichen, verzogenen Freundin und dem, was sie dir kaufen kann, dass unsere Eltern dir nicht mehr bedeuten?«

»Das ist einfach abscheulich!«, schrie Sarah. »Du weißt, wie viel sie mir bedeuten und dass ich außer mir vor Sorge bin. Aber bis zu dieser Reise sind es noch zwei Monate, und nur der Gedanke, nach Hause zurückzukehren, hat mich letztes Jahr davor bewahrt, den Verstand zu verlieren. Mum und Dad würde es nichts ausmachen, wenn ich zurückginge, nur für ein paar Wochen. Möglicherweise sind sie bis dahin selbst wieder dort.«

»Das sind sie bestimmt nicht. Geht das nicht in deinen dummen Schädel?« Tim hieb mit der Faust auf das durchhängende Sofa. »Du bist völlig bescheuert, Sarah. Und Camilla ist ein berechnendes Biest. Ich fasse es einfach nicht, dass du so blöd sein könntest, ihre Bedingungen zu erfüllen, um zurückzukehren. Ich sehe dich schon vor mir, wie du Piet van der Beer anhimmelst, während er dich ignoriert und hinter ihr herläuft. Wo ist dein verdammter Stolz? Wo ist dein gesunder Menschenverstand?«

»Gesunder Menschenverstand? Wo ist denn deiner geblieben, als du zugelassen hast, dass diese langweilige Deirdre dich völlig in Beschlag genommen hat? Sie hat einen sauertöpfischen alten Nörgler aus dir gemacht. Du hast überhaupt nichts mit ihr gemein.«

Sowie sie diese Worte hervorgestoßen hatte, tat es ihr Leid, aber seine Grausamkeit hatte sie verletzt. Sie schlug die Wohnungstür hinter sich zu und rannte wieder auf die Straße hinaus. Doch der Schmerz, den seine Bemerkungen geweckt hatten, ließ sie nicht los. Schließlich setzte sie sich auf eine Bank und zog ihre Jacke enger um sich. Tims Worte wühlten sie auf, aber sie war fest entschlossen, sich nicht von seiner brutalen Analyse ihrer Motive irremachen zu lassen. Sie würde alles in den nächsten Tagen mit ihrer Mutter besprechen. Allmählich hatte sie es satt, ständig eine Spielfigur im Leben anderer Menschen zu sein. Sie hatte diese eine Chance verdient, an den Ort zurückzukehren, den sie so sehr liebte. Seufzend ging sie zurück zur Wohnung und beschloss, ihren Eltern jegliche Unterstützung zu geben, die sie brauchten. Aber Camillas Vorschlag ging ihr trotzdem nicht aus dem Kopf.

An dem Tag, als ihre Eltern in Dublin ankamen, entdeckte sie die Anzeige in der Zeitung. Sarah Mackay hatte fünfhundert Pfund für ihre Porträts der Insassen des St. Joseph's Obdachlosenasyls gewonnen. Die Bilder wurden in einer angesagten Galerie in der Wicklow Street ausgestellt und zum Verkauf angeboten. Als Mike Daly anrief, um ihr zu gratulieren, legte sie einfach auf. Dann buchte sie Zimmer in einem Fünf-Sterne-Hotel und fuhr mit ihren Eltern und ihrem Bruder über das Wochenende nach Connemara.

Kapitel 10
Kenia, Juni 1965

Hannah bestellte sich ein Bier mit Limonade und wandte sich Fred Patterson zu. Er war am Nachmittag ihr Tennispartner gewesen, und sie hatten das gemischte Doppel gewonnen. Jetzt lud er sie zur Samstagnacht-Party im Club ein. Sie hatte das schon vorhergesehen und heimlich eine Tasche mit frischer Kleidung, anderen Schuhen und Parfum in den Kofferraum des Wagens gelegt. Ihr war bewusst, dass Piet damit nicht einverstanden wäre.

»Du verbringst zu viel Zeit im Club«, beschwerte er sich. »Das Benzin ist teuer, und dem alten Wagen unserer Mutter tut das auch nicht gut! Wir müssen ihn noch eine Weile behalten, Han. Du kannst ihn nicht als Privatlimousine benutzen. Und dann die vielen Rechnungen für Essen und Getränke. Du benimmst dich wie eine englische *Memsahib*, die nichts anderes zu tun hat, als den Hausboys Anweisungen zu geben und Bridge oder Tennis zu spielen. Es gibt wichtige Arbeit für dich auf Langani.«

»Ich habe keine Lust, den ganzen Tag in deinem Büro herumzusitzen«, entgegnete Hannah verärgert. »Die letzten zwei Jahre habe ich in einer miesen Bruchbude verbracht, während du hier auf der Farm warst, dir in Schottland eine schöne Zeit gemacht hast oder mit Sarah und Camilla in London Spaß hattest. Jetzt treibst du dich den ganzen Tag irgendwo dort draußen herum, planst deine Lodge, fährst mit dem Traktor durch die Gegend oder kümmerst dich mit Lars um den Weizen. Und ich bin immer noch eingesperrt. Das ist nicht fair.«

Piet seufzte. Sie hatte Recht. Als Pa in den Süden gegangen war, hatte Hannah den Kürzeren gezogen. Wie konnte er ihr jetzt verbieten, dass sie sich ein wenig amüsierte? Aber er machte sich zunehmend Sorgen um sie. Ein paar seiner Freunde hatten ihn durch die Blume auf die Begeisterung seiner Schwester für die wilden Partys der hiesigen Rugbymannschaft aufmerksam gemacht. Einerseits gönnte er es ihr, dass sie eine gewisse Zeit keine Verantwortung tragen musste, aber andererseits wollte er sie auch vor Schaden bewahren.

»Hör auf zu nörgeln«, hatte Hannah an diesem Morgen gesagt. »Ich bin kein Kind mehr, sondern alt genug, um auf mich selbst aufzupassen. Lars geht auch in den Club – ich habe ihn dort gesehen. Die Mädchen fallen wie die Heuschrecken über ihn her. Warum fragst du ihn nicht, was er dort alles anstellt? Oder soll er mich etwa ausspionieren?«

»Natürlich nicht, Han. Das ist doch lächerlich. Er ist ein erwachsener Mann und kann mit seinem Lohn und seiner Freizeit machen, was er will. Aber du bist meine kleine Schwester, und ich möchte nicht, dass dir etwas passiert. Das ist alles.«

»Aber du kennst doch alle im Club«, wandte Hannah ein und starrte ihn wütend an. »Seit Jahren spielst du mit allen Tennis und Rugby. Also was soll die Aufregung?«

Das war natürlich genau das Problem. Piet war nur allzu vertraut mit den ausgehungerten Junggesellen aus der Gegend, die an jedem Wochenende ihre Farmen oder die nahe gelegenen Armeekasernen verlassen durften und sich auf die Jagd nach Frischfleisch begaben. Nach Mädchen wie seiner Schwester. Wäre Lottie noch auf Langani, gäbe es strenge Regeln, und Hannahs Vater würde ein wachsames Auge auf seine Tochter haben. So wie die Dinge jetzt lagen, musste sie auf niemanden Rücksicht nehmen. Jetzt war sie schon beinahe zwei Monaten zu Hause und machte ihm von Tag zu Tag mehr zu schaffen. Piet hatte ihr nicht genau gesagt, in welcher Krise Langani sich seit Jans überstürzter Abreise befand. Er wollte keine Kritik an seinem Vater äußern. Offenbar hatte es zwischen Hannah und Jan einen heftigen Streit gegeben. Da hatte es keinen Sinn, das bröckelnde Fundament der Familie noch weiter zu belasten. Aber Langani befand sich immer noch am Rand des Bankrotts, und er brauchte Hannahs Hilfe. Ständig musste er mit den Banken verhandeln, und es gab keine Rücklagen mehr, auf die er im Fall von unvorsehbaren Problemen bei der nächsten Ernte zurückgreifen könnte. Lars hatte sich einiges einfallen lassen, um Geld zu sparen, und seine umsichtige Verwaltung während Piets Abwesenheit hatte sie vor dem Aus bewahrt. Er hatte einige Arbeiter entlassen, überschüssiges Vieh und alte Geräte verkauft und das Land mit Einfallsreichtum und großem Engagement bewirtschaftet. Lars war gründlich und tüchtig und überdies, was noch wichtiger war, ein guter Freund. Piet wollte ihn nicht gehen lassen. Wenn die Lodge eröffnet war, würde er noch dringender gebraucht werden.

»Die Lodge wird sicher für gute Einkünfte sorgen«, meinte Lars zustimmend. »Der Bau verschlingt keine großen Kosten, und dieser Viktor Szustak ist ein geschickter Architekt. Wenn wir uns an seinen Entwurf halten, können wir die meisten Materialien direkt von der Farm beziehen – Stein, Dachstroh, das Holz für das Gebäude. Und wir haben unsere eigenen Arbeitskräfte. Selbst die Möbel können wir hier in der Werkstatt anfertigen. Aber dein Vater will das gesamte Projekt verschieben, bis wir Geld auf der hohen Kante haben, um in einem schlechten Jahr über die Runden zu kommen.«

»Pa ist nicht hier«, erklärte Piet bestimmt. »Er kann nicht tausend Meilen entfernt über die Führung von Langani mitbestimmen. Wir müssen jetzt unsere eigenen Entscheidungen treffen, um zu überleben. Die Bank unterstützt die Idee von der Lodge, und Anthonys Investition hat uns auch geholfen. Außerdem hätte Hannah dann eine sinnvolle Aufgabe, anstatt uns nur Sorgen zu bereiten.«

»Deine Schwester ist schon in Ordnung. Sie hatte es nicht leicht dort unten, und sie ist ausgebrochen. Wenn du ihr noch

ein wenig Zeit gibst, wird sie schon wieder auf den Pfad der Tugend zurückfinden.«
»Uns bleibt keine Zeit mehr!«, erklärte Piet. »Hannah muss jeden Tag ihren Teil beitragen, wenn sie hier bleiben will.«
»Dann musst du ihr die Wahrheit sagen.« Lars stand auf. »Ich gehe zur Molkerei. Offenbar gibt es dort ein *shauri* wegen fehlender Milch. Ich nehme an, jemand verkauft ein paar Gallonen unter der Hand oder gibt sie Freunden oder Verwandten. Wahrscheinlich beides.«
Als Hannah vom Nanyuki Club aus anrief, war es schon beinahe dunkel, und Piets aufgestauter Zorn entlud sich am Telefon.
»Sofort kommst Du jetzt nach Hause!«, befahl er. »Du wirst nicht den ganzen Abend im Club verbringen, Geld aus dem Fenster werfen, die nächste wilde Party feiern und dich in heikle Situationen begeben.«
»Hör schon auf mit deiner ewigen Nörgelei, Piet. Du hast dich in einen Langweiler verwandelt, hängst nur noch auf der Farm herum und redest von Arbeit.«
»Ich befehle dir, nach Hause zu kommen. Sofort!« Ein Klicken in der Leitung verriet ihm, dass sie aufgelegt hatte. Fassungslos starrte er auf den Hörer.
Er schnappte sich die Schlüssel für den Laster und machte sich auf den Weg nach Nanyuki. Regen setzte ein und schlug prasselnd gegen die Windschutzscheibe. Schon bald verwandelte sich die Straße in glitschigen Morast, und Piet konnte kaum etwas erkennen, während die alten Scheibenwischer über die Scheibe kratzten. Als er beim Club ankam, war er klatschnass. Einer seiner Kumpels vom Rugbyteam schlug ihm auf den Rücken und bestellte ein Bier für ihn. Von Hannah war keine Spur zu sehen, aber einige lärmende Grüppchen tranken und tanzten begeistert. Die Party war in vollem Gang.
»Hast du Hannah gesehen?«, fragte er Jamie Pincott, den Kapitän des Rugbyteams.

»Ich würde mich jetzt nicht auf die Suche nach deiner Schwester machen, alter Junge.« Jamie grinste vielsagend.
»Verstehe«, erwiderte Piet und rang sich ein Lächeln ab. »Wer ist heute Abend ihr Verehrer?«
»Fred Patterson. Wie schon letzte und vorletzte Woche. Sie scheinen ganz verrückt nacheinander zu sein. Wie läuft es auf Langani? Ich habe dich in letzter Zeit kaum hier gesehen. Nur Arbeit und kein Vergnügen, was? Du musst dich ein wenig entspannen, alter Junge. Wie wäre es mit einer Partie Tennis nächste Woche?«
Piet hatte sich schon damit abgefunden, das Bier austrinken zu müssen, als eine hübsche Brünette Jamies Aufmerksamkeit auf sich zog. Sofort verließ Piet die Bar, um Hannah zu suchen. Im Foyer und auf der Tanzfläche konnte er sie nicht entdecken, und sie saß auch an keinem der Tische im Restaurant. Es goss in Strömen, als er sich seinen Weg zwischen den etlichen Wagen auf dem Parkplatz bahnte. Im Schein seiner Taschenlampe spähte er durch den dichten Regen, bis er eine Bewegung wahrnahm. Dann hörte er ihr Lachen. Hannah saß auf dem Rücksitz von Fred Pattersons Auto und kicherte, während er am Reißverschluss ihres Kleides zerrte und sie auf den Mund küsste. Keiner von beiden bemerkte den Lichtstrahl. Piet riss die Wagentür auf und zog seine Schwester hinaus in den Regen. Sie schrie ihn an und beschimpfte ihn, wütend und gedemütigt, mit Worten, die sie ihm gegenüber noch nie gebraucht hatte, aber er beachtete sie nicht. Fred Patterson kletterte unbeholfen aus seinem Kombiwagen und starrte verdattert ins Leere, als die Faust genau auf seinem Kinn landete und ihn in sein Auto zurücktaumeln ließ.
»He, ganz ruhig, alter Junge! Ich habe nichts getan, was sie nicht auch …«
»Du lässt deine verdammten Finger von meiner Schwester«, fauchte Piet ihn an. »Ich bin für sie verantwortlich, und wenn du noch einmal um sie herumscharwenzelst, kriegst du Ärger

mit mir. Und jetzt verschwinde und such dir deinen Spaß anderswo.«
Hannah war wie im Schock, als er sie am Arm packte und zu dem Laster führte. »Steig ein«, zischte er und schob sie auf den Beifahrersitz. »Wir fahren heim. Lars wird den Wagen morgen früh holen.«
»Du bist ein eingebildeter Tyrann, wie Pa«, schrie sie ihn an. »Es ist dir doch völlig egal, wie es mir geht! Für dich bin ich nur ein Gepäckstück, um das du dich kümmern musst, weil es dir gehört. Das ist alles, was du kannst.« Sie begann zu schluchzen und vergrub ihr Gesicht in den Händen. Das nasses Haar klebte ihr am Kopf.
Piet schlug die Tür zu, und als er um den Wagen herum zur Fahrerseite ging, bereute er sein Verhalten bereits. Schweigend fuhren sie durch den Sturm, der direkt über ihren Köpfen tobte. Das Wetterleuchten am Himmel wich immer wieder gezackten Blitzen, die um sie herum einschlugen. Der Wagen schlitterte über die Straße, und zweimal blieben sie im Morast stecken, sodass Piet aussteigen und schieben musste, während Hannah lenkte und die Räder aus dem saugenden, nassen Matsch zu befreien suchte. Es war schon fast Mitternacht, als sie die Farm erreichten und ins Wohnzimmer stolperten, wo Lars am Kaminfeuer auf sie wartete.
»Sieht so aus, als sollte ich die Familie besser allein lassen«, meinte er mit einem Blick auf Hannah, die sich mit wütender Miene in ihr Zimmer zurückzog. »Nimm es leicht, was immer es auch sein mag.«
»Sie ist zu Bett gegangen. Bleib hier und trink noch etwas mit mir, Lars. Hol die Gläser, während ich mir etwas Trockenes anziehe«, sagte Piet. Als er zurückkam, stellte er sich an das Feuer, um sich aufzuwärmen. »Ich habe es vermasselt«, gestand er. »Den Kopf verloren und mich wie ein Idiot aufgeführt. Sie saß mit Fred Patterson auf dem Rücksitz. Ich habe sie aus dem Wagen gezogen und ihm einen Kinnhaken verpasst.«

»Das erhöht deine Chancen, dass du beim nächsten Rugbymatch platt gemacht wirst.« Lars grinste. »Falls Hannah dich nicht schon vorher fertig macht.«

»Ich weiß. Aber sie ist meine kleine Schwester, verdammt, und im Moment bin ich so etwas wie ihr einziges Elternteil.«

»Sie ist kein Kind mehr«, meinte Lars beschwichtigend. »Sie ist eine junge, sehr temperamentvolle Frau. Du musst sie behandeln wie eine Erwachsene, nicht wie ein unartiges Schulmädchen. Und ihr auf andere Weise zeigen, dass sie dir wichtig ist.«

»Du hast Recht«, erwiderte Piet. »Ich werde zu ihr gehen und ihr sagen, dass ich mich blöd verhalten habe. Dass es nur aus Sorge um sie passiert ist.«

»Das würde ich heute Abend nicht tun«, entgegnete Lars. »Außer du willst dich in einen kochenden Vulkan stürzen.«

»Wieder richtig«, stimmte Piet ihm zu. »Ich werde die Sache gleich morgen Vormittag in Angriff nehmen. Danke, mein Freund.«

Sie erschien nicht zum Frühstück. Mwangi ließ ihn wissen, dass *Memsahib* Hannah schon sehr früh am Morgen ausgeritten sei. Es war schon beinahe Mittag, als sie zurückkam.

»Wir müssen miteinander reden«, erklärte er und hob beide Hände, als sie den Mund öffnete, um ihm zu widersprechen. »Ich habe mich gestern Abend wie ein Idiot verhalten, Han, und das tut mir Leid. Ich habe dich bemuttert wie eine Glucke, und mir ist klar, wie dumm das war. Aber ich will einfach nicht, dass dir etwas zustößt, nach allem, was du bereits erlebt hast. Du weißt, ich bin ein altmodischer Farmer, ein *domkopf*. Da Fred bei unserem nächsten Rugbymatch auf mich warten wird, solltest du schon mal Verbandmaterial und Gipsschienen bereitlegen.«

Ein Lächeln huschte über Hannahs Gesicht. »Wir können von Glück sagen, dass wir die Nacht nicht in einem Straßengraben verbringen mussten«, meinte sie. »Dann hätten wir auch noch Lars Rede und Antwort stehen müssen.«

»Das wäre allerdings schlimm gewesen.« Piet lachte. »Aber es gibt einiges, was wir besprechen müssen, Schwesterherz. Bisher habe ich das alles von dir fern gehalten, aber jetzt sollten wir darüber reden, damit wir gemeinsam entscheiden können, was zu tun ist.«

Hannah setzte sich neben ihn, und er zeigte ihr die Bücher und Ordner, in denen die Kontenführung der Farm verzeichnet war. Jan hatte Schulden hinterlassen, und sie sah, dass Lars alles getan hatte, um einen Bankrott zu vermeiden. Nichtsdestotrotz bewegten sie sich immer noch auf einem schmalen Grat zwischen Untergang und Überleben.

»Ich glaube, dass wir es schaffen können«, erklärte Piet. »Sobald die Lodge fertig ist, werden wir mit den Einkünften die Jahre überstehen können, in denen wir eventuell mit Dürre oder Problemen mit der Ernte oder mit dem Vieh kämpfen müssen. Und wenn der Bau steht, wirst du eine Aufgabe haben. Du könntest dich um alles kümmern. Menschen aus der ganzen Welt werden hierher kommen. Etliche Jäger und private Safarigesellschaften suchen nach Orten, die noch nicht von den üblichen Touristenscharen überlaufen sind. Wir werden nur jeweils zehn Leute aufnehmen. Für sie wird es eine ganz neue Erfahrung sein, sich auf einer richtigen Farm und einem privaten Wildreservat aufzuhalten, das in dritter Generation einer Familie in Kenia gehört.«

»Unsere Mittel sind knapp, und wir haben Schulden bei der Bank. Wie wollen wir das verwirklichen?«, fragte Hannah.

»Wenn wir uns an Viktors Entwurf halten, können wir billig bauen, indem wir Materialien von Langani benutzen. Und Anthony hat ein wenig Geld zugeschossen.« Er bemerkte, dass ihre Augen zum ersten Mal seit ihrer Ankunft interessiert aufleuchteten. »Aber du wirst das Büro leiten, während der Bau im Gang ist, Han. Danach muss man sich um die Einrichtung kümmern, das Personal muss angelernt werden, und wir müssen Pläne entwerfen, wie alles organisiert werden soll. Mir scheint, da wärst du in deinem Element.«

»Genau«, erwiderte sie und umarmte ihn. »Es tut mir Leid, Piet. Seit meiner Rückkehr war ich wohl eine ziemliche Nervensäge. Aber das ist etwas, was wir zusammen anpacken können. Die ganze Sache gefällt mir sehr gut. Jetzt zeig mir noch einmal die Bücher.«

Von diesem Morgen an lief alles anders auf der Farm. Hannah arbeitete unermüdlich viele Stunden am Tag. Sie entwarf ein neues System für die Buchhaltung, kümmerte sich um die Ablage, tippte Bestellungen und kontrollierte die Lieferungen. Die Büroarbeit machte ihr keinen Spaß, aber jetzt konnte sie sich auf die Zeit freuen, wenn sie die Lodge führen und Besucher aus Europa und Amerika empfangen würde. In der Zwischenzeit ging es darum zu überleben.

Viktor Szustak kam regelmäßig ins Haus und blieb manchmal über Nacht auf der Farm. Hannah war fasziniert von seinen ausladenden Gesten und dem starken polnischen Akzent, der in ihren Ohren sehr exotisch klang. Er zitierte Schriftsteller und Dichter, von denen sie noch nie gehört hatte, schilderte ihr in leuchtenden Farben, wie er sich die Inneneinrichtung der Lodge vorstellte und zeichnete sogar Entwürfe für die Möbel. Viktor flirtete unverhohlen mit ihr und brachte sie mit seinen eindeutigen Annäherungsversuchen zum Lachen. Aber seine Aufmerksamkeit schmeichelte ihr, und sie freute sich immer auf seine Besuche.

Eines Morgens wurde die Erde auf dem *kopje* umgegraben, wo die Aussichtsplattform und das große Foyer entstehen sollten, und sie feierten das mit einem Picknick. Dann entfernten sich die Arbeiter, um die Position und die Größe der Wasserleitungen festzulegen. Hannah blieb allein zurück, als sich die Wolken teilten und den Blick auf den Berggipfel freigaben. Plötzlich spürte sie zwei starke Arme, die sich um ihre Taille legten. Sie drehte sich um und blickte in Viktors entschlossenes Gesicht. Mit einem Stöhnen senkte er den Kopf, um sie zu küssen, und Hannah fühlte Erregung in sich aufsteigen.

Doch dann ließ sie das Geräusch von Schritten auseinander fahren.
»Da bist du ja, Viktor. Piet wartet auf dich, um sicherzustellen, dass wir alles vermessen haben. Sobald du hier mit deinen Bemühungen fertig bist.« Lars sah ihn grimmig an. »Es wird bald dunkel, und ich möchte noch heute wissen, welche Leitungen wir brauchen, damit ich die Rohre bestellen kann.« Er bedachte Hannah mit einem langen, nachdenklichen Blick. In seinen Augen lag ein Ausdruck, den sie nicht zu deuten wusste. Trotzig hob sie das Kinn und entfernte sich.
Viktor zuckte die Schultern. In seinem Gesicht lagen Belustigung und Spott, als er Lars folgte.
»Ich hoffe, Viktor wird dem zweifelhaften Ruf nicht gerecht, der ihm vorauseilt«, sagte Piet an diesem Abend zu seiner Schwester.
»Ich mag seine Gesellschaft«, erwiderte Hannah. »Er ist interessant, künstlerisch begabt und einfach anders – er erzählt mir von Büchern, Bildern und Orten, von denen ich noch nie gehört habe.«
»Das mag schon sein.« Piet runzelte die Stirn. »Aber er ist ein notorischer Schürzenjäger. Fall nicht auf sein Gerede herein, Han. Er ist sehr schnell bei der Planung von Gebäuden, aber noch schneller bei seinen Plänen, wenn es um Frauen geht.«
»Piet.« Sie blickte ihn warnend an.
»Ich weiß, du kannst selbst auf dich aufpassen. Aber nimm dich vor diesem Menschen in Acht.«
Piet gründete eine Firma mit Anthony als Teilhaber. Lars erledigte den Großteil der täglichen Arbeit auf der Farm, pflügte und pflanzte den Weizen an, kümmerte sich um das Vieh und die Molkerei und sah nach dem Maschinenpark. Doch Piet war bei allen Rundgängen und Inspektionen an seiner Seite, und gemeinsam entwarfen sie Lösungen für das Nachschubwesen und die Unstimmigkeiten mit den Arbeitern. Ihre Freundschaft wuchs, und hin und wieder nahmen sie sich die

Zeit, mit Hannah Partys in Nairobi zu besuchen. Manchmal aßen sie sogar im Outspan Hotel in Nyeri zu Abend und übernachteten dann dort.
»Wir müssen uns Hotelzimmer, Speisekarten und Tischwäsche anschauen«, meinte Piet. »Und wir haben es verdient, dabei auch ein wenig Spaß zu haben.«

An einem Abend im Juni schob Hannah zu später Stunde ihren Stuhl vom dem Schreibtisch im früheren Büro ihres Vaters zurück. Sie sammelte den Stapel Rechnungen auf, den sie zur Seite gelegt hatte, und rieb sich die Augen. Die Petroleumlampe zischte leise und verströmte einen leichten, öligen Geruch, der auf seltsame Weise tröstlich war – wahrscheinlich eine Erinnerung an ihre Kindheit. Die Schatten hielten sich aus dem Lichtschein heraus, wie eine Zweitbesetzung, die hinter der Bühne in den Startlöchern saß. Schatten aus einer Zeit, als die Farm noch ein sicherer Hafen für sie gewesen war, als ihr Vater noch hier in diesem Lichtkegel saß und die Dunkelheit von ihr fern gehalten hatte. Entschlossen verscheuchte sie die Erinnerung daran. Pa würde ihr jetzt nicht helfen, und Piet war Tag für Tag auf dem *kopje* und beaufsichtigte den Bau. Schon bald würden sie ihren Kredit bei der Bank neu planen müssen, und auf der Farm konnte nicht mehr alles ausgebessert und repariert werden. Die Löhne, Saatgut und Tierfutter verursachten ständig Kosten, und trotz Anthony Chapmans Beitrag verschlang der Bau ihre mageren Ersparnisse.
Lars verstand sich sehr gut auf Viehhaltung. Seine Familie in Norwegen besaß eine Rinderzucht. Seit seiner Kindheit hatte er seine Ferien bei einem Onkel verbracht, der eine Kaffeeplantage nördlich von Nairobi betrieb. Aber mit Weizen hatte er keine Erfahrung, und er war immer noch nicht mit allen Problemen vertraut, die örtliche Schädlinge und Parasiten verursachen konnten. Obwohl Hannah nun ein vollwertiges Mitglied der Crew war, nahm er nur ungern einen Rat von ihr an.

Piet war der Boss, denn er hatte ein Landwirtschaftsstudium abgeschlossen. Und, noch entscheidender, er war ein Mann. Hannah vermutete, dass sie in Lars' Augen immer noch ein Kind war, das seinen Eltern in Rhodesien davongelaufen war, und Piet hatte nun die lästige Aufgabe, sich um sie zu kümmern. Sie hatte versucht, ihn zu beeindrucken, indem sie ihm darauf hinwies, dass sie auf der Farm aufgewachsen war und den Betrieb durch und durch kannte. Daher könne sie draußen ebenso gut helfen wie im Büro. Aber sie besaß kein Diplom, um das zu belegen, und sie war nur ein Mädchen.

Während der letzten Wochen hatte sie fast ausschließlich im Büro gearbeitet, und allmählich sah das Haus ein wenig verwahrlost aus. Also ließ sie das Personal putzen und streichen und sorgte dafür, dass wieder mehr Wert auf Ordnung gelegt wurde. Lotties Garten war noch da, aber niemand hatte neue Blumen gepflanzt, und die früher sorgfältig geschorenen Hecken waren ausgewachsen. Hannah machte sich mit dem Gärtner an die Arbeit, jätete Unkraut, pflanzte neue Gewächse an und schnitt die alten zurecht, bis sie feststellte, dass der Garten wieder seine frühere Gestalt hatte.

Piet hatte einige der erfahrenen Arbeiter auf der Farm abgestellt, beim Bau der Lodge zu helfen, doch es waren noch keine Maßnahmen ergriffen worden, um Personal zum Kochen, Servieren und Putzen zu schulen. Hannah hatte ihn darauf hingewiesen, dass sie neue Arbeiter nicht von heute auf morgen anlernen konnte, aber er wollte die zusätzlichen Kosten bis zur letzten Minute hinauszögern. Es würde nicht leicht werden, geeignete Leute zu finden.

Auf der fernen Tabakplantage in Rhodesien war ihr alles so einfach erschienen. Sie würde nach Hause zurückkehren, mit Piet arbeiten und gemeinsam mit ihm ihren eigenen Traum verwirklichen. Sie hatte nicht mit den furchtbaren Gefühlen von Scham und Reue gerechnet, die sie immer noch empfand, weil sie Lottie mit ihrer überstürzten Flucht vor ihrem gewalttätigen Vater im Stich gelassen hatte. Seit ihrer Rückkehr nach Langani hatte sie sich geweigert, mit ihm zu sprechen, und der Schmerz, als sie Lotties erste Worte am Telefon gehört hatte, so tapfer, aber so verzweifelt, war unerträglich gewesen. Hannah hatte rasch aufgelegt und später versucht, ihr in einem Brief alles zu erklären. Aber sie war fest entschlossen, nicht zurückzukehren, nicht einmal Lottie zuliebe. Doch da sie so feige war, verspürte sie ständig Schuldgefühle. Sie vermisste ihre Mutter schmerzlich, und tief in ihrem Inneren sehnte sie sich auch nach Jan. Sie wollte den Vater aus ihrer Kindheit wiederhaben, den mächtigen, allwissenden Giganten, der ihr Geborgenheit und Glück vermittelt hatte, und nicht den traurigen Trinker, der jetzt auf der Farm seines Cousins arbeitete. Es hat keinen Sinn, ständig daran zu denken, sagte sie sich. Diesen Vater gibt es nicht mehr. Wir werden erwachsen. Wir machen weiter. Sie stand auf, schob die Papiere zusammen und nahm die Petroleumlampe. Seufzend überließ sie das Büro seinen Geistern und trat hinaus auf die Veranda.

Motten und Mücken umschwirrten die zischende, kugelförmige Leuchte, als sie zum Wohnzimmer ging. Zwei weitere Lampen leuchteten neben den Sesseln, und im Kamin glimmte rot glühende Asche auf dem Rost. Piets Hunde waren nicht zu sehen, also musste er noch oben bei der Lodge sein, wo er sich mit Anthony treffen wollte. Sie sah sie vor sich, wie sie irgendwo unter dem Sternenhimmel an einem Lagerfeuer saßen, ein Bier tranken und Pläne schmiedeten. Hannah wäre gern dabei gewesen. Sie fuhr noch nach Nanyuki, wenn sie in der Gegend geschäftlich zu tun hatte, und so fühlte sie sich einsam und isoliert. Manchmal kamen am Wochenende Freunde zum Essen, aber dann drehten sich die Gespräche meist um Landwirtschaft, die Aufteilung des Lands und Politik. Lars hatte sic einmal zu einer Party mitgenommen, aber sie fragte sich, ob er damit nur Piet einen Gefallen getan hatte. Ihr Bruder war jetzt sehr oft in Nairobi, um Kontakte zu Naturschutzorganisationen und Reiseveranstaltern zu knüpfen. Bei diesen Gelegenheiten schien er auch rege am gesellschaftlichen Leben teilzunehmen. Er übernachtete in Anthonys Häuschen in Karen und zog mit Viktor durch die Stadt. Die Eskapaden des Architekten sorgten für ständigen Gesprächsstoff in Nairobi.

Sarah hatte ihr geschrieben, dass sie eine Leidenschaft für das Fotografieren entwickelt hatte und sich nichts sehnlicher wünschte, als im Sommer nach Kenia zu kommen. Obwohl Dublin ein wenig trist zu sein schien, hätte Hannah sehr gern die verrauchten Kneipen besucht, wo Fiedler spielten und die Leute die ganze Nacht tanzten. Camilla schickte Postkarten aus London, Rom oder Paris mit kurzen, hingekritzelten Grüßen, die auf ein glamouröses Leben schließen ließen. Am Anfang hatte Hannah sich über die Karten gefreut, aber seit einiger Zeit fand sie sie nur noch ärgerlich. In ihren Augen war das keine angemessene Antwort auf ihre eigenen Briefe, und sie fühlte sich von Camillas beruflichem Erfolg eingeschüchtert. Komm schon, Hannah, ermahnte sie sich selbst. Du wolltest hier auf Langani sein, und das bist du jetzt. Damit musst du dich vorläufig zufrieden geben. Und du kannst nicht erwarten, dass Piet jeden Abend neben dir sitzt oder dich überall mit hinschleppt.

Vor einigen Tagen hatte Piet sie zur Baustelle mitgenommen, und sie hatten dort die Nacht in einem Zelt verbracht. Am Abend saßen sie nebeneinander auf der halb fertigen Aussichtsplattform und blickten auf die Wasserstelle, die von einer Quelle unterhalb der umliegenden Felsen gespeist wurde. Seit einigen Monaten hatte er Salz ausgelegt, um die Tiere anzulocken. Als es dunkel wurde, wagte sich der erste scheue Buschbock heran. Das Männchen hatte ein dunkles, glänzendes Fell mit einem hübschen weißen Streifen auf der Brust und gedrehte Hörner. In dem Licht eines kleinen Generators beobachteten sie, wie das Weibchen ihm folgte und vorsichtig an das Wasserloch trat. Sein rötliches Fell war weiß gesprenkelt, und seine Augen glänzten im Widerschein des Lichts. Die nächsten Besucher waren Warzenschweine. Sie kamen in einer ordentlichen Reihe angetrottet und streckten dabei ihre Schwänze wie Antennen in die Luft. Piet und Hannah konnten sich von diesem Anblick nicht losreißen. Sie aßen ihr einfaches Mahl und hüllten sich dann in Pullover und Decken, um sich gegen die durchdringende Kälte zu schützen. Es war schon nach Mitternacht, als die ersten Elefanten auftauchten. Wie gebannt sahen die beiden zu, wie die riesigen Tiere mit den Ohren schlugen und das Wasser mit ihren Rüsseln aufsaugten. Die Jungen beobachteten die ausgewachsenen Tiere und streckten dann ebenfalls ihre Rüssel aus, um das Salz aufzunehmen, wobei sie einander spielerisch schubsten. Zwei Babys blieben zwischen den Vorderbeinen ihrer Mütter stehen und spähten von dort aus auf die wagemutigeren Verwandten, um von ihnen zu lernen. Als schließlich die Büffel erschienen und einander schnaubend zur Seite drängten, um sich im Schlamm zu wälzen, legte Piet den Arm um die Schultern seiner Schwester.

»Das ist phänomenal«, flüsterte er ihr ins Ohr. »Das Wild kommt jetzt jeden Abend. Wir dürfen nie vergessen, wie glücklich wir uns schätzen dürfen, dass wir das alles allein für uns haben. Es ist unsere Pflicht, es zu bewahren, Han, egal, wie schwer das wird und was es kostet. Das ist unsere Verantwortung, unser Erbe. Wir haben die Aufgabe, dies für alle nachfolgenden Generationen zu erhalten.«

»Das weiß ich«, erwiderte sie leise. »Und ich möchte dir dabei helfen, wo immer ich nur kann.«

»Du bist eine große Hilfe«, erklärte er. »Ich habe einfach nicht die Zeit, mich um all das hier zu kümmern und gleichzeitig noch den Bürokram zu erledigen. Außerdem ist es nicht gerade meine Stärke, Zahlen zu addieren, Rechnungen zu bezahlen und die Bücher in Ordnung zu halten.«

»Wir drei haben es geschafft, das Chaos in der Buchhaltung

aufzuarbeiten, das Pa uns hinterlassen hat«, sagte Hannah. »Jetzt wissen wir genau, wo wir stehen. Daher würde ich nun sehr gern eine oder zwei Stunden am Tag draußen auf der Farm verbringen. Ich kenne hier jeden Quadratmeter, und ich will nicht den ganzen Tag im Büro eingesperrt sein, nur weil ich eine Wirtschaftsschule besucht habe. Oder die Nachmittage damit verbringen, deine Hosen zu flicken. Ich will hier einen wesentlichen Teil dazu beitragen – ich bin nicht nur deine kleine Schwester, die ausgerissen ist.«

Piet schwieg, und sie sah, dass er über etwas nachdachte.

»Was ist dort unten im Süden wirklich passiert, Han?«, fragte er schließlich. »Ich weiß, dass du mir etwas verschweigst.«

Sie presste die Lippen zusammen und blieb stumm in der Dunkelheit sitzen.

»Glaubst du, dass sie jemals zurückkommen werden?«, wollte er wissen. »Ich meine, Pa ist niemals offiziell einer Straftat bezichtigt worden, soviel ich weiß. Ma hat mir erzählt, dass er an der Tötung irgendeines Mau-Mau-Kriegers beteiligt war, der von seiner Truppe gefangen genommen wurde. Aber das haben auch Tausende andere in der Armee, der Polizei und den Spezialeinheiten getan, sowohl Schwarze wie Weiße. Wie du weißt, gab es nach dem Ende des Ausnahmezustands eine Amnestie, und damit war alles erledigt. Bei einem meiner Aufenthalte in Nairobi habe ich die Akten der King's African Rifles eingesehen, aber nichts Schlechtes über Pa gefunden. Warum bleibt er nur dort unten bei all den engstirnigen Farmern, die Ian Smith treu ergeben sind? Außerhalb Rhodesiens wird diese Regierung von niemandem anerkannt, außer von dem Apartheid-Regime in Südafrika. Pa hat eigentlich nichts mit diesen Querelen zu tun. Er sollte nach Hause kommen.«

»Ich will nicht, dass er zurückkommt.« Hannahs Augen funkelten zornig. »Ich möchte ihn nie wiedersehen.«

»Hannah?« Piet starrte sie schockiert an.

»Er ist ein Trinker. Ein verdammter, nutzloser, gewalttätiger

Säufer. Er hat mich geschlagen – das ist der Grund, warum ich davongelaufen bin. Wahrscheinlich schlägt er Ma auch, und deshalb hasse ich ihn.« Sie hieb mit der Faust auf den Felsen.

Piet schwieg eine Weile und versuchte den Schlag zu verarbeiten, den ihm diese schreckliche Enthüllung versetzt hatte. »Es tut mir Leid«, sagte er schließlich. »Es tut mir sehr Leid. Dafür gibt es keine Rechtfertigung, gleichgültig welche Probleme er haben mag. Du bist jetzt hier, Han, und wir beide, du und ich, werden zusammenarbeiten und uns um unser Land kümmern.«

Nun, allein im Wohnzimmer, lächelte Hannah bei der Erinnerung an diese Nacht. Seitdem hatte sich nicht viel geändert, und sie erstickte immer noch in Papierkram. Plötzlich fragte sie sich, ob Lars im Haus war. Zumindest hätte sie dann mit jemandem reden können. In einem Sturm kam jeder Hafen gelegen. Mwangi tauchte aus der Küche auf und lächelte sie strahlend an.

»Es ist schon spät«, sagte er. »Möchten Sie etwas Warmes trinken?«

»Tee, bitte, Mwangi. Ich trinke ihn hier. Und du solltest zu Bett gehen. Hast du *Bwana* Lars gesehen?«

»Er ist unterwegs, um den unteren Zaun zu überprüfen. Er meinte, dass *nyati* vom Sumpf heraufkämen. Und er sagte, Sie würden sehr böse werden, wenn sie noch einmal Ihre Gemüsebeete zertrampeln.«

»Da hat er Recht!« Die Büffel wurden zur Gefahr, wenn sie in den Garten eindrangen. Vor einigen Wochen hatte Piet einen erschießen müssen, der ein Maisfeld der *watu* zerstört hatte.

Hannah setzte sich ans Feuer. Sie glaubte den Geruch der Pfeife ihres Vaters wahrzunehmen, der immer noch in den Polstern hing, doch vielleicht bildete sie sich das auch nur ein. Jan hatte oft hier gesessen und eine letzte Pfeife geraucht, bevor er zu Bett ging. Sie beugte sich vor und stocherte in der Glut. Die dringendsten Rechnungen hatte sie aus dem Büro mitgebracht, aber vielleicht war es besser, sie morgen gemeinsam mit Piet durchzugehen. Wenn er nach Hause kam, würde er müde sein, und möglicherweise war Anthony bei ihm. Wahrscheinlich würde auch Lars auftauchen. Stets hatte er an ihren Vorschlägen etwas auszusetzen. Manchmal wünschte sie, Piet und sie könnten ihr Zuhause eine Weile für sich allein haben, ohne die ständige Gegenwart des großen Norwegers. Hannah hatte gewollt, dass er in die alte Hütte für die Verwalter zog, die einige hundert Meter vom Haupthaus entfernt lag. Aber sie musste renoviert werden, und alle verfügbaren Mittel und Arbeitskräfte wurden nun für den Bau der Lodge benötigt. Lars bewohnte eines der Gästezimmer, aß mit ihnen, tauchte ständig überall auf und nahm mit seiner großen, schlaksigen Gestalt jeden Raum in Beschlag. Nein, das war nicht fair. Ihr war durchaus bewusst, dass sie ohne ihn nicht zurechtkommen würden. Und sie war dankbar, dass er heute Abend hinausgefahren war, um ihren Gemüsegarten vor den Büffeln zu schützen. Er war ein guter Mann mit einer tiefen, festen Stimme, der sie oft mit seinem komischen Bemerkungen zum Lachen brachte. Vor kurzem waren sie an einem Abend sehr niedergeschlagen gewesen, und Piet hatte nach dem Abendessen den Brandy auf den Tisch gestellt. Da hatte Lars ihnen zum ersten Mal von seinem Leben in Norwegen erzählt. Seine Beschreibung der exzentrischen und dickköpfigen Menschen aus seiner Familie und Nachbarschaft hatte ihnen geholfen, ihre eigenen Probleme für eine Weile zu vergessen, und Hannah war von der Vorstellung fasziniert gewesen, an einem Ort zu leben, wo es mehrere Wochen im Jahr Tag und Nacht stockdunkel war. Lars sah tatsächlich so aus, wie man sich einen Wikinger vorstellte: Er war groß und hager, hatte wettergegerbte Gesichtszüge und blondes, ein wenig zu langes Haar. Aber irgendwie konnte sie sich ihn nicht auf einem Raubzug vorstellen. Für Vergewaltigung und Plünderung war er viel zu höflich. In

ihren Augen waren Männer interessanter, die unterschwellig ein wenig gefährlich wirkten.
Wie Anthony. Hannah hatte schon immer gefunden, dass er etwas von einer Raubkatze an sich hatte – fließende Bewegungen, eine innere Kraft, einen Anflug von Berechnung und sogar eine Drohung in den braunen Augen, die immerzu nach etwas Ausschau hielten. Ausschau nach etwas, wovon sie nichts wusste. Und Viktor Szustak. Er benahm sich wie ein Wilder, lachte laut und fuchtelte mit den Händen in der Luft herum, wenn er sprach. Selbst wenn er nicht in Eile war, wirkte er wie ein Wirbelwind, und wenn er versuchte, eine seiner Ideen oder ein Konzept zu erklären, fertigte er großflächige, krakelige Zeichnungen an. Doch dann legte er verschiedene Pläne vor, die jedes Detail enthielten, wohldurchdacht, durchnummeriert und mit akribischen Linien und Buchstaben versehen. Es war ihr ein Rätsel, wie er seine Hand ruhig genug halten konnte, um so zu zeichnen. Er trank große Mengen Whisky, Wodka und Gin und ermutigte sie, das alles zu probieren. Vor kurzem hatte sie würgen müssen und sich verschluckt, als er ihr irgendein Feuerwasser aus Nairobi mitgebracht hatte. Unwillkürlich hatte sie dabei an Sarah denken müssen, die sich vor vielen Jahren an einem Sherry verschluckt hatte. Aber Viktor kippte alles hinunter, stieß sein irres Gelächter aus und erschien am nächsten Morgen frisch und munter, bewaffnet mit seinen Stiften und seinen großen Zeichenbüchern. Dann maß er alles bis auf den letzten Zentimeter genau aus und erstellte unter Berücksichtigung der Bäume und Felsen die Pläne, die ihre Lodge zum wunderbarsten Ort auf der ganzen Welt machen würden.
Das Geräusch eines Wagens brachte sie in die Gegenwart zurück. Lars erschien mit seinem Gewehr in der Hand an der Tür. »Ich habe einen alten *nyati* aus unserem Gemüsegarten vertrieben«, erklärte er. »Zumindest vorläufig. Es ist ihm nur gelungen, ein paar Kohlköpfe zu fressen.«

»Danke, Lars«, erwiderte sie. »Möchtest du Tee? Es ist noch genug in der Kanne.«
Er setzte sich mit einer Tasse Tee und rührte langsam und gedankenverloren darin. Dann hob er den Blick. »Ich habe dich vor ein paar Tagen in der Molkerei gesehen«, sagte er. »Du hast mit den Kühen geredet.«
»Das tue ich immer«, erklärte sie. »Seit Pa mich zum ersten Mal mitgenommen hat und mir beibrachte, ihre Namen auszusprechen. Ich glaube, da war ich zwei Jahre alt.«
»Ich denke, das gefällt ihnen«, sagte er. »Der Klang deiner Stimme. Und das kann ich gut verstehen. Also habe ich mir überlegt, dass du die Molkerei übernehmen könntest. Wenn du glaubst, genug Zeit dafür aufbringen zu können. Du bist schon zu lange an das Büro gefesselt. Es wäre gut, wenn du dich um das Milchvieh kümmern könntest. Ich habe alle Hände voll zu tun mit dem Weizen, den Zäunen und den *watu*, aber ich bin natürlich immer da, falls du mich brauchen solltest. Was meinst du dazu, Hannah?«
»Du möchtest, dass ich die Verantwortung für die Molkerei übernehme?«
»Ja.«
»Das mache ich gern«, erklärte sie begeistert. »Gleich morgen werde ich damit anfangen.«
Sie wollte noch etwas hinzufügen, als Piet mit Anthony eintraf. Die Hunde schlugen an, als sie aus dem Landrover kletterten, und Hannah eilte fröhlich hinaus, um sie zu begrüßen. Anthony stand im Licht der Scheinwerfer und schob seinen Hut aus der Stirn, sodass sie unter der Krempe sein sonnengebräuntes Gesicht sehen konnte.
»Hannah! Ich habe dich seit Wochen nicht mehr gesehen! Du siehst großartig aus. Aber ich wusste natürlich schon immer, dass aus dir eine Schönheit werden würde.«
»Alter Schmeichler!« Sie lachte ihn an und warf ihren blonden Zopf über die Schulter. »Mwangi hat ein Zimmer für dich

hergerichtet. Hast du schon gegessen? Ich werde ein paar belegte Brote und Bier besorgen. Oder magst du lieber einen Schluck Whisky?«

Schon bald saßen sie mit einem Tablett vor dem Kamin. Der Raum wirkte jetzt warm und einladend, und Hannah beugte sich mit vor Freude gerötetem Gesicht vor. Anthony beobachtete sie, wie sie dick belegte Sandwiches herumreichte und Getränke einschenkte. Sie war viel schlanker als bei ihrer Abreise nach Rhodesien. Vielleicht lag das einfach nur daran, dass sie herangewachsen war. Mit dem dichten goldfarbenen Haar und den weit auseinander liegenden Augen war sie auf eine etwas derbe, bodenständige Art sehr hübsch, obwohl in ihrem Blick eine rätselhafte Traurigkeit lag. Ihm gefiel die Form ihres Kinns, das sowohl gewinnend wie auch herausfordernd wirkte. Piets kleine Schwester hatte sich in eine Frau verwandelt, und ihre Bemerkungen zum Projekt der Lodge hatten Hand und Fuß. Er bemerkte, dass Lars sie hin und wieder anerkennend ansah, aber darauf weder ein Lächeln noch einen verstohlenen Blick erntete.

»Was hast du jetzt vor?«, wollte Anthony von ihr wissen. »Wirst du auf Langani bleiben oder in den Süden zurückgehen, um dein Studium zu beenden?«

»Dahin werde ich nie wieder gehen. Niemals.«

Die Heftigkeit ihrer Antwort erstaunte ihn. Piet saß ganz still in seinem Sessel, und plötzlich lag Spannung in der Luft. Hastig wechselte Anthony das Thema.

»Ich komme gerade von einer Verkaufsreise nach England und in die Vereinigten Staaten zurück. In London habe ich Camilla getroffen. Sie ist atemberaubend schön. Verdammt mutig, wie sie sich inmitten dieser verrückten Stadt behauptet. Jeder kennt sie. Ihr Bild ist in allen Magazinen und Zeitungen. Wirklich erstaunlich.«

»Piet und Sarah haben sich an Ostern mit ihr getroffen«, sagte Hannah. »Mein Bruder ist allerdings sehr zurückhaltend, wenn es um Camilla geht. Er hat mir nicht viel über dieses Wochenende erzählt.«

Anthony hob die Augenbrauen, aber Piet war aufgestanden, stocherte in der Glut und ignorierte sie geflissentlich.

»Auf jeden Fall haben wir über eine Geburtstagssafari gesprochen«, fuhr Anthony fort. »Ende August habe ich Zeit zwischen meinen Buchungen. Wir könnten zu fünft fahren – mit Tim wären wir zu sechst. Ich habe ein Camp in der Gegend von Samburu oder Shaba vorgeschlagen, wo es keine Touristen gibt. Bestimmt kann Lars hier ein paar Tage lang die Stellung halten.«

»Darin habe ich inzwischen genügend Übung.« Lars lächelte auf seine bedächtige Art.

»Außer einigen Postkarten habe ich nichts von Camilla gehört«, erklärte Hannah. Der Abend war voller Überraschungen für sie.

»Sie schien überzeugt zu sein, dass ihr alle hier sein werdet. Wir haben eine Abmachung für das Camp getroffen. Sie wird für das Essen, den Wein und das Benzin für die Autos sorgen, und ich werde die Zelte und das Personal zur Verfügung stellen. Dazu kommt noch ein spektakuläres Geburtstagsgeschenk: Ich werde als euer persönlicher Safariführer fungieren. Piet, wenn du einen Landrover mit Anhänger organisieren kannst, brauchen wir keinen Laster. Es wundert mich, dass ihr nichts von Camilla gehört habt. Ich hatte gedacht, dass sie euch sofort anrufen würde.«

»Das klingt wie ein Traum«, meinte Hannah, aber Piet zuckte die Schultern und wandte sich ab. »Stimmt etwas nicht, Piet?«

»Alles in Ordnung.« Er kam zurück in den kleinen Kreis am Kamin. »Schau, Hannah, ihr habt dieses Zusammentreffen anlässlich eures einundzwanzigsten Geburtstags geplant, und das ist eine großartige Idee. Anthony hat offensichtlich bereits mit Camilla etwas organisiert, und ich kann bestimmt den

Landrover und einen Anhänger besorgen. Aber ich glaube nicht, dass ich euch begleiten werde. Hier ist einfach zu viel zu tun. Die Lodge soll Ende November fertig sein, damit wir kurz nach Weihnachten eröffnen können.«

»Aber du musst mitkommen!« Hannah war bestürzt. »Lars hat doch gesagt, dass er allein zurechtkommt.«

»Komm schon, alter Junge«, drängte Anthony ihn. »Du kannst mich doch nicht mit diesen drei Sirenen allein im Busch lassen. Wer weiß, was dann aus mir wird!«

»Wir haben so selten Gelegenheit, etwas miteinander zu unternehmen, Piet, und es ist mein einundzwanzigster Geburtstag!«, rief Hannah flehentlich. »Außer dir habe ich hier keine Familie. Ich wünsche mir, dass du dabei bist.«

»Du solltest erkennen, wann du dich geschlagen geben musst«, meinte Lars. »Du wirst ja nur für kurze Zeit weg sein.«

Hannah warf ihm einen dankbaren Blick zu und wandte sich dann wieder an ihren Bruder. Er antwortete mit einer Frage: »Bist du sicher, dass Camilla mich dabeihaben will?«

»Aber natürlich.« Anthony sah ihn erstaunt an. »Sie hofft, dass auch Tim Mackay kommt, wenn er sich im Krankenhaus freimachen kann.«

Piet nickte. »Also, wann wolltest du fahren?«

»Ende August bis Anfang September. Sarah muss erst im Oktober wieder aufs College. Wie sieht es aus?«

»Ja, ich glaube, das wird gehen«, sagte Piet.

»Dann ist es beschlossene Sache!« Hannah umarmte ihren Bruder mit strahlenden Augen. »Danke, Piet – das ist die beste Idee, die du jemals gehabt hast.«

»Dann solltest du Camilla oder Sarah morgen anrufen.« Piet erkannte, wie sehr sie das verdient hatte. Dafür, dass sie so jung war, hatte sie schon eine Menge durchmachen müssen. Und sie arbeitete sehr hart. »Sag den beiden, dass wir uns darauf freuen. Aber plappere nicht eine halbe Stunde am Telefon. Das ist sehr teuer.«

Als das Feuer im Kamin heruntergebrannt war und sie endlich aufstanden, küsste Hannah ihren Bruder, und er rieb sein stoppliges Kinn an ihrer Wange.

»Noch einmal danke, Piet. Du kannst dir nicht vorstellen, wie viel mir das bedeutet.«

»Du hast es verdient. Du arbeitest wie eine Sklavin, und alles in allem machst du deine Sache nicht schlecht. Wenn man bedenkt, dass du ein Mädchen bist.«

Er lachte, als sie ihm gegen die Brust trommelte, und ging pfeifend in sein Zimmer. Hannah sah ihm nach. Sie war zuversichtlich, was die kommenden Monate betraf, und freute sich, dass Piet und Anthony zusammenarbeiteten. Der Mann wusste so viel und hatte eine Menge Erfahrung. Und er kannte jedermann in der Touristikbranche – hier und auch im Ausland. Er war ein idealer Partner und ein alter Freund. Sie würden es schaffen. Alles würde gut werden. Im August würde das große Wiedersehen stattfinden, und im September war ihr Geburtstag. Sie würden sich so viel zu erzählen haben. Im Garten hörte sie das Pfeifen der Nachtschwalben und das Quaken der Laubfrösche, aus der Ferne begleitet von dem heulenden Ruf der Hyänen und dem warnenden Wiehern eines Zebras, das vor einem Raubtier flüchtete.

In der Morgendämmerung machte sie sich auf den Weg zur Molkerei, wo Lars bereits auf sie wartete. Sie sahen zu, wie die Kühe hereingebracht wurden, gingen dann durch die Ställe und nahmen die einzelnen Tiere in Augenschein. Dann sprachen sie mit dem Hirten und den Arbeitern, die für das Melken zuständig waren. Lars erklärte ihnen, dass Hannah nun die Verantwortung über die Molkerei übernehmen würde, und sie strahlte über das ganze Gesicht, als sie den Kontrollgang fortsetzen. Sie war unglaublich stolz darauf, dass ihr diese wichtige Aufgabe übertragen worden war. Als Anthony gefahren war, kehrte Hannah, weniger widerstrebend als zuvor, an ihren Schreibtisch zurück. Gerade prüfte sie stirnrunzelnd eine

Rechnung, die ihr zu hoch erschien, als der Vorarbeiter Juma an der Türschwelle auftauchte.
»Draußen ist ein Mann«, sagte er. »Er möchte mit Ihnen sprechen.«
Hannah sah von ihren Papieren auf. »Welcher Mann?«
»Ein junger Kikuyu, *Memsahib* Hannah. Er hat einen Brief von der Missionsschule in Kagumo.«
»Kagumo?«, fragte Hannah überrascht. »Dann hat er einen weiten Weg zurückgelegt. Was will er?«
»Er möchte zu *Bwana* Piet«, antwortete Juma.
»Er ist nicht hier«, erklärte sie. »Er sieht sich den Bullen an, der gestern Nacht mit dem Bein im Zaun hängen geblieben ist. Sag dem Mann, er soll später wiederkommen.«
Juma verschwand, und Hannah hörte Stimmen auf den Stufen vor dem Haus. Als er zurückkam, hielt er einen sorgfältig gefalteten Brief in der Hand.
»Der Mann bittet Sie, das zu lesen«, sagte er. »Er wartet draußen.«
Sie nahm den Brief aus seiner ausgestreckten Hand und überflog ihn. Er war in einer ziselierten, schulmeisterlichen Handschrift verfasst.

Kagumo Schule
Kiganjo
Zentralprovinz

Bestätigung
Simon Githiri kam als kleines Waisenkind zu uns. Er wuchs hier auf und wurde in der Missionsschule von Kagumo erzogen. Wir nehmen an, dass er ungefähr zwanzig Jahre alt ist. Er ist nun auf der Suche nach Arbeit. Wir halten ihn für fleißig, intelligent, ehrlich und wissbegierig. Er spricht gut Englisch, kann lesen und schreiben und hat sein Abschlusszeugnis erhalten und einen Grundkurs in Buchhaltung ab-

geschlossen. Er wäre geeignet zur Ausbildung in Bürotätigkeiten oder in anderen Bereichen der Verwaltung. Er versteht sich darauf, Akten zu führen, und arbeitete auch bereits in der Lagerverwaltung. Während seiner Schulzeit half er beim Jäten und Bepflanzen der schuleigenen Felder. Ich bin sicher, dass er sich als zuverlässiger und nützlicher Arbeiter erweisen wird, wenn er die Möglichkeit dazu bekommt.

Pater Carlo Caverde
Direktor

Die Mission Kagumo lag in der Nähe der Gemeinde Nyeri am Fuß des Aberdare-Gebirges. Der lang gezogene Gebäudekomplex wurde von italienischen Priestern geführt, und Hannah erinnerte sich schmunzelnd daran, dass er bei den Europäern in dieser Gegend seit langem »das Heilige Römische Reich« genannt wurde. Die Consolata Pater besaßen ein Krankenhaus, Schulen, ein Waisenhaus und ein landwirtschaftliches Trainingslager. Sie genossen den Ruf, Schüler und Arbeiter sehr gut auszubilden. Sie fasste einen Entschluss.
»Schick ihn herein, Juma, dann werde ich entscheiden, ob er auf *Bwana* Piet warten soll oder nicht.«
Der junge Mann war schlank und drahtig, von mittlerer Größe und hatte sehr dunkle Haut. Er trug eine saubere, verblichene Hose, ein kariertes Baumwollhemd und aus alten Autoreifen gefertigte Sandalen. Respektvoll blieb er an der Türschwelle stehen und senkte den Blick, nachdem er kurz die Person gemustert hatte, die ihn befragen wollte. Hannah wies auf das Empfehlungsschreiben von der Mission.
»Simon Githiri«, sagte sie. »Wie ich hier lese, bist du von den Patern in Kagumo erzogen worden?«
»Ja, Madam. Sie haben mir eine gute Ausbildung ermöglicht.«
Seine Stimme war tief und seine Aussprache sehr deutlich.

»Sie glauben, du wärst für eine Bürotätigkeit geeignet. Ich hätte eher angenommen, dass du dir dann Arbeit in Nyeri suchen würdest. Das ist eine sehr belebte Stadt, wo es sicher Unternehmen gibt, die Personal suchen. Und sie liegt viel näher bei deiner Heimat.«

»Es ist nicht meine Heimat, Madam.« Er sah sie offen an.

»Du bist weit gereist«, meinte Hannah. »Warum hast du einen so langen Weg zu dieser Farm auf dich genommen? Wir haben hier keine Bürotätigkeit zu vergeben. Eigentlich bin ich nicht einmal sicher, ob wir überhaupt eine offene Stelle haben.«

»Ein Mann in Nanyuki hat mir heute Morgen gesagt, dass der *Bwana* von Langani ein Safariunternehmen aufbaut. Er meinte, dass es bei den Safaris Arbeit geben könnte, oder in dem Hotel, das gebaut wird. Eine solche Arbeit würde ich gern machen. Ich würde sehr hart arbeiten.«

Er war wortgewandt und sprach leise, aber bestimmt. Und er war gut informiert. Hannah war immer wieder überrascht, wie gut die Buschtrommeln in diesem Land funktionierten. Die Informationen schienen den Leuten mit dem Wind zugetragen zu werden.

»Wie bist du hierher gekommen, Simon?«

»Zu Fuß«, antwortete er.

»Den ganzen Weg von Nyeri? Wann bist du aufgebrochen?«

»Vor zwei Tagen, Madam.«

Vierzig Meilen in weniger als achtundvierzig Stunden. Wo mochte er geschlafen haben? Doch er war sauber und wirkte weder erhitzt noch müde. Mit Sicherheit war er kräftig und außerdem strebsam. Hannah klopfte mit ihrem Stift auf den Schreibtisch, als ihr plötzlich ein Einfall kam. Sie las den Brief von Vater Caverde noch einmal und stand dann auf.

»Juma wird dich in die Küche bringen und dir etwas zu essen geben. Mein Bruder wird zum Mittagessen zurück sein, aber ich weiß nicht, ob es hier einen geeigneten Job für dich gibt.

Das Safarigeschäft hat noch nicht begonnen, und die Lodge wird sehr klein werden.«

Simon ging mit Juma davon, und Hannah setzte sich wieder und überlegte. Möglicherweise war das genau der richtige Zeitpunkt. Erst gestern hatten sie sich darüber unterhalten, dass sie Personal für das Hotel suchen mussten. Piet hatte darauf bestanden, einen afrikanischen Assistenten einzuarbeiten. Ungeduldig wartete sie auf seine Rückkehr, aber als er mit Lars hereinkam, war er zu sehr mit anderen Dingen beschäftigt.

»Wir haben Probleme.« Piet rieb sich mit einem Taschentuch das staubverschmierte Gesicht ab.

»Wir sind mit Kipchoge zu dem Bullen gegangen, der sich im Zaun verfangen hatte«, erklärte Lars. »Er ist in einem erbärmlichen Zustand. Sein Bein war mit Stacheldraht umwickelt und sieht böse aus. Wir haben die Wunde gereinigt, aber sie könnte sich bereits entzündet haben.«

»Er hing die ganze Nacht in dem Draht fest und kämpfte dagegen an«, erzählte Piet. »Unglücklicherweise bemerkte Juma erst heute Vormittag, dass er verschwunden war. Ich habe den Tierarzt angerufen, damit er sich das Tier ansieht.«

»Noch schlimmer ist, dass ein großer Bereich des Zauns niedergerissen ist«, sagte Lars. »Daher sind Büffel auf die äußere Weide gelangt. Piet und ich glauben, dass jemand den Draht durchgeschnitten hat.«

»Es war ein verdammt harter Job, den Zaun wieder aufzustellen«, sagte Piet und nahm von Mwangi einen Krug mit kaltem Bier entgegen. »Wir waren den ganzen Morgen damit beschäftigt, und er ist immer noch nicht hundertprozentig sicher. Es könnten Massai gewesen sein, die ihr Vieh dort grasen lassen wollten. Oder es waren Wilderer, die über die unteren Weiden einen Weg zum Fluss oder zu den Sümpfen suchten. Dort unten ist eine Herde Elefanten, von denen der eine oder andere gutes Elfenbein zu bieten hat.«

»Das fehlte uns gerade noch«, meinte Hannah entmutigt. »Wochenlang haben unsere *watu* diese Weiden gesäubert und eingezäunt. Wenn die Drähte durchgeschnitten sind, unser Vieh hinausgelangt und diese dürren *ngombes* der Massai hereinkommen, könnten sich unsere Herden mit Maul- und Klauenseuche und weiß der Himmel mit was noch allem infizieren. Von den Problemen mit den Elefantenwilderern ganz zu schweigen.«

»Das ist richtig.« Lars nickte zustimmend.

»Juma hätte bemerken müssen, dass der Bulle letzte Nacht nicht da war«, meinte Piet müde.

»Nein«, widersprach Hannah. »Juma kann nicht überall gleichzeitig sein. Er hat dir gestern oben bei der Lodge geholfen, bis du mit Anthony zurückgekommen bist. Wir haben ein Personalproblem, Piet. Ich habe mitbekommen, dass Lars vor kurzem mit dir darüber gesprochen hat, aber du willst nicht auf ihn hören. Oder auf das, was ich dir seit geraumer Zeit sage. Wir brauchen unsere erfahrenen *watu* auf der Farm und nicht draußen auf der Baustelle. Wenn alle unsere alten Arbeitskräfte auf dem Bau arbeiten, bleibt hier einiges liegen.«

»Aber die Gegend um das Wasserloch muss sauber gehalten und mit Salz versorgt werden, wenn wir einen Ort schaffen wollen, wo man das Wild ständig beobachten kann«, entgegnete Piet. »Und ich muss Arbeitskräfte von der Farm auf dem Bau einsetzen. Wir können es uns nicht leisten, Arbeiter dafür anzustellen. Es ist ja nur vorübergehend, bis die Lodge fertig ist.«

»Ich weiß, Piet. Aber wir müssen bald Personal für die Lodge finden. Ich muss jetzt anfangen, die Leute einzuarbeiten.«

»Du hast Recht«, stimmte er ihr zu. »Ich habe es bis zur letzten Minute aufgeschoben, damit wir keine zusätzlichen Löhne zahlen mussten. Aber ich weiß nicht, wo wir jetzt …«

»Ich glaube, darauf habe ich eine Antwort«, unterbrach Hannah ihn. »Hier ist etwas, das du dir anschauen solltest.« Sie reichte ihm Simon Githiris Brief von der Mission. »Dieser Junge sucht Arbeit, und er scheint sich ein wenig vom Durchschnitt abzuheben.«

Piet überflog das Schreiben. »Von dort kommen einige gute junge Männer. Welchen Eindruck hat er auf dich gemacht?«

»Seine Sprachkenntnisse sind beeindruckend, und er ist erpicht darauf zu arbeiten. Jemand, dem wir von der Pike auf etwas beibringen könnten. Er wirkt ehrgeizig und scheint Köpfchen zu haben. Sprich selbst mit ihm. Ich werde Kamau bitten, ihn zu dir zu bringen.«

»Also gut.« Piet schob den Brief in die Hosentasche. »Lars, willst du bei dem Gespräch dabei sein?«

Piet musterte Simon Githiri. Was er sah, gefiel ihm. Der junge Kikuyu hielt seinem Blick stand und zeigte keinerlei Anzeichen von Unbehagen oder Verlegenheit bei dieser Prüfung. Er beantwortete alle Fragen sowohl auf Suaheli als auch auf Englisch und erklärte, dass er einfache Buchhaltung und allgemeine Bürotätigkeiten in der Mission gelernt habe. In seiner Freizeit hatte er im Büro des College gearbeitet, um ein wenig Geld zu verdienen und seine weiterführende Ausbildung bezahlen zu können. Die Pater hatten ihm eine Festanstellung angeboten.

»Ich möchte im Safarigeschäft arbeiten«, sagte Simon. »Ich habe die Touristen in Nyeri gesehen. Und einmal bin ich mit dem Wagen der Wäscherei nach Treetops gekommen und habe die Safarifahrer, die dort Halt machen, über die Nationalparks reden hören.«

»Wir organisieren hier auf der Farm keine Safaris«, sagte Piet. »Wir wollen eine Lodge für ungefähr zehn Leute führen. Sie ist noch nicht eröffnet, und es wird eine Weile dauern, bis wir regelmäßig Gäste haben werden. Wenn du auf Langani arbeitest, wirst du keine Reisen unternehmen.«

»Ich verstehe, Sir. Aber ich würde sehr gern lernen, wie ich mich um die *wazungu* kümmern kann, die zu Besuch kommen, und ihnen von meinem Land erzählen.« Simon lächelte zögernd. »Ich könnte hier gute Arbeit leisten.«

»Warum warst du in Kagumo?«, wollte Piet wissen. »Meine Schwester sagte mir, du kommst aus einer anderen Gegend.«

»Ich wurde von einem Verwandten dorthin gebracht. Meine Eltern sind gestorben, und ich war noch sehr klein und krank. Meine Familie war zu arm, um mich zu behalten. Sie dachten, die Pater würden mir zu essen und zu trinken geben und dafür sorgen, dass ich etwas lerne. Dann würde ich arbeiten und für meine Familie sorgen können. Ich bin groß und stark geworden und habe viele nützliche Dinge gelernt. Und ich bin bereit, Ihnen zu dienen, als wären Sie meine Familie.«

Simon verstummte. Es war eine lange Rede gewesen, die er in gut verständlichem Englisch vorgetragen hatte. Piet sah, dass ihm vor Anstrengung der Schweiß auf die Stirn getreten war. Unwillkürlich bewunderte er den Mut und die Ehrlichkeit des jungen Manns – er wollte nicht als irgendein Waisenjunge angesehen werden, der auf die Wohltätigkeit anderer angewiesen war. Dieser Bursche hat einen Hang zur Unabhängigkeit, dachte Piet. Er könnte sich zu einem wertvollen Arbeiter entwickeln.

»Warte draußen«, befahl er dem Jungen. Dann schloss er die Tür und sah Lars an.

»Gut, oder? Er hat Köpfchen, wie Hannah sagte. Ich denke, wir sollten es mit ihm versuchen.«

»Ja, er scheint nicht dumm zu sein. Aber du weißt nichts über ihn, außer dem, was in diesem Brief steht. Du solltest besser zuerst diesen Priester anrufen und nachfragen. Woher willst du wissen, dass er sich nicht mit dem Empfehlungsschreiben eines anderen davongemacht hat?«

»Sie müssen alle einen *kipandi* mit sich tragen, Lars. So etwas wie die Personalausweise in Europa. Es wäre die Mühe nicht wert, einen Brief vorzuzeigen, der einem anderen gehört. Ich

werde ihn zu einem sehr niedrigen Lohn einstellen und ihm eine Chance geben. Was haben wir zu verlieren?«
Er rief Simon zurück in das Zimmer. »Ich bin bereit, es mit dir zu versuchen, Simon, aber du wirst hart arbeiten müssen. Du bekommst Unterkunft und Verpflegung, aber dein Lohn wird gering sein, bis ich weiß, ob ich dich auf Dauer behalten will. Nach drei Monaten werden wir eine Entscheidung fällen. Und du wirst von mir Befehle annehmen, sowie von allen Personen, die dazu befugt sind. Hast du das verstanden? Gut. Kann ich jetzt deinen *kipandi* sehen?«
Simon reichte ihm seinen Ausweis mit seinem Namen und seinem Fingerabdruck darauf.

»Siehst du, Lars? Simon Githiri, mein neuer Assistent.« Piet gab Simon lächelnd den Ausweis zurück. »Also los, Simon. Geh zu Juma, der dich heute Morgen hierher gebracht hat. Wahrscheinlich findest du ihn drüben in den Lagerräumen. Er wird dir deine Unterkunft zeigen. Nach dem Mittagessen, in etwa einer Stunde, kommst du wieder zu mir. Dann werden wir zur Lodge fahren und uns anschauen, was es dort zu tun gibt.«
»Danke, Sir.« Simon strahlte über das ganze Gesicht. Er lächelte immer noch, als er auf der Veranda an Kamau vorbeiging. Der alte Koch musterte den Neuankömmling, spitzte die Lippen und gab ein missbilligendes Schmatzen von sich. Ob dieser Fremde den Job erhalten würde, den er sich für seinen Sohn David gewünscht hatte? Das war kein gutes Zeichen. Er klopfte an die Bürotür und blieb unentschlossen an der Schwelle stehen, als Piet sich hinter seinem Schreibtisch erhob.
»Was gibt es, alter Junge?«, fragte Piet.
»*Memsahib* Hannah sagt, das Essen wird in zehn Minuten fertig sein.«
»Gut. Hast du den Jungen gesehen, der gerade hier war?«

»Ja, *Bwana.*«

»Ich habe ihm einen Job angeboten. Er wird lernen, in der Lodge zu arbeiten. Und du wirst ihm zeigen, wie man Essen und Getränke im Lagerraum verstaut.« Piet griff nach den Büroschlüsseln, doch Kamau blieb unbeweglich vor ihm stehen und sah ihn ernst an. »Gibt es noch etwas?«

»Ja, *Bwana*. Ich möchte Sie noch einmal an meinen Sohn erinnern. Er soll etwas lernen, um Ihnen helfen zu können.«

»David arbeitet bereits auf der Farm, alter Junge. Ich kann es mir nicht leisten, ihn von seiner jetzigen Arbeit abzuziehen, und außerdem kann er nicht im Büro arbeiten. Dieser Simon hat lange Zeit die Schule besucht. Er kennt sich mit Büroarbeit aus und versteht etwas von Buchhaltung. David hat keine Erfahrung damit, aber wir werden später etwas für ihn finden. Ich glaube, *Memsahib* Hannah hat da bereits eine Idee. Komm schon, Kamau, darüber haben wir uns bereits unterhalten – es ist ein altes *shauri*, das wir nicht lösen können.«

»Mein Sohn wurde auf Langani geboren. Er ist beinahe wie ein Familienmitglied, und Sie können ihm vertrauen. Er ist kein Fremder. Sie könnten ihm die Dinge beibringen, die er wissen muss.«

»Vielleicht später, wenn die Lodge eröffnet ist. In einigen Wochen reden wir noch einmal darüber, das verspreche ich dir. Und jetzt *toroka*! Sag *Memsahib* Hannah, dass wir zu Mittag essen können.« Er sah zu, wie sich Kamau mit offenkundigem Missfallen entfernte, und wandte sich dann an Lars. »Sein Sohn ist ein guter Junge, aber seine Schulbildung reicht nicht aus, um im Büro der Lodge zu arbeiten. Hannah sagt, er hilft manchmal Kamau in der Küche und stellt sich recht geschickt dabei an. Vielleicht kann sie ihm das Kochen beibringen. Ansonsten glaube ich, dass wir es mit Simon ganz gut getroffen haben. Ich bin gespannt, wie er sich machen wird.«

»Er ist sehr ehrgeizig«, stimmte Lars ihm zu. »Es war eine erstaunliche Rede, die er über den Verlust seiner Familie gehalten hat.«

»Ein Kikuyu wie er vermisst den Zusammenhalt einer Familie. Das beeinträchtigt auch seine Heiratsaussichten und alle möglichen anderen Dinge. Er hat kein Anrecht auf das Land seines Stamms und muss auf noch vieles mehr verzichten. Bestimmt ist es schlimm für ihn, dass er keinen Kontakt mehr zu seinen Verwandten hat. Aber wahrscheinlich waren sie so arm, dass sie Kagumo für die beste Lösung hielten. In den Missionen und anderen Wohltätigkeitseinrichtungen landen viele solcher Waisenkinder. Ihre Großfamilien haben keine Mittel, um sie zu aufzuziehen und zu ernähren. Wie man aus dem Brief entnehmen kann, ist sein genaues Alter nicht bekannt. Vermutlich weiß man auch nicht, welchem Stamm und welcher Sippe er angehört. Aber der Priester scheint große Stücke auf ihn zu halten. Wo bleibt eigentlich das Mittagessen? Wir müssen uns beeilen, damit wir fertig sind, wenn der Tierarzt kommt.« Er hob die Stimme. »Hannah, wo bist du? Wir sind am Verhungern!«

Als Hannah am Nachmittag an Jans alten Schreibtisch zurückkehrte, lächelte sie vor sich hin. Nach und nach kehrte eine neue Ordnung ein. Beim Kaffeetrinken hatte Piet ihr einen guten Vorschlag gemacht, und sie freute sich schon darauf, Kamau mitzuteilen, dass sie seinen Sohn David zum Koch ausbilden würde. Das war eine wichtige Geste, bei der das Gesicht gewahrt werden konnte. Sie würde Vater und Sohn heute Abend zu sich bestellen und ihnen die Neuigkeit verkünden. Als sie gerade einen Ordner aus der Schublade zog, klopfte es an der Tür. Lars stand auf der Veranda, und seine große Gestalt warf einen Schatten in den Raum. Er wählte seine Worte sehr sorgfältig.

»Ich fahre heute Nachmittag nach Nanyuki«, sagte er. »Und da dachte ich, du möchtest vielleicht mitkommen. Am Stadtrand wohnt eine Holländerin, die guten bedruckten und handgefärbten Stoff herstellt. Vielleicht wäre er für Vorhänge geeignet. In der Lodge. Soll ich dich zu ihr bringen? Anschließend könnten wir in den Club fahren, Tennis spielen und etwas trinken.«

Sie verstand sofort, dass er ihr damit Zusammenarbeit anbieten wollte, legte die Akten beiseite und griff nach ihrer Brieftasche.

»Gute Idee«, sagte sie lächelnd und legte ihm die Hand auf den Arm. »Lass uns einkaufen gehen.«

Kapitel 11

Kenia, August 1965

Ziellos und glücklich ließen sie sich im Meerwasser treiben. Die gleißende, sengende Sonne blendete Sarah, und sie schloss die Augen. Eine Reihe kleiner, plätschernder Wellen umspielte sie und erzeugte eine wohlige Gänsehaut auf ihren Armen. Es war ihr letzter Tag an der Küste, und sie wünschte, er würde nie vorübergehen. Sie lauschte auf das Flüstern des Winds in den Kasuarinenbäumen am Strand und auf das leise Rauschen der Palmwedel, die die kleine, gemietete Hütte umgaben. Morgen würden sie nach Nairobi fliegen, wo Piet sie erwartete. Sie würden die Nacht in George Broughton-Smiths Wohnung verbringen und dann nach Langani fahren. Sie öffnete ein Auge und spähte hinüber zu Camillas perfektem Körper, der einige Meter von ihr entfernt im Wasser trieb.

»Warum kann ich keine hervortretenden Schlüsselbeine haben, und Wangenknochen, die Schatten werfen und mein Gesicht betonen?«, jammerte Sarah. Aber eigentlich machte es ihr nichts aus, denn ihre Haut war gebräunt, und die Sonne hatte ihr blonde Strähnen ins Haar gezaubert. Und der graue Himmel über Dublin war Tausende Meilen entfernt. Während der letzten beiden Wochen war sie ständig in Hochstimmung gewesen.

»Meine Güte, du bist ein Dummkopf, Sarah.« Camilla drehte sich im Wasser um und schwamm langsam auf die Küste zu. »Du solltest dich besser auf morgen vorbereiten, wenn der große Mann aus seinem Baumhaus steigt, um uns abzuholen«, rief sie ihr über die Schulter zu. »Ich kann es kaum erwarten, wieder auf Langani zu sein. Und wir werden Hannahs Wikinger kennen lernen.«

»Sie sagt, er sei einer der Männer, für die eine Frau in die Küche und an den Herd gehört, während eine Schar quietschender Kinder um sie herumwuselt. Oder sie sollte ihm seine Socken stopfen. Aber keine Farm leiten. Ich glaube, sie duldet ihn lediglich in ihrer Nähe.«

Sarah war nur allzu froh, das Thema wechseln zu können. Das half ihr, das flaue Gefühl der Vorfreude und Angst zu unterdrücken. Morgen würde sie Piet wiedersehen, erkunden, was sich an ihm verändert hatte, und genießen, was ihr vertraut war. Er würde in dem weichen, singenden afrikaansen Tonfall mit ihr reden, den sie so liebte, und sie würde ihn nach all seinen Träumen fragen. Gleichgültig, was bisher geschehen war – sie würde eine herrliche Zeit mit ihm verbringen. Mittlerweile wusste Hannah über alles Bescheid, und so gab es keine Geheimnisse mehr zwischen den Freundinnen. An ihrem ersten Abend an der Küste war die Stimmung gespannt gewesen, als sie sich nach dem Abendessen zusammensetzten. Schließlich hatte Camilla die Sprache auf das Wochenende in London gebracht.

»Ich habe mich schrecklich benommen«, sagte sie zu Hannah. »Was ich Piet angetan habe, ist unentschuldbar. Es ist einfach über mich gekommen – eine reflexartige Reaktion. Piet ist in die Schusslinie zwischen mir und meiner lieben Mutter geraten. Ich habe mich bei ihm dafür entschuldigt. Bei allen. Jetzt kann ich nur hoffen, dass er nicht mehr böse auf mich ist, obwohl es sein gutes Recht wäre.«

Hannah nippte an ihrem Wein. Als sie antwortete, klang ihre Stimme kühl.

»Du kennst Piet. Er hat nicht viel dazu gesagt, sondern mir nur das Wesentliche der Geschichte erzählt. Ich war diejenige, die verärgert war, nicht er. Er hat sogar Entschuldigungen für dein Verhalten gefunden, und er ist kein nachtragender Mensch. Also sollten wir die ganze Sache vergessen und nach vorne schauen. Schließlich machen wir alle hin und wieder eine

Dummheit.« Sie trank ihren Wein aus und stand auf. »Die Flut kommt morgen gegen zehn Uhr. Wenn wir einigermaßen früh aufstehen, könnten wir am Riff schnorcheln.«

Sarah hatte dem Gespräch schweigend gelauscht. Camilla war ihrer Meinung nach glimpflich davongekommen, aber die Sache war nun endlich ausgestanden. Piet hatte seine Jugendliebe überwunden und sah sie nach diesem Schock in einem anderen Licht. Also bestand noch Hoffnung. Und nun war Camilla selbst völlig in Anthony Chapman verknallt. Sie hatte sogar mit ihm geschlafen und konnte es kaum erwarten, ihn wiederzusehen. Er war mit Kunden auf Safari, doch er würde auf Langani zu ihnen stoßen. Die Tage an der Küste waren herrlich gewesen. Sie waren jeden Morgen kilometerweit am Strand entlanggelaufen, hatten während der Hitze am Nachmittag geschlafen und in den Korallengärten am Rand des Riffs zwischen Schwärmen von kleinen, in den unglaublichsten Farben schillernden Fischen geschnorchelt, wobei sie die Senke mieden, wo sich Königsdorsche, Barrakudas und Haie in den kobaltblauen Tiefen des Meeres tummelten. Früh am Morgen saßen sie auf der niedrigen Korallenmauer, die ihr Strandhaus umgab, und sahen zu, wie die Fischer ihre langen Kanus durch das Mosaik des flachen Wassers innerhalb des Riffs steuerten, die Segel einholten, wenn sie sich dem Strand näherten, die langen Masten auf den Schultern balancierten und die Netze zum Trocknen auf dem weißen Sand ausbreiteten. Störche und Möwen versammelten sich am Ufer und zankten sich um Fischreste, und kleine Jungen ließen hölzerne Nachbildung der Boote ihrer Väter in den Wasserlachen zwischen den Felsen schwimmen. Im Schatten der Palmen fachten Frauen Feuer für den Fisch an und kochten Töpfe voll blubberndem Reis, um die Nahrung für den Tag zuzubereiten.

Bei Sonnenuntergang setzten sich Sarah und Camilla auf die Veranda, während Hannah in der Küche arbeitete. Sie hatte

David, ihren Kochlehrling, an die Küste mitgebracht und probierte mit ihm Rezepte für die zukünftigen Gäste der Lodge aus.
»Ihr seid die idealen Versuchskaninchen«, erklärte sie. »Ihr könnt das Essen probieren und mir ein paar Ideen liefern, wie es auf den Tellern arrangiert werden müsste, wenn man es in London oder Dublin servieren würde.«
Die Mädchen beurteilten kritisch jedes Gericht, das ihnen vorgesetzt wurde. Camilla hatte in einem indischen Laden im Dorf einen annehmbaren Wein entdeckt und ihn in dem Petroleumkühlschrank verstaut. Sie bezahlte einen einheimischen Jungen dafür, dass er auf die Palmen in der Umgebung kletterte und ihnen grüne Kokosnüsse brachte. Aus dem süßen Saft der Früchte und Gin oder Wodka mischte sie ihnen Strandcocktails. Nach dem Abendessen setzten sie sich an den Strand und sahen zu, wie der Mond blass und geheimnisvoll aus dem Indischen Ozean stieg.
Stundenlang sprachen sie über die Umstände, durch die sich ihre Wege getrennt hatten. Hannah erzählte, wie sehr es sie quälte, dass sie ihre Mutter an einem Ort hatte zurücklassen müssen, wo ihr Vater lediglich ein Hilfsarbeiter war. Schließlich offenbarte sie die unerfreuliche Wahrheit über ihre plötzliche Abreise aus Rhodesien und ließ sich von ihren mitfühlenden Freundinnen trösten. Die Zeit würde die Wunden heilen, so versicherten sie ihr, und dann würde sie bereit sein, Jan zu verzeihen. Sarah berichtete von dem erniedrigenden Erlebnis mit Mike, der Angst um die Gesundheit ihres Vaters und der traurigen Gewissheit, dass ihre Eltern nie wieder in das Haus ihrer Kindheit in Mombasa zurückkehren würden. Camilla gestand, wie verzweifelt sie nach der Absage der Schauspielschule gewesen war, und versuchte den anderen zu erklären, wie einsam sie sich trotz ihrer Karriere als Fotomodell in London fühlte. Mit sonnenverbrannter, glühender Haut gingen sie zu Bett und ließen sich von der Musik der Wellen am

Riff in den Schlaf wiegen. Sie waren sich jetzt sehr nahe, ganz aufeinander eingestimmt, und sie wussten, dass ein schwächeres Band diese schweren Prüfungen nicht überstanden hätte. Aber ihre Freundschaft war wieder aufgelebt, und nun vertiefte sie sich an diesem friedlichen Ort bei dem langsamen Rhythmus ihrer Tage in der Sonne. Nichts konnte sie jetzt auseinander bringen.

George Broughton-Smith holte sie am Flughafen von Nairobi ab und brachte sie in seine Wohnung. Sarah hatte kaum Zeit gehabt, um zu baden und sich umzuziehen, als sie die Türglocke hörte, gefolgt von Stimmengewirr und dem Klirren von Eiswürfeln in Gläsern. Um sich zu beruhigen, stellte sie sich vor den Spiegel im Badezimmer, umklammerte den Rand des Waschbeckens und zählte bis zehn. Als sie das Wohnzimmer betrat, nahm sie wahr, dass Piet etwas zu ihr sagte, aber ihr Herz klopfte so laut, dass sie seine Stimme kaum hören konnte. Er beugte sich vor und küsste sie auf die Wange, und obwohl sie ihr Glas noch nicht einmal angerührt hatte, fühlte sie sich schon beschwipst. Dann erschien Camilla, und als sie Piet vom anderen Ende des Raums ansah, kam für einen Moment Verlegenheit auf. Doch Piet schien keinen Groll gegen sie zu hegen. Niemand erwähnte Marina oder Jan und Lottie und ihr selbst auferlegtes Exil. Aber über Raphael Mackays Gesundheitszustand und seine Zukunft zeigten sich alle besorgt.

»Es gibt andere Gegenden in Kenia, wo das Malariarisiko minimal ist«, meinte George. »Ich weiß, dass dein Vater immer an der Küste bleiben wollte, aber auch im Landesinneren gibt es schöne Orte. Es wäre sehr schade, wenn er gar nicht mehr zurückkommen würde. Er hat hier so viel Gutes getan, und seine Erfahrung ist unbezahlbar.«

Im Grillrestaurant New Stanley aßen sie Mombasa-Austern und Lamm aus dem Bergland und tanzten abwechselnd mit George, der sich sehr wohl zu fühlen schien und viel freundlicher und zugänglicher wirkte, als Sarah ihn in Erinnerung hatte. Vielleicht lag es daran, dass sie älter waren und er sich jetzt in ihrer Gesellschaft unbefangener fühlte. Alte Freunde und Bekannte blieben an ihrem Tisch stehen, forderten sie zum Tanz auf und erzählten fantasievoll ausgeschmückte Geschichten aus dem Busch und von den Skandalen in der Stadt. Es war beinahe so, als wären sie nie fort gewesen. Sarah war von Wein und Gelächter beschwingt, als Piet sie endlich zum Tanz aufforderte. Einen Moment lang hatte sie ein Déjà-vu-Erlebnis und sah ihn in London vor sich, als Marina alles verdorben hatte. Doch dieses Mal gab es nur seine Nähe, das Geräusch seines Atems, den Geruch seiner Haut und das Gefühl seiner Finger auf ihrer Hand. Später in der Wohnung, als sie sich alle eine gute Nacht gewünscht hatten, hörte sie, wie er sich auf dem Sofa schlafen legte. Ihr Körper sehnte sich mit jeder Faser nach ihm, während sie sich im Bett hin- und herwarf und schließlich in einen unruhigen Schlaf fiel.

Camilla blieb lange auf und saß mit ihrem Vater auf dem kleinen Balkon, von dem aus man die Lichter der Stadt sah.

»Dieser Job gefällt dir also, Dad? Ich meine, du magst ihn wirklich?«

»O ja. Schon jetzt zeichnet sich ein frustrierender Interessenkonflikt zwischen Naturschutz und der Nachfrage nach mehr bebaubaren Feldern und Viehweiden ab. Die Politik in Kenia ist teuflisch. Auf das Land wird internationaler Druck ausgeübt, das Wild zu schützen, Kommunalpolitiker bemühen sich verzweifelt, Gelder aus den Fonds zu bekommen, und bestechliche Beamte lassen einen Teil davon in ihren eigenen Taschen verschwinden, um sich davon Autos und Frauen zu kaufen. Und zahlreiche eifrige Wissenschaftler fallen über jeden Nationalpark und jedes Wildreservat her und bombardieren uns mit unzähligen fragwürdigen Theorien darüber, was getan werden sollte. Es ist eine explosive Mischung, die alles in die Luft jagen kann, wenn man nicht vorsichtig damit umgeht. Aber die Herausforderung gefällt mir. Ich hoffe, mehr Zeit hier verbringen zu können. Möglicherweise kommt deine Mutter demnächst zu Besuch.«

»Ich habe sie vor meiner Abreise getroffen. Sie wirkte irgendwie verändert. Beinahe ruhig. Und irgendwie merkwürdig.«

»Das kleine Landhaus in Burford gefällt ihr, und sie ist fleißig dabei, es zu renovieren«, sagte George. »Das tut ihr gut. Wahrscheinlich hat sie dir gesagt, dass sie gesundheitliche Probleme hatte. Sie war müde und litt an Blutarmut. Aber sie hat einen Spezialisten aufgesucht und nimmt jetzt ein Medikament, das ihr hilft. Wann immer sie Lust hat, fährt sie aufs Land. Dort entspannt sie sich mit ein paar Freunden. In meinem alten Job hätte ich mir ein zweites Domizil nicht leisten können. Das ist also ein unmittelbarer Vorteil. Es wäre schön, wenn du sie an einem Wochenende dort besuchen würdest, Camilla.«

»Vielleicht wenn du das nächste Mal zu Hause bist. Wir könnten zusammen hinfahren.« Camilla fragte sich, welche Art von Freunden ihre Mutter an ihren Zufluchtsort in Cotswold einlud. Sie wollte ihm nicht sofort eine Absage erteilen.

»Das werde ich ihr ausrichten«, erklärte er. »Ich telefoniere ein- oder zweimal die Woche mit ihr, wenn ich auf Reisen bin.«

»Warum, Daddy?«

»Warum was?«

»Warum rufst du sie ständig an? Weshalb kümmerst du dich um sie und lebst noch mit ihr zusammen?«

»Eines Tages werden wir uns darüber unterhalten, mein Liebling, aber nicht heute«, erwiderte er. »Lass uns zu Bett gehen. Wir haben einen wundervollen Abend verbracht, und ich freue mich sehr, dich in Gesellschaft deiner Freunde zu sehen. Das sind großartige junge Menschen.«

»Nein, warte. Bleib noch einen Augenblick sitzen. Ich muss dir etwas sagen. Ich habe mich verliebt, Daddy. Nicht in einen standesgemäßen, wohlerzogenen Gentleman aus Belgravia oder Sussex oder in einen reichen Banker aus der Stadt. Ich habe mich in Anthony Chapman verliebt.« Camilla war mit einem Mal verlegen und versuchte ihr Unbehagen mit einem Lachen zu überspielen. »In ein Buschbaby aus Nairobi. Mutter weiß nichts davon. Sie würde wahrscheinlich einen Anfall bekommen.«

»Oh, mein liebes Mädchen! Kein Wunder, dass du so unglaublich glücklich wirkst und so großartig aussiehst. Ich wusste, dass irgendetwas geschehen sein muss, aber dummerweise bin ich nicht darauf gekommen. Also, wo ist dein junger Mann? Ich mag ihn übrigens sehr.«

»Du kennst ihn?« Camilla war überrascht.

»Ich bin ihm bei einigen Naturschutz-Komitees begegnet. Er ist ein überzeugter Naturschützer, der alles wohl erwägt, ohne sentimental zu werden. Er besitzt Verstand, Mut und Entschlossenheit. War er mit euch an der Küste?«

»Er ist auf Safari, aber er wird uns in Langani abholen. Dann werden wir in den Norden zu einem Camp fahren, das er für uns in Samburu vorbereitet hat.« Sie empfand ein leises Bedauern, weil er sie in den zwei Wochen seit ihrer Ankunft nicht angerufen hatte. Natürlich, er befand sich im Busch, aber wenn er mit seinem Camp von einer Gegend in die andere zog, brachte er seine Kunden immer in ein Hotel oder in eine Lodge, wo es sicher die Möglichkeit einer Nachrichtenübermittlung gab. Rasch verdrängte sie die aufkommende Enttäuschung aus ihren Gedanken. »Ich nehme an, du wirst ihn nach unserer Safari sehen, falls du dich dann noch in Nairobi aufhältst.« Sie küsste ihren Vater und zauste sein Haar. »Gute Nacht, Daddy. Ich liebe dich.«

Frühmorgens machten sie sich auf den Weg nach Langani und fuhren an den eingezäunten Grenzen des Nairobi Nationalparks vorbei, wo Nashörner und Löwen jetzt auf die unregelmäßige Skyline der Stadt blickten. Auf ihrer Route nach Norden passierten sie glasgrüne, terrassenförmige Kaffeeplantagen und steil ansteigende rote Hügel, wo Kikuyu mühsam die tie-

fe, fruchtbare Erde bearbeiteten. Am Straßenstand standen Holzbuden, an denen bauchige Büschel mit grünen Bananen hingen. Auf den Tischen waren Pyramiden von Mangos, Orangen und Tomaten gestapelt. Sie überholten Frauen, die mit Bündeln Feuerholz beladen waren oder, Blechfässer auf ihren Köpfen balancierend, die schmalen Pfade entlangschwankten, die in der dichten Vegetation des Dschungels verschwanden. Es war Sonntagmorgen, und viele Menschen strömten aus den kleinen Missionskirchen, während ihre Lobgesänge durch die offenen Fenster in den Wagen drangen. Das Aberdare-Gebirge erhob sich in einem blauen Dunst über ein Geflecht von grünen Wäldern und gezackten, vom Wind zerrissenen Bananenstauden. Aus einer schmalen Felsspalte rauschte ein Wasserfall herab und verwandelte sich in einen ruhigen Fluss, der sich durch das darunter liegende Tal schlängelte. In der Morgensonne trockneten auf Blechen ausgelegte Kaffeebohnen, und am Straßenrand spendeten Feuerbäume mit scharlachroten Blüten und gelb blühenden Kassien Schatten. Als sie höhere Lagen erreichten, streckten ihnen die Bäume ihre nackten, mit einem Schleier aus Waldreben behangenen Zweige entgegen, und der Gipfel des Mount Kenya ragte glitzernd und geheimnisvoll in der Ferne auf.
Als sie das Tor zur Farm passierten, verstummten alle mit einem Mal, und als sie aus dem Wagen stiegen, umarmten sie sich. Tränen verschleierten den ersten Blick auf das alte Steinhaus, wo der Schornstein immer noch mit Geißblatt überwuchert war. Camilla war wieder einmal beeindruckt von Lotties Rasen und der geschorenen Hecke, die als schmale Grenze das Wohnhaus und den Garten von der Weite der wilden Steppe trennte. Sie schüttelte als Erste Lars Olsen die Hand. Trotz seiner Größe und der ruhigen Autorität, die er ausstrahlte, schien er in der Gegenwart von Hannahs Freundinnen ein wenig befangen und verschwand schnell unter dem Vorwand, sich um das Gepäck zu kümmern.

»Ich kann gar nicht sagen, wie viel es mir bedeutet, das hier wiedersehen zu dürfen«, meinte Camilla zu Piet. »Vielen Dank, dass du uns hierher zurückgebracht hast.«

Das Abendessen am ersten Tag verlief in gedämpfter Stimmung. Die Freude, nach Hause gekommen zu sein, wurde durch die Abwesenheit von Jan und Lottie getrübt. So viel hatte sich verändert, seit sie das letzte Mal hier gemeinsam gegessen hatten. Bis spät in die Nacht saßen sie am Kaminfeuer, denn sie wollten nicht mit ihren Erinnerungen und den Gedanken an das, was sie verloren hatten, allein sein. Und so sprachen sie noch einmal über die fröhlichen Tage an der Küste.

»Zeit zum Schlafengehen. Wir müssen morgen früh aufstehen«, verkündete Piet schließlich. »Lars und ich bringen euch zur Lodge. Sie ist beinahe fertig. Hannah näht gerade die Überdecken, Kissen und Vorhänge. Sie macht das großartig. Wir werden zum ersten Mal dort oben ein Abendessen servieren. Sarah, ich kann es kaum erwarten, bis du das alles siehst.«

Sie war sich nicht sicher, ob er bewusst ihren Namen genannt hatte und ob seine Worte eine besondere Bedeutung hatten. Aber Sarah sog sie tief in ihr Inneres auf.

»Eigentlich wollte ich euch fragen, ob ihr mit mir dorthin reiten wollt. Das wird zwar den ganzen Morgen in Anspruch nehmen, aber auf dem Weg könnten wir Wild zu Gesicht bekommen. Möchte eine der Damen mich auf dieser Expedition begleiten?«

»Ich war jetzt zwei Wochen lang nicht hier und muss mich um den Lagerraum und den Papierkram kümmern«, erwiderte Hannah eine Spur zu schnell. »Camilla will mir dabei helfen. Damit werden wir den ganzen Vormittag beschäftigt sein.«

»Dann kann Lars euch am Nachmittag zur Lodge bringen, wenn er mit seiner Arbeit fertig ist. Ich möchte Simon mitnehmen. Er sitzt noch nicht ganz sicher im Sattel, und das wird eine gute Übung für ihn sein. Kipchoge wird uns begleiten, nach Fährten von Wild Ausschau halten und sich nach unserer Ankunft um die Pferde kümmern. Ist dir das recht, Sarah?«

»Ich werde meine Kamera mitnehmen«, sagte sie. Sie würden den ganzen Tag miteinander verbringen! Es gab nichts, was sie sich mehr wünschte.

In dem Zimmer, das sie immer miteinander geteilt hatten, lag Camilla wach und starrte durch das Fenster auf die winzigen Sterne am dunklen Himmel. Zum ersten Mal seit sie die Schule verlassen hatte, sprach sie ein stilles Gebet. Sie wünschte sich, dass Sarah glücklich werden würde und Hannah ihre traurigen Erfahrungen bewältigen konnte, nachdem sie die Veränderungen in ihrem Leben mit großem Mut gemeistert hatte. In wenigen Stunden würde Anthony ankommen. Camilla empfand einen heftigen Schmerz und fieberhafte Aufregung bei der Vorstellung, ihn zu berühren, zu küssen, mit ihm zu schlafen und danach seinem Atem zu lauschen, wenn er eingeschlummert war. Schweigend lag sie neben Sarah – Worte waren jetzt nicht nötig. Sie waren zurück auf Langani, und alles, wovon sie in den letzten Jahren geträumt hatten, schien wieder möglich zu sein.

Ihr war bewusst, dass sie sich in den Metropolen Europas nicht wirklich zu Hause fühlte. Es gab keinen Grund für sie, in London zu bleiben. Der Erfolg war mühelos und in atemberaubender Geschwindigkeit gekommen, aber sie erkannte, wie oberflächlich er war und an ihrer Seele gezerrt hatte. Sie hatte die pulsierenden Städte mit ihren strahlenden Lichtern kennen gelernt, erlebt, was sie zu bieten hatten, und alles oft durch einen Nebel von süßlichem Rauch durch ein Cocktailglas wahrgenommen. Sie war berühmt und wurde umschwärmt und verwöhnt, wohin sie auch ging. Der Reiz einer Schauspielkarriere war mit dem so leicht errungenen Ruhm verblasst. Jetzt war sie bereit, einen anderen Weg zu beschreiten, weg von alldem. Sie hatte noch keinen genauen Plan, wie sie in

Kenia bleiben konnte und was sie hier tun würde. Aber dafür blieb noch genügend Zeit, wenn sie Anthony wiedergesehen hatte. Sie würde Zeit für alles haben, was wirklich zählte. Und jetzt musste sie sich erst einmal ausschlafen, sonst würde sie am Morgen schrecklich aussehen.

Als die Morgendämmerung den Raum mit safranfarbenem Licht durchflutete, waren sie bereits wach. Am Rand des Horizonts erhob sich der Berg stolz und schweigend, zunächst als dunkle Silhouette, deren Umrisse langsam im blauen Dunst versanken, während die Sonne an der unendlichen Weite des Himmels über Afrika emporstieg. Mwangi servierte ihnen Papayas und saftige Limonen, anschließend frischen Kaffee und Schüsseln mit dampfendem Porridge, der in dicker Sahne aus Hannahs Molkerei schwamm.

»Ich sage euch, diese Kühe geben mehr Milch und bessere Sahne als je zuvor, seit ich die Molkerei übernommen habe«, erklärte Hannah stolz. »Das stimmt doch, nicht wahr, Lars?«

»Es hängt offenbar damit zusammen, wie sie mit ihnen spricht.« Lars lächelte zerknirscht. »Anscheinend verstehen sie kein Norwegisch, und mein Afrikaans ist nicht besonders gut. Aber ich kann Kronenkraniche verscheuchen, wenn sie bei ihrem Hochzeitstanz die Weizenfelder zertrampeln, und ich finde garantiert die richtigen Worte, um einen Büffel zu vertreiben. Ich kann auch die Kikuyu und Massai beschimpfen, die ständig unsere Grenzzäune klauen.«

»Wer ist dieser Simon, über den Piet gestern Abend sprach?« Camilla nahm sich eine weitere Portion Porridge. »Übrigens brauche ich das, um den Schock zu verarbeiten, wenn ich um diese Uhrzeit aufstehen muss.«

»Für deinen nächsten Fototermin wirst du dir wohl größere Kleidung zulegen müssen«, meinte Sarah.

»Wenn kümmert das?« Camilla fuhr mit dem Löffel durch die Luft. »Bringt mir noch mehr Sahne und Zucker. Und Speck mit Eiern, und Toast und ein kaltes Bier vor dem Mittagessen.

Ach ja, und zum Tee am Nachmittag Honig von euren Bienen, Han. Also, was ist mit diesem Simon?«

»Er ist ein junger Kikuyu, den ich eingestellt habe«, erklärte Piet. »Simon soll sich um die Rezeption der Lodge kümmern – natürlich unter Hannahs wachsamem Auge. Aber bisher macht er sich sehr gut.«

»Du solltest deine Begeisterung für den Jungen im Zaum halten, Piet«, warnte ihn Hannah. »Du siehst immer nur das Beste in den Menschen, aber manchmal muss man genauer hinschauen. Man kann ihnen nicht über den Weg trauen. Vor allem in dieser Zeit. Sieh dir den alten Kamau an. Seit über fünfundzwanzig Jahren ist er Koch auf Langani und gehört praktisch zur Familie. Aber er ist immer noch verärgert, weil du Simon den Job gegeben hast, den er sich für seinen Sohn gewünscht hatte. Kamau kann das einfach nicht begreifen – seit Wochen schmollt er deswegen.«

»Aber hat sich seit der Unabhängigkeit nicht einiges verändert?«, fragte Sarah. »Die Afrikaner haben doch jetzt bessere Ausbildungschancen als je zuvor. Sie haben die Möglichkeit, ein Geschäft zu eröffnen, als Manager in der Touristikbranche zu arbeiten oder Farmen wie Langani zu führen.« Sie warf einen Blick in die Runde und war erstaunt, als Hannah zornig ihre Serviette auf den Tisch warf.

»Das ist genau das, was wir von den Neuankömmlingen hören, die alles zu wissen glauben, aber keine Ahnung von der Denkweise der Afrikaner haben«, entgegnete sie. »Sie scheren sich einen Teufel um das Farmland und seinen Schutz. Man denke nur daran, was Piet Anfang des Jahres passiert ist – er hat einigen Massai erlaubt, während der Dürre ihr Vieh auf unserem Grund grasen zu lassen. Mit einem Mal tauchten zehn *rafikis* auf, und Tausende ihrer knochigen, kranken *ngombes,* Schafe und Ziegen tummelten sich auf unseren Weiden. Er musste wie ein Wilder kämpfen, um sie wieder loszuwerden, und wurde auch noch mehrmals bedroht. Das war der Dank für seine Freundlichkeit. Daran sieht man, was sie von Farmen verstehen.«

»Aber was wäre mit dem Vieh geschehen, wenn ihr es nicht auf euer Land gelassen hättet?«, wollte Sarah wissen. »Wenn es verhungert wäre, hätte das doch auch zu Problemen geführt.«

»Sie haben ohnehin ein permanentes Problem geschaffen«, entgegnete Hannah zornig. »Die Massai sind gerissen und gierig. Sie halten zu viel Vieh im Verhältnis zu den Weidegründen und sind nicht bereit, auch nur eines dieser klapprigen Biester aufzugeben, damit das Land sich nicht in eine verdammte Staubwüste verwandelt.«

»Viele Leute haben romantische Vorstellungen von Massai-Kriegern mit Speeren, die hin und wieder einen Löwen erlegen, um ihre Männlichkeit unter Beweis zu stellen«, mischte sich Piet ein. »Aber nur wenige haben eine Ahnung von dem Konflikt, der um die Bodennutzung entstanden ist. Die Rivalitäten zwischen den Stämmen stellen ein großes Problem dar. Nicht nur wir Weißen müssen die Dinge anders betrachten – das gilt ebenso für die Afrikaner. Und das wird noch viel Zeit brauchen.«

»Sie haben die Unabhängigkeit gewollt, und sie haben sie bekommen«, meinte Hannah verächtlich. »Jetzt müssen sie lernen zu begreifen, dass sich dadurch für sie nicht viel verändert hat.«

»Wir müssen Leute mit der Bewirtschaftung des Landes vertraut machen«, erklärte Piet. »Vor der *uhuru* versprachen die Politiker, dass jeder gleich nach der Unabhängigkeit Ländereien, Farmen, Häuser und Autos besitzen würde. Und das einfache *wananchi* glaubte ihnen. Aber natürlich ist ihr Leben jetzt nicht besser als zur Zeit der Briten, und als Folge davon herrscht in vielen Gegenden Verbitterung. Daher hat die neue Regierung Bedenken klarzustellen, dass man das Eigentum anderer respektieren muss.«

»Aber es ist jetzt ihr Land – ob uns das gefällt oder nicht.«

»Es ist ebenso gut mein Land«, warf Hannah ein. »Ich wurde hier geboren, genau wie mein Vater. Wir haben auch ein Recht darauf zu bestimmen, wie unser Boden verwaltet wird.«

»Lass dich nicht dazu verleiten, die Dinge zu sehr zu vereinfachen, Sarah«, meinte Lars. »Hannah leistet Großartiges hier, so zum Beispiel, wenn sie junge Leute wie David anlernt. Die riesigen Viehherden der Massai, die Zäune niederreißen und Weideland in Staubwüsten verwandeln, helfen niemandem.«

»Das ist verdammt richtig«, stimmte Piet zu und schlug mit der Faust auf den Tisch. »Auf diese Weise wird das Land nicht überleben.«

»Es gibt kein Patentrezept für den Umgang mit diesen Veränderungen«, meinte Lars. »Jeder hat das Recht auf seine eigene Meinung, und wir werden dieses Problem nicht beim Frühstück lösen. Also sollten wir jetzt aufhören, über Politik zu sprechen, und in Ruhe unseren Kaffee trinken.«

Hannah war dankbar für seine Unterstützung und erfreut darüber, wie er ihre Bemühungen gelobt hatte. Und sie ärgerte sich über Sarahs Bemerkungen. Keine ihrer Freundinnen hatte eine Ahnung davon, wie hart sie in den letzten drei Monaten gearbeitet hatte. Und sie hatte ihnen auch nichts von den finanziellen Problemen erzählt, die immer noch Langanis Zukunft bedrohten. Sie warf Lars über den Tisch einen Blick zu und schmunzelte. Dieser Mann ließ sich nicht aus der Ruhe bringen. Sarah bedauerte bereits ihre ketzerischen Bemerkungen. Sie fand, dass Hannah ziemlich schroff reagiert hatte, aber vielleicht war daran ja die Zerrüttung ihrer Familie schuld. Sie hob den Kopf und sah, dass Camilla sie amüsiert, aber auch mitfühlend betrachtete.

»Ich hatte schon immer ein großes Mundwerk und zwei linke Hände, Han.« Sarah stand auf, ging um den Tisch herum und umarmte ihre Freundin. »Ich habe keine Ahnung, was da in mich gefahren ist. Es tut mir Leid.«

»Und ich bin eine rechthaberische Zicke geworden. Aber ich muss wirklich kämpfen, um hier überleben zu können.«
»So rechthaberisch ist sie gar nicht«, meinte Piet zu Sarah. »Hannah ist die Beste. Manchmal ist es hier recht einsam, und sie arbeitet sehr viel. Also nimm es dir nicht zu Herzen, wenn sie mal Dampf ablässt.«
»Auf die Herstellung der Milchprodukte versteht sie sich jedenfalls hervorragend.« Camilla strich sich großzügig Butter auf ihren Toast.
»Ich habe noch nie jemanden gesehen, der so dünn ist und so viel zum Frühstück isst. Beeil dich, Camilla.« Hannah war verlegen und wollte diesen Vorfall so schnell wie möglich hinter sich bringen. »Ich habe hier noch einiges zu tun und hoffe, dass du mir dabei hilfst. Piet, die Pferde sind gesattelt, und Kipchoge wartet bereits.«

Abgesehen von den beiden Afrikanern, die in einiger Entfernung hinter ihnen hertrotteten, hatte Sarah Piet ganz für sich allein. Ein Glücksgefühl durchströmte sie, als er davon zu erzählen begann, was er erreichen wollte. Dabei sprach er nicht nur über die Lodge, sondern auch über seine Pläne, einen Teil der Farm in einen Nationalpark umzuwandeln.
»Tut mir Leid, dass ich beim Frühstück einige unpassende Bemerkungen gemacht habe«, sagte Sarah. »Ich bin überzeugt davon, dass du Großartiges für dieses Land leistest. Du bist ein außergewöhnlicher Mensch, Piet, und deine Arbeiter können sich glücklich schätzen. Aber die meisten Europäer halten Afrikaner immer noch für minderwertig, faul und unfähig, ein demokratisches Land zu regieren. Ich habe dieses Buch von Jomo Kenyatta gelesen: *Facing Mount Kenya.* Seither weiß ich, dass hier ein Stammessystem herrschte und dass wir einfach eingedrungen sind und es zu unserem Vorteil verändert haben. Wie kann man von den Afrikanern erwarten, dass sie widerstandslos eine Reihe von ihnen völlig fremden Gesetzen akzeptieren?«

Piet zügelte sein Pferd und warf Sarah einen grimmigen Blick zu. »Komm schon, Sarah, ich habe Kenyattas Buch auch gelesen. Sogar Hannah kennt es. Aber du willst mir doch nicht allen Ernstes erzählen, dass der Aufstand der Mau-Mau gerechtfertigt war? Diese Mistkerle haben Tausende gefoltert und auf schlimmste Art und Weise ermordet. Die meisten Opfer waren unschuldige Afrikaner ihres eigenen Stamms. Willst du mir etwa sagen, du empfindest Mitgefühl für sie? Dass sie ein Recht dazu hatten?«

»Nein. Nein, natürlich nicht.« Sarah wurde nervös. »Der Mau-Mau-Aufstand mit den Massakern war ausgesprochen barbarisch. Aber ich glaube, es gibt keine Revolution auf dieser Welt, die nicht in Blutvergießen ausartete, bevor sie akzeptiert wurde. Auf diese Weise ist auch Kenyatta ein hochangesehener Staatsmann geworden, nicht wahr? Er ist ein schlauer alter Fuchs.«

»Und er wurde von Briten ausgebildet.« Piet warf den Kopf in den Nacken und lachte. »Unterrichtet von den Männern, denen er nach seiner Rückkehr die Stirn geboten hat. Aber einige Afrikaner, die im Ausland die gleiche Ausbildung genossen hatten, entwickelten sich dann zu Unruhestiftern. Sie kamen zurück und nutzten ihr Wissen, um sich eine Machtbasis zu schaffen. Und sie scheren sich einen Teufel darum, ob sie damit das Land destabilisieren oder die Beziehungen zwischen Schwarzen und Weißen zerstören. Sie sind nicht daran interessiert, im Geist von *harambee* zusammenzuarbeiten. Auf allen Seiten gibt es Gutes und Schlechtes.«

»Du hast Recht«, stimmte Sarah ihm zu. »In Irland mit seinem schrecklichen Nord-Süd-Konflikt ist es nicht anders.«

»Wahrscheinlich. Und wenn Kenyatta das vollkommene Reich der Stammesherrschaft vergangener Tage beschreibt, dann kannst du verdammt sicher sein, dass dabei einige unangenehme Wahrheiten wie Betrug, Mord und Bestechung unter den Tisch fallen. Es gibt keine Gesellschaft, die frei davon ist

– außer man glaubt an eine, wo alle ein weißes Gewand und Flügel tragen und den ganzen Tag über Harfe spielen.«
»Wahrscheinlich idealisiere ich die Dinge gerne und träume davon, dass sie tatsächlich vollkommen sein könnten.« Sarah lächelte zerknirscht. »Ist das so schlimm?«
Er legte seine Hand auf ihre und sah sie mit gespieltem Ernst an. »Ich finde deinen Idealismus sehr wohltuend, Sarah Mackay«, sagte er. »Du hältst an deinen Werten fest, Mädchen, und an deinem Glauben an die Menschheit. Du siehst immer mehr als die anderen.« Er beugte sich vor und strich ihr eine lose Haarsträhne hinter das Ohr. »Deshalb wollte ich auch, dass du meine Lodge als Erste siehst. Sie ist fast fertig. Lars und ich haben wie Schwarze geschuftet. Verzeihung, wie Sklaven. Klingt das besser? Oder schlechter?«
Er lachte, und sie hätte gern mit eingestimmt, doch es kostete sie Mühe, regelmäßig zu atmen. Als er ihre Wange berührte und ihr lächelnd in die Augen sah, schienen sich ihre Gliedmaßen aufzulösen, und sie traute ihrer Stimme nicht mehr.
»Also, du wirst mir zuerst sagen, was du siehst.« Er schien ihr Schweigen nicht bemerkt zu haben. »Du bist meine Prophetin, Sarah. Meine persönliche Seherin. Ich weiß, dass dir dieser Ort sehr gut gefallen wird. Du wirst sofort begreifen, worum es mir hier geht.«
Sarah griff nach seiner Hand und führte sie an ihre Wange. Eine Sekunde lang schloss sie die Augen und stellte sich vor, dass sie aus dem Sattel gleiten und in seine Arme sinken würde. Wie konnte er wissen, was sie für diesen Ort empfand, aber nicht spüren, wie sehr sie ihn liebte?
»Sarah? Geht es dir gut?« Er sah sie besorgt an und war erleichtert, als sie die Augen öffnete. »Einen Moment lang dachte ich, du würdest in Ohnmacht fallen. Liegt es an der Sonne?«
Sarah spürte, wie ihre Wangen sich verräterisch röteten, nahm hastig die Zügel in die Hand und lachte gezwungen. »Natür-

lich nicht. Ich habe mich nur in die Rolle der Seherin versetzt, um in deine Zukunft zu schauen.«

»Und was hast du gesehen?«

»Dass ich dich in einem Rennen zu diesem *kopje* dort drüben schlagen werde, Piet van der Beer.«

Sie trieb ihr Pferd zu einem wilden Galopp an und preschte davon. Er rief ihr irgendetwas hinterher, aber ihr Gesicht glühte immer noch von seiner Berührung, und sie hörte nur das Sausen des Winds und das heftige Pochen ihres Herzens. An dem *kopje* warteten sie, bis Kipchoge und Simon sie eingeholt hatten. Währenddessen zog Sarah eine Wasserflasche aus ihrer Satteltasche.

»Bitte sehr.« Lächelnd reichte sie Piet die Flasche. Er sollte zuerst trinken. Dann wollte sie ihre Lippen auf die Stelle legen, von der er getrunken hatte, und ihn in dem Wasser schmecken. Sie beobachtete, wie er einige große Schlucke trank und sich dann den Mund mit seinem Handrücken abwischte. Als er ihr die Flasche zurückgab, berührte sie flüchtig seine Hand, aber er beugte sich herab, um seine Steigbügel zurechtzuziehen, und schien es gar nicht bemerkt zu haben.

»*Memsahib* Sarah sitzt sehr gut auf dem Pferd.« Simon hatte sie mit Kipchoge endlich eingeholt.

»*Memsahib* Sarah gehört zu einem Stamm, der sich Iren nennt, Simon. Diese Leute sind recht stürmisch, wenn sie auf einem Pferd sitzen«, erwiderte Piet und grinste Sarah an. »Simon hat erst mit dem Reiten begonnen, seit er bei uns arbeitet. Kipchoge bringt es ihm bei. Er macht sich schon recht gut, findest du nicht?«

»Ich bemühe mich sehr, reiten zu lernen.« Das Gesicht des jungen Kikuyu leuchtete bei Piets Kompliment auf. »Aber noch kann ich es nicht so gut wie Sie. Wenn ein Löwe hinter mir her wäre, würde es mir vielleicht nichts ausmachen, schneller zu reiten.«

»Du hast das schon sehr gut gemacht«, meinte Sarah. Hinter

gab Kipchoge einen Laut von sich, der sich keinesfalls schmeichelhaft anhörte. Als sie sich im Sattel umdrehte, sah sie, wie er auf die Erde spuckte und sich abwandte. »Vielleicht kann ich dir zeigen, wie du bequemer auf dem Pferd sitzen kannst. Dann kannst du es besser kontrollieren«, sagte sie zu Simon.

»Simon hat viel zu tun«, warf Piet scharf ein, und der junge Mann ließ sich sofort zurückfallen, bis er sich wieder auf gleicher Höhe mit Kipchoge befand.

»Bin ich schon wieder ins Fettnäpfchen getreten?«, fragte Sarah.

»Nein, aber du weißt doch, wie Kipchoge ist. Wir kennen uns schon seit unserer Kindheit. Er begreift nicht, warum ich diesen Jungen von der Mission eingestellt habe, und ist eifersüchtig. Simon muss sich bewähren, und ich möchte nicht, dass man ihn bevorzugt behandelt. Dann würde es noch länger dauern, bis er hier akzeptiert wird.«

»Und wie fühlt er sich dabei?«, wollte Sarah wissen.

Piet zuckte die Schultern. »Das weiß ich nicht. Wahrscheinlich wie jeder, der eine neue Stellung in einem Betrieb antritt, wo sich alle anderen schon lange kennen. Damit muss er eine gewisse Zeit klarkommen, das ist alles.«

Eine Stunde später erblickten sie gewaltige Felsen, die von dem mit Dorngestrüpp überwucherten Boden aufragten. Dahinter schlängelte sich ein Fluss an der Waldgrenze entlang. Als sie näher kamen, entdeckte Sarah einige Gebäude, die sich an den Hang schmiegten. Sie waren so geschickt angeordnet, dass sie sich harmonisch in ihre Umgebung einfügten. An den offenen Vorderseiten sah sie breite Terrassen, und die überhängenden Dächer waren mit Stroh gedeckt. Vor dem Hauptgebäude befand sich eine Aussichtsplattform mit Blick auf eine Wasserstelle. Der schlammige Boden war kreuz und quer mit Tierspuren und ausgestreutem Salz bedeckt, das sich weiß gegen die rote Erde abhob. Die Zimmerwände waren aus Schlamm errichtet, Tür- und Fensterrahmen schmückten geschlungene

erdfarbene Bänder. An einigen Stellen bildeten Felsen die Wände der Räume. Der ganze Gebäudekomplex verschmolz mit der Landschaft, sodass man aus der Ferne die einzelnen Häuschen kaum bemerkte. Sarah sah sich fasziniert um.
»Piet! Das Konzept ist brillant! Ganz anders als alle herkömmlichen Touristenunterkünfte. Wer hat das entworfen?«
»Es war meine Idee. Ich wollte, dass es ganz natürlich wirkt. Aber ein verrückter polnischer Architekt namens Viktor Szustak hat mir dabei geholfen. Er hält sich für einen Dichter, trinkt literweise alle verfügbaren alkoholischen Getränke und entpuppt sich als Genie, wenn man ihm einen Bleistift, ein paar Blätter Papier und ein Knäuel Bindfaden in die Hand gibt. So hat er dies alles ausgemessen. Ich habe ihn niemals mit einem Maßband gesehen. Nachdem ich ihm gesagt hatte, was ich mir vorstellte und wie es wirken sollte, kamen wir hierher und schlugen für ein paar Tage ein Zelt auf. Wir prüften, woher der Wind kommt, wo die Sonne zu den verschiedenen Tageszeiten auf den *kopje* scheint, wohin die Schatten fallen und wo es nachmittags am kühlsten ist. Zuerst zeichnete er alles mit einem Stock auf die Erde, steckte die Grenzen mit seiner Schnur ab und begann dann mit dem Bau. Er fertigte Zeichnungen von allen Bereichen an, die um die Felsen und Baumstämme herum gestaltet werden sollten. Wunderschöne Bilder, die für eine Ausstellung gerahmt werden könnten. Sie enthalten keine technischen Angaben, und unser Personal hat sie sofort begriffen. Selbst die Entwürfe für die elektrischen Leitungen und die Verlegung der Rohre waren einfach und leicht zu verstehen. Keine Diagramme, keine Begriffe, die nur von Ingenieuren und Architekten verwendet werden. Die *watu* lieben ihn. Bei der Arbeit tranken alle diesen schrecklichen *pombe* miteinander. Und Kästen Bier, die Viktor mit seinem Auto herkarrte. Wahrscheinlich ist deshalb alles ein wenig schief. Aber er hat sie dazu gebracht, unermüdlich zu schuften, jeden Tag, sieben Tage die Woche. Es gibt keine gerade Linie hier. Schau …«

Sarah zog ihre Kamera aus der Satteltasche und machte auf ihrem Rundgang mit Piet Bilder vom Innenbereich. Das Foyer im Haupthaus war in die Vorderseite des Felsens gebaut. Der Tresen in der Bar war aus einem einzigen Baumstamm gehauen und so auf Hochglanz gebracht worden, dass sich ihr Gesicht darin widerspiegelte. Auf der angrenzenden Aussichtsplattform standen bequeme Sessel, und Simon brachte Kissen in handbedruckten Bezügen mit afrikanischen Mustern. Ein großer Stapel dicker Decken in einem Weidenkorb sollte die Gäste warm halten, wenn sie nachts die Tiere an der Wasserstelle beobachten wollten. Die Schlafzimmer befanden sich in sechs abgeteilten Rondavels, die in der gleichen Bauweise wie das Hauptgebäude gehalten waren und alle einen verschiedenen Ausblick boten. Auf den Terrassen waren große Moskitonetze an den Deckenbalken befestigt, die man herunterlassen konnte, um sich nachts vor Mücken und anderen Insekten sowie vor der Kolonie Klippschliefer zu schützen, die Sarah überall schnattern hörte. Sie ging Piet voran und fotografierte die Außenseiten der Gebäude. Blau gesprenkelte Perlhühner spazierten auf den Felsen unter ihr, und Eidechsen mit leuchtend orangefarbenen Köpfen und türkisen Leibern sonnten sich auf dem heißen Boden. Die Wasserstelle war verlassen. Nur eine Herde Paviane tummelte sich auf der gegenüberliegenden Seite. Nachdem sie Sarah eine Weile angestarrt hatten, widmeten sie sich wieder ihren alltäglichen Beschäftigungen. Plappernd schwangen sie sich von Baum zu Baum, lausten sich gegenseitig und zogen einander am Schwanz. Dann wurde es mit einem Mal ganz ruhig, und einen Augenblick lang glaubte Sarah, in der Stille etwas Unheimliches wahrzunehmen. Schaudernd sah sie sich um. Es war ihr, als würde in dem umliegenden Wald ein bedrohliches Wesen lauern, doch als sie nichts entdecken konnte, zuckte sie die Schultern und wandte ihre Aufmerksamkeit wieder ihrer Kamera zu.
Piet war begeistert von ihrem Lob für die fantasievolle Archi-

tektur. Simon brachte noch mehr Kissen, und Piet ermutigte ihn, einige ihrer Fragen zu beantworten. Kipchoge stand zwischen den Bäumen unterhalb der Aussichtsplattform. Seine dunkle Haut verschmolz mit den Schatten. Schließlich stiegen sie die hölzerne Treppe zum Aussichtsbereich mit der breiten Veranda hinauf und schauten auf die weite Steppe hinaus.

»Das ist mein Lieblingsplatz.« Piet deutete auf einen Felsen über ihnen, der einen gezackten Grat aufwies. »Heute haben wir keine Zeit, dorthin zu gehen, aber ich werde ihn dir bald zeigen. Diesen Ort suche ich immer dann auf, wenn ich ein Problem lösen muss oder wenn ich mich ganz besonders über etwas freue. Oder wenn ich einfach nur träumen möchte. Mein Wunschbrunnen. Dort fühle ich mich sehr stark mit dem Land verbunden.« Er zuckte die Schultern, als wollte er sich für seinen Gefühlsausbruch entschuldigen. »Auf jeden Fall hat man von dort aus den besten Rundblick über Langani.«

Sarah betrachtete den Felskamm. Es rührte sie, dass Piet das Geheimnis dieses Ortes mit ihr teilte, und sie war sich seiner Nähe bewusst, als sie sich vorbeugte, um besser in die Richtung sehen zu können, in die er mit seinem Arm deutete. Lächelnd sah er auf sie herab und drehte sich dann um.

»Simon, bringst du uns bitte ein Bier aus der Kühlbox? Dann kannst du das Picknick herrichten. Komm und setz dich her, Sarah. Hier ist es kühl – ich will nicht, dass du dir einen Sonnenstich holst.«

Nach dem Mittagessen machten sie es sich auf den Liegestühlen bequem und tranken im Schatten des Strohdachs Kaffee. Sarah war nach dem langen Ritt müde und schloss die Augen. Sie kämpfte nicht gegen die Schläfrigkeit an, die mit einem Mal ihren Körper überfiel. Als sie wieder erwachte, war eine Warzenschweinfamilie an der Wasserstelle aufgetaucht, um zu trinken. Sie hörte ein Rauschen in den Bäumen auf der anderen Seite, deren Zweige über den Fels ragten. Aus dem Wasserloch schlängelte sich ein schmaler Bach bergabwärts und verlor sich

in dem dichten Unterholz. Man konnte seine Spur verfolgen, wenn man das grüne Band betrachtete, das sich an beiden Ufern gebildet hatte. Weit in der Ferne schnappten die scharfen Zähne des Kirinyaga nach dem Himmel. Sie warf einen Blick hinüber zu Piet und lächelte. Er schlief fest, sein Kopf neigte sich zur Seite, sein Mund stand leicht offen, und seine Hände baumelten entspannt über die Stuhllehnen. Am liebsten hätte sie die Hand ausgestreckt und seine Finger berührt, die Fältchen auf seiner Stirn glatt gestrichen und ihre Fingerspitzen über sein Kinn und seine Lippen gleiten lassen. Stattdessen erhob sie sich leise auf, nahm ihre Kamera und ging zum Rand der Plattform, um den Felskamm zu fotografieren, der Piets Lieblingsplatz war. Aber plötzlich lief ihr ein kalter Schauder über den Rücken, und ein seltsames Unbehagen beschlich sie. Wie in Gedi, dachte sie. Das hatte sie bereits zuvor beunruhigt. Ein unheimliches Gefühl, als ob jemand sie beobachten würde. Natürlich wirst du beobachtet, du Dummkopf, schalt sie sich selbst. Hier gibt es eine Schar von Vögeln und anderen Tieren, die jeden deiner Schritte verfolgen. Aber ihre Nackenhaare richteten sich auf, und eine unerklärliche Angst erfüllte sie. Um sie herum spürte sie eine Bedrohung. Sie wollte aufschreien, war aber unfähig, sich zu bewegen. Dann legte sich eine Hand auf ihre Schulter, und sie duckte sich kreischend und umklammerte das Holzgeländer des Balkons.
»Meine Güte, Sarah, was ist los?« Piet sprang von seinem Stuhl auf und lief zu ihr hinüber. Sie zitterte, als er ihr aufhalf und sie zu ihrem Liegestuhl zurückführte. »Was ist geschehen?«
»Ich weiß es nicht, Piet. Es tut mir Leid. Ich stand da und betrachtete die Aussicht, und plötzlich …« Sie sah ihn ängstlich an. »Hast du deine Hand auf meine Schulter gelegt? Als ich am Rand der Aussichtsplattform stand?«
»Nein.« Piet starrte sie verwundert an. »Ich habe ein Nickerchen gemacht. Dann bin ich aufgewacht und habe dich auf dem Boden kauern sehen. Du hast wie verrückt geschrien.

Was ist passiert?« Er sah, dass sie völlig verstört war. »Komm schon, kleine Sarah, du kannst doch nicht die Tiere so erschrecken. Wir haben hart gearbeitet, um sie hierher zu locken.«
»Sonst ist niemand hier? Wo sind Kipchoge und Simon?«
»Ich habe keine Ahnung. Wahrscheinlich hinter dem Haus bei den Pferden. Möglicherweise haben sie sich auch kurz hingelegt.«
»Ich dachte … Ach, vergiss es.« Sie lächelte mühsam. Ihr Verhalten war ihr peinlich, aber sie konnte den Schreck nicht vergessen, den sie empfunden hatte, als sie plötzlich diese Hand berührt hatte. Oder hatte sie sich das nur eingebildet? Auf der Aussichtsplattform war sonst niemand zu sehen. »Ich bin wohl auch eingedämmert und hatte einen merkwürdigen Tagtraum. Wie dumm von mir. Es tut mir Leid.«
»Du bist nicht die Einzige, die einen Schock erlebt hat. Ich bin auch beinahe zu Tode erschrocken. Ich dachte, eine Büffelherde oder etwas Ähnliches würde dich angreifen. Lass uns Simon holen, damit er uns Tee kocht.«
»Nein, das mache ich. Ich kann ohne Schwierigkeiten eine Kanne Tee zubereiten – das hoffe ich zumindest.«
Sie ging in die Küche, immer noch erschüttert von diesem Erlebnis. Piet hatte sie seine Prophetin und Seherin genannt, und sie benahm sich wie eine Hysterikerin. »Reiß dich zusammen, Sarah Mackay«, befahl sie sich selbst. »Deine Leidenschaft für Piet treibt dich noch in den Wahnsinn. Du bist doch kein Fräulein aus dem Viktorianischen Zeitalter.«
Sie trug das Tablett nach draußen und setzte sich, erleichtert, die Wand des Foyers im Rücken zu haben, sodass sich niemand von hinten anschleichen konnte.
»Besser?« Er betrachtete sie forschend, während sie den Tee einschenkte.
»Ja, danke.«
»Gefällt es dir hier wirklich? Abgesehen von den Geistern auf der Aussichtsplattform«, neckte er sie.

»Es ist …« Meine Güte! Sie musste die Panik abschütteln, die sie ergriffen hatte. Das war Piets Traum. Sie wollte ihm ihre Begeisterung zeigen und ihn ermutigen. »Das ist der fantastischste Ort auf der ganzen Welt. Du hast großartige Arbeit geleistet. Du und Hannah werdet es schaffen, da bin ich mir ganz sicher.«
Ausgelassen umarmte er sie. »Ach, ich bin ganz aus dem Häuschen. Die Tiere kommen jetzt regelmäßig. Wir haben schon die verschiedensten Arten von Böcken gesehen, Elefanten, einige Großkatzen, jede Menge Büffel und noch viel mehr! Hannah hat sich um die Einrichtung gekümmert und das Personal angelernt.« Er ging hinaus auf die Plattform und rief nach Simon. Sarah brachte es nicht über sich, ihm zu folgen.
»*Bwana*?« Simon tauchte an der Tür zum Foyer auf und ließ sie zusammenzucken.
»Wo warst du? *Memsahib* Sarah musste den Tee kochen. Hast du die Aufregung vorher nicht mitbekommen? Nicht gehört, dass sie geschrien hat?«
Sarah krümmte sich vor Verlegenheit. Wollte er etwa Simon erzählen, dass sie seltsame Dinge sah und in seiner neuen Lodge Anfälle bekam?
»Ich habe nichts gehört, *Bwana*. Kipchoge und ich haben uns die Spuren der Büffel angesehen. Letzte Nacht müssen sehr viele hier gewesen sein.«
»Gut. Bereite jetzt die Tabletts mit den Getränken vor. Die anderen müssten bald hier sein.«
»Ich werde sie gleich herrichten. Und die Toasts.«
Sarah sah auf ihre Armbanduhr. Bereits fünf Uhr! Sie wollte nicht, dass die Zeit so schnell verflog. In der Schule waren die Wochen im Schneckentempo dahingekrochen, und sie hatte sich immer nach den Wochenenden auf Langani oder den Ferien zu Hause gesehnt. Jetzt rasten die Tage viel zu schnell vorbei. Ich glaube, ich werde alt, dachte sie. Eigentlich glaubte ich, dass man erst so empfindet, wenn man wirklich schon alt ist.

»Piet?« Sie zwang sich, zu ihm hinauszugehen, und griff zögernd nach seiner Hand.

Er sah sie lächelnd an. »Was ist?«

»Es war ein wunderschöner Tag. Ich weiß es wirklich zu schätzen, dass du mir die Lodge zuerst gezeigt hast – und dass dir meine Meinung wichtig war.«

»Was möchtest du tun, wenn du dein Studium abgeschlossen hast?« Er war ihr sehr nah, aber seine Stimme klang eher freundschaftlich als zärtlich. »Weißt du noch, wie wir uns darüber lustig gemacht haben, dass du wahrscheinlich im Kloster landen wirst?«

Sie lachte, aber in ihrer Antwort schwang leiser Ärger mit. »Diese Vorstellung existierte nur in deiner Fantasie. Mein Wunsch ist es, nach Kenia zurückzukehren und hier zu arbeiten. Ich möchte an einem Forschungsprojekt über Wildtiere mitwirken. Und dabei möchte ich auch meine Kamera benutzen. Glücklicherweise kann Fotografie sehr hilfreich bei der Arbeit sein, auf die ich hoffe. Und wie sich gezeigt hat, habe ich da ein gewisses Talent.«

»Camilla hat mir erzählt, dass du einen Wettbewerb gewonnen hast. Hast du einige dieser Bilder mitgebracht?«

Camilla. Das war wohl unvermeidlich. Trotz allem, was er Hannah gesagt hatte, stand seine alte Flamme immer noch zwischen ihnen.

»Ich habe Abzüge meiner besten Bilder von der Ausstellung mitgebracht. Für alle, die sie sehen wollen.«

»Natürlich wollen wir sie sehen. Warum nicht? Oder handelt es sich etwa um unanständige Bilder?« Er grinste sie anzüglich an.

»Nein, natürlich nicht«, erwiderte sie lachend. »Es sind Porträts meiner Freunde aus dem Obdachlosenasyl in Dublin. Morgen werde ich sie dir zeigen.«

»Wenn du nach deinem Abschluss auf der Suche nach einem wissenschaftlichen Projekt bist, könntest du vielleicht in

Langani etwas finden. Die Lodge wird schon bald eröffnet werden, und du könntest dir nebenher etwas Geld verdienen, wenn du uns hilfst. Ich weiß, Hannah hätte dich sehr gern hier. Ein anderes weibliches Wesen, das ihr hier und da den Rücken stärkt! Kipchoge und ich könnten dir dabei helfen, das Wild aufzuspüren oder mit den Einheimischen zu reden. Ich spreche Massai und Kikuyu, und Kipchoge ist ein Nandi. Auch Anthony könnte dir ein paar Tipps geben. Was hältst du davon?«

Sarah presste die Lippen zusammen und versuchte den Freudenschrei zu unterdrücken, der sonst die sanfte Stille des Abends zerrissen hätte. Eine wunderbare Vorstellung von Abenden auf der Farm tauchte vor ihren Augen auf: Hannah saß ihr gegenüber, und Piet beugte sich über ihre Notizen und Fotos. Sie umarmte ihn stürmisch, und er schwang sie lachend, die Arme um ihre Taille gelegt, durch die Luft. Dann beugte er sich plötzlich zu ihr herunter und küsste sie. Zuerst war es nur eine freundliche, sanfte, brüderliche Umarmung, doch nach wenigen Sekunden küsste er sie leidenschaftlich und ließ seine Hände durch ihr Haar und über ihren Nacken gleiten. Sie spürte sein Verlangen und presste ihren Körper an seinen. Ein herrliches Gefühl des Triumphs stieg in ihr empor, als seine Lippen ihre Kehle berührten und seine Zunge ihre Haut streichelte. Noch einmal küsste er sie sanft auf den Mund. Aus weiter Ferne hörte sie das Geräusch eines Lastwagens, der in einen anderen Gang geschalten wurde, als er den Pfad herauffuhr. Dann rief Lars nach ihnen.

»Wo bist du, Piet? Kipchoge, *jambo.* Wo ist *Bwana* Piet?«

Piet trat einen Schritt zurück, hielt sie aber immer noch in seinen Armen. Er wirkte wie betäubt und sah sie lange an, als würde er sie zum ersten Mal richtig wahrnehmen. Sie versuchte, ihre Fassung wiederzuerlangen, bevor die anderen auftauchten. Camilla würde es ihr sofort ansehen. Sie hatte scharfe Augen, und Sarah war bewusst, dass sie zumindest zerzaust

aussah. Ihr Haar war zerrauft, und ihre Wangen brannten, als wären sie dunkelrot angelaufen. Oh, Mist! Mist! Glorreicher, fabelhafter, wunderbarer Mist! Lars durchquerte mit langen Schritten das Foyer und trat auf die Aussichtsplattform. Hannah folgte ihm und äußerte sich begeistert über die Möbel, die Kissen und die Teppiche, die Simon platziert hatte. Camilla wanderte hinter ihr her, strich mit den Fingern über den glatten Stein und das polierte Holz und murmelte Komplimente. Piet fühlte sich offensichtlich unbehaglich, begrüßte alle viel zu herzlich und bat schließlich Simon, die Getränke einzuschenken. Gemeinsam gingen sie alle auf die Plattform und erhoben ihre Gläser. Sarah hielt sich im Hintergrund – sie konnte niemandem in die Augen schauen. Am wenigsten Piet. Camilla hob fragend die Augenbrauen, aber dann besichtigten sie zusammen die Lodge, und alles schien so zu sein, wie es vor ihrem Aufbruch an diesem Morgen gewesen war.
Für Sarah jedoch hatte sich die Welt in einen neuen Ort der reinen Heiterkeit verwandelt. Wie in Trance blickte sie in den afrikanischen Abend, als hätte sich die Erde, auf der sie stand, aufgetan. Ihr Traum von Liebe und Erfüllung würde nun endlich wahr werden.

Kapitel 12

Kenia, September 1965

Was seid ihr nur für verwöhnte Prinzessinnen«, sagte Anthony. »Und dabei dachte ich, ich wäre den Dämchen von der Park Avenue für eine Weile entronnen. Aber ihr seid ja fast noch schlimmer. Falls ihr Durst habt, im Kofferraum sind Getränke. Doch in ein paar Minuten machen wir sowieso Rast. Ich muss noch in Charias *duka* vorbei, um ein paar letzte Vorräte zu besorgen. Piet sollte uns dort erwarten. Es ist der letzte Boxenstopp, wo ihr noch mal aufs Klo könnt. Später müsst ihr euch hinter den Wagen kauern, was sicher die Löwen freuen wird.«

Bei ihrem Aufbruch aus Langani am frühen Morgen war der blaue Himmel noch dunstig gewesen. Inzwischen, zwei Stunden später, konnten sie Pullover und Socken ausziehen und sehnten sich nach kalten Getränken. Antony bremste neben einem niedrigen Gebäude mit verrostetem Dach, von dem die Farbe abblätterte. Piets Landrover parkte vor dem Haus. Der Anhänger des Wagens war mit einer blauen, bereits staubbedeckten Plane versehen. Im dämmrigen Inneren des Ladens roch es nach Paraffin und Desinfektionsmittel. Camilla sah, wie Anthony dem afrikanischen Angestellten ein wenig Geld zusteckte.

»Armer Teufel«, flüsterte er Camilla zu, während Mr. Charia, der Besitzer, die Einkaufsliste las und klappernd seinen Rechenschieber bediente. »Es wundert mich, dass er nach zehn Jahren bei dem alten Sklaventreiber noch aufrecht stehen kann. Keine Ahnung, warum er hier bleibt und Lumpen trägt, anstelle einer *shuka* und einer Tonne Perlenketten. Obwohl er bestimmt noch keine vierzig ist, geht er schon gebeugt, weil er den ganzen Tag Säcke wuchtet, die so viel wiegen wie er selbst. Trotzdem ist er immer guter Dinge. Wie schafft er das nur?«

Mitfühlend beobachtete Camilla, wie der Samburu Behälter voller Kerosin, Mehl und Maismehl zu Piets Wagen schleppte. Sarah war vor der Mittagssonne hereingeflüchtet. Sie lehnte an der Theke und trank lauwarme Limonade aus einer Flasche, wobei sie das Gesicht verzog. Hannah war draußen geblieben und kümmerte sich darum, dass der Anhänger richtig beladen und die Plane wieder ordentlich befestigt wurde.

»Wir sind fertig«, rief Anthony schließlich. »Es geht los.«

»*Bwana*, könnte ich nach Isiolo mitfahren?« Ein junger Samburukrieger war plötzlich aus dem Nichts aufgetaucht und stand nun, schlank und kerzengerade, vor ihnen. Er trug die Festtagskleidung seines Stammes, ein scharlachrotes, an einer Schulter zusammengeknotetes Gewand. Perlenschnüre schmückten Ohren, Hals, Handgelenke und Fußknöchel, und sein langes, geflochtenes Haar wurde von einer Mischung aus rotem Lehm und Kuhdung in Form gehalten. Als er lächelte, blitzten seine Zähne weiß aus dem dunklen, ebenmäßigen Gesicht. Die Reihe erhabener Narben auf seinen Wangen wies darauf hin, dass er die Beschneidung bereits hinter sich hatte und nun als erwachsener Mann galt. Seinen Speer hatte er in den Boden gebohrt und stützte sich nun darauf, ein Sinnbild vollkommener Anmut und Balance.

»Kein Platz, tut mir Leid.« Piet schüttelte den Kopf und lud die letzten Sachen auf den Anhänger.

»Warum hast du ihn weggeschickt?«, fragte Sarah.

»Er mag zwar hübsch aussehen, aber er stinkt nach Kuhdung und Schweiß und ist voller Fliegen. Also nicht unbedingt der ideale Reisegefährte in einem geschlossenen Wagen. Und hinten auf dem Anhänger kann er auch nicht sitzen, weil das bei diesen Bodenwellen zu gefährlich ist. Han, warum fährst du die nächste Etappe nicht bei mir mit?«

Sie stiegen in die Autos und machten sich auf den Weg zur

Hauptstraße, während der Krieger ihnen reglos und gleichmütig nachblickte. Als sie an ihm vorbeikamen, setzte er sich plötzlich in Bewegung, zog den Speer aus dem Boden und hob den Arm, sodass Camilla sich in ihren Sitz duckte und Sarah vor Schreck aufschrie. Dann spuckte der Mann auf die Erde, wandte sich ab und wurde im nächsten Moment von der roten Staubwolke verschluckt, die hinter ihnen aufstieg. Der Wagen holperte über unebenes Gelände, und ein heißer Wind wehte durch die Scheiben herein. Bald bedeckte eine Sandschicht ihre Gesichter und ließ Haare und Kleidung steif werden.

»Die Leute würden ganz schön glotzen, wenn sie dir so auf der King's Road begegnen würden.« Anthony sah zu, wie Camilla sich den Schweiß vom Gesicht wischte, wobei ein Schmierer auf ihrer Wange zurückblieb. Dann lachte er laut auf. »Es ist nur noch eine Stunde bis zum Lager. Dann darfst du dir aussuchen, ob du lieber duschen oder mit den Krokodilen im Fluss schwimmen willst. Und eins kannst du mir glauben: Solche Krokodile hast du noch nie gesehen.«

Sie stoppten an der Verwaltung des Reservats, um sich anzumelden. Inzwischen fuhr Anthony langsamer und folgte einem gewundenen Pfad, der sich einige Kilometer weit durch den dichten Busch schlängelte, bis er schließlich in einem von gebleichtem Gras und Doum-Palmen bewachsenen Gebiet mündete. Man sah kaum Wildtiere, denn die meisten hatten sich in den Schatten geflüchtet, um die glühend heiße Mittagszeit zu verschlafen. Sarah fielen die Augen zu, und sie spürte, dass ihr Kopf immer wieder auf die Brust sank, als Anthony plötzlich anhielt und in das Gebüsch neben der Straße deutete.

»Eine Giraffengazelle«, sagte er. »Auf Kisuaheli heißt sie *swala twiga.*« Bewundernd sahen sie zu, wie das Tier sich zu ihnen umwandte und einen leisen Warnruf ausstieß. Obwohl es neugierig stehen blieb, war es stets fluchtbereit.

»Schau dir den langen, zarten Hals und den anmutigen kleinen

Kopf an. Außerdem sind die Ohren sehr breit und innen weiß mit schwarzer Äderung wie bei bei einem Blatt«, erklärte Anthony leise. »Wegen ihres Halses und den hübschen nach hinten gebogenen Hörnern ist sie unverkennbar. Giraffengazellen gibt es nur hier im Norden. Sie können lange ohne Wasser überleben und viel weiter oben in den Bäumen weiden als die kleineren Gazellen und Antilopen.«

Sarah hob die Kamera und seufzte verzückt auf, als die Giraffengazelle sich streckte, die Vorderläufe auf einen Ast stützte und sich an Dornen und jungen Blättern gütlich tat. Hinter ihnen waren Piet und Hannah ebenfalls stehen geblieben, um das kupferfarbene Haarkleid und den weißen Bauch des Tiers zu betrachten. Camilla warf Anthony einen Seitenblick zu, als dieser das Fernglas an die Augen hielt. Das waren die Hände, deren Liebkosung sie sich willig hingegeben hatte! Bei der bloßen Erinnerung stockte ihr der Atem. Seitdem schien eine Ewigkeit vergangen zu sein. Wie gerne hätte sie die Finger um sein Handgelenk gelegt, das Armbänder aus Leder, Kupfer und bunten Perlen zierten. Nomadenarmbänder und passend für einen Mann, der den Großteil seines Lebens im Busch verbrachte und ständig von Ort zu Ort zog. Sie fragte sich, wie sein Haus in Nairobi wohl aussah und ob er irgendwann einmal eine Freundin gebeten hatte, ihm beim Einrichten zu helfen.

Anthonys Mutter hatte Kenia vor zwei Jahren verlassen. Sie würde den Tod ihres Mannes nie verkraften und konnte die Bilder nicht vergessen, wie sein Lebensblut in der durstigen Erde des Landes versickerte, in dem er aufgewachsen war. Der Büffel, der ihn aufgespießt hatte, war von seinem Träger erschossen worden, während ein reicher Safarigast aus der Schweiz starr vor Schreck daneben stand. Der Mann hatte vor Todesangst geweint und es nicht einmal geschafft, die Waffe zu heben. Allerdings hatte dies Herrn Villespan nicht daran gehindert, das Tier zu einem Ausstopfer nach Nairobi und anschließend in sein Heimatland zu schicken. Dort zierte sein Kopf nun eine Wand in seiner Villa am See, wo der Schweizer seine Gäste mit Anekdoten über seine Tapferkeit und seinen Opfermut unterhielt. Anthony Chapman hatte sich von dieser Tragödie nicht davon abbringen lassen, in die Fußstapfen seines Vaters zu treten, denn er war von einer Abenteuerlust und einer Liebe zum Busch beseelt, die Camilla immer noch fremd war.

Als er am Vorabend in Langani angekommen war, hatte er sie ebenso mit einem Kuss auf die Wange begrüßt wie ihre Freundinnen. Auch während des Abendessens war kein Wort über ihre gemeinsame Zeit in London gefallen. Kurz darauf waren alle zu Bett gegangen, weil man am nächsten Tag früh aufstehen wollte. Doch als Anthony nach draußen auf die Veranda ging, hatte er ihr kurz die Hand auf den Rücken gelegt und ihr »morgen« ins Ohr geflüstert.

Stundenlang hatte Camilla wach gelegen und darüber nachgegrübelt, was er wohl für sie empfand – falls er überhaupt Gefühle für sie hegte. Sie konnte sich kaum noch an die Zeit erinnern, als sie ihn kaum wahrgenommen und seine scherzhaften Annäherungsversuche zurückgewiesen hatte. Es war ihr ein Rätsel, wie sich ihre Gefühle für ihn so schlagartig und unerwartet hatten ändern können. Als sie an der Küste nichts von ihm gehört hatte, fragte sie sich, ob sie ihrer leidenschaftlichen Begegnung in London nicht zu viel Bedeutung beimaß. Aber dann dachte sie daran, wie er sie in den Armen gehalten und zärtlich geliebt hatte, und sie konnte nicht glauben, dass es für ihn nur eine flüchtige Affäre gewesen war. Obwohl sie sich verzweifelt nach Gewissheit sehnte, fürchtete sie sich andererseits vor der Wahrheit. Doch bald würden sie das Lager erreichen, und dann würde sie endlich wissen, woran sie war. Vielleicht früher, als ihr gefiel.

Sie fuhren weiter, bis ihnen eine Baumreihe anzeigte, dass sie sich einer Flussbiegung näherten. Anthony stoppte kurz, schaltete auf Allradantrieb um und lenkte den Wagen dann in das reißende Wasser, wo er bremste, um sie auf einige erschreckend riesenhafte Krokodile hinzuweisen. Ihre schuppigen Köpfe und glitzernden Augen waren dicht über der Wasseroberfläche gerade noch zu sehen. Camilla betrachtete die Tiere mit einem angewiderten Schauder, während Anthony Gas gab, über das felsige Flussbett schlitterte und auf der anderen Seite langsam das steile Ufer hinauffuhr. Er bog nach links in einen Weg ein, der so schmal war, dass wuchernde Pflanzen den Wagen streiften und Dornen quietschend an der Karosserie kratzten. Das Lager hatte er auf einer Lichtung über dem Fluss aufgeschlagen. Die Schlafzelte standen in Reih und Glied im Schatten der Akazien, und das Personal erwartete sie schon, um sie mit strahlenden Gesichtern zu begrüßen. Camilla stieg aus dem Landrover und streckte die steifen Glieder, während Sarah bereits ihre Kameraausrüstung vom Rücksitz zerrte. Kurz darauf trafen Piet und Hannah ein. Anthony stellte ihnen das Personal vor.

»Das hier ist Francis, unser Koch. Samson und Daniel werden euch Getränke und Mahlzeiten servieren, William kümmert sich um eure Zelte und die Wäsche. Ebenso wichtig sind Musioka und Joseph, die die Fahrzeuge warten und das Holz zum Kochen, für heißes Wasser und für das Lagerfeuer sammeln. Jetzt zu den Zelten. Sarah, ich habe dich mit Hannah zusammen einquartiert. Piet schläft nebenan, und Camilla hat ihr eigenes Zelt dort in der Mitte. Wenn ihr es lieber anders hättet, könnt ihr ja tauschen. Duschen und Toiletten befinden sich hinter den Schlafzelten. Die kleine Schaufel in der Toilette ist dazu da, euer Geschäft zu vergraben. In jedem Zelt und draußen unter dem Vordach gibt es Laternen und Taschenlampen.«

»Was ist, wenn man mitten in der Nacht aufs Klo muss?« Sarah war diese Frage zwar schrecklich peinlich, aber noch mehr fürchtete sie sich vor möglichen Folgen ihrer Unwissenheit.

»Schließlich könnten sich doch Hyänen und Löwen hier herumtreiben, oder?«
»Ich empfehle dir, nicht mit einer halb abgeknabberten Impalakeule in der Hand herumzulaufen. Falls du trotzdem einem Löwen begegnest, kannst du mich ja rufen.« Er grinste sie an. »Keine Sorge, Sarah. Die ganze Nacht brennt ein Feuer, und ein *askari* hält Wache. Auf euren Veranden stehen Wasserbehälter, wo ihr euch Hände und Gesicht waschen könnt. Die Rückwand eurer Zelte haben wir offen gelassen, damit ein bisschen frische Luft hereinkommt. Alle Fenster verfügen über Moskitonetze, und wenn es regnet, müsst ihr nur die Zeltklappen herunterrollen. Im Speisezelt gibt es kalte Getränke, und Samson ist berüchtigt für seine Bloody Marys.«
Nach dieser Einweisung zeigte Anthony ihnen die Zelte und gab ihnen Zeit, sich häuslich einzurichten. Camilla setzte sich auf einen Klappstuhl, ließ die Hitze und die friedliche Stimmung auf sich wirken und lauschte den Geräuschen des Busches. So weit im Norden war sie bis jetzt noch nie gewesen, und so kannte sie nicht die Schönheit der Halbwüste. Die Nashornvögel, die durch die Baumwipfel hüpfen, wirkten in ihrer Unbeholfenheit komisch. Ein Schwarm Stare stolzierte zu ihren Füßen herum. Mit ihrem schimmernden Gefieder, ihrem lauten Getue und dem eitlen Gehabe erinnerten die Vögel sie an die Menschen, mit denen sie in London viel zu oft Bekanntschaft gemacht hatte. Die bleichen Äste der Akazien, die ihrem Zelt Schatten spendeten, waren von chaotisch anmutenden Nestern der Webervögel übersät. In der Ferne erblickte sie eine Zebraherde, die reglos in der flirrenden Hitze verharrte. Unterhalb des Lagers floss der schlammig-braune Uaso Nyiro träge durch die durstige Landschaft.
Sarah sah sich neugierig in ihrem Zelt um. Der Boden bestand aus einer Art Plastikplane, war aber mit einem Sisalteppich bedeckt. Die beiden Feldbetten waren mit gestärkten weißen Laken, Kissen und handbedruckten Überdecken ausgestattet.

Decken und Handtücher lagen ordentlich zusammengefaltet auf den Kisten am Fußende jedes Bettes, in denen man seine Habseligkeiten verstauen konnte. Auf dem Nachttisch standen Laternen und Taschenlampen, und ein Weidenkorb enthielt eine Auswahl an Seifen und Shampoos. An der Zeltwand war ein Spiegel über einer Holzkonsole angebracht, die gleichzeitig als Frisierkommode und Schreibtisch diente. Auf der polierten Oberfläche standen Thermosflaschen mit kaltem Wasser und zwei Gläser. Eine Vase mit Wildblumen und Gräsern rundete das Bild ab.

»Nicht schlecht, was?«, meinte Hannah, die auf der Bettkante saß.

»Wirklich luxuriös«, verwunderte sich Sarah. »So etwas hätte ich nie erwartet. Ich glaube, ich möchte nie wieder nach Hause.« Sie schmunzelte. »Vermutlich ist es kein Zufall, dass Camilla ein Zelt für sich allein hat.«

»Ja, das könnte etwas zu bedeuten haben.« Hannah verdrehte belustigt die Augen. »Aber sie sollte vorsichtig sein. Jäger und Safarileute genießen so einen gewissen Ruf. Und wenn dann etwas passiert, spielen sie das Unschuldslamm und beteuern, die Frau hätte sich ihnen buchstäblich an den Hals geworfen, sodass sie es nicht über sich gebracht hätten, sie abzuweisen. Anthony ist da keine Ausnahme.«

»Er macht einen netten Eindruck, und außerdem kann Camilla auf sich selbst aufpassen«, erwiderte Sarah. »Bei ihrem Lebenswandel hat sie so etwas in London sicher schon hundert Mal erlebt.«

»Keine Ahnung. Aber über Anthony weiß ich einiges. Er liebt dieses Land von ganzem Herzen und engagiert sich leidenschaftlich für die Erhaltung des Parks und Wildreservate. Doch seine Einstellung zu Frauen steht auf einem anderen Blatt. Ich habe die Blicke gesehen, die Camilla ihm zuwirft. Offenbar ist sie zum ersten Mal wirklich verliebt. Also hoffe ich, dass er sich anständig benimmt.« Plötzlich drehte Hannah sich um und legte die Arme um Sarah. »Außerdem freue ich mich, dass der *domkopf*, den ich zum Bruder habe, endlich zur Vernunft gekommen ist. Das finde ich wirklich schön.«

»Es ist nichts passiert.« Sarah stellte fest, dass Hannah übertrieben ungläubig das Gesicht verzog. Sie wurde verlegen, weil sie schon wieder errötete. »Tja, jedenfalls nicht viel. Er hat mich geküsst. Ein Mal. Letztens, bevor du zur Lodge gekommen bist.«

»Wirklich? Nur ein Mal?«, jubelte Hannah. »Dann weiß er jetzt, was er will, da bin ich ganz sicher. Auch wenn er eine Weile brauchen könnte, bis er es zugibt. Das ist sehr, sehr gut.«

Im goldenen Licht der Abendsonne machten sie sich in Anthonys Wagen auf den Weg. Im Kofferraum stand ein Picknickkorb mit Tee und Plätzchen, und ein eigens dazu angebrachter Ständer hinter dem Fahrersitz enthielt eine Reihe von Fachbüchern über Säugetiere, Vögel, Bäume und Wildblumen. Das Wagendach war offen, sodass sie alle auf den mit Segeltuch bezogenen Sitzen stehen und ungehindert die Aussicht genießen konnten. Das Land vor ihnen erstreckte sich bis zu einer violetten Bergkette im Norden. Piet saß auf dem Dach und ließ die bloßen Füße zum Wagen hineinbaumeln. Wie hätte Sarah sich gefreut, wenn er sie kurz mit dem Fuß angestupst hätte, doch sein Blick war in die Ferne gerichtet, wo er nach Elefanten und Büffeln Auschau hielt. Um sie herum waren nur Vogelschreie und das immer lauter werdende Abendkonzert der Insekten und Frösche zu hören. Als sie um eine Kurve fuhren, knackten plötzlich Äste und Zweige, und Anthony trat ruckartig auf die Bremse. Vor ihnen stand ein junger Elefantenbulle, der seinen Rumpf an einem Baumstamm scheuerte. Er bedachte die Eindringlinge mit einem kurzen Blick, bevor er seine angenehme Beschäftigung fortsetzte. Sie warteten, während er anmutig den Rüssel in die sandige Erde tauchte und sich eine Ladung Staub auf den Rücken pustete. Sarahs

Kamera klickte und klickte. Als sie sich bückte, um einen neuen Film aus ihrer Kameratasche zu holen, fiel ihr die ganze Tasche auf den Boden, sodass Objektive und Filme durch den Wagen rollten. Der Elefant hielt inne und musterte die Besucher, als sehe er sie zum ersten Mal. Dann begann er mit einem Bein zu scharren und kam energischen Schrittes und Staub aufwirbelnd näher.

»Wir sollten ihm besser Platz machen«, meinte Anthony. »Er findet nämlich, dass wir ihm im Weg sind.« Dann ließ er den Motor an und fuhr im Rückwärtsgang den Weg hinunter. Der Elefant folgte ihnen, inzwischen ein wenig schneller. Sein Rüssel schwankte hin und her, und seine Ohren wedelten wie riesige Paddel.

»Offenbar möchte er uns hinauskomplimentieren.« Anthony ließ sich nicht aus der Ruhe bringen. »Ich muss so lange rückwärts fahren, bis ich eine Stelle zum Wenden finde. Setzt euch besser hin. Vielleicht wird es gleich ein bisschen holperig, und außerdem kommt gleich eine Kurve.«

Blitzschnell ließ Camilla sich auf den Beifahrersitz fallen. Das Herz klopfte ihr bis zum Halse, als der Rumpf des Tiers die Windschutzscheibe füllte. Das Blut gefror ihr in den Adern, als das erste zornige Trompeten durch die milde Abendluft hallte. Anthony gab Gas, fuhr rückwärts weiter und geriet auf dem sandigen Boden immer wieder ins Rutschen, während der Elefant unaufhaltsam näher kam. Inzwischen konnten sie jede einzelne Hautfalte erkennen, und seine kleinen Augen glitzerten, als er den Rüssel hin und her warf und ihn schließlich hoch in die Luft reckte, um die ungebetenen Gäste mit lautem Trompeten zu verscheuchen. Mittlerweile war sein riesiger Körper so nah, dass er ihnen die Sicht auf den Himmel versperrte. Schließlich hatten sie die Kurve erreicht, aber die Reifen drehten auf den lockeren Kies durch. Als der Wagen sich zur Seite neigte, beugte Anthony sich vor und umklammerte das Lenkrad so fest, als wolle er den Wagen durch bloße

Willenskraft am Umkippen hindern. Camilla schloss die Augen. Sie wusste, dass sie jetzt gemeinsam mit ihm sterben würde. Sie alle würden dieses Abenteuer nicht überleben und zu Tode getrampelt werden, ein Matsch von Leibern und Metallteilen. Wie schön hätte das Leben doch werden können! Doch als sie wieder aufblickte, lag die Kurve hinter ihnen, und der Wagen zeigte in die andere Richtung. Von dem Elefanten keine Spur mehr. Alle lachten erleichtert auf. Piet schüttelte Sarah.
»Ich fasse es nicht, dass du da oben geblieben bist und weiter fotografiert hast. Sarah Mackay, du bist völlig übergeschnappt! Aber mutig bist du, das muss man dir lassen.«
»Er wollte, dass wir aus seinem Revier verschwinden. Sobald er uns nicht mehr sehen konnte, hat er das Interesse an uns verloren.« Auch Anthony lachte. »Wilde Burschen, diese jungen Männchen! Sie wollen zeigen, wie stark sie sind. Kommt, suchen wir uns ein weniger gefährliches Plätzchen.«
Auf der restlichen Fahrt kamen sie aus dem Staunen nicht mehr heraus. Zwei Spießböcke verharrten im Gras, als wollten sie für sie Modell stehen, und wandten ihnen ihre schwarzweißen Gesichter und die hohen, gedrechselten Hörner zu. Später mussten sie wegen zwei Netzgiraffen anhalten und hatten Gelegenheit, ihre präzise geometrische Zeichnung und ihre langen, federnden Schritte zu bewundern. Schwärme von Perlhühnern kreuzten ihren Weg und ließen unter schwarzweißem Gefieder blaue Unterfedern aufblitzen. Eine Büffelherde hob die schweren Köpfe und schnaubte dem Wagen mürrisch nach. Einige Grevy-Zebras trotteten geschwind von der Straße und stellten ihre gestreiften Flanken und die abgerundeten Ohren zur Schau. Langsam ließ die Hitze des Tages nach, als die Sonne hinter den schartigen Hügeln unterging und den Himmel in ein scharlachrotes Licht tauchte. Über den Palmen ging der erste Stern auf, und über dem Fluss hing die Mondsichel.
Im Lager hießen sie beleuchtete Zelte willkommen. In den Bäumen hingen Laternen. Stühle reihten sich um ein Feuer, das so

angelegt war, dass die Flammen in die Nacht emporzüngelten, während der Rauch von den Zelten weg und zum Fluss zog. Sie nahmen Platz, ließen sich von Samson Getränke servieren, streckten die Beine aus und lehnten sich zurück, um die Sterne zu betrachten, während das letzte Tageslicht einer undurchdringlichen Finsternis wich. Das heiße Wasser in den Duschzelten roch nach Holzrauch, und Camilla schloss die Augen, während die lang ersehnte Dusche den Staub des Tages wegspülte. Dann strich sie sich das nasse Haar aus dem Gesicht und wickelte sich ein Handtuch um den Kopf. Sie fühlte sich wie neugeboren und empfand eine bislang ungeahnte Zufriedenheit.

»Wie hältst du es auch nur eine Minute lang in Nairobi aus?«, fragte Sarah Anthony beim Abendessen.

»Je mehr Zeit man hier draußen verbringt, desto schwerer ist es, wieder in die Stadt zurückzukehren und ...« Anthony verstummte und überlegte, wie er sich ausdrücken sollte.

»Sicher meinst du das alberne Getue von Leuten, die in Großstädten und Vororten leben«, ergänzte Camilla. »Und auf die Gefahr hin, dass es theatralisch klingt: Ich glaube nicht, dass ich je wieder dort leben will.«

»Das sind zwar ziemlich harte Worte, aber die Beschreibung trifft deine natürliche Umgebung recht gut«, meinte Anthony lachend. »Allerdings habe ich dich in London erlebt, Camilla. In deinen Lieblingslokalen, den Restaurants, wo man für einen Teller Spaghetti und einen Fingerhut voll Espresso ein Vermögen zahlt, und in deinen Lieblingsdiskotheken. Du hast deinen eigenen Friseur und einen Salon, wo du dir Schlammpackungen verabreichen lässt, wie der Jumbo, dem wir vorhin begegnet sind. Wenn du dich hier zurechtfinden müsstest, wärst du genauso unglücklich wie unser Dickhäuter auf der Suche nach dem Bus Nummer zehn.«

»Ich fahre niemals Bus. Und wenngleich ich nicht weiß, was unser Freund der Dickhäuter denkt, glaube ich, dass du mich

unterschätzt«, gab Camilla rasch zurück. »Ich werde dir schon noch das Gegenteil beweisen.«
Nach dem Essen setzten sie sich erneut ans Feuer, plauderten und freuten sich, wieder zusammen zu sein. Der Tee wurde für sechs Uhr bestellt. Piet war der Erste, der aufstand und den anderen eine gute Nacht wünschte. Hannah und Sarah folgten seinem Beispiel. Schließlich erhob sich auch Camilla und griff nach dem leichten Umschlagtuch, das an der Lehne ihres Stuhls hing.
»Ich begleite dich zu deinem Zelt«, sagte Anthony. Er nahm ihren Arm und blieb stehen, um sie im Licht der Sterne zu betrachten. »Camilla, Camilla, die ganze letzte Nacht und den heutigen Tag habe ich dich beobachtet, mir dein wunderschönes Gesicht angesehen, mich an jede Einzelheit erinnert und mich nach dir verzehrt. Ich kann nicht länger warten.«
Wortlos drehte sie sich um und ging los. Sie hörte, dass seine Schritte ihr folgten. In ihrem Zelt löschte er die Laterne, nahm sie in die Arme, küsste sie auf Mund und Augenlider und flüsterte ihr ins Ohr. Dann stand er hinter ihr und hob ihr langes Haar an. Sein heißer Atem liebkoste verführerisch ihren Nacken. Er öffnete ihr Buschhemd, sodass ihre Brüste freilagen, und ließ die Hände über ihren Bauch und ihre Flanken gleiten, bis sie es kaum noch ertrug und ein leises ungeduldiges Stöhnen ausstieß. Er legte sie auf das Feldbett, wo sie das Gesicht an seiner Schulter vergrub, damit niemand die Laute hörte, die sie nicht unterdrücken konnte. Als sie am nächsten Morgen die Augen aufschlug, stellte sie fest, dass er fort war. Wie hatte er es nur geschafft, unbemerkt zu verschwinden? Er war in der Nacht geschmeidig wie ein Leopard davongeschlichen, ohne dass sie es gespürt hätte.
»*Hodi. Chai. Na maji moto.*« Sie hörte, wie draußen Wasser ins Waschbecken gegossen und ein Teetablett auf den kleinen Verandatisch gestellt wurde. »Hoffentlich haben Sie gut geschlafen, Madam.«

»Danke, Musioka«, erwiderte sie. »So gut wie noch nie in meinem ganzen Leben. Und ich weiß, dass dieser Tag wunderschön wird.«

Als sie das Lager verließen, lag noch Tau in der Luft. Die ersten Sonnenstrahlen erhellten die endlose Fläche aus gelbem Gras und grünem Busch und den bleichen Himmel.

»Hört euch die Spornkuckucke an! Sie singen immer paarweise«, sagte Anthony und stellte den Motor ab. »Schaut, da drüben auf dem Busch. Eigentlich wirken sie ziemlich unscheinbar, aber man merkt ihnen an, wie ihr ganzer Körper vor Freude vibriert, wenn sie ihre Liebeslieder schmettern.«

Als er Camilla anblickte, erkannte Hannah die Spannung zwischen ihnen. Sie drehte sich um und sah das Gesicht ihres Bruders. Piet saß schweigend und stocksteif da und umfasste die Lehne seines Sitzes so fest, dass sich die Fingerknöchel weiß verfärbten. Rasch wandte sie sich ab, damit er nicht wahrnahm, dass sie seine Trauer und Eifersucht bemerkt hatte.

»Komm schon, Anthony, alter Junge«, meinte er nun. »Wo sind denn die Katzen? Bis jetzt habe ich hier oben immer Katzen gesehen. Diese Flederwische gibt es auch zu Hause in meinem *shamba*.«

Sie setzten die Fahrt fort und stießen kurz darauf auf einen männlichen Kudu. Er war mit einer dicken Staubschicht bedeckt, sodass man sein hübsches gestreiftes Fellkleid kaum ausmachen konnte. Es war Sarah, die als Erste die Bewegung im Busch wahrnahm, als eine Antilope mit ihren prachtvollen majestätisch spiralförmigen Hörnern das Geäst beiseite schob. Das Tier musterte sie eine Weile argwöhnisch, bevor es kehrtmachte und im Dickicht untertauchte. Während die Sonne am Himmel aufstieg und die Landschaft die wachsende Hitze in sich aufsog, kehrten sie zum Frühstück ins Lager zurück. Dabei nahmen sie eine andere Route, die sie durch ein ausgetrocknetes Flussbett führte.

»Löwen«, sagte Anthony und blieb plötzlich stehen. »Eine

ganze Familie. Schaut euch diese beiden Löwinnen an. Sie sind noch ziemlich jung. Seht, sie haben noch helle Tupfen auf dem Fell. Kerngesunde, prachtvolle Tiere. Und da hinten im Schatten ist noch ein älteres Weibchen mit seinen vier Jungen.«

Die Löwinnen lagen auf der Seite. Die schwarzen Rückseiten ihrer Ohren zuckten. Die Kleinen tollten um sie herum, belauerten sich gegenseitig und purzelten übereinander, bevor sie sich einem morschen Baumstamm zuwandten, den sie abwechselnd hinaufkletterten, um von dort auf ihre Geschwister hinabzuspringen. Camilla beugte sich aus dem Fenster und lachte über ihre Kapriolen, als die Löwenbabys plötzlich innehielten, aufblickten und ängstlich zusammenzuckten. Camilla hielt den Atem an. Ein männlicher Löwe kam langsam und majestätisch geradewegs auf sie zu, blieb stehen und starrte Camilla unverwandt an. Sie war wie hypnotisiert und fasziniert von seiner offensichtlichen Überlegenheit. Sarah stützte die Kamera an den Fensterholm, um die Hände besser ruhig halten zu können, während Hannah auf dem Wagendach erstarrte.

»Runter ins Auto«, zischte Anthony. »Und kurbelt die Fenster halb nach oben. Er ist sehr nah, und wir stehen zwischen ihm und seiner Familie.«

Sie saßen im Wagen und bewunderten das kraftvolle Muskelspiel in den Schultern des Löwen und die gewaltigen Pranken, die sich anmutig und zielstrebig bewegten, als er näher und näher kam. Vor Camillas Fenster verharrte er und schlug pochend mit dem Schwanz an die Tür. Ihr Herz klopfte. Als er sich sprungbereit auf den Boden kauerte, schloss sie die Augen und befürchtete schon, er könne durch das Wagendach springen. Dann jedoch hörte sie Gelächter. Die Löwenjungen waren herbeigesaust und zerrten den Alten am Schwanz. Der Löwe erhob sich wieder, knuffte sie liebevoll und führte sie in den Schatten, wo er sich wie eine riesige Katze fallen ließ, mit den goldenen Augen blinzelte, gähnend den Kopf in den Nacken legte und seine gefährlichen Zähne fletschte.

»Kehren wir um«, meinte Anthony schließlich. »Ich glaube, etwas Beeindruckenderes kriegen wir heute nicht mehr zu sehen.«

Im Lager wehte der Duft von gebratenem Speck durch die Luft. Unter den Bäumen war der Frühstückstisch gedeckt. Die Vögel in den umliegenden Ästen warteten hoffnungsvoll darauf, dass für sie etwas abfiel.

»Noch nie im Leben habe ich solchen Hunger gehabt«, verkündete Camilla. »Ende der Woche werde ich so fett sein wie ein Elefant.«

»Dann müssen sie eben bei den verrückten Klamotten, die du immer trägst, die Säume auslassen. Vielleicht könnte man auch die Titelseiten der Zeitschriften vergrößern, damit du noch draufpasst«, neckte Anthony sie.

»Ich weiß nicht, ob ich weiterhin verrückte Klamotten tragen und in Zeitschriften auftauchen will«, erwiderte Camilla.

Ihr Tonfall wirkte beiläufig, als meine sie das nicht ganz ernst. Doch Sarah spürte, dass sich ihre Stimmung verändert hatte, und sie bemerkte Anthonys argwöhnischen Blick. Vielleicht war es für ihn doch nur eine Urlaubsliebelei. Und Piet? Wie würde Piet reagieren, wenn ihr gemeinsamer Ausflug vorbei war? Eine verlegene Pause entstand.

»Noch Kaffee?« Anthony ließ den Blick über die Anwesenden schweifen. »Gut. Es ist heißes Wasser zum Duschen da, und unter den Bäumen am Flussufer stehen Stühle. Geht nicht runter zum Wasser. Eine meiner Kundinnen wäre fast gefressen worden, als sie so leichtsinnig war, dort unten ihre Kaffeetasse ausspülen zu wollen.«

»Ganz sicher wäre sie gefressen worden, hättest du nicht dein eigenes Leben riskiert und das Mistvieh abgelenkt«, ergänzte Piet. »Das Mädchen saß in der Falle. Das Krokodil hatte sie schon am Arm gepackt. Eine Minute später, und sie wäre weggeschleppt worden. Aber Anthony ist runtergesaust und hat dem Biest mit einem Holzscheit auf den Kopf geschlagen. Dann ist er ins Wasser gesprungen und hat einen Riesenradau veranstaltet, bis das Krokodil losgelassen hat. Er hat ihr das Leben gerettet.«

»Ich möchte nicht, dass sich so etwas rumspricht. Sonst finden sich bald keine jungen Damen mehr, die den Mut haben, mit mir auf Safari zu gehen.« Anthony war das Lob sichtlich peinlich. »In dieser Entfernung kann euch nichts passieren. Aber wenn es noch ein bisschen heißer wird, werdet ihr garantiert ein paar Riesenkrokodile zu Gesicht bekommen. Mittags gibt es eine Bloody Mary und einen Preis für jeden, der mehr als zwanzig verschiedene Vogelarten im Lager entdecken kann.« Er stand auf und entfernte sich in Richtung Küche.

Über die nahe oder ferne Zukunft wurde kein Wort mehr verloren. Bei ihren Ausflügen begegneten sie Herden gewaltiger Elefanten und Büffel und zierlichen Gazellen. Die Schwänze der Gazellen befanden sich in ständiger Bewegung, sodass Camilla schon befürchtete, sie könnten abfallen, wenn die Tiere älter wurden. Abends am Lagerfeuer lauschten sie Anthonys Anekdoten aus dem Busch. Nachts konnten sie hören, wie die Löwen in der Ferne brüllten und die Flusspferde plantschend im Fluss badeten. Hannah bemerkte, dass Camilla von Tag zu Tag strahlender aussah. Piet hingegen wirkte manchmal sehr still, auch wenn er unterwegs stets über die Wildtiere und Vögel in Begeisterung geriet, mit denen er bald sein Geld verdienen würde. Am dritten Morgen erblickte er in der Ferne etwas Goldenes, und als Anthony auf den winzigen sich bewegenden Punkt zufuhr, entdeckten sie ein Gepardenweibchen mit einem Jungen, das sich gerade an eine Gazelle anschleichen wollte. Allerdings war die Raubkatze noch zu jung und unerfahren – weshalb die Gazelle in großen, scheinbar schwerelosen Sprüngen das Weite suchte und die Menschen gleichzeitig erleichtert und enttäuscht aufseufzten.

Um die heißeste Zeit des Tages saßen sie mit ihren Ferngläsern am Fluss, lasen in mitgebrachten Büchern oder zogen sich zu einem Mittagschläfchen in ihre Zelte zurück. Die abendlichen Ausflüge endeten für gewöhnlich an einer Flussbiegung, wo sie sich an kaltem Bier oder einer Flasche Wein gütlich taten, beobachteten, wie die Elefanten zwischen den Bäumen auftauchten und wie die Sonne, einem Feuerball gleich, hinter den Hügeln versank. Nachts entführte Anthony Camilla von der ersterbenden Glut des Feuers in ihre eigene Welt. Gerne sah sie ihm zu, wenn er, auf einer umgedrehten Transportkiste sitzend, mit seiner Mannschaft den Tagesablauf plante. Sein Umgang mit seinen Männern war ungezwungen und freundschaftlich. Er kannte ihre Familiengeschichten ebenso wie ihre Stärken und Schwächen und wusste, wann sie sich zuletzt betrunken oder die Geburt eines Kindes gefeiert hatten.

An einem schwülen Nachmittag – ihr Aufenthalt neigte sich dem Ende zu – stellte Sarah ihren Klappstuhl auf eine Klippe über dem Fluss. Sie saß noch nicht lange dort, als sie Glockenklang hörte, eine metallische Melodie, die die Ankunft einer Herde rotbrauner Rinder mit weit ausladenden Hörnern und großen Buckeln ankündigte. Tatsächlich erschienen die Tiere bald in einer Staubwolke. Einander beiseite rempelnd, drängten sie sich zum schlammigen Wasser vor, wobei sie kleine Gesteinslawinen auslösten und die Pflanzen ausrissen, denen es gelungen war, in der lockeren Erde am Steilufer Wurzeln zu schlagen. Den Rindern folgte ein Hirte, der seine Herde mit Pfiffen, Rufen und dem Zusammenschlagen zweier Stöcke zur Tränke trieb. Als er stehen blieb, hob Sarah die Kamera. Sofort riss der Mann den Speer hoch und schleuderte ihr zornige Worte entgegen, die sie nicht verstand. Dann griff er nach einem kleinen Stein, den er offenbar nach Sarah werfen wollte. Als sie sich erhob, sah sie, dass Anthony ein paar Meter weiter stromabwärts aufgetaucht war. Er rief dem Mann etwas zu und winkte mit der Hand. Darauf folgte ein Gespräch, bei dem der

Samburu einige Minuten lang redete und, um seine Worte zu unterstreichen, den Speer in den Boden stieß. Hin und wieder antwortete Anthony mit einem einsilbigen und beruhigenden Brummen.

»Heutzutage muss man um Erlaubnis fragen, wenn man sie fotografieren will«, sagte er schließlich und kam auf Sarah zu.

»Tut mir Leid, daran hätte ich denken müssen. Was soll ich jetzt tun?«

»Gar nichts. Vermutlich ist er ohnehin hier, um uns in sein *manyatta* einzuladen. Manchmal lässt er seine jungen Krieger für meine Gäste tanzen, und anschließend versuchen die Frauen, Perlenschmuck, muffige Kürbisflaschen und stumpfe alte Speere zu verkaufen. Für die Vorstellung verlangen sie ein bisschen Geld, sie verdienen etwas an ihrem Kunstgewerbe, und alle sind zufrieden.«

»Ist das teuer? Kann ich sie dabei fotografieren?«

»Ach, Sarah, das ist doch nur Theater für die Touristen.« Inzwischen hatte Hannah sich zu ihnen gesellt. »Außerdem sollte man ihnen nicht erlauben, ihre vielen *ngombes* im Reservat zu weiden. Die Kühe fressen alles kahl oder zertrampeln es. Schau dir nur das Ufer dort an. Es rutscht allmählich in den Fluss. Ein typisches Beispiel für Erosion.«

»Man kann dieses Reservat nicht lebendig erhalten, wenn man den Stämmen hier verbietet, ihre traditionellen Wasserstellen zu nutzen.« Auch Piet war von der Debatte angelockt worden. »Außerdem wirbeln die Minibusse der Pauschalreisenden mehr Staub auf und richten größere Schäden an, als es die Herden der Samburus je schaffen würden – vor allem, wenn die Wagenkolonnen die Straßen verlassen.«

»Da hat er Recht«, sagte Anthony. »Darüber wirst du dir auf Langani Gedanken machen müssen, wenn du möchtest, dass in unserem Wildreservat alles klappt.«

»Unter anderem ist das ein Grund, warum wir Wildhüter brauchen«, meinte Piet. »Aber diese Tänze für die Touristen

finde ich auch eher peinlich. Ich stimme Hannah zu, dass es nur Theater ist.«
»Tanzen sie auch so, wenn sie unter sich sind?«, fragte Sarah.
»Es dauert keine drei Tage, wenn du das meinst. Und es kippt auch keiner mit Schaum vor dem Mund oder in erotischer Trance um«, erwiderte Anthony. »Mehr als eine Stunde ist nicht drin, aber der Tanz ist derselbe wie immer. Und du darfst nach Herzenslust fotografieren.«
»Kannst du etwas arrangieren? Bitte.«
»Dann lege ich es auf morgen Nachmittag«, sagte Anthony. »Übrigens fahre ich jetzt zur Samburu-Lodge, um mich per Funk mit meinem Büro in Verbindung zu setzen. Möchte jemand mitkommen und sich ein paar Touristen anschauen?«
»Ich bleibe hier«, antwortete Sarah. »Deine Mitarbeiter haben mir erlaubt, Fotos von ihnen zu machen.«
Als sie davonging, sah sie aus dem Augenwinkel, wie Piet reglos dastand und Anthonys Wagen nachblickte, der Camilla aus dem Lager entführte. Sie setzte sich auf ihren Klappstuhl und musste, einen Kloß in ihrer Kehle herunterschlucken.
»Ach, mach dir keine Sorgen, Sarah«, meinte Hannah. »Er braucht eben ein wenig Zeit, um sich umzustellen. Inzwischen ist das hauptsächlich verletzte Eitelkeit. Schau mal, da unten am Fluss.«
Mit wohligem Gruseln beobachteten die beiden, wie ein gewaltiges Krokdil aus dem Wasser auf eine Sandbank kroch und dann reglos in der Sonne lag. Sein Maul stand halb offen, sodass man sein gefährliches Gebiss sah. Zwischen seinen riesigen Kiefern hüpfte ein kleiner Vogel herum und pickte furchtlos an den schartigen Zähnen.
»Es ist mindestens vier Meter lang!« Hannah erschauderte. »Und so voll gefressen, dass man denkt, es könnte jeden Moment den Schuppenpanzer spengen. Unfassbar, dass sich die kleinen Vögel ihr Abendessen holen, indem sie ihnen die Zähne putzen. Aber eklig sieht es trotzdem aus.«

Als der Wagen einige Zeit später zurückkehrte, war Sarah in ein Buch vertieft. Plötzlich rannte Camilla auf sie zu und rief etwas, das sie nicht verstehen konnte. Ihre Verwirrung wuchs, als sich im nächsten Moment alle um sie versammelten, ihr auf den Rücken klopften, sie an den Händen nahmen und sie im Kreis herumwirbelten. Dann begriff sie endlich, was Camilla ihr sagen wollte.

»Du hast deinen Abschluss, Sarah! Als Anthony Nairobi angefunkt hat, hat sein Büro es ihm mitgeteilt. Tim hat gestern angerufen und gesagt, du hättest eine glatte Eins. Außerdem bekommst du einen Studienplatz, um deinen Magister zu machen. Deinem Vater geht es auch gut.«

»Glückwunsch, altes Haus.« Unverhohlene Bewunderung malte sich auf Anthonys Gesicht. Dann klatschte er laut in die Hände und rief: »Bring uns etwas zu trinken, Samson. Wir feiern hier eine zukünftige Wissenschaftlerin. Wie lange wird das mit dem Magister dauern, Sarah?«

Sarah starrte ihre Freunde sprachlos an. Sie war noch viel zu verdattert, um sich Gedanken über die Zukunft zu machen. Doch als Piet den Arm um sie legte, wusste sie, was sie tun würde.

»Ich gehe nicht zurück nach Dublin«, sagte sie, »sondern suche mir hier eine Stelle. Vielleicht im Museum in Nairobi oder bei einem internationalen Forschungsprojekt. Ich nehme, was ich kriegen kann, denn ich habe nicht die geringste Lust, in dieses verregnete und trübsinnige Land zurückzukehren. Ganz gleich, was auch passiert.« Sie nahm ein Glas von dem Tablett, das Samson ihr hinhielt. »Auf uns alle und darauf, dass wir zusammen hier sind, wo wir hingehören. Prost und danke für die gute Nachricht!«

»Deine Eltern werden von deinen Plänen bestimmt nicht begeistert sein«, meinte Camilla später.

»In ein oder zwei Jahren kann ich ja immer noch weiterstudieren«, räumte Sarah ein. »Aber erst, wenn ich ein wenig praktische Erfahrung gesammelt und mehr gesehen habe als nur den Inhalt von Laborschalen. Es muss doch irgendwo einen Platz für eine fleißige Forschungsassistentin geben, die bereit ist, für einen Hungerlohn zu schuften.«

»Vielleicht kenne ich da sogar jemanden«, sagte Anthony. »In Buffalo Springs lebt ein Ehepaar, das sich mit der Erforschung von Elefanten befasst. Das Projekt wird von einer amerikanischen Universität finanziert. Ich habe sie häufig getroffen, und sie sind sehr nett. Was hält die frisch gebackene Wissenschaftlerin davon, diese Leute kennen zu lernen?«

»Mit dem größten Vergnügen. Auch wenn sie keine Verwendung für mich haben, können sie mir vielleicht ein anderes Projekt empfehlen.«

»Dann sollten wir gleich morgen hinfahren«, schlug Anthony vor. »Piet kann ja mit Hannah und Camilla einen Ausflug unternehmen, während wir schauen, ob wir Dan Briggs irgendwo treffen.«

Buffalo Springs bestand aus einer sandigen Ebene und Buschland und grenzte an die an das Südufer des Uaso Nyiro. Das Camp der Briggs' befand sich in der Nähe einiger Teiche und Sümpfe. Sie wurden von unterirdischen Bächen gespeist, die an den eisigen Hängen des Mount Kenya entsprangen. Die Siedlung wurde wie ein traditionelles *manyatta* der Samburu von einem hohen Dornenzaun geschützt und lag im Schatten von Akazien und Doum-Palmen. Ein Tor aus Maschendraht bildete den Eingang. Dahinter standen einige ordentliche Lehmhütten mit Strohdächern, umgeben von einigen Reihen weißer Steine und schwächelnden Pflanzen. Anthony und Sarah wurden von Allie Briggs begrüßt. Sie war eine zierliche Schottin Anfang vierzig, deren kurzes rotes Haar graue Strähnen aufwies. Ihr wettergegerbtes Gesicht war von Sommersprossen übersät.

»Anthony, wie schön, Sie zu sehen! Haben Sie Ihr Lager hier in der Nähe?«

»Ja, aber ich mache Urlaub. Das ist Sarah Mackay, eine Freundin von mir.«
Sie schüttelten einander die Hand und nahmen das kalte Bier, das Allie ihnen anbot. »Dan ist in Nairobi und besucht irgendeine Behörde. Wie immer versuchen wir gerade, zusätzliche Mittel aufzutreiben. Ich war so schlau, mir eine Ausrede einfallen zu lassen, um nicht mitzumüssen. Sie wissen ja, wie ich die Stadt hasse.«
»Sarah hat gerade in Dublin ihren Abschluss in Zoologie gemacht. Sie ist in Kenia aufgewachsen, und jetzt fragt sie sich, ob sie vielleicht Arbeit in der Forschung bekommen kann.«
»Wir würden ja gerne jemanden einstellen«, meinte Allie, »aber ich weiß nicht, ob unsere Finanzen das zulassen. Es hängt hauptsächlich davon ab, ob Dan diese Woche Erfolg hat. Haben Sie ein bestimmtes Interessensgebiet, Sarah? Wir arbeiten hier mit Elefanten.«
Zwei Stunden später hatte Sarah das Gefühl, dass sie einen guten Eindruck hinterlassen hatte. Allie hatte ihr eine Reihe von Fragen gestellt und schien mit den Antworten zufrieden. Doch vor allem die Fotos hatten ihre Aufmerksamkeit geweckt. Anthony hatte Sarah überredet, ihre Porträtaufnahmen aus Dublin und einige Bilder mitzubringen, die sie während der zwei Wochen an der Küste gemacht hatte.
»Sie haben ein gutes Auge fürs Detail«, sagte Allie. »Und außerdem ein visuelles Verständnis für Afrika. Das kann bei der Forschungsarbeit sehr nützlich sein. Ich weiß zwar nicht, ob wir Ihnen weiterhelfen können, aber ich höre mich auf jeden Fall um. Vielleicht hat Dan ja eine Idee, wenn er zurück ist. Wo können wir Sie erreichen?«
»Wir verbringen noch ein paar Tage im Lager«, erwiderte Anthony. »Danach finden Sie Sarah auf der Langani-Farm.«
»Ach ja. Sie sind ja dabei, dort ein privates Wildreservat einzurichten. Hoffentlich werden weitere Landbesitzer Ihrem Beispiel folgen. Kann sein, dass wir uns bald wiedersehen, Sarah.«

Obwohl Allie sich offenbar nicht festlegen wollte, war ihr Händedruck freundschaftlich. »Ich freue mich immer über Ihren Besuch, Anthony.«

»Sie mag dich«, sagte Anthony, als sie davonfuhren. »Manchmal hat sie Haare auf den Zähnen, aber sie ist ein wundervoller Mensch. In den letzten Jahren ist ihre Arbeit mit den Elefanten auf viel Anerkennung gestoßen.«

Sarah nickte und hoffte, dass sie die Chance bekommen würde, als Assistentin bei den Briggs' anzufangen. Nach ihrer Rückkehr ins Lager wurde sie von Camilla und Hannah mit Fragen überhäuft, aber sie hielt sich bedeckt, da sie sich nicht zu früh freuen wollte. Nun gewannen die Ausflüge für Sarah eine völlig neue Bedeutung. Sie wandte ihre Aufmerksamkeit hauptsächlich den Elefanten zu, beobachtete ihr Verhalten und befragte Anthony über ihre Gewohnheiten und ihr Leben in der Gruppe. Außerdem fotografierte sie die Tiere, machte sich Notizen und betete jede Nacht darum, dass der morgige Tag eine Nachricht oder einen Anruf von Dan und Allie Briggs bringen würde.

Am Morgen von Hannahs einundzwanzigstem Geburtstag brachen sie ein wenig später auf als gewöhnlich und nahmen ihr Frühstück in einem Picknickkorb mit. Als die Sonne in den weiten Himmel aufstieg und die Erde in der Hitze die ersten Risse bekam, begegneten sie einem einsamen Löwenmännchen, das sich unter einem Busch ausruhte und die unbedeutenden Besucher verächtlich beäugte. Sarah schraubte das stärkste Objektiv auf die Kamera und beugte sich weit aus dem Fenster, sodass der majestätische Schädel des Löwen den Sucher füllte.

»Welch ein Anfang für ein neues Lebensjahr«, sagte sie. »Du weißt, dass das ein Omen ist. Ein gutes Omen für uns alle.«

»Ich finde es das allerbeste Omen, dass wir dieses Jahr gemeinsam beginnen«, meinte Hannah. »Und so soll es auch in Zukunft bleiben, ganz gleich, was geschieht.«

Langsam fuhren sie weiter und begegneten nur hie und da einem Zebra mit schimmerndem, gesundem schwarzweißem Haarkleid. Manchmal flitzten wilde Hühner vor ihnen durch den Staub, Tauben, Nashornvögel und Webervögel flatterten umher. Ihr Gesang erfüllte die Luft. Unter dem Blätterdach eines kleinen Hains breitete Anthony das Picknick aus. Eine Horde Weißpinseläffchen beobachtete sie aus dem Geäst und musterte unter erwartungsvollem Geschnatter das Festmahl. Im Fluss saß ein Fischadler auf einem toten Baumstumpf. Im bewegten Wasser hielt er nach möglicher Beute Ausschau und rief mit seinem lang gezogenen klagenden Schrei seine Gefährtin herbei. Die fünf Freunde verbrachten den Tag mit gemütlichem Geplauder und schwelgten in Erinnerungen. Als sie sich später am Abend nach dem Duschen am Lagerfeuer einfanden, wurden sie anders als sonst nicht von Samson empfangen, der lächelnd das Getränkeangebot herunterbetete. Stattdessen erwartete sie Anthony.
»Heute essen wir auswärts«, verkündete er und grinste beim Anblick ihrer verdutzten Mienen. »Los, ins Auto.«
Auf ihrer Fahrt in die Dunkelheit störten sie zwei Schakale und mussten einem von den Scheinwerfern aufgeschreckten Ziegenmelker ausweichen. Wenige Minuten später erreichten sie den Fuß eines kleinen Hügels oberhalb des Flusses. Nachdem sie aus dem Landrover gestiegen waren, gingen sie bergauf. Anthony, der voranging, ließ immer wieder seine starke Taschenlampe aufblitzen und machte laut klappernde Geräusche, während sie sich immer mehr dem Sternenhimmel näherten. Oben auf dem *kopje* wurden sie von Samson und den anderen Mitarbeitern empfangen. Auf dem Felsplateau war ein Tisch aufgestellt worden, und in den Bäumen hingen Laternen. Ehrfürchtig und dankbar standen die Freunde da und genossen die Aussicht auf die Welt, wie sie sich wohl dem ersten Menschen geboten hatte. Nach dem Essen legten sie sich auf die noch warmen Felsen oder auf die Decken und Kis-

sen, die das Personal für sie ausgebreitet hatte. An Anthony gelehnt, beobachtete Camilla, wie der Mond über den in der Nachtluft schwankenden dunklen Baumwipfeln aufging. Er legte die Arme um sie und stützte das Kinn auf ihren Scheitel, während sie sich in der Schönheit des Augenblicks dahintreiben ließ.

»Was willst du von mir?«, flüsterte er ihr ins Ohr. »Wie kannst du dich für einen einfachen Buschmann interessieren?« Doch Camilla schwieg, weil sie den friedvollen Moment nicht stören wollte.

Sarah hatte sich dicht neben Piet gesetzt und hoffte, dass seine Trauer um seinen verlorenen Traum keinen Schatten auf diesen Abend werfen würde. Als sie ihn verstohlen musterte, stellte sie fest, dass er in die Dunkelheit lächelte. Vielleicht lag das an seiner lebensfrohen und von jugendlicher Kraft erfüllten Schwester, deren Silhouette sich vom Mondlicht abhob. Schließlich richtete Sarah sich auf. Wirklich erstaunlich, wie rasch die sengende Hitze des Tages nachließ, sobald es dunkel wurde! Sie hörte das Knacken von Zweigen, als eine Elefantenherde unter ihnen durch den Busch stapfte. Der braune Fluss schimmerte silbrig im Mondschein.

»Es wird ein bisschen kühl«, meinte Anthony und zog seine Hand zwischen Camillas Fingern hervor. »Wir sollten jetzt besser aufbrechen.« Gerade streckte er die Hand aus, um ihr beim Aufstehen zu helfen, als sie alle ein knarzendes Geräusch hörten.

»Ein Leopard«, flüsterte Piet. »Ganz in der Nähe.«

Atemlos schweigend verharrten sie, bis der Leopard lautlos durch die Bäume herangeschlichen kam. Sein getupftes Fell schimmerte im Mondlicht, seine Bewegungen waren anmutig und geschmeidig. Kurz blieb die Raubkatze stehen und betrachtete sie forschend aus grünen Augen. Ihre Schnurrhaare bebten im gespenstisch weißen Licht. Der Leopard war das Sinnbild der Vollkommenheit und sich seiner Stärke und

Schönheit bewusst. Nur wenige Meter von ihnen entfernt verharrte das Tier, sodass sie seinen Atem hören und den Raubtiergeruch wahrnehmen konnten. In völliger Stille verstrichen die Minuten, und Sarah zuckte erschrocken zusammen, als Anthony die Hand nach dem Gewehr ausstreckte. Auch der Leopard hatte die Bewegung bemerkt und wendete den Kopf. Niemand rührte sich. Dann schlug die Raubkatze mit dem langen Schwanz, musterte ihr Publikum ein letztes Mal, setzte sich in Bewegung und verschwand zwischen den Bäumen am Rande des *kopje*.

»Mein Gott, was für ein Anblick! Ein prachtvolles Tier, ein junges Männchen ohne jeden Makel. Solch einen schönen Leoparden habe ich nur selten gesehen, und er hatte es auch nicht eilig, sich zu verstecken. So viel Glück hat man selten!« Anthony war außer sich vor Begeisterung. »Aber jetzt sollten wir uns besser aus dem Staub machen. Bestimmt wird er nicht sehr erfreut sein, wenn wir uns zu lange hier herumtreiben. Piet, du gehst voran, die Mädchen in der Mitte, und ich bilde die Nachhut.« Er nahm sein Gewehr.

»Du würdest ihn doch nicht etwa erschießen?«, platzte Sarah heraus.

»Und wenn er dich angreift? Für wen sollte ich mich deiner Ansicht nach in diesem Fall entscheiden?«, erwiderte Anthony lachend.

Im Zelt zog Sarah sich aus und ging zu Bett. Als sie einschlief, stand ihr der Leopard noch deutlich vor Augen. In ihren Träumen spürte sie seinen Atem auf dem Gesicht und sein weiches Fell auf ihrer Haut, bis sie bemerkte, dass ihm Tränen aus den Augen strömten. Diese verwandelten sich in einen reißenden Wasserfall, in dem er schließlich spurlos verschwand.

Obwohl sie in den folgenden Tagen nach dem Leoparden Ausschau hielten, begegneten sie ihm nicht wieder. Am letzten Morgen erstrahlte der Fluss im Licht der Sonne, die heiß und gelb am Horizont aufging. Camilla betrachtete die grasenden Wildtiere auf der Ebene und beneidete sie um ihr ruhiges, geordnetes Leben. Morgen würde Anthony sie nach Langani fahren und anschließend nach Nairobi zurückkehren, um alles für die nächsten Safarigäste vorzubereiten. Ein amerikanisches Ehepaar und seine kürzlich geschiedene Tochter, der sie etwas Gutes tun wollten, damit es ihr leichter fiel, ein neues Leben als allein stehende Frau zu beginnen. Camilla verabscheute diese Familie schon jetzt. Sie beneidete und fürchtete die Menschen, die ihr Anthony wegnehmen würden. Bestimmt war die Tochter auf eine Affäre aus, um ihrem angeknacksten Selbstbewusstsein auf die Beine zu helfen. Anthony hatte kaum über die Zukunft gesprochen und nur beiläufig eine Werbereise erwähnt, die ihn im November in die Vereinigten Staaten führen würde. Letzte Nacht hatte sie gehofft, dass er sie bitten würde mitzukommen. Mit ihrem Charme würde es ihr sicher gelingen, potenzielle Kunden in New York, San Francisco und Beverly Hills um den Finger zu wickeln. Doch er hatte ihr mit keinem Wort Hoffnung auf eine gemeinsame Zukunft gemacht.

Während des Tages versuchte sie, zuversichtlich zu bleiben und dafür zu sorgen, dass er sich an diese letzten Momente erinnerte, wenn er allein in seinem Zelt lag. Sie liebten sich mit einer wilden Leidenschaft, die ihn verwunderte und in eine nie gekannte Erregung versetzte. Danach lag sie neben ihm in der glühenden Nachmittagshitze, streichelte seinen schlanken Körper und massierte seinen Kopf und seine Schultern mit beharrlich tastenden Fingern. Sie küsste und leckte die Schweißbäche weg, die ihm über die Schläfen rannen, und er betrachtete sie benommen, erschöpft, aber erfüllt von Begierde nach ihr. Camilla erwartete, dass er sie an sich ziehen und ihr sagen würde, dass er sie liebte. Doch er starrte sie nur eine Weile wortlos an, wandte sie dann ab und schlief ein.

Als das Land sich am Abend abkühlte und der Himmel Pastellfarben annahm, versammelten sie sich im *manyatta* der Samburu, um sich die Tänze anzusehen. Mit scheinbar schwerelosen Bewegungen sprangen die singenden Krieger hoch in die Luft. Ihre Körper zierten Ketten und Armbänder, die rasselten und klapperten, während Geräusche und Bewegungen hypnotischer und die Stimmen tiefer wurden und die Tanzenden in Trance fielen. Füße und Speere wirbelten den Staub auf, Köpfe und Hälse zuckten schlangenartig im Takt, das mit ockerfarbenem Lehm in Form gebrachte Haar streifte muskulöse Schultern. Neben ihnen klatschten die Frauen in die Hände, wiegten sich hin und her und sangen mit hohen nasalen Stimmen mit. Immer wieder hob Sarah ihr Objektiv, wich zurück, holte Gesichter näher heran und fotografierte Augen, die ins Leere blickten, während ihre Besitzer, versunken in die Rituale ihrer Vorfahren, ihr Publikum überhaupt nicht mehr wahrnahmen. Anschließend winkten die Frauen sie in einen Bereich des *manyatta*, wo sie Perlenschmuck und Kunstgegenstände zum Verkauf feilboten.

»Einige Arbeiten sind wirklich wunderschön«, sagte Camilla, während sie einer Frau einen weiteren Geldschein reichte.

»Was um Himmels willen wirst du mit diesem ganzen Kram anfangen?«, fragte Anthony. »Wir werden einen zweiten Anhänger brauchen, um alles abzutransportieren. Du willst diesen Schmuck doch nicht etwa tragen?«

»Diese Ketten und Armbänder lassen sich in London sicher genauso gut verkaufen wie der indische Schmuck, nach dem alle zurzeit verrückt sind. Allerdings stinken die Sachen nach Feuerholz, Kuhdung und anderen unaussprechlichen Dingen. Jemand sollte ihnen zeigen, wie man Leder ordentlich gerbt und richtige Verschlüsse an den Schmuckstücken anbringt. Wenn die Sachen besser verarbeitet wären, könnten sie mit dem Erlös das ganze *manyatta* ernähren.«

»Tja, das wäre doch eine Aufgabe für dich.« Hannah hakte sich bei Camilla unter. »Diese Arbeit könntest du auch von

Nairobi aus erledigen, falls du wirklich keine Lust mehr auf Scheinwerferlicht und Laufstege hast. Kannst du dir vorstellen, Anthony, dass sie die *manyattas* besucht und den Massai- und Samburufrauen zeigt, wie man hochwertige Schmuckstücke für Londoner Luxusboutiquen anfertigt? Bestimmt eine tolle Geschäftsidee.«

»Hier ist ein *moran*, der gerne eine Strähne von deinem Haar hätte, Camilla.« Anthony schien Hannahs Bemerkung nicht gehört zu haben. Er wies auf einen jungen Samburu, der Camilla mit unverhohlener Bewunderung musterte. »Außerdem bietet er mir einen guten Preis für dich als Braut.«

»Was ist mit mir?«, fragte Sarah. »Bin ich etwa nicht sein Typ?«

»Du bist nicht blond«, erwiderte Anthony.

»Eindeutig das beste Angebot, das ich den ganzen Tag hatte. Genau genommen die ganze Woche.« Camilla lachte ein wenig zu laut auf. Im nächsten Moment hätte sie sich für diese eindeutige Anspielung ohrfeigen können.

»Wir fahren über die Samburu-Lodge zurück«, verkündete Anthony. »Piet möchte in Langani anrufen, um nachzufragen, ob er etwas aus Nanyuki mitbringen soll. Währenddessen können wir uns auf die Veranda setzen und die Touristen beobachten.«

Im Hotel wurden sie von lautem Geschirrgeklapper und dem Stimmengewirr essender und trinkender Gäste empfangen. Kolonnen von Minibussen trafen ein, stoppten in einer Staubwolke vor dem Eingang und spien Grüppchen von verschwitzten Menschen in nagelneuer Safarikleidung aus.

»Das wäre nichts für mich«, meinte Hannah. »Aber ich bin froh, es gesehen zu haben. Camilla, Anthony, Piet, das war das schönste Geburtstagsgeschenk, das ich mir wünschen konnte. Und wenn ich mir dieses Hotel anschaue, weiß ich, dass unsere gemütliche kleine Lodge auf Langani viel schöner werden wird.«

Da bemerkte sie, dass Piet, der am Empfang telefonierte, finster das Gesicht verzog. Als er zurückkehrte, wirkte er ziemlich verstört.
»Lars ist nicht da, aber ich habe mit Simon gesprochen. Es hat Ärger gegeben, und zwar vor zwei Tagen. Erst dachte ich, ich sollte vielleicht sofort hinfahren, aber eigentlich ist es überflüssig.«
»Was ist passiert?« Hannah presste die Hände an die Wangen.
»Die Einzelheiten erzähle ich euch im Lager«, erwiderte Piet. »Überlassen wir diese lärmenden Horden hier sich selbst, damit die Tiere etwas zu lachen haben. Simon klang ganz ruhig. Wir können wirklich froh sein, dass wir den Jungen haben. Er sagte, Lars kümmere sich um das Problem, und mehr könne man im Moment sowieso nicht tun. Die Polizei war schon da, aber wir wissen ja, dass die inzwischen keine große Hilfe mehr ist.«
»Die Polizei? Sag jetzt nicht, dass schon wieder jemand die Drahtzäune geklaut hat«, meinte Hannah. »Was ist los, Piet?«
»Fahren wir zurück zum Lager«, wandte Piet sich an Anthony. »Dort besprechen wir alles bei einem Drink.«
Er schwieg eisern, bis alle sich um das Feuer versammelt hatten. Dann rückte er seinen Stuhl näher an Hannah heran und trank einen Schluck Whisky, bevor er zu sprechen begann.
»Letzte Nacht haben wir fünf deiner Milchkühe verloren, Han. Jemand hat ihnen die Kehle durchgeschnitten und sie einfach liegen gelassen. Für mich sieht das nach einem Racheakt aus. Das waren keine Wilddiebe oder Leute, die es auf das Fleisch abgesehen hatten. Die Sache gefällt mir gar nicht.«
»O nein!«, rief Hannah aus. »Fünf von meinen Kühen! Welche denn? Das darf doch nicht wahr sein.«
»Wir hatten schon immer Probleme mit durchgeschnittenen oder gestohlenen Drahtzäunen und den verdammten Massaiherden, die in unsere Weiden eindringen. Ab und zu ist auch Vieh bei Überfällen verschwunden.« Piet verzog grimmig das

Gesicht. »Aber warum sollte jemand fünf Kühe töten, ohne das Fleisch mitzunehmen? Das ist merkwürdig. Und ziemlich beängstigend.«

»Glaubst du, dass uns ein gekündigter Mitarbeiter Ärger machen will?«, fragte Hannah, die immer noch sichtlich Mühe hatte, die Nachricht zu verdauen. »Was ist mit dem Viehhirten, den Lars vor ein paar Monaten gefeuert hat? Vielleicht will er sich ja auf diese Weise an uns rächen.«

»Er war nur ein alter Säufer, Han. Ich kann mir nicht vorstellen, dass er zurückgekommen ist, um aus Böswilligkeit deine Kühe umzubringen. Der Täter hat ihnen die Kehle durchgeschnitten und ihnen den Bauch aufgeschlitzt. So etwas hätte der alte Matui nie getan.«

»Das sind doch alles nur Vermutungen«, widersprach Hannah ungeduldig. »Offenbar glaubst du, dass sich nach der Unabhängigkeit alles schlagartig verändert hat. Aber das wird noch Jahre dauern. Falls es überhaupt je geschieht.«

»Es gibt doch auch sicher erfolgreiche afrikanische Farmer«, wandte Sarah ein.

»Warst du in letzter Zeit mal im Kinangop?«, gab Hannah ärgerlich zurück. »Hast du gesehen, wie es um diese reiche und fruchtbare Gegend heute bestellt ist? Es ist eine Wüste! Grau, staubig, mit Straßen, die kaum befahrbar sind, und umgekippten Zäunen. Die Farmhäuser wurden geplündert, Parkettböden, Wandvertäfelungen und Türen zu Brennholz zerhackt, ebenso wie die Bäume, die gepflanzt wurden, um die Ernte vor dem Wind zu schützen. Inzwischen wachsen dort nur noch ein paar dürre Maisstängel. Und hin und wieder liegen ein paar Säcke mit Zwiebeln, Karotten und Kohl am Straßenrand, weil jemandem die Schubkarre zusammengebrochen ist und er die Sachen jetzt nicht mehr zum Markt transportieren kann.«

»Jetzt übertreib mal nicht, Han. So schlimm ist es nun auch wieder nicht. Die Kikuyu sind klug und ehrgeizig. Sie werden

es schaffen.« Als Piet seine Schwester mit einer Handbewegung beruhigen wollte, stieß sie ihn ärgerlich weg.
»Sie behaupten, wir hätten ihnen das Land weggenommen«, sagte sie. »Dabei sind die Kikuyu selbst erst seit ein paar hundert Jahren hier. Auch sie stammen ursprünglich nicht aus dieser Gegend, sondern wurden von Galla-Nomaden aus einem Gebiet nördlich des Tana-Flusses vertrieben. Natürlich erwähnt das niemand, ebenso wenig wie die Tatsache, dass sie das Volk der Gumba abgeschlachtet haben, das zuvor dort lebte. Die Kikuyu haben den Mau-Mau-Aufstand angezettelt, um die weißen Farmer loszuwerden. Sie haben ein paar von uns getötet und eine große Anzahl ihrer eigenen Stammesmitglieder ermordet, die sich nicht auf ihre Sache einschwören lassen wollten. Aber historisch haben sie nicht mehr Recht auf dieses Land als wir.«
»Es stimmt, dass die Stammeskriege nicht weniger grausam waren als das Gebaren der Kolonialherren«, meinte Anthony. »Außerdem haben wir für einen Waffenstillstand zwischen den meisten Stämmen gesorgt und weiterhin ein Rechtssystem eingeführt, damit sie ihre Streitigkeiten beilegen können. Allerdings sind wir einfach aus dem Nichts hier erschienen und haben das beste Land an uns gerissen, während die einheimische Bevölkerung in Reservaten leben musste.«
»Genau!«, rief Sarah aus. »Und dabei sollten wir es doch besser wissen und uns fair und demokratisch verhalten.«
»Wir wissen es besser!« Beim Aufstehen stieß Hannah ihren Klappstuhl um. »Denk nur an Menschen wie deinen Vater und daran, was sie gegeben haben. Wir haben Schulen, stabilere Häuser und eine ärztliche Versorgung in dieses Land gebracht. Und geregelte Arbeitsverhältnisse, damit die Menschen jeden Tag zu essen haben und ihre *totos* nicht mehr an Malaria sterben oder verhungern. Aber inzwischen werden nur noch unsere Schandtaten erwähnt. Aus England schickt man Beamte, die uns Vorschriften machen, unser Land ver-

schenken und darauf bestehen, dass es von Leuten regiert wird, denen es nur auf ihren persönlichen Vorteil ankommt.«

»Wir haben schwierige Zeiten, Hannah«, erwiderte Anthony, nahm ihre Hand und zog sie zurück zum Feuer. »Vor uns liegt eine gewaltige Aufgabe, denn das Land verändert sich, und die politischen Verhältnisse ...«

»Himmel, wir reden hier von meinen Kühen, nicht von irgendwelchen bescheuerten politischen Verhältnissen«, fiel Hannah ihm ins Wort. »Was nützt es denn, sich Gedanken über die Zukunft dieses Landes zu machen, solange wir zulassen, dass Leute unser Vieh töten und die Besitzverhältnisse ignorieren? Wer hat denn etwas davon? Du redest schon wie einer dieser linken Briten oder wie Sarah, die glaubt, man muss den Kikuyu, den Kamba, den Massai oder sonst irgendwelchen Schwarzen alles auf dem Silbertablett servieren, damit sie das Land wieder zurück in die Steinzeit führen können!«

»Und du redest genauso bigott daher wie dein Vater beim letzten Abendessen auf Langani!« Die Worte waren heraus, bevor Sarah sich bremsen konnte. Es folgte ein dröhnendes Schweigen. Dann begann Hannah leise zu schluchzen.

Sarah erhob sich und stellte ihr Glas behutsam auf der Armlehne ab. »Es tut mir sehr Leid, Han. Um deine wunderschönen Kühe und weil ich solchen Unsinn gesagt habe. Und zwar nicht nur einmal. Ich muss lernen, besser zuzuhören und beide Seiten eines Problems zu betrachten, bevor ich den Mund aufmache. Ich schwöre, dass ich mich nie wieder so dumm verhalten werde.« Sie nahm Hannahs Hände. »Ich halte zu dir, ganz gleich, was passiert. Und zu Piet. Verzeihst du mir?«

»Ach, du bist eben meine alberne Schwester.« Hannah wischte die Tränen weg. »Aber bevor du dir hier eine Stelle suchst, sollte ich dir besser zeigen, wie die Wirklichkeit aussieht. Und du erklärst mir ein paar deiner liberalen Ideen, damit sie uns nicht aus dem Land werfen, weil wir nicht mit der Zeit gehen. Richtig, Piet?«

»Richtig. Und die dritte Schwester im Bunde wirkt heute Abend auch ziemlich niedergeschlagen.« Piet lächelte Camilla zu. »Also würde ich vorschlagen, dass Anthony den besten Wein herausholt, der noch übrig ist. Dann setzen wir uns an den Fluss, trinken etwas und retten die Welt. Und morgen fahren wir nach Hause. Nach Langani.«

Kapitel 13

Kenia, September 1965

Die Stimmung auf Langani war gedrückt, als Lars das grausame Gemetzel schilderte.

»Es hat mich an den Ausnahmezustand erinnert, als Überfälle auf weiße Farmen an der Tagesordnung waren. Fast sieht es aus, als wäre Hannahs Vieh rituell abgeschlachtet worden. Ich kann ja noch verstehen, dass man Rinder stiehlt oder wegen des Fleischs tötet, aber sie nur aufzuschlitzen und liegen zu lassen kommt mir so sinnlos vor.«

»Und die Polizei?«, fragte Piet.

»Die hat sich so verhalten, wie zu erwarten war«, erwiderte Lars schicksalsergeben. »Ein Ortspolizist mit schweren Stiefeln und einem Notizbuch kam vorbei. Seine Männer haben sämtliche Beweismittel auf dem Feld zertrampelt, anstatt sie sicherzustellen. Keinerlei Erfahrung und Fachwissen. Jämmerlich! Allerdings wirkten sogar die Polizisten erschrocken. Dann tauchte Jeremy Hardy auf. Ein Glück, dass wir ihn haben. Wirklich ein guter Polizist.«

»Hast du alle Arbeiter befragt?« Hannahs Gesicht war vom Weinen gerötet.

»Sie waren ebenso erschüttert wie ich«, antwortete Lars. »Vermutlich ist es gegen drei Uhr morgens passiert. Juma sagte, als er gegen halb drei dort vorbeikam, sei alles noch in Ordnung gewesen. Im Morgengrauen hat er die Kühe dann gefunden. Er war außer sich, weinte und rang die Hände. Ich habe sein Geschrei schon aus einiger Entfernung gehört und glaube nicht, dass er mir etwas vorgespielt hat.«

»Ich werde die Leute heute Nachmittag und morgen weiter befragen«, sagte Piet. »Hast du nachts die Wachen verstärkt,

Lars? Sehr gut. Wir können nicht mehr tun, als uns gründlich umzuhören. Bestimmt hat einer der *watu* etwas gesehen. Unsere langjährigen Arbeiter sind zuverlässig und hätten sich sicher schon gemeldet, wenn ihnen etwas aufgefallen wäre. Allerdings haben wir in letzter Zeit ein paar neue Leute für Bauarbeiten eingestellt. Die sollten wir mal unter die Lupe nehmen. Was ist mit Kipchoge oder Simon? Haben die irgendetwas bemerkt?«

»Simon meinte, am Vortag hätten ein paar Kerle am Tor an der Nanyuki Road herumgelungert«, erwiderte Lars. »Angeblich suchten sie Arbeit. Kipchonge hat gesehen, wie sie mit Simon sprachen, aber er kann sich nicht an Einzelheiten erinnern. An diesem Vormittag war ich in Nanyuki, und als ich zurückkam, waren diese Leute schon wieder fort. Der arme alte Kamau und Mwangi sind beim Anblick der Kühe wirklich erschrocken. Wie auch Kipchoge. Alle *watu* waren völlig verstört. Natürlich verlangte Kamau sofort, Simon als Ersten zu befragen, weil er noch nicht lange bei uns ist. Aber Simon war noch bestürzter als alle anderen. Ein übles *shauri*.«

»Kamau hat mir nie verziehen, dass ich Simon den besten Posten auf der Farm gegeben habe«, sagte Hannah. »Ich weiß, dass der alte Mann nichts damit zu tun hat, aber was ist mit David?«

»Den bildest du doch zum Koch aus«, antwortete Piet. »Außerdem hat das Gegrummel nicht viel zu bedeuten. Auch Kipchoge hat geschmollt, obwohl er genau weiß, dass er Simons Aufgaben niemals erfüllen könnte. Schließlich ist er nur vier Jahre zur Schule gegangen und hat nie richtig Englisch gelernt. Allerdings neigt er dazu, sich zu überschätzen. Ich habe ihm gesagt, er sei der beste Fährtenleser und *syce*, den man sich wünschen kann, und daher werde er die Aufsicht über die Wildhüter erhalten. Doch er fühlt sich trotzdem übergangen. Er glaubt einfach, dass es besser ist, in einem Büro zu arbeiten.«

»Während ihr weg wart, haben sie sich ständig gezankt, wer nun für die Lagerschuppen, die Bestellung von Lebensmitteln und das Pferdefutter zuständig ist«, berichtete Lars. »Ein kleiner Machtkampf folgte dem anderen.«
»Ich habe Kamau Simons Zeugnisse gezeigt und ihm erläutert, dass er Buchhaltung und Maschineschreiben beherrscht«, fügte Hannah müde hinzu. »Doch das hat ihn nicht beeindruckt. Sie führen sich auf wie die Kleinkinder. Als ob wir nichts Besseres zu tun hätten, als ihre Streitereien zu schlichten.«
»Darüber werde ich mir im Moment nicht den Kopf zerbrechen«, sagte Piet. »Es ist bei jeder Neueinstellung das Gleiche. Schon Pa hatte mit diesem Problem zu kämpfen. Irgendwann raufen sie sich schon zusammen. Lars, welche Sicherheitsvorkehrungen hast du getroffen?«.
»Ich habe zwei weitere Viehhirten für tagsüber eingestellt«, erwiderte Lars. »Zwei Burschen, die nicht mehr gebraucht wurden, als der alte Griffiths den Großteil seiner Rinder verkauft hat. Er sagt, die beiden seien zuverlässig. Außerdem habe ich ein paar unserer erfahrenen Arbeiter in die Nachtschicht versetzt. Dann habe ich noch Kontrollfahrten unternommen, und zwar ein paar Mal pro Nacht und nie zur selben Zeit.« Er klopfte mit dem Finger auf die Tischplatte und zögerte kurz. »War es richtig, dass ich dich nicht gleich in Samburu gesucht habe, damit du die Safari abbrichst? Ich dachte, du könntest hier sowieso nicht viel tun.«
»Eine weise Entscheidung«, erklärte Piet mit Nachdruck. »Hannah hatte einen wunderschönen Geburtstag, und wir haben uns prima amüsiert. Es wäre ein Jammer gewesen, ihr diesen Tag zu verderben.«
»Vermutlich war es eine einmalige Angelegenheit«, fuhr Lars fort. »Allerdings bin ich letzte Woche oben direkt bei der Lodge auf ein Feuer gestoßen. Eine halbe Stunde später hätte es Probleme geben können, denn es stürmte ziemlich. Zunächst dachte ich, dass sich wohl irgendein Idiot sein Fleisch

und sein *posho* kochen wollte. Aber es war niemand zu sehen. Inzwischen frage ich mich, ob das Feuer auf das Konto desselben Täters geht wie der Tod der Kühe, nur dass ich dem Kerl in die Quere gekommen bin.«

»Wir dürfen jetzt auf keinen Fall anfangen, Gespenster zu sehen«, meinte Piet. »Aus irgendwelchen Gründen findet man auf dem Farmgelände immer wieder ein kleineres Feuer. Außerdem kannst du nicht Tag und Nacht in der Gegend herumfahren, Lars. Du brauchst deinen Schlaf, so wie wir alle. Also müssen wir die Sicherheitsmaßnahmen besser organisieren. Denn weitere Vorfälle wie diesen können wir uns nicht leisten. Das Problem sind nur die Kosten.«

»In Nairobi gibt es eine neue Organisation, die Leuten wir dir finanziell unter die Arme greift.« Lars beugte sich vor. »Offenbar wollen sie private Wildreservate fördern. Ein Freund von mir, der bei einer norwegischen Hilfsorganisation ist, hat mir davon erzählt.«

»Allerdings mahlen die Mühlen solcher Vereine langsam, wenn man niemanden kennt, der ein gutes Wort für einen einlegt.« Piet war nicht sehr zuversichtlich. »Man muss warten, bis sie einen so genannten Experten schicken, der alles unter die Lupe nimmt. Ein halbes Jahr später kommen sie dann wieder und löchern einen mit Tausenden von Fragen. Und anschließend verschwinden sie in der Versenkung, um sich zu beraten. Dieser ganze Formalkram verschlingt meistens eine Menge Zeit. Wahrscheinlich sitze ich schon im Altersheim, bevor ich auch nur einen Penny zu Gesicht kriege. Aber wenn ihnen unser Projekt gefällt, geben sie uns vielleicht Geld für Wildhüter und Zäune.«

Camilla wusste sofort, um welche Organisation es sich handelte. Doch sie schwieg, denn sie musste daran denken, wie ablehnend ihr Vater auf ihre Bitte reagiert hatte. George Broughton-Smith war nach London abgereist, während sie auf Safari gewesen waren. Camilla beschloss, das Thema gleich nach ihrer Rückkehr anzuschneiden. Vielleicht konnte sie ja diesmal helfen.

»Jetzt wollen wir nicht mehr über Probleme reden.« Hannah stand auf. »Unsere Ferien sind fast vorbei, und wir müssen die letzten beiden Tage ausnützen. Heute Abend organisiere ich ein *breiflies* im Garten, und morgen reiten wir früh aus, damit Sarah das richtige Licht zum Fotografieren hat.«

»Ich fürchte, ich muss morgen los«, sagte Anthony. »Meine Mitarbeiter sind schon in Mara, um alles für die neuen Gäste vorzubereiten. Bevor sie kommen, muss ich noch ins Büro und den Papierkram aufarbeiten.«

»Du kannst doch trotzdem mit uns ausreiten und anschließend nach Nairobi fahren.« Hannah lächelte zum ersten Mal, seit sie wieder zu Hause war. »Sarah, du schläfst bei mir im Zimmer. Die Gästesuite überlassen wir Lady Camilla.«

»Ich könnte ein Mittagsschläfchen gebrauchen«, meinte Anthony verlegen. »Wir haben eine lange holperige Fahrt hinter uns. Außerdem war ich schon vor Morgengrauen auf den Beinen, um das Lager abzubauen.«

Lars sah zu, wie Anthony Camilla die Hand reichte und die beiden zusammen hinausgingen. Ein seltsames Paar, dachte er. Die wunderschöne zarte Camilla machte nicht den Eindruck, als würde sie es lange allein in Nairobi aushalten, während ihr Mann ständig auf Safari war. Allerdings hatte sie ihre Kindheit hier verbracht und kannte sich offenbar aus. Vielleicht gehörte sie ja zu den äußerlich hilflos wirkenden Frauen, die einen harten Kern besaßen. Man konnte nie wissen. Er blickte auf Hannah, die gerade mit Kamau das Abendessen plante.

»Tut mir Leid, dass wir dich mit einer so schlechten Nachricht empfangen mussten«, sagte er, nachdem der Koch fort war. »Möchtest du sofort auspacken, oder hättest du Lust auf einen Spaziergang? Ich habe den Gärtner einiges erledigen lassen, während du weg warst. Du könntest dir anschauen, ob es dir so gefällt.«

Hannah zögerte, denn sie fürchtete, dass sie weinend zusammenbrechen würde, wenn er weiter so einfühlsam mit ihr sprach. Die Tötung des Viehs hatte sie schwer getroffen. Außerdem hatte sich ein neues Gefühl ihrer bemächtigt: Angst. Bis jetzt hatte sie sich noch nie in ihren eigenen vier Wänden gefürchtet. Diese Empfindung breitete sich wie Gift in ihren Adern aus, ergriff langsam Besitz von ihrem Verstand und stieg wie Galle in ihr hoch, sodass sie einen bitteren Geschmack im Mund verspürte. Sie musste jetzt etwas Schönes sehen.

»Ja, ich würde mir gern den Garten anschauen. Und auch die Stelle, wo du meine Kühe begraben hast. Ich bin dir so dankbar, dass du dir diese Mühe gemacht hast, Lars.«

Im Gästezimmer winkte Anthony Camilla zum Bett. Sie saß auf der Fensterbank und dachte an Lotties Garten und die Geborgenheit, die sie als Kind dort empfunden hatte. Jenseits der sauber gestutzten Hecken und Rosenbüsche erstreckte sich das goldgelbe Grasland bis hin zu den Hängen der mächtigen Berge. Diese empfindliche Grenze zwischen Mensch und Natur musste stets verteidigt werden, wenn man verhindern wollte, dass Rasenflächen und Blumenbeete von der unersättlichen Wildnis verschlungen wurden, bis nichts mehr von der künstlich hergestellten Schönheit und Ordnung übrig blieb. Sie beobachtete Lars und Hannah draußen auf dem Rasen und hoffte, dass seine offensichtliche Zuneigung zu ihr irgendwann Früchte tragen würde. Sarah strahlte Zuversicht aus, denn sie hoffte nun, in Afrika und in Piets Nähe bleiben zu können. Camilla dachte an Piet und an die mondhelle Nacht, in der sie so leichtsinnig gewesen war, sich von ihm küssen zu lassen. Ihr schien es eine Ewigkeit her zu sein. Seitdem waren sie sehr unterschiedliche Wege gegangen. Und nun war es ihre eigene Zukunft, die auf Messers Schneide stand. Am Himmel kündigte sich Regen an, und die schroffen Berggipfel waren hinter dichten Wolken verschwunden. Sie stand auf, um sich neben Anthony zu legen.

»Die Zeit ist zu schnell vergangen«, sagte sie. »Als ob uns jemand viele Stunden gestohlen hätte, während wir schliefen.« Anstelle einer Antwort begann er, sie zu liebkosen. Er atmete ihr sanft ins Ohr, ließ die Finger an ihrer Wirbelsäule hinuntergleiten und erkundete geheime Stellen, die nur er kannte. Sie schwebte über ihm wie ein Schmetterling, nahm ihn in sich auf, neigte sich ihm entgegen, wich wieder zurück, berührte ihn sanft und bedeckte seinen ganzen Körper mit Küssen. Ihr graute bereits vor der Trennung. Mit jeder Bewegung versuchte sie ihn dazu zu bringen, dass er ihr sagte, wie sehr er sie liebte. Er sollte sie bitten, in Nairobi, auf Langani, in London oder sonst irgendwo auf ihn zu warten. Aber obwohl er in wilder Leidenschaft aufschrie, als sie sich liebten, verlor er kein Wort über ihre Zukunft. Danach schwieg sie, unterdrückte ihre Tränen und war fest entschlossen, die bange Frage nicht zu stellen, die ihr ganzes Denken beherrschte. Bald war er eingeschlafen. Blonde Wimpern bogen sich über seinen Wangen, seine Augenbrauen hatten die Form von zarten Flügeln, seine Adlernase erinnerte sie an die Statuen, die sie in Florenz gesehen hatte. Sie betrachtete ihn, während er schlief. Sein sorgloses Gesicht schmiegte sich ins Kissen, und offenbar ahnte er wirklich nicht, wonach sie sich sehnte.

Camilla stand auf und betrachtete sich im Badezimmerspiegel. Ihre Lippen waren vom Küssen geschwollen, das Haar hing ihr zerzaust ums Gesicht. Sie drehte die Dusche auf und stellte sich lange unter den Wasserstrahl, um seinen Geruch und alle Spuren von ihm abzuwaschen und Abstand zu dem Schmerz zu gewinnen, der ihr noch bevorstand. Dann zog sie sich an, setzte sich in einen Sessel und blätterte in einer alten Zeitschrift, die Artikel über Weizenanbau und Schafzucht enthielt, bis die untergehende Sonne und die kühler werdende Luft den nahenden Abend ankündigten.

»Ich dachte, du würdest noch neben mir liegen, wenn ich aufwache.« Beim Klang seiner Stimme schreckte sie hoch.

»Inzwischen habe ich mich daran gewöhnt.« Er streckte einen langen Arm aus, um sie an sich zu ziehen.

»Wirst du mich also vermissen?« Sie widerstand der Versuchung und blieb im Sessel sitzen. Trotz ihrer guten Vorsätze hatte sie die unangenehme Frage nun doch gestellt.

»Natürlich werde ich dich vermissen.« Aber sein Blick hatte sich verändert. Er schien nun auf der Hut zu sein.

»Wie sehr?« Sie streckte die Hände aus und nahm sie immer weiter auseinander. »So sehr? Oder so sehr?« Ihre Stimme zitterte. Sie wusste, dass er ihr die Angst anmerkte.

»Du wirst doch jetzt nicht etwa sentimental?« Inzwischen war er hellwach und stützte sich auf einen Ellenbogen. Sie sah seinem Lächeln an, dass er sich unwohl fühlte. »Ich fand es wunderschön, und wir sollten nicht alles verderben, indem wir darüber jammern, dass jetzt wieder der Alltag beginnt. Habe ich nicht Recht?«

»Was meinst du mit Alltag?« Da sie nun einmal angefangen hatte, gab es kein Zurück mehr.

»Alltag? Für mich ist es das Leben im Busch, dem Ort, den ich am meisten liebe und nach dem ich mich immer sehne, wenn ich nicht dort sein kann. Nur im Busch bin ich wirklich ich selbst.«

»Das kann ich verstehen. Ich war mit dir dort und habe jeden Tag etwas Wichtiges gelernt. Jetzt möchte ich noch mehr lernen.«

»Für dich ist der Alltag dein Prominentendasein in London, wo du all deine Schönheit und dein Talent einsetzen kannst, Camilla. Du brauchst das Treiben der Großstadt und die Lokale, die du mir gezeigt hast – wo ich der Bauernbursche war und du die umschwärmte Prinzessin. Es hat Spaß gemacht, sich ein paar Tage in deinem Glanz zu sonnen, aber auf Dauer ist das nichts für mich.«

»Und die letzten Wochen?« Wegen ihres einschmeichelnden, fast flehenden Tonfalls hätte sie sich ohrfeigen können. »Wolltest du dich mit mir nur amüsieren?«

»Natürlich nicht! Ich gehöre nicht zu den Männern, die mit jedem Mädchen etwas anfangen, das sie auf einer Safari kennen lernen. So leichtfertig bin ich nicht«, protestierte er. »Ich dachte, es ist günstig, dass sich unsere so verschiedenen Lebenswege genau im richtigen Augenblick gekreuzt haben. Eigentlich habe ich geglaubt, dass du genauso empfindest.«

»Das tue ich auch.«

»Aber nun fängt für uns das normale Leben wieder an«, fuhr er fort. »Ich könnte nie wie du in einer Stadt wohnen und meine Zeit auf Cocktailpartys, in Restaurants und verqualmten Nachtclubs verbringen. Schon in Nairobi halte ich es vielleicht eine Woche aus. Höchstens zwei. Dann fange ich an, die Stunden zu zählen, bis ich wieder draußen im *bundu* bin.«

»Möglicherweise habe ich ja auch genug von den Lichtern der Großstadt. Vielleicht war das nur eine Etappe auf einem Weg, der anderswo hinführt – ein Beispiel dafür, wie das Leben nicht sein sollte. Eine Phase.« Verzweiflung malte sich auf Camillas Gesicht.

»So geht es allen, die gerade von einer Safari zurückkommen«, entgegnete er. »Sie wollen, dass sie niemals endet, denn für die meisten Menschen ist es eine außergewöhnliche und einmalige Erfahrung. Sie sehen und tun Dinge, die sie sich in ihren kühnsten Träumen nicht vorstellen konnten, und glauben, sie lebten wild und gefährlich. Doch in Wirklichkeit steckt hinter diesem Abenteuer ein Mensch, der alles organisiert und geplant hat, der sie beschützt und der dafür sorgt, dass es ihnen an nichts fehlt. Jemand, der für kurze Zeit einen Traum wahr werden lässt. Ich bin noch nie einem Touristen begegnet, der mit der rauen Wirklichkeit zurechtgekommen wäre.«

»Ich weiß, dass es harte Arbeit ist. Außerdem bin ich keine Touristin, Anthony.«

»Du hast keine Ahnung, wie es inzwischen hier zugeht. Die Telefone funktionieren nicht, bei der Post gehen deine Briefe verloren. Überall herrschten Korruption und Unfähigkeit, und es ist fast unmöglich, sich eine Genehmigung abstempeln zu lassen. Alle stehlen wie die Raben: Autoteile, Lastwagen und Vorräte. Dinge, die einem zugesichert werden und dann auf geheimnisvolle Weise verschwinden.«

»Es ist harte Arbeit, einen Traum wahr werden zu lassen«, erwiderte Camilla. »Diese Erfahrung habe ich ebenfalls gemacht, wenn auch auf andere Weise. Die Leute lesen eine Zeitschrift, betrachten die schönen Kleider und exotischen Aufnahmeorte und wollen so sein wie die Frauen auf den Bildern. Allerdings ahnen sie nichts von dem Garderobenwagen, der auf einem kalten, windigen Hof steht, während man bei Temperaturen unter dem Gefrierpunkt ein Sommerkleid anzieht. Sie wissen nicht, dass man sich halb zu Tode bibbert und dass die Sachen, die man anhat, am Rücken mit Sicherheitsnadeln und Wäscheklammern zusammengerafft werden, damit sie besser sitzen. Sie mussten auch noch nie schwitzend unter heißen Scheinwerfern in einer überfüllten Garderobe hocken, während ringsherum alle nach einen Fön oder einem Schminktiegel schreien.«

Aber Anthony verstand nicht, was ihre Welten miteinander gemeinsam haben sollten. »Ich kann mir einfach nicht vorstellen, dass jemand wie du oder einer meiner Gäste aus New York, Texas oder London Zelte in Lastwagen verlädt oder von Dornen zerlöcherte Reifen wechselt. Du würdest es auch bestimmt nicht schaffen, Nairobi nach einem Mitarbeiter zu durchkämmen, der sich am Vorabend betrunken hat und nicht pünktlich zur Abfahrt erschienen ist. Du hast ja keine Ahnung …«

»Und ob ich die habe«, widersprach sie. »Vergiss nicht, dass ich den Großteil meiner Kindheit hier verbracht habe. Ich bin kein verwöhntes New Yorker Töchterchen. Deshalb würde ich gerne hier bleiben und mir eine Stelle suchen. Ich bin gut im Verkaufen, insbesondere wenn es um Träume geht. Außerdem spreche ich fließend Französisch und Italienisch, was wegen der internationalen Safarigäste sehr nützlich sein kann. Mein Leben besteht nicht nur aus tollen Klamotten und daraus, dass man mir in schicken Londoner Restaurants den roten Teppich ausrollt. Hoffentlich ist das nicht das Bild, das du von mir hast, Anthony.«

Eine lange Pause entstand. Er hatte dieses Gespräch nicht gewollt und auch nicht erwartet, dass es dazu kommen würde. Sie hatten leidenschaftliche und schöne Stunden miteinander verbracht, doch nun verlangte Camilla, dass er sich auf eine feste Beziehung einließ. Anthony wusste, dass er noch nicht bereit dafür war, und hätte am liebsten die Flucht ergriffen. Sie hatte einen erlesenen Geschmack, war weltgewandt und verkehrte in Kreisen, deren Gesprächen er meist nicht folgen konnte.

»Camilla, ich wollte dir nie wehtun oder dich traurig zu machen«, begann er schließlich. »Du bist das schönste Mädchen, dem ich je begegnet bin, aber das sage ich dir ja schon seit Jahren.« Er griff über das Bett und nahm ihre Hand. »Du meintest immer, ich wäre nur ein Buschbaby, und du hast Recht. Ich weiß nicht, warum du dich eigentlich für mich interessierst, und diese Wochen waren für mich so etwas wie ein glücklicher Zufall. Die Safari war wunderschön, und ich hoffe, dass wir noch viel Spaß zusammen haben werden, wenn du …«

»Wenn ich einfach nach Chelsea zurückkehre und Ruhm und Reichtum nachjage, bis du mal wieder vorbeikommst.« Ihr ganzes Leben lang hatte Camilla ihre Gefühle verbergen und mit ansehen müssen, wie ihre Eltern einander mit hinterhältigen Seitenhieben quälten. Doch während sie nun um Fassung rang, schnürte ihr ein würgendes Gefühl die Kehle zu, auf das sie nicht vorbereitet war. Sie stand auf, zauste ihm das Haar und zwang sich zu einem munteren Ton. »Heute in einer Woche bin ich in New York, und zwar für die besten Fotoaufnahmen, die je gemacht worden sind. Danach wird die ganze Welt meinen Namen kennen.«

»Und darf ich mich zu deinem einundzwanzigsten Geburtstag unter die oberen Zehntausend mischen? Vorausgesetzt dass ich auf meiner Werbertour auch nach London komme.«
»Aber natürlich. Du kannst ja die Gäste abklappern und ihnen Safaris verkaufen.« Ihr Lachen klang ein wenig bitter.
Anthony wusste, dass er sie gekränkt hatte. »Camilla, du bedeutest mir sehr viel. Ich bin nur einfach noch nicht so weit, dass ich mein Leben ändern und mit jemandem teilen könnte. Ich wollte dir wirklich nicht wehtun.«
»Sei nicht so zimperlich, Anthony.« Sie wich zurück. »Wenn ich übermorgen wieder in London bin, werde ich keine Zeit mehr haben, um dich zu trauern. Aber eigentlich habe ich gar keine große Lust auf eine Geburtstagsparty. Bestimmt plant meine Mutter schon einen grässlichen Empfang mit Tausenden von Gästen, wo ich mich entsetzlich langweilen werde. Eigentlich wollte ich nach Irland fliegen, um mit Sarah zu feiern, aber jetzt sieht es aus, als würde sie hier bleiben. Vielleicht flüchte ich auf eine einsame Insel. Meine wahre Geburtstagsfeier hatte ich in den letzten Wochen, eine wunderschöne Zeit, die noch nicht vorbei ist. Also los, machen wir uns für Hannahs Grillparty schick.«
Die sichtliche Erleichterung auf seinem Gesicht versetzte ihr einen Stich ins Herz. Zum ersten Mal verstand sie, wie tief der Abgrund zwischen einem Mann und einer Frau sein konnte, wenn es ihnen nicht gelang, einen gemeinsamen Lebenstraum zu entwickeln. Das tat sehr weh, und sie hatte Mühe, die heißen Tränen zu unterdrücken, die ihr in die Augen steigen wollten.
»Komm zurück ins Bett!« Wie sie den Klang seiner Stimme liebte! »Du bist so schön. Ich möchte dich noch ein wenig in den Armen halten.«
»Du Nimmersatt. Wir sind schon viel zu spät dran. Zum Glück habe ich bereits geduscht. Also steh auf und zieh dich an. Ich gehe schon mal vor.«

Draußen auf dem Rasen hatte Hannah ein schreckliches Déjà-vu-Erlebnis. Lotties Damasttischtuch war über einen Tapeziertisch gebreitet. In einer Vase prangten die roten Blüten des Phlox, und das beste Geschirr war aufgedeckt. In alten Gläsern, Familienerbstücke auch sie, steckten gestärkte Servietten. Hannah glaubte ihre Eltern zu sehen, die schweigend auf ihren angestammten Plätzen saßen. Bilder ihrer letzten Nacht auf Langani standen ihr vor Augen. Jan war sehr niedergedrückt gewesen und hatte düstere Warnungen ausgestoßen, während Lottie in sich gekehrt wirkte und kein Wort sprach. Hannah setzte sich auf einen Gartenstuhl und versuchte sich wieder zu fangen. Aber das Gefühl des Verlassenseins hatte sie wie ein Schlag in den Magen getroffen. Als sie aufblickte, sah sie Mwangi vor sich. Nachdem er sie kurz gemustert hatte, begann er, den Tisch wieder abzuräumen.

»Der heutige Abend ist für die jungen Leute«, sagte er. »Und deshalb sollten wir nicht die alten Sachen benutzen. Ich bringe anderes Geschirr, *Memsahib* Hannah, und dann können Sie neue Blumen aussuchen. An die *mzees* erinnern wir uns ein andermal.«

Er brachte Lotties Gedecke ins Haus und kehrte mit dem Alltagsgeschirr aus Keramik und karierten Servietten zurück. Am liebsten hätte Hannah ihn umarmt und ihm erklärt, wie sehr sie ihn für seine Güte, sein Verständnis und seine Treue liebte. Doch sie fürchtete, er könnte ihr Worte falsch deuten oder sogar peinlich finden. Deshalb drückte sie ihm nur die Hand und hoffte, dass er sie verstand. Dann griff sie nach ihrer Gartenschere und schnitt einen Korb voller Dahlien, Rosen und Nelken in bunten, strahlenden Farben. Als sie die neu bestückten Vasen auf den Tisch stellte, war sie ihren Eltern unendlich dankbar für die schöne Kindheit, die sie hatte verleben dürfen. Sie hatte ihren Vater stets für weise und mächtig gehalten und geglaubt, dass ihr unter seiner Obhut nichts zustoßen könnte. Obwohl er sich letztlich nicht als der Held aus ihren Kinderträumen erwiesen hatte, war er dennoch ihr Vater. Lotties bedingungslose Liebe hatte ihnen allen Geborgenheit vermittelt und ihnen die Kraft gegeben, ihre Träume zu verwirklichen. Hannah ging ins Haus, denn sie wusste, dass sie mit ihren Eltern sprechen musste. Sie wollte ihrem Vater sagen, dass sie die Vergangenheit endlich ruhen lassen mussten. Er und Lottie sollten nach Hause zurückkehren, nach Langani, wo sie hingehörten, weil Hannah sie liebte und brauchte. Das Läuten des Telefons riss sie aus ihren Gedanken. Sie wusste sofort, dass es ihre Mutter war.

»Alles Gute zum Geburtstag, meine liebe Hannah. Während du auf Safari warst, konnte ich dich ja nicht erreichen. Ich habe dir so viel zu erzählen. Bestimmt war es sehr schön mit Piet und deinen Freunden. Du musst mir alles haarklein berichten, und ich hoffe, dass du mir bald schreibst.« Lotties Stimme klang sehnsüchtig.

»Ganz bestimmt schreibe ich dir«, erwiderte Hannah. »Und dann erzähle ich dir alles über meinen traumhaften Geburtstag. Vielen Dank für das Armband. Ich habe es vorgefunden, als ich heute Morgen zurückkam. Noch nie hatte ich ein Schmuckstück mit echten Steinen. Alle fanden es toll. Und das Kleid auch. Ich liebe dich, Ma.« Sie holte tief Luft. »Ist Pa da? Ich würde gern mit ihm reden.«

»Oh, Hannah, mein Kind, das würde ihn sicher schrecklich freuen. Aber er ist nicht zu Hause.« Eine Pause entstand. »Er ist auf Patrouille. Einige Farmen hier wurden überfallen, und Menschen sind dabei ums Leben gekommen. Seit Ian Smith alle schwarzen politischen Parteien verboten hat, ist die Lage ziemlich angespannt. Ich fürchte, es wird noch mehr Ärger geben. Und mit Kobus ist es wie immer schwierig.«

»Ich weiß, Ma.«

»Lars hat angerufen und uns von den Rindern erzählt. Es tut mir ja so Leid für dich.«

»Die Sache ist wirklich seltsam und außerdem recht beängstigend. Ma, könntest du dich inzwischen mit dem Gedanken anfreunden, nach Hause zu kommen? Du und Pa?«

»Ich weiß nicht, mein Kind«, antwortete Lottie. »Es ist ein bisschen kompliziert. Ich spreche mit deinem Vater und versuche mein Bestes. Alles Gute zum Geburtstag, meine schöne Tochter. In ein oder zwei Tagen rufe ich wieder an und sage dir, was wir beschlossen haben.«

»Ich glaube, sie kommen wieder nach Hause«, meinte Hannah ein wenig später zu Piet. »Ich freue mich ja so.«

»Han ...?« Er trat auf sie zu, voller Hoffnung und Erleichterung, dass die Familie endlich wieder vereint sein würde.

»Ma meldet sich bald wieder und teilt uns mit, wann es so weit ist. Sie klang so anders ... ganz wie früher. Ein gutes Zeichen, oder?«

»Ja, ein sehr gutes. Aber bis dahin musst du mir versprechen, dir nicht weiter das Hirn zu zermartern. Wir hatten zwar in letzter Zeit unsere Probleme auf Langani, aber wir werden sie bestimmt überwinden, und ich denke ...«

»Heute Abend wird nicht über Schwierigkeiten und *shauris* gesprochen«, verkündete Hannah. »Wir trinken auf ihre Rückkehr und die schöne Zeit, die wir zusammen haben werden.«

Dann saßen sie alle im Garten, wegen des kühlen Abends in Pullover vermummt. Lars hatte den Grill angezündet, verteilte Getränke und ließ sich dann neben Sarah auf einem Klappstuhl nieder.

»Ich möchte alles über die Safari hören«, erklärte er.

Er ist viel lockerer als früher, dachte Sarah. Vielleicht hing das ja mit den Blicken zusammen, die er mit Hannah wechselte – den heimlichen Botschaften, die er ihr damit zusandte, und der leichten Berührung ihres Arms, als er ihr ein Glas reichte. Sarah fragte sich, ob auf Langani Dinge geschahen, die ihr bis jetzt entgangen waren. Sie waren schon fast mit dem Essen fertig, als Mwangi erschien.

»Ein Funkspruch«, meldete er. »Es ist *Memsahib* Briggs.«

Aufgeregt hastete Sarah ins Haus. Allies Stimme war zwar kaum zu verstehen, doch da sie die Nachricht zwei Mal wiederholte, bestand kein Zweifel.

»Sie haben mir eine Stelle angeboten!« Jubelnd stand Sarah auf der Veranda und riss triumphierend die Arme hoch. Vor Begeisterung strahlte sie übers ganze Gesicht, während sich ihre Freunde um sie scharten. »O Gott, ich habe eine Stelle in Buffalo Springs. Mein Traumjob! Ich kann es noch gar nicht fassen.«

Alle fielen ihr gratulierend um den Hals. Wein wurde eingeschenkt. Beim Essen stießen sie miteinander an. Anschließend gingen sie ins Wohnzimmer, wo sie sich um das Kaminfeuer scharten.

»Wir müssen uns noch richtig zuprosten«, meinte Lars. »Anstoßen reicht nicht. Wir müssen uns dabei auch tief in die Augen schauen und einander das Beste wünschen. Etwa so.« Er beugte sich vor und starrte Hannah an, bis sie sich lachend abwandte. Als sie erst Sarah und dann Anthony ihr Glas hinstreckte, funkelten ihre Augen im Schein des Feuers.

Piet legte eine Schallplatte auf, und sie tanzten. Die Dielenbretter des alten Hauses ächzten protestierend, und das Personal spähte staunend und lachend zur Tür herein, als Camilla Lars den Twist beibrachte. Angefeuert von ihr, verrenkte er unbeholfen die schlaksigen Glieder, bis seine Knie schließlich nachgaben und er, um Gnade flehend, aufs Sofa sank.

»Ma hat immer gern getanzt«, sagte Hannah. »Ihr zuliebe musste Pa herumhüpfen, obwohl er überhaupt kein Rhythmusgefühl und außerdem zwei linke Füße hat. Sie wirkte immer sehr anmutig dabei, während ich wohl eher nach ihm geraten bin.«

»Möchtest du mit mir tanzen?« Inzwischen hatte Lars sich wieder von der Anstrengung erholt.

Hannah starrte ihn an, stand dann auf und strich ihren Rock glatt. Mittlerweile spielte ein langsames Lied, und er zog sie eng an sich. Sarah fand, dass sie ein hübsches Paar abgaben. Außerdem sah sie, wie Piet die beiden mit einem eigenartigen Augenausdruck musterte, den sie sich nicht erklären konnte. Sie tanzten bis spät in die Nacht hinein, lachten und sprachen über die Vergangenheit. Als sie schließlich zu Bett gingen, hatte jeder von ihnen das Gefühl, dass ihre Freundschaft noch enger geworden war.

»Ich bin nicht blind«, begann Sarah, als sie und Hannah ins Bett schlüpften. »Erzähl mir, was mit Lars läuft.«

»Da gibt es nichts zu erzählen. Nicht wirklich.« Hannah war Sarahs skeptischer Blick nicht entgangen.

»Er ist in dich verliebt. Das merkt man daran, wie er dich anschaut. Ich habe es selbst gesehen«, meinte Sarah. »Auch wenn ich beschwipst bin, entgeht mir nichts.«

»Ich finde ihn auch sehr nett, aber es ist ein bisschen klemmig.«

»Klemmig? Er mag nicht gerade Charmebolzen sein, aber als klemmig würde ich ihn nicht bezeichnen.«

»Nicht er, du Dummerchen, die ganze Situation! Lars geht mir manchmal ziemlich auf die Nerven.« Hannah schmunzelte. »Immer weiß er alles besser. Manchmal behandelt er mich wie ein Kleinkind, auch wenn ich mir noch so sehr Mühe gebe, ihm zu beweisen, dass ich mich bei meiner Arbeit auskenne. Eigentlich ist er eher Piets Zwilling als sein Freund oder Verwalter.«

»Ich glaube, du hast bloß Angst! Vielleicht solltest du ihm einfach mal in die Arme sinken.«

»Das hat nichts mit Angst zu tun. Ich möchte auf der Farm und in der Lodge mehr Verantwortung übernehmen, und dann könnte die Zusammenarbeit zwischen mir und Lars klemmig werden, wie ich schon gesagt habe.«

»Die Farm wirft doch etwas ab, oder?«

»Wir schlagen uns so durch. Inzwischen klappt die Aufgabenverteilung recht gut. Lars kümmert sich um das Zuchtvieh und das Weideland. Außerdem wartet er die Traktoren, die Erntemaschinen und die Generatoren, den ganzen Technikkram eben. Wenn ich in der Molkerei Schwierigkeiten habe, hilft er mir. Piet beaufsichtigt die *watu* und die Farm als Ganzes. Er kontrolliert die Zäune und Grundstücksgrenzen und achtet auf den Schutz der Wildtiere. Auch für den Weizen ist er inzwischen zuständig, und dieses Jahr hat er besonders viel zu tun, weil wir eine große Wiese in ein neues Feld umgewandelt haben. Und natürlich ist da noch der Bau der Lodge, Piets besonderes Steckenpferd. Insgesamt funktioniert das ziemlich gut.«

»Und wo liegt dann das Problem?«

»Falls Lars und ich etwas miteinander anfangen und unsere Beziehung scheitert, würde das alles auf der Farm durcheinander bringen. Dann kündigt er womöglich noch, und wir können es uns nicht leisten, einen so fähigen Verwalter zu verlieren. Also muss das Persönliche zurückstehen, bis wir unsere Schulden abgetragen haben und die Farm und die Lodge so viel abwerfen, dass wir davon leben können. Dann kann ich mir immer noch Gedanken über Lars machen.«

»Ich vermute, dass Lars sich über solche Dinge nicht den Kopf zerbricht«, wandte Sarah ein. »Zumindest nach dem heutigen Abend zu urteilen. Und wenn er keine Angst hat, solltest du auch keine haben.«

»Ich finde, wir sollten jetzt schlafen.« Hannah schaltete ihre Lampe aus. »Ich war nämlich so leichtsinnig, für morgen früh einen Ausritt zu planen. Inzwischen bereue ich es bitterlich.«

»O Gott, mit meinem Kopf stimmt etwas nicht.« Bleiches Morgenlicht strömte zum Fenster herein, als Sarah, die Augen noch geschlossen, nach ihrer Teetasse tastete und aufstöhnte, weil ihr Körper gegen jede Bewegung protestierte. »Sind wir nicht gerade erst zu Bett gegangen? Wir können nicht ausreiten – ich würde im Sattel sterben! Wie konnte ich bloß so viel

Brandy trinken? Warum, um Himmels willen, hast du mich nicht daran gehindern, Han? Du weißt doch, wie wenig ich vertrage.«

Als sie über das taufeuchte Gras zu den Ställen marschierten, atmete sie in tiefen Zügen die kalte Luft ein, in der Hoffnung, dass dadurch ihre Kopfschmerzen verschwinden würden. In der Nacht hatte es geregnet, und silbrige Wassertropfen kullerten von den Blättern. Ein bläulicher Dunst hing in der Morgenluft. In stiller Übereinkunft ritten sie langsam dahin, während die Sonne scharlachrot am Horizont aufging. Anfangs stieg sie nur ganz allmählich, doch dann erhob sie sich, wie angetrieben von ihrer eigenen sengenden Hitze, immer rascher in den Himmel. Eine Herde Impalas hüpfte mit wippenden Schwänzen davon, ihre an Nieser erinnernden Alarmrufe hallten durch die Luft. Über das rauschende Gras und die dunkelgrünen Wälder am Flussufer spannte sich ein unermesslich weiter Himmel.

»Stehen bleiben«, zischte Anthony.

Vor ihnen aus dem hohen Gras tauchte ein junges Gepardenweibchen auf und steuerte auf den Schatten und das Wasser zu. Die Sonne beschien ihr getupftes Fell und die goldenen Augen, und ihr Schwanz bildete einen vollkommenen Bogen dicht über dem Boden. Als Sarah die Kamera hob, um ihre stromlinienförmige Eleganz festzuhalten, verharrte sie folgsam auf der Stelle. Dann ließ die Raubkatze die Besucher einfach stehen und verschwand im Busch. Die Freunde ritten weiter, unterhielten sich leise und lauschten dem Schnauben der Pferde und dem erschrockenen Kreischen der Gelbhalsfrankoline auf der grasbewachsenen Ebene. In der Ferne wirbelte eine Staubhose über das Land, und Piet richtete sich in den Steigbügeln auf, um die anderen auf eine Herde von Eland-Antilopen hinzuweisen, die zum Damm trabte.

»Es gibt auf der ganzen Welt nichts Schöneres«, sprach Sarah aus, was alle dachten. »Wie kann man dieses Land kennen und anderswo leben wollen? Stellt euch vor, ihr wohnt Tag für Tag bei Dunkelheit und Dauerregen in einer Doppelhaushälfte aus Backstein. Wie lästig, Einkaufstüten die Treppe hinaufzuschleppen und nach einem Platz für den tropfnassen Mantel und den vom Wind umgestülpten Regenschirm zu suchen!«

»Es ist nicht alles schlecht«, widersprach Anthony. »In Großstädten gibt es Abwechslung. Theater, Museen und wunderschöne alte Gebäude. Einen Sinn für Stil und Kultur.«

»Was ist denn so stilvoll daran, wenn eine betrunkene Alte dich in einer Regennacht an der Bustür beiseite schubst, um noch den letzten Sitzplatz zu ergattern?«, wollte Sarah entrüstet wissen, und alle mussten lachen.

»Perfekt ist es nirgendwo«, meinte Camilla. »Ich habe drei Jahre lang in Florenz und London gelebt und weiß trotzdem, wo es mir besser gefällt. Hier ist man näher an der Realität und hat das Gefühl, etwas Außergewöhnliches tun zu können, wenn man den Mut dazu hat.«

»Genau das ist es«, stimmte Lars ihr zu. »In diesem Land kann man mit der nötigen Entschlossenheit alles erreichen.«

»Und der nötigen Geduld«, fügte Hannah hinzu. »Vor allem braucht man Geduld, weil nichts so klappt, wie es sollte. Unerfahrene Politiker, arrogante Beamte, denen es nur auf Macht und Bestechungsgelder ankommt. Und nichts funktioniert, weil niemand auf den Gedanken gekommen ist, Ersatzteile zu bestellen.«

»Das gibt es überall«, entgegnete Camilla. »Versuch mal, in London einen Installateur aufzutreiben oder mit einem Finanzbeamten zu verhandeln.«

»Ihr redet am Thema vorbei«, mischte sich Anthony ein. »Man kann es zwar auf die leichte Schulter nehmen, aber dieses Land steht am Rande des Zusammenbruchs. Die Leute hier müssen noch sehr viel lernen. Hannah hat Recht, man braucht endlose Geduld, und die Lage wird sich noch verschlimmern, bevor es endlich besser wird. Weil du nicht ständig hier lebst, Camilla, siehst du ein romantisches Kenia, das es in Wirklichkeit nicht gibt.«

Seine Stimme klang angespannt, und Sarah ahnte, dass noch mehr hinter dieser Bemerkung steckte. Er fürchtet sich, dachte sie. Er hat Angst, dass sie bleiben könnte. Denn das will er nicht. Sie wurde von Mitgefühl für Camilla ergriffen und sah an Hannahs Blick, dass sie dasselbe empfand.

»Hat jemand Lust zum Reiten?« Als Sarah ihr Pferd mit der Gerte antippte, begann es zu traben. Und schon im nächsten Moment galoppierte es über die Ebene davon. Sie spürte den Wind im Gesicht und hörte das Schwirren von Flügeln, als Perlhühner erschrocken vor ihr aufflatterten. Hinter ihr lachte Piet und rief ihren Namen, während er versuchte, sie einzuholen. Sie war so froh bei dem Gedanken, dass sie in nächster Zeit so viel mit ihm würde teilen können.

»Kurz nach Silvester eröffnen wir die Lodge«, sagte er, als sie wieder zurück im Haus waren und beim Frühstück saßen. »Anthony bringt uns die ersten Gäste.«

»Es ist ein Journalist aus Chicago dabei«, erklärte Anthony. »Er war schon einmal mit mir unterwegs und hat einen Artikel über die Safari geschrieben. Danach meldeten sich so viele Interessenten bei mir, dass ich völlig überfordert war.«

»Ich fahre morgen mit Simon hin.« Hannah strahlte begeistert. »Jetzt sind dort schon so lange die Tischler und Installateure zugange, und überall liegen Stromkabel herum wie Spaghetti. Ich habe die Nase voll von Baustellen und möchte jetzt endlich entscheiden, wie wir die Möbel, die Lampen und die Teppiche und all die anderen schönen Sachen verteilen, die ich jetzt schon seit Monaten sammle.«

»Schade, dass wir nicht bleiben können, um dir zur Hand zu gehen«, sagte Sarah. »Aber in ein paar Wochen komme ich wieder, und dann helfe ich dir, so gut ich kann. Die Briggs' können mir nicht viel bezahlen, aber die Arbeit macht bestimmt Spaß. Mit dem Auto braucht man von hier aus nur wenige Stunden zu ihrem Camp.«

»Ich wünschte, ich könnte dasselbe sagen, doch ich werde in Gedanken bei euch sein.« Camillas Lächeln wirkte gekünstelt.

»Vielleicht kannst du uns ja zu Weihnachten besuchen.« Hannah hatte die Verlorenheit in ihrem Blick bemerkt. »Oder zur Eröffnung. Als Vertreterin der Prominenz sozusagen. Ich wette, Anthonys Gäste würden beeindruckt sein. Sogar der Journalist aus Chicago. Und alle hiesigen Zeitungen würden darüber berichten.«

»Wenn ich mich jetzt nicht endlich aufraffe und nach Nairobi fahre, werde ich meine Gäste wieder verlieren.« Anthony stand auf. »Zeit für die Abreise. Mein Gepäck ist schon im Landrover. Es kann also losgehen.«

»Gut.« Piet erhob sich ebenfalls, und alle traten hinaus auf die Veranda. »Lars und ich haben zu tun. Ach, da bist du ja, Simon. Du und David könnt das Vorratslager putzen und eine Liste über die Dinge anlegen, die nachgekauft werden müssen.« Als er sah, dass die beiden jungen Männer feindselige Blicke wechselten, runzelte er die Stirn. »Macht es einfach. Und lasst keine alten Säcke oder *taka taka* herumliegen. Ich kann es auf den Tod nicht ausstehen, wenn man auf Schritt und Tritt über Müll stolpert.«

Der Abschied dauerte nicht lang. Camilla gab sich locker und gleichgültig.

»Hoffentlich bis November in London. Ich werde dich wirklich vermissen.« Anthony küsste sie auf den Mund und stieg in seinen Landrover. Im nächsten Moment war er in einer Staubwolke verschwunden. Es versetzte Camilla einen Stich ins Herz.

»Los, Camilla«, sagte Hannah. »Sarah will mit Piet nach einer lahmenden Stute sehen. Du kannst mir im Büro bei der Aktenablage helfen, und dann fahren wir mit Simon zur Lodge. Dort kannst du mir ein paar Tipps zur Möblierung geben. Die anderen kommen später nach.«

Von der Aussichtsplattform der Lodge aus beobachtete Camilla eine Herde Büffel, die über die Ebene trottete. Sie dachte an Anthony und daran, wie er das Knurren eines alten Bullen nachahmen konnte. Als ihr die Tränen in die Augen stiegen, straffte sie die Schultern und ging los, um sich nützlich zu machen. Simon wich Hannah nicht von der Seite, trug ordentlich Zahlen und Buchstaben in sein Notizbuch ein und zeichnete mit Kreide Möbelumrisse auf die Steinfußböden.

»Ich habe für jedes Zimmer eine Möbelliste gemacht, *Memsahib* Hannah«, sagte er in gepflegtem Englisch. »Während Sie weg waren, habe ich sie in Ihrem Büro auf der Schreibmaschine geschrieben.«

Hannah warf ihm einen überraschten Blick zu. Es ärgerte sie, dass er ohne Erlaubnis ihr Büro betreten und die Schreibmaschine benutzt hatte. Doch andererseits war sie erleichtert. Eine Sache weniger, um die sie sich kümmern musste.

»Ich kann schnell tippen«, verkündete Simon stolz. »Das habe ich in der Mission gelernt. Ich habe sogar eine Prüfung abgelegt.« Er zögerte einen Moment. »Sie wissen ja, dass ich auch die Grundlagen der Buchführung gelernt habe. Jetzt würde ich gerne ein richtiger Buchhalter werden, aber das dauert viele Jahre und kostet Geld.«

»Wenn die Lodge erst einmal läuft, können wir dich vielleicht in einem Kurs unterbringen. Arbeite nur weiter so fleißig, dann spreche ich mit *Bwana* Piet darüber.«

»Danke.« Er strahlte übers ganze Gesicht, aber dann verdüsterte sich seine Miene. »Doch ich weiß nicht, ob ich dafür klug genug bin.«

»Wenn du dich weiter so anstrengst, Simon, schaffst du es sicher. Und jetzt lass uns dieses Fenster ausmessen.«

Als Camilla sich umsah, wurde ihr klar, wie viel Liebe in

diesem Gebäude steckte. Piet hatte hier oben auf den Felsen eine lichtdurchflutete Oase der Ruhe geschaffen, die Blick auf das prachtvolle Land und das majestätische Gebirge bot. Piet, Hannah und Sarah hatten es verdient, hier glücklich zu werden. Und vielleicht würden Jan und Lottie eines Tages nach Hause kommen und stolz darauf sein, dass ihre Kinder das vor so langer Zeit von ihren Vorfahren begonnene Werk fortgesetzt hatten. Ob dann wohl auch Platz für Lars sein würde? Sie sah Hannah an, die gerade einen Lampenschirm an einem Fuß befestigte, der aus einem getrockneten Kürbis bestand.

»Gestern Abend ist mir aufgefallen, dass Lars offenbar eine Schwäche für dich hat«, meinte sie und lachte auf, als Hannah errötete. »Ach du meine Güte, Han, wenn deine Haut diesen dezenten Rote-Bete-Ton annimmt, siehst du fast aus wie Sarah.«

»Hat sie mit dir über Lars gesprochen?«

»Nein, ich habe es selbst bemerkt. Also, wie stehst du zu ihm?«

»Manchmal frage ich mich, wie es wäre, mit ihm zusammen zu sein.« Verlegen sah sie Camilla an. »Sarah meint, dass ich nur Angst habe, und da hat sie Recht. Dämlich von mir, nicht wahr? Dabei bin ich eine große, starke Farmerin, die eigentlich mit beiden Füßen auf dem Boden der Tatsachen stehen sollte. Aber so ist es nun mal.«

»Starksein hilft einem nicht weiter, wenn es um die Liebe geht«, erwiderte Camilla. »Wenn das Herz spricht, setzt der Verstand aus. Glaube mir, ich weiß es am besten.«

»Vielleicht mag ich ihn ja nur, weil sonst kein anderer in der Nähe ist«, entgegnete Hannah. »Ich arbeite Tag und Nacht und habe kein Geld, um mir in Nanyuki oder Nairobi ein schönes Leben zu machen. Deshalb bin ich wohl ein bisschen zur Einsiedlerin geworden. Außerdem rufen ständig Mädchen an und fragen nach ihm.«

»Ich wette, die sind keine Konkurrenz für dich.«

»Da bin ich nicht so sicher. Und da wäre noch etwas.« Hannah hielt nachdenklich inne. »Inzwischen weiß ich meine Unabhängkeit zu schätzen. Mehr als zwei Jahre habe ich im Süden verbracht, ständig über Pas Probleme nachgegrübelt und mir Sorgen um Ma gemacht. Inzwischen bestimme ich selbst über mein Leben und bin nicht mehr dafür verantwortlich, was andere Menschen empfinden oder ob sie glücklich sind. Und ich möchte, dass das so bleibt. Ich habe Angst, dass ich mich von Lars erdrückt fühlen könnte. Er ist meinem Bruder so ähnlich.«

»Für mich sind das alles nur faule Ausreden«, gab Camilla lächelnd zurück. »Mir kannst du nichts vormachen. Und jetzt gib mir diese Zeichnung und lass mich überlegen, wo der Tisch hin soll, bevor die anderen kommen.«

Der Abendstern ging auf, und in der Dämmerung kühlte die Luft rasch ab. Sie waren immer noch damit beschäftigt, im schwindenden Licht Viktor Szustaks Pläne zu entziffern, als sich auf der holperigen Straße die Scheinwerfer eines Autos näherten.

Während Lars mit Piet auf die Aussichtsplattform trat, hielt Sarah sich seltsamerweise abseits. Camilla nahm sie mit zu den anderen, die sich auf dem Balkon versammelt hatten.

»Wie gefällt dir die Aussicht, Lady Camilla?«, fragte Piet und ließ mit unverhohlenem Stolz den Blick über sein Reich schweifen.

»Sie wird jedem, der einmal hier war, unvergesslich bleiben«, erwiderte Camilla. »Dieser wundervolle Ort zieht einen magisch an. Meiner Ansicht nach hast du Großartiges geleistet.«

Sie saßen da, betrachteten die Sterne im Firmament und lauschten dem Wind und dem Summen der nächtlichen Insekten. Nur Sarah war schweigsam und starrte mit bedrückter Miene auf das Wasserloch. Piet drehte sich fragend zu ihr um.

»Du bist heute so still.«

»Manchmal höre ich einfach gern zu. Du solltest dich darüber freuen.«
Er lachte auf. Ob er womöglich nicht mehr wusste, dass sie sich erst vor kurzem hier geküsst hatten? Seitdem hatte sie geduldig darauf gewartet, dass er den nächsten Schritt machte. Sie hoffte auf irgendein kleines Anzeichen dafür, dass er sie liebte. Doch obwohl er sich im Lager oder bei ihren Ausflügen häufig neben sie gesetzt hatte, hatte er keine weiteren Anstalten unternommen, ihr Verhältnis zu vertiefen. Verzweifelt sehnte sie sich danach, dass er die Worte aussprach, die ihr Gewissheit geben konnten. Als sie die Lodge verließen, hielt Piet die Tür seines Landrover auf und bat Sarah einzusteigen. Während der Fahrt über die holperige Straße legte er ihr plötzlich die Hand aufs Knie.
»Ich bin froh, dass du bald zurückkommst«, sagte er. »Wir müssen über so vieles reden, wenn wir uns wiedersehen. Und zwar unter vier Augen.« Er wies nach oben auf den Berg. »Wir gehen zusammen hinauf und sprechen miteinander. Hoffentlich ist es bald so weit.«
Vor Glückseligkeit wurde ihr ganz schwindelig. Als Piet ihre Freude bemerkte, schmunzelte er und drückte kurz ihre Hand, bevor er seine Aufmerksamkeit wieder der Straße zuwandte.

»Wo ist Mwangi mit den Drinks? Und wo mögen nur die Hunde stecken?« Piet kam als Letzter ins Wohnzimmer, wo sie sich vor dem Abendessen versammelten. »Normalerweise hoffen sie doch immer, dass für sie etwas abfällt.«
»Lars ist zur Murray-Farm gefahren«, erwiderte Hannah. »Wahrscheinlich hat er sie mitgenommen.«
»Aber doch nicht alle«, wandte Piet ein. »Am besten, ich schicke Simon, um sie zu suchen. Oder ich gehe selbst.«
Im nächsten Moment hörten sie schwere Schritte auf dem Flur, der zur Küche führte. Die Tür flog auf, und Hannah starrte entgeistert die fünf Männer an, die plötzlich im Wohnzimmer

standen. Alle hatten *pangas* in der Hand, deren Klingen im Lampenlicht blitzten. Die Mienen der Eindringlinge waren finster und zornig, und sie schrien wild durcheinander. Als Piet sich nach dem Messer bückte, das er stets im Schaft seines Stiefels trug, stürzten sich zwei Männer auf ihn und überwältigten ihn im Handumdrehen, sodass er wenige Sekunden später hilflos am Boden lag. Entsetzt sah Hannah, wie einer der Männer mit der Machete das Telefonkabel durchschnitt. Dann kauerte er sich neben ihren Bruder und fesselte ihm Hände und Füße damit.

»Keinen Mucks«, sagte der Mann dann. »Wenn ihr schreit, töten wir euch. Schaut uns nicht an. Legt euch auf den Boden und wendet den Blick ab, sonst sterbt ihr. Nehmt Uhren, Armbänder und Ringe ab und gebt sie uns. Außerdem alles Geld, das ihr bei euch habt. Und die Waffen. Wir wollen Waffen. Du, *mama*, runter mit dem Schmuck.« Diese Worte waren an Camilla gerichtet, die gehorsam von ihrem Stuhl rutschte. Das Funkeln der Machete spiegelte sich in ihrem Gesicht.

»Wir haben keine Waffen im Haus. Sie sind draußen im Lagerraum«, stieß Piet zwischen zusammengebissenen Zähnen hervor, während sein Gegner ihm weiter das Gesicht gegen den Boden drückte.

Mit zitternden Händen versuchte Camilla ihren Schmuck abzulegen, doch ihre Finger wollten ihr nicht gehorchen. Eine bedrohliche Stimmung herrschte im Raum.

»Schneller, *mama,* sonst schneide ich ihn ab.«

Der Mann sprach mit leiser Stimme, hatte aber sein *panga* erhoben. Camilla schrie auf, als sie seinen wilden Blick bemerkte. Im nächsten Moment schlug er ihr mit der flachen Klinge auf die Schläfe, sodass eine Risswunde entstand. Das Blut lief ihr in die Augen, als sie ihm bebend den Schmuck reichte. Dann versetzte er ihr einen so heftigen Tritt, dass sie bäuchlings auf dem Teppich landete.

»Auf den Boden. Alle runter auf den Boden.«

Hannah presste die Hand vor den Mund, um ein Schluchzen zu unterdrücken, worauf der Mann ihr einen Schwall von Beschimpfungen auf Kikuyu entgegenschleuderte. Obwohl sie nicht jedes Wort verstand, spürte sie seinen Hass und sah, wie sehr er darauf brannte, jemandem Gewalt anzutun. Sie wich zurück und schützte den Kopf mit den Armen, als er sie auf den Boden neben Camilla und Sarah stieß. Die drei Mädchen zitterten vor Angst. Während ihnen die Hände auf dem Rücken gefesselt wurden, rechneten sie jeden Moment damit, die scharfe Klinge des Messers zu spüren.

Schließlich lagen sie nebeneinander auf dem Boden. Sarah bemerkte Piets wütende Miene und die Adern, die ihm an Stirn und Hals hervorgetreten waren. Im nächsten Moment griff der Anführer der Bande nach einem Perserteppich und warf ihn quer durchs Zimmer, sodass er, von einer Staubwolke begleitet, auf ihnen landete. Hustend verharrten sie, während sich Dunkelheit über sie senkte. Lange Zeit wagte Sarah nicht, sich zu rühren. Den Kopf zur Seite gedreht und die Augen geschlossen, lauschte sie den Geräuschen, während rings um sie das Haus verwüstet wurde. Bücher wurden aus den Regalen gerissen, und Glas zersplitterte auf dem Boden. In den Schlafzimmern wurden Kleidungsstücke und Bettwäsche aus den Holztruhen gezerrt, die vor so langer Zeit in der Hoffnung auf einen Neuanfang auf schwankenden Ochsenkarren in dieses wilde Land gebracht worden waren. Immer wieder hörten sie polternde Schritte auf den Stufen der Veranda, als die Banditen das ganze Haus ausräumten. Plötzlich fiel eine Wagentür ins Schloss, und Stimmen schrien durcheinander. War der Überfall nun vorbei? Doch dann kehrten die Männer zurück, und das Plündern ging weiter.

»Hilf mir, mich zu befreien«, flüsterte Piet. »Dir haben sie die Hände nicht so fest gefesselt, Hannah. Roll dich näher an mich heran und versuche, das Kabel abzukriegen.«

»Nein, wenn sie bemerken, dass du Widerstand leisten willst, werden sie dich bestimmt töten. Bleib einfach liegen, Piet. Bitte bleib liegen. Es ist unsere einzige Chance.« Hannah presste das Gesicht in seine Schulter, um ja kein Geräusch zu verursachen. Sie konnte ihr Zittern einfach nicht unterdrücken.

»Was ist mit unseren Angestellten?«, fragte Piet entsetzt und zornig. »Und den Hunden? Bestimmt haben sie die Hunde umgebracht!«

Sarah lag starr vor Angst neben ihm und betete, dass die Männer sie nicht jetzt, da sie gerade wieder Hoffnung gefasst hatten, doch noch töten würden. Sie drehte sich zu Camilla um, die reglos neben ihr verharrte.

»Wie geht es dir? Was ist mit deinem Kopf?«

»Es blutet noch«, flüsterte Camilla. »Aber keine Sorge. Bete nur, dass wir das überstehen. O Gott, sie kommen wieder. Bitte, lieber Gott, lass uns nicht sterben.«

Sie hörten Schritte im Zimmer. Dann wurde der Teppich weggerissen. Sie blinzelten, geblendet vom plötzlichen Licht.

»Aufstehen.« Einer der Männer versetzte Piet einen Tritt, drehte ihn auf den Rücken und zerrte ihn auf die Füße. »Du kommst mit und schließt den Raum mit den Waffen auf. Und Geld. Du hast einen Safe mit Geld. Bindet ihm die Beine los.«

»Nein, nein, er kann euch die Schlüssel geben. Bitte nehmt einfach nur die Schlüssel«, bettelte Hannah unter Tränen.

Aber die Männer achteten nicht auf ihr verzweifeltes Flehen. Hilflos musste sie mit ansehen, wie ihr Bruder stolpernd in die Nacht hinausgestoßen wurde. Lange Zeit war es totenstill im Raum, und die drei Mädchen hörten nichts außer ihrem eigenen flachen Atmen.

»O Gott, nein, bitte nehmt ihn mir nicht weg!« Die Hände immer noch auf dem Rücken gefesselt, wiegte Sarah sich hin und her. Ihr Kopf schlug gegen die Dielenbretter, als sie immer mehr von Angst geschüttelt wurde. »Bitte, lieber Gott, bring ihn wohlbehalten zurück. Bitte nimm ihn uns nicht. Bitte, bitte, lieber Gott, mach, dass ihm nichts geschieht. Sei gnädig

mit uns, ich flehe dich an. Und pass auf, dass ihm nichts zustößt.«
Neben ihr bebte Camilla vor Angst, und sie sah immer wieder Piet vor sich – lebendig, lachend und voller Tatendrang. Als sie den Mund öffnete, um ebenfalls um Gnade zu beten, schmeckte sie das Blut, das ihr immer noch über Gesicht und Lippen strömte. Hannah krümmte sich auf dem Boden zusammen und hatte die Ellenbogen fest an den Körper gepresst, um das Zittern zu unterdrücken. Plötzlich schrie sie auf, hob den Kopf und versuchte, unter dem schweren Teppich hervorzukriechen.
»Ich höre ein Auto«, stieß sie hervor. »Das könnte Lars sein.«
Der Lichtkegel der herannahenden Scheinwerfer gab ihnen wieder Hoffnung, und sie drängten sich eng zusammen. »Bestimmt ist er es, aber wir müssen ihn irgendwie warnen. Sie könnten …«
In diesem Moment knallte ein Schuss.
»O Gott. Wenn es zu einer Schießerei kommt, werden wir alle sterben. Sicher rechnet Lars nicht damit, dass sie zu fünft sind. O Gott, jetzt ist es aus und vorbei mit uns.« Hannah war außer sich vor Todesangst.
Draußen hallten weitere Schüsse durch die Nacht, gefolgt von Fußgetrappel und dem Aufheulen von Motoren. Türen fielen zu, Gänge wurden krachend eingelegt, und dann entfernten sich die Autogeräusche. Eine Ewigkeit blieb es totenstill, und in der grausig stillen Nacht war nicht einmal das Summen eines Insekts zu hören.
»Hannah?« Piets Atem ging stoßweise, als er hereingetaumelt kam und sein Messer zog, um die Mädchen zu befreien. Einen Moment klammerten sie sich aneinander, weinend vor Erleichterung und Entsetzen. »Lars ist schwer verletzt. Beeil dich, Han. Mein Gott, Camilla! Dein Gesicht … Mir war nicht klar, dass es so schlimm ist. Du blutest ja immer noch!«
»Das ist nicht so wichtig.« Camilla schob seine Hand weg.
»Also gut. Hannah, hol heißes Wasser und such saubere Tü-

cher – Bettlaken, Handtücher, irgendetwas. Wir müssen Lars rasch ins Haus schaffen. Die Angestellten waren in der Küche eingesperrt. Sarah, gib ihnen einen Schluck Brandy. Sie waren gefesselt und wurden von einem Mann mit einem *panga* bewacht. Simon habe ich auch gefunden. Sie haben ihn niedergeschlagen und im Büro eingeschlossen. Er hat eine große Beule am Kopf und ein paar Schnittwunden, weil er eine Scheibe eingeschlagen hat, um zu fliehen. Die Schweinekerle haben unsere Autos geklaut und alles aus dem Haus mitgenommen. Von den Hunden fehlt jede Spur. Ich fürchte, sie wurden vergiftet. Der Laster steht noch am Lagerhaus. Also werde ich Simon zu den Murrays schicken, um Hilfe zu holen. Außerdem soll er Dr. Markham anrufen.«

Lars lag in der Auffahrt. Sein Atem ging unregelmäßig. Er sah Hannah an und bemühte sich, ihr etwas zu sagen. Sie legte ihm den zitternden Finger an die Lippen.

»Pssst. Ganz still. Du musst deine Kräfte schonen. Piet holt Hilfe. Sie haben die Telefonleitung durchgeschnitten, deshalb wird es eine Weile dauern. Kannst du gehen, wenn ich dich stütze?«

Als er nickte, half Piet ihm auf die Füße. Lars stöhnte vor Schmerz auf und konnte das Gleichgewicht nicht halten. Die Kugel hatte ihm das Hemd zerfetzt, und unterhalb seiner rechten Schulter sickerte Blut hervor. Hannah betete, dass die Verletzung nicht allzu schwer war. Mit quälender Langsamkeit schleppten sie sich die Stufen hinauf ins Wohnzimmer, wo Sarah bereits einige Becken mit heißem Wasser und einen Stapel Tücher vorbereitet hatte.

»Mwangi und Kamau sollen das restliche Anwesen und die Arbeitersiedlung überprüfen. Wo ist Camilla?«

»Im Bad«, erwiderte Sarah. »Sie hat eine große Schnittwunde auf der Stirn. Ich kann nicht sagen, wie tief sie ist, weil sie noch blutet. Bestimmt muss sie genäht werden. Ich habe ihr geraten, Gaze und Watte darauf zu tun und sich hinzulegen. Sie war kurz vor dem Umkippen.«

Rasch betteten sie Lars aufs Sofa und polsterten alles mit Kissen und Handtüchern aus. Sein Gesicht war aschfahl, seine Lippen hatten sich bläulich verfärbt.
»Holt eine Schere«, befahl Hannah. »Wir müssen ihm das Hemd aufschneiden und die Blutung stillen. Außerdem braucht er etwas gegen den Schock und die Schmerzen. Piet, in meinem Badezimmer steht ein Erste-Hilfe-Kasten. Wenn sie den nicht auch geklaut haben.« Sie begann zu schneiden.
»Er zittert«, stellte Piet fest. »Wir müssen ihn unbedingt wach halten, damit er nicht in einen Schockzustand fällt. Die Murrays haben einen kleinen Flugplatz. Vielleicht kann man Lars ja noch heute Nacht nach Nairobi bringen.«
»Lars? Lars, mach die Augen auf. Sag etwas. Das ist zwar nicht sehr schön, aber du musst jetzt ein tapferer Junge sein.« Hannah wusste, dass diese Worte für einen Mann, der bei jedem Atemzug vor Schmerz zusammenzuckte und mit dem Brechreiz kämpfte, wie blanker Hohn klingen mussten. Sie reinigte die Umgebung der Einschussstelle, rollte eines der Handtücher fest zusammen und presste es so kräftig wie möglich auf die Wunde, um die Blutung zu stillen. Als er einen Schrei ausstieß, beugte Hannah sich vor und gab ihm einen Kuss auf die Stirn. Dann legte sie ihm einen strammen Verband um Brust und Schulter an und machte dabei beruhigende Geräusche, als wäre sie seine Mutter und er ein krankes Kind.
Der Erste-Hilfe-Kasten stand noch in Hannahs Badezimmer, und Sarah durchwühlte ihn hastig. »Morphium – vermutlich werden wir das brauchen. Und Beruhigungsmittel.«
Camilla saß auf einem Hocker vor dem Waschbecken und versuchte, die Blutung auf ihrer Stirn zu stoppen. Zwar presste sie sich einen Gazestreifen auf die lange Wunde, aber ihre Hände zitterten so sehr, dass sie ihn nicht festhalten konnte. Plötzlich beugte sich sich vor und übergab sich ins Waschbecken.
»Leg dich hin und beweg dich nicht.« Sarah half ihr in Hannahs Bett. »Hier ist ein sauberer Verband. Drück ihn fest auf

die Wunde, damit es aufhört zu bluten. Und rühr dich nicht vor der Stelle. Du kannst uns sowieso nicht helfen. Piet und Hannah kümmern sich um Lars. Und bald kommt Simon zurück und bringt Hilfe. Also ruh dich einfach aus.«

»Wird Lars wieder gesund?«

»Hoffentlich. Er verliert noch immer Blut und steht unter Schock. Wir wissen nicht, wie schwer er verletzt ist, aber meiner Ansicht nach muss er dringend in ein Krankenhaus.«

Camilla legte sich aufs Bett und streichelte das weiche Fell von Hannahs *karross*, um die Angst zu verscheuchen, die sie unerbittlich im Griff hielt. Die Wunde war tief, und sie wusste, dass sie genäht werden musste. Sicher würde sie eine Narbe zurückbehalten, die quer über ihre Stirn verlief. Womöglich würde sie ihr Gesicht ruinieren und das Ende ihrer Modelkarriere bedeuten. Eine plastische Operation musste her. War das in Nairobi überhaupt möglich, oder musste sie dafür umgehend nach London zurückkehren? Aber das spielte im Moment keine Rolle. Das Wichtigste war, dass sie alle noch lebten. Camilla versuchte sich zu beruhigen, aber der Gestank nach Gewalt und Blut hatte sich in ihrer Nase festgesetzt. Immer noch sah sie die Männer vor sich, wie sie ins Wohnzimmer stürmten, und das Aufblitzen der Klinge, die auf ihre Augen zusauste. Eine ohnmächtige Angst hatte sie ergriffen, als der erste Schuss gefallen war. Sie hatte schon befürchtet, dass Piet nicht mehr lebte. Während sie nun auf dem Bett lag, zitterten ihre Beine, ohne dass sie etwas dagegen tun konnte. Aber Piet war nicht tot, und sie sprach ein Dankesgebet in ihrer aller Namen. Dann hielt sie sich ruhig, bis ihr Kopf sich nicht mehr drehte und sie annahm, dass die Blutung aufgehört hatte. Schließlich setzte sie sich langsam auf. Es war besser, wenn sie zu den anderen ins Wohnzimmer ging, denn sie wollte nicht mehr allein sein – und zwar nie wieder im Leben.

Kapitel 14

Kenia, September 1965

Hannah war verstört und zornig. Böse Menschen waren ohne einen für sie erkennbaren Grund in ihr friedliches Zuhause eingedrungen. Sie vermisste die Hunde, die abends stets zu ihren Füßen gelegen und mit ihren weichen Schnauzen an ihrer Hand geschnuppert hatten. Am Tag nach dem Überfall hatten sie die Tiere in der Nähe des Tores gefunden, das von Lotties Garten ins offene Terrain führte. Man hatte ihnen die Kehlen durchgeschnitten, doch an den glasigen Augen und den grausig heraushängenden Zungen war zu erkennen, dass sie zuvor vergiftet worden waren. Schweigend hatte Piet eine Schaufel genommen und die Hunde beerdigt. Dann war er losgegangen, um den *watu* Anweisungen für den Tag zu geben, während Hannah ein paar Kleidungsstücke in einen Koffer stopfte. Piet hatte ein kleines Flugzeug gemietet, um Lars nach Nairobi ins Krankenhaus zu bringen. Die Mädchen sollten ihn begleiten. Der Abschied von Langani hatte nicht lang gedauert. Camilla war leichenblass und hatte mörderische Kopfschmerzen, Sarah wirkte wie unter Schock und sprach kaum ein Wort, und Hannah versuchte, nur an Lars und nicht an den Übergriff auf ihr Zuhause zu denken. Als sie sich am folgenden Abend im Garten des Hotels Norfolk versammelten, um einander Lebewohl zu sagen, war Hannah in Tränen ausgebrochen. Ihre allzu lange aufgestaute Trauer ließ sich nicht mehr zurückdrängen.

»Tut mir Leid«, sagte sie schließlich und wischte sich die geschwollenen Augen ab. »Aber ich habe solche Angst. Ich traue mich nicht mehr nach Hause und weiß nicht, was ich tun soll. Wie albern und feige von mir!«

Arm in Arm standen sie da, redeten einander gut zu und versprachen, sich bald wieder zu treffen. Dann straffte Hannah die Schultern, zog sich in die Hütte zurück, die sie miteinander geteilt hatten, und schloss die Tür. Sie wollte nicht mit ansehen, wie die anderen davonfuhren. Anschließend verbrachte sie noch einige Tage in Nairobi, um in Lars' Nähe zu sein, denn dieser musste sich von der Operation erholen. Wieder zu Hause, wünschte sie sich zurück an sein Krankenbett und hielt es kaum in ihrem eigenen Wohnzimmer aus. Die Angst drohte die Liebe zu ihrem Heim zu ersticken.
Die Rückfahrt nach Langani war in angespannter Stimmung verlaufen. Piet hatte darauf bestanden, sie abzuholen. Mit gezwungener Munterkeit pfiff er durch die Zähne, während sie nach Norden fuhren. Allerdings beobachtete er seine blasse Schwester, die stumm dasaß und aus dem Fenster starrte, mit zunehmender Besorgnis. Auf der Farm angekommen, stieg Hannah aus dem Wagen und begrüßte die Angestellten. Sie war fest entschlossen, mutig zu sein. Seite an Seite mit Piet würde sie alles tun, um ihr Erbe zu verteidigen. Ebenso wie ihre Urgroßeltern, ihre Großeltern und Jan und Lottie würde sie für ihr Zuhause und ihr Land kämpfen, auch wenn sie nicht wusste, ob sie den Anforderungen gewachsen sein würde. Sie ballte die Fäuste und betete um Standhaftigkeit.
Im Büro blätterte sie die aufmunternden Briefe von Freunden und Nachbarn durch, beantwortete einige davon und bezahlte ein paar dringende Rechnungen. Alle Zeitungen hatten von dem Überfall berichtet. Sie las die Artikel und heftete sie ab. Anschließend packte sie ihren Koffer aus und ging ins Wohnzimmer, wo Piet sie schon erwartete. Hannah setzte sich zu ihm und begann sogleich, über anstehende Erledigungen zu reden, um bloß keine Stille aufkommen zu lassen. Sie versuchte, nicht auf die Pistole auf dem Tisch neben ihrem Lehnsessel und auf das Gewehr zu achten, das an der Wand lehnte. Die Türen, die hinaus auf die Veranda führten, waren ver-

schlossen, sodass die gewohnten abendlichen Geräusche und Gerüche nicht mehr in den Raum wehen konnten. Die Atmosphäre im Zimmer war bedrückend, und dort, wo Lotties Bilder und Dekorationsgegenstände gewesen waren, klafften nun Lücken. Sie erschienen Hannah wie leere Augenhöhlen.

»Morgen bekommen wir wieder Besuch von der Polizei«, sagte Piet. »Jeremy Hardy möchte alles noch einmal mit uns durchgehen. Inzwischen sind alle Mitarbeiter vernommen worden. Hardy hat noch immer den Verdacht, dass die Täter einen persönlichen Groll gegen uns hegen oder einer radikalen politischen Gruppe angehören.«

»Das kann keiner unserer *watu* gewesen sein«, protestierte Hannah. »Alle haben Angst, das spüre ich ganz genau. Simon fürchtet, dass die Kerle zurückkommen könnten, und da ist er nicht der Einzige. Es würde mich nicht wundern, wenn er sich aus dem Staub macht.«

Bei dem Versuch, mit dem Auto Hilfe zu holen, hatte Simon einen Schlag auf den Kopf abgekriegt und eine Weile bewusstlos im Büro gelegen. Als der erste Schuss fiel, war er wieder zu sich gekommen und hatte mit einem Briefbeschwerer die Scheibe der Verandatür zertrümmert. Dabei hatte er sich Schnittwunden an den Händen zugezogen. Seit der tragischen Nacht sprach er kaum ein Wort, und sein sonst so fröhliches Gesicht wirkte fahl und furchtsam.

»Han, ich weiß, wie hart das alles für dich ist«, meinte Piet. Sie gab sich große Mühe, ihre Angst zu verbergen, doch ihm entging nicht, dass sie beim kleinsten Geräusch zusammenzuckte und ständig zwischen Tür und Fenster hin und her blickte. Ihre Hände umklammerten die Armlehnen des Sessels, den sie umgestellt hatte, um nicht mit dem Rücken zur Küchentür zu sitzen. »Lass uns Ma anrufen. Es wäre sicher gut, mit ihr zu reden.«

»Tut mir wirklich Leid. Wir müssen das einfach durchstehen«, meinte sie, beschämt über ihre eigene Schwäche. »Kümmere dich nicht um mich. Es ist meine erste Nacht zu Hause, und ich muss mich daran gewöhnen, dass hier etwas Schreckliches geschehen ist. Ich muss einen Weg finden, es zu vergessen.« Sie hielt inne. »Was hast du gerade gesagt?«

»Han, seit dem Überfall habe ich nicht mehr mit Ma und Pa gesprochen. Während du in Nairobi warst, habe ich es zwei Mal probiert, doch bei ihnen hat sich niemand gemeldet. Dann habe ich beschlossen, dass diese schlechte Nachricht auch noch ein wenig warten kann. Jetzt sollten wir es ihnen erzählen und sie fragen, ob sie nach Hause kommen wollen.«

Sie sah ihn an und stieß dann einen Jubelruf aus. Als er sie in den Arm nahm, waren beide den Tränen nahe.

»Ja, das wünsche ich mir mehr als alles andere.« Hannah kramte ein Taschentuch hervor. »Lass uns sofort anrufen.«

»Wir werden es schaffen, Schwesterherz.« Piets Stimme klang zuversichtlich. »Das kriegen wir schon hin.«

Dankbar sah sie ihn an, doch im nächsten Moment schlug sie die Hand vor den Mund. »Und Lars?«

»Da die Lodge bald eröffnet, werden wir ihn auf der Farm brauchen. Hoffentlich will er bleiben.«

Als Lottie an den Apparat ging, berichtete Piet ihr ausführlich von der albtraumhaften Nacht.

»Gott sei Dank ist dir, Hannah und Sarah nichts geschehen. Aber Camilla – das arme Mädchen hatte in seinem kurzen Leben bis jetzt nichts als Pech«, meinte Lottie. »Und dann auch noch Lars, der so viel für uns getan hat. Es sind schwere Zeiten, Piet.«

»Ma? Wann kommt ihr nach Hause?« Hannah riss ihrem Bruder den Hörer aus der Hand. »Ich kann es kaum erwarten.«

Lottie erkannte die Verzweiflung in der Stimme ihrer Tochter.

»Hannah, ich kann jetzt nicht kommen. Dein Vater fühlt sich nicht wohl, und ich darf ihn nicht allein lassen.«

»Damit meinst du sicher, dass er die ganze Zeit betrunken ist.« Hannah spürte, wie Bitterkeit in ihr aufstieg.

»Es tut mir Leid, Hannah. Er versucht sein Bestes, aber es ist nicht leicht hier. Außerdem nörgelt Kobus ständig an ihm herum, was alles noch viel schlimmer macht. Also muss ich momentan bei ihm bleiben. Vielleicht geht es ihm zu Weihnachten ja gut genug, dass wir beide kommen können.«

»Aber ich brauche dich jetzt! Bin ich denn gar nicht wichtig? Oder willst du mich für den Rest meines Lebens dafür bezahlen lassen, dass ich weggelaufen bin und dich mit ihm allein gelassen habe? Bitte komm nach Hause, Ma.«

»Oh, Hannah.« In Lotties Stimme schwang abgrundtiefe Erschöpfung mit. »Du musst das verstehen und noch eine Weile allein durchhalten. Manchmal geht es eben nicht anders.«

»Du kannst dir gar nicht vorstellen, welche Stimmung nach dem Überfall hier herrscht. Außerdem wissen wir nicht, ob und wann die Kerle wieder zuschlagen.«

»Ich komme, sobald es geht. Auch für mich ist das nicht leicht. In letzter Zeit geschehen schlimme Dinge in diesem Land. Meistens bin ich allein im Haus. Glaube mir, ich wäre lieber auf Langani.« Lotties Stimme zitterte, es klang fast wie ein Schluchzen. »Doch ich denke jeden Tag an dich und an Piet. Ich liebe euch.«

Ein Klicken in der Leitung, und das Gespräch war zu Ende. Als Hannah mit dem Hörer in der Hand dastand, wurde sie von Wut und Enttäuschung ergriffen. Piet, der ihre Verzweiflung spürte, legte wieder die Arme um sie. Doch beim Anblick ihres Gesichts blieben ihm die tröstenden Worte im Halse stecken. Den restlichen Nachmittag und Abend ließ er Hannah nicht mehr aus den Augen, verschob die Arbeiten im Gelände, die er eigentlich hatte erledigen wollen, und begleitete sie in die Molkerei und die Ställe.

»Vergiss nicht, dass ich im Nebenzimmer bin, falls du heute Nacht etwas brauchst«, sagte er, als sie vor dem Kamin ihr einfaches Abendessen einnahmen. »Du brauchst nur zu rufen, Schwesterherz. Mwangi und Kipchoge schlafen fürs Erste im

Haus. Ich habe neben der Speisekammer Pritschen für sie aufgestellt. Außerdem patrouillieren zwei von Jumas Söhnen das Gelände.«

»Ist es nicht wundervoll, dass wir unser Heim in eine Festung verwandeln müssen?«, höhnte Hannah. Doch als sie Piets Miene bemerkte, wurde ihr Tonfall versöhnlicher. »Ich weiß, es ist nur so lange, bis sie diese Dreckskerle schnappen«, fügte sie hinzu. »Es ist das Beste, ich gehe jetzt zu Bett.«

»Han, nimm das.« Piet reichte ihr einen geladenen Revolver. »Nur für alle Fälle. Vielleicht fühlst du dich dann sicherer. Du kannst ihn unter dein Kopfkissen legen.«

Wortlos griff sie nach der Waffe, ging in ihr Schlafzimmer und schloss die Tür hinter sich ab. Als sie endlich allein war, wurde sie von einem Ansturm der Gefühle überwältigt und sank auf dem Bett zusammen. Sie sehnte sich nach jemandem, bei dem sie sich anlehnen konnte, denn sie fürchtete, es nicht mehr allein zu schaffen. Sie kam sich schrecklich feige vor. Nachdem sie sich die Tränen getrocknet hatte, setzte sie sich in ihren Lieblingssessel. Doch schon im nächsten Moment sprang sie wieder auf, weil sie sich so dicht am Fenster bedroht fühlte. Bevor sie das Licht löschte, kramte sie hektisch eine Taschenlampe aus der Nachttischschublade hervor und schob sie neben die Pistole unter ihr Kopfkissen. Auch die Geräusche im Haus nahm sie jetzt anders wahr. Jedes Quietschen und Knarzen schien eine Gefahr anzukündigen. Schließlich schaltete sich wie immer der Generator ab, und die Lichter gingen aus, sodass Hannah in völliger Dunkelheit dalag. Um vier Uhr morgens war sie noch immer wach und so verkrampft vor Angst, dass ihr alle Glieder schmerzten. Sie fühlte sich wie auf einem Folterinstrument, das Körper und Verstand unbarmherzig streckte. Außerdem war sie wütend auf sich selbst. Wenn es ihr nicht gelang, sich an die neue Situation zu gewöhnen, ihren Alltag wieder aufzunehmen und in dem Bett zu schlafen, in dem sie in ihren einundzwanzig Lebensjahren den

Großteil ihrer Nächte verbracht hatte – dann hatten die Täter gewonnen. Und sie war fest entschlossen, sich nicht unterkriegen zu lassen. Endlich fiel sie in einen traumlosen Schlaf, aus dem sie erst wieder erwachte, als das Morgenlicht durch eine Ritze im Vorhang strömte. Wieder einmal stellte sie fest, wie überwältigend schön die Welt war.

Inspektor Jeremy Hardy traf kurz nach dem Frühstück ein. Sein gerötetes Gesicht verzog sich besorgt, als er Hannahs eingesunkene Augen und ihre Blässe bemerkte.

»Leider kann ich nichts Neues berichten«, verkündete er, nachdem man ihm eine Tasse Kaffee angeboten hatte. »Bis jetzt ist auf den anderen Farmen nichts Vergleichbares passiert. Also scheint es keinen politischen Hintergrund zu geben.«

»Vielleicht. Aber ich weiß, dass sich die Murrays, die Griffiths' und die Krugers Sorgen machen. Und ich gehe jede Wette ein, dass es zu weiteren Überfällen kommt, Jeremy, wenn Sie diese Mistkerle nicht schnappen.« Hannah wollte nicht wahrhaben, was er ihr mitzuteilen versuchte.

»Ich habe bereits mit Piet darüber gesprochen, und er hält meine Theorie für plausibel.«

»Welche Theorie?«, wollte Hannah wissen.

»Ihr Vieh wurde auf eine sehr eigenartige Weise getötet. Außerdem scheint jemand versucht zu haben, ganz in der Nähe der Lodge einen Brand zu legen. Und dann noch der Überfall auf Sie. All diese Taten waren direkt gegen Langani gerichtet. Deshalb könnten Sie es mit jemandem zu tun haben, der Ihnen persönlich eins auswischen will.«

»Aber wir hatten in letzter Zeit keine wirklichen *shauris*«, beteuerte Hannah. »Wir mussten nur einen betrunkenen alten Schäfer entlassen. Doch Piet hat ihm drei Monatslöhne Abfindung gezahlt, weil ihm der arme Narr Leid tat. Seitdem haben wir ihn noch ein paar Mal auf der Straße getroffen, natürlich sternhagelvoll, und er hat uns jedes Mal angegrinst. Ich kann mir nicht vorstellen, dass er sich an uns rächen will! Außerdem wäre er gar nicht in der Lage, Rinder und Hunde zu töten oder einen Überfall auf unser Haus zu planen. Das ergibt einfach keinen Sinn.« Müde presste sie die Finger auf die Augen.

»Sie könnten Recht haben«, meinte Jeremy. »Doch Sie wissen ja, wie diese Burschen sind. Eigentlich sind sie treu wie Gold, aber wenn sie sich auf irgendeine Weise betrogen oder benachteiligt fühlen, werden sie unberechenbar.«

»Diese Schweine waren Fremde«, sagte Piet. »Und nun haben sie zusätzlich zu ihren *pangas* auch noch zwei unserer Gewehre. Also muss man sie dingfest machen, bevor sie noch jemanden umbringen. Wir hatten Glück, dass Lars an diesem Abend unterwegs war und sie bei seiner Rückkehr überrascht hat. Er hätte ums Leben kommen können, denn die Kerle haben sogleich das Feuer auf ihn eröffnet. Setzen Sie ein paar zusätzliche Leute auf sie an, damit sie aus dem Verkehr gezogen werden.«

»Was haben Sie wegen der gestohlenen Waffen unternommen?«, fragte Jeremy.

»Ich habe neue gekauft, als ich Hannah in Nairobi abgeholt habe. Außerdem Munition. Ein teures Vergnügen, auf das ich gerne verzichtet hätte.«

»Vielleicht handelt es sich ja um Leute, die Sie beim Diebstahl von Drahtzäunen ertappt oder dabei erwischt haben, wie sie ihre Rinder ohne Erlaubnis auf Ihrem Land weiden ließen«, meinte Jeremy. »Doch ganz gleich, was dahinter steckt, wir tun unser Bestes, das verspreche ich Ihnen. Wie geht es übrigens Lars? Wir haben ihm eine Flasche Scotch geschickt, denn wir dachten, davon hat er mehr als von einem Blumenstrauß – falls die Krankenschwestern sie nicht stibitzen.«

»Er ist auf dem Weg der Besserung«, erwiderte Hannah. »In ein paar Wochen kommt er zurück, aber er wird sich noch eine Weile schonen müssen.«

»Sehr gut. Übrigens hat Maureen mir aufgetragen, Sie und Piet am Sonntag zum Mittagessen und zum Tennis einzuladen. Da Lars und seine mörderische Rückhand momentan außer Gefecht gesetzt sind, könnte ich ja zur Abwechslung mal einen Satz gewinnen.«

Hannah war ihm dankbar für den Versuch, das Gespräch auf ein alltägliches Thema zu lenken. »Ich weiß nicht, ob es dieses Wochenende klappt«, erwiderte sie. »Aber bald. Es würde mich freuen.«

Anthony rief an, denn er hatte die Nachricht in einer Lodge gehört, wo er mit einigen Gästen zum Mittagessen und für ein paar Runden im Pool Halt gemacht hatte.

»Soll ich für eine Nacht zu euch kommen?«, fragte er. »Meine Gäste könnte ich hier in Mara lassen.«

»Vielen Dank, aber es ist zu weit«, antwortete Hannah. »Du wärst den ganzen morgigen Tag auf dieser schrecklichen Straße unterwegs und müsstest vor Morgengrauen aufstehen, um zurückzufahren. Das wären neun oder zehn Stunden Fahrt. Danke für dein Angebot, aber wir schaffen das schon.«

»Hättest du etwas gegen einen Gast einzuwenden?«, erkundigte sich Piet eine Woche später. »Viktor würde gern vorbeikommen und sich alle Möbel ansehen, bevor wir sie von der Schreinerei ins Hotel bringen. Falls noch etwas ausgebessert werden muss, wird er sich darum kümmern.«

Hannahs Stimmung hellte sich schlagartig auf. Viktor würde ihr helfen, ihre Ängste zu vergessen, und sie mit seinen Kapriolen, neuen Ideen und seltsamen Gedichten ablenken. Ihm zu Ehren vertauschte sie ihre Jeans mit einer italienischen Wollhose und einer Seidenbluse, die sie von Camilla hatte. Piet musterte sie verblüfft, als sie vor dem Abendessen ins Wohnzimmer kam. Sie hatte ihr Haar zu einem französischen Knoten aufgesteckt und Lippenstift und Lidschatten benutzt, der ihre Augen hell erstrahlen ließ. Viktor sprang auf und küsste ihr die Hand, worauf sie ihn ein wenig befangen ansah. Sein rabenschwarzes Haar lockte sich über den Hemdkragen, und eine Zigarre baumelte zwischen seinen Lippen. Eine große Nase und dichte schwarze Augenbrauen beherrschten sein Gesicht, was ihn ein wenig wie ein Raubvogel wirken ließ. Zu beiden Seiten seines üppigen und sinnlichen Mundes verliefen tiefe Falten.

»Du bist wunderschön«, verkündete er, während er weiter ihre Hand festhielt. »Wie eine Kriegerkönigin. Sonnengebräunt, kraftvoll und majestätisch. Später werde ich ein Gedicht rezitieren, das genau beschreibt, wie du heute aussiehst. Aber vorher musst du mir beim Essen erzählen, was du in letzter Zeit getrieben hast.«

Zu ihrem Erstaunen gelang es Hannah, ihm die Vorfälle auf der Farm zu schildern. Sie erzählte, wie sie sich in die Arbeit geflüchtet hatte, um die traumatischen Ereignisse zu verdrängen. Während sie, endlich einmal in gelöster Stimmung, ihren Tagesablauf beschrieb, saß Piet schweigend daneben und war froh, seine Schwester im angeregten Gespräch und mit leuchtenden Augen zu sehen. Viktor lauschte, hakte hin und wieder nach und zeigte sich an allem interessiert, was sie sagte. Hannah fühlte sich geschmeichelt. Er hatte sie als schöne Kriegerkönigin bezeichnet. Also war sie doch nicht nur ein kräftig gebautes Burenmädchen, dessen Lebensaufgabe es war, für Männer wie Willie Kruger und seinen Bruder oben in Eldoret Kinder zu gebären. Hier war ein Mann, der in Europa studiert hatte, ein Dichter und Architekt, der in Nairobi zur besseren Gesellschaft gehörte und ihr nun den Hof machte. Gebannt blickte sie in seine schwarzen verführerisch blitzenden Augen.

»Aber du kannst doch nicht ständig arbeiten«, sagte er gerade. »Du musst dir auch Zeit nehmen, zu lachen und dich zu amüsieren und nicht immer so ernst zu sein. Ich werde dir zeigen, wie das geht.«

»Im Moment ist das keine gute Idee«, protestierte Hannah

schmunzelnd. »Mir brennen die Augen, und ich muss jetzt ins Bett.«
»Geht mir ebenso«, meinte Piet. »Gleich morgen früh gehen wir in die Schreinerei und sehen uns die Tische und Stühle an. Gute Nacht.«
»Der Generator schaltet sich in etwa zwanzig Minuten ab«, warnte Hannah. »Also musst du in deinem Zimmer die Laterne anzünden.«
»Mehr Licht als dich brauche ich nicht. Du könntest ganz Langani erleuchten.« Viktor stand auf und küsste sie auf die Wange. »Gute Nacht. Danke für eure Gastfreundschaft.«
Am Morgen besichtigten sie die von Viktor entworfenen Möbelstücke. Der Architekt besaß die Fähigkeit, seine Vorstellungen in einfachen Worten zu erläutern und die Handwerker zu Höchstleistungen anzuspornen, indem er ihnen kluge Anregungen gab und ihre Fehler taktvoll und mit Humor korrigierte. Hannah war enttäuscht, als er erklärte, dass er nicht zum Mittagessen bleiben könne.
»Ich hatte einen Anruf aus Nairobi«, sagte er. »Mein großes Talent wird heute Nachmittag dort gebraucht, und zwar in einer ziemlich langweiligen Sitzung. Aber wenn du möchtest, komme ich wieder.«
Ein Brief von Sarah traf ein. Sie hatte ihren Eltern noch nicht mitgeteilt, dass sie nach Kenia zurückkehren wollte, um bei den Briggs' zu arbeiten. Allerdings wusste sie, dass sie diese Eröffnung nicht mehr lange hinausschieben konnte, und fürchtete sich vor ihrer Reaktion. Von Camilla gab es keine Nachrichten. Vermutlich beschäftigte sie zurzeit hauptsächlich die Frage, ob eine Narbe in ihrem Gesicht zurückbleiben würde. Dennoch hoffte Hannah, dass sie George Broughton Smith bald um Unterstützung für Langani bitten würde. Sie gaben bereits zu viel Geld für zusätzliche Wachleute aus. Außerdem mussten weitere Zäune errichtet und mehr Wildhüter zum Schutz gegen Wilderer eingestellt werden. Piet verbrachte den

ganzen Tag auf der Farm oder auf der Baustelle, während Hannah über der Buchhaltung brütete und nach Mitteln und Wegen suchte, um die Kosten für die Innenausstattung der Lodge zu drücken. Nachts fand sie noch immer kaum Schlaf. Schon beim kleinsten Geräusch starrte sie ängstlich in die Finsternis und sah in jedem Schatten eine Bedrohung, die ihr das Blut in den Adern gefrieren ließ. Deshalb war sie erleichtert, als sie endlich nach Nairobi fahren und Lars aus dem Krankenhaus abholen konnten.

»Mir geht es prima«, verkündete Lars, offensichtlich froh, wieder nach Hause zu dürfen. Nachdem Hannah ihm in Langani aus dem Wagen geholfen hatte, umarmte sie ihn. Piet klopfte seinem Freund auf den Rücken und bat Mwangi, ihnen kaltes Tusker-Bier zu bringen.

Am Nachmittag fuhren sie zur Lodge und über die Farm, wobei Piet Lars über jüngst erzielte Fortschritte und neu aufgetretene Probleme informierte. Als Hannah später ins Büro kam, sah er dort gerade die Bücher und Bestelllisten durch.

»Du hast uns das Leben gerettet, Lars. Das werde ich dir nie vergessen«, begann sie.

Er spürte, dass sie noch etwas auf dem Herzen hatte. Sie aber stockte, überlegte es sich dann anders und wandte sich ab, um einen Papierstapel durchzublättern.

»Was wolltest du mir denn noch sagen?«, fragte er. Sie schüttelte den Kopf, doch er ließ nicht locker. »Mach den Mund auf. Es ist wichtig, dass du offen zu mir bist.«

»Hast du geglaubt, du müsstest sterben?«, flüsterte sie. »Hattest du Angst, Lars? Ich habe mich so gefürchtet, und jetzt komme ich einfach nicht mehr in den Tritt. Manchmal liege ich nachts wach und höre draußen ein Rumoren … den Wächter oder einen Buschschliefer, der über die Veranda huscht. Eigentlich kenne ich diese Geräusche, aber trotzdem fange ich an zu zittern, ohne dass ich etwas dagegen tun könnte. Ich weiß nicht mehr, was ich machen soll. Aber ich will nicht, dass Piet

mitkriegt, welche Angst ich habe und dass ich so überempfindlich geworden bin.«
Er streichelte ihr das goldblonde Haar, als wolle er ein kleines Kind trösten. »Das geht vorbei, Hannah. Die Zeit heilt alle Wunden. Außerdem bin ich ja jetzt hier, um dir zu helfen, wenn du Angst hast. Vielleicht kommen Lottie und dein Vater auch bald wieder.«
»Darauf würde ich mich nicht verlassen«, erwiderte Hannah. »Außerdem haben wir unser Kreditlimit fast erreicht. Wir haben weniger Milch zu verkaufen und brauchen zusätzliche *watu* und Geld, um die Lodge fertig zu stellen. Ich weiß nicht, wie wir das schaffen sollen.«
»Wir werden diese Krise überstehen und gestärkt daraus hervorgehen«, entgegnete Lars.
Als Hannah ihn ansah, bekam sie neuen Mut. Bis jetzt hatte sie gar nicht geahnt, wie feinfühlig er war. Für sie war er eben Lars gewesen, der Verwalter ihres Bruders, der immer alles besser wusste. Doch während seiner Abwesenheit war ihr klar geworden, wie wichtig er für die Farm war, besonders jetzt, da die Eröffnung der Lodge bevorstand. Außerdem hatte Lars sie aufgemuntert und getröstet wie ein wahrer Freund. Nun würde würde auch sie behutsamer mit ihm umgehen. Alles andere würde die Zeit bringen.
Am folgenden Wochenende kehrte Viktor zurück. Aus Nairobi brachte er französischen Wein, Champagner und eine Kühlbox mit frischem Hummer mit, die ein dankbarer Kunde am Morgen von der Küste geschickt hatte.
»Ich glaube nicht, dass Kamau weiß, wie man Hummer zubereitet«, meinte Hannah.
»Dann erledigen wir das eben gemeinsam. Ich gehe in die Küche und helfe ihm.«
Hannah war nicht sicher, ob der alte Koch davon begeistert sein würde. Doch Kamau zeigte sich hoch erfreut und war stolz darauf, Viktor in seinem Reich herumführen zu können.

Das Abendessen verlief in ausgelassener Stimmung. Lars beobachtete, wie Hannahs Wangen sich röteten und ihre Augen unter dem Einfluss des Weins und der Komplimente zu funkeln begannen. Eifersucht beschlich ihn, und er wurde immer brummiger und missmutiger. Piet fragte sich, wieso er Lars' Gefühle für Hannah nicht früher bemerkt hatte. Währenddessen rezitierte Viktor Gedichte der Romantik und seine eigenen Werke.

Als Lars am nächsten Morgen Ausschau nach Hannah hielt, erfuhr er, dass sie früh aufgestanden und mit Viktor zur Lodge gefahren sei. Verärgert überlegte er sich, ob er ihnen folgen sollte. Aber vielleicht war Piet ja auch dort und würde Hannah im Auge behalten. Alle kannten die Geschichten über Viktors Eroberungen und seine ausufernden Trinkgelage in Nairobi und Nanyuki. Der Mann war zwar amüsant und ein anregender Gesprächspartner, doch Lars durfte auf keinen Fall zulassen, dass er auch Hannah den Kopf verdrehte. Schließlich steckte sie zurzeit in einer emotionalen Krise. Für einen Mann, der nichts mit der Farm und ihren Problemen zu tun hatte und aus einer schnelllebigen Glitzerwelt kam, würde es deshalb ein Leichtes sein, sie zu beeindrucken und zu verführen. Lars überlegte, wie er sie taktvoll warnen sollte, ohne seine Befürchtungen direkt auszusprechen. Doch Andeutungen und schöne Worte waren nicht sein Fall, und so fiel ihm kein Weg ein, dieses Thema anzuschneiden. Schließlich wollte er sie nicht verärgern – und sie sollte ihm nicht anmerken, wie erbost er selbst war.

Als Viktor am dritten Wochenende hintereinander erschien, konnte auch Piet mit seiner Besorgnis nicht mehr hinter dem Berg halten.

»Hannah, es ist ja nett, wenn Viktor uns gelegentlich besucht«, meinte er. »Er ist amüsant und in kleinen Dosen gut verträglich. Aber sei auf der Hut. Was Frauen angeht, hat er einen gewissen Ruf ...«

»Mach dich doch nicht lächerlich«, fiel Hannah ihm ins Wort. »Er arbeitet an einer neuen Lodge in Aberdares und hat auch eine Baustelle in der Nähe von Samburu. Also ist es viel praktischer für ihn, hier zu übernachten, statt nur für das Wochenende den ganzen weiten Weg nach Nairobi zu fahren. Außerdem kümmert er sich um die letzte Bauphase unserer Lodge, ohne dass es dich etwas kostet.«

»Zugegeben, er ist ein ausgezeichneter Architekt, der für seinen Beruf lebt. Aber lass dich nicht auf ihn ein, Han. Was das andere Geschlecht betrifft, kann man ihm nicht über den Weg trauen.«

»Du meine Güte, Piet!« Hannah knallte einen Aktendeckel auf den Tisch. »Ich lasse mich mit gar niemandem ein. Viktor bringt mich zum Lachen, wenn er hier ist, und das finde ich schön. Tag und Nacht mühe ich mich ab, damit hier alles funktioniert. Da brauche ich ein wenig Abwechslung. Außerdem bin ich keine Unschuld vom Lande, die auf den erstbesten Kerl hereinfällt.« Als sie sein entsetztes Gesicht bemerkte, musste sie grinsen. »Sei kein Frosch, Piet. Schließlich sind die ›Swinging Sixties‹ auch an Nanyuki nicht spurlos vorbeigegangen. Mädchen tragen keine Keuschheitsgürtel mehr, und es ist kein Verbrechen, ein bisschen Spaß zu haben. Also lassen wir jetzt dieses Thema und machen uns wieder an die Arbeit.«

Piet seufzte. Seine Schwester konnte entsetzlich stur sein, und offenbar hatte er die falsche Methode gewählt, um sie vor Viktor zu warnen. Nun konnte er nur hoffen, dass der Mann Hannah und die Farm bald satt haben und weiterziehen würde, bevor noch ein Unglück geschah. Aber es dauerte nicht lange, bis Viktor wieder anrief.

»Ich bin in Nanyuki«, sagte er zu Hannah. »Und da habe ich mir gedacht, ich könnte mal nach euch schauen. Ich habe Bauarbeiter, Wälder, Hoteldirektoren und Fristen gründlich satt und brauche dringend eine Abwechslung, falls ich bei euch willkommen bin.«

Nachdem sein Wagen mit dröhnendem Motor in die Auffahrt eingebogen war, sah Hannah zu ihrem Erstaunen, dass er einen großen, in ein Stück Sackleinen gewickelten Gegenstand aus dem Kofferraum nahm. Sie rief Mwangi, damit er half, ihn ins Haus zu tragen, und trat dann einen Schritt zurück, während Viktor die Hülle entfernte. Es war eine Bronzeskulptur, die einen anmutigen muskulösen Leoparden auf einem Baumstamm darstellte.

»Ein wunderschönes Stück«, sagte sie. »Was hast du damit vor?«

»Es ist von einem Freund in Nairobi«, erwiderte er. »Ich habe es mitgebracht, weil ihr es unbedingt kaufen müsst. Für die Lodge. Auf dem großen Tisch mitten im Salon wird es großartig wirken.«

Hannah war sofort einverstanden, und als Piet und Lars aus den Werkstätten kamen, führte sie sie sofort ins Wohnzimmer, um ihnen die Skulptur zu zeigen.

»Phantastisch«, meinte Piet. »Doch wir können sie uns nicht leisten. Der Bildhauer heißt Martin Voormann, und seine Arbeiten sind sehr teuer. Wir haben zurzeit nicht so viel Geld.«

»Aber ich habe Viktor schon gesagt, dass wir sie kaufen werden«, entgegnete Hannah. »Er hat Recht, wenn er sagt, dass wir für diesen großen Raum eine wirklich gute Statue brauchen. Er wird dadurch eine völlig andere Note bekommen. Außerdem kenne ich unsere finanzielle Lage wohl am besten. Ich will die Statue behalten.«

»Kommt nicht in Frage.« Piet ließ sich nicht beirren. »Er muss sie wieder nach Nairobi mitnehmen oder an jemand anderen verkaufen.«

Hannah war die Situation schrecklich peinlich. »Ich lasse meine Entscheidungen nicht so einfach von dir umwerfen«, widersprach sie. »Schließlich bin ich für die Ausstattung der Lodge zuständig. Ich habe alle Vorhänge, Kissen und Bettüberwürfe genäht und kostenlos alte Kunstdrucke und Gemälde gesammelt. Aber jetzt will ich diese Statue haben. Sie strahlt Kraft und Schönheit aus, und ich möchte sie behalten. Gefällt sie dir nicht auch, Lars?«

»Eine ausgezeichnete Arbeit, das muss ich zugeben. Doch ich denke, du solltest auf Piet hören.«

»Meiner Ansicht nach ist das mein Zuständigkeitsbereich, und ich werde mir nicht von euch beiden hineinreden lassen. Ich bin durchaus in der Lage, so etwas selbst zu entscheiden.«

»Sei nicht kindisch, Hannah. Wir können uns so einen Luxus nicht leisten.«

»Ich habe die Ausgabe bereits ins Kassenbuch eingetragen und Viktor einen Scheck gegeben«, entgegnete sie.

»Das war unverantwortlich von dir, um es milde auszudrücken«, sagte Piet wütend.

»Unverantwortlich? Du wagst es, mir so etwas vorzuwerfen, nachdem ich rund um die Uhr für deine Lodge geschuftet habe? Jeden Penny habe ich zweimal umgedreht. Und jetzt machst du mir wegen eines einzigen Kaufs die Hölle heiß! Tja, ich werde die Statue nicht mehr hergeben und auch nicht zulassen, dass du mich vor Viktor blamierst, indem du den Scheck von ihm zurückverlangst. Also hört auf, mich zu bedrängen, sonst werdet ihr es noch bereuen.«

Mit hochrotem Gesicht marschierte Piet zur Tür hinaus. Lars stand auf der Schwelle und musterte Hannah schweigend.

»Du brauchst nichts mehr zu sagen.« Hannah betrachtete ihn kühl. »Es ist schon spät, und ich muss mich zum Abendessen umziehen. Entschuldige mich.«

Sie drängte sich an ihm vorbei und eilte in ihr Zimmer, wo sie einen tief ausgeschnittenen Pullover und dazu einen sehr kurzen Rock heraussuchte. Als Viktor, elegant und teuer gekleidet, zum Abendessen erschien, fiel die Begrüßung nicht sehr freundlich aus. Er brachte ein französisches Parfüm für Hannah und ein Gedicht mit, das er angeblich eigens für sie geschrieben hatte. Lars sah zu, wie sie sich auf dem Sofa zurücklehnte, die Geschenke entgegennahm, sich von Viktor auf die Wange küssen ließ und ein wenig zu lange seine Hand festhielt. Als er mit dem Finger über ihren Arm strich, erschauderte sie leicht und warf ihm einen schmachtenden Blick zu. Beim Abendessen spürte Piet das Knistern, das in der Luft lag. Es herrschte eine angespannte Stimmung zwischen ihnen, die nur Viktor nicht zu bemerken schien. Lars verzichtete auf den Kaffee und flüchtete ins Büro, wo er die Tür schloss, um alles auszusperren, was er nicht sehen und hören wollte.

»Bleib nicht zu lange auf, Hannah.« Nur widerstrebend verließ Piet eine Viertelstunde später den Raum, da er beim besten Willen die Augen nicht mehr offen halten konnte. »Hast du vergessen, dass ich morgen nach Nairobi muss? In ein paar Tagen bin ich wieder zurück und bringe die Ersatzteile für den Traktor und den Sisalteppich mit, den du bestellt hast. Du hast hier auch jede Menge zu tun.«

»Da gibt es nichts, was nicht auch einen Tag warten könnte«, entgegnete Hannah trotzig. »Schließlich gehe ich nur selten spät zu Bett, und ich freue mich, dass wir heute Besuch haben. Wenn ich einmal einen Tag morgens nicht früh aufstehe, wird die Farm schon nicht gleich untergehen. Immerhin haben wir einen Verwalter.«

Nachdem Mwangi die Kaffeetassen abgeräumt hatte, setzte sich Viktor dicht neben Hannah aufs Sofa. Sie gab keinen Laut von sich, als er mit dem Finger über ihr Gesicht strich und ihre Augenbrauen und ihren Mund berührte, bis sie eine Gänsehaut bekam. Als er sich vorbeugte, um sie zu küssen, erstarrte sie. Wollte sie das wirklich? Dann jedoch legte sie ihm die Arme um den Hals, öffnete die Lippen und gab sich seinem Kuss hin. Seine Hände glitten über ihren Körper und liebkosten sie geschickt, sodass wohlige Schauer durch ihren Körper rieselten. Noch nie hatte sie jemand so berührt. Sie wich zurück, voller Angst vor dem, was geschehen konnte.

»Viktor«, stieß sie atemlos hervor. »Hier geht es nicht. Nein. Ich wollte nur sagen, dass ich nicht weiß, was ich will. Viktor, hör mir zu …«
Doch er brachte sie zum Schweigen, indem er aufstand und sie an sich zog.
»Ich will dich lieben«, flüsterte er ihr ins Ohr, und es war, als flösse elektrischer Strom durch ihre Adern. »Es ist die Zeit der Freude. Komm. Es ist Zeit.«
Er nahm sie bei der Hand und führte sie ins Gästezimmer, wo er die Tür schloss. Abermals küsste er sie, und sie schmiegte sich an ihn, als er sie zum Bett trug. Ihre Sehnsucht nach ihm war stärker als ihre Angst. Er löste ihr Haar und fuhr mit den Fingern hinein, sodass es sich über das Kissen breitete. Als er ungeduldig an ihrer Bluse nestelte, zog sie die restlichen Sachen selbst aus, denn sie wollte, dass er sie nackt sah. Ihre Scheu war wie weggeblasen, als er ebenfalls die Kleider ablegte und sie auf den Boden warf. Sie strich ihm mit den Händen über Brust und Bauch und zog ihn auf sich. Es gelang ihr nicht, einen Aufschrei zu unterdrücken, als er sie küsste, sich im Gleichtakt mit ihr bewegte und eine ungeahnte Begierde in ihr auslöste. Danach lagen sie in der Dunkelheit. Er ließ den Finger über ihren Bauch und die weiche Haut an der Innenseite ihrer Schenkel gleiten, und später liebte er sie noch einmal, diesmal langsamer und sanfter. Hannah fühlte sich wie auf einer Wolke der Glückseligkeit. Sie fragte sich, ob ihr Körper zerfließen würde, sodass sie nie wieder in die vertraute Alltagswelt zurückkehrten konnte.

Es dämmerte, und der rotgoldene Himmel schien Hannahs Glücksgefühl widerzuspiegeln. Es war der schönste Morgen, an den sie sich erinnern konnte. Viktor schlief noch, und eine Weile betrachtete sie ihn. Sein Haar war pechschwarz, und sie mochte es, wie es ihm in die Stirn fiel. Seine Haut, die zwischen den zerwühlten Laken hervorlugte, schimmerte sonnengebräunt. Sie küsste ihn zart, um ihn nicht zu wecken, schlüpfte

dann hinaus und schlich sich durchs Haus in ihr eigenes Zimmer. Hoffentlich hatten die Angestellten nichts bemerkt.
Erst als sie hörte, wie Piets Wagen sich in Richtung Nairobi entfernte, ging sie zum Frühstück. Mwangi teilte ihr mit, *Bwana* Lars sei früh aufgebrochen und werde erst spät zurückkommen. Hannah bestellte Toast und Kaffee und stellte fest, dass sie großen Hunger hatte. Das Essen schmeckte ihr so gut wie nie, und sie musste ständig an Viktor denken. Am liebsten wäre sie in sein Zimmer gegangen und hätte sich ausgezogen, damit sie sich wieder lieben konnten. Doch sie wusste, dass sie hier auf ihn warten musste. Also blieb sie ungeduldig auf ihrem Stuhl sitzen und fragte sich, ob er sie wieder so ansehen würde wie letzte Nacht. Als sie seine Schritte hörte, wurde ihr ganz flau. Doch er trat hinter ihren Stuhl, legte ihr die Hände auf die Schultern und ließ dann die Finger leicht über ihre Bluse gleiten, um ihre Brüste zu liebkosen. Die Knie wurden ihr weich, und sie war froh, dass sie nicht aufstehen musste. Als Mwangi hereinkam, um die Frühstücksbestellung entgegenzunehmen, wusste sie nicht, ob er sie besonders forschend musterte oder ob sie sich das nur einbildete.
Den Tag verbrachten sie mit einem Picknickkorb, Ferngläsern und Angelruten am Fluss. Am Ufer wimmelte es von Vögeln, und sie beobachteten eine Horde Colobusäffchen, die über ihnen durch die Baumwipfel flitzten, sodass ihr schwarzweißes Fell wie Flügel hinter ihnen herwehte. Als Hannah das Knurren eines Leoparden hörte, klammerte sie sich in gespielter Furcht an Viktor. Er küsste sie und schob die Hand unter das Taillenbündchen ihrer Jeans, um ihre Begierde erneut zu entfachen. Verborgen zwischen den Bäumen am Ufer liebten sie sich. Später brachte er sie zum Lachen, als er versuchte, Forellen zu fangen, und dabei mehr mit dem Köder und der Angelschnur kämpfte. Immer wieder verhedderte sie sich im Geäst. Als er dennoch eine dicke Regenbogenforelle fing, war das eher Zufall. Hannah brachte es auf zwei.

Als sie zum Haus zurückkehrten, saß Lars am Schreibtisch. Eifersucht und Trauer lagen in seinen Blick. Sie bekam Mitleid mit ihm. Er hielt die Hände verschränkt und wirkte auf den ersten Blick ganz ruhig. Doch sie bemerkte, dass seine Finger ineinander verkrampft waren, sodass die Nägel sich unter dem Druck weiß verfärbten.
»Wie läuft es so?«, fragte sie so beiläufig wie möglich.
»Viel zu tun.«
»Ich habe Kamau gesagt, dass wir gegen neun essen.«
»Das ist sehr spät«, erwiderte Lars. »Sonst essen wir doch immer um acht. Ich habe einen langen Tag hinter mir.«
»Viktor hat sich hingelegt, und ich muss noch duschen.«
»Ach, wenn Viktor schläft, wollen wir ihn natürlich nicht stören«, höhnte Lars. »Entschuldige bitte, ich muss nach dem Generator sehen. Vorhin gab es Probleme damit. Das heißt, dass ich vermutlich nicht in italienisches Leinen gehüllt und nach Rasierwasser duftend bei Tisch erscheinen werde. Ich hoffe, ich bin trotzdem erwünscht.«
»Sei doch nicht albern, Lars«, entgegnete sie, verärgert über seinen Ausbruch. »Du benimmst dich kindisch, weil ich den Tag mit Viktor verbracht habe und es dir nicht passt, dass sich das Abendessen verschiebt. Du und Piet, ihr beide seid wie ein altes Ehepaar. Aber ich hatte einen schönen Tag. Zum ersten Mal seit langem habe ich mich wieder amüsiert, und ich werde mir das nicht von dir vermiesen lassen.«
Beim Essen war Lars schweigsam. Auf Viktors Fragen gab er nur einsilbige Antworten. Und er sah Hannah nicht an, als sie ihm eröffnete, dass sie und Viktor die Forellen, die Mwangi gerade servierte, selbst gefangen hatten.
»Es ist wunderschön am Fluss«, ergänzte Viktor. »Eine Idylle, wie Shakespeare sie sich für seine Waldszenen erträumt hätte. Piet und ich hatten zunächst erörtert, ob wir die Lodge dort bauen sollten. Aber der *kopje* bietet so eine wundervolle Aussicht, obwohl wir das Wasser hinaufpumpen müssen.«

»Also habt ihr den Tag am Fluss verbracht?« Lars bemühte sich, Konversation zu betreiben.
»Ja. Es ist wirklich traumhaft dort«, erwiderte Viktor. »Es fällt mir schwer, mich davon loszureißen. Überhaupt möchte ich nie mehr aus Langani fort. Aber morgen muss ich in aller Frühe los.«
»Ich dachte, du bleibst bis Montag.« Vor Enttäuschung krampfte sich Hannah der Magen zusammen.
»Die Lichter der Großstadt rufen. Die wahre Welt des Lärms und Ärgers verlangt nach mir. Also muss ich mich von diesem Paradies der frischen Luft und der natürlichen Schönheit verabschieden«, entgegnete Viktor mit einer großartigen Geste. »Wenn ich morgen nicht nach Nairobi fahre, mache ich vielleicht noch eine Dummheit.«
Nach dem Abendessen murmelte Lars eine Entschuldigung und verschwand in der Dunkelheit. Viktor schenkte sich ein Glas Brandy ein und zündete eine Zigarre an. Hannah setzte sich neben ihn, schnupperte den teuren Duft und zählte die Minuten, bis Mwangi ihnen eine gute Nacht wünschen würde, damit sie Viktor endlich für sich allein hatte. Als er sie leicht berührte, entflammte ihre Begierde, und sie musste selbst über ihr Ungestüm und ihre Schamlosigkeit lachen. Schließlich waren sie allein. Lachend stürzte er sich auf sie, und sie warf sich in seine Arme und küsste ihn voller Verlangen.

Beim Abschied benahm er sich, als wäre nie etwas zwischen ihnen vorgefallen. Lars stand mürrisch und schweigsam dabei, als Viktor ihr einen Kuss auf die Wange gab und dann davonfuhr. Hannah drehte sich um und stieg die Stufen der Veranda hinauf. Auch wenn sie es nicht wahrhaben wollte, fühlte sie sich im Stich gelassen. Er hatte nicht gesagt, wann er zurückkehren würde, und ihr auch sonst keine Versprechungen gemacht. An diesem sonnigen Morgen sangen die Vögel und die Blumen dufteten, doch sie bemerkte nichts von alldem.

»Schön, dass du heute nicht abgelenkt bist«, meinte Lars. »Es müssen nämlich dringend einige Briefe beantwortet werden.«
»So dringend ist das nun auch wieder nicht«, erwiderte Hannah. »Kopf hoch, Lars, schau nicht so miesepetrig. Du machst mich ganz nervös.«
»Vielleicht liegt es daran, dass ich besorgt um dich bin.«
»Hör zu, Lars«, meinte sie. »Wir müssen zusammenarbeiten. Seit Monaten plage ich mich jetzt schon mit der Bank, dem Vieh, der Einrichtung der Lodge und mit schmollenden Angestellten ab. Und jetzt habe ich mir selbst einen Bronzeleopard geschenkt und mich ein bisschen amüsiert. Eigentlich solltest du dich freuen, dass es mir besser geht. Aber stattdessen bist du wütend – oder sogar eifersüchtig.«
»Ja, ich bin sehr eifersüchtig, wenn du es so genau wissen willst«, erwiderte er ohne Umschweife. »Und wenn du dich schon mal für meine Gefühle interessierst, Hannah, sollst du erfahren, dass ich eifersüchtig bin, weil ich dich liebe. Ich liebe dich, und ich warte schon so lange auf den richtigen Moment, um allein mit dir zu sein und es dir zu sagen. Es gefällt mir nicht, was dieser Mann mit dir macht, mit seinem Wein, dem Parfüm und all den anderen teuren Geschenken aus Nairobi. Du solltest ihm verbieten, weiter am Wochenende hierher zu kommen, als wären wir ein Hotel …«
»Ich werde nichts dergleichen tun«, entgegnete Hannah mit wachsendem Unmut. »Er ist Piets Architekt und Freund und kann uns auf Langani besuchen, sooft er will. Außerdem bin ich durchaus in der Lage, auf mich selbst aufzupassen.«
»Ich liebe dich, Hannah. Hast du mir denn nicht zugehört? Ich liebe dich.« Schmerzlich wurde ihm bewusst, dass der Augenblick schlecht gewählt war.
»O Lars, darüber möchte ich jetzt nicht sprechen. Ich bin so durcheinander. Ständig fühle ich mich wie ein Teil eines Dreiecks mit dir und Piet. Du bist ein wunderbarer Mensch, Lars. Dir haben wir es zu verdanken, dass die Farm noch besteht.

Du warst gut zu mir, und du bist der beste Freund meines Bruders. Aber wir sind ständig zusammen und haben Tag für Tag mit denselben Problemen zu tun.« Sie fuhr sich mit der Hand über die Augen und überlegte, wie sie sich ausdrücken sollte, um ihn nicht zu kränken. »Tut mir Leid, ich kann im Moment nicht darüber nachdenken oder reden.«

Verdammt, dachte sie, als sie davonging. Ich wollte ihm nicht wehtun oder ihn unglücklich machen. Aber sie fühlte sich von Lars unter Druck gesetzt. Bis jetzt hatte sie keine Gelegenheit gehabt, ihre Ausbildung zu beenden, geschweige denn nach Europa zu reisen oder Menschen außerhalb ihres engsten familiären Umfelds kennen zu lernen. Sie dachte an Sarah, die in Irland die Universität besuchte, und an Camillas mondänes Leben in europäischen Prominentenkreisen – auch wenn es damit nun vielleicht vorbei war. Es bedrückte sie, dass ihr so enge Grenzen gesteckt waren. Ihr fehlte das Geld, um auch nur ein Wochenende in Nairobi zu verbringen, ganz zu schweigen von einer Auslandsreise. Alles musste für die Farm und für Piets Lodge geopfert werde. Das war auch richtig so. Langani war ihr Zuhause, der Ort auf der Welt, der ihr am meisten am Herzen lag, und der Mittelpunkt ihres Lebens. Aber dennoch sehnte sie sich nach Abwechslung, nach einem Hauch von Exotik in ihrem Alltag, nach etwas, das es ihr ermöglichte, sich wenigstens für kurze Zeit leicht und schön und frei zu fühlen. So wie Viktor es tat. Viktor, der ihr aufregende Geschichten ins Ohr flüsterte. Viktor, der sie küsste und liebkoste, während ein verwegenes Lächeln um seine Lippen spielte. Sie erinnerte sich daran, wie er sie hinter dem Ohr gekitzelt und ihr eine zweideutige Anspielung zugeraunt hatte. Lachend machte sie sich auf den Weg in die Molkerei.

Kapitel 15

London, September 1965

»Was zum Teufel ist denn mit deinem Gesicht passiert?« Ricky Lane starrte Camilla mit offenem Mund an. Dann schlug er die Hände vor die Augen und ließ sie mit einem theatralischen Seufzer wieder sinken. »Ist dir nicht klar, dass wir in sechs gottverdammten Tagen in New York erwartet werden? Und du tauchst verbunden und verbeult bei mir auf und siehst aus wie Gräfin Dracula!«

»Eigentlich hätte ich ja ein ›Guten Morgen, schön, dass du wieder da bist‹ erwartet«, gab Camilla zurück. »Die Farm, auf der ich in Kenia gewohnt habe, wurde von bewaffneten Männern überfallen. Und da du schon so nett fragst: Wir alle hatten das Glück, mit dem Leben davonzukommen. Wenn man bedenkt, was sonst noch hätte passieren können, ist das nur ein Kratzer.«

»Nur dass du jetzt, schwuppdiwupp, von den Titelseiten der amerikanischen Modezeitschriften gestrichen bist, mein Schatz, und ich mit dir. Habe ich dich nicht gewarnt, wie gefährlich es in Afrika ist? Wärst du doch mit mir nach Ibiza gereist! Doch nein, du musstest dich ja unbedingt bei den gottverdammten Niggern rumtreiben! Jetzt sind wir beide ruiniert. Verdammt, du hast uns die beste Chance unseres Lebens verdorben! Dir kann das ja egal sein, schließlich erstickt deine Familie im Geld. Doch für mich war das die größte Chance meiner ganzen Karriere, und deinetwegen ist jetzt alles zum Teufel!«

Sein Wutausbruch erschreckte Camilla. Ihr Blick wanderte zu dem ungemachten Bett im hinteren Teil des Studios, aus dem er sich gerade hochgerappelt hatte, um an die Tür zu gehen.

Auf dem Arbeitstisch lagen die Fotos, die ihnen den Auftrag in New York eingebracht hatten. Camilla betrachtete ihr Abbild, ein Mädchen in einem Abendkleid aus Satin, das in einem Blumenfeld stand. Das schimmernde Haar wurde ihr aus dem – makellos schönen – Gesicht geweht.

»Ich könnte meine Frisur ändern. Sassoon soll mir etwas Geometrisches mit langen Ponyfransen schneiden. Mit dicker Schminke müsste sich die Wunde überdecken lassen.«

»Schon gut«, höhnte er. »Niemandem wird auffallen, dass deine ganze Stirn bandagiert ist. Nur dass sich dann im Central Park, wo die Modeaufnahmen stattfinden, kein Lüftchen regen darf. Wir könnten uns auch auf die Knie werfen und zum lieben Gott beten, dass nicht der Hauch einer Brise weht, wenn wir in der Fifth Avenue fotografieren – und das, obwohl die vielen Wolkenkratzer wie ein Windkanal wirken. Vielleicht halten die Leser der amerikanischen *Vogue* das Ding auf deiner Stirn ja für ein neumodisches Stirnband. Damit könntest du zum modischen Vorbild für Millionen werden, verdammt.«

Camilla ließ sich auf einen Stuhl fallen, erschöpft von der herbstlichen Kühle, die ihr bis ins Mark drang. Sie war direkt vom Flughafen zu Ricky gefahren, wohl wissend, dass er enttäuscht sein würde. Allerdings hatte sie nicht mit dieser gefühllosen Reaktion gerechnet. Sie arbeiteten regelmäßig zusammen, und bis jetzt hatte sie eigentlich auch angenommen, dass sie Freunde waren. Nun wurde ihr klar, dass sie sich in ihm getäuscht hatte. Für ihn war sie nur ein Werkzeug, um seine Karriere voranzutreiben.

»Ich gehe noch heute zu Tom Bartlett«, erklärte sie. »Schließlich ist er nicht nur unser Agent für gute Zeiten. Bestimmt kann er uns jede Menge hübscher Mädchen nennen, die schon in den Startlöchern stehen, um mich bei den Modeaufnahmen zu vertreten. Also gibt es keinen Grund, warum du dieses Projekt aufgeben müsstest. Schließlich haben sie dich nicht als meine Gouvernante engagiert, Ricky. Du hast den Auftrag bekommen, weil ihnen deine Fotos gefallen. Danke für dein Mitgefühl und deine Anteilnahme und die Tasse Kaffee, die du mir nicht angeboten hast. Ich melde mich, wenn ich mit Tom gesprochen habe.«

»Auf deine Großzügigkeit kann ich verzichten«, schmollte er. »Und ruf mich nie wieder an, Ricky. Ich will nichts mehr mit dir zu tun haben.«

Er unternahm keine Anstalten, sie nach unten zu begleiten. Camilla holte ihren Koffer beim Portier ab und schleppte ihn aus dem Gebäude. Draußen herrschte Berufsverkehr, und außerdem hatte es zu regnen angefangen. Eine halbe Stunde musste Camilla auf der kalten Straße herumstehen, bis endlich ein Taxi anhielt. Vor Dankbarkeit und Erschöpfung war sie den Tränen nah, als der Fahrer ausstieg, um ihr mit ihrem Gepäck zu helfen. Da es zu früh am Morgen für einen Besuch bei Tom Bartlett war, beschloss sie, zuerst nach Hause zu fahren und sich ein wenig auszuruhen. In ihrer Wohnung kochte sie Kaffee und ließ sich auf dem Sofa nieder, wo Anthony und sie sich vor einer Million von Jahren geliebt hatten. Nun saß sie allein da und fühlte sich hilflos und verloren. Nachdem sie eine Zigarette geraucht hatte, bekam sie auch noch Kopfschmerzen. Also schluckte sie zwei Aspirintabletten und fragte sich, ob sie sich wegen des Tabaks oder wegen der langen Schnittwunde auf der Stirn so elend fühlte. Als sie sich im Schlafzimmer hinlegte und einzuschlafen versuchte, wirbelten ihre Gedanken im Kreis herum. Als draußen ein Wagen eine Fehlzündung hatte, fuhr sie erschrocken hoch.

Sarah war mit ihr bis London geflogen. Sie hatte sich erboten, ein oder zwei Tage zu bleiben, obwohl sie selbst genügend eigene Probleme hatte, die nach einer raschen Lösung verlangten. Im Flugzeug war sie sehr still gewesen, aber ihre Hände hatten gezittert, wenn sie nach einem Buch oder nach Messer und Gabel griff. Jedes Mal, wenn sie schlafen wollte, um endlich die schrecklichen Bilder des Überfalls zu vergessen, war sie wieder hochgeschreckt. Camilla hatte ihr großzügiges Angebot abgelehnt. Doch nun, ohne Sarah, fühlte sie sich völlig verlassen. Camilla hatte keine Ahnung, wie sie das Trauma der überstandenen Todesangst und ihrer Verletzung bewältigen sollte. Sie wählte die Nummer ihres Vaters, hörte jedoch nur das einsame Geräusch des Freizeichens. Beim Auflegen musste sie mit den Tränen kämpfen. Dann erinnerte sie sich an das Döschen mit Beruhigungstabletten, das der Arzt in Nanyuki ihr gegeben hatte, und sie wühlte in ihrem Kosmetikkoffer. Die gelben Tabletten sahen Vertrauen erweckend aus, und sie schluckte eine mit einem Glas Wasser. Im Schlafzimmer setzte sie sich vor den Spiegel und nahm eine scharfe Schere aus der Frisierkommode. Es war erstaunlich schwierig, einen Pony zu schneiden, doch sie versuchte, ihr Haar so zu formen, dass es in einer geraden Linie ihren Stirnverband verbarg. Nachdem sie geduscht und einen warmen Pullover und eine lange Hose angezogen hatte, fühlte sie sich schon viel ruhiger. Jetzt war sie bereit, sich dem Londoner Morgen mit der nötigen Gelassenheit zu stellen. Also schlüpfte sie in eine Jacke, griff nach einem Regenschirm und ging hinaus in das graue Nieselwetter.

»Mein Gott, Camila, natürlich kannst du nicht nach New York, aber es wird ja noch andere Gelegenheiten geben. Du lebst, und das ist alles, was zählt.« Tom Bartlett nahm die Füße vom Schreibtisch und kramte in dem Haufen aus Briefen und Fotos, der die Tischplatte bedeckte, nach Stift und Notizblock.

»Du solltest dich unbedingt an Edward Carradine wenden. Er ist ein Meister seines Fachs. Am besten rufst du ihn gleich an und gehst noch heute zu ihm, wenn das möglich ist. Ich setze mich ebenfalls mit ihm in Verbindung, um ihm zu erklären, wie dringend es ist.«

»Ist er plastischer Chirurg?«

»Der Beste. Alle lassen sich von ihm liften, wenn auch normalerweise nicht in deinem Alter. Aber er ist verdammt gut und

wird dein Gesicht im Handumdrehen wieder hinkriegen.« Tom stand auf und reichte ihr einen Zettel, auf den er eine Telefonnummer gekritzelt hatte.
Lächelnd steckte Camilla das Papier in die Tasche. »Danke. Ich wusste gar nicht, dass du so ein gutes Herz hast«, meinte sie.
»Wehe, wenn du es weitererzählst«, entgegnete Tom grinsend. »Falls du auch nur andeutungsweise verlauten lässt, dass ich überhaupt so etwas wie ein Herz habe, verbreite ich Fotos von dir mit diesem grässlichen Pony.« Als er eine kleine Kamera hob und sie knipste, protestierte sie lachend.
»Könntest du mir vielleicht noch einen Gefallen tun?«, fragte sie, immer noch schmunzelnd.
»Brauchst du ein bisschen Geld, bis du das alles hinter dir hast?« Er zog sein Scheckbuch aus der Schreibtischschublade.
»Nein, nein, das ist es nicht«, erwiderte sie, überrascht und gerührt von seinem Angebot. »Ich war heute Morgen bei Ricky Lane. Jetzt habe ich ein schlechtes Gewissen, weil ich ihn im Stich gelassen habe. Ich hoffe, dass er trotzdem den Auftrag in New York bekommt.«
»Er hat dich unter Druck gesetzt, was?«, meinte Tom scharfsinnig. »Ein kleiner Mistkerl. Allerdings ein begabter kleiner Mistkerl. Ja, ich sorge dafür, dass er trotzdem hinfliegt, wenn dir das so wichtig ist. Und jetzt fahr nach Hause und vereinbare einen Termin bei Carradine. Ich würde ihm raten, sein Bestes zu geben. Er hat sein Zauberskalpell schon bei vielen Leuten angewendet, die ihren Namen lieber nicht öffentlich genannt sehen wollen.«
»Könntest du Ricky gleich anrufen?« Camilla erschauderte bei der bloßen Vorstellung, dass wieder eine Klinge ihre Stirn berühren könnte.
»Nein, das werde ich nicht, zum Teufel. Er soll bis morgen schmoren. Und lass dir den Pony richtig schneiden, bevor du etwa noch einem Bekannten begegnest. Du siehst aus, als hätte eine afrikanische Ratte an deinen Haaren geknabbert.«

Als Camilla wieder auf die Straße trat, hatte der Regen aufgehört. Im bleichen Sonnenlicht schlenderte sie langsam dahin und betrachtete die gelblich verfärbten Bäume, die ersten kahlen Äste und die kupferfarbenen und goldenen Blätter, die im fahlen Septemberhimmel wehten. Sie lebte noch. Sie alle waren noch am Leben. Wieder in ihrer Wohnung, begann sie ihren Koffer auszupacken. Widerstrebend räumte sie die Safarikleidung weg, hielt sich die Perlenketten und Armbänder der Samburu unter die Nase und schnupperte den Geruch nach Rindern und Holzrauch. Den Geruch Afrikas. Nachdem sie alles verstaut hatte, legte sie sich aufs Sofa und kuschelte sich in eine Decke. Kurz darauf fielen ihr die Augen zu, und schon bald schlief sie zum ersten Mal seit der schrecklichen Nacht des Überfalls tief und fest.

Von einem schrillen Läuten geweckt, schrak sie hoch. Sogleich wurde sie wieder von der ihr inzwischen wohl vertrauten Angst gepackt. Mit zitternden Händen griff sie nach dem Hörer.

»Liebes? Ich habe die Zeitungen gelesen und versuche seit gestern, dich zu erreichen. Seit wann bist zu zurück?«

»Mutter!«

»Ich würde dich gerne sehen, bevor du nach New York fliegst, Camilla. Ich bin ja so erleichtert, dass dir nichts passiert ist.« Marina schien den Tränen nah. »Im *Express* stand etwas von einem Raubüberfall, bei dem jemand angeschossen wurde. Ich bin ja so froh, dass du es nicht warst.«

»Ich fliege nicht nach New York, Mutter. Bei dem Überfall habe ich eine Schnittwunde im Gesicht abgekriegt und muss in ärztliche Behandlung, bevor ich wieder arbeiten kann. Ansonsten geht es mir gut.«

»O mein Gott, Camilla. Bist du sicher! Bestimmt stehst du unter Schock. Ich bin gerade aus dem Wochenendhaus in Burford zurückgekehrt, aber ich komme sofort zu dir, Liebes. Ich fahre gleich los.«

»Nein, nein, Mutter, bitte, ich brauche nicht …«

Doch Marina hatte schon aufgelegt. Camilla nahm sich fest vor, ruhig und gelassen zu bleiben und der Hysterie, die in ihr aufzusteigen drohte, keine Chance zu geben. Sie ging ins Bad, öffnete das Spiegelschränkchen über dem Waschbecken und nahm noch eine gelbe Pille. Mit Hilfe dieses Zaubermittels würde sie Marinas Besuch überstehen, ohne sich aufzuregen. Hätte sie doch Gelegenheit gehabt, mit ihrem Vater zu sprechen, um ihm anzuvertrauen, wie sehr ihr das schreckliche Erlebnis immer noch zu schaffen machte! Sie sehnte sich danach, seine Stimme zu hören und ihm zu beichten, wie schwer Anthony sie gekränkt hatte. Nicht eine Minute wäre sie auf den Gedanken gekommen, mit ihrer Mutter über diese Dinge zu sprechen. Als sie in den Spiegel blickte, wirkte ihr Gesicht angespannt. Sie straffte die Schultern, schloss kurz die Augen und versuchte sich zu sammeln. Dann läutete es an der Tür, aber sie war bereit.

Marina wirkte völlig außer Atem. Ihr Gesicht war sehr bleich, und Schweißperlen standen ihr auf der Stirn.

»Könntest du mir ein Glas Wasser bringen, Liebes? Vier Treppen, das ist doch lächerlich.« Rasch umarmte sie ihre Tochter. »Ich werde nie begreifen, warum du in dieser Wohnung bleibst. Ich könnte dir helfen, etwas Passenderes zu finden. Wenn du dir ein paar Tage Zeit nimmst …«

»Mutter, ich möchte jetzt nicht über Wohnungen reden.«

»Natürlich nicht. Wie dumm von mir.« Marina setzte sich und schloss für einen Moment die Augen. »Du musst mir alles erzählen und mir deine Stirn zeigen. Dann entscheiden wir, was zu tun ist. Am besten machst du uns einen Kaffee, und anschließend erzählst du mir genau, was passiert ist.«

Zögernd begann Camilla, den Albtraum in Langani zu schildern. Es blieb keine andere Wahl, obwohl sie befürchtete, dass jedes Wort nur Marinas Ärger über ihren Besuch auf der Farm der van der Beers schüren würde. Deshalb legte sie sich alles sorgfältig zurecht, sprach sehr langsam und presste die Handflächen zusammen, damit sie nicht zitterten. Erstaunlicherweise empfand sie dabei Erleichterung, denn beim Sprechen über diese schrecklichen Stunden wurden ihr ihre eigenen Gefühle klar, und sie erkannte allmählich einen Weg, dem gnadenlosen Wirbel aus Anspannung und Angst zu entrinnen, der sie seitdem in Bann hielt. Ohne die kleinen Pillen konnte sie nicht mehr schlafen, denn immer wenn sie die Augen schloss, sah sie den Mann, der mit dem *panga* nach ihrem Gesicht ausholte. Bei Dunkelheit drang auch das kleinste Geräusch in ihr Bewusstsein und ließ sie hochschrecken. Während sie Marina ihr Erlebnis schilderte, berührte sie einige Male ihr Gesicht und spürte wieder, wie das Blut ihr in die Augen lief und wie eine grausige Panik in ihr aufstieg. Vielleicht würde diese Beschreibung des Albtraums eine reinigende Wirkung haben und sie von den Schreckensbildern erlösen, die sie peinigten, sobald sie die Augen schloss.

»Aber was ist mit deiner Stirn?«, fragte Marina. »Wäre es nicht klüger gewesen, erst hier zum Arzt zu gehen?«

»Der Arzt in Nanyuki sagte, er müsse die Wunde sofort nähen, da sie sonst nicht richtig zuheilen würde. Dann hat er mir erklärt, ich müsse sie in Nairobi, London oder anderswo nachbehandeln lassen. Er war sehr nett und hat mir Schmerzmittel und Beruhigungstabletten gegeben.«

»O Gott, mein Liebling«, schluchzte Marina. »Du warst ja so tapfer.«

»Das waren wir alle. Sarah und ich sind gestern Abend mit derselben Maschine nach Hause geflogen. Sie hat mir angeboten zu bleiben, aber ich habe ihr gesagt, sie solle nach Irland weiterfliegen. Doch es ist nicht leicht. Ich bin noch immer so nervös.«

»Und weiß jemand, wer die Männer sind, die euch überfallen haben?«, erkundigte sich Marina.

»Nein, noch nicht. Die Ermittlungen haben gerade erst angefangen, und bei meiner Abreise lagen keine Ergebnisse vor.« Camilla verstummte, erschöpft vom vielen Reden.

»Jetzt zählt nur, dass du in Sicherheit bist.« Mit zitternden Händen stellte Marina die Kaffeetasse ab. »Ich kenne jemanden, der sich wunderbar deiner annehmen wird. Er heißt Edward Carradine und ist ein wahrer Künstler. Er hat auch einige meiner Freundinnen behandelt. Ich bin ihm öfter persönlich begegnet, interessanterweise in Nairobi. Ein paar Mal im Jahr reist er in diese unglückseligen Länder und operiert kostenlos Verbrennungsopfer, Menschen, die schwere Unfälle erlitten haben, oder arme Geschöpfe mit einem entstellenden Geburtsfehler. Er holt sogar Patienten zur Behandlung nach London. Wirklich ein bemerkenswerter Mann.«

»Ich habe seine Nummer bereits.« Camilla zog den bekritzelten Zettel aus der Tasche. »Tom Bartlett hat sie mir gegeben.«

»Dein Agent? Wann denn?«

»Ich war heute Morgen bei ihm, um ihm mitzuteilen, dass New York für mich flachfällt. Er meinte, Mr. Carradine sei der richtige Mann für mich.«

»Wie kannst du nur nach einem so traumatischen Erlebnis und dem anstrengenden Nachtflug in London herumkutschieren!« Marina klang empört. »Auch wenn Tom Bartlett beruflich wichtig für dich ist, hättest du ihm das alles doch auch am Telefon erklären können. Wirklich, Liebes …«

»Lass das, Mutter. Eine Gardinenpredigt ist das Letzte, was ich jetzt brauche. Aber da du diesen Arzt kennst, könntest du vielleicht einen Termin für mich vereinbaren. Ich bin einfach zu müde, um mit irgendeiner unfreundlichen Sprechstundenhilfe darüber zu reden. Wo ist übrigens Daddy? Ich habe ihn angerufen, aber es ist niemand rangegangen.«

»Er ist in Holland, um sich mit Prinz Bernhard über Löwen, Tiger oder andere wilde Tiere zu unterhalten. Eine wichtige Besprechung. Morgen oder am Samstag kommt er zurück. Als er sich heute Morgen meldete, habe ich ihm nichts von dem Raubüberfall erzählt. Was hätte es für einen Sinn, wenn er Hals über Kopf abreist? Momentan wirst du also mit mir vorlieb nehmen müssen.« Enttäuschung malte sich auf Marinas Gesicht. »Und jetzt decken wir am besten dein Bett auf, damit du ein bisschen schlafen kannst. Währenddessen vereinbare ich den Termin bei Edward.«

»Warst du deswegen in der Harley Street, bevor ich nach Nairobi geflogen bin?«, fragte Camilla. »Du willst dich doch nicht etwa liften lassen? Das ist absolut überflüssig, und außerdem bist du noch viel zu jung, um überhaupt an so etwas zu denken.«

»Wie lieb von dir. Nein, ich wollte mich nicht liften lassen. Allerdings habe ich mich nicht wohl gefühlt und mich deshalb untersuchen lassen.«

»Was für Untersuchungen waren denn das?«

»Ich wollte wissen, ob ich vielleicht an Blutarmut leide, weil ich in letzter Zeit immer so müde war. Doch jetzt ist alles unter Kontrolle, und im Ferienhaus kann ich mich wunderbar ausruhen. Ich liebe die frische Luft und die Stille.«

»Das ist aber neu bei dir.«

»Vielleicht werde ich im Alter ja ruhiger – oder sogar faul.« Die Vorstellung schien Marina zu gefallen.

»Dreiundvierzig würde ich noch nicht als Alter bezeichnen.«

»Vermutlich hast du Recht. Früher einmal habe ich Vierzigjährige für uralt gehalten. Inzwischen kann ich froh sein, wenn ich mit fünfzig noch zu den Lebenden zähle. Und jetzt schauen wir uns mal deine Stirn an.«

Im Badezimmer enfernte Camilla den Verband über der scheußlichen Wunde. Die schwarzen Stiche erstreckten sich leicht schräg quer über die Stirn und endeten in einem kleinen Haken über der rechten Augenbraue. Camilla sah Marinas entsetzte Miene im Spiegel und war sich plötzlich sicher, dass sie nie wieder als Fotomodell würde arbeiten können. Mit ihrer Zukunft war es offenbar aus und vorbei. Sie war ein menschliches Wrack, eine Ausgestoßene, beraubt ihrer Schönheit, die sie immer für selbstverständlich genommen hatte. Tränen verschleierten ihren Blick.

»Wir legen dir wieder einen ordentlichen Verband an«, schlug Marina vor. Camilla ließ sich von ihrer Mutter ins Schlafzimmer führen und frisch verbinden.

»Was um Himmels willen sind das für Perlendinger auf deinem Bett?«, fragte Marina. »Die riechen ja fürchterlich.«

»Ich habe sie in einem *manyatta* der Samburu gekauft und mir überlegt, ob ich ein paar Kleider entwerfen und sie als Dekoration benutzen soll. Jacken oder Röcke aus Wildleder mit perlenbestickten Kragen, Manschetten oder Säumen. Traditionelle afrikanische Perlen in hochwertiger europäischer Verarbeitung.« Camilla zögerte. »Ich spiele sogar mit dem Gedanken, eine Werkstatt in Kenia zu eröffnen. Vielleicht in Langani. Hannah wäre bestimmt mit von der Partie. Ich könnte Schmuckstücke wie diese in Boutiquen hier und in Paris verkaufen, denn die nötigen Beziehungen habe ich ja.«

»Du denkst doch nicht etwa daran, nach Kenia zurückzukehren, Camilla«, entsetzte sich Marina. »Nicht nach allem, was geschehen ist. Das wäre Wahnsinn.«

»Ich habe etwas Schreckliches erlebt, Mutter, und ich hatte große Angst. Aber es war ein einmaliger Vorfall. Im Osten von London kommen genauso viele Gewaltverbrechen vor wie in Nairobi.«

»Ja, und deshalb machen wir auch einen Bogen um den Osten von London, Camilla.« Marinas Augen waren vor Furcht weit aufgerissen. Doch dann schlug sie einen versöhnlichen Ton an. »Lass uns später darüber sprechen, Liebling. Nun brauchst du vor allem Schlaf, und dann gehen wir einen Tee trinken oder etwas essen. Kommt darauf an, wie spät es ist und wie du dich fühlst.«

Marina beugte sich über das Bett, küsste ihre Tochter und streichelte ihr das Haar. Dabei malte sich ein merkwürdiger Ausdruck auf ihr Gesicht, den Camilla noch nie bei ihr gesehen hatte und nicht zu deuten wusste. Allerdings war sie zu müde, um darüber nachzudenken, und schloss die Augen, dankbar, dass sie nicht allein war. Sie war schon fast eingeschlafen, als ihr auffiel, dass Marina sie weder wegen ihres Besuchs auf Langani getadelt noch abfällige Bemerkungen über Sarah oder die van der Beers gemacht hatte. Erleichtert über die ungewöhnliche Zurückhaltung ihrer Mutter döste sie ein. Als sie wieder erwachte, saß Marina im Wohnzimmer und las in einer Zeitschrift. Sie aßen in einem Restaurant um die Ecke zu Abend und kehrten dann in die Wohnung zurück.

»Ich übernachte bei dir«, verkündete Marina. »Aber du musst mir ein paar Sachen für die Nacht leihen. Ich finde, du solltest heute nicht allein sein.«

Um nicht über das Thema Kenia sprechen zu müssen, schaltete Camilla den Fernseher ein. Gemütlich saßen sie nebeneinander auf dem Sofa, tranken Tee und sahen zu, wie der stattliche, unnachsichtige Richard Dimbleby für Gerechtigkeit auf der Welt sorgte.

Die lackierten Türen der Praxen in der Harley Street mit ihren diskreten Messingschildern wirkten an diesem regnerischen Vormittag sehr abweisend. Edward Carradines Wartezimmer war teuer und steif eingerichtet und außerdem überheizt. Camilla starrte auf die Schlagzeilen der Tageszeitung und vermied den Blickkontakt mit dem Paar mittleren Alters, das sie beim Betreten des Raums angestarrt und dann zu tuscheln begonnen hatte. Sie wollte nicht, dass die Menschen sie erkannten oder über sie sprachen. Obwohl es sie eigentlich gar nichts anging, ärgerte es sie, dass diese elegante Frau, die die Hand ihres Mannes hielt, offenbar versuchte, einen Traum von ewiger Jugend wahr werden zu lassen. Ihr Mann sollte sie bedingungslos lieben, dachte Camilla, auch wenn sie ein paar Falten bekam oder ihr Kinn ein wenig schlaffer wurde. Vermutlich hatte er eine Affäre mit seiner Sekretärin und begleitete seine

Frau nur, um sein schlechtes Gewissen zu beruhigen. Eine Gesichtsoperation würde daran auch nichts ändern. Die beiden wirkten bedrückt, als wüssten sie, dass diese ganze Unternehmung nur eine Farce war. Die Uhr auf dem Kaminsims tickte laut, und Camilla fühlte sich, als rücke ihr Leben in London, das sie stets für selbstverständlich gehalten hatte, immer mehr in weite Ferne. Ihre Nervosität wuchs mit jeder Minute. Schließlich öffnete sich die Tür des Behandlungszimmers, und ein halbwüchsiger Junge kam heraus. Sein Gesicht war schrecklich zernarbt, die Haut fleckig, violett verfärbt und von Striemen durchzogen. Sein Lächeln erinnerte an eine schiefe Grimasse.

»Er macht sich ganz prima.« Edward Carradines Stimme klang beruhigend, ein professioneller Tonfall, den er sicher schon millionenfach angeschlagen hatte, um Zuversicht zu verbreiten. Er legte den Arm um die Frau und schüttelte ihrem Mann die Hand. »Keine Sorge, Emily, Ihr Junge wird wieder gesund. Die Wunden heilen großartig. Keine Infektion, und die Schwellungen gehen auch schon zurück.« Er drehte sich zu dem Jungen um. »Wir sehen uns in einem Monat, James. Nun dauert es nicht mehr lange, bis wir den letzten Operationstermin ansetzen können. Dann wirst du wieder recht gut aussehen.«

Camilla wurde von Scham und Mitleid ergriffen, als sie den Gesichtsausdruck der Mutter bemerkte. Hastig wandte sie sich ab, um sich nicht in diesen Augenblick der Hoffnung und Dankbarkeit hineinzudrängen. Dann durchquerte der Arzt den Raum, begrüßte Marina freundschaftlich und tätschelte ihr die Schulter.

»Marina. Wie geht es Ihnen? London bekommt Ihnen offenbar prima. Camilla, es tut mir Leid, dass wir uns nicht unter angenehmeren Umständen kennen lernen. Ich bin Edward Carradine und denke, dass wir beide in nächster Zeit zusammenarbeiten werden. Treten Sie bitte näher.«

Camilla streckte sich auf der hohen, steifen Liege aus und hielt den Atem an, während Edward Carradine die lange Narbe durch ein Vergrößerungsglas betrachtete und vorsichtig die umliegende Haut betastete.

»Machen Sie die Augen auf und sehen Sie mich an. Folgen Sie meinem Finger. Schauen Sie nach oben, nach unten, zur Seite.« Dann neigte er sich nach vorne und hob ihr Kinn an, sodass der Lichtkegel der Lampe auf ihr Gesicht fiel. Als er ihre Hand berührte, löste diese stumme Geste sofort ein Gefühl von Sicherheit und Geborgenheit in ihr aus. »Kommen Sie und setzen Sie sich zu mir und Ihrer Mutter. Dort drüben können wir uns besser unterhalten. Möchten Sie Tee oder Kaffee?«

»Auch wenn es absurd oder sogar herzlos klingt«, begann er, als sie alle saßen, »hatten Sie großes Glück. Das Messer muss sehr scharf gewesen sein, weshalb Ihre Haut nicht zackig eingerissen ist.« Beim Sprechen hielt er einen Spiegel hoch. »Die Wunde ist tief und ziemlich lang, verläuft aber bis auf dieses kleine Häkchen am Ende in einer relativ geraden Linie quer über Ihre Stirn. Sie können Gott wirklich danken, dass das Messer nicht ein Stück tiefer in die Braue oder gar in Ihr Auge eingedrungen ist. Nur an dieser Stelle werde ich mich etwas anstrengen müssen. Der Arzt in Kenia hat übrigens gute Arbeit geleistet, und es war völlig richtig, die Wunde sofort zu nähen. Die Haut hat bereits angefangen zu heilen, ohne dass eine breite Ritze zurückgeblieben wäre. Das ist wichtig für eine minimale Narbenbildung.«

»Werde ich also eine Narbe zurückbehalten?« Camillas Mund war trocken. »Wie schlimm wird es aussehen? Kann ich etwas tun, um sie zu verstecken? Natürlich nicht sofort, aber irgendwann später.«

Er erläuterte ihr den Heilungsprozess und den Verlauf einer Hauttransplantation. Man müsse warten, bis die Wunde völlig geschlossen und abgeheilt sei, bevor man operieren könne. Bis zur Bildung einer oberflächlichen Kruste werde es drei bis vier

Wochen dauern. Als Camilla das Wort »Kruste« im Zusammenhang mit ihrem Gesicht und ihrer Haut hörte, drehte sich ihr fast der Magen um. Man müsse abwarten, wie die Wunde im geschlossenen Zustand aussah, meinte der Arzt. Er bat Camilla, ihr eine andere Narbe an ihrem Körper zu zeigen, um die Heilungsfähigkeit ihrer Haut einschätzen zu können. Wenn der richtige Zeitpunkt gekommen sei, werde er die Narbe behandeln, indem er ihre Stirnhaut gerade und mit ganz feinen Fäden zusammennähte, die man nicht sehen könne. Bis diese neue Naht geschlossen sei, würden wieder einige Monate vergehen. Doch nach den ersten Wochen sei es möglich, sie zu überschminken. Seine Worte drangen nur noch verzerrt an Camillas Ohr wie ein schlecht zu empfangender Radiosender. Verzweiflung ergriff sie, als sie sich ausmalte, dass sie für Monate oder sogar für Jahre entstellt sein würde. Um ihr Entsetzen zu verbergen, senkte sie den Kopf und starrte auf den Teppich. Sie konnte sich nicht vorstellen, wie ihr Leben jetzt weitergehen sollte.

»Ihre Haut ist jung und elastisch«, fuhr Carradine fort. »Wenn Sie auf Ihre Gesundheit achten, während die Wunde abheilt und sich schließt, können wir mit guten Ergebnissen rechnen. Allerdings müssen Sie Ihre Haut sorgfältig pflegen, aber das ist in Ihrem Beruf ohnehin normal. Außerdem brauchen Sie Ruhe. Vielleicht sollten Sie mit Ihrer Mutter aufs Land fahren und die frische Luft genießen. Sie hat mir am Telefon gesagt, sie hätte ein hübsches Häuschen in den Cotswolds. Und jetzt mache ich Ihnen einen unauffälligeren Verband.«

Als er aufstand, bemerkte Camilla, die auf dem Sofa saß, wie groß er war. Seine Bewegungen waren kraftvoll und anmutig, sein teurer Anzug schien aus Italien zu stammen, und seine handgenähten Slipper waren mit Troddeln versehen und auf Hochglanz poliert. Nachdem er fertig war, nahm er ihr gegenüber in einem Lehnsessel Platz und hielt ihr einen Spiegel hin. »Das einzige Problem ist das Häkchen an der Narbe, das nicht parallel zu Ihren natürlichen Stirnfalten verläuft«, sagte er. »Für den geraden Teil der Narbe habe ich eine Technik entwickelt, die ich anwende, wenn sich beim Abheilen einer Verletzung eine Wulst bildet. Es ist so ähnlich, als würde man die erhabenen Hautpartien mit Sandpapier abschleifen – etwa wie beim Glätten einer wunderschönen Skulptur. Allerdings bin ich noch nicht sicher, ob das in Ihrem Fall angebracht ist. Wir müssen noch ein wenig warten, bevor wir eine Entscheidung fällen.«

»Wie lange?« Marina ergriff zum ersten Mal das Wort.

»Ich denke zwei bis drei Monate. Bis dahin, Camilla, müssen Sie sehr vorsichtig mit Ihrer Haut sein. Meiden Sie grelles Sonnenlicht, keine Zigaretten, denn durch das Rauchen ziehen sich die Blutgefäße zusammen, was die Heilung beeinträchtigt. Aus demselben Grund sollten Sie auch wenig Alkohol trinken. Außerdem müssen wir noch klären, welche Kosmetika Sie benutzen dürfen. Und wie ich betonen muss, brauchen Sie viel Ruhe. Doch ich bin sicher, dass wir mit guten Ergebnissen rechnen können.«

»Ich bin Fotomodell und habe jede Menge Verpflichtungen. Eigentlich müsste ich jetzt zu Fotoaufnahmen nach New York fliegen.«

»Ja, das hat Tom Bartlett mir gestern am Telefon erklärt. Er rief mich kurz vor Ihrer Mutter an.«

»Gibt es denn gar keine Möglichkeit, die Narbe zu überschminken, während sie heilt? Ansonsten würde das heißen, dass ich monatelang nicht arbeiten kann, und das ist unmöglich.«

»Liebes, du solltest jetzt nur an deine Gesundheit denken«, wandte Marina ein. »Du musst Geduld haben, wenn Edward dir helfen soll. Es spielt doch keine Rolle, wenn du nicht …«

»Aber natürlich tut es das!« Camillas Stimme hallte in dem stillen Raum wider. »Mein Gesicht ist ruiniert, und ein Fotograf hat mir bereits den Laufpass gegeben. Also behaupte nicht, dass es keine Rolle spielt! Mein Gott, Mutter, wo lebst du denn? Was soll ich deiner Ansicht nach bitte tun? Mein Gesicht ist entstellt, ich kann nicht arbeiten, ich kann mich nicht einfach anziehen und wie ein normaler Mensch auf der Straße herumlaufen, weil ich zum Fürchten aussehe. Ich kann nicht schlafen. Ich werde die Träume, die Bilder und auch den Klang ihrer Stimmen nicht mehr los. Und du willst mir weismachen, das alles spiele keine Rolle.«

Camilla war nicht mehr in der Lage, ein sachliches medizinisches Gespräch zu führen. Die Verzweiflung hatte sie überwältigt, und sie war machtlos dagegen. Ihr Aufstieg in der Welt der Mode war rasant gewesen, und inzwischen hatte sie sich daran gewöhnt, gefeiert und bewundert zu werden. Und nun, an diesem trüben Morgen, begriff sie, dass ihre Karriere jetzt möglicherweise zu Ende war. Glanz und Ruhm und waren offenbar ein vergängliches Gut. Ihre Versuche, die Fassung zu bewahren, waren von Anfang an nur Selbsttäuschung gewesen. Der Mann, den sie liebte, war Tausende von Kilometern weit weg, wusste von nichts und interessierte sich vermutlich nicht im Geringsten für ihr Schicksal. Camilla fragte sich, ob der Arzt ihr vielleicht weitere Beruhigungstabletten verschreiben würde, wollte ihn aber in Marinas Gegenwart nicht darum bitten. Doch das war auch kein Problem. Die meisten ihrer Freundinnen hatten keine Schwierigkeiten, sich Betäubungsmittel zu beschaffen: Haschisch, Kokain, etwas zum Aufputschen oder zur Beruhigung. Außerdem sehnte sie sich nach einem Drink und einer Zigarette und wollte nur noch aus diesem stickigen Zimmer flüchten.

»Tut mir Leid«, sagte sie. »Die ganze Sache war ein ziemlicher Schock. Wahrscheinlich hat es mich tiefer getroffen, als ich dachte.«

»Ich denke, ich sollte Ihnen etwas verschreiben, das Ihnen beim Schlafen hilft. Sicher ist Ihnen klar, dass nicht nur Ihr Körper Wunden davongetragen hat.« Carradines Tonfall war mitfühlend und ruhig. Er zog einen Rezeptblock aus der Schreibtischschublade. »Sie haben ein schweres Trauma erlitten, und es wird eine Weile dauern, bis die Narben auf Ihrer Seele heilen. Ich möchte Sie in etwa zehn Tagen wiedersehen. Dann werde ich die Fäden ziehen, und wir können die nächsten Schritte planen. Bis dahin sollten Sie über Ihre Erlebnisse sprechen – mit Ihrer Mutter, Ihrer besten Freundin, Ihrem Freund. Jedenfalls mit einem Menschen, dem Sie vertrauen und den Sie sehr lieben. Das wird Ihnen am meisten helfen.«

Wie eine Schlafwandlerin verließ Camilla die Praxis und folgte Marina hinaus auf die Straße, wo sie in ein Taxi stieg, sich in den Sitz sinken ließ und die Augen schloss. An einer Apotheke hielten sie an, um das Rezept einzulösen. Zurück in der Wohnung, setzte sich Marina neben ihre Tochter und nahm ihre Hand.

»Liebling, alles wird gut. Die Zeit vergeht schneller, als du denkst. Edward war sehr zuversichtlich. Er würde dir nie etwas vormachen.«

»Ich weiß, und ich bin sicher, dass er so wundervoll ist, wie du sagst. Und wenn ich es mir genau überlege, bin ich sehr froh, dass er mich behandeln wird. Ich bin dir sehr dankbar für alles, Mutter. Wirklich.«

»Hast du heute Nachmittag Lust auf ein wenig Ablenkung? Wir könnten ins Kino gehen. Irgendwo hin, wo es bequem ist, zum Beispiel ins Curzon.«

»Nein, ich glaube, ich lese lieber ein Buch, lege mich gemütlich in die Badewanne und gehe dann früh zu Bett. Mit diesen Tabletten kann ich sicher schlafen, wenn dein Freund, der Doktor, Recht hat. Ich muss eine Nacht allein verbringen, Mutter. Das ist wichtig für mich. Ich schaffe das schon.« Sie war zu müde, um weiter darauf zu dringen, und deshalb erleichtert, als Marina aufstand und sie küsste.

»Gut, Liebes, ich finde selbst hinaus. Tschüss.«

Camilla ging ins Schlafzimmer, bevor Marina Zeit hatte, ihre Meinung zu ändern. Als sie aus dem Fenster sah, wurde sie von einem Gefühl der Einsamkeit überwältigt. Offenbar war es zu früh für sie, allein zu bleiben. Marina war schon fast an der Vordertür, als das Telefon läutete. Also drehte sie sich noch einmal um und hob ab.

»Es ist Sarah Mackay«, verkündete sie, als Camilla aus dem Schlafzimmer kam. »Aber rede nicht zu lange. Wir sehen uns morgen.«

Camilla erzählte Sarah von dem Arzttermin und dem langen Weg, der noch vor ihr lag.

»Was ist mit deinem Vater?«, fragte Sarah. »Er wird dir doch sicher helfen, das durchzustehen.«

»Er ist verreist und kommt erst heute Abend oder morgen wieder«, antwortete Camilla. »Aber Mutter war hier. Ganz ruhig und vernünftig. Ausnahmsweise kein einziger Vorwurf. Bis jetzt wenigstens.«

»Ich bin so froh, dass ich dich erreicht habe. Hannah hat es vorhin auch schon versucht, aber vermutlich warst du gerade beim Arzt. Lars hat sich gut erholt und darf in zwei Wochen wieder nach Hause.« Sarah zögerte, weil sie nicht wusste, ob Marina sich noch in Hörweite befand. »Möchtest du vielleicht für eine Weile herkommen? Mum und Dad würden dich gern verwöhnen.«

»Nächste Woche muss ich mir die Fäden ziehen lassen. Mach dir keine Sorge um mich. Daddy wird übers Wochenende hier sein. Das schaffe ich schon.« Camilla zögerte. »Spukt dir die Sache auch noch immer im Kopf herum?«

»Wahrscheinlich werde ich das nie vergessen. Ich dachte, sie hätten Piet getötet. Und dann hatte ich solche Angst um dich und Lars. Außerdem denke ich ständig an Hannah, die immer noch auf der Farm wohnt, während diese Mörderbande weiterhin auf freiem Fuß ist. Langani befindet sich im Belagerungszustand, anders kann man das nicht nennen.«

»Aber du kehrst trotzdem zurück.«

»Ja. Würdest du das nicht auch tun?«

»Wenn er mich darum bitten würde, würde ich morgen früh im ersten Flieger sitzen. Doch er hat es nicht getan. Wahrscheinlich ist er noch draußen im *bundu* und hat keine Ahnung, was geschehen ist.«
»Hannah sagt, er sei irgendwo weitab von jeglicher Zivilisation in einem Camp. Vermutlich hat er sich noch nicht mit der Außenwelt in Verbindung gesetzt, weil seine Gäste erst vor ein paar Tagen eingetroffen sind. Er möchte, dass sie so viel Zeit wie möglich in der Wildnis verbringen.«
»Wenn er mich rufen würde, würde ich das nächste Flugzeug nehmen.« Camillas Stimme zitterte. Sie bemerkte nicht, dass Marina starr vor Entsetzen in dem kleinen Vorraum stand. »Und vielleicht wäre das die beste Methode, die Ängste zu vertreiben und einfach weiterzuleben. So als ob man gleich nach dem Runterfallen wieder aufs Pferd steigt. Aber ich habe eine Idee für ein gemeinsames Projekt mit Hannah. Ich erzähle es dir, wenn ich alles gründlich durchdacht habe. Wie läuft es bei dir? Wie geht es Raphael? Wie haben sie deine Entscheidung aufgenommen?«
»Natürlich sind sie in die Luft gegangen. Aber bei ihnen hat sich auch einiges einschneidend verändert. Bei Tim ebenfalls«, erwiderte Sarah.
»Was ist passiert?« Als Camilla diese Frage stellte, hörte sie aus dem Vorraum ein Geräusch. »Moment, ich glaube, da ist jemand an der Tür.«
»Pass auf, ich schreibe dir morgen und berichte dir alles«, sagte Sarah. »Und nächste Woche rufe ich wieder an. Bist du sicher … tja, du weißt schon … dass du allein klarkommst?«
»Mir geht es prima. Bis nächste Woche also.«
Camilla legte den Hörer auf und eilte zur Tür. Als sie sie öffnete und den Blick durch das Treppenhaus schweifen ließ, war niemand zu sehen. Ob sie schon anfing, an Wahnvorstellungen zu leiden?

Sie schlief, so lange sie konnte. Beim Aufwachen fühlte sie sich wie von einer Zentnerlast befreit, da sie sich nicht an ihre Träume erinnern konnte. Es war Freitag. Sicher würde ihr Vater heute Abend oder morgen nach Hause kommen. Im Kühlschrank waren Eier und Speck, und während sie ihr Frühstück zubereitete, dachte sie an Marina. Draußen hörte sie die gewohnten Geräusche der Busse, die auf der Brompton Road bremsten, und das Scharren eines Rechens, als der Gärtner auf dem Rasen unter ihrem Fenster frühes Herbstlaub zusammenharkte. Nachdem sie Sahne in ihren Kaffee gegeben hatte, blätterte sie die neue Ausgabe der *Vogue* durch. Doch der Anblick ihres eigenen makellosen Gesichts versetzte ihr wieder einen Dämpfer. Also legte sie die Zeitschrift weg und schaltete das Radio ein. Ob es wirklich Leute gab, die sich freiwillig die Archers anhörten? Allerdings hatte die vertraute Countrymusik eine beruhigende Wirkung auf sie. Sie wickelte sich in ihren Morgenmantel, legte sich aufs Sofa und war froh, in ihren eigenen vier Wänden zu sein, wo sie sich geborgen fühlen konnte. Sie hatte eine Nacht allein überstanden und würde allmählich in ein normales Leben zurückfinden. Wie Mr. Carradine ihr geraten hatte, würde sie es Schritt für Schritt angehen. Eine Stunde später schlüpfte sie in ihre Kleider und zog sich eine Wollmütze von Biba tief in die Stirn. Als sie gerade ihren Schlüssel suchte, läutete das Telefon.

»Camilla, wie geht es dir?« Beim Klang von Anthonys Stimme war es ihr, als würde sie schweben. »Mein Gott, ich habe es erst heute Morgen erfahren, als ich mit meinen Gästen zum Mittagessen in der Keekorok-Lodge war. Ich wünschte, ich wäre noch da gewesen und hätte euch helfen können. Am liebsten würde ich die Schweinekerle eigenhändig umlegen. Sag mir, dass es dir gut geht.«

»Alles bestens. Mein plastischer Chirurg glaubt, dass ich bald wieder wie neu bin. Ich freue mich so, von dir zu hören.« Das Herz klopfte ihr bis zum Hals, und das Blut brauste durch ihre

Adern, dass ihr schwindelig wurde. Doch sie versuchte, sich zu beherrschen. Eigentlich erwartete sie, dass er ihr mitteilen würde, er werde gleich nach der Safari nach London kommen.

»Seit eurer Abreise war ich im Camp. Es ist mir gelungen, Langani anzufunken und mit Hannah zu sprechen. In drei Wochen bin ich wieder in Nairobi. Dann können wir uns länger unterhalten.«

»Hast du immer noch vor, im November herzukommen? Das fände ich wirklich schön – die beste Medizin, die ich mir vorstellen kann.«

»Tja, ich hoffe schon. Bis jetzt habe ich noch keine genauen Daten festgelegt. Aber ich gebe dir so bald wie möglich Bescheid.«

»Oh, das freut mich aber.« Sie war so glücklich gewesen, als sie seine Stimme gehört hatte, doch nun stiegen Zweifel in ihr auf.

»Also tschüss. Umarmungen und Küsse«, sagte sie bemüht lässig.

»Ich küsse dich auch. *Salaams.*«

Vor Enttäuschung traten Camilla die Tränen in die Augen. Er hatte ausweichend geklungen, und sie befürchtete, dass er sich nie ändern und ihr nie gehören würde. Sie beschloss, Hannah anzurufen, und wählte die Nummer der internationalen Vermittlung. Doch in Kingani war besetzt. Verzweifelt probierte sie es immer wieder, bis sie nach zwei Stunden endlich durchkam.

»Wie schön, dass du dich meldest!« Sie hörte Hannahs Stimme an, dass ihr ein Stein vom Herzen fiel. »Wir haben uns solche Sorgen gemacht. Gestern habe ich zwei Mal angerufen, aber niemand ist rangegangen.«

»Wie läuft es bei euch in Langani? Wie fühlst du dich dort? Hat die Polizei schon etwas herausgefunden? Wie geht es Lars?«

Doch von der Farm gab es wenig Neues zu erzählen, und auch

die Ermittlungen traten offenbar auf der Stelle. Lars würde bald aus dem Krankenhaus entlassen werden. Es war offensichtlich, dass Hannah ihn vermisste. Piet schuftete wie ein Galeerensklave und hatte allen Ernstes vor, die Lodge bereits Anfang Januar zu eröffnen. Sie beide waren fest entschlossen, sich nicht unterkriegen zu lassen.

Nachdem Camilla aufgelegt hatte, fühlte sie sich einsam und wie gefangen in einem Netz, Millionen Kilometer von dem Ort entfernt, nach dem sie sich sehnte. Marina rief an und lud sie über das Wochenende nach Burford ein. Doch Camilla wollte allein sein und sich noch einmal die wenigen Minuten vergegenwärtigen, in denen sie Anthonys Stimme gehört hatte.

»Vielleicht nächste Woche, Mutter«, erwiderte Camilla. »Ich möchte jetzt einfach ein bisschen meine Ruhe haben. Heute fühle ich mich schon viel besser.«

Am späten Nachmittag verließ sie die Wohnung, überquerte raschen Schrittes den Platz und tauchte in das Passantengewühl von Knightsbridge ein. Bei Vidal Sassoon ließ sie ihr Haar in Form bringen, dass es ihr in einer präzisen Linie über die Stirn fiel. Im Nacken wurde es sehr kurz geschnitten, um ihren langen Hals und ihre Kopfform zu betonen.

»Sieht spitze aus. Ich empfehle Ihnen schon seit Monaten, es abzuschneiden, und jetzt sehen Sie selbst, dass ich Recht hatte. Tut mir Leid, dass Sie sich wegen dieses tragischen Vorfalls dazu entscheiden mussten. Schauen Sie sich den Hinterkopf an.« Sassoon hielt einen Spiegel hoch. »So kurz geschnitten wirkt Ihr Haar wie eine goldene Kappe. Trotz des Problems mit Ihrer Stirn sind Sie wunderschön wie eine Elfe. Vorher haben Sie eher an Veronica Lake oder einen anderen Filmstar aus den Vierzigern erinnert. Jetzt sind Sie wie ausgewechselt.«

Nachdem Camilla bezahlt hatte, überlegte sie, ob sie von hier aus anrufen sollte. Aber am Empfang ging es hoch her, und so beschloss sie, das Risiko einzugehen. Draußen war es fast dunkel. Wenn ihr Vater zu Hause war, konnten sie ja den Abend gemeinsam verbringen. Wenn nicht, würde sie sich einen Film ansehen, denn für eine Verabredung mit einem ihrer Freunde war sie nicht in der richtigen Stimmung. Als sie die Straße erreichte, in der ihre Eltern wohnten, erkannte sie Georges altes Auto unter einem Baum und wurde von freudiger Erwartung ergriffen. Bestimmt hatte er seit seiner Rückkehr aus Amsterdam versucht, sie telefonisch zu erreichen, und machte sich große Sorgen. Marina hatte ihm gewiss einen Zettel hinterlassen. Ungeduldig kramte sie nach dem Schlüssel, der auf den Grund ihrer Handtasche gerutscht war. Sie hörte die Stimme ihres Vaters, doch im Wohnzimmer war niemand zu sehen. Wahrscheinlich telefonierte er. Also ging sie den Flur entlang und klopfte leise an die Schlafzimmertür, die einen Spalt weit offen stand. George Broughton Smith drehte sich überrascht um. Er trug den seidenen Morgenmantel offen. Sein Anzug hing über einem Stuhl, Hemd und Unterwäsche waren auf dem Boden verstreut. Verdattert starrte er seine Tochter an. Sie sah ihm fragend ins Gesicht. Was hatte er nur? Dann wanderte ihr Blick durch das Zimmer. Auf dem Bett ihres Vaters lag ein junger, blonder, attraktiver Mann, der sie entgeistert anschaute und dann blitzartig seinen nackten Körper mit dem Laken bedeckte.

Kapitel 16

Dublin, September 1965

Raphael holte Sarah vom Flughafen ab. Er strahlte über das ganze Gesicht, als er sie durch die Schranke kommen sah.
»Gott sei Dank, dass du wohlbehalten zurück bist«, rief er aus und drückte sie an sich. »Ich muss dir sagen, dass deine Mutter und ich seit deinem Anruf aus Nairobi außer uns vor Angst waren. Wie geht es dem jungen Mann, der angeschossen wurde? Und was ist mit Camilla?«
»Ich denke, Lars ist bald wiederhergestellt«, erwiderte Sarah. »Aber Camilla muss zum plastischen Chirurgen. In ein oder zwei Tagen wissen wir mehr.« Sie umarmte ihre Eltern und war froh, wieder bei ihnen zu sein. »Und was machen wir jetzt?«, fragte sie.
Sie blickte ihre Mutter an. Betty hatte die Lippen fest zusammengepresst, um Tränen der Erleichterung zu unterdrücken. Untergehakt gingen sie zum Auto.
»Wir haben eine Überraschung für dich«, meinte Raphael. »Großvaters Haus in Sligo gehört wieder uns. Die Mieter sind fort, und wir wohnen jetzt schon seit einer Woche dort.«
»Das ist ja wundervoll! Ich liebe dieses alte Haus, den Strand und die Dünen. Aber was wollt ihr damit machen, wenn ihr nach Kenia zurückkehrt?«
Betty blieb ruckartig stehen und sah ihre Tochter an. »Wir gehen nicht mehr zurück, Sarah. Dad und ich haben beschlossen, in Irland zu bleiben. Ich weiß, das kommt sehr unerwartet für dich. Wir erklären dir alles auf dem Weg nach Sligo.«
Sarah traute ihren Ohren nicht. Starr vor Schreck saß sie hinten im Wagen. Währenddessen dachte sie an das Haus in Mom-

basa, die Palmen und die Gerüche und Geräusche des tropischen Meers.
»Ich fasse es einfach nicht«, protestierte sie, als sie zum Mittagessen in einem Landgasthof Halt machten. »Warum wollt ihr alles in Kenia aufgeben, wo ihr wirklich gebraucht werdet? Es ist eure Heimat, das Land, das ihr liebt – das wir alle lieben. Und wenn ihr schon weg aus der Stadt wollt, könntet ihr dort doch so viel mehr bewirken, Dad. Stattdessen wollt ihr eine alte Ruine in der Einöde renovieren, wo es immer regnet und kalt ist.« Sie konnte sich nicht vorstellen, dass ihre Eltern in diesem trüben Land leben wollten, aus dem sie selbst sich so dringend fortsehnte.
»Ich hatte schon immer die Absicht, mich hier zur Ruhe zu setzen. Es kommt nur ein bisschen früher als geplant.« Raphael hielt inne, um seine Pfeife zu stopfen. Nach einer kurzen Pause fuhr er fort: »Kenia hat sich sehr verändert, und ich kann wegen des Malariarisikos nicht mehr an der Küste leben. Wenn wir zurückkehren würden, müssten wir noch einmal von vorne anfangen. Eine neue Umgebung, ein neues Krankenhaus, neue Freunde und Kollegen. Wenn ich mir das in meinem Alter noch einmal antun muss, dann lieber in Irland.«
»Ach, Dad, jetzt redest du wie ein Tattergreis! Du hast doch noch viele Jahre vor dir, ganz gleich, wo und womit du sie verbringst.«
»Ja, das hoffe ich auch. Aber es gibt noch einen weiteren Grund«, erwiderte er. »Dein Bruder hat sein Praktikum nun hinter sich und möchte zu mir nach Sligo kommen. Tim und ich werden gemeinsam die Praxis des alten Dr. Macnamara übernehmen, der sich zur Ruhe setzen will. Der Zeitpunkt passt, und es wird mir eine große Hilfe sein, meinen Sohn als Kompagnon zu haben.«
Sarah öffnete die hintere Wagentür, stieg ein und wickelte ihre Jacke um sich wie ein Bollwerk gegen weitere Hiobsbotschaften. »Ich wusste, dass da noch mehr dahinter steckt«,

meinte sie. »Du willst für Tim eine Praxis einrichten, stimmt's?«
»Nein, Tim ist eindeutig nicht der Anlass«, entgegnete Betty. »Er würde es vermutlich viel weiter bringen, wenn er in einem großen Krankenhaus in England eine Facharztausbildung begänne. Natürlich stimmt es, dass er auf diese Weise zu einer voll eingerichteten Praxis kommt. Aber er wird Dad zur Hand gehen. Also zieh keine voreiligen Schlüsse, Sarah. Die Gesundheit deines Vaters steht an erster Stelle. Würden wir noch fünf oder zehn Jahre in Kenia bleiben, wäre es zu spät für eine große Veränderung, bevor er sich zur Ruhe setzen muss. Der Zeitpunkt für einen Neuanfang ist günstig. Du hast das Haus doch immer geliebt, obwohl du seit Großvaters Tod nicht dort gewesen bist. Du wirst sofort sehen, dass es sich wunderbar für uns eignet. Zwar gibt es noch viel zu tun, aber einige Zimmer haben wir schon gemütlich eingerichtet, während die Handwerker noch an der Arbeit sind.«
Auf der restlichen Fahrt hüllte sich Sarah in Schweigen. Sie wollte das Wiedersehen nicht verderben und hatte ein schlechtes Gewissen, weil sie nach Kenia zurückkehren wollte, während ihre Eltern diesen Lebenstraum aufgeben mussten.
Das alte Haus stand einige Kilometer außerhalb von Sligo über der Donegal Bay. Ein abschüssiger Rasen reichte hinunter bis an den langen weißen Strand und die Dünen von Streedagh. Hinter ihnen erhob sich der Ben Bulben, dessen abgeflachter Gipfel ins Meer hinausragte wie der Bug eines riesigen Schiffes. Das ansehnliche Bauwerk im georgianischen Stil befand sich auf einem großen Grundstück mit Stallungen. Allerdings war das Mauerwerk feucht. Gleichgültige Mieter hatten das Gebäude in den vergangenen Jahren vernachlässigt. Nun würde es zum Mittelpunkt eines neuen Lebensabschnitts werden. Sarah war erstaunt, wie rasch ihre Eltern sich entschieden hatten. Es kränkte sie sehr, dass man sie nicht einbezogen hatte. Während ihrer kurzen Abwesenheit hatte Raphael seinen Vertrag

im Ausland aus gesundheitlichen Gründen aufgelöst, eine Abfindung kassiert und beschlossen, in Irland eine Hausarztpraxis zu eröffnen.

Vier Tage nach ihrer Ankunft eröffnete Sarah den Eltern ihre eigenen Pläne. Sie hatte einen langen Tag an der Universität verbracht, um über ihre Zukunft zu sprechen, und den Dekan gefragt, ob sie das Magisterstudium nicht ein wenig später aufnehmen könne. Es war nicht leicht gewesen, ihn zu überzeugen.

»Ich habe eine Stelle in Kenia gefunden«, erklärte sie ihren Eltern. »Und zwar in einem Forschungsprojekt in Buffalo Springs, das sich mit Elefanten befasst. Das Projekt wird von Dan und Allie Briggs geleitet, und sie sind bereit, mich als Assistentin einzustellen. Ich bekomme in ihrem Camp Kost und Logis, ein Auto und ein kleines Gehalt. In ein paar Wochen kehre ich dorthin zurück.«

»Das kann doch nicht dein Ernst sein!«, rief Betty entsetzt.

Raphael rutschte auf dem Sofa herum und räusperte sich lautstark, ein eindeutiges Anzeichen dafür, dass er sich unwohl fühlte oder eine Auseinandersetzung vermeiden wollte. Plötzlich war er voll und ganz damit beschäftigt, seine Pfeife zu stopfen, und gab keinen Ton von sich.

»Ich meine es völlig ernst.« Sarah reckte trotzig das Kinn. »So ein Überfall passiert schließlich nicht alle Tage. Wahrscheinlich finden in Dublin täglich mehr Raubüberfälle statt als in Kenia. Außerdem wohne ich ja nicht in Nairobi oder Langani, sondern draußen im *bundu*, wo ich als mittellose Forschungsassistentin die Elefanten beobachten werde. Niemand wird etwas von mir wollen.« Allerdings verschwieg sie, dass die Erinnerungen an die schreckliche Nacht in Langani ihr noch immer lebhaft vor Augen standen. Selbst in Irland konnte sie die Nächte nur schwer ertragen.

»Ich verstehe nicht, warum du nicht zuerst dein Studium hier beendest.« Betty stand auf und begann im Zimmer auf und ab zu gehen. Die Entschlossenheit ihrer Tochter machte ihr sichtlich zu schaffen. »Du hast ein glänzendes Examen gemacht und nun ein Angebot von der Universität erhalten, nach dem sich die meisten Studenten die Finger ablecken würden. Bei deiner Begabung wäre es verrückt, diese Chance abzulehnen, Sarah. Du bist doch sonst so vernünftig.«

»Ihr habt euch doch auch entschieden, hier zu bleiben. Außerdem habe ich nicht gesagt, dass ich mein Studium abbrechen will. Ich habe nur um ein Jahr Urlaub gebeten, um Erfahrung in der Praxis zu sammeln. Als der Dekan das Informationsmaterial sah, hat er mich sogar dazu ermutigt. Ich habe ihm eine Kopie der Studie vorgelegt, die Dan und Allie Briggs gerade durchführen.« Sie wusste, dass die Wahrheit anders aussah: Die Besprechung war ziemlich stürmisch verlaufen. Erst nach hartem Kampf hatte sie ihre Entscheidung durchsetzen können, in dieser wichtigen Phase des Studiums eine Pause einzulegen.

»Aber du könntest diese Praxiserfahrung doch auch in den Semesterferien sammeln, anstatt wegen eines einzigen Projekts dein Studium zu unterbrechen. Wenn du erst deinen Abschluss hast, werden sich noch weitere Gelegenheiten ergeben. Vielleicht sogar bessere.« Betty war nahe daran, die Geduld zu verlieren.

»Das ist keine kindische Laune. Ich habe ein traumhaftes Angebot von zwei anerkannten Wissenschaftlern erhalten, die von einer großen amerikanischen Universität unterstützt werden und ein Stipendium des *National Geographic* erhalten. Vielleicht werden sie sogar Gelder vom Smithsonian Institute bekommen. Sie gehören in dieselbe Liga wie die Adamsons, Jane Goodall und Diane Fosse. Und ich kann mir nichts Schöneres vorstellen, als an dieser Elefantenstudie mitzuarbeiten. So eine Chance bietet sich nicht alle Tage. Für jemanden wie mich, der noch keinerlei Berufserfahrung vorzuweisen hat, ist das einfach ideal!« Sie brachte alle Argumente vor, die ihr einfielen. Dabei wusste sie, dass die weitere Finanzierung des

Projekts der Briggs' noch in den Sternen stand und sie vielleicht schon in wenigen Monaten arbeitslos sein würde.

»Du hast doch überhaupt keine Arbeitserlaubnis. Und bestimmt kannst du von dem Gehalt nicht leben, das sie dir bezahlen wollen.« Betty tat ihr Bestes, um sie umzustimmen. »Ich sehe ja ein, wie verlockend es für dich ist. Aber du musst auch realistisch denken.«

»Was würde ich denn hier in Dublin verdienen? Gar nichts! Ihr müsstet mich trotzdem unterstützen. Du weißt genau, dass Geld nicht das wirkliche Thema ist, Mum. Außerdem brauche ich im Camp sowieso nichts. Ich bekomme ein Zelt oder eine andere Unterkunft, Essen und ein Auto. Geld ist nur nötig, falls ich einmal nach Nairobi fahren sollte, und dafür ist sicher gesorgt.«

»Du darfst deine persönliche Sicherheit nicht auf die leichte Schulter nehmen, Sarah. Schließlich hast du schon eine schlechte Erfahrung hinter dir.« Raphael runzelte die Stirn. »Im Norden von Kenia, wo du hinwillst, gibt es Unruhen, und dabei handelt es sich eindeutig nicht um einzelne Raubüberfälle. Es ist eine sehr ernste Angelegenheit, ein Grenzkrieg zwischen Kenia und Somalia, der sich sicher noch eine Weile hinziehen wird. Und ein Zelt in Buffalo Springs wird dir herzlich wenig Schutz gegen somalische Banditen bieten. Gibt es bei diesen Briggs' überhaupt Wachen und Waffen?«

»Keine Ahnung, Dad. Du bist ja auch während der Mau-Mau-Aufstände geblieben, Waffen hin oder her.«

»Ach, sei nicht albern, Sarah, das war doch etwas ganz anderes«, zischte Betty. »Damals wurden wir von der britischen Armee und der Polizei beschützt. Kenia war eine Kolonie, die britischem Recht unterstand. Außerdem sind die Mau-Mau nie bis zur Küste gekommen. Das kann man überhaupt nicht vergleichen.«

»Möchtest du dir nicht überlegen, noch ein Jahr zu warten?«, fragte Raphael, doch seine Stimme klang schicksalsergeben.

»Schließlich hast du noch jede Menge Zeit. Du könntest es in den folgenden Jahren bereuen, wenn du eine übereilte Entscheidung triffst. Denk nur an deine Karriere …«

»Ich weiß genau, wie meine Karriere aussehen soll. Passt auf, ich möchte mich nicht deswegen streiten. Bitte. Ich kehre zurück nach Kenia, um an diesem Forschungsprojekt zu arbeiten. Sie brauchen jetzt eine Assistentin. Wenn ich ein Jahr warte, ist die Stelle besetzt. Momentan gibt es nicht viele Menschen wie mich, die sich in Kenia auskennen, Kisuaheli sprechen und einen Abschluss in Zoologie vorzuweisen haben. Außerdem sagte Allie Briggs, dass meine fotografischen Kenntnisse sehr nützlich sein könnten. Stell dir nur vor, wenn ich Glück habe und *National Geographic* auf meine Bilder aufmerksam wird. Das ist zwar sehr unwahrscheinlich, aber die Möglichkeit besteht.«

Sarah fiel ihrer Mutter um den Hals. »Ich liebe dich, Mum. Und ich möchte Dad und dir keinen Kummer bereiten. Aber so eine Gelegenheit bietet sich mir vielleicht niemals wieder. Bitte sagt, dass ihr euch für mich freut.«

»Ich fasse es immer noch nicht, dass du einfach alles geplant hast, ohne zuvor ein Wort mit uns zu wechseln.« Hilfesuchend sah Betty ihren Mann an, doch dieser schwieg. Als sie einen erneuten Anlauf unternahm, schwang Verzweiflung in ihrer Stimme mit. »Ich weiß, wie schwierig die letzten drei Jahre für dich waren. Aber Dad und ich leben ab jetzt in Irland. Wir müssen das Haus fertig renovieren und uns um die Praxis kümmern. Das ist eine große Verpflichtung. Ich dachte, wir würden das alle gemeinsam anpacken. Du hättest deine Semesterferien bei uns verbringen können. Es ist ein wunderschönes Fleckchen Erde, unberührt und idyllisch, und es wird nicht nur der neue Arbeitsplatz deines Vaters sein, sondern auch unser Zuhause.«

»Das glaube ich dir gern. Aber ich muss zurück«, beharrte Sarah. »Dort ist alles, was ich mir immer gewünscht habe.«

»Sarah?« Betty blickte ihre Tochter forschend an. »Ich hoffe, dass nicht Piet van der Beer dahinter steckt. Wenn ein Mann dich wirklich liebt, muss er den ersten Schritt machen. Er wird gar nicht erfreut sein, wenn du dich ihm an den Hals wirfst, ganz gleich, wie viel er dir bedeuten mag. Damit wirst du ihn nur vergraulen, so viel steht fest.«
»Ich gehe nicht seinetwegen zurück.« Sarah schrie jetzt fast. »Es war schon immer mein Traum, in Kenia in einem Wildreservat zu arbeiten. Das ist mir nicht plötzlich über Nacht eingefallen. Ja, ich habe Piet sehr gern. Und Hannah ist schon seit Jahren meine beste Freundin. Man hat mir eine phantastische Stelle angeboten, und ich finde, ihr verhaltet euch ungerecht.«
»Wir möchten nur verhindern, dass du in deinem jugendlichen Überschwang alles hinwirfst, wofür du an der Universität gearbeitet hast, um dich wieder auf einen deiner Kreuzzüge zu begeben«, meinte Raphael beschwichtigend. »Wir spielen nur den Advocatus Diaboli, um es einmal so auszudrücken, damit du die Sache in deinem eigenen Interesse noch einmal überdenkst. Du bist eine unverbesserliche Optimistin und Romantikerin. Außerdem wärst du nach einem weiteren Studienjahr viel höher qualifiziert. Dann könntest du in Kenia eine gut bezahlte Stelle bekommen und wärst außerdem durch deinen Abschluss auf lange Sicht abgesichert.«
Sarah war es sehr wichtig, dass ihre Eltern ihr zumindest ihren Segen gaben, wenn sie ihre Pläne schon nicht billigten. Daher wollte sie keine Kritik an ihren Entscheidungen üben. Wenn sie ihren Vater ansah, erschrak sie über seinen Anblick. Er war sehr mager geworden, und seine Haut war von den Nebenwirkungen des Medikaments nach dem Malariaanfall, das ihm das Leben gerettet hatte, noch gelblich verfärbt. Zum ersten Mal wurde ihr klar, dass er einmal alt und gebrechlich sein könnte. Sicher war es ihnen nicht leicht gefallen, Afrika den Rücken zu kehren und für immer nach Irland überzusiedeln. Sarah bedauerte, dass sie diese Entscheidung gefällt hatten, ohne mit

ihr zu sprechen. Es gab doch viele nahezu malariafreie Gegenden von Kenia, in denen sie ihre Arbeit hätten fortsetzen können. Ein erfahrener Arzt wie ihr Vater wurde dort dringend gebraucht. Dann jedoch erkannte Sarah, dass ihre Mutter Angst hatte, Raphael auch nur dem geringsten Risiko auszusetzen. Zu ihrem Erstaunen empfand sie plötzlich das Bedürfnis, ihre eigenen Eltern zu beschützen. Bei Tim war es etwas anderes. Er war jung und gesund, konnte überall Fuß fassen, seine Meinung ändern und später weiterziehen.
Sarah drehte sich zum Kaminfeuer um und stocherte zwischen den Scheiten. War es vielleicht ein Fehler fortzugehen, obwohl ihre Eltern auf ihre Hilfe gebaut hatten? Aber sie konnte einfach nicht bleiben. Schließlich hatte sie nun einen Weg gefunden, in ihre wahre Heimat zurückzukehren, in ein Land, wo sie einen wertvollen Beitrag leisten und den Menschen helfen konnte. Allerdings, wenn sie ehrlich mit sich war, musste sie zugeben, dass Betty mit ihrer Bemerkung über Piet ins Schwarze getroffen hatte. Sie war mit ihm über die Ebenen geritten und hatte miterlebt, wie sein Wildreservat und die Lodge Gestalt annahmen. Gemeinsam hatten sie in der Abenddämmerung auf einem Stein gesessen und die Elefanten beobachtet, die an den Fluss zum Trinken kamen. Piet hatte sie es zu verdanken, dass sie sich wieder lebendig fühlte. Und, ja, sie war bereit, immer in seiner Nähe zu bleiben und die Hoffnung nicht aufzugeben. Piet war das Wichtigste in ihrem Leben. Sie wollte bei ihm sein, auch wenn er sie nicht lieben konnte oder wollte. Als Raphael sie forschend musterte, errötete sie, wie immer, wenn sie sich von ihm durchschaut fühlte.
»Tja, da wir dich offenbar nicht umstimmen können, Kind, sollten wir stolz auf unsere mutige und einfallsreiche Tochter sein.« Tröstend tätschelte Raphael ihr den Kopf, wie er es so oft in ihrer Kindheit getan hatte. »Sie hat Recht, Betty, mein Schatz«, fuhr er fort. »Wir müssen sie ihr eigenes Leben führen lassen und dürfen nicht verlangen, dass sie sich nach uns rich-

tet. In ein paar Wochen ist sie einundzwanzig, also alt genug, um ihre Entscheidungen selbst zu treffen. Und es ist schön, wenn man seine Träume wahr machen kann.«

Sarah starrte ihn überrascht an und fiel ihm um den Hals. Ein zärtliches, amüsiertes Funkeln lag in Raphaels Augen, als er sich zu seiner Frau umwandte. »Ach, hab dich nicht so, Betty, gib unserer Tochter einen Kuss. Du musst gestehen, dass sie Unternehmungsgeist besitzt, auch wenn sie manchmal ein bisschen über das Ziel hinausschießt.«

»Sie hat dich schon immer um den Finger gewickelt«, meinte Betty. »Ich bin zwar auch weiterhin nicht überzeugt, aber was soll ich tun?« Sie nahm Sarah in die Arme. »Sei bloß vorsichtig und geh keine unnötigen Risiken ein. Das Land hat sich seit damals sehr verändert. Inzwischen geht dort alles drunter und drüber, und es gibt niemanden, der für Ruhe und Ordnung sorgt. In Langani hast du etwas Schreckliches erlebt, und ihr könnt von Glück sagen, dass niemand ums Leben gekommen ist.«

»Ich werde auf der Hut sein, Mum, Ehrenwort.« Nun, da sie nicht mehr gegen Widerstände ankämpfen musste, wurde sie von einer fast kindlichen Vorfreude ergriffen. »Ich bin ja so glücklich! Ich weiß, dass ich das Richtige tue. Wartet nur ab, was Tim dazu …«

»Das dürfte noch interessant werden«, kicherte Raphael. »Außerdem hat er auch dir etwas mitzuteilen, was dich überraschen dürfte.«

Tim. Bei dem Gedanken, ihm von ihren Plänen zu erzählen, wurde Sarah ein wenig mulmig zumute. Sie nahm an, dass er nicht begeistert sein würde. Und sie behielt Recht.

»Du bist ja vollkommen übergeschnappt«, lautete sein erster Kommentar. »Und egoistisch obendrein. Siehst du denn nicht, wie schwierig es für sie werden wird? Besonders für Mum! Sie braucht jetzt dringend Hilfe, und wie ich weiß, hat sie fest damit gerechnet, dass du während der Ferien und gelegentlich an den Wochenenden hier sein wirst. Außerdem mache ich mir Sorgen um Dad. Ist er wirklich gesund genug, um jeden Tag von früh bis spät in einer Arztpraxis zu stehen und womöglich noch nachts zu Notfällen gerufen zu werden – auch wenn ich da sein werde, um ihn zu unterstützen?«

»Aber er hat sich doch erholt«, protestierte Sarah. »Mir hat er gesagt, dass er wieder auf dem Damm ist.«

Tim schüttelte den Kopf. »Die Malaria hat seinen Allgemeinzustand stark geschwächt. Häufige Anfälle können das Herz belasten. Dir ist doch sicher aufgefallen, dass er leicht außer Atem gerät und schnell ermüdet. Und sein Blutdruck ist viel zu hoch.«

»Hat Dad etwa Herzprobleme?«

»Das kann ich nicht mit Sicherheit sagen. Doch ich finde, dass du bleiben und ihnen zur Hand gehen solltest, zumindest im ersten Jahr.«

»Der richtige Zeitpunkt, um von zu Hause auszuziehen und mein eigenes Leben zu führen, wird wahrscheinlich nie kommen«, erwiderte Sarah bedrückt. »Wenn ich noch ein Jahr warte, wird der Abschied noch schwerer werden. Vielleicht finde ich ja nie wieder eine Forschungsstelle, die so interessant ist wie diese.«

»Begreifst du denn nicht, dass sich die Situation seit dem Umzug völlig verändert hat?«, beharrte Tim. »Du wirst ein Heim haben, das nicht allzu weit von Dublin entfernt ist. Dazu liegt das Haus direkt am Meer und an einem langen Strand. Ein wahrer Traum und obendrein noch mitten in einem Naturparadies!«

»Du liebst Irland, Tim«, entgegnete sie. »Dad hatte Glück, dass die Abfindung es ihm ermöglicht hat, sich hier niederzulassen. Es freut mich, dass ihr zusammenarbeiten werdet. Ich jedoch weiß jetzt, was ich will, und ich muss es einfach tun.« Bittend streckte sie die Hand aus.

»Du hast doch eine Schraube locker!« Er wandte sich ab,

schenkte sich eine Tasse Tee ein und drehte sich dann wieder um, um ihr auch eine anzubieten. Als er ihre gekränkte Miene bemerkte, bereute er seine harten Worte.

»Tut mir Leid, Sarah, aber es kommt so plötzlich. Du fliegst nach Kenia, um Urlaub zu machen, und kaum bist du zurück, eröffnest du uns, dass du das Studium hinschmeißen willst, um mit wildfremden Menschen im Busch zu leben. Außerdem hättest du letzte Woche getötet werden können. Welche Reaktion hast du denn von mir erwartet? Du hast einen ausgezeichneten Abschluss gemacht, und wir sind so stolz auf dich. Deine großartigen Fotos wurden sogar in einer Dubliner Galerie ausgestellt. Wenn du hier bleiben würdest, könntest du gutes Geld verdienen, indem du für Zeitungen und Zeitschriften fotografierst.«

»Das kann ich genauso gut in Kenia tun.«

»Verdammt, es geht nicht um Fotos. Ich mache mir ernsthaft Sorgen um deine Sicherheit! Mum und Dad hast du vielleicht täuschen können, aber ich sehe genau, wie nervös du bist. So eine Erfahrung steckt man nicht so einfach weg. Der Vorfall in Langani war nur ein Symptom für die Entwicklung in Kenia. Das ist nicht mehr das Land unserer Kindheit.«

»Woher zum Teufel nimmst du das Recht, das zu beurteilen?« Sarah war mit ihrer Geduld am Ende. »Du warst seit Jahren nicht mehr dort! Ich wünschte, Mum und Dad hätten diese folgenschweren Entschlüsse nicht während meiner Abwesenheit gefasst. Bestimmt hätte ich sie zur Rückkehr überreden können. Doch für dich, Tim, war es ja recht praktisch so. Dad kommt krank hier an, Mum ist außer sich vor Angst, und, schwuppdiwupp, ziehen sie mitten in die irischen Sümpfe, womit deine berufliche Zukunft gesichert wäre. Wären sie ins kenianische Hochland gegangen, hätten sie noch jahrelang ihr gewohntes Leben weiterführen können.«

»Was willst du damit andeuten, verdammt?« Tim sprang auf, sodass sein Stuhl umfiel. »Unterstellst du mir etwa, ich hätte

Dads Krankheit ausgenützt? Um Himmels willen! Du bist ein Ungeheuer, Sarah! Ich fasse es nicht, dass du mir so etwas vorwirfst. Wenn du dich jetzt nicht zusammenreißt, sind wir geschiedene Leute!«

Beide waren so wütend, dass es kaum möglich schien, wieder aufeinander zuzugehen. Starr vor Empörung blickte Tim aus dem Fenster, während Sarah, die Hände vors Gesicht geschlagen, am Küchentisch saß. Sie ergriff als Erste das Wort.

»Tut mir Leid, natürlich habe ich es nicht so gemeint.« Ihre Lippen zuckten, als sie sich zu einem versöhnlichen Lächeln zwang. »Das ist mir so herausgerutscht. Vielleicht liegt es daran, dass ich mich übergangen gefühlt habe. Während ich weg war, habt ihr so wichtige Entscheidungen getroffen und alles umgeworfen. Außerdem dachte ich, dass gerade du meine Liebe zu meinem Beruf verstehen müsstest. Ich habe die Aufgabe gefunden, die ich mir schon immer gewünscht habe.«

»Ich begreife dich ja. Ich hätte auch gern …« Anstatt seinen Satz zu beenden, setzte Tim sich neben sie. Sein Zorn war verraucht. Sarah sah ihn fragend an.

»Möchtest du wirklich hier mit Dad eine Praxis eröffnen? Du tust es doch nicht etwa, um …«

»Nein, selbstverständlich nicht. Und ich neide dir die Chance auch nicht. Ich will nur, dass du glücklich wirst und dass dir nichts zustößt. Du darfst dich nicht dazu hinreißen lassen, aus lauter Idealismus dein Leben wegzuwerfen oder aufs Spiel zu setzen …«

»Ach herrje, Tim!« Sarah fuhr sich mit den Fingern durch den Haarschopf und schlug dann ungeduldig mit der Faust auf den Tisch. »Ich kehre wegen der Stelle nach Kenia zurück! Erspare mir einen weiteren Vortrag über Piet! Ja, ich empfinde viel für ihn und weiß nicht, ob etwas daraus werden kann. Manchen werden Liebe und Lebensglück auf dem Silbertablett serviert, und andere müssen nehmen, was sie kriegen können.«

»Nur dass du dich für den Weg entscheidest, bei dem deine Chancen schlecht stehen. Und zwar nicht nur, was Piet betrifft.«

»Kein Wort mehr über Piet! Das Thema geht dich überhaupt nichts an.« Als er widersprechen wollte, schnitt sie ihm das Wort ab. »Solltest du die heilige Deirdre bitten, hierhier zu ziehen, würde ich ja auch nicht meinen Senf dazugeben.«

»Offen gestanden habe ich sie bereits gefragt.« Tim sah sie grimmig an. »Und wenn du nicht nur um deine eigenen ehrgeizigen Pläne kreisen würdest, hätte ich es dir auch schon erzählt. Deirdre ist ein wundervolles Mädchen mit vielen Fähigkeiten. Sie wird als Sprechstundenhilfe zu uns kommen. Und als meine Verlobte.«

»Deine was?« Sarah traute ihren Ohren nicht. »Du hast Deirdre tatsächlich einen Heiratsantrag gemacht?«

»Ja, und sie hat eingewilligt. Du brauchst nicht so erstaunt zu tun. Also, wo bleiben die Glückwünsche?«

»O Tim!« Entsetzt über seine Entscheidung, zermarterte sie sich das Hirn nach einer diplomatischen Antwort. »Jetzt spring mir bitte nicht gleich an die Gurgel, aber liebst du sie wirklich? Leidenschaftlich, meine ich? Ich weiß, dass du sie anbetest, und sicher ist sie auch ein guter Mensch. Aber genügt das?« Als er schwieg, rutschte sie enger an ihn heran. »Gütiger Himmel, in letzter Zeit hat sich so viel verändert. Alles geht drunter und drüber. Ich liebe dich, Tim. Und Mum und Dad ebenfalls. Und wenn Deirdre die Richtige für dich ist, werde ich sie auch lieben. Und du wirst auf meine Erfolge in Kenia stolz sein, da bin ich ganz sicher.«

Sie brach in Tränen aus, denn ihr graute vor dem Abschied von ihrer Familie. Außerdem füchtete sie sich vor den Gefahren und Unwägbarkeiten, die vor ihr lagen.

»Wir schaffen das schon«, sagte er, umarmte sie und reichte ihr ein sauberes Taschentuch. »Wenn du Deirdre erst besser kennen lernst, wirst du sehen, was für ein wundervoller Mensch sie ist. Wir haben dieselben Ansichten und Ziele, und ich habe sie sehr, sehr gern.«

»Jedenfalls hat sie großes Glück gehabt«, erwiderte Sarah, auch wenn sie insgeheim immer noch glaubte, dass ihr Bruder einen Fehler beging. Er sprach zwar davon, dass er Deirdre bewunderte, schätzte und gern hatte, aber das Wort Liebe war kein einziges Mal gefallen. »Ich bin glücklich für dich, Tim, wirklich. Und was Piet betrifft, ich habe ihn schon immer geliebt und bin machtlos dagegen. Vielleicht teilt er meine Gefühle nicht. Noch nicht. Doch das könnte sich ändern. Denn letztendlich ist die Liebe das Einzige, was zählt, findest du nicht?«

»Und wer hält jetzt wem Vorträge?«, meinte Tim. Doch er lächelte erleichtert, weil sie in der Lage waren, miteinander über ihre Zukunftspläne zu sprechen, so verschieden diese auch sein mochten.

Am selben Abend rief Sarah in London an und war überrascht, als Marina sich meldete. Offenbar hatte Camilla sich mit ihrer Mutter versöhnt, auch wenn sie ungeduldig auf Georges Rückkehr aus dem Ausland wartete. Sie brauchte seine Liebe und Unterstützung, um die Krise zu meistern. In den folgenden Tagen ließ Camilla nichts mehr von sich hören. Eine Woche später versuchte Sarah sie wieder in London zu erreichen, doch niemand hob ab. Vergeblich bemühte sie sich, ihre wachsende Besorgnis zu verscheuchen.

»Probier es doch in ihrem Wochenendhaus«, schlug Betty vor. »Das arme Mädchen tut mir schrecklich Leid. Wie schön wäre es, wenn sie am Samstag zu deiner Geburtstagsfeier herkäme. Schließlich gehört sie zur Familie.«

In Burford ging Marina ans Telefon. Ihr Tonfall war kühl. Ihre Tochter werde in der nächsten Zeit weder in London noch hier erreichbar sein. Sie werde Camilla den Anruf ausrichten.

»Hast du mit ihr gesprochen?«, fragte Betty. »Wie geht es ihr?«

»Ich hatte nur ihre Mutter dran«, erwiderte Sarah stirnrunzelnd. »Sie sagte, Camilla sei nicht da. Vielleicht ist sie ja mit George weggefahren, obwohl Marina ihn gar nicht erwähnt hat. Bestimmt ruft sie an, wenn sie zurück ist.«

Sarahs Geburtstagsfeier fand draußen in den Dünen von Streedagh statt. Sie hatte keine Lust auf ein teures Abendessen in einem eleganten Restaurant gehabt, wohl wissend, dass für ihre Eltern wegen der Renovierung des Hauses und der Einrichtung der Praxis jeder Penny zählte. Nachdem Tim und Raphael ein Lagerfeuer entzündet hatten, grillten sie Lachs und Kartoffeln in der Glut. Einige Bewohner des Dorfes gesellten sich zu ihnen und brachten Fiedeln, ein Akkordeon und ein *bauraun* mit. Alte Melodien stiegen in den Nachthimmel auf. Erst als sie wieder zu Hause waren, holte Raphael Sarahs Geschenk hervor. Alle sahen zu, wie sie den Karton auspackte und die schwere Hasselblad-Kamera heraushob. Völlig überwältigt von dem wertvollen Geschenk, fiel sie ihren Eltern um den Hals.

Zwei Tage später traf Deirdre ein, die ihre Stelle als Krankenschwester in Dublin gekündigt hatte. In Sligo arbeitete sie unermüdlich, legte eine beeindrucktende Tüchtigkeit an den Tag und verhielt sich stets einfühlsam. Doch leider besaß sie die ärgerliche Angewohnheit, ihren Mitmenschen in ihrem von starkem Cork-Akzent geprägten Singsang unerbetene Ratschläge zu erteilen. Sarah hatte wider Willen Hochachtung vor ihr. Aber obwohl Deirdre und Tim einander offensichtlich gern hatten, schien etwas in ihrer Beziehung zu fehlen. Die beiden wirkten eher wie Bruder und Schwester. Außerdem schien Deirdre zu zögern, wenn es darum ging, einen Hochzeitstermin festzulegen. Aber sie war nun einmal die Frau, für die Tim sich entschieden hatte. Mehr Sorgen machte sich Sarah um ihren Vater, denn ihr fiel auf, wie ihm immer wieder die Luft wegblieb, sodass er erbleichte und nach Atem rang. Doch er beteuerte, dass er nur Ruhe brauchte. Betty teilte diese Zuversicht nicht. Also fasste Sarah sich ein Herz und schickte

Dan Briggs ein Telegramm, in dem sie um mehr Zeit bat. Zu ihrer Erleichterung brachte der Postbote schon kurz darauf die Antwort. In ihrem freundlichen und verständnisvollen Brief räumten ihr die Briggs' einen Aufschub bis Anfang November ein. Obwohl Sarah klar war, dass ihre Rückkehr damit in die Regenzeit fallen würde, wenn das Reisen wie auch die Arbeit eine mühselige Plackerei waren. Doch was blieb ihr anderes übrig?
Trotz der angespannten finanziellen Lage wegen des Umbaus waren sich alle einig, sich einen Luxus zu gönnen, und Raphael kaufte drei Pferde. Das Haus blickte auf den Strand, wo Sarah schon als kleines Mädchen mit Tim auf den Ponys ihres Großvaters ausgeritten war. Er hatte ihnen das Reiten beigebracht, als sie zum ersten Mal aus Kenia zurückgereist waren, um hier ihren Urlaub zu verbringen. Bei Ebbe bot die lange Landzunge die idealen Bedingungen, um im vollen Galopp, begleitet von Jubelrufen, Hufgetrappel auf dem feuchten Sand, dem Schnauben des Pferdes und dem Knarzen des Zaumzeugs, den Strand hinunterzupreschen. Die beiden Geschwister hatten diesen Ort immer ganz besonders geliebt.
»Ich würde nach dem Mittagessen gern ausreiten«, meinte Sarah zu Tim, nachdem sie einige Tage lang Kies und Mörtel geschippt hatten.
»Eine tolle Idee«, erwiderte er. »Du hast es dir ehrlich verdient. Was hältst du davon, Deirdre? Es ist Zeit, dass du reiten lernst. Wir könnten einen kleinen Ausflug an den Strand machen.«
Als er die Arme um ihre Taille schlang und sie an sich zog, machte sie sich mit einem leisen Ausruf los.
»Du weißt genau, dass ich keine Pferdefreundin bin«, erwiderte sie scharf. »Am besten ziehst du mit Sarah allein los. Ich würde euch nur aufhalten.«
Obwohl Tim sich abwandte, war Sarah seine verletzte Miene nicht entgangen. Die beiden ritten über die Dünen zur Ruine

von Mullaghmore Castle. Dort galoppierten sie in die Brandung hinein, sodass die salzige Gischt ihnen ins Gesicht spritzte. Als sie während der herannahenden Flut nach Hause ritten, färbte sich der Himmel über dem Ben Bulben feuerrot. Vor ihnen glitten Seehunde von der Landzunge ins Wasser. Als sie die Pferde vom Strand wegführten, fühlte sich Sarah ihrem Bruder sehr nahe. Sie betete, dass er sein Glück finden würde.
Das Haus lag im sanften Licht der Nachmittagssonne. Seine traditionelle Bauweise fügte sich vollkommen in die Landschaft ein. Die Hydrangeabüsche zu beiden Seiten der Terrassentüren standen in voller Blüte, und in den Fenstern spiegelte sich der Horizont über dem Meer. Endlich begriff Sarah, dass dieses Haus genau das Richtige für ihre Familie war. Hier konnten ihre Eltern ihren Lebensabend verbringen, während Tim und Deirdre ihre Kinder großzogen.
Die Wochen in Sligo flogen dahin. Die raschen Fortschritte beim Umbau des Hauses lenkten sie ein wenig von ihrer Sehnsucht ab, nach Kenia und zu Piet zurückzukehren. Ein Tag brach an, und ehe man sich versah, war es schon wieder Abend und Zeit zum Schlafengehen. Sarah war froh über die körperliche Erschöpfung, denn sie verhinderte, dass ihr die Erinnerungen an den Überfall den Schlaf raubten. Dennoch waren sie immer gegenwärtig, sie lauerten in jedem unerwarteten Geräusch, in jeder plötzlichen Bewegung. Aber Sarah sprach nicht darüber. Ihre Eltern sollten auf keinen Fall merken, wie sehr sie noch darunter litt.
»Ich hatte ganz vergessen, wie schön es hier ist«, vertraute sie ihrem Bruder an, als sie auf der Eingangstreppe standen und aufs Wasser hinausblickten. »Bestimmt wirst du hier sehr glücklich sein. Du und Dad seid das tollste Team, das man sich vorstellen kann.«
»Es ist eine große Verantwortung«, erwiderte er. »Manchmal frage ich mich, ob wir uns nicht damit übernehmen.«
»Jetzt aber mal halblang, Dr. Mackay. Schluss mit den Zweifeln.

Die Patienten werden von überall hierher strömen, und Deirdre wird eine großartige Sprechstundenhilfe sein. Das klappt schon.«

Ein langer Brief von Hannah traf ein. Sie schrieb, dass auf der Farm alles nach Plan liefe. Piet arbeite rund um die Uhr, da Lars sich noch schonen müsse. Die polizeilichen Ermittlungen hätten noch keine Ergebnisse gebracht. Sie hoffe, Sarah werde bald zurückkommen. Dann könnten sie Weihnachten in Langani feiern. Von Piet solle sie ihr alles Liebe ausrichten. Sarah hatte auf ein paar Zeilen von ihm gehofft, aber sie konnte verstehen, dass er nicht viel Zeit hatte. Außerdem war das Schreiben noch nie seine Stärke gewesen. Auch Camilla ließ nichts von sich hören. Sarah fragte sich, ob ihre Freundin wohl in Schwierigkeiten steckte. Oder hatte es Komplikationen mit der Narbe in ihrem Gesicht gegeben?

Als in Sligo allmählich der Alltag einkehrte, wartete Sarah immer ungeduldiger auf den richtigen Moment zur Abreise. Sie beschloss, zwei Tage früher aufzubrechen, um ein bisschen Zeit mit Camilla verbringen zu können. Also rief sie immer wieder bei ihr an. Allerdings dauerte es zwei Tage, bis sie Camilla endlich erreichte.

»Camilla! Ich bin es, Sarah. Wo hast du nur gesteckt? Ich habe mir schreckliche Sorgen um dich gemacht. Hast du meine Briefe nicht gekriegt?«

»Ich war ständig unterwegs und habe Leute besucht. Du weißt schon.« Camilla hörte sich an, als sei sie gerade erst aufgewacht.

»Nein, weiß ich nicht. Du kannst dich doch nicht einfach in Luft auflösen, ohne ein Wort zu sagen! Warst du mit George weg?«

»George. Der gute alte George. Nein, mit dem war ich nirgendwo.« Camillas Worte klangen verwaschen.

»Camilla, du bist doch nicht etwa betrunken?«

»Aber nein. Nur ein paar kleine Tabletten, runtergespült mit

Wodka, und alles wird wieder gut. Du hast Glück, dass du mich erwischst. Heute Abend bin ich im Ad Lib, da ist eine Menge los. Ich muss Tom trösten. Seine Liebste hat ihn sitzen gelassen, und ich bin die Ersatzfrau.«

»Was hat der Arzt zu deinem Gesicht gesagt? Ist wirklich alles in Ordnung? Oder verschweigst du mir etwas?«

»Alles in Butter. Ich warte nur darauf, dass er mich aufschneidet und wieder zunäht. Meine Narbe ist inzwischen Stadtgespräch. Gehst du zurück?«

»Was?« Sarah kam bei dem plötzlichen Themenwechsel nicht ganz mit.

»Kenia. Fliegst du wieder hin?«

»Aber klar. Ich hatte überlegt, ob ich unterwegs bei dir vorbeikommen soll.« Am anderen Ende der Leitung herrschte Schweigen. »Camilla, hast du mit deinem Vater über die Gelder für Langani gesprochen?«, fragte Sarah. »Soll Piet etwas tun, um die Angelegenheit zu beschleunigen? Gibt es in Nairobi oder London jemanden, mit dem er sich in Verbindung setzen kann?«

»Daddy, o ja, ich habe meinen reizenden Daddy gesehen. Er war in Höchstform und hat mich sehr überrascht. Ich habe meinen Augen nicht getraut.« Camilla lachte schrill auf, und Sarah hörte, wie sie einen Schluck nahm. »Vielleicht komme ich mit.«

»Wohin?«

»Nach Kenia. Zu Hannah und Piet nach Langani.«

Ein eisiger Schauer überlief Sarah. »Hat Anthony sich bei dir gemeldet?«, erkundigte sie sich.

»Anthony? Eine romantische Jugenderinnerung. Vorbei und vergessen. Allerdings, es gibt andere jugendliche Liebhaber, die ungeduldig auf ihren Auftritt warten. Sie könnten es fast mit deinem wunderbaren Piet aufnehmen. Tja, vielleicht doch nicht ganz.«

»Aber hast du George wegen der Gelder für Langani gefragt?«

»Das werde ich, wenn ich ihn nächstens treffe. Versprochen.« Camillas Stimme klang benommen, als weine sie, sei betrunken oder hätte zu viele Tabletten geschluckt.

»Wenn ich für ein paar Tage zu dir käme, könnten wir gemeinsam mit George sprechen«, beharrte Sarah. »Zusammen gelingt es uns bestimmt besser, ihn zu überzeugen. Außerdem könnten wir uns noch ein bisschen in London amüsieren, bevor ich im *bund*u verschwinde.«

»Es läutet an der Tür, Sarah. Ich muss los. Wir unterhalten uns bald wieder. Vielleicht sehen wir uns auf der Farm.«

»Camilla ... ?«

»Mach mir kein schlechtes Gewissen. Ich habe auch eine Menge um die Ohren. Dinge, die du dir in deinen kühnsten Träumen nicht vorstellen kannst. Also tschüss.«

Sie legte auf, und Sarah starrte ungläubig auf den Telefonhörer. Camilla wollte sie nicht sehen. Und dass sie ihre Bitte um Unterstützung für Langani einfach übergangen hatte, war ein ziemlicher Schock. Sie erwartete doch nicht etwa, dass Hannah und Piet sie mit offenen Armen aufnahmen, solange es ihr zu lästig war, mit ihrem Vater über die Angelegenheit zu sprechen. Und wie würde Piet reagieren, wenn Camilla sich Trost suchend an ihn wandte? Beim bloßen Gedanken daran wurde Sarah ganz flau im Magen.

An ihrem letzten Tag in Sligo stand sie auf der Terrasse, sog die Meeresluft ein und lauschte dem Wind, der das kurze Gras der Dünen zu einem smaragdgrünen Strudel aufpeitschte, während im Himmel kreischend die Möwen kreisten.

»Hast du wirklich alles dabei?«, fragte Betty. »Auch Paludrine? Schließlich wollen wir nicht, dass noch jemand in der Familie an Malaria erkrankt. Und die Salben gegen Insektenstiche? Das neue Medikament gegen Magenprobleme?«

»Alles in Butter, Mum. Beruhige dich. Ich bin wirklich bestens versorgt.«

»Zeit zur Abfahrt. Bist du bereit?« Raphael kam aus dem Haus.

Sarah nickte nur, denn plötzlich versagte ihr die Stimme. Ihr Gepäck war schon im Auto. Gleich würde es losgehen. Sie würde die liebevolle Geborgenheit ihrer Familie gegen eine Zukunft eintauschen, die ihr mit einem Mal bedrohlich erschien.

»Ihr wünsche dir, dass alle deine Träume in Erfüllung gehen, mein Kind. Dafür bete ich jeden Tag.« Als Betty ihre Tochter an sich drückte, brachen beide in Tränen aus. Dann strich sie Sarah das zerzauste Haar aus dem Gesicht und küsste sie. »Pass auf dich auf. Und vergiss nie: Falls es aus irgendeinem Grund nicht klappt, steht dein Zuhause dir immer offen. Wir sind immer für dich da, wenn du uns brauchst.«

»Danke, Mum, ich werde daran denken«, stieß Sarah mit erstickter Stimme hervor. »Ich liebe euch alle so sehr.«

Ihr Gesicht war tränenüberströmt, als sie ihrem Bruder um den Hals fiel. Mein Gott, das war ja wie damals im Internat, als sie krampfhaft gelächelt und vergeblich versucht hatte, gute Miene zum bösen Spiel zu machen. Warum konnten die Menschen, die man liebte, nicht an einem Ort versammelt sein? Aber sie hatte eine Entscheidung gefällt, und ein neues Leben erwartete sie. Und Piet. In zwei Tagen würde sie Piet sehen. Er hatte versprochen, sie vom Flughafen abzuholen. Dann würde sie Seite an Seite mit ihm leben und abwarten, was sich daraus ergab. Auch Deirdre war herausgekommen, um sich von ihr zu verabschieden. Besorgnis malte sich auf ihrem hübschen ernsten Gesicht, als sie ihr noch ein paar Tipps mit auf den Weg gab.

»Ich werde auf dich hören«, versicherte ihr Sarah, der die guten Ratschläge ausnahmsweise einmal nicht auf die Nerven fielen. Liebevoll umarmte sie ihre zukünftige Schwägerin. »Und pass auf, dass mein Bruder nicht über die Stränge schlägt.«

Tim verzog in gespielter Empörung das Gesicht und musste dann lachen.

Sarah lief die Stufen hinunter und setzte sich neben ihren Vater ins Auto. Während sie winkend die Auffahrt hinunterrollten, mischten sich in ihr Trauer, bange Erwartung und Aufregung. Doch als sie sich am Flughafen von Raphael verabschiedete, schnürte ihr der Abschiedsschmerz die Kehle zu, sodass sie kaum noch Luft bekam.
»Dad, ist wirklich alles in Ordnung?« Er wirkte unsicher auf den Beinen, und sie bemerkte den breiten Gürtel an seiner Hose, der verbergen sollte, wie stark er abgenommen hatte. Offenbar hatte er sich überanstrengt, als er ihr den Koffer aus dem Wagen gehoben hatte. Es dauerte einige Minuten, bis sein Atem wieder regelmäßig ging. Sarah umarmte ihn und hatte plötzlich Angst, ihn nie mehr wiederzusehen. »Ich kann es mir immer noch anders überlegen und mit dir zurückfahren, wenn du das möchtest …«
Doch er schob sie mit Nachdruck in Richtung Flugsteig. »Jetzt kriegst du wohl kalte Füße, mein Kind«, sagte er. »Ich freue mich auf diesen neuen Lebensabschnitt ebenso wie du. Also glaub bloß nicht, dass du jetzt noch einen Rückzieher machen kannst. Bis bald, mein Kind, wir werden dir oft schreiben. Und jetzt geh und werde glücklich. Los.«
Sarah gab ihre Bordkarte ab und betrat den Abflugsbereich. Als sie sich umdrehte, sah sie, wie ihr Vater ihr nachblickte. Er sog heftig an seiner Pfeife, um seine Bewegung zu verbergen. Sie warf ihm eine letzte Kusshand zu und verschwand in der Menge der einsteigenden Passagiere.

Kapitel 17

London, Oktober 1965

Camilla war wütend. Sie konnte sich nicht damit abfinden, dass die gescheiterte Ehe ihrer Eltern nur auf Lug und Trug gegründet war. Während George und Marina zumindest die Möglichkeit gehabt hatten, selbst über ihr Leben zu entscheiden, hatten sie ihre Tochter einfach vor vollendete Tatsachen gestellt. Für Camilla war es unbegreiflich, warum sie auch noch ein Kind in ihr verpfuschtes Zusammenleben hatten hineinziehen müssen. Außerdem bezweifelte sie allmählich, dass George ihr leiblicher Vater war. Sie nahm es ihren Eltern übel, dass sie sie zur unfreiwilligen Zeugin ihres Unglücks gemacht hatten. Offenbar hatte ihr Vater bereits in ihrer Kindheit ein Doppelleben geführt, stets voller Angst, dass seine Homosexualität ans Licht kommen könnte. Das hätte das Ende seiner Karriere bedeutet und ihm möglicherweise sogar eine Gefängnisstrafe eingebracht. Die Heimlichtuerei hatte ihr Familienleben vergiftet und zur Folge gehabt, dass Marina immer mehr von Einsamkeit und Trauer zerfressen wurde.

Beim Anblick der peinlichen Szene im Schlafzimmer hatte Camilla kehrtgemacht und fluchtartig das Haus verlassen. Als sie die Tür hinter sich zuknallte, hatten sich seine verzweifelten Rufe wie Geschosse in ihr Gehirn gebohrt und jegliches Vertrauen zerstört, das sie seit frühester Kindheit zu ihm gehabt hatte. Sie hielt ein Taxi an, doch als sie im Wagen saß, hatte sie keine Ahnung, wohin sie fahren wollte, und brach in Tränen aus.

»Aber, aber, ein hübsches Mädchen wie Sie sollte sich nicht das Herz brechen lassen. Ich wette, ein Mann hat Ihnen den Laufpass gegeben. Tja, er ist die Tränen nicht wert. Das sind sie alle nicht, Kind. Sie werden sehen, dass ich Recht habe.« Mitfühlend betrachtete der Taxifahrer sie im Rückspiegel. »Wohin möchten Sie, Miss? Wünschen Sie eine Stadtrundfahrt, oder haben Sie ein bestimmtes Ziel?«

Camilla kramte ein Taschentuch hervor, und da sie völlig ratlos war, nannte sie zu guter Letzt ihre eigene Adresse. Es gab ja niemanden, an den sie sich wenden, keinen Menschen, bei dem sie sich anlehnen konnte. In London hatte sie nie enge Freunde gebraucht und sich deshalb auch nicht darum bemüht, welche zu finden. Den Leuten, mit denen sie zusammenarbeitete, zum Essen ausging und tanzte, hatte sie sich stets überlegen gefühlt. Es machte ihr Spaß, abweisend und geheimnisvoll zu wirken und sich nicht mit den Problemen anderer zu befassen. Denn so hatte niemand Einfluss auf ihre Empfindungen, Hoffnungen oder Gedanken.

»Ich habe nicht die geringste Ahnung, was gerade in dir vorgeht«, meinte Tom oft zu ihr. »Du sagst vernünftige Dinge, und ich höre dir zu, aber ich weiß nicht, was in deinem hübschen Köpfchen passiert oder was du empfindest. Fühlst du eigentlich überhaupt etwas? Eines Tages wirst du schon noch dahinter kommen, dass du ein Mensch bist wie wir anderen auch. Wenn du weiter niemanden an dich heranlässt, wirst du verwelken wie eine Pflanze ohne Wasser.«

»Tja, du kannst dir die Mühe sparen, mich zu gießen«, hatte Camilla herablassend erwidert und ihn zur Seite geschoben, als er versuchte, sie zu küssen. Als er sich abwandte und etwas wie »Hochmut kommt vor dem Fall« murmelte, hatte sie ihn ausgelacht.

Und nun gab es niemanden, dem sie sich anvertrauen konnte. Als Camilla die Tür ihrer Wohnung öffnete, hörte sie das Telefon läuten. Voller Angst, es könnte ihr Vater sein, blieb sie auf der Schwelle stehen, machte auf dem Absatz kehrt und ging zurück zur Brompton Road. Inzwischen regnete es wieder, und sie spannte ihren Schirm auf, damit ihre Ponyfransen nicht nass wurden und ihre Narbe entblößten. Doch sie wusste noch immer nicht, wo sie hingehen sollte. Es war zu früh für einen Besuch in einem Lokal oder einem Nachtclub. Der abendliche Berufsverkehr brauste an ihr vorbei, und sie fühlte sich inmitten des Gewühls benommen und bedroht. Am liebsten hätte sie sich vor dem Motorenlärm, dem Quietschen der Bremsen und dem Gellen der Hupen in den friedlichen afrikanischen Busch geflüchtet. Ohne die neugierigen Blicke der anderen Passanten zu bemerken, blieb sie unschlüssig mitten auf dem Gehweg stehen. Da stoppte plötzlich ein Auto neben ihr.

»Sie sehen aus, als hätten Sie sich verlaufen oder wüssten nicht wohin.« Edward Carradine kurbelte das Fenster hinunter und musterte sie fragend. »Es regnet in Strömen. Kann ich Sie irgendwohin mitnehmen?«

»Ja, können Sie.«

Trotz des Wolkenbruchs stieg er aus, um ihr die Tür aufzuhalten. Sie nahm auf den Beifahrersitz Platz.

»Wohin möchten Sie?«

»Irgendwohin. Es ist, wie Sie gerade sagten.« Camilla bereute, dass sie sein Angebot angenommen hatte. Nun saß sie in seinem Auto und hatte keine Ahnung, wo er sie hinbringen sollte. »Wohin fahren Sie denn?«

»Ich wollte eigentlich ins Kino.« Als er sie aus dem Augenwinkel musterte, bemerkte er, wie verstört sie war. Ihre Mundwinkel zuckten, und ihre Augen waren gerötet. »Vielleicht hätten Sie ja Lust mitzukommen, falls Sie nichts anderes vorhaben.«

»Ist es nicht verboten, mit Patientinnen auszugehen, Mr. Carradine?« Ein leichtes Lächeln spielte um ihre Lippen.

»Nicht, wenn es sich um ganz normale Bekanntschaften handelt. Ansonsten müsste ich den Großteil meines Privatlebens allein verbringen. Übrigens heiße ich Edward.« Er betrachtete sie genauer. »Sie waren ja beim Friseur! Es steht Ihnen prima.

Eine gute Idee, auch wenn es nicht nötig gewesen wäre. Sie sehen aus wie eine Elfe, oder besser wie eine Feenkönigin.«

»Welchen Film wollten Sie sich denn anschauen?«, fragte sie.

»Eigentlich Jimmy Stewart bei einem Flugzeugabsturz. *Der Flug des Phoenix*. Aber wenn Sie lieber …«

»Jimmy Stewart ist prima. Ich mag seine hohe, nasale Stimme.«

Anschließend gingen sie zum Abendessen. Edward war sehr charmant und wollte alles über die Modebranche wissen. Dann erzählte er ihr von seinen Besuchen in Kenia, Nigeria und Indien und schilderte mit ehrlicher Anteilnahme die Notlage der entstellten Menschen, die er dort zu heilen versucht hatte. Beim Reden beobachtete er sie aufmerksam und stellte fest, dass ihr schönes Gesicht aufleuchtete, wenn sie über seine Anekdoten lachte. Allerdings bemerkte er auch ihre Traurigkeit. Als er sich nach Marina erkundigte, zuckte sie die Achseln.

»Sie sollten sich die Mühe sparen, weiter höfliche Konversation über meine Mutter zu betreiben«, meinte sie. »Wir stehen uns nämlich nicht sehr nah.«

Später kam er auf ihren Vater zu sprechen. Camillas Hand zitterte so sehr, dass sie ihr Weinglas abstellen musste. Er sei beschäftigt, erwiderte sie ausweichend, und die meiste Zeit unterwegs. Seit ihrer Rückkehr aus Kenia habe sie ihn nicht gesehen. Edward glaubte Tränen in ihren Augen zu erkennen und wechselte rasch das Thema. Als er ihr Glas mehrere Male nachfüllte, wurde ihm klar, dass sie versuchte, ihre Probleme im Alkohol zu ertränken.

»Was ist mit Ihnen? Haben Sie Familie?«, fragte sie, nachdem sie das Dessert bestellt hatten.

»Ich war einmal verheiratet«, antwortete er. »Aber das ist schon lange her. Möchten Sie einen Kaffee? Und vielleicht einen Sambuca?«

»Der ist mir zu süß. Aber ein Kaffee wäre nett.«

Nach dem Essen fuhr er sie nach Hause und begleitete sie hinauf zu ihrer Wohnungstür.
»Jetzt ist wohl der Moment, um Sie auf einen Drink hereinzubitten«, sagte Camilla, während sie nach ihrem Schlüssel kramte.
»Das müssen Sie nicht«, meinte er schmunzelnd.
»Aber dürften Sie überhaupt hereinkommen, da ich doch Ihre Patientin bin?«, neckte sie ihn, denn ihr war klar, dass er sich nichts lieber als das wünschte.
»Ich würde mich freuen«, erwiderte er.
Im Wohnzimmer betrachtete er ihre Bücher, die Gemälde und Kunstdrucke und die geschmackvolle Einrichtung. Es war ein eleganter Raum, wo es keinerlei Hinweise auf Persönliches gab. Ob sie wohl Fotos von Familie und Freunden im Schlafzimmer aufbewahrte? Eigentlich bezweifelte er das. Camilla kehrte mit einem Tablett zurück und ließ sich ihm gegenüber nieder. Ihr Gesicht wirkte ruhig und kindlich, während sie Kaffee und Brandy einschenkte. Als sie ihm mit einem Lächeln die kleine Tasse hinhielt, spürte er, dass er im Begriff war, sich in sie zu verlieben. Eigentlich war das ja albern, und sein Verstand sagte ihm, dass sich aus dieser zufälligen zwanglosen Begegnung nichts entwickeln konnte. Im Übrigen hatte er vor kurzem seinen zweiundvierzigsten Geburtstag gefeiert. Also handelte es sich offensichtlich um einen schweren Anfall von Midlife-Crisis, denn trotz ihres weltgewandten Auftretens war Camilla doch fast noch ein Kind. Außerdem hatte sie bestimmt einen festen Freund.
»Sie sind plötzlich so still.« Camilla musterte ihn leicht spöttisch. »Machen Sie sich tiefschürfende Gedanken, mit denen man sich näher befassen sollte?«
Als er sie weiter schweigend musterte, wurde ihm klar, dass er versuchen würde, sie zu erobern – was ihm eine leidvolle Erfahrung oder gar eine Blamage einbringen konnte. Aber er war bereit, dieses Risiko einzugehen. Bis jetzt war er mehr

oder weniger mit seinem Beruf verheiratet gewesen, und er hatte dafür einen hohen Preis bezahlt. Doch diesmal würde er diesen Fehler nicht begehen. Er lächelte, ohne ihre Frage zu beantworten, denn er befürchtete, sie könnte die wahnwitzigen Empfindungen, die in seinem Herzen aufgekeimt waren, an seinen Augen ablesen. Als er sich kurz darauf verabschiedete, hauchte er ihr einen Kuss auf die Wange und ermahnte sie, möglichst nicht zu rauchen. In ein paar Tagen würden sie sich in der Harley Street wiedersehen. Sie schloss die Tür und zog ihr Nachthemd an. Doch allein im Bett sah sie zu ihrem Entsetzen wieder die flache Klinge des *panga* und den hasserfüllten Blick des Angreifers vor sich. Sie ging ins Bad und nahm eine Schlaftablette, um ihre Ängste zu vertreiben.

Als sie früh am nächsten Morgen vom Telefon geweckt wurde, hob sie nicht ab. Sie hatte schlecht geschlafen und fühlte sich so verängstigt, dass sie den Tränen nah war. Sie schlug einen Roman auf und versuchte zu lesen, aber die Seiten verschwammen ihr vor den Augen, sodass sie das Buch wieder weglegte. Als erneut das schrille Läuten des Telefons ertönte, schrak sie zusammen, ging allerdings wieder nicht an den Apparat, da sie fürchtete, es könnte ihr Vater sein. Vielleicht war es ja auch Tom Bartlett, der ihr mitteilen wollte, dass sämtliche Kunden die Aufträge storniert hatten. Das Döschen mit den Beruhigungstabletten stand im Bad. Sie öffnete es und schluckte eine Tablette. Anschließend legte sie sich wieder ins Bett, schloss die Augen und malte sich aus, dass sie im Camp in Samburu wäre. Sie versuchte sich Anthonys Gesicht vorzustellen, doch sie konnte es nicht deutlich erkennen, sosehr sie sich auch anstrengte. Von einem Gefühl der Einsamkeit ergriffen, schlief sie schließlich ein. Als das Telefon wieder läutete, presste Camilla das Kissen an den Kopf, um das Geräusch auszublenden. Allerdings war es nicht ihr Stil, sich vor Auseinandersetzungen zu drücken. Und da sie ja nicht ewig vor den unangenehmen Aspekten ihres Familienlebens fliehen konnte, griff sie endlich nach dem Hörer.

»Camilla.« George Broughton Smith klang gedämpft. »Ich muss dich sehen. Es ist dringend.«

Beim Klang seiner Stimme musste sie wieder an die abstoßende Szene im Schlafzimmer denken. »Nein.«

»Ich habe dir viel zu sagen. Es ist das Beste, wenn wir es hinter uns bringen. Dann kannst du entscheiden, was du tun willst.«

»Nein, ich will mich weder mit dir treffen noch mit dir reden. Bitte ruf mich nicht mehr an.«

Am liebsten hätte sie ihn angeschrien und mit aller Kraft auf ihn eingeschlagen, denn durch seine perversen Launen hatte er die Familie zerstört. Bedrückt dachte sie an ihr Versprechen, ihn um finanzielle Unterstützung für Langani zu bitten. Doch es schien ihr unvorstellbar, ein Gespräch mit ihm zu führen. Langsam stand sie auf und ging zum Fenster. Der Platz vor dem Haus, ja, die ganze Welt, wirkte unverändert. Im Garten blühten noch die Herbstrosen, eine leichte Brise wehte kupferfarbene Blätter über den Rasen, eine Drossel plantschte im Vogelbad. Ein kleines Mädchen spielte mit einem Puppenwagen, während seine Mutter auf einer nahe gelegenen Bank in einer Zeitschrift blätterte. Aus dem Flur hörte sie ein Scharren und Klappern, als der Hausmeister die Post in den Briefschlitz steckte. Sie lief hin, um die Morgenzeitung zu holen. Nach dem Telefonat mit ihrem Vater hatte sie Kopfschmerzen und fühlte sich ausgelaugt. Camilla zog sich an, griff nach der Zeitung und ging frühstücken, fest entschlossen, ihre Niedergeschlagenheit zu bekämpfen. Im Café in der Brompton Road bestellte sie Eier mit Speck und dazu Kaffee und begann dann zu lesen. Die Meldungen waren nicht sehr interessant, aber auf Seite zwei stach ihr eine Schlagzeile ins Auge. Ein kenianische Regierungsdelegation unter der Leitung eines Politikers namens Johnson Kiberu war gerade in London eingetroffen, um über eine Tourismusförderung für ihr Land zu verhandeln. Es waren Treffen mit dem Außenminister und dem Minister für Wirtschaftsentwicklung in Übersee geplant. Die Delegation wohnte im Hotel Savoy. Während sie ihr Frühstück beendete und in ihre Wohnung zurückging, reifte ein Plan in ihr. Der Tag schleppte sich dahin, und erst am späten Nachmittag läutete erneut das Telefon. Es war Marina.

»Liebes, du hast ein wundervolles Wochenende verpasst! Du hättest mitkommen sollen. Möchtest du mit mir zum Abendessen gehen?«

»Nein danke. Ich habe heute keine Lust auf Gesellschaft.«

»Ist alles in Ordnung, Camilla? Du klingst so bedrückt.«

»Mir geht es gut. Wirklich.«

»Also schön, Liebes. Dann unterhalten wir uns morgen.«

Eine halbe Stunde später stand Marina vor der Tür. »Ich habe mir Sorgen um dich gemacht«, sagte sie. »Du hast so komisch geklungen. Hast du Kopfschmerzen?«

»Nein, ich muss gleich weg, Mutter. Dein Besuch passt mir jetzt nicht.«

»Camilla, ich muss mich setzen. Außerdem brauche ich ein Glas Wasser und vielleicht einen Kaffee.« Marinas Gesicht war aschfahl, und sie schwankte ein wenig, als sie zum Sofa ging und Zigaretten und Feuerzeug aus der Tasche holte. »Ich weiß, dass etwas nicht stimmt. Wenn du mit mir nicht darüber sprechen willst, solltest du vielleicht mit deinem Vater reden. Er ist wieder hier. Allerdings war er bereits im Büro, als ich aus Burford zurückkam. Hast du ihn schon gesehen?«

»Nein.«

»Ich sollte ihn anrufen und fragen, ob er heute Abend mit uns essen gehen möchte.«

»Warum hast du ihn nicht verlassen?«, schrie Camilla, die ihre Wut nicht mehr zügeln konnte.

»Ich verstehe nicht, wie du …« Marinas Augen weiteten sich vor Erstaunen.

»Ich weiß, was er ist und dass er dich nicht liebt. Er ist ein …«

»Camilla, mein Kind, du bist überlastet. Das muss der Schock sein, eine verspätete Reaktion …«

»Hör auf, Mutter! Verschone mich mit dieser Schmierenkomödie. Denn ich kenne jetzt sein wahres Gesicht! Er treibt es mit Männern!«

Marina starrte ihre Tochter mit zitternden Lippen an, und Tränen traten ihr in die Augen. »Mein Gott, du solltest es nie erfahren«, sprudelte sie hervor. »Wir wollten nie …«

»Ihr habt mein Leben ruiniert! Ich hasse dich, Mutter. Ich hasse euch beide für alles, was ihr mir all die Jahre lang verheimlicht habt. Ihr habt mir Theater vorgespielt. Du hättest mich mitnehmen und ihn verlassen sollen.«

»Nein, so einfach ist das nicht. Das Leben ist viel komplizierter. Ich habe deinen Vater geliebt.« Die Wimperntusche rann über Marinas Gesicht, als sie ihre Tochter ansah. »Ich habe ihn immer geliebt, und das tue ich heute noch. Ich hätte mich nicht von ihm trennen können. Das hätte das Ende seiner Diplomatenlaufbahn bedeutet. Nie hätte er einen so hohen Posten bekommen.«

»Hat er dich deshalb geheiratet? Damit seine Karriere nicht darunter leidet?« Eine tödliche Ruhe hatte Camilla ergriffen. Sie wollte alles wissen. Jede widerwärtige Einzelheit ihres Lebens sollten sie ihr erklären. »Du hast es doch sicher geahnt! Wie lange macht er das schon? Ist er eigentlich mein wirklicher Vater?«

»Er hat es versucht.« Marina weinte wieder. »Anfangs hat er sich solche Mühe gegeben. Ich wäre nie darauf gekommen, so sehr hat er sich angestrengt. Aber dann konnte er einfach nicht mehr so weiterleben. Erst dachte ich, er hätte eine Affäre mit einer Kollegin. Wir haben uns ständig gestritten, weil ich eifersüchtig und zornig war. Aber ich konnte ihn nicht verlassen.«

»Und hat dich nicht interessiert, welche Folgen diese Farce für dein Kind haben könnte? Du hast beschlossen, dass die finanzielle Sicherheit und eine Karriere beim Auswärtigen Amt wichtiger sind.«

»Ich wollte bei ihm bleiben und habe gedacht, dass er sich vielleicht ändern wird. Ich habe gehofft, dass wir uns gemeinsam eine Zukunft aufbauen können. Er wollte das auch. Schließlich war er ein brillanter junger Mann mit großartigen Aussichten. Und ich wollte das mit ihm teilen.«

»Was mit ihm teilen? Du hast gerade zugegeben, dass er keinen Mumm in den Knochen hatte und sich hinter deinem Rock verstecken musste. Er hat dich benutzt, um Karriere zu machen.«

»Du weißt genau, was man von geschiedenen Diplomaten hält. Viele Frauen halten durch, finden Mittel und Wege, damit das Leben weitergeht, und geben sich mit dem bisschen Liebe zufrieden, das sie bekommen. Und außerdem ist es ja noch immer strafbar, wenn man vom anderen Ufer ist.« Marinas Tonfall war flehend. »Dein Vater ist kein Verbrecher, Camilla. Er ist nur nicht so wie die anderen Männer, tja, zumindest nicht so wie die meisten. Aber er ist nicht kriminell. Ein Prozess hätte unser Ende bedeutet. Er hätte ihn ruiniert. Ich musste zu ihm halten und so tun, als wäre ich mit einem ganz normalen Mann verheiratet. Eines Morgens, als ich seine Winter- und Sommeranzüge neu sortiert habe, habe ich einige Briefe gefunden. Sie waren von einem Strichjungen, der Geld verlangte. Anfangs konnte ich nicht glauben, was in diesen Briefen stand. Dann hat George mir versprochen, dass es nie wieder vorkommen würde und dass das alles jetzt hinter ihm läge. Unter Tränen hat er geschworen, dass er mich liebt und dass du und ich das Wichtigste in seinem Leben seien. Dann sind wir nach Nairobi gegangen. Es hat uns einiges gekostet, aber wir haben alles überstanden.«

»Und was ist mit dem Preis, den ich gezahlt habe? Schließlich musste ich eure Streitereien und deinen Hass auf ihn ertragen?«

»Ich habe ihn nie gehasst. Nur das, was durch sein Doppelleben aus uns geworden war.«

»Also ist er bei dir geblieben, weil er dir etwas schuldete. Du hast ihm den Hals gerettet, und er musste dafür bezahlen. Und das wird er für den Rest seines Lebens.« Camilla empfand nur noch Verachtung für ihre Eltern. »Und keiner von euch hat auch nur einen Gedanken daran verschwendet, welche Auswirkungen eure Lebenslüge auf mich haben könnte!« Sie packte Marinas Arm und drückte fest zu, bis ihre Mutter vor Schmerz zusammenzuckte. »Verschwinde aus meiner Wohnung, Mutter, und lass mich ab jetzt in Ruhe! Ich will euch beide nicht mehr sehen und nichts mehr mit euch zu tun haben. Ihr habt schon genug Schaden angerichtet.«

»Camilla ...«

»Hier ist dein Mantel, Mutter. Bitte geh jetzt.«

Danach saß Camilla wie in Trance eine Stunde lang allein im Zimmer, wo noch ein Hauch von Marinas Parfüm in der Luft lag. Als es dämmerte, machte sich ein kaltes gelbliches Licht im Zimmer breit, und der Wind, der aufgekommen war, strich flüsternd um die Fenster. Schließlich stand Camilla auf, um sich zum Ausgehen umzuziehen. Sie badete, cremte Arme und Beine ein und schminkte sich so professionell und geschickt wie möglich. Zu guter Letzt kämmte sie die Ponyfransen über ihre Stirn und fixierte sie mit Haarspray. Dann schlüpfte sie in ein enges Kleid, das knapp über dem Knie endete. Im Hotel Savoy lächelte sie dem Barmann zu und bestellte einen Wodka.

»Ich habe Sie schon einige Wochen nicht hier gesehen, Miss Broughton Smith«, begrüßte er sie. »Sind Sie mit Ihrem Vater verabredet? Möchten Sie einen Tisch reservieren?«

»Danke, ich brauche keinen Tisch, James. Nur einen Drink.«

»Camilla! Wo haben Sie denn gesteckt, meine Liebe? Tolle Frisur.« Keith Short war Journalist und hatte einige Male in seiner Gesellschaftsspalte über sie berichtet. »Wollen Sie mit mir zu

Abend essen? Ich treibe mich hier herum und hoffe, dass einer der Jungs von der afrikanischen Delegation über die Stränge schlägt und mir Stoff für meine Kolumne am Mittwoch liefert. Außerdem gibt es da eine gewisse Dame von königlichem Geblüt, die hin und wieder der Appetit auf schwarze Haut packt. Ich habe gehört, dass sie möglicherweise heute auftaucht. Ein Fotograf steht bereit, nur für den Fall, dass ihr eine nette kleine Indiskretion unterläuft.«

»Sie haben wirklich einen reizenden Beruf, Mr. Short«, entgegnete Camilla nur halb im Scherz.

»Dafür können Sie mir dankbar sein, meine Liebe. Schließlich habe ich in meinen Artikelchen schon oft genug über Sie berichtet. Also, was halten Sie jetzt von einem Abendessen?«

»Danke, aber ich bin bereits verabredet«, erwiderte Camilla.

»Es wird Ihnen nichts anderes übrig bleiben, als die Öffentlichkeit ganz allein aufzuklären.«

»Da kann man wohl nichts machen. Und wo haben Sie sich in letzter Zeit versteckt?«

»Ich war für ein paar Wochen in Kenia.«

»Die Jungs in der oberen Etage, die ich im Auge behalten möchte, sind auch von dort.« Keith bestellte noch einen Drink.

»James sagt, dass sie sich großartig amüsieren.«

»So sind sie alle«, verkündete der Barmann. »Mit diesen afrikanischen Politikern ist es immer dasselbe, ganz gleich, woher sie kommen. Kaum zu glauben, wie viel Alkohol sie vertilgen. Die saufen das Zeug wie Wasser, und dabei heißt es doch, dass die afrikanischen Länder alle bankrott sind. Sie kommen her, um Geld zu erbetteln, weil sie sonst verhungern. Aber mal ganz unter uns, Sir, mit dem Geld, das sie für Limousinen, Suiten und Alkohol allein in diesem Hotel ausgeben, könnten sie ihr Land vermutlich ganz allein finanzieren. Und dazu noch die teuren Frauen, die sie sich kommen lassen!«

»Sind Sie häufig an der Bar?«, fragte Camilla.

»Nein. Sie bestellen alles aufs Zimmer. Das Telefon läutet pausenlos. So geht es schon seit einigen Tagen. James, eine Flasche Glendfiddich für Zimmer vier-sechs-drei. James, eine Magnumflasche Dom Perignon für vier-sechs-drei. James, könnten Sie dafür sorgen, dass vier-sechs-drei den Armagnac bekommt? Von allem immer nur das Beste. Die Rechnung geht vermutlich nach Whitehall, und dann dürfen Sie und ich das mit unseren Steuergeldern bezahlen.«

Camilla leerte ihr Glas und verließ die Bar. Als sich die Aufzugtür im vierten Stock öffnete, zögerte sie einen Moment. Dann jedoch stieg sie aus, ging langsam den mit Teppich belegten Flur entlang und studierte die diskreten Nummern an den Zimmertüren. Als sie anklopfte, reagierte zunächst niemand. Camilla war so aufgeregt, dass sie sich am Türrahmen festhalten musste.

»Guten Abend.« Der Mann, der schließlich öffnete, blickte sie erstaunt an. »Ich habe so früh mit niemandem gerechnet. Sind Sie eine Freundin von Fiona?«

»Ein kleines Vögelchen, das wir beide kennen, hat mir verraten, dass hier eine Party steigt«, erwiderte Camilla strahlend und legte den Kopf zur Seite. »Ich komme gerade aus Kenia und wäre gerne mit von der Partie, falls ich nicht störe.«

»Hereinspaziert. Darf ich Ihnen etwas anbieten?« Johnson Kiberu ging voraus zum großen Sofa. Er war ein hoch gewachsener Mann mit ebenmäßigen Gesichtszügen und pechschwarzer Haut. Auf dem Tisch standen ein Sektkübel und ein silbernes Tablett mit Appetithäppchen. »Für eine schöne Frau ist bei mir immer Platz.«

Das Sakko seines eleganten Anzugs hing über einem Stuhl, und Camilla bemerkte, dass sein Hemd mit einem Monogramm versehen war. Er trug goldene Manschettenknöpfe, und die Schuhe an seinen riesigen Füßen waren offenbar Maßarbeit. Camilla fand, dass er ein angenehmer Gesprächspartner war, und es überraschte sie nicht, dass er sich an ihren Vater erinnerte. Da er eine charmante Art hatte, störte es sie nicht, dass er versuchte, mit ihr zu flirten. Er hatte auf dem üblichen Weg Karriere gemacht, und zwar gemeinsam mit seinem Freund, dem begabten Tom Mboya. Inzwischen reiste er viel und besuchte häufig Konferenzen, die sich mit Wirtschaftshilfe befassten. Er freute sich, dass Camilla Kenia so gut kannte, und es fiel ihr nicht schwer, das Thema auf Tourismus und die Wildreservate des Landes zu lenken. Allerdings erlahmte sein Interesse, als sie auf Langani zu sprechen kam. Während sie von der neuen Lodge und Piets Bemühungen erzählte, die Wildtiere auf der Farm zu schützen, beugte er sich vor und ließ die Hand über ihren Schenkel gleiten. Als sie zur Seite wich, folgte er ihr, machte plötzlich einen Satz nach vorne und küsste sie unbeholfen auf den Mundwinkel. Camilla riss sich los und schubste ihn weg.

»Ich glaube, dazu ist es noch zu früh am Abend«, meinte sie mit einem leisen Auflachen. »Außerdem möchte ich Ihnen mehr über Langani berichten.«

»Sind Sie deswegen hier?« Er lehnte sich zurück und musterte sie forschend. »Um darüber zu reden?«

»Ja«, gab sie zu, da sie es für sinnvoller hielt, ihm reinen Wein einzuschenken.

»Und was ist so interessant an Langani?«, fragte er. Er saß immer noch dicht neben ihr, allerdings ohne sie zu berühren.

»Sie brauchen dort dringend Hilfe«, antwortete Camilla. »Und zwar Geld für Wildhüter, die gegen die Wilderer vorgehen, damit Touristen sich dort sicher fühlen können. Die Besitzer haben ihr ganzes Geld in den Bau einer Lodge gesteckt, doch für die Lösung der Sicherheitsfragen sind sie auf die Unterstützung der Regierung angewiesen. Und da Sie für Tourismus und Naturschutz zuständig sind …«

»Warum haben sie nicht einfach einen Antrag gestellt?« Seine Hand lag wieder auf ihrem Knie.

»Das haben sie«, entgegnete Camilla. »Aber es dauert zu lang.

In der Zwischenzeit wurden einige Rinder getötet. Wilderer stellen den Elefanten nach, und es hat sogar einen Raubüberfall gegeben. All das schadet dem Tourismus. Also dachte ich, dass Sie vielleicht etwas tun können, um die Bearbeitung des Antrags zu beschleunigen und dafür zu sorgen, dass endlich Mittel fließen ...«

»Vielleicht könnte ich das.« Inzwischen wirkte er eindeutig gelangweilt. Sein Gesichtsausdruck und Tonfall hatten sich merklich verändert, und sie erkannte, dass er fest dazu entschlossen war, sie zu verführen. Schließlich war es nicht das erste Mal, dass sie mit unverhohlener Begierde konfrontiert wurde. Also wich sie zurück und griff nach ihrem Mantel.

»Es tut mir Leid, aber ich muss jetzt gehen«, sagte sie. »Aber ich hoffe, dass Sie sich an Langani erinnern, wenn Sie wieder in Afrika sind. Piet van der Beer wird Sie sicher gerne zu sich einladen und Ihnen alles zeigen.«

Anstelle einer Antwort zog er sie gewaltsam an sich. Sie spürte, wie eine riesige Hand sie betatschte, während sich sein Mund auf ihren presste. Mit der anderen Hand hielt er ihr den Kopf fest. Camilla rang nach Luft und wehrte sich, während er ihr schmerzhaft die Stirn nach unten drückte. Sie spürte, wie seine Zunge in ihren Mund zu dringen suchte. Mit beiden Fäusten schlug sie auf seine Brust ein und bemühte sich, ihn wegzustoßen. Als er an den Knöpfen ihres Kleides zerrte, gelang es ihr, sich loszureißen. Sein Arm schoss vorwärts, um sie aufzuhalten, sodass sie zur Seite springen musste. Dabei verlor sie das Gleichgewicht, stolperte und schlug sich beim Sturz den Kopf an der Sessellehne an. Ihr Schmerzensschrei ließ ihn wieder zur Vernunft kommen, und er half ihr beim Aufstehen.

»Offenbar haben wir beide einen Fehler gemacht«, sagte er. »Ich muss mich bei Ihnen entschuldigen. Ich fürchte, ich bin es gewöhnt, dass junge Damen aus einem anderen Grund zu mir kommen. Sie haben sich ja am Kopf verletzt. Unter dem Verband blutet es. Lassen Sie mich mal sehen.«

Camilla rappelte sich auf, griff nach Mantel und Handtasche und stürmte aus dem Zimmer. Als sie sich, wohlbehalten im Aufzug angekommen, im Spiegel betrachtete, hätte sie das elende Geschöpf, das ihr entgegenblickte, fast nicht wiedererkannt. Ihr Kleid war vorne aufgerissen, ihre Wange mit Lippenstift verschmiert. Der sorgfältig zurechtgekämmte Pony war verrutscht und gab den Verband frei. Blut rann ihr die Schläfe hinunter, und sie wischte es hastig mit einem Taschentuch weg. Im nächsten Moment öffnete sich die Aufzugtür, und sie stand vor Short und seinem Fotografen. Ein greller Blitz zuckte und Camilla wusste sofort, was geschehen war.

»O Gott, bitte veröffentlichen Sie das nicht, Keith«, flehte sie. »Bitte, ich habe einen Fehler gemacht. Es war ein Missverständnis.«

Schweigend machte er ihr Platz, als sie sich an ihm vorbei in die Vorhalle drängte. Verzweifelt drehte Camilla sich zu ihm um, aber er lächelte nur und ging zur Bar, um mit seinem Fotografen letzte Hand an den Bericht zu legen.

In ihrer Wohnung zog sie sich aus und ließ sich ein Bad einlaufen. Einige Fäden waren gerissen, die Wunde blutete und begann bereits über der rechten Augenbraue anzuschwellen. Wahrscheinlich würde sie sich noch einmal nähen lassen müssen und ganz sicher eine Beule bekommen. Nachdem sie die gerötete Stelle mit Watte und warmem Wasser gereinigt hatte, legte sie einen frischen Verband an. Als sie zu schlafen versuchte, war sie plötzlich wieder in Langani. Im Lampenlicht sauste das *panga* auf sie zu, während sie sich in panischer Hast den Schmuck von den Händen zerrte. Also schlug sie die Augen wieder auf. Doch die Schreckensbilder blieben. Gleichzeitig hörte sie den verzweifelten Aufschrei ihres Vaters, als sie ihn bei dem Rendezvous mit seinem Liebhaber ertappt hatte. Ein Wiedersehen mit ihm kam für sie nicht in Frage, auch wenn es ihr nicht gelungen war, Johnson Kiberu zur Unter-

stützung des Projekts in Langani zu bewegen. Sie fühlte sich zerschlagen und war völlig ratlos.
Den ganzen nächsten Tag verließ Camilla die Wohnung nicht. Ihre Stirn pochte, und sie fühlte sich vor Schmerzen und Scham wie benommen. Das Telefon läutete einige Male, aber sie hob nicht ab. Sie wusste, dass sie eigentlich Edward anrufen und einen Termin vereinbaren musste, um ihre Wunde noch einmal nähen zu lassen, doch sie konnte ihre Apathie nicht überwinden. Ihr Körper fühlte sich zentnerschwer an, sodass jede Bewegung zur Qual wurde. Schließlich zog sie sich an und machte sich etwas zu essen, saß dann aber am Tisch, ohne einen Bissen hinunterzubringen. Auch das Fernsehen konnte sie nicht ablenken, und sie ging eine Weile ruhelos im Zimmer auf und ab. Zu guter Letzt goss sie sich ein großes Glas Wodka mit Eis ein und spürte ein Brennen in der Kehle, als sie es in zwei verzweifelten Schlucken hinunterstürzte und gleich nachschenkte. Im nächsten Moment schrillte wieder das Telefon, und sie hob ab, obwohl sich ihr der Kopf drehte. Sarahs ängstliche Stimme klang ganz weit weg, und Camilla wusste nicht, was sie erwidern sollte. Mühsam stieß sie die Antworten hervor, um zu verbergen, wie einsam und verlassen sie sich fühlte. Sie wollte kein Mitleid. Doch als sie den Hörer auflegte, hatte sie keine klare Erinnerung mehr daran, was sie eigentlich gesagt hatte. Im Bad nahm sie eine Beruhigungstablette. Eine Stunde später läutete erneut das Telefon. Es war ihre Mutter. Camilla legte auf und ging zu Bett.
Am nächsten Morgen kochte sie sich einen starken Kaffee und suchte ihre Zigaretten. Doch das Päckchen war leer. Heute würde Keith Shorts wöchentliche Kolumne erscheinen. Beim Gedanken an das Foto und den gehässigen Kommentar darunter wurde ihr ganz flau. Sie schlüpfte in Jeans und einen Pulli, zog sich eine Mütze tief in die Stirn und machte sich auf den Weg zum Kiosk. Allerdings erwähnte die Zeitung weder die ausländische Delegation noch die nächtliche Besucherin. Voller

Erleichterung stand Camilla auf dem grauen Gehweg. Als sie zurückkehrte, wurde sie vom Hausmeister erwartet.

»Ihre Post ist da, Miss. Ich wollte sie Ihnen gerade nach oben bringen.«

»Danke, Albert«, erwiderte sie und nahm das Bündel entgegen. Es war ein Brief von Short dabei, den sie öffnete und las, während sie die Treppe hinaufging. »Habe das Negativ vernichtet und die Geschichte sterben lassen. Sie sind mir was schuldig«, hatte er gekritzelt. In ihrer Wohnung angekommen, sah Camilla die restlichen Briefe durch und zerriss ungeöffnet einen Umschlag mit der Handschrift ihres Vaters. Als das Telefon läutete, hob sie den Hörer nur kurz an und hängte sofort wieder ein. Dann legte sie ihn neben den Apparat. Fort von hier. Sie musste dringend weg, um in Ruhe nachzudenken und wieder einen klaren Kopf zu bekommen. Also nahm sie einen Koffer vom Schlafzimmerschrank und stopfte wahllos ein paar Kleider und Kosmetikartikel hinein. Auf dem Frisiertisch stand ein Foto von ihren Eltern, das sie aus dem Silberrahmen nahm und in winzige Schnipsel zerriss. Während sie überlegte, wo sie hinfahren sollte, läutete es an der Tür.

»Du musst mitkommen, Liebes«, sagte Marina. »Unten wartet ein Taxi. Wir müssen miteinander reden.«

»Du bist die Letzte, mit der ich jetzt reden will! Bitte, Mutter, lass mich in Ruhe. Geh jetzt. Bitte!«

»Camilla, du musst mir eine Chance geben. Ich flehe dich an! Es ist wichtig für uns beide.«

»Nein. Im Moment ist mir nur eins wichtig: so viel Abstand wie möglich zu euch zu gewinnen. Zu euch beiden!«

»Bitte komm mit mir nach Burford.« Zögernd berührte Marina Camilla am Arm. »Ich habe dir viel zu erzählen.«

»Das interessiert mich nicht.«

»Es geht nicht um deinen Vater, sondern um dich und mich. Denn ich bin krank. Sehr krank, Camilla, und ich werde nicht wieder gesund werden. Ich weiß, dass ich im Leben alles falsch gemacht habe, aber vielleicht kann ich ja noch etwas wieder gutmachen und dir sogar helfen. Eigentlich liegt mir das gar nicht, doch ich will es wenigstens versuchen, bevor ich sterbe. Hast du mich verstanden? Hörst du mir überhaupt zu?«

»Ist das wieder einer von deinen Tricks?«

»Ich warte unten im Taxi auf dich.« Marina drehte sich nicht um. Camilla folgte ihr nach unten zum Wagen.

»Bahnhof Paddington«, sagte Marina.

Sie sprachen kein Wort, während der Zug an Vorstädten und Fabriken vorbei aufs Land fuhr, wo Kühe auf ordentlich gemähten Wiesen grasten, ohne sich um vorbeisausende Züge und Fahrgäste zu kümmern, denen sich vor Angst und Verwirrung der Kopf dreht. Das Haus in Burford war klein, und es herrschte eine friedliche Atmosphäre, die Camilla überraschte. Marina zeigte Camilla ihr Schlafzimmer, das man über eine schmale Treppe erreichte. Das Fenster ging auf einen gepflegten Garten hinaus, der von der Abendsonne erleuchtet wurde. Rings um den Rasen waren Steinplatten verlegt, auf denen Blumenkübel standen. Hinter der Gartenmauer begannen Felder, die sich auf der einen Seite bis zu einem gewundenen Fluss und auf der anderen zu einer bewaldeten Hügelkette erstreckten. Ein Mann mit Dufflecoat und Gummistiefeln stand in seinem Garten und hackte Holz. Dann nahm er einen Ast und warf ihn seinem Hund zu. Camilla musste schmunzeln, als sie das aufgeregte Gebell des Tiers hörte. Eine Weile blieb sie am Fenster stehen, denn es widerstrebte ihr, nach unten zu gehen und ein wie auch immer geartetes Gespräch mit ihrer Mutter zu führen. Ihr Koffer stand ungeöffnet auf der Fensterbank, und sie zögerte die Aussprache hinaus, indem sie alles auspackte und in einen Schrank legte, der nach Lavendel roch und ein Regalbrett voller ordentlich gefalteter Bettwäsche enthielt. Nachdem auch das Bett bezogen war, gab es keinen Aufschub mehr.

Zu ihrer Überraschung kauerte ihre Mutter auf den Fersen vor dem gemauerten Kamin, knüllte Zeitungspapier zusammen und legte Holz darauf. Camilla sah zu, wie Marina geschickt einige Scheite zu einer Pyramide aufschichtete und ihr Werk dann anzündete. Sofort züngelten Flammen empor. Marina warf ihrer Tochter einen Blick zu, der verriet, wie stolz sie auf ihre Leistung war.

»Im Feueranzünden bin ich inzwischen recht gut«, meinte sie. »Ein netter älterer Herr hackt das Holz für mich und stapelt es im Schuppen, damit es trocken bleibt. Könntest du uns einen Tee machen?«

In der gemütlichen Küche befanden sich ein Tisch aus Fichtenholz und eine alte Kommode, auf der antikes Porzellan stand. Die Hintertür führte in den ummauerten Garten, den Camilla vom Schlafzimmerfenster aus gesehen hatte. Eine kleine Terrasse, von oben nicht sichtbar, war mit einem Gartentisch und Stühlen mobliert.

»Wunderschön, nicht wahr?«, sagte Marina. »Ich bin sehr gerne hier. In der Dose dort ist Rosinenkuchen, falls du Hunger hast. Du wirst es nicht glauben, aber ich habe ihn letztes Wochenende selbst gebacken. Ich bin sicher, dass er noch gut ist. Im Kühlschrank steht Milch, und das Alltagsgeschirr findest du im Schrank über der Spüle.« Camilla bereitete den Tee zu und schenkte zwei Tassen ein.

»Gehen wir zum Kamin«, schlug Marina vor.

Schweigend setzten sie sich, lauschten dem Knistern des Feuers und wussten nicht, wie sie den Anfang machen sollten.

»Leukämie ist ein scheußliches Wort«, begann Marina schließlich. »Eine bösartige Erkrankung des Knochenmarks und des Blutes, für die es keine Heilung gibt. Ich fühle mich wie eine Figur in der Oper, die hilflos ihr eigenes Siechtum mit ansehen muss. Nur mit dem Unterschied, dass ich nicht singen kann.«

»Wann hast du es erfahren?«

»Vor einem guten Monat.«

»Weiß er es?«

»Ja. Seit der Arzt es uns mitgeteilt hat, war er so oft wie möglich bei mir. Wir haben es erfahren, als er das letzte Mal aus Nairobi zurückkam. Kurz nachdem du dich dort mit ihm getroffen hattest. Er erzählte mir, wie wundervoll du nach deinem Aufenthalt an der Küste ausgesehen hast.« Ihre Stimme klang traurig.

Camilla konnte nichts darauf erwidern. Sie trank ihren Tee, starrte auf ihre Tasse und wich dem Blick ihrer Mutter aus.

»Er meinte, du seist verliebt und würdest förmlich strahlen. Ich wünschte, du hättest es mir gesagt«, fuhr Marina fort. »Er ist sehr lieb und aufmerksam zu mir, serviert mir das Frühstück im Bett und geht an guten Tagen mit mir in Restaurants oder ins Theater. Die Wochenenden verbringe ich meistens hier, und er hat den Großteil seiner Verabredungen abgesagt, um mir Gesellschaft zu leisten. Doch letzte Woche musste er in die Niederlande. Prinz Bernhard ist Schirmherr der Organisation, und einen Termin mit einem gekrönten Haupt kann man ja schlecht platzen lassen.«

Camilla konnte kaum glauben, dass ihre früher so überempfindliche und manchmal hysterische Mutter das Todesurteil so gefasst hinnahm. Nun verstand sie, wenn auch zu spät, dass Marinas häufige Niedergeschlagenheit Ursachen gehabt hatte, die sich ihrem Einfluss entzogen. Die gesellschaftliche Stellung war das Einzige gewesen, was ihr die Möglichkeit gab, nach außen hin ein normales Leben zu führen. Nichts hatte sie auf den Weg vorbereitet, für den sie sich entschieden hatte. Nirgendwo hatte sie Sicherheit und Halt gefunden. In ihrer Ehe war sie einsam und verlassen gewesen und hatte sich gedemütigt gefühlt. Sie hatte um ihren Mann gebangt, die Abhängigkeit von ihm gehasst und ihn trotz allem geliebt.

»Ich weiß nicht, was ich sagen soll.« Camilla war völlig ratlos. »Kann ich etwas tun? Wie geht es dir jetzt? Hast du Schmerzen?«

»Meistens fühle ich mich nur müde. Und wenn ich mich überanstrenge, werde ich kurzatmig. Immer wieder bekomme ich Fieber, und meine Gelenke tun weh, als ob ich Grippe hätte. Außerdem bin ich froh, dass wir nicht Hochsommer haben und ich nicht in kurzen Ärmeln und ohne Strümpfe herumlaufen muss. Meine Haut sieht nämlich scheußlich aus – Blutergüsse und hässliche Flecke und außerdem eine Schnittwunde, die einfach nicht heilen will. Kein hübscher Anblick.«

»Ich finde, du bist so schön wie noch nie.« Camilla war den Tränen nahe. Rasch stand sie auf. »Möchtest du dich hinlegen, während ich ins Dorf gehe und etwas zu essen einkaufe? Der Kühlschrank ist fast leer.«

»Ich würde mich freuen, wenn du mir erzählst, in wen du dich verliebt hast und ob du glücklich bist.«

»Ich fürchte, das ist schon wieder vorbei. Nur eine Affäre. Wahrscheinlich hat Daddy dir gesagt, dass es Anthony Chapman war. Aber ich habe einen Fehler gemacht.«

»Liebst du ihn doch nicht?«

»Ich bin ganz fürchterlich in ihn verknallt. Das Problem ist nur, dass er keine Lust hat, sein Leben zu ändern und eine feste Beziehung einzugehen. Ich habe mich wie die Heldin eines Groscheurromans benommen. Du weißt schon, der große weiße Jäger, ein Abenteuer im Busch, leidenschaftliche Nächte in Zelten, weißes Mondlicht über der Savanne und brüllende Löwen. Ich bin darauf hereingefallen. Ach, wie war ich naiv!«

»Es tut mir Leid, dass du gekränkt worden bist, Liebes. So vieles tut mir Leid, das sich jetzt nicht mehr gutmachen lässt. Aber ich liebe dich, Camilla. Ich liebe dich wirklich und habe dich immer geliebt, und das ist jetzt das einzig Wichtige.« Tränen liefen ihr über die Wangen, und sie konnte nicht weitersprechen. Ihre Hände umklammerten die Sessellehnen, sodass sich ihre ohnehin schon bleichen Knöchel weiß verfärbten. Mutter und Tochter saßen wie erstarrt da, bis das Läuten des Telefons sie aus ihrer Benommenheit riss.

»Wenn das Vater ist, will ich weder mit ihm sprechen noch ihn sehen. Ich gehe jetzt einkaufen, aber ich bin bald wieder da.«
Camilla nahm ihre Tasche und schlenderte die Straße entlang zur High Street. Währenddessen hob Marina den Hörer ab. Sarah Mackay war am Telefon. Sarah, die trotz allem, was geschehen war, nach Kenia zurückkehren wollte. Die Camilla vielleicht überreden würde, sie zu begleiten, um ihren Buschmann zu suchen oder auf dieser schrecklichen Farm eine Firma zu eröffnen. Marina schauderte. Camilla durfte nicht fortgehen, nicht jetzt, da ihr nur noch so wenig Zeit blieb.
»Camilla ist nicht da, meine Liebe«, erwiderte sie kühl. »Sie ist für eine Weile verreist. Bis zu ihrem nächsten Arzttermin. Ja, ihr Gesicht heilt gut. Durch einen chirurgischen Eingriff müsste sich eine Narbe eigentlich vermeiden lassen. Nein, ich weiß nicht genau, wo sie ist. Irgendwo auf dem Kontinent, glaube ich. Wenn ich von ihr höre, richte ich ihr aus, dass du angerufen hast. Auf Wiederhören, Sarah.«
Sie legte auf und war sicher, dass sie das Richtige getan hatte. Wenn Camilla aus dem Dorf zurückkam, würden sie über ihre Affäre sprechen und einander trösten. Sie würden den Herbst gemeinsam in London oder in dieser ländlichen Idylle verbringen. Und sie, Marina, würde alles tun, damit Camilla sich wieder mit ihrem Vater aussöhnte. Sie würde ihnen zeigen, wie sehr sie sie beide liebte. Niemand durfte ihr diese Chance nehmen, in den letzten Wochen ihres Lebens doch noch ihr Glück zu finden.

Kapitel 18

Kenia, November 1965

Die Morgenluft war schwül, und graue, regenschwere Wolken ballten sich über der Ebene. Sarah hielt in der Menschenmenge nach Piet Ausschau, konnte ihn aber nirgendwo entdecken. Also griff sie nach ihrem Gepäck und trat mit einem flauen Gefühl im Magen hinaus in die Ankunftshalle. An der Schranke warteten einige Jäger und Safarileiter, und sie erkannte Anthony unter ihnen. Er hatte den Safarihut aus der Stirn geschoben und blickte suchend in die Menge.

»Sarah!« Seine Stimme übertönte die lautstarken Begrüßungsszenen, die sie von allen Seiten umbrandeten. Sie war enttäuscht, zwang sich aber zu einem Lächeln, als er sich durch die Menge drängte und ihre Hand ergriff. Es war schön, ihn zu sehen, aber wo steckte Piet?

»*Salaams.* Willkommen daheim. Piet hat mich gebeten, dich in Empfang zu nehmen. Ich weiß, dass ich ein kümmerlicher Ersatz bin. Tut mir Leid. *Pole sana.*« Er nahm ihr Gepäck, und sie folgte ihm aus dem Gebäude.

»Danke, dass du meinetwegen so früh aufgestanden bist. Es ist doch nichts passiert, oder?« Sie konnte ihre Besorgnis nicht verbergen.

»Ärger mit Wilderern. Gestern haben sie es geschafft, einen großen alten Elefanten zu töten. Sie haben ihm die Stoßzähne abgehackt und den Kadaver am Wasserloch gleich vor der Lodge liegen gelassen. Ein scheußlicher Anblick von der Aussichtsplattform! Piet ist mit ein paar Fährtenlesern ihren Spuren gefolgt, aber vergeblich. Schließlich musste er Kipchoge allein draußen zurücklassen, weil er heute Morgen einen Termin bei der Wildschutzbehörde hat. Er wird den ganzen Tag beschäftigt sein.«

»Das ist ja entsetzlich.« Sarah verstand, dass bei Problemen wie diesen sofort gehandelt werden musste, doch die Enttäuschung blieb. »Warst du in letzter Zeit auf Langani?«

»Nein. Ich habe zwischen zwei Safaris hier eine kleine Pause eingelegt. Piet hat mich gestern Abend angerufen. Am meisten macht es ihm zu schaffen, dass die Mistkerle offenbar genau die Route seiner Patrouillen kennen. Er hat den Verdacht, dass es unter seinen *watu* einen Maulwurf gibt.«

»Aber damit würden die Arbeiter sich doch nur selbst schaden«, wandte Sarah ein. »Schließlich sorgt der Tierschutz für Arbeitsplätze auf Langani. Weshalb sollte jemand den Wilderern also helfen?«

»Ein paar Shilling in bar sind Anreiz genug. Inzwischen gab es in Langani drei oder vier Zwischenfälle, denen Zebras, Impalas und sogar ein junger Büffel zum Opfer gefallen sind. Schlimm genug, wenn die Wilderer wegen des Fleisches oder ein paar Zebrafellen töten, die sie als Teppiche verkaufen. Doch wenn sie auf Elefanten losgehen, wird es wirklich ernst.«

»Und Kipchoge hat sie nicht gefunden?«

»In dem dichten Wald ist die Flucht ein Kinderspiel. Allerdings war es wirklich dreist von diesen Burschen, den Elefanten direkt bei der Lodge zu erschießen. Das wirkt wie eine Herausforderung. Wahrscheinlich stand das arme Tier am Wasserloch und wollte gerade auf Futtersuche gehen. Wir können es uns nicht leisten, noch mehr Tiere durch organisierte Banden zu verlieren. Sie haben genau an dem Tag zugeschlagen, als Piets Patrouille auf der anderen Seite der Farm unterwegs war.«

»Und du glaubst nicht an einen Zufall?«

»Inzwischen sieht es eher nach einer Strategie aus. Piet legt die Route für seine Wildhüter fest, und dann wird in einem anderen Sektor ein Tier getötet. Kannst du dir die Reaktion der

Touristen vorstellen, wenn sie plötzlich vor einem Elefantenkadaver stehen? Die Leute werden einen Riesenbogen um eine Gegend machen, wo sich bewaffnete Wilderer herumtreiben.«

»Gibt es wenigstens Fortschritte, was die Finanzierung angeht?«, fragte Sarah auf dem Weg zum Parkplatz. Sie nahm auf dem Beifahrersitz Platz, froh, wieder in einem Safarifahrzeug zu sitzen und die Welt aus einer erhöhten Position betrachten zu können.

»Piet hat sich noch einmal mit allen wichtigen Organisationen in Verbindung gesetzt. Im letzten Monat hat er den Besitzern der Nachbarfarmen vorgeschlagen, sich die Kosten für die Patrouillen gegen Wilderer zu teilen und einen Wildkorridor durch ihre Ländereien einzurichten. Auf diese Weise würde man Geld sparen und gleichzeitig das Wildschutzgebiet erweitern. Alle finden die Idee großartig, aber wenn es ums Bezahlen geht, winken sie ab.«

»Es dauert viel zu lange, an Gelder heranzukommen«, sagte Sarah. »Laut Allie Briggs halten einige dieser Organisationen bereits zugesagte Mittel erst einmal zurück. Wenn sie dann endlich bereit sind, den Scheck auszuschreiben, hat sich das Problem in vielen Fällen schon von selbst gelöst. Oder die Antragsteller sind verstorben.«

»Da könnte sie Recht haben«, stimmte Anthony zu. »Aber jetzt zu erfreulicheren Dingen. Du siehst prima aus, Sarah. Es ist bewundernswert, dass du trotz des Zwischenfalls zurückgekommen bist.«

»Tja, Hannahs Motto lautet schließlich, dass wir uns nicht unterkriegen lassen dürfen.« Sie blickte aus dem Fenster. »Vor etwa einer Woche habe ich mit Camilla telefoniert. Sie klang … ich weiß nicht. Wirst du sie auf dem Weg in die Staaten besuchen?«

»Ich bin noch nicht sicher.« Anthony starrte unverwandt auf die Straße und wirkte sichtlich verlegen.

»Hast du in letzter Zeit überhaupt mit ihr gesprochen?« Sarah wollte herausfinden, was er für Camilla empfand und was sie von ihm erwarten konnte.
»Nein. Seit deiner Abreise war ich die meiste Zeit auf Safari«, rechtfertigte sich Anthony. »Kurz nach dem Überfall habe ich mit ihr gesprochen. Sie meinte, sie hätte einen guten Arzt und alles würde wieder ins Lot kommen. Erzähl mir von Irland.«
Offenbar wollte er das Thema Camilla vermeiden. Bedeutet sie ihm wirklich so wenig?, fragte sich Sarah. War es für ihn nur eine belanglose Affäre gewesen? Und dabei hatten sie beide so leidenschaftlich verliebt gewirkt.
»Ich dachte, du wolltest ihren einundzwanzigsten Geburtstag mit ihr feiern«, beharrte sie. »Am Telefon hatte ich den Eindruck, dass ihr irgendetwas zu schaffen macht, aber sie wollte nicht mit der Sprache herausrücken. Hoffentlich ist alles in Ordnung.« Als Sarah diese Worte aussprach, bereute sie, dass sie selbst nicht hartnäckiger gewesen war.
»Vergangene Woche habe ich George in Nairobi getroffen«, berichtete Anthony. »Er hatte sie in letzter Zeit auch nicht gesehen. Hannah sagte, sie hätte ihr einige Male geschrieben, aber keine Antwort erhalten. Wenn sie sich nicht melden will, kann man auch nichts machen.«
Sarah hielt es für zwecklos, weiter nachzuhaken. Schließlich ging es sie nichts an. Auch war sie immer noch gekränkt über die Abfuhr, die ihr Camilla erteilt hatte. Also wechselte sie das Thema.
»Wie kommen die polizeilichen Ermittlungen in Langani voran?«
»Ich glaube, dem armen Hardy ist sein völliger Misserfolg allmählich peinlich. Immerhin ist er ein tüchtiger Polizist und ein anständiger Mensch, und er mag es gar nicht, wenn solche Fälle unaufgeklärt bleiben, da das zu Unruhe in der Bevölkerung führt. Außerdem ist er schon seit Jahren ein Freund der Familie.«

»Ich hatte den Verdacht, dass Hannah mir etwas verschweigt, um mich nicht zu ängstigen. Als wollte sie verhindern, dass ich es mir anders überlege und in Irland bleibe.« Trotz ihres beiläufigen Tonfalls erschauderte Sarah jedes Mal, wenn sie an den Überfall dachte. Immer noch wachte sie nachts häufig auf und hörte die Schüsse, war überzeugt, dass Piet getötet worden war, sah Camillas blutverschmiertes Gesicht vor sich und wurde von derselben Hilflosigkeit und Panik überwältigt wie damals, als sie versucht hatten, Lars vor dem Verbluten zu retten.

»Der Inspektor vertritt die These, dass es sich um einen Racheakt gehandelt hat«, meinte Anthony.

»Eine scheußliche Vorstellung. Hat er jemanden in Verdacht? Was für ein Motiv könnte der Täter haben?«

»Das weiß nur der liebe Gott. Piet hat jedenfalls keine Ahnung. Allerdings gibt es auch gute Nachrichten. Die Lodge ist ein Traum, und es sieht nach einer erfolgreichen Saison aus. Hannah hat schon jede Menge Reservierungen.«

Sarah fielen vor Müdigkeit die Augen zu, und sie nickte ein. Bei ihrer Ankunft auf der Farm stand Hannah auf der Vortreppe, um sie zu begrüßen. Während sie die Veranda entlang zum Gästezimmer gingen, tollten drei junge Rhodesian Ridgebacks um sie herum. Sie wedelten heftig mit den Schwänzen und sahen sie neugierig an.

»Das sind die neuen Familienmitglieder«, sagte Hannah lachend. »Eine echte Gefahr für Hab und Gut, weil sie alles zerkauen, was sie in die Pfoten kriegen. Aber Jeremy hat veranlasst, dass sie in der Hundeschule der Polizei erzogen werden. Jeden Vormittag müssen sie dorthin. Pass nur auf deine Schuhe auf und lass auch sonst nichts auf dem Boden herumliegen. Kamau hat eigens ein Willkommensessen für dich gekocht. Also rate ich dir zuzugreifen, auch wenn du keinen Hunger hast.«

»Ach, da ist ja Lars!« Sarah sah ihn über den Rasen gehen und lief freudig auf ihn zu. Offenbar hatte er sich wieder vollständig erholt.

»Willkommen zu Hause«, sagte er. »Ich habe schon gefürchtet, dass ihr euch wegen der schlammigen Straßen verspäten könntet, aber du und Anthony habt den Regen offenbar vertrieben. Komm und trink ein Bier mit mir, wenn du ausgepackt hast.« Er blickte Hannah an, die sich wortlos abwandte. Beim Auspacken fragte sich Sarah, ob sie sich wohl wegen der Farm gestritten hatten. Schließlich hatte Hannah beteuert, sie werde nicht die zweite Geige spielen. Lächelnd machte sich Sarah auf den Weg ins Wohnzimmer. Es war so schön, wieder hier zu sein, auch wenn ihr beim Anblick der leeren Regale, die früher Lotties Familienschätze beherbergt hatten, immer noch ein Schauder über den Rücken lief.

»Gibt es Neues von Piet?«, erkundigte sie sich, um ihr Unbehagen zu verbergen.

»Noch nicht. Allerdings ist mein Bruder nicht der Mensch, der große Worte macht, wenn es keinen Erfolg zu melden gibt. Du kennst ihn ja«, erwiderte Hannah. »Er wollte gleich nach dem Termin zurückkommen, falls es nicht zu stark regnet. Offen gestanden hoffe ich nicht mehr auf Unterstützung der Behörden und großen Organisationen. Sie interessieren sich nicht für uns. Unsere Probleme sind ihnen zu banal, und wir haben die falsche Hautfarbe.«

»Anthony hat mir von den Wilderern erzählt.«

»Tja, die beschränken ihre Umtriebe nicht auf Langani«, antwortete Hannah erbittert. »Das Abschlachten von Tieren wird hierzulande im großen Stil betrieben. Jeremy geht von einem Racheakt aus, aber ich glaube das nicht. Schließlich sind wir gute Arbeitgeber. Unsere *watu* wissen, was sie an uns haben. Ihnen geht es viel besser als den meisten Arbeitern auf den anderen Farmen. Außerdem wird das Wildreservat Touristen anlocken und neue Arbeitsplätze schaffen. Ich verstehe einfach nicht, warum uns niemand hilft.«

»Nichts geht voran«, fügte Lars hinzu. »Die neuen Politiker und Beamten amüsieren sich, spielen sich auf, genießen ihre Macht und machen sich wichtig, während sie in Wirklichkeit nur alles blockieren. So wird es noch eine Weile weiterlaufen, und das ganze Land leidet darunter.«

»Mag sein«, entgegnete Hannah und kehrte ihm den Rücken zu. »Aber ich denke trotzdem, dass es uns noch schlimmer trifft, weil sie uns nur als Afrikaaner sehen und uns für genauso dumm und dickfellig halten wie die Ochsen, die uns hierher gebracht haben. Und dabei sind Piet und ich hier geboren und kenianische Staatsbürger. Dafür gibt es keine Entschuldigung.«

»Iren haben denselben Ruf«, stimmte Sarah ihr mitfühlend zu. »Uns traut man ebenfalls keinen Verstand zu.«

Doch das konnte Hannah nicht versöhnlicher stimmen. »Heutzutage darf man in diesem Land weder Afrikaaner noch Inder sein. Wer nicht schwarz, Brite oder UN-Mitarbeiter ist, zählt nicht. Und als *domkopf Yaapie* hat man sowieso keine Chance. Es sind dieselben alten Seilschaften wie vor der *uhuru*.«

»Ich denke, Lars hat Recht«, erklärte Anthony. »Hier geht es um Bestechung und Korruption, und jeder ist in irgendeiner Weise davon betroffen. Ich habe ständig nur *shauris* wegen Genehmigungen und Zulassungen, und in der Verwaltung herrscht das blanke Chaos.«

»Allie Briggs hat mir erzählt, in Buffalo Springs gäbe es ähnliche Probleme«, sagte Sarah. »Überall wimmelt es von Wilderern, Viehdieben und somalischen Banditen. Und niemand ist bereit, ihnen das Handwerk zu legen. Währenddessen verschließen die Politiker die Augen vor den Missständen, und zwar hauptsächlich aus finanziellen Gründen.«

»Also leide ich wohl schon an Verfolgungswahn«, warf Hannah herausfordernd ein. Dann seufzte sie. »Wahrscheinlich ist es so, wie ihr sagt. Selbst Viktor bestätigt das. Er versucht, seine Beziehungen zur Regierung spielen zu lassen, um die Sache zu beschleunigen. Aber es macht mich wütend, mit anzusehen, wie man Piet von Pontius zu Pilatus schickt.«

»Viktors Hilfe hat uns gerade noch gefehlt«, höhnte Lars. »Gerade erst hat er den Auftrag für ein neues Regierungsgebäude verloren. Tolle Beziehungen sind das!«

»Da hat jemand dran gedreht«, protestierte Hannah ärgerlich. »Der Auftrag wurde an einen Architekten vergeben, der eine hohe Bestechungssumme gezahlt hat.«

»Piet wird schon einen Weg finden.« Sarah bemühte sich, Zuversicht zu verbreiten. »Wenn ihr nicht mehr ein noch aus wisst, wird irgendeine große Stiftung das Langani-Wildreservat unterstützen.«

»Ich dachte, wir hätten eine Verbündete in London, die für uns die Werbetrommel rührt«, sagte Hannah. »Aber bis jetzt merke ich nichts davon. Hast du vielleicht von Camilla gehört, Anthony?«

»Draußen im *bundu* hört man von niemandem«, antwortete er. »Hat da nicht eben Mwangi gerufen? Eine gute Idee, an einem Tag wie heute draußen zu Mittag zu essen. Wie geht es mit der Lodge voran, Lars?«

»Inzwischen ist die Wasserpumpe installiert, und die Badezimmer sind einsatzbereit. Das hoffen wir wenigstens«, erwiderte Lars. »Wir sollten nach dem Essen hinfahren.«

»Und du hältst am besten ein Nickerchen, Sarah«, meinte Anthony. »Ansonsten schläfst du ein, wenn der Herr des Hauses zurückkommt. Und da wäre er sicher enttäuscht.«

Sarah lief feuerrot an, und Hannah lachte. Gemeinsam gingen sie hinaus auf die Veranda, atmeten die Nachmittagsluft ein und betrachteten die schroffe Schönheit des Mount Kenya.

»*Kyrinyaga.*« Sarah ließ sich das Wort auf der Zunge zergehen. »Jetzt bin ich wirklich zu Hause angekommen! Aber Anthony hat Recht. Ich werde mich ein Stündchen hinlegen.«

Um sieben machte Mwangi wie immer in seinem gestärkten weißen *kanzu* die Runde und verteilte lächelnd die Drinks. Allerdings war Sarah das geladene Gewehr nicht entgangen, das neben der Tür lehnte. Die drei Hunde neben sich, saßen sie am Kaminfeuer, als Lars hereinkam. Hannah würdigte ihn keines Blickes, sondern begann ein Gespräch mit Anthony. Irgendetwas stimmt hier nicht, dachte Sarah. Sie würde Hannah später danach fragen.

Lars ließ sich neben Sarah auf dem Sofa nieder. »Wann fängst du denn mit der Forschungsarbeit an?«

Sie wandte sich ihm zu, um ihm zu antworten, und die Anspannung verflog. Das Essen war schon fast vorbei, als Piet erschien. Sarah fiel auf, dass er abgenommen hatte. Er wirkte erschöpft, und um seine Augen hatten sich Sorgenfältchen gebildet. Doch an seinem Lächeln und seinem afrikaanen Singsang hatte sich nichts geändert. Er umrundete den Tisch, legte ihr die Hände auf die Schultern und küsste sie rasch auf den Scheitel.

»Sarah, wie schön, dass du wieder hier bist! Tut mir Leid, dass ich dich nicht abholen konnte. Hat Anthony sich gut um dich gekümmert?«

»Das hat er.« Sie lehnte sich zurück, um ihn anzusehen, gab sich aber Mühe, ihre Freude nicht zu deutlich zu zeigen. »Hast du in Nairobi etwas erreicht?«

»Ach, es ist immer dasselbe. Alle sind voller Mitgefühl, aber ob je etwas aus ihren Versprechungen wird, steht in den Sternen. Immerhin waren sie endlich einverstanden, uns nächste Woche einen Burschen von der Wildschutzbehörde zu schicken. Angeblich haben sie kein Geld. Was bedeutet, dass wir Wochen damit zubringen werden, Briefe und Berichte zu schreiben, die ohnehin niemand liest. Das alles wird eine Ewigkeit dauern, und währenddessen haben die Wilderer freie Bahn.«

»Falls die Wildschutzbehörde wirklich jemanden schickt,

könnte das die Wilderer eine Weile abschrecken«, meinte Anthony. »So etwas spricht sich rasch herum.«
»Bist du müde, Piet?« Hannah reichte ihm den Brotkorb.
»Es geht. Der Regen ist ausgeblieben, und die Straßen waren gut passierbar. Auf dem Rückweg ist Simon gefahren. Inzwischen macht er sich gut am Steuer. Hat jemand Kipchoge gesehen?«
»Als ich heute Nachmittag zur Lodge fuhr, war er noch unterwegs«, erwiderte Anthony. »Er lässt nicht so schnell locker.«
»Möchtest du morgen mit mir hin, Sarah?« Piet rieb sich die Hände. Er war stolz wie ein Kind, das eine schwierige Aufgabe gemeistert hat. »Während du weg warst, hat sich eine Menge getan. Wann musst du in Buffalo Springs sein?«
»Allie Briggs kommt am Montag nach Nanyuki. Sie wollte mich am Silverbeck Hotel abholen, falls mich jemand hinbringen kann. Also habe ich genug Zeit, mir alles anzusehen.«
»Prima«, sagte Piet. »Hannah hat wahre Wunder gewirkt, insbesondere was die Ausbildung des Personals betrifft. Inzwischen können wir einen Fünf-Sterne-Service bieten.«
»David ist mittlerweile ein ausgezeichneter Koch«, ergänzte Hannah. »Du wirst beeindruckt sein, Sarah.«
»Richtig«, stimmte Piet zu. »Im Büro wäre er nicht zurechtgekommen, aber in der Küche kann er sein Talent entfalten. Kamau ist stolz wie ein Pfau. Alles klappt wie am Schnürchen.«
»David ist wirklich begabt, nicht wahr, Mwangi?« Hannah blickte auf und berührte den alten Mann am Ärmel. Dieser strahlte erfreut über das Lob für David. Sicher würde er Kamau in der Küche alles brühwarm berichten, sobald er den Pudding serviert hatte.
»Er wird der beste *mpishi* der ganzen Gegend werden. Vielleicht sogar besser als sein Vater.« Mwangi kicherte bei der Vorstellung, dass Kamau seinen Meister gefunden haben könnte.

»Außerdem ist er ein braver Junge, *ndio*. Die Jugend ist unsere Zukunft. Das ist *harambee*!«
Den Kaffee tranken sie im Wohnzimmer, und kurz darauf zog sich Lars zurück. Auch Hannah erhob sich und unterdrückte ein Gähnen.
»Ihr könnt euch ruhig noch einen Schlummertrunk genehmigen. Ich muss morgen früh raus«, sagte sie. Dann zögerte sie und überlegte, wie sie sich am besten ausdrücken sollte. »Sarah, kommst du auch sicher allein zurecht?« Erleichterung malte sich in ihrem Blick, als Sarah nickte. Doch sie bedauerte auch, dass sie diese Frage überhaupt hatte stellen müssen. »Dann schlaft gut, ihr Nachteulen. Ich bin bis Mittag ziemlich beschäftigt. Wir sehen uns dann beim Essen.«
»Wann möchtest du zur Lodge fahren, Piet?« Sarah sah ihn forschend an und fragte sich, ob ihm ihre Rückkehr etwas bedeutete.
»Wir könnten früh aufbrechen und das Frühstück mitnehmen. Die Lichtverhältnisse sind dann sehr gut zum Fotografieren. Simon kommt gegen sieben mit dem Wagen.« Piet ging zur Hausbar. »Möchte jemand einen Brandy? Ich brauche jetzt etwas, um den Tag in Nairobi runterzuspülen. Anthony?«
»Nein danke. Morgen muss ich in aller Frühe los, um mich den *shauris* der Stadt zu stellen. Ich überlasse euch Nachteulen eurem Schicksal.« Er grinste Sarah an, als sich ihre Wangen verräterisch röteten. Doch sie war fest entschlossen, sich nicht den Schneid abkaufen zu lassen.
»Gute Nacht, Anthony. Noch mal danke fürs Abholen«, sagte sie. »Ja, ich hätte gerne einen Brandy, Piet.«
Gemütlich saßen sie am Kaminfeuer, sahen einander hin und wieder an und lauschten dem Knistern und Knacken der Scheite und dem zufriedenen Atmen der Hunde, die auf dem Teppich schliefen und im Traum immer wieder leise Geräusche ausstießen.
»Erzähl mir von deinen Eltern und von Tim.« Piet streckte die

langen Beine aus. »Ich wette, deine Entscheidung hat alle ziemlich überrascht.«

»Überrascht ist noch milde ausgedrückt.« Sarah seufzte auf, als sie sich an die hitzige Debatte erinnerte. »Sie haben mich mit düsteren Warnungen überschüttet, und außerdem hatte ich einen schrecklichen Streit mit Tim. Seit er mit dieser Krankenschwester verlobt ist, führt er sich auf wie ein alter Mann: spießig, ängstlich und langweilig.«

»Er war schon immer der Vernünftigste von uns allen.« Piet schmunzelte. »Sei nicht so streng mit ihm. Bestimmt macht er sich nur Sorgen um dich.«

»Am meisten Unterstützung habe ich von Dad bekommen«, fuhr Sarah fort. »Es hat mich wirklich erstaunt, dass er Partei für mich ergriffen hat, insbesondere weil Mum anderer Ansicht war. Doch als ich mich am Flughafen von ihm verabschieden musste, habe ich mich schrecklich elend gefühlt. Ich habe ihm deutlich angemerkt, wie ungern er mich gehen ließ.«

»Wahrscheinlich wurde ihm klar, dass es zwecklos ist, dich aufhalten zu wollen, nachdem er dir in die Augen gesehen hat, kleine Sarah.« Piets Tonfall war weich geworden. »Du kannst so entsetzlich stur sein. Ich dachte, in der Klosterschule hätte man euch Gehorsam beigebracht. Glücklicherweise hast du diese Lektion nicht gelernt und bist nun hier.«

»Ich wusste, dass ich das Richtige tue, auch wenn ich auf diesen Streit gern verzichtet hätte.« Sarah spürte, dass sie Herzklopfen bekam, und fragte sich, ob Piet es wohl hören konnte. »Außerdem habe ich Lampenfieber wegen des neuen Jobs. Ich habe keine Ahnung von diesem Projekt und werde mich vielleicht dumm anstellen. Und ich werde mit zwei fremden Menschen zusammenleben müssen, die mich vielleicht unsympathisch finden.«

»Es klappt sicher prima«, beteuerte Piet. »Du hast ein Gespür für dieses Land und seine Tierwelt und weißt mehr darüber, als du denkst. Den Rest wirst du schon lernen. Die Briggs haben ganze Arbeit geleistet und sind hoch geachtet. Und du kannst herkommen, sooft du willst.« Seine Augen funkelten im Feuerschein. »Ich bin so froh, dass du wieder hier bist, Sarah. Und Hannah geht es genauso. Sie braucht deine Nähe dringend. Also ist Langani jetzt dein Zuhause.« Er stand auf, griff nach ihrer Hand und zog sie aus dem Sessel. »Komm, wir trinken draußen aus und zählen die Sterne. Es ist zur Abwechslung einmal eine klare Nacht.«

Im Sternenlicht standen sie auf der Veranda und lauschten den Geräuschen des Buschs. Als seine Hand leicht über ihren Nacken strich, erschauerte sie.

»Frierst du?«, fragte er.

Sie schüttelte den Kopf und lehnte sich an ihn. Am liebsten wäre sie ewig so stehen geblieben. Deshalb war sie enttäuscht, als er sein Brandyglas mit einem Schluck leerte und sie zu sich herumdrehte.

»Am besten gehen wir jetzt zu Bett, Kleines, wenn wir morgen in aller Frühe aufbrechen wollen. Es gibt so vieles, was ich dir zeigen und worüber ich mit dir reden will. Außerdem möchte ich mit dir wie versprochen zu meinem Berg fahren.« Er beugte sich vor und küsste sie auf die Lippen. Sarah schlang die Arme um seine Taille und schmiegte den Kopf an ihn, sodass sich ihr Atem in der kühlen Nachtluft mischte. Sie sehnte sich danach, ihn noch einmal zu küssen, wagte jedoch nicht, sich zu bewegen, weil sie befürchtete, den Zauber des Augenblicks zu zerstören. Als seine Finger über ihren Hals bis zur Wange glitten, wurden ihr die Knie weich.

»Sarah«, murmelte er. »Du bist eine wirkliche Schönheit geworden. Und es war so tapfer von dir, nach allem, was geschehen ist, zurückzukommen, um deine Träume und Pläne wahr werden zu lassen. Meine kleine Sarah, ich wünsche nur …« Er wich zurück und räusperte sich. »Ich fürchte, du wirst deine Zimmertür abschließen müssen. Ein Zeichen des Fortschritts, was? Aber es ist nur eine Vorsichtsmaßnahme. Wir haben einen Wächter. Schlaf gut.« Im nächsten Moment war er fort, pfiff nach den Hunden und rief Mwangi zu, er solle abschließen.

Ein wenig verdattert und enttäuscht über seinen plötzlichen Stimmungsumschwung, machte Sarah sich auf den Weg in ihr Zimmer. Dabei fragte sie sich, was er sich wohl wünschte. Sie fuhr sich mit dem Finger über die Lippen, die er gerade noch geküsst hatte, und ließ jedes seiner Worte Revue passieren. Als sie schließlich ins Bett fiel, war sie zu müde, um noch einen klaren Gedanken zu fassen. Es zählte nur, dass sie hier bei Piet war. Mehr verlangte sie nicht. Das hämische Kichern der Hyänen drang bis in ihre Träume, und später in der Nacht trommelte Regen aufs Dach. Doch sie hörte ihn nicht und wachte erst auf, als Mwangi leise an die Tür klopfte.

»*Hodi, Memsahib* Sarah. *Chai.* Ich hoffe, Sie haben gut geschlafen.«

Die Sonne stand wie eine orangefarbene Scheibe am dunstigen Himmel. Sarah zog einen dicken Pullover über ihr Khakihemd und eilte zum Landrover, wo Piet sie schon erwartete. Simon begrüßte sie höflich und feierlich, und Kipchoge ergriff mit beiden Händen ihre Hand und hieß sie in Kisuaheli und in seiner Stammessprache willkommen. Im Busch war der neue Tag schon angebrochen. Vögel und Affen sausten umher und sprangen kreischend durchs Blätterdach der Bäume, sodass sich ein Schauer aus Regentropfen von den nassen Ästen ergoss. Zebras und Wasserbüffel stoben auseinander, als sie den Pfad entlang und durch die Pfützen holperten. Bald war der Wagen über und über mit roten Lehm bedeckt. Eine einsame Giraffe blickte aus luftigen Höhen zu ihnen herab und streckte die langen schwarzen Lippen und die raue Zunge aus, um an den Spitzen der Dornenbäume zu knabbern. Den Speer locker in der Hand, stand Kipchoge hinten im Wagen und hielt am

Horizont nach wilden Tieren Ausschau. Ein Stück entfernt im Westen sah er Geier in der Luft kreisen.

»Vielleicht ein frisch gerissenes Tier«, sagte Piet. »Dort drüben lebt ein Löwenrudel. Lasst uns schauen, was sie gefangen haben.«

Sie steuerten auf die träge kreisenden Vögel zu, bis sie auf einen Zebrakadaver stießen. Das Gerippe war fein säuberlich abgenagt, obwohl das Tier, wie Kipchoge verkündete, erst in dieser Nacht oder früh am Morgen getötet worden war. Der Magen mitsamt dem aus halb verdauten Gräsern bestehenden Inhalt lag ordentlich ein Stück abseits, wo sich erst die Geier und dann kleinere Nagetiere und Insekten daran gütlich tun würden, bis nichts mehr davon übrig war. In der Natur wurde kein Stückchen Nahrung verschwendet. Es verblüffte Sarah, wie rasch sich ein gerade noch lebendiges Tier in ein blankes Skelett verwandeln konnte. Ob die Weißen, die Afrika kolonisiert hatten, wohl eines Tages das gleiche Schicksal ereilen würde? Dann würden ihre Bauwerke und Denkmäler zerschmettert auf der von der Sonne gebleichten Erde liegen und irgendwann von der siegreichen Wildnis überwuchert werden. Piet sprang vom Wagen und ging zu dem Zebra hinüber, dessen Augen weit aufgerissen waren, und hob seinen Kopf an. Simon und Kipchoge sahen vom Wagen aus gleichmütig zu. Sarah empfand Mitleid mit dem Tier, dem nur ein so kurzes Leben vergönnt gewesen war. Doch hier war kein Platz für Sentimentalität, vor allem nicht, wenn man den Beruf ausüben wollte, für den sie sich entschieden hatte. Piet kehrte zum Wagen zurück und ließ den Motor an.

»Fahren wir«, meinte er. »Vielleicht treffen wir ja noch die Löwen, die sich gerade nach ihrer Mahlzeit ausruhen. Ich vermute, dass sie nicht allzu weit weg sind.«

Tatsächlich lagen die Raubkatzen im Schatten eines Dornenbaums, ein paar hundert Meter die Straße hinauf, und dämmerten mit vollen Bäuchen vor sich hin. Es waren drei Löwinnen mit ihren Jungen, und ganz in der Nähe konnte Sarah im Schatten die dunkle Mähne eines prachtvollen Männchens erkennen. Während die Jungen den Wagen neugierig musterten, rührte sich keines der erwachsenen Tiere, außer um zu gähnen oder mit dem Schweif eine Fliege zu verscheuchen. Es wurde immer heißer. Das Zirpen der Zikaden und das Rascheln von Pavianen in einem Baum hallten durch die Luft. Links auf der Ebene grasten Zebras und Gazellen. Es schien sie nicht zu kümmern, dass ihre Herde heute ein Tier verloren hatte. Vielleicht ahnten sie ja auch, dass die Löwen heute nicht mehr jagen würden.

Inzwischen waren die Zimmer der Lodge vollständig eingerichtet. Hannah hatte die Auffahrt mit heimischen Büschen bepflanzt und versucht, die Spuren der Bauarbeiten zu beseitigen.

»Es besteht eine Funktelefonverbindung zur Farm«, erklärte Piet. »Und hinter dem Haus gibt es eine Garage für Lieferwagen und Safarifahrzeuge. Ich habe einen Mechaniker eingestellt, der einige Jahre in einer Landrover-Werkstatt in Nairobi gearbeitet hat und etwas von seinem Geschäft versteht. Er wird sich auch um den Generator kümmern und sonstige Reparaturen ausführen. Die Lagerräume für Treibstoff und Lebensmittel sind hinter den Felsen dort versteckt. Die Gäste werden nur das Wasserloch, die Salzlecke und die Wildpfade zur Ebene sehen. Und jetzt schau dir die Lodge an. Der Aufenthaltsraum und der Speisesaal sind auch schon fertig.«

Wie ein junger Hund rannte er den Pfad hinauf, sodass Sarah ihm kaum folgen konnte.

»Hallo, warte auf mich!«, rief sie. »Bei diesem Tempo bekomme ich nicht viel von der Führung mit.«

»Entschuldige, mit mir sind wohl die Pferde durchgegangen.« Ein zerknirschtes Grinsen im Gesicht, kehrte er zu ihr zurück. »Ich möchte dir alles zeigen, bevor wir zum Berg fahren.

Glaubst du, dass es den verwöhnten Amerikanern hier gefällt?«
Er musterte sie eindringlich. Inzwischen hatten sie die Aussichtsplattform erreicht, und er griff nach ihrer Hand.
»Letztens hat dich etwas hier erschreckt. Erinnerst du dich? Spürst du es immer noch? Mich interessiert, was du denkst.«
»So viele Fragen auf einmal. Gib mir die Chance, eine nach der anderen zu beantworten!« Sarah wusste noch zu gut, was sie zuletzt hier empfunden hatte. Doch heute wirkte alles friedlich. Sie drückte Piets Hand und blickte hinunter auf die idyllische Landschaft rings um das Wasserloch und das Tal. Piet hatte wirklich Großartiges geleistet.
»Es ist wundervoll«, sagte sie. »Wie ein Traum. Deine Gäste werden begeistert sein. Da bin ich ganz sicher. Die Sache letztens war albern. Du weißt ja, dass Hannah mich immer mit meinen seltsamen Vorahnungen aufzieht. So etwas nennt man in Irland das zweite Gesicht, und das ist dort sehr verbreitet. Es ist unbeschreiblich schön hier. Und die Leopardenstatue auf dem Tisch finde ich großartig.«
Piet seufzte auf. »Sie hat ziemlich viel gekostet. Und zwar in mehrfacher Hinsicht«, erwiderte er. Als Sarah ihn fragend ansah, wandte er sich von dem bronzenen Leoparden ab. »Das erzähle ich dir ein andermal. Die Statue bedeutet Hannah sehr viel.« Er wies in den Raum hinein. »Manchmal habe ich geglaubt, wir würden niemals fertig werden. Alles dauerte so lang und war eine große finanzielle Belastung für die Farm.« Er hielt inne. »Ich habe dir ja schon erklärt, dass Pa uns ein ziemliches Chaos hinterlassen hat. Deshalb musste ich mich im ersten Jahr ganz schön abrackern. Und als die Bank uns gerade ein wenig Ruhe ließ, hat eine Bakterieninfektion die Weizenernte vernichtet. Der Tod der Kühe hat uns auch zurückgeworfen. Und dann musste ich aus Sicherheitsgründen zusätzliche *watu* für die Lodge einstellen. Manchmal fürchtete ich schon, das Projekt aufgeben zu müssen, und ich bin immer

noch nicht sicher, ob es wirklich klappen wird. Ich kann nur hoffen, dass es von Anfang an Gewinn abwirft, sonst stecken wir in Schwierigkeiten.«

»Du darfst dich nicht unterkriegen lassen«, erwiderte Sarah mit Nachdruck. »Du wirst sicher finanzielle Unterstützung bekommen. Hab Vertrauen in dich selbst und in das, was du bis jetzt geschafft hast. Dieses Haus ist wundervoll, und die Gäste werden kommen. Davon bin ich überzeugt.«

»Hoffentlich hast du Recht. Ach, du bist meine Glücksfee, Sarah. Das spüre ich ganz genau. Zur Eröffnung werden wir einen *ngoma* veranstalten – ein großes Festmahl mit Tänzen. Den *watu* wird das gefallen. Du musst unbedingt dabei sein.« Mit einem triumphierenden Lachen nahm Piet sie am Arm. »Was hältst du jetzt von einem Ausritt? Ich habe vor einem Monat ein paar Pferde hier eingestellt, damit sie sich an die Wege gewöhnen. Sie werden uns in der Lodge sicher nützlich sein, auch wenn wir eigens einen Wachmann für sie beschäftigen müssten.«

»Aber die Wilderer würden doch nicht ...«

»Nicht die Wilderer.« Schmunzelnd schüttelte Piet den Kopf. »Sondern die Großkatzen. Sie können Pferdefleisch meilenweit riechen. Für Löwen und Leoparden ist das eine Delikatesse, und sie laden sich gern selbst zum Abendessen ein.«

»Möchtest du mit deinen Gästen Ausritte unternehmen?«

»Mit einem Führer, der für alle Fälle ein Gewehr tragen muss. Ich finde die Idee prima. Was ist, brechen wir auf?«

Langsam ritten sie los und umrundeten die Herden. Anfangs stoben die Tiere noch auseinander, doch nach einer Weile blieben sie stehen und sahen die Besucher mit wippenden Schwänzen und zuckenden feuchten Schnauzen an. Simon ritt an ihrer Seite. Kipchoge, der ein altes Gewehr von Jan in der Hand hielt, bildete die Nachhut. Eine Zebraherde schnaubte, wendete dann die plumpen Leiber und trottete neben den

Pferden her. Sarah spürte, wie ihr Pferd schneller wurde, zwischen diesen fremden Geschöpfen umhertänzelte und mit jeder Faser seines Körpers darauf zu brennen schien, sie zu überholen. Auf ein Zeichen von Piet galoppierten sie los, und der Boden erzitterte unter Hunderten von Hufen, bis sie die Herde hinter sich gelassen hatten. Ein steiniger Pfad führte zu Piets Berg. Der Weg war so steil, dass sie bald absteigen und im Gänsemarsch weitergehen mussten. Die von den Hufen der Pferde losgetretenen Steine kullerten polternd den Abhang hinunter ins Gebüsch. Als der Weg schließlich noch steiler wurde, blieb Piet stehen.

»Simon und Kipchoge können die Pferde festbinden und hier warten. Komm, Sarah. Zum Gipfel ist es noch ein Stück. Aber es ist die Mühe wert.«

Er stapfte voran durch das Geröll, bis sie den Gipfel des Berges erreichten. Dort legte er Sarah die Hände um die Taille und drehte sie langsam um die eigene Achse, damit sie die Aussicht bewundern konnte. Der Wind zerrte an ihren Kleidern, als sie sich ehrfürchtig umsah. Unter ihnen erstreckten sich, in bunten Farben strahlend, die Ländereien von Langani. Sie konnte das lange Dach des Hauses mit den Ställen und Nebengebäuden erkennen. Dicht dabei standen Hannahs Viehstall und die Milchküche. Die Kühe auf der grünen Weide wirkten wie Spielzeugtiere. Die Weizenfelder wogten im Wind. Als Sarah sich weiterdrehte, kamen die strohgedeckten Häuser der Arbeiter, Lotties Schule und die Krankenstation in Sicht. Direkt unter ihr ragten die Gebäude der Lodge aus dem dunkelgrünen Blätterdach der Bäume und den rötlichen Felsen, aus denen der *kopje* bestand. Dazwischen befanden sich der Fluss und der *bundu* mit seinem Gebüsch, den runden Wipfeln der Akazienbäume und den Termitenhügeln, die an rote Finger erinnerten. Alles wirkte vollkommen, wie die Landschaft einer Modelleisenbahn, aufgebaut auf einem riesigen Brett, um den Göttern eine Freude zu machen. Als Sarah die Arme ausbreitete, trat Piet zurück und musterte sie mit einem zärtlichen Lächeln. Von der Autofahrt war sie von oben bis unten mit Lehm besprenkelt. Lachend wandte sie sich zu ihm um und rief aus, so etwas Wundervolles gäbe es sonst auf der ganzen Welt nicht mehr. Als ihr vom vielen Drehen schwindelig wurde, hielt er sie fest. Sie lehnte sich an ihn und versuchte, sich die angetrocknete Erde rings um die Augen wegzuwischen, allerdings mit dem Ergebnis, dass sie alles noch mehr verschmierte.

»Jetzt siehst du aus wie ein Buschschliefer«, sagte Piet und zog ein Taschentuch hervor, um sie zu säubern. Sarah hielt den Atem an, als er eine Hand auf ihren Rücken legte und sie an sich zog, während er mit der anderen ihre Wange bearbeitete.

»So.« Er steckte das Taschentuch wieder weg, ließ sie aber nicht los.

Im ersten Moment blieb sie reglos stehen. Dann legte sie ihm die Arme um den Hals und hob den Kopf, um sich von ihm küssen zu lassen. Er war der einzige Mann, den sie je begehrt hatte. Sie liebte ihn. Er hatte sie hierher an seinen Lieblingsplatz gebracht. Das musste doch etwas zu bedeuten haben. Er beugte sich zu ihr herunter, und seine Lippen berührten ihre. Im nächsten Augenblick zog er sie fest an sich, sodass ihr ganzer Körper wohlig erbebte. Wieder und wieder küsste er sie auf den Mund, auf die Stirn, die Augen und die Kehle, bis sie nach Atem rang. Sie berührte die Haarstoppeln an seinem Nacken, ließ die Finger seinen Kiefer entlanggleiten, vergrub sie in seinem warmen strohblonden Haarschopf und strich dann über seine Wangenknochen und seinen kräftigen Hals. Schließlich lösten sie sich voneinander. Die Finger ineinander verschlungen, sahen sie sich an.

»Komm und setz dich.« Seine Stimme klang heiser. Er führte sie zu einem ausgehöhlten Felsen, wo sie dicht nebeneinander Platz nahmen und das Land unter sich betrachteten. Dann nahm er ihre Hand und küsste jeden ihrer Finger. Sie lehnte den Kopf an seine Brust.

»Ich habe dein Gedicht gelesen«, sagte er leise. »Du weißt schon, das Gedicht von Masefield, das du in Gedi zitiert hast. Es hat mich nicht mehr losgelassen. Also habe ich es nachgeschlagen, als ich wieder zu Hause war. Der erste Teil ist ziemlich pessimistisch. Aber Langani wird es nicht so ergehen wie den verfallenen Städten. Es wird überleben und gedeihen. Und zwar wenn wir Visionen haben und Entschlossenheit zeigen. Du hast Visionen, Sarah. Du hast mir Mut und Selbstvertrauen gegeben. Du inspirierst mich. So wie in den letzten Zeilen des Gedichts.

… lass eintauchen den Geist zum Meeresgrunde,
Wo gold'ne Schätze strahlen weit und breit.
Und wo etwas emporragt und tut Kunde
Von unserm Sieg über den Sand der Zeit!«

Er legte beide Arme um sie und stützte das Kinn auf ihren Scheitel. »Ich bin ein schrecklicher Dummkopf, Sarah. Ich habe immer nach einer wahren Seelenfreundin gesucht, und ich dachte …«

»Sprich nicht weiter, Piet.« Sie legte ihm den Finger auf die Lippen. »Es war verständlich, dass du …«

»Aber ich muss es dir sagen. Ich möchte nicht, dass es Tabus zwischen uns gibt. Ich war verrückt nach Camilla, vollkommen übergeschnappt. Der afrikaanse Bauernjunge auf der Jagd nach der Prinzessin.« Als Sarah protestieren wollte, lächelte er sie an. »Doch im Leben läuft es selten wie im Märchen. Es ging mir unter die Haut, und eine Weile dachte ich, dass sie ähnlich empfindet. Das war wie bei der Malaria, die immer wiederkommt, wenn man sich bereits für geheilt hält. Und deshalb habe ich mich zum Narren gemacht.«

»Nein!«, rief Sarah aus. »Sie hat dich an der Nase herumgeführt, dich benutzt und dich gekränkt. Ich war so wütend auf sie, dass ich ihr beinahe die Freundschaft gekündigt hätte. Du warst so nett zu ihr, als sie mit uns auf Safari war, und wenn man bedenkt, was sie dir angetan hat, ist dir das sicher nicht leicht gefallen. Und mit anzusehen, wie Anthony ...«

Verlegen hielt sie inne. Eigentlich wollte sie nicht über Camilla sprechen. Hier auf Piets Berg sollte ihr Name nicht fallen. Und war es wirklich vorbei? Sie wagte nicht, ihn zu fragen. Was war, wenn er sie nur als Ersatz betrachtete? Schließlich wusste er, dass sie ihn mochte, und außerdem war sie eine gute Freundin seiner Schwester. Ängstlich schloss Sarah die Augen. Doch dann spürte sie, wie er ihr unter das Kinn fasste und ihren Kopf anhob.

»Wir müssen einiges besprechen, Sarah. Zwischen uns entsteht gerade etwas Großes und Wunderbares. Aber ich brauche Zeit, um alles in Langani zu regeln.«

Sarah wollte etwas Aufmunterndes sagen, fürchtete jedoch, seinen Gedankenfluss zu stören.

»Außerdem mache ich mir Sorgen um Ma. Seit sie nach Rhodesien gezogen sind, geht es Pa schlecht, und er trinkt immer noch«, fuhr Piet fort. »Ich weiß, dass Hannah dir erzählt hat, warum sie von dort weggegangen ist. Nach dem Überfall hat sie Ma angefleht, nach Hause zu kommen, aber Pa ... tja, vermutlich würde er sich in Langani überflüssig fühlen, und Ma will ihn nicht allein lassen.«

»Sicher ist Hannah sehr enttäuscht«, meinte Sarah.

»Meine Schwester ist ein wunderbarer Mensch und hat eine Menge Mut. Sie ist sehr einsam hier, und seit dem Überfall geht es ihr nicht sehr gut. Ich bin ihr keine große Hilfe, denn ich bin oft unterwegs oder habe in der Lodge zu tun. Bei Lars ist es genauso. Eine Weile dachte ich, dass die beiden sich näher kommen könnten. Mein Freund Lars ist ein anständiger Mensch. Zuverlässig. Ein Fels in der Brandung. Aber seit dem Überfall ist Hannah in merkwürdiger Stimmung. Und dann kam Viktor Szustak – du erinnerst dich doch noch an meinen Architekten – immer häufiger zu uns, blieb über Nacht und fing an, ihr schöne Augen zu machen. Mir ist das gar nicht recht, denn die Sache hat keine Zukunft. Es wird ein schwerer Schlag für Hannah sein, wenn er ihr den Laufpass gibt. Außerdem ist Lars ziemlich verärgert, und darum herrscht dicke Luft.«

»Das erklärt so manches«, erwiderte Sarah. »Mir ist gestern schon aufgefallen, dass zwischen den beiden etwas nicht stimmt.«

»Das ist die Untertreibung des Jahres. Es ist, als lebe man am Abhang eines Vulkans. Lars und Hannah können einander nicht einmal in die Augen sehen, geschweige denn zusammenarbeiten. Ich befürchte, dass er geht, wenn es noch schlimmer wird. Keine Ahnung, wie ich es ohne ihn schaffen soll. Und Viktor, diesen Idioten, kann ich auch nicht zum Teufel schicken, ehe die Lodge nicht vollständig fertig ist. Allerdings habe ich ihm gesagt, er soll die Finger von ihr lassen.«

»Und?«

»Er lacht mich nur aus und meint, sie sei ein Traum und er vergöttere sie. Und Hannah sagt, dass mich das einen Dreck angeht.«

»Vielleicht kann ich herausfinden, was sie wirklich für ihn empfindet. Der arme Lars! Ganz bestimmt liebt er sie wirklich. Das Traurige daran ist, dass er so gut zu ihr passen würde. Wenn sie doch nur nicht so vernagelt wäre!«

»Ich weiß.« Piet schenkte ihr ein schiefes Grinsen. »Muss in der Familie liegen. Aber Hannahs Schwärmerei ist aussichtslos. Viktor wird sich niemals auf einer Farm niederlassen oder überhaupt sesshaft werden, und Hannah will nicht fort von Langani. Zumindest nicht, soweit ich im Bilde bin.« Er hielt inne und drückte Sarah fester an sich. »Jetzt aber genug von meinen *shauris*. Nächste Woche trittst du deine Stelle an und beginnst ein neues Leben. Ich werde dich in Buffalo Springs besuchen, wenn ich es schaffe, mich von hier loszueisen. Und Weihnachten verbringst du in Langani bei Hannah und mir. Vielleicht kommen Ma und Pa ja auch. Bist du einverstanden?«

Sie rutschte auf seinen Schoß und umarmte ihn. Es würde nicht leicht werden. Am liebsten hätte sie vor Glück gejubelt, aber sie wusste, dass sie nichts überstürzen und ihn nicht unter Druck setzen durfte. Bis auf Weiteres musste sie sich mit Momenten wie diesem zufrieden geben und sie in ihrem Herzen bewahren. Er küsste sie noch einmal und nahm dann ihre Hand.

»Wir kehren jetzt besser um. Kipchoge und Simon haben sich wahrscheinlich schon in Salzsäulen verwandelt.«

Als sie die Lodge erreichten, hatte es zu regnen angefangen. Piet stieg ab. Während er Sarah aus dem Sattel half, umarmte er sie und sah ihr in die Augen. Sie strich ihm leicht über die Lippen.

»Da seid ihr ja. Wie war der Ausritt?«, begrüßte Hannah sie fröhlich. Sarah fuhr erschrocken herum und nestelte an den Steigbügelriemen, um Hannahs wissendem Blick auszuweichen. Hinter ihr auf den Stufen stand David mit seiner gestärkten Uniform und der weißen Kochschürze. »Wir haben uns mit dem Mittagessen selbst übertroffen«, verkündete Hannah. »Macht euch schnell frisch, damit wir anfangen können.«

»Jetzt weiß ich, wie sich die Löwen von heute Morgen gefühlt haben müssen«, meinte Sarah später mit einem Seufzer. »Kaum zu fassen, dass ich wirklich so viel gegessen habe! Ich werde mich eine Woche lang nicht rühren können.«

»Es ist schön, dass Piet wieder so guter Laune ist«, sagte Hannah. »In letzter Zeit lief vieles schief, und wir haben allmählich den Mut verloren.«

»Ich weiß, wie dringend ihr noch immer finanzielle Unterstützung braucht.«

»Wann hast du zuletzt mit ihr geredet?«, wechselte Hannah in scharfem Ton das Thema.
»Vor ein paar Tagen.« Sarah wusste sofort, von wem Hannah sprach. »Eigentlich hatte ich vor, sie in London zu besuchen, aber sie wollte mich nicht sehen.«
»Offenbar hat sie ihren Vater doch nicht um Hilfe gebeten. Ich habe mir solche Sorgen um sie gemacht und fühle mich ein wenig verantwortlich für das, was passiert ist. Schließlich ist es hier auf unserer Farm geschehen, und das, nachdem sie die wundervolle Safari mit Anthony organisiert hatte. Sie hat sich solche Mühe gegeben und wirkte so glücklich. Nachdem sie fort war, habe ich ständig daran denken müssen, welche Angst sie bei dem Überfall ausgestanden hat. Vielleicht ist jetzt sogar ihre Karriere ruiniert.«
»Ich glaube, ihr Gesicht wird heilen.«
»Ich kann sie nicht ständig anrufen«, fuhr Hannah fort. »Das ist viel zu teuer. Auf meinen Brief hat sie auch nicht geantwortet. Also müssen wir uns wohl damit abfinden, dass ihre Versprechungen nichts als heiße Luft gewesen sind. Offenbar erinnert sie sich nicht gern an Langani und möchte alles hier vergessen. Uns hat sie wahrscheinlich abgeschrieben.«
»Ich weiß nicht so recht, Han. Am Telefon klang sie ziemlich seltsam und meinte, sie habe George gesehen. Sie hätten nicht über Langani gesprochen, aber sie hoffe, dass es noch dazu kommen würde. Ich dachte, du hättest vielleicht von ihr gehört, denn sie erwähnte, dass sie wieder hierher wollte.«
»Ich muss zugeben, dass sie mir Leid tut, weil Anthony ihr so übel mitgespielt hat.«
»Ganz deiner Ansicht. Ich weiß noch, wie du gesagt hast, draußen im Busch sei er wundervoll, doch was die Gefühle seiner Mitmenschen anginge, könnte er ziemlich oberflächlich sein. Für ihn war Camilla nur eine nette Abwechslung, und dann hat er sie fallen gelassen. Sie war wirklich sehr verletzt.«

»Jetzt weiß sie wenigstens, wie Piet sich gefühlt hat, als sie so rücksichtslos mit ihm umgesprungen ist«, gab Hannah zurück.

»Hannah!«

»Entschuldige, das war gemein von mir. Hoffentlich heilt ihr Gesicht wieder, damit sie auf dem Weg zu Reichtum und Ruhm voranschreiten kann. Aber dass sie nie mit ihrem Vater gesprochen hat, verzeihe ich ihr trotzdem nicht. Schließlich sind wir nicht für Anthonys Verhalten verantwortlich. Bestimmt hat er ihr keine falschen Hoffnungen gemacht. Du kennst doch diese Safaritypen. So, und jetzt mag ich nicht mehr über Camilla reden.«

»Einverstanden. Und wie läuft es auf der Farm?«

»Nicht schlecht, auch wenn die Milchumsätze durch die Tötung der Kühe stark zurückgegangen sind. Außerdem haben die Hirten Angst bekommen. Als am Monatsende die Löhne ausgezahlt wurden, haben sich zwei von ihnen sofort aus dem Staub gemacht. Piet und Lars haben hart mit der Bank verhandelt und zu einem günstigen Preis ein paar neue Kühe gekauft. Also erholen wir uns allmählich von dem Verlust.« Sie zögerte. »Lars hat ziemlich viel Verhandlungsgeschick.«

»Offenbar kriselt es zwischen euch beiden.«

»Ich habe dir doch schon einmal erzählt, dass er so rechthaberisch ist und sich ständig in Dinge einmischt, die ihn nichts angehen.« Unruhig rutschte Hannah auf ihrem Stuhl herum. »Ich kann einfach nicht mit ihm zusammenarbeiten. Außerdem führt er sich nur deshalb so unmöglich auf, weil ich jemanden kennen gelernt habe.«

»Wen denn? Los, Hannah, raus mit der Sprache!«

»Viktor. Mein Gott, Sarah, er ist wirklich ein Traum. So aufregend und romantisch, einfach anders eben. Und wenn ich mit ihm im Bett bin, fühle ich mich so schön. Ständig sagt er mir, dass er mich anbetet und dass er mich glücklich machen will.«

Ein Leuchten lag in Hannahs Augen, ihr ganzes Gesicht strahlte, und sie hatte die Hände fest ineinander verschränkt, während sie über ihn sprach. Sarah wurde von Unbehagen ergriffen. Offenbar hatte dieser Mann große Gefühle in ihrer Freundin geweckt, sodass es nun in seiner Macht stand, ihr wehzutun.

»Liebt er dich?«, fragte sie. »Ich glaube dir ja gern, dass es keinen Besseren gibt als ihn, aber vergiss nicht, was Camilla passiert ist.«

»Natürlich liebt er mich. Er ist nicht so oberflächlich wie Anthony. Bestimmt findest du es nicht gut, dass ich mit ihm schlafe.«

»Diese Entscheidung liegt allein bei dir, Han. Ich selbst könnte das nur, wenn ich wüsste, dass es eine feste Beziehung ist. Das ist die katholische Erziehung. Allerdings hat dieser Viktor einen schlechten Ruf. Ganz sicher ist er verrückt nach dir, aber …«

»Jetzt redest du schon wie Lars und mein Bruder.« Argwöhnisch sah sie Sarah an. »Haben sie dich etwa gebeten, mich aus Viktors Klauen zu befreien?«

»Natürlich nicht«, erwiderte Sarah rasch. »Hoffentlich wird Viktor dich glücklich machen. Ich dachte nur, dass aus dir und Lars vielleicht etwas werden könnte. Denn ich fand immer, dass ihr ausgezeichnet zusammenpasst.«

Hannah schüttelte nachdenklich den Kopf. »Als ich ihn in jener Nacht auf dem Boden liegen sah, in einer Blutlache und mit kreidebleichem Gesicht, hatte ich eine Todesangst, dass er sterben könnte. Ohne ihn weiterzuleben erschien mir unmöglich. Und dann, im Krankenhaus, war es schön, ihn im Arm zu halten, ihn mit Suppe zu füttern und zu sehen, wie dankbar er war.« Verlegen hielt sie inne. »Ich habe ihn ein oder zwei Mal geküsst, aber eher schwesterlich. Doch als ich nach dem Überfall hierher zurückkam, war es einfach schrecklich. Ich hatte ja solche Angst. Tag und Nacht. Ständig hörte ich Geräusche und sah draußen im Busch oder auf der Veranda Gestalten. Hinsetzen konnte ich mich nur, wenn ich eine Wand im Rücken hatte. Die Nächte waren das Schlimmste. Ich wollte nicht allein sein, aber schließlich konnte ich mich schlecht wie ein kleines Mädchen zu Piet flüchten und fragen, ob ich in seinem Zimmer schlafen dürfte. Es war ein Albtraum! Du hast ja gesehen, was sie mit den Hunden gemacht haben.« Tränen traten ihr in die Augen. »Dauernd hatte ich den Geruch des Teppichs, der auf uns lag, in der Nase. Ich hörte die Schüsse knallen und dachte daran, dass ich Piet für tot gehalten hatte. Ich sah Camillas Gesicht vor mir. Lars' blutende Wunde. Ich konnte nur noch dumme Witze reißen, um nicht völlig die Nerven zu verlieren.«

»Ich wünschte, ich hätte bei dir bleiben können.« Sarah nahm Hannahs Hand. »Ich kenne diese Albträume. Gemeinsam hätten wir es besser überstanden.«

»Eines Nachts bin ich sogar zu Lars' Zimmer gegangen. Das war kurz nach seiner Rückkehr auf die Farm. In meiner Angst brauchte ich eine Schulter zum Anlehnen. Aber Piet hörte, wie ich an seine Zimmertür klopfte, und rief nach mir. Also ging ich in die Küche, um mir einen Kakao zu kochen. Im nächsten Moment erschien Lars. Er hatte mich auch gehört. Er brachte mich zurück in mein Zimmer, steckte mich ins Bett wie ein Kind und verschwand wieder. Ich habe mich in den Schlaf geweint, aber wenn er geblieben wäre … tja …« Sie zuckte die Achseln. »Und dann erschien Viktor. Mein Fürst der Finsternis, so nennt er sich. Ich kann dir gar nicht beschreiben, welche Gefühle er in mir auslöst, Sarah. Wenn ich nicht bei ihm bin, verzehre ich mich vor Sehnsucht.«

»Wann lerne ich ihn kennen?«

»Zurzeit hat er auf einer Baustelle an der Küste zu tun. Ich zähle die Stunden, bis er zurückkommt. Jede Sekunde, die ich mit ihm verbringen kann, ist kostbar. Das hättest du auch nicht von mir gedacht, was? Dass ich beim Gedanken an einen Mann

dahinschmelze!« Sie lachte leise auf, doch als sie weitersprach, schwang Trauer in ihrer Stimme mit. »Ich vermisse Ma so sehr.«
»Wie läuft es denn bei deinen Eltern?«, erkundigte sich Sarah. »Smith hat mit seiner einseitigen Unabhängigkeitserklärung doch einen wichtigen Wendepunkt herbeigeführt.«
»Keine Ahnung. Jedenfalls herrscht dort Mord und Totschlag. Pa muss immer öfter auf Patrouille, und sein Cousin schickt ihn jedes Mal los, wenn es in der Gegend Aufruhr gibt. Nach Mas Auffassung ist der Mann nicht ganz richtig im Kopf. Wenn ich mit ihr spreche, wirkt sie völlig verzweifelt, und ich habe noch immer ein schlechtes Gewissen, weil ich sie im Stich gelassen habe. Aber ich hätte nicht bleiben können, und im Moment sieht es nicht danach aus, als würden sie je zurückkommen.«
»Also nimmt die Farm deine ganze Zeit in Anspruch. Und Viktor.«
»Das trifft es mehr oder weniger. Außerdem ist Piet keinen Deut besser als Lars – die beiden sind wie Brüder und können es nicht ertragen, dass ich mich in Viktor verliebt habe. Wahrscheinlich würden sie jeden meiner Freunde ablehnen. Du erinnerst dich doch noch, wie Piet dem Typen, der mich im Nanyuki Club küssen wollte, eine verpasst hat. Manchmal ist er sittenstrenger als die schlimmsten Calvinisten.«
Beide prusteten los und schreckten damit ein paar Warzenschweine auf, die sich gerade im Schlamm suhlten.
»Apropos Piet?«, fügte Hannah hinzu und zog vielsagend die Augenbraue hoch.
»Da bist du genauso schlau wie ich.« Sarah fuhr sich mit den Fingern durchs staubige zerzauste Haar. Sie konnte Hannah nicht in die Augen sehen.
»Er ist und bleibt ein Trampel«, meinte Hannah. »Aber er liebt dich wirklich. Das weiß ich genauso gut wie er selbst, auch wenn er es nicht schafft, es auszusprechen. Gib ihm einfach

Zeit. Schließlich hat er mit der Farm und der Lodge alle Hände voll zu tun.«

»Glaubst du, er ist wirklich über Camilla hinweg?«, fragte Sarah, noch immer tief verunsichert. Auf dem Berg hatte er sie zwar geküsst, doch nicht gesagt, dass er sie liebte. Stattdessen hatte er ihr alle seine Probleme geschildert.

»Du und Piet, ihr seid füreinander geschaffen, Sarah. Ihr seid verwandte Seelen«, erwiderte Hannah. »Er schätzt dein Urteil und vertraut dir Dinge an, über die er sonst mit niemandem sprechen würde. Außerdem weiß er, dass du ihn verstehst. Und wenn du nicht hier bist, redet er nur über dich. Ich habe bemerkt, wie er dich anschaut. So wie heute, als ich euer Tete-a-tete gestört habe.« Sie grinste spitzbübisch. »Also zermartere dir nicht das Hirn über meinen tölpelhaften Bruder. Der kriegt schon noch die Kurve, und dann wirst du dich nicht mehr vor ihm retten können.«

Das Wochenende verging wie im Fluge. Stunden und Minuten rasten in beängstigender Geschwindigkeit dahin, so gerne Sarah sie auch aufgehalten hätte. Sie half Hannah auf der Krankenstation und in der Milchküche, zählte die Säcke mit Futtermitteln und Dünger in den Lagerschuppen, säumte Vorhänge für die Lodge ein und zimmerte Bilderrahmen aus Holzstücken, die sie im Wald gefunden hatte. In den frühen Morgenstunden ritt sie mit Piet aus, und wenn die Sonne aufging und ihre gleißenden Strahlen auf das Land fielen, rasteten sie im Schutze eines Dornenbaums, wo sie sich aneinander schmiegten und sich zärtlich liebkosten. Später ging er dann mit Lars zur Arbeit. Hin und wieder hörten Hannah und Sarah, wie die beiden mit ihren Gewehren Schießübungen veranstalteten.

Am letzten Tag ihres Aufenthalts empfand Sarah die Stimmung zwischen Lars und Hannah als besonders gereizt. Hannah war schon den ganzen Tag schlechter Laune, da sie auf einen Anruf von Viktor wartete. Als er sich schließlich am Nachmittag

meldete, war Lars am Telefon und sagte, er wisse nicht, wo Hannah sei. Vor dem Büro kam es zu einem heftigen Streit, worauf Lars davonstürmte und sich bis zum Abendessen nicht mehr blicken ließ.
»Zu Weihnachten kommst du wieder, Sarah. Und auch zur Eröffnung der Lodge und zum *ngoma*«, meinte Piet, um das eisige Schweigen zu brechen. »Vielleicht möchten die Briggs ja auch dabei sein. Die Arbeiter, die Stammesältesten und die Frauen und *totos* werden bestimmt ihren Spaß haben.«
Sarah war froh, als die Mahlzeit zu Ende war. Piet schob seinen Stuhl zurück und fragte, ob sie den Kaffee nicht draußen trinken wolle.
»Es ist ein bisschen kühl«, sagte er. »Aber der Atmosphäre hier drinnen trotzdem vorzuziehen.«
»Stimmt«, antwortete sie lachend. Seite an Seite lehnten sie am Verandageländer. »Du machst so ein besorgtes Gesicht. Ist es wegen der Stimmung im Haus?«
»Nein«, entgegnete er. Er zündete sich eine Zigarette an und spähte in die Dunkelheit. »Heute kam ein Anruf von Jeremy Hardy. Vielleicht hat er ja Recht mit seiner Vermutung, dass zwischen den Vorfällen ein Zusammenhang besteht. Außer uns hatte niemand in dieser Gegend solche Probleme. Falls wirklich weitere Übergriffe geplant sind, reichen die Sicherheitsvorkehrungen immer noch nicht aus. Allmählich befürchte ich, dass Pa doch richtig liegt und dass wir von den britischen Organisationen keine Hilfe bekommen, weil wir Afrikaaner sind.« Er schlug mit der Faust gegen den Verandapfosten. »Und die neuen weißen Beamten, die die hiesigen Behörden reorganisieren sollen, sind noch schlimmer als die alte Garde. Sie waren noch nie zuvor in Afrika, glauben aber, alles durch Vorschriften und am grünen Tisch erdachte Lösungen regeln zu können, die hier niemals funktionieren werden. Außerdem weigern sie sich, auf Weiße zu hören, die sie für Ewiggestrige halten.«

Piet zog noch einmal an seiner Zigarette und trat sie dann ärgerlich aus. Als er einen Blick ins Wohnzimmer warf, war es leer. Hannah war früh zu Bett gegangen, und Lars hatte noch einiges im Büro zu erledigen.

»Weißt du noch, wie wir das letzte Mal hier getanzt haben?«, meinte er. »Damals hat Camilla versucht, Lars den Twist beizubringen. Ich kapiere einfach nicht, was mit ihr los ist. Sie hätte uns doch nie im Stich gelassen. Wahrscheinlich ist ihr Vater dagegen, uns zu helfen, so wie all die anderen auch. Auch Camilla ist bestimmt klar, wie dringend wir ihre Unterstützung brauchen, doch es fällt ihr sicher nicht leicht, sich gegen ihren Vater zu stellen. Vielleicht gibt es ja auch Komplikationen mit ihrer Kopfwunde. Ein schrecklicher Gedanke, dass sie für den Rest ihres Lebens eine Narbe zurückbehalten könnte! Ich weiß, dass du vor deiner Abreise versucht hast, mit ihr zu reden. Möglicherweise ist sie ja arbeitslos oder deprimiert oder hat Angst. Du hättest hinfahren sollen, um nach ihr zu sehen. Die arme Camilla, sie …«

Seine Worte sorgten dafür, dass Sarah noch mehr Gewissensbisse empfand. Ihre Hilflosigkeit entlud sich in einem Wutanfall.

»Immer geht es nur um Camilla und darum, was die gnädige Frau denkt oder tut! Wahrscheinlich ist sie gerade in einem Londoner Nachtclub, trinkt Champagner und wirft sich irgendeinem Casanova von Fotografen an den Hals! Wann wirst du endlich begreifen, dass wir ihr alle den Buckel hinunterrutschen können? Sie war einzig und allein in Anthony vernarrt, und das ist wohl auch der Grund, warum er ihr nicht auf den Leim gegangen ist. Du musst endlich einmal über deine Nasenspitze hinausblicken. Ich habe es satt, ständig über Camilla und ihre möglichen Beweggründe zu sprechen! Ich habe dich vom ersten Augenblick an geliebt und hätte alles für dich getan. Aber du hast mir nie gesagt, dass du mich liebst! Nicht einmal, als du mich auf dem Berg geküsst hast. Und du hast es auch nicht über die Lippen gebracht, dass du endgültig über Camilla hinweg bist.« Durch einen Tränenschleier erkannte sie Piets verdatterte Miene, doch das dämpfte ihre Wut nicht. »Nur zu, verteidige deine kostbare Camilla ruhig weiter! Ich kann ihr sowieso nicht das Wasser reichen. Aber eines sage ich dir: Wenn du meine Gefühle erwidert hättest, hätte ich dich niemals im Stich gelassen, bloßgestellt oder benutzt. Niemals!«

Entsetzt über ihre eigenen Worte, hielt sie inne. Doch sie konnte sie nicht mehr zurücknehmen. Piet starrte sie fassungslos an.

»Ach Scheiße!« Sarah wirbelte herum und schrie in die Dunkelheit hinein: »Verdammte Scheiße!« Als sie hörte, wie er nach Luft schnappte, drehte sie sich mit blitzenden Augen zu ihm um. »Tut mir Leid, normalerweise benutze ich keine Kraftausdrücke. Die Wahrheit ist, dass ich dich liebe, Piet van der Beer. Ich liebe dich, und es ist mir ganz egal, wer mich jetzt hört. Aber mit der kühlen blonden Lady Camilla kann ich es nicht aufnehmen. Also haue ich morgen früh ab nach Buffalo Springs, und du kannst hier weiter den dummen Bauernjungen spielen, wie du es selbst gesagt hast.«

Gerade wollte sie sich in ihr Zimmer flüchten, als Lars aus dem Büro trat und ihr zorniges tränennasses Gesicht sah.

»Tut mir Leid, dass ich eure kleine Unterhaltung stören muss«, meinte er. »Aber Juma sagt, in der Arbeitersiedlung gäbe es *shauri*. Eine Prügelei. Wir sollten besser hinfahren, bevor die Sache aus dem Ruder gerät.«

Wortlos verließ Piet die Veranda. Kurz darauf hörte Sarah den Landrover über die kiesbestreute Auffahrt holpern und sah das Aufblitzen der Scheinwerfer in den Bäumen. Einen Moment lang überlegte sie, ob sie sich Hannah anvertrauen sollte. Aber der Gedanke, ihre Dummheit einer Frau zu beichten, die selbst bis über beide Ohren verliebt war, erschien ihr doch zu peinlich. Also stürmte sie in ihr Zimmer und schloss die Tür hinter sich. Das war es also gewesen. Falls Piet auch nur den Anflug eines Gefühls für sie empfunden haben sollte, hatte sie diesen nun im Keim erstickt. Wie eine Furie war sie auf ihn losgegangen, hatte in ihrer eifersüchtigen Wut Camilla schlecht gemacht und sich bis auf die Knochen blamiert. Mit einem Stöhnen warf sie sich aufs Bett und schlug in ohnmächtiger Wut mit beiden Fäusen auf ihr Kopfkissen ein.

Kapitel 19

Kenia, November 1965

Beim Frühstück fehlte von Piet jede Spur. Offenbar war er bereits auf der Farm unterwegs, was Sarah nur recht sein konnte. Sie wusste nicht, wie sie ihm nach der Blamage der letzten Nacht gegenübertreten sollte. Lars und Hannah saßen so weit wie möglich voneinander entfernt.

»Spiegeleier mit Würstchen und Speck für *Memsahib* Sarah?«, fragte Mwangi, der ihre Lieblingsspeisen kannte.

»Nur Kaffee, Mwangi, vielen Dank.« Sarah zwang sich zu einem Lächeln. »Und vielleicht ein Stückchen Toast.«

»Fühlst du dich nicht wohl, Sarah?« Hannah musterte sie forschend. »Du siehst blass und müde aus.«

»Du wirkst tatsächlich ein wenig mitgenommen«, stimmte Lars zu. »Aber du solltest besser etwas essen. Es ist eine lange Fahrt nach Isiolo, vor allem, wenn es wieder regnet. Übrigens muss ich nach Nanyuki, um einzukaufen. Also kann ich dich mit dem Wagen mitnehmen.«

»Danke. Mir geht es gut. Wirklich. Ich habe nur schlecht geschlafen. Was war letzte Nacht eigentlich in der Arbeitersiedlung los?«

»Hoffentlich war es nicht das, was dich wach gehalten hat«, sagte Hannah. »Es war nicht weiter wichtig. Außerdem ist das Problem inzwischen gelöst.«

»Gab es wirklich eine Prügelei?«

»Du weißt ja, wie sie sind.« Hannah zuckte die Achseln. »Abergläubisch bis auf die Knochen. Kamau und David haben vor ihrem Quartier ein totes Huhn gefunden. Der Kopf war abgeschnitten, und die Eingeweide waren überall verstreut. Eine Art Zauber, wie sie glaubten. Kamau hat sich ziemlich darüber aufgeregt.«

»Als Piet und ich ankamen, schrien alle durcheinander und warfen sich wilde Anschuldigungen an den Kopf«, fügte Lars hinzu. »Vermutlich angeheizt von ein paar Litern schwarz gebranntem Alkohol. David behauptete, Simon habe seinen Vater mit einem Fluch belegt. Dann brach eine Schlägerei aus. Der arme Simon hat alles abgestritten, aber da er neu hier ist, musste er als Sündenbock herhalten. Offenbar ist David eifersüchtig auf ihn.«

»Ich dachte, David wäre stolz darauf, dass er jetzt Koch ist«, meinte Sarah überrascht.

»Das ist er auch«, erwiderte Lars. »Allerdings haben er und Kamau Simon von Anfang an abgelehnt. Sie finden immer noch, dass er die beste Stelle in der Lodge ergattert hat, während sie als altgediente Kräfte übergangen wurden. Jedenfalls hat Simon offenbar an diesem Abend zusammen mit Kipchoge in seiner Hütte getrunken und kann deshalb schlecht für die Tat verantwortlich sein. Er versuchte, das David klar zu machen, doch ich glaube, alle waren zu betrunken. Sie sind immer noch nervös wegen der Übergriffe auf das Vieh, und David hatte einfach Lust auf eine Schlägerei. Als wir ankamen, hatte Simon ein blaues Auge und war ziemlich verängstigt. Der Himmel weiß, wer den albernen Vogel getötet hat und warum. Jedenfalls sah es nach einem typischen Opferritual aus. Piet glaubt, dass David es vielleicht selbst getan hat, um Simon in Schwierigkeiten zu bringen. Doch genau werden wir es wohl nie erfahren. Jedenfalls herrscht jetzt wieder Ruhe. Zumindest für die nächste Zeit.«

»Der arme Simon«, sagte Sarah. Dennoch war sie erleichtert, denn der Zwischenfall hatte zumindest verhindert, dass sie sich weiter zum Narren machte.

»Ich wollte zu dir, als Lars und Piet abgefahren sind, aber du warst schon verschwunden«, meinte Hannah.

»Ich bin früh zu Bett gegangen.« Sarah errötete verlegen. »Aber ich konnte nicht schlafen. Die vielen Veränderungen,

du weißt schon. Außerdem war ich schon immer ein Morgenmuffel. Du solltest doch noch wissen, dass ich in der Schule erst zum Ende der zweiten Stunde die Augen aufgekriegt habe.«
Sie rührte in ihrem Kaffee herum und starrte auf den Löffel, der in der trüben Flüssigkeit kreiste und einen Strudel erzeugte – so wie der, in den sie letzte Nacht hineingezogen worden war. Im nächsten Moment öffnete sich die Tür des Esszimmers, und Sarah erkannte zu ihrem Entsetzen Piet im Spiegel über der Anrichte. Er summte etwas vor sich hin. Mit gesenktem Kopf nuschelte Sarah eine Begrüßung. Piet sah aus, als gäbe es nichts auf der Welt, was ihn belastete. Und womöglich war das ja auch der Fall, nachdem er Sarah als eifersüchtige Hysterikerin nun endgültig abgeschrieben hatte. Sicher hatte er beschlossen, ihr Verhalten mit der gebührenden Nichtachtung zu strafen. Er schlenderte an ihr vorbei und ließ sich am Tisch nieder. Nun konnte Sarah verstehen, was er da vor sich hin sang.
»Verdammte Scheiße, die Wahrheit ist …«
Als Sarah heftig errötete, sang er ein bisschen lauter, damit alle es hören konnten.
Hannah starrte ihn an. »Aber, Piet! Merkst du denn nicht, dass du Sarah in Verlegenheit bringst?«
»Ach, wirklich?« Piet schenkte Sarah ein Unschuldslächeln. »Oh, das hatte ich ganz vergessen. Als ehemalige Klosterschülerin würde sie solche Wörter natürlich niemals in den Mund nehmen.«
Rasch stand Sarah auf. »Ich packe jetzt meine Sachen, damit wir abfahren können, sobald es dir recht ist, Lars.«
Als sie hinauseilte, hallte ihr sein Summen noch in den Ohren. In ihrem Zimmer angekommen, schrubbte sie sich heftig die Zähne und stopfte ihre restlichen Sachen in den Koffer. Als sie ihn schloss, hörte sie ein Geräusch hinter sich und fuhr herum. Piet lehnte am Türrahmen und beobachtete sie. Kurz kniff sie

die Augen zu und begann sich dann wortreich zu entschuldigen. Aber er unterbrach sie.
»Ich kann dich heute nicht nach Nanyuki bringen, weil ich vor der Ankunft des Mannes von der Wildschutzbehörde noch viel zu tun habe«, sagte er. »Lars fährt dich hin.«
»Danke«, erwiderte sie leise.
»Ich muss jetzt los.«
»Ja, natürlich. Tja, dann also tschüss …«
Sie hielt inne, wohl wissend, dass sie die Freundschaft zu dem Menschen zerstört hatte, der ihr mehr bedeutete als alles auf der Welt. Im nächsten Moment durchquerte er das Zimmer und packte sie am Arm. Als sie ihn erschrocken anstarrte, sah sie, dass er grinste. Dann zog er sie an sich, um sie zu küssen.
»Du bist ein erstaunliches Mädchen, Sarah Mackay. Und außerdem, trotz deines schauerlichen Wortschatzes, sehr begehrenswert. Wahrscheinlich hast du diese Ausdrücke von deinem Bruder gelernt. Oder etwa doch von den Nonnen? Nein, das kann ich mir nicht vorstellen. Du solltest aufpassen, dass du deine neuen Arbeitgeber nicht vor den Kopf stößt.« Er lächelte sie an, strich ihr das Haar aus dem Gesicht und küsste sie erneut. »Viel Glück beim Einstieg. Funk uns an, wenn du dort bist. Aber du kommst doch bald wieder, oder? Ich werde auf dich warten.«
Noch ehe sie Zeit zum Luftholen hatte, war er verschwunden. Sarah verstand die Welt nicht mehr. Hatte er sich über ihren kindischen Ausbruch einfach nur lustig gemacht? Sie hörte, wie er, fröhlich vor sich hin singend, die Veranda entlangschlenderte.
»Verdammte Scheiße, die Wahrheit ist …«
»Was sollte das denn vorhin beim Essen?« Hannah begleitete sie zum Pick-up, wo Lars sie schon erwartete.
»Was meinst du?« Sarah setzte eine Unschuldsmiene auf, obwohl ihr klar war, dass sie damit niemanden täuschen konnte.

»Warum benimmt sich mein Bruder heute Morgen so komisch? Und sein grässliches Gesinge hatte eindeutig etwas mit dir zu tun. Was ist da los?«
»Nur ein dummer Witz. Ich erkläre es dir ein andermal, Han.«
Sarah wusste nicht, wie sie Piets Verhalten einordnen sollte. Außerdem blieb jetzt keine Zeit, Hannah ihr Herz auszuschütten, denn Lars hatte den Motor schon angelassen.
Hannah verzog das Gesicht. »Also schön, wenn du unbedingt Geheimnisse vor mir haben willst …«
»Ich erzähle es dir, wenn ich zurückkomme.« Sarah drückte Hannah die Hand. »Danke für alles. Ich melde mich, sobald ich mich häuslich eingerichtet habe.«
Lars legte den Gang ein, und der Wagen setzte sich in Bewegung. Als er sie forschend musterte, fragte sie sich, wie viel er wohl von der nächtlichen Szene mitgehört hatte. Gerne hätte sie mit ihm über Hannah gesprochen, doch sie fürchtete, damit alles nur noch schlimmer zu machen. Ein unbehagliches Schweigen herrschte im Wagen. Als sie vor dem Hotel Silverbeck hielten, griff Sarah nach seiner Hand.
»Du bist ein wundervoller Mann«, sagte sie. »Ich weiß, dass du es momentan nicht leicht hast. Aber bitte halte noch eine Weile durch. Piet braucht dich, du bist seine rechte Hand. Und Hannah liebt dich, Lars, wenn auch nicht so, wie du es dir wünschst. Zumindest jetzt noch nicht. Also versuch, geduldig zu sein, und gib sie nicht auf. Und kümmere dich um Piet. Ich kann mir denken, wie es dir jetzt geht, denn ich kenne das aus eigener Erfahrung. Du bist ein Fels in der Brandung. Und ganz gleich, wie du dich auch heute fühlen magst, es gibt immer Hoffnung. Immer.«
Nachdem sie ihn fest umarmt hatte, holte sie ihr Gepäck von der Ladefläche. Lars folgte ihr und murmelte etwas Unverständliches, offenbar eine Antwort auf ihre kleine Rede. Doch als er ihre Tasche aus dem Wagen hob, lächelte er. Allie Briggs' Landrover, mit Schlamm bespritzt und mit Vorräten

beladen, parkte bereits im Schatten eines hohen Flammenbaums. Hinten saßen zwei Afrikaner in khakifarbenen Drillichuniformen. Sarah traf ihre neue Arbeitgeberin in der Hotelhalle. Nachdem Lars sich kurz vorgestellt hatte, verabschiedete er sich und fuhr davon. Allie schüttelte Sarah fest die Hand.

»Schön, Sie wiederzusehen«, sagte sie. »Ich habe Curry für zwei bestellt. Hoffentlich mögen Sie das. Kennen Sie dieses Hotel?«

»Nein, ich war noch nie …«

»Angeblich verläuft der Äquator mitten durch die Bar«, meinte Allie. »Und in den Zimmern auf der einen Seite des Äquators soll das Badewasser mit dem Uhrzeigersinn ablaufen, auf der anderen Seite umgekehrt. Vermutlich trifft das besonders spätnachts zu, wenn man ein paar Gläser intus hat«, grinste sie. »Gleich nach dem Mittagessen brechen wir auf.«

Im Speisesaal wurde Allie von einigen Gästen begrüßt und stellte ihre neue Forschungsassistentin vor. Allmählich löste sich Sarahs anfängliche Befangenheit. Als sie sich gerade nach ihren zukünftigen Aufgaben erkundigte, wurde sie von einer lauten Stimme unterbrochen. Von der Bar her eilte ein hoch gewachsener magerer Mann von Ende dreißig auf sie zu. Seine Haut wirkte fahl, und obwohl es erst kurz nach zwölf Uhr mittags war, hatte er bereits Bartstoppeln an Mund und Kinn. Er rauchte eine Zigarre und hielt ein Glas in der Hand. Die andere erhob er zu einem überschwänglichen Gruß.

»Allie, was tust du denn so weit weg von deinen Elefanten und deinem wundervollen Ehemann?«

Er hatte eine kräftige Stimme und einen ausländischen Akzent. Mit einem Knall stellte er sein Glas auf ihren Tisch und drückte Allie fest an sich. Lachend machte sie sich los.

»Viktor, genauso gut könnte ich dich fragen, was du an dieser Bar zu suchen hast, anstatt dein Geld mit ehrlicher Arbeit zu verdienen.«

Viktor. Das musste Piets Architekt sein. Und Hannahs Liebhaber. Der Mann war genau der Paradiesvogel, als der er ihr beschrieben worden war. Nun blickte er Sarah aus nahezu schwarzen Augen durch eine Rauchwolke an. Ganz bestimmt war er sehr fotogen.
»Und wer ist dieses entzückende Geschöpf, Allie? Wärst du so nett, mich mit ihr bekannt zu machen?«
»Das ist Sarah Mackay, unsere neue Forschungsassistentin. Keltin wie ich, aber aus Irland. Sie fängt heute bei uns an. Sarah, das ist …«
»Sie sind Viktor Szustak.« Sarah hielt ihm die Hand hin. »Langani Lodge. Ich komme gerade von dort und muss Ihnen sagen, dass ich noch nie ein so schönes Haus gesehen habe. Es freut mich sehr, Sie kennen zu lernen.«
»Aber, aber«, meinte er. »Eine Verehrerin! Und dazu noch eine so hübsche! Heute ist mein Glückstag.«
Als er sich vorbeugte, um ihr die Hand zu küssen, spürte sie seine warmen Lippen auf ihren Fingerknöcheln und das erotische Knistern, das von ihm ausging. Nun verstand sie, warum Piet die Affäre seiner Schwester mit diesem Mann voller Argwohn betrachtete, denn er hatte etwas Raubtierhaftes an sich.
»Und woher kennen Sie Langani und meine Lodge?«, fragte er.
»Die van der Beers sind alte Freunde«, erwiderte Sarah. »Hannah und ich sind zusammen zur Schule gegangen, und ich war in den letzten Jahren oft auf der Farm.«
»Wundervolle Menschen! Ich bin gerade unterwegs dorthin, um zu sehen, wie die Arbeiten vorangehen.« Hannah erwähnte er mit keinem Wort, obwohl er doch ahnen musste, dass Sarah Bescheid wusste. »Ein Jammer, dass Sie nicht dort sein werden«, fuhr er fort. »Aber sicher treffen wir uns bald wieder. Allie, du musst deinen Schützling mit nach Nairobi bringen, wenn du dich das nächste Mal nach den Lichtern der Großstadt sehnst.«

»Darauf würde ich nicht hoffen«, entgegnete Allie. »Ich meide Nairobi wie der Teufel das Weihwasser. Zu viel Lärm und Menschengewühl. Das ist das Problem mit Fossilien wie Dan und mir. Wir haben die Fähigkeit verloren, über Banalitäten zu plaudern. Warum kommst du nicht stattdessen nach Buffalo Springs? Dan wird sich freuen, ein paar Gläschen mit dir zu trinken.«

Das war eine sehr lange Ansprache für Allies Verhältnisse. Sarah bemerkte, dass sie ein wenig mit Viktor flirtete. Offensichtlich war er ein guter Freund. Inzwischen hatte er die Zigarre ausgemacht, nahm nun Allies Hände und küsste sie. Dann wandte er sich wieder Sarah zu.

»Also werde ich wohl gezwungen sein, die Reise in die Wildnis anzutreten, wenn ich meine Bekanntschaft mit Miss Mackay vertiefen möchte.« Er zog die schwarzen Augenbrauen hoch und schenkte ihr ein strahlendes Lächeln. Dann leerte er sein Glas in einem Zug und winkte den Kellner heran, um einen neuen Drink zu bestellen.

»Was möchten die Damen trinken? Glauben Sie, dass es hier guten Champagner gibt? Nein, sicher nur mittelmäßigen, und wohl auch nicht richtig gekühlt. Also Pimm's! Wie wär's mit einem Pimm's? Das passt ausgezeichnet zum Curry und wird dich beim Fahren beflügeln, Allie.« Er nickte Sarah zu. »Sie sind noch nicht mit dieser Frau gefahren. Eine wahre Mutprobe!«

»Was redest du für Unsinn, Viktor. Aber ein Pimm's wäre wunderbar. Möchtest du mit uns zu Mittag essen?«

Viktor holte sich einen Stuhl und setzte sich zu ihnen. Wie Sarah auffiel, hatte er einen gesegneten Appetit. Er verschlang zwei gewaltige Portionen Curry, die er mit enormen Mengen Gin hinunterspülte. Sie wunderte sich, wie er so viel essen und trinken konnte, ohne dabei dick zu werden und ohne dass man ihm die Wirkung des Alkohols anmerkte. Sie hingegen nippte nur vorsichtig an ihrem Glas, denn sie fürchtete, dass ihr von zu viel Alkohol mitten am Tag übel oder schwummerig werden könnte. Es machte ihr Spaß, Viktors Fragen zu beantworten, und bald erzählte sie ihm und Allie alles über ihre Kindheit in Kenia, ihr Studium in Dublin und ihre Sehnsucht, nach Afrika zurückzukehren. Da es ihr sonst schwer fiel, offen mit Fremden zu sprechen, wunderte sie sich über sich selbst. Offenbar hatte Allie nichts dagegen, schweigend zuzuhören, ihren zweiten Drink zu genießen und dazu eine von Viktors Zigarren zu rauchen. Vielleicht ist das ja ihre Methode, sich ein Bild von ihrer neuen Assistentin zu machen, dachte Sarah. Als Allie dann erwähnte, dass Sarahs Fotografien einen Preis gewonnen hatten, wollte Viktor sie sofort sehen.

»Wo sind denn diese Kunstwerke? Haben Sie sie mitgebracht? Wir müssen sie uns sofort anschauen. Künstlerin und Wissenschaftlerin, was für eine Kombination! Allie, du hast ein Juwel entdeckt, um deine staubige Einöde damit zu schmücken.«

Da die beiden darauf bestanden, holte Sarah ihre Mappe und reichte sie ihnen voller Lampenfieber. Die Mappe enthielt die Fotos vom Wettbewerb und die Bilder, die sie während der Safari in Samburu aufgenommen hatte. Während Viktor sie betrachtete, war er ungewöhnlich still, und als er sie schließlich wortlos Allie reichte, sank Sarah das Herz. Sie hätte sich nicht dazu überreden lassen dürfen, sie zu zeigen! Umso mehr überraschte sie sein Kommentar.

»Sie haben ungewöhnliches Talent. Was sagst du dazu, Allie? Sie hat den richtigen Blick, um die Aura eines Menschen, eines Tiers oder eines Orts einzufangen. Wenn sie deine Elefanten so fotografiert, wird dein Projekt weltberühmt werden! Und sie selbst ebenfalls.«

»Du hast Recht«, stimmte Allie zu. »Die Fotos sind von hoher Qualität. Dan wird sich freuen, sie für unsere Fotodokumentation verwenden zu können.«

»Gestochen scharfe Aufnahmen kann jeder Techniker machen«, sagte Viktor. »Doch diese Bilder haben eine Seele. Sie hat das Wesen ihrer Motive erfasst. Die Fotos sprechen zu ihrem Betrachter. Dieses Porträt hier sagt die Wahrheit.«
Erschrocken blickte Sarah auf das Bild, das er ausgesucht hatte. Es war ein Schnappschuss von Piet, wie er auf einem Gipfel in Samburu stand. Die Abendsonne tauchte sein Haar in einen goldenen Schein, und er blickte lächelnd und überrascht in die Kamera. Es war ihr Lieblingsfoto von ihm.
»Das ist das Gesicht der Liebe«, stellte Viktor fest. Als er sie aus dunklen Augen ansah, wandte sie sich ab, nicht sicher, ob er das Modell oder die Fotografin meinte.
»Die Liebe blickt einem von diesem Bild entgegen«, stellte er fest. »Es ist ein einzigartiges Gefühl, das ihn wie eine Aura umgibt. Ich erkenne das, weil ich ein Dichter bin.«
Kurz berührte Sarah das Bild, erstaunt über seine Auffassungsgabe und sein Einfühlungsvermögen. Er verstand ihre Arbeit und ihre Leidenschaft wirklich, und das tat ihrem Selbstbewusstsein gut. Angeregt schilderte sie ihm, wo und wie sie die Bilder aufgenommen hatte und was sie mit ihnen ausdrücken wollte. Schließlich unterbrach Allie sie in spöttischem Ton.
»Ich bedaure, eure keimende Seelenverwandtschaft stören zu müssen«, meinte sie schmunzelnd. »Aber wir haben noch eine lange Fahrt vor uns, und ich möchte nicht mitten in der Nacht im *bundu* stranden, verfolgt von einer Horde *Shifta*-Banditen, die es auf unsere Vorräte abgesehen haben. Ganz zu schweigen davon, dass es regnen könnte.«
Viktor stapelte die Fotos, umarmte Allie und fiel dann mit einem Seufzer vor Sarah auf die Knie, um ihr noch einmal die Hand zu küssen.
»Ich zähle die Minuten, bis wir uns wiedersehen«, verkündete er. »Ich werde Ihnen in die Wüste folgen und Sie Ihrem Afrikaaner ausspannen. Piet van der Beer ist ein Mann der Erde, während wir beide für die Luft geschaffen sind!«

Plötzlich sah Sarah Hannah vor sich, wie sie mit leuchtenden Augen ungeduldig auf die Rückkehr ihres Geliebten wartete. Sie entriss ihm ihre Hand.

»Ach, sei nicht albern, Viktor Szustak!«, schimpfte Allie lachend. »Und lass das arme Mädchen in Ruhe. Sie kann auf deine alkoholgeschwängerten Phantastereien verzichten!«

Als sie ihm einen freundschaftlichen Rippenstoß versetzte, warf er sich ihr zu Füßen und umfasste unter lautem Stöhnen mit langen Fingern ihren Knöchel. Einige Gäste im Restaurant hatten sich neugierig umgedreht. Sarah war die Situation schrecklich peinlich, aber trotzdem musste sie lachen.

»Allie, Allie, so grausam wie immer! Dann geh!« Viktor sprang auf und schlenderte zur Bar, wo sie hörten, wie er einen neuen Drink bestellte.

Schon nach den ersten fünfzehn Kilometern war Sarah klar, was Viktor mit seiner Beschreibung von Allies Fahrkünsten gemeint hatte. Sie schloss die Augen, als der Wagen mit Vollgas um eine Kurve schoss, während die Afrikaner auf dem Rücksitz sich krampfhaft festklammerten. Allie raste, als nehme sie an der East Africa Safari Rally teil, und Sarah fragte sich, ob sie Buffalo Springs wohl lebend erreichen würden. Mit erhobener Stimme, um das Dröhnen des Motors zu übertönen, machte Allie ein paar lästerliche Bemerkungen über Viktor. Doch Sarah hörte kaum hin, denn sie war zu sehr damit beschäftigt, auf die schwankende Straße vor sich zu starren. Allerdings war sie nach der schlaflosen Nacht, dem Pimm's und dem reichhaltigen Mittagessen so müde, dass sie trotz ihrer Angst einnickte. Der verbeulte Landrover ratterte durch den heißen und staubigen Nachmittag, und sie erwachte erst wieder, als der Regen aufs Dach prasselte.

Bei Sarahs letztem Besuch vor zwei Monaten war der Boden braun, hart und rissig gewesen. Jetzt aber befanden sie sich mitten in der Regenzeit, und überall spross zartes Grün, gesprenkelt mit den leuchtenden Farben der Wildblumen. Der

Wolkenbruch dauerte mehr als eine Stunde und verwandelte die Straße an einigen Stellen in eine Schlammpiste. Ausgetrocknete steinige Flussbetten waren zu reißenden Strömen geworden, die den Weg zum Camp der Briggs' durchzogen. Die Fahrt wurde dadurch noch beschwerlicher, denn sie mussten sich schlitternd und rumpelnd über die holperige Spur voranarbeiten. Einige Male waren die Afrikaner auf dem Rücksitz gezwungen, auszusteigen und den Wagen mühsam aus dem Morast zu schieben, während Alice fluchend Gas gab und Befehle aus dem Fenster brüllte. Als Sarah sich erbot, ebenfalls zu schieben, wies sie sie an, sitzen zu bleiben.

»Wenn ich aus diesem Loch draußen bin, kann ich nicht stoppen, um Sie einsteigen zu lassen«, überbrüllte Allie das Kreischen von Motor und Achsen. »Die Jungs sind daran gewöhnt, auf den fahrenden Wagen aufzuspringen.«

Sarah war erstaunt über ihre Gelenkigkeit. Einen Moment waren sie noch hinter den durchdrehenden Reifen geduckt und feuerten einander an, im nächsten hüpften sie schon wie Gazellen auf die Ladefläche, während der Landrover wieder festen Boden unter die Räder bekam und sich mit einem Ruck aus dem Schlammloch befreite. Lachend landeten die Männer auf einem Haufen Säcke und Kartons. Allie applaudierte und rief ihnen etwas zu, doch die Antwort ging im Motorenlärm unter. Während sie in Höchstgeschwindigkeit durch den Morast dem nächsten Debakel entgegenrasten, summte sie tonlos vor sich hin.

Bei Sonnenuntergang erreichten sie das Camp. Gewitterwolken ballten sich am Himmel, und als sie durch das Tor fuhren, öffnete er seine Schleusen. Allie drückte auf die Hupe und bremste vor dem Lagerhaus. Zwei Afrikaner kamen aus dem Gebäude gestürmt und luden die Einkäufe aus. Eilig schleppten sie die schweren Säcke mit Getreide, Mehl und *posho* nach drinnen, damit sie nicht vom Regen durchweicht wurden. Außerdem hatte der Wagen Kartons mit Konservendosen und einige Kisten Bier und Limonade an Bord. Sarah bemerkte auch eine Kiste mit Scotch Whisky und Gin. Offenbar war Viktor nicht der Einzige, der gerne dem Alkohol zusprach!

Rings um die Wohnräume verliefen breite Veranden, sodass die Zimmer im Schatten lagen. Allerdings nahm Sarah an, dass es im Inneren des Hauses meist heiß und stickig sein würde. Die Fenster besaßen keine Glasscheiben, sondern waren nur mit grob gehauenen Außenläden versehen, die geschlossen werden konnten, um starken Regen oder die unbarmherzige Sonne abzuhalten. Die Küche und die Unterkünfte der afrikanischen Mitarbeiter befanden sich hinter dem Haupthaus und den Lagerschuppen.

Durch die ersten dicken Regentropfen liefen sie auf die Veranda zu, wo Dan Briggs sie erwartete.

»Hereinspaziert«, sagte er. »Nett, Sie kennen zu lernen, Sarah. Ihr kommt recht spät. Ich hatte schon befürchtet, ihr wärt irgendwo stecken geblieben. Heute Morgen hat es sintflutartig geregnet. Ihr hattet Glück, dass es inzwischen ein wenig abgetrocknet ist.«

Er tätschelte Allie die Schulter und reichte Sarah eine lange, knochige Hand. Dan Briggs war ein hagerer, hoch gewachsener Amerikaner mit grau meliertem Haar, einem langen Schnurrbart und einem forschenden, aber gütigen Blick. Sarah stellte fest, dass er einige Jahre älter war als seine Frau.

»Wir haben Viktor in Nanyuki getroffen«, berichtete Allie.

»Ach, das erklärt alles. Kommt rein.« Er drehte sich zu Sarah um. »Sind Sie bei Ihrem letzten Besuch schon herumgeführt worden? Wie Sie sehen, dient das Wohnzimmer auch als Büro. Normalerweise essen wir draußen, wenn es nicht gerade wie aus Kannen regnet. Ihr Schlafzimmer ist da drüben.« Er wies auf eine runde Hütte links vom Hauptgebäude. »Nicht unbedingt luxuriös. Außerdem empfehle ich Ihnen, Ihr Bett und Ihre Schuhe auf Skorpione zu untersuchen, bevor Sie hineinspringen.«

»Die bin ich gewöhnt«, erwiderte Sarah. »Vor ein paar Monaten waren wir mit Anthony Chapman auf Safari hier.«
»Anthony ist ein netter Junge. Aber verglichen mit seinen Zeltlagern dürfte diese Unterkunft eher spartanisch wirken.« Dan kramte eine Pfeife aus der Tasche seiner ausgebeulten Shorts und zündete sie an.
»Ich werde mich sicher hier wohl fühlen, Dr. Briggs. Schließlich bin ich keine *safi Memsahib*, die sich im Busch nicht auskennt.«
»Nennen Sie mich Dan.« Er lächelte sie an. »Wir sind hier nicht so förmlich. Wie wär's mit einem Drink? Allie? Was möchten Sie, junge Dame?«
Der Raum, in dem die Briggs' wohnten und arbeiteten, war groß und mit einem kunstvoll geflochtenen Strohdach bedeckt. Die Beleuchtung bestand aus zischenden Paraffinlampen, die die schlichten Möbel und die Kisten mit Büchern und Papieren in ein weiches Licht tauchten. Inzwischen goss es in Strömen. Dan Briggs öffnete eine Whiskyflasche, schenkte sich und Allie großzügig ein und gab einen kleinen Schuss Wasser aus einem abgedeckten Krug hinzu.
»Sarah?«
»Für mich bitte ein Bier, wenn Sie eines dahaben. Nach dem vielen Staub und dem heißen Nachmittag ist meine Kehle völlig ausgetrocknet.«
Dan holte ein Tusker aus einem altersschwachen Kühlschrank und goss es in einen Krug.
»Ich habe gehört, Sie sind in Kenia aufgewachsen, aber in Irland zur Universität gegangen«, meinte er. »Sie werden feststellen, dass es hier ganz anders zugeht als in den heiligen Hallen einer Hochschule.«
»Die Studienzeit in Irland war ziemlich hart. Schließlich habe ich den Großteil meines Lebens hier verbracht, und ich wollte unbedingt zurück.« Sie sah ihn mit festem Blick an. »Ich möchte mich für diese Chance bedanken. Ich weiß, dass mir in

Ihrem Fachgebiet die Erfahrung fehlt, aber ich werde mir Mühe geben und sicher alles lernen, wenn Sie anfangs Geduld mit mir haben.«

Allie hob ihr Glas. »Ich habe dir doch gesagt, dass sie sich für Fotografie interessiert und dass ich ein paar ihrer Bilder gesehen habe. Doch Viktor hat sie dazu gebracht, uns ihre ganze Mappe zu zeigen. Gute Aufnahmen. Sogar besser als gut. Viktor war ganz aus dem Häuschen, und er hat ein Auge für solche Dinge. Wenn Sarah eine richtige Fotodokumentation unseres Projekts anlegt, haben wir vielleicht bessere Chancen, wenn wir neue Mittel beantragen. Und du hättest Material, das du bei deiner nächsten Reise in die Staaten vorlegen kannst.«

»Klingt prima.« Dan stand auf. »Ich wette, dass ihr nach der langen Fahrt Hunger habt. Wir wollen schauen, dass wir etwas zwischen die Kiemen kriegen.«

Er nahm eine Kuhglocke vom Beistelltisch und läutete heftig. Ein magerer, verhutzelter kleiner Mann, der Khakishorts und eine Tunika trug, erschien in der Tür.

»Ahmed, das ist Miss Sarah. Ahmed ist unser Koch. Er ist schon seit zehn Jahren bei uns und gehört praktisch zur Familie. Wir würden jetzt gerne essen, Ahmed.«

Sie setzten sich an den Tisch, wo Allie zwei Kerzen entzündete. Es gab würzige Currysuppe, gefolgt von einer Frankolinkasserolle und frischem Obst mit Dosensahne zum Nachtisch. Sarah fragte sich, wie Ahmed es wohl geschafft hatte, in seiner Küche unter freiem Himmel heiße Gerichte zuzubereiten, ohne dass alles in Regenwasser ertrank. Beim Essen erzählte Dan amüsante Anekdoten aus seinen Studententagen in New York und schilderte, wie er Allie auf einer Konferenz in Edinburgh kennen gelernt hatte. Nach fünf Tagen hatte er ihr vor dem Löwengehege im Zoo von Edinburgh einen Antrag gemacht. Ihre gutbürgerliche schottische Familie war entsetzt gewesen.

»Ich hätte genauso gut vom Mars sein können«, meinte er. »Ein mittelloser Amerikaner ohne große Berufsaussichten, der für ein paar Dollar im Monat Elefanten beobachtet und in der afrikanischen Einöde in einem Zelt lebt. Nicht gerade der ideale Schwiegersohn für Allies Eltern. Aber wenigstens haben sie sich nicht lumpen lassen und uns zur Hochzeit einen Scheck geschenkt, mit dem wir uns einen zerbeulten alten Landrover kaufen konnten. Als sie glaubten, dass wir genügend Hausrat zusammengesammelt hatten, haben sie uns im Tsavo Nationalpark besucht. Seitdem kommen sie jedes Jahr, was man von meinen Eltern nicht behaupten kann. Mein Dad ist vor fünf Jahren gestorben, und meine Mutter fliegt lieber zu meiner Schwester nach Palm Beach, wo es gleich um die Ecke einen Schönheitssalon gibt. Afrika ist ihr ein wenig zu primitiv.«

»Schlafenszeit«, verkündete Allie nach der letzten Tasse Kaffee. »Ich bin völlig erledigt. Hier ist Ihre Laterne, Sarah. Neben Ihrem Bett liegt eine Taschenlampe für Notfälle. Wenn Sie nachts aufs Klo müssen, achten Sie darauf, dass Sie die Tür gut hinter sich zumachen. Wahrscheinlich wollen Sie bei Ihrer Rückkehr keinen ungebetenen Gast in Ihrem Bett vorfinden. *Chai* gibt es um sechs, und anschließend wird hier gefrühstückt. Gute Nacht.«

Sarah nahm ihre Lampe und versuchte sie vor dem Regenguss zu schützen, während sie den kurzen Weg zu ihrer Hütte lief, die sich tief unter eine Akazie duckte. Als sie die Tür öffnete, hörte sie das Rascheln von Eidechsen auf dem Strohdach. Dann trat sie in den Raum, der für die nächste Zeit ihr Reich sein sollte. Ein Bett aus mit Schnüren verspannten Holzlatten stand an der Wand. Es war mit einer Schaumgummimatratze, gestärkten weißen Laken, zwei dicken grünen Armeedecken und natürlich mit einem Moskitonetz versehen. Verärgert über die Störung, huschten Geckos im Lichtkegel der Lampe an der Decke entlang und stießen missbilligende Schnalzgeräusche aus. Ein grob gezimmerter Stuhl und ein Schreibtisch mit zwei Schubladen waren ans Fenster gerückt worden. In einer Ecke befand sich ein kleiner Schrank, der für ihre Habseligkeiten vorgesehen war. Der Boden bestand aus festgestampftem Lehm. Vor ihrem Bett lag eine geflochtene Strohmatte. Sie hörte das stete Prasseln des Regens auf dem Dach und das Rauschen des stark angeschwollenen Flusses jenseits des Lagerzauns. Während sie auspackte und alles im Schrank oder in den Schreibtischschubladen verstaute, drang das Grunzen von Flusspferden an ihr Ohr. Anschließend zog sie sich aus, schlug die Bettdecke zurück und untersuchte alles auf Käfer und anderes Kriechgetier, bevor sie genüsslich zwischen die Laken schlüpfte. Kurz lag sie reglos da und lauschte auf die unbekannten Geräusche ihres neuen Zuhauses. Dann sprach sie ein leises Gebet für ihre Familie in Irland, ihre Freunde in Langani und vor allem für Piet. Hoffentlich würde er sie bald an diesem idyllischen Ort besuchen.

Am nächsten Morgen wurde sie von Mathenge mit einem Teetablett geweckt.

»*Maji moto* draußen«, sagte er.

Sarah hörte, wie heißes Wasser in den Eimer gegossen wurde, der in dem kleinen umzäunten Bereich hinter ihrer Hütte hing. Sie trank den heißen süßen Tee und verzehrte einen Keks, der im Lagerraum einen leichten Kerosingeschmack angenommen hatte. Anschließend lief sie nach draußen, um sich in der Duschhütte unter den dampfenden Wasserstrahl zu stellen. Der Regen hatte aufgehört, und überall roch es satt nach feuchter Erde. Glitzernde Tropfen hingen in den Blättern der Bäume, sodass sich das Sonnenlicht in ihnen brach. Der Duft eines afrikanischen Morgens stieg ihr in die Nase, und sie hörte das Trillern eines Pirols und den Ruf der Nashornvögel. Allie und Dan saßen bereits am Frühstückstisch. Sie hatten Karten vor sich ausgebreitet und waren damit beschäftigt, die heutige Route zu planen und den Angestellten ihre Aufgaben zuzuteilen. Sarah nahm Platz und hörte schweigend zu.

»Heute halten wir während unserer Suche nach Elefanten auch Ausschau nach Nashörnern«, erklärte Dan. »Ken Smith, der oberste Wildhüter in Garissa, hat uns gebeten, alle Exemplare zu verzeichnen, denen wir begegnen. Der abnehmende Bestand macht ihm Sorgen. Er will versuchen, sie zu zählen, bevor er den Abschuss unter Strafe stellt. Doch es wird schwierig werden, das Verbot durchzusetzen. Abschusslizenzen bringen viel Geld, und der illegale Handel mit den Hörnern ist sehr lukrativ.«

»Stimmt es also doch, dass sie potenzfördernde Wirkung haben?« Sarah bereute diese Worte, sobald sie sie ausgesprochen hatte.

»Nur wenn man sie als Schiene benutzt«, lautete Dans trockene Antwort.

Allie brüllte vor Lachen, und Sarah wurde knallrot.

»Allerdings werden die Hörner tatsächlich pulverisiert und zu diesem Zweck verkauft«, kam ihr Dan zur Hilfe. »Außerdem fertigt man im Nahen Osten Dolchgriffe daraus an. Es ist immer wieder eine Tragödie, wenn man auf den verwesenden Kadaver eines Tieres stößt, das nur wegen seines Horns dran glauben musste. Ken möchte ein Schutzprogramm einrichten, und wir tun alles, um ihm zu helfen.«

»Er ist ein weitsichtiger Mann«, fügte Allie hinzu. »Er hat dafür gesorgt, dass die Bezirksregierung das Geld für die Abschusslizenzen behalten kann, anstatt es nach Nairobi schicken zu müssen. Auf diese Weise kommen die Samburu in den direkten Genuss der durch die legale Jagd erzielten Erlöse. Sie werden mit einem von ihnen hier im Team zusammenarbeiten. Sein Name ist Erope.«

»Die Samburu sehen nicht ein, warum die reichen *wazungu* mit dem Segen der Regierung Tiere abschließen dürfen, während ihnen ihre traditionellen Jagden verboten werden«, sagte

Dan. »Besonders wenn die Gebühr an irgendeine Hunderte von Kilometern entfernte Behörde fließt und die Einheimischen keinen Penny davon zu Gesicht bekommen.«
»Ich dachte, das Jagen der Stämme soll unterbunden werden, weil die Grenzen zur Wilderei fließend sind«, warf Sarah ein.
»Ursprünglich wollte man aus Nomaden und Jägern Bauern machen«, erwiderte Allie. »Aber das klappt nicht. Auf diese Weise würde ihre gesamte Kultur und Lebensweise zerstört, und sie setzen sich zu Recht dagegen zur Wehr.«
»Die in Nairobi haben eine Schraube locker«, meinte Dan. »Sie wollen die traditionelle Jagd mit Giftpfeilen und Speeren untersagen. Aber dann kaufen die Stämme eben Gewehre bei Wilderern oder Banditen, und wir stehen vor einem noch viel größeren Problem. Es ist ein Teufelskreis. Aber jetzt trommeln wir ein paar unserer Jungs zusammen und fahren los, um Ihnen die Gegend zu zeigen.«
Erope war ein hoch gewachsener, wortgewandter Samburu, der die gleiche Khakiuniform trug wie die anderen Mitarbeiter. Allerdings hatte er Perlenohrringe und Armbänder angelegt, die nicht so recht zu seiner westlichen Aufmachung passen wollten. Der zweite Fährtenleser war ein drahtiger Kamba, der auf den Namen Julius hörte und ein großes Holzkreuz an einem Lederriemen um den Hals trug. Mit Erope und Julius auf der Ladefläche fuhren sie aus dem Lagertor hinaus auf die Straße. In den wenigen Stunden, seit der Regen aufgehört hatte, war der Schlamm zu einer Kruste getrocknet. Wegen der unebenen Fahrbahn klapperten die Räder, und der Wagen geriet manchmal gefährlich ins Schlingern, doch Dan schien das nicht sehr zu kümmern. Außerdem hatte er einen ähnlichen Fahrstil wie seine Frau, sodass Sarah sich am offenen Fenster festklammern musste.
»Können Sie fahren?«, fragte Allie.
»Dad hat es mir beigebracht. Meinen Führerschein habe ich in Irland gemacht.«

»Gut. Dann werden wir für Sie einen hiesigen Führerschein beantragen«, meinte Dan. »Außerdem müssen Sie lernen, unter allen möglichen Bedingungen mit diesen alten Rostlauben zurechtzukommen. Gleich morgen fangen wir an zu üben.«

Den Großteil des Vormittags fuhren sie auf kleinen, von Gebüsch gesäumten Pfaden durch die Landschaft. Da es nirgendwo Wegweiser gab, erkundigte sich Sarah, wie man sich in einem solchen Terrain zurechtfinden könne. Sie war sicher, dass sie sich binnen zehn Minuten hoffnungslos verirrt hätte.

»Man lernt, nach gewissen Anhaltspunkten Ausschau zu halten«, erklärte Allie. »Wenn man weder die Berge noch einen großen Felsen sehen kann, orientiert man sich an einem bestimmten Baum, einem seltsam geformten Busch oder der Farbe, die die Erde an einer bestimmten Stelle hat. All das verändert sich abhängig vom jeweiligen Standort. Und dann ist da noch die Umgebung des Flusses, wo sich die Vegetation völlig von der sonstigen unterscheidet und wo die Bäume dichter und größer sind. Dazu kommt natürlich noch der Sonnenstand. Da Sie als Fotografin ein scharfes Auge haben, dürfte es Ihnen nicht schwer fallen. Am besten hören Sie zumindest am Anfang auf Erope und Julius. Die finden sich überall zurecht.«

»Sie besitzen ein instinktives Wissen, das wirklich beeindruckend ist«, fügte Dan hinzu. »Erope ist mir manchmal richtig unheimlich. Er hat nicht nur einen unbeirrbaren Orientierungssinn geerbt, sondern nimmt praktisch alles wahr und speichert es sozusagen in seinem Gedächtnis ab. Einen solchen Fährtenleser findet man kein zweites Mal.«

»*Kifaru*, *Bwana*, ein großes Weibchen und ein Junges«, verkündete Erope aus dem hinteren Teil des Wagens.

Sarah konnte in dem dichten Gebüsch ringsherum nichts entdecken. Dan fuhr Schrittgeschwindigkeit und beugte sich aus dem Fenster. Eine Reihe von Spuren führte ins Gestrüpp. Anhand von Größe und Tiefe der Abdrücke im sandigen Boden ließ sich das Gewicht der Tiere abschätzen.

»Letzte Nacht hat es stark geregnet, aber diese Spuren sind frisch. Seht ihr, wie der Boden hier ausgetrocknet ist? Außerdem wären die Abdrücke viel tiefer, wenn sie auf weichem schlammigem Boden entstanden wären. Das Kleine ist noch sehr jung. Sein Fuß ist noch nicht richtig ausgebildet und zudem sehr klein. Der Abdruck ist viel flacher als der seiner Mutter. Junge, Junge! Die muss ein richtiger Koloss von einem Nashorn sein. Bestimmt sind sie ganz in der Nähe.«

Sie fuhren ein Stück rückwärts, um bessere Sicht zu haben. Sarah beobachtete alles mit klopfendem Herzen und fragte sich, was Dan wohl tun würde, wenn das riesige Urzeitgeschöpf plötzlich aus dem Gebüsch gestürmt kam. Im nächsten Moment hörten sie, wie Äste unter dem Gewicht des Nashornweibchens knackten und splitterten, als sich das Tier einen Weg durch das Dornengebüsch bahnte. Kurz darauf stand es, dicht gefolgt von seinem Jungen, vor ihnen auf dem Pfad, beäugte die Besucher mit gesenktem Kopf und schnaubte dabei wie ein Expresszug.

»Oho, wir sollten uns besser aus dem Staub machen. Ich glaube nicht, dass diese Begegnung freundschaftlich verlaufen wird.« Dan gab Gas und raste in Höchstgeschwindigkeit davon.

Das Rhinozeros zögerte, warf den gewaltigen Schädel hin und her und hielt Ausschau nach den vermeintlichen Feinden. Dann setzte es sich in Bewegung und trottete, das Horn bedrohlich gesenkt und das Junge dicht auf den Fersen, zielstrebig hinter ihnen her. Sarah hob die Kamera, spähte durch den Sucher und konnte kaum fassen, wie ein so schweres und scheinbar unbeholfenes Tier es nur schaffte, sich derart behände zu bewegen. Inzwischen galoppierte das Rhinozerosweibchen ziemlich schnell und laut schnaubend dahin und war schon so dicht an sie herangekommen, dass es mit seinem gefährlichen Horn beinahe die Stoßstange berührte. Sarah stemmte sich gegen das Wagendach und versuchte die Kamera ruhig zu halten, während sie in halsbrecherischer Geschwindigkeit über die Buckelpiste holperten. Erope gab Dan Anweisungen, in welche Richtung er lenken müsse, um einer Kollision auszuweichen. Endlich blieb das gewaltige Tier zurück. Sein Junges hatte es mittlerweile längst abgehängt. Mit einem letzten Schwenken seines riesigen gepanzerten Schädels verabschiedete sich das Weibchen und trottete zurück zu seinem Jungen.

»Warum hat sie uns nur verfolgt?«, fragte Sarah, nachdem sie sich von dem Schrecken erholt hatte. »Dachte sie, wir würden ihr Junges bedrohen?«

»Mag sein«, erwiderte Dan. »Vielleicht war sie auch nur schlechter Laune. Die Tiere sind ziemlich reizbar, und es empfiehlt sich nicht, ihnen zu nah zu kommen, um ihren Motiven auf den Grund zu gehen. Ich habe schon Autos und Lastwagen gesehen, denen wütende Rhinozerosse die Kühler und die Karosserie zerbeult haben. Dieses Horn, unterstützt von dem enormen Körpergewicht, kann eine Menge Schaden anrichten. Jedenfalls können wir jetzt berichten, dass wir heute zwei Exemplare gesehen haben, auch wenn die Begegnung nicht sehr freundschaftlich war.«

Sie fuhren weiter und hielten immer wieder an, damit die Fährtenleser das Gelände sichten konnten. Währenddessen wiesen Allie und Dan Sarah auf Bäume, Vögel, andere Tiere und wichtige Anhaltspunkte hin. In der Ferne bemerkten sie zwei kleine Elefantenherden. Als Dan die Lebensgewohnheiten eines solchen Familienverbandes erläuterte, lauschte Sarah aufmerksam, fest entschlossen, sich die Unzahl von Fakten über diese Tiere einzuprägen. Seine Art zu erzählen verriet, welche Liebe und Hochachtung Dan und Allie für ihre Forschungsobjekte empfanden. Sarah hoffte, dass sie bald eine

Herde aus der Nähe sehen würden. Begeistert betrachtete sie die vorbeiziehenden Wasserbüffel, Zebras, Giraffen und die Paviane, die lautstark kreischend in einem Baum herumkletterten. Es war zwar noch trocken, doch am Horizont ballten sich bereits dichte Wolken zusammen, und die Luft war schwül. Sarah spürte, wie ihr unter dem Hemd der Schweiß über den Rücken lief.

»Wir brauchen Abkühlung«, rief Allie plötzlich aus. »Lasst uns schwimmen gehen.«

Sie bogen vom Weg ab und fuhren nach Buffalo Springs, wo Dan den Wagen stoppte. Während die beiden Fährtenleser, im Schatten sitzend, den Wagen bewachten, liefen Allie und Dan zum Ufer des tiefen Sees, zogen sich aus, ließen ihre Kleider in einem Haufen auf den Felsen liegen und sprangen dann ins kühle, grüne Wasser. Sarah blieb verlegen zurück und fragte sich, wie sie sich nun verhalten sollte. Seit ihrer Kindheit hatte sie sich nicht mehr vor anderen Menschen ausgezogen. Die Arme vor der Brust verschränkt, stand sie da. Sie brachte es einfach nicht über sich, in der Gegenwart von Fremden zumindest die Oberbekleidung abzulegen.

»Kommen Sie! Das Wasser ist sauber und angenehm kalt.« Allie strich sich das nasse Haar aus den Augen und tauchte wieder unter, während Dan zurück zum Ufer schwamm.

»Waren Sie noch nie beim Nacktbaden?«, fragte er.

Peinlich berührt schüttelte Sarah den Kopf.

»Und das als Zoologin und Arzttochter? Zeit, dass sich das ändert. Also runter mit den Sachen, Augen zu und reinspringen! Wir schauen auch nicht hin.«

Er schwamm davon. Sarah blickte zurück zum Wagen. Die Fährtenleser waren offenbar unter dem Baum eingeschlafen und schienen sich nicht für die verrückten *wazungu* zu interessieren, die da im Wasser herumtobten. Außerdem haben Afrikaner ohnehin eine unverkrampfte Einstellung zur Nacktheit, dachte sie. In den meisten Stämmen gingen die Frauen oben ohne, und manchmal trugen sogar beide Geschlechter nichts am Leib. Es war doch nichts dabei. Und außerdem war es entsetzlich heiß. Sarah holte tief Luft, zog rasch das Hemd über den Kopf und schlüpfte aus Khakishorts und Unterwäsche. Dann kniff sie die Augen zu und sprang ins Wasser. Die plötzliche Kälte ließ sie begeistert nach Luft schnappen, als sie, in sicherem Abstand zu Allie und Dan, zum anderen Ufer schwamm. Ein himmliches, bislang ungeahntes Gefühl von Freiheit erfüllte sie. Nach einer Weile fasste sie sogar den Mut, sich ihren Begleitern zu nähern.

»Braves Mädchen!« Dan prustete eine Wasserfontäne in die Luft und ahmte das Geräusch eines im Fluss plantschenden Nilpferdes nach. Sarah musste so lachen, dass sie ihre Schüchternheit vergaß. Nachdem sie einander noch eine Weile nass gespritzt hatten, kletterten sie aus dem Wasser und setzten sich auf die Felsen, um sich vor dem Anziehen zu trocknen. Immer noch ein wenig verlegen, drehte Sarah sich auf den Bauch. Allie und Dan hingegen schienen sich überhaupt nichts dabei zu denken. Aber schließlich waren sie miteinander verheiratet. Sarah hoffte, dass sie auch einmal so unbekümmert sein würde wie ihre Begleiter. Schließlich war es albern, sich so prüde zu benehmen, als wäre sie noch auf der Klosterschule. Allerdings war Sarah dankbar, dass Erope und Julius weiter reglos im Schatten des Baumes lagen, während sie sich anzog. Erfrischt stiegen sie wieder in den Landrover und setzten ihre Fahrt fort. Sarah fragte sich, ob die Fährtenleser vielleicht auch gerne geschwommen wären, aber da niemand das Thema erwähnte, schwieg auch sie. Langsam fuhren sie ein *lugga* entlang, das sich nach den heftigen Regenfällen mit schlammigem, träge dahinfließendem Wasser gefüllt hatte. Dort stießen sie zu Sarahs Freude doch noch auf eine Herde Elefanten, die tranken und friedlich im Busch grasten.

»Hier ist eine unserer Familien«, murmelte Allie. »Wir nennen sie zu Ehren der Leitkuh die Dame Nelly Melbas. Sie ist eine ziemliche Diva und hört gern ihre eigene Stimme. Warte nur, bis sie trompetet, um die frechen jungen Bullen zurechtzuweisen! Normalerweise lassen sie sich von uns nicht bei ihren alltäglichen Verrichtungen stören und sind an das Geräusch unseres Autos gewöhnt.«

Gebannt starrte Sarah die Elefanten an. Bevor sie zur Kamera griff, saß sie einfach nur da und betrachtete ehrfürchtig die gewaltigen und dennoch so anmutigen Tiere. Auf der Suche nach zarten jungen Büschen und Bäumen, von denen sie Zweige abrissen, näherten sie sich dem Landrover. Einige kamen so dicht heran, dass Sarah jede Falte und jedes Haar auf der runzeligen Haut, das Funkeln in ihren kleinen klugen Augen und die Rillen an ihren riesigen Schlappohren erkennen konnte. Die Tiere strahlen eine bemerkenswerte Harmonie, Ruhe und Zufriedenheit aus, als sie fast geräuschlos ihr Revier durchschritten. Nur das Knacken von Ästen und Zweigen war zu hören; die riesigen Füße hoben sich geschmeidig und wirbelten kleine Staubwolken auf, wenn sie sich mit kraftvollen, gemessenen Bewegungen wieder auf den Boden senkten. Sarah beobachtete fasziniert, wie sie ihre Rüssel einsetzen, um vorsichtig Büsche und junge Triebe zu beschnuppern und, sanft Atemluft auspustend, verschiedene Blätter zu betasten. Schon kurz darauf hatten sie ihre Wahl getroffen und rissen mit einem einzigen Ruck die gesamte Pflanze mitsamt der Wurzel heraus, um sie ins Maul zu schieben und genüsslich zu zerkauen. Einige der älteren Weibchen hielten sich am Rande des *lugga* auf und gruben mit Füßen und Rüssel tiefe Löcher, in denen sich allmählich das Wasser sammelte.

»Schau, wie sie ihre Rüssel einsetzen, um Sand und Erde an den Kanten zu sammeln und seitlich anzuhäufen«, erklärte Dan. »Und wenn du genau hinsiehst, wirst du feststellen, dass der eine Stoßzahn an der Spitze abgenutzter ist als der andere. Das ist der, den sie hauptsächlich zum Graben benutzen – so

wie ein Mensch entweder die rechte oder die linke Hand bevorzugt.«
Inzwischen umringte die Herde das Fahrzeug, und Sarahs Puls ging schneller. Ein junger Bulle stand ganz dicht bei ihr, und als sie langsam die Kamera hob, saugte er Wasser mit dem Rüssel auf und pustete es sich über den Rücken, um sich abzukühlen. Wassertropfen spritzten auf das Objektiv. Die Kühe und ihre Kälber drängten sich zusammen, während die Bullen sich in einiger Entfernung aufhielten. Hin und wieder näherte sich ein älterer Bulle und tätschelte das jüngste Mitglied der Herde sanft mit dem Rüssel. Er wirkte wie ein alter Mann, der einem Kind seinen Segen gibt.
»Das ist Samson«, flüsterte Allie. »Der große *Bwana*. Bis jetzt hat noch keiner der jungen Bullen gewagt, ihm die Vormachtstellung streitig zu machen. Er ist sehr stark. Aber erst wenn sie ihn zum Kampf herausgefordert haben, dürfen sie so wie er an die Weibchen heran. Es ist eine matriarchalische Gesellschaft, und die Weibchen geben sich nur während der Brunstzeit mit den Männchen ab. Ansonsten bleiben die Frauen unter sich. Junge Bullen bilden eigene Gruppen, und ein *mzee* wird oft von zwei jüngeren *askaris* begleitet, die ihn im Alter versorgen. Die älteren Weibchen sind die Anführerinnen, die ihrer Herde zeigen, wo sie Nahrung und Wasser finden. Außerdem beschützen sie die Jungen. Sie gehen sehr fürsorglich und liebevoll miteinander um. Schau, wie sie sich mit ihren Rüsseln streicheln, kitzeln und trösten. Aber sie können sie auch als gefährliche Waffen einsetzen.«
»Je länger ich diese Tiere beobachte, desto mehr versetzen sie mich in Erstaunen«, sagte Dan. »Es sind außergewöhnliche Geschöpfe. Wusstest du, dass sie manchmal sogar ihre Toten bestatten? Ich kenne kein anderes Tier, das das tut.«
»Aber sie sind doch auch aggressiv, oder?«, fragte Sarah. »Man hört oft, dass der afrikanische Elefant sehr angriffslustig sein kann. Bei meinem letzten Besuch hier wurden wir von einem

jungen Bullen verfolgt, der eindeutig keine freundlichen Absichten hatte.«

»Man darf sie nicht reizen, so viel steht fest«, erwiderte Allie. »Allerdings wollen die jungen Bullen oft nur angeben und ihre Kräfte messen, ganz wie halbwüchsige Burschen, die zeigen müssen, wie mutig sie sind. Außerdem darfst du nicht vergessen, dass die Elefanten hier stark durch Wilderer bedroht werden. Das fördert ihre Kampfbereitschaft. Häufig fühlen sie sich auch von Touristen provoziert, die Lärm machen, die Motoren aufheulen lassen, um sie zu einer Reaktion zu bewegen, oder versuchen, sich zwischen zwei Gruppen einer Herde zu drängen. Damit kann man einen Elefanten natürlich in Rage bringen. Gelegentlich begegnet man auch einem alten Haudegen, einem Bullen also, der verwundet oder von der Herde ausgestoßen wurde. Aber so etwas kommt nur selten vor.«

»Die einheimischen Farmer, die mit einem knappen Hektar Grund ihre Familien ernähren müssen, sind natürlich nicht erfreut, wenn sie Besuch von einer Elefantenherde kriegen«, fügte Dan hinzu. »Es dauert keine Stunde, bis ein ganzes Feld platt getrampelt ist. Denn wegen ihres gewaltigen Körpergewichts müssen Elefanten praktisch ununterbrochen fressen. Ihre menschlichen Nachbarn bleiben dann mittellos zurück – oftmals in den Trümmern ihrer Behausungen. Und das, obwohl sie ohnehin kaum etwas zu beißen haben. Erope und Julius können ein Lied davon singen.«

»Aber innerhalb der Parks können sie doch keinen wirklichen Schaden anrichten, oder?«, erkundigte sich Sarah. »Schließlich handelt es sich um Wildreservate.«

»Elefanten stellen manchmal eine große Bedrohung für den Baumbestand dar«, erwideret Dan. »Wenn sie in einem Gebiet überhand nehmen, zerstören sie alles und verwandeln die Landschaft in eine Staubwüste. Also muss man sie einerseits schützen und gleichzeitig für ein friedliches Zusamenleben mit der einheimischen Bevölkerung sowie den Umweltschutz sorgen. Genau darauf zielt unser Forschungsprojekt ab. Wir wollen einen Weg für ein harmonisches Miteinander von Mensch und Tier in diesem Land finden. Aber da die Menschen immer mehr werden, schwindet der Platz für die Wildtiere. Es ist nicht leicht.«

Sie blieben einige Stunden bei der Herde, beobachteten sie und machten sich Notizen. Dann begann es zu regnen. Bald verwandelte sich das leichte Nieseln in einen Wolkenbruch, sodass sie hastig die Fenster hochkurbelten und das Dach schlossen. Rasch wurde es dunkel, und das Fotografieren wurde unmöglich. Also machten sie sich auf den Heimweg.

Für Sarah war das der schönste Tag ihres Lebens gewesen. Noch immer konnte sie kaum fassen, dass sie nun ihre Tage damit verbringen würde, diese interessanten und majestätischen Wunder der Natur unter Anleitung von gebildeten Menschen wie Dan und Allie zu beobachten. Und sie würde sogar Geld dafür bekommen! Als sie die Lichter des Lagers durch die Bäume blinken sahen, hatte sich die Straße in einen Morast verwandelt. Mit Schlamm bespritzt und erschöpft warteten sie darauf, dass die Duscheimer gefüllt wurden. Nach dem Abendessen gingen Dan und Allie sofort zu Bett. Sarah saß in ihrer runden Hütte und schrieb im Licht der Kerosinlampe Briefe, um diesen zauberhaften ersten Tag und die Aufregung, die sie ergriffen hatte, mit ihrer Familie zu teilen. Anschließend schrieb sie an Piet, Hannah und Lars. Als sie feststellte, dass ihr über dem Blatt Papier die Augen zufielen, kroch sie ins Bett und war sofort eingeschlafen, ohne auch nur einen Gedanken an Skorpione oder andere giftige Mitbewohner zu verschwenden.

In den nächsten beiden Wochen fuhr sie jeden Morgen mit Allie und Dan los, bis ihr die Umgebung allmählich vertrauter wurde. Dan ließ sie ans Steuer, sodass sie lernte, mit dem Landrover umzugehen. Sie sorgte für allgemeine Erheiterung und so manche bange Minute, als sie Hindernisse im Busch umrundete, den Wagen aus Schlammpfützen befreite und durch *luggas* holperte, die je nach der Stärke des letzten Regengusses ein schwaches Rinnsal oder einen reißenden Strom führten. Ihre Bewunderung für ihr exzentrisches und mutiges Arbeitgeberehepaar sowie ihre Hochachtung vor ihren Angestellten wuchsen. Bald schon fühlte sie sich, als wäre sie seit einer Ewigkeit hier. Jeder Morgen stellte sie vor Herausforderungen, wenn sie versuchte, sich sämtliche neuen Informationen bis in alle Einzelheiten einzuprägen. Es dauerte nicht lange, bis sie, nur in Begleitung von Julius oder Erope, zur Reservatsverwaltung fahren konnte, um die Post abzuholen und für die Briggs' Telefonate zu erledigen. Bei dieser Gelegenheit rief sie auch in Langani an. Hannah war am Apparat.

»Ich bin ja so glücklich«, verkündete Sarah. »Und ich kann gar nicht sagen, wie schön es hier ist und welches Glück ich habe, hier arbeiten zu können. Du musst mich unbedingt bald besuchen, denn ich will dir eine Menge zeigen. Wie geht es den anderen? Und Piet?«

In Langani schien alles beim Alten zu sein. Piet sei irgendwo auf der Farm unterwegs, meinte Hannah, und schufte sich wie immer krumm. Über Sarahs Brief habe er sich sehr gefreut.

»Das sieht man ihm an der Nasenspitze an.« Hannah lachte auf. »Ein typischer Mann kann einfach nicht zugeben, dass er die Richtige gefunden hat, doch es steht ihm ins Gesicht geschrieben. Er redet pausenlos von dir, Sarah. Wenn ein Mensch im Gespräch immer wieder denselben Namen fallen lässt, steht fest, dass es ihn erwischt hat.«

Am liebsten wäre Sarah nach draußen gerannt und hätte ihr Glück in die Welt hinausgejubelt, doch sie nahm an, dass das einen befremdlichen Eindruck machen würde. Stattdessen blieb sie stehen und lächelte ins Telefon.

»Und was ist mit dir und Viktor?«, fragte sie. »Ich habe dir ja geschrieben, dass ich ihn kennen gelernt habe. Er ist ein guter Freund von Dan und Allie. Was seinen Charme angeht, hattest du Recht – er verströmt ihn aus sämtlichen Poren. Also, was gibt es Neues?«

Hannahs Zögern hätte ihr eine Warnung sein sollen, auch wenn sie entschieden zuversichtlich antwortete.

»Er kommt und geht. Du kennst das ja. Momentan hat er viel zu tun und nur wenig Zeit, mich zu besuchen. Das macht mir zu schaffen. Aber es ist das Warten wert, und er entschädigt mich dafür, wenn er hier ist.«

»Und Lars?«

Hannahs Seufzer sprach Bände. »Das mit Lars tut mir wirklich Leid. Ich wünschte, wir könnten Freunde sein, so wie früher. Aber alles ist anders geworden. Meine Gefühle für Viktor haben mich mitgerissen wie eine Sturmflut, und ich will, dass es immer so weitergeht. Viktor hat mein Leben verändert, und ich kann dir gar nicht sagen, was das für mich bedeutet.«

»Pass gut auf dich auf«, meinte Sarah und versuchte ihre Besorgnis zu verbergen. So etwas konnte man nicht am Telefon besprechen.

Singend fuhr sie zurück zum Lager. Piet liebte sie. Das hatte Hannah gesagt. Er redete ständig über sie. Und sie würde ihn zu Weihnachten wiedersehen. Außerdem hatte sie eine Arbeit, die ihr unglaubliche Freude machte. Das Leben war wunderschön.

Je mehr Zeit sie mit den Elefanten verbrachte, desto näher kam sie ihnen. Dan hatte ihr Erope zur Unterstützung zugeteilt, und sie empfand ihn als klugen und geduldigen Lehrer. Er brachte ihr bei, Spuren und andere Anzeichen für die Gegenwart eines Tiers zu lesen und zu deuten und sich unbemerkt durch den Busch zu pirschen. Man musste sich gegen den Wind halten, um sich an die Tiere anzuschleichen, ohne sie zu stören. Bald gelang es ihr, Familiengruppen innerhalb der

Herde auszumachen und die einzelnen Elefanten namentlich auseinander zu halten. Sie fotografierte die Tiere, notierte ihre persönlichen Eigenarten in ihrem Logbuch und veranschaulichte ihre Beobachtungen mithilfe von Skizzen und Randbemerkungen. Die Elefanten kannten den Landrover schon, und einige ließen zu, dass sich das Fahrzeug bis auf wenige Meter näherte. Immer wieder ertappte sich Sarah bei dem Wunsch, Piet könnte diese Erfahrungen mit ihr teilen, neben ihr durch den Busch wandern, auf einem Felsen über dem Fluss sitzen oder die Tiere betrachten, die sich während der Mittagshitze im Morast wälzten. Hier draußen fühlte sie sich ihm sehr nahe. Nachts, wenn sie mit ihren Aufzeichnungen fertig war, schrieb sie an ihn und schilderte alles, was sie während der langen Stunden im stickigen Busch über Elefanten erfahren hatte. Die Briefe verstaute sie ordentlich in der Schreibtischschublade.

Eines Abends saß sie mit Erope auf den Felsen und bewunderte die prachtvolle Umgebung. Ein mildes Licht beschien die Wipfel der Doum-Palmen, und der Himmel nahm langsam eine lavendelfarbene Tönung an, durchzogen von roten Streifen. Sie waren einer Elefantenfamilie gefolgt, die unter der Führung einer majestätischen alten Matriarchin namens Judith stand. Im Laufe des Tages hatte Judith ihre Gruppe von der Hauptherde abgesondert und in eine Gegend geführt, wo sie die Weidebedingungen für günstiger hielt. Für gewöhnlich versammelten sich die Elefanten bei Sonnenuntergang und begrüßten einander mit fröhlichem Trompeten, wenn sich die Familien wieder vereinten. Allerdings war Judiths kleiner Trupp nur langsam vorangekommen, und Sarah nahm an, dass er den Sumpf erst nach Einbruch der Dunkelheit erreichen würde.

»Am besten gehen wir jetzt zurück zum Auto, Sarah«, sagte Erope. »Es ist zu dunkel, um gute Fotos zu machen.«

Widerstrebend verließ Sarah ihren Aussichtspunkt und machte sich auf den Weg zum Landrover. Als sie dort ankamen, war

es schon dunkel, und ein riesiger gelber Mond hing tief am nächtlichen Himmel. Sarah hatte das Auto tief im Schatten eines Gebüschs abgestellt, um zu verhindern, dass sich das Wageninnere in einen Glutofen verwandelte. Sie stiegen ein, kurbelten die Fenster hinunter und blieben in der Dunkelheit sitzen, um Tee aus ihrer Thermosflasche zu trinken.
Gerade wollte Sarah den Motor anlassen, als sie ein Geräusch hörte: Schüsse, die aus der Richtung kamen, wo sie soeben noch gewesen waren. Dann drang der schrille Schmerzensschrei eines Elefanten an ihr Ohr, gefolgt vom empörten Trompeten seiner Begleiter, dem Poltern fliehender Tiere und lautem Stimmengewirr. Sarah erstarrte vor Schreck. Doch im nächsten Moment wurde sie von rasender Wut ergriffen. Ihre geliebte Herde war in Gefahr! Hastig startete sie den Motor und legte den Gang ein, um sich an die Fersen der Wilderer zu heften. Aber Erope legte ihr warnend die Hand auf den Arm. Seine Finger schlossen sich um ihr Handgelenk, als er sie zwang, die Zündung wieder abzuschalten. Zornig funkelte sie ihn an, aber er legte nur den Finger auf die Lippen und schüttelte den Kopf. Also blieb sie kochend vor ohnmächtiger Wut sitzen und lauschte dem Gemetzel. Es dauerte eine Weile, bis sie den Grund für Eropes Beharrlichkeit begriff. Der Lastwagen der Banditen kam um die Kurve gebogen. Als er sich näherte, erkannte Sarah, dass sich mindestens zehn schwer bewaffnete Männer an Bord des Fahrzeugs befanden. Es waren *shifta* von der somalischen Grenze. Hätten die Wilderer sie und Erope bemerkt, hätte das ihren Tod bedeutet. Durch das Dickicht sahen sie zu, wie der Lastwagen langsam vorbeirollte. Einige der Männer hatten die Gewehre im Anschlag. Als Sarah zwei Paar Stoßzähne hinten auf dem Wagen erkannte, wurde sie wieder von Panik ergriffen. Welches Mitglied ihrer wundervollen Elefantenfamilie war wohl abgeschlachtet worden? Aber Erope umklammerte ihren Arm, bis er sicher sein konnte, dass die Wilderer endgültig verschwunden waren. Dann

starteten sie den Wagen. Vorsichtig und ohne Licht fuhren sie den holperigen Pfad hinunter zu der Stelle, wo sie Judith und ihren kleinen Trupp zurückgelassen hatten.
Sie hielten am Ende des Pfads und kletterten hinunter in die Senke, wo die Elefanten zuletzt gewesen waren. Der ferne Mond tauchte die Landschaft in sein unbarmherziges Licht. Als sie den Tatort erreichten, fiel Sarah weinend auf die Knie. Die große alte Dame lag, eine Schusswunde in der Stirn, auf der Seite. Ihre Augen waren verschleiert, doch noch voller Empörung aufgerissen, und Spuren, die wie Tränen aussahen, liefen ihr übers Gesicht. Dort, wo ihre Stoßzähne gewesen waren, klafften Wunden, die schon von Ameisen und anderen Aasfressern befallen wurden. Daneben lag Jacintha, ein jüngeres Weibchen. Auch ihr hatte man die Stoßzähne herausgerissen.
Sarah streckte die Hand aus, um die runzelige Haut zu berühren. Im nächsten Moment hörte sie hinter sich das laute Knacken von Zweigen. Als Erope sie aufgeregt zu sich winkte, stand sie auf und folgte ihm hinter einen dichten Busch am Rande der Lichtung. Wie gebannt sah sie zu, als die anderen Familienmitglieder geisterhaft aus dem Gestrüpp ins helle Mondlicht traten. Sie scharten sich um ihre toten Gefährtinnen, versuchten sie aufzurichten, fuhren mit den Stoßzähnen unter ihre Leiber und schoben mit den Füßen an. Als sie erkannten, dass die beiden tot waren, verharrten sie reglos wie gewaltige Mahnwachen, die Gefallenen auf dem Schlachtfeld die letzte Ehre erwiesen. Währenddessen kauerten Sarah und Erope angespannt in dem Versteck, in das sie sich bei der Rückkehr der Elefanten geflüchtet hatten. Obwohl die Nacht immer kühler wurde, rührten sie sich nicht, denn es war ein denkbar ungünstiger Zeitpunkt, um herauszufinden, ob die Elefanten ihnen freundlich gesinnt waren. Wenn sie entdeckt wurden, liefen sie Gefahr, binnen weniger Sekunden zertrampelt zu werden, und der Wind stand nicht günstig für einen

Fluchtversuch. Also saßen sie steif und durchgefroren da und beobachteten voller Ehrfurcht und Trauer das stille Ritual. Die Nachtstunden vergingen langsam. Angelockt vom Blutgeruch, erschienen Hyänen und Schakale, aber die Elefantenwache bildete eine massive Mauer und vertrieb die Aasfresser. Kein Tier hätte gewagt, es mit ihnen aufzunehmen. Als der Morgen graute, gingen die beiden ältesten Weibchen in den Wald, rissen kleine Büsche und Bäume aus der Erde und schleppten sie zurück, um sie wie ein Leichentuch über die Toten zu breiten. Anschließend schoben sie mit den Füßen Staub, Kies, Grassoden und Erdklumpen über ihre Gefährtinnen, bis diese vollständig bedeckt waren. Selbst die jüngeren Familienmitglieder beteiligten sich, und als die Sonne aufging, waren die beiden Elefanten unter zwei Hügeln verschwunden.

Beim ersten Morgenlicht hob Sarah die Kamera. Das Klicken hallte überlaut in ihren Ohren. Die Elefanten wandten sich dem Gebüsch zu, wo sie mit ihrem Objektiv kauerte. Sarah fürchtete, sie könnten wütend werden und sie angreifen, doch sie rührten sich kaum. Die Jungen standen in der Mitte, umringt von den größeren Kühen, und alle drehten sich in Sarahs Richtung, während sie ihre Totenwache auf Film bannte. Als Sonnenstrahlen durch die Baumwipfel fielen, verschwanden die Überlebenden lautlos im Busch. Sarah und Erope warteten eine Weile, bis sie sich aus ihrem Versteck wagten, noch immer sprachlos über dieses Schauspiel von Tapferkeit und Treue. Sarah kauerte sich in den Sand, fotografierte die Hügel und wünschte, sie hätte auch Bilder von den Vorgängen der letzten Nacht machen können. Sie war sicher, dass die Tiere ihre Gegenwart gespürt und ihr gestattet hatten, ihr Begräbnisritual zu beobachten. Als sie fertig war, legte sie eine Akazienblüte auf jedes Grab, um die Toten zu ehren.

Eropes Miene war finster. Im Wagen merkte sie, wie zornig er war. Vornübergebeugt kauerte er auf seinem Sitz, murmelte

Worte in seiner Stammessprache und schlug immer wieder mit der Faust gegen die Tür. Er hatte keinerlei Verständnis für diese Habgier und dieses sinnlose Gemetzel.
Erope hatte eine Missionsschule besucht, und seine Forschungsberichte waren aufschlussreich und in ordentlicher Handschrift verfasst. Wenn er sich nicht im Lager in Buffalo Springs aufhielt, lebte er in seinem *manyatta*. Er ließ seine Uniform zurück und wohnte, wie sein Volk es schon seit Jahrhunderten tat, in einer dunklen Hütte aus Lehm und Flechtwerk, wo es nach Ziegen, Kuhdung und Holzrauch roch. Vor seiner Begegnung mit den Briggs' hatte er eine Weile in Nairobi gearbeitet. Allerdings verspürte er nicht die geringste Lust, dorthin zurückzukehren. Trotz seiner Schulbildung und seines Kontakts mit der westlichen Lebensart hatte er sich die traditionellen Fähigkeiten bewahrt, die nötig waren, um in seiner ausgedörrten Heimat zu überleben. Sarah beneidete ihn um die Unbefangenheit, mit der er sich in zwei verschiedenen Welten bewegte. Stets wusste er, was im Forschungscamp oder in seinem *manyatta* von ihm erwartet wurde.
Wie Dan und Allie hatte Sarah ihren Abschluss an einer renommierten Hochschule gemacht. Doch trotz ihres Studiums wären die drei ohne das seit Urzeiten bewährte Wissen eines Mannes wie Erope hier in der Wildnis verloren gewesen. Sarah hoffte, dass er sich dessen bewusst war. Gerne hätte sie ihm ihre Anerkennung gezeigt, doch sie wusste nicht, wie sie sie ausdrücken sollte. Also lächelte sie ihm nur zu und tätschelte dankbar seinen Arm. Zu ihrer Freude strahlte er und nickte ihr zu.
»Zum Glück ist euch nichts zugestoßen!«, rief Allie erleichtert aus, als sie endlich das Camp erreichten. »Wir sind losgefahren, um euch zu suchen, aber wir hatten keine Ahnung, wohin die Herde gestern gezogen ist. Dann nahmen wir an, ihr hättet eine Autopanne. Dan wollte schon bei der Wildschutzbehörde einen Suchtrupp anfordern.«

»Ihr müsst euch trotzdem an sie wenden«, erwiderte Sarah. »Es hat einen Überfall der *shifta* gegeben.«
Sie verständigten den obersten Wildhüter und kehrten zum Tatort zurück, um dort auf ihn zu warten. Sarah sah zu, wie er die Reifenabdrücke des Lastwagens der Wilderer fotografierte und die ausgeworfenen Patronenhülsen sowie weitere Beweisstücke sicherstellte. Sie erschauderte. Allmählich forderten der Schlafmangel und die Ereignisse der letzten Nacht ihren Tribut. So viel Tod, so viel Zerstörung. War das wirklich noch ihr Afrika?
»Es wäre nett, wenn Sie einen Bericht für mich schreiben könnten. Er sollte auch die Beobachtung Ihres Fährtenlesers enthalten«, riss sie der Wildhüter aus ihren Gedanken.
Sarah nickte und überlegte, was sie schreiben sollte. Wieder hörte sie die Todesschreie der Elefanten und sah die Leichen der Tiere, die sie zu lieben gelernt hatte, niedergemetzelt und verstümmelt, den Aasfressern und der Verwesung ausgeliefert. Bedrückt setzte sie sich auf das Trittbrett des Landrover und fing an, sich hin und her zu wiegen. Nach einer Weile gesellte sich Dan zu ihr.
»Jetzt reicht es«, sagte er in gütigem, aber strengem Ton. »Du musst dich zusammenreißen, Sarah. Es gibt eine Menge zu tun.«
»Sie hatten keine Chance! Ich wünschte, die Elefanten hätten die Schweinekerle angegriffen und sie zertrampelt. Ich habe Judith schreien gehört, Dan! Ihre Stimme hätte ich überall erkannt. Wenn sie aufgebracht war und losgestürmt ist, hatte sie einen durchdringenden Ton, der am Schluss nach oben ging. Das war bei keinem der anderen so.«
»Ich weiß. Es ist schrecklich. Nach einer Weile hängt man an ihnen wie an der eigenen Familie. Du hast eine anstrengende Nacht hinter dir. Am besten bringen wir dich jetzt zurück ins Camp, damit du duschen und dich hinlegen kannst. Anschlie-

ßend schreibst du deinen Bericht. Die Wildschutzbehörde wird so viele Informationen wie möglich brauchen.«

Sarah holte tief Luft und versuchte sich zu beruhigen. »Glaubst du, man wird sie erwischen?«, fragte sie.

»Das bezweifle ich«, entgegnete Dan. »Diese Typen sind gewieft. Sie huschen über die Grenze, um ein bisschen zu wildern oder ein *manyatta* zu überfallen, wo sie das Vieh und die Frauen stehlen können. Manchmal töten sie auch ein paar *moran* und schneiden ihnen als Trophäen die Hoden ab. Und dann verschwinden sie wieder nach Somalia. Früher kamen sie zu Fuß, aber inzwischen besitzen sie Lastwagen. Ich bin ziemlich sicher, dass sie hier Komplizen haben, besonders wenn es darum geht, die Rhinozeroshörner und das Elfenbein zu verkaufen. Damit lässt sich viel Geld machen. Obwohl es verboten ist, kannst du sicher sein, dass dabei auf beiden Seiten der Grenze eine Menge Leute mitmischen – Politiker und Geschäftsleute ebenso wie gewöhnliche *watu*.«

»Man muss doch irgendetwas tun können, um ihnen das Handwerk zu legen!« Sarah bemerkte, dass ihre Stimme schrill klang.

»Es ist immer dieselbe alte Leier. Dazu wären mehr Wachen nötig, die sich die Wildschutzbehörde nicht leisten kann. Die Regierung ist korrupt und nicht fähig, so etwas zu organisieren. Außerdem bräuchten wir ein Naturschutzprogramm, das auch den hiesigen Stämmen nützt. Nur dann werden sie einsehen, dass es sinnvoller ist, die Wildtiere zu schützen, anstatt sie abzuschlachten.«

Dans Ton war sachlich, und Sarah erkannte, dass er ihr die Möglichkeit geben wollte, sich wieder zu fassen. Also stand sie auf, fest entschlossen, sich nicht mehr so gehen zu lassen. Dan betrachtete ihr staubiges, tränenverschmiertes Gesicht, und sie begriff, dass er sich Sorgen machte. Er half ihr beim Einsteigen.

»Ich weiß, wie viel dir die Elefanten bedeuten«, begann er,

während er sich auf dem Fahrersitz niederließ. »Du möchtest sie schützen, koste es, was es wolle. Allerdings darfst du nicht vergessen, dass du in erster Linie Wissenschaftlerin bist.« Als sie ihm widersprechen wollte, unterbrach er sie. »Nein, jetzt hör mir mal zu, mein Kind. Deine Aufgabe ist es, die Tiere zu beobachten und Aufzeichnungen zu machen. Wir sind hier, um die Gewohnheiten dieser Herden zu studieren, ihr Verhalten zu verstehen und festzustellen, wie sie auf unterschiedliche Bedingungen reagieren. Für ihren Schutz können wir nur sorgen, wenn wir wissen, welches Ökosystem ihr Überleben sichert und welche Umstände sie am meisten gefährden. Ansonsten werden wir nicht weit kommen. Wir untersuchen das Leben der Elefanten in ihrer natürlichen Umgebung.«

»Aber was gestern Nacht geschehen ist, hatte nichts mit der Natur zu tun!«

»Nein, und es muss alles unternommen werden, um den Wilderern das Handwerk zu legen. Allerdings tötet der Mensch schon seit vorgeschichtlichen Zeiten Tiere, Sarah. Wir haben es hier mit Tieren in der Wildnis zu tun, und zu ihren Feinden gehören heutzutage eben auch Wilderer und Banditen. Es fehlen die Mittel, um da draußen einen utopischen Schutzraum für Tiere, einen artgerechten Zoo, zu gründen. Und wenn man sich von solchen Ereignissen unterkriegen lässt, wird man irgendwann daran zerbrechen.«

Sarah starrte geradeaus, bemüht, die beiden Hügel nicht anzusehen. Trotz der Abdeckung breitete sich nun, da es allmählich heißer wurde, süßlicher Verwesungsgeruch auf der Lichtung aus. Sie biss sich auf die Lippe und versuchte, Dan eine besonnene Antwort zu geben.

»Es kam einfach völlig überraschend. Dieses sinnlose, schreckliche Gemetzel«, sagte sie. »Mir ist klar, worauf du hinauswillst. Dass es wichtig ist, einen gewissen Abstand zu wahren, wie zwischen einem Arzt und seinem Patienten. Allerdings habe ich mich bis jetzt wie in einem Traum gefühlt. Ich habe die Elefanten jeden Tag beobachtet und sie immer besser kennen gelernt. Deshalb war ich außer mir vor Wut. Am liebsten hätte ich diese Schweinekerle mit dem Auto verfolgt. Wahrscheinlich hat Erope es dir erzählt. Natürlich war das Wahnsinn. Sie hätten uns umgebracht. Ein Glück, dass er vernünftig genug für uns beide war.«

»Für mich hat er einmal dasselbe getan«, gab Dan zu.

»Ich muss noch viel lernen«, fuhr Sarah fort. »Und ich werde mir deinen Rat hinter die Ohren schreiben. Ja, man muss kühl und sachlich bleiben und darf nicht bei jedem traurigen Ereignis zusammenbrechen. Aber ich weiß nicht, ob ich diese Distanz entwickeln kann. Ich fühle mich diesen Tieren so nah. Ich kann gar nicht anders. Vielleicht findest du dann, dass ich mich nicht zur Forschungsassistentin eigne.«

»Doch. Liebe zum Beruf ist normalerweise eine gute Sache. Allerdings musst du aufpassen, dass Vorfälle wie der von gestern Nacht nicht dein Urteilsvermögen trüben oder dich aus der Bahn werfen. Denn ich fürchte, du wirst so etwas noch öfter erleben. Wenn du bei uns bleibst?«

»Was genau willst du mir damit sagen, Dan?« Sie blickte ihm ins Gesicht.

»Ich möchte wissen, ob du stark genug bist. Denn ich fände es schrecklich, wenn du an der Grausamkeit dieses Landes zerbrechen würdest. Ich weiß, dass du es liebst und dass du deine Kindheit hier verbracht hast. Aber es kann hier auch ziemlich gnadenlos zugehen. Um in Afrika zu überleben, muss man eine gewisse Härte besitzen. Du bist eine sehr liebenswerte junge Frau, Sarah, und wir möchten nicht, dass du dich überforderst und dich selbst dabei verlierst.«

Eine Weile saß sie nachdenklich da. Er hatte Recht, ihr so auf den Zahn zu fühlen. War sie stark genug für diese Arbeit im Busch, wo das Leben stets gefährlich und unberechenbar sein würde und wo für Schwäche und Selbstmitleid kein Platz war?

Doch sie wusste, dass sie bleiben und noch eine Chance bekommen wollte.

»Ich bin nicht ganz sicher, ob ich das Zeug dazu habe«, meinte sie schließlich. »Aber ich würde es gerne herausfinden. Falls ihr mir helft, nicht vom rechten Weg abzukommen.«

»Braves Mädchen!«, sagte Dan lächelnd. »Du wirst hier großartige Arbeit leisten. Und dann wird dir klar sein, wie viel du erreicht hast.«

Kapitel 20

London, November 1965

»Sie haben Ihren Termin verpasst.« Edward lehnte sich zurück, legte die Fingerspitzen aneinander und musterte Camilla mit fragender, aber ziemlich strenger Miene.

»Jetzt klingen Sie wie ein Schuldirektor«, erwiderte Camilla betont lässig. »Komm nach dem Gebet in mein Büro und so weiter und so fort.«

»Wenn ich Sie richtig verstanden habe, soll ich Ihr Gesicht wieder in Ordnung bringen, weil es sonst vorbei mit Ihrer Karriere ist.« Mit finsterem Blick beugte er sich über den Schreibtisch. »Ich meine das sehr ernst. Ich bin bereit, meine Zeit zu investieren und mir die größte Mühe zu geben, um das bestmögliche Ergebnis zu erzielen. Allerdings habe ich den Eindruck, dass Sie das inzwischen anders sehen.«

»Tut mir Leid.«

»Tja, jetzt wird es ein wenig schwieriger. Seit unserem letzten Termin sind zwei Wochen vergangen, und inzwischen haben Sie sich ein zusätzliches Problem eingehandelt.« Er hielt ihr einen Vergrößerungsspiegel hin, damit sie die Stelle selbst begutachten konnte. »Als ich die Wunde das letzte Mal gesehen habe, heilte sie gut und war eindeutig sauber. Doch nun ist der Schnitt wieder aufgegangen, Ihre Stirn ist geschwollen und verbeult, und Sie haben eine Infektion.«

»Ich habe desinfizierende Creme darauf getan. Und Verbände.«

»Hier geht es um Ihr Gesicht. Daran dürfen Sie nicht selbst herumdoktern.«

»Ich dachte, das wird schon wieder.«

Er tat ihren Einwand mit einer ungeduldigen Handbewegung

ab. »Ich wünschte, Sie hätten mich sofort angerufen. Dann hätte ich mich darum kümmern können, bevor sich Ihr Zustand verschlimmert. Das hätte uns beiden das Leben leichter gemacht.«

»Mir war nicht klar …«

»Der Schaden ist an der schlimmstmöglichen Stelle entstanden, und zwar dort, wo sich die Wunde nach unten biegt. Sie müssen Antibiotika einnehmen, und außerdem ist jetzt eine Operation nötig. Ich kann Sie morgen vor meinen bereits angesetzten Terminen dazwischenschieben. Falls Sie sich in der Lage sehen, pünktlich zu sein.«

»Ich werde kommen.«

»Dürfte ich vielleicht erfahren, wie das passieren konnte?«

Camilla zuckte die Achseln und wich seinem Blick aus. »Ich bin gestolpert und habe mir den Kopf gestoßen. Und dann bin ich mit meiner Mutter aufs Land gefahren.«

»Wie geht es Ihrer Mutter?« Er war sicher, dass sie nicht einfach ohne Grund abgetaucht war. Ob ihr Verschwinden wohl mit Marina zusammenhing?

»Unverändert. Können wir uns nicht über etwas anderes unterhalten?« Sie sehnte sich nach einem Anflug der Anteilnahme, wie sie ihn bei ihrer letzten Begegnung wahrgenommen hatte. Stattdessen erkundigte er sich nach Marina. Doch Camilla brauchte jemanden, der sich um ihr Befinden kümmerte.

»Tut mir Leid. Ich hatte nur den Eindruck, dass Ihre Mutter sich nicht wohl fühlt.«

»Marina ist todkrank.« Es war das erste Mal, dass sie die Worte laut aussprach. Damit wurde es endgültig zu einer Tatsache. Vor Angst und Verwirrung war ihr so flau, dass sie sich beinahe auf seinen beigen Teppich und die Perserbrücken übergeben hätte.

Carradine wirkte sichtlich erschüttert. »Camilla, ich habe heute Nachmittag noch einen Patienten. Nur eine Kontrolluntersuchung wegen eines Eingriffs, der vor ein paar Wochen stattgefunden hat. Hätten Sie Lust, auf mich zu warten? Wir könnten etwas trinken gehen. Oder in ein Restaurant, wenn Sie möchten.«

»Ich fühle mich gut und brauche keinen Bewacher.« Sie hatte Mühe, sein Mitgefühl anzunehmen, ohne in Tränen auszubrechen.

»Oh, das denke ich schon«, erwiderte er mit einem Schmunzeln. »Sowohl beruflich als auch sonst. Falls Sie also nichts Dringendes vorhaben, soll meine Sekretärin eine Tasse Tee für Sie kochen und Ihnen die Abendzeitung geben. Dann gehen wir irgendwohin, wo ich Sie mindestens eine oder zwei Stunden lang im Auge behalten kann.«

»Ich habe Sie schon einmal gewarnt«, erwiderte sie, um Fassung bemüht. »Ein Rendezvous mit einer jungen Patientin nach Praxisschluss kann Sie die Approbation kosten.«

Als Camilla im Wartezimmer saß, dachte sie wieder an ihre Mutter und an die Entscheidungen, die Marina in den frühen Jahren ihrer Ehe hatte fällen müssen. Zweifellos hatte sie alles darangesetzt, ihr Leben in den Griff zu bekommen. Sie war dazu erzogen worden, eine gute Partie zu machen und ihren Platz in der Gesellschaft einzunehmen. Und sie hatte ihr Bestes getan, um die Karriere ihres Mannes zu fördern. Inzwischen war es zu spät für Schuldzuweisungen. Camilla hatte sich damit abgefunden, dass sie die alten Kränkungen vergessen und in der Gegenwart leben mussten.

»Er hat doch sicher über seine Neigungen Bescheid gewusst, als er dich heiratete«, hatte sie am ersten Abend in Burford zu Marina gesagt. »Dennoch hat er beschlossen, sich hinter dir zu verstecken, den anständigen Bürger zu spielen und Karriere im Auswärtigen Amt zu machen, wo warme Brüder unerwünscht sind. Zumindest offiziell.«

»Lass dass, Camilla.« Marina verzog traurig das Gesicht.

»Vielleicht hoffte er ja, dass alles gut gehen würde. Dass es ihm

gelingen würde, diesen Teil seiner selbst zu unterdrücken.« Camilla war entschlossen, trotz des Unbehagens ihrer Mutter eine Erklärung einzufordern. »Aber offenbar konnte er es nicht. Oder er war zu egoistisch dazu.«
»Ich war noch so jung.« Marinas Hände bewegten sich ruhelos auf ihrem Schoß. »Bei unserer ersten Begegnung war ich zwanzig und habe mich auf Anhieb in ihn verliebt. Ich bin sicher, dass er mich auch liebte. Als er mir einen Heiratsantrag machte, fühlte ich mich am Ziel meiner Wünsche. Wir waren so glücklich. Und als ich bemerkte, dass ich schwanger war ...«
»Ich kann nicht mehr weiterreden«, fiel Camilla ihr ins Wort. »So gern ich auch mit dir zusammen bin, Mutter, möchte ich mich nicht mit sämtlichen Einzelheiten, allen Gewissensbissen, Schuldzuweisungen und Ausflüchten belasten. Was geschehen ist, ist geschehen. Es gehört der Vergangenheit an, und ich habe keine Lust, immer wieder unser verpfuschtes Leben durchzukauen. Das will ich nicht, und ich weigere mich auch, ihn zu sehen. Falls du mit diesen Bedingungen einverstanden bist, bleibe ich, so lange ich kann.«
Marina war von der kühlen Betrachtungsweise ihrer Tochter entsetzt. Sie fand es tragisch, dass Camilla das Leben ihrer Eltern aus einem so verzerrten Blickwinkel sah. Allerdings hatten sie und George sich das selbst zuzuschreiben. Es würde keine Versöhnung zwischen Vater und Tochter geben. Marina spürte, wie in ihrem Herzen etwas zerriss. Vielleicht würde sie ja nie wieder Zeit mit ihnen gemeinsam verbringen. Das war die gerechte Strafe für all die unglücklichen Jahre, an denen sie die Schuld trug. Sie nahm sich fest vor, in diesen letzten Monaten ihres Lebens nicht noch einmal zu versagen.
Die Zeit in dem Häuschen auf dem Lande war sehr harmonisch verlaufen. Mutter und Tochter unternahmen kurze Spaziergänge, lasen, sahen fern und genossen die ländliche Stille. Manchmal litt Marina an Erschöpfung und Atemnot, und

jeder Knochen im Leib tat ihr weh. Dann verbrachte sie einen Teil des Tages im Bett oder am Kaminfeuer. Obwohl das Haus völlig überheizt war, fror sie ständig, selbst wenn sie sich in eine Wolldecke wickelte. Da ihre Finger zu dick für ihre Ringe geworden waren, trug sie keinen Schmuck mehr, und ihre Haut wirkte beinahe durchsichtig. Hin und wieder las Camilla ihr vor, bis sie einschlief. Anschließend zog sie eine Jacke und Stiefel an und verließ die beengende Atmosphäre des Hauses, um durch die Felder zu wandern. Sie spürte den leichten frühwinterlichen Sprühregen auf dem Gesicht – und einen Eisklumpen im Herzen. Was sollte sie nur tun, falls Marinas Zustand sich verschlechterte? Dann musste sie ihren Vater anrufen und ihn bitten herzukommen. Sie fühlte sich schuldig, weil sie Georges Besuche unterbunden hatte, solange sie sich in dem Wochenendhaus aufhielt. Außerdem ging sie nie ans Telefon, weil sie auf keinen Fall mit ihm sprechen wollte. Immer wenn sie an ihn dachte, erinnerte sie sich an sein erschrockenes Gesicht, als er sich am Tag der Enthüllung zu ihr umgedreht hatte. Und es gelang ihr nicht, den Widerwillen zu verscheuchen, den sie beim Anblick des nackten jungen Mannes auf dem Bett empfunden hatte. Allerdings hatte sie nicht die Absicht, ihrer Mutter Vorhaltungen zu machen, auch nicht, als Winston Hayford anrief und Marina sprechen wollte.

»Was steht es mit deinem Verehrer aus Ghana?«, fragte Camilla nach dem Telefonat.

»Manchmal treffe ich mich mit ihm«, erwiderte Marina und sah sie ruhig an. »Aber ich kann nicht mehr mit ihm tanzen gehen.«

»Hattest du eine Affäre mit ihm?« Obwohl die Frage gestellt war, erkannte Marina, dass Camilla eigentlich gar keine Antwort darauf wollte.

»Er ist ein sehr enger Freund, und ich hoffe, das wird er auch bleiben. Außerdem ist er ein guter Arzt, den ich oft um Rat

gebeten habe. Apropos Ärzte, Camilla. Ich wünschte, du würdest zu Edward gehen. Der Bluterguss über deinem Auge gefällt mir gar nicht, und die ganze Umgebung der Wunde scheint entzündet zu sein. Hast du nicht sowieso einen Termin bei ihm?«
»Ich werde das bald erledigen«, erwiderte Camilla, die wusste, dass ihr Vater dann kommen würde, um sie zu vertreten.
Camilla hatte den Termin bei Edward verstreichen lassen, obwohl die Wunde, die sie sich bei ihrer Begegnung mit Johnson Kiberu zugezogen hatte, tatsächlich entzündet war. Sie untersuchte sie im Badezimmerspiegel, beschmierte sie dick mit antiseptischer Salbe und verpflasterte sie so gut wie möglich. Es war Zeit, nach London zurückzukehren.
In ihrer Wohnung fand sie einen Stapel Briefe vor, darunter auch ein verärgertes Schreiben von Tom Bartlett. Darin hieß es, er habe sie immer wieder angerufen und erwarte nun, dass sie sich endlich bei ihm meldete. Camilla hatte nur wenig Lust, sich mit ihrem Agenten auseinander zu setzen, obwohl die momentane Auftragsflaute Zukunftsängste und Ungewissheit in ihr auslöste. Aber ihr Körper war bleischwer, und sie hatte einfach nicht die Kraft dazu. Nachts träumte sie immer noch von dem Moment, als das *panga* ihr die Haut aufschlitzte, und dann glaubte sie, den salzig-süßen Geschmack ihres Blutes auf der Zunge zu spüren. Die Wunde an ihrer Stirn pochte, als sie zum Telefon griff und Edwards Praxis wegen eines neuen Termins anrief.

»Sie sind eingenickt.« Plötzlich stand er vor ihr und hielt ihr den Mantel hin. Sie schlug die Augen auf. »Wir gehen in ein Lokal am Connaught. Da ist es verhältnismäßig ruhig.«
Er bestellte etwas zu trinken und runzelte leicht die Stirn, als Camilla ihre Zigaretten aus der Handtasche zog. Dennoch zündete sie sich eine an und nahm einen Schluck von ihrem Wodka.

»Meine Mutter hat Leukämie. Sie sagt, dagegen könne man nichts tun.«

»Es gibt neue Behandlungsmethoden, auch wenn sie unangenehme Nebenwirkungen haben. Sie ist doch noch so jung! Ihr Arzt müsste sie doch dazu überreden können.«

»Das möchte sie nicht. Außerdem meint der Spezialist, bei dem sie war, dass es vermutlich nichts nützen würde. Der Krebs sei schon zu weit fortgeschritten.«

»Vielleicht müsste man ihr noch einmal gut zureden. Was sagt denn Ihr Vater dazu?«

»Ich habe ihn noch nicht gesprochen. Er war verreist und sehr beschäftigt.« Camilla wirkte schlagartig verändert und drückte ihre Zigarette aus. »Danke für den Drink, aber ich muss jetzt wirklich gehen, Edward. Ich habe heute Abend noch einiges zu Hause zu erledigen. Ach, ich habe ganz vergessen, Sie zu fragen, ob ich noch mehr Beruhigungsmittel haben könnte. Ich leide immer noch an Albträumen und bin ständig so nervös.«

»Hören Sie, mir ist klar, dass es Ihnen schwer fällt, über Marinas Krankheit zu sprechen. Das tut mir Leid. Ich dachte nur, es würde Sie möglicherweise erleichtern, mir Ihr Herz auszuschütten«, erwiderte er.

»Das tut es auch. Ich habe es noch niemandem gesagt, und so musste ich es einfach loswerden«, gab Camilla zu.

»Ich weiß, dass sie momentan viel um die Ohren haben. Aber mit den Beruhigungsmitteln sollten Sie trotzdem vorsichtig sein, weil sie abhängig machen können. Ich stelle Ihnen ein Rezept über eine kleine Dosis aus, doch mehr bekommen Sie erst von mir, wenn wir uns darüber unterhalten haben. Außerdem möchte ich, dass Sie für unsere kleine Operation morgen frisch und ausgeruht sind. Warum also gönnen wir uns nicht ein leichtes Abendessen? Anschließend liefere ich Sie wohlbehalten zu Hause ab. Es wäre nämlich gar nicht ratsam, wenn Sie heute Abend rauchen, trinken und sich wegen Ihrer Mutter das Hirn zermartern.«

Das Restaurant, für das Edward sich entschied, war gut besucht. Seltsamerweise fühlte Camilla sich schon viel selbstbewusster, als der Geschäftsführer sie erkannte und ihnen einen Tisch in einer ruhigen Ecke zuwies. Nachdem sie bestellt hatten, lehnte sie sich bequem zurück.

»Haben Sie sich bei Ihren Besuchen in Kenia häufig mit meinen Eltern getroffen?«, fragte sie.

»Ja. Als ich das erste Mal zum Operieren dort war, haben wir uns auf einer Cocktailparty im Regierungsgebäude kennen gelernt. Danach habe ich Ihre Mutter häufig gesehen. Die Wohltätigkeitsorganisation, bei der sie engagiert war, hat die Krankenhausbetten für die von mir behandelten Kinder beschafft.«

»Ja, das passt zu ihr. Fremde Leute waren ihr schon immer wichtiger als ihre Familie.«

Er ging nicht auf ihre abfällige Bemerkung ein. »Sie waren immer sehr nett und gastfreundlich. Ihr Vater ist ein ausgesprochen charmanter und kluger Mann.«

»Nur dass der charmante George meine Mutter schon seit Jahren betrügt, was nicht sehr klug von ihm ist.«

Edward schwieg abwartend.

»Und zwar mit Männern. Ich habe es erst jetzt erfahren.«

»Ach, diese Entdeckung hat Sie sicher sehr gekränkt«, erwiderte er. »Untreue an sich ist schon schlimm genug, aber dann noch diese Sache … Ich kann verstehen, dass Sie Zeit brauchen, um das zu verarbeiten. In den letzten Monaten haben Sie zu viel wegstecken müssen.«

Beim Essen erzählte sie ihm die ganze Geschichte und schilderte ihre Kindheit und die seltsame Ehe ihrer Eltern, die sie mit einem Pas de deux zweier Skorpione verglich. Sie beschrieb, wie einsam sie sich gefühlt hatte und dass die Liebe zu ihrem Vater und die in der Schule geschlossenen Freundschaften die einzigen Konstanten in ihrem Leben gewesen waren. Nie hatte sie versucht, ihre Mutter zu verstehen, oder sich gefragt, warum Marina so unglücklich war.

»Daddy war der einzige Mensch, dem ich immer vertraut und den ich bewundert habe. Ich glaube, so etwas nennt man bedingungslose Liebe. Er war mein Held.« George war ihr Leuchtturm in einem Meer voller unberechenbarer Strudel gewesen. Und dann hatte auch er sich als Betrüger entpuppt. Er war ein zutiefst unglücklicher Mann, der eine gescheiterte Ehe als Alibi benutzt hatte.

»Nur auf meine beiden Schulfreundinnen konnte ich mich voll und ganz verlassen«, fügte Camilla hinzu. »Aber als ich Schwierigkeiten hatte, habe ich ihre Freundschaft benutzt, um mich vor einer schmerzhaften Lektion zu drücken. Und kürzlich habe ich einen schrecklichen Fehler gemacht.«

Als sie ihn fragend ansah, betrachtete er sein Weinglas. Er fürchtete, dass direkter Blickkontakt ihren Redefluss hemmen und ihr bewusst machen könnte, dass sie sich gerade einem fremden Menschen öffnete. Sie sollte lernen, ihm zu vertrauen. Er wusste, dass er sie liebte, so unvernünftig das auch sein mochte. Noch immer konnte er kaum fassen, welche Wirkung sie auf ihn ausübte. Es war albern, aber er hatte sogar weiche Knie, wenn er mit ihr zusammen war. Dabei hätte sie seine Tochter sein können, und außerdem kannte er sie kaum. Doch das spielte keine Rolle für ihn.

»Sie haben so etwas an sich, dass ich Ihnen einfach mein Herz ausschütten muss.« Als ein Lächeln ihre blauen Augen zum Strahlen brachte, konnte er sich vorstellen, wie sie als Kind ausgesehen hatte. »Ein moderner Beichtvater sozusagen.« Sie lachte auf. »Meinetwegen können Sie jetzt auch den Rest erfahren. Um das Maß voll zu machen, habe ich mich auch noch wegen eines Mannes bis auf die Knochen blamiert. Ich dachte, er liebt mich, und bin zu spät dahinter gekommen, dass es für ihn nur eine flüchtige Affäre war. Hier bin ich also. Abgewiesen, aus dem Rennen, an Leib und Seele zerschunden und ein Schatten meiner selbst.«

»Sie gehen zu hart mit sich ins Gericht«, widersprach er. »Jeder macht ab und zu Fehler, und das Leiden daran ist wie Sodbrennen, nachdem man etwas Saures gegessen hat. Es ist nun mal eine menschliche Schwäche, sich Dinge einzureden. Auch mir passiert das, so zum Beispiel heute Abend. Ich habe mir gesagt, dass Sie bestimmt nichts Besseres zu tun haben, als mit mir essen zu gehen.«

»Tja, da bin ich«, erwiderte sie, nicht wissend, was sie mit diesem seltsamen Eingeständnis anfangen sollte. »Und offenbar hatten Sie auch nichts Besseres zu tun. Danke, dass Sie mir zugehört haben. Aber das ist wohl der Preis, den man zahlen muss, wenn man sich privat mit seinen Patienten abgibt.«

»Die meisten Patientinnen wollen privat nichts mit mir zu tun haben. Denn jeder, der uns zufällig über den Weg laufen würde, könnte ja annehmen, dass sie geliftet sind. Außerdem wirft man mir immer vor, dass mein Leben nur aus Arbeit besteht.«

»Und stimmt das?«

»Ich bessere mich«, erwiderte er und bat dann um die Rechnung. »Ich bringe Sie jetzt lieber nach Hause, junges Fräulein. Und Sie versprechen mir, dass Sie früh zu Bett gehen und morgen um sieben in der London Clinic erscheinen.«

»Ich schwöre«, antwortete sie ernst. »Das ist das Mindeste, was ich tun kann, nachdem ich Ihnen jetzt die Ohren voll geheult habe. Normalerweise bin ich nicht so, und ich will nicht, dass Sie mich bemitleiden. Das wäre mir gar nicht recht.«

»Meine Gefühle für Sie sind ganz anderer Natur«, entgegnete er.

Camilla stand auf. Als sie gerade gehen wollten, hörte sie, wie jemand ihren Namen rief.

»Camilla, wo um Himmels willen hast du denn gesteckt? Du gehst nicht an dein gottverdammtes Telefon und hast dir offenbar auch nicht die Mühe gemacht, meinen Brief zu lesen! Dir ist ein toller Auftrag durch die Lappen gegangen.« Es war Tom Bartlett.

»Ich glaube, du kennst Edward Carradine«, sagte Camilla. »In ein paar Wochen wird er meine Stirn in Ordnung bringen, und dann bin ich wieder wie neu.«

»Eine gute Nachricht.« Tom wandte sich wieder an Camilla. »Aber wenn du dich nicht mehr bei deinem Agenten meldest, brauchst du dir um dein Gesicht ohnehin keine Gedanken mehr zu machen.«

»Ich hole unsere Mäntel.« Edward zog sich taktvoll zurück.

»In dieser Branche haben die Leute ein kurzes Gedächtnis.« Tom war wirklich aufgebracht. »Wo zum Teufel warst du bloß? Ich nehme doch an, dass es in deinem Versteck ein Telefon gab.«

»Ich war auf dem Land. Mutter fühlt sich nicht wohl, und ich habe ihr Gesellschaft geleistet.«

»Hast du nächste Woche Zeit für einen Fototermin bei Biba? Jemand ist in letzter Minute ausgefallen, und sie suchen verzweifelt Ersatz.«

»Wie schmeichelhaft«, erwiderte sie.

»Du brauchst gar nicht so herablassend zu tun«, gab Tom zurück. »Erst verschwindest du einfach und hinterlässt nicht einmal eine Nummer, wo ich dich erreichen kann. Und jetzt meckerst du, weil dir der Auftrag nicht passt. Ich habe ihnen die ganze Geschichte erzählt und gesagt, dass du dir einen Pony hast schneiden lassen. Die Aufnahmen finden im Studio statt, sodass Wind kein Problem ist, und außerdem gehören zu der Kollektion auch Hüte. Also stört deine Stirn nicht.«

»Ich rufe dich morgen früh an, damit du mir die Daten und die Adresse geben kannst.« Sie tätschelte ihm den Arm. »Danke, Tom. Vielen Dank.«

Vor ihrem Haus angekommen, bat Edward den Taxifahrer zu warten, während er Camilla nach oben begleitete. Zu ihrer Erleichterung fragte er nicht, ob er hereinkommen könne. Später überlegte sie, welcher Teufel sie nur geritten hatte, ihm ihr Herz auszuschütten. Vielleicht lag es daran, dass er ihr unvoreingenommen gegenübertrat. Eine Weile saß sie auf der Bett-

kante und griff dann zum Telefon, um ihre Mutter in Burford anzurufen. Marina hatte ihre Lebensgewohnheiten nicht geändert: Sie blieb nachts lange auf und schlief morgens aus.
»Ich war bei deinem Freund Edward«, sagte Camilla. »Morgen früh muss ich wieder hin und werde deshalb nicht vor zehn zu Hause sein. Geht es dir gut?«
»Ja. Dein Vater ist hier, Schatz. Wir kommen morgen in die Stadt. Möchtest du nicht … ?«
»Nein. Ich rufe dich morgen an. Gute Nacht.«
Camilla legte sich ins Bett, doch der Schlaf wollte einfach nicht kommen. Sie stellte sich vor, wie ihre Eltern zusammen in dem kleinen Häuschen saßen, über die Fehler der Vergangenheit sprachen und sich auf die Trennung für immer einrichteten, die ihnen bevorstand. War ihr Vater – insgeheim und mit schlechtem Gewissen – erleichtert, dass er die Ehe bald hinter sich haben würde? Was mochten sie einander jetzt noch zu sagen haben? Erkundigte er sich nach Marinas Befinden, wohl wissend, dass die schwammige Substanz, die das lebensnotwendige Blut bildete, in ihren Knochen verfaulte? Begrüßte sie ihn mit einem hingehauchten Kuss und fragte ihn, wie seine Woche gewesen sei und wie es seinem Liebhaber ginge? Nach einer Weile stand Camilla auf und holte sich aus dem Spiegelschränkchen im Bad eine Tablette. In dem kleinen Döschen waren nur noch zwei Stück übrig, und Edward hatte vergessen, ihr ein neues Rezept auszustellen. Sie würde ihn morgen daran erinnern.
Draußen war es neblig und kalt. Die orangefarbenen Lichter der Stadt erhellten das Dunkel. Was für ein gewaltiger Unterschied zu einer afrikanischen Nacht, in der die Sterne zwischen den Palmwedeln und dem Gitterwerk der Akazienzweige funkelten und sie so überglücklich gewesen war, zu leben und verliebt zu sein. Sie fragte sich, wo Anthony nun sein mochte und ob er je an sie dachte. Durch eine Postkarte hatte er ihr mitgeteilt, er werde vielleicht nach London kommen. Allerdings

hatte er weder ihren Geburtstag erwähnt noch angedeutet, dass er sie sehen wollte. Sarah und Hannah hatten ebenfalls geschrieben, um sich nach ihrem Gesicht zu erkundigen. Doch über Anthony oder die Probleme in Langani hatten sie kein Wort verloren. Camilla schämte sich, weil sie ihre Freunde im Stich gelassen hatte. Aber sie konnte ihnen den Grund nicht erklären, ohne das Geheimnis ihres Vaters zu offenbaren. Einen Moment lang spielte sie mit dem Gedanken, in Langani anzurufen und zu erzählen, welche hässliche Entdeckung sie von den einzigen Menschen fern hielt, die sie liebte. Doch dann fiel ihr ein, dass es in Kenia kurz nach Mitternacht war. Eigentlich war es auch besser so, denn sie wusste nicht, ob sie die Reaktion ihrer Freunde verkraftet hätte – Hannahs Bemühen, ihre Bestürzung zu verbergen, Sarahs Mitleid und den Widerwillen von Männern wie Piet und Lars. Also legte sich Camilla wieder hin, zog die Decke hoch und spürte, wie ihr die Tränen über die Wangen liefen. Ein unbarmherziger Gott hatte ihr alles genommen. Beim Einschlafen dachte sie noch darüber nach, ob sie wirklich so viel falsch gemacht hatte, um eine derart grausame Strafe zu verdienen.

Am folgenden Morgen nähte Edward die Wunde auf ihrer Stirn und sagte, sie solle in zehn Tagen zur Nachuntersuchung erscheinen.

»Fahren Sie zurück nach Burford?«, fragte er.

»Nein, Mutter kommt heute her.«

»Tja, versuchen Sie, nicht ganz so ausgelassen zu feiern. Und lassen Sie die Finger vom Wodka, damit Sie nicht wieder stolpern und sich verletzen.«

Sie war gekränkt, weil er ihr unterstellte, dass sie bei ihrem Sturz betrunken gewesen war.

»Ich werde die ganze nächste Woche auf einem Kongress in New York sein«, meinte er, während er sich die Hände wusch – in Unschuld, dachte Camilla, weil er nichts mit ihren banalen, selbst verschuldeten Problemchen zu tun haben wollte. »Falls es zu Komplikationen kommt, rufen Sie sofort diese Nummer an. Ein Kollege wird sich im Notfall um Sie kümmern. Ich melde mich, sobald ich zurück bin. Also bekämpfen Sie Ihren inneren Schweinehund und seien Sie brav.«

Es war eine Erleichterung, wieder arbeiten zu können. Bereits am ersten Vormittag fragte sich Camilla, warum sie nur jemals unzufrieden mit einem Beruf gewesen war, den sie einem glücklichen Zufall zu verdanken hatte. Die heißen Scheinwerfer und der Staub im Studio erfüllten sie mit einem wehmütigen Gefühl, das ihr völlig neu war. Sie lächelte, schürzte die Lippen und wackelte im Takt eines Rocksongs der Stones mit den Hüften. Als sie herumwirbelte und über die Schulter blickte, wusste sie, dass ihre verführerische Ausstrahlung auf den Bildern gut zur Geltung kommen würde.

»Sie sind besser als je zuvor«, verkündetete James Mann, der Fotograf. »Einfach ein Traum. Und jetzt stemmen Sie die Hände in die Hüften und strecken den Po raus. Lächeln Sie, als wollten Sie mir alles geben, wonach ich mich sehne. Ja, genau! So ist es prima.«

Am Ende der ersten Woche hatte sie einige neue Aufträge erhalten und war ausgezeichneter Stimmung. Also war es doch nicht aus und vorbei mit ihrer Karriere, auch wenn die Korrektur ihrer Narbe noch drei oder vier Monate würde warten müssen. Möglicherweise würde sie sogar bei der Vermarktung einer neuen Bademodenkollektion mitwirken können. Tom steckte mitten in den Verhandlungen.

»Mir fällt ein gewaltiger Stein vom Herzen«, seufzte er. »Als du nicht mehr ans Telefon gegangen und einfach abgetaucht bist, ist mir ganz schön mulmig geworden. Aber jetzt benimmst du dich wieder wie ein Profimodel, bist immer pünktlich und hast laufend neue Vorschläge für Make-up, Frisur und Posen. So gefällst du mir schon viel besser.«

»Früher glaubte ich, dass ich nur rein zufällig an diesen Beruf

geraten bin und dass er bloß zweite Wahl ist«, erwiderte Camilla. »Jetzt aber weiß ich, dass hier meine Begabungen liegen, und wenn ich weitermachen will, muss ich besser sein als alle anderen.«
Sie probierte Haarteile und Perücken aus, mit denen sie ihr Aussehen bis zur Unkenntlichkeit verändern konnte. Allerdings musste sie ihre Stirn auch weiterhin bedecken. Stundenlang studierte sie ihr Spiegelbild und suchte nach neuen Methoden, um ihre Augen, ihren Mund und ihre Gesichtszüge zu betonen, damit die Fotografen ihre Wandlungsfähigkeit erkannten und sie wieder buchten. Mittlerweile beklagte sie sich nicht mehr über Fotositzungen in zugigen Studios und jammerte auch nicht, wenn sie irgendwo auf dem Land in einem Transporter saß und warten musste, bis die Kulisse aufgebaut war oder die Sonne aufging. Außer ihrer Reisetasche, die Kosmetika, Lockenwickler, Haarbürsten und andere für ihren Beruf nötige Utensilien enthielt, nahm sie nun immer einen kleinen Aktenkoffer voller Bücher mit und verschlang in den Pausen Romane und historische Werke.
Als Edward nach London zurückkehrte, ließ sie sich die Fäden ziehen. Bald schon konnte sie die Narbe überschminken und die Stirn wieder frei tragen. Das reichte zwar nicht für Nahaufnahmen, doch wenn sie ein paar Meter entfernt auf und ab ging, tanzte, umhersprang oder wie eine mythische Schönheit in weichem Licht posierte, war von der Wunde nichts mehr zu sehen. Zeitungskolumnisten berichteten über sie, Zeitschriften baten um Interviews, und reiche Männer luden sie in ihre Opernloge, auf ihre Jacht oder in ihre Villa an der Côte d'Azur ein. Dank ihrer Schönheit und ihrer Professionalität konnte sie sich kaum mehr vor Anfragen retten. Tag für Tag quoll ihr Briefkasten förmlich über. Auch Tom sah sich in seinem Büro von Aufträgen bestürmt. Irgendwann wurde Camilla ihr eigener Erfolg langsam unheimlich.
»Ich schaffe in diesem Monat nicht noch mehr Partys und

Empfänge«, meinte sie zu Tom. »Vor lauter Erschöpfung kann ich kaum noch schlafen. Ich fühle mich wie auf einem Karussell, das sich immer schneller und schneller dreht, und die einzige Möglichkeit zum Aussteigen ist, einfach runterzuspringen. Du musst dafür sorgen, dass ich ein bisschen Freizeit bekomme. Außerdem möchte ich ein paar Tage mit meiner Mutter verbringen.«

Wenn Marina in London war und sich wohl genug fühlte, besuchten sie mittags oder abends ein Restaurant oder gingen am Nachmittag ins Kino oder ins Theater. Die unausgesprochene Übereinkunft zwischen ihnen lautete, dass George nicht dabei sein würde und dass sie auch nicht über ihn sprachen. Manchmal vermisste Camilla ihn so sehr, dass es beinahe wehtat. Doch immer wenn sie mit dem Gedanken spielte, ihn anzurufen, wusste sie nicht, was sie sagen sollte. Sicher würde er versuchen, ihr alles zu erklären, und sich vielleicht sogar entschuldigen. Aber sie wollte nicht erleben, dass dieser Mann, den sie nun mit völlig anderen Augen sah, sich wegen ihrer Entdeckung schämte. Gleichzeitig ärgerte sie sich über ihre eigene Verbohrtheit. Viele der Männer, mit denen sie beruflich zu tun hatte, waren homosexuell. Meist handelte es sich um künstlerisch begabte Menschen, mit denen sie gern zum Essen ausging und angeregt über Musik, Theater, schöne Dinge und Mode plauderte. Außerdem war es eine wohltuende Abwechslung, wenn es ihr erspart blieb, sich am Ende des Abends der Annäherungsversuche ihres Begleiters erwehren zu müssen. Sie konnte sich viel ungezwungener geben als sonst. Ihr gefielen die manchmal übertriebenen Gesten ihrer schwulen Bekannten, und sie fand es richtig, dass sie mit ihrer Veranlagung nicht hinter dem Berg hielten. Doch schließlich waren diese Männer nicht ihr Vater.

Edward rief zwei Mal an, um sie zum Essen einzuladen, aber leider hatte sie keine Zeit für einen gemütlichen Abend. Er war so gütig zu ihr gewesen und hatte ihre Probleme sachlich betrachtet, ohne sie zu verurteilen. Sie wollte ihm so gerne zeigen, wie sehr sie seine Unterstützung zu schätzen wusste. Aber sie begegnete ihm nur ein Mal, und zwar auf einem Wohltätigkeitsdinner, bei dem Camilla sich dem Blitzlichtgewitter der Fotografen stellen musste. Als sie später am Abend nach ihm Ausschau hielt, war er verschwunden. Camilla bemühte sich, früh zu Bett zu gehen, sich auf fünf Zigaretten täglich zu beschränken und nur noch Champagner und hin und wieder ein Gläschen Wein zu trinken. Zwar rauchte sie gelegentlich Marihuana, doch die härteren Drogen, die überall erhältlich waren, lehnte sie stets ab.

»Schätzchen, in zehn Tagen wirst du einundzwanzig. Das ist ein großer Tag, und wegen meiner lästigen Krankheit haben wir noch überhaupt keine Pläne geschmiedet.« Irgendwann kam Marina doch auf das Thema zu sprechen, vor dem Camilla sich bislang gedrückt hatte. »Wir sind schon ziemlich spät dran, und ich muss wissen, was du unternehmen möchtest. Sollen wir vielleicht bei Annabel's reservieren?«

»Ich will keine Riesenfeier mit Tausenden von Gästen«, protestierte Camilla. »Und auch keine Fete bis spät in die Nacht in einem Restaurant oder Nachtclub, zu der nur Leute aus der Modebranche eingeladen sind. Ich würde niemanden als wirklichen Freund bezeichnen, außer vielleicht Tom Bartlett. Es sind gute Bekannte, mehr aber auch nicht. Einundzwanzig. Was hat das schon groß zu bedeuten? Es ist doch bloß eine Zahl.«

»Was hältst du davon wegzufahren?«, schlug Marina vor. »Wir könnten in ein Urlaubsparadies fliegen und im besten Hotel übernachten.«

»Wohin zum Beispiel?«

»Nach Paris vielleicht. Aber da könnte es die ganze Zeit regnen. Oder Rom. Rom wäre schön. Wohin du auch willst.«

»Fühlst du dich denn wohl genug, um zu reisen, Mutter?«

»Tja, die Kalahari wäre vermutlich nichts für mich. Aber eine kurze Reise müsste klappen. Dr. Ward meint, er könne mir für den Notfall die Adresse eines Kollegen geben.«

Marinas Tonfall war fast flehend, und Camilla spürte, dass sie sich schon seit einiger Zeit mit diesem Gedanken trug. Möglicherweise war es ja ihre letzte Chance, überhaupt noch zu verreisen.
»Gut, dann auf nach Rom. Seit meinem Kurs in Florenz waren wir nicht mehr in Italien. Lass uns nach Rom fliegen.«
»Camilla, könntest du dir vorstellen …?«
»Ich kann mir denken, was du mich fragen willst. Bitte, Mutter. Lass es.«

An einem sonnigen Nachmittag kamen sie in der Ewigen Stadt an. Eine Limousine des Hotels holte sie vom Flughafen ab. Zurückgelehnt in die bequemen Wagenpolster beobachteten sie, wie die prachtvollen Gebäude an den getönten Scheiben vorbeiglitten. Kuppeln, Säulen und Denkmäler ragten stolz in der Abendsonne empor. Das Hotel war dementsprechend majestätisch und mit viel Marmor und dicken Teppichen ausgestattet, die jeden Schritt und das ohnehin schon gedämpfte Stimmengewirr noch dezenter klingen ließen. Marina war von der Reise völlig erschöpft. Ihr Atem ging stoßweise, als sie die letzten Meter des Flurs zu ihren Zimmern zurücklegten, die eine Verbindungstür hatten.
»Du hältst jetzt ein Nickerchen«, sagte Camilla. »Und ich werde mich auch eine Weile aufs Ohr legen. Anschließend überlegen wir uns, ob wir zum Abendessen ausgehen wollen, und wenn ja, wohin. Aber ich bin auch mit dem Zimmerservice zufrieden.«
»Ach, ich denke, wir gönnen uns etwas Besseres«, erwiderte Marina. »Da bin ich ganz sicher.«
Camilla ließ die Tür einen Spalt offen und begann mit dem Auspacken. Im Badezimmer hob sie ihren Pony und musterte die Narbe im Spiegel. Die rote Linie war zwar sauber verheilt, doch man konnte die Spuren der Fäden noch sehen. Nun musste sie abwarten, bis Edward den richtigen Zeitpunkt für

eine Operation für gekommen hielt. Morgen würde sie einundzwanzig werden. Von Sarah und Hannah waren Geburtstagskarten eingetroffen, begleitet von kurzen Briefen, die andeuteten, dass sie enttäuscht von ihr waren. Anthony hatte mit Interflora einen großen Strauß geschickt, ohne allerdings zu verraten, wo er sich gerade aufhielt. Außerdem war ein Päckchen von Asprey in ihrer Wohnung abgegeben worden, zusammen mit einer Karte von ihrem Vater. Doch Camilla hatte es ungeöffnet gelassen. Nun zog sie die Vorhänge zurück und betrachtete den regen Straßenverkehr und das Getümmel der Großstadt. Wie gut, dass es ihr gelungen war, dem beruflichen und öffentlichen Druck zu entrinnen. Sie brauchte dringend Schlaf, und vielleicht würde es ihr während dieses Kurzurlaubs ja gelingen, sich diesen Luxus zu gönnen. Als sie sich gerade Badewasser einlassen wollte, läutete in Marinas Zimmer das Telefon. Eilig ging sie an den Apparat. Hoffentlich war ihre Mutter nicht aufgewacht.

»Marina? *Cara!* Ach, du bist es, Camilla, wie schön. Meine Liebe, hier spricht Claudia Santini. Erinnerst du dich an mich? Ich war in Nairobi mit deiner Mutter befreundet und anschließend auch in Rom, als sie Kenia verließen und hierher an die Botschaft gingen. Wir haben viele schöne Stunden zusammen verbracht. Franco, mein Mann, ist wie dein Vater im diplomatischen Dienst. Schade, dass George nicht hier ist! Marina hat mich von London aus angerufen und erzählt, dass du morgen Geburtstag hast. Also können wir zusammen feiern, einverstanden? Ich habe für heute Abend einen Tisch in Santa Maria Trastevere reserviert. Ganz informell, damit Marina jederzeit gehen kann, falls sie sich nicht wohl fühlt. Nur für die Familie. Und morgen essen wir in unserem Landhaus zu Mittag.«

Camilla seufzte auf. Hier gab es kein Entrinnen. Offenbar hatte Marina alles genau geplant. Sie musste verrückt gewesen sein anzunehmen, dass sie nur zu zweit sein würden. Dann gestand sie sich schuldbewusst ein, dass sie nichts gegen diese

Ablenkung einzuwenden hatte. So würde ihr Wochenende wenigstens nicht nur von Gedanken an Krankheit und Tod überschattet werden.
»Ach, was soll's«, meinte sie zu ihrem Spiegelbild. »Wen interessiert schon mein Geburtstag?«
Das Restaurant lag versteckt in einem Gewirr von kopfsteingepflasterten Gassen. Claudia Santini fiel Marina weinend um den Hals. Ihr Mann folgte ihrem Beispiel und gab sich keine Mühe, seine Bestürzung zu verbergen. Am Tisch saß auch ein junger, zierlicher schwarzhaariger Mann und wartete schweigend, bis alle einander begrüßt hatten.
»Camilla, *cara*, du bist so schön wie deine Mutter!« Claudia legte den rundlichen Arm um Camillas Schultern. »Das hier ist Roberto, unser Sohn. Vielleicht erinnerst du dich noch aus Nairobi an ihn.«
Die beiden jungen Leute wechselten viel sagende Blicke, wohl wissend, dass sie beim freudigen Wiedersehen ihrer Eltern nur die zweite Geige spielten. Nachdem Camilla neben Roberto Platz genommen hatte, bestellte Franco Prosecco und Vorspeisen für alle.
»Ich weiß noch genau, wer du bist.« Robertos schwarze Augen funkelten spitzbübisch. »Hochnäsig und unnahbar. Alle Jungs in meiner Klasse in St. Mary's nannten dich die Eiskönigin und wollten dich zum Schmelzen bringen.«
»Ihr wärt doch mit jedem Mädchen zufrieden gewesen, das euch erhört hätte«, gab Camilla grinsend zurück. »Schließlich hattet ihr nur das eine im Sinn. Bei den Nonnen war es dasselbe, bloß umgekehrt. Die Frage lautete nur Sex oder Enthaltsamkeit.«
»Daran hat sich nichts geändert«, erwiderte er schmunzelnd. »Schön, dass ich dich wiedersehe und noch eine Chance bekomme. Was hast du in den letzten Jahren gemacht? Ich weiß, dass du in Florenz warst, während deine Eltern in Rom gelebt haben. Aber du bist nicht oft hier gewesen.«

Wenn Camilla später an diesen Abend zurückdachte, erinnerte sie sich hauptsächlich daran, wie Marina gestrahlt hatte. Trotz ihrer Hinfälligkeit ging ein seltsames Leuchten von ihr aus, das Camilla an die eigentümliche Aura einer Schwangeren erinnerte, die ein neues Leben in sich trug. Es erstaunte sie, wie gelassen ihre Mutter die Gewissheit ihres baldigen Todes auf sich nahm. Das freudige und gleichzeitig traurige Willkommen, das ihr bereitet wurde, bewegte Camilla sehr. Niemals hätte sie gedacht, dass Marina so von ihren Freunden geliebt wurde. Offenbar kannte sie ihre Mutter nicht so gut, wie sie glaubte.

»Morgen Mittag um zwölf hole ich euch im Hotel ab, falls es euch recht ist«, sagte Claudia und suchte im Gesicht ihrer Freundin nach Spuren von Erschöpfung. »Du darfst morgen bei unserer Feier nicht zu müde sein, Marina, *cara.* Am besten rufen wir euch jetzt ein Taxi.«

»Nein, ich würde gerne ein paar Schritte gehen«, widersprach Marina. »Es ist so mild draußen, und ich liebe dieses Viertel.«

Als sie die *piazza* erreichten, setzten sie sich kurz, damit Marina sich ausruhen konnte. Menschen schlenderten umher oder genossen an den kleinen Tischen der Straßencafés die warme Nacht. Liebespaare küssten sich zärtlich und schienen nichts wahrzunehmen als ihr eigenes Glück, während sie Arm in Arm vorbeigingen. Am samtenen Nachthimmel funkelten die Sterne und spiegelten sich in dem von Flutlicht beleuchteten Brunnen. Kurz fiel Camilla Anthony ein, aber sie schob den Gedanken beiseite und nahm Robertos Hand.

Am nächsten Morgen schlief Marina lange. Daher war sie noch nicht fertig, als der Wagen kam.

»Geh schon einmal hinunter zu Claudia«, sagte sie zu Camilla. »Ich brauche noch zehn Minuten. Inzwischen bin ich schrecklich langsam, und wenn jemand zuschaut und wartet, ist es noch schlimmer.«

»Kein Problem«, meinte Claudia. »Sie soll sich ruhig Zeit lassen. Wir warten an der Bar auf sie. Was möchtest du trinken?«

»Espresso, bitte«, erwiderte Camilla.

»Alles, alles Gute für dich, meine Liebe. Ich wünsche dir, dass in deinem Leben nur Schönes passiert.«

»Danke.«

»Ich weiß, dass es zurzeit nicht leicht für dich ist. Du solltest mit Gleichaltrigen zusammen sein und feiern, dass du einundzwanzig Jahre alt und wunderschön bist und am Anfang all deiner Träume stehst. Aber leider ist deine Mutter ausgerechnet jetzt so schwer krank geworden.«

»Irgendwie erwische ich immer den falschen Zeitpunkt.«

»Doch die Zeit arbeitet für dich, und nur das zählt.«

»Wie meinst du das?« Inzwischen bereute Camilla, dass sie zu Claudia hinuntergegangen war. Ihr kam der Verdacht, dass Marina und ihre alte Freundin etwas ausgeheckt hatten. Bestimmt sollte Claudia ihr jetzt ein paar praktische Ratschläge fürs Leben geben.

»Du kanntest meine Tochter nicht«, fuhr Claudia fort. »Sie war so jung und schön wie du, sie strotzte vor Lebensfreude und hatte so viele Pläne. Ständig stritt sie mit ihrem Vater und mir, weil sie ihr Studium abbrechen und nicht so sein wollte wie ihre Freunde. Sie sehnte sich nach Unabhängigkeit und einem freien Leben und wollte weg von uns, so wie alle jungen Leute, die ihren Eltern den Rücken kehren, weil wir so altmodisch und weltfremd sind. Vor zwei Jahren ist sie nach Indien gegangen. Eines Tages fuhr sie ab, ohne uns ein Wort zu sagen. Wir hatten nicht einmal Gelegenheit, uns von ihr zu verabschieden.«

»Einige meiner Freundinnen in London haben das auch getan«, versuchte Camilla sie zu trösten. »Heutzutage ist es Mode, sich einen Guru zu suchen und eine andere Lebensweise auszuprobieren. Aber für die meisten ist es nur eine Phase, die irgendwann vorbeigeht. Das gibt sich wieder.«

»Bei Gina wird das leider nicht geschehen. Drei Wochen nach ihrer Ankunft dort starb sie bei einem Unfall. Wir werden nie wieder Gelegenheit haben, ihr zu sagen, wie sehr wir sie lieben.«

»Das tut mir Leid. Wie schrecklich ...« Camilla verstummte.

»Deine Mutter war mir eine große Hilfe«, fuhr Claudia fort. »Sie kannte sich aus mit Töchtern, die ausbrechen wollen. Ich weiß nicht, wie wir ohne ihre Hilfe zurechtgekommen wären. Meine italienischen Freunde verstanden das Problem nicht wirklich. Anders als wir haben sie nie im Ausland gelebt und stammten zumeist aus alteingesessenen römischen Familien. Wahrscheinlich gaben einige sogar uns die Schuld daran, weil wir unsere Kinder in fremden Ländern großgezogen und auf ausländische Schulen geschickt haben, wo sie mehr über andere Kulturen lernten als über ihre eigene. Aber George und Marina kannten das Problem, und so wurden wir gute Freunde.«

»Willst du mir damit sagen, dass ich eine Chance habe, mich zu verabschieden?«

»Du drückst das sehr direkt aus. Aber ja, so ähnlich meine ich es. Und bis es so weit ist, kannst du dafür sorgen, dass sie glücklich ist und sich wohl fühlt.«

»Das war noch nie ihre Stärke«, entgegnete Camilla.

»Sie wirkt so schwach.« Claudia ging über diesen Seitenhieb hinweg. »Es muss doch möglich sein, sie dazu zu bringen, mehr zu essen. Man darf nicht zulassen, dass sie so dahinsiecht. Sie muss kämpfen. Für ihn.«

»Für wen?« fragte Camilla verwirrt.

»Für deinen Vater. Ich weiß, warum er nicht hier ist. Natürlich ist er nicht auf Geschäftsreise oder zu beschäftigt, um beim Geburtstag seiner Tochter dabei zu sein. Deine Mutter erwartet sicher nicht, dass wir ihr das glauben. Uns ist klar, dass das nicht stimmt und dass sie ihn nur schützen will.«

»Ihr wisst Bescheid?« Camilla traute ihren Ohren nicht. Offenbar war sie die Einzige, die nicht geahnt hatte, wie es wirklich um die Ehe ihrer Eltern stand.

»Wir wissen, dass es dem armen George das Herz bricht. Er kann nicht fassen, was geschehen ist. Aber er hat eine Tochter, über die er ständig spricht. Seine Prinzessin, die so schön und so klug ist. Wenigstens wird er noch dich haben, wenn sie nicht mehr ist. Sicher ist er sehr stolz auf dich und deinen Erfolg.«

»Ich glaube nicht, dass er wirklich …«

»Du darfst nicht glauben, dass er dich nicht liebt«, fiel Claudia ihr ins Wort, und ein flehentlicher Ausdruck malte sich auf ihr rundliches Gesicht. »Ihm fehlt nur der Mut. Er kann sich ein Leben ohne sie nicht vorstellen. Sie hatten schöne Jahre hier in Italien. Marina meint, es seien ihre besten gewesen. Also kann ich nachvollziehen, warum er nicht mitgekommen ist. Er weiß, dass sie Rom nie wieder gemeinsam besuchen werden. Sicher feiert er mit dir in London, wenn du zurück bist.«

Camilla schwieg. Sie hatte einen bitteren Geschmack im Mund. Claudia griff nach ihrer Hand.

»Nach außen hin macht George einen starken Eindruck. Doch er verlässt sich in allen Dingen auf Marina und vertraut ihrem Rat, damit er nicht aus dem Tritt kommt. Ich weiß nicht, was er ohne sie tun wird, denn sie ist die Stärkere von beiden. Deshalb musst du ihm in diesen schweren Zeiten helfen, denn du bist noch jung und musstest keine Verluste verkraften. Mit der Zeit wirst du es lernen. Aber heute lass uns glücklich sein, um Marina eine Freude zu machen. Sie setzt große Hoffnungen in dich. Es ist sehr wichtig für sie.«

»Manchmal sehen die Dinge von außen betrachtet ganz anders aus, als sie sind«, erwiderte Camilla, verärgert darüber, dass Claudia die Situation so völlig falsch beurteilte. Dies bestätigte nur ihren Verdacht, dass George seine Mitmenschen hinters Licht geführt und Marina die aufopferungsbereite Diplomatengattin gespielt hatte, um die Wahrheit zu verschleiern. »Und das erkennt man erst, wenn man sich näher damit beschäftigt.«

»Nein, meine Liebe, ich denke eher, dass die direkt Betroffenen die Dinge nicht klar sehen können, weil sie entweder zu jung oder zu alt sind. Vielleicht auch deshalb, weil ihnen der Abstand fehlt oder sie darunter gelitten haben. Vermutlich trifft das in den meisten Fällen zu. Ich hoffe, du verzeihst mir meine Offenheit, aber Marina ist meine Freundin, und ich liebe sie. Hier kommt sie. Ist sie nicht wunderschön?«

Die Fahrt zur Villa der Santinis dauerte eine halbe Stunde. Die Landschaft war in das eigentümliche goldene Licht getaucht, das für Camilla stets der Inbegriff von Italien gewesen war. Ein strahlend blauer Himmel lugte durch die winterlich kahlen Zweige, und dahinter öffnete sich eine Landschaft mit Feldern und beeindruckenden Gutshäusern. Die geschwungene, von Zypressen gesäumte Auffahrt endete an einem formvollendet gestalteten Haus inmitten eines gepflegten Gartens. Eine Steintreppe führte zur Eingangstür. Camillas Absätze klapperten rhythmisch über den Marmorboden, als sie ihrer Mutter und Claudia durch einige große Empfangssäle folgte, die eher an die Hallen eines Museums als an ein privates Wohnhaus erinnerten.

»Dieses Haus ist der Sitz von Francos Familie und kann manchmal eine ordentliche Plackerei sein«, meinte Claudia, zugleich verzweifelt und liebevoll. »Jeden Tag muss man sich aufs Neue ins Zeug legen, um dieses alte Gemäuer instand zu halten. Dazu noch der ewige Kampf gegen die Feuchtigkeit, abblätternden Putz, zugige Fenster und bröckelnde Steine. Manchmal sage ich zu Franco, er soll die Bude doch verfallen lassen, damit wir in eine moderne Stadtwohnung umziehen können. Dann könnte ich meine Tage damit verbringen, in der Via Veneto einzukaufen oder mit meinen Freundinnen Bridge zu spielen. Aber wenn ich einen Spaziergang im Garten mache, verliebe ich mich wieder in dieses Haus.«

Aus den düsteren Räumen, die schon bessere Zeiten gesehen hatten, traten sie auf eine Terrasse mit Blick auf den Garten. In der Mitte stand ein Brunnen mit der Statue eines nackten jungen Mannes, der auf einem Löwen reitet. Die Mähne des Tiers hatte im Laufe der Jahrhunderte unter dem ständigen Wasserstrahl gelitten. Der Mittagstisch war unter den Pinien am Rande der Rasenfläche gedeckt. Einige Menschen mit Champagnergläsern standen im Sonnenschein. Das Herbstlicht spiegelte sich in Gläsern und Porzellan und glitzerte in Schalen mit Obst und Blumen, die den langen Tisch schmückten. Roberto winkte ihnen zur Begrüßung zu und lief die Treppe hinauf, um Marina in den Garten zu führen. Dabei warf er Camilla über die Schulter hinweg einen Blick zu, in dem sich unverhohlene Begierde malte. Camilla lachte, als Franco Santini sie mit den anderen Gästen bekannt machte. Zu ihrer Erleichterung stellte sie fest, dass einige in ihrem Alter waren. Nach einigen zögerlich geäußerten Sätzen besann sie sich auf ihre italienischen Sprachkenntnisse. Bald plauderte sie locker mit Robertos Freunden, die sie an ihren Bekanntenkreis während ihres einjährigen Kunst- und Sprachenstudiums in Florenz erinnerten. Ihre überschäumende Lebensfreude wirkte ansteckend, und bald fühlte sich Camilla schon viel wohler.
Das reichhaltige Mittagessen zog sich eine Weile hin. Marina aß zwar nur wenig, schien aber den Champagner und die Weine zu genießen, die ständig von einem Butler mit weißen Handschuhen nachgeschenkt wurden. Sie war in ihrem Element, drehte den Kopf auf die gezierte Art, die Camilla so gut kannte, flirtete mit den anwesenden Männern und machte mit ihrer hellen, leicht atemlos klingenden Stimme scherzhafte Bemerkungen. Sie wirkte völlig unbeschwert, als sei ihr Leben nur mit Glück gesegnet. Als man zum letzten Mal auf Camillas Geburtstag anstieß, war es schon kurz vor sechs Uhr abends. Auf dem Tisch standen Kaffeetassen und Brandygläser. Die Damen hatten sich Stolen oder Jacken um die Schultern ge-

hängt. Allmählich brach die Dämmerung herein, und die Bäume warfen lange, dunkle Schatten auf den Rasen. Camilla erschauderte.
»Komm, überlassen wir die alten Leute ihrem Schicksal«, schlug Roberto vor. »Ich zeige dir Rom ohne Dinosaurier.«
»Geh nur mit Roberto«, meinte Claudia. »Ich fahre Marina zurück ins Hotel, und dann setzen wir uns noch ein bisschen zusammen. Wenn sie müde wird, helfe ich ihr beim Zubettgehen.«
Camilla wusste nicht, wie sie sich für die Gastfreundschaft bedanken sollte. Bei ihrer Ankunft hatte sie sich unwohl gefühlt und auch die Beklommenheit der anderen Gäste gespürt, die offenbar Mitleid empfanden, weil sie ihren einundzwanzigsten Geburtstag unter Fremden feiern musste. Allerdings war Camilla klar, dass diese Einladung Marina ebenso galt wie ihr, und sie war froh darüber. Sie umarmte Claudia.
»Danke«, sagte sie. »Danke für alles, was du für uns getan hast, und auch für deine weisen Ratschläge.«
Nachdem sie ihre Mutter auf die Wange geküsst hatte, nahm sie Mantel und Handtasche und folgte Roberto zur Garage. Er hatte einen stromlinienförmigen Wagen und fuhr ziemlich schnell und mit offenen Fenstern. Unwillkürlich berührte Camilla ihren Pony, der zurückgeweht worden war, sodass ihre Narbe sichtbar wurde. Roberto warf ihr einen Seitenblick zu, sagte aber nichts. In der Stadt herrschte noch reger Verkehr. Sie parkten den Wagen halb auf dem Gehweg in einer belebten Straße. Mittlerweile war es kalt geworden, weshalb Camilla froh war, dass Roberto sich rasch für eine Bar entschied. Er ergatterte einen Tisch in einer Ecke, wo flackerne Kerzen die Decke des Gewölbes erhellten. Camilla fühlte sich geschmeichelt, als einige der Gäste sie wiedererkannten, denn ihr Foto war vor einigen Monaten in den italienischen Modezeitschriften erschienen. Sie und Roberto plauderten, tranken Champagner, tanzten, rauchten eine Zigarette, unterhielten

sich und tanzten dann wieder. Dabei hielt Rorberto sie locker umfasst und machte ihr auf eine reizende Weise den Hof, in der sich der Charme der alten Welt widerspiegelte.
»Erzähl mir, was mit deinem Gesicht passiert ist«, meinte er.
»Ich habe ein paar Wochen in Kenia verbracht und bin in einen Raubüberfall geraten. Dabei wurde ich mit einem *panga* verletzt.«
»Von der Wunde wird sicher bald nichts mehr zu sehen sein. Aber siehst du die Bilder noch vor dir? Verfolgen sie dich bis in deine Träume?«
Die Frage überraschte sie. »Ja. Wir alle hatten in jener Nacht Glück. Aber ich leide noch immer an Albträumen. Irgendwann wird sich das vermutlich legen, doch momentan schrecke ich zusammen, sobald ich hinter mir Schritte höre. Und wenn ich nachts die Augen zumache, sind die Gesichter der Männer wieder da.«
»Ich habe Albträume von meiner Schwester und davon, wie sie gestorben ist. Wahrscheinlich wird das nie aufhören. Das ist eine Narbe, die nie verblassen wird.«
»Deine Mutter hat mir davon erzählt. Es muss schrecklich gewesen sein«, erwiderte Camilla. »Ich bin zwar Einzelkind, aber ich hatte zwei sehr gute Freundinnen, die wie Schwestern für mich waren. Nun habe ich sie verloren, und das tut viel mehr weh als meine Albträume oder die Narbe.«
Inzwischen war sie ein wenig beschwipst, und Tränen brannten hinter ihren Augenlidern. Roberto beugte sich vor, um sie zu küssen, doch ihr war jetzt nicht mehr nach einem Flirt zumute. Eine bleierne Müdigkeit hatte sie ergriffen.
»Roberto«, sagte sie. »Könntest du mich zurück ins Hassler bringen? Seit ich einundzwanzig bin, fühle ich mich auf einmal uralt. Vielleicht liegt es auch daran, das ich mindestens drei Flaschen Champagner ganz allein ausgetrunken habe. Ich könnte auch ein Taxi nehmen, wenn du mir eines besorgst. Es tut mir Leid, Roberto, wirklich.«

»Aber das geht doch nicht«, protestierte er lachend. »Ich wollte dich mit zu einer Party bei einem Freund nehmen. Dort wirst du sicher wieder wach werden und dich wunderbar amüsieren. Du kannst jetzt nicht wie eine alte Dame schlafen gehen. Nicht an deinem Geburtstag.«

In dem altehrwürdigen Palazzo wimmelte es von elegant gekleideten jungen Leuten aus der römischen Oberschicht. Roberto stellte Camilla ihren Gastgeber vor, doch wegen des Partylärms bekam sie den Namen nicht richtig mit und verstand nur, dass er ein Prinz war. Musik dröhnte, viele Gäste tanzten, und auf den Samtsofas räkelten sich knutschende Pärchen. Andere tranken Champagner oder Schnaps, rauchten Marihuana oder schluckten bunte Tabletten, die sie goldenen und emaillierten Döschen entnahmen.

»Ich kann nicht lange bleiben, Roberto«, meinte Camilla. »Mir fallen schon fast die Augen zu.«

Plötzlich stand der Prinz neben ihr. »Aber du bist doch gerade erst gekommen, und gleich gibt es Nachtisch«, widersprach er. »Trink erst mal einen Schluck Champagner. Ich bringe dir etwas, damit du vergisst, dass du je müde gewesen bist.« Er winkte einen Kellner mit einem Tablett voller glitzernder kleiner Zuckerwürfel heran und warf einen davon in ihr Glas.

Camilla blickte ihm nach, als er davonging. Dann prostete sie Roberto zu und trank lächelnd ihren Cocktail. Er führte sie in die Mitte des Raums, wo sie mit ihm tanzte. Sie gab sich seinen langsamen, sinnlichen Bewegungen hin und ließ zu, dass er sie an sich presste. Schließlich spürte sie, wie ihre Fingerspitzen prickelten, und ihr wurde schwindelig. Als die Band eine Pause einlegte, machte sie sich los und ging zum Fenster, um die Nachtluft einzuatmen. Sie blickte hinunter auf den Platz, in dessen Mitte ein Brunnen stand. Roberto folgte ihr und flüsterte ihr etwas ins Ohr, das sie nicht verstand. Im nächsten Moment explodierte der Brunnen in einer Fontäne aus sprühenden bunten Formen und Farben und verwandelte sich in einen gewaltigen, durchscheinenden fliegenden Fisch. Camilla schnappte nach Luft und wandte sich zurück zum Raum, wo die Wände sich vorwölbten und wieder zusammenzogen, in leuchtenden Tönen erstrahlten und mit jedem ihrer Atemzüge vibrierten. Die Menschen glitten an ihr vorbei und waren so unbeschreiblich schön, dass sie am liebsten die Hand ausgestreckt hätte, um sie zu berühren. Die Musik verschwamm in bunten Farben, die wie Luftschlangen umherwehten. Sie spürte jeden Ton des Saxofons, und jeder Schlag der Trommel vibrierte in ihrem Bauch.

»LSD?« Sie sah Roberte an, dessen Augen wie dunkle Teiche schimmerten. Seine kirschroten Lippen glänzten. »O mein Gott, das habe ich noch nie genommen.«

Lachend breitete sie die Arme in Richtung der Leute aus, die um sie herumwirbelten, und malte mit den Fingerspitzen bunte Kreise in die Luft. Ihr Herz schlug schnell, und sie wollte alle umarmen, doch sie musste einfach zu viel lachen. Ein Glücksgefühl durchströmte sie, und sie glaubte fliegen zu können. Hoch in die Luft und über die Piazza und hinein in den Strudel aus Klängen und Farben, der sich am Horizont drehte.

»Komm, *cara*, komm mit mir nach draußen.« Sein Kopf schwankte auf den Schultern, und seine Stimme klang seltsam gepresst, als er sie durch den pulsierenden Raum und nach unten auf den Platz führte. Immer noch lachend, kletterte sie auf den Brunnenrand und beugte sich vor, um die Wassertropfen zu erhaschen, die einander in einem silbrigen Bogen durch die Luft jagten.

»Komm mit mir nach Hause«, schlug Roberto vor und zog sie vom Wasser weg. »Ich habe gutes Haschisch da. Wir können es rauchen und ein bisschen zusammen spielen. Komm.«

Sie folgte ihm zum Wagen und nahm auf dem Beifahrersitz Platz. Doch jetzt schienen die umliegenden Gebäude sich ihr entgegenzuneigen. Sie drohten jeden Moment umzukippen und sie zu zermalmen. Camilla wurde von Angst ergriffen. Auf der Straße waren Menschen, die Masken vor den Gesichtern trugen. Doch sie konnte das Funkeln ihrer Augen und ihre neidischen Blicke sehen. Aus dem leuchtenden Nebel, der sie umhüllte, tauchten Furcht erregende Gestalten auf. Als der Wagen an einer Kreuzung hielt, drehte sie sich um und stellte fest, dass ein Mann zum Fenster hineinspähte. Noch während sie ihn betrachtete, wurde sein Gesicht immer dunkler, bis es schwarz war, und sie erkannte, dass er ein Messer in der Hand hielt, ein *panga*, mit dem er ausholte, während die Ampel umsprang und der Wagen sich wieder in Bewegung setzte. Wimmernd kauerte Camilla in ihrem Sitz und klammerte sich an Robertos Arm. Obwohl sie die Augen fest zugekniffen hatte, drang ein schwebendes Gesicht nach dem anderen zornig und bedrohlich durch ihre Augenlider. Roberto sprach mit ihr, doch wegen des lauten Stimmengewirrs konnte sie ihn nicht verstehen. Auf der Fahrt durch die Stadt sah sie, wie die Straßenlaternen, gleich gewaltigen Haken, über dem Auto baumelten, um sie zu ergreifen, nach oben zu reißen und dann in einen dunklen Abgrund zu schleudern.

Als Roberto anhielt und ihr beim Aussteigen half, wurde Camilla klar, dass sie das Hotel erreicht hatten. Er legte ihr den Finger an die Lippen. Verängstigt blickte sie ihn an.

»Sag kein Wort, während wir in der Hotelhalle sind«, meinte er. »Verlange nur deinen Schlüssel. Ich bringe dich nach oben. Keine Sorge, Camilla, so ein schlechter Trip passiert jedem einmal. Es hört bald wieder auf. Ich bleibe bei dir, bis es vorbei ist.«

Der Mann an der Rezeption musterte sie argwöhnisch. Sein Kopf schrumpfte auf Erbsengröße, und seine Stimme quietschte, als er die Hand ausstreckte und die Geldscheine entgegennahm, die Roberto ihm reichte. Oben im Zimmer zitterte sie vor Angst, denn die Bilder an der Wand wurden immer größer und kamen näher. Auf der Bettkante sitzend, wiegte sie sich hin und her und schlug die Hände vor die Augen, um die Dämonen abzuwehren, die sich ihres Verstands bemächtigen wollten. Auf einmal wurde ihr klar, dass sie fliehen musste. Sie sprang auf und rannte zum Fenster. Mit schweißnassen Fingern nestelte sie am Fensterriegel, zerrte daran und schlug mit den Fäusten gegen die Scheibe, bis ein Flügel endlich aufging. Dann kletterte sie aufs Fensterbrett und ließ die Beine nach draußen baumeln. Sie bemerkte, dass Roberte sie am Arm packte, auf sie einredete und sie anflehte, nicht zu springen. Die beiden hörten das leise Klicken nicht, als sich die Verbindungstür zum Nebenzimmer öffnete.

»Was um Himmels willen …« Marina sah sich im Zimmer um. »O Gott, bitte steh mir bei! Lass mich nur dieses eine Mal nicht im Stich.« Mit bemüht ruhigen Schritten durchquerte sie den Raum. »Komm jetzt rein, Liebes«, sagte sie leise. »Da draußen ist es schrecklich kalt. Komm runter, Camilla. Ich bin hier und passe auf dich auf. Ich bringe dich jetzt zu Bett, denn es ist schon sehr spät, Kleines. Also komm jetzt bitte.«

Niemand rührte sich. Camilla kauerte, die Arme wie Flügel ausgebreitet, auf dem Fensterbrett und betrachtete die Kuppeln, Kirchtürme und Schornsteine der Stadt, ohne den Straßenverkehr unter sich oder das leise Flehen ihrer Mutter wahrzunehmen.

»Hast du auch dieses Zeug geschluckt?«, wandte sich Marina in hasserfülltem Ton an Roberto. Als er den Kopf schüttelte, packte sie ihn am Arm. »Raus«, zischte sie. »Verschwinde und lass meine Tochter in Zukunft in Ruhe! Wir werden kein Wort über diesen Zwischenfall verlieren, vor allem nicht gegenüber deinen bedauernswerten Eltern.«

Eine Ewigkeit verging, bis Camilla endlich die ausgestreckte Hand ihrer Mutter packte. Marina umfasste ihre Finger und redete weiter fröhlich und beschwichtigend auf ihre Tochter ein, bis diese endlich die Beine übers Fensterbrett schwang und sich zu Bett bringen ließ.

Als sie am nächsten Morgen aufwachte, war sie völlig erschöpft. Sie öffnete die Verbindungstür und stellte fest, dass Marina noch schlief. Camilla überlegte, ob sie sich anziehen und einen Spaziergang machen sollte. Oder war es besser, dem bleischweren Gefühl in ihren Gliedern nachzugeben und sich wieder ins Bett zu legen? Zunächst einmal würde sie zuerst beim Zimmerservice ein Frühstück bestellen. Doch als sie zum Telefon greifen wollte, bemerkte sie das liebevoll eingewickelte Päckchen auf dem Nachttisch. Ein Brief hing daran, den sie einige Male las, bevor sie ihn weglegte.

Meine liebste Camilla,
das hier hat dein Vater mir am Tag deiner Geburt geschenkt, weil er uns beide so liebte und wir so glücklich waren. Jetzt möchten wir, dass du es bekommst, denn wir lieben dich noch immer über alles. Du bist das Wichtigste in unserem Leben. Wir hoffen, dass du es tragen und an uns denken wirst, in dem wundervollen Leben, das noch vor dir liegt.
Ich liebe dich, mein Kind, meine wundervolle und schöne Tochter, an deinem einundzwanzigsten Geburtstag und auch an allen weiteren Tagen.
M.

Camilla schnürte die Schleife auf und entfernte das Geschenkpapier. Sie erblickte eine flache grüne Lederschatulle mit goldenen Verzierungen und den Initialen ihrer Mutter. Darin lag eine Perlenkette auf einem Samtbett. Das kunstvoll mehrreihige Kollier war aus Korallen und Perlen gearbeitet, besaß ein Mittelstück aus kleinen emaillierten Blüten und Blättern und wurde von einem Netz aus dünnen Goldkettchen zusammengehalten. Camilla begriff, dass es aus der Renaissance stammte, doch sie konnte sich nicht erinnern, dass ihre Mutter es jemals getragen hätte. Mit zitternden Fingern nahm sie die Kette aus der Schatulle und ging zum Spiegel, wo sie sich das Schmuckstück umlegte. Glitzernd hob es sich von der hellen Haut ihres Halses ab, als sie es durch einen Tränenschleier betrachtete. Sie legte sich wieder ins Bett und zog die Decke hoch. Wenige Minuten später war sie eingeschlafen. Ihre Hand lag auf der Kette, und ein Ansturm von Kindheitserinnerungen erfüllte ihre Träume.

Kapitel 21

London, Dezember 1965

Ich verstehe nicht, warum du so viel Zeit mit diesen grässlichen und vulgären Menschen verbringst, Camilla. Schließlich gibt es auch Models und sogar Fotografen, die Kultur haben und aus anständigen Familien kommen. Kannst du nicht mit solchen Leuten verkehren?« Marinas Stimme am Telefon klang gereizt. »Auf den Fotos von John French warst du so glamourös und elegant.«

»Ich kann nicht immer gleich aussehen, Mutter. Die Kunden wollen verschiedene Stilrichtungen, um ihre Kollektionen optimal zur Geltung bringen.«

»Aber David Bailey und seine Clique sind so schmuddlig, mein Kind. Es ist ja in Ordnung, dass du mit ihnen zusammenarbeitest, aber in deiner Freizeit musst du dich doch wirklich nicht mit Menschen umgeben, die sich offensichtlich nicht zu benehmen wissen. Außerdem begreife ich nicht, warum du dir Sachen wie diesen scheußlichen Mantel von Astrahkhan und die billige Hose kaufen musstest, die du auf dem Foto in der *Daily Mail* trägst. Du hast so viele schöne Kleider, die …«

»Heutzutage kann man anziehen, was man will. Das nennt sich Freiheit, so wie um die Jahrhundertwende, als die Frauen ihre Korsetts weggeworfen haben.« Camilla musste grinsen. So krank Marina auch sein mochte, ihre Ansichten würden sich wohl niemals ändern.

»Ich habe heute Morgen wieder deinen Namen in der Zeitung gelesen.« Marinas Stimme klang jetzt besorgt. »Anscheinend bist du am Samstag bis vier Uhr morgens im Ad Lib gewesen. Man sagt, es wimmelt dort von Leuten, die Rauschgift nehmen.«

»Ich nehme kein Rauschgift, Mutter. Ab und zu rauche ich vielleicht mal einen Joint, was mir bestimmt nicht schadet. Ich habe meine Lektion in Rom gelernt, da kannst du sicher sein.«

»Ich glaube, dass du nicht vorsichtig genug bist, mein Kind. Du verkehrst mit so vielen zwielichtigen Gestalten. Auch wenn du ›in‹ sein möchtest, wie das heute so schön heißt, musst du trotzdem an deinen Ruf und an deine Zukunft denken.«

»Heutzutage kümmert sich niemand mehr darum, was für einen Ruf man hat«, widersprach Camilla. »Die Zeiten haben sich geändert, Mutter. Dieses ganze herablassende, distanzierte Oberschichtgetue ist völlig überholt. Der Landadel steht Schlange, um ins Ad Lib eingelassen und mit Bailey gesehen zu werden. Wie fühlst du dich denn heute?«

»Wie eine Hutzelhexe mit Rheuma. Jetzt fehlen mir nur noch ein Spazierstock und Wollstrümpfe, die an den Beinen Falten werfen.« Marinas Lachen klang dünn und gepresst. »Um vier habe ich einen Termin beim Medizinmann.«

Camilla drehte sich im Bett um und warf einen Blick auf die Uhr. Kurz vor elf. Um zwölf musste sie im Studio sein. Dabei sah sie zum Fürchten aus und hatte einen grässlichen Kater nach einer Party, auf der eine neue Schmuckkollektion präsentiert worden war. Sie war wieder einmal sehr spät ins Bett gekommen.

»In einer halben Stunde muss ich zur Arbeit. Wenn ich rechtzeitig im Studio fertig bin, hole ich dich in der Harley Street ab und höre mir an, was Dr. Ward zu sagen hat.«

»Nein, das brauchst du nicht.«

»Trotzdem versuche ich, da zu sein.«

»Ich gehe heute Nachmittag nicht zu Dr. Ward.« Marina zögerte. »Sondern lasse einen neuen Bluttest machen.«

»Wir könnten uns ja anschließend einen Film anschauen«, schlug Camilla vor.

»Ich glaube nicht, Liebes. Ich bin ein bisschen müde und

denke, dass mir der Arztbesuch für heute als Ausflug genügt. Möchtest du zum Abendessen zu mir zu kommen? Für diese Woche hast du doch sicher genug von Nachtclubs. Meine Freunde, die Willoughbys, haben dich am Dienstag im Annabel's gesehen. Du kannst dir nicht jede Nacht um die Ohren schlagen, Camilla. Ich dachte, Edward hätte dich gebeten, vorsichtig zu sein. Allein schon der Rauch ist Gift für deinen Teint.«

»Meinem Teint geht es prima, wenn man davon absieht, dass ich einen knallroten Strich quer über der Stirn habe. Dann also bis zum Abendessen.«

Camilla legte auf. Offenbar war George verreist. Marina hätte sie nie gemeinsam zum Essen eingeladen. Allerdings führte dieses Arrangement zu Missstimmung und löste ein schleichendes Unbehagen in Camilla aus. Manchmal brach ihre Mutter in Tränen aus, versuchte sie mit ihrer Krankheit unter Druck zu setzen und flehte sie an, sich alles noch einmal zu überlegen. Doch immer wenn Camilla an George dachte, sah sie ihn vor sich, wie er sich zu dem nackten jungen Mann auf dem Bett hinunterbeugte. Am liebsten hätte sie ihre Wut herausgeschrien, um das abstoßende Bild endgültig zu vertreiben. Zwar bemühte sie sich, eine rationale Erklärung für ihre Empörung zu finden, doch wenn ihr wieder dieses ganze Gespinst aus Lügen und Ehebruch – und als Draufgabe die Homosexualität ihres Vaters – vor Augen stand, schaffte sie es einfach nicht, sich vernünftig mit dem Problem auseinander zu setzen. Bei anderen schwulen Männern empfand Camilla weder Ekel noch Widerwillen, und sie hatte sich bis jetzt immer für eine aufgeschlossene, moderne Frau ohne Vorurteile gehalten. Doch wenn es um ihren eigenen Vater ging, konnte sie nicht über ihren Schatten springen. Sie brachte es einfach nicht über sich, ihm gegenüberzutreten. Da mochte Marina noch so viel weinen und flehen, Camilla wandte sich stets hilflos und niedergeschlagen ab.

»Wir müssen darüber reden«, hatte Marina beharrt. »Warum können wir die Sache nicht erörtern und sie dann auf sich beruhen lassen? Ich weiß ja nicht, wo oder auf welche Weise du davon erfahren hast. Wäre ich doch nur in der Lage gewesen, dir selbst alles zu erklären! Aber vielleicht kann ich dir ja helfen, es besser zu verstehen.«

Aber Camilla schüttelte nur den Kopf. Sie brachte es nicht übers Herz, ihrer Mutter zu sagen, was sie gesehen hatte. Außerdem glaubte sie, dass selbst Marina letztlich die Augen vor der schonungslosen Realität verschloss. Also schwieg sie, und die Wogen glätteten sich wieder für eine Weile.

Nun schob sie das Telefon weg, tastete mit den Füßen vorsichtig nach dem Boden und stöhnte auf, als ihr ein heftiger Schmerz durch den Kopf schoss. Auch die Augen taten ihr weh, und als sie einen Blick in den Badezimmerspiegel riskierte, bemerkte sie dunkle Schatten, die dringend überschminkt werden mussten. Eingeklemmt zwischen zwei Direktoren einer Strickwarenfirma, mit denen sie gerade einen Vertrag unterzeichnet hatte, hatte sie zu viel getrunken, denn nur Ströme von Champagner konnten verhindern, dass die plumpen Annäherungsversuchen der beiden Männer sie zum Gähnen brachten. Die Narbe auf ihrer Stirn war noch immer gerötet und außerdem schwer zu tarnen, wie sie feststellte, als sie sie mit finsterer Miene im Spiegel untersuchte. Achselzuckend schalt sie sich für ihre Ängstlichkeit, zog sich rasch an und warf Haarbürsten, Lockenwickler, Schminksachen und einen Apfel aus dem Kühlschrank in eine große Tasche. Auf dem Weg durchs Wohnzimmer griff sie nach den beiden Romanen, die sie gerade las, um sich die langen Wartezeiten zu verkürzen, während Scheinwerfer und Kulisse eingerichtet und die Kleiderkombination erst endlos erörtert und dann wieder verworfen wurde. Sie hatte zwar keine große Lust auf diese Fotositzung, war aber in der Auswahl ihrer Aufträge noch immer eingeschränkt. Keine Nahaufnahmen im Freien, damit ihr ja nicht das Haar aus dem Gesicht geweht wurde. Keine mehrseitigen Fotostrecken in den besseren Modezeitschriften, weil sie ihre Frisur nicht so drastisch verändern konnte, wie die wirklich guten Fotografen es verlangten. Camilla fühlte sich wie zweite Wahl, eine Vorstellung, die sie nervös machte.

Die Wohnung bedeutete ein weiteres Problem. Da Marina die Treppen nicht mehr bewältigen konnte, mussten sie sich in Cafés und Restaurants oder in der Wohnung ihrer Eltern treffen, wenn ihr Vater auf Geschäftsreise war. Allerdings wollte Camilla ihr Zuhause nicht aufgeben. Ihre Mutter würde sie bald auch in einer ebenerdigen Wohnung nicht mehr besuchen können, falls keine wundersame Heilung eintrat. Dann wieder schämte sie sich ihrer berechnenden Gedanken. Ob andere Menschen, die sterbenskranke Angehörige hatten, die Dinge wohl ebenso herzlos betrachteten wie sie?

In knapp zwei Wochen war Weihnachten, und Camilla ahnte, dass dieses Thema in den nächsten Tagen sicher aufs Tapet kommen würde. Bei der bloßen Vorstellung krampfte sich ihr der Magen zusammen. Bekannte vom *Tatler* hatten sie nach Marokko eingeladen, doch sie zögerte noch, das Angebot anzunehmen. Einerseits sehnte sie sich verzweifelt danach, ihrer momentanen Situation zu entfliehen, zu verreisen, in Ruhe gelassen zu werden und ihre Probleme wenigstens für ein paar Tage vergessen zu können. Wie schön wäre es gewesen, den Aufenthalt in einem exotischen Land zu genießen, auf das sie schon sehr lange neugierig war. Doch bestimmt würde Marina außer sich geraten, wenn sie über die Feiertage nach Marrakesch flog. Schließlich war es ihre letzte Chance, ein gemeinsames Weihnachtsfest zu verbringen. Und außerdem war da auch noch George. Es war nur eine Frage der Zeit, bis der Druck auf Camilla wieder zunehmen und sich ihr schlechtes Gewissen regen würde, weil sie sich standhaft weigerte, eine Versöhnung mit ihrem Vater auch nur in Erwägung zu ziehen.

Als sie einige Stunden später an Marinas Tür läutete, war sie müde und niedergeschlagen. Die Haushälterin öffnete und nahm Camilla in der Vorhalle beiseite. Die sonst so fröhliche Frau, die ihr graues feines Haar in einem strengen Knoten trug, wirkte heute sehr bedrückt.

»Seit gestern geht es ihr gar nicht gut«, sagte Mrs. Maskell. »Ich habe ihr angeboten, sie heute Nachmittag zum Arzt zu begleiten, aber sie wollte nichts davon hören. Später rief Dr. Hayford an, um sich zu erkundigen, ob sie auch gut nach Hause gekommen sei. Seine Sprechstundenhilfe hat sie in ein Taxi gesetzt, aber er hatte sich trotzdem Sorgen gemacht, weil sie so gebrechlich wirkte. Ihr Vater kommt am Wochenende zurück. Vielleicht fühlt sie sich dann wieder besser.« Sie schürzte die Lippen, um zu betonen, wie merkwürdig sie es fand, dass zwischen Vater und Tochter selbst in einer Situation wie dieser Funkstille herrschte.

»Danke, Mrs. Maskell. Die Krankenpflegerin kommt gegen neun, und ich bleibe über Nacht.«

Marina lag im Bett. Ihr Gesicht war grau, ihre Haut fahl. Außerdem bemerkte Camilla, dass ihre Finger und Handgelenke geschwollen und mit Blutergüssen bedeckt waren. Als sie die Hand ihrer Mutter nahm, spürte sie die Last von Schmerz und Erschöpfung.

»Tut mir Leid, dass es so spät geworden ist. Sie haben einfach kein Ende gefunden. Die Designerin hat sich wegen ihrer langweiligen Fetzen gebärdet wie eine Primadonna.« Sie setzte sich auf die Bettkante. »Du hättest dich von Mrs. Maskell zum Arzt bringen lassen sollen, Mutter. Wenn du dich nicht wohl fühlst, darfst du nicht allein ausgehen. Was hat der Arzt denn gesagt?«

»Nichts Neues«, antwortete Marina. Sie lag still und mit geschlossenen Augen da. Plötzlich begannen ihre Lippen zu zittern, und Tränen strömten ihr über die Wangen. »Ich habe viel zu viele weiße Blutkörperchen. Alle meine Gelenke sind geschwollen, Ellenbogen, Knie, einfach alles – du kannst die scheußlichen Blutergüsse ja sehen. Ich halte die Schmerzen nicht mehr aus, mein Kind. Ich will nicht, dass mein Leben so endet, und möchte nicht wie ein nasser Sack herumliegen und immer hässlicher werden. Ich sehe so fürchterlich aus, dass ich nicht mehr wage, in den Spiegel zu schauen. Meine Schönheit war alles, was ich hatte, und jetzt wird mir auch das genommen. Ich will nicht, dass man mich so verwelkt und hilflos in Erinnerung behält. O Gott, ich ertrage es nicht mehr.«

Nach Luft ringend, brach sie in ein heftiges Schluchzen aus, das ihren mageren Körper erschütterten. Camilla holte einen Waschlappen, benetzte ihn mit Wasser und Eau de Cologne und tupfte ihrer Mutter Gesicht und Arme ab, um sie zu beruhigen. Es war zwecklos, mit aufmunternden Gemeinplätzen Zuversicht zu verbreiten oder ihr falsche Hoffnungen zu machen. Beide wussten, dass es keine Hoffnung gab. Nachdem Marinas Tränen versiegt waren, ging Camilla in die Küche und wärmte die Gemüsesuppe auf, die Mrs. Maskell vorbereitet hatte. Als sie den Toast roch, fiel ihr ein, dass sie bis auf einen Apfel den ganzen Tag nichts gegessen hatte. Also schnitt sie sich zwei Scheiben Brot ab, bestrich sie dick mit Butter und Marmelade und verschlang sie rasch. Dann stellte sie das Abendessen ihrer Mutter auf ein Tablett und verbrachte die nächste halbe Stunde damit, sie zu überreden, doch einen Bissen zu sich zu nehmen.

»Du musst etwas essen, bevor du deine Medikamente schluckst. Sonst kriegst du schreckliche Magenbeschwerden, und es geht dir noch schlechter. Möchtest du eine Wärmflasche? Oder ein Paar Socken? Du siehst aus, als würdest du frieren. Mutter, bist du sicher, dass du nicht ins Krankenhaus gehen solltest, bis die Schwellungen zurückgegangen sind? Was ist mit einer weiteren Bluttransfusion?«

Marina schüttelte den Kopf. »Noch nicht. Nächste Woche habe ich wieder einen Termin bei David Ward, aber ins Krankenhaus will ich nicht. Bitte noch nicht. Gib mir nur meine

Schmerztabletten, und dann schlafe ich. Ich glaube, Schlaf hilft mir jetzt am meisten.«
»Ich bleibe über Nacht. Ist das in Ordnung?«
In der Frage schwang eine zweite mit. Marina nickte schicksalsergeben. Camilla half ihr ins Bad und betrachtete bestürzt die früher so schlanken Arme und Beine, die nun von scheußlichen Schwellungen und bläulich angelaufener Haut verunstaltet wurden. Selbst mit einer weichen Zahnbürste hatte Marina Mühe, und als sie sich den Mund spülte, begann ihr geschwollenes Zahnfleisch zu bluten. Ihre Bewegungen waren schlaff wie bei einer Lumpenpuppe. Als Camilla ihr ins Bett half, geriet sie selbst ins Taumeln und war erstaunt, wie schwer eine so zierliche Person sein konnte. Nachdem sie die Decke hochgezogen hatte, löschte sie das Licht.
»Ruf mich, wenn du aufstehen möchtest. Ich bin nebenan.«
Sie schenkte sich einen Drink ein und ließ sich, erschöpft und den Tränen nah, vor dem Fernseher nieder. Es war ein scheußlicher Nachmittag gewesen. Auf der Suche nach ein wenig geistloser Zerstreuung, schaltete sie durch sämtliche Kanäle, wurde aber nicht fündig. Als es an der Tür läutete, stand sie auf, um die Krankenpflegerin hereinzulassen. In der düsteren Wohnung war nur das gnadenlose Ticken der Uhr zu hören.
»Du musst dein Leben eine Weile auf Sparflamme schalten«, hatte Tom in seiner unverblümten Art gesagt. »Bei dir kommt momentan alles zusammen – deine Verletzung und die Krankheit deiner Mutter. Dir bleibt nichts anderes übrig, als abzuwarten und die Sache irgendwie durchzustehen. Und dann, *caramba*, fängt das Leben wieder an.«
Das hatte er freundschaftlich gemeint, und Camilla war überrascht, welche Mühe er sich mit ihr gab. Für gewöhnlich neigte er dazu, die Probleme des Alltags einfach abzutun, und konnte es gar nicht leiden, wenn die Models ihre privaten Schwierigkeiten mit zur Arbeit brachten. Allerdings war er Marina einige Male begegnet und offenbar ehrlich bestürzt, dass über

diese reizende Person ein Todesurteil ohne Aussicht auf Begnadigung verhängt worden war. Camilla war ihm dankbar und wusste, dass sie ihm wirklich Leid tat. Allerdings konnte sie nicht verlangen, dass die Welt wegen ihrer misslichen Lage stillstand. Die Tage verstrichen unwiederbringlich, und es gab keine ausgleichende Gerechtigkeit. Marina starb, sie besaß keine Zukunft mehr, und nicht einmal sie, die sich so meisterlich auf die Kunst der Selbsttäuschung verstand, konnte dieser grausamen Tatsache entfliehen oder den schrecklichen Verfall ihres Körpers leugnen.

Camilla stand auf und zog die Vorhänge zu, um nicht mit ansehen zu müssen, wie der Regen gegen die Fensterscheiben prasselte. Sie hatte weder Lust, zu Bett zu gehen, noch wollte sie in dem totenstillen Wohnzimmer sitzen bleiben. Also lief sie unruhig auf und ab, versuchte, Selbstmitleid und Angst zu verscheuchen, und bemühte sich, an etwas anderes zu denken, um wieder zur Ruhe zu kommen. Als das Telefon läutete, hob sie automatisch ab – und hörte die Stimme ihres Vaters.

»Marina? Wie geht es dir, meine Liebe?« Georges Stimme klang zärtlich. »Tut mir Leid, dass ich so spät noch anrufe, aber ich war den ganzen Abend bei einem mörderisch langweiligen Bankett und habe jetzt erst Zeit …«

»Sie schläft schon. Du kannst morgen wieder anrufen. Aber nicht zu früh.«

Nachdem sie mit zitternden Händen aufgelegt hatte, sah sie nach Marina, deren ruhiger Schlaf nur den Tabletten zu verdanken war. Die Pflegerin, die in einem Lehnsessel saß, blickte lächelnd von ihrem Buch auf.

»Ich gehe noch kurz weg«, sagte Camilla. »Aber ich komme später wieder. Ich übernachte heute hier.«

Sie trat in den strömenden Regen hinaus und winkte, als ein Taxi vorbeifuhr. Sie war zu einer Party in Chelsea eingeladen. Nachdem sie den Taxifahrer bezahlt hatte, trat sie in das Haus der Gastgeber. Oben dröhnte die Musik, es wurde laut gelacht, und auf der Treppe saßen Leute, die Haschisch rauchten oder Gläser mit Champagner, Wein und Wodka in der Hand hielten. Auf dem Treppenabsatz im ersten Stock musste sie über ein Pärchen hinweigsteigen, das sich halb nackt und eng umschlungen auf dem Boden wälzte. Kurz darauf stand sie mitten im Getümmel, leerte ihr erstes Glas und ließ es nachfüllen. Einige Paare tanzten raumgreifend und mit wilden Bewegungen. Andere pressten sich eng aneinander und schienen sich entlang einer nur für sie sichtbaren Linie zu bewegen. Im nächsten Moment wurde Camilla am Arm gepackt und stellte fest, dass sie mit Tom Bartlett tanzte. Sie stürzte sich ins Getümmel, wirbelte herum und beugte die Knie, bis sich ihr Körper nur wenige Zentimeter über dem Boden befand. Weit zurückgelehnt, schob sie das Becken vor und zurück und wand sich, die Arme ausgebreitet wie Flügel, in schlangenförmigen Bewegungen. Die Anwesenden riefen ihren Namen und johlten begeistert, während sie sich Mühe gab, das Gleichgewicht zu bewahren. Schließlich richtete sie sich langsam und anmutig wieder auf. Als sie nach ihrem Glas griff und einen langen Zug von einem angebotenen Joint nahm, applaudierten alle.

»Du bist ja gut in Form, und zwar in jeglicher Hinsicht.« Tom zog sie an den Rand des Raums und musterte sie, einen eigenartigen Ausdruck auf dem Gesicht. »Wie ist es heute Nachmittag gelaufen?«

»Es war eine ziemlich Quälerei. Scheußliche Klamotten und eine grässliche alte Hexe, die aus allem ein Problem gemacht hat. Ich glaube, ich habe mich fünfzig Mal umziehen müssen.«

»Ich habe etwas Interessanteres für dich, und zwar eine Werbekampagne für eine neue Schmuckkollektion im Ethno-Stil. Die Aufnahmen finden in Marokko statt. Und außerdem will eine große Zeitschrift dich interviewen. Komm morgen früh zu mir ins Büro.« Mit diesen Worten verschwand er und ließ sie allein inmitten von Lärm und Gedränge stehen.

Camilla blickte sich um und entdeckte ein paar bekannte Gesichter. Sie täuschte überschwängliche Begeisterung vor, als sie einige Leute begrüßte, die ihr in Wahrheit unsympathisch waren. Allmählich begann das Haschisch zu wirken. Camilla wurde von einer angenehmen Ruhe ergriffen, als sie sich auf der Suche nach einem Drink und einer Sitzgelegenheit durch die Menschenmenge schlängelte. Schließlich ließ sie sich in einen Sessel sinken, lehnte sich in die Polster und ließ den Blick unter halb geschlossenen Lidern durch den Raum schweifen. Und da sah sie ihn: Er stand am Fenster, war braun gebrannt und sehr blond. Aufmerksam lauschte er den Worten eines Mädchens, das ihm trotz des Lärms im Raum etwas zu erklären versuchte. Als Camilla aufsprang, verlor sie das Gleichgewicht und verschüttete den Inhalt ihres Glases. Ihr einziger Gedanke war, sofort zu verschwinden, bevor er sie bemerkte. Sie bückte sich nach ihrer Handtasche, doch als sie sich wieder aufrichtete, stand er bereits vor ihr.

»Gehst du schon?«, fragte er. »Ich komme mit.«

»Lass mich in Ruhe«, zischte Camilla und schob ihn weg. Sie stürzte durch den Raum, polterte die Treppe hinunter, riss ihren Mantel vom Haken und rannte in die regennasse Nacht hinaus. Da kein Taxi in Sicht war, machte sie sich zu Fuß auf den Weg zur King's Road. Wut stieg in ihr auf, als sie Schritte hinter sich hörte.

»Bist du taub?«, schrie sie. »Du sollst mich in Ruhe lassen. Hau einfach ab!«

»Ich muss mit dir reden«, beharrte er und versuchte, sie festzuhalten.

»Nein. Verschwinde!« Sie blieb stehen und wirbelte herum. »Wenn ich dich schon sehe, kriege ich das kalte Kotzen!«

»Mit deinem Verhalten tust du deinem Vater weh«, entgegnete er. »Weißt du denn nicht, dass du sein Ein und Alles bist? Das macht ihn kaputt. Ich wünschte, er würde mich nur halb so sehr lieben wie dich.« Er packte sie am Arm und schüttelte sie.

»Verdammt, dreht sich bei dir denn alles nur um dich und dein oberflächliches Getue?«

»Fass mich nicht an und verschwinde. Ich will nichts mit dir zu tun haben.« Camilla beschleunigte ihren Schritt, bis sie buchstäblich über den glitschigen Gehweg rannte. Als ein Taxi auftauchte, hob sie den Arm, aber offenbar hatte der Fahrer sie im strömenden Regen nicht gesehen, denn der Wagen fuhr weiter.

»Komm zurück!« Inzwischen hatte er sie wieder eingeholt. »Bitte. Wir müssen miteinander reden.«

Camilla hielt inne. »Nein, das müssen wir nicht. Ich will kein Wort mehr von dir hören und dich nie wiedersehen.«

»Bitte«, flehte er. »So hör mir doch zu. Du …«

»Für wen hältst du dich bloß?«, schrie Camilla hasserfüllt. »Er benutzt dich doch nur für sein Doppelleben! Eine kleine Affäre. Vermutlich bezahlt er dich sogar. Also hau endlich ab und komm nie wieder in meine Nähe. Kapiert, du kleines Stück Dreck!«

Er blieb wie angewurzelt und mit hängenden Schultern stehen, und Camilla bemerkte, dass er ihr ohne Mantel nachgelaufen war. Inzwischen war er nass bis auf die Haut .

»Ich weiß, dass deine Mutter im Sterben liegt«, sagte er verzweifelt. »Und er möchte diese letzten Monate mit euch beiden verbringen. Sie soll vor ihrem Tod wissen, dass ihr beide sie liebt. Warum bist du nur so vernagelt, dass du das einfach nicht begreifen willst? Bist du wirklich so herzlos, selbstgerecht und verlogen, dass du diese Kleinigkeit nicht in den Kopf kriegst? Warum gönnst du ihnen nicht ein paar gemeinsame Wochen, anstatt sie auseinander zu treiben? Haben sie nicht schon genug zu ertragen, ohne dass du auch noch Sand ins Getriebe streust?«

Als Camilla am Ende der Straße wieder ein Taxi entdeckte, hob sie den Arm, um es anzuhalten. Gleichzeitig machte sie einen Satz auf die Straße, stolperte aber über die Bordsteinkante, stürzte und verlor einen Schuh. Ihre Handtasche landete im Rinnstein. Sie spürte einen stechenden Schmerz im Fuß, als sie sich aufrappelte und ihre Tasche mit dem Schlüssel und dem Taxigeld retten wollte. Doch er kam ihr zuvor, hob ihre Habseligkeiten auf, half ihr ins Taxi und stieg neben ihr ein. Nachdem er dem Fahrer die Adresse genannt hatte, saßen sie schweigend da, während der Regen aufs Wagendach trommelte. Die stickige Heizungsluft löste bei Camilla ein Kitzeln in der Kehle aus, sodass sie sich hustend abwendete. Sie war außer sich vor Wut, weil er es gewagt hatte, die Adresse ihrer Eltern auszusprechen, und erinnerte sich an ihre erste Begegnung im Schlafzimmer ihres Vaters. Vor dem Haus angekommen, half er ihr aus dem Wagen und die Stufen zur Tür hinauf. Seine Finger umklammerten ihren Arm wie ein Schraubstock.

»Ich heiße Giles Hannington«, begann er. »Tut mir Leid, dass ich dir ein paar unangenehme Dinge sagen musste. Glaube mir, ich weiß, wie schwer es ist, sich damit abzufinden, und du musst mich auch nicht wiedersehen. Aber ich hoffe, dass es mir gelungen ist, dich wenigstens ein bisschen zu überzeugen, bevor es zu spät ist. Gute Nacht.«

Sie blickte dem Taxi nicht nach, als dieses im Regenschleier verschwand. Drinnen in der Wohnung ging sie zuerst ins Schlafzimmer ihrer Mutter. Marina lag reglos da. Für ein paar Minuten setzte sich Camilla an ihr Bett und nahm ihre Hand. Die Pflegerin murmelte ein paar aufmunternde Worte und fügte fürsorglich hinzu, Camilla solle aufpassen, dass sie sich mit ihrem nassen Haar und den durchweichten Schuhen nicht den Tod holte. Im Badezimmer zog Camilla die feuchten Sachen aus und untersuchte ihren Knöchel. Er war geschwollen und pochte. Camilla stieß einen entnervten Seufzer aus. Nun würde sie Tom anrufen und ihm beichten müssen, dass sie sich den Knöchel verstaucht hatte. Seine ärgerliche Reaktion konnte sie sich schon lebhaft vorstellen. Sie drehte den Wasserhahn auf und goss eine halbe Flasche parfümiertes Badeöl in die Wanne. Obwohl es sehr warm in der Wohnung war, zitterte Camilla am ganzen Leib, während sie ins Wasser stieg und sich zu beruhigen suchte. Aber sie musste trotzdem ständig an Giles Hannington denken. Gewiss war ihr Vater diesem Mann vollkommen hörig. Und sicher rechnete er damit, dass seine Zukunft nach Marinas Tod gesichert sein würde, denn dann würde er George mit niemandem mehr teilen müssen. Vielleicht war er ja sogar ein Erpresser und lebte von der Angst seiner Opfer. Er sah gut aus und machte einen gebildeten Eindruck. Ein arbeitsloser Schauspieler womöglich. Ganz bestimmt ließ er sich von ihrem Vater aushalten und für die Stunden bezahlen, in denen er ihm zu Diensten war. Es konnte auch sein, dass Giles Hannington nur einer von vielen jungen Männern war, mit denen George eine Affäre hatte. Der Gedanke schnürte ihr die Kehle zu, und sie spürte, wie Panik in ihr aufstieg. Sie kletterte aus der Wanne und hinkte in die Küche, um sich eine Tasse Milch warm zu machen. Später im Bett lag sie da, lauschte dem prasselnden Regen, verfluchte ihren Vater und seinen Liebhaber und verwünschte die Krankheit ihrer Mutter, die sie erst in diese Lage gebracht hatte. Und vor allem war sie wütend auf sich selbst.

»Ich habe mir den Knöchel verletzt«, sagte sie am nächsten Morgen am Telefon zu Tom Bartlett.

»Ach du meine Güte, Camilla!«, schimpfte er. »Kannst du gehen? Die Sache mit der Schmuckfirma steht nämlich inzwischen. Schaffst du es, heute Nachmittag zu dem Zeitschrifteninterview zu kommen?«

»Ja, es ist nur eine Verstauchung. Ich lasse den Knöchel jetzt bandagieren, und dann müsste es eigentlich klappen.«

»Gut, dann rufe ich *Heim und Haushalt* an und gebe Bescheid.«

»*Heim und Haushalt*? Willst du mich auf den Arm nehmen?«

»Dir wird das Lachen schon noch vergehen, wenn du den Scheck siehst. Es wird ein mehrseitiger Artikel, und außerdem zahlen sie viel besser als die Hochglanzmagazine. Wenn du dich interviewen lässt, bringen sie dein Foto auf der Titelseite. Sie möchten etwas über deine Abenteuer in Afrika schreiben. Mut im Angesicht der Gefahr und solches Zeug. Was ist eigentlich mit deinem Verehrer Edward Carradine? Meinst du, er hätte Interesse zu erklären, wie er die Narbe auf deiner Stirn entfernen und dich wieder in eine makellose Schönheit verwandeln will?«

»Du weißt doch, dass Ärzte nicht in Zeitschriften über ihren Beruf sprechen dürfen. Das gilt als Werbung und verstößt gegen die Standesregeln. Und er würde es sowieso nicht tun.« Camilla stellte sich vor, wie peinlich Edward diesen Vorschlag finden würde.

»In diesem Fall musst du eben selbst ein paar Bemerkungen fallen lassen, wie dankbar du ihm bist. Geht er eigentlich häufig mit seinen Patientinnen in teure Restaurants?«

»Keine Ahnung.«

»Wenn ich daran denke, wie er dich letztens angesehen hat, glaube ich nicht, dass sein Interesse an deinem Gesicht rein beruflicher Natur ist. Das entstellte Fotomodell und ihr Chirurg, der ihr die Schönheit wiedergibt und sich in sie verliebt. ›Partygirl macht Schluss mit dem Nachtleben und sucht sich ein Liebesnest.‹ Das wäre doch eine tolle Geschichte für *Heim und Haushalt*.«

»Sei nicht albern, Tom. Er hatte erfahren, was mit meiner Mutter los ist, und wollte mich aufheitern, indem er mich zum Essen einlud.«

»Wenn in meinen Worten nicht ein Körnchen Wahrheit wäre, würdest du es nicht so heftig abstreiten. Kein Mann kann einem schönen Fotomodell widerstehen. Es wundert mich immer wieder, wie weltfremd du manchmal sein kannst, Camilla, obwohl du sonst eigentlich einen recht intelligenten Eindruck machst. Ich gehe jede Wette ein, dass er dir an die Wäsche will. Wie alle anderen Männern, die du kennst.«

»Du hast eine schmutzige Phantasie.« Camilla lachte auf.

»Stimmt. Was hältst du von einem gemeinsamen Mittagessen, mein Schatz? Um eins. Anschließend begleite ich dich zu dem Interview. Die Chefredakteurin ist verrückt nach mir und wie Wachs in meinen heißen Händen. Bis später also.«

Camilla rief ihren Arzt an und fuhr mit dem Taxi in die Sloane Street. Im Wartezimmer drängten sich junge Mütter mit schreienden Kindern und alte Leute, die an Husten oder Arthritis litten. Als der Arzt ihren geschwollenen Fuß bewegte und anschließend verband, stieß sie einen Schmerzensschrei aus.

»Es ist nur eine Verstauchung«, sagte er. »Belasten Sie den Knöchel nicht zu stark, sonst schwillt er weiter an. Wenn er abgeheilt ist, sollten sie Krankengymnastik machen. Ich werde Ihnen einen Physiotherapeuten empfehlen, mit dem sie ein paar Termine vereinbaren können. In einem Monat sind Sie wieder wie neu.«

Sie kam ein paar Minuten zu spät ins Restaurant und stocherte nur in ihrem Essen herum, während Tom einen großen Teller Spaghetti verschlang und dazu eine halbe Flasche Wein trank.

»Was war gestern Nacht los?«, fragte er. »Eigentlich wollte ich dich einem deutschen Fotografen vorstellen, der darauf brennt, mit dir zusammenzuarbeiten. Aber du warst verschwunden. Jemand meinte, du wärst mit Giles weitergezogen.«

»Kennst du ihn etwa?« Camilla glaubte, sich jeden Moment übergeben zu müssen, und trank hastig einen Schluck Eiswasser.

»Natürlich kenne ich ihn«, erwiderte Tom. »Er entstammt einer wohlhabenden Familie aus Dorset und arbeitet bei einer großen Bank. Beruflich hat er mehrere Jahre in Hongkong und Italien verbracht. Ich glaube, er war auch in Rom. Er verdient ausgezeichnet und ist ein netter Kerl. Ein Jammer, dass er schwul ist. Wenn ich vom anderen Ufer wäre, würde er mir auch gefallen. Er ist klug und amüsant, und seine Wohnung ist mit teuren Gemälden gepflastert. Außerdem hat er eine tolle Stereoanlange. Mich wundert, dass du noch nie auf einer seiner Partys warst. Er verkehrt nämlich in denselben Kreisen wie deine Eltern. Warst du gestern noch mit ihm unterwegs?«

»Nein.« Offenbar blieb Camilla nichts anderes übrig, als sich von einem weiteren Vorurteil zu verabschieden. »Ich bin nach Hause zu Mutter gefahren. Es geht ihr nicht sehr gut.«

»Die Arme hat wirklich Pech gehabt. Und jetzt trink deinen Kaffee und deinen Wein aus, damit wir losziehen und *Heim und Haushalt* im Sturm erobern können. Es ist genau die richtige Zeitschrift für dich mit deinen hausfraulichen Fähigkeiten. Hast du eigentlich jemals im Leben eine Schürze getragen? Für dreißig Sekunden vielleicht?«

Nach dem Besuch in der Redaktion fuhr Camilla in die Wohnung am Hyde Park, wo Marina sich auf dem Sofa ausruhte.

»Was um Himmels willen ist denn mit deinem Fuß passiert?«, fragte sie.

»Ich bin heute früh auf dem Gehweg gestolpert. Es ist nicht weiter schlimm.«

»Bleibst du heute auch über Nacht?« Marina war in gereizter Stimmung. »Dein Vater hat angerufen. Er kommt erst morgen Nachmittag aus Genf zurück. Mrs. Maskell hat Suppe und kaltes Huhn in den Kühlschrank gestellt und außerdem irgendeinen Pudding gekocht.«

»Ja, ich bleibe. Aber zuerst muss ich nach Hause. Ich brauche saubere Sachen und habe außerdem noch ein paar Dinge zu erledigen.«

Camilla sehnte sich nach ihrer Wohnung, nach Ruhe und Frieden und danach, ihren pochenden Fuß hochzulegen und einfach gar nichts zu tun. Sie hielt ein Taxi an und stieg erleichtert ein. Die dämmrigen Straßen waren festlich mit Lichterketten geschmückt, und auf den Gehwegen drängten sich Passanten, die ihre Weihnachtseinkäufe erledigten. Camilla hatte zwar auch eine Einkaufsliste in der Handtasche, konnte sich aber nicht dazu überwinden, durch den Weihnachtstrubel zu humpeln und ihren Platz in den langen Warteschlagen vor den Kassen zu behaupten. Und was sollte sie ihrer Mutter schenken? Die Schlafzimmerschränke quollen bereits über von seidenen Nachthemden, handgefertigten Pantoffeln und Kaschmirschals. Außerdem hätte ein weiteres Stück teurer Nachtwäsche Marina nur daran erinnert, dass sie bald vollständig bettlägrig sein würde.

Hannah und Sarah waren die Einzigen, für die sie gern ein Geschenk gekauft hätte. Doch sie fürchtete, sich eine Abfuhr zu holen, wenn sie jetzt Kontakt zu ihnen aufnahm. Als sie bedrückt darüber nachgrübelte, wie sie die Kluft zwischen ihnen überbrücken sollte, war ihr Gehirn auf einmal wie leer gefegt. Ob sie wohl je über sie sprachen oder sich Sorgen um sie machten? Da sie Sarahs erste Briefe nicht beantwortet hatte, schrieben die beiden ihr nicht mehr. Camilla erinnerte sich nicht, was sie bei ihrem letzten Telefonat zu Sarah gesagt hatte, denn sie war wegen ihres Vaters außer sich und zudem betrunken gewesen. Andererseits hätte sie ihr Problem auch gar nicht in einem Brief erklären können, weil das einen Verrat an ihm bedeutet hätte. Sie war gekränkt, weil ihre besten Freundinnen nicht selbst dahinter gekommen waren, dass in ihrem Leben etwas schrecklich im Argen lag. In ihren Träumen sah sie immer wieder Anthony vor sich. Doch er befand sich stets außer Reichweite, stand entweder, ihr den Rücken zukehrend, auf der anderen Seite einer Schlucht oder blickte sie über ein loderndes Lagerfeuer hinweg an, ohne zu bemerken, dass sie nach ihm rief oder vergeblich die Hand nach ihm ausstreckte. Außerdem wurde sie weiterhin von Albträumen gequält, in denen Messer, Gebrüll und Schüsse eine Rolle spielten. Schlaf fand sie nur, wenn sie eine Tablette nahm.

Sie war bereits im Treppenhaus, als sie sich fragte, warum sie überhaupt nach Hause gefahren war. Da ihr Knöchel schmerzhaft protestierte, musste sie auf dem Treppenabsatz Halt machen. Auf einem Bein stehend, verfluchte sie sich für ihre eigene Dummheit. Endlich hatte sie ihr friedliches Wohnzimmer erreicht und war allein, doch es gelang ihr nicht, die Erinnerung an die Auseinandersetzung mit Giles Hannington zu verscheuchen. *Mit dem Liebhaber ihres Vaters.* In der Küche kochte sie sich einen starken Tee und sah dann ihre Post durch. Nachdem sie Schecks für zwei überfällige Rechnungen ausgestellt hatte, ging sie ins Schlafzimmer, wo sie Kleider und Accessoires für den kommenden Tag auswählte und zusammen mit ihren Büchern in eine Tasche stopfte. Als sie fertig war, schossen ihr immer wieder scharfe Stiche durchs Bein. Ein Glas in der Hand, setzte sie sich vor den Fernseher, um sich die Nachrichten anzuschauen, doch die Aufzählung der aktuellen Katastrophen wurde vom Läuten des Telefons unterbrochen.

»Wie geht es Ihnen, Camilla? Ich habe gestern versucht, Sie zu erreichen, aber Sie waren nicht da.«

Eigentlich hatte sie überhaupt keine Lust, mit Edward zu sprechen, weshalb ihre Antworten ziemlich einsilbig ausfielen. Allerdings ließ er sich nicht so leicht abwimmeln, und sie kannte bereits seine freundliche, aber beharrliche Art, anderen Menschen Informationen zu entlocken. Irgendwie brachte er es immer fertig, dass sie seine Fragen zu guter Letzt doch beantwortete, was sie ärgerte, weil sie sich ihm dadurch ausgeliefert fühlte.

»Ich habe bei meiner Mutter übernachtet«, erwiderte sie schließlich. »Und ich fahre auch gleich wieder hin. Sie fühlt sich zurzeit nicht gut.«

»Meinen Sie, sie hätte etwas dagegen, wenn ich auf einen Drink vorbeischaue? Vielleicht heitert sie das ja auf. Was glauben Sie?«

»Warum rufen Sie sie nicht selbst an? Wenn Sie hinfahren, muss ich mich jetzt nicht in den Feierabendverkehr stürzen.«
»Eigentlich wollte ich Sie auch sehen, Camilla. Ich habe gehofft, Sie heute Abend dort anzutreffen.«
Edwards Gesellschaft war einem Abend allein mit ihrer Mutter durchaus vorzuziehen. Dann würde Marina nicht stundenlang in ihren winzigen Essensportionen herumstochern oder vor dem Fernseher einschlafen.
»Die Haushälterin bereitet immer etwas zum Abendessen vor. Sie könnten also einen Happen mitessen, wenn Sie möchten«, sagte sie. »Allerdings ist alles nur improvisiert, und Mutter geht möglicherweise bald ins Bett. Außerdem habe ich mir den Knöchel verstaucht und bin auch nicht in Topform.«
»Ich hole Sie ab. Aber wenn ich mir den Verkehr vor meinem Fenster anschaue, wird es etwa vierzig Minuten dauern.«
Er brachte Champagner und gewaltige Mengen Kaviar mit und ging sofort in die Küche, um Toastecken zuzubereiten. Marina war bester Stimmung, trank in kleinen Schlucken und flirtete mit ihm. Beide schwelgten in amüsanten Erinnerungen an ihre gemeinsame Zeit in Nairobi und London. Marinas Gesicht war gerötet, und ihre Augen glänzten leicht fiebrig, aber sie war ausgezeichneter Laune. Offenbar war es eine gute Idee gewesen, Edward einzuladen. Er erwähnte George mit keinem Wort. Als Marina allmählich Ermüdungserscheinungen zeigte, war es schon nach zehn. Die Pflegerin brachte sie zu Bett, doch Edward machte noch keine Anstalten zu gehen.
»Ich sage ihr rasch gute Nacht. Wenn Sie noch bleiben möchten, können Sie sich ja damit die Zeit vertreiben.« Notgedrungen schenkte Camilla ihm ein Glas Brandy ein.
Er bedankte sich mit einem Nicken. Es ärgerte Camilla, dass er so selbstverständlich annahm, sie wolle noch aufbleiben und mit ihm plaudern, aber sie wusste nicht, wie sie ihn hinauskomplimentieren sollte. Als sie zurückkam, hatte er es sich auf

dem Sofa gemütlich gemacht und die langen Beine ausgestreckt. Camilla hatte Marinas Zimmertür geschlossen und legte nun eine Platte auf.

»Schön, dass Sie französische Kammermusik mögen«, sagte er. »Ich werde Ihnen das traumhafte Trio von Ravel schicken. Hätten Sie vielleicht Lust, mich irgendwann zu einem Konzert in die Wigmore Hall zu begleiten? Ich bin häufig dort, denn von meiner Praxis sind es zu Fuß nur fünf Minuten. Was ist denn mit Ihrem Knöchel passiert? Sind Sie wieder mit einem harten Gegenstand in Konflikt geraten?«

»Welche Frage soll ich zuerst beantworten?«

»Die letzte.«

»Ich bin gestern Abend auf der Straße ausgerutscht. Es hat geregnet, und der Bürgersteig war glitschig. Ich wollte ein Taxi anhalten.«

Sie hatte den Eindruck, dass er ihr nicht glaubte.

»Ich konnte die Vorstellung nicht ertragen, den ganzen Abend allein hier zu sitzen. Also bin ich noch einmal ausgegangen«, fuhr sie fort.

»Sie sind wirklich eine Nachteule«, meinte er. »Wann schlafen Sie eigentlich? Immer wenn wir uns treffen, waren sie am Vorabend auf einer Party oder in einem Nachtclub. Ich habe in der Zeitung von Ihrem Lebenswandel gelesen. Es ist zu hoffen, dass Sie nur selten Fototermine am frühen Morgen haben.«

Achselzuckend schenkte sie sich einen Brandy ein und nahm dann ihm gegenüber in einem Sessel Platz. Er richtete sich auf, um auf Augenhöhe mit ihr zu sein, und musterte sie eindringlich. Obwohl er schwieg, schwebte die Frage unausgesprochen in der Luft. Camilla seufzte auf.

»Offen gestanden bin ich ausgegangen, nachdem mein Vater angerufen hatte. Ich habe aufgelegt, weil ich feige war und nicht wusste, was ich sagen sollte.« Kurz berührte sie die Narbe auf ihrer Stirn, die das *panga* hinterlassen hatte. Edward

fragte sich, ob das bei ihr inzwischen zu einer unbewussten Gewohnheit geworden war.
»Ich habe es nicht mehr hier ausgehalten.« Sie erhob sich und sah ihn finster an. »Denn ich fürchtete, dass er wieder anrufen könnte. Also bin ich geflüchtet. Möchten Sie noch einen Brandy?«
»Ich möchte dich küssen.«
»Was?« Camilla traute ihren Ohren nicht.
Edward stellte sein Glas weg und stand auf, um sie in die Arme zu nehmen. Als er sie langsam und zärtlich küsste, streifte sein Atem ihre Wange und Augenlider. Seine Lippen waren fest und sehr warm. Camilla öffnete den Mund ein wenig, spürte seine Zunge und schmeckte Brandy. Sein Kuss wurde leidenschaftlicher, und kurz ließ sie sich treiben, bis ihr plötzlich Anthonys Bild vor Augen stand. Ruckartig kehrte sie in die Wirklichkeit zurück und streckte abwehrend die Hand aus. Sofort wich er zurück, ging zum Fenster und blickte hinaus in den Regen, durch den verschwommen die Scheinwerfer der vorbeifahrenden Autos zu sehen waren.
»Tut mir Leid«, sagte er. »Ich hätte nicht ...«
»Du brauchst dich nicht zu entschuldigen«, meinte Camilla. »Ich bin einfach noch nicht bereit dafür. Es gibt da eine Sache, die ich erst verarbeiten muss. Ich habe schon genug Schaden angerichtet und will dir keine falschen Hoffnungen machen.«
»Hoffentlich war es kein Schock für dich, dass ich dich küssen wollte. Schließlich bin ich viel älter als du und ein Freund deiner Eltern. Du hast mich sicher nie unter diesem Aspekt betrachtet.« Er wich ihrem Blick aus, und sie begriff, wie verunsichert er sich fühlen musste. Offenbar fürchtete er, sich zum Narren zu machen.
»Es hat nichts mit deinem oder meinem Alter zu tun«, erwiderte sie. »Ich habe die Nase voll von Jungen, die nicht wissen, was sie wollen, und nur auf eine oder zwei Wochen Spaß aus

sind. Aber ich muss noch lernen, damit zurechtzukommen, dass ich mich in Kenia wegen eines Mannes lächerlich gemacht habe. Vermutlich ist es nur verletzte Eitelkeit, doch es fällt mir nicht leicht zu verkraften, dass er nur mit mir ins Bett wollte.«

Sie sah so verloren aus, dass er versucht war, den Arm um sie zu legen. Wie gerne hätte er ihr gestanden, dass er sich bis über beide Ohren in sie verliebt hatte, und zwar bereits bei ihrer ersten Begegnung. Er sehnte sich danach, ihr zu sagen, dass er jeden Tag stundenlang an sie dachte, auf Mittel und Wege sann, um sie wiederzusehen, und diese aus Angst, etwas zu überstürzen, wieder verwarf. Er wollte ihr erklären, dass er sich albern vorkam, weil er, ein erwachsener, erfolgreicher Mann, sich wie ein schwärmerischer Pennäler gebärdete. Stattdessen nahm er wieder Platz und tat, als wäre er Herr der Lage.

»Möchtest du mir nicht von dem Telefonat mit deinem Vater erzählen?«, fragte er.

»Da gibt es nichts zu erzählen. Ich wollte einfach nicht mit ihm sprechen. Aber dann ist noch etwas Schlimmeres passiert. Ich hatte Angst, er könnte wieder anrufen und versuchen, mit mir zu reden. Also bin ich zu einer Party in Chelsea gegangen. Es war ziemlich grässlich.«

»Und heute Morgen hast du dich elend gefühlt.«

»Nein. Ja. Doch das war nicht das Problem daran. Sein Liebhaber war dort.«

Edward runzelte verdattert die Stirn. Es dauerte eine Weile, bis er verstand.

»Tja, zumindest einer seiner Liebhaber.« Camilla biss sich auf die Lippe. »Der, mit dem ich ihn hier ertappt habe, als ich eines Nachmittags in die Wohnung geplatzt bin und gesehen habe, wie mein Vater in Wahrheit ist. Gestern Nacht habe ich diesen Kerl sofort erkannt. Er heißt Giles Hannington und wollte unbedingt mit mir reden. Also bin ich losgerannt, und dabei bin

ich gestolpert und habe mir den Knöchel verstaucht.« Sie war den Tränen nah.
»Vielleicht ist es an der Zeit, dass du ein Gespräch mit deinem Vater führst, so schwer es dir auch fällt«, meinte Edward. »Wenn du dich dem Thema stellst, vor dem du Angst hast, hast du die entscheidende Hürde schon überwunden.«
»Was soll ich ihm denn sagen? ›Hallo, Daddy, alles vergeben und vergessen. Warum kommst du nicht vorbei und bringst deinen kleinen Freund mit, damit wir alle zusammen nett mit deiner sterbenden Ehefrau plaudern können.‹ Wenn ich nur daran denke, wird mir übel. Und mit Mutter ist es auch nicht besser. Ihr ganzes Leben lang hat sie sich nicht um mich gekümmert und an allem herumgemäkelt, was ich tat. Und jetzt muss ich für sie da sein und sie versorgen, bis dass der Tod uns scheidet, während der wunderbare George sich in der Weltgeschichte herumtreibt. Das ist doch ein Witz und außerdem ziemlich ungerecht.«
»Was dir zurzeit abverlangt wird, ist mehr, als die meisten Menschen ertragen könnten. Aber dein Vater kann sich nicht ändern, auch wenn er es sicher versucht hat. Er ist, was er ist, und zweifellos hat er teuer dafür bezahlt.«
»Jetzt stehst du auch schon auf seiner Seite«, zischte sie. »Du willst mir also weismachen, dass er nichts gegen sein Schwulsein tun kann und dass es in Ordnung war, Mutter zu heiraten. Er hat sie als Alibi benutzt, um beruflich weiterzukommen, und du erwartest jetzt von mir, dass ich auch noch Mitleid mit ihm habe. Und mit ihr ebenfalls. Ich habe den beiden eine miserable Kindheit zu verdanken, und nun soll ich großzügig über alles hinwegsehen!«
»Nein, ich meine doch nur …«
»Tja, mir tun sie aber überhaupt nicht Leid, denn schließlich haben sie nicht nur ihr eigenes Leben verpfuscht, sondern auch meins. Meine Mutter stirbt an Leukämie, und ich bin bereit, ihr die letzten Tage so angenehm wie möglich zu machen. Aber

wenn sie nicht todkrank wäre, würde ich mich so selten wie möglich mit ihr treffen. Und ihn will ich ganz bestimmt nicht sehen.«

»Doch du vermisst ihn. Ihr wart euch doch einmal sehr nah.«

»Nein, das ist alles erstunken und erlogen. Wir waren uns nie nahe! Das war nur Theater. Ein grausames Spiel, so wie sein ganzes Leben. Das ist die Wahrheit, so hässlich sie auch sein mag. Und ich werde mir keine sentimentale Versöhnungsszene aufzwingen lassen. Weder von ihm noch von meiner Mutter, die andere Menschen immer nur benutzt hat.«

»Dann müssen die beiden deine Entscheidung respektieren«, erwiderte Edward beschwichtigend. Er wollte sie zu nichts drängen, da er fürchtete, das keimende Pflänzchen ihrer Beziehung zu zerstören. »Doch du musst aufpassen, damit du dir nicht selbst mehr wehtust, als sie dir je wehtun konnten.«

»Ich bin hart im Nehmen«, gab sie trotzig zurück. »Bis jetzt bin ich schließlich auch klargekommen, und ich werde es weiter schaffen. Also sprich nicht mit mir, als wärst du mein Hausarzt oder ein netter Onkel. Das würde ich nicht ertragen.«

»Was hast du nächste Woche vor? Bitte verzeih mir meine plumpen Annäherungsversuche. Ich würde dich gerne einladen, damit du wenigstens für ein paar Stunden auf andere Gedanken kommst. Wie wär's mit einem gemeinsamen Mittagessen am Sonntag? Wir könnten aufs Land fahren und uns ein irgendeinem alten Hotel deftige englische Hausmannskost gönnen. Und anschließend gehen wir spazieren – oder wir watscheln, falls wir der Versuchung des Puddings erliegen. Wie klingt das?«

»Aber du weißt, dass ich nicht …? Dass ich nicht kann …?«

»Schon gut. Betrachte mich als wahren Freund und Vertrauten. Der Rest ist nicht wichtig. Also am Sonntag?« Als sie nickte, bekam er vor lauter Freude Herzklopfen. »Gut. Ich hole dich gegen zwölf in deiner Wohnung ab.« Er küsste sie auf die Wange. »Gute Nacht, Camilla. Pass auf dich auf.«

Nachdem die Eingangstür sich hinter ihm geschlossen hatte, ging Camilla zum Fenster und sah zu, wie er in seinen Wagen stieg und davonfuhr. Sie begriff noch immer nicht ganz, was gerade geschehen war. Er hatte sie geküsst! Dabei war sie seine Patientin, die Tochter alter Freunde und außerdem, wie er selbst betont hatte, nur halb so alt wie er. Das war doch ziemlich billig. Tom Bartletts Bemerkung fiel ihr wieder ein, und sie fragte sich, ob sie Edward vielleicht falsch eingeschätzt hatte – so wie ihr das auch mit vielen anderen Menschen passiert war. Trotz aller Bemühungen gelang es ihr nicht, diesen deprimierenden Gedanken zu verscheuchen, der sie zutiefst verunsicherte. Zum ersten Mal überlegte sie, was wohl aus seiner Frau geworden war. Er hatte sie nur ein Mal erwähnt, und zwar an jenem ersten Abend, als er mit ihr ins Kino und zum Essen gegangen war. Nie hatte sie sich nach seiner Ehe oder seiner Vergangenheit erkundigt. Vielleicht wusste Marina ja Bescheid. Doch eigentlich war das nicht weiter wichtig. Camilla sah auf die Uhr. Es war schon sehr spät, und sie war müde. Morgen kam ihr Vater zurück, aber er würde erst am frühen Abend da sein. Also brauchte sie nicht schon im Morgengrauen aufzustehen.

Sie wusch sich und fiel ins Bett. Da der mitgebrachte Roman sich in ihrer Hand unangenehm schwer anfühlte, legte sie ihn weg und löschte das Licht, in der Hoffnung, endlich Ruhe zu finden. Aber zu ihrer Verzweiflung musste sie ständig an Giles Hannington. Liebte er ihren Vater womöglich wirklich, wie er behauptet hatte? Sie fragte sich, wie viele andere Männer in Georges Leben eine Rolle spielten und ob er eine Vorliebe für rein körperliche Begegnungen hatte. Es hatte den Anschein, als ob homosexuelle Männer sich ständig auf der Pirsch befanden, und die wenigen Paare, die sie kannte, waren noch nicht lange zusammen. Nach Camillas Auffassung neigten Schwule zu häufigem Partnerwechsel. Sie konnte sich kaum vorstellen, dass sich ein gebildeter, weltgewandter, charmanter und allseits geachteter Mann wie George Broughton Smith inmitten von schrillen Tunten und eitlen jungen Burschen wohl fühlte. Als sie endlich einschlief, träumte sie, dass Edward und ihre Mutter zusammen mit dem Zug weggefahren waren, während sie selbst auf dem Bahnsteig zurückblieb und ihrem schluchzenden Vater ihr Verschwinden erklären musste.

Am nächsten Morgen fühlte sie sich wie gerädert. Marina schlief noch, und Mrs. Maskell machte sich in der Küche zu schaffen, als Camilla hereinkam, um sich etwas zum Frühstücken zu holen. Lustlos blätterte sie in der Zeitung, trank ihren Kaffee und trödelte herum. Sie hatte keine Lust, den Tag in Angriff zu nehmen.

»Heute muss ich lange arbeiten«, meinte sie zu Mrs. Maskell. »Aber mein Vater kommt abends zurück, also müsste für die Nacht alles geregelt sein. Er soll Dr. Ward anrufen, sobald er hier ist. Könnten Sie ihm das bitte ausrichten oder ihm einen Zettel schreiben?«

»Haben Sie heute einen wichtigen Termin, meine Liebe?« Mrs. Maskell unterhielt ihre Freundinnen gern mit ausgeschmückten Berichten von Camillas Fotositzungen.

»Heute? Ja, das wird bestimmt eine große Sache. Fotos für die Cornflakes-Werbung. Der Inbegriff des Mondänen. Zumindest wenn man die Strickwarenaufnahmen nicht mitzählt. Letzte Woche musste ich mich in so viele Wollpullover quälen, dass ich immer noch einen Ausschlag am Rücken habe. Es juckt mich, wenn ich nur daran denke.« Camilla lachte auf. »Das Leben eines Models ist nicht so aufregend, wie alle glauben. Ihre hübsche Tochter sollte sich lieber einen anständigen Beruf suchen.«

Tom erwartete sie in seinem Büro in Soho. Da es in einem heruntergekommenen Gebäude mit einer steilen Treppe lag, fanden seine Besprechungen mit Zeitschriftenredakteuren stets anderswo statt. Das Licht im Treppenhaus und auf dem Flur funktionierte nur selten, und Camilla war einige Male auf den

Stufen gestolpert, bis sie sich an den faltigen, zerschlissenen Teppich gewöhnt hatte.

»Warum suchst du dir nichts Besseres?«, fragte sie ihn zum wohl hundersten Mal. »Du könntest wenigstens eine Putzfrau und eine gute Sekretärin einstellen. Schließlich verdienst du genug, um dir ein komfortableres Büro zu leisten. Schau dir nur diese widerlichen Kaffeetassen an! Als ich letzte Woche hier war, standen sie auch schon im Spülbecken. Offenbar hat seitdem niemand abgewaschen. Wie kann man nur so schlampig sein?«

»Ein Glück, dass ich nicht vorhabe, dich zu heiraten! Du würdest nämlich eine prima nörgelnde Ehefrau abgeben«, erwiderte er fröhlich. »Im Schrank stehen noch mehr Tassen. Also sei ein liebes Mädchen und koch uns einen Kaffee. Du hast ein neues Angebot für Katalogaufnahmen. Aber die Kleider sind scheußlich, und ich finde, du solltest ablehnen.«

»Zurzeit kann ich es mir nicht erlauben, etwas abzulehnen«, entgegnete sie.

»Aber wenn du alles annimmst, wird es bald heißen, dass du aus dem letzten Loch pfeifst. Du brauchst das Geld nicht, und im neuen Jahr bist du für Aufnahmen in Paris gebucht. Du musst nur hier unterschreiben. Das Honorar ist ziemlich gut.«

»Ich könnte bald in finanzielle Schwierigkeiten kommen. Im März oder April wird die Narbe entfernt, und das bedeutet, dass ich wochenlang außer Gefecht gesetzt bin und nichts verdienen werde.« Sie hatte eine Todesangst davor, in finanzielle Bedrängnis zu geraten, denn dann würde sie ihre Wohnung aufgeben oder das Gästezimmer an eine Fremde vermieten müssen. Wieder bei ihren Eltern einzuziehen kam nicht in Frage. Ihre Unabhängigkeit war für sie das Wichtigste im Leben.

»Du hast in den letzten Jahren gut verdient.«

»Und viel ausgegeben. Für Safaris und anderen Blödsinn.«

»Keine Sorge, Schätzchen, ich werde immer für dich da sein.

Du brauchst mich nur zu fragen. Darauf kannst du dich verlassen.«

Sein Tonfall klang so anders als sonst, dass sie sich vom Spülbecken wegdrehte, wo sie gerade den schwarzen Rand aus einer Kaffeetasse schrubbte. Er musterte sie, und ein leichtes Zucken seines Mundwinkels strafte seine gelassene Miene Lügen. Einen Moment herrschte beklommenes Schweigen. Dann stand er auf.

»Los«, sagte er. »Kümmern wir uns um die Schmucksache und die Fotos für die Zeitschrift, damit du nicht doch noch im Obdachlosenasyl landest. Übrigens hast du scheußliche Augenringe. An deiner Stelle würde ich noch kurz im Bad verschwinden und irgendetwas drüberpinseln. Und dann auch noch dieses Hinken! Du bist wirklich ein Bild des Elends. Sei froh, dass du mich hast, der auf dich aufpasst.«

Zurück in ihrer Wohnung, kochte Camilla Tee und zündete sich eine Zigarette an. Erst Edward Carradine und jetzt auch noch Tom. Konnte es wirklich sein, dass beide zärtliche Gefühle für sie empfanden? Und wenn ja, warum war sie dann nicht in der Lage, darauf einzugehen? Sie hatte versucht, Anthony aus ihren Gedanken zu verbannen, indem sie sich immer wieder sagte, dass sie nur eines der dummen Gänschen gewesen war, die dem unersättlichen Frauenverschleiß eines weißen Jägers zum Opfer fielen. Sie bedeutete ihm nichts. Er hatte sich nie wirklich für sie interessiert. Schließlich hatte er weder angerufen noch geschrieben, um herauszufinden, wie es ihr körperlich und seelisch ging. Wie gerne hätte sie ihn für seine unverfrorene Gleichgültigkeit gehasst und verachtet. Doch sie wahr ehrlich genug, um sich sich einzugestehen, dass sie noch immer etwas für ihn empfand. Da ihr Fuß wieder pochte, breitete sie eine Decke über ihre Beine und stützte den Knöchel mit einem Kissen. Sie hatte etwa eine halbe Stunde gedöst, als das Telefon läutete.

»Meine Liebe, Ihre Mutter fühlt sich gar nicht wohl.« Mrs. Maskell klang sehr beunruhigt. »Sie hat Fieber und glüht förmlich, und ihr Atem hört sich merkwürdig an. Dr. Ward ist bereits unterwegs. Das Flugzeug Ihres Vaters kann wegen Nebel in Genf nicht starten. Er hat angerufen und gesagt, dass er sich verspäten wird. Ich glaube, es wäre das Beste, wenn Sie herkämen.«

Marina lag im Bett. Ihr Gesicht war schweißnass. Sie hatte einen Ausschlag auf Armen und Rücken, und die kleinen roten Punkte schienen entzündet. Ihr Atem ging flach und stoßweise, und ihre Gelenke waren so geschwollen, dass sie bei jeder Bewegung aufschrie. Nachdem Dr. Ward sie untersucht hatte, wandte er sich an Camilla.

»Meine Liebe, sie hat eine Lungenentzündung. Ich fürchte, das wird von nun an unser größtes Problem sein. Meiner Ansicht nach muss sie sofort ins Krankenhaus. Ist Ihr Vater da?«

»Er sitzt in Genf fest, weil am Flughafen Nebel herrscht.«

»Tja, ich denke, Sie sollten bei ihr bleiben. Es sieht gar nicht gut aus.«

Im Krankenhaus saß Camilla stocksteif neben dem Bett. Ihre Hände waren zu Fäusten geballt, und sie biss die Zähne zusammen, damit sie nicht klapperten. Sie fühlte sich völlig überfordert und wollte nicht allein sein, wenn ihre Mutter starb. Da drehte Marina den Kopf in ihre Richtung und schlug die fiebrig glänzenden Augen auf. Sie rang nach Atem.

»Mir tut die Brust so weh! Ich glaube, das ist das Ende, mein Kind. Ich bekomme kaum noch Luft und kann nicht mehr dagegen ankämpfen. Ich schaffe das einfach nicht mehr. Wo ist er? Ist er schon da?« Ihr leises Flehen war Mitleid erregend, und sie tastete Hilfe suchend nach Camillas Hand.

»Er ist unterwegs, aber seine Maschine kann nicht starten. Ruh dich einfach aus, Mutter. Er ist sicher bald hier.«

Die Schwestern erschienen mit einer fahrbaren Liege. Obwohl Marina so vorsichtig wie möglich umgebettet wurde, verursachte ihr jede Bewegung heftige Schmerzen. Die kurze Fahrt durch die blitzblanken Flure zur Röntgenabteilung war die reinste Quälerei für sie war. Marina bekam eine starke Spritze gegen die Schmerzen in der Brust. Inzwischen bereitete ihr jeder Atemzug solche Mühe, dass Camilla fürchtete, es würde bald vorbei sein.

»Leider hat sie eine doppelseitige Lungenentzündung«, verkündete David Ward, als er eine Stunde später zurückkam. »Ehrlich gesagt, weiß ich nicht, ob sie stark genug ist, um diese Infektion zu überstehen. Sie ist bereits sehr geschwächt. Aber wir geben ihr sofort ein Antibiotikum. Wir müssen abwarten.«

Starr vor Schreck und Angst, setzte Camilla sich neben das Bett und betete, ihr Vater möge bald hier sein. Gleichzeitig graute ihr vor dem Moment seiner Rückkehr, und sie zählte die Minuten, bis sie seine Schritte auf dem Flur hören würde. Die Stunden vergingen wie in einem Nebel, und als Camilla auf die Uhr sah, verschwamm ihr vor Müdigkeit alles vor den Augen. Schwestern kamen und gingen, drückten ihr Tassen mit Tee oder Kaffee in die zitternden Hände und boten ihr auch ein leichtes Abendessen an, das sie ablehnte. Sie hatte trockene Lippen und Kopfschmerzen und sehnte sich nach einem ordentlichen Drink oder einer kleinen gelben Beruhigungspille, nur um die Angst zu betäuben, die während ihrer einsamen Wacht in dem kahlen Raum von ihr Besitz ergreifen wollte. Gleichzeitig summte es in ihrem Kopf wie in einem Bienenstock, und alles wirbelte wild durcheinander, sodass sie kaum einen klaren Gedanken fassen konnte.

Vergeblich versuchte sie, sich Worte für die Begegnung mit ihrem Vater zurechtzulegen. Was sollte sie tun, wenn ihre Mutter starb, während sie noch mit ihr allein war und auf den Menschen wartete, den sie beide so geliebt hatten? Sie verspürte keinen Hass mehr, und auch die Wut auf ihre Eltern hatte sich gelegt, sodass sie sich nur noch einsam fühlte. Am liebsten hätte sie sich hinaus ins Wartezimmer geflüchtet, um eine Zigarette zu rauchen. Doch sie wagte nicht, Marina allein zu lassen. Ihre Mutter konnte ja ausgerechnet in diesen wenigen Minuten aufwachen. Sie hörte die leisen Stimmen des Pflegepersonals aus dem Schwesternzimmer, und hin und wieder wurde eine Tür zu einem anderen Krankenzimmer geöffnet, wo ein Patient, möglicherweise vergeblich, auf ein Wunder wartete. Die gedämpfte Atmosphäre auf der Station sorgte dafür, dass Camilla jedes Gefühl für Zeit und Raum verlor.

Sie wusste nicht, wie spät es war, als Marina die Augen aufschlug und die trockenen Lippen bewegte. Sie beugte sich vor, um die geflüsterten Worte zu verstehen, und hörte den rasselnden Atem.

»Camilla?«

»Ich bin hier, Mutter.«

»Lass mich nicht sterben, bevor er kommt.« Marina versuchte, sich aufzurichten. »Bitte lass mich nicht sterben, bevor er kommt.«

Kurz darauf erklangen Schritte. Camilla bekam Herzklopfen und erhob sich mühsam, um ihm aufrecht gegenüberzutreten. Im ersten Moment blieb er wie angewurzelt stehen und betrachtete Marina, ohne ein Wort zu sagen. In seinen Augen standen Tränen. Dann breitete er die Arme aus. Camilla lief auf ihn zu und warf sich ihm, schluchzend wie ein kleines Mädchen, an die Brust.

»Daddy! O Daddy! Gott sei Dank bist du jetzt hier!«

Kapitel 22

Kenia, Dezember 1965

Während Sarahs erster Woche in Buffalo Springs trafen zwar häufig Funksprüche aus Langani ein, aber Piets Stimme klang verzerrt, und seine Worte waren wegen des statischen Knisterns kaum zu verstehen. Wenn er sich dann mit einem »over« verabschiedete, erschien ihr Langani unbeschreiblich weit weg. Und da sie seine Empfindungen für sie nicht einschätzen konnte, hatte sie das unangenehme Gefühl, auf der Stelle zu treten. Schließlich bekam sie einen einseitigen Brief von ihm.

Langani Farm
9. Dezember 1965

Sarah,

eigentlich wollte ich dich ja besuchen, aber jetzt sieht es ganz so aus, als würde es nicht klappen. Hier gibt es so viel zu tun, denn neben der alltäglichen Arbeit auf der Farm muss noch einiges in der Lodge erledigt werden. Wenn sich ein Bauprojekt dem Abschluss nähert, tauchen in letzter Minute fast immer neue Probleme auf. Natürlich war Viktor hier, um die Baustelle zu beaufsichtigen, was die Lage nicht gerade entspannt hat. Zwischen Lars und Hannah herrscht dicke Luft. Noch ein Grund, warum ich zurzeit besser hier bleiben sollte.
Zu weiteren Vorfällen auf der Farm ist es nicht gekommen, obwohl der Konflikt zwischen David und Simon noch nicht

aus der Welt geschafft ist. Sie führen sich auf wie die Kleinkinder. Zum Glück ist wenigstens Kipchoge stets vernünftig. So wie ich!
Ich habe mich sehr über deinen Brief gefreut. Offenbar erfüllt die neue Stelle all deine Erwartungen. Vielleicht möchtest du ja nie wieder weg von deinen Elefanten und gar nicht mehr nach Langani zurückkehren. Aber ich hoffe immer noch, dich überreden zu können, denn wir alle freuen uns sehr auf ein Wiedersehen mit dir an Weihnachten.
Ich erwarte dich ungeduldig, weil ich dir so viel zu sagen habe, und zwar Dinge, die du sicher verstehen wirst und hoffentlich auch hören möchtest.
Ich zähle die Tage.

Piet

Der Brief enthielt zwar keine großen Liebesschwüre, aber Sarah freute sich trotzdem darüber. Im Lager gab es so viel zu tun, dass die Stunden wie im Flug vergingen. Bis spät in die Nacht arbeitete sie an ihren Aufzeichnungen und beobachtete die Geckos, die die Wände hinaufliefen oder reglos auf der Stelle verharrten und lauerten, bis ein Moskito oder ein anderes ahnungsloses Insekt in ihrem Jagdrevier landete. Sarah fand ihre Füße mit den breiten Zehen, ihre durchscheinend schimmernde Haut und das Funkeln ihrer Augen im Kerzenlicht sehr hübsch. Von draußen hörte sie das Schnattern und Kreischen der Buschschliefer, die zu ihren nächtlichen Ausflügen aufbrachen. Eines Nachts wurde sie vom Gebrüll eines Löwen geweckt, der das Lager umschlich. Im nächsten Moment erschien Dan, und sie stiegen mit Erope und Julius in den Landrover, um zum Tor zu fahren. Der Löwe stand auf der anderen Seite des Zauns. Er war zwar ein alter zernarbter Krieger, hatte es aber dennoch geschafft, ein junges Zebra zu reißen und unter einen Baum zu schleppen. Der Löwe ließ sich nicht verscheuchen. Gelbe Augen leuchteten im Licht der Scheinwerfer, als der König der Tiere brüllend und mit hin und her schlagendem Schweif seine Beute verteidigte. Nachdem er sich vergewissert hatte, dass die Menschen nicht näher herankommen würden, wandte er sich wieder seinem Abendessen zu und begann, das Zebra zu zerlegen. Nach einer Weile hob er den Kopf und rief nach seiner Gefährtin, um die Mahlzeit mit ihr zu teilen.

Als Sarah wieder im Bett lag, lauschte sie noch dem Knurren des alten Löwen, der sich seinen Anspruch auf dieses Revier von niemandem streitig machen lassen würde.

Allie und Dan gingen bei ihrer Arbeit äußerst gewissenhaft vor. Sie brachten Sarah bei, ihre Beobachtungen und Ergebnisse aufzuzeichnen, keine voreiligen Schlüsse zu ziehen und sich bei ihren Analysen Zeit zu lassen. Die Gespräche mit ihnen waren anregend und lehrreich. Dan hatte sich eine Mischung aus Entschiedenheit und Galgenhumor zu Eigen gemacht. Seine wohl überlegten Kommentare zur politischen Lage in Kenia spiegelten eine gewisse Zuversicht wider, auch wenn er die Welt nicht durch eine rosarote Brille sah. Die Briggs' waren bei ihren Angestellten sehr beliebt und genossen ihr Vertrauen. Nach einem im drückend heißen Busch verbrachten Tag setzten sie sich mit Erope und Julius in den Schatten eines Baums. Auf den Fersen kauernd, tranken sie Tee mit Milch und erörterten die Tageserlebnisse.

»Du musst den beiden gut zuhören«, hatte Dan Sarah von Anfang an geraten. »Spitz die Ohren, denn sie wissen, dass auch das kleinste Zeichen und das leiseste Geräusch eine Bedeutung haben. Ihre Vorfahren haben schon vor Urzeiten diesen Busch durchstreift. So können sie einem Pfotenabdruck, einem abgeknickten Ast, der Position eines Sterns oder dem Flug eines Vogelschwarms alle wichtigen Informationen entnehmen. Sie sind deine wahren Führer und Lehrer. Wahrscheinlich gibt es bei ihnen eine Art kollektives Gedächtnis,

und ihre Weisheit ist viel älter als alles, worauf du oder ich zurückgreifen können.«
Obwohl Sarah den Großteil ihres Lebens in Kenia verbracht hatte, war sie nie Afrikanern wie Erope und Julius begegnet. Allein Zeuge zu werden, wie sie im Einklang mit der Natur lebten, war aufschlussreich genug, und jeden Tag lernte Sarah etwas Neues, indem sie zusah, wie sie Informationen sammelten, geduldig abwarteten oder buchstäblich mit ihrer Umgebung verschmolzen, ohne die wilden Tiere zu stören.
»Die Afrikaner, die ich als Kind kannte, waren Köche, Gärtner oder Landarbeiter«, sagte sie eines Abends, als sie mit Dan und Allie am Lagerfeuer saß. »Nie haben wir darüber nachgedacht, woher sie kamen, oder versucht, etwas über ihre Weisheit zu erfahren, denn wir waren viel zu überzeugt davon, dass unser Weg der bessere war.«
»Das ist er auch, solange wir uns auf unserem Territorium befinden«, meinte Allie. »Wir dürfen nichts idealisieren. Ich jedenfalls möchte nicht als beschnittene dritte Ehefrau eines Kriegers enden und den lieben langen Tag *posho* mahlen oder Ziegen hüten.«
»Natürlich nicht«, erwiderte Sarah. »Aber als ich in Dublin war, bekam ich ein schlechtes Gewissen bei dem Gedanken, wie die Weißen ihr Personal behandeln. Andererseits habe ich miterlebt, wie Piet und Hannah mit ihren Arbeitern umgehen. Von unserer Warte aus wirken ihre *watu* kindisch und primitiv. Es ist ziemlich kompliziert.«
»Nicht unbedingt«, wiedersprach Allie. »Wir sind vor gut hundert Jahren hier aufgetaucht und haben Land und Leuten unsere Lebensweise aufgezwungen. Wir haben Schulen, ärztliche Versorgung und andere positive Dinge eingeführt. Doch wir haben nie richtig zugehört, weil das als ein Zeichen von Schwäche galt. Da wir Weißen herrschen wollten, mussten wir Allwissenheit vortäuschen.«
»Diese Form von Ignoranz trifft man nicht nur bei Regierun-

gen oder in Afrika an«, warf Dan ein. »Man findet sie überall. Wenn man zum Beispiel einen Hinterwäldler aus dem tiefsten Georgia in einem schicken New Yorker Restaurant als Kellner einstellt, wird man sich auch nicht in aller Ruhe anhören wollen, was er so denkt. Man würde versuchen, ihm seine verschrobenen Südstaatenansichten auszutreiben und ihn so schnell wie möglich in einen anderen Menschen zu verwandeln. Wir alle haben den Drang, unsere Mitmenschen zu verändern und sie uns nach unserem Weltbild zurechtzubiegen.«

»Das alles ist nur eine Frage der Zeit«, wandte Allie ein. »Heute müssen wir Afrikaner als gleichberechtigt anerkennen, was für uns noch verhältnismäßig neu ist. Aber der gute Wille ist vorhanden, und darauf können wir aufbauen. Allerdings wird die Übergangszeit nicht nur ein paar Jahre dauern, sondern Generationen.«

Sarah hatte ihren Film mit den Aufnahmen vom Elefantenbegräbnis entwickeln lassen. Sie empfand es als sehr ermutigend, dass die Briggs' die Fotos über alles lobten. Nun wusste sie, dass ihre Bilder etwas Besonderes waren und sie mit Recht stolz darauf sein konnte. Als sie eines späten Abends müde von der Arbeit zurückkam und sich schon auf eine Dusche freute, wurde sie von Allie erwartet. Sie berichtete, Hannah habe sich am Funk gemeldet, Sarah solle sich sofort mit Langani in Verbindung setzen. Hatte es wieder einen Überfall gegeben?, dachte Sarah erschrocken. Hatte ein neuerliches Gemetzel stattgefunden? Hannahs Stimme war wegen des Zischens und Knisterns kaum zu verstehen, und die Wörter klangen verzerrt. Doch als Sarah besorgt nachbohrte, beteuerte sie, dass nichts vorgefallen sei. Sie habe Sarah nur über das Wochenende einladen wollen.

»Ich kann nicht«, meinte Sarah bedauernd. »Weihnachten steht vor der Tür, und deshalb ist es unmöglich, dass ich mir jetzt schon freinehme. Tut mir Leid, Han. Ist auch wirklich alles in Ordnung?«

»Alles bestens«, erwiderte Hannah. »Bis bald. Over.«
Als am folgenden Nachmittag ein Landrover vorfuhr, saß Sarah gerade an ihren Notizen. Sie war so vertieft in ihre Arbeit, dass sie erst aufblickte, als Allie nach ihr rief.
»Sarah! Besuch für dich. Es ist Lars.«
Ein wenig erschrocken ließ sie die Mappe auf dem Schreibtisch liegen und fiel Lars um den Hals. Dann trat sie zurück und musterte ihn besorgt. Er war unrasiert, seine Kleider waren zerknittert und verschwitzt, und er machte einen erschöpften Eindruck.
»Lars! Wie schön, dich zu sehen!« Sie hielt inne und wartete auf eine Antwort. Aber er schwieg. »Ist etwas passiert? Mit Piet, Hannah oder auf der Farm?«
»Nicht dass ich wüsste«, erwiderte er dunkel und wich ihrem Blick aus. »Ich war seit gestern nicht mehr dort.«
Da er nichts hinzufügte, war sie sicher, dass er ihr etwas verschwieg. Dann bemerkte sie, wie er kurz zu Allie blickte, die einige Landkarten auf dem Tisch im Speisezelt ausgebreitet hatte und diese studierte. Offenbar lag da etwas im Argen, das er nicht in Gegenwart Dritter erörtern wollte. Sarah dachte an Hannahs Funkspruch. Hoffentlich gab es da keinen Zusammenhang.
»Komm in den Schatten«, sagte sie. »Du holst dir sonst noch einen Sonnenbrand.«
Sie ging mit ihm auf die schattige Veranda und zog zwei Klappstühle heran. »Setz dich. Ich hole dir etwas zu trinken. Du bist sicher am Verdursten. Allie, kann ich Lars ein Bier anbieten? Möchtest du ein Bier, Lars? Es ist sogar kalt. Der Kühlschrank hatte ein paar Macken, aber Amos, unser *fundi*, hat ihn wieder hingekriegt. Ich weiß nicht, was wir ohne ihn machen würden.«
Sie plapperte einfach drauflos, weil sie nicht wusste, was sie von seinem unerwarteten Besuch halten sollte. Lars lächelte Allie entschuldigend zu und nahm das Bier. Nachdem sie eine

Weile über die Forschungsarbeit geplaudert hatten, zog Allie sich unter einem Vorwand taktvoll zurück. Lars verstummte und umklammerte die Armlehnen seines Stuhls.

»Lars.« Sarah beugte sich vor. »Raus mit der Sprache! Du bist doch nicht hier, um ein Bier mit mir zu trinken.«

»Nein.« Seine Miene war finster. »Ich habe mich endgültig von Langani verabschiedet.«

»Was?« Sarah traute ihren Ohren nicht.

»Ich habe einen Schlussstrich gezogen, Sarah.« Er trank einen großen Schluck. »Hat Hannah es dir nicht erzählt?«

»Nein. Gestern Abend habe ich am Funk mit ihr gesprochen. Sie wollte, dass ich sie besuche, aber einen Grund hat sie mir nicht genannt.«

»Ich habe es nicht mehr ausgehalten. Anfangs habe ich deinen Rat beherzigt, Sarah. Ich habe mich um meine Arbeit gekümmert und versucht, mich in Geduld zu üben.« Er nickte nachdenklich. »Ich habe sie nicht bedrängt und abgewartet. Wenn Viktor, dieser Idiot, mit seinem albernen Gelächter und seinen schönen Worten auftauchte, bin ich nach Nanyuki gefahren und habe Tennis gespielt und mir im Club einen Drink genehmigt, um den beiden aus dem Weg zu gehen. Doch irgendwann konnte ich es nicht mehr ertragen. Der Kerl ist ein Frauenheld, und Hannah kapiert das einfach nicht. Sogar in Nanyuki wird über ihn geredet, aber sie will nichts davon hören. Es widert mich an, wie er ihr Honig um den Mund schmiert und wie sie ihn regelrecht anhimmelt. Ja, das ist das richtige Wort. Sie himmelt ihn an, und das macht mich wütend.« Er blinzelte heftig, als versuche er, ein Staubkorn loszuwerden, das ihm ins Auge geraten war. »Ich habe gesehen, wie er sie mit in sein Zimmer genommen hat, und Piet gesagt, er müsse etwas dagegen unternehmen. Doch er ist natürlich machtlos dagegen. Außerdem habe ich sie vor ihm gewarnt und gesagt, dass er sie sicher sitzen lassen wird. Ich habe ihr sogar gestanden, dass ich sie liebe.« Er wandte sich ab und betrachtete mit einem verkniffenem

Lächeln die struppigen Bäume rings ums Camp. »Aber das hat auch nichts genützt.«

»Sie kann manchmal sehr stur sein«, meinte Sarah. »Allerdings ...«

»Es war dumm von mir, überhaupt davon anzufangen. Sie wurde wütend und schrie, es ginge mich überhaupt nicht an, was sie täte. Wenn mir das nicht passen würde, könnte ich ja gehen.« Er verschränkte die Hände hinter dem Kopf und starrte in den blassblauen Himmel, um Sarahs mitleidige Miene nicht sehen zu müssen. »Also habe ich Piet mitgeteilt, dass ich nicht mehr bleiben könne. Natürlich fiel es mir nicht leicht, meinen Freund Piet im Stich zu lassen. Aber unter diesen Umständen war es für mich unmöglich, weiter dort zu arbeiten. Nicht nachdem sie mich hinausgeworfen hat.«

»Es tut mir so Leid, Lars.«

»Ich habe ihnen fürs Erste einen Verwalter besorgt«, fuhr er fort. »Bill Bartons Sohn ist wieder hier und möchte die Farm übernehmen. Deshalb sucht Mike Stead, sein Verwalter, einen neuen Job. Er wird bei Piet anfangen und möglicherweise sogar bleiben, falls sie sich verstehen. Vielleicht kehren ja auch Jan und Lottie zurück, was das Beste wäre. Hier bin ich also. Ohne Arbeit und ohne Perspektive.«

Er trank sein Bier aus. Sarah hatte Mitleid mit diesem ehrlichen, großherzigen Menschen. Wie hatte Hannah so dumm sein können, ihn wegzuschicken, sodass Piet nun ohne seinen vertrauten Freund und Verwalter zurechtkommen musste? Was würde Hannah tun, wenn Viktor – wie Sarah befürchtete – ihrer überdrüssig wurde? Sarahs Gedanken überschlugen sich, doch sie wusste nicht, wie sie sie in Worte fassen sollte.

»Was hast du jetzt vor, Lars?«, fragte sie schließlich.

»Wahrscheinlich gehe ich wieder nach Norwegen.«

»Für immer? Das kannst du doch nicht tun. Du gehörst nach Afrika.«

»Da bin ich nicht mehr so sicher«, erwiderte er trocken. »Jetzt fliege ich erst mal nach Hause. Ich hatte seit drei Jahren keinen Urlaub mehr.«

Das war richtig. Während alle anderen auf Safari gingen, Kurse besuchten oder Geschäftsreisen machten, hatte er stets auf Langani die Stellung gehalten, ohne dass jemand auf den Gedanken gekommen wäre, ihn nach seinen Wünschen zu fragen. Vielleicht würde ein Aufenthalt in Europa ihm ja gut tun. Und womöglich kam Hannah in seiner Abwesenheit wieder zur Vernunft. Sarah ließ Lars kurz im Speisezelt zurück und machte sich auf die Suche nach Allie, die fassungslos den Kopf schüttelte, als sie ihr die Geschichte erzählte.

»Dieses Mädchen ist ja vollkommen übergeschnappt! Allerdings ist sie nicht die Einzige, die auf den einsamen Wolf hereingefallen ist. Seine verwegene Art wirkt leider auf viele Frauen unglaublich anziehend. So eine Gemeinheit! Wir wollen den armen Lars über Nacht hier behalten und ihm helfen, seine Sorgen zu vergessen. Ein Abendessen, ein paar Gläser Whisky und ein Gespräch von Mann zu Mann mit Dan. Bestimmt wird er dankend annehmen.«

Lars schien sich über die Einladung zu freuen. Sein Abschied von Langani war ziemlich überstürzt vonstatten gegangen. Er hatte einfach seine Habe in den Landrover geworfen. Bücher, Kleider und alles, was sich sonst noch während seiner Zeit auf der Farm angesammelt hatte, lag nun ungeordnet auf dem Rücksitz. Da er normalerweise nicht zu spontanen Entschlüssen neigte, machte ihm seine jetzige Lage schwer zu schaffen. Nach dem Essen holte Dan die Whiskyflasche hervor. Bald waren die beiden Männer sturzbetrunken, klopften sich lauthals singend auf den Rücken und schwelgten in Erinnerungen an glückliche Tage. Allie und Sarah wechselten einen Blick und gingen zu Bett. Das Aufräumen konnte auch bis morgen warten.

Am nächsten Morgen brach Lars in aller Frühe auf. Er war zwar verkatert, aber besserer Stimmung und versprach, sich so bald wie möglich zu melden. Zu Sarah sagte er, er wolle zuerst ein paar Tage auf der Farm seines Onkels in Kiambu verbringen und anschließend nach Norwegen fliegen. Wenn er konkrete Zukunftspläne habe, werde er Sarah Bescheid geben. Sie blickte ihm nach und hoffte, dass sie sich wiedersehen würden. Sicher war Piet am Boden zerstört. Am liebsten hätte sie in Langani angerufen, doch dann hätte sie erzählen müssen, dass Lars direkt zu ihr nach Buffalo Springs gefahren war, was Hannah ihr vielleicht übel nehmen würde. Mit einem Seufzer griff sie nach ihrer Kamera. Wahrscheinlich war es das Beste, wenn sie in den Busch fuhr und endlich mit der Arbeit anfing. Schließlich konnte sie auch dabei weiter nachdenken. Also suchte sie ihre Aufzeichnungen zusammen und machte sich mit Erope auf die Suche nach den Elefanten.

Einige Tage später stattete sie der Samburu-Lodge einen Besuch ab, um sich an der Bar ein eiskaltes Bier zu gönnen – eine willkommene Abwechslung von den häufig lauwarmen Getränken aus dem mit Kerosin betriebenen Kühlschrank im Camp. Als sie auf der Veranda stand und das Kommen und Gehen der Touristen beobachtete, fühlte sie sich wie eine richtige Einheimische und war sehr stolz darauf. Später rief sie in Langani an, hatte aber nur Mike Stead, den neuen Verwalter, am Apparat, der ihr mitteilte, Piet und Hannah seien unterwegs, und er könne gern etwas ausrichten. Sarah erwiderte enttäuscht, sie werde sich wieder melden. Auf dem Weg zum Wagen hörte sie, wie jemand ihren Namen rief. Die Stimme war unverwechselbar.

»Die irische Wissenschaftlerin! Was machen Sie denn hier so allein? Sind Sie heute vom Frondienst befreit? Durften Sie von Ihrem Wachturm heruntersteigen?« Als sie sich umdrehte, blickte sie in die wissenden Augen von Viktor Szustak. »Sie müssen mit mir zu Mittag essen und mir alles über Ihre Forschungsergebnisse verraten.«

»Viktor!« Sie musterte ihn argwöhnisch und ein wenig verärgert. »Mein Turm ist eigentlich eine kleine Hütte mit Grasdach, die ich mit einer Horde Geckos und einer lärmenden Bande Buschschliefer teile. Danke für die Einladung, aber ich muss sofort zurück.«

»Gut, ich wollte sowieso hinfahren.«

»Und was führt Sie nach Samburu?«, erkundigte sie sich.

»Ich wollte Sie sehen. Nur Sie allein. Ich habe ein Zimmer hier.« Er wies hinter sich. »Kommen Sie mit mir ins Bett. Wir verbringen einen leidenschaftlichen Nachmittag und fahren anschließend zum Lager.«

»Wie vielen Frauen haben Sie heute schon dieses Angebot gemacht?«, fragte sie spöttisch. Sie war sicher, dass er nur Spaß machte, doch sie empfand seine Annäherungsversuche als äußerst unpassend. Immerhin war sie Hannahs Freundin – und eigentlich hätte er überhaupt die Finger von anderen Frauen lassen sollen.

»Keine hier ist so verführerisch wie Sie«, erwiderte er. Als sie ihre Wagentür öffnete, schlossen sich seine Finger um ihre Hand und streichelten ihre Handfläche. »Aber ich kann warten. Ich werde Ihnen zum Camp folgen. Für Dan habe ich eine Flasche Jack Daniels dabei, die ihm sicher willkommen ist, weil er so etwas hier nicht kriegt.«

In Kolonne fuhren sie von der Samburu-Lodge zum Camp, wo sich alle über Viktors Besuch zu freuen schienen. Offenbar war er bei den afrikanischen Mitarbeitern ebenso beliebt wie bei seinen Gastgebern. Das Abendessen verlief in ausgelassener Stimmung, nachdem Viktor die Flasche Jack Daniels geöffnet hatte. Sarah lehnte ab, da sie es für sicherer hielt, beim Wein zu bleiben. Bis spät in die Nacht saßen sie plaudernd und lachend beisammen. Es war bereits zwölf Uhr, als Sarah aufstand, um zu Bett zu gehen.

»Ich begleite Sie zu Ihrem Quartier und beschütze Sie vor wilden Tieren«, verkündete Viktor und sprang auf. Man merkte ihm überhaupt nicht an, wie viel er getrunken hatte. Bei ihrer

Hütte angekommen, nahm er ihr die Laterne aus der Hand und stellte sie drinnen auf den Tisch. Dann zog er sie zurück zur Tür.

»Spitzen Sie die Ohren«, sagte er. »Hören Sie, wie die Nacht zu Ihnen spricht? Sie müssen lernen, die Stimme der Dunkelheit zu verstehen, um das Geheimnis ihrer Schönheit zu begreifen.«

Aufmerksam lauschend stand Sarah neben ihm, als er ihr die Geräusche des Busches erläuterte, die ihr bislang gar nicht aufgefallen waren. Er kannte sich ausgesprochen gut damit aus. Doch im nächsten Moment drehte er sich zu ihr um, sodass ihr der Geruch von Zigarrenrauch und Alkohol ins Gesicht schlug. Als ihr klar wurde, dass er versuchen würde, sie zu küssen, stieg eiskalte Wut in ihr hoch. Es war eine Unverschämtheit, dass dieser zwielichtige Mensch sich ihr an den Hals warf. Piet hatte gesagt, er sei ein Frauenheld und ein Trinker. Offenbar wussten das alle bis auf Hannah.

»Gute Nacht, Viktor«, verkündete sie und schob ihn weg. »Ich muss jetzt schlafen.«

»Das werden Sie auch«, erwiderte er. »Und Sie werden von mir träumen und von dem, was wir einander geben können.«

»Sie reden Unsinn«, widersprach sie. »Aber ich nehme es Ihnen nicht übel, denn schließlich haben Sie ziemlich viel getrunken. Machen Sie auf der Fahrt nach Nairobi noch einen Abstecher zur Farm, um meine Freundin Hannah zu besuchen?«

Er lachte auf. »Die Kriegerkönigin«, meinte er. »Leider werde ich sie in nächster Zeit nicht wiedersehen, denn meine Arbeit auf Langani ist abgeschlossen, und ich habe eine neue Baustelle in Tansania. Nächste Woche fahre ich hin. Ich baue dort ein Hotel und werde eine Weile damit verbringen.«

»Weiß Hannah das?« Sarah hatte Mühe, ihre Wut zu zügeln.

»Frauen wissen alles«, entgegnete er. »Sie sind der Quell der Weisheit. Kommen Sie jetzt, die Nacht ist noch jung, und wir haben so viel zu entdecken.«

»Ich habe für heute Nacht genug entdeckt. Danke, Viktor, Sie sollten jetzt besser gehen.« Sie versetzte ihm einen heftigen Schubs, sodass er verdattert zurücktaumelte, und knallte die Tür ihrer Hütte zu. Das Geräusch war so laut, dass die Eidechsen mit einem entrüsteten Schnalzen auseinander stoben. Sie hörte, wie Viktor draußen an den Fensterläden kratzte und theatralisch flüsterte: »Kleines Mädchen, lass mich rein, oder ich pruste und puste, bis dein Häuschen umfällt.«

Verärgert über sein exaltiertes Gehabe, blieb sie hinter der Tür stehen. Kurz darauf ging er vergnügt pfeifend davon. Sarah setzte sich an den Schreibtisch und dachte an Hannah. Jetzt wurde sie abserviert, genau wie Piet es vorhergesehen hatte. Ahnte sie, dass Viktor nicht zurückkommen würde? Wie sollte Sarah ihr das erklären? Am liebsten hätte sie Piet angefunkt und ihm alles berichtet. Wie sehnte sie sich danach, wenigstens für ein paar Sekunden seine Stimme zu hören. Doch es war besser, wenn sie einen Brief schrieb und das Gespräch auf die Weihnachtstage verschob.

Als sie am nächsten Morgen zum Frühstück ging, war Viktor bereits aufgebrochen. Allie meinte, er habe schon in aller Frühe einen Termin in Nyeri gehabt. Während der Vorbereitungen für die morgendliche Exkursion musterte sie Sarah schmunzelnd. Dan wollte im Lager bleiben, um Berichte für die Sponsoren zu verfassen. Sarah fand, dass die beiden dank Viktors Whisky ziemlich mitgenommen wirkten. Heute stand ein Besuch in einem *manyatta* der Samburu auf dem Programm, um mit den Ältesten über traditionelle Jagdmethoden zu sprechen. Sarah hatte auch die Erlaubnis zum Fotografieren. Während sie in langsamerem Tempo als gewöhnlich losfuhren, kramte Sarah Aspirintabletten aus ihrer Tasche hervor und reichte Allie ihre Wasserflasche.

»Danke.« Allie schluckte alle Tabletten auf einmal hinunter und wischte sich mit dem Handrücken den Mund ab. »Immer wieder nehme ich mir vor, nicht mit diesem Mann Whisky zu trinken, und dann wache ich am nächsten Morgen trotzdem mit einem Presslufthammer im Schädel auf.« Sie spähte durch ihre dunklen Brillengläser ins Sonnenlicht. »Also hast du ihm einen Korb gegeben«, fügte sie hinzu. »Das passiert ihm nicht oft. Gut gemacht, Mädchen.«

»Ich möchte ja nicht schlecht über deine Freunde reden«, meinte Sarah, »aber du weißt ja, dass Viktor eine Affäre mit Hannah hat. Und trotzdem hat er gestern den ganzen Tag mit mir geflirtet. Ich bin zwar nicht prüde, doch so etwas mag ich nicht.«

»Viktor ist ein Wolf in Menschengestalt«, erwiderte Allie. »Er ist immer auf der Pirsch. Und dass du nicht auf seine Annäherungsversuche eingegangen bist, wird sein Interesse an dir noch steigern. Er kriegt die meisten Frauen rum. So ist er nun einmal, und er macht auch kein Geheimnis daraus. Deine arme Freundin Hannah tut mir Leid, weil sie auf ihn hereingefallen ist.«

»Sie himmelt ihn an. Ich begreife einfach nicht, warum sie nicht sieht, wie er wirklich ist.«

»Vermutlich findet sie ihn unwiderstehlich. Und er ist wirklich toll im Bett. Das kannst du mir glauben.« Allie grinste beim Anblick von Sarahs entgeisterter Miene.

»Du und Viktor? Wirklich? Aber wann …?« Sarah verstummte verlegen. »Tut mir Leid. Es geht mich ja nichts an.«

Allie lachte laut auf. »Schon gut. Wenn ich ein Geheimnis daraus machen wollte, hätte ich es dir nicht erzählt«, meinte sie. »Du brauchst nicht so erstaunt zu gucken. Für meine Ausflüge in die Stadt werfe ich mich natürlich in Schale.«

»Damit wollte ich nicht sagen … Mein Gott, Allie, das war wirklich taktlos von mir. Ich muss mich entschuldigen. Ich dachte nur, dass du und Dan …«

»Natürlich war Dan nicht dabei. Damals hat er geschuftet wie ein Galeerensklave. Als ich meinen Geburtstag in Nairobi feiern wollte, hat er sich geweigert mitzukommen. Ich war ziemlich sauer. Wir lebten damals in Tsavo und hatten die Fördergelder noch nicht bewilligt bekommen. Monatelang hatten wir uns pausenlos abgearbeitet. Damals ging es bei uns noch nicht so komfortabel zu. Wir hausten in winzigen Zelten und hatten kaum genug zu beißen. Dan störte das nicht. Er hat sich noch nie viel um Äußerlichkeiten gekümmert. Aber ich wollte, tja, vermutlich hatte ich einfach Lust, mich ein paar Tage verwöhnen zu lassen. Eine Frau zu sein. Im Mittelpunkt zu stehen, und wenn es nur an meinem Geburtstag war. Doch Dan wollte einfach nicht. Wir haben uns schrecklich gestritten, und danach bin ich allein nach Nairobi gefahren. Ich habe bei Freunden übernachtet und Viktor dort getroffen. Wir beide waren zwar ziemlich betrunken, aber es hat zwischen uns gefunkt. Wir haben ein wunderschönes Wochenende zusammen verbracht und Dinge getan, von denen ich vorher gar nichts geahnt habe!«

Allie kicherte zwar, doch in dem sonst eher barschen Ton der zierlichen und auf den ersten Blick so stark wirkenden Frau schwang etwas mit, das Sarah anrührte.

»Am Montagmorgen war es Zeit zu gehen, und natürlich bin ich zu Dan zurückgekehrt, dem einzigen Mann, mit dem ich mein Leben teilen möchte. Viktor ist ein Spinner und ein Bruder Leichtfuß. Später habe ich noch ein paar Nächte mit ihm verbracht, doch dann wurde mir klar, dass ich mit dem Feuer spielte. Ich riskierte, jemanden zu verletzen, der als Mensch zehn Mal so viel wert ist wie Viktor. Er ist ein gut aussehender, talentierter und interessanter Mann, hat allerdings auch seine dunklen Seiten. Mehr als ein verlottertes Wochenende darfst du von ihm nicht erwarten. Wenn du Lust auf eine Affäre hast, nur zu, aber glaube nicht, dass du mehr von ihm bekommen wirst. Er lebt immer am Rande des Abgrundes und säuft wie ein Loch. Ich habe gehört, dass er sehr aufbrausend sein kann und leicht die Geduld verliert, doch das habe ich nie selbst erlebt. Er besitzt die Fähigkeit, sich bis über beide Ohren in eine

Frau zu verlieben. Dann glaubt er ernsthaft, dass sie die einzig Richtige für ihn ist – aber schon am nächsten Tag zieht er weiter. So ist er nun einmal.«

»Ich habe bereits einen außergewöhnlichen Mann gefunden«, antwortete Sarah. »Also kommt eine flüchtige Affäre für mich nicht in Frage. Weder mit Viktor noch mit sonst jemandem.«

Sie hielt inne und überlegte, ob Allie ihr die ganze Wahrheit gesagt hatte. Vielleicht hatte Viktor sie ja ebenfalls in die Wüste geschickt, und sie war nur deshalb zu Dan zurückgekehrt.

»Und es würde dich wirklich nicht stören, wenn er mit einer anderen Frau zu dir auf Besuch kommt?«

»Nein, heute nicht mehr. Ich mag Viktor. Wir hatten Spaß zusammen. Mehr hatte es nichts zu bedeuten. Schnee von gestern. Dan hat es nie erfahren, und die beiden verstehen sich gut. Also sind alle zufrieden. Aber, weißt du was, für das erste Mal wäre er eine Sünde wert.«

Sarah errötete. »Merkt man mir etwa an, dass es das erste Mal wäre?«

»Überhaupt nicht. Allerdings bin ich Tierforscherin, und es ist mein Beruf, Dinge wahrzunehmen. Schau nicht so betreten. Es ist eine sehr wichtige Erfahrung. Heutzutage gehen viele junge Mädchen mit dem Erstbesten ins Bett. Ich persönlich finde das schade.«

»Ich möchte damit bis nach der Hochzeit warten, auf den Mann, mit dem ich den Rest meines Lebens zusammen sein will.«

»Aha! Und du sagst, du hättest ihn gefunden?«

»Ja.« Sarah drehte sich zu Allie um. Sie musste jemandem das Herz ausschütten. »Es ist Piet van der Beer, Hannahs Bruder. Er ist von innen wie von außen ein wundervoller, aufrichtiger und schöner Mensch. Ich war schon als Kind in ihn verliebt.«

»Und wo liegt das Problem?«, erkundigte sich Allie.

»Er hat eine andere geliebt, doch das ist jetzt vorbei. Jedenfalls hoffe ich das. Hannah ist überzeugt, dass er mich liebt, aber die letzte Erfahrung war sehr kränkend für ihn. Vielleicht ist das der Grund, warum er manchmal interessiert und dann wieder so abweisend wirkt. Doch er hat mich geküsst. Allerdings bekomme ich immer wieder Zweifel, ob er für mich dasselbe empfindet wie für das andere Mädchen. Möglicherweise mache ich mir ja nur etwas vor, und es ist nichts weiter als ein Kindheitstraum, der sich bloß bei mir im Kopf abspielt.«

»Ich denke, du weißt es besser«, meinte Allie.

»Wenn es um die Liebe geht, scheinen wir alle nur sehr wenig zu wissen«, widersprach Sarah. »Piet hat einen Fehler gemacht. Und schau dir Hannah an. Sie hätte Lars haben können, der ein viel besserer Mensch ist als Viktor. Ich habe keine Ahnung, wie ich ihr Vernunft beibringen soll.«

»Rate ihr, sich an den netten Kerl zu halten«, erwiderte Allie wie aus der Pistole geschossen. »Bei dem, der auch noch für sie da sein wird, wenn sie grauhaarig und faltig ist und Altersflecken kriegt. Vielleicht hätte Lars ihr ein bisschen früher den Hof machen sollen. Oder er war zu treu und brav, während sie sich nach ein bisschen Abenteuer gesehnt hat. Aber sie muss sich darüber im Klaren sein, dass Viktor nur ein Mann für ein kurzes Intermezzo ist.«

»Das muss ich ihr irgendwie verständlich machen«, stimmte Sarah zu. »Es wird nicht leicht sein.«

»Und du, mein Kind, solltest nicht stundenlang darüber nachgrübeln, ob Piet dich nun genauso liebt wie das andere Mädchen. Nimm dir, was er zu bieten hat, und freu dich daran. Der Rest wird sich zeigen.« Sie versetzte Sarah einen freundschaftlichen Rippenstoß. »Jeden Tag danke ich Gott dafür, dass ich Dan habe. Ich liebe ihn auch mit seinen Warzen, er ist der Richtige, und ich möchte mein Leben mit keinem anderen verbringen. Aber was richtig guten Sex angeht … Tja, Ende der Predigt.«

Lachend setzten sie ihre Fahrt zum *manyatta* fort, während die Sonne hoch über ihren Köpfen stand. Sarah betrachtete Allie lächelnd und war froh über das Vertrauen und die Freundschaft, die allmählich zwischen ihnen wuchs. Ich habe die richtige Entscheidung getroffen, dachte sie. Es war gut, nach Kenia zurückzukehren. Piet ist der Mann meines Lebens, ganz gleich, wie lange ich auf ihn warten muss.

Kapitel 23

Kenia, Dezember 1965

Sarahs Hände waren feucht, als sie durch das Tor von Langani fuhr. Sie hatte sich Mühe gegeben, nicht ständig an das Wiedersehen mit Piet zu denken, doch nun ließ sich die bange Erwartung nicht mehr verscheuchen. Nach der letzten Kurve kam das Dach des Farmhauses in Sicht. Geißblatt rankte sich die Schornsteine hinauf, und hinter der Rasenfläche erstreckte sich Lotties Garten mit seinen bunt leuchtenden Beeten. Die Hunde liefen dem Wagen entgegen. Hannah stand wartend auf der Vortreppe. Mit Lottie.

»Oh, Lottie! Lottie, was für eine wunderschöne Überraschung!« Sarah versuchte, die beiden gleichzeitig zu umarmen. »Hannah hat mir gar nicht erzählt, dass du wieder zu Hause bist!«

»Sie musste mir schwören, es geheim zu halten.« Lottie schob Sarah ein Stück von sich weg, um sie besser ansehen zu können.

»Und das ist mir auch geglückt.« Hannah freute sich diebisch, dass ihr kleines Täuschungsmanöver gelungen war.

»Ist Jan auch hier?« Doch die Antwort stand Lottie ins Gesicht geschrieben.

»Er will immer noch versuchen, über Weihnachten herzukommen. Oder wenigstens zu Silvester.« Hannahs Lächeln wirkte aufgesetzt.

Veranda und Wohnzimmer waren mit Weihnachtsgirlanden und Lampions dekoriert. Alles wirkte festlich und heimelig, und Sarah erkannte wieder einmal, wie sehr sie dieses gastfreundliche Haus und die Familie liebte, die für sie jahrelang wie ihre eigene gewesen war. Die Hunde umtänzelten sie, und

als sie sich bückte, um sie zu begrüßen, wurde sie von zwei starken Armen umfasst.
»Piet!« Bevor sie noch etwas sagen konnte, drückte er sie mit aller Kraft an sich und küsste sie auf den Mund.
»Ist es nicht prima, dass Ma zu Hause ist? Als du angerufen hast, um uns zu sagen, wann du kommst, hätte ich mich fast verplappert.«
»Dann hätte ich ihn ermordet!« Hannah lachte.
»Wir haben Champagner gekauft, um Mas Ankunft zu feiern, doch sie hat darauf bestanden, auf dich zu warten.« Piet schenkte allen ein Glas ein. »Aber jetzt trinken wir auf unsere Zukunft. Auf alle, die zu unserem Erfolg beigetragen haben.«
»Und auf Pa, der bald hier sein wird.« Hannah prostete ihrer Mutter zu.
»Kommt der *Bwana* auch?« Mwangi war aus der Küche erschienen.
»Er bereitet alles für die Reise vor, Mwangi«, erwiderte Lottie.
»Eeeh!«, rief Mwangi aus, der Laut, mit dem die Kikuyu Freude oder Erstaunen zum Ausdruck brachten. »Wie schön. Ich werde es allen sagen.«
»Es wird mein erstes Weihnachten in Langani sein«, meinte Sarah. »Genau genommen auch das erste, das ich nicht zu Hause verbringe, wo das auch immer momentan sein mag.«
»Zu Hause ist dort, wo deine Familie ist. Bei den Menschen, die du am meisten liebst«, verkündete Lottie. »So wird es immer bleiben, ganz unabhängig von der geografischen Lage. Und jetzt ist dein Zuhause hier bei uns, Sarah. Wir sind deine Familie.«
Während des Mittagessens wurde hauptsächlich über die Lodge und den *ngoma* gesprochen.
»Piet möchte mittanzen, aber ich finde, weil er so groß ist, sollte er sich den Massai anschließen, nicht den Kikuyu«, sagte Hannah. »Mit ockerfarbener Schminke, Kuhdung in den

Haaren und Perlen und Federn wird er sicher sehr gut aussehen. Findest du nicht, Ma? Wie ein waschechter Krieger.«

Lottie lächelte zwar, doch die Falten in ihrem Gesicht verrieten, dass die Belastungen der letzten Zeit ihren Tribut gefordert hatten. Sie wirkte angespannt und niedergeschlagen und schien nicht richtig bei der Sache zu sein. Nach dem Mittagessen ging sie hinaus auf die Veranda. Sarah folgte ihr.

»Alles in Ordnung?«

»Aber natürlich, mein Kind. Ich bin nur ein bisschen müde«, erwiderte Lottie.

»Ich freue mich schon so darauf, Jan wiederzusehen«, fuhr Sarah fort.

»Er hat die Abreise nun schon zwei Mal verschoben«, entgegnete Lottie. »Ich glaube, er fürchtet sich davor herzukommen. Er hat sich sehr verändert, Sarah. Ich kann mir nicht vorstellen, dass er einfach dort weitermachen wird, wo er aufgehört hat. Vielleicht war es ja doch ein Fehler.«

»Anfangs wird es vielleicht schwierig. Aber wenn er sieht, wie wunderbar die Farm, die er so sehr liebt, gediehen ist …« Sarah zögerte, beschloss aber dann, mit ihrem Wissen nicht hinter dem Berg zu halten. »Lottie …«

»Ja?«

»Hannah hat mir von den Ereignissen dort erzählt und auch, warum sie gegangen ist. Ich weiß, dass es nicht leicht für dich war.«

»Als wir fort sind, meinte Janni, er würde seine Wurzeln seinem Sohn zuliebe aufgeben.« Lottie blickte Sarah unverwandt in die Augen. »Inzwischen denke ich allerdings, dass er vor etwas davongelaufen ist. Die Farm wegen Piet zu verlassen war nur ein Teil der Wahrheit. Seitdem habe ich versucht zu vergessen, wie schön es hier ist, und ich bin sicher, dass es Janni genauso geht. Vielleicht hätte ich nicht zurückkehren sollen, nur um zu sehen, was wir verloren haben, denn wir können hier nicht bleiben. Piet ist jetzt der junge *Bwana*. Er hat sich seine Position hart erarbeitet und soll die Farm so führen, wie er es für richtig hält.«

»Und Hannah hat auch ihre Aufgabe gefunden«, fügte Sarah hinzu.

»Allerdings haben wir Lars verloren. Mike Stead ist zwar fleißig, aber er kann ihm nicht das Wasser reichen.«

»Wo steckt er eigentlich?« Sarah fiel auf, dass sie den neuen Verwalter noch gar nicht gesehen hatte.

»Piet hat ihm ein paar Tage freigegeben. Seine Eltern sind schon ziemlich alt und wohnen an der Küste. Er wollte sie über Weihnachten und Silvester besuchen«, erklärte Lottie. »Hannah ist sehr unglücklich, weil Viktor fort ist.«

»Glaubt sie, dass er nicht wiederkommen wird?« Im ersten Moment war Sarah erleichtert, denn nun würde nicht sie es sein, die die Hiobsbotschaft überbringen musste.

»Sie war wütend auf mich, weil ich nach dem Überfall nicht zurückgekehrt bin, denn sie war ziemlich verängstigt.« Lottie zog die Schultern hoch. »Sie dachte, ihr Schicksal wäre mir gleichgültig. Aber ich konnte Jan einfach nicht allein lassen. Inzwischen frage ich mich, ob ich das Debakel mit Viktor hätte abwenden können, wenn ich Hannah ernst genommen und mich in die erste Maschine gesetzt hätte.«

»Ich bin Viktor ein paar Mal begegnet«, sagte Sarah. »Der Kerl weckt in mir Mordgelüste. Allerdings war die Affäre zwischen ihm und Hannah vermutlich nicht zu verhindern. Ein Jammer, dass Lars der Leidtragende war.«

Sie schlenderten hinaus auf den Rasen, den Lottie so viele Jahre lang hingebungsvoll gepflegt hatte. »Ich ertappe mich dabei, dass ich mir dieselbe Frage stelle wie du vorhin, Sarah«, meinte Lottie. »Wo bin ich wirklich zu Hause? Ich habe gesagt, dass es dort ist, wo die Menschen leben, die man am meisten liebt. Doch ich bin nicht sicher, ob das, was ich für Jan empfinde, wirklich Liebe ist und ob er überhaupt noch die Fähigkeit hat zu lieben. Er ist innerlich abgestorben, mein Kind. Und zwar seit Camillas grässliche Mutter, diese Hexe …« Sie stieß die Worte hasserfüllt hervor. »Seit jener Nacht ist mein Mann für mich ein Fremder geworden, und ich weiß nicht, ob ich ihn noch lieben könnte, wenn wir irgendwann wieder zueinander finden.«

»Oh, Lottie! Jan war ein guter Mann und ein guter Vater. Natürlich wirst du das. Dafür bete ich.«

»Hoffentlich hast du Recht. Ich wünsche mir nichts weiter als die Kraft, um das, was auf mich zukommt, zu ertragen.«

»Wo bleibt ihr beiden denn?«, rief Hannah von der Veranda. »Schluss mit dem Tratsch.«

»Ich lege mich eine Weile hin, lese und halte ein Nickerchen«, sagte Lottie. »Wir sehen uns später.«

»Sollen wir uns in mein Zimmer setzen, Han?«, fragte Sarah. »Wir könnten auch einen Spaziergang machen.«

»Du willst sicher mit mir über Viktor reden«, platzte Hannah heraus. »Es ist vorbei, Sarah. Genau wie alle es vorausgesagt haben. Komm, wir gehen in dein Zimmer.«

Sie ließ sich in einen Sessel sinken und schlug die Hände vors Gesicht. Obwohl es ihr nicht leicht fiel, musste sie Sarah ihr Herz ausschütten, denn ihre Freundin würde sich all ihre Torheiten anhören, ohne ein Urteil über sie zu fällen, und sie danach genauso lieben wie bisher.

Sie hatte das Gefühl gehabt, auf Schritt und Tritt über Lars zu stolpern. Meistens musterte er sie mit steinerner Miene, und manchmal malten sich auch Wut und Schmerz in seinem Gesicht. Sosehr Hannah sich auch bemühte, ihm aus dem Weg zu gehen, gelang es ihr einfach nicht.

»Er verfolgt mich«, beklagte sie sich bei Piet. »Kannst du ihm nicht sagen, er soll mich in Ruhe lassen ?«

»Wie verfolgt er dich denn?«, fragte Piet. »Und wann?«

»Jeden Morgen drückt er sich im Büro herum«, erwiderte Hannah.

»Er hat morgens im Büro zu tun«, lautete Piets sachlicher Einwand.

»Außerdem treffe ich ihn in den Lagerhäusern und in der Milchküche. Einfach überall.«

»Hannah, ihr arbeitet schon seit Jahren zusammen, und das müsst ihr auch weiter tun. Er ist mein Verwalter, verdammt, eine wichtige Tatsache, die du nicht vergessen darfst. Er hat seine Aufgaben, und du hast deine. Also rede nicht ständig über Viktor. Zeig ein bisschen Taktgefühl und sei vernünftig, Schwesterherz. Mach deine Arbeit.«

Hannah setzte sich ins Büro und versuchte, sich auf die wöchentliche Buchhaltung zu konzentrieren. Doch eines grauen Morgens weigerte sich ihr Verstand schlichtweg, sich mit Zahlen zu beschäftigen, sodass sie es nach einer Stunde aufgab und nach draußen ging, um die Hunde zu rufen. Auf halbem Wege die Auffahrt hinauf begegnete sie Lars, der gerade aus einem Schuppen kam.

»Wo willst du hin?«, fragte er.

»Ich dachte, ich mache einen Spaziergang mit den Hunden.«

»Ich komme mit«, erwiderte er. »Wir müssen miteinander reden.«

Sie wusste nicht, wie sie seinen Vorschlag ablehnen sollte. Eine Weile schlenderten sie schweigend nebeneinander her.

»Hast du vor, in nächster Zeit Sarah zu besuchen?«, erkundigte er sich.

»Nein, momentan möchte ich hier nicht weg. Ich bleibe lieber zu Hause.«

»Wahrscheinlich, um auf seine Rückkehr zu warten«, entgegnete er. »Damit er weiter mit dir spielen, dir wehtun und einen Keil zwischen uns treiben kann, um dich zu guter Letzt fallen zu lassen.«

»Mein Gott, Lars, ich weiß nicht, was in dich gefahren ist«, erwiderte sie. »Meine Haltung zu Viktor geht dich überhaupt nichts an. Ich weiß, was du für mich empfindest, aber ich habe

dir doch erklärt, dass ich noch nicht bereit dazu bin. Deine Aufgabe ist es, diese Farm zu verwalten, und nicht wie ein Polizist in meinem Privatleben herumzuschnüffeln.«
»So siehst du mich also!«, gab er zornig zurück. »Als Angestellten, dem du die kalten Schulter zeigen kannst, wenn dein feiner Gigolo aus Nairobi auftaucht und dich in sein Bett zerrt.«
Sie blieben stehen und starrten sich erbittert an. Selbst die Vögel und Zikaden waren verstummt, und keine Brise regte sich in der stickig-schwülen Luft.
»Wage es nicht, so mit mir zu sprechen, Lars Olsen!«, schrie sie ihn in heller Wut an. Das Blut rauschte ihr in den Ohren, und ihr Gesicht war zornrot. »Ich bin eine erwachsene Frau und entscheide selbst, was ich mit meinem Leben anfange. Wenn du weiter hier arbeiten willst, musst du das respektieren.«
»Respektieren? Hast du etwa Respekt vor mir? Nach dem Überfall habe ich versucht, für dich da zu sein, dir an den schlechten Tagen beizustehen und dich zu trösten, wenn du Albträume hattest. Aber offenbar hast du das längst vergessen. In jener Nacht wäre ich fast umgekommen, doch dir ist das egal. Offenbar bin ich dir gleichgültig, Hannah, denn du behandelst mich wie einen Dienstboten. Du hast Recht, es wäre besser, wenn ich ginge, aber ich will Piet nicht im Stich lassen. Und zwar nicht, weil er mein Arbeitgeber ist, sondern mein Freund. Du solltest auch einmal an ihn denken.«
»Dieses Land gehört mir genauso wie ihm«, entgegnete sie. »Und Verwalter gibt es wie Sand am Meer. Wenn du also vorhast, mich weiter mit deiner schlechten Laune zu behelligen, weil ich einen anderen liebe, solltest du wirklich gehen. Mir wäre es sogar lieber so. Dann würde hier wenigstens wieder Normalität einkehren.«
Sie bereute die Worte, sobald sie sie ausgesprochen hatte. Erschrocken blickte sie ihm nach, als er kehrtmachte und in Richtung Haus marschierte. Dann pfiff sie die Hunde heran,

die sich während des Streits im Schatten eines Busches ausgeruhrt hatten. Sie trotteten auf sie zu, und Hannah spazierte weiter den Hügel hinunter. Sie nahm sich vor, ein klärendes Gespräch mit ihm zu führen, wenn sie wieder im Büro war. Er sollte eine Stunde Zeit haben, um sich zu beruhigen. Sicher war es nicht leicht für ihn, und sie hatte zu wenig Rücksicht auf seine Gefühle genommen. Sie musste Verständnis dafür haben, dass er eifersüchtig war. Als sie weiterschlenderte, hatte sie Lars bald vergessen und stellte sich stattdessen vor, wie Viktor sich über sie beugte, um sie zärtlich in die Arme zu nehmen.

Als sie zum Haus zurückkehrte, flirrte die Luft vor Hitze, und kleine Staubsäulen wehten über das Land. Hannah wünschte, die Regenzeit hätte ein wenig länger gedauert. Das Land war bereits ausgedörrt und von trockenen Grasstoppeln übersät. Wegen der schlechten Weidebedingungen würde das Vieh bald teures Zusatzfutter brauchen. Sie ging geradewegs ins Büro, doch von Lars war nichts zu sehen. Auch beim Mittagessen blieb sein Platz leer.

»*Pole, Memsahib*. Es tut mir so Leid. *Pole sana*.« Mwangi verzog bekümmert das Gesicht.

»Was tut dir denn Leid?«, fragte Hannah verdattert. Ein weiteres Problem hatte ihr jetzt gerade noch gefehlt. »Heute ist ein scheußlicher Tag, Mwangi, an dem man neue *shauris* besser vermeidet. Kann es nicht bis morgen warten?«

»Es tut uns allen Leid, dass *Bwana* Lars fort ist«, erwiderte er. »Er war ein guter Mann.«

Hannah starrte ihn entgeistert an und rang um Fassung. Angst schnürte ihr die Kehle zu, sodass sie keinen Bissen mehr hinunterbekam.

»Tja, so etwas dauert nie lang, Mwangi. Wir machen einfach weiter wie bisher, und der Rest wird sich zeigen.«

Der Mund wurde ihr trocken, als sie Piets Schritte auf der Veranda hörte.

»Wir reden im Büro.« Seine Miene war finster.

»Ich konnte ja nicht wissen, dass er gleich davonrennt«, rechtfertigte sich Hannah, sobald er die Tür hinter ihnen geschlossen hatte.

»Hast du überhaupt eine Vorstellung davon, was du uns eingebrockt hast?«, zischte er wütend. »Lars hat mich aus reiner Freundschaft unterstützt, und zwar für ein lächerliches Gehalt. Er ist mein Freund, mein Berater und der beste Verwalter, den wir je kriegen werden.«

»Ich kann nichts für seine Eifersuchtsanfälle«, protestierte Hannah, doch Piet war so in Rage, dass ihre Entschlossenheit ins Wanken geriet.

»Du wusstest, dass er dich liebt. Gut, du liebst ihn nicht, so etwas kommt öfter vor. Aber du musstest ihm ja ständig deine Affäre mit Viktor unter die Nase reiben. Du hast Viktor schöne Augen gemacht und ihn angeschmachtet, während Lars direkt daneben gesessen hat. Das war rücksichtslos, taktlos und gedankenlos von dir, Hannah. Du kreist nur um dich selbst, und jetzt hast du eine Riesendummheit angerichtet.«

»Piet, es tut mir Leid. Können wir ihn nicht zurückholen?«

»Vor einer halben Stunde hat er aus Nanyuki angerufen. Er wird eine Weile bei seinem Onkel in Kiambu bleiben und dann vermutlich nach Norwegen fliegen.«

Hannah brach in Tränen aus. Nach einer Weile legte Piet ihr die Hände auf die Schultern.

»Wir werden eine Lösung finden«, versprach er. »Lars hat mir Mike Stead als Ersatz empfohlen. Also sollte ich mich so bald wie möglich mit ihm treffen, wenn ich aus Nairobi zurück bin. Er sucht Arbeit und ist ein netter Kerl. Vielleicht können wir ihn ja auf Probe einstellen, bis wir wissen, ob wir miteinander klarkommen. Ist es übrigens für dich in Ordnung, heute Nacht allein im Haus zu sein? Eigentlich wollte ich heute Nachmittag losfahren, aber das lässt sich auch verschieben.«

Hannah starrte ihn an. Sie hatte ganz vergessen, dass er verreisen wollte.
»Schon gut«, sagte sie hastig, um eine weitere Auseinandersetzung zu vermeiden. »Du musst deine Verabredungen in Nairobi einhalten. Mir macht es nichts, ein paar Tage allein zu bleiben. Wirklich nicht.«
Nachdem er fort war, ging sie in ihr Zimmer, denn die Dienstboten sollten nicht sehen, dass sie den Tränen nah war. Auf ihrem Frisiertisch lag ein Brief, den sie widerstrebend öffnete. Als ihr die volle Tragweite der Ereignisse klar wurde, schlug sie die Hand vor den Mund.

Liebe Hannah,

du hattest Recht. Dein Privatleben und deine geheimen Sehnsüchte gehen mich nichts an. Leider habe ich meinen Gefühlen freien Lauf gelassen und dadurch die Grenze zwischen Arbeitgeberin und Verwalter sowie die zwischen Freundschaft und Liebe überschritten.
Unter den gegebenen Umständen kann ich nicht weiter in Langani arbeiten. Es wäre weder für uns noch für die Farm gut. Da ich dich und Piet jedoch nie im Stich lassen würde, habe ich euch einen anderen Verwalter besorgt, mit dem ihr sicher gut zurechtkommen werdet. Den Angestellten habe ich gesagt, dass ich wegen familiärer Probleme nach Norwegen muss. Und dort fliege ich auch hin.
Hannah, ich wünsche dir ein wundervolles und glückliches Leben. Du bist so mutig und so schön, und ich werde nie aufhören, dich zu bewundern und zu lieben.
Danke für die schönen Jahre in Langani.

Dein treuer Freund
Lars

Hannah las den Brief zwei Mal. Dann sank sie zitternd in einen Sessel, fest entschlossen, nicht zu weinen. Er würde zurückkommen, da war sie ganz sicher. Schließlich hatten sie sich schon öfter gestritten, und er hatte sich immer wieder beruhigt. Stets hatte sie befürchtet, dass eine Liebesbeziehung zwischen ihnen die Arbeitsabläufe auf der Farm gefährden könnte. Und nun war die Krise, Ironie des Schicksals, ausgebrochen, gerade weil eine solche Beziehung nicht zustande gekommen war. Nachdem sie eine Weile im Büro gearbeitet hatte, ging sie zu Juma in die Milchküche.
»Was ist mit *Bwana* Lars?«, fragte er voller Hoffnung. »Kommt er bald wieder?«
»Das wäre schön, Juma. Aber er hat *shauri* mit seiner Familie in Norwegen und muss deshalb dorthin. Also lass uns Geduld haben.«
Der Nachmittag schleppte sich endlos dahin. Hannah hätte sich so gern mit jemandem ausgesprochen. Doch als sie versuchte, Sarah anzufunken, war nur Allie da. Später meldete sich Sarah, sagte aber, sie könne im Moment Buffalo Springs nicht verlassen. Also bemühte Hannah sich um einen fröhlichen Tonfall und erwähnte ihre Sorgen nicht. Nach dem Gespräch saß sie weinend am Telefon. Doch schon im nächsten Moment läutete es wieder, sodass sie sich zusammennehmen musste. Es war Viktor, und ihr Herz machte vor Aufregung einen Satz, als sie seine Stimme hörte.
»Ich möchte, dass du morgen nach Nairobi kommst«, sagte er. »Meine Kriegerkönigin soll die Stadt erobern. Ich will mit dir zu einer Vernissage gehen. Der Künstler ist ein Freund. Dein Bronzeleopard ist auch von ihm. Und anschließend tanzen wir im Equator Club und lieben uns die ganze Nacht.«
»Ich kann hier nicht weg, Viktor«, erwiderte Hannah voller Enttäuschung. »Piet ist in den nächsten Tagen geschäftlich unterwegs, und ich werde in Langani gebraucht. Möchtest du mich nicht übers Wochenende besuchen?«

»Ach, Hannah, sei doch nicht immer so ernst. Komm und spiel mit mir! Mach dich sofort auf den Weg. Ich will dich berühren und den gewissen Ausdruck in deinem Gesicht sehen.«

»Viktor, ich kann nicht«, stieß sie mit erstickter Stimme hervor.

»Tja, mein kleines Honigtöpfchen, da bin ich aber traurig. Doch wir sehen uns sicher bald wieder.«

Er hängte ein, und sie stellte fest, dass ihre Hand zitterte, als sie den Hörer zurück auf die Gabel legte. Warum konnte Viktor nicht nach Langani kommen, wenn er wirklich etwas für sie empfand? Obwohl er im Leben sicher schon viele Frauen verführt hatte, hatte er doch beteuert, dass er nicht genug von ihr bekommen und nicht über längere Zeit hinweg ohne sie leben könne. Die Frage war nur, was Viktor unter einem längeren Zeitraum verstand. Sie war ihm doch sicher wichtiger als eine Ausstellung! Dann überlegte sie, wo Lars nun wohl sein mochte, und die Vorstellung, dass sie ihn vielleicht nie wiedersehen würde, machte sie unglaublich traurig. Eine Stunde später beschloss sie, Viktor anzurufen. Wenn sie schon nicht die Möglichkeit hatten, sich zu treffen, konnte sie wenigstens mit ihm sprechen. Das Telefon läutete lange, bis jemand abnahm.

»*Bwana* Szustak ist nicht da«, sagte die Stimme. »Er ist ausgegangen. Ich bin der Hausboy. Kann ich ihm etwas ausrichten?«

Hannah war bedrückter Stimmung, als sie sich einsam und allein ans Kaminfeuer setzte. Nachdem sie sich ein großes Glas Whisky eingeschenkt hatte, schaltete sie das Radio an. Doch die Musik machte sie noch trauriger. Also füllte sie ihr Glas nach und wartete auf das Abendessen. Ihr graute davor, unter Mwangis mitfühlenden Blicken allein ihre Mahlzeit einzunehmen. Als er verkündete, dass serviert sei, stand sie müde und lustlos auf und setzte sich mit ihrem Glas an den Tisch. Noch während sie ihre Serviette entfaltete, hörte sie einen Wagen vorfahren. Sie bekam eine Gänsehaut. Rasch griff sie nach dem Gewehr, das an der Anrichte lehnte, erhob sich langsam und zielte, die Beine fest in den Boden gestemmt, mit der Waffe auf die Tür. Doch Sekunden später hallte Viktors lautes Lachen durch den Raum. Er stürmte auf sie zu und nahm sie in die Arme. Als er sie wieder losließ, hielt sie immer noch das Gewehr in der Hand und starrte ihn entgeistert an.

»Ich hätte dich erschießen können«, stammelte sie. »Mein Gott, Viktor, was machst du denn hier?«

»Komm, Hannah. Ich habe Champagner mitgebracht. Und dann essen wir.«

Bei seinem Anblick konnte sie nicht mehr klar denken. »Ich muss nachsehen, was wir noch dahaben und ...«

»Am liebsten würde ich sehr schnell essen«, unterbrach er sie. »Und anschließend möchte ich mit dir in dein Schlafzimmer gehen und vögeln, bis du vor Erschöpfung um Gnade flehst. Dann wäre mein Hunger wirklich gestillt.«

Als sie später glücklich und zufrieden neben ihm lag, stützte er sich auf den Ellenbogen.

»Wo steckt denn dein wachsamer Wikinger heute Abend?«, fragte er. »Ich habe mich schon fast daran gewöhnt, dass er uns ständig finster anglotzt und unsere Freuden mit nordischer Düsterkeit beobachtet.«

»Er ist fort.«

»Wohin? Wie lange bleibt er weg?«, wollte Viktor wissen.

»Er ist zurück nach Norwegen«, erwiderte Hannah, aber ihre Stimme hallte blechern in ihren Ohren. »In seiner Familie ist jemand erkrankt, und er musste nach Hause. Nein. Das stimmt nicht.« Es gab keinen Grund, Viktor anzulügen. »Er ist für immer gegangen. Lars hat die Farm verlassen.«

»Ich dachte, er gehört hier gewissermaßen zum Inventar.« Viktor runzelte die Stirn, und sein Tonfall war scharf geworden. Er stand auf und entfernte sich ein paar Schritte vom Bett.

»Er war eifersüchtig«, erklärte Hannah. »Das weißt du doch genau. Schließlich hat er kein Geheimnis daraus gemacht, dass er mich liebt. Anfangs war es ein Schock für mich, aber inzwischen erkenne ich, dass es die beste Lösung war. Jetzt brauchen wir unsere Gefühle füreinander nicht mehr zu verstecken.«

Aber Viktor hörte ihr gar nicht zu. Er hatte im Bad die Dusche angestellt und sang laut vor sich hin. Als er zum Bett zurückkehrte, legte er die Arme um Hannah und schlief sofort ein. Am nächsten Morgen fuhr er früh ab. Ein letztes flottes Winken, und er war verschwunden.

Hannah richtete sich auf und wischte sich die Augen ab. Nun kannte Sarah die ganze demütigende Geschichte.

»Versuch bloß nicht, mich zu trösten«, warnte sie. »Das könnte ich nicht ertragen.«

»Du hast dich von ihm einwickeln lassen, Hannah. Ich weiß, dass dir das im Moment nicht weiterhilft, doch so etwas passiert öfter. Mich hat es auch erwischt, wenn auch nicht so heftig. Erinnerst du dich noch an Mike aus Dublin?«

»Aber du bist ihm nicht nachgelaufen.«

»Weil er mir nicht so wichtig war«, erwiderte Sarah. »Was ich sonst angestellt hätte, weiß nur der Himmel.«

»Seit jenem Vormittag hat Viktor nichts mehr von sich hören lassen.« Als Hannah ihren Erinnerungen nachhing, klang ihre Stimme, als wäre sie ganz weit weg. »Ich wollte sichergehen, dass er mich liebte. Ich brauchte Gewissheit. Also bin ich ein paar Tage später, als Piet von seinen Besprechungen zurück war, nach Nairobi gefahren, und zwar unter dem Vorwand, ich müsste Weihnachtseinkäufe machen. Es war schon spät, als ich ankam. Aber da ich Viktors Adresse kannte, bin ich einfach bei ihm aufgetaucht, um ihn zu überraschen. Und das ist mir auch gelungen«, fügte sie höhnisch hinzu. »Er war sehr überrascht. Das Gleiche galt für die Frau in seinem Bett.«

»Han, das ist ja entsetzlich! Wie furchtbar, dass du es auf diese Weise erfahren musstest.« Sarah legte Hannah den Arm um die Schultern.
»Sie war schwarz«, fügte Hannah, immer noch ungläubig und empört, hinzu. »Eine schwarze Frau. Ich stand da und habe die beiden angeschrien, bis Viktor mit mir nach draußen gegangen ist. Nur mit einem Handtuch bekleidet, stand er neben mir in der Auffahrt und teilte mir mit, er wolle mich nicht mehr wiedersehen. So hat er es wörtlich ausgedrückt. An die Heimfahrt erinnere ich mich nicht mehr. Doch als ich zurück war, hat Piet großartig reagiert. Er hat diskret geschwiegen und mich nie gefragt, wo ich gewesen sei oder woher ich mitten in der Nacht käme. Nie wieder hat er das Thema erwähnt, und außer dir weiß niemand davon. Nicht einmal Ma.«
»Und was jetzt?«, erkundigte sich Sarah.
»Wir haben Weihnachten«, erwiderte Hannah. »Und wie Ma vorhin sagte, lieben wir einander. Außerdem bist du jetzt hier. Mehr zählt momentan nicht. Ich liebe dich, Sarah, und du bist meine Schwester. Außerdem siehst du aus, als bräuchtest du dringend Schlaf. Wir sehen uns später.«
Sarah legte sich auf das bequeme alte Bett, dachte an Hannah und Lars und fragte sich, ob zwischen den beiden vielleicht noch etwas zu retten war. Dann griff sie seufzend nach einem Aufsatz über das Paarungsverhalten der Schakale, den Dan ihr gegeben hatte. Doch schon bald fielen ihr die Augen zu, und sie schlief so tief und fest, wie sie es schon als Kind in diesem Zimmer getan hatte. Sie wurde von einem leisen Klopfen geweckt.
»Komm mit mir auf den Berg«, sagte Piet. »Aber zieh einen Pullover oder sonst etwas Warmes an.«
Piet hatte eine Decke und Kissen ins Auto gepackt. Sie saßen da und blickten über das farbenfrohe Land. Der Wind strich durch das dank des Regens der vergangenen Woche zartgrüne Gras. Piet legte Sarah die Hand auf den Nacken und stieß das

leise kehlige Glucksen aus, an das sie sich noch aus ihrer Kindheit erinnerte. Kipchoge hatte es ihm beigebracht. Er hatte es auf ihren Spaziergängen oft von sich gegeben, wenn er ihr Vögel, Pflanzen und Tierspuren zeigte. Nun saß Sarah da und sah zu, wie der Himmel seine Farbe veränderte. Die schneebedeckten Gipfel des Kirinyaga wurden in einen rosigen Schein getaucht, als sich die Sonne langsam dem Horizont näherte. Schließlich ergriff Piet das Wort.

»Ich liebe dich«, sagte er leise. »Ich habe dich immer geliebt, aber ich war zu dämlich, es zu erkennen. Kannst du mir das verzeihen? Ich liebe dich wirklich, Sarah, und zwar mehr als alles auf der Welt. Mehr als mein Leben. Ich weiß nun, dass du die Einzige für mich bist.«

Als Sarah sich mit einem erstaunten Ausruf zu ihm umdrehte, legte er die Arme um sie und küsste sie immer wieder und wieder.

»Ich liebe dich, ich liebe dich, ich liebe dich«, flüsterte er. Er streichelte ihr Haar, ihre Augenlider und Wangen und strich mit dem Finger zärtlich über ihre Lippen. »Seit ich mich erinnern kann, warst du ein Teil von mir, und ich kann mir eine Zukunft ohne dich nicht vorstellen. Bist du einverstanden?«

Sie nickte, doch als sie antworten wollte, versagte ihr vor lauter Glückseligkeit die Stimme. Sie ließ sich auf die Decke sinken und gab sich ihrer überschäumenden Freude hin, als er sie wieder küsste und zum ersten Mal ihren Körper liebkoste. Atemlos vor zärtlichem Verlangen, lagen sie nebeneinander und sahen zu, wie am dunklen Himmel die ersten Sterne aufgingen.

»Ich liebe dich, Piet«, stieß Sarah schließlich hervor. »Und zwar seit dem ersten Tag, als du neben mir in den Fluss gesprungen bist. Und das wird auch immer so bleiben.«

»Für den Rest unseres Lebens werden wir uns lieben und füreinander sorgen, meine kleine Sarah, und unsere Welt wird

wunderschön sein.« Er stand auf und streckte die Hand nach ihr aus. »Und jetzt komm, meine Schönste, es wird kalt hier oben auf unserem Berg. Ich möchte dich nach Hause auf unsere Farm bringen.«
Sie falteten die Decke zusammen, sammelten die Kissen ein und verharrten kurz, um das Paradies rings um sie herum noch einmal zu bewundern.
»Dieses Fleckchen Erde gehört nur uns«, sagte er. »Alles hier unten haben wir mit unserem Mut, unserer Willenskraft und unserer Hoffnung geschaffen. Ich denke, dass Gott uns diesen Ort geschenkt hat, und wir beide, du und ich, werden ihn stets schützen und bewahren, ganz gleich, was es uns auch kosten mag. Ich weiß, dass du dieses Land ebenso liebst wie ich und dass du immer an meiner Seite sein wirst, um mir zu helfen.«
»Das werde ich«, erwiderte sie. »Für immer.«

Als Sarah vor dem Abendessen noch einmal in den Spiegel sah, stellte sie fest, dass ein Leuchten auf ihrem Gesicht lag, denn nun wusste sie, dass Piet sie liebte und dass sie gemeinsam die Zukunft gestalten würden. Ihre Haut schimmerte und ihre Augen strahlten, als sie ins Wohnzimmer kam. Piet griff nach ihrer Hand.
»Ich möchte euch etwas sagen«, begann er. »Jahrelang war ich ein verblödeter Afrikaaner, der nicht über den eigenen Tellerrand blicken konnte und zu vernagelt war, um zu erkennen, was wirklich wichtig ist. Ich war ein richtiger Idiot. Aber jetzt bin ich endlich aufgewacht. Ich habe das gefunden, was ein Mann am meisten braucht: eine Frau, die ich lieben und der ich mein Leben anvertrauen kann. Deshalb, Sarah Mackay, möchte ich dich fragen, ob du mich heiraten und mich damit zum glücklichsten Mann auf der Welt machen willst. Meinst du, das ginge?«
Alle stießen Jubelrufe aus, als Sarah Piet um den Hals fiel.

»Ja, ich werde dich heiraten. Ja, ich liebe dich. Und ich werde dich immer lieben.« Dann drehte sie sich zu den anderen um, die ihr gratulierten. »Ich liebe euch alle«, verkündete sie. »Und ich kann euch gar nicht sagen, wie glücklich ich bin.«

Noch während sie redete, öffnete sich die Tür. Mwangi und Kamau traten ein und schüttelten Piet strahlend die Hand. Nachdem er die beiden fest umarmt hatte, murmelten sie auf Kikuyu Segensworte für den jungen Mann, den sie seit seiner Kindheit beschützt hatten. Kurz darauf gesellte sich auch Kipchoge zu ihnen und reichte Piet mit einem schüchternen Lächeln zwei Perlenarmbänder, die er für ihn und Sarah gemacht hatte, in der Hoffnung, dass dieser Tag einmal kommen würde. Vorsichtig streifte er sie ihnen über die Handgelenke, und alle applaudierten, als Piet Sarah noch einmal küsste. Dann drehte Sarah sich zu Hannah um, der die Niedergeschlagenheit ins Gesicht geschrieben stand. Sie zog Piet zu seiner Schwester hinüber, um sie in ihre Freude einzubeziehen. Bis spät in die Nacht blieben sie auf und schmiedeten lachend Pläne. Schließlich versammelten sie sich ums Telefon, während Sarah die Vermittlung anrief und eine Nummer in Irland angab.

»Wir kommen euch im neuen Jahr besuchen, mein liebes Kind«, versprach Raphael, nachdem sie ihrer Familie die gute Nachricht übermittelt hatte. »Gute Nacht, und Gott segne euch beide. Viele Grüße an Hannah und Lottie. Wir lieben euch alle.«

Als die anderen zu Bett gingen, blieben Piet und Sarah allein zurück.

»Am liebsten würde ich jetzt mit dir schlafen«, sagte er. »Damit wir wirklich eins werden. Aber ich glaube, du möchtest damit noch ein bisschen warten. Ich werde mich ganz nach dir richten, denn es dauert ja nicht mehr lange, bis du für den Rest unseres Lebens meine Frau bist.«

»Ich weiß, es ist altmodisch und albern«, erwiderte sie, obwohl sie ihre Skrupel am liebsten sofort über Bord geworfen hätte, denn ihr ganzer Körper prickelte vor Sehnsucht und Erregung. »Doch es wäre mir wirklich lieber so.«

»Morgen planen wir die Hochzeit«, meinte er, streichelte ihre geröteten Wangen und küsste sie. »Und wir setzen einen Termin für die Trauung fest. Am besten so bald wie möglich. Dann musst du dir noch überlegen, was du mit deinem Job machen willst. Ich weiß, die Arbeit bedeutet dir sehr viel. Aber dass du mit deinem Chef ohne *brookies* schwimmen gehst, kommt jetzt natürlich nicht mehr in Frage.«

Alle verbrachten eine friedliche und geruhsame Nacht. Offenbar war endlich der Wendepunkt eingetreten, nachdem eine dunkle Wolke Langani so lange überschattet hatte. Sicher würde Weihnachten die so lange vermisste Fröhlichkeit bringen. Als Anthony aus Nairobi anrief, überredete Piet ihn, zur Verlobungsfeier zu kommen.

»Gratuliere, altes Mädchen«, meinte er, nachdem er Sarah begrüßt hatte. »Du hast einen netten Kerl abgekriegt, und Piet ist wirklich ein Glückspilz. Was wird jetzt aus deinen Elefanten?«

»Ich weiß noch nicht«, antwortete sie. »Ich helfe Dan gerade beim Schreiben eines Antrags auf zusätzliche Fördergelder, damit wir das Projekt erweitern können. Natürlich wäre ich nur zu gerne dabei. Aber ich habe noch keine konkreten Pläne.«

Anthony blickte nachdenklich zu Boden, bevor er weitersprach. »Apropos Finanzen: Ich habe vor ein paar Wochen George Broughton Smith getroffen, als ich mit einem meiner Gäste im New Stanley Grill war.«

»George in Nairobi?«, wunderte sich Hannah. »Wie geht es Camilla? Wie hat sie letzten Monat ihren einundzwanzigsten Geburtstag verbracht? Hat er es erwähnt? Ich habe ihr eine Geburtstagskarte geschrieben, aber wie immer nichts von ihr gehört.«

»Ich bin nicht sicher, was da los ist«, entgegnete Anthony.

»Wegen der Werbereisen und der Safaris war ich so viel unterwegs, dass ich schon länger nicht mit Camilla gesprochen habe. Außerdem habe ich den Eindruck, dass George aus diesem Grund keine sehr hohe Meinung von mir hat.«

»Das ist durchaus möglich«, erwiderte Sarah spitz.

»Auf meine Karte hat sie auch nicht reagiert«, fuhr er fort. »Ich habe ihr zum Geburtstag zwar Blumen geschickt, aber meine Pläne hatten sich geändert, sodass ich an diesem Tag in Cincinnati sein musste. Nach London habe ich es nicht mehr geschafft. Tja, bis auf eine Nacht am Flughafen«, endete er verlegen. »George hatte ebenfalls nicht viel zu erzählen. Er hat Camilla seit September nur ein Mal gesehen und nicht einmal ihren Geburtstag mit ihr gefeiert. Offenbar war sie mit Marina verreist. Ich habe ihm angemerkt, dass er nicht über sie reden wollte.«

»Das ist aber seltsam.« Sarah runzelte die Stirn. Inzwischen war sie sicher, dass sie während des enttäuschenden Telefonats mit Camilla etwas Wichtiges überhört hatte. »Sie standen sich doch immer so nah. Was ist mit ihrem Gesicht?«

»Anscheinend hatte er keine Ahnung, wie es um ihr Gesicht oder überhaupt um sie steht. Außerdem ist Marina krank. Als ich das Theme Fördergelder für das Wildreservat Langani erwähnt habe, meinte er zu mir, Camilla habe ihn nie darauf angesprochen. Inzwischen jedoch ist er über die Schwierigkeiten im Bilde und wird sich mit dir in Verbindung setzen. Er wird versuchen, Geld aufzutreiben, und wirkte sehr zuversichtlich. Allerdings ist vor Silvester nichts mehr zu machen. Aber danach kümmert er sich darum.«

»Ich wusste, dass es so kommen wird«, brummte Hannah mürrisch. »Sie hat uns einfach abgeschrieben. Wahrscheinlich waren wir nie wirklich wichtig für sie.«

»Nein, daran liegt es nicht. Offenbar stimmt da etwas nicht. Ich bin ganz sicher«, protestierte Sarah. »Vielleicht war sie ja schwerer verletzt, als wir dachten. In diesem Fall wäre sie gezwungen, ihren Beruf aufzugeben, hätte kein Einkommen mehr und würde alles verlieren. Womöglich musste sie sogar schon ihre Wohnung verkaufen. Es könnte auch sein, dass George und Marina sich scheiden lassen. Keine Ahnung, jedenfalls ist da etwas im Busch.«

»Ach, du findest immer eine Entschuldigung für sie«, meinte Hannah. »Sie ist einfach unfähig, sich in andere Menschen hineinzuversetzen. Ein Jammer, aber bei dieser grässlichen Mutter kann sie wahrscheinlich gar nichts dafür. Du musst endlich anfangen, sie realistisch zu sehen, Sarah.«

Am Heiligen Abend fuhr Sarah mit Lottie zur nächstgelegenen Missionsschule, wo eine Christmette stattfand. Als sie im Gestühl der kleinen Kirche kniete, sagte sie sich, dass sie der glücklichste Mensch auf der Welt war. Es duftete nach Weihrauch, und rings um sie schwebten hohe nasale Stimmen in die sternenenklare Nacht empor und ließen die alten Weihnachtslieder fast afrikanisch anmuten. Die Gemeinde bestand hauptsächlich aus Landarbeitern, die sich eigens für diesen Anlass mit schlecht sitzenden Sakkos und Schuhen ohne Schnürsenkel ausstaffiert hatten. Die Frauen trugen dicke selbst gestrickte Pullover. Ihre Kinder saßen in fest um den Leib geschnürten Tüchern auf ihren Rücken, sodass nur runde Köpfchen mit fragenden Mienen, gekrönt von bunten Wollmützen, hervorlugten. Sarah zündete für ihre Familie in Irland Kerzen an, wohl wissend, wie gerne sie heute hier gewesen wären. Wenigstens hatten sie versprochen, zur Hochzeit zu kommen. Lottie nahm ihre Hand, als sie die festlichen Lieder sangen und in den Jubelchor der Kikuyu einstimmten. Sarah war sicher, dass sie für den Rest ihres Lebens so singen würde, im Einklang mit den Menschen verschiedener Herkunft, die dieses Land besiedelten und so wie Piet zum Gelingen ihrer tapferen Nation beitrugen. Lottie, die betend neben ihr kniete, blickte gefasst, aber traurig drein. Jan war nicht zum Weihnachtsfest gekommen, hatte jedoch versprochen, an Silvester da zu sein.

Die Luft war kalt, und die Scheinwerfer ihres Autos hatten Mühe, den Nebel zu durchdringen, als sie zurück nach Langani fuhren.
Piet erwartete sie bereits, und sie setzten sich mit Bechern heißer Schokolade an den Kamin. Nachdem Lottie sich zurückgezogen hatte, küsste Piet Sarah und begleitete sie zu ihrem Zimmer, wo sie sich aufs Bett legten. Er strich mit den Händen über ihren Körper und drückte sie fest an sich. Sie hörte, wie er ein leises Stöhnen ausstieß, als er ihr Kleid öffnete, um sie zu liebkosen und ihre nackten Schenkel, ihren Bauch und ihre Brüste zu streicheln, bis ihr vor Begierde der Atem stockte. Ihre Haut glühte, und sie fühlte sich vom Ansturm der Gefühle wie berauscht. Als er sich von ihr löste und aufstand, wollte sie ihn nicht gehen lassen. Noch einmal beugte er sich über sie, um sie zu küssen und ihr Koseworte ins Ohr zu flüstern. Dann schloss er die Tür und ging davon. Von Sehnsucht erfüllt, lag Sarah wach und fragte sich, warum sie ihn gebeten hatte zu warten. Sie waren doch für einander bestimmt und würden immer zusammen sein. Weshalb also das Verlangen nicht jetzt gleich stillen? Aber sie war Gott so dankbar dafür, dass er ihr Piet geschenkt hatte. Ihr größter Wunsch war auf wundersame Weise in Erfüllung gegangen. Und außerdem würde es ja nicht mehr lange dauern.
Nach dem Frühstück wurden die Weihnachtsgeschenke ausgetauscht. Als alle Päckchen ausgewickelt waren, zog Piet eine kleine Schatulle aus der Tasche und bat Sarah, die Hand auszustrecken. Durch einen Schleier von Freudentränen sah sie den Diamanten funkeln, als er ihn ihr an den Finger steckte und sie unter dem Jubel der anderen Anwesenden küsste. Später riefen sie Jan und anschließend Sarahs Familie in Irland an. Doch bei Camilla meldete sich wieder niemand, und sie war wegen Piets und Sarahs Glückstaumel bald vergessen. Als Sarah einen Moment für sich hatte, wählte sie noch einmal die Nummer der Vermittlung und ließ sich mit Camillas Wohnung in London

verbinden. Aber das Tausende von Kilometern entfernte Telefon läutete in einem leeren Zimmer. Enttäuscht legte Sarah auf und nahm sich vor, noch am selben Tag an Camilla zu schreiben und sie zur Hochzeit nach Langani einzuladen. Sie hatten einander etwas gelobt, und tief in ihrem Herzen wusste Sarah, dass nichts ihre Freundschaft zerstören durfte. Sie würde dafür sorgen, dass das auch so blieb.

Kapitel 24

Kenia, Dezember 1965

Die Vorbereitungen für den *ngoma* begannen kurz nach Weihnachten. Da an diesem Tag nun nicht mehr nur die Eröffnung der Lodge, sondern auch Piets und Sarahs Verlobung gefeiert werden sollte, würde es ein unvergessliches Ereignis werden. Das Telefon läutete unablässig, denn alle wollten dem jungen Paar gratulieren und zum Fest kommen. Piet hatte veranlasst, dass für die Farmarbeiter ein Ochse gebraten werden sollte. Ein Stück entfernt von ihren Hütten war eine tiefe Grube ausgehoben worden, um das Tier im Ganzen am Spieß zu grillen. Im Haus und in den Werkstätten herrschte eine ausgelassene Stimmung, und die *watu* sangen auf dem Weg zur Arbeit Lieder, die vom *ngoma* und der Hochzeit des jungen *Bwana* handelten. Rings um die Hütten bastelten die kleineren Kinder, die sonst die Ziegen hüteten, Speere aus Stöcken und flachen Steinen und schnitten Schilde aus Holz und Pappe zurecht. Auf ihren mageren Beinchen vollführten sie hohe Sprünge und ahmten die tanzenden Krieger nach, die sie so bewunderten. Auch in der Krankenstation, wo Lottie wieder das Regiment führte, wurde über nichts anderes gesprochen.

Stundenlang durchstreifte Sarah mit ihrer Kamera die Farm und machte Fotos von den Farmarbeitern, dem Hauspersonal, den Küchen-*totos* und den Frauen, die sich in ihren Hütten das Haar schmückten und für den feierlichen Anlass Perlenketten auffädelten. Angespannte Erwartung und Aufregung herrschten, wohin das Auge blickte, und es schien niemanden, ob Mann oder Frau, zu geben, der sich nicht auf das Ereignis freute. Sarah fühlte sich von Ruhe und Zufriedenheit erfüllt, als sie begann, ihr zukünftiges Leben in Langani zu planen. Sie hatte noch immer nicht entschieden, ob sie weiter bei Dan und Allie arbeiten wollte. Vielleicht würde sie zumindest einen Teil des Jahres in Buffalo Springs verbringen müssen, doch schließlich war das keine Weltreise, und sie war sicher, jedes zweite Wochenende nach Hause fahren zu können. Möglicherweise konnte Piet sie ja auch ab und zu im Camp besuchen, bis eine dauerhafte Lösung gefunden war. Drei Tage vor dem großen Fest erschien er im Lagerraum, wo Lottie und Sarah gerade Handtücher und Laken für die erwartete Gästeinvasion abzählten.

»Das kannst du auch Simon überlassen«, sagte er. »Wie wär's, wenn wir alle zusammen auf den Berg fahren würden? Wir könnten ein paar Flaschen Bier oder Wein und einen Happen zu essen mitnehmen. Hannah findet das eine *lekker* Idee, und Anthony ist auch einverstanden.«

»Ich bleibe hier«, erwiderte Lottie, »und mache mit Simon die Arbeit zu Ende. Später möchte ich noch Janni anrufen. Aber ihr jungen Leute könnt ruhig fahren. Wir sehen uns dann beim Abendessen.«

»Ich fühle mich wie ein alter Löwe, der hier oben sitzt und sein Revier beobachtet«, verkündete Piet und lehnte sich an einen Felsen. Das rötliche, von braunem Gebüsch bewachsene Gestein hinter ihm schimmerte im Licht der Abendsonne, sodass es aussah, als wäre sein Kopf von einer goldenen Mähne umgeben. Sarah hob die Kamera, um diesen majestätischen Augenblick festzuhalten. Seine Pose verriet, mit welcher Selbstverständlichkeit er diesen Ort in Besitz genommen hatte, und auch den Stolz, den er empfand, nun, da sein Traum Wirklichkeit geworden war. So sehr war er in Gedanken versunken, dass er das Klicken und Surren der Blende gar nicht wahrnahm.

»Es heißt, die ägyptischen Pharaonen hätten sofort nach ihrer Thronbesteigung nach dem richtigen Platz für ihr Grabmal

Ausschau gehalten«, sagte er. »Wenn ihr mich fragt, würde ich mich für dieses Fleckchen Erde entscheiden. Kein von Menschen errichtetes Bauwerk kann sich damit vergleichen. Diese Aussicht auf die Farm, den Berg und die Ebene! Von hier aus hat man unsere ganze Welt im Blick. Dafür würde ich jede Pyramide hergeben.«

»Die Ägypter mussten beim Bau ihrer Grabmäler leider auf diese natürliche Kulisse verzichten«, wandte Anthony ein. »Wenn einem nur eine ebene Wüste zur Verfügung steht, errichtet man eben etwas, das sich aus dem Sand erhebt, den Stürmen trotzt und das Land beherrscht, sodass die Menschen sich an die großen Werke erinnern, die man vollbracht hat. Damit sie in Ehrfurcht erzittern …«

»Mein Nam' ist Ozymandias, Königskönig :
Seht mein Werk an, Mächtige, und verzweifelt!«,

deklamierte Piet mit lauter Stimme. Sarah sah ihn erstaunt an.

»Ich wusste gar nicht, dass du Shelley liest«, meinte sie.

»Es gibt eine ganze Menge, was du nicht weißt.« Piet musterte sie forschend. »Ich kann nicht nur eine Farm leiten, sondern auch lesen. Und zwar nicht nur Shelley. In meinem Zimmer stehen viele Bücher, die wir zusammen lesen werden. Und einige davon werden wir unseren Kindern vorlesen. Ich habe auch angefangen, Schallplatten zu sammeln. In Edinburgh habe ich mit Freunden Konzerte besucht und endlich begriffen, dass man Beethoven, Mahler und Mozart ebenso viel abgewinnen kann wie Elvis.« Als er Sarah an sich zog und ihr Haar streichelte, erschauderte sie wohlig. Um das Schweigen zu brechen, beendete sie das Zitat:

»Nichts sonst blieb übrig. Rings um den Verfall
Des kolossalen Wracks, einsam und eben,
Erstreckt sich Wüste grenzenlos und kahl.«

»Genau darauf wollte ich hinaus«, erklärte Piet. »Vom Menschen errichtete Bauwerke werden zerfallen und verschwinden wie die Stadt in dem Gedicht von Masefield, das du damals in Gedi zitiert hast, Sarah. Das hier aber«, mit ausgestrecktem Arm wies er auf das Panorama unter ihnen, »ist schon seit Millionen von Jahren hier und wird auch noch einmal so lange Zeit überdauern, sofern wir mit unseren Atompilzen nicht die gesamte Erde zerstören. Wenn wir möchten, dass man sich daran erinnert, was wir in unserer winzigen Lebenszeit zustande gebracht haben, müssen wir die Schönheit der Erde zum Mittelpunkt unserer Bemühungen machen. Dann wird etwas von uns überdauern, und wir haben es uns vielleicht sogar verdient, dass man uns nicht vergisst.«
»Ende der Philosophievorlesung des heutigen Abends.« Hannah leerte ihr Bier. »Wir sollten besser umkehren.«
»Lass uns schon einmal vorgehen«, schlug Anthony vor. »Die beiden können ja nachkommen. Aber wenn sie uns zu lange warten lassen, müssen sie zu Fuß nach Hause marschieren.«
Sie verschwanden zwischen den Bäumen, sodass Piet und Sarah allein zurückblieben. In der bläulichen Abenddämmerung sah sie, dass seine Augen vor Liebe strahlten. Er umfasste ihr Kinn mit den Händen und küsste sie so zärtlich, dass sie beinahe in Tränen ausgebrochen wäre. In der Ferne heulte eine Hyäne ihren Gefährten zu. Ein Chor antwortete ganz aus der Nähe, und Piet nahm Sarah bei der Hand. Auf dem Weg den steilen Abhang hinunter zum Wagen ahmten sie die Rufe nach und lachten, wenn die Tiere antworteten.
Zu Hause wurden sie von Lottie auf der Vortreppe erwartet. Sie strahlte übers ganze Gesicht. »Ich habe mit Janni gesprochen, und er will wirklich kommen! Er hat sein Flugticket schon und trifft am dreißigsten in Nairobi ein. Also wird er den *ngoma* mit uns allen feiern können.«
Nach dem Abendessen holte Sarah ihre Fotos heraus, um sie Lottie zu zeigen. Sie breitete die Porträts aus Dublin, die Auf-

nahmen von der Safari im September und die Bilder aus Buffalo Springs auf dem Tisch aus. Es war ihr ausgezeichnet gelungen, die wilde Landschaft und die anmutige Schönheit der Samburukrieger mit ihren Ziegen und Rindern auf Film zu bannen. Ihr Objektiv hatte das Licht eingefangen, wie es sich in stacheligen, dürren Grashalmen brach und diese in goldene Stäbe verwandelte. Die Schatten der vorüberziehenden Wolken, der ausladenden Kronen der Akazien und der Doum-Palmen fielen auf die wogenden Ebenen. Es waren auch Bilder von der Steppe mit einem Dornenbaum im Vordergrund dabei, und einige Aufnahmen zeigten die bizarren Formen der hoch emporragenden Termitenhügel. Doch am besten waren ihr die Fotos von Menschen und Tieren in emotional aufgeladenen Situationen gelungen. Die letzten Bilder zeigten die trauernde Elefantenherde bei ihrer Bestattungszeremonie.
»Ach, Sarah!«, sagte Piet leise, als befürchte er, die riesigen Geschöpfe auf den Fotos könnten ihn hören und die Flucht ergreifen. »Ich glaube, so außergewöhnliche Aufnahmen sind bis jetzt noch niemandem geglückt. Es muss doch jemanden geben, der sie veröffentlichen will.«
»Irgendwann wirst du für diese Fotos noch berühmt werden«, meinte Anthony. »Da bin ich ganz sicher.«
Piet griff nach den Bildern, die während der Safari im September entstanden waren, und sah sie langsam durch. Sarah beobachtete ihn verstohlen. Wie würde er auf das Strahlen reagieren, das von Camilla ausging und das die Kamera so sehr liebte? Einige Bilder zeigten sie und Anthony in angeregtem Gespräch am Lagerfeuer. Er war gerade dabei, ihr, wild gestikulierend und förmlich sprühend von jungenhaftem Temperament, etwas zu erklären. Währenddessen beugte sich Camilla mit einem so gebannten Blick zu ihm vor, dass der Zuschauer ihre Sehnsucht förmlich spürte. Eine Hand hatte sie nach ihm ausgestreckt, als wolle sie ihn zu sich heranziehen. Über ihren Köpfen ragte ein Gewirr verschlungener Äste ins Bild, im

Vordergrund züngelten die Flammen des Lagerfeuers im Abendlicht. Auf dem Foto war deutlich zu erkennen, dass sie nichts um sich herum wahrnahmen. Nachdem Piet die Fotografie eine Weile betrachtet hatte, legte er sie kopfschüttelnd beiseite.

»Was ist?« Sarah konnte ihre Ungeduld nicht mehr bremsen.

»Du siehst zu viel durch dein magisches Auge«, erwiderte er. »Manchmal entblößt du dein Motiv zu sehr und zeigst die Fäden.«

»Was meinst du mit Fäden?«, erkundigte sich Sarah verdattert.

»Die unsichtbaren Fäden, die Menschen miteinander verbinden. Manche bezeichnen es auch als Körpersprache. So wie jemand den Kopf dreht oder den Arm ausstreckt. Wie hier zum Beispiel.« Er wies auf das Foto von Anthony und Camilla. »Oder die Fäden zwischen einem Raubtier auf der Pirsch und seiner Beute. Schau dir nur diesen Geparden an.«

»Ich weiß nicht, ob es mir gefällt, so nackt und bloß dazustehen.« Hastig kramte Anthony die Bilder durcheinander. »Aber hier ist ein Foto von Hannah, das zeigt, wie stark und wie mutig sie ist und wie reizend sie trotzdem sein kann. Man sieht genau, dass sie auch ihre schwachen Seiten hat und Liebe und Schutz braucht.«

Hannah wandte sich mit ausdrucksloser Miene ab. Anthony, der ahnte, dass er einen wunden Punkt getroffen hatte, räusperte sich und verschwand in die Küche, um neuen Kaffee zu bestellen.

»Wir alle sollten uns hin und wieder von einem Genie fotografieren lassen«, sagte Piet, dem einiges klar geworden war. »Das würde uns lehren, uns den vielen Wahrheiten in uns zu stellen, vor denen wir so gern die Augen verschließen. Eines steht jedenfalls fest: Mein Mädchen wird mit seinen Fotos berühmt werden. Hinter der Kamera wird sie erfolgreicher sein, als Camilla es je davor war.«

»Ich würde mich freuen, wenn sie zur Hochzeit käme«, meinte Sarah.
»Du bist wirklich ein hoffnungsloser Fall«, seufzte Hannah. Doch dann musste sie lächeln. »Du kannst einfach nicht locker lassen.«
»Nein, sie hat Recht, Han. Camilla sollte dabei sein«, sagte Piet. »Wir werden sie in den nächsten Tagen schon ausfindig machen. Und jetzt hört zu. Morgen in aller Frühe fahre ich zur Lodge und verbringe die Nacht dort. Ich möchte sichergehen, dass im Gebäude, am Pool und an der Wasserstelle die Beleuchtung richtig funktioniert und dass mit den sanitären Anlagen alles in Ordnung ist. Schließlich soll es unseren Gästen an nichts fehlen.«
»Möchtest du, dass jemand von uns mitkommt?«, erkundigte sich Hannah.
»Nein. Du hast hier genug zu tun. Ich nehme Kipchoge und Simon mit. Ole Sunde, der Nachtwächter, ist bereits dort und kann uns zur Hand gehen.« Er grinste Sarah an. »Aber ich komme Sonntagmorgen zurück, weil ich es länger nicht ohne mein Mädchen aushalte. Du solltest unserem Freund hier ein paar dieser Fotos schenken.« Beim Sprechen klopfte er Anthony auf den Rücken. »Schau sie dir nur genau an, alter Junge. Vielleicht bringen sie dich ja zur Vernunft. Du bist ja noch vernagelter, als ich es war. Und pass morgen auf, dass die Frauen sich gut benehmen.«
Am nächsten Morgen zog Sarah sich rasch an und ging nach draußen, denn sie wollte mit Piet frühstücken, bevor dieser zur Lodge aufbrach. Bis auf die Vögel, die überschwänglich den neuen Tag begrüßten, war nichts zu hören. Um diese Uhrzeit sieht alles noch so frisch aus, dachte sie, während sie gebannt das Farbenspiel des Sonnenaufgangs betrachtete und beobachtete, wie der Mond geisterhaft im azurblauen Himmel verblasste. Noch war es zwar kühl, aber sie wusste, dass bald eine glühende Hitze herrschen würde. Als sie sich umdrehte,

um zum Esszimmer zu gehen, sah sie, dass Simon reglos dastand und sie anstarrte. Sie hatte ihn nicht kommen gehört.

»Guten Morgen, Simon, du bist aber früh auf.«

»Guten Morgen, Madam, *Bwana* Piet hat gesagt, ich soll um sieben für die Abfahrt zur Lodge bereit sein.«

»Ach, stimmt. Offenbar fühlst du dich in der Lodge wohl«, meinte sie, um Konversation zu betreiben.

»Ich arbeite hart für *Bwana* Piet, Madam«, erwiderte er. »Und ich hoffe, dass ich alles richtig mache und er zufrieden mit mir ist. Später werde ich vielleicht ein paar Freunde finden. Aber mit den Kikuyusippen hier verstehe ich mich nicht.« Er vollführte eine wegwerfende Handbewegung. »Sie sind keine guten Menschen.« An seinem Hals zuckte ein Nerv, und er schürzte missbilligend die Lippen.

»Und wie verbringst du dann deine Freizeit?« Sarah hatte Mitleid mit ihm. Es war schon schwer genug, ein Fremder und ein Waisenkind zu sein und weder in einer Familie noch in Stammesstrukturen Geborgenheit zu finden. Aber wenn man auch noch von seinen Kollegen aus reinem Konkurrenzneid abgelehnt wurde, trug man kein leichtes Los.

»Ich habe meine Bücher, Madam. Der Priester in der Missionsstation hat sie mir geschenkt und mir gesagt: ›Simon, du musst die ganze Zeit lesen. Das ist gut für deinen Verstand.‹ Also habe ich gelesen, um etwas für meinen Verstand und mein Englisch zu tun. Wie finden Sie mein Englisch?«

»Du sprichst es ausgezeichnet, Simon. Welcher Priester hat dir denn die Bücher gegeben? War es derselbe, der auch das Empfehlungsschreiben verfasst hat?«

»Nein, Madam. Es war ein alter Priester, ein *mzee*, der mich unterrichtet hat, als ich noch nichts wusste. Inzwischen ist er sehr krank und wurde ins Krankenhaus in Nairobi gebracht. Aber ich habe alle seine Bücher gelesen. Ich habe alles gelesen, was er mir gegeben hat.«

Der Gedanke, dass der kleine Junge, zurückgelassen in der

Mission, unwissend, einsam und vermutlich völlig verängstigt, von einem gütigen Priester unter seine Fittiche genommen worden war, rührte Sarah. Der Geistliche hatte Simon eine wundersame neue Welt eröffnet und ihm den Zugang zum geschriebenen Wort ermöglicht. Sarah stellte sich vor, wie er sich mit den fremden Symbolen abgequält hatte, bis er sie eines Tages lesen konnte.

»Simon, warte einen Moment.« Sie hatte einen plötzlichen Einfall.

Sarah eilte zurück in ihr Zimmer und wühlte in ihrer Büchersammlung. Sie besaß einen Sammelband englischer Literatur, den sie in der vierten Schulklasse als Preis gewonnen hatte und der sie noch immer überallhin begleitete. Das Buch enthielt Auszüge aus verschiedenen Prosawerken und Gedichten und war mit Holzschnitten und Kupferstichen illustriert. Auf der ersten Seite befand sich eine Widmung, die besagte, dass Sarah Mackay den ersten Preis im Englischwettbewerb gewonnen hatte. Bestimmt würde Simon das Buch gefallen, und er würde es zu schätzen wissen, dass sie ihm etwas schenkte, das ihr wichtig war. Unter den Namensaufkleber schrieb sie:

Für Simon, ich hoffe, dass du viel Spaß daran hast und dein Wissen erweiterst. Mit den besten Wünschen, Sarah Mackay.

Dann kramte sie in ihrer Mappe, bis sie auf ein Foto von ihm stieß, das auf der ersten Fahrt zur Lodge entstanden war. Nachdem sie auch das Bild mit einer Widmung versehen hatte, holte sie eine Weihnachtstüte aus der Kommodenschublade und steckt die beiden Geschenke hinein.

»Hoffentlich gefällt dir das Buch, Simon«, sagte sie zu ihm. »Mir hat es immer viel bedeutet, und es sind großartige Texte darin. Die schönsten, die ich kenne. Sicher wirst du viel daraus lernen.«

Er öffnete die Tüte und betrachtete ehrfürchtig das Buch.

Seine Lippen bewegten sich lautlos, als er den Aufkleber studierte und dann las, was sie handschriftlich hinzugefügt hatte. Schließlich blickte er auf und strahlte übers ganze Gesicht. Noch nie hatte Sarah ihn so lächeln gesehen.

»Warum schenken Sie mir so etwas Wertvolles?«, fragte er und strich mit den Händen über den Ledereinband und die Seiten mit dem Goldschnitt. »Warum tun Sie das, *Memsahib* Sarah?«

»Weil ich weiß, dass du genauso viel daraus lernen wirst wie ich damals. Außerdem hast du so fleißig für *Bwana* Piet gearbeitet. Er braucht dich jetzt sehr, um die Farm und die Lodge zu Orten zu machen, wo alle Menschen friedlich zusammen leben und arbeiten können. Und überdies haben wir Weihnachten«, fügte sie hinzu.

Er nickte und klappte das Buch zu. Sie bemerkte, dass er die Lippen zusammenpresste und heftig blinzelte, um die Tränen zu unterdrücken.

»Du hast doch keine Familie, oder?«, sagte Sarah. »Ich kann dich verstehen, denn in diesem Jahr ist meine Familie weit weg, sodass ich Weihnachten ohne sie verbringen musste. Also bin ich gewisserweise auch allein und ohne Familie. Deshalb weiß ich, wie schön es ist, wenn jemand an einen denkt.«

Simon schien nah daran, die Fassung zu verlieren, und sie fragte sich schon, ob sie zu viel geredet und ihn damit in Verlegenheit gebracht hatte. Er hatte sich abgewandt und betrachtete das Foto. Als er sich wieder umdrehte, glitzerten Tränen in seinen Augen.

»Ich habe noch nie zuvor ein Geschenk bekommen«, erwiderte er. »Madam Sarah ist sehr freundlich.«

Plötzlich hielt er inne und schaute hinter sie. Sie blickte sich um und sah Piet über den Rasen auf sich zukommen.

»Du bist schon auf!«, rief er erfreut aus. »Lass uns zusammen frühstücken.« Nachdem er sie geküsst hatte, umfasste er ihren Ellenbogen, um sie zum Haus zu begleiten. »Lad die Ausrüstung in den Landrover«, rief er Simon über die Schulter zu.

»Kipchoge wird dir helfen.« Er betrachtete Sarah. »Warum lungert er denn vor dem Haus herum?«
»Ich hatte ihn gebeten, auf mich zu warten, weil ich ihm ein Buch schenken wollte. Er sagte, er liest viel.«
»Er ist ein netter Kerl, aber ich möchte nicht, dass er zu vertraulich mit uns umgeht und gegenüber dem restlichen Personal eine Sonderstellung einnimmt. Wir haben schon genug Schwierigkeiten, weil sie eifersüchtig auf ihn sind. Man muss ihm Grenzen setzen. Manchmal ist er klüger, als gut für ihn ist.«
Sarah hatte nicht mit dieser Kritik gerechnet. »Er hat es nicht leicht«, widersprach er. »Schließlich hat er keine Freunde und ist ohne eigenes Verschulden zum Außenseiter gestempelt worden.«
»Tja, ich werde ihn nächste Woche in der Lodge einsetzen, weil momentan nur ein Nachtwächter dort Dienst hat. Da er kein Kikuyu ist, dürfte es keine Schwierigkeiten geben. Simon war so leichtsinnig, sich mit Kamau und David anzulegen. Also ist ein bisschen Abstand nicht schlecht, damit sich die Gemüter wieder beruhigen.«
»Aber es war doch David, der den Streit vom Zaun gebrochen hat, und zwar angestiftet von seinem Vater. Es macht sicher keinen Spaß, ständig Ärger mit den beiden zu haben«, wandte Sarah ein.
»Er ist auch nicht zum Spaß hier, sondern zum Arbeiten. Schließlich hat er uns förmlich angefleht, bei uns anfangen zu dürfen. Außerdem ist er der ideale Mann für die Lodge, weil er keine Familie hat und deshalb nicht ständig über die Trennung von seiner Frau und seinen *totos* jammern wird.«
»Er zieht den Kürzeren, nur weil er das Pech hat, keine Familie zu haben?« Unwillig runzelte Sarah die Stirn.
»Immerhin kann er von Glück reden, weil er eine Stelle mit guten Zukunftsaussichten hat. Er verdient anständig, wie er dir sicher bestätigen wird. Und jetzt hat er auch noch dein Buch.«

Als er sie angrinste, verflog ihre leichte Gereiztheit augenblicklich. Offenbar würde sie ihre Einstellung überdenken und lernen müssen, ihre Zunge zu hüten, wenn sie mit dem Personal zurechtkommen wollte. Denn diese Menschen hatten ihre eigenen Traditionen und Erwartungen und andere Vorstellungen von Hierarchie.

»Ich wollte mich nicht einmischen«, sagte sie, als er ihre Hand drückte.

»Ich liebe es, wenn du dich so aufregst«, erwiderte er. »Dann fletschst du die Zähne und zeigst die Krallen wie eine Löwin.«

»Ach, hör auf, du willst dich nur über mich lustig machen«, protestierte sie. »Soweit ich weiß, habe ich noch niemanden gekratzt oder gebissen. Zumindest nicht in den letzten Wochen.«

»Aber dass du ständig damit drohst, erhöht den Nervenkitzel.« Er knurrte sie an.

»Lass das, Piet, nimm mich nicht auf den Arm.« Als sie ihn über den Rand seiner Kaffeetasse hinweg musterte, strahlten ihre Augen vor Glück. »Übrigens haben deine Seitenhiebe gegen Anthony gestern gesessen.«

»Anthony ist der ewige Pfadfinder, der ohne Heldentaten und Abenteuer nicht leben kann. Er hat zwar Erfolg bei den Frauen, schafft es aber nicht, sich wirklich auf eine Partnerin einzulassen.«

»Vielleicht ist er noch nicht bereit dazu. Irgendwann wird der richtige Zeitpunkt schon kommen.«

»Ich glaube, er wird nie erwachsen werden«, entgegnete Piet. »Er denkt nicht weiter als bis zu seiner nächsten Expedition in den Busch, wo seine *watu* nicht mehr von ihm verlangen als Schutz und Entlohnung. Seine Gäste bezahlen ihn gut, und von manchen Frauen kriegt er sogar was dafür, dass er mit ihnen ins Bett geht. Für einen ewigen Peter Pan ist das doch ideal.«

»Solange er nicht die Gefühle einer Frau mit Füßen tritt. Dann fließen nämlich Tränen«, wandte Sarah ein.

»Deshalb sollte er sich das Foto, das du von ihm und Camilla gemacht hast, einmal näher ansehen. Vielleicht begreift er dann endlich, was sie ihm zu bieten hat. Aber er war zu beschränkt, es zu sehen, und hat sie gehen lassen. Die beiden würden großartig zusammenpassen. Sie könnte seine Gäste um den Finger wickeln und dafür sorgen, dass es in seinen Zeltlagern etwas stilvoller und komfortabler zugeht. Dort fehlt eine weibliche Hand. Anthony ist ein netter Kerl, aber auch ziemlich oberflächlich. Er merkt es gar nicht, wenn andere Menschen ihm ihr Vertrauen schenken.«

»Hättest du dich unter diesen Umständen anders verhalten, Piet? Hättest du mit beiden Händen zugegriffen?« Im nächsten Moment bereute sie, diese Frage gestellt zu haben. Es war Wahnsinn, ihr Glück aufs Spiel zu setzen, nur um Camillas Schatten zu vertreiben.

Er musterte sie nachdenklich. »Mich hat sie nie so angesehen«, erwiderte er schließlich. »Es gab keine unsichtbaren Fäden zwischen uns. Zu lange habe ich für sie geschwärmt wie ein Schuljunge und nicht begriffen, wie oberflächlich sie ist. Darin gleicht sie Anthony. Vielleicht ähneln sie sich ja zu sehr, um gut füreinander zu sein, und werden niemals herausfinden, was sie wirklich glücklich macht oder ob sie überhaupt in der Lage sind, Glück zu empfinden. Schade, dass sie nicht versucht haben, einander zu ergänzen.«

»Glaubst du, dass es einen Menschen gibt, der nur für dich bestimmt ist? Jemanden, mit dem allein du dir ein gemeinsames Leben aufbauen kannst?«, fragte sie.

Er nickte lächelnd. »Aber natürlich.«

»Ich auch«, sagte sie. »Und ich denke, dass Anthony und Camilla Seelenverwandte sind. Sie hat es bemerkt, er nicht. Ich wünschte, er hätte sie besucht, statt nur hin und wieder anzurufen oder ihr eine Postkarte zu schicken. In Samburu waren sie ein Herz und eine Seele. Ich dachte, sie wären verliebt. Doch dann hat er offenbar kalte Füße bekommen.«

Piet musterte sie forschend und nickte. »Ja. Er sollte sich auf die Suche nach ihr machen. Doch er fürchtet sich davor, seine Freiheit zu verlieren und sich zu binden. Allerdings wäre es gut für ihn, wenn er jemanden hätte, dem er wirklich etwas bedeutet. Außerdem ist Freiheit an sich nicht der Weisheit letzter Schluss. Aber er führt sich auf wie ein brünstiges Männchen. Mann, was für ein Glück, dass mir rechtzeitig die Augen aufgegangen sind! Ich habe die Frau gefunden, die zu mir passt. Und es ist noch viel schöner und wunderbarer als in meinen kühnsten Träumen.«

Er zog sie vom Stuhl hoch und küsste sie.

»Störe ich euch? Ich soll dir von Simon ausrichten, dass alles fertig ist.« Anthony stand in der Tür. Sarah stützte sich auf die Stuhllehne, und ihre Augen wirkten verschleiert, als sie Piet am Arm berührte.

»Musst du jetzt unbedingt weg?«

»Ja. Aber ich melde mich heute Abend per Funk.«

»Könnte ich nicht …?« Ihr Blick war flehend.

»Abwesenheit erhöht die Vorfreude, wie es so schön heißt«, meinte Piet lachend. »Wir reden heute Abend. So gegen fünf, vielleicht auch schon früher, falls alles mit den Außenarbeiten klappt. Ehrenwort.«

Nachdem er sie noch einmal geküsst hatte, ging er hinaus und pfiff nach seinem Lieblingshund, einem riesenhaften Rhodesian Ridgeback, der sofort hinten in den Landrover sprang. Sarah stand auf der Schwelle und blickte dem Wagen nach, der sich immer weiter entfernte und schließlich in einer Staubwolke verschwand. Nun würde sie anfangen, die Stunden bis zum Sonnenuntergang zu zählen und auf seinen Funkspruch zu warten. Vielleicht würde er seine Meinung auch ändern und sie bitten, zu ihm in die Lodge zu kommen. Da sie sich nicht in der Lage fühlte, ein vernünftiges Gespräch zu führen, ging sie in ihr Zimmer, holte ihre Kamera und zog mit den anderen beiden Hunden los, um ein paar Fotos zu machen.

Der Tag schleppte sich dahin, und eine langweilige Stunde folgte auf die andere. Sarah fühlte sich an die Zeit erinnert, als sie im Internat auf die Ankunft ihrer Eltern gewartet hatte. Es war wie damals, vor so vielen Jahren, als sie Lottie mit ihrer Mutter verwechselt und damit die Kette von Ereignissen ausgelöst hatte, denen sie den heutigen Tag verdankte. Nun wurde sie von Piet geliebt und würde seine Frau werden. Heute Abend würde er sich melden. Vielleicht kehrte er ja auch früher zurück oder schlug ihr vor, doch nachzukommen. Sarah konnte die untätige Warterei fast nicht mehr ertragen. Es schien eine Ewigkeit zu dauern, bis die Sonne hoch am Himmel stand, wo sie am Mittag schier endlos verharrte, um dann, viel langsamer als gewöhnlich, in Richtung Horizont zu gleiten. Als es fünf Uhr wurde, wich Sarah nicht mehr vom Telefon, um sofort zum Hörer greifen zu können. Aber es schwieg beharrlich.

Bei Sonnenuntergang erschien Lottie mit einer Pflanze in einem Tontopf. »Schau, Sarah … Ich habe Ableger davon eingesetzt, und sie sind gerade aufgeblüht. Ich stelle sie auf die Veranda vor dein Zimmer. Weißt du noch?«

Sarah berührte die drei Blüten, eine weiß, die andere hellblau und die dritte violett, und nickte lächelnd.

»Gestern, heute und morgen. Drei verschiedenfarbige Blüten auf einem Busch. Sie haben dich stets an Hannah, Camilla und mich erinnert. Sie sind wunderschön und duften himmlisch.«

So glücklich sie auch war, empfand sie doch einen Anflug von Bedauern. »Ich wünschte, Camilla wäre bei uns, damit es wieder so wird wie früher, als wir alles miteinander geteilt haben.«

»Sie ist fort, Liebes. Zumindest für den Augenblick. Hoffentlich wird das arme Mädchen irgendwann einmal sein Glück finden. Aber ich fürchte, sie wird es nicht leicht haben.«

Sarah nahm den schweren Blumentopf und stellte ihn auf den Couchtisch. Im Schein der scharlachroten Abendsonne sah es aus, als würde der Busch inmitten eines Feuers leuchten.

»Ein brennender Busch«, murmelte Sarah. Eine Wolke schob sich vor die untergehende Sonne, und plötzlich wurde es dämmrig im Raum. Unwillkürlich erschaudernd, warf Sarah einen Blick auf die Uhr. »Lottie, hättest du etwas dagegen, wenn ich die Lodge anfunke? Piet wollte sich um fünf melden, hat es aber nicht getan. Vielleicht hat er ja beschlossen zurückzukommen, sodass wir heute Abend ein Gedeck mehr auflegen müssen.«

»Aber natürlich, mein Kind.« Lottie lächelte, und ein wissender Blick malte sich in ihren Augen. »Geh nur und sprich mit deinem Liebsten. Ich werde in der Küche mit Kamau das Abendessen planen. Du kannst mir ja Bescheid geben, ob er kommt oder nicht.«

Nachdem sie fort war, griff Sarah zum Hörer. Ungeduldig trommelte sie mit den Fingern auf den Tisch, während sie darauf wartete, dass in der Lodge abgehoben wurde. Es knisterte zwar in der Leitung, aber offenbar war niemand da. Sarah verstand die Welt nicht mehr. Er musste doch inzwischen dort sein, um die Beleuchtung einzuschalten und sie zu testen. Sie legte auf und machte sie auf die Suche nach Hannah, doch sie traf nur Anthony an, der gerade ein dickes Buch über Raubvögel las.

»Piet hat mir versprochen anzurufen, doch er hat nichts von sich hören lassen. Als ich es vor ein paar Minuten in der Lodge versucht habe ...« Sarah bekam das Gefühl, dass sie es mit ihrer Besorgnis übertrieb. Gewiss machte sie aus einer Mücke einen Elefanten.

»Du kannst es wohl nicht erwarten, die Stimme deines Geliebten zu hören?« Anthony grinste nachsichtig. »Wahrscheinlich ist er auf dem Weg hierher. Er wollte die Zäune rings um die Lodge und die Lagerschuppen kontrollieren, die letzte Woche von einem Elefanten niedergetrampelt worden sind. Probier es doch in einer halben Stunde noch einmal.«

»Du hast Recht. Ich schaue, ob ich Hannah helfen kann.« Als

sie den Weg zur Milchküche entlanggging, kam Hannah gerade mit ihrem Laster um die Ecke.

»Hallo!«, begrüßte sie sie fröhlich. »Möchtest mit mir zum Haus zurückfahren?«

»Piet wollte sich um fünf per Funk melden«, sagte Sarah. »Als ich es versucht habe, hat niemand abgehoben. Es müsste doch jemand dort sein, richtig? Simon, Kipchoge oder der Nachtwächter.«

In dem Versuch, sich zu überzeugen, dass sie sich grundlos mit Sorgen zermürbte, umfasste sie fest die Tür des Jeeps und zwang sich zur Ruhe. Schließlich durfte sie sich nicht aufführen wie ein albernes Schulmädchen. Hannah, die sie am Arm berührte, spürte Sarahs Angst, hielt sie jedoch für völlig aus drer Luft gegriffen.

»Komm schon, Sarah, Kopf hoch. Wahrscheinlich sitzt er mit Kipchoge oben auf seinem Berg, philosophiert und verzehrt sich vor Sehnsucht nach dir. Ich muss ein paar Sachen ins Büro bringen, dann probieren wir es noch einmal am Funk. Aber zermartere dir nicht das Hirn. Oft kriegt man einfach keine Verbindung.«

Zurück im Haus, ging Sarah ins Wohnzimmer und zwang sich stillzusitzen, während Mwangi das Kaminfeuer anzündete und ihr einen Tee anbot. Zwanzig Minuten später erschien Hannah und machte sich am Funktelefon zu schaffen. Die Leitung knisterte zwar, aber niemand meldete sich.

»Müsste jetzt nicht endlich jemand da sein? Es ist doch schon dunkel.« Sarah bemühte sich um einen ruhigen Ton. »Glaubst du, sie könnten in Schwierigkeiten stecken?«

»Anthony«, meinte Hannah mit besorgter Miene. »Ich weiß, dass es albern klingt, und Sarah übertreibt bestimmt, aber manchmal hat sie so einen sechsten Sinn. Eigentlich müsste der Nachtwächter im Haus sein, auch wenn Piet noch etwas zu erledigen hat. Ich habe ihm selbst beigebracht, wie man das Funkgerät bedient.«

»Möglicherweise hatten sie eine Panne mit dem Landrover und brauchen jetzt Hilfe, um die Karre wieder flott zu kriegen«, erwiderte Anthony. »Ich trommle ein paar *watu* zusammen und fahre hin.«
»Ich komme mit«, verkündete Sarah entschlossen.
»Ich auch«, sagte Hannah.
»Anthony, nimm ein Gewehr mit! Nur für alle Fälle.« Lottie stand in der Tür.
Achselzuckend öffnete Anthony den Waffenschrank und holte ein Gewehr und einen Revolver heraus. Nun, da es losgehen sollte, befürchtete Sarah, sie könnte die anderen grundlos aufgeschreckt haben. Piet würde ziemlich wütend werden. Allerdings war sie froh, dass Hannah ihre Befürchtungen ernst nahm. Anthony hingegen hielt Sarah eindeutig für übergeschnappt. Ein Opfer des Liebeswahns. Doch das kümmerte sie nicht, solange sie nur endlich aufbrachen.
Die Nacht war klar, und der Vollmond ging auf, als sie das letzte Stück Weg zur Lodge entlangholperten. Dort brannte kein Licht. Anthony drückte drei Mal kräftig auf die Hupe, um das Personal herbeizurufen, aber nichts rührte sich. Also sprang er aus dem Wagen, drückte den beiden Farmarbeitern Taschenlampen in die Hand und befahl ihnen, ihm hinter das Gebäude zu folgen. Kurz darauf war er zurück.
»Der Landrover ist weg«, meldete er. »Hier stimmt etwas nicht. Piet ist noch nicht zurück, und auch sonst scheint niemand da zu sein.«
Inzwischen hatte er das Gewehr geladen. Hannah sprang, den Revolver in der Hand, aus dem Wagen. Sarah stolperte mit zitternden Knien hinter den beiden her. Vor Angst konnte sie keinen klaren Gedanken mehr fassen. Rasch durchquerten sie die Empfangshalle und leuchteten mit ihren Taschenlampen in jeden Winkel und hinter die Theke. Nichts war zu hören. Die Aussichtsplattform lag in Dunkelheit, und auch die Flutlichter, die sonst die Wasserstelle beleuchteten, brannten nicht. Das

ganze Haus wirkte verlassen. Sarah spürte, wie ihr das Herz bis zum Halse schlug. Ihr Atem ging stoßweise. Noch einmal suchten sie Gaststube, Speisesaal, Küche und Lagerräume ab und entdeckten dabei, dass sämtliche Leitungen, auch die des Funktelefons, durchgeschnitten waren.

»O Gott, bitte mach, dass es ein Irrtum war.« Sarah konnte die Angst, die in ihr aufstieg, nicht mehr unterdrücken und murmelte ein verzweifeltes Gebet. »Bitte mach, dass ich mich blamiert habe. Bitte, lieber Gott, lass ihn jetzt ankommen und fragen, was zum Teufel wir hier treiben. Er soll ruhig wütend auf mich sein. Bitte, gib ihn mir zurück. Es darf ihm einfach nichts zugestoßen sein.«

Sie stürmte zurück zur Aussichtsplattform und spähte angestrengt nach unten in die Dunkelheit. Kurz glaubte sie, am Wasserloch eine Bewegung bemerkt zu haben, und beugte sich vor. In diesem Moment legte sich ihr eine Hand von hinten schwer auf die Schulter. Mit einem Aufschrei fuhr sie herum und stand vor Kipchoge, der die weit aufgerissenen Augen verdrehte und ihre Schulter mit eisernem Griff umklammerte. Dann bewegte er die Lippen und stieß ein gurgelndes Geräusch aus. Blut quoll hervor, und der Mann stürzte Sarah zu Füßen.

»Kipchoge! Kipchoge! O mein Gott, Kipchoge, antworte doch! Wo ist *Bwana* Piet? Kipchoge, bitte … O Gott, stirb jetzt nicht. Sag mir bitte, was passiert ist!« Schluchzend schrie Sarah die Worte heraus, während sie sich über den Verletzten beugte und ihn schüttelte. Dann aber sah sie nur noch das Weiße in seinen Augen, und sie wusste, dass er tot war.

Anthony kam herbeigeeilt und hob Kipchoges Kopf an. Seine Augen waren vor Entsetzen geweitet, und sie erkannten im Schein der Taschenlampen, dass der Körper des Afrikaners mehrere tiefe Schnittwunden aufwies. Ein Arm war halb abgetrennt und baumelte lose von der Schulter.

»Er ist tot, Sarah.« Anthony drückte das schluchzende Mädchen beruhigend an sich und wandte ihr Gesicht von dem

grausigen Anblick ab. »Ich weiß nicht, wie er es überhaupt lebend bis hierher geschafft hat. Konnte er dir noch etwas sagen?«
Von Angst und Abscheu ergriffen, schüttelte Sarah den Kopf. Anthony sah sich aufmerksam um.
»Bestimmt waren es Wilderer«, meinte er. »Aber sie scheinen nicht mit Gewehren bewaffnet zu sein. Offenbar haben sie nur *pangas* bei sich. Oder sie wollen ihre Munition für eine größere Beute aufsparen.«
Hannah fiel neben Kipchoge auf die Knie. Im Mondlicht hatte ihre Haut die Farbe von Pergamentpapier.
»Woher kam er? Wie konnte er sich mit diesen Verletzungen hierher schleppen? Sicher ist Piet ganz in der Nähe, denn Kipchoge hätte ihn nie allein gelassen, vor allem nicht, wenn er verwundet war.« Mit vor Verzweiflung schriller Stimme rief sie seinen Namen. »Piet? Piet, wo bist du? Piet, um Himmels willen, antworte! Piet?« Sie drehte sich zu Anthony um. »Was ist mit Simon? Vielleicht haben Piet und Simon die Wilderer ja verfolgt. Wenn sie in der Überzahl waren, mussten sie sich möglicherweise verstecken. O Gott, was ist hier geschehen? Was machen die nur mit uns?«
Während sie hysterisch zu schluchzen begann, erschien einer der Landarbeiter.
»*Bwana*, der Landrover steht hinter den Bäumen auf der Rückseite der Lagerschuppen. Es hat ein Kampf stattgefunden. Ole Sunde, der Nachtwächter, ist dort.«
»Wo denn? Hat er etwas gesagt?« Anthony half Hannah beim Aufstehen. Dann eilten sie die Stufen hinunter und um die Lagerschuppen herum. Piets Wagen stand auf der Lichtung. Neben der offenen Tür lag sein Hund. Sein Leib war mit einer scharfen Klinge aufgeschlitzt worden. Seine Kiefer umklammerten noch Stoff und Hautfetzen.
»Vor seinem Tod hat er noch einmal ordentlich zugebissen«, stellte Anthony fest und berührte kurz den großen braunen

Kopf des Tiers. »Hoffentlich hat derjenige richtig was abgekriegt.«
In der Nähe der Personalunterkünfte fanden sie den Nachtwächter. Er lag bäuchlings auf dem Boden, und um seinen Kopf sammelte sich bereits eine dunkle Blutlache.
»Gütiger Himmel«, rief Anthony aus, drehte den alten Massai um und sah ihm in die blicklosen Augen.
Dann sprang er auf und rannte, gefolgt und Sarah und Hannah, zu den Ställen. Sie waren leer. Doch auch hier entdeckten sie Kampfspuren, und der Boden war aufgewühlt und voller Blut. Als Sarah nach Hannahs Hand griff, spürte sie ihr Zittern und hörte, wie ihre Zähne zu klappern begannen. In der Ferne hatten die Hyänen ihr misstönendes nächtliches Konzert angestimmt. Ihr bellendes Gelächter hallte schauerlich durch die Nacht. Sarah wurde von Todesangst gepackt, die ihr die Glieder schwer werden ließ und ihr den Blick verschleierte, als ihr klar wurde, was das zu bedeuten hatte.
»Schnell, Anthony, schnell. Wenn die Hyänen Blut gewittert haben und Piet oder Simon verletzt sind … Wir müssen uns beeilen, Anthony«, schluchzte Hannah.
Sie hasteten zurück zu Anthonys Wagen und folgten mithilfe ihrer Taschenlampen und der Autoscheinwerfer den Spuren, die die Flüchtenden hinterlassen hatten. Vorsichtig fuhren sie über das unwegsame Land und versuchten, so schnell wie möglich voranzukommen und gleichzeitig die Fährte nicht zu verlieren. Als sie die Baumreihen am Fluss hinter sich ließen, hörten sie das laute Geheul des Hyäenenrudels. Sarah gefror das Blut in den Adern. An Hannah geklammert, lauschte sie dem abscheuligen Chor links von der Straße. Dann stieß einer der Farmarbeiter einen Schrei aus.
»*Bwana!* Sie sind hier entlang!« Es war ein schmaler Pfad, der von den Hyänen wegführte. Kurz darauf wurde Sarah klar, wo sie sich befanden.
»Das ist der Weg zum Berg. Bestimmt will Piet zum Berg.

Vielleicht haben sie sich dort ein Versteck gesucht. O mein Gott. Anthony, können wir nicht schneller fahren?«

»Das ist zu riskant«, erwiderte er und umklammerte mit finsterer Miene das Steuer. »Hier ist der Boden sehr hart, und wir können die Spur verlieren, falls sie aus irgendeinem Grund vom Weg abgewichen sind.«

Je höher sie kamen, desto mehr wuchs Sarahs Gewissheit, dass sie Recht hatte. Als sie den Fuß des Abhangs erreichten, sprang sie aus dem Wagen.

»Kommt, kommt! Weit können sie nicht sein.«

»Sarah, bleib hinter mir«, befahl Anthony. »Lauf nicht ohne Waffe voraus.«

Doch sie verspürte keine Angst mehr, als sie losrannte. Äste schnellten zurück und rissen ihr die Haut auf wie Peitschenhiebe. Sie hörte, wie Anthony und Hannah nach ihr riefen, aber ihre eigenen gemurmelten Gebete übertönten die besorgten Stimmen ihrer Freunde.

»Bitte, lieber Gott, mach, dass ihm nichts geschehen ist. Lieber Gott, bitte, wenn du uns liebst, nimm ihn mir nicht weg. Bitte ...«

Sie brach aus dem niedrigen Gebüsch rings um den Gipfel, blieb am höchsten Punkt stehen und sah sich verzweifelt um. Nichts. Im nächsten Moment spürte sie, dass das Böse ganz nah war, und sie erschauderte. Eine riesige männliche Hyäne stand zwischen den Felsen und starrte sie an. Das Tier pirschte sich tief geduckt heran, sodass sie seinen kräftigen Kiefer erkennen und seinen fauligen Atem riechen konnte, der in ihr Brechreiz auslöste. Langsam wich sie zurück und fragte sich, ob Anthony und Hannah wohl rechtzeitig hier sein würden, bevor die Hyäne sich auf sie stürzte. Bei diesem unwegsamen Gelände war Davonlaufen zwecklos. Also blieb sie stocksteif stehen und betrachtete gebannt die Muskelpakete an den massiven Schultern und die gefletschten Zähne, die sie mühelos zerreißen konnten. Da hörte sie ein Surren und bemerkte, dass es sich um einen fliegenden Speer handelte. Der Körper des Tiers wurde in die Luft geschleudert und sauste so dicht an Sarah vorbei, dass sie umgerissen wurde. Sie rollte über die Felsen auf das dichte Gebüsch am anderen Ende des Abhangs zu. Beim Fallen sah sie den Kikuyukrieger, der den Speer geworfen hatte und noch mit erhobenem Arm am Rande einer Felsrinne stand. Bis auf einen Lendenschurz, die Bemalungen an Armen und Beinen und den traditionellen Federschmuck und Perlenkragen war er nackt. Im nächsten Moment landete sie mit einem dumpfen Geräusch unten an den Felsen und hörte einen Knochen knirschen. Ein scharfer Schmerz schoss durch ihre Schulter bis hinunter in den Arm. Doch schon in der nächsten Sekunde war er vergessen.

Vor ihr war eine flache Grube ausgehoben worden. Darin lag ein Mann mit ausgebreiteten Armen und Beinen. Sein Körper war von oben bis unten aufgeschlitzt, und man hatte ihm die Organe und das Geschlechtsteil entfernt, sodass ein widerlicher Blutgeruch in der Luft lag. Mit einem Aufschluchzen kroch Sarah auf dieses Bild des Grauens zu. Seine mit Schlingpflanzen und Holzstäben auf dem Boden fixierten Hände waren ausgebreitet wie zum Gebet. Der Boden war mit seinem Blut getränkt, das inzwischen zu einer klebrigen Masse angetrocknet war. Sein Gesicht reckte sich dem Mond entgegen, der seine leeren Augenhöhlen beschien. Piet van der Beer war tot.

Sarah hörte sich selbst schreien wie ein waidwundes Tier, als sie sich zu ihm in die Grube schleppte und mit ihrer heilen Hand versuchte, die Fesseln zu lösen, die ihn am Boden festhielten. Bald war sie über und über mit seinem Blut bespritzt, während sie immer weiter unzusammenhängend auf ihn einredete und sein Haar, sein entstelltes Gesicht und seinen Körper berührte. Wie durch einen Schleier nahm sie wahr, dass Anthony und die Arbeiter sie aus der Grube hoben und dass Hannah schrille Klagelaute ausstieß. Sie wusste nur, dass man sie von Piet trennen wollte, und sie wehrte sich aus Leibeskräften. Schließlich erbrach sie sich ins Gebüsch und würgte all ihre Verzweiflung und Wut heraus, die sich auf dem Boden mit dem Blut ihres toten Liebsten mischten. Dann taumelte sie auf Hannah zu, die vor Schreck wie erstarrt war. Ihr Gesicht war eine Maske des Grauens, als sie mit wankenden Schritten den furchtbaren Ort verließ, wo ihr Bruder den Tod gefunden hatte.

Kapitel 25

Kenia, Dezember 1965

Später konnte Sarah sich nur noch bruchstückhaft an jene Nacht erinnern, die vor ihr ablief wie eine Aneinanderreihung von blitzlichterleuchteteten Standaufnahmen. Lottie erwartete sie mit bleicher Miene, und es blieb Anthony überlassen, sie in den Arm zu nehmen und ihr von der unvorstellbaren Tragödie zu berichten. Er schob Sarah und Hannah ins Wohnzimmer und befahl ihnen, sich ans Feuer zu setzen. Stimmengewirr und lautes Schluchzen waren zu hören. Mwangi und Kamau hatten tränennasse Gesichter. Sie brachten Tee, Kaffee, Gerichte, die Hannah schon seit ihrer Kindheit liebte, und belegte Brote, deren Zubereitung ihnen Lottie vor einer Generation erklärt hatte. Kamau trat hinter Sarah, die wie betäubt auf dem Sofa kauerte, und berührte immer wieder teilnahmsvoll ihren Scheitel. Bei der kleinsten Bewegung schoss ihr ein stechender Schmerz durch den Arm, den sie allerdings kaum wahrnahm. Jemand stellte ihr eine Frage, die sie nicht verstand. Hannah saß stocksteif da und starrte ins Leere, während Lottie ihre Tochter umarmte und immer wieder dieselben tröstenden Worte murmelte. Anthony ging telefonieren, und nach einer Weile erschien die Polizei mit Jeremy Hardy an der Spitze. Dann läutete erneut das Telefon, und Lottie schluchzte, gestützt von Anthony, in den Hörer. Offenbar sprachen sie mit Jan.

Schließlich begann sich der Schmerz in Sarahs Schulter gegen das Gefühl der Lähmung durchzusetzen, was sie beinahe als willkommene Ablenkung empfand. Dr. Markham kam aus Nanyuki und versuchte mit freundlichen Worten, sie ihn ihr Schlafzimmer zu lotsen, damit er sie besser untersuchen könne. Doch sie weigerte sich, ihren Platz neben Hannah zu verlassen. Also tastete er sie an Ort und Stelle ab, setzte sich dann neben sie und erklärte ihr in sanftem Ton, ihre Schulter sei ausgekugelt. Da er wisse, dass sie in dieser Situation auf keinen Fall ins Krankenhaus wolle, werde er ihr eine lokale Betäubung verabreichen und versuchen, das Gelenk wieder einzurenken. Kurz darauf ertönte ein Schmerzensschrei, der, wie sie im nächsten Moment erkannte, von ihr selbst kam. Der Arzt band ihr den Arm fest um den Leib und schlug ihr vor, sich am nächsten Morgen im Krankenhaus röntgen zu lassen. Obwohl Sarah sich Mühe gab zu antworten, wollte ihre Stimme ihr nicht gehorchen, und sie konnte nur den Kopf schütteln, um ihm mitzuteilen, dass sie hier bei Hannah und Lottie bleiben wolle. Der Arzt kramte in seiner Tasche. Die Trauer stand ihm ins Gesicht geschrieben, als er Sarah zwei Tabletten reichte und ihr ein Glas Wasser an die Lippen hielt, damit sie das Medikament schlucken konnte.

Anschließend sprach er mit Hannah und klopfte ihr leicht gegen die Wange, um ihre Reaktion zu testen. Ihm erschien es, als sei es erst gestern gewesen, dass er ihr und ihrem Bruder ans Licht der Welt geholfen hatte. Damals waren Jan und Lottie und er selbst noch jung gewesen. Erfüllt von Hoffnung und Zuversicht und der Vorfreude auf ein Leben in diesem schönen Land. Nun wirkte Hannah wie erstarrt und blickte einfach durch ihn hindurch. Als er ihr eine Spritze gab, zuckte sie nicht einmal zusammen und bemerkte es offenbar gar nicht, als sich die Nadel in ihre Haut bohrte. Lottie streichelte ihr lautlos weinend das Haar, und eine abgrundtiefe Verzweiflung und Trauer malten sich in ihrem Gesicht. Als Sarah die beiden betrachtete, erschauderte sie und begann, am ganzen Leibe zu zittern.

Anthony zwang sie, einen Schluck Brandy zu trinken. Sie fühlte sich, als habe sie ihren Körper verlassen und schwebe irgendwo am Rande der Wirklichkeit. Wie aus weiter Ferne beobachtete sie Anthony, der im Raum hin und her ging, leise Anweisungen erteilte, Anrufe entgegennahm und sich um alles kümmerte. Den Arm auf Kissen gestützt, lag sie auf dem Sofa. Ihre Schuhe waren schlammig, ihre Kleidung war zerrissen und voller Blut. Piets Blut. *Nein, bloß nicht daran denken! Nicht den Namen aussprechen. Nicht hinschauen. Bloß nicht hinschauen.* Übelkeit ergriff sie, und sie setzte sich würgend auf. Sofort war Anthony an ihrer Seite und hielt ihr eine kleine Schale hin. Offenbar besaß er die nötige Geistesgegenwart, um auf jede neue Krise prompt zu reagieren. Sarah beugte den Kopf über die Schale, doch nur ein dünnes Rinnsal Galle kam heraus, da sie sich bereits auf dem Berg heftig übergeben hatte. *Nicht an den Berg denken. Nicht hinschauen. Nicht hinschauen …* Anthony wischte ihr das Gesicht ab und wickelte sie dann in eine Decke. Nachdem er die Schale neben sie auf den Boden gestellt hatte, widmete er sich wieder Hannah. Inzwischen hatte der Polizist erneut das Wort ergriffen. Wann war er zurückgekommen? Oder war er gar nicht fort gewesen? Sarah versuchte zu verstehen, was er sagte, aber seine Stimme klang verzerrt, als spräche er am anderen Ende eines langen Tunnels.

»Da war jemand auf dem Berg, nur wenige Meter von uns entfernt«, berichtete Anthony gerade. »Mit seinem Speer hat er eine riesige Hyäne erlegt, die Sarah an den Kragen wollte. Offenbar war es das Leittier. Ich habe den Speer durch die Luft fliegen sehen. Plötzlich ist Sarah gestürzt, und im nächsten Moment fing sie zu schreien an. Als wir näher kamen, bemerkten wir …« Die Stimme versagte ihm, und er wischte sich mit der Hand über die Augen.

Jeremy Hardy gab ihm Zeit, sich wieder zu fassen. »Also haben Sie sich den Mann auf dem Berg nicht genauer anschauen können?«, fragte er in gütigem Ton.

»Nein. Ich wollte Sarah helfen. Als ich wieder nach oben geblickt habe, war er fort.«

Sarah versuchte, etwas hinzuzufügen, und räusperte sich. Als sie endlich einen Ton herausbrachte, klang ihre Stimme heiser und stockend. »Ich habe ihn gesehen. Die Hyäne wollte mich anspringen. Da hat er sie mit dem Speer getötet.«

Während Lottie, Anthony und Hardy sich zu ihr umdrehten, starrte Hannah weiter ins Leere.

»Anscheinend hatte er auf uns gewartet. Er war wie ein Krieger gekleidet und hat seinen Speer nach der Hyäne geworfen. Dann bin ich hingefallen.« Sarah rang nach Atem. Als das schreckliche Bild, das sie bis jetzt beiseite geschoben hatte, erneut vor ihr auftauchte, wurde ihr wieder übel. »Aber trotz seines Federschmucks habe ich sein Gesicht erkannt.« Sie hatte das Bild vor sich, wie sich seine Gestalt, vom kalten, hellen Mondlicht erleuchtet, gegen den Nachthimmel abhob. Dann blickte sie Anthony und Hardy an.

»Ich weiß, wer es war«, flüsterte sie. »Es war Simon.«

»Simon?« Hardy beugte sich vor. »Sind Sie wirklich sicher, meine Liebe? Bei diesen Lichtverhältnissen kann man sich leicht täuschen. Außerdem wurden Sie von einer Hyäne bedroht und sind gestürzt.«

»Es war ganz sicher Simon. Er ist der Mörder von ...« Sie konnte den Namen nicht aussprechen. »Ich bin überzeugt, dass er es war. Er hat auf uns gewartet.« Ihre Stimme erstarb vor Entsetzen, als sie sich wieder in der Grube kauern sah, vor sich die Leiche ihres Liebsten, dessen Blut im Boden versickerte. »Es war Simon«, wiederholte sie. »Aber ich begreife nicht ... Warum sollte er so etwas tun?« Sie brach in Tränen aus und wiegte sich, zitternd vor Angst und ergriffen vom schrecklichen Schmerz des Verlustes, hin und her. »O Gott, warum? Lieber Gott, warum hast du das zugelassen? Warum hast du ihn mir weggenommen?«

»Simon wird vermisst, Jeremy«, meinte Anthony. »Er ist heute Morgen mit Piet losgefahren und der Einzige, den wir nicht gefunden haben.«

Da ergriff Hannah mit einem heiseren Flüstern endlich das Wort. »Ich will seinen Tod«, sagte sie, anfangs noch eiskalt und ruhig. Doch mit jeder Wiederholung wurde ihre Stimme lauter, bis sie es schließlich hinausschrie. »Ich will seinen Tod. Ich will seinen Tod …«

Lottie legte die Arme um ihre Tochter, und Anthony tätschelte tröstend ihre Schulter. Inzwischen hatte Hannah sich wieder beruhigt und sah ihn aus tränennassen Augen an. Ihre Hände waren zu Fäusten geballt.

»Ich will seinen Tod.«

Später in der Nacht schlug Sarah die Augen auf und stellte fest, dass sie ein wenig gedöst hatte. Im Kaminfeuer knisterten die Holzscheite, aber dennoch fror sie. Hardy beriet leise mit Anthony und Lottie darüber, ob man Piets Leiche zum Haus bringen solle. Aber Hannah streckte abwehrend den Arm aus und versuchte mühsam, sich zu erheben.

»Nein! Wir dürfen ihn nicht von dort wegholen«, protestierte sie. »Ihr habt ihn selbst gehört, als wir gestern auf dem Berg waren.« Mit schmerzerfülltem Blick sah sie Sarah an. »Mein Gott, es ist erst gestern gewesen!«

Als Anthony sie bat, sich wieder zu setzen, packte sie ihn an den Händen, und ihr Blick wurde flehend.

»Sein Blut ist bereits in dem Land versickert, das seines war. Und auch sein Körper gehört dorthin. Er soll ein Teil des Berges werden, auf dem er gestorben ist. Schließlich hat er selbst gesagt, dass er nach seinem Tod am liebsten dort bestattet werden möchte. Du hast es mit eigenen Ohren gehört, Anthony.« Sie schüttelte den kräftigen Mann, und ihre Worte klangen wie ein Verzweiflungsschrei. »Du warst dabei! Lass nicht zu, dass sie ihn fortbringen, Anthony!«

»Hannah, was erwartest du von mir? Möchtest du, dass er dort oben beerdigt wird?«

Sie stand auf. »Wir sollten einen Scheiterhaufen errichten, ihn auf dem Berg einäschern und seine Asche dort verstreuen. Und zwar jetzt.« Sie stieß einen leisen Klagelaut aus, bei dem es allen kalt den Rücken hinunterlief. »Sofort. Noch heute Nacht. Damit all der Schmerz ein Ende hat ...«

Sie schlang die Arme um den Leib, wiegte sich hin und her und murmelte etwas auf Afrikaans. Während Lottie sie zu beruhigen versuchte, räusperte sich Hardy.

»Hannah, mein liebes Kind, ich habe ja Verständnis für Sie, doch das geht nicht. Erstens würde es gegen das Gesetz verstoßen, und zweitens sind da noch die Ermittlungen. Wir müssen die Leiche bergen. Außerdem muss eine Leichenschau stattfinden. Es tut mir Leid, Hannah, aber ...«

»Nein! Nein, Sie verstehen mich offenbar nicht.« Sie packte ihn am Arm. »Was wollen Sie denn noch mit seiner Leiche? Sie vielleicht noch ein bisschen mehr zerstückeln und das, was von ihm übrig ist, mit Messern und chirurgischen Instrumenten in irgendeinem Labor vernichten? Ach, Jeremy, Sie haben doch gesehen, wie er getötet wurde, und mehr brauchen Sie nicht zu wissen. Uns bleibt nichts weiter, als ihm den Frieden zu schenken und seine Leiche auf dem Berg, wo er hingehört, den Flammen zu übergeben. Dann wird seine Asche über unser Land schweben, und er wird frei sein. Bitte, Jeremy, sperren Sie ihn nicht in eine Leichenhalle, in ein dunkles Gemäuer, wo er es nicht aushalten würde. Bitte.«

Hannah war so außer sich vor Verzweiflung, dass ihr Atem stoßweise ging. Dr. Markham fühlte ihr den Puls und überredete sie, sich wieder zu setzen. Dann zog er sich mit Hardy auf die Veranda zurück, wo sie unbelauscht reden konnten.

»Eigentlich finde ich die Idee gar nicht so abwegig, alter Junge. Wenn die Leiche gerichtsmedizinisch untersucht und wegen weiterer Ermittlungen zurückgehalten wird, könnte es Wochen dauern, bis man sie zur Bestattung freigibt. In der Zwischenzeit könnte die Familie in einen Schockzustand geraten, der womöglich ernsthafte gesundheitliche Folgen hat. Es ist schwer vorherzusagen, welche Auswirkungen dieses Erlebnis auf die beiden jungen Frauen haben wird, aber es könnte zu nicht wieder gutzumachenden Schäden führen, wenn man sie ständig zwingt, sich an diese Tragödie zu erinnern. Also bitte ich Sie im Interesse der Familie, Ihre Entscheidung noch einmal zu überdenken. Eine Einäscherung an dem Ort, wo er gestorben ist, wäre vielleicht für alle das Beste. Eine Art Befreiungsschlag und der Schlussstrich unter eine grauenhafte Erfahrung. So könnten die Angehörigen auf die Art und Weise trauern, die sie für angemessen halten.«

»Das verstößt gegen die Vorschriften und passt außerdem nicht in eine zivilisierte Gesellschaft«, widersprach Hardy kopfschüttelnd. »Mein Gott, was für eine Tragödie! Selbst während des Ausnahmezustandes habe ich so etwas nicht erlebt, auch wenn es die Handschrift dieser Rebellenbande trägt.«

»Geben Sie Ihrem Herzen einen Stoß, Jeremy.« Dr. Markham senkte die Stimme, damit ihn wirklich nur der Inspektor hören konnte. »Ich müsste mir wirklich ernsthaft Sorgen um Hannahs seelische Gesundheit machen, wenn sich die Sache weiter hinschleppt. Und bei Sarah Mackay sieht es nicht anders aus. Sie war seit kurzer Zeit mit Piet verlobt. Was die beiden Frauen beobachtet haben, ist so grausig, dass ein Mensch es eigentlich gar nicht verarbeiten kann. Wir wollen nicht, dass eine der jungen Frauen indirekt zum Opfer wird. Die beiden fühlen sich ohnehin schon elend genug. Passen Sie auf. Ich erkläre mich bereit, den Totenschein zu unterzeichnen und zu bestätigen, dass die Leiche zu stark verstümmelt war, um sie vom Tatort zu entfernen. So weit weg von der Wahrheit ist das ja gar nicht. Der junge Mann liegt dort oben am Berg, festgebunden wie ein Opfertier und mit abgetrenntem Geschlechtsteil und ausgestochenen Augen. Wenn die Leiche in die Gerichtsmedizin kommt und eine Untersuchung stattfindet, wird die Familie Tag für Tag gezwungen sein, sich daran

zu erinnern. Denn dann gäbe es keinen Abschluss. Ich glaube nicht, dass ein labiles junges Mädchen dieser Belastung standhalten kann. Sie schaffen es doch sicher, das mit den Behörden zu regeln.«
»Ich weiß nicht so recht. Ihre Argumente leuchten mir ein, und außerdem kenne ich Hannah und Piet seit ihrer Jugend und bewundere den Fleiß dieser Familie. Allerdings gibt es Vorschriften.« Erschöpft und tief erschüttert von den Ereignissen der Nacht, rieb sich der Polizist die Augen.
»Sie haben doch schon einen Tatverdächtigen, falls die arme Sarah sich nicht geirrt hat. Der Himmel weiß, welche Motive der Mann gehabt haben mag, und es könnte eine Weile dauern, das herauszufinden. Sie sollten der Familie gestatten, Piets Leiche einzuäschern. Dann könnten Sie sich voll und ganz darauf konzentrieren, diesen Mistkerl zu schnappen und den Fall abzuschließen.«
Während der Inspektor noch zögerte, gesellte Anthony sich zu den beiden Männern.
»Verzeihung, dass ich Sie belauscht habe«, begann er. »Wenn ich mir die Bemerkung erlauben darf, stimme ich Dr. Markham zu. Ich könnte den Scheiterhaufen bauen. In der Umgebung gibt es genug trockenes Gestrüpp. Wenn Sie uns die Erlaubnis geben, würde ich sofort mit der Arbeit anfangen. Noch heute Nacht. Sie haben doch genug Augenzeugen, die den Zustand der Leiche bestätigen können. Vermutlich haben Sie auch schon Aufnahmen gemacht oder werden es gleich nach Sonnenaufgang tun. Ist es unter diesen Umständen nicht möglich, die Leiche an die Familie zu übergeben?«
Nachdenklich musterte Hardy seine Begleiter und kehrte dann ins Wohnzimmer zurück, um sich mit Lottie zu beraten. »Was halten Sie denn davon, meine Liebe?«, fragte er sie. »Wie würden Sie Ihren Sohn gern bestatten? Sind Sie wirklich damit einverstanden, seine Leiche oben auf dem Berg einzuäschern? Entspricht das Ihren Wünschen?«

Lottie nickte, und ihre Augen füllten sich mit Tränen, als sie ihrer Tochter über das Haar strich. »Ja«, erwiderte sie leise. »Es ist richtig so.«

»Möchten Sie denn nicht auf Jan warten? Ich nehme an, dass Sie schon mit ihm telefoniert haben. Wann kann er hier sein? Ihnen wäre es doch sicher lieber, wenn er dabei ist.«

»Er war nicht in der Lage, mit mir zu sprechen. Ich musste eine Freundin verständigen, damit sie sich über Nacht um ihn kümmert. Sie wird sich am Morgen bei mir melden.« Lottie brach in Tränen aus. »Aber er wird nicht kommen, Jeremy. Ich fürchte, er wird nicht kommen.«

»Also gut«, seufzte Hardy und beugte sich vor, um Lotties eiskalte Hand zu berühren. »Ich werde ein paar *askaris* bei Ihren Männern auf dem Berg zurücklassen, um die … um Ihren Sohn zu bewachen. Piet war ein anständiger junger Mann, den ich immer sehr geschätzt habe. Ich habe die Gespräche mit ihm genossen und war stolz darauf, sein Freund zu sein.«

»Wir dürfen nicht zu lange warten«, drängte Dr. Markham. »Wenn Sie die Erlaubnis geben, ist es das Beste, wenn wir uns sputen.«

»Ich habe heute Nacht noch einen Bericht zu schreiben. Außerdem muss ich zurück auf den Berg, um den *askaris* ihre Anweisungen zu geben. Falls sich dieser Simon noch in der Gegend herumdrückt und nicht geflohen ist, stellt er auch eine Gefahr für andere dar. Während wir nach ihm fahnden, wird die Farm unter Polizeischutz gestellt. Unser aller Leben ist bedroht, solange Simon sich auf freiem Fuß befindet. Anthony, könnten Sie mir bei Morgengrauen ein paar gute Fährtenleser zur Verfügung stellen? Vielleicht spüren wir ihn auf diese Weise auf.«

Nachdem Hardy fort war, trank der Arzt eine Tasse schwarzen Kaffee und beobachtete Hannah besorgt. Sie wirkte wieder völlig apathisch und schien nichts um sich herum wahrzunehmen. Sarah hatte sich aufgesetzt und mit Kissen gestützt. Ihre Schulter pochte gnadenlos.

»Sie brauchen noch eine Schmerztablette, Sarah«, sagte er. »Und dann wäre es das Beste, wenn Sie ein bisschen schlafen. Wahrscheinlich wäre es im Bett am bequemsten für Sie, aber Sie wollen sicher alle zusammenbleiben. Wenn Sie möchten, kann ich Ihnen auch dasselbe Beruhigungsmittel geben wie Hannah.«

Aber Sarah schüttelte den Kopf. Während der restlichen Nacht döste sie immer wieder ein, wurde von Albträumen gequält und schreckte bei jedem Geräusch hoch. Mwangi und Kamau waren die ganze Nacht auf den Beinen, um die Familie, die sie liebten, zu versorgen und mit ihnen um den jungen *Bwana* zu trauern, dessen Zukunftspläne untrennbar mit ihren verwoben gewesen waren. Hannah war unter der Wirkung des Beruhigungsmittels eingeschlafen. In eine Decke gekuschelt und den Kopf auf dem Schoß ihrer Mutter, lag sie auf dem Sofa. Lottie rührte sich nicht, sondern starrte nur mit tieftraurigem Blick ins Kaminfeuer. Von Anthony fehlte jede Spur. Als Sarah später vom Knistern eines Holzscheits geweckt wurde, war Lottie endlich der Kopf auf die Brust gesunken, und sie hatte die Augen geschlossen.

Bei Morgengrauen kehrte Anthony mit Hardy zurück. Als Sarah versuchte, sich aufzurichten, schmerzte ihre Schulter heftig, und die grausigen Erinnerungen an die letzte Nacht brachen mit aller Macht über sie herein. Sie hatte so viele Fragen auf dem Herzen, doch Anthony legte ihr mit einer zärtlichen Geste den Finger auf die Lippen und setzte sich neben sie.

»Wir haben ihn in ein Tuch gehüllt«, sagte er leise, um Lottie und Hannah nicht zu wecken. Seine Miene war bedrückt, denn schließlich hatte er soeben seinem Freund den letzten Dienst erwiesen. »Ich habe Bettlaken aus der Lodge genommen. Dann haben wir oben auf dem Berg einen Scheiterhaufen errichtet. Die *watu* kamen von überall her, um mir dabei zu helfen. Jeremy wird uns keine Schwierigkeiten machen. Er ist ein guter

Mensch und ein alter Freund der Familie und wird alles tun, damit die Beisetzung nach euren Wünschen verläuft.«
»Warum sollte Simon so etwas tun? Warum? Piet hat ihm doch so viele Chancen eröffnet! Gestern, bevor sie aufgebrochen sind, habe ich noch mit ihm über Simon gesprochen. Ich habe Simon ein Buch geschenkt. O Gott.« Sie konnte die Tränen nicht unterdrücken und schlug die Hände vors Gesicht, um das Geräusch zu dämpfen.
»Wir haben die Fußspuren gesehen«, berichtete Anthony. »Und wir wissen, wo er stand, als du gestürzt bist. Die Hyäne liegt auch da, und der Speer in ihrem Leib trägt seine Fingerabdrücke. Aber Simon selbst ist wie vom Erdboden verschluckt. Die *watu* haben eine Todesangst und behaupten, er habe den Geist der Hyäne an sich gerissen und sich damit in den Busch geflüchtet. Bei Tageslicht müsste es möglich sein, seine Fährte zu verfolgen. Wir kriegen ihn, das schwöre ich dir.« Er strich ihr das Haar aus der Stirn. »Hast du große Schmerzen?«
»Nur wenn ich mich ruckartig bewege. Dr. Markham meint, ich sollte mich im Krankenhaus röntgen lassen, aber ich will hier nicht weg. Momentan ist das nicht so wichtig ...«
»Wie geht es Hannah? Hat sie geschlafen?«
»Ja. Ich bin ein paar Mal aufgewacht, aber sie hat sich nicht gerührt. Die arme Lottie war bis vor einer Stunde wach. O Gott, Anthony!« Sarah wurde von Verzweiflung ergriffen und brach wieder ihnen Tränen aus, diesmal ohne auf die schlafenden Frauen neben sich zu achten. »Ich kann so nicht weiterleben! Ich wünschte, ich wäre dort oben mit ihm gestorben. Warum habe ich ihn an diesem Morgen nicht begleitet? Dann hätten wir unser Leben gemeinsam beenden können. Ich schaffe das nicht! Wir standen doch noch ganz am Anfang. Ich will nicht ohne ihn weiterleben, in dem Wissen, dass er nie zurückkommen wird. Ich will sterben, Anthony.«
»Nein«, erwiderte Anthony. »So darfst du nicht denken. Keiner von uns darf das. Du musst jetzt ihm zuliebe tapfer sein

und Hannah und Lottie helfen. Wir alle müssen uns gegenseitig stützen, um diese Tragödie zu überstehen. Versprich mir, dass du nie wieder so daherredest, insbesondere nicht, wenn sie dabei sind.«

»Aber du hast doch keine Ahnung«, stieß Sarah in kläglichem Tonfall hervor. »Das kannst du auch gar nicht, und ich hoffe, dass du nie diese Erfahrung machen wirst. Er hat mich geliebt, Anthony! Wir haben einander geliebt, waren wie eine Person und erträumten uns dasselbe vom Leben.« Sarah schloss die Augen. »Er hat gesagt, er werde sich bei Sonnenuntergang bei mir melden. Wir hielten es kaum aus, auch nur eine Minute getrennt zu sein, weil wir unseren gemeinsamen Weg gerade erst begonnen hatten. Deshalb war ich auch so beunruhigt. Ich wusste, dass er sich nie verspätet hätte. Ich hätte sofort hinfahren sollen. Als ich den Verdacht hatte, dass etwas nicht stimmte, hätte ich auf meine innere Stimme hören müssen. Warum bin ich nicht zum Berg gefahren …«

»Du konntest es nicht wissen. Wir wären alle niemals auf diesen Gedanken gekommen. Schließlich war er mit Simon und Kipchoge zusammen. Also war es praktisch auszuschließen …« Als er sich umdrehte, sah er, dass Hannah aufrecht auf dem Sofa saß. »Han, du bist ja wach.«

Stumm starrte sie ihn an. »Wenn wir auf Sarah gehört hätten und sofort hingefahren wären, hätten wir ihn noch retten können, richtig?«, flüsterte sie dann. Sie riss sich die Decke von den Beinen und schleuderte sie weg. »Richtig?«, schrie sie.

Anthony warf Sarah einen flehenden Blick zu. Dann packte er Hannah an den Handgelenken und zwang sie, ihn anzusehen. »Hör mir gut zu, Hannah«, sagte er streng. »Es wäre so oder so zu spät gewesen. Als wir ankamen, war Piet bereits seit einer Weile tot. Außerdem hätte ihm mit seinen Verletzungen kein Arzt mehr helfen können. Ich glaube nicht, dass er es gewollt hätte …« Er ließ den Kopf hängen, und als er weitersprach, schwang eine abgrundtiefe Trauer in seinem Ton mit.

»Han, mein Liebes, ich sage es dir ja nur ungern, aber wenn wir ihn noch lebend angetroffen hätten, hätten wir nur noch die letzten Minuten seines qualvollen Sterbens mit ansehen können. Ihm wären höchstens ein oder zwei Stunden geblieben, und zwar unter großen Schmerzen.«

Entgeistert starrte Hannah erst ihn und dann Sarah an. Ihr Gesicht war leichenblass. »Ist das wahr?«, fragte sie mit heiserer Stimme.

Sarah holte tief Luft. Schließlich war sie selbst in der Grube gewesen und hatte seinen verstümmelten Körper berührt. Das Blut, das aus seinen grausigen Wunden in den Staub rann, war noch nicht geronnen gewesen, und ein widerwärtig süßlicher Geruch war ihr in die Nase gestiegen. Die Insekten hatten sich noch nicht über die Leiche hergemacht, und auch die Hyäne war, angelockt vom Blutgeruch, gerade erst eingetroffen. Das Tier hätte nicht lange gebraucht, um die Grube zu finden. Allerdings war es sinnlos, dass Hannah sich weiter quälte und sich für den Rest ihres Lebens mit Vorwürfen das Hirn zermarterte. Sarah war klar, worum Anthony sie mit seinem Blick bat. Piet wären nur noch wenige qualvolle Stunden geblieben, blind, verstümmelt und ohne Heilungschancen.

»Han, wir sind viel zu spät gekommen«, sagte Sarah deshalb leise und nachdrücklich. »Wir hätten nichts tun können. Selbst wenn wir auf der Stelle aufgebrochen wären …«

Tränen traten ihr in die Augen, als sie diese Worte aussprach. Sie hätte darauf bestehen sollen, früher loszufahren, als er nicht anrief und sie von einer merkwürdigen Unruhe ergriffen worden war. Diese Schuld würde sie für immer mit sich herumtragen müssen. Vielleicht hätte sie noch etwas für ihn tun können, wenn sie rechtzeitig vor Ort gewesen wäre. Sie hätte die Möglichkeit gehabt, sich zumindest von ihm zu verabschieden, ihm Liebesworte zuzuflüstern, während sein Bewusstsein allmählich erlosch, und seine unbeschreiblichen Schmerzen zu lindern. Aber Anthony hatte Recht. Hätte ihr geliebter Piet überlebt, hätte er den Rest seiner Tage als hilfloser Krüppel fristen müssen, ohne Augenlicht, sein schönes Gesicht und sein Körper entstellt und seine Gliedmaßen gelähmt. Was wäre das noch für ein Leben gewesen? Wieder sah sie sein blutiges Gesicht vor sich und die leeren Augenhöhlen, die in die stockfinstere Nacht starrten, und sie fragte sich entsetzt, wie lange er wohl gelitten hatte. War er bis zum Schluss bei Besinnung gewesen? Sicher hatte er unbeschreibliche Schmerzen gehabt. Überwältigt von dieser Vorstellung, krümmte sie sich zusammen und musste sich erneut in die Schale erbrechen. Sie spürte, wie Hannah ihr den Arm um die Schultern legte. Stumm vor Grauen saßen sie Seite an Seite da, bis sie das beharrliche Läuten des Telefons aus ihrer Erstarrung riss. Sarah wurde von kalter Angst ergriffen, während Anthony abhob. Doch sie wusste, dass ihnen nichts mehr etwas anhaben konnte. Sie hatten mehr erduldet, als ein Mensch ertragen konnte.

Anthony weckte Lottie und reichte ihr den Hörer. Nachdem sie eine Weile gelauscht hatte, schüttelte sie den Kopf. Den Hörer immer noch am Ohr, sprach sie seinen Namen aus.

»Janni? Janni, ich komme, Liebling. Ja, ich komme, sobald ich kann. Warte einfach auf mich. Bald bin ich bei dir. Ich weiß nicht genau, wann, aber es dauert nicht lang. Das verspreche ich dir.«

Hannah sprang auf, packte den Hörer und schrie verzweifelt und zornig in die Muschel.

»Pa? Nein, Pa, nein! Das kannst du mir jetzt nicht antun! Du darfst sie mir nicht wegnehmen. Nicht in dieser Situation! Du musst herkommen und uns helfen. Du darfst mich hier nicht im Stich lassen.« Sie hörte eine Weile zu, und ihre Stimme schwoll zu einem Kreischen an. »Nein, ich gehe hier nicht weg. Ich laufe nicht davon wie du. Und ich brauche Ma jetzt. Du darfst sie mir nicht wegnehmen, du mieser Dreckskerl.«

Lottie streckte die Hand nach dem Hörer aus und sprach ein

paar Minuten ruhig hinein. Mit versteinerter Miene kehrte Hannah zu ihrem Sessel am Kamin zurück. Als ihre Mutter sich ihr nähern wollte, wandte sie das Gesicht ab.
Als Hardy einige Stunden später zurückkehrte und ins Wohnzimmer trat, schlugen ihm Leid und Trauer mit überwältigender Wucht entgegen. Anthony nahm ihn beiseite.
»Wir müssen uns beeilen, Jeremy. Jan wird auf keinen Fall herkommen, und Lottie möchte am liebsten mit der nächsten Maschine zu ihm fliegen. Es geht ihm sehr schlecht, und er ist vor Trauer um seinen Sohn außer sich. Offenbar steht er kurz vor einem Zusammenbruch. Vermutlich wird sie morgen abreisen wollen. Bitte sagen Sie mir, dass ich jetzt auf den Berg fahren kann, Jeremy. Erlauben Sie ihnen, die Leiche einzuäschern, damit wir die Sache noch heute zu einem Abschluss bringen können. Sofort. Alles ist bereit.«
Der Polizist nickte wortlos, denn die aufgewühlten Gefühle, die den Raum erfüllten, waren mehr, als er ertragen konnte.
»Ich weiß nicht, wie ich Sie trösten soll. Dafür gibt es keine Worte, meine liebe Lottie. Um den Papierkram kümmere ich mich später. Jetzt fahren wir zum Berg, um Piet die letzte Ehre zu erweisen. Ihrem Sohn und meinem Freund.«
Als sie hinaus auf die Veranda kamen, wurden sie von einer großen Abordnung des Hauspersonals und der Farmarbeiter erwartet. Bei Tagesanbruch hatten sie sich auf dem Rasen vor dem Haus versammelt und standen nun schon stundenlang schweigend und mit gesenkten Köpfen da. Sie hatten Eier, geflochtene Körbe mit Obst und Gemüse, frisches am offenen Feuer gebackenes Brot, Bergblumen, Perlenketten und Armbänder, geschnitzte Teller und Kürbisflaschen und irdene Töpfe mit Essen als Geschenke mitgebracht und sie auf den Verandastufen abgestellt. Nun strömte die weinende Menschenmenge vorwärts, um Lottie, Hannah und Sarah an der Hand zu berühren und Anthony den Arm zu tätscheln, als dieser voranschritt, um den Frauen einen Weg zu bahnen. Hannah

stand, wie erstarrt und ins Leere blickend, auf den Verandastufen, während Lottie jedem die Hand schüttelte und sich für die Anteilnahme und die Geschenke bedankte. Sie versicherte ihnen, *Bwana* Piet würde sich sicher geehrt fühlen, und drückte dann den Familien von Kipchoge und Ole Sunde, die mit ihrem Sohn gestorben waren, ihr Beileid aus. Währenddessen kehrte Anthony zu Hannah zurück und flüsterte ihr ins Ohr: »Gib ihnen die Möglichkeit, die Trauer mit dir zu teilen, Hannah. Sie haben ihn auch geliebt, und es ist wichtig für sie, es dir zu zeigen.«

Als sie sich wie eine Schlafwandlerin in Bewegung setzte, folgte Anthony ihr und legte ihr die Hand auf den Rücken, damit sie in dem Gewühl von Menschen, die sie anfassen wollten, nicht ins Straucheln geriet. Sarah ging hinter Lottie her und fühlte sich ein wenig ausgeschlossen, denn schließlich war sie nur eine Freundin, kein richtiges Familienmitglied. So dicht war sie davor gewesen, Piets Frau zu werden. Von Trauer überwältigt, kniff sie die Augen zusammen. Da hörte sie Mwangis leise Stimme.

»*Memsahib* Sarah, ich fühle mit Ihnen. Er war Ihr Mann. Das habe ich gesehen, und wir alle haben uns sehr für Sie beide gefreut.«

»Danke, Mwangi.« Sie nahm seine gichtigen Hände, hielt sie fest und ließ seine Kraft, sein Verständnis, seine Anteilnahme und seine Treue in sich hineinströmen, während er neben ihr herging. Sie schritten zu den wartenden Wagen. Um sich herum hörten sie ein leises Summen, das ganz zart einsetzte und immer lauter wurde, bis eine traurige Hymne der Liebe, des Verlusts und des Gedenkens erklang, gewidmet dem jungen Mann, den sie alle gekannt hatten. Er hatte ihnen Sicherheit und Hoffnung vermittelt, und nun, da er fort war, wollten sie ihm die letzte Ehre erweisen.

An die Fahrt zum Berg oder den Anstieg zum Gipfel konnte sich Sarah später nicht mehr erinnern. Ein Schleier des Elends

hatte sich über sie gesenkt und drohte sie zu ersticken, sodass sie nicht einmal in der Lage war, Hannah das letzte Stück Weg hinaufzuhelfen. Es kostete sie alle Mühe, einen Fuß vor den anderen zu setzen, und sie spürte weder ihre schmerzende Schulter noch die Dornen des Gebüschs, die sich in ihren Hosenbeinen verfingen und ihr die Beine zerkratzten, sodass sie sich immer wieder gewaltsam losreißen musste, um weitergehen zu können. Schließlich erreichten sie den Gipfel und standen wieder an der Stelle, wo sie ihren letzten gemeinsamen Abend verbracht und auf die Ebene hinuntergeblickt hatten. Die Flussbiegungen sahen noch aus wie zuvor, die Lodge stand noch immer auf dem *kopje*, und in der blau schimmernden Ferne erkannte sie das Dach von Langani und die abweisende Silhouette des Berges. Sie hörte den morgendlichen Gesang der Vögel, das Rascheln der Affen, die in den umliegenden Bäumen Beeren und Samen sammelten, und den munteren Chor der Frösche und Zikaden. Alles klang so alltäglich – bis auf den keuchenden Atem von Hannah und Lottie, die vor Piets Scheiterhaufen standen.
Anthony hatte das Gestrüpp hoch aufgetürmt. Piets Leiche, in ein Laken gewickelt, lag mitten auf dem Scheiterhaufen und war mit mehreren Holzschichten bedeckt. Ringsherum war eine Fläche gerodet worden, um zu verhindern, dass das Feuer auf die umstehenden Bäume übergriff. Außerdem standen am Rand der Lichtung große Wasserfässer, für den Fall, dass der Brand außer Kontrolle zu geraten drohte. Vier von Hardys vertrauenswürdigsten *askaris* hielten mit geladenen Gewehren Ehrenwache. Juma, Kamau und Mwangi traten, gefolgt von den Farmarbeitern, näher. Alle verharrten mit gesenkten Köpfen vor Piets Scheiterhaufen. Die Morgensonne brannte auf die stille Szene hinab und erstrahlte immer heller, während sie in den wolkenlosen Himmel hinaufstieg. Anthony und Sarah hielten Hannah und Lottie fest an den Händen, als sie alle den Scheiterhaufen ein letztes Mal berührten. Lottie steckte einen

Blumenstrauß aus ihrem Garten hinein. Ihre Stimme war zwar leise und zitterte, aber sie nahm alle ihre Kraft zusammen, um ihrem Piet tapfer die letzten Worte mit auf den Weg zu geben. »Ruhe in Frieden, mein geliebter Sohn. Ich werde dein Andenken immer in meinem Herzen bewahren, mein Piet, den ich nach der Geburt an meiner Brust genährt habe. Du wolltest diesen Ort nie verlassen, und nun wirst du für immer hier ruhen. Werde eins mit diesem Land, das du geliebt hast, mein einziger Sohn, mein Erstgeborener, mein lieber Junge ...«
Sie bemerkte nicht, wie ihr die Tränen übers Gesicht rannen, als sie sich vom Scheiterhaufen abwandte und den Arm um ihre Tochter und um Sarah legte, die beinahe ihre Schwiegertochter geworden wäre. Hannah stand aufrecht da und starrte, die Arme fest an die Seiten gepresst, auf den Scheiterhaufen. Als Anthony ihr tröstend die Hand auf die Schulter legen wollte, zuckte sie zusammen, worauf er zurückwich. Hoch über ihren Köpfen sah Sarah einen Geier neugierig im Himmel kreisen, offenbar bereit, die übrigen Aasfresser des Buschs herbeizurufen. Sie erschauderte. Eigentlich wollte sie ein Gebet für Piet sprechen und Gott bitten, ihn aufzunehmen. Doch ihre Seele war wie ausgedörrt, und sie fühlte sich, als wäre Gott tot. Alles war sinnlos, denn schließlich waren auch ihre früheren Gebete für Piets Schutz nicht erhört worden. Im Himmel herrschte Leere, und ihr Glaube war zu Staub zerfallen. Nun würden sie seinen Leichnam den Flammen übergeben, sodass er sich in einen heißen Lufthauch verwandelte und ihr damit für immer genommen war. Nie würde sie ihn wiedersehen. Vielleicht hatte sie ihm nicht oft genug beteuert, wie sehr und über alles sie ihn liebte. Ihn zu verlieren war, als stieße man ihr ein Schwert in den Leib. Wenn sie jetzt zu schreien anfing, würde sie nicht mehr aufhören können, bis ihre Trauer das ganze Land überzog, so wie Piets Blut den Boden getränkt hatte. Also biss sie die Lippen zusammen und schmeckte ihr eigenes Blut im Mund.

Jeremy Hardy räusperte sich. »Möchte noch jemand etwas sagen, bevor wir ... Lottie? Hannah? Oder Sie, Sarah? Anthony?«
Anthony musterte die Anwesenden, doch sie schwiegen, und Lottie schüttelte den Kopf. Hannah rührte sich nicht.
»Dann werde ich für uns alle sprechen«, begann Anthony auf Kisuaheli, damit auch die Arbeiter ihn verstehen konnten. »Der Mensch, der hier gestorben ist, war ein großer Mann. Er war mein Arbeitgeber, mein Kollege und mein engster und treuester Freund. Es war eine Ehre, ihn zu kennen. *Bwana* Piet war ein Mann mit Visionen und ein aufrichtiger Mensch. Er betrachtete dieses Land und seine Farm als ein Geschenk, das man gestalten und mit anderen teilen soll. Bis zu seinem letzten Atemzug hat er gut für uns gesorgt. Wir begreifen nicht, warum er sterben musste.« Seine Stimme brach, und er hielt kurz inne, um sich wieder zu fassen. »Die Hintergründe seines sinnlosen Todes sind uns noch nicht bekannt. Aber wir werden den Mann finden, der diese schreckliche Tat begangen hat, und ihn seinem Richter zuführen. Und nun übergeben wir Piet van der Beer, geliebter Sohn von *Bwana* Jan und *Mama* Lottie, Bruder von Hannah, Verlobter von Sarah und mein bester Freund, wieder der Erde, die er geliebt hat, seit er in diesem Land geboren wurde. Wir wünschen ihm, dass er trotz seines viel zu frühen Todes Frieden findet.«
Er winkte Juma heran, und gemeinsam benetzten sie das Holz mit Kerosin. Dann brachten Kamau und Mwangi brennende Fackeln und stießen sie in den Scheiterhaufen. Die Flammen schlugen so hoch empor, dass die Trauergäste zurücktreten mussten, als ein orangeroter Feuerball in den afrikanischen Morgen aufstieg. Die Männer der Kikuyu stimmten ein kehliges Summen an, unterbrochen von Schreien, die den Rufen von Wildtieren ähnelten. Die Stimmen der Frauen erhoben sich zu einem lang gezogenen Klagelaut. Eine Gruppe Massaihirten trat vor, um zeremonielle Speere und Schilde ins Feuer

zu legen. Auf ein Zeichen von Hardy feuerten die *askari* einige Salutschüsse ab. Auf einmal fielen Sarah bruchstückhaft die Zeilen eines Psalms ein, den sie in der Schule gelernt hatte, und ihre Stimme übertönte laut und klar das Brausen der Flammen.

»Denn meine Tage vergehen wie Rauch, meine Glieder brennen wie Feuer. Versengt wie Gras und verdorrt ist mein Herz, da ich unterließ, mein Brot zu essen. Vor lautem Stöhnen klebt mir die Haut an den Knochen. Ich gleiche der Dohle in der Wüste, bin wie eine Eule in den Ruinen … Ja, Staub muss ich essen wie Brot und meinen Trank mit Tränen mischen … denn du hast mich aufgehoben und niedergeworfen. Meine Tage sind wie der ausgedehnte Abendschatten, und ich muss wie Gras verdorren … Mein Gott, mein Gott, warum hast du uns verlassen?«

Sie standen zusammen auf dem Berg, bis die letzte Glut verglommen war und nur noch Asche übrig blieb. Auf ein Zeichen von Juma löschten seine Männern das Feuer mit Sand und Erde. Während letzte Rauchsäulen in den Himmel emporstiegen, zog die Prozession den Berg hinunter.

Kapitel 26

London, Dezember 1965

Ich möchte nicht über Weihnachten in London bleiben.« Den Tränen nah sah Marina ihren Mann an und biss sich auf die Lippe. »Es ist mir zu anstrengend, George. Ich bin entsetzlich müde. Ich wusste ja gar nicht, dass man so müde sein kann. Bei meiner Entlassung nach Hause war ich so froh und habe mich gefühlt, als könnte ich Bäume ausreißen. Aber nachdem wir heute Besuch hatten, ist mir klar geworden, dass mir die Kraft fehlt, um mich mit anderen Leuten zu unterhalten. Ich möchte mich nicht mehr mit Freunden treffen. Ich sehe zum Fürchten aus und kann die erschrockenen und mitleidigen Blicke nicht mehr ertragen. Bitte, George, lass uns morgen nach Burford fahren und dort bis Silvester bleiben.« Ihre Lippen zitterten, und ihre Hand umklammerte die seidene Steppdecke.

Camilla setzte sich auf die Bettkante. »Mutter, wir können uns nicht einfach aufs Land flüchten. Wie Daddy schon sagte, ist alles geplant.«

»Du kannst doch alle anrufen und ihnen mitteilen, dass ich mich nicht wohl fühle. Schließlich sind es unsere engsten Freunde. Sie werden Verständnis haben, mein Kind.«

»Darum geht es nicht«, widersprach Camilla. »Dr. Ward meinte gestern, dass du nur deshalb nach Hause darfst, weil hier deine ärztliche Versorgung sichergestellt ist. In Burford wäre das zwei Tage vor Weihnachten nicht mehr zu organisieren.«

Marina setzte sich auf und lächelte. »Ich weiß, mein Kind. Aber ich habe mir schon alles überlegt. Edward könnte uns begleiten.« Ihr Tonfall war triumphierend wie der eines Kindes, was ihrer Tocher nicht entging.

»Sicher hat Edward über Weihnachten schon etwas anderes

vor«, wandte Camilla ein. »Außerdem haben wir gar kein Zimmer für ihn.«

»Er könnte im Bear wohnen«, schlug Marina vor.

»Wir dürfen doch nicht von Edward erwarten, dass er das Weihnachtsfest in einem scheußlichen Zimmer über einer Gaststube in Burford verbringt. Das ist absurd. Also sagen wir den Gästen morgen ab und verbringen ein ruhiges Weihnachtsfest zu dritt.«

»George, bitte, mir zuliebe.« Marina wandte ihrem Mann ihr hübsches Gesicht zu und bedachte ihn mit einem tragischen Blick. »Bitte. Ich möchte an unserem letzten Weihnachtsfest nicht in dieser Wohnung sein. Ich halte es in der Stadt nicht mehr aus. Sie macht mich ganz nervös und ängstlich. Dieser Lärm, das Durcheinander, die Hetze und die vielen Busse und Autos, die vorbeirasen! Sicher kann mir das hier drinnen eigentlich nichts anhaben, aber ich fürchte mich trotzdem. Ich sehne mich nach einem ruhigen, friedlichen Ort. Bitte, George.« Marina brach in Tränen aus.

»Ich koche Tee«, sagte Camilla.

Obwohl sie großes Mitgefühl mit ihrer Mutter hatte, ärgerte sie sich gleichzeitig über Marinas Fähigkeit, Druck auf ihre Mitmenschen auszuüben. Selbst im Angesicht des Todes und kaum noch in der Lage, sich auf den Beinen zu halten, versuchte sie, über das Leben und Denken ihres Umfelds zu bestimmen. Eigentlich war Dr. Ward ja gegen eine Entlassung aus dem Krankenhaus gewesen. Schließlich habe Marina noch Schmerzen, sei nach der Lungenentzündung geschwächt und vertrage die Antibiotika nicht gut. Seiner Ansicht nach habe sie die Krise einzig und allein dank ihrer Willenskraft überlebt. Andererseits sei es wichtig, dass sie sich wohl fühle und guter Stimmung sei. In ihren Debatten mit ihm hatte Marina alle Register gezogen, bis er zugestimmt hatte, es sei wohl für ihren Gemütszustand das Beste, das Weihnachtsfest zu Hause zu feiern. Nun jedoch genügte ihr das nicht mehr, und sie wollte unbedingt aufs Land.

George trat aus dem Schlafzimmer. »Meinst du, wir könnten es schaffen?«, begann er.
»Es kommt überhaupt nicht in Frage, verdammt.« Camillas Gereiztheit wuchs, als sie bemerkte, dass er sich wieder von ihr um den Finger wickeln lassen würde. »Ich werde Edward ganz bestimmt nicht anrufen, um ihm die Pistole auf die Brust zu setzen, damit er Weihnachten bei uns in der Einöde verbringt.«
»Deine Mutter sagt, er sei in dich verliebt«, erwiderte George.
»Offenbar hast du praktischerweise vergessen, dass ich bis vor kurzem in einen anderen verliebt war. Liebe kann man nicht einfach abschalten wie einen Wasserhahn oder ablegen wie ein Hemd. Tja, ich kann es zumindest nicht.« Als sie seinen bestürzten Blick sah, empfand sie Schadenfreude, weil es ihr gelungen war, ihn zu kränken. »Edward ist der Arzt, der mein Gesicht operieren wird. Und außerdem ist er, wie er bereits selbst bemerkt hat, alt genug, um mein Vater zu sein.«
»Aha! Also habt ihr schon über dieses Thema gesprochen?« George schmunzelte und wollte sie anscheinend ermutigen, sich ihm anzuvertrauen. Doch als ihre Miene kalt und abweisend wurde, erkannte er bedrückt, dass es noch zu früh für Neckereien war. Zuerst musste er sich ihre Liebe und ihren Respekt erkämpfen, und bis dahin war es noch ein weiter Weg.
»Tja, die Cocktailparty müssen wir eindeutig absagen. Als ich zu ihr meinte, über Burford würden wir später sprechen, schien sie zufrieden. Sie ruht sich jetzt ein Stündchen aus und steht dann zum Abendessen auf.«
Camilla griff nach ihrem Mantel. »Rufst du deine Freunde an und stornierst die Einladung? Ich muss mal kurz vor die Tür. Mrs. Maskell hat alles fürs Abendessen vorbereitet.«
Als er sie forschend musterte, wurde ihm klar, dass sie keine Lust hatte, mit ihm allein zu sein. »Ja, ich erledige das. Bis später also. Kommst du zum Abendessen?«

Da sie nicht wusste, wo sie hingehen sollte, ließ sie sich im Strom der Passanten dahintreiben, die sich mit sperrigen Paketen abmühten, ein Geschenk in letzter Minute suchten und auf ein freies Taxi hofften. Die Läden waren überfüllt, und die beharrlich blinkenden Weihnachtsdekorationen reichten bis auf den Gehweg hinaus, sodass immer wieder Lichtpunkte auf müde Füße fielen. Camilla hatte kein Geschenk für ihren Vater und wusste auch nicht, was sie für ihn kaufen sollte. Allerdings würde die Stimmung sicher auf einen Tiefpunkt sinken, wenn er am Weihnachtsmorgen nichts geschenkt bekam. Also ging sie in einen teuren Laden und erstand eine silberne Feldflasche in einem Futteral aus Kalbsleder und eine italienische Reisetasche, die er auf seinen vielen Flügen sicher gut gebrauchen konnte. Oder wenn er bei seinem Liebhaber übernachtete. Bei ihrer Rückkehr in die Wohnung traf sie Marina angezogen auf dem Sofa sitzend und mit einem Drink in der Hand an. Ihr Gesicht war zwar aschfahl, aber ihre Augen leuchteten, als sie Camilla begrüßte.

»Liebes, hier ist ein Glas Champagner für dich. Wir feiern, weil Daddy alles so wunderbar geplant hat. Morgen fahren wir nach Burford. So gegen zwölf, weil ich inzwischen eine Ewigkeit brauche, bis ich vorzeigbar bin. Kannst du mir heute Abend helfen, ein paar Sachen zu packen?«

»Ich habe einen Wagen bestellt, der uns abholt«, fügte George hinzu. »Wenn ich vor Silvester noch einmal in die Stadt muss, kann ich ja den Zug nehmen. Aber das ist unwahrscheinlich.« Er hielt inne und schenkte Camilla mit einer großartigen Geste ein Glas Champagner ein. Dann warf er Marina einen Hilfe suchenden Blick zu, doch sie hatte sich demonstrativ in die Zeitung vertieft, sodass es ihm überlassen blieb, alles zu erklären. »Edward wird mit dem Wagen fahren und kommt morgen Abend. Er hat mit Dr. Ward alles für den Notfall abgesprochen. Offenbar gefiel ihm der Vorschlag.«

Für Camilla war die ganze Situation ein Albtraum und eine

Farce, und sie stellte sich vor, wie sie alle in Burford im Wohnzimmer saßen, gekünstelte Fröhlichkeit verbreiteten und einer verwöhnten Frau, die im Sterben lag, Theater vorspielten. Allerdings hatte sie keine Möglichkeit, sich davor zu drücken. Wieder war sie zum Bauernopfer in den Machtkämpfen ihrer Eltern geworden, und ihr blieb nichts anderes übrig, als sich in ihre Rolle zu fügen.

»Das hättest du nicht tun dürfen«, begann sie, als sie nach dem Essen Marinas Kleider packte. »Ich finde, du solltest anrufen und absagen. Es ist Edward gegenüber unfair.«

»Er meinte, er freue sich sehr.« Marina schmollte.

»Was hätte er denn sonst antworten sollen, verdammt? Wirklich, Mutter, du hast einfach kein Schamgefühl.«

»Wenn er nicht mitkommen möchte und es eine solche Quälerei für dich wäre, könnten wir ja Winston Hayford bitten. Ich weiß, dass er über Weihnachten nichts vorhat und sich gerne um mich kümmern würde.«

»Du bist doch absolut krank im Kopf.«

Camilla stürmte aus dem Zimmer, riss ihren Mantel vom Haken und rannte an ihrem Vater vorbei, der im Wohnzimmer saß und geistesabwesend in den Fernseher starrte.

In Toms Wohnung war die Party bereits in vollem Schwange, doch er bemerkte sie sofort im Gewühl, drängte sich zu ihr durch und nahm sie beiseite.

»Ich möchte dir jemanden vorstellen. Er heißt Saul Greenberg und hat den halben Nachmittag in meinem Büro verbracht. Er will uns ein Angebot machen.«

»Nicht jetzt, Tom, bitte nicht. Es ist Weihnachten, falls dir das noch nicht aufgefallen sein sollte. Morgen fahre ich mit Mutter aufs Land, um Pflegedienst zu schieben. Heute will ich nichts weiter als etwas trinken und einen kleinen Joint rauchen, um mich dafür zu stärken.«

»Es ist aber wichtig«, beharrte er und reichte ihr einen Wodka auf Eis.

»Ich bin Saul Greenberg, Lumpenhändler von Beruf.« Ein kräftig gebauter Mann mit einem freundlichen runden Gesicht gesellte sich zu ihnen. »Hat Tom Ihnen schon von meinem Vorschlag erzählt?« Seine Miene war offen und fröhlich, und er trug sein graues Haar sehr kurz geschnitten, sodass es aussah, als wüchse ihm ein Wald von Zahnbürsten aus dem Kopf. Sein gut geschnittener Anzug bestand aus teurer Seide, saß allerdings ein wenig eng. Camilla fand, dass sein Akzent einen amerikanischen Anklang hatte.

»Nein, Tom hat mir noch nichts gesagt«, erwiderte sie. »Ich möchte ja nicht unhöflich sein, aber ich habe heute Abend keine Lust, über Geschäftliches zu reden. Ich bin rein privat hier. Vielleicht können wir ja im neuen Jahr …«

Er tat, als hätte er die Abfuhr gar nicht bemerkt. »Ich würde gerne eine neue Kollektion mit Ihrem Namen herausbringen. Sie werden auf allen Fotos zu sehen sein, und die Sachen werden in sämtlichen großen Kaufhäusern der Vereinigten Staaten angeboten. Ich habe einen Partner in den USA, der das Projekt unbedingt unter Dach und Fach bringen will. Eigentlich stamme ich aus New York, doch ich lebe seit über zwanzig Jahren in London. Für Sie steckt eine Menge Geld drin. Großzügige Modelhonorare und ein Anteil an sämtlichen Verkäufen. Da die Kleider für die Frühjahrssaison bereits fertig sind, müsste ich sofort wissen, ob Sie Interesse haben. Nach den Feiertagen ginge es dann los. Ich dachte, wir könnten uns morgen Vormittag treffen, um alles zu besprechen.«

Tom umklammerte ihren Arm so fest, dass es wehtat und ein roter Striemen auf ihrer Haut entstand.

»Das ist ein großartiges Angebot, Camilla«, meinte er jetzt. »Saul würde uns morgen gerne sein Büro und sein Lager zeigen und uns seine bisherigen Kollektionen vorführen, damit wir uns ein Bild von der Qualität machen können. Die Sachen sind für den Markt von der Stange bestimmt, und die

Firma vertritt das Konzept, dass die Kundin viel schneller auf die neueste Mode reagieren kann, wenn sie schicke Kleider preiswert bekommt. Wir sprechen hier von Stückzahlen im Hunderttausender-Bereich und den dazugehörigen Werbekampagnen.«

»Ich fahre morgen früh aufs Land«, erwiderte Camilla, »und bin nicht vor Silvester zurück.«

»Du könntest doch auch erst am Nachmittag aufbrechen. Gleich nach dem Mittagessen.« Tom funkelte sie finster an.

»Aber natürlich könnten Sie«, stimmte Greenberg leutselig zu. »Ich habe einen Wagen mit Chauffeur, der Sie hinfährt, wohin Sie wollen. Ich bräuchte nur ein paar Stunden am Vormittag, um alles mit Ihnen beiden zu erörtern. Morgen Abend fliege ich ohnehin nach New York.«

»Tut mir Leid«, entgegnete Camilla. »Nach Weihnachten vielleicht.«

Sie drehte den beiden Männern den Rücken zu und ging zu einem Grüppchen hinüber, das von einer süßlich duftenden Rauchwolke umwabert wurde. Als sie den Joint entgegennahm und daran zog, hörte sie Toms ärgerliche Stimme im Ohr.

»Bist du jetzt vollkommen übergeschnappt? Dieser Mann erstickt im Geld. Ich kenne seine Kollektionen, und sie verkaufen sich wie warme Semmeln. Du brauchst nur deinen Namen auf das bescheuerte Etikett zu setzen, und dann kriegst du einen Anteil von jedem Kleid, das sich eine kleine Büromieze kauft, um auszusehen wie du. Nicht nur in England, sondern auch in den Vereinigten Staaten! Außerdem sind da noch die Modeaufnahmen in New York. Du verhältst dich unvernünftig. Warum denkst du nicht an deine Zukunft?«

»Du meinst wohl deine Zukunft.«

»Sei doch nicht albern, mein Kind. Momentan hast du kaum Aufträge, und wenn du im März untertauchst, um dein Gesicht operieren zu lassen, wirst du mindestens ein paar Wochen lang nichts verdienen. Ich habe es satt, dich bei verschiedenen Fotografen und Zeitschriften anzubieten wie Sauerbier! Du musst dein Leben endlich wieder in den Griff bekommen, Camilla. Ich habe genug davon, Ausreden zu erfinden, weil du wieder mal nicht ans Telefon gehst und ich keine Ahnung habe, ob du nun zur Verfügung stehst oder nicht. Diesem Kerl scheint das alles egal zu sein. Wahrscheinlich passt es ihm sogar in den Kram, dass die Werbekampagne und die Kollektion zu einem Zeitpunkt herauskommen, wenn du vermutlich keine anderen Aufträge annehmen kannst. Auf diese Weise hat er dich exklusiv, sagt er. Außerdem muss ich auch von etwas leben, falls du das vergessen haben solltest. Natürlich bekomme ich einen prozentualen Anteil dafür, dass ich den Auftrag vermittelt und alles arrangiert habe. Schließlich bin ich dein Agent. Aber du wirst ein Vermögen verdienen, verdammt! Also komm runter von deinem hohen Ross und sei nett zu ihm.«

Kurz betrachtete sie ihn durch eine Rauchwolke. »Eigentlich hatte ich morgen sowieso keine Lust, zusammen mit meinen Eltern loszufahren«, erwiderte sie zerknirscht. Es gab nicht viele Menschen – wenn überhaupt –, die sich so wie Tom um ihr Wohlergehen sorgten. »Um wie viel Uhr?«

»Um elf im Golden Square. Hier ist die Karte mit der Adresse. Wir treffen uns dort.«

Camilla leerte ihr Glas und verließ die Party. Als sie die Tür aufschloss, fiel ihr ein Stein vom Herzen, denn die Wohnung war dunkel. Offenbar war ihr Vater bereits zu Bett gegangen. Nach ihrer anfänglichen Erleichterung nach dem Wiedersehen im Krankenhaus war sie trotzdem jeder Gelegenheit zu einem klärenden Gespräch ausgewichen. Er hingegen hatte anscheinend erkannt, dass er mit äußerstem Takt vorgehen musste, wenn er die Kränkung wieder gutmachen und ihre Beziehung retten wollte. Allerdings herrschte, abgesehen davon, dass sie sich gemeinsam um Marina kümmern mussten, auch weiter-

hin Funkstille zwischen ihnen. Camilla schenkte sich einen Wodka ein und griff nach dem Telefon.
»Hoffentlich störe ich dich nicht um diese Uhrzeit«, sagte sie.
»Da wir noch nicht einmal Mitternacht haben, ist es für deine Verhältnisse gar nicht so spät«, erwiderte Edward. »Vermutlich rufst du wegen morgen an. Marina hat mir gesagt, du würdest toben. Aber du kannst mir glauben, dass ich mich wirklich freue, hier rauszukommen. Weihnachten mag ich ohnehin nicht. Normalerweise schließe ich mich in meine Wohnung ein und sehe fern. Es ist nicht gerade die optimale Jahreszeit für einen einsamen alten Junggesellen.«
»Wenn du erst das Bear Inn in Burford mit den vorgetäuschten Balken und dem Moteltеppichboden siehst, wird dir die Freude schon noch vergehen«, antwortete Camilla. »Und nur der Himmel weiß, wie es um die Bäder bestellt ist.«
Er lachte auf, erleichtert, dass sie nichts gegen seine Anwesenheit einzuwenden hatte, denn eigentlich hatte er mit verlegenem Herumgedruckse oder Ablehnung gerechnet.
»Wann fährst du morgen los?«, fragte sie. »Könntest du mich mit dem Wagen mitnehmen? Ich habe am Vormittag noch einen Geschäftstermin und kann deshalb nicht bei meinen Eltern mitfahren. Natürlich gibt es auch noch die Bahn.«
»Ich komme erst nach vier hier weg. Selbstverständlich nehme ich dich gerne mit, aber ich muss dich warnen. Sicher gibt es einen Stau, und du könntest tagelang mit mir im Auto festsitzen. An Weihnachten ist alle Welt unterwegs.« Er bekam Herzklopfen und fühlte sich schrecklich albern. Dennoch musste er schmunzeln. »Wo soll ich dich abholen?«
»Bei meinen Eltern«, antwortete sie. »So gegen fünf wäre wunderbar. Danke. Gute Nacht.«

Es dauerte eine Stunde, um einen Vertrag mit Saul Greenberg auszuhandeln – und drei Stunden, um anschließend mit ihm zu Mittag zu essen. Camilla gefiel der Amerikaner mit seinem Geschäftsinn und seinem schwarzen Humor, und ihr war durchaus klar, dass ihr dieser Auftrag ein Vermögen einbringen würde. Wenn die Kollektion, die ihren Namen trug, erfolgreich war, würde sich ihr Einkommen verdoppeln. Außerdem würde sie im Mittelpunkt der Werbekampagne auf beiden Seiten des Atlantiks stehen, und Zeitschriftentitel und Plakatwände würden ihr Konterfei zeigen. Nach Silvester sollten die Modeaufnahmen in New York stattfinden. Tom konnte seine Begeisterung kaum zügeln, als sie die Gläser hoben, um die neue Geschäftspartnerschaft zu begießen.

Allerdings beschränkte sich Greebergs Interesse an Camilla nicht aufs Berufliche. Er erkundigte sich eingehend nach ihrer Familie, ihrer Kindheit in Afrika und ihrem Leben in London. Anfangs fühlte sie sich von seiner Neugier abgestoßen, doch er war so charmant und natürlich, dass es ihr schwer fiel, ihm die kalte Schulter zu zeigen. Beim Essen saß Tom zumeist schweigend da und bekam Dinge zu hören, die sie in all den Jahren ihrer Zusammenarbeit nie erwähnt hatte. Er fragte sich, wie es diesem Mann nur gelang, Camilla in so kurzer Zeit derart viele persönliche Informationen zu entlocken. Sie trennten sich am Berkley Square, und Camilla lehnte das Angebot ab, sich von einem Chauffeur in einer Limousine nach Hause oder nach Burford bringen zu lassen.

»Ich mag ihn«, meinte sie später zu Edward, als sie sich durch den abendlichen Verkehr quälten. Offenbar flüchtete heute alle Welt aus London. »Er gilt als gerissener, aber ehrlicher Geschäftsmann. Jedenfalls nimmt er kein Blatt vor den Mund. Und wenn das Projekt Erfolg hat, fängt für mich ein neues Leben an. Dann bin ich nicht mehr ausschließlich von meinem Gesicht und meiner Figur abhängig. Wir haben vereinbart, dass sein Anwalt einen Vertrag aufsetzt. Mitte Januar fliegen wir für die Modeaufnahmen nach New York. Tom kommt als mein Manager mit. Das wird sicher lustig.«

Camilla war in Hochstimmung und strahlte beim Gedanken an die neue Herausforderung übers ganze Gesicht. Von selbst hatte sie nie an diese Möglichkeit gedacht, und nun konnte sie es kaum erwarten, dass Weihnachten und Silvester endlich vorbei waren, um sich in die Arbeit zu stürzen. Jetzt bot sich ihr eine Gelegenheit, Erfahrungen als Geschäftsfrau zu sammeln, was sie bislang nie für nötig gehalten hatte. Und als sie vorgeschlagen hatte, dass sie nicht nur Kleider tragen, sondern auch welche entwerfen könne, war Greenberg ganz aus dem Häuschen gewesen.

»Auf diese Weise werden wir es auch schaffen, uns im Frühjahr um deine Narbe zu kümmern«, meinte Edward.

»Ja. Denn solange ich so aussehe, sind meine Möglichkeiten sehr beschränkt. Vielleicht lasse ich das Problem auch in New York richten. Wir wollten abwarten, wie sich alles entwickelt.«

Edward erschrak, als er diese beiläufige Ankündigung hörte, denn er sehnte sich verzweifelt danach, sie eigenhändig zu heilen und ihre makellose Schönheit wiederherzustellen. Dann würde sie ihm dankbar sein und wissen, wie viel sie ihm bedeutete. »Wir könnten schon einen Termin für den März vereinbaren«, schlug er vor. Doch sie antwortete nicht, und als er einen Blick auf sie warf, stellte er fest, dass sie eingeschlafen war.

In Burford hatte sich Marina, erschöpft von der Fahrt, bereits ins Bett gelegt. Aber als Camilla noch einmal nach ihr sah, musste sie widerstrebend zugeben, dass der Ausflug eine gute Idee gewesen war. Das Gesicht ihrer Mutter wirkte entspannt und strahlte eine neue Zufriedenheit aus.

»Ich schlafe hier immer so gut«, sagte sie. »Ist mit Edward alles in Ordnung? Wart ihr schon im Bear?«

»Nein, wir sind direkt hierher gefahren. Daddy bringt ihn nach dem Essen hin. Dann können sie sich noch einen Schlummertrunk genehmigen.«

»Er ist ein charmanter Mann«, sprach Marina weiter. »Glaubst du, du und Edward …?«
»Nein, Mutter. Darüber denke ich gar nicht nach.« Sie fragte sich, warum niemand begriff, was sie verloren hatte, Verständnis für ihre Sehnsucht nach Anthony aufbrachte und einsah, wie seine Zurückweisung sie verletzt und gedemütigt hatte. »Aber beruflich geht es voran. Heute Morgen hatte ich ein tolles Angebot. Tom hat mich mit einem Bekleidungshersteller bekannt gemacht, der eine ganze Kollektion nach mir benennen wird. Nach Silvester fliege ich für die Fotoaufnahmen und den Start der Werbekampagne nach New York. Er glaubt, wir werden viel Aufmerksamkeit vom Fernsehen und den großen Zeitschriften bekommen.«
»Hoffentlich lässt du dich nicht von ihm über den Tisch ziehen«, erwiderte Marina. »In New York geht es ganz anders zu als hier. Die Menschen dort sind sehr direkt und nur hinter dem Geld her. Also sei auf der Hut, Camilla.«
»Offenbar hat er einen guten Ruf. Nach New York lasse ich dann meine Narbe entfernen. Vielleicht mache ich es sogar dort.«
»Das würde Edward sehr kränken, Camilla. Ich spüre, dass er verliebt in dich ist.«
»Mutter, warum willst du einfach nicht verstehen, dass ich keine Lust auf eine feste Beziehung habe? Jedenfalls nicht in nächster Zeit. Meine Erfahrung mit Anthony hat mir sehr wehgetan, und ich möchte so etwas auf keinen Fall noch einmal erleben.«
Kurz lag Marina mit geschlossenen Augen da, und Camilla fragte sich schon, ob sie eingeschlafen war. Doch dann griff sie nach Camillas Hand. »Er war einfach nicht der Richtige. Geeignet für eine kleine Ferienliebelei, aber viel zu oberflächlich. Dein Vater hat mir gesagt, er habe ihn auf seiner letzten Reise in Nairobi getroffen und mir von dem Mädchen erzählt. Du musst Afrika jetzt endlich hinter dir lassen, mein Kind. Es ist

Zeit, dass du dieses traurige, gefährliche und gewalttätige Land vergisst.«

»Daddy hat Anthony gesehen?«

»Hat er das nicht erwähnt?« Wieder schloss Marina die Augen. »Tja, vermutlich hielt er es nicht für wichtig. Camilla?«

»Ja?«

»Du bleibst aber nicht lange weg, oder?«

»Nein, Mutter.«

Beim Abendessen war Camilla geistesabwesend, denn sie musste immer wieder an Georges Begegnung mit Anthony denken. Allerdings fiel ihr keine Möglichkeit ein, um das Tischgespräch auf dieses Thema zu lenken, ohne zu verraten, wie sehr es ihr am Herzen lag. Außerdem wollte sie sich vor Edward keine Blöße geben. Als die beiden Männer zum Bear Inn aufbrachen, beschloss sie widerwillig aufzubleiben, um ihren Vater später zu befragen. Eine Stunde später kehrte er zurück und war offensichtlich froh, sie noch wach anzutreffen.

»Einen Dämmerschoppen?«, meinte er. »Ich habe zwar schon mit Edward etwas getrunken, aber ein kleiner Whisky kann ja nicht schaden. Es ist eiskalt draußen. Ich habe noch einen zwölf Jahre alten Glendfiddich im Schrank.« Er schenkte ein und stellte sich mit dem Rücken zum Kaminfeuer.

»Mutter sagt, du hättest in Nairobi Anthony Chapman getroffen.«

»Hör zu, mein Kind, ich weiß, dass es zwischen euch nicht geklappt hat, und das tut mir Leid. Ich hoffe, er hat dir nicht zu viel bedeutet.« Das Gespräch war George offenbar unangenehm. »Ja, ich bin ihm begegnet.«

»Und?«

»Er war in Begleitung eines Mädchens. Einer Amerikanerin. Die beiden schienen ... O Gott, der Kerl ist einfach ein kompletter Idiot. Sie hat sich ihm regelrecht an den Hals geworfen, und vermutlich ist es nicht leicht, sich solcher Frauen zu erwehren. Doch auf mich hat sie keinen sehr guten Eindruck gemacht. Eigentlich wollte ich dir nichts davon erzählen, Camilla, und ich merke dir an, wie nah es dir geht. Es tut mir wirklich Leid, Liebes, du hast so etwas nicht verdient.« Er ließ den Whisky im Glas kreisen und wich ihrem schmerzerfüllten Blick aus.

»Er hat mir gesagt, er habe kein Interesse an einer festen Beziehung. Und wenn du die Wahrheit wissen willst, habe ich mich absolut lächerlich gemacht«, stieß Camilla hervor, und die Tränen liefen ihr über die Wangen. »Ich heule jetzt bloß, weil ich müde bin und mir Sorgen um Mutter mache. Ich kann es einfach noch nicht fassen, dass ich auf den großen weißen Jäger hereingefallen bin! Aber ich werde schon darüber hinwegkommen.«

»Wie geht es Sarah und Hannah?«

»Ich habe schon länger nichts mehr von ihnen gehört.«

»Warum nicht?«, bohrte er nach. »Ich dachte, ihr hättet in Kenia vor dem schrecklichen Zwischenfall so viel Spaß gehabt. Als ich euch in Nairobi traf, wart ihr so glücklich, wieder zusammen zu sein.«

»Ich gehe zu Bett«, verkündete Camilla. »Aber ich muss morgen mit dir sprechen. Du könntest etwas für mich tun. Oder besser für sie. Gute Nacht.«

An Weihnachten ergab sich keine Gelegenheit, Langani zu erörtern. Camilla war den ganzen Tag beschäftigt, fuhr mit Edward zum Einkaufen, erstellte Listen und durchkämmte das Dorf nach den Zutaten für das Weihnachtsessen.

»Als Erstes brauche ich ein Kochbuch«, verkündete sie. »Ich habe noch nie im Leben einen Truthahn gebraten. Vielleicht musst du dich ja in den Bear oder einen anderen Gourmet-Tempel am Ort flüchten.«

Abends versammelten sie sich bei Kaviar, Champagner und *foie gras*, die Edward aus London mitgebracht hatte, im Wohnzimmer. Marina war elegant gekleidet, und Camilla hatte ihr beim Frisieren und Schminken geholfen. Als sie sich nun leicht an George lehnte und ihn mit schwärmerischem Blick ansah, wirkte sie fast geisterhaft zart und wunderschön. Er legte ihr den Arm um die mageren Schultern, zog sie an sich und hauchte ihr einen Kuss auf den Scheitel. Camilla beobachtete die beiden und stellte fest, dass ihm Tränen die Wangen hinunterliefen. Inzwischen hatte sie sich damit abgefunden, dass er Marina auf seine Art tatsächlich liebte. Außerdem musste sie zugeben, dass sie ihre Mutter bis jetzt noch nie wirklich glücklich erlebt hatte. Es war eine erschreckende Erkenntnis, und sie empfand die Absurdität der Situation als unerträglich. Als sie sich in die Küche flüchtete, legte Edward gerade letzte Hand an das Abendessen. Er hatte sich als passionierter Koch entpuppt und im Laufe des Abends ein Mahl gezaubert, das für Marina leicht verdaulich und dennoch festlich war. Camilla hatte den Tisch mit Kerzen und Weihnachtsschmuck gedeckt, die sie im Dorf aufgetrieben hatten. Ihr Vater war für die Weinauswahl zuständig, während Marina Blumen in ihrer Lieblingsvase arrangierte. Bis jetzt hatten sie noch nie auf diese Weise Hand in Hand gearbeitet, um eine schlichte, liebevolle und harmonische Familienfeier zu gestalten, und es hatte für sie alle etwas Bewegendes an sich. Sie wussten ja, dass dies ihr letztes gemeinsames Weihnachtsfest war.

Eine dünne Schicht Schnee bedeckte den Boden, als Camilla am Weihnachtsmorgen erwachte. Beschwingt und voller Tatendrang trank sie ihren Kaffee und toastete ein paar Brotscheiben. Einer spontanen Eingebung folgend, verließ sie dann das Haus und ging raschen Schrittes durch das Dorf und zu der kleinen Kirche am Anger. Laut Aushang sollte um zehn Uhr ein Gottesdienst stattfinden, und sie war eine halbe Stunde zu früh dran. Da es kalt war, schlüpfte sie durch die schwere Tür ins Gebäude und setzte sich in eine der hinteren Bankreihen. Der Geruch von Weihrauch, Kerzen und Blumen und die traditionelle Krippenszene vermittelten ihr ein ungewohntes Gefühl der Geborgenheit, das sie an ihre Kinderzeit erinnerte. Einige Gemeindemitglieder erschienen, um den Gottesdienst vorzubereiten, wünschten ihr lächelnd fröhliche Weihnachten, unternahmen aber keinen Versuch, ein Gespräch mit ihr anzuknüpfen. Nach einer Weile kniete Camilla sich hin und betete zum ersten Mal seit ihren Tagen in der Klosterschule. Sie bat um die Kraft, Marina in ihren letzten Tagen beizustehen, und um den Mut, eine neue Beziehung zu ihrem Vater aufzubauen und sein Leid zu begreifen. Dann nahm sie sich vor, noch heute mit ihm über Langani zu sprechen. Anschließend wollte sie die Farm anrufen und ihren Freunden sagen, dass sie sie nicht vergessen hatte und sie immer lieben würde. Nach dem Gottesdienst und den Weihnachtsliedern ging sie ins Bear Inn und ließ sich bei Edward melden.

»Draußen ist es wunderschön. Die Sonne scheint, und es hat geschneit. Hast du Lust auf einen Spaziergang?«

»Ich komme sofort runter.«

Sie rief ihren Vater an, um ihm mitzuteilen, wo sie war, und machte sich dann mit Edward auf den Weg. Gemächlich schlenderten sie dahin und genossen das schöne Wetter und das Knirschen des Schnees unter ihren Füßen. Rotkehlchen hüpften in den Hecken umher, und aus den hübschen Häuschen, wo durch die frisch gewaschenen Vorhänge Weihnachtskerzen schimmerten, stiegen Rauchwolken auf.

»Hast du denn überhaupt keine Angehörigen?«, fragte Camilla.

»Ich bin wie du Einzelkind. Mein Vater ist schon seit vielen Jahren tot, und meine Mutter ist vor achtzehn Monaten gestorben. Ich hatte sie sehr gern.«

»Das tut mir Leid.« Sie zögerte, weil sie ihm nicht zu nahe treten wollte. »Aber du warst doch einmal verheiratet. Das hast du mir bei unserem ersten Abendessen erzählt, richtig?«

»Ja, das habe ich.« Allerdings sprach er nicht weiter, und sie bemerkte, dass er die Hände tief in die Taschen geschoben hatte und dass an seinem Kiefer ein Muskel zuckte. Eine Weile setzten sie schweigend ihren Weg fort, bis er plötzlich stehen blieb und sie ansah. »Meine Frau ist Amerikanerin. Wir haben sehr jung geheiratet. Sie hat meinen Beruf gehasst. Tja, nicht unbedingt meinen Beruf, aber die viele Zeit, die ich damit verbracht habe. In ihren Augen war ich arbeitssüchtig, und wir haben deshalb ständig gestritten. Außerdem wollte sie sofort Kinder, während es mir wichtiger war, mich zuerst zu etablieren. Wahrscheinlich hätten wir vor der Hochzeit über diese Dinge reden sollen.«

»Du hast mir einmal gesagt, dass man im Nachhinein immer klüger ist«, erinnerte ihn Camilla.

»Sie hatte eine Affäre, und zwar mit einem Amerikaner, den sie in London kennen gelernt hatte. Dann wurde sie schwanger und bat mich um die Scheidung. Sie ist mit ihm nach Boston gezogen.«

Edward wandte sich ab und ging weiter. Sein Gesicht war fahl und traurig. Camilla folgte ihm und zermarterte sich das Hirn nach einem anderen Gesprächsthema.

»Während der Geburt erlitt sie einen schweren Schlaganfall«, fuhr Edward fort. »Heute ist sie ein lebender Leichnam, und er versorgt das Kind. Sie liegt in einem Pflegeheim, und ihre Eltern kümmern sich um sie. Sie erhalten sie am Leben, in der Hoffnung, dass irgendwann einmal eine Wunderdroge erfunden wird, die sie heilt. Sie sind sehr wohlhabend und lehnen mich strikt ab. Ihrer Ansicht nach trage ich die Schuld an der Tragödie: Wenn ich sie nicht so vernachlässigt hätte, wäre sie heute noch gesund, froh und glücklich und hätte einen ganzen Stall voller wunderbarer Kinder.«

Camilla berührte ihn am Arm. »Wie schrecklich«, meinte sie betroffen. »Übrigens möchte ich dir noch sagen, wie dankbar ich dir für deine Unterstützung bin. Du bist so gut zu mir und zu Marina. Aber jetzt gehen wir und feiern. Das haben wir uns alle verdient. Vielleicht war es uns sogar bestimmt, einander in dieser Situation zu helfen. Los, Edward. Trödeln gilt nicht. Bis der Truthahn gar ist, ist es sicher schon fünf Uhr, und ich beiße gleich vor Hunger in den Teppich. Und wie du sicher weißt, würde das der lieben Marina gar nicht gefallen.«

Marina hatte aus London einen kleinen Baum mitgebracht und mit Christbaumkugeln und sternförmigen Lämpchen geschmückt. Darunter lag ein Haufen von Geschenkpäckchen. Nachdem alle einander umarmt hatten, folgte die Bescherung, und Camilla war froh, dass sie vor ihrer Abreise aus London noch ein Buch für Edward gekauft hatte. Er hatte für alle sorgsam ausgewählte und wunderschön verpackte Geschenke mitgebracht. Als Camilla ihr Päckchen öffnete, entdeckte sie einen ovalen Armreifen, der aus mehreren geflochtenen Goldsträngen bestand. Sie fing den Blick ihres Vaters und das wissende Lächeln ihrer Mutter auf, als sie ihn anlegte.

»Danke«, sagte sie. »Das wäre doch nicht nötig …« Verwirrt betrachtete sie das kostbare Schmuckstück und war völlig überrascht, als er mit beiden Händen ihr Gesicht umfasste, um sie zu küssen. Hastig wich sie zurück und tat die Geste mit einer scherzhaften Bemerkung ab, da ihr die beifälligen Mienen ihrer Eltern nicht entgingen. Dann aber rettete Edward sie aus ihrer peinlichen Lage.

»Ab in die Küche mit dir! Ich brauche einen Sklaven. Marina, ich würde Ihnen vorschlagen, ein oder zwei Stunden zu ruhen. Ärztliche Anordnung.«

»Ich hole Holz aus dem Schuppen und kümmere mich um das Feuer«, schlug George in aufgesetzt fröhlichem Ton vor.

Als es dunkel wurde, kehrte Edward in den Bear zurück, um sich frisch zu machen. Camilla setzte sich zu ihrem Vater und schenkte ihm eine Tasse Tee ein.

»Ich möchte dir von Langani und den Arbeiten dort erzählen«, begann sie. »Piet hat eine wundervolle Lodge gebaut.

Vermutlich hast du schon in Nairobi davon gehört. Bald ist die Eröffnung.«

George hatte bereits mit Anthony darüber gesprochen, wollte diesen Namen aber lieber nicht erwähnen. Deshalb hörte er wortlos zu, wie Camilla die Schwierigkeiten schilderte, mit denen Piet zu kämpfen hatte.

»Ihm fehlen die Mittel, um die Farm, die Lodge und das Wildreservat zu finanzieren und gleichzeitig Wildhüter oder Wachen zu bezahlen. Das alles kostet viel Geld. Deshalb habe ich mich gefragt, ob deine Organisation ihm vielleicht unter die Arme greifen kann – falls ihr derartige Projekte überhaupt fördert.«

»Das wäre möglich«, erwiderte er. »Mitte Januar fliege ich nach Nairobi. Vielleicht kann ich bis dahin die nötigen Fördermittel beantragen. Allerdings könnte es einige Wochen dauern, bis tatsächlich Geld fließt. Langani als Wildschutzgebiet scheint mir ein förderungswürdiges Projekt zu sein. Unsere Organisation sieht es gern, wenn Rancher und Farmer sich auf diesem Gebiet engagieren. Sobald ich wieder im Büro bin, kommt der Antrag ganz oben auf die Liste.«

Als Camilla diese Worte hörte, fühlte sie sich wie von einer Zentnerlast befreit. Nun hatte sie vielleicht noch eine Chance, ihr Verhältnis zu den Menschen, die sie am meisten liebte, wieder zu kitten. Der Rest des Weihnachtsfests verging wie im Fluge, und zwei Tage später reiste Edward nach London ab. Für den Silvesterabend lud er Camilla zu sich nach Hause ein, wo eine Dinnerparty stattfinden sollte, aber sie wollte sich nicht festlegen. Obwohl Marina sich bemerkenswert wacker geschlagen hatte, war es Zeit, nach London zurückzukehren, wo ihr Arzt ein Auge auf sie haben konnte.

»In letzter Zeit ging es mir prima«, meinte sie. »Ich fühle mich sogar stark genug für den Besuch der Santinis, die für einige Tage aus Rom herkommen wollten. An Silvester könnten wir gemütlich mit ihnen zu Abend essen. Hättest du Lust dazu,

George? Außerdem kriegt Camilla hier sicher bald Hüttenkoller, auch wenn sie uns eine große Hilfe war.«

Der Chauffeur setzte Camilla am folgenden Nachmittag vor ihrer Wohnung ab. Sie rief sofort Tom an.

»Saul kommt morgen aus New York zurück«, berichtete er. »Ich habe für Montag einen Termin mit ihm vereinbart. Mein Anwalt hat zwar ein paar Anmerkungen zu dem Vertrag, aber es sind nur Kleinigkeiten. Die Sache läuft prima, Kleine.«

Froh, wieder zu Hause zu sein, saß Camilla auf dem Sofa. Sie freute sich auf das Projekt und hatte sich, vielleicht zum ersten Mal im Leben, in Gesellschaft ihrer Eltern wohl gefühlt. Marinas Krankheit hatte sie einander näher gebracht, und sie hatten gelernt, die bedrückende Vergangenheit ruhen zu lassen, wofür Camilla sehr dankbar war. Sie überlegte, ob sie in Langani anrufen sollte, verwarf diesen Gedanken aber. Noch in dieser Woche würde George ihr mitteilen, ob die Fördermittel bewilligt waren, und sie beschloss, diese Entscheidung abzuwarten. Sie freute sich schon darauf, einen Abend allein zu verbringen. Camilla nahm einen Karton vom obersten Schrankfach und holte ihre Perlenkragen und Armbänder aus Samburu heraus. Aus einer Schublade kramte sie eine Wildlederweste, die aus Italien stammte, setzte sich ins Wohnzimmer und begann, die Nähte aufzutrennen. Erst gegen drei Uhr morgens war sie fertig und hielt ihr Werk hoch, um es kritisch zu begutachten. Sie war zufrieden. Vor dem Auseinandernehmen der afrikanischen Schmuckstücke hatte sie die traditionellen Muster eingehend studiert und anschließend die Perlen und kleinen Metallstückchen sorgfältig auf das weiche Leder genäht. Nun verliefen um Halsausschnitt und Saum und entlang den Nähten Perlenstickereien. Allerdings roch die Weste nun ein wenig streng, und Camilla schmunzelte beim Gedanken an den wählerischen Kunden in der Bond Street, dem sie morgen ihre Kreation vorführen wollte.

Als sie am Morgen von einem lauten Klopfen geweckt wurde, rappelte sie sich mühsam auf, schlüpfte in ihren Bademantel und öffnete die Tür. Draußen stand ihr Vater mit trauriger Miene. Rasch zog sie ihn ins Wohnzimmer, voller Angst, Marina könnte einen Rückfall erlitten haben oder sogar gestorben sein. George ließ sich in einen Sessel fallen und schlug, um Fassung ringend, die Hände vors Gesicht. Dann blickte er sie an.

»Camilla, ich habe schreckliche Nachrichten, und ich weiß nicht, wie ich es dir sagen soll. Piet van der Beer ist ermordet worden, und zwar auf seiner Farm. Heute Morgen stand es in allen Zeitungen, und ich wollte nicht, dass du es auf diese Weise erfährst. Ach, mein Kind, es tut mir so Leid!«

Wie betäubt starrte Camilla ihren Vater an und begriff zunächst nicht, was sie gerade gehört hatte. Als er den Arm um sie legen wollte, riss sie sich los und setzte sich ihm gegenüber, um zu hören, was die Zeitungen gemeldet hatten. Laut *Daily Telegraph* erinnerte das Verbrechen an die Zeit des Ausnahmezustandes, als europäische Farmer um ihr Leben fürchten mussten und die Kämpfer der Mau-Mau sich geschworen hatten, jeden, ob schwarz oder weiß, niederzumetzeln, der ihre Überzeugungen nicht teilte. Die Tat, offenbar handle es sich um einen Ritualmord, sei so barbarisch, wie man es seit Jahren nicht mehr in der ehemaligen Kolonie erlebt habe, und mache wieder einmal die gefährliche Lage der wenigen verbliebenen weißen Farmer deutlich. Piet van der Beer sei trotz seiner afrikaansen Herkunft britischer Staatsbürger gewesen. Deshalb werde nicht nur die kenianische Polizei, sondern vermutlich auch Scotland Yard gründliche Ermittlungen aufnehmen. Lange starrte Camilla ins Leere, bemüht, sich das grausige Verbrechen, das ihnen Piet genommen hatte, nicht in allen Einzelheiten vorzustellen.

»Was ist mit den anderen?«, fragte sie schließlich und wischte sich die Augen ab.

»Sonst ist niemandem etwas geschehen. Hier steht, er sei von seiner Verlobten gefunden worden.«

»Bist du wirklich sicher, dass das der genaue Wortlaut ist?« Als er nickte, stand sie mühsam auf. »O Gott, bestimmt ist Sarah gemeint. Sie waren verlobt, was sie mir nicht gesagt hat. Ich wusste nichts davon. O Gott. Ich kann es einfach nicht fassen. Und jetzt …« Sie erschauderte, und ihre Stimme erstarb.

»Möchtest du sie anrufen, während ich noch hier bin, mein Kind?«

»Es ist meine Schuld«, flüsterte Camilla. »Sie haben mich um Hilfe gebeten, und ich habe nichts unternommen. Wenn ich schon vor Monaten mit dir gesprochen hätte, wäre es nie geschehen. Du hättest dich darum gekümmert, dass sie Geld für Sicherheitsmaßnahmen bekommen. Und nun ist er tot. Ermordet von einem Wilderer auf seinem eigenen Land, weil ich die Hände in den Schoß gelegt habe. O Gott.« Ihr Körper wurde von heftigem Schluchzen geschüttelt, sodass sie sich am Fensterbrett festhalten musste.

»Camilla, du kannst doch nichts dafür. Du darfst nicht glauben, dass du auch nur die geringste Verantwortung trägst. Das ist Wahnsinn, mein Kind. Ich denke, du solltest jetzt mit Hannah und Sarah sprechen und ihnen in dieser schrecklichen Situation beistehen. Was hältst du davon, Kind? Soll ich anrufen?«

»Nein, nein«, protestierte Camilla und sank händeringend in einen Sessel. Die Wucht der Trauer war übermächtig. »Ich kann nicht mit ihnen sprechen. Nie wieder werde ich diese Nummer wählen, denn ich weiß, dass er nicht mehr an den Apparat kommen kann. Wir werden nie mehr seine Stimme hören, und sie werden es mir nicht verzeihen.«

George holte eine Flasche Brandy aus dem Schrank, schenkte einen ordentlichen Schluck ein und wollte ihr das Glas reichen. Aber sie achtete nicht darauf, sondern saß nur mit hängenden

Schultern und die Arme um den Leib geschlungen da und wiegte sich hin und her. Nach einer Weile wurde sie ruhiger, und schließlich sah sie ihren Vater mit stumpfem, verstörtem Blick an.

»Zeig mir die Zeitung«, sagte sie.

Er gab sie ihr und beobachtete sie, während sie den Artikel las. Als sie fertig war, erhob sie sich.

»Verrat es mir«, begann sie. »Hat es mit dem zu tun, was Jan van der Beer getan hat?«

»Camilla ... ich darf nicht ...«

»Jetzt mach schon den Mund auf, verdammt!«, schrie sie. »Erzähl mir, was Mutter weiß. Ich kann nicht weiterleben, ohne die Wahrheit zu kennen.«

Schwer ließ sich George in einen Sessel fallen. »Jan hat einen Mann getötet«, erwiderte er. »Während der Mau-Mau-Aufstände, als er in den Aberdares die Banden durch den Wald verfolgte.«

»Aber es war doch Krieg«, entgegnete Camilla. »Britische Soldaten wurden zu Hilfe gerufen. Und sie haben getötet. Auch afrikanische Polizisten hatten Menschen auf dem Gewissen.«

»Die Tat war besonders grausam«, erklärte George, »denn der Mann wurde gefoltert. Ohne die Amnestie wäre Jan vermutlich wegen Mordes angeklagt worden. Kurz vor der Unabhängigkeit war eine schwarze Liste im Umlauf, auf der auch sein Name stand.«

»Also war Piets Ermordung ein Racheakt?«

»Es sieht ganz danach aus, obwohl ich auch nicht sicher bin. Und wenn das stimmt, hätte niemand von uns den Mord verhindern können.«

Camilla lief im Zimmer auf und ab und blieb schließlich vor ihrem Vater stehen.

»Hannah muss erfahren, was damals passiert ist«, verkündete sie. »Ich werde es ihr sagen. Dann hat die Polizei wenigstens einen Anhaltspunkt und ein Motiv.«

»Nein, ich halte es für falsch, mit Hannah zu sprechen. Sie hat gerade ihren Bruder verloren. Und jetzt möchtest du ihr unter die Nase reiben, dass ihr Vater ein Mörder ist und möglicherweise für den grausigen Tod seines Sohnes die Verantwortung trägt? Weder Jan und Lottie haben ihren Kindern je reinen Wein eingeschenkt, so viel ist an jenem verhängnisvollen Abend in Mombasa klar geworden. Was also kann es Hannah nützen, es jetzt zu hören?«

»Es könnte dadurch leichter werden, den Täter aufzuspüren«, schluchzte Camilla.

»Und gleichzeitig würde alles zerstört, was die Familie des armen Mädchens noch zusammenhält. Willst du ihr das wirklich antun? Die Akte ist geschlossen, und ich finde, es bringt niemanden weiter, wenn wir sie wieder öffnen.«

»Du solltest jetzt besser gehen, Daddy. Ich möchte mich hinlegen und eine Weile allein sein. Nein, nein, ich will jetzt nicht mehr darüber reden. Nicht jetzt.«

Nachdem er sich widerstrebend verabschiedet hatte, verbrachte sie den restlichen Vormittag in abgrundtiefer Verzweiflung. Sie glaubte, in einem See aus Trauer und Einsamkeit zu versinken, während Wellen der Reue über ihr zusammenschlugen. Obwohl sie sich vor Erschöpfung bleischwer fühlte, zwang sie sich, sich anzuziehen, und überlegte, was sie tun oder wohin sie gehen sollte, um sich von ihrem Schmerz abzulenken. Aber ihr fiel nichts ein. Als sie gerade in ihren Mantel schlüpfte, läutete das Telefon.

»Camilla, dein Vater hat mich endlich erreicht und mir erzählt, was geschehen ist. Wie kann ich dir helfen?«

Edwards Stimme war das einzig Beständige an diesem schrecklichen Morgen, und Camilla versuchte, sich von seiner Ruhe anstecken zu lassen. Doch als sie etwas antworten wollte, versagte ihr die Stimme, und sie konnte nur noch in den Hörer schluchzen. Nach einer Weile legte sie auf und warf sich aufs Bett. Sie wusste nicht, wie viel Zeit vergangen war, als sie ein

Klopfen hörte. Mühsam schleppte sie sich durchs Wohnzimmer und fuhr sich dabei über das tränennasse, verschwollene Gesicht. Es erstaunte sie nicht, ihn zu sehen.

»Ich bin hier, um dich mit in die Charles Street zu nehmen«, begann er ohne Begrüßung. »Ich gebe dir ein Beruhigungsmittel, damit du den Tag besser überstehst, und falls du etwas brauchst, wird meine Haushälterin es dir bringen. Gegen sechs bin ich wieder zu Hause. Dann können wir reden oder etwas unternehmen, falls du möchtest. Aber du solltest jetzt nicht allein sein.«

Seine Wohnung war geräumig und so geschmackvoll eingerichtet wie seine Praxis. Nachdem er es ihr im Gästezimmer gemütlich gemacht hatte, gab er ihr zwei Tabletten und ein Glas Wasser. Sie fühlte sich völlig ausgelaugt, als sie sich ins Bett legte und sich von ihm zudecken ließ. Wenig später war sie eingeschlafen. Bei seiner Rückkehr kurz vor sechs saß sie im Wohnzimmer und blickte starr vor Trauer ins Leere. Er nahm ihre Hand. Als er sanft ihre Handflächen küsste, fiel sie ihm um den Hals und lehnte sich an ihn. Zum Weinen oder auch nur zum Denken hatte sie keine Kraft mehr.

»Da ist niemand«, murmelte sie stumpf. »Niemand, den ich lieben kann. Niemand, der mir vertraut, mich liebt oder auf mich baut. Das habe ich ihnen allen und auch mir selbst angetan.«

Nach kurzem Zögern stand er auf und griff nach ihrer Hand. Sie wehrte sich nicht, als er sie ins Schlafzimmer führte und sie aufforderte, sich aufs Bett zu setzen. Dann legte er sich neben sie, streichelte ihr Haar und küsste sie auf die Stirn, wo sich noch immer deutlich die Narbe abzeichnete. Sie umarmte ihn und schmiegte sein Gesicht an ihre Brust. Als seine Küsse feuriger wurden und Mitgefühl sich in Leidenschaft verwandelte, sträubte sie sich nicht, sondern erwiderte seine Zärtlichkeiten. Langsam streifte er ihr die Kleider ab, und sie zog ihn fest an

sich. Als er die Hände unter sie schob, hörte er, wie sie immer wieder dieselben Worte murmelte.
»Ich will dich zurück. Ich will dich zurück. Oh, bitte, komm zurück. Komm jetzt zu mir.«
Er wusste, dass dieses Flehen nicht ihm galt, doch es kümmerte ihn nicht. Nun gehörte sie ihm, und er lag noch lange wach neben ihr, um ihr beim Schlafen zuzusehen.

Kapitel 27

Kenia, Januar 1966

Anthony wählte die Nummer der Vermittlung und hielt Sarahs Hand, während die Verbindung zu ihren Eltern in Sligo hergestellt wurde. Auch ihr Entsetzen und ihre liebevolle Anteilnahme konnten Sarahs Trauer nicht lindern, als sie ungläubig schweigend ihrer knappen Zusammenfassung der Ereignisse lauschten. Es war unfassbar für sie, dass Piet einem Verbrechen zum Opfer gefallen sein sollte. Raphael war erleichtert, dass die Täter seine Tochter verschont hatten. Sarah lebte und war unverletzt, und ihre Sicherheit war das Einzige, was ihn im ersten Moment kümmerte. Erst später gelang es ihm, an das Leid der Familie van der Beer zu denken. Sarah hatte Mühe, die ganze Geschichte zu erzählen, ohne dabei ins Stocken zu geraten. Immer wieder musste sie den Hörer an Anthony übergeben, um sich zu beruhigen, bevor sie weitersprechen konnte. Sie versuchte, ihrem Vater klar zu machen, dass sie Hannah jetzt unter gar keinen Umständen allein lassen durfte. Nur wenn sie ihre Trauer teilten, würden sie den Mut zum Weiterleben finden. Raphael und Betty konnten hingegen ihre tiefe Besorgnis nicht verhehlen. Immerhin war noch kein Täter verhaftet worden, und es war jederzeit möglich, dass der Verbrecher wieder zuschlug. In Langani war es gefährlich, und sie fürchteten um das Leben ihrer Tochter. Doch Sarah ließ sich nicht beirren und flehte sie an, ihre Entscheidung anzuerkennen, bis sie sich schließlich damit abfinden mussten, dass all ihre Einwände zwecklos waren. Als Tim ans Telefon kam und Sarah ebenfalls drängte, sofort nach Irland zu kommen, verabschiedete sie sich und kehrte in den Albtraum zurück, der ihr Leben inzwischen prägte.

Das Telefon läutete unablässig. Nachbarn und Freunde trafen ein, und bald wimmelte es im Haus von Menschen. Es gab viel zu tun, denn man musste für Mahlzeiten und Getränke sorgen. Am Abend beschloss Lottie, nach Nairobi aufzubrechen, um am nächsten Tag nach Süden zu ihrem Mann zu fliegen und ihm den Rücken zu stärken. Hannah saß stumm und verstockt da und weigerte sich, die um Verständnis bittenden Blicke ihrer Mutter zur Kenntnis zu nehmen. Sie wollte nicht einsehen, dass die Bedürfnisse ihres Vaters wichtiger sein sollten als ihre.

Als die letzten Trauergäste fort waren, ging Lottie in ihr Schlafzimmer, um zu packen. Sarah folgte ihr, denn sie musste sich durch eine Beschäftigung von ihrem Schmerz ablenken. Sie wusste zwar nicht, was sie sagen sollte, doch sie versuchte, Trost zu spenden, indem sie Lottie immer wieder die Hand tätschelte, Kleidungsstücke faltete und in den Koffer legte und durch kleine Gesten ihr Mitgefühl zum Ausdruck brachte. Mit einem gezwungenen Lächeln klappte Lottie zu guter Letzt den Koffer zu.

»Ich habe Hannah angefleht, mich zu begleiten, aber sie ignoriert mich einfach«, meinte sie. »Vielleicht ist es ja auch besser so, denn ich habe keine Ahnung, wie ich mit Jannis Trauer zurechtkommen soll. Ich fürchte, er könnte es nicht verkraften.« Sie setzte sich aufs Bett. »Mein Gott, es ist alles so sinnlos! Jahrelang haben wir uns abgeplagt, um etwas aufzubauen. Und jetzt musste mein Sohn deshalb sterben, während ich noch am Leben bin. Wozu, Sarah?«

»Ich weiß es nicht, Lottie. Ich kann mir gar nicht vorstellen, wie wir weiterleben und die nächsten Tage ohne ihn überstehen sollen. Aber Hannah und Jan brauchen dich. Vielleicht gibt dir das ja einen Sinn.«

»Hannah verschließt sich«, erwiderte Lottie. »Sie ist wütend auf mich, weil ich sie zurücklasse und Jannis Leid wichtiger nehme als ihres. Wahrscheinlich ist dieser Zorn ein Weg, den

Tod zu verarbeiten. Aber ich muss gehen, und ich glaube nicht, dass ich es je über mich bringen werde zurückzukehren. Sie jedoch will unbedingt bleiben. Zwischen uns verläuft eine Kluft, und wir schaffen es nicht, sie zu überbrücken. Möglicherweise heilt die Zeit ja Wunden, aber im Moment kann ich dich nur bitten, dich um sie zu kümmern, solange du hier bist. Ich liebe meine Tocher mehr, als ich ihr je werde begreiflich machen können. Doch dieser Ort ist für mich mit zu viel Schmerz behaftet. Ich denke nicht, dass ich in Langani wieder Frieden finden werde. Das ist vorbei.«
Sie stand auf und ging mit Sarah ins Wohnzimmer, wo Hannah ins Kaminfeuer starrte. Ein Glas Brandy stand unberührt neben ihr.
»Komm mit mir, Hannah«, flüsterte Lottie und umarmte ihre Tochter ein letztes Mal. »Komm weg von hier, mein Kind. Nur für eine Weile, bis wir entschieden haben, was aus der Farm werden soll.«
Hannah antwortete, ohne zu zögern. Ihre Miene war unbewegt, und sie wirkte, als wäre sie ganz weit weg. »Meine Entscheidung steht fest, Ma. Ich werde Langani nicht verlassen. Ich muss Piets Werk fortsetzen, um unseren Feinden nicht die Genugtuung zu geben, dass sie zerstören konnten, was wir aufgebaut haben. Ich lasse mich nicht von unserem Land vertreiben.«
Sie wandte sich ab. Nachdem Lottie Sarah rasch umarmt hatte, ging sie, ohne sich noch einmal umzudrehen, hinaus zum Wagen, wo der Fahrer schon wartete. Mwangi und Kamau weinten beim Abschied. Dann glitten die Lichtkegel der Scheinwerfer über die Mauern, und schließlich entfernte sich das Motorengeräusch in die Nacht. Hannah kauerte zusammengesunken auf dem Sofa. Sie hatte die Hände vors Gesicht geschlagen und stieß wimmernde Geräusche aus.
»Hilf mir, sie zu Bett zu bringen, Sarah«, sagte Anthony.
Er setzte sich an Hannahs Bett, sprach mit ihr, ohne dass sie

ihn hörte, und hielt ihre Hand, bis sie eingeschlafen war. Sarah stand in der Tür und beobachtete ihn. Hannah mochte sich in seiner Gegenwart getröstet fühlen, doch das Einzige, was Sarah aus ihrem Elend hätte erlösen können, war oben auf dem Berg zu Asche verbrannt. Sie war ganz allein. Sarah drehte sich um und floh aus dem Zimmer. Draußen auf dem Rasen erkannte sie den diensthabenden *askari*, in einen dicken Mantel gewickelt und das Gewehr in der Hand. Sein Atem stand ihm in dicken Wolken vor dem Mund. Wie eine Schlafwandlerin, die aus einem Traum erwacht, fand sie sich plötzlich in Piets Zimmer wieder, umgeben von seinen persönlichen Dingen, seinen Schulfotos und seinen geliebten Büchern, die er zusammen mit ihr hatte lesen wollen. Sie nahm sein Hemd von der Stuhllehne und zog es über ihre Sachen. Dann legte sie sich aufs Bett und vergrub das Gesicht im Kissen, um noch einmal seinen Geruch zu schnuppern.

Zwei Tage nach der Einäscherung fand in Nanyuki ein Gedenkgottesdienst statt. In den darauf folgenden Wochen schleppte sich Hannah durch die Tage, als lebe sie in einer anderen Welt. Sie vermied es, ans Telefon zu gehen, Fragen zu beantworten oder mit alten Freunden zu sprechen. Lieber verbrachte sie ihre Zeit in der Milchküche, fuhr im Auto auf der Farm umher oder erledigte unwichtige Dinge, die sie sonst einem Dienstboten übertragen hätte. Mike Stead war zwar eine große Hilfe, doch man hatte ihm eine dauerhafte und besser bezahlte Stelle angeboten. Wie er Hannah mitgeteilt hatte, würde er nur noch zwei Monate in Langani bleiben. Von Lars hatte sie kein Wort gehört, und es wies auch nichts darauf hin, dass er von Piets grausamem Tod wusste. Offenbar hatte er sämtliche Brücken nach Kenia abgebrochen, vielleicht um besser über Hannahs Zurückweisung hinwegzukommen oder um seine Zeit in Langani zu vergessen.
Tagsüber arbeiteten Hannah und Sarah wie die Wilden, in der

Hoffnung, dass sie abends müde und erschöpft ins Bett fallen würden. Da Sarah sich unbedingt ablenken wollte, versah sie jeden Tag Dienst in der Krankenstation, wo sich die Menschen drängten. Doch angesichts der niederschmetternden Tragödie hatten die Patienten ihre eigenen Beschwerden vergessen und kamen eigentlich nur, um zu kondolieren. Sarah nahm ihre Beileidsbekundungen entgegen, obwohl ihr Schmerz dadurch nur noch wuchs. Jeder wache Moment drohte mit Erinnerungen, die sie aus der Bahn werfen oder ihre ohnehin auf tönernden Füßen stehende Selbstbeherrschung ins Wanken bringen konnten. Die Angst warf ihre langen Schatten auf Tage und Nächte. Selbst bekannte Geräusche ließen sie zusammenschrecken, und alltägliche Worte und Redewendungen klangen auf einmal Unheil verkündend, etwa wenn Hannah mit den seit langem vertrauten Farmarbeitern über die Weizenernte oder das Vieh sprach. Am schlimmsten waren die Nächte, denn Schlaf bedeutete Albträume, die Sarahs schwache Schutzschicht durchbrachen und sie in einen Strudel aus Furcht und Trauer rissen.

Anthony ließ sich bei seiner nächsten Safari von einem Kollegen vertreten und blieb auf der Farm. Er gab sich redlich Mühe, Sarah und Hannah beizustehen, ohne seine Hilfe aufzudrängen. Diese Seite kannte Sarah noch gar nicht an ihm, und sie versuchte, ihm zu zeigen, wie sehr sie seine Anteilnahme zu schätzen wusste. Hannah hingegen schien es gar nicht wahrzunehmen. Sie verhielt sich herablassend, trug eine versteinerte Miene zur Schau und warf mit schnippischen Bemerkungen um sich. Außerdem aß sie fast nichts. Mwangi bemutterte sie nach Kräften, blieb geduldig stehen und murmelte mitfühlend vor sich hin, wenn sie wieder einmal nicht auf eine Frage antwortete oder keine Anstalten machte, sich mit einem von ihm vorgebrachten Anliegen zu beschäftigen. Nach einer Weile übernahm er die Führung des Haushalts und wandte sich an Sarah, wenn er, was selten geschah, einen Rat brauchte. Sarah war erleichtert, sich nützlich machen zu können. Allerdings wusste sie, dass Mwangi und Kamau mit den meisten Arbeiten im Haushalt auch allein zurechtkamen. Deshalb rührte es sie besonders, welche Mühe sich die beiden gaben, damit sie sich gebraucht fühlte. Wenn sie sich im Haus zu schaffen machten, malten sich Zuneigung und Anteilnahme auf ihren Gesichtern, und sie vermittelten Sarah Trost und Zuversicht. Als sie in jener ersten Woche eines Morgens ins Esszimmer kam, fand sie Mwangi weinend am Tisch vor. Sie stellte fest, dass er ganz automatisch ein Gedeck für Piet aufgelegt hatte, das er nun wieder entfernte. Dabei beugte er sich über den Stuhl, der erst der Platz von Jan und später der des jungen Mannes gewesen war, den er seit seiner Kindheit gekannt hatte. Sarah umarmte den Alten, um ihm zu zeigen, dass sie seine Trauer mit ihm teilte.

Die Gespräche während der Mahlzeiten waren recht einsilbig, da sich jeder bemühte, verfängliche Themen zu vermeiden. Hin und wieder ließ Anthony eine scherzhafte Bemerkung fallen, und sie wurden kurz von ihrem Kummer abgelenkt, bis ein falsches Wort oder eine Geste erneut eine grausige Erinnerung wachrief. Dann wurde Hannah ganz still und blickte in die Ferne, während Sarah den Kopf senkte, mit der Gabel Muster aufs Tischtuch malte, verbissen ihr Glas und ihren Teller betrachtete und schließlich fragte, ob sie den Kaffee am Tisch oder im Wohnzimmer trinken sollten. Dann bemühte sich Anthony wieder verzweifelt, ein neues Thema zu finden, und sie verhielten sich wie eine Gruppe von Tänzern in einer komplizierten, aber unvollendeten Choreographie. Sie umkreisten einander, traten vor und wichen zurück, berührten sich kurz an den Händen, waren aber nicht in der Lage, einen dauerhaften Kontakt herzustellen.

Lottie rief an, aber als Hannah ihren Vater sprechen wollte, flüchtete sie sich in Ausreden. Janni fühle sich nicht wohl. Sie gebe sich zwar Mühe, ihn am Trinken zu hindern, doch das sei nahezu unmöglich. Zu guter Letzt flehte sie Hannah an, doch zu ihr zu kommen, damit sie gemeinsam trauern könnten.

»Warum treffen wir uns nicht in Johannesburg, Hannah?«, fragte sie. »Du musst uns ja nicht zu Hause besuchen. Wir drei könnten eine Weile bei deinem Onkel Sergio wohnen. Er hätte uns gern einmal wiedergesehen.«

Aber Hannah weigerte sich, Langani auch nur für kurze Zeit zu verlassen. Nachbarn und Freunde erschienen, um sich zu erkundigen, ob sie etwas für sie tun könnten. Doch Hannah lehnte die angebotene Unterstützung stets höflich und kühl ab, sodass sich die Kontaktaufnahmen bald nur noch auf Telefonate beschränkten. Niemandem gelang es, die Mauer zu durchbrechen, die sie um sich herum aufgebaut hatte. Also sagten sich alle, dass man ihr Zeit lassen müsse, ungestört zu trauern. Wenn sie bereit sei, Hilfe anzunehmen, werde sie sich schon melden. Und dann würden sie für sie da sein.

Sarah brachte es nicht über sich, zur Lodge zu fahren. Wenn sie nur daran dachte, wirbelten ihre Gedanken wild durcheinander. Anthony war der Einzige, der den Mut dazu fand. Nachdem die Polizei den Tatort untersucht hatte, hatte er für den Abtransport und die Beerdigung der Leichen von Kipchoge und Ole Sunde gesorgt. Ihm war es auch gelungen, Hannah zur Teilnahme an der Beerdigung zu bewegen. Starr vor Trauer stand sie an den Gräbern und umklammerte Sarahs Hand, während die schlichten Särge in die Erde hinuntergelassen wurden und Anthony die angemessenen Dankesworte sprach. Doch als die letzten Schaufeln frischer Erde auf die Gräber geworfen wurden, sprach Hannah den trauernden Familien ihr Beileid aus, umarmte die Frauen und schenkte ihnen Lebensmittel und Geld. Die Menschen schüttelten ihr die Hand und murmelten leise Antworten, während die Kinder sich an Hannahs Rock klammerten, sie aus großen Augen ansahen und das schreckliche Elend in ihrem Blick erkannten. Die Lodge würde geschlossen bleiben, bis Hannah fähig war zu entscheiden, was daraus werden sollte. Allerdings steckten fast die gesamten Ersparnisse von Langani in dem brachliegenden Gebäude, und in der Anlage, die einst Piets Lebenstraum gewesen war, machten sich allmählich Unkraut und Spinnweben breit.

Die Polizei hatte keine neuen Erkenntnisse, was ein Mordmotiv oder Simons Aufenthaltsort betraf. Der junge Kikuyu schien im Wald verschwunden zu sein. Polizisten und Fährtenleser waren seiner Spur bis in den undurchdringlichen Busch am Fuße des Berges gefolgt, hatten sie dort aber verloren. Hardy sagte, Simon sei beim Tarnen seiner Fußabdrücke sehr schlau vorgegangen und habe sich die Beschaffenheit des Bodens zunutze gemacht. Man merkte dem Polizisten an, wie ratlos er war. Er hatte die Arbeiter in Langani und auf den umliegenden Farmen vernommen, doch die Männer konnten oder wollten ihm keine Hinweise geben. Simon sei ein Eigenbrötler gewesen und habe nie über seine Herkunft gesprochen. Auch Erkundigungen in der Mission von Nyeri hatten nicht viel erbracht. Als die Polizei versuchte, den Mann ausfindig zu machen, der Simon als kleinen Jungen in der Mission abgegeben hatte, entpuppte sich der damals genannte Name als falsch. Allerdings war es nicht weiter ungewöhnlich, dass Kinder von ihnen fremden Menschen ins Waisenhaus gebracht wurden. Der Junge sei ein Musterschüler gewesen, ruhig, fleißig, lerneifrig und ehrgeizig. Auch die Priester, die ihn unterrichtet hatten, verstanden die Welt nicht mehr. Simon Githiris Vergangenheit blieb ein Geheimnis.

»Wir wissen nicht, ob er weitermorden wird, Jeremy«, beharrte Anthony. »Vielleicht plant er ja schon die nächsten Gräueltaten. Hannah hat eine Todesangst davor, dass er zurückkommen könnte. Sie sagt es zwar nicht, aber sie denkt ständig daran, und bei Sarah ist es genauso. Solange dieser

Mann auf freiem Fuß ist, werden die beiden nicht zur Ruhe kommen und sich weiterhin bedroht fühlen.«

»Deshalb habe ich auch eine Abteilung Polizisten dort postiert. Anfangs dachte ich, dass wir es mit einer Serie von Racheakten gegen Langani zu tun haben, aber inzwischen bin ich nicht mehr so sicher. Vielleicht hat er ja vor, auch noch andere weiße Farmer anzugreifen. Und er hatte eindeutig Helfershelfer, was meine größte Sorge ist. Der erste Überfall ging auf das Konto einer organisierten Bande. Die Wildereien ebenfalls, auch wenn es sich möglicherweise nicht um dieselben Leute handelt. Jedenfalls hat Simon diese Verbrechen nicht allein geplant. Und wenn man sich das sinnlose Abschlachten der Rinder im September anschaut und dazu die Methode ...« Er brach ab, als Hannah hereinkam.

Sie sah ihn durchdringend an und beendete den Satz für ihn. »Wenn man sich anschaut, wie er meinen Bruder in Stücke gehackt hat? Wollten Sie das sagen, Jeremy? Sie halten es doch für einen Ritualmord, eine Art Menschenopfer, oder?«

»Er könnte geisteskrank sein«, erwiderte Hardy, aber man merkte ihm an, dass er diese Theorie selbst nicht sehr plausibel fand.

»Simon ist nicht geisteskrank«, widersprach Hannah. »Ich bin sicher, dass er seine Verbrechen eiskalt geplant hat. Angefangen mit seiner Bewerbung um die Stelle hier. Inzwischen frage ich mich, ob er nur hergekomnen ist, um zu töten.«

»Wir konnten keine Familie namens Githiri aufspüren, die mit ihm verwandt ist. Allerdings dürfte angesichts der Ereignisse niemand große Lust haben zuzugeben, dass er ihn kennt. Dann ist da noch ein alter Priester, der ihn damals unter seine Fittiche genommen hat«, berichtete Hardy. »Aber der Arme liegt im Krankenhaus von Nairobi im Sterben. Offenbar ist er sehr gebrechlich, und mit seinem Gedächtnis steht es auch nicht mehr zum Besten. Deshalb geht man in der Mission von Nyeri davon aus, dass er uns nicht helfen kann.«

»Es muss irgendwo einen Hinweis geben, der uns auf die richtige Spur bringt«, meinte Hannah mit angespannter Miene. »Das perfekte Verbrechen existiert nicht.«

»Früher oder später erfahren wir sicher etwas, das uns in unseren Ermittlungen weiterbringt.« Jeremy legte den Arm um sie. »Das mag kein großer Trost sein, Hannah, aber glauben Sie mir, in den meisten Fällen ist es so. Häufig hinterlässt der Mörder Indizien, weil er sich mit seiner Tat brüsten will. Und dann erwischen wir ihn.«

Hannah sank aufs Sofa, als hätten ihr plötzlich die Knie nachgegeben. »Auch wenn ich nicht weiß, was das noch nützen soll, will ich, dass Simon festgenommen wird. Für das, was er Piet und uns allen angetan hat, muss er sterben. Immer wenn ich die Augen schließe, sehe ich den Berg in jener Nacht vor mir, und ich glaube nicht, dass ich je wieder werde ruhig schlafen können.«

»Jeremy wird ihn finden«, sagte Sarah. »Wir müssen durchhalten, Han, und noch eine Weile stark sein.«

»Ach, ich fühle mich so ausgelaugt.« Hannah lehnte sich zurück, und Tränen quollen unter ihren geschlossenen Lidern hervor. »Ich bin schrecklich müde und ratlos … Wie soll es nur weitergehen? Schließlich habe ich ihn bei uns aufgenommen. Ich habe ihn in unser Haus geholt und damit unser aller Leben zerstört.«

»Das darfst du nicht denken«, protestierte Anthony. »Du bist nicht als Einzige auf ihn hereingefallen, Hannah. Wir alle haben uns von ihm einwickeln lassen. Es war nicht deine Schuld.«

»Doch«, beharrte sie. »Wenn ich Lars nicht weggeschickt hätte. Wenn Piet …« Seinen Namen auszusprechen war zu viel für sie, und sie verstummte.

»Wir werden Simon aufspüren.« Sarah ging vor ihr in die Knie und sah ihr in die Augen. »Wir werden immer weitersuchen und nicht aufgeben, bis wir ihn haben. Richtig, Jeremy?«

»Ich habe die höchstmögliche Anzahl von Männern darauf angesetzt«, antwortete der Polizist mit finsterer Miene. »Gute und erfahrene Leute, die die Reservate und die Siedlungen abklappern und Fragen stellen. Früher oder später werden sie etwas herauskriegen.« Er stand auf und griff nach seinem Hut. Dann küsste er Hannah unbeholfen auf die Wange. »Ich melde mich. Gute Nacht.«

Nachdem er fort war, herrschte Schweigen, bis Sarah sich räusperte. »Ich habe heute Nachmittag Dan und Allie angerufen«, verkündete sie, »und sie gefragt, ob ich die Rückkehr ins Camp noch eine Weile aufschieben kann. Wollt ihr, dass ich bleibe?«

Hannah nickte. Sie hatte sich wieder in ihre Welt zurückgezogen, und Sarah machte sich zunehmend Sorgen, was nur aus ihr werden sollte, wenn Anthony abreiste und sie selbst wieder nach Buffalo Springs musste. Manchmal war der Drang, der bedrückenden Atmosphäre in diesem Haus zu entfliehen, überwältigend. In Langani sah sie Piet auf Schritt und Tritt vor sich, und jeder vertraute Gegenstand und die Umgebung, die sein Reich gewesen war, hielten die Erinnerung an ihn ständig wach. Ein Paar Stiefel, ein Buch, ein Pullover, der im Stall an einem Balken hing, seine Regenjacke am Haken hinter der Bürotür. Sie fühlte sich ihm so nah, als könnte er jeden Moment hereinkommen und sich den Hut aus der Stirn schieben. Wenn sie Menschen sprechen hörte, ertappte sie sich bei der vergeblichen Hoffnung, seine Stimme könnte plötzlich einen Gruß rufen oder einen Witz erzählen. Wenn dann die Wirklichkeit wieder über sie hereinbrach, konnte sie es kaum ertragen. In den wenigen kostbaren Sekunden, in denen es ihr gelang, seinen Tod zu vergessen, wurde sie von Hochstimmung ergriffen. Doch schon Augenblicke später senkten sich wieder bleischwer Trauer und Verzweiflung auf sie herab, sodass es ihr den Atem verschlug.

Eine gnadenlose Melancholie verfolgte sie Tag und Nacht und

drohte, sie zu überwältigen, wenn sie Piets Namen aussprach oder auch nur an ihn dachte, und fast glaubte sie, an dem bedrückenden Gefühl ersticken zu müssen, das stets stärker sein würde als sie. Es wunderte sie, dass sie nicht weinen konnte, obwohl ein normaler Mensch in dieser Lage doch sicher Tränen vergossen hätte, um seine Seele zu erleichtern. Aber Hannah und sie empfanden nur eine tiefe Lähmung, und das Leben wurde zu einem stumpfen Warten darauf, dass sich irgendwann etwas ändern würde. Da Hannah sie momentan zu brauchen schien, fühlte sich Sarah verpflichtet zu bleiben. Andererseits konnte sie es sich nicht leisten, ihren Arbeitsplatz aufzugeben, und sie sehnte sich immer mehr nach der Stille im Busch, wo sie ruhig dasitzen und die immer gleichen Gewohnheiten der Elefanten in ihrer Welt beobachten konnte. Die Briggs' hatten ihr versichert, dass sie sich mit der Rückkehr nicht zu beeilen brauche. Doch sie fand es nicht richtig, sie zu lange mit der Arbeit allein zu lassen. Als Anthony abreiste, wuchs die Anspannung noch – ganz zu schweigen davon, dass der Abschied ganz anders ausfiel, als Sarah es sich gewünscht hatte.

»Ich habe Hannah schon auf Wiedersehen gesagt«, meinte er am Morgen seiner Abfahrt. »Ihr beide könnt gern meine Wohnung in Nairobi benutzen, auch wenn ich nicht zu Hause bin. Vielleicht tut es euch ja gut, ein paar Tage in der sündigen Großstadt zu verbringen.«

»Danke«, erwiderte Sarah. »Danke für alles, Anthony.«

»Vermutlich werde ich mich in den nächsten Wochen mit George Broughton Smith treffen«, unterbrach er sie, um eine tränenreiche Abschiedszene zu vermeiden. »Ich werde das Thema Fördergelder für Langani noch einmal ansprechen. Hannah braucht das Geld jetzt dringender als je zuvor.«

»Ja. Könntest du dich auch nach Camilla erkundigen, wenn du ihn siehst? Ich habe den Eindruck, dass wir alle sie im Stich gelassen haben. Insbesondere ich. Ich hätte anrufen sollen, doch ich hatte einfach nicht die Kraft dazu. Aber ich werde mir bald einen Ruck geben. Vielleicht könntest du auch versuchen, sie ausfindig zu machen. Du weißt ja, dass du ihr einmal viel bedeutet hast.«

Anthonys Finger klopften auf die Wagentür, und seine Miene wirkte nicht sehr ermutigend. Bis jetzt war er dem Thema Camilla stets aus dem Weg gegangen. Nun fühlte er sich eindeutig unwohl in seiner Haut.

»Hör zu«, meinte er nun, schob sich den Hut aus der Stirn und kratzte sich am Kopf. »Camilla ist eines der reizendsten Geschöpfe auf dem gesamten Planeten. Doch ich spiele nicht in ihrer Liga. Wie sie selbst immer sagt, bin ich nichts weiter als ein Buschbaby. Den Großteil meines Lebens habe ich im *bundu* verbracht, und ich habe auch nicht vor, das zu ändern. Sie hingegen braucht die Großstadt, wo ich es keine Minute aushalte. Wir hatten eine tolle Zeit miteinander, aber dann war es besser, getrennte Wege zu gehen.«

»Hast du ihr reinen Wein eingeschenkt?«

»Natürlich habe ich das. Ich habe ihr erklärt, dass ich mich nicht zum Heiratskandidaten und zukünftigen Familienvater eigne. Als ich im November versucht habe, mich bei ihr zu melden, habe ich dasselbe erlebt wie du: Sie ist weder ans Telefon gegangen, noch hat sie auf meine Karte reagiert. Also habe ich beschlossen, mich rar zu machen. Besser ein Ende mit Schrecken ...«

»Besser für wen?«, fragte Sarah. »Für den, der keine Lust auf eine feste Liebesbeziehung hat, natürlich schon.« Sie sah ihn finster an. »Ein reizendes Geschöpf? Unterschiedliche Lebensweise? Das ist der größte Mist, den ich je gehört habe! Du wusstest genau, dass sie dich liebt, und das hättest du nicht ausnutzen dürfen.«

»Moment mal! Ich habe sie nie in dem Glauben gelassen, dass zwischen uns mehr als ein erotisches Knistern war. Wir hatten beide unseren Spaß.«

»Ach, wirklich? Und wann hast du ihr das mitgeteilt? Am letzten Urlaubstag, als du von ihr bekommen hattest, was du wolltest! Und dann hast du sie abgelegt wie ein schmutziges Hemd, damit du losziehen und dir ein neues besorgen konntest. Richtig?«

»Sarah, pass auf. Ich weiß, dass es für dich zurzeit nicht leicht ist, und …«

»Jetzt musst du mir nur noch verraten, welche Rolle die Gefühle deiner Mitmenschen überhaupt in deiner Lebensplanung spielen. Hast du je einen Gedanken daran verschwendet, dass du anderen wehtun könntest, indem du sie aussaugst und dann einfach wegwirfst? Glaubst du denn gar nicht an die Liebe? An eine Liebe, die sämtliche Hindernisse überwindet und alles möglich macht? Du weißt genau, dass Camilla so für dich empfunden hat. Aber dich hat das ja einen Dreck interessiert, Anthony! Du hast dich mit ihr amüsiert, solange es dir in den Kram gepasst hat, und dann bist du weitergezogen. Viel Spaß, und niemandem ist ein Leid geschehen, wie es so schön heißt. Doch du hast einem anderen Menschen Leid zugefügt, verdammt großes Leid. Nur dass sie vermutlich zu stolz und zu gekränkt war, um es dir zu sagen, und du vor lauter Egoismus und Oberflächlichkeit nichts davon bemerkt hast.«

»Ich bin einfach noch nicht bereit für eine feste Beziehung«, wiederholte Anthony. »Ich will mich nicht binden.«

»Dann hättest du sie auch nicht in diesem Glauben wiegen dürfen. Selbst du hättest erkennen müssen, dass es für sie mehr war und dass sie dich geliebt hat. Solche Gefühle darf man nicht mit Füßen treten.« Sarah konnte ihre Wut nicht mehr zügeln, und Tränen traten ihr in die Augen. »Es ist das Kostbarste, was man geben und empfangen kann, und du hättest zumindest dankbar dafür sein müssen. Du bist ein Mistkerl, Anthony.«

»Sarah, du regst dich viel zu sehr auf. Kein Wunder, wenn man bedenkt, was geschehen ist. Du bist nicht …«

»Hier, ich habe etwas für dich«, unterbrach sie ihn und holte das Foto hervor, das sie von Camilla und Anthony am Lagerfeuer in Samburu gemacht hatte. »Piet hat gesagt, ich soll es dir geben, weißt du noch? Was sie mit dir geteilt hat, war nicht als billiger Zeitvertreib gedacht, sondern ein wertvolles Geschenk, wie du es eigentlich gar nicht verdient hattest. Also nimm das, damit du es nicht vergisst.« Sie drückte ihm das Foto in die Hand. »Von ihm und von mir.«

Er blickte ihr mit offenem Mund nach, als sie kehrtmachte und in den Garten floh. Dann stieg er in seinen Wagen und ließ den Motor an. Wegen der Staubwolke sah er nicht, dass sie winkend und rufend hinter ihm herrannte.

»Anthony! Anthony, halt an! Bitte warte. Es tut mir wirklich Leid.«

Mit hängenden Armen stand sie in der Auffahrt und fragte sich, wie sie sich zu einer solchen Tirade hatte hinreißen lassen können. Schließlich hatte er in den letzten zehn Tagen so viel für sie getan. Noch Stunden später, beim Zubettgehen, schalt sie sich wegen ihrer Unbeherrschtheit. Als sie das Licht löschte, stand ihr Simons Gesicht vor Augen. Sie erinnerte sich an sein Lächeln, als sie ihm das Buch geschenkt hatte, und das freudige Aufleuchten in seinen Augen. Es waren dieselben Augen, die sich ihr glitzernd zugewandt hatten, während er im Mondlicht seinen Speer nach der Hyäne warf. Die Geräusche der Nacht lösten Beklemmung in ihr aus, und das gedämpfte Rascheln und Knirschen des Hauses, das sie einst so geliebt hatte, machten ihr jetzt Angst. Sarah setzte sich auf und zündete die Kerosinlampe an. Beim Anblick der Schatten im flackernden Licht zuckte sie furchtsam zusammen. Die kalte Nachtluft und ihre eigene Einsamkeit überkamen sie mit einer solchen Wucht, dass ihr der Atem stockte.

Sie sehnte sich nach Piet und wollte seine Stimme hören, sein Gesicht sehen und seine Umarmung spüren. Schließlich erhob sie sich, stand mit geschlossenen Augen am Fenster, stellte sich vor, wie er sie an sich drückte, und hob den Kopf in die Dunkelheit, um sich von ihm küssen zu lassen. Doch schon im nächsten Moment war sie wieder auf dem Berg. Sie sah das grausige Bild vor sich, wie er mit ausgestreckten Armen und Beinen und leeren Augenhöhlen auf dem Boden lag, und erneut stieg ihr der abscheuliche Geruch der angriffslustigen Hyäne in die Nase. Mit einem Aufschrei schlug sie die Hand vor den Mund und befürchtete schon, jemanden geweckt zu haben. Eine Weile verharrte sie zitternd mitten im Zimmer. Dann nahm sie die Lampe und trat hinaus auf die Veranda. Sie nickte dem Nachtwächter zu und ging ins Wohnzimmer, wo sie zum Telefon griff und die Nummer der Vermittlung wählte. An die Wand gelehnt, wartete sie auf die Verbindung und wünschte mit aller Macht, jemand möge zu Hause sein.

»Hallo?« Die Stimme klang zwar schläfrig, aber der Akzent war unverkennbar. Deirdre. Nicht unbedingt der Mensch, mit dem sie jetzt sprechen wollte. Sarahs Stimme zitterte, als sie versuchte zu antworten.

»Deirdre, ich bin es, Sarah. Ich muss mit Mum oder Dad reden. Oder mit Tim, falls sie nicht da sind. Mit irgendjemandem.« Bitte, schickte sie ein Stoßgebet zum Himmel. Bitte lass einen von ihnen da sein und ans Telefon kommen.

»Sie schlafen alle, Sarah. Es ist ein Uhr morgens.«

O Gott, verschon mich mit lächerlichen Kleinigkeiten wie der Uhrzeit und hol endlich jemanden! »Hier ist es drei.«

»Drei! Alles in Ordnung, Sarah? Du hörst dich gar nicht gut an.«

»Bitte hol jemanden ans Telefon.«

»Moment.«

Sarah wartete. Mit der einen Hand hielt sie sich an der Wand fest, die andere umklammerte den Hörer und nestelte an dem Kabel, das sie mit ihrem Rettungsanker verband, so weit entfernt dieser auch sein mochte.

»Sarah? Was ist los, Kleines?« Es war Tims vertraute Stimme. »Was hast du denn?«
»Tim?« Sie schluchzte vor Erleichterung auf. »Tim, ich habe ständig Albträume, sogar wenn ich hellwach bin. Ich halte das nicht mehr aus. Ich ertrage es nicht mehr, und ich fürchte, dass ich kurz davor stehen könnte, dem allen ein Ende zu machen. Ich weiß, wie schrecklich sich das anhört, aber so fühle ich nun einmal. Ich kann nicht mehr. Bitte, Tim, hilf mir. Sprich mit mir und hilf mir.«
Sie wurde ruhiger, als er er sie mit liebevollen Worten zu trösten versuchte. Anstatt sie zu überreden, nach Hause zu kommen, gab er sich Mühe, ihr Gleichgewicht wiederherzustellen und sie vom Rand des Abgrunds wegzuziehen, an dem sie stand. Danach sprachen auch Raphael und Betty aufmunternd mit ihr, und nach einer Weile unterhielten sie sich über die Ereignisse der letzten Zeit. Als Sarah schließlich auflegte, hatte sie sich ausgeweint. Auch wenn sie sich nicht an den genauen Wortlaut des Gesprächs erinnern konnte, fühlte sie sich nun ausreichend gestärkt, um den nächsten Tag und vielleicht auch den übernächsten in Angriff zu nehmen. Immer einen Schritt nach dem anderen. Das war zwar nicht unbedingt ein Idealzustand, ermöglichte aber wenigstens das Überleben. Und damit musste sie sich im Moment zufrieden geben.
Langsam spielte sich der Alltag wieder ein, und Sarah war von früh bis spät beschäftigt. Mike Stead bemühte sich zwar nach Kräften, Hannah zu unterstützen und die Farm am Laufen zu halten, doch ihm fehlten die Liebe zum Detail und das persönliche Engagement, die Lars in Langani eingebracht hatte. Als Sarah eines Nachmittags ins Büro kam, saß Hannah mit einem Stapel Rechnungen neben ihrem Verwalter.
»Ich wollte Sie zurzeit eigentlich nicht mit diesen Kram belästigen«, meinte er gerade. »Aber unser Kontostand sackt ab, und wir müssen uns etwas ausdenken, um unsere Liquidtät

zu erhöhen. Ansonsten wird die Bank uns bald wieder im Nacken sitzen. Deshalb habe ich mich gefragt, wann Sie denn nun die Lodge eröffnen wollen. Ich war vor einigen Tagen dort, und es zeigen sich bereits die ersten Verfallserscheinungen. Natürliche Baumaterialien brauchen nun einmal ständige Pflege.«

»Die Lodge wird nicht eröffnet. Ich kann nicht.« Hannahs Stimme klang schrill.

»Selbstverständlich ist das Ihre Entscheidung«, erwiderte Mike voll Anteilnahme. »Aber Sie werden sich bald mit diesem Problem befassen müssen. Wir unterhalten uns weiter, wenn Sie sich alles gründlich überlegt haben. Also bis später in der Milchküche.«

Nachdem er fort war, starrte Hannah mit trübem Blick auf die Rechnungen in ihrer Hand. Sarah nahm sich einen Stuhl und setzte sich.

»Wie schlimm ist die Lage, Han?«

»Da ich die Überweisungen vom letzten Monat noch nicht abgeschickt habe, weiß ich es nicht genau.« Müde rieb Hannah sich die Augen. »Außerdem habe ich keine Ahnung, wo ich einen neuen Verwalter herkriegen soll, wenn Mike Ende des nächsten Monats geht. Ich bin absolut ratlos.«

Sarah dachte an Mikes Worte. Da er kein Mensch war, der zu Übertreibungen neigte, konnte sie sich gut vorstellen, dass Piets Gebäude bald von der wuchernden Pflanzenwelt verschlungen werden würden. Kräftige Wurzeln würden den Stein spalten, während Insektenfraß und Witterungseinflüsse die Balken verrotten ließen. Schaudernd malte sie sich aus, wie die Überreste des Bauwerks, ähnlich wie die Ruinen von Gede, aus dem alles erstickenden Dschungel ragten. Allerdings wusste sie auch nicht, wie man die Lodge ohne einen tüchtigen Verwalter eröffnen sollte. Hannah war völlig ausgelastet mit den Aufgaben, die früher Piet und Lars erledigt hatten, und nun würde sie auch noch Mike ersetzen müssen. Doch die Lodge war immer Piets Traum gewesen und würde ihm außerdem ein Denkmal setzen. Sarah konnte den Gedanken nicht ertragen, sein Werk einfach dem Verfall zu überlassen.

»Er könnte Recht haben, Han«, meinte sie. »In der Lodge steckt eine Menge Geld, und nun steht sie leer.« Sie sah, wie es um Hannahs Mund zuckte, aber sie hielt es für ihre Pflicht forzufahren. »Glaubst du, Piet würde nicht wollen, dass sie bewohnt wird? Er hat alles, was er besaß, in dieses Projekt investiert. Erinnere dich, was er am letzten Tag gesagt hat, als ...« Sie verstummte.

Hannah kehrte ihr den Rücken zu und blickte wortlos hinaus in den Garten. Nachdem Sarah sich wieder gefasst hatte, unternahm sie einen erneuten Anlauf.

»Falls du das Haus nicht für Safaris nutzen willst, könntest du doch ein Ausbildungszentrum daraus machen. Du könntest Kurse über die Wildtiere, die Vögel, die Pflanzenwelt und die Natur überhaupt anbieten. Oder Leute wie David unterrichten, die einmal in einem Hotel arbeiten wollen. Den Frauen könntest du beibringen, kunstgewerbliche Gegenstände herzustellen. Erinnerst du dich an Camillas Vorschlag in Samburu? Du könntest berühmte Ornithologen und Wildhüter einladen, für ein kleines Honorar und eine Woche kostenlosen Aufenthalt Vorträge zu halten. Eine andere Möglichkeit wäre, eine Stiftung in Piets Namen zu gründen und Fördermittel dafür zu beantragen. Dann wäre die Lodge ein lebendiges Denkmal für ihn. Was hältst du davon?«

Hannah wirbelte herum. Ihre Augen blickten stumpf, und sie hatte die Mundwinkel nach unten gezogen. »Möchtest du allen Ernstes, dass ich die Lodge zu einem Wohltätigkeitsclub für die Leute mache, die ihn auf dem Gewissen haben? Als Belohnung für seine Mörder sozusagen?« Ihr Hass war förmlich mit Händen zu greifen. »Piet ist dort oben gestorben. Er wurde zerstückelt. Und sie sind die Täter. Seine so genannten Brüder und Schwestern. Sie haben unser Wild abgeknallt, unser Vieh niedergemetzelt, unser Haus überfallen und meinen Bruder ermordet. Und nun soll ich ihnen etwas schenken, das er gebaut hat! Bist du verrückt? Hast du jetzt völlig den Verstand verloren, Sarah Mackay?«

»Nicht alle hier sind schlechte Menschen, Hannah. Deine *watu* trifft keine Schuld an den Ereignissen. Sie hatten überhaupt nichts damit zu tun. Ihnen könntest du also helfen.«

»Woher sollen wir wissen, wer von ihnen die Hände im Spiel hatte und möglicherweise Simons Helfershelfer war?«, schrie Hannah. »Du bist ja so leichtgläubig, Sarah. Idealistisch, so wie er es war! Aber ich traue diesen Kaffern nicht mehr über den Weg, und keiner von ihnen soll von seinem Tod profitieren. Also ein für alle Mal Schluss damit.«

Sie stürmte hinaus und knallte die Tür hinter sich zu. Sarah war wie von den Kopf geschlagen, und die feindselige Reaktion hatte sie sehr erschreckt. Mein Gott, wie dumm von ihr! Es war noch viel zu früh, um dieses Thema anzuschneiden. Außerdem hatte Hannah möglicherweise Recht. Bis jetzt hatten sie keine Gewissheit, dass wirklich niemand aus Langani an diesen Verbrechen beteiligt war. Simon hatte sicher Komplizen gehabt. Erschöpft lehnte Sarah sich an den Schreibtisch. Würde dieser Albtraum denn niemals enden? Würden sie alle in Langani so lange mit Hass und Misstrauen leben müssen, bis die gesamte Farm wieder in der afrikanischen Erde versank? Als sie aus dem Büro kam, schob einer der Hunde seine kalte Schnauze in ihre Hand und wedelte mit dem Schwanz, bis sie wider Willen lächelte.

Sarah setzte sich auf die Veranda vor ihr Zimmer und ließ sich von Mwangi Tee bringen. Die Hunde lagen links und rechts von ihr und stellten sich schlafend, und nur ein Zucken ihrer pelzigen Brauen verriet, dass sie sich für den Keks in ihrer Hand interessierten. Aber Piets Hund fehlte. Piet fehlte. Er würde ihr nie wieder etwas zurufen, strotzend vor Träumen, Optimismus und gemeinsamen Zukunftsplänen. Sarah brach in Tränen aus. Von Schluchzern geschüttelt, rang sie um Fassung. Die Hunde blickten auf und leckten leise wimmernd ihre Hand. Als Sarah ihr weiches Fell streichelte und mit ihnen sprach, legte sich ihre Trauer wieder ein wenig. Nach einer Weile setzte sie sich auf und ließ den Blick über den Horizont schweifen. Sie erschauderte, als sie bemerkte, dass sie den Gipfel jenes Berges gerade noch erkennen konnte. Eines Tages würde sie dort hinaufgehen müssen. Und zur Lodge. Lange würde sie sich nicht mehr davor drücken können, wenn sie wollte, dass die Albträume endlich aufhörten. Sie musste sich damit auseinander setzen, aber dazu war sie jetzt noch nicht fähig. Allein beim Anblick der Bergkette wurde ihr flau ihm Magen, und abscheuliche Bilder stiegen in ihr hoch.

Sie war erleichtert, als Hannah sie am nächsten Morgen fragte, ob sie mit ihr ausreiten wolle. Auf dem Weg zu den Ställen herrschte angespanntes Schweigen. Sarah nahm die Zügel des Fuchswallachs vom *syke* entgegen, zog sorgfältig den Sattelgurt fest und versuchte, nicht daran zu denken, wie fröhlich Kipchoge beim Satteln der Pferde gekichert hatte. Hannah wendete ihr Pferd, und sie trabten vom Hof. Es war das erste Mal, dass sie ohne Piet ausritten. Hannah bestimmte das Tempo, und als sie offenes Gelände erreicht hatten, galoppierte sie über das kurze Gras. Im Schatten eines wilden Feigenbaums stiegen sie ab. Hannah holte eine Thermosflasche und zwei emaillierte Tassen aus der Satteltasche und schenkte Kaffee ein.

»Ich möchte mich wegen gestern entschuldigen«, begann sie. »Es war nicht nett, was ich dir an den Kopf geworfen habe. Ich weiß, dass du mir nur helfen wolltest, und ohne dich wüsste ich gar nicht, was ich machen soll. Ich habe versucht, mir vorzustellen, was er von mir erwarten würde. Aber ich schaffe es nicht. Mir fällt nichts ein, was ich sonst noch sagen könnte, außer dass es mir sehr Leid tut.«

»Du musst andere an dich heranlassen, Han«, erwiderte Sarah. »Dir bleibt nichts anderes übrig, als weiterzuleben, wenn auch nicht so wie früher, denn das geht für uns alle nicht mehr. Aber du musst einen Neuanfang wagen.«
»Ich sitze in der Falle!«, schrie Hannah verzweifelt auf. »Es ist, als wäre ich in einem dunklen Loch gefangen, aus dem es kein Entrinnen gibt. Es ist immer da und verschlingt mich. Ich dachte, ich könnte die Farm leiten, aber allein ist es zu viel für mich. Ich weiß nicht, was ich tun soll.«
Als sie sich zum Berg umwandte, folgte Sarah ihrem Blick und erschauderte, da wieder quälende Erinnerungen in ihr aufstiegen. Sie streckte die Hand nach Hannah aus, doch diese zuckte zusammen und wich zurück.
»Hast du dir je überlegt, ob du nicht Lars bitten solltest zurückzukommen?«
»Nein!«, empörte sich Hannah. Sie brach einen Zweig von einem Busch ab und stieß ihn heftig in den Boden. »Das könnte ich nie von ihm verlangen. Niemals.«
»Weil du Viktor noch liebst?«, erkundigte sich Sarah.
»Auf keinen Fall, zum Teufel!« Hannah rammte den Stock so heftig in den Sand, dass er entzweibrach. »Offen gestanden glaube ich inzwischen nicht mehr, dass meine Gefühle für ihn wirklich so tief waren.« Sie schüttelte den Kopf. »Viktor war einfach da, als nach dem Raubüberfall alles über mir zusammenzustürzen schien. Ich brauchte Abstand von dem ganzen Elend und der Einsamkeit, und er ist genau im richtigen Moment auf der Bildfläche erschienen.« Ihre Miene war traurig. »Ich denke, er hat hauptsächlich meinen Stolz verletzt. Ein Techtelmechtel mit einem willigen Mädchen vom Lande. Mehr wollte er nicht, und wenn ich ehrlich bin, war es bei mir auch nicht anders. Er war toll im Bett, aber er hat mir nie Hoffnungen gemacht.« Wieder kratzte sie mit dem Stock in der Erde. »Ich war es, die sich eingeredet hat, es wäre die große Liebe. Alles nur pure Einbildung.«

Sie betrachtete ihre Hände und flocht die Finger ineinander. »Pass auf«, meinte sie unvermittelt. »Ich muss dir etwas sagen, Sarah. Bis jetzt habe ich es nicht erwähnt, weil ich nicht wusste, wie ich es ausdrücken sollte.«

Sie setzte sich auf einen Felsen und starrte stirnrunzelnd zu Boden. Während Sarah abwartend schwieg, zupfte Hannah einen Grashalm ab und kaute nachdenklich daran. Als sie schließlich zu sprechen begann, stieß sie die Worte atemlos hervor.

»Als ich in jener Nacht zu Viktor nach Nairobi fuhr und ihn mit der schwarzen Frau im Bett ertappte, wollte ich ihm eigentlich etwas mitteilen. Etwas Wichtiges.« Die Stimme versagte ihr, und sie stützte den Kopf in die Hände.

»Was denn?«, bohrte Sarah nach. »Worum ging es, Han?«

»Meine Periode … ich dachte, ich wäre schwanger.« Hannahs Stimme war kaum zu hören.

»Ein Baby? Du kriegst ein Baby?« Sarah starrte ihre Freundin verdattert an. »Wann ist es denn so weit? In welchem Monat bist du? Wie hat er reagiert?«

»Ich habe es ihm gar nicht gesagt. Als ich seinen Blick sah, wurde mir klar, dass ich ihm nichts bedeute. Also habe ich es ihm verschwiegen.« Sie lächelte wehmütig. »Er hätte ohnehin verlangt, dass ich es wegmachen lasse. Ich habe mit diesem Gedanken gespielt, aber dann bekam ich Angst und habe es einfach nicht über mich gebracht. Inzwischen bin ich im zweiten Monat, und ich habe keine Ahnung, wie ich das schaffen soll. Piet habe ich es auch nie anvertraut. Ich wünschte, ich hätte es getan! Nun wird er es nie erfahren, weil er tot ist.« Hannah rang die Hände und brach in Tränen aus. Ihr klägliches Wimmern klang wie das eines verlassenen Kindes. »Ich bin völlig ratlos. Ma habe ich es auch verheimlicht, denn sie wäre außer sich geraten und hätte mir Vorhaltungen über meine Dummheit und meinen Leichtsinn gemacht. Und mit Recht. Vielleicht sollte ich es doch abtreiben lassen, Sarah. Es ist noch nicht zu spät. Schließlich bin ich jetzt ganz allein und habe niemanden, der sich um mich kümmert, geschweige denn um das Baby.«

»Das kommt gar nicht in Frage«, protestierte Sarah entsetzt. »Es ist dein Kind, Han, und Viktor ist der Vater. Er mag ein Mistkerl erster Ordnung sein, aber es bleibt trotzdem dein Kind. Alle werden das Baby lieben, Han, weil es dein Sohn oder deine Tochter sein wird. Ein Abtreibung würdest du dir nie verzeihen. Außerdem werde ich dann Patentante und verwöhne das Kleine Tag und Nacht.«

»Ach, Sarah, ich weiß, warum du Vorbehalte gegen die Abtreibung hast. Aber ich glaube den Großteil der Dinge nicht, die die Nonnen uns gepredigt haben. Anders als du bin ich nicht katholisch, sondern nur ein afrikaanses Mädchen vom Lande, das ein Baby erwartet. Ohne Ehemann. Das ist etwas anderes.«

»Nein, ist es nicht«, widersprach Sarah. »Immerhin handelt es sich um ein neues Leben, um einen Menschen, den man lieben kann. Lottie wird ganz sicher nicht wütend sein und dich genauso wenig schimpfen wie ich. Sie wird sich freuen, denn dein Kind wird die Trauer vertreiben. Ganz sicher wirst du die beste Mutter sein, die es gibt, Hannah! Davon bin ich überzeugt.«

»Nein, ich schaffe das nicht.« Hannah wischte sich mit dem Handrücken die Tränen weg. »Bei dir klingt das alles so einfach, aber das ist es nicht. Bald bist du wieder in Buffalo Springs, während ich allein hier in Langani sitze und versuche, die Farm und alles andere zusammenzuhalten. Ich kann mich nicht auch noch um ein Baby kümmern. Das ist zu viel. Außerdem geht Mike Stead bald fort, weil ich ihm nicht genug bezahlen kann. Bis jetzt habe ich noch keinen Ersatz gefunden.«

»Jemanden wie Lars«, versuchte Sarah es erneut.

»Ich vermisse Lars sehr, denn ich habe einen ausgezeichneten

Verwalter verloren und außerdem unsere Freundschaft zerstört«, meinte Hannah. »Wenn ich mich nicht so unvernünftig aufgeführt hätte, wären wir ein wunderbares Team gewesen. Aber jetzt ist es zu spät. Seit er fort ist, haben wir nichts mehr von ihm gehört. Offenbar will er nichts mehr mit Langani zu tun haben.«
»Ich weiß nicht, Han. Du könntest doch versuchen, ihn zu überreden«, schlug Sarah vor. »Ich glaube, er würde …«
»Und was soll ich ihm sagen?«, unterbrach Hannah sie höhnisch. »›Möchtest du vielleicht zurückkommen und meine Farm leiten Lars? Ich kriege nämlich ein Baby von dem Mann, auf den ich hereingefallen bin. Genau genommen ist es derselbe Mann, vor dem du mich warnen wolltest, als ich dich weggeschickt habe. Doch du hast sicher nichts dagegen, mich aus diesem Durcheinander zu retten, das ich mir selbst zuzuschreiben habe.‹ Was hältst du davon?«
»Du könntest es vielleicht mit mehr Taktgefühl versuchen und kleinere Brötchen backen.« Sarah schmunzelte. »Aber das gehört ja nicht unbedingt zu deinen Stärken.«
»Lars ist kein Heiliger, Sarah. Er hat hier gearbeitet und sich in mich verliebt. Dann hatte ich genau unter seiner großen Norwegernase eine Affäre. Und zu guter Letzt habe ich ihn rausgeschmissen. Er hat sicher auch seinen Stolz.«
»Vielleicht reagiert er ja ganz anders, als du denkst«, beharrte Sarah.
»Wenn er erfährt, dass ich ein Kind von Viktor bekomme, wird er gewiss nicht für mich arbeiten wollen.« Hannah malte einen Kreis in den Staub. »Ich kann mir nicht vorstellen, dass er mit mir oder der Farm noch etwas zu tun haben möchte. Und das kann man ihm nicht einmal zum Vorwurf machen.«
»Warum bist du so sicher?«, hakte Sarah nach.
»Sarah, das ist wieder einmal eines deiner Luftschlösser«, erwiderte Hannah. »Ich glaube nicht, dass Lars und ich noch einmal Freunde sein oder zusammenarbeiten können. Ich will

nicht mit ihm sprechen und weiß außerdem nicht einmal, wo er ist.«

»Dann werden wir eben einen anderen Weg finden«, entgegnete Sarah, die bemerkte, dass das Thema Lars noch zu heikel war. »Gemeinsam können wir Berge versetzen, so wie wir es uns geschworen haben. Ich liebe dich, Han.«

Während Hannah nachmittags in der Milchküche zu tun hatte, ging Sarah ins Büro und setzte sich an den Schreibtisch. Die Tischplatte war mit Papieren, Rechnungen und Listen übersät, auf denen nur wenige Punkte als erledigt abgehakt waren. Sie kramte das Telefonbuch hervor und blätterte hastig darin herum. In Kiambu war nur eine Familie Olsen verzeichnet, und Sarah schloss die Tür, bevor sie die Nummer wählte. Nachdem sie mit Lars' Onkel gesprochen hatte, rief sie die Vermittlung an, um sich mit Norwegen verbinden zu lassen. Das Telefonat verlief ein wenig stockend, da Lars' Mutter kaum Englisch sprach. Erst nach einer Weile verstand Sarah, dass er am Tag nach Weihnachten nach Dänemark gefahren war, um dort seine Schwester zu besuchen. Sarah legte auf. Da sie fürchtete, Hannah könnte jeden Moment hereinkommen und bemerken, was sie da trieb, wählte sie rasch die nächste Nummer und knirschte mit den Zähnen, als der redselige Telefonist meinte, er habe noch nie ein Gespräch in diese Länder vermittelt. Ungeduldig klopfte Sarah auf die Tischplatte, bis Lars sich endlich meldete.

»Ich bin es, Sarah«, begann sie. »Ich muss dir etwas Schreckliches sagen.«

Er lauschte, und sie hörte, dass er leise schluchzte, während er über seinen Freund sprach und sich nach Hannah erkundigte.

»Wie geht es dir, Lars?«, fragte Sarah schließlich.

»Nachdem ich fort war, empfinde ich dieses Land als viel zu klein. Und zu kalt.« Er lachte gezwungen auf. »Vielleicht versuche ich es ja in Australien.«

»Was hältst du davon, nach Langani zurückzukehren?«, wollte Sarah wissen. »Hannah braucht dringend Hilfe.«
»Aber bestimmt nicht meine«, erwiderte er. »Sie hat sich unmissverständlich ausgedrückt.«
»Die Situation hat sich verändert.«
»Möchte sie mich denn sehen?«
»Sie traut sich nicht.« Sarah hielt inne und beschloss dann, aufs Ganze zu gehen. »Sie ist schwanger, Lars.« Sie hörte, wie er nach Luft schnappte und dann das Scharren eines Stuhls, da er sich offenbar setzen musste. »Lars?«
»Sie kriegt ein Kind von diesem Mann?«
»Ja.«
»Und wo ist er?«
»Es ist vorbei. Er hat Schluss gemacht. Und sie will ihm auch nicht sagen, dass sie schwanger ist.«
»Also bin ich ihr eingefallen. Du wirst ihr ausrichten müssen, dass das nicht in Frage kommt.«
»Sie weiß gar nichts von meinem Anruf.« Sarah war verzweifelt und enttäuscht über seine verbitterte Reaktion. »Ich kann dich verstehen, Lars. Aber ich würde mich trotzdem freuen, wenn du es dir noch einmal überlegst.«
Sie unterhielten sich noch einige Minuten, doch er ließ sich nicht beirren und beharrte, er könne nicht nach Langani zurückkehren.
Drei Tage später rief er aus Nanyuki an. »Könntest du herkommen und dich mit mir treffen?«, meinte er in seinem gedehnten Akzent zu Sarah. »Ich möchte zwar nicht mehr in Langani arbeiten, doch wir sollten miteinander reden.«
»Hannah, hast du Lust, mich heute Nachmittag nach Nanyuki zu begleiten?« Vergeblich bemühte Sarah sich um einen beiläufigen Ton.
»Warum?« Hannah blickte von ihrem Kassenbuch auf. Ihr Gesicht wirkte eingefallen, und sie hatte dunkle Ringe unter den Augen. »Ich will zurzeit nicht nach Nanyuki, weil ich

niemandem begegnen möchte. Dann muss ich bloß wieder Beileidsbekundungen über mich ergehen lassen, und alle sind so schrecklich verlegen, wenn sie mir über den Weg laufen. Fahr nur, wenn es unbedingt sein muss.«

»Ich möchte aber nicht allein hinfahren. Bitte, Han.«

Sie machten sich auf den Weg in die Stadt und parkten vor dem Silverbeck. Sarah erinnerte sich an ihren ersten Besuch dort auf dem Weg nach Buffalo Springs. Damals war das Leben noch so wunderschön und voller Verheißungen gewesen. Sie schaltete den Motor ab und sah Hannah an.

»Lars ist hier«, sagte sie. »Und du wirst ihm reinen Wein einschenken und ihn bitten, wieder nach Langani zu kommen.«

Nachdem sie den ersten Schrecken überwunden hatte, öffnete Hannah die Wagentür und stolzierte mit steinerner Miene ins Hotel. Ihr Atem ging stoßweise, und ihr Mund war ganz trocken, sodass sie kaum schlucken konnte. Warum war Lars hier? Hatte Sarah ihn verständigt? Wenn ja, wie viel wusste er? Sie hielt inne und drehte sich wieder zum Ausgang um. Sarah, die sie vom Wagen aus beobachtete, flüsterte: »Sag es ihm.« Als Hannah kehrtmachte, stand Lars plötzlich neben ihr. Sie setzten sich an einen kleinen Tisch in der Hotelhalle, wo man Blick auf den Garten hatte.

»Ich vermisse ihn«, begann er. »Ich kann nicht fassen, dass er tot ist. Es muss unvorstellbar schrecklich für dich und Sarah sein. O Hannah …«

Sie war fest entschlossen, nicht zu weinen, und sie wehrte sich gegen das schlechte Gewissen, das beim Gedanken an Lars jedes Mal in ihr hochstieg. Wenn sie ihn nicht weggeschickt hätte … Sie brachte es nicht über sich, den Gedanken zu Ende zu denken. Stattdessen schluckte sie mühsam.

»Du siehst gut aus«, meinte sie. Noch im gleichen Augenblick bemerkte sie, was für eine förmliche und nichts sagende Bemerkung das gewesen war, und schob dennoch gleich die nächste hinterher: »Ich hätte nicht erwartet, dich hier zu treffen.«

»Wie läuft es auf der Farm?«, fragte er.

Als Hannah sich Hilfe suchend umblickte, stellte sie fest, dass Sarah noch im Wagen saß und keinerlei Anstalten machte, sich zu ihnen zu gesellen. »Natürlich bestens«, erwiderte sie. »Alles prima. Nein, gar nichts ist prima. Ich möchte dich bitten … ich habe mir überlegt … tja, eigentlich wollte ich dir etwas sagen.«

Während sie vor sich hin stammelte, betrachtete Lars eingehend den Inhalt seines Bierglases, ohne sie anzusehen. Schließlich richtete Hannah sich auf und reckte trotzig das Kinn, eine Geste, die sie ihrem Vater sehr ähnlich sehen ließ.

»Pass auf, Lars«, begann sie erneut. »Ich muss dir etwas erklären.«

Sarah, die aus der Ferne beobachtete, wie sie einander steif gegenübersaßen, schickte ein Stoßgebet zum Himmel. »Bitte, lass sie offen sein. Mach, dass er sie anhört. Bitte, lieber Gott, lass aus dieser Tragödie wenistens etwas Gutes entstehen. Bitte! Mach, dass er nicht weggeht.«

Zwanzig Minuten später kehrte Hannah zum Wagen zurück. Ihr Gesicht war bleich, und ihre Augen waren gerötet.

»Han? Ist alles in Ordnung?« Sarah wurde von Enttäuschung ergriffen.

»Ich habe ihm reinen Wein eingeschenkt, wie du verlangt hast, und ihn sogar gefragt, ob er wieder auf der Farm anfangen will. Ich habe ihm gesagt, dass ich ihn brauche, und mich für alles entschuldigt, was ich ihm angetan habe. Er antwortete, er wolle es auf einen Versuch ankommen lassen. Ein paar Monate zur Probe. Allerdings möchte er in der Hütte leben, in der Mike jetzt wohnt, nicht mehr im Haus wie früher. Aber er kommt zurück. Er möchte, dass wir mit ihm Tee trinken.«

Als Lars nach Langani zurückkehrte, konnte Sarah zum ersten Mal wieder durchschlafen. Am Morgen war sie sicher, dass nun der richtige Zeitpunkt gekommen war, um sich auf den Weg nach Buffalo Springs zu machen. Sie sehnte sich danach, die Elefanten zu beobachten, wie sie durch die verdorrte und doch wunderschöne Landschaft im Norden zogen, ihren Spuren durch das Dornengebüsch zu folgen und zuzusehen, wie sie im Gänsemarsch auf die blau schimmernden Berge in der Ferne zusteuerten. Hier auf der Farm würde es erst Frieden geben, wenn Simon ergriffen und vor Gericht gestellt war, und sie konnte nichts tun, um diesen Vorgang zu beschleunigen. Sarah blickte hinauf zum blauen Himmel und nahm all ihren Mut zusammen, denn sie hatte ihn bitter nötig, wenn sie ihren Entschluss in die Tat umsetzen wollte.
»Ich werde den Großteil des Tages unterwegs sein«, sagte sie zu Mwangi. »Richte *Memsahib* Hannah aus, dass ich erst abends zurückkomme.«
Mit zitternden Händen ließ sie den Wagen an und fuhr los. Der Weg war eine Weile nicht benutzt worden, sodass durch die Regenfälle ein Zickzackmuster aus Rissen entstanden war. Da die Böschung abbröckelte, spritzten Sand und kleine Steinchen unter den Reifen hervor, als das Auto sich den Berg hinaufkämpfte. Zweige schrammten an den Türen, und das Quietschen von Dornen auf der Karosserie jagte Sarah eine Gänsehaut über den Rücken. Oben angekommen, parkte sie den Wagen und machte sich keuchend an den steilen Anstieg, während die Sonne grell herunterbrannte. Auf dem Gipfel blieb sie stehen, wischte sich den Schweiß von der Stirn und betrachtete die Ebene, über der Wolken schwebten.
Sarah setzte sich auf den Felsen, wo sie sich an Piet gelehnt hatte, und ließ den Blick über sein geliebtes Reich schweifen. Um sie herum sangen Vögel, und Grashüpfer zirpten. Wo Piets Scheiterhaufen gestanden hatte, war der Boden noch dunkel verfärbt. Sie spürte überall Piets Gegenwart, und doch war er

für sie unwiederbringlich verloren. Sarah fühlte sich, als nähme sie ihn mit jedem Atemzug in sich auf. Nun, da sie hier mit ihm allein war, wusste sie nicht, was sie sagen oder tun sollte. Vielleicht war es ja auch unnötig, nach den richtigen Worte zu suchen, denn er würde spüren, dass sie gekommen war, um sich von ihm zu verabschieden. Aber sie würde immer an ihn denken. Nun würden sie nicht miterleben, wie ihre Kinder in dem Land aufwuchsen, das ihre Heimat und ihr Erbe werden sollte. Sie würden nicht zusammen alt werden, ohne sich an den Falten, den Gedächtnislücken oder der zunehmenden Gebrechlichkeit des anderen zu stören.

Nach einer Weile legte Sarah sich in die Sonne und schloss die Augen. Sie fürchtete sich nicht vor den wilden Tieren, obwohl es durchaus möglich war, dass sie aus dem umliegenden Dickicht von einem gut getarnten Dikdik oder einem Buschbock beobachtet wurde. Doch sie würden ihr nichts tun, und die Raubtiere schliefen bei dieser Hitze. Außerdem würde Piet sie beschützen, da war Sarah ganz sicher. Kurz hörte sie den Klang seiner Stimme im Wind und sah im Spiel von Wolken und Sonnenlicht sein Gesicht. Dann herrschte Leere. Als sie wieder die Augen aufschlug und auf die Uhr sah, stellte sie überrascht fest, dass sie zwei Stunden lang geschlafen hatte. Eine steife Brise war aufgekommen, und am grauen Himmel rasten dunkle Wolken dahin, sodass es aussah, als würden die Bäume jeden Moment auf Sarah und ihren Felsen hinunterstürzen. Sie stand auf und strich ihre Kleider glatt. Dann ging sie hinüber zu der Stelle, wo sie ihn eingeäschert hatten.

»Ich muss jetzt fort«, flüsterte sie liebevoll und traurig. »Ich werde dich für eine Weile verlassen, obwohl ich noch nicht bereit dazu bin. Aber ich glaube, mir bleibt nichts anderes übrig. Es ist richtig so. Bitte achte auf Hannah und hilf ihr, Frieden zu finden. Ich weiß, dass du immer bei mir sein wirst, ganz gleich, wohin ich auch gehe. Also brauche ich mich nicht von dir zu verabschieden. Ich werde dich nie vergessen.«

Tränen traten ihr in die Augen, als sie eine Hand voll verkohlter Erde aufhob und sie in die Tasche steckte. Dann stolperte sie über den steilen Pfad davon und musste sich immer wieder an trockenen Dornenzweigen festhalten, um nicht zu stürzen. Beim Auto angekommen, spürte sie die ersten Regentropfen. Die Wolken hatten sich zusammengeballt, und ein rosafarbener Blitz zuckte über den Himmel. Als sie den Abhang hinunterfuhr, grollte der Donner. Der Wagen holperte über das unwegsame Gelände und rutschte dort, wo Teile des Wegs herunterbrochen waren, gefährlich nah an die Felskante. Die Bäume ragten dunkel und bedrohlich aus den sintflutartigen Wassermassen, die gegen die Windschutzscheibe prasselten. Schon bald schlitterte sie die Straße entlang. Sie fuhr so schnell sie es wagte, um bloß nicht im Schlamm stecken zu bleiben. Einmal musste sie dennoch mitten im Wolkenbruch aussteigen, um ein Stück Holz unter die Reifen zu schieben, und sie hielt den Atem an, als diese eine Weile durchdrehten, bevor sie endlich griffen. Als sie schließlich das Haus erreichte, war sie nass bis auf die Haut und von unten bis oben mit Schlamm bespritzt.

»Sarah, wo warst du denn? Ich wollte dich schon suchen fahren!« Lars nahm sie am Arm. »Ich hatte befürchtet, du wärst irgendwo mit dem Wagen stecken geblieben. Heute Abend ist Sturm angesagt, so viel steht fest. Außerdem hat jemand für dich angerufen. Hannah wird dir alles erklären. Komm schnell rein und zieh dir etwas Trockenes an.«

»Ein Anruf?«

»Später, sonst erkältest du dich noch.«

Nachdem Sarah geduscht und Hose und Pullover angezogen hatte, kehrte sie ins Wohnzimmer zurück. Hannah stand am Feuer, doch sie erwiderte Sarahs Lächeln nicht.

»Ich hatte eine Todesangst, als es zu regnen anfing, denn ich wusste nicht, wo du hingefahren bist. Du hättest eine Autopanne haben und über Nacht festsitzen können.«

»Ich dachte, ich fahre ein bisschen herum und fotografiere ein paar Tiere«, erwiderte Sarah. »Wer hat denn für mich angerufen?«
»George Broughton Smith.« Hannahs Miene war abweisend. »Ich habe ihm gesagt, du seist nicht da. Er wollte uns beide besuchen, aber ich habe abgelehnt. Ich möchte ihn nicht hier im Haus haben, weder jetzt noch sonst irgendwann. Falls du ihn sehen willst, müsst ihr euch anderswo treffen.«
»Hat er dir erzählt, was mit Camilla ist?«
»So lange habe ich nicht mit ihm geredet. Er wusste aus den englischen Zeitungen, was hier passiert ist. Also ist sie sicherlich auch im Bilde. Aber sie hat weder geschrieben noch angerufen.«
»Hat er eine Nummer hinterlassen?«
»Nein.« Hannah starrte ins Feuer und ballte die Fäuste.
»Hannah?« Sarah wartete auf eine Antwort, doch Hannah schwieg verbissen. »Han, ich war heute auf dem Berg, um Piet zu sehen.« Es schnürte ihr die Kehle zu, und Tränen traten ihr in die Augen, als sie seinen Namen aussprach. Hannah wirbelte herum, und ein eigenartiges Leuchten stand in ihren Augen. Aber sie sagte noch immer kein Wort. »Ich glaube, es ist Zeit für mich zu gehen, Han. Ich muss zurück zur Arbeit. Und du brauchst ein bisschen Freiraum für dich. Lars ist hier und wird dir helfen, und ich bin auch nicht weit. Ich komme, wann immer du mich brauchst. Du kannst mich jederzeit im Camp besuchen.«
Immer noch trotziges Schweigen. Hannah verschränkte die Arme vor der Brust, als müsse sie sich vor etwas schützen. Als Lars hereinkam, wanderte ihr Blick rasch zur Tür, und sie starrte ihn an wie einen Fremden.
»Sarah geht fort«, verkündete sie. Ihre Miene war wie versteinert.
»Lars, eigentlich wollte ich erst nächste Woche aufbrechen. Aber falls du nichts mehr für mich zu tun hast, würde ich lieber

morgen losfahren.« Sie bemerkte seinen erstaunten Augenausdruck. »Doch ich komme bald wieder. Über das Wochenende oder so.«
»Gut.« Hannah straffte die Schultern und hatte offenbar Mühe, sich zu beherrschen. »Eines Tages besuche ich dich. Wenn es vorbei ist. Momentan muss ich hier bleiben. Wie willst du hinkommen?«
»Dan oder Allie könnten mich in Nanyuki abholen. Einer von ihnen fährt morgen hin, um Einkäufe zu erledigen.«
»Gut«, wiederholte Hannah. »Du kannst mein Auto nehmen und es am Silverbeck stehen lassen. Lars und ich holen es dann gemeinsam ab. Du solltest Gemüse, Eier, Honig und Marmelade aus Langani mitnehmen, damit ihr in der Wüste auch genug zu essen habt. Ich helfe dir morgen beim Packen.«
Am späten Vormittag machte Sarah sich auf den Weg. Sie stand mit Hannah in der Auffahrt und plauderte über Belanglosigkeiten, um den Moment des Abschieds hinauszuzögern. Als sie sich schließlich umarmten, machte sich Hannah rasch wieder los. Sarah konnte nicht sagen, was in ihr vorging, aber sie fühlte sich erleichtert, ein wenig Abstand zur Farm und zu Hannahs Stimmungsschwankungen zu gewinnen, die sie so schmerzlich an ihre eigene Gefühlslage erinnerten.
»Ich passe gut auf sie auf«, versprach Lars und schloss die Wagentür. »Bald wird sie sich wieder gefangen haben. Wenigstens hoffe ich das, denn hier stehen einige große Entscheidungen an, die ich unmöglich ohne sie treffen kann.«
»Die Lodge?«
»Es steckt so viel Kapital darin, dass wir in ernsthafte finanzielle Schwierigkeiten geraten werden, wenn wir nicht bald eröffnen oder eine andere Lösung finden. Zum Beispiel könnte sie sie verpachten.«
»Ein schrecklicher Gedanke.«
»Ich weiß. Deshalb habe ich schon ein paar Mal versucht, mit ihr darüber zu reden, aber es ist noch zu früh.« Lächelnd

drückte er ihr die Hand. »Keine Sorge, mir fällt schon etwas ein. Und jetzt mach dich wieder an die Arbeit. Das ist für dich und für Hannah das Beste. Bei deinem nächsten Besuch sieht die Welt sicher schon viel rosiger aus.«
Im Rückspiegel sah sie ihn auf Lotties Rasen stehen, bis sie um die Kurve bog und die Farm aus ihrem Blickfeld verschwand.

Kapitel 28

Rhodesien, Februar 1966

Jan van der Beer blieb im kläglichen Schatten eines Felsvorsprungs stehen. Er war außer Atem, denn die gnadenlose Hitze zehrte an seinen Kräften. Nachdem er sich Hals und Gesicht abgewischt hatte, schüttelte er sich, um den Schweiß loszuwerden, der ihm unter dem Hemd den Rücken hinunterlief. Das mitgebrachte Trinkwasser schmeckte abgestanden, doch er schluckte es trotzdem hinunter und fuhr sich anschließend mit dem Handrücken über das stoppelige Kinn. Dann zog der die Whiskyflasche aus der Jackentasche und wandte sich von seinen Begleitern ab, bevor er gierig trank. Die Patrouille hatte seit Morgengrauen ein rasches Tempo vorgelegt, bis die Temperaturen und die grelle Mittagssonne schließlich eine Rast erzwangen. Die Spur, der sie folgten, war auf dem steinigen Untergrund kaum noch zu sehen, und so durchsuchten die Fährtenleser das Gebüsch, um festzustellen, ob vor kurzem Menschen vorbeigekommen waren. Jan beobachtete sie schweigend. Dabei verfluchte er lautlos den Umstand, dass er schon wieder einmal mit seinem Cousin hier draußen unterwegs war, um eine Bande, die die Farm der Maartens' überfallen hatte, durch den Busch zu jagen. Nachdem die Banditen das alte Ehepaar ermordet und das Haus und die Nebengebäude angezündet hatten, waren sie in das Buschland geflüchtet, das sich bis zur Grenze nach Sambia erstreckte. Der Hausboy war durch die Dunkelheit zur Nachbarfarm gelaufen, um Alarm zu schlagen. Als in Jans Bungalow das Telefon geläutet hatte, war es vier Uhr morgens gewesen.

»Schon wieder Ärger«, hatte Kobus verkündet. »Der alte Maartens und seine Frau sind tot. Ich stelle einen Suchtrupp

zusammen. In einer Stunde brechen wir auf, um uns die Mistkerle zu schnappen.«
Noch vor Morgengrauen hatten sie sich auf den Weg gemacht, um die nächtliche Kühle zu nützen. Anfangs waren sie nur langsam gegangen, damit die Fährtenleser trotz der schlechten Lichtverhältnisse nichts übersahen. Inzwischen war es Mittag und unerträglich heiß. Jan hatte nicht den geringsten Zweifel daran, dass es sich bei den Mördern um gewalttätige Splittergruppen der vom Premierminister verbotenen schwarzen Parteien handelte. Seit dem erdrutschartigen Wahlsieg von Ian Smiths Partei Rhodesian Front saßen die meisten schwarzen Oppositionsführer im Gefängnis. Allerdings waren einige von ihnen über die Grenze nach Sambia geflohen, um dort Guerillatruppen zu bilden, die häufig bewaffnete Überfalle in ihrem Heimatland verübten.
»Aber das ist doch nur vorübergehend«, hatte Kobus van der Beer erwidert, als Jan Zweifel an dem harten Kurs der Regierung geäußert hatte. »Smith weiß genau, was diese *munts* wollen, die uns andauernd überfallen. Ihr Ziel ist es, uns Weiße zu vergraulen, aber ihm ist klar, dass sie irgendwann an ihre Grenzen stoßen werden. Jedenfalls wird er nicht jedem schwarzen Mann das Wahlrecht geben und das Land flussabwärts verkaufen. Wir haben ein klares Ziel vor Augen und lassen uns nicht unterkriegen wie die in Kenia. Sollen wir unsere Farmen etwa den Kaffern überlassen?«
»Sie haben genug Land bekommen, um damit zufrieden zu sein«, wandte Jan ein. »Eine politische Strategie, die im Laufe der Zeit erfolgreich sein könnte.«
»Das wird nie klappen«, protestierte Kobus ärgerlich. »Diese Kaffern sitzen doch nur auf dem Hintern und bauen gerade so viel an, dass es für ein paar Tage reicht. Oder sie kaufen mehr Rinder, als sie ernähren können. Dafür werde ich ihnen nicht mein Land zur Verfügung stellen. Ich gründe mit meinen Nachbarn eine Bürgerwehr, und wir werden die Mistkerle

erwischen, wenn sie kommen, um unsere Farmen zu überfallen. Dann werden sie schon merken, mit wem sie sich angelegt haben. Du bist mein Aufseher und gehörst zur Familie, Jan. Und solange du bei mir arbeitest, erwarte ich von dir, dass du dich entsprechend ins Zeug legst.«

»Du bist doch nicht hergekommen, um den Krieg anderer Leute zu führen«, wandte Lottie ein, als Jan wieder einmal zu einem Einsatz gerufen worden war. »Ganz gleich, was Kobus daherredet, weißt du genau, dass der Ärger damit nur noch schlimmer wird.«

»Aber ich muss mit, um sein Land zu schützen und zu verhindern, dass Leute wie wir in ihren Betten ermordet werden.«

»Wir haben unseren Sohn verloren, Janni, und zwar wegen eines Kampfes um Land.« Lottie konnte sich nicht mehr beherrschen. Sie packte Jan am Arm und zwang ihn, sie anzusehen. »Hör gefälligst zu, wenn ich mit dir rede! Wir beide wissen genau, warum Piet sterben musste. Hast du daraus denn gar nichts gelernt? Willst du etwa auch noch umgebracht werden?«

»Mir ist inzwischen klar geworden, dass Piets Traum zum Scheitern verurteilt war, denn Zusammenarbeit und Friede bedeuten diesen Kaffern nichts. Sie wollen uns von unserem Land vertreiben oder uns töten.«

»Dieses Land gehört uns nicht, Janni. Wenn du kämpfen möchtest, kehr zurück und hilf Hannah, unsere Farm zu beschützen. Hier kannst du nichts gewinnen, und du wirst daran zugrunde gehen. Und ich ebenso. Für dieses Land gibt es keine Hoffnung, weil niemand Kompromisse machen will. Die Rebellen besitzen Waffen und Geld, das ihnen andere afrikanische sowie die kommunistischen Länder zur Verfügung stellen. Einige Kämpfer werden sogar in Russland oder China ausgebildet. Die Situation ist völlig verfahren, Janni. Wir sollten wieder in unsere Heimat zurückkehren. Es war ein großer Fehler zu gehen.«

Aber das brachte Jan nicht über sich. Er wollte keinen Fuß mehr in das Land setzen, wo er durch die kalten Wälder gerobbt war und wie ein Tier gelebt hatte. Nachts hatte er wach gelegen und auf ein verräterisches Knacken im Bambus oder ein aufgeschrecktes Tier gelauscht, das ihm verriet, dass hier Flüchtige unterwegs waren – Männer, die er jagen und töten musste. Nie würde er den Anblick des verstümmelten Körpers seines Bruders vergessen und die Fliegen, die seinen halb abgetrennten Kopf umschwärmten wie ein schwarzer Heiligenschein. Noch sah er die in Tierhäute gekleideten Männer vor sich, wie sie ums Feuer kauerten und im Morgenlicht aßen und lachten. Er konnte nicht zurück nach Langani, wo der Geist seines Sohnes ihn auf Schritt und Tritt verfolgen würde, während seine Tochter ihn schweigend und hasserfüllt musterte. Jan griff nach der Whiskyflasche und setzte sie an den Mund. Aus dem Schlafzimmer hörte er das Schluchzen seiner Frau. Dann ging er los, um sich mit seinem Cousin zu treffen.

Kobus van der Beer hatte Spaß an der Bürgerwehr, die er mit seinen Nachbarn gegründet hatte und die immer öfter zu Einsätzen ausrückte. Er brüstete sich mit der Anzahl der von ihm zur Strecke gebrachten Rebellen und den harten Strafen, die er über sie verhängt hatte. Auch Jan hatte bei seinen Arbeitern in Langani ein strenges Regiment geführt und jeden vor die Tür gesetzt, der ihn betrog oder sich nicht an die Regeln hielt. Allerdings war er stets gerecht gewesen und hatte sein Personal mit genügend Lebensmitteln, Schulgeld und Medikamenten versorgt und ihnen auch sonst beigestanden. Sein Cousin hingegen behandelte Übeltäter wie Tiere, vertrieb sie von seinem Land, schrie sie an und warf ihre Habe aus ihren Hütten, sodass sie zerbrochen im Staub liegen blieb. Jan hatte selbst miterlebt, wie er Männer verprügelt hatte, die in den Tabakfeldern beim Schlafen erwischt worden waren. Seit die Überfälle auf die Farmen angefangen hatten, war Kobus in seinem Element, denn nun hatte seine schwer bewaffnete Bürgerwehr ausreichend Gelegenheit, auf die so genannte Kaffernjagd zu gehen. Es bereitete Kobus eine diebische Freude, die Verfolgten niederzuschießen, und Jans anfängliche Einwände hatten nur dazu geführt, dass sein Cousin ihm mehr oder weniger unverhüllt mit Verlust seines Arbeitsplatzes drohte. Seit Piets Tod war ihm ohnehin alles gleichgültig.

»Du wirst hier gebraucht«, sagte Kobus. »Diese *terrs* sind nicht besser als die Kerle, die deinen Sohn auf dem Gewissen haben.«

Nun gab Kobus seinem Trupp mit barscher Stimme die Anweisung, zusammenzupacken und weiterzugehen. Jan spuckte in den Staub und zog sich den Hut in die Stirn, als sein Cousin auf ihn zukam. Dann nahm er einen letzten Schluck aus der Wasserflasche, gefolgt von ein wenig Whisky, obwohl er genau wusste, wie leichtsinnig es war, mitten am Tag zu trinken. Bei dieser Hitze würde der Alkohol ihn nur schwächen und den Durst noch schlimmer machen. Allerdings brauchte er den Whisky, um seine Trauer zu betäuben und weiterkämpfen zu können. Wenn endlich Schluss mit diesen politischen Unruhen war, so schwor er sich, würde er mit dem Trinken aufhören. Doch bis dahin war der Alkohol der Treibstoff, der dafür sorgte, dass er einen Fuß vor den anderen setzen konnte und sein Leben noch einigermaßen im Griff hatte. Der Fährtenleser gab ein Zeichen. Offenbar hatte er weitere Spuren der Verfolgten gefunden, die in eine andere Richtung zeigten. Der Trupp setzte sich Bewegung und trabte, das Gewehr im Anschlag, durch das Dornengestrüpp.

Eine Stunde später hatten sie ihre Beute eingeholt. Da den Guerillas klar geworden war, dass sie nicht schneller laufen konnten als ihre Verfolger, hatten sie zwischen den Felsen einen Hinterhalt gelegt. Als die ersten Schüsse knallten, suchte die Bürgerwehr im dichten Gebüsch Deckung. Jan bildete die Vorhut, brüllte Befehle und rannte im Zickzackkurs und wild um sich schießend auf die Stelle zu, wo die Bande sich versteckte. Angesichts der Übermacht wollten die Guerillas die Flucht ergreifen. Doch schon wenige Minuten später war alles vorbei. Kobus stolzierte zwischen den Leichen umher und zählte die Trophäen. Es war ein zusammengewürfelter Haufen Männer verschiedenen Alters in fadenscheinigen Tarnanzügen. Nur zwei von ihnen trugen schlecht passende Schuhe, die anderen waren barfuß. Ihre Gewehre waren alt, und sie hatten kaum Munition bei sich.

»Das war riskant, Mann, aber du hast dich wacker geschlagen«, meinte Kobus zu Jan, während er sich bückte, um den Toten die Waffen abzunehmen.

Jan trank einen Schluck aus seiner Flasche und zündete sich eine Zigarette an. »Die meisten dieser Leute sind nicht gut genug ausgebildet, um sich zu verteidigen, wenn man einfach auf sie zustürmt«, erwiderte er. »Deshalb haben sie sich hier verschanzt und wollten uns aus dem Hinterhalt erschießen. Mit unserem Angriff haben sie nicht gerechnet. Die veränderte Situation hat sie völlig überfordert.«

»Und wenn sie sich nicht hätten überrumpeln lassen?«

»Dann hätten wir dran glauben müssen. Doch das hätte uns so oder so geblüht.«

Kobus grunzte etwas und drehte die nächste Leiche mit dem Fuß um. Jan schätzte den Toten auf höchstens fünfzehn Jahre. Kurz sah er ein Aufleuchten in den Augen des Jungen, der reglos dagelegen und sich tot gestellt hatte. Jan wandte sich ab, aber auch sein Cousin hatte die Bewegung wahrgenommen. Er hob das Gewehr und setzte den Lauf auf die Stirn des Jungen, dessen Augen sich ängstlich und flehend weiteten. Im nächsten Moment spritzten Blut, Knochensplitter und Hirnmasse in den Sand. Lachend wischte Kobus das Gewehr an seiner Khakihose ab.

»Herrgott, das war doch noch ein Kind«, protestierte Jan, abgestoßen von diesem gleichgültigen Morden.

»Wieder einer weniger, der Terrorist wird, wenn er groß ist.

Stinkende *tsotis*!« Kobus wandte sich ab und ging zu seinen Begleitern hinüber. Diese packten ihre mitgebrachten Rationen aus und begannen zu essen, ohne sich um die Toten und die über ihnen kreisenden Geier zu kümmern. Als Jan spürte, wie er wieder von Grauen ergriffen wurde, holte er seine Whiskyflasche heraus und leerte sie. Die Leichen ließen sie an Ort und Stelle liegen. Als Warnung für andere, wie Kobus sagte. Der Heimweg dauerte lange, und es war schon dunkel, als Jan sich ins Haus schleppte. Lottie saß, einen halb vollen Teller vor sich, am Tisch.

»Was ist passiert?«, fragte sie.

»Wieder ein erfolgreicher Einsatz«, murmelte er und ging schnurstracks zur Anrichte, um sich einen Drink einzuschenken.

Lottie stand ärgerlich auf. »Dein Abendessen ist wahrscheinlich verkocht. Aber das wird dir sicher gar nicht auffallen.«

Er sah sie aus müden Augen an. »Schließlich war es nicht meine Idee, stundenlang durch den Busch zu kriechen und *munts* zu jagen. Doch immerhin hatten sie den alten Maartens und seine Frau auf dem Gewissen. Jemand musste ihnen das Handwerk legen.«

»Warum ausgerechnet du? Das kann doch auch ein anderer tun.« Lotties Augen funkelten. »Den ganzen Tag habe ich allein hier gewartet, ohne zu wissen, ob du lebendig oder vielleicht tot auf der Ladefläche eines Lasters zurückkommst. Und während du auf deinem Kreuzzug unterwegs warst, hätte eine dieser Banden hier aufkreuzen und mich überfallen können. Kümmert dich das nicht? Brauche ich vielleicht keinen Schutz? Und jetzt spazierst du sturzbetrunken hier herein …« Jan wollte sich an ihr vorbeidrängen, aber sie stellte sich ihm in den Weg. »Nein, du hörst mir jetzt zu. Du stinkst abscheulich und bist voll mit Whisky. Das rieche ich an deinem Atem, und außerdem zittern deine Hände. Schau dich doch an, Janni! Du bist nicht mehr der Jüngste. Auf den Farmen in der Umgebung gibt es genug junge Männer, die diese Aufgabe übernehmen können. Es ist nicht dein Kampf. Natürlich tut mir das mit den Maartens' Leid, aber du bist ihnen nichts schuldig und kannst sie auch nicht mehr lebendig machen. Kobus benutzt dich nur als Kanonenfutter, damit er und sein Sohn am Leben bleiben und weiterkämpfen können. Und du bist offenbar fest dazu entschlossen, dich umzubringen.«

»Lottie …«

»Es reicht, Janni.« Tränen traten ihr in die Augen. »Ich kann nicht mehr. Wir sind hergekommen, um Piet die Chance zu geben, die Farm allein zu leiten. Aber er ist tot, Janni. Tot. Und Hannah muss sich jetzt allein abmühen. Wir führen hier kein schönes Leben. Ich schufte rund um die Uhr für einen Hungerlohn, und du bist den ganzen Tag unterwegs. Und wenn du dann nach Hause kommst, bist du betrunken.«

»Glaubst du, mir gefällt es hier?« Jan stand schwankend auf. »Aber mir bleibt nichts anderes übrig. Ich brauche diesen Job. Wenn ich nicht bei der Bürgerwehr mitmache, wirft Kobus mich raus, und dann haben wir gar nichts mehr.«

»Es muss doch eine andere Arbeit für dich geben, wenn du schon nicht nach Kenia zurückkehren willst.« Lotties Stimme klang müde. »Kobus wird dich kaputtmachen, Janni. Das letzte Mal hast du es für unsere Farm und unsere Familie getan und einen hohen Preis dafür bezahlt. Aber dieser Kampf hier geht uns nichts an. Ian Smith ist ein Wahnsinniger, der dieses Land in den Krieg stürzen wird. Wir sollten uns aus dem Staub machen, bevor es zu spät ist.«

Als Jan auf seine Frau zutrat und sie an sich ziehen wollte, wich sie angewidert zurück.

»Geh dich erst mal waschen«, meinte sie kühl. »Ich kann es nicht ertragen, wenn du nach Tod und Alkohol stinkst. Es hängt in deinen Kleidern und haftet an deinem Körper. Und man sieht es dir an den Augen an. Also geh ins Bad, während ich versuche, dein Abendessen zu retten.«

Sie nahm die Pfanne aus dem Ofen, wälzte die Kartoffeln in der Sauce und wärmte einen Teller für ihn auf. Nach einer Weile kehrte er mit mürrischer Miene zurück und ließ sich wortlos am Tisch nieder.

»Janni, bitte hör auf mich.«

Er schob seinen Teller weg. »So schlimm ist es hier nun auch wieder nicht.«

»Die Lage ist hoffnungslos«, beharrte Lottie. »Ian Smith hat uns von allen anderen Ländern bis auf Südafrika isoliert. Niemand wird Rhodesien unterstützen, solange er sich weigert, den Schwarzen ein Mitspracherecht einzuräumen. Polizei und Armee sind damit überfordert, die Leute abzuwehren, die ins Exil gegangen sind und nun zurückkehren, um zu kämpfen. Russen, Chinesen und Kubaner werden den Rebellen helfen. Und die Eingeborenen sind sicher, dass es den Exilparteien eines Tages gelingen wird, Smith hinauszuwerfen, sodass sie das Land bekommen, das heute den Weißen gehört. Es ist nur eine Frage der Zeit, wann hier ein richtiger Krieg ausbricht.«

»Die Situation wird sich schon ändern, wenn wir noch eine Weile durchhalten.«

»Wenn du noch an eine positive Entwicklung glaubst, machst du dir etwas vor«, erwiderte Lottie. »Kobus und seine Kumpane werden eines Tages verjagt oder vielleicht sogar niedergemetzelt werden. Und wir ebenfalls, wenn wir hier bleiben und ihm den Rücken stärken. Du verschwendest deine Zeit damit, etwas zu verteidigen, was man nicht verteidigen kann. Und wofür? Für einen Mann, den du verabscheust, und für seine Farm. Für ein fremdes Land, das uns nichts bedeutet.«

Jan stand kopfschüttelnd auf, um sich noch einen Whisky einzuschenken, während Lottie sich zurücklehnte und sich die Augen rieb. Als sie weitersprach, klang ihre Stimme leise und verzweifelt.

»Du musst jetzt nichts trinken, Janni. Bitte. Hör auf damit. Wenn du mich liebst, hör auf damit.«

Trotzig führte er das Glas an die Lippen und leerte es mit einem langen Schluck. Dann knallte er es auf den Tisch und stürmte hinaus. Lottie stand auf, räumte den Tisch ab und warf Jans unberührtes Abendessen in den Mülleimer. Als sie ins Schlafzimmer kam, schlief er bereits und schnarchte. Sie betrachtete die Sorgenfalten auf seinem Gesicht, die geplatzten Äderchen auf seiner Nase, seine verquollenen Züge und den Speichelfaden, der sich an seinem Mundwinkel gebildet hatte. Inzwischen widerte es sie an, dass er im Bett nach Alkohol roch. Außerdem litt er an Albträumen. Es war wieder wie in den Monaten nach dem Mau-Mau-Aufstand und den Ermittlungen, als er in einem Strudel der Verzweiflung versunken war und sie um seinen Geisteszustand gefürchtet hatte. Eigentlich ist er ein guter Mensch, sagte sie sich, als sie hellwach neben ihm lag. Früher war er ein liebevoller Ehemann und Vater gewesen. Doch inzwischen war er ein besserer Sklave. Kobus hatte Spaß daran, seinen Cousin zu erniedrigen und zu zerstören, und Lottie war überzeugt, dass der brutale Mensch sich dadurch in seiner Macht bestätigt sah. In letzter Zeit hatte er außerdem begonnen, ihr Avancen zu machen, und seine tückischen und lüsternen Blicke lösten bei ihr eine Gänsehaut aus. Verzweifelt dachte sie an ihren ermordeten Sohn und fragte sich, was wohl aus ihrem Mann werden würde.

Doch ohne Geld gab es kein Entrinnen aus diesem schrecklichen Land. Hannah hatte bei ihrer Flucht ihre kläglichen Ersparnisse mitgenommen, und es wäre ohnehin nicht genug gewesen. Jan verdiente einen Hungerlohn, und selbst wenn er mit dem Trinken aufgehört hätte, hätten sie es niemals geschafft, genug für eine Rückkehr nach Kenia beseite zu legen. Sie hörte, wie er im Schlaf mit den Zähnen knirschte und vor sich hin murmelte, und schickte ein Stoßgebet zum Himmel, Gott möge ihr einen Weg zeigen, ihn von hier fortzuholen und ihm seine Würde und einen Sinn im Leben wiederzugeben.

Lottie zog ihren alten Morgenmantel an und ging in die Küche, um Tee zu kochen und noch einmal gründlich nachzudenken. Sie hatte einen Verbündeten, auf den sie sich immer verlassen konnte. Vielleicht würde er ihr ja genug Geld leihen, damit Jan und sie wieder nach Kenia übersiedeln konnten. Morgen würde sie ihren Bruder in Johannesburg anrufen. Sie kehrte ins Schlafzimmer zurück und schlief sofort ein, ausnahmsweise einmal ohne sich von Jans alkoholgeschwängertem Schnarchen stören zu lassen.

Als sie am nächsten Morgen mit Sergio telefonierte, bekam sie vor lauter Tränen kaum ein Wort heraus. Ihr Bruder bot ihr sofort seine Hilfe an.

»Komm mit ihm her, Carlotta. Es wird ihm gut tun, und du brauchst dringend jemanden, der sich um dich kümmert. Und wenn es nur für eine Woche ist. Vielleicht finden wir ja Arbeit für ihn. Wenn er sich so strikt gegen eine Rückkehr nach Langani wehrt, könnte er möglicherweise auf einer Zuckerplantage in Natal oder einer Farm in der Kap-Provinz anfangen. Hol ihn nur her, dann fällt uns schon etwas ein.«

»Wenn er erfährt, dass ich das alles geplant habe, wird er sich weigern.« Es schnürte ihr die Kehle zu.

»Weine nicht, *cara*. Ich schicke dir die Tickets. Dann schreibe ich euch, dass ich euch beide vermisse und dass wir uns viel zu lange nicht gesehen haben. Und wenn dein Mann erst einmal hier ist, biegen wir ihn schon wieder hin.«

Ein wenig aufgemuntert, ging Lottie los, um ihre fertigen Näharbeiten bei einer Kundin abzuliefern. Die Engländerin wohnte in einem Farmhaus mit einem Blumengarten, der in Lottie stets schmerzliche Erinnerungen wachrief. Janni gegenüber erwähnte sie den Anruf in Johannesburg nicht, aber sie wartete ungeduldig auf den Brief mit den Tickets. Jan hatte ihren Bruder sehr gern, und wenn er auf jemanden hören würde, dann war es Sergio. Auch sie selbst sehnte sich sehr nach ihrem Bruder und nach einer starken Schulter, an die sie sich anlehnen

konnte. Seit Piets Tod verbarg sie ihre Trauer und weinte nur tagsüber oder spätnachts, wenn Jan nicht da war oder schlief. Ihm zuliebe beherrschte sie sich, doch inzwischen stand sie kurz vor dem Zusammenbruch.
Obwohl Johannesburg die Stadt ihrer Kindheit war, fühlte sie sich dort nicht besonders wohl. Nun jedoch freute sie sich über die Gelegenheit, ihrer desolaten Lage zu entrinnen. Fünf Tage später trafen die Tickets ein. Lottie öffnete den Umschlag und las erleichtert den Brief ihres Bruders. Bei der Aussicht auf die Reise besserte sich ihre Stimmung ein wenig. Also gab sie sich besondere Mühe mit dem Mittagessen, legte ein sauberes Tischtuch auf und stellte eine Vase mit frischen Blumen auf den Tisch. Doch als Jan nach Hause kam, war er in Begleitung seines Cousins, der mit lauter Stimme das große Wort führte und Lottie mit lüsternen Blicken verfolgte.
»Lottie, meine Liebe.« Zu lange ruhte seine Hand auf ihrer Schulter, bevor er sie ihren Rücken hinunter und über ihre Hüfte gleiten ließ. »Du siehst wirklich hinreißend aus.«
Sie ging rasch auf Abstand. Vielleicht war es ja gut, dass er jetzt hier war, denn so konnte sie ihn sofort um einige Tage Urlaub bitten und ein Reisedatum festsetzen.
»Hallo, Kobus. Schön, dass du gekommen bist. Ich habe gerade einen Brief von meinem Bruder in Johannesburg erhalten. Er lädt mich und Janni für ein paar Tage zu sich ein. Ich glaube, wir brauchen mal einen kleinen Tapetenwechsel. Es war nicht leicht, seit … seit die Sache zu Hause passiert ist.«
Kobus runzelte die Stirn. »Urlaub? Tja, vielleicht gegen Ende des Jahres. Momentan kommt das nicht in Frage. Jan hat zu viel auf der Farm zu tun. Wir reden im November noch einmal darüber. Und jetzt hätte ich gern einen Whisky. Lottie, sei doch so nett und schenk mir einen ein.«
Lottie antwortete nicht, sondern reichte ihrem Mann Sergios Brief. »Wir sollten versuchen hinzufliegen«, sagte sie leise. »Schließlich würden wir nicht lange weg sein.« Dann wandte

sie sich wieder an Kobus. »Wenn Jan sich eine Woche oder zehn Tage freinehmen könnte, würde das schon genügen.«
»Ich überlege es mir«, erwiderte Kobus. »Obwohl ich meinen Angestellten normalerweise nicht so kurzfristig Urlaub gebe. Nicht einmal, wenn sie zur Familie gehören.«
»Er hat sich eine Pause wirklich verdient.« Lottie hatte Mühe, sich ihre Erbitterung nicht anmerken zu lassen. »Immerhin trauert er um seinen Sohn und hat seit zwei Jahren keinen freien Tag mehr gehabt. Rund um die Uhr schuftet er entweder auf der Farm oder ist mit deiner Bürgerwehr im Einsatz. Er hat Anrecht auf ein paar Urlaubstage.«
Jan schenkte zwei große Gläser Whisky ein und reichte eines seinem Cousin. Lottie merkte seinen Augen an, dass es heute nicht sein erster war. Inzwischen hatte er sich angewöhnt, die Flaschen in Schränken und unter den Möbeln und wohl auch draußen in den Tabakfeldern zu verstecken.
»Anrecht? Das ist für mich ein Fremdwort.« Kobus lächelte zwar, aber in seinem Blick lag kalte Wut. »Du vergisst, wie angespannt die Sicherheitslage ist. Heute Nachmittag findet wieder ein Einsatz statt. Ich weiß nicht, wie lange wir diesmal wegbleiben werden, denn es geht um eine große Sache. Wir haben neue Informationen bekommen und müssen sofort zuschlagen.« Er leerte sein Glas und stellte es auf den Tisch. »Ich hole dich in einer Stunde ab, Jan. Sei bis dahin fertig.«
Lottie folgte ihm zur Tür.
»Moment mal«, sagte sie. »Wohin fahrt ihr diesmal? Wie lange wird er fort sein? Er ist zu alt für so etwas. Du hast doch sicher andere Männer, die du mitnehmen kannst. Schließlich hast du selbst gesagt, dass es auf der Farm so viel zu tun gibt. Warum kann er nicht hier bleiben und sich darum kümmern?«
»Für diesen Einsatz brauche ich alle Männer. Wenn du ein bisschen nett zu mir bist, könnte ich es mir natürlich noch anders überlegen …« Erschrocken wich Lottie einen Schritt zurück.

»Wie du willst. Dann hole ich ihn in einer Stunde ab. Jeder hier muss seine Pflicht tun, sonst ist er seinen Job los.«

Jan war im Schlafzimmer und stopfte ein paar Kleidungsstücke in einen Rucksack. Dann ging er wortlos an Lottie vorbei in die Küche, wo er ein Gewehr, zwei Pistolen und Schachteln mit Munition aus dem Waffenschrank nahm. Während sie ihm dabei zusah, stieg das Elend der letzten beiden Jahre in ihr hoch.

»Jan, bitte«, flehte sie mit zitternder Stimme. »Du musst Kobus klar machen, dass wir einen Urlaub brauchen. Ich kann nicht mehr, Janni! Ich muss hier weg. Außerdem erwartet Sergio unseren Besuch. Ich habe letzte Woche mit ihm telefoniert, und er sagt, er könnte im Süden Arbeit für dich finden, wenn du wirklich nicht zurück nach Langani willst. Du könntest auch zu einem Therapeuten gehen und mit dem Trinken aufhören. Lass uns von hier verschwinden, Janni, und eine Weile bei Sergio wohnen, damit wir unsere Zukunft planen können.«

»Du hast mit Sergio über mich gesprochen? Du redest hinter meinem Rücken über mich, deinen Ehemann? Und jetzt schickt er dir Tickets, weil er denkt, dass ich auf seine Wohltätigkeit angewiesen bin!« Er schleuderte den Rucksack quer durch den Raum, sodass er Lottie am Schienbein traf, bevor er auf dem Boden landete.

Sein gewalttätiger Ausbruch erschreckte sie.

»Und was hast du ihm erzählt? Dass dein Mann ein Versager ist, ein Trinker, der seine Frau nicht ernähren kann?«

»Janni, er ist mein Bruder. Er liebt mich, und er hat dich sehr gern. Ich habe über uns beide gesprochen und ihm erklärt, ich könnte nicht mehr so weitermachen und jeden Tag über Piet und die schrecklichen Ereignisse nachgrübeln. Außerdem habe ich ihm gesagt, dass es dir schlecht geht, dass du zu viel trinkst und dass du Hilfe brauchst.«

»Das hast du getan? Du hast unsere Privatangelegenheiten in

der Gegend herumposaunt?« Inzwischen schrie er. »Und was für einen tollen Job will dein wunderbarer Bruder für mich in Johannesburg finden? Ich bin Farmer, verdammt! Soll ich vielleicht Tellerwäscher in seinem schicken Restaurant werden oder in der Küche die Karotten schälen?« Jans Gesicht war hochrot, an Hals und Stirn traten die Adern hervor, und die Augen quollen ihm aus den Höhlen. »Du kannst ja gerne wieder in die Stadt ziehen und die feine Dame spielen. Ich brauche seine Wohltätigkeit und sein gottverdammtes Mitleid nicht. Hast du kapiert?«

Entgeistert starrte Lottie ihn an. Das war nicht ihr Janni, sondern der Whisky, der aus ihm sprach. Als sie die Hand nach ihm ausstreckte, stieß er sie heftig weg.

»Ich erledige die Arbeit, für die ich hergekommen bin, und verwalte die Farm meines Cousins. Er braucht meinen Rat, wenn die verfluchten Kaffern über die Grenze kommen. Denn ich weiß, wie sie vorgehen, wie sie denken und wie man sie fängt. Das ist etwas, das ich beherrsche, und ich werde alles tun, um zu verhindern, dass sie noch mehr von unseren Leuten töten. In den nächsten Tagen ist ein großer Überfall geplant. Kobus' Jungs haben letzte Nacht einen *terr* erwischt, einen Kundschafter, und alles aus ihm rausgeprügelt. Also werden wir ihnen auflauern, wenn sie über die Grenze kommen.«

Lottie trat ans Fenster und betrachtete das verdorrte Gras und den windschiefen Zaun rings um ihr kleines Grundstück. Sie hörte das trockene Rascheln der Tabakpflanzen, in denen sich der heiße Wind fing, sodass sie sich schüttelten und einander zuflüsterten. Dann dachte sie an den Kundschafter und an die Methoden, die Kobus' Männer vermutlich angewendet hatten, um ihm die Informationen zu entlocken. Bei der bloßen Vorstellung, dass ihr Mann an alldem beteiligt war, erschauderte sie.

»Natürlich verstehst du etwas davon, Janni«, versuchte sie es ein letztes Mal. »Doch wie willst du deinen Seelenfrieden finden oder stolz auf dich sein, solange du anderen Menschen auflauerst, um sie zu töten? Die Hautfarbe spielt dabei keine Rolle. Man kann nicht beim geringsten Anlass zur Waffe greifen, denn dann wird dieses wahnsinnige Blutvergießen nie aufhören. Bitte geh mit mir fort. Ich flehe dich an. Nur für eine Woche, damit du wieder zur Vernunft kommst. Du weißt, dass ich dich liebe und dich bewundere. Aber der Mann, der mir etwas bedeutet, geht in diesem schrecklichen Land vor die Hunde. Lass uns verschwinden und den ganzen Hass hinter uns lassen. Bitte, Janni, komm mit.«

Als sie ihn am Arm berührte, glaubte sie im ersten Moment, er würde einwilligen. Doch dann wirbelte er voller Wut zu ihr herum, packte sie mit beiden Händen, schleuderte sie wie eine Puppe an die Wand und stürmte mit seinem Rucksack hinaus ins grelle Sonnenlicht, um auf den Laster zu warten. Benommen und entsetzt rappelte Lottie sich auf und schleppte sich zur Tür, wo sie stehen blieb und ihn ansah. Sicher hatte er das Quietschen der Fliegentür gehört, aber er drehte sich nicht um.

»Dann hau doch ab«, schluchzte sie. »Aber wenn du zurückkommst, werde ich nicht mehr hier sein. Falls du mit deinem Cousin, diesem Schwein, im Lastwagen wegfährst, fliege ich eben allein, und vielleicht wird es für immer sein.«

Er antwortete nicht. Lottie ging ins Haus und setzte sich. Kurz darauf hörte sie das Rattern eines alten Bedford, der dröhnend vor dem Haus hielt. Männer schrien durcheinander, die Heckklappe wurde zugeschlagen, und im nächsten Moment heulte der Motor auf. Der Wagen verschwand den Hügel hinauf. Eine Weile saß Lottie reglos und wie betäubt da und konnte nicht einmal Zorn oder Trauer empfinden. Dann griff sie zum Telefon und rief ihren Bruder an.

Während sich der Lastwagen über die Staubstraße entfernte, saß Jan unter der Plane und starrte angestrengt zurück zum

Haus. Er wartete darauf, dass Lottie hinausgelaufen kam, bevor der Wagen in die Hauptstraße einbog. Sie würde winken und ihm nachrufen, wie Leid es ihr täte, dass sie ihn verraten hatte. Doch der Bedford verschwand um die Kurve, während er weiter vergeblich Ausschau hielt. Er wurde von Wut ergriffen. Sie hatte ihm den Respekt verweigert, auf den er als Mann, insbesondere von seiner eigenen Ehefrau, einen Anspruch hatte. Zumindest sagte das Kobus, und er hatte Recht. Man durfte nicht dulden, dass eine Frau ihrem Mann Widerworte gab. Aber Lottie tanzte ihm auf der Nase herum, und nun hatte sie sogar mit ihrem Bruder über ihre Probleme gesprochen. Das war eindeutig Verrat und durfte nicht hingenommen werden. Er fragte sich, ob sie ihre Drohung wirklich wahr machen und ohne ihn nach Johannesburg fliegen würde. Nein. Sie würde niemals fortgehen und ihn hier allein lassen. Nicht jetzt. Er blickte zurück zum Haus, das in der Ferne immer kleiner wurde, und wünschte sich, sie möge nur für eine Sekunde auf der Veranda erscheinen. Aber die Tür blieb geschlossen.
Kobus stoppte vor einem Lagerschuppen am Rand seines Besitzes. Sein ältester Sohn Faanie sprang von der Ladefläche und schob die Tür des Gebäudes auf. Zwei weiße Männer erschienen, und Faanie folgte ihnen hinein, nachdem er ein paar Worte mit ihnen gewechselt hatte. Die anderen blieben hinten auf dem Laster sitzen, rauchten und tranken Bier. Jan holte die Whiskyflasche aus seinem Rucksack. Beim Warten wurde kaum gesprochen. Schließlich kehrten Faanie und seine Begleiter zurück. Sie zerrten etwas hinter sich her, das auf den ersten Blick wie ein Sack aussah, hievten ihre Last über die Heckklappe und warfen sie hinten auf den Wagen, sodass sie polternd auf der Ladefläche landete. Erst als Jan ein Geräusch hörte, wurde ihm klar, dass er einen Menschen vor sich hatte. Der Schwarze war von Schlägen entstellt, und in seinen offenen Wunden nisteten sich bereits die Fliegen ein. Sein Gesicht war kaum noch zu erkennen. Übelkeit stieg in Jan auf,

während er das geschundene Geschöpf entsetzt anstarrte. Offenbar war das der Kundschafter, den Kobus und seine Männer verhört hatten, und anscheinend hatten sie ihr Opfer fast zu Tode geprügelt. Jan fragte sich, wie zuverlässig Informationen waren, die man einem Menschen unter solchen Umständen entlockte. Grausige Erinnerungen stiegen in ihm auf, und er wurde wieder von der alten Angst ergriffen. Seine Begleiter kümmerten sich nicht um das verzweifelte Keuchen des Schwerverletzten, sondern rauchten und tranken weiter und erörterten dabei die Tabakernte und die politische Lage im Land, als säßen sie zusammen am Tresen des örtlichen Sportvereins. Jan starrte auf den Mann am Boden. Nachdem Faanie und seine beiden Kumpane wieder eingestiegen waren, ging die Fahrt weiter.

»Unser Ziel liegt ganz dicht an der Grenze!«, überbrüllte Faanie das laute Klappern des Lasters. »Dieser *munt* behauptet, dass es dort ein Lager gibt. Der Anführer soll etwa dreißig von diesen Schweinekerlen zusammengetrommelt haben, um bald einen großen Überfall zu verüben. Wir werden den Burschen eine Falle stellen und sie alle erledigen. Jan, Pa verlässt sich darauf, dass du alles planst und das Kommando übernimmst.«

Kobus hatte die Strategie bereits mit seinem Cousin besprochen. Und wenn Jan Krach mit seiner Frau hatte, war das nur ein Vorteil. Nun würde er sich über die Gelegenheit freuen, sein Selbstbewusstsein zu stärken, ohne das er weder in der Bürgerwehr noch auf der Farm zu etwas nutze war. Als der Laster weiterrumpelte, wurde Jan jedes Mal übel, wenn er zu Boden blickte. Inzwischen war der Mann auf den Rücken gerollt und starrte zu ihm empor. Angst und Schmerz hatten seinen Mund zu einer Grimasse verzerrt, die eher einem schauerlichen Grinsen ähnelte. Warum sieht er mich ständig an, fragte sich Jan. Hält er mich für einen Schwächling, der ihn laufen lassen wird? Der Kerl hat seine Strafe verdient. Stinkender *tsotsi.* Er kramte eine Zigarette hervor und zündete sie mit zitternden Händen an. Er hasste sich für sein Mitleid, das er nicht unterdrücken konnte. Gleichzeitig hallte ein albtraumhafter schriller Ton in seinem Schädel wider und brannte sich in sein Gehirn ein, obwohl er wusste, dass er der Einzige war, der ihn hören konnte. Die Männer links und rechts von ihm waren eingenickt. Jan öffnete seine Wasserflasche und beugte sich verstohlen vor, als wolle er sich die Schuhe zubinden. Dann goss er ein paar Tropfen Wasser in den blutigen, zerschlagenen Mund des Gefangenen. Dieser blinzelte zwei Mal mit den Augen, ein stummer Dank für diesen kleinen Gnadenakt. Jan richtete sich wieder auf, trank aus seiner Whiskyflasche und lehnte sich gegen die Plane und das Gestänge des Lastwagens. Als er die Augen schloss, spürte er, wie ihm schon jetzt der Sand unangenehm auf der Haut und in den Haaren klebte. Am besten war es, wenn er jetzt schlief. Dann würde er den Gefangenen nicht weiter ansehen müssen. Eine Weile kniff er die Augen so fest zu, dass ihm davon die Lider wehtaten. Allmählich döste er ein.

Er war wieder in der Dunkelheit. Ein Feuer flackerte, und er hörte schrille Schreie. Er wollte davonlaufen, aber seine Beine waren zu schwer. Er wollte hinschauen, aber er wagte es nicht. Irgendwo außerhalb seines Gesichtsfelds war das, wovor er sich am meisten fürchtete. Er begriff, dass es ein Traum war, den er schon öfter gehabt hatte. Doch dieses Wissen konnte seine Angst nicht lindern. Verzweifelt versuchte er aufzuwachen und zu fliehen, und er sträubte sich, als die Gestalt immer näher kam und die Hand aus dem Schatten nach ihm ausstreckte, um ihn mit schraubstockartigem Griff zu umfassen und ihm den Kopf herumzudrehen, damit er sah, was er nicht sehen wollte …

»Hallo, Jan, immer mit der Ruhe, Mann!«

»Was ist?« Als Jan die Augen aufschlug, bemerkte er, dass Faanie ihn laut lachend an der Schulter rüttelte.

»Du hast um dich geschlagen, als hätte dich eine Bulldogge

gepackt. Oder vielleicht ein gottverdammter *terr*. Das muss es sein. Du hast davon geträumt, was du mit den verfluchten Kaffern anstellst, wenn wir sie kriegen. Hör mal, das hat aber verdammt gefährlich ausgesehen!«

Inzwischen musterten die anderen ihn argwöhnisch. Jan wischte sich den Angstschweiß von der Stirn.

»Offenbar ist mir das Abendessen nicht bekommen«, sagte er und war erleichtert, als alle auflachten. Faanie klopfte ihm auf den Rücken. Jan trank noch einen Schluck Whisky und nahm die angebotene Zigarette an, während der Lastwagen weiter durch Staub und Hitze ratterte. Während der Nacht wechselten sie sich am Steuer ab, und sie hielten nur an, um aufzutanken oder einen Happen zu essen. Als der Bedford am Basislager stoppte, sprang Kobus aus dem Führerhaus.

»Ab hier geht es zu Fuß weiter«, verkündete er. »Jetzt fängt der Spaß erst richtig an.«

Die Männer stiegen aus und suchten ihre Ausrüstung zusammen, froh, endlich etwas unternehmen zu können. Faanie zerrte den verletzten Gefangenen von der Ladefläche, schleppte ihn über den felsigen Boden und band ihn an einen Baum. Eigentlich war es überflüssig, dieses zitternde Bündel Mensch zu fesseln, da der Mann ganz sicher nicht in der Lage war zu fliehen. Jan hörte seinen keuchenden Atem. Rosige Blasen quollen aus dem verzerrten Mund. Der Mann würde sterben, und es war besser, ihn von seinen Leiden zu erlösen. Was konnte er ihnen in diesem Zustand noch sagen? Jan wandte sich ab, als Kobus sich einen Spaß daraus machte, dem Todgeweihten noch ein paar letzte Informationen abzupressen. Die anderen Männer traten näher, um sich an dem Schauspiel zu weiden, während Jan sich ein paar Schritte enfernte. Er zwang sich, auf die Geräusche des Busches, das Rascheln kleiner Tiere, den Vogelgesang, das Summen der Insekten und das Rauschen des heißen Windes in den Dornenbüschen zu lauschen. Als Kobus nach ihm rief, kehrte er zu den Männern zurück und entfaltete die Karte, um ihnen den Weg durch den Busch zu zeigen, den er ausgesucht hatte. Der Gefangene lag reglos in der stickigen Hitze. Seine halb offenen Augenlider zuckten, und seine Arme und Beine zitterten, obwohl er kaum noch bei Bewusstsein war.

»Wir marschieren in Dreiergruppen los«, sagte Jan. »Ich übernehme die Führung. Zwischen unserem momentanen Standort und der Stelle, wo wir uns auf die Lauer legen wollen, gibt es genug Möglichkeiten, in Deckung zu gehen. Jeder, der seinen Posten erreicht hat, rührt sich nicht von der Stelle. Von jetzt an wird nicht mehr geraucht, geredet oder herumgealbert. Kapiert? Einige dieser *terrs* sind ausgezeichnete Fährtenleser, und wenn sie uns bemerken, machen sie sich in Windeseile aus dem Staub.«

»Also ganz leise«, fügte Kobus hinzu. »Ich will, dass wir jeden Einzelnen von ihnen kriegen. Wenn wir ein paar lebendig fangen, bekommen wir vielleicht weitere Informationen. Aber der beste *tsotsi* ist und bleibt ein toter *tsotsi*. Also verhaltet euch ruhig, bis sie in die Falle gegangen sind. Und dann machen wir die Mistkerle fertig.«

Nach dem Fußmarsch durch die Hitze kauerten sich die verschwitzten Männer hinter Felsen oder Büsche, um zu warten. Jan hatte seine Whiskyflasche in der Tasche und machte häufig von der Möglichkeit Gebrauch, sich damit zu trösten. Eine zweite Flasche steckte in seinem Rucksack, wo er sie leicht erreichen konnte. Hoffentlich würden die Feinde bald erscheinen, damit er sie erledigen und nach Hause fahren konnte. Nur ungern erinnerte er sich daran, wie oft er in früheren Jahren so dagelegen und den Mau-Mau-Kämpfern aufgelauert hatte, die durch den Aberdare-Wald schlichen. Er verscheuchte diesen Gedanken. Bald würde alles ausgestanden sein, und dann konnte er nach Hause, um sich wieder mit Lottie zu versöhnen. Bis jetzt hatten sie alles getan, um ihre Trauer um ihren Sohn zu verdrängen, und sie brachten es noch immer nicht über sich, seinen Namen auszusprechen. Jan fand, dass es nun an der Zeit war, dass sie offener mit ihrem Schmerz umgingen und einander trösteten. Von der Hitze und dem Alkohol hatte er Kopfschmerzen, und kurz verschwamm ihm alles vor den Augen.

Als die Sonne am Horizont versank, war es nicht mehr so heiß zwischen den Felsen. Der Abend schleppte sich dahin, und Jan befürchtete schon, dass der gefangene Kundschafter sie getäuscht haben könnte. Moskitos surrten um seine Ohren, und Scharen unsichtbarer Insekten krabbelten unter seinem Hemd herum oder versuchten, ihm in die Nase zu kriechen. Bald war er von Stichen übersät. Jan leerte die Whiskyflasche und holte die zweite aus dem Rucksack, um sie in die Tasche zu stecken, wo sie jederzeit greifbar war.

Die Rebellen erschienen erst nach Mitternacht. Etwa zwanzig Männer, mit Gewehren und Messern unterschiedlicher Größe bewaffnet, kamen leise zwischen den Felsen und aus dem dichten Unterholz hervor. Auf Jans Zeichen wurde das Feuer eröffnet. Die umzingelten Rebellen hatten keine Chance, sich zu verteidigen. Einige flohen in Richtung Grenze, andere versuchten vorzurücken und fielen im mörderischen Kugelhagel. Einer kleinen Gruppe jedoch glückte der Ausbruch. Jan brüllte Befehle.

»Sie laufen zum Lastwagen! Dort müssten wir sie eigentlich kriegen.«

Wild um sich schießend, rannte er los. Ein Mann wurde getroffen, und Jan jagte ihm im Laufen noch eine Kugel in die Brust. Kobus und sein Sohn folgten ihm auf den Fersen und stießen ein Triumphgeheul aus, als ein weiterer Rebell sein Leben lassen musste. Der Mann zuckte noch kurz und blieb dann reglos im Staub liegen. Faanie lief schneller, überholte seinen Vater und Jan und erreichte als Erster die Lichtung, wo der unter einigen Ästen getarnten Laster stand. Aus dem Gebüsch tauchte einer der Rebellen auf. Als er den an den Mopani-Baum gefesselten Kundschafter entdeckte, stürmte er mit einem schauerlichen Aufschrei auf ihn zu. Doch Faanie feuerte einen Schuss ab, sodass der Mann in die Luft geschleudert wurde und zu Füßen des Mannes landete, der ihn verraten hatte. Jan gab seinem Cousin ein Zeichen.

»Hinter den Bäumen sind noch mehr von ihnen.«

Kobus nickte und setzte sich, dicht gefolgt von Faanie, geduckt in Bewegung. Jan blieb an dem Baum stehen, wo der Kundschafter noch schwach zuckte. Sein Gesicht war blutverschmiert, und er rollte vor Schmerz mit den Augen. Jan betrachtete ihn. Dann griff er zur Whiskyflasche und nahm einen tiefen Schluck. Er spürte ein Brennen in der Kehle und bemerkte, wie ihm der Alkohol in den Kopf stieg. Der Mann versuchte zu sprechen und stieß die Worte mühsam durch zersplitterte Zähne und blutige Lippen hervor.

»Mein Bruder.« Er stöhnte auf und wies mit dem Kopf auf die Leiche. »Mein Bruder.«

Von plötzlichem Mitleid überwältigt, zog Jan sein Messer und schnitt das Seil durch. Der Mann hatte doch ohnehin nicht mehr lange zu leben. Der Kundschafter kippte nach vorne und robbte auf den Toten zu. Inzwischen war es stockfinster. Als Jan bemerkte, dass sich links von ihm etwas bewegte, drückte er ab. Eine Gestalt im blutigen zerlumpten Hemd taumelte unter Schmerzensschreien auf die Lichtung. Faanie stand hinter ihm und stieß ihm den Gewehrlauf in den Rücken, sodass er vornüberstürzte.

»Ich mache ihn fertig.« Grinsend hob Faanie die Waffe.

Während sein Finger sich um den Abzug krümmte, war ein hohes Surren zu hören. Darauf folgten ein dumpfes Geräusch und ein leises Schmatzen, als Faanie, ein Messer in der Kehle, zusammensackte, Blut rann ihm die Brust hinunter und auf den Boden. Jan starrte ihn entgeistert an. Woher kam die Waffe? Als er sich umdrehte, sah er den Kundschafter, den er befreit hatte. Er hatte seinem Bruder das Messer abgenommen, sich ein Stück aufgerichtet und es mit einer letzten über-

menschlichen Anstrengung nach dem Menschen geworfen, der ihn so gequält hatte.
»O Gott, es war meine Schuld«, murmelte Jan.
Er trug die Verantwortung für Faanies Tod. Nun hatte Kobus seinen Sohn verloren, so wie er und Lottie ihren Piet. Wenn er den Kaffer nicht losgeschnitten hätte, wäre das nie geschehen. Jan griff nach der Whiskyflasche. Er legte den Kopf in den Nacken und trank gierig, bis die halbe Flasche leer war. Ihm drehte sich der Kopf, als er sich über Faanies Leiche beugte und das Messer aus der Wunde zog. In der Ferne hörte er Schüsse und hastige Schritte. Die Pistole in der Hand, wirbelte er herum. Er fühlte sich benebelt. Die Bäume ringsherum schienen in einem großen schwarzen Kreis um ihn herumzutanzen und die Äste wie Klauen nach ihm auszustrecken. Sie zerrten an seinen Kleidern, als er stürzte und sich den Kopf an dem Stein anschlug, über den er gestolpert war. Eine seltsame Stille umfing ihn, und er glaubte zu schweben. Plötzlich war die Lichtung voller Menschen, und er hörte Kobus' Verzweiflungsschreie, die sich in den Nachthimmel erhoben, als er neben seinem toten Sohn auf die Knie fiel. Im ersten Moment wollte Jan ihm erklären, dass er die Schuld trug. Aber er war zu müde, um zu sprechen. Immer noch sah er Faanies bösartigen und grausamen Blick vor sich, während er das Gewehr anlegte. Und dann seinen fast komischen erschrockenen Gesichtsausdruck, als ihm plötzlich das Blut aus dem Hals schoss und in der afrikanischen Erde versickerte. Irgendwo daneben lag der Kundschafter und starrte ins Leere. Er wusste es. Dann wurde alles schwarz.

Als Jan zu sich kam, lag er in einem schmalen Krankenhausbett. Lottie saß neben ihm auf einem Stuhl. Der Kopf war ihr auf die Brust gesunken, und sie hatte die Hände im Schoß verschränkt. Jan bemerkte, dass ihre Finger zuckten. Als er sich räusperte, schlug sie sofort die Augen auf.

»Wasser.« Wie mühsam es war, das Wort auszusprechen.
Lottie sprang auf und rannte zur Tür. »Schwester! Schwester Sweeney! Er ist aufgewacht. Er ist wieder bei Bewusstsein.«
»Wasser«, wiederholte er.
»Ich gebe dir einen Schluck mit diesem Strohhalm«, sagte Lottie. »Aber nicht zu viel, sonst wird dir übel. Komm, Janni. Ich hebe dir den Kopf an, und dann trinkst du einen Schluck.«
Das Wasser rann ihm in den Mund, und Lottie betupfte seine trockenen Lippen damit. »Janni?« Aber er war schon wieder eingeschlafen. Sie sah Schwester Sweeney fragend an.
»Keine Angst, meine Liebe. Von nun an geht es bergauf. Er ist wieder unter den Lebenden, und er kann sprechen. Der Rest ist eine Frage der Zeit. Ich gebe Dr. Jackson Bescheid.«
Lottie nickte und setzte sich wieder. Während Jan mit dem Tod gerungen hatte, war sie nicht von seiner Seite gewichen. Er sah immer noch elend aus. Seine Haut war fleckig, und sein Atem ging stoßweise. Eine Blutvergiftung, hatte der Arzt ihr erklärt. Die Kopfwunde hatte sich entzündet, und schließlich hatten die Bakterien seinen gesamten Organismus überschwemmt. Eigentlich hätte er tot sein müssen. Nach einer stundenlangen Fahrt im Lastwagen war er in einem schrecklichen Zustand eingeliefert worden. Nur halb bei Bewusstsein, hatte er getobt, geschrien und geweint, bis man ihm ein Beruhigungsmittel verabreicht hatte. Anschließend war er ins Koma gefallen. Kobus hatte einige Tage gebraucht, um Lottie in Johannesburg ausfindig zu machen. Sie war sofort zurückgekehrt und wachte seitdem an seinem Bett. Während sie auf Anzeichen einer Besserung wartete, hatte sie immer wieder über ihre schmerzliche Entscheidung und ihre ungewisse Zukunft nachgegrübelt. Eine Zukunft ohne Mario.
An ihrem ersten Abend in Johannesburg hatte sich alles verändert. Sie wusste nicht mehr, was richtig und was falsch war. Ihre Welt stand Kopf, und vieles, was ihr jahrelang am Herzen gelegen hatte, war plötzlich ohne Bedeutung. Sergio hatte sie

ermutigt, zu weinen und ihm alles über den tragischen Tod ihres Sohnes und ihre Schwierigkeiten in Rhodesien zu erzählen. Endlich hatte sie Gelegenheit gehabt, sich ihre Sorgen und aufgestauten Gefühle von der Seele zu reden. Anschließend hatte er darauf bestanden, dass sie sich ein paar Stunden lang ausruhte, bevor sie zum Abendessen in sein Restaurant kam.

»Schau mich nur an. Meine Augen sind verschwollen, meine Nase ist rot, und meine Sachen sind ganz zerknittert«, protestierte Lottie. »Ich kann heute Abend nicht ausgehen.«

Aber Elena hatte sie überredet, sich zurechtzumachen, ihr Eiswürfel auf die Augen gelegt und ihr beim Schminken und Frisieren geholfen. Außerdem hatte sie das Hausmädchen damit beauftragt, Lotties Kleider zu bügeln. Und zu guter Letzt drückte sie ihrer Schwägerin einen Drink in die Hand.

»Du siehst wunderbar aus«, sagte sie. »Der heutige Abend wird dir Spaß machen. Ein paar Freunde kommen auch, doch wir sind nur zu acht.«

Bis auf einen kannte Lottie alle Gäste. Elena hatte sie neben einen hoch gewachsenen Mann mit faltigem Gesicht und dunklen Augen gesetzt. Er wirkte auf sie grüblerisch und ernst und war so zurückhaltend, dass sie sich insgeheim einen fröhlicheren Menschen als Tischherrn wünschte. Wie sie herausfand, hieß er Mario. Und als er unerwartet lächelte, fühlte sie sich an den Sonnenaufgang über der dunklen Bergkette erinnert, die sie aus ihrem Schlafzimmerfenster in Langani sehen konnte. Nachdem sie so lange zurückgezogen gelebt hatte, empfand sie es anfangs als Herausforderung, sich am Tischgespräch zu beteiligen. In den jämmerlichen Bungalow auf Kobus' Farm kamen niemals Gäste, und sie befürchtete schon, sie könnte die anderen Anwesenden langweilen. Bald jedoch empfand sie die Unterhaltung als anregend. Man verglich die Situation in Kenia und Rhodesien und erörterte die gefährliche Lage, die durch Ian Smiths Politik entstanden war, sowie die südafrikanische Apartheid. Niemand erwähnte die Ermordung ihres Sohnes, und Lottie war froh, kein Mitleid über sich ergehen lassen zu müssen. Sie erzählte von Jans Verpflichtung, an Einsätzen der Bürgerwehr teilzunehmen, und schilderte ihre Ängste um seine Sicherheit. Wieder stiegen Trauer und Wut in ihr auf. Da bemerkte sie, dass Mario sie mit aufrichtiger Anteilnahme musterte.

»Es gibt nichts Schrecklicheres als den Gedanken, dass einem geliebten Menschen etwas zustoßen könnte«, sagte er.

Als sie ihn betrachtete, erkannte sie eine Trauer in ihm, die sie an ihre eigene erinnerte, und sie wusste, dass er sie aus irgendeinem Grund verstand. Nach dem Abendessen versammelten sich alle in Sergios Haus ums Klavier. Lottie hatte einen vollen Mezzosopran und stellte fest, dass Mario nicht nur über ein breites Repertoire von italienischen Liebesliedern und Arien verfügte, sondern auch einen schönen Bariton besaß. Und dann war da noch Mozart. Lottie fühlte sich, als wären sie ganz allein im Raum, als sie mit Mario das Duett zwischen Don Giovanni und Zerlina sang. Danach nahm er ihre Hand und küsste ihre Finger. Sie erschrak über ihre eigenen Gefühle, als seine Lippen ihre Haut streiften.

»*Bellissima*«, sagte er. »Eine schöne Frau singt wundervolle Musik! Etwas Besseres gibt es nicht.«

Lottie lächelte ihm zu, und sie wurde sich dessen bewusst, dass sie zum ersten Mal seit Jahren um ihrer selbst willen bewundert wurde. Sie war beschwingt von der Musik, dem Gelächter und der Freude daran, die italienische Sprache zu hören. Außerdem hielt Mario noch immer ihre Hand. Als sie sich umsah, stellte sie fest, dass Sergio sie beobachtete, und zog die Hand erschrocken weg. Beim Zubettgehen ertappte sie sich bei dem schockierenden Gedanken, wie es wohl sein mochte, von Mario geküsst zu werden. Im nächsten Moment jedoch schalt sie sich wegen ihrer Albernheit. Sie, eine Frau in mittleren Jahren, träumte von einem gut aussehenden Fremden! Doch wenigstens war es ihr einen Abend lang gelungen, dem Sumpf aus

Sorgen, Mühen und Einsamkeit zu entrinnen, der ihr Leben prägte. Wie im Märchen vom Aschenputtel war ihr ein Moment als freier Mensch ohne Verantwortung, traurige Erinnerungen und Ängste vergönnt gewesen. Also war ihre Reaktion nur allzu verständlich. Schließlich war der attraktive, leidenschaftliche Mario das genaue Gegenteil des trübsinnigen Alkoholikers, in den ihr Mann sich verwandelt hatte. Welchen Grund gab es also, sich zu schämen? In einer oder zwei Wochen würde sie zu den öde vor sich hin raschelnden Tabakfeldern und in ihren eintönigen Alltag zurückkehren. Ob Mario wohl verheiratet war? Und wenn ja, wo war seine Frau heute Abend gewesen? Am nächsten Morgen schlief sie aus, was sie seit Jahren nicht mehr getan hatte. Als sie aufstand, waren Elena und Sergio schon ins Restaurant aufgebrochen. Während sie überlegte, ob sie den Vormittag nützen sollte, um sich im Garten zu entspannen, klopfte das Hausmädchen an die Tür.
»Ein Herr ist für Sie am Telefon, Madam«, meldete sie.
Lotties Stimmung verdüsterte sich schlagartig. Sicher war es Jan, zurück von seinem Ausflug mit Kobus, der nun tobte, weil sie nach Johannesburg gefahren war und ihm nur eine knappe Nachricht und das Flugticket auf dem Küchentisch hinterlassen hatte. Außer ihm wusste ja niemand, wo sie sich aufhielt. Sie machte sich auf ein unangenehmes Gespräch gefasst.
»Carlotta? Ich bin es, Mario.«
Lottie rang nach Atem und fühlte sich plötzlich sehr verlegen.
»Mario? Ich fürchte, Sergio und Elena sind nicht da. Sie sind schon früh ins Restaurant gefahren.«
»Ich weiß. Ich habe bereits mit ihnen gesprochen. Eigentlich wollte ich vorschlagen, dass wir zu viert zu Mittag essen, aber sie haben keine Zeit. Also habe ich mich gefragt, ob Sie vielleicht Lust hätten. Oder haben Sie schon etwas vor?«
»Nein, nein, das heißt, ja. Tja, ich weiß nicht. Ich wollte um die Mittagszeit ins Restaurant, um vielleicht auszuhelfen. Aber

es könnte sein, dass ich nur im Weg herumstehe ...« Sie kam sich ziemlich albern vor.
»Warum gehen wir dann nicht in ein nettes Lokal?«
Er fuhr mit ihr zu einem hübschen Hotel mit einer blumengeschmückten Terrasse, wo sie sich in die Sonne setzten und Wein tranken. Sie erzählte ihm von Langani, dem tragischen Tod ihres Sohns und Hannahs starrsinniger Weigerung, die Farm zu verlassen. Als ihr die Tränen in die Augen traten und er sie eindringlich ansah, wusste sie, dass mehr als gewöhnliche Anteilnahme dahinter steckte.
»Haben Sie Familie, Mario?« Sie lächelte ihn an und bemerkte, dass seine Miene sich verfinsterte.
Schweigend füllte er ihre Weingläser nach. »Sie kennen meine Geschichte also nicht?«, fragte er dann.
Lottie schüttelte den Kopf und bereute, dieses offenbar heikle Thema angeschnitten zu haben.
»Ja, ich war verheiratet. Ich hatte eine Frau und eine Tochter. Damals besaß ich ein Restaurant in Kapstadt. Meine Tochter wollte gerade mit dem Studium beginnen, und meine Frau fuhr mit ihr zu einem Treffen mit ihrem Tutor an der Universität. Es war Tag der offenen Tür für die Eltern der neuen Studenten, aber ich konnte sie nicht begleiten. Das Restaurant war für eine große Hochzeitsfeier reserviert, und wir hatten viel zu tun. Jedenfalls hielt ich es damals für wichtig. Und dann erschien die Polizei und teilte mir mit, die beiden seien tot.«
Mit einem mitfühlenden Ausruf griff Lottie nach seiner Hand.
»In diesen wenigen Minuten ist auch meine Zukunft gestorben. Sie wurde zermalmt wie das Auto, in dem sie saßen. Der Lastwagenfahrer war betrunken, und Angela hatte keine Chance, ihm auszuweichen. Die einzige Gnade war, dass sie sofort tot waren und nicht leiden mussten. Doch niemand wird je erfahren, was sie in jenen letzten Sekunden dachten. Ich habe mir immer wieder vorgestellt, wie sie sich gefühlt haben

müssen, als der Lastwagen immer näher kam, ohne dass es ein Entrinnen gab. Ich musste sie identifizieren. Angela war nicht mehr zu erkennen. Ihr Gesicht …« Er hielt inne. »Aber Paola hatte nur innere Verletzungen erlitten und sah so wunderschön aus, ein hübsches Mädchen an der Schwelle zum Erwachsenwerden.« Er blickte in die Ferne. »Sie haben mir noch etwas zugerufen, als sie an jenem Morgen das Restaurant verließen. Aber weil ich gerade mit den Speisekarten beschäftigt war, weiß ich nicht mehr, was ich geantwortet habe. Es waren meine letzten Worte zu ihnen, und ich kann mich nicht erinnern.«

»Mario«, flüsterte Lottie. »Ich weiß, wie das ist.«

»Das mit den letzten Worten habe ich noch niemandem erzählt. Nur Ihnen, weil Sie diese schmerzliche Erfahrung selbst gemacht haben. Sie sind eine schöne Frau, Carlotta. In jeglicher Hinsicht.« Er betrachtete sie. »Es ist, als würde ich Sie schon seit vielen Jahren kennen. Möchten Sie über Jan sprechen?«

Lottie schüttete ihm ihr Herz aus, beschrieb ihm ihr müseliges Leben in Rhodesien und schilderte schonungslos ihre Gefühle für ihren Mann, der immer mehr in seiner Verzweiflung und Trauer versank, ohne einen Gedanken an sie oder ihre gemeinsame Zukunft zu verschwenden.

»Wir wollen einander ein paar fröhliche Tage schenken, solange wir hier sind«, sagte Mario, als sie geendet hatte. »Lassen Sie uns versuchen, unsere Trauer eine Weile zu vergessen. Was halten Sie davon?«

»Das ist der beste Vorschlag, den ich seit langem gehört habe«, erwiderte Lottie.

Den restlichen Tag verbrachten sie damit, einander von ihrem Leben zu erzählen und Erinnerungen und Ereignisse miteinander zu teilen. Er erzählte von seinem florierenden Restaurant in Kapstadt, das er nach dem Tod seiner Familie nicht mehr hatte betreten können. Noch wie betäubt von der schrecklichen Nachricht, habe er sofort gewusst, dass er es aufgeben und fortgehen musste, wenn er nicht den Verstand verlieren wollte. Eine Weile hatte er in den Tag hineingelebt und war zu seinen Angehörigen in die Toskana zurückgekehrt. Doch im letzten Jahr hatte er zufällig ein altes Haus auf dem Land unweit von Siena entdeckt und es gekauft und restauriert. Inzwischen genoss es wegen der gastlichen Atmosphäre und der guten Küche einen ausgezeichneten Ruf.

»Für mich ist es ein Zeitvertreib«, meinte er achselzuckend. »Vielleicht baue ich den Seitenflügel irgendwann zu einem kleinen Hotel aus. Es hilft mir dabei, mein Leben in den Griff zu bekommen, und das genügt mir zurzeit.«

Die Tage vergingen wie im Fluge. Lottie verbrachte die meiste Zeit mit Mario, ohne sich darum zu kümmern, was die anderen davon halten mochten. Sie ließ sich von diesem wundervollen Mann bezaubern, der ihre Bedürfnisse verstand und versuchte, ihr jeden Wunsch von den Augen abzulesen. Sergio hatte zwar, wie sie wusste, Bedenken, aber er drängte sie nicht, darüber zu sprechen. Elena hingegen schien es nicht zu stören, dass Lottie eine Affäre hatte. Lottie selbst hätte sich nie träumen lassen, dass sie ihrem Mann einmal untreu werden könnte. Doch als Mario sie küsste und liebkoste, warf sie sich voller Leidenschaft in seine Arme, ließ sich von ihm lieben und weigerte sich, an die Zukunft zu denken. Sie fühlte sich wie neu geboren. Und ihr anfängliches schlechtes Gewissen hielt der Freude darüber, endlich wieder als Frau begehrt zu werden, nicht lange stand.

Fünf Tage später lagen sie zufrieden und schon halb schlafend in Marios Hotelbett, als das Telefon läutete und das zerbrechliche Gebäude ihres gemeinsamen Glücks mit der Gewalt eines Hurrikans niederriss.

»Carlotta.« Es war Sergio, und seine Stimme klang ernst. »Jans Cousin Kobus hat aus Rhodesien angerufen.«

Das Bettlaken über die Brust gezogen und den Hörer fest in der Hand, saß sie reglos da.

»Jan ist in einen Hinterhalt geraten und verletzt worden. Er wurde vor einigen Tagen ins Krankenhaus von Bulawayo eingeliefert, aber sie wussten nicht, wie sie dich erreichen sollten.«

»Wie schlimm ist es?« Sie ertappte sich dabei, dass sie grundlos flüsterte. Mario hatte sich aufgesetzt, stützte ihr den Rücken und musterte sie besorgt.

»Er hatte eine Kopfwunde, die sich entzündet hat. Daraus ist eine Blutvergiftung geworden. Es geht ihm sehr schlecht. Ich weiß nicht, was du jetzt tun willst. Wenn du zu ihm möchtest, buche ich dir für morgen früh einen Flug.«

Sie fühlte sich wie betäubt, als Mario ihr beim Aufstehen half, ihre Sachen zusammensuchte und ihr das Kleid zuknöpfte wie einem kranken Kind.

»Vielleicht ist es ja nicht so ernst, wie es aussieht«, meinte er. »Du hast mir doch erzählt, dass er ziemlich robust ist.«

»Ja.« Voller Wehmut sah sie ihn an.

»Carlotta, ich weiß, dass er dich jetzt braucht. Aber wir haben etwas gefunden …«

Das schreckliche Gefühl, sich von ihm trennen zu müssen, war ebenso unerträglich wie das schlechte Gewissen, weil sie Jan im Stich gelassen hatte und nun nur widerstrebend zu ihm zurückkehrte. Lottie schluckte die Tränen hinunter und klammerte sich an Mario.

»Ich will nicht nach Rhodesien. Ich habe solche Angst, dass ich für immer dort festsitzen werde. Aber selbst wenn wir uns nie wiedersehen …«

»Wir werden uns wiedersehen, *cara*. Das hier ist erst der Anfang, und ich glaube, dass es uns bestimmt ist, zusammen zu sein. Versprichst du, mir zu schreiben und mich nie zu vergessen?«

Sie tat es, doch ihr Glücksgefühl schwand bereits unter dem Druck der rauen Wirklichkeit. Sie hob den Kopf, um Mario noch ein letztes Mal zu küssen.

»Ich fahre dich hin«, sagte er.
»Nein, ich nehme ein Taxi zu Sergio. Ich möchte mich nicht in Gegenwart der anderen von dir verabschieden müssen. Es ist besser so.«
Eine Weile standen sie noch eng umschlungen da, flüsterten einander Koseworte zu und prägten sich jede Falte im Gesicht, jede Rundung des Körpers und jede Hebung und Senkung der Stimme ihres Gegenübers ein. Dann rief Lottie die Rezeption an und bestellte ein Taxi.

Nun zog sie sich in dem weißen sterilen Krankenzimmer in Bulawayo einen Stuhl heran, setzte sich wieder neben ihren Mann und versuchte, nicht daran zu denken, wie glücklich und erfüllt sie sich in Marios Armen gefühlt hatte. Was hatte sie sich bloß dabei eingebildet? Für diese Ferienliebelei konnte es kein glückliches Ende geben. Er würde nach Italien zurückkehren und die Erinnerung an ihre gemeinsamen Tage als amüsantes Zwischenspiel zu den Akten legen. Für ihn war es sicher nur eine vorübergehende Ablenkung von seiner Trauer und Einsamkeit gewesen. Schließlich hatte sie sich aus freien Stücken auf die Affäre eingelassen, ohne an das unvermeidliche Ende zu denken. Nun musste sie alles vergessen und sich um ihren Mann kümmern. Es war vorbei.
Sie nahm Jans Hand. »Ich bin da, Janni«, sagte sie. »Möchtest du noch einen Schluck Wasser?«
Er wandte den Kopf, und seine Finger schlossen sich um ihre. Wie Handschellen. Sie zwang sich zu einem Lächeln, als er die Augen aufschlug.

Kapitel 29

Kenia, Februar 1966

Sarah war erleichtert, endlich in Buffalo Springs zu sein. Die Niedergeschlagenheit, die sich so hartnäckig gehalten hatte, schien in der Nachmittagshitze endlich zu verfliegen, und sie fühlte sich wie von einer Zentnerlast befreit. Jetzt konnte sie beginnen, sich an ihre neue Lebenssituation zu gewöhnen, denn sie war nun nicht mehr gezwungen, ihre Mitmenschen wie rohe Eier zu behandeln, jedes Wort auf die Goldwaage zu legen und ihre wahren Gedanken zu verheimlichen. Dan hatte sie in Nanyuki abgeholt. Mitgefühl malte sich auf seinem mageren Gesicht, als er sie mit einem festen Händedruck begrüßte.

»Ich werde dich mit Fragen verschonen«, meinte er. »Denn ich weiß, dass die Antworten zu wehtun würden. Aber ich möchte dir sagen, dass Allie und ich alles tun werden, um dir zu helfen. Du brauchst nur den Mund aufzumachen.«

Sarah nickte und presste die Lippen zusammen, um ein Schluchzen zu unterdrücken, als sie neben ihm im Landrover Platz nahm. Allie erwartete sie schon im Camp und umarmte Sarah wortlos und mit Tränen in den Augen. Dan legte ihr den Arm um die Schultern, schob sie zu einem Lehnsessel und schenkte ihr einen ordentlichen Drink ein. Die Briggs' schwiegen, um Sarah die Möglichkeit zu geben, sich zu fangen.

»Willst du darüber reden?«, erkundigte sich Allie nach einer Weile. »Oder verschieben wir das auf ein andermal?«

»Lieber später. Heute schaffe ich es noch nicht. Aber danke. Erzählt mir lieber, was während meiner Abwesenheit hier los war«, erwiderte Sarah, nachdem sie die Sprache wiedergefunden hatte.

Sie unterhielten sich über die nächste Phase ihrer Arbeit und die Verhandlungen, die Dan vor kurzem mit den Geldgebern in Nairobi geführt hatte. Dann holte Sarah ihre Mappe heraus. Gemeinsam betrachteten sie die jüngsten Fotos von den Elefanten und wählten die Bilder aus, die den inzwischen fast fertigen Jahresbericht illustrieren sollten. Dan würde einen Vortrag vor dem Vorstand der African Wild Life Federation halten, die die Briggs' schon seit drei Jahren finanziell unterstützte. Die Bewilligung der Mittel für das nächste Jahr hing zum Großteil von dieser Präsentation ab.

»*National Geographic* hat uns Gelder in Aussicht gestellt.« Allies Augen funkelten stolz. »Sie wollen jemanden schicken, der sich unser Projekt ansieht. Das wäre prima für alle Seiten. Wir profitieren von der zusätzlichen Finanzspritze, während Dan durch einen Artikel in dieser Zeitschrift endlich den Bekanntheitsgrad erreicht, den er verdient. Vielleicht wollen sie ja auch ein paar von deinen Fotos drucken, Sarah. Das wäre doch wundervoll.«

Den Nachmittag verbrachte Sarah damit, Dans und Allies Aufzeichnungen zu lesen und ihre Notizbücher und Kameras für den nächsten Tag vorzubereiten. In den nächsten Wochen wollte Allie mit Sarah eine neue Elefantenfamilie beobachten, damit sie lernte, die Tiere anhand individueller Merkmale und Verhaltensweisen zu unterscheiden. Nach dem Essen kehrte Sarah in ihre Hütte zurück, öffnete ihren Koffer und begann, Kleidungsstücke und Bücher an ihre angestammten Plätze zu räumen. Als sie Stifte und Notizbücher in der Schreibtischschublade verstaute, stieß sie auf ein dickes Bündel. Sie holte es heraus, und ihr wäre fast das Herz stehen geblieben. Das Päckchen enthielt, ordentlich zusammengefaltet, alle Briefe, die sie während ihrer ersten Wochen in Buffalo Springs an Piet geschrieben hatte. Sie hatte sie in Gesprächsform verfasst und schilderte darin ihre ersten wunderschönen Erfahrungen in Buffalo Springs. Sie hatte Tiere und Menschen beschrieben,

Blumen, Bäume und Vögel gezeichnet und ihre Gedanken, ihre sehnlichsten Hoffnungen und ihre große Liebe zu ihm in Worten ausgedrückt. Damals hatte sie die Briefe nicht abgeschickt, da sie nicht wusste, ob Piet sie wirklich liebte. Denn für jemanden, der nur ein guter Freund war, wäre der Inhalt zu persönlich gewesen. Nach seinem Heiratsantrag hatte sie beschlossen, mit diesen Briefen und einigen ihrer besten Fotos ein Album anzulegen und es ihm zur Hochzeit zu schenken. Nun setzte sie sich an ihren Schreibtisch, las die Briefe langsam Zeile für Zeile durch und rief sich ins Gedächtnis, was sie einmal in seiner Gegenwart empfunden hatte. Die Trümmer ihres Traums in den Händen, verharrte sie auf ihrem Stuhl, bis die aufgehende Sonne einen neuen Tag ankündigte.

Eine Woche nach ihrer Rückkehr hielt ein Geländewagen vor dem Lager, und George Broughton Smith stieg aus. Sarah war wieder einmal erstaunt, wie ein Mensch, der gerade, begleitet von einer Staubwolke, eingetroffen war, so frisch und gepflegt aussehen konnte. Genau wie Camilla. Er war sonnengebräunt und gut in Form und trug ein Leinenhemd mit aufgekrempelten Ärmeln.

»Entschuldige, dass ich ohne Vorwarnung hier hereinplatze«, sagte er. »Ich war gerade in Samburu, um nach dem Rechten zu sehen und mit dem Wildhüter über die dortigen Probleme zu sprechen. Ich wusste, dass du hier bist, Sarah, und wollte dich unbedingt besuchen. Es tut mir so Leid, was in Langani passiert ist. Schließlich hattest du dich gerade erst mit diesem reizenden jungen Mann verlobt.«

»Ich bin erst seit ein paar Tagen wieder hier«, erwiderte sie. Beim nächsten Menschen, der ihr sagte, wie Leid es ihm täte, würde sie vermutlich laut losschreien. Damit konnte man Piet auch nicht wieder lebendig machen. Allerdings merkte sie George an, wie nah ihm die Tragödie ging.

»Ich bewundere deinen Mut.« Als George bemerkte, wie

Sarah schmerzerfüllt das Gesicht verzog, wechselte er rasch das Thema. »Hör zu, mein Kind. Ich übernachte heute in der Samburu-Lodge und habe mich gefragt, ob wir nicht zusammen zu Abend essen könnten. Du könntest die Nacht dort verbringen und gleich morgen früh wieder hierher fahren.«

Sarah zögerte einen Moment, denn sie war nicht sicher, ob sie mit ihm reden wollte.

»Ich muss etwas Wichtiges mit dir besprechen«, fügte er hinzu, und sein Tonfall war so flehend, dass sie die Einladung annahm.

Er erwartete sie an der Bar. Allerdings bedauerte Sarah bereits, dass sie eingewilligt hatte, denn sie hatte ihm nichts zu sagen. Inzwischen war es zu spät – für Piet, für Langani und überhaupt für alles, was sie zusammen hatten aufbauen wollen. Seine Miene war ernst, als wolle er ihr ein wichtiges Geheimnis anvertrauen.

»Ich möchte mit dir über Camilla reden«, begann er, nachdem sie das Essen bestellt hatten.

»Ich weiß, dass sie nichts mehr mit mir zu tun haben will. Oder mit Kenia. Ich habe ihr geschrieben, als Piet … nachdem er …« Sarah blinzelte, um die Tränen zu unterdrücken, und fuhr mit fester Stimme fort: »Aber sie hat nichts von sich hören lassen. Wahrscheinlich liegt es an dem, was ihr in Langani zugestoßen ist. Sicher ist es sehr schwer für sie, eine Narbe im Gesicht zu haben und sich Sorgen um ihre Zukunft machen zu müssen.«

»Sarah, ich muss dir sagen, dass ihr Schweigen meine Schuld ist.« Er merkte ihr die Überraschung an. »Wir hatten eine sehr schwere Auseinandersetzung, und zwar kurz nach ihrer Rückkehr aus Kenia. Für das Problem bin hauptsächlich ich verantwortlich. Nein, eigentlich ausschließlich. Danach habe ich sie fast drei Monate lang weder gesehen noch gesprochen. Sie hatte ein schlechtes Gewissen, weil sie mir deshalb nicht von Langani oder von Piets Schwierigkeiten erzählen konnte. Aber es war nicht ihre Schuld. Der Grund war, dass sie keinen Kontakt mit mir haben wollte. Und dann ist Marina krank geworden.«

»Das wusste ich nicht.« Allmählich bereute Sarah ihre voreiligen Schlüsse. »Ich habe in Burford angerufen, wollte Camilla sprechen und habe Marina gebeten, ihr etwas auszurichten. Aber vielleicht hat sie das ja nicht getan.«

»Marina leidet an Leukämie«, erwiderte George. »Sie ist sehr tapfer. Camilla hat sich aufopferungsvoll um sie gekümmert. Deshalb ist sie nicht hergeflogen, als sie von Piets Tod erfuhr. Es ist ihr schwer gefallen, diese Entscheidung zu treffen, aber Marina war sehr schwach, und wir glaubten … tja, sie hat sich seitdem ein wenig erholt, doch es wird nicht mehr lange dauern.«

»Und Camillas Gesicht?«

»Sie hat eine Narbe, die sie operativ entfernen lassen wird. Wann es so weit ist, hängt von Marinas Krankheit ab.«

»Es tut mir so Leid«, meinte Sarah und benutzte damit dieselben Worte, die sie noch vor ein paar Stunden am liebsten abgeschafft hätte.

»Die letzten Monate waren nicht leicht für Camilla – wegen ihrer Verletzung, der Krankheit ihrer Mutter und der gescheiterten Liebesbeziehung.«

»Spricht sie über Anthony?«

George schüttelte den Kopf. »Ich habe ihn in Nairobi getroffen, und zwar mit seiner neuesten Flamme. Eine Brünette, die nicht älter als siebzehn sein kann. Seine Liebe zur Umwelt und zu wilden Tieren in Ehren, doch sein Umgang mit Menschen lässt einiges zu wünschen übrig. Er hat sie sehr gekränkt.«

»Wir alle haben ihr wehgetan«, entgegnete Sarah. Sie beschloss, aufrichtig zu sein. »Ich habe geahnt, dass etwas nicht stimmt, aber ich habe mir von Hannah einreden lassen, dass sie uns nach dem Raubüberfall aus ihrem Gedächtnis gestrichen hat. Und dann war ich so mit meinem eigenen Glück beschäftigt. Damit, dass Piet und ich heiraten wollten …« Sie konnte nicht weitersprechen.

Mitfühlend berührte George ihre Hand. Eine schreckliche Tragödie hatte ihrem jungen Leben die Freude geraubt. Und seiner eigenen Tochter ging es auch nicht viel besser. »Ich glaube, da gibt es einen Mann, der in Camilla verliebt ist«, sagte er. »Es ist der Arzt, der ihr Gesicht behandelt. Außerdem hat Hannah jetzt Fördermittel für Langani bekommen, die ihr sicher weiterhelfen werden.«

»Du hast dafür gesorgt, dass Langani finanziell unterstützt wird?« Sarah traute ihren Ohren nicht. »Das hat sie mit keinem Wort erwähnt.«

»Vielleicht fällt es ihr noch schwer, darüber zu reden«, mutmaßte George. »Möglicherweise hat sie ja das Gefühl, dass es zu spät ist. Sie hat es nämlich abgelehnt, mich zu sehen. Jedenfalls hat meine Stiftung Mittel für Langani bewilligt, die es ihr erleichtern werden weiterzumachen, falls sie das möchte.«

»Das ist aber schön für sie.« Sarah verstand die Welt nicht mehr. Sie hatte doch erst vor zwei Tagen mit Hannah am Funk gesprochen, ohne dass das Wort Fördergelder gefallen wäre. »Ich würde mich gern mit Camilla in Verbindung setzen«, meinte sie. »Wo kann ich sie denn erreichen?«

»Du könntest es in der Wohnung am Hyde Park Gate versuchen. Inzwischen verbringen wir den Großteil unserer Zeit bei Marina. Bis vor kurzem war sie noch in Burford, doch mittlerweile ist sie zu geschwächt. Ich gebe dir die Adresse und die Telefonnummer.«

Nach dem Abendessen verabschiedete Sarah sich von George, denn sie wollte schon bei Morgengrauen aufbrechen, um pünktlich zur Arbeit zu erscheinen. Aber bis in die frühen

Morgenstunden fand sie keinen Schlaf, lag wach unter dem Moskitonetz in dem ungewohnt breiten Doppelbett und dachte an Camilla. Was mochte wohl angesichts des bevorstehenden Todes ihrer Mutter in ihr vorgehen? Und was hatte zu dem schweren Zerwürfnis mit ihrem Vater geführt? Sie hatte ihn doch immer so verehrt und sich nach seiner Liebe und Anerkennung gesehnt. Etwas an dieser Geschichte stimmte nicht. Mit finsterer Miene blickte Sarah in die Dunkelheit. Warum hatte sie nur nicht auf ihre innere Stimme gehört? Sie nahm sich vor, morgen Abend gleich nach der Rückkehr ins Camp an Camilla zu schreiben.

Am frühen Morgen verließ sie die Samburu-Lodge. Allie erwartete sie bereits, erkundigte sich jedoch nicht nach George Broughton Smith und dem Grund seines Besuchs. Als sie später mit ihrem Picknickkorb im Schatten eines Baums saßen, berichtete Sarah ihr von dem Gespräch.

»Ich bin so froh, dass Langani Geld von der Wildlife Federation bekommt«, meinte Allie. »Endlich können wir nicht nur diesem Land, sondern auch der ganzen Welt zeigen, was sich erreichen lässt, wenn Rancher einen Teil ihres Landes und ihrer Zeit für den Naturschutz zur Verfügung stellen. Glaubst du, dass Hannah jetzt die Lodge eröffnet?«

»Keine Ahnung. Im Moment kann sie den Gedanken nicht ertragen. Ich habe ihr vorgeschlagen, ein Ausbildungszentrum daraus zu machen und eine Stiftung in Piets Namen zu gründen, um sein Werk fortzuführen. Aber das war ein Fehler, taktlos und außerdem viel zu früh. Sie war sehr wütend auf mich.«

»Viele Menschen setzen Wut als Waffe gegen die Trauer ein. Doch wenn man sie zu lange schwären lässt, kann sie zum Problem werden.«

»Ich weiß«, erwiderte Sarah. »Hoffentlich gelingt es Lars, ihr über die Krise hinwegzuhelfen.«

Als sie zum Camp zurückkehrten, stand Viktors Wagen vor dem Tor. Sarahs gute Laune verflog schlagartig.
»Aber, aber«, spöttelte Allie. »Du kriegst diese Woche aber viel Besuch.«
»Diesen Gast schenke ich dir gerne«, entgegnete Sarah. »Ich möchte allein sein und habe keine Lust auf Gesellschaft. Am allerwenigsten auf Viktor.«
Viktor verhielt sich bemerkenswert einfühlsam. Nachdem er ihr kondoliert hatte, plauderte er über Elefanten, Politik und Architektur. Dennoch fiel es Sarah schwer, ihren Zorn zu zügeln, wenn sie daran dachte, dass er Hannah weggeworfen hatte wie ein Paar löchriger Socken. Beim Abendessen war sie wortkarg und trug nur wenig zur Unterhaltung bei. Es war Dan, der erwähnte, dass sie die letzte Nacht in Samburu verbracht hatte.
»Habt ihr dort Leoparden gesehen?«, fragte er. »Ich weiß nicht, was ich von der Idee halten soll, einen Köder in einen Baum zu hängen, um sie jeden Tag an dieselbe Stelle zu locken. Es ist unnatürlich, und der Himmel weiß, ob vielleicht Spätfolgen daraus entstehen.«
»Sie haben in der Samburu-Lodge übernachtet?« Viktor war überrascht.
»Sie hat mit dem Geldgeber diniert«, erwiderte Dan grinsend. »George Broughton Smith war hier. Wie ich gehört habe, will seine Organisation eine Summe für den Schutz der Rhinozerosse in diesem Gebiet spenden.«
»Er ist ein netter Mensch«, fügte Allie hinzu. »Und vernünftig. Er hat keine Flausen im Kopf und lässt sich nicht von Politikern einschüchtern. Wie häufig ist er in letzter Zeit in Nairobi gewesen?«
»Ich verkehre nicht in diesen Kreisen«, antwortete Viktor. »Er treibt sich mit Diplomaten herum, und seine Freizeit verbringt er mit Aktivitäten, die nicht unbedingt nach meinem Geschmack sind.«

»Was denn für Aktivitäten?«, erkundigte sich Sarah verdattert.
»Das ist nichts für Ihre jungen, unschuldigen Ohren«, meinte Viktor mit einem wissenden Blick und einem anzüglichen Lachen. Dann zündete er sich eine Zigarre an. »Beim Essen spreche ich nicht gern über solche Themen. Sie machen mich nervös.«
Sarah lehnte den Kaffee ab und zog sich zurück. Sie war müde und wollte außerdem ihre Aufzeichnungen des Tages durchsehen und an Camilla schreiben. Wenn sie heute Abend noch einen Brief zustande brachte, konnte Viktor ihn nach Nairobi mitnehmen und abschicken. Also setzte sie sich an den Tisch und griff nach ihrem Stift. Im nächsten Moment klopfte es an der Tür.
»Viktor.« Sie war ganz und war nicht erfreut, ihn zu sehen. »Ich muss einen wichtigen Brief schreiben, Könnten Sie ihn vielleicht morgen für mich in Nairobi abschicken?«
»Sie haben den ganzen Abend kaum ein Wort mit mir gewechselt«, erwiderte er. »Und dabei habe ich steinige Wüsten und eine gefährliche von Menschen fressenden Bestien bevölkerte Wildnis durchquert, nur um Sie zu sehen.«
»Viktor«, sagte sie, stemmte die Hände fest gegen seine Brust und schob ihn weg. »Ich weiß, dass Sie mich gerne aufheitern möchten, aber es nützt nichts.« Sie brach ab und verzog schmerzlich die Lippen. »Bitte verstehen Sie doch, wie schwer es mir fällt, morgens die Augen aufzuschlagen und mich den ganzen Tag über wie ein normaler Mensch zu benehmen. Ich brauche einfach nur Ruhe.«
»Natürlich verstehe ich das«, gab er zurück. »Doch es gibt verschiedene Formen des Trostes ...«
»Nein, Viktor, für mich nicht. Und jetzt gehen Sie bitte endlich. Legen Sie sich schlafen. Morgen bringe ich Ihnen den Brief an Camilla, damit Sie ihn abschicken können. Mehr will ich nicht von Ihnen.«
»Ach, die Tochter.« Sein Lächeln war alles andere als freund-

lich. »Seltsam, wie diese Männer immer wieder versuchen, es zu verbergen. Aber letztendlich kommt es doch ans Licht.«

»Was kommt ans Licht?«, fragte Sarah mit einem leicht flauen Gefühl im Magen.

»Er ist wie so viele dieser Engländer aus guter Familie.« Viktor wedelte in einer unmissverständlichen Geste mit der Hand. »Schon an der Schule lernen sie, kleine Jungen zu mögen.«

»Nein, das kann nicht sein. In Nairobi sind schließlich viele hässliche Gerüchte und gemeine Tratschgeschichten im Umlauf.«

»Sie sind ja so ein Unschuldslämmchen, Sarah. Für eine Wissenschaftlerin, die sich auf die Beobachtung von tierischem Verhalten spezialisiert hat, sind Sie ziemlich blind. Sie können mir morgen den Brief geben. Aber vorher …«

Er streckte die Hand aus und zog sie trotz ihres Widerstands an sich. Während er sie fest umklammerte und sich zu ihr hinunterbeugte, murmelte er, er werde sie in eine Welt entführen, wo sie Trauer und Sorge eine Weile vergessen könne. Sarah kochte vor Wut. Sie trauerte um ihren geliebten Piet! Wie konnte dieser widerwärtige Mensch nur glauben, dass eine flüchtige Bettgeschichte ihren schrecklichen Schmerz lindern würde? Was für ein Mann ließ eine Frau im Stich, ohne mit der Wimper zu zucken, und besaß dann die Frechheit, ihre beste Freundin verführen zu wollen? Sie versuchte, sich loszureißen, aber er war zu stark. Als sie sich kurz in seinen Armen erschlaffen ließ, lächelte er, voll Gewissheit, dass sie sich ihm jetzt endlich hingeben würde. Doch im nächsten Moment rammte sie ihm mit voller Wucht das Knie zwischen die Beine. Ein triumphierendes Grinsen auf den Lippen, sah sie zu, wie er sich stöhnend auf dem Boden krümmte und fassungslos nach Luft rang. Nachdem er sich wieder aufgerappelt hatte, hob Sarah den Fuß und versetzte ihm einen Tritt, sodass er hinaustaumelte. Dann knallte sie die Tür so heftig zu, dass die ganze Hütte erzitterte, und ließ sich aufs Bett sinken. Ihre heftige

Reaktion überraschte sie selbst, doch sie bedauerte nichts. Viktor hatte es nicht besser verdient. Nach einer Weile hörte sie, wie er sich trollte.
Nun herrschte endlich Ruhe, und sie musste an George Broughton Smith denken. Es konnte doch nicht sein, dass Viktor mit seinen Behauptungen Recht hatte. Das war einfach unmöglich. George war ein ganz normaler Ehemann, ein liebevoller Familienvater, der seit über zwanzig Jahren mit derselben Frau verheiratet war. Die Ehe war zwar nicht unbedingt glücklich, doch an der angespannten Stimmung, die zwischen ihm und Marina herrschte, war sicher etwas anderes schuld. Und wenn doch nicht … Wusste Camilla davon, oder hatte es ihr jemand gesagt? George hatte ihr von einer Auseinandersetzung mit seiner Tochter erzählt. Sarah beschlich ein unbehagliches Gefühl, als sie die ersten Zeilen des bereits angefangenen Briefes las. Was sollte sie Camilla nun sagen? Würden die schrecklichen Ereignisse und Enthüllungen, die in letzter Zeit über sie alle hereinbrachen, denn nie ein Ende haben? Sarah zog sich aus und ging zu Bett, doch sie konnte nicht schlafen. Nach einer Weile setzte sie sich wieder an den Schreibtisch, klappte ihre Mappe auf, zündete die Lampe an und las die Aufzeichnungen dieses Tages. Die Beziehungen zwischen Tieren waren eindeutig weniger kompliziert. Nachdem sie ihre Arbeit noch einmal durchgesehen hatte, nahm sie den begonnenen Brief an Camilla und zerriss ihn. Sie würde es ein andermal versuchen.
Als sie zum Frühstück erschien, fehlte zur ihrer Erleichterung von Viktor jede Spur. Die restliche Woche über arbeitete sie mit Allie zusammen, lauschte ihren Ratschlägen, lernte mit jeder Stunde etwas dazu und konnte den Tag kaum erwarten, an dem sie selbstständig eine Elefantenfamilie würde beobachten dürfen. Über Viktors Besuch in ihrer Hütte oder den Grund seines überstürzten Aufbruchs verlor sie kein Wort, aber sie war sicher, dass Allie es ahnte.

»Ich würde mich freuen, wenn du heute für mich ein Päckchen und die Post abholen könntest«, meinte Dan eines Morgens zu ihr. »In der Wildschutzverwaltung von Isiolo kannst du deine kommunikativen Fähigkeiten auffrischen, bevor du auch so ein Eigenbrötler wirst wie ich oder Allie.«
Als sie das Päckchen und die Post entgegennahm, erhellte sich ihre Stimmung, denn zwei der Briefe waren für sie, und zwar von ihrer Mutter und von Tim. Sie widerstand der Versuchung, sie sofort zu öffnen, und beschloss, sie in aller Ruhe im Camp zu lesen. Allie hatte ihr einen Zettel an die Hüttentür geheftet.

Es wäre nett, wenn du Dans Notizen abtippen würdest. Sie liegen auf dem Tablett im Speisezelt. Viel Spaß mit seiner Sauklaue. Bis später. A.

Sarah schenkte sich aus der Thermoskanne eine Tasse Tee ein und setzte sich, um die neuesten Familiennachrichten zu lesen. Die erste Seite ihrer Mutter war in großen Druckbuchstaben gehalten. Tim und Deirdre hätten beschlossen zu heiraten und planten eine Hochzeit im kleinen Kreis kurz nach Ostern. Sarah müsse unbedingt nach Hause kommen, und sei es nur für eine oder zwei Wochen. Raphael könne ihr das Geld für den Flug schicken. Es wäre doch das Beste, wenn sie sich ein wenig Urlaub nehme, um Abstand von der Tragödie der letzten Wochen zu gewinnen. Alle vermissten Sarah sehr und sehnten sich danach, sie an sich zu drücken und sie in ihrem Schmerz zu trösten, mit dem sie Tag und Nacht leben müsse. In der Praxis und im Haus ginge es wunderbar voran. Sarah könne sich gar nicht vorstellen, wie gut der Garten und die Ställe bereits aussähen. Tims Brief war wie immer kurz und kaum zu entziffern. Es sei unmöglich für ihn zu heiraten, solange sich seine kleine Schwester auf der anderen Hälfte des Erdballs herumtrieb. Vielleicht sei es ja Wahnsinn, aber

Deirdre liebe und brauche ihn, und deshalb werde er jetzt den großen Sprung wagen. Aber das Wichtigste sei, dass Sarah mit dabei sein müsse.

Sie wusste sofort, dass sie nicht hinfliegen würde. Sie wollte nicht fort von hier, ja, nicht einmal nach Langani. Nur in der kargen Schönheit dieses unwirtlichen Landes würde es ihr gelingen, sich irgendwann mit ihrem Schicksal auszusöhnen und Frieden zu finden. Nur hier konnte sie lernen, sich an Piet zu erinnern, ohne jedes Mal innerlich zu sterben, wenn sie an ihn dachte. Hier würde sie es schaffen, ihren Verlust zu verarbeiten und ihn so glücklich und voller Tatendrang im Gedächtnis behalten, wie er zu Lebzeiten gewesen war. Wenn sie fortging, würde sie daran zerbrechen. Von den Erwartungen ihrer Mitmenschen, wie sie sich nun, nach seinem Tod, verhalten sollte, fühlte sie sich unter Druck gesetzt, denn außerhalb des Camps war sie gezwungen, dem Bild zu entsprechen, das ihre Umwelt von ihr hatte – als Objekt von Mitleid und Anteilnahme. Sie aber fühlte sich vom Beileid anderer erstickt. Im Camp hingegen hatte sie ein Ziel, eine Aufgabe und die Möglichkeit, etwas zu bewirken, auf das auch Piet stolz gewesen wäre. Sarah faltete die Briefe ordentlich zusammen und legte sie in die Schreibtischschublade. Dann setzte sie sich in das kleine Büro und versuchte, Dans Notizen zu entziffern. Doch kurz darauf meldete sich Lars am Funk. Er hatte Neuigkeiten aus Langani, denn Jeremy Hardy konnte endlich mit neuen Ergebnissen aufwarten.

»Es ist zwar niemand verhaftet worden«, hatte Hardy berichtet, »aber ich muss Ihnen etwas sagen.« Die Hände auf dem Rücken, ging er im Zimmer hin und her. »Heute Morgen haben wir einen Bericht von einem Suchtrupp bekommen, der in den dichten Wäldern gleich hinter Ihrer Grundstücksgrenze unterwegs war. Auf einer Lichtung dort wurde eine verlassene, notdürftig zusammengezimmerte Hütte entdeckt.

Eigentlich eher ein Verschlag, wie Wilderer ihn benutzen.« Hardy hielt inne und drehte sich zu Hannah um. »Auf dem Boden lag ein Haufen Knochen. Sie stammten von einem Menschen.«

Lars hörte Hannah nach Luft schnappen und legte ihr die Hand auf die Schulter. Sie saß stocksteif da und blickte zum Berg hinüber.

»Ich bin natürlich sofort hingefahren«, sprach Hardy weiter. »Denn ich wollte mir selbst ein Bild von der Lage machen. Auf der Lichtung sah ich die Asche eines Feuers und ein paar herumliegende Knochen. Außerdem waren da noch einige Kultgegenstände der Kikuyu. Muschelschalen, verschiedene Lederriemen von einem Arm- oder Beinschmuck, ein Stück Kupferdraht und ein *panga*. Außerdem haben wir in einem Gebüsch ein paar hundert Meter entfernt einen Federkopfschmuck entdeckt, der aussah, wie Sarah ihn beschrieben hat. Offenbar hat der Träger auf der Lichtung Rast gemacht, um sich eine Mahlzeit zuzubereiten. Wir sind sicher, dass der Tote etwas gekocht hat, denn wir haben auch die Knochen einer kleinen Antilope sichergestellt.«

»Also ist er tot.« Hannahs Stimme klang tonlos und hart.

»Das kann ich nicht mit Gewissheit sagen. Allerdings ist uns keine Vermisstenmeldung aus diesem Gebiet bekannt, und der Fundort stimmt mit der Route überein, die Simon in der fraglichen Nacht vermutlich genommen hat. Also ist es logisch anzunehmen, dass er den Berg auf dem Weg über die Felsen verlassen und sich dann am Rand der Ebene entlanggeschlichen hat, bis er einen Teil des Waldes erreichte, wo er sich gut verstecken konnte.«

»Und wie ist er gestorben?«, stieß Hannah mühsam hervor.

»Sieht nach Hyänen aus. Es muss ein ganzes Rudel gewesen sein. Offenbar hat er sich nach Leibeskräften gewehrt, denn der Boden rings um den Lagerplatz war ziemlich aufgewühlt. Allem Anschein nach hat er einige der Tiere getötet, bevor die anderen ihn erledigt haben. Meine Theorie ist, dass er während seiner gesamten Flucht gerannt ist und recht erschöpft war. Wahrscheinlich hat er einen jungen Bock erlegt und war unvorsichtig, während er ihn häutete, um ihn zu braten. Das Hyänenrudel könnte seinem Geruch gefolgt sein, denn vermutlich war er voller Blut.«

Hardy sah, wie Hannah die Hand vor den Mund schlug und sich auf die Knöchel biss.

»Mehr weiß ich leider auch nicht«, fuhr Hardy fort. »Aber laut den Fährtenlesern, die die Knochen untersucht haben, könnte es etwa um den Zeitpunkt von Piets Tod geschehen sein. Alles passt zusammen, meine Liebe, auch wenn wir vielleicht nie Gewissheit bekommen werden. Jedoch bin ich verhältnismäßig sicher, dass es sich um die sterblichen Überreste von Simon Githiri handelt. Ein scheußliches Ende, aber er hat es nicht besser verdient. Wir haben sämtliche Knochen in die Gerichtsmedizin gebracht, doch ich fürchte, sie werden uns nicht mehr verraten.«

Hannah blickte auf. Ihr Gesicht war aschfahl. »Dann ist es vorbei?«, flüsterte sie und berührte Lars' Hand, als müsse sie sich an ihm festhalten.

»Das hoffe ich.« Hardy betrachtete sie teilnahmsvoll. »Allerdings bleiben die Motive der Tat im Dunkeln, falls diese Knochen tatsächlich die von Simon sind. Möglicherweise war Langani nur eine von vielen Farmen, die er überfallen wollte. Hier gibt es nämlich eine Menge junger Hitzköpfe, die sich ungerecht behandelt fühlen. Erst von den Weißen, die ihnen das Land weggenommen haben, und dann von ihren eigenen Politikern, die sie mit leeren Versprechungen abspeisen, von denen nach der Unabhängigkeit keine einzige erfüllt worden ist.«

»Ich wollte seinen Tod«, sagte Hannah mit stumpfem Blick. »Aber zuerst sollte er sich für seine Tat verantworten und uns alles erklären.«

»Wenigstens ist er unter grauenhaften Umständen gestorben«, meinte Lars. »Das ist Strafe genug. Auch wenn wir jetzt keine Antworten haben, Hannah, reicht es doch zu wissen, dass er nicht mehr lebt und dir nicht mehr schaden kann. Es ist vorbei, und du kannst ein neues Leben anfangen.«

»Kann ich das?« Hannah umklammerte seine Hand, und er spürte, dass sie am ganzen Leibe zitterte.

»Das musst du sogar«, erwiderte er nur. »Du musst die Vergangenheit ruhen lassen und Langani Frieden und ein neues Leben bringen.«

»Vielleicht gibt es ja einen Weg, mehr Klarheit zu bekommen«, ergänzte Hardy. »Sarah hat Simon in jener Nacht auf dem Berg gesehen, also auch seinen Kopfschmuck und seine Kleidung. Deshalb wäre es gut, wenn sie sich die gefundenen Gegenstände anschaut und uns sagt, ob sie sie wiedererkennt.«

»Ich funke sie an«, erbot sich Lars, »und gebe Ihnen Bescheid, wann sie herkommen kann. Vielen Dank, Jeremy, dass Sie uns persönlich informiert haben, und auch für Ihre Unterstützung in dieser Sache.«

Hannah stand auf und lächelte Hardy bedrückt zu. »Lars hat Recht«, fügte sie hinzu. »Wir schulden Ihnen viel. Danke, Jeremy.«

Sie stand auf der Vortreppe und blickte dem Jeep nach.

»Wir sollten Lottie und Jan anrufen.« Lars trat neben sie. »Und ich setze mich gleich mit Sarah in Verbindung.«

»Morgen bin ich da«, meinte Sarah nun zu ihm am Funk. »Wir könnten uns gegen elf auf dem Polizeirevier in Nanyuki treffen.«

Der Federschmuck, die Überreste des Lendenschurzes und die Bänder, die Simon um Arme und Beine getragen hatte, lagen auf einem Tisch in Hardys Büro. Eigentlich hatte Sarah erwartet, dass sie Erleichterung empfinden würde, weil es nun endlich vorbei war, denn die Gegenstände stammten

zweifellos von Simon. Doch sie fühlte nur, wie ihr das Herz schwer wurde, sodass sie beinahe wieder in Tränen ausgebrochen wäre.
»Das ist der Kopfschmuck«, bestätigte sie. »Und die anderen Sachen sind auch von ihm.«
»Dann können wir jetzt wohl davon ausgehen, dass Simon tot ist«, stellte Jeremy fest. »Seien Sie dankbar dafür.«
Hannah erwartete sie in Langani. Nachdem die beiden Freundinnen einander fest umarmt hatten, setzten sich in den Garten unter den Flammenbaum.
»Mir geht schon seit Wochen etwas im Kopf herum«, meinte Hannah. »Ich glaube, ich möchte jetzt die Lodge eröffnen, Lars. Und zwar so, wie Piet es wollte. Du und Sarah ratet mir ja schon länger dazu, aber ich war noch nicht bereit. Jetzt ist es so weit. Wenn mein Kind kommt, muss jeder Bereich von Langani Ertrag abwerfen.«
»Eine gute Entscheidung, Hannah«, sagte Lars.
»Fährst du uns hin?« Hannahs Stimme zitterte zwar, aber ihre Miene war gefasst und entschlossen. »Ich möchte mir das Haus gerne zusammen mit euch ansehen.«
In der Lodge herrschte unheimliche Still. Da Lars die Gebäude regelmäßig wartete, war alles sauber. Er hatte auch das wuchernde Gestrüpp entfernt. Hannah spürte einen Kloß im Hals, als sie die Büsche sah, die er gepflanzt hatte und die sich nun kräftig grün um die Zimmertüren rankten. Zwei Kraniche standen am Wasserloch und bewunderten ihr eigenes Spiegelbild. Sarah und Hannah hielten sich an den Händen und wären vor Rührung fast in Tränen ausgebrochen.
»Nächste Woche fange ich an«, sagte Hannah. »Ich werde mit David herkommen, die Möbel wieder aufstellen und gründlich reinemachen. Außerdem werde ich Personal einstellen. Vielleicht könnten die Frauen unserer Farmarbeiter ja als Zimmermädchen und Küchenhilfen bei uns anfangen. Und jetzt möchte ich an seinen Lieblingsplatz, um ihm zu erzählen, was

geschehen ist, dass wir es überstanden haben und dass wir jetzt seinen Traum wahr werden lassen.«

Sie stiegen auf den Gipfel des Berges und betrachteten Piets letzte Ruhestätte.

»Hannah, ich habe eine Idee.« Sarah bemühte sich um einen zuversichtlichen Ton und versuchte, das Gefühl der Einsamkeit beiseite zu schieben, das sie noch immer zu überwältigen drohte, wenn sie an Piet dachte. »Die Elefanten haben mich darauf gebracht, und zwar damals, als ich beobachtet habe, wie liebevoll sie ihre Toten bestatten. Ich glaube, Piet hätte keinen klassischen Grabstein gewollt. Aber ein Kreis aus Steinen, die man in der Natur findet, hätte ihm sicher gefallen. Wir könnten ihn dort anlegen, wo der Scheiterhaufen war, und in der Mitte einen Baum pflanzen, der Schatten spendet und den Vögeln einen Platz zum Nisten gibt. Dann hätte er immer Gesellschaft.«

»Eine Akazie«, schlug Lars vor. »Die würde hier oben gut gedeihen, und wir könnten sie vom Haus aus sehen.«

Hannah schwieg, und Sarah sah sie fragend an. Vielleicht war sie ja wieder voreilig gewesen. Warum musste sie nur immer ins Fettnäpfchen treten?

»Ich fände eine *Acacia tortilis*, eine Schirmakazie, wundervoll.« Hannahs Miene war träumerisch. »Sie wird sehr hoch und hat eine prachtvolle flache Krone wie ein riesiger Regenschirm. Außerdem blüht sie sehr schön. Er wäre bestimmt begeistert. Eine tolle Idee.«

Sie bückte sich und hob zwei weiße glatte Steine auf. »Die beiden sind optimal für Piets Steinkreis«, sagte sie. »Lasst uns noch mehr davon suchen.«

Nach einer Weile hatte sich ein Rhythmus eingespielt. Sie wählten Steine nach Farbe und Größe aus und setzten sie nacheinander auf die geschwärzte Erde. Die Arbeit war wie eine Meditation, die sie Piet näher brachte, ein Ritual gegen die Gewalt, durch die sein Leben zu Asche geworden war. Schließlich traten sie, durchgeschwitzt von der Anstrengung, zurück, um ihr Werk zu betrachten.

»Sehr gut«, meinte Hannah. »Ich bin sicher, dass Piet damit zufrieden wäre.« Sie wischte sich mit ihrem Taschentuch das Gesicht ab. »Jetzt brauche ich etwas Kaltes zu trinken. Lasst uns die Thermosflasche holen und auf den Gipfel gehen.«

An Piets Lieblingsfelsen gelehnt, saßen sie friedlich da, während die Sonne den Horizont in ein abendliches Rot tauchte. Der Gott des Kirinyaga auf der anderen Seite der Ebene sah ihnen aus eisigen Höhen zu.

»Ich habe George Broughton Smith getroffen«, verkündete Sarah beim Abendessen.

»Er hat uns Fördergelder bewilligt«, sagte Hannah. »Anfangs glaubte ich, dass ich das Geld nicht annehmen kann, und habe auch Lars erst vor einer Woche davon erzählt. Aber es ist eine große Hilfe für uns, und wenn ich die Sache mit Vernunft betrachte, sollte ich dankbar sein.«

Sarah überlegte, ob sie in Lars' Gegenwart offen sprechen sollte. Dann jedoch berichtete sie ihnen, was sie über Marina erfahren hatte, und erwähnte zu guter Letzt die Gerüchte, die über George im Umlauf waren, allerdings ohne zu erwähnen, vom wem sie das wusste.

Während Lars sie ungläubig anstarrte, wirkte Hannah nicht sonderlich überrascht.

»Wenn das stimmt, war es sicher nicht leicht für Camilla«, sagte sie. »Und jetzt sollten wir ihr gemeinsam einen Brief schreiben oder sie anrufen. Vielleicht erledigen wir das, solange du hier bist, Sarah. Sie soll so bald wie möglich herkommen, damit wir wieder zusammen sind.«

Später am Abend meldeten sie Ferngespräche nach London und Burford an, doch niemand hob ab. Sie vermuteten, dass Marina vielleicht im Krankenhaus lag. Möglicherweise war ja auch eine Besserung eingetreten, sodass Camilla etwas mit ihrer Mutter unternommen hatte.

Am Morgen fuhr Lars sie nach Nanyuki, wo Hannah einen Termin bei Dr. Markham hatte.

»Wie läuft es auf der Farm?«, fragte Sarah, während sie im Wartezimmer saßen.

»Prima«, erwiderte Hannah. »Besser als erwartet. Lars scheint sich wohl zu fühlen. Er hat sich in Mike Steads Hütte häuslich eingerichtet und arbeitet viel zu viel. Wir sehen uns kaum, eigentlich nur, um übers Geschäft zu sprechen.« Bei diesen Worten wurde ihr Tonfall bedauernd, doch dann erhellte sich ihre Miene. »Ich bin ja so froh, dass er hier ist.«

Sarah fand, dass sie sehr gut aussah. Die Schwangerschaft stand ihr. Ihre Haut leuchtete, und ihr goldenes Haar schimmerte im Sonnenlicht. Sie trug ein weites Hemd über einer locker sitzenden Jeans, um ihren leicht gewölbten Bauch zu verstecken. Erschrocken erkannte Sarah das Hemd als eines von Piet. Hannah war ihr Blick nicht entgangen.

»Ich habe keine Umstandssachen«, meinte sie achselzuckend. »Und meine Kleider sind mir inzwischen ein paar Zentimeter zu eng. Ich dachte, wir könnten anschließend in Patels *duka* vorbeischauen und etwas Größeres kaufen. Was hältst du davon?« Sie tätschelte sich lachend den Bauch. »Bald werde ich so kugelig sein, dass ich es nicht mehr tarnen kann. Aber das macht nichts, solange es nur dem Baby gut geht.«

Sie sprach schnell und wirkte auf den ersten Blick glücklich und selbstbewusst. Aber Sarah merkte ihr an, wie nervös sie war. Schließlich würde ihre Schwangerschaft bald allen Freunden und Nachbarn auffallen, was die Gerüchteküche unweigerlich zum Brodeln bringen würde. Schließlich öffnete sich die Tür des Behandlungszimmers, und Dr. Markham bat Hannah herein. Inzwischen war Lars von der Bank zurück und setzte sich neben Sarah, um zu warten.

»Er sagt, ich sei unverschämt gesund!«, verkündete Hannah kurz darauf. »In einem Monat muss ich wieder zu ihm. Lass uns in die *duka* gehen.«

In Mr. Patels Kolonialwarenladen roch es nach Jutesäcken, Trockenfleisch und Kerosin. Hinter der Ladentheke stapelten sich in Plastikfolie verpackte Kleidungsstücke. Während Sarah und Hannah wenig begeistert das Angebot in Augenschein nahmen, bestellte Lars am anderen Ende des Ladens Vorräte für die Farm und mischte sich bewusst nicht ein. Die beiden Mädchen wählten kichernd zwei zeltartige Blusen aus, und Hannah kaufte Stoff, um weitere Kleidungsstücke zu nähen. Als sie sich mit ihren Paketen auf den Weg zur Tür machten, stieß Hannah einen leisen Fluch aus.

»Verdammt! Die hat mir gerade noch gefehlt.« Sie wollte sich vor der dicken Frau, die gerade hereinkam, in den hinteren Teil des Ladens flüchten, aber es war zu spät. Hettie Kruger marschierte schnurstracks auf sie zu. In ihren neugierigen Schweinsäuglein lag ein boshaftes Funkeln.

»Hannah, meine Liebe! Wie nett, Sie hier zu treffen. Angesichts der Umstände sehen Sie blendend aus.«

»Welche Umstände, Hettie?« Hannah reckte das Kinn.

Die dicke Frau lächelte herablassend. »Wenn man bedenkt, mit welchen Schwierigkeiten Sie zu kämpfen haben. Ich habe gehört, Ihre Mutter sei abgereist. In Ihrem Zustand ist es sicher nicht leicht für Sie, allein zu sein. Ein Glück, dass wir Dr. Markham haben. Doch ich fände es trotzdem besser, wenn Lottie geblieben wäre, um Ihnen beizustehen. Aber andererseits ...«

Inzwischen war Lars näher getreten. Er stellte sich neben Hannah, legte ihr den Arm um die Schultern und sah Mrs. Kruger herausfordernd an.

»Schön, Sie zu treffen, Hettie. Ich hoffe, es geht Ihnen gut.«

Sie lächelte ihm zuckersüß zu. Mit ihrem Mondgesicht und den tückischen Äuglein erinnerte sie Sarah an ein Flusspferd, das im flachen Wasser lag und ahnungslosen Opfern auflauerte.

»Ausgezeichnet, Lars, danke der Nachfrage. Ich habe schon gehört, dass Sie wieder im Lande sind. Sicher haben Sie es nach allem, was geschehen ist, nicht leicht auf Langani. Wirklich sehr anständig von Ihnen, dass Sie unter diesen Bedingungen noch dort arbeiten. Haben Sie vor zu bleiben?«

»Was für Bedingungen meinen Sie, Hettie?«

Hettie Kruger ließ den Blick langsam über Hannahs Bauch gleiten. »In unserer kleinen Gemeinde gibt es keine Geheimnisse«, erwiderte sie. »Aber ein Fehltritt kann jedem einmal passieren. Es versteht sich doch von selbst, dass wir einer sitzen gelassenen Frau helfen.«

Hannah lief feuerrot an und wollte etwas sagen, aber Lars drückte ihre Schulter und blickte Mrs. Kruger finster an. Doch plötzlich begann er zu strahlen, als sei ihm der zündende Gedanke gekommen.

»Ach, Sie sprechen von dem freudigen Ereignis! Hannah und ich sind überglücklich. Wir waren gerade bei der Untersuchung, und sicher freut es Sie zu hören, dass alles bestens ist. Natürlich hätten wir gerne schon früher geheiratet, doch wir brauchten einfach noch Zeit, um zu trauern. Aber jetzt ist es endlich so weit. Wir werden ein Fest veranstalten, das wieder Freude in unser Leben bringt. Nicht wahr, Hannah?«

Als Hannah Lars verdattert anstarrte, drückte er ihr wieder auffordernd die Schulter.

»Das Datum steht noch nicht fest, aber es dauert nicht mehr lange, stimmt's, Han?«

Hannah musterte Hettie Krugers ungläubige Miene und sah dann Lars an, der sie zärtlich und spöttisch angrinste. Dann drehte sie sich wieder zu Hettie um und fand endlich die Sprache wieder.

»Ja, Lars und ich werden bald heiraten«, sagte sie mit zitternder Stimme. »Wir sind sehr glücklich.«

Während Hettie Kruger aus dem Laden rauschte, um die Nachricht so schnell wie möglich weiterzuverbreiten, drehte Lars Hannah zu sich herum, nahm sie in die Arme und küsste sie zwei Mal auf den Mund.

»Ja, wir sind sehr glücklich«, wiederholte er.

Kapitel 30

London, Februar 1966

Camilla war todmüde, denn sie hatte eine anstrengende Woche mit Fotoaufnahmen, Zeitschrifteninterviews, zwei Fernsehauftritten und einem Wohltätigkeitsdinner hinter sich. Am liebsten hätte sie sich auf eine einsame Insel geflüchtet. Der Himmel war grau und bewölkt, und da es abends schon früh dunkel wurde, sehnte sie sich nach Sonnenlicht, dem Geruch heißen afrikanischen Staubs und dem Anblick der grellroten Gewänder der Massai-Hirten, die ihre Rinder über die gelbe Ebene trieben. Aber vor allem vermisste sie Sarah und Hannah. Wie gerne hätte sie ihnen in ihrer Trauer beigestanden. Allerdings saß sie in London fest, da sie ihre Mutter nicht länger als ein paar Tage allein lassen konnte, und pendelte ständig zwischen ihren beruflichen Terminen und Marinas Wohnung hin und her.

Viele Abende verbrachte sie auch bei Edward, obwohl er häufig erst spät nach Hause kam. Er hatte seine Verpflichtungen in den letzten beiden Monaten zwar stark eingeschränkt, hielt aber dennoch oft abendliche Sprechstunden ab, gab Vorlesungen oder hatte Notdienst im Krankenhaus. Camillas Meinung zu seinem starken beruflichen Engagement war gespalten. Wenn sie manchmal nach einem langen Fototermin oder einem emotional aufwühlenden Nachmittag mit Marina erschöpft in seiner Wohnung eintraf, hätte sie sich eigentlich ein gemütliches Abendessen bei angeregter Konversation oder einen spontanen Kinobesuch gewünscht. Dann wieder war sie fast erleichtert, dass Edward zu tun hatte, denn so konnte sie sich in der Badewanne aalen, sich mit einem Buch ein paar Stunden vor dem Kamin räkeln oder sich durch Fernsehen ablenken.

»Ich liebe dich, Camilla«, sagte er häufig zu ihr. »Warum ziehst du nicht zu mir? Wir sollten so oft wie möglich zusammen sein. Ich kann mich besser um dich kümmern und dich häufiger sehen, wenn wir unter einem Dach leben.«
Aber sie lehnte stets ab, ohne ihm oder sich selbst erklären zu können, warum es ihr so widerstrebte, ihre Wohnung und ihre Unabhängigkeit aufzugeben. Nur in ihren eigenen vier Wänden hatte sie das Gefühl, wirklich zur Ruhe zu kommen. Wenn sie die Treppe hinaufstieg und den Schlüssel im Schloss umdrehte, konnte sie die Maske abstreifen, die sie in der Öffentlichkeit tragen musste. Mit Edward zusammenzuleben kam für sie ebenso wenig in Frage, wie wieder zu ihrer Mutter zu ziehen, sosehr diese sich das auch wünschte. Sie hatte Marina versprochen, heute mit ihr zu Abend zu essen. Doch zuerst war sie zum Mittagessen mit ihrem Vater verabredet. Er hatte gerade zehn Tage in Kenia verbracht und wollte sie dringend sprechen.
Als sie seinen Club in der Pall Mall betrat, bemerkte sie amüsiert die bewundernden Blicke, mit denen der Portier, ein älterer Herr, ihren Minirock und ihre Lacklederstiefel musterte. Er führte sie in die Bar, wo George sie bereits erwartete. Sie plauderten über Londons Theater- und Kunstszene und die Wälder Indiens, wo er vor kurzem gewesen war, um sich über den Schutz des natürlichen Lebensraums der Tiger zu informieren. Marinas Gesundheitszustand wurde zunächst nicht erwähnt. Beide wollten sie an diesem Tag noch besuchen.
»Ich habe Post von Sarah und Hannah bekommen«, verkündete Camilla. »Ich weiß nicht, wie sie es nur schaffen durchzuhalten.«
»Hannah habe ich nicht gesehen«, erwiderte George. »Doch sie müsste in diesem Monat die erste Rate der Fördermittel erhalten, die ich für Langani bewilligt habe. Außerdem kann sie sich auf Lars' Hilfe verlassen. Sarah wirkte nach außen hin

zwar sehr tapfer, doch sie wird noch eine Weile brauchen, um sich zu erholen. Sie ist eine außergewöhnliche junge Frau.«

»Ich hätte sie wirklich besuchen sollen, als Piet starb, aber …«

»Das war unmöglich, mein Kind«, entgegnete George. »Du musstest für deine Mutter da sein.«

»Lass das, Daddy. Du brauchst keine Entschuldigungen für mich zu finden. Die Wahrheit ist, dass ich Angst hatte hinzufliegen. Schließlich habe ich sie seit September weder gesehen noch mich bei ihnen gemeldet. Ich habe mich geschämt. Aber ich fliege hin, sobald ich kann. Nachdem …« Sie brauchte den Satz nicht zu beenden.

»Ich habe noch eine Neuigkeit für dich«, sagte George. »Ich ziehe mit meinem Büro um. Natürlich nicht sofort, sondern erst gegen Ende des Jahres.«

»Wohin?« Camilla war überrascht.

»Nach Nairobi. Ich werde eng mit dem Tourismusministerium zusammenarbeiten und die neuen Projekte beaufsichtigen, die Fördermittel erhalten sollen, damit das Geld nicht in dunklen Kanälen versickert.«

»War das bis jetzt nicht auch deine Aufgabe?«, fragte Camilla. »Und zwar eine, die du von hier aus mit gelegentlichen Besuchen in Kenia erledigen konntest?«

»Stimmt. Aber es sind vier oder fünf neue Projekte in Ostafrika geplant, sodass ständig jemand vor Ort sein muss.« Kurz hielt er inne. »Offen gestanden kam der Vorschlag von mir. Schließlich habe ich die meisten dieser Vorhaben ins Leben gerufen und möchte, dass sie erfolgreich sind.«

»Ich kann es nicht fassen, dass du wieder in Nairobi leben wirst«, meinte Camilla. »Seltsam!«

»Ich freue mich sogar darauf«, erwiderte er. »Und ich hoffe, dass ich dann deine jungen Freunde öfter sehen werde. Ich werde ihnen unter die Arme greifen, so gut ich kann. Was hältst du davon?«

»Tja, wenn du dann mehr Zeit in den Wildreservaten verbringen kannst, anstatt am Schreibtisch zu sitzen ... Das Leben schlägt manchmal merkwürdige Kapriolen. Du brichst in die afrikanische Wildnis auf, während ich in der Großstadt in eine Kamera blicke. Die Motten und das Licht.«

Er überlegte, ob er erwähnen sollte, dass er Anthony Chapman getroffen hatte und demnächst in einem Umweltausschuss mit ihm zusammenarbeiten würde. Doch er entschied sich dagegen. Vermutlich war Anthony der wahre Grund, warum sie nicht zurück nach Afrika wollte. Es machte sie offenbar traurig, sich an Kenia zu erinnern.

»Wie geht es Edward?«, erkundigte er sich.

»Viel zu tun.«

»Kannst du dir vorstellen, seine Frau zu werden, Camilla?«

»Ich werde niemals heiraten«, gab sie schnippisch zurück. »Dazu bin ich viel zu beschäftigt. Momentan geht es ziemlich rund. Wenn ich noch Termine dazwischenschieben kann, werde ich für eine italienische Firma Fotos auf den Bahamas und in New York machen. Nächste Woche bin ich für ein paar Tage in Paris. Und in einem Monat fliege ich wieder hin, falls sich Mutters Zustand nicht verschlechtert. Außerdem habe ich einen guten Kontakt für die Herstellung meiner Perlenstickereien geknüpft. Zuerst habe ich die afrikanischen Entwürfe für Jacken und Handtaschen einem Atelier in der Bond Street angeboten, doch Saul Greenberg hat zuerst zugegriffen. Er möchte eine limitierte und sehr exklusive Kollektion für eine Boutique in New York herausbringen. Wildlederkleidung und Taschen, die mit Perlen, Figürchen und Federn aus Kenia bestickt sind. Die erste Kollektion möchte ich selbst übernehmen. Deshalb lasse ich alles in London anfertigen, weil ich momentan nicht nach New York kann.«

»Überarbeite dich nicht«, sagte George. »Du verbringst viel Zeit mit deiner Mutter, und das ist anstrengender, als du glaubst. Vielleicht wäre es vernünftig, wenn du deine Verpflichtungen einschränkst.«

»In meinem Beruf bleibt mir nichts anderes übrig, als immer im Mittelpunkt zu stehen«, entgegnete sie. »Sonst vergessen mich die Leute. Schließlich erscheinen ständig neue, andere und hübschere Mädchen auf der Bildfläche, und außerdem werde ich nicht jünger. Einundzwanzig ist in der Modebranche hart an der Grenze. Deshalb muss ich meine Schäfchen ins Trockene bringen, bevor man mich gegen einen magersüchtigen Teenager austauscht. Und die Kleiderentwürfe sind der richtige Weg.«

»Du weißt, dass das Leben nicht nur aus Arbeit besteht«, wandte George ein. »Du musst dir ab und zu auch eine Pause gönnen.«

Camilla musterte ihren Vater eindringlich. Sein Haar wurde allmählich schütter, und sein Gesicht wirkte schmaler und gealtert. An den Mundwinkeln zeigten sich unverkennbare Sorgenfalten. Doch er war noch immer ein attraktiver Mann und hatte aufmerksame graue Augen. Den Anzug, den er heute trug, hatte er, wie sie sich erinnerte, in Rom gekauft. Als er nach Messer und Gabel griff, blitzten seine Manschettenknöpfe auf, die Marina ihm vor vielen Jahren zum Geburtstag geschenkt hatte.

»Du hast abgenommen«, sagte sie. »Das liegt daran, dass du bei Mutter nichts als Suppe und Toast bekommst. Ab und zu solltest du dir mal eine ordentliche Mahlzeit gönnen. Zum Beispiel die wundervolle Hausmannskost, die hier auf der Karte steht. Und ausgerechnet du hältst mir Vorträge!«

»Ich komme her, um Freunde zu treffen. Und wegen der Weinkarte.« George schmunzelte. »Aber nicht, um zu essen. Besuchst du heute deine Mutter?«

»Zum Abendessen, wenn man das so nennen kann.«

»Ich habe mit Marina noch nicht über Nairobi gesprochen.«

»Natürlich nicht«, erwiderte sie. »Es hat keinen Sinn, langfristige Pläne zu schmieden.«

Auf der Vortreppe des Clubs umarmte er sie fest. Aus dem

Taxifenster warf sie noch einen Blick auf ihn. Er wirkte ein wenig zusammengesunken, wie er so, gegen den kalten Nachmittagswind ankämpfend, die Pall Mall entlangging. Wie sah wohl sein momentanes Privatleben aus? Camilla beschloss, sich nicht näher mit diesem Thema zu beschäftigen.

Zu Hause kochte sie sich einen Tee und begann, einen Roman zu lesen, doch sie hatte Mühe, sich zu konzentrieren. Sie fühlte sich unruhig und von aller Welt verlassen. Ihr Vater würde nach Kenia zurückkehren und dort mit den Menschen zusammen sein, die ihr am meisten bedeuteten. Der Mann, den sie liebte, erwiderte ihre Gefühle nicht. Draußen verblasste die schwache Wintersonne, sodass der Himmel rasch einen trüben Grauton annahm. Camilla dachte an die glühend heißen Ebenen und die Farben Kenias und an die schwülen Nachmittage, an denen selbst die Webervögel verstummten. Englischer Regen trommelte an die Fensterscheiben, während sie berauschende afrikanische Nächte heraufbeschwor, in denen sie sich Anthony hingegeben hatte. Sie hatten den Geräuschen des Buschs gelauscht. Als sie in der Ferne das Gebrüll eines Löwen gehört hatte, hatte sie sich an das Feldbett geklammert. Und sie hatten gelacht, als das Schnauben und Platschen eines Flusspferds im Fluss hinter dem Zelt zu ihnen hinüberdrang. War die Liebe immer so schmerzhaft? Dann dachte sie an Sarah, und ihre eigene Einsamkeit erschien ihr auf einmal bedeutungslos. Als das Telefon sie aus ihren Grübeleien riss, war sie beinahe erleichtert.

»Camilla? Bitte leg nicht auf.«

»Wer spricht da?«, wollte Camilla wissen. Die Stimme kam ihr zwar bekannt vor, aber sie konnte sie nicht einordnen.

»Giles Hannington.«

»Ich wollte gerade ausgehen«, log sie.

»Bitte hör mir zu«, beharrte er. »Ich muss mit dir reden.«

»Das glaube ich nicht«, entgegnete sie. »Ich lege jetzt auf. Und ich wäre dir dankbar, wenn du mich nicht mehr anrufen würdest.«

»Du warst heute mit deinem Vater beim Mittagessen, und ich möchte mit dir über ihn sprechen.«

»Lass mich einfach in Ruhe«, gab sie zurück und hängte ein. Doch er gab nicht so leicht auf und rief immer wieder an. »Wir müssen uns unterhalten«, begann er, als sie zum dritten Mal zornig den Hörer abhob. »Nur für ein paar Minuten. Ich weiß, wie viel er dir bedeutet. Es ist wichtig. Wenn du dich kurz mit mir triffst, schwöre ich, dich nie wieder zu belästigen.«

»Wo bist du?«

»Gleich um die Ecke in der Brompton Road.«

»Dann komm her«, schlug Camilla widerwillig vor.

Nachdem sie ihm die Adresse gegeben hatte, schenkte sie sich einen Wodka mit Eis ein und stürzte ihn in einem Zug hinunter. Als es an der Tür läutete, öffnete sie und bat ihn herein. Sie setzte sich aufs Sofa und forderte ihn auf, in einem Sessel Platz zu nehmen. Aber er blieb lieber mit dem Rücken zum Fenster stehen und steckte die Hände in die Taschen.

»George ist sehr niedergeschlagen«, begann er ohne Umschweife. »Sicher ist dir die Veränderung aufgefallen. Er isst nichts und trinkt ein bisschen zu viel. Außerdem grübelt er die ganze Zeit und gibt sich die Schuld an der Krankheit deiner Mutter. Seiner Überzeugung nach wurde sie auch dadurch ausgelöst, dass er sie unglücklich gemacht hat. Wenn er es so weitertreibt, stirbt er mit ihr. Aber er lehnt jede Hilfe ab.«

»Damit meinst du wohl, dass er dich nicht sehen will«, entgegnete Camilla kühl.

»Ich meine genau das, was ich gesagt habe«, gab Giles ungeduldig zurück. »Deinem Vater geht es sehr schlecht. Sein ganzes Leben hat er damit verbracht, den Ansprüchen seiner Umwelt zu genügen. Gesetze, Regeln und Heuchelei haben ihn dazu gezwungen und dazu geführt, dass er sich seiner selbst schämt. Nun hat er beschlossen, London zu verlassen und nach Afrika zu gehen, weil er Angst vor deiner Ablehnung hat, wenn er bleibt. Bei mir. Doch die Wahrheit ist, dass du keinen Gedanken an ihn verschwendest.«

»Woher willst du wissen, was ich für meinen Vater empfinde und was in mir vorgeht?«, zischte sie zornig.

»Ach, herrje, jetzt hör mir doch mal richtig zu. Du führst dein eigenes Leben. Alle wollen dich kennen lernen und mit dir gesehen werden. Der Tag hat nicht genug Stunden, als dass du all die Bewunderer und Schmeichler unterbringen könntest. Aber für ihn nimmst du dir eindeutig keine Zeit. Er braucht jemanden, der ihm hilft, diese Krise zu überstehen. Jemanden, der ihm wirklich etwas bedeutet. Er hat es verdient, dass man ihn liebt und so nimmt, wie er ist.«

»Wer ist er deiner geschätzten Meinung nach?«

»Ein außergewöhnlicher Mensch, absolut unbestechlich und voller Würde. Er ist der wunderbarste Mann, dem ich je im Leben begegnet bin. Aber er fühlt sich von deinen Vorurteilen unter Druck gesetzt. Du bist wütend auf ihn, weil er schwul ist. Allerdings habe ich gesehen, wie du in Clubs mit Männern gegessen, getrunken und getanzt hast, die in Begleitung ihrer Liebhaber waren. Offenbar bist du nicht immer so wählerisch, doch wenn es um deinen Vater geht, gelten plötzlich andere Regeln. Deine Ablehnung bricht ihm das Herz. Deshalb bitte ich dich, ihm die Hand zu reichen, damit er wieder die Kraft schöpfen kann, sein Leben weiterzuführen.«

»Damit meinst du wohl sein Leben mit dir«, gab Camilla zurück. »Wolltest du das damit sagen? Ich soll meinem Vater mitteilen, dass ich einverstanden bin, wenn er sich mit einem hübschen Lustknaben herumtreibt?«

»Du bist doch krank im Kopf«, antwortete Giles entnervt. »Es war ein Fehler von mir herzukommen. Aber, um es einmal klar und deutlich auszusprechen: Ja, ich würde mich freuen, mit ihm zusammen sein zu können. Ich wäre der glücklichste Mensch auf der Welt, wenn ich den Rest meines Lebens mit ihm verbringen dürfte. Doch es ist offenbar zwecklos, dir das klar machen zu wollen. Guten Abend.« Er marschierte zur Tür und ging hinaus, ehe Camilla vom Sofa aufstehen konnte. Sie leerte ihr Glas. Im Schlafzimmer öffnete sie eine Schublade und holte ein Foto ihrer Eltern heraus. Lächelnd und Arm in Arm blickten sie ihr entgegen. So ein schönes Paar. Charmant und schlagfertig und gebildet, wie alle sagten. Und sie passten ja so ausgezeichnet zusammen. Hatten sie einander auf eine merkwürdige und verquere Art wirklich geliebt? Hatte sie das all die Jahre lang zusammengehalten? Als Camilla sich diese Fragen stellte, erkannte sie, dass sie selbst noch nie bedingungslose Liebe erfahren hatte. Mit einem traurigen Seufzer legte sie das Foto zurück. Es war sinnlos, sich das Hirn über die Vergangenheit zu zermartern. Sie griff nach Mantel und Schirm und machte sich auf den Weg zu ihrer Mutter.

Das Abendessen schleppte sich in fast völliger Stille dahin, während Marina mit winzigen Nahrungsportionen kämpfte. Anschließend setzte sie sich in eine Decke gewickelt aufs Sofa und sah, Georges Hand in ihrer und den Kopf an seine Schulter gelehnt, eine Weile fern. Als die Pflegerin kam, um Marina zu Bett zu bringen, ließ Camilla ihren Vater vor dem Fernseher zurück. Er blickte auf und winkte ihr betrübt nach, als sie auf dem Flur hinaustrat. Da Edward bei irgendeinem Empfang war und sie nicht allein sein wollte, ging sie in den belebtesten Nachtclub, den sie kannte. Draußen vor der Tür stand zwar eine ungeduldige Menschenschlange, aber der Türsteher erkannte Camilla und winkte sie an den Wartenden vorbei. Drinnen dröhnten die Bässe, und es herrschte ein Gewühl von Menschen, denen es offenbar auch aufs Vergessen ankam. Tom Bartlett, der an einem Tisch am Rand der Tanzfläche saß, winkte sie zu sich.

»Es gibt Grund zum Feiern«, verkündete er, als sie sich zu ihm setzte. »Der Vertrag für die Kosmetiksache steht. Zuerst Parfüms und anschließend eine neue Pflegeserie fürs Gesicht. Also wollen wir hoffen, dass Edward sich bald an die Arbeit macht.«

»Es geht nicht, solange Mutter noch lebt«, erwiderte Camilla. »Das weißt du doch.«
»Keine Sorge«, sagte er. »Die Franzmänner sind bereit zu warten. Immerhin haben sie ihre teure Pflegeserie noch gar nicht fertig zusammengepantscht.« Er bestellte Champagner und lehnte sich dann, ein breites zufriedenes Grinsen auf dem Gesicht, zurück. »Ich denke, wir sollten eine Dinnerparty für sie veranstalten. Für die Franzmänner, meine ich. Keine Großveranstaltung, besser etwas im kleinen Kreis. Lass uns etwa zwanzig Leute einladen, die von Anfang an an deiner Karriere beteiligt waren. Wir könnten einen Nebenraum bei Annabel's reservieren. Dezent und exklusiv.«
Camilla betrachtete ihn nachdenklich, denn sein Vorschlag hatte sie auf eine Idee gebracht. »Vielleicht«, sagte sie. »Ich gebe dir morgen Bescheid.«
Am nächsten Tag rief sie ihren Vater an und erfuhr zu ihrer Erleichterung, dass er keine unmittelbaren Reisepläne hatte. Dann meldete sie sich bei Tom.
»Bestell einen Partyservice«, verkündete sie. »Die Party findet in meiner Wohnung statt.«
»Die ist doch viel zu klein«, wandte er ein.
»Dann nehmen wir eben Edwards Wohnung. Er hat sicher nichts dagegen. Außerdem ist seine Haushälterin ein richtiger Drache und wird schon dafür sorgen, dass nichts schief geht. Und mach dir keine Sorgen wegen der Einladungen. Die verschicke ich selbst. Dann brauchst du dich wenigstens nicht zu fragen, ob deine grässliche Sekreträrin wieder Kaffee auf die Karten geschüttet hat – und ich auch nicht.«
Edward war freudig überrascht. »Natürlich kannst du die Party hier geben«, erwiderte er. »Ich dachte nur immer, dass du Berufliches vom Privatleben trennen willst.«
»Was für ein Privatleben meinst du?«, entgegnete sie. »Dafür haben wir doch beide keine Zeit.«
Er sah sie an, setzte sich dann in einen Lehnsessel und zog sie

auf seinen Schoß. »Es tut mir so Leid, Liebling«, sagte er mit zitternder Stimme. »Es tut mir ja so schrecklich Leid.«
Sie erschrak über seine Reaktion. »Schon gut, Edward. Ich wollte doch nur ...«
»Nein, es ist gar nicht gut«, widersprach er. »Ich liebe dich, Camilla. Ich bete dich an, und ich habe nie Zeit für dich. Aber das wird sich von jetzt an ändern.«
Sie lächelte ihn an. Er küsste sie, schob die Hände unter ihre Bluse, schloss die Augen und sagte sich, dass er unbeschreibliches Glück gehabt hatte. Als sie sich liebten, spürte sie, dass er noch zärtlicher war als sonst. Und sie genoss es, dass er sie anschließend in den Armen hielt und sie streichelte, bis sie eingeschlafen war.
Am Abend der Party gab Camilla sich große Mühe bei der Auswahl ihrer Garderobe, und sie wusste, dass sie hinreißend aussah. Edward stand neben ihr und berührte sie immer wieder leicht mit den Fingern. Als ihr Vater eintraf, waren bereits fünf oder sechs Gäste da. Sie reichte ihm ein Glas Champagner, stellte ihn den anderen vor und überließ ihn Edward, um Posten an der Tür zu beziehen. Giles Hannington erschien ein wenig später. Als sie ihn vom Flur ins Wohnzimmer begleitete, drehte George sich um und konnte seine Überraschung nicht verbergen. Camilla lächelte ihm rasch zu und beschäftigte sich dann mit den anderen Gästen, während sie Giles diskret im Auge behielt. Ein Glas in der Hand, begann er mit Tom zu plaudern, der die Augenbrauen hochzog und Camilla einen fragenden Blick zuwarf. Obwohl sie sicher war, das Richtige getan zu haben, fühlte sie sich leicht schwindelig und hatte Schmetterlinge im Bauch, als ihr Vater sich an die Mitte der Tafel setzte. Ihren französischen Kunden hatte sie zu ihrer Rechten, Giles zu ihrer Linken platziert. Edward betrachtete den jungen Mann und fragte sich, warum Camilla ihm so einen bevorzugten Platz gegeben hatte. Vielleicht war er ja ein Kollege von ihr. Er sah ausgesprochen gut aus, war allerdings nicht

sehr groß. Als sich Giles' Nervosität im Laufe des Abends dank des Weins legte, entpuppte er sich als angenehmer und amüsanter Gesprächspartner. Camilla war beeindruckt von seinem Wissen über Kunst und Musik und seiner Liebe zum Theater, wo er viele Freunde hatte. George beobachtete seine Tochter und überlegte, was sie wohl im Schilde führen mochte. Doch nach dem Essen nahm sie ihn beiseite und küsste ihn auf die Wange.

»Ich wusste nicht, wie ich dir sonst zeigen sollte, dass ich einverstanden mit deinem Leben bin«, sagte sie. »Ich liebe dich, Daddy, und ich möchte, dass du glücklich wirst.«

Sie sah, dass er Tränen in den Augen hatte. Rasch wandte sie sich ab, wobei sie bemerkte, dass Tom sie wieder neugierig musterte. Nachdem die Gäste gegangen waren, setzte er sich neben Edward aufs Sofa.

»Ein gelungener Abend«, sagte er. »Es war wirklich nett von Ihnen, Edward, dass wir Ihre Wohnung benutzen durften. Camillas neuen Kunden hat es sehr gut gefallen. Für französische Geschäftsleute ist es ungewöhnlich, in eine Privatwohnung eingeladen zu werden.«

»Ja, es war wirklich sehr schön. Aber nach diesem Kaffee muss ich dringend ins Bett. Ich habe morgen früh eine Operation.«

»Mir war gar nicht klar, dass du mit Giles Hannington befreundet bist, Camilla«, meinte Tom. »Ich war erstaunt, ihn hier zu sehen.«

»Er ist der Liebhaber meines Vaters«, entgegnete sie und grinste, als Tom fast an seinem Brandy erstickte. Edward lächelte.

»Du erstaunst mich immer wieder, Camilla«, sagte Tom. »Dich kann offenbar gar nichts erschüttern.«

»Das war sehr mutig von dir«, sagte Edward später und nahm sie in die Arme.

Camilla lag neben ihm. Sie fühlte sich völlig erschöpft, als wäre mit den Gästen auch ihre Kraft verschwunden. Kurz fragte sie sich, wo ihr Vater jetzt wohl sein mochte, aber eigentlich wollte sie nicht mehr darüber nachdenken. Die Geste des heutigen Abends hatte genügt. Den Rest musste die Zeit richten. Sie drehte sich um, schmiegte sich an Edwards hageren Körper und genoss die Geborgenheit, die er ihr vermittelte. Dann schlief sie ein.

Als sie aufwachte, war ein weiterer Wintertag angebrochen. Regen prasselte vom Himmel, und kahle Zweige schlugen leicht gegen die Fensterscheiben. Edward war bereits zur Arbeit gegangen. Camilla zog Jeans und einen Pullover an und machte Frühstück. Während sie langsam ihren Kaffee trank, bemühte sie sich, an nichts zu denken. Die Morgenzeitungen waren schon gebracht worden, und Edward hatte sie für sie auf dem Tisch liegen gelassen. Obwohl der Artikel erst auf Seite vier stand und ziemlich kurz war, stach ihr die Schlagzeile sofort ins Auge.

Kenianische Polizei findet Gebeine, die mit der Ermordung eines britischen Farmers in Zusammenhang stehen

In dem Bericht hieß es weiter, bei den Knochen handle es sich vermutlich um die sterblichen Überreste des Mörders Simon Githiri. Sie seien in einem Wald unweit des Hauses des weißen Farmers Piet van der Beer entdeckt worden, der im Dezember des Vorjahres getötet worden sei. Der Zustand der Knochen wiese darauf hin, dass der Kikuyu auf der Flucht von wilden Tieren angegriffen und gefressen worden sei. Piet van der Beer sei ein guter Freund des international bekannten Fotomodells Camilla Broughton Smith gewesen, die selbst bei einem Ferienaufenthalt auf der Farm zum Opfer eines Überfalls geworden sei.

Erinnerungen kehrten zurück, und mit ihnen regte sich die unterdrückte Angst. Noch einmal sah sie die Männer vor sich, die mit ihren Messern hereingestürmt waren, und spürte das Gefühl, wie ihr warmes Blut über die Stirn rann. Sie dachte an Hannah, die um ihren Bruder trauerte, ohne zu ahnen, dass sein Tod vermutlich die Rache für eine Tat war, die ihr Vater vor vielen Jahren begangen hatte. George hatte Recht. Welchen Sinn hatte es jetzt noch, Jans Vergangenheit zu enthüllen? Piet war tot, und für Hannah war es schon schwer genug, mit dem Wissen um sein grausiges Sterben weiterzuleben. Die Sünden ihres Vaters zu kennen hätte nur eine weitere Belastung für sie bedeutet. Und da war noch Sarah, die durch einen Gewaltakt ihren Liebsten und zukünftigen Ehemann verloren hatte, und zwar gerade in dem Moment, als sie im Begriff gewesen war, der ganzen Welt ihr Glück zu verkünden. Sie griff zum Telefon. Doch nach langem Warten wurde sie enttäuscht.

»Die Nummer in Kenia ist leider besetzt, Miss. Möchten Sie später noch einmal anrufen?«

Camilla beschloss, es eine halbe Stunde später erneut zu versuchen. Sie ließ sich in einen Sessel sinken und zündete eine Zigarette an. Als das Telefon läutete, zuckte sie zusammen, und sie nahm rasch ab, um die unheilschwangere Atmosphäre zu vertreiben, die sich über diesen Vormittag gesenkt hatte.

»Ich habe den Artikel gelesen«, sagte Edward. »Sicher hat er dich sehr betroffen gemacht.«

»Mir geht es prima.« Sie wusste, dass ihre Stimme zitterte. »Nein, eigentlich gar nicht. Es war ein ziemlicher Schock, und ich wage nicht, mir auszumalen, wie sie sich jetzt fühlen. Sicher hat es schreckliche Erinnerungen geweckt.«

»Möchtest du mich heute Abend in der Praxis abholen? Wir könnten in einem ruhigen Lokal essen.«

»Ja, das wäre schön. Ich bin so gegen sechs bei dir. Davor besuche ich noch Marina.«

Als sie vor dem Haus ihrer Eltern aus dem Taxi stieg, wurde sie zu ihrer Überraschung von einem Blitzlichtgewitter und von Reportern empfangen, die sie mit Fragen bestürmten.

»Möchten Sie etwas zur Ermordung von Piet van der Beer sagen?«

»Gehörte Simon Githiri schon zum Hauspersonal, als Sie dort waren?«
»Stimmt es, dass Piet van der Beer die Augen ausgestochen wurden?«
»Können Sie uns mehr über den Mord erzählen? War dieser Githiri auch an dem Überfall beteiligt, bei dem Sie verletzt wurden?«
»Ist es richtig, dass Piet van der Beer Ihr Geliebter war?«
Camilla floh ins Haus und in Marinas stilles Schlafzimmer.
»Was ist denn das für ein schrecklicher Lärm?«, schimpfte Marina. »Ich verstehe zwar kein Wort, aber ich wünschte, diese Leute würden verschwinden.«
Camilla versuchte, die Tränen der Wut und der Trauer zu unterdrücken, als sie ihrer Mutter die grausige Geschichte erzählte.
»Keine Ahnung, wie sie mich hier aufgespürt haben«, sagte sie ärgerlich. »Jetzt kann ich nicht mehr aus dem Haus. Sie sind wie Geier, die sich auf einen Kadaver stürzen. Und dabei wollte ich ein paar Einkäufe erledigen und mich anschließend mit Edward treffen. Nun sitze ich hier fest. Sie haben mir den ganzen Tag verdorben.«
»Liebes, der Portier wird dich zum Lieferanteneingang hinauslassen. Mach dir keine Sorgen. Es tut mir Leid für dich, denn sicher sind die schrecklichen Erinnerungen zurückgekommen.«
Camilla setzte sich auf die Bettkante. »Mutter, was hast du in jener Nacht über Jan van der Beer in der Akte gelesen?«
»Ach, Camilla.« Marinas Augen füllten sich mit Tränen. »Ich hätte nie damit anfangen dürfen und habe seitdem ein schlechtes Gewissen. Ich war nur eifersüchtig, weil du sie alle so viel mehr geliebt hast als mich. Doch das ist vorbei, und ich möchte nicht mehr daran denken, mein Kind. Lass uns über etwas Erfreulicheres reden.« Sie wischte sich die Augen. Ihr Aufschluchzen verwandelte sich in einen Hustenanfall, sodass sie nach Atem rang und nicht mehr sprechen konnte.

»Schon gut, Mutter. Und du hast Recht. Eigentlich spielt es keine Rolle mehr«, antwortete Camilla. »Soll ich dir etwas vorlesen?«

Als Camilla später am Nachmittag wieder einen Blick aus dem Fenster warf, waren die Reporter immer noch da. Seufzend griff sie zum Telefon, um Edward zu erklären, in welcher misslichen Lage sie steckte.

»Vorhin haben sie sich auch vor meiner Praxis herumgetrieben«, erwiderte er. »Aber meine Mitarbeiterinnen haben Erfahrung darin, die Presse abzuwimmeln. Schließlich kommen viele Prominente zu mir, die nicht gesehen werden wollen. Am besten hole ich dich in etwa einer Stunde ab. Wir können mit George und Marina zu Abend essen und dann nach Hause fahren. Das war zwar anders geplant, aber so sehen wir uns wenigstens.«

Sie war ihm dankbar, und ihre Erleichterung wuchs, als er sie drängte, die dreitägigen Fotoaufnahmen in Rom auf keinen Fall abzusagen.

»Ich kümmere mich um Marina, während du weg bist«, versprach er. »Und leiste George beim Abendessen Gesellschaft. Du solltest hinfliegen, Liebling. So kriegst du ein bisschen Abstand.«

Camilla war bereits in Rom, als der Anruf kam.

»Deine Mutter ist im Krankenhaus«, sagte George. »Ich denke, du solltest die nächste Maschine nehmen, Camilla. Es dauert nicht mehr lange. Sie ist sehr schwach, aber ruhig, und sie hat keine Schmerzen.«

Marina lag reglos im Krankenhausbett. Ihr Mann saß an ihrer Seite. Sie hatte darauf bestanden, dass die Schwester ihr einen Spiegel und ihre Schminksachen brachte.

»Trag ein wenig Grundierung auf, ich bin viel zu blass. Und außerdem Lippenstift.« In dem Spiegel, den George ihr hinhielt, musterte sie das Ergebnis. Dann lächelte sie.

»Camilla kommt nach Hause«, meinte sie mit schwacher Stimme. »Ich möchte, dass sie mich hübsch in Erinnerung behält.« Das waren ihre letzten Worte. Während er ihr die Wimpern tuschte und das Haar bürstete, blinzelte sie kurz. Im nächsten Moment schnappte sie nach Luft und fuhr sich erschrocken mit der Hand an die Kehle. Dann war sie tot.
Als Camilla kurz darauf hereinkam, blickte George sich um. Sofort wusste sie, dass es zu spät war. George trat auf seine Tochter zu und breitete die Arme aus. Fest drückte sie ihn an sich, während er bittere Tränen vergoss. Schließlich läuteten sie nach der Schwester, um die Dinge in die Wege zu leiten, die erledigt werden wollten, bevor sie Marina zur letzten Ruhe betten konnten.

Die Einladung traf am Tag der Beerdigung ein. Camilla erkannte die kenianische Briefmarke sofort, riss den Umschlag auf und las erfreut die Karte. Lars und Hannah. Lächelnd steckte sie die Einladung in ihre schwarze Handtasche. Während des ganzen Gottesdienstes spürte sie, dass sie da war, und das gab ihr Kraft.
Beim anschließenden Empfang stand sie neben George, nahm Beileidsbekundungen von Freunden und Fremden entgegen und hörte zu, ohne das Gesagte wirklich zu verstehen. In Gedanken war sie bei der Karte, die auf eine Antwort wartete.
»Ich glaube, wir können jetzt gehen, Liebling«, sagte Edward. »Fast alle sind fort, und George hat noch ein paar gute Freunde hier, die ihm Gesellschaft leisten. Lass uns nach Hause fahren.«
»Ich möchte lieber in meine Wohnung«, erwiderte sie, und ihr Blick war so flehend, dass er seine Überredungsversuche aufgab.
In ihrer Wohnung nahm sie den Hut ab und schlüpfte aus den hochhackigen Schuhen. »Ich würde gerne eine Weile verreisen«, meinte sie.

»Das solltest du auch. Du brauchst dringend Urlaub«, stimmte Edward zu und reichte ihr ein Glas. »Und anschließend kümmern wir uns um deine Narbe. Sie wird endgültig entfernt, und niemand wird ahnen, dass sie je da gewesen ist. Danach nehme ich mir eine Weile frei, und wir machen eine kleine Reise, damit du dich in Ruhe erholen kannst. Nur die ersten Tage sind ein bisschen unangenehm. Der Rest ist eine Frage der Geduld. Also der ideale Zeitpunkt für kurze Ferien.«

»Nein, an meine Narbe möchte ich jetzt nicht denken. Das ist nicht wichtig.«

»Du brauchst nichts zu überstürzen. Aber wenn du dich ausgeruht und von den Strapazen erholt hast, müssen wir darüber reden.« Sie drückte ihm dankbar die Hand. »Möchtest du, dass ich bleibe?«, fragte er.

Als sie den Kopf schüttelte, küsste er sie, strich ihr übers Haar und ging hinaus. Sie sah, wie er unten aus der Haustür trat und ein Taxi anhielt. Camilla seufzte auf. Er war gütig, stark und erfolgreich und bot ihr Liebe und Geborgenheit. Nie würde er sie im Stich lassen oder demütigen.

Als sie Langani endlich telefonisch erreichte, hatte sie Hannah am Apparat, die Camilla sehr vermisste. Sarah war aus Buffalo Springs angereist und wohnte auf der Farm. Hannah holte sie ans Telefon.

»Kommst du zur Hochzeit?«, fragte sie.

»Ich weiß nicht«, erwiderte Camilla. »In letzter Zeit habe ich viele Aufträge abgelehnt, weil Mutter so krank war. Vor drei Tagen ist sie gestorben, und ich bin nicht sicher, was ich fühle. Außerdem muss ich jetzt endlich meine Narbe operieren lassen. Doch ich will etwas zur Hochzeit beitragen, um auch dazuzugehören. Bitte schick mir Hannahs Maße, damit ich ihr ein Hochzeitskleid nähen kann.«

»Camilla, sie bekommt ein Baby. Ende August oder Anfang September ist es so weit.«

»Was? Aber …«

»Ich schreibe dir alle Einzelheiten. Han ist sehr glücklich. Es wird für uns alle hier ein Neuanfang sein.«
»Ich habe das mit Simon gelesen.«
»Ja. Die Polizei ist sicher, dass die Knochen von ihm stammen. Aber ich wünschte, wir hätten von ihm eine Erklärung für seine Tat bekommen ... Schließlich hat Piet ihn aufgenommen und ihm Arbeit und eine Zukunft gegeben.«
Camilla wusste nicht, was sie darauf erwidern sollte. Hannah würde heiraten und Mutter werden. Es war Zeit, voranzuschreiten und die Schatten der Vergangenheit ruhen zu lassen.
»Ich dachte, ich würde etwas empfinden«, fuhr Sarah fort. »Er hat doch Piet, die andere Hälfte meiner Seele, getötet. Seltsamerweise habe ich nicht einmal gespürt, dass Simon tot ist.«
»Du warst sehr traurig«, sagte Camilla. »Immerhin war Piet gerade ermordet worden. Du konntest an nichts anderes denken als an seinen Tod.«
»Vermutlich hast du Recht«, antwortete Sarah. »Und jetzt ist der Zeitpunkt für einen Neuanfang. Nicht um zu vergessen, sondern weil das Leben weitergehen muss. Hannahs Hochzeit und ihr Baby sind das Licht am Ende des Tunnels.«
Am nächsten Tag telegrafierte Sarah ihr die Maße, und Camilla machte sich sofort an die Arbeit. Anstatt sich mit ihrer neuen Kollektion zu beschäftigen, stürzte sie sich mit Feuereifer auf Hannahs Hochzeitskleid. Sie brauchte drei Wochen, um den richtigen Stoff und die dazu passenden Verzierungen, Perlen und Federn zu finden. Das Zuschneiden des Kleides und das sorgfältige Anbringen der Perlen überwachte sie persönlich, und als ihr der Sitz der Ärmel nicht gefiel, bestand sie darauf, diese wieder abzutrennen und erneut anzunähen. Nachdem alles fertig war, faltete sie das Kleid zusammen und verstaute es in einem Karton, um es nach Nairobi zu schicken. Es schnürte ihr die Kehle zusammen, als sie es betrachtete, wie es auf einem Bett aus Seidenpapier lag. Wie gerne wäre sie dabei gewesen, um die Freude über den Neuanfang mit ihren

Freunden zu teilen. Also beschloss sie, die Operation zu verschieben und einige ihrer Fototermine zu verlegen oder abzusagen. Dann rief sie ihren Vater an.
»Ich habe mir überlegt, in Urlaub zu fahren, Daddy. Und zwar in etwa zehn Tagen.«
»Da hast du meine volle Unterstützung«, antwortete er. »Wohin möchtest du denn?«
»Ich wollte dich bitten, mich zu begleiten, Daddy. Dann verrate ich dir auch, wohin es geht. Wir können zusammen verreisen und uns eine schöne Zeit machen. So wie damals in Italien.«
Eine lange Pause entstand. Dann knisterte es in der Leitung, und sie spürte, dass sie ihn in Verlegenheit gebracht hatte.
»Eigentlich wollte ich selbst nächste Woche verreisen, mein Kind. Ich fürchte, es ist schon alles geplant. Ich brauche einfach …«
Gewiss fuhr er mit Giles weg, da war Camilla ganz sicher. Doch obwohl sie sich wünschte, dass er glücklich wurde, konnte sie sich nicht darüber freuen.
»Warte, Camilla, ich kann es auch verschieben.«
»Wohin fährst du?«
»Nach Marokko. Aber es muss nicht unbedingt sein.« Sein Tonfall war flehend und verzweifelt.
»Mit Giles?« Sie musste es wissen.
»Ja.« Sie hörte, wie er schluckte.
»Schön, Daddy. Ruf mich an, wenn du zurück bist. Du wirst dich bestimmt prima amüsieren. Tschüss.«
Als sie beim Abendessen mit Edward ihre Reisepläne erwähnte, trat ein besorgter Blick in seine Augen.
»So kurz nach der Operation würde ich dir das nicht empfehlen. Der Flug ist zu lang, und du könntest dir in diesem Land leicht eine Infektion holen. Eigentlich wollte ich dir ein Reiseziel mit weniger Sonne vorschlagen. Die Schweiz zum Beispiel. Wie könnten uns ein Häuschen in Klosters oder Gstaad mieten.«

»Ich möchte mein Gesicht jetzt nicht operieren lassen.«
»Denk an den Termin mit den Franzosen. Nach der Operation wird es einige Wochen dauern, bis du dich fotografieren lassen kannst.«
»Das ist mir egal. Ich will nach Kenia. Meine Freundin Hannah heiratet. Ich möchte bei ihr und bei Sarah sein.«
Er tupfte sich mit einer weißen Serviette die Mundwinkel ab, legte sich seine Worte sorgfältig zurecht, wie es seine Art war. »Camilla, dein letzter Besuch in Kenia hat dir nichts als Unglück eingebracht, ganz zu schweigen davon, dass du in Lebensgefahr geraten bist. Du könntest mit Situationen konfrontiert werden, die unangenehme Erinnerungen wachrufen. Meiner Ansicht nach wäre es besser, wenn du um dieses Land einen Bogen machst, zumindest zurzeit. Warum lädst du Hannah und ihren Mann als Hochzeitsgeschenk nicht nach London ein? Sie könnten bei uns wohnen ...«
»Dir geht es doch gar nicht um Hannah, sondern um Anthony Chapman.«
»Er hat dich sehr gekränkt.«
»Du vertraust mir nicht.«
Er stand auf. »Mir wäre es lieber, wenn du nicht fliegst. Außerdem habe ich deinen OP-Termin bereits auf Ende nächster Woche festgelegt. Du solltest es dir noch einmal überlegen. Hattest du nicht vor, mit George wegzufahren?«
»Der macht mit seinem Freund Urlaub in Marokko«, erwiderte sie. »Und da würde ich nur stören.«
Als Edward am Morgen in seine Praxis aufbrach, stellte sie sich schlafend. Dann zog sie sich an und fuhr mit dem Taxi in ihre Wohnung, wo sie sich vor den Spiegel setzte. Die rote Linie, getarnt unter dem Pony, war verblasst. Für Aufnahmen, bei denen es um Kleider oder Schmuck ging, konnte sie die Narbe überschminken. Doch der Vertrag mit den Franzosen sah Nahaufnahmen von ihrem Gesicht vor. Sie durfte es nicht länger hinausschieben. Camilla rief Tom an.

»Du kannst doch jetzt nicht wegfahren«, entsetzte er sich. »Alles ist bereit, um mit Saul deine neue Perlenkollektion vorzustellen. Er ist ganz begeistert, und er wird toben vor Wut, wenn du die Interviews, die Fernsehauftritte und die Werbeveranstaltungen in den Staaten platzen lässt.«

»Ich bin rechtzeitig zurück.«

»Aber wir haben nächsten Montag eine Besprechung mit ihm. Was ist damit?«

»Sag ihm, ich hätte Mumps, und das sei ansteckend.«

»Das kannst du ihm selbst sagen«, entgegnete Tom.

»Sei kein Frosch, Tom. Ich habe seit Monaten keinen Fototermin und keine Besprechung mehr versäumt, nicht einmal als Mutter so krank war. Ich komme nie zu spät, und ich brülle den Fotografen auch dann nicht an, wenn er fünfhundert Bilder macht, obwohl zehn genügen würden. Ich bekomme keine Wutanfälle und behaupte auch nicht, dass ich Kopfschmerzen oder meine Periode habe, damit ich aus dem Studio stolzieren kann. Also gönn mir auch mal eine Pause.«

»Wohin willst du?«

»Weg.«

»Verschweigst du mir etwas? Habe ich Grund, mir Sorgen zu machen? Ist etwas mit dir und Edward?«

Lachend legte sie auf. Im nächsten Moment jedoch bekam sie Skrupel. Was hatte sie sich bloß dabei gedacht? Tom hatte Recht. Schließlich hatte sie hier in London, in Paris und in den USA Termine. Edward hatte den Nagel auf den Kopf getroffen. Sie hatte sich vorgemacht, dass Anthony ihr nichts mehr bedeutete. Aber nun wusste sie nicht, ob sie ihm würde gegenübertreten können. Monatelang hatte sie darum gerungen, ihn zu vergessen und sich von der Kränkung und dem Schmerz zu erholen, die er ihr zugefügt hatte. Sicher würde er zur Hochzeit eingeladen sein. Und er würde sich nicht verändert haben. Camilla setzte sich aufs Bett, und ihre kindliche Begeisterung verflog, als sie sich alles gründlich durch den Kopf gehen ließ.

Wenn George bereit gewesen wäre, sie zu begleiten, hätte sie sich sicherer und selbstbewusster gefühlt. Aber es sah ganz danach aus, als sei er bereits im Begriff, die Überreste seines langen und unglücklichen Familienlebens hinter sich zu lassen. Edward war der Einzige, dem sie vertrauen konnte, und der riet ihr von dieser Reise ab. Wahrscheinlich war es wirklich die beste Lösung, wenn Hannah und Lars später nach London kamen. Es würde ihnen sicher hier gefallen. Sie warf einen Blick auf ihre Koffer, die oben auf dem Schrank lagen, und zuckte die Achseln. Ihr Leben fand nun einmal hier in London statt. Und deshalb war es zwecklos, alte Wunden aufzureißen und sich mit Träumen aus der Vergangenheit zu quälen, die niemals wahr werden würden.

Kapitel 31

Kenia, April 1966

Sarah war dabei, als das Paket in Langani eintraf. Sie sah zu, wie Hannah das Seidenpapier aufriss und in die Schachtel starrte, bevor sie den Inhalt herausnahm. Das bodenlange Kleid bestand aus dicker cremefarbener Seide. Saum und Nähte waren mit Satinbändern eingefasst und mit Glaskugeln und Perlen bestickt. Doch vor allem beim Anblick der Jacke verschlug es ihr den Atem. Sie war kurz, aus unglaublich weichem Wildleder gemacht und mit winzigen weißen Federn, afrikanischen Perlen und Zuchtperlen verziert. Der Stehkragen und die Manschetten waren ähnlich geschmückt. Am Kragen befand sich zudem eine Seidenkordel mit silbernen und gläsernen Perlen als Abschluss. Dazu gehörte eine genauso bestickte Wildlederkappe mit einigen weißen Federn und einem kleinen Tüllschleier. In ihrer Karte hatte Camilla geschrieben, dass die Rohseide und das Wildleder aus Marokko stammten. Die Verzierungen seien alle auf dem afrikanischen Kontinent hergestellt. Kleid und Jacke habe sie selbst entworfen und wolle damit etwas zu Hannahs Ehrentag beitragen.

»So etwas Schönes habe ich noch nie gesehen, Han.« Sarah strich über das zusammengefaltete Kleid. »Probier es an.«

»Ich dachte, du wolltest dich um mein Hochzeitskleid kümmern«, meinte Hannah. »Du hast mich doch vermessen.«

»Ich habe die Maße an Camilla geschickt. Sie wollte dieses Kleid für dich nähen.«

Hannah las die Karte noch einmal. Eigentlich hatte sie gehofft, dass sie alle drei an ihrem Hochzeitstag zusammen sein würden. Aber Camilla hatte gesagt, sie könne nicht kommen. Berufliche Termine und Verpflichtungen, vor denen sie sich nicht drücken dürfe. Sie freue sich über die gute Nachricht und sei überglücklich. Außerdem wünsche sie ihnen alles Gute und werde an sie denken. Aber sie könne nicht dabei sein.

»So etwas kann ich nicht tragen«, verkündete Hannah und hielt sich Kleid und Jacke an. »Schau mich doch nur an. Ich bin ein schwangeres afrikaanses Bauernmädchen, während das hier eher auf einen Laufsteg in Paris gehört. Es ist viel zu elegant für mich. Sicher hat es ein Vermögen gekostet.«

»Zieh es an, du Dummerchen.« Sarahs Blick war streng. »Es ist ihr Hochzeitsgeschenk für dich. Sie hat es selbst für dich entworfen, und es hat mit Afrika zu tun, nicht mit London oder Paris. Du wirst die schönste Braut der Weltgeschichte sein. Lars werden die Augen aus dem Kopf fallen. Und denk nur an die widerliche Hettie Kruger. Wenn die dich sieht, wird sie gelb vor Neid.«

Hannah konnte sich ein Lachen nicht verkneifen. Als sie sich in Kleid und Jacke im Spiegel betrachtete, erkannte sie sich selbst kaum wieder. Tränen der Dankbarkeit traten ihr in die Augen.

»Ich hätte mich so gefreut, wenn sie gekommen wäre. Obwohl ich weiß, warum sie das Kleid für mich genäht hat, wäre ihr Besuch das schönste Geschenk gewesen. Außerdem hat sie Lars und mich nach London eingeladen. Sie war schon immer viel zu großzügig. Trotzdem begreife ich nicht, wie sie zu beschäftigt sein kann, um für eine Woche herzufliegen.«

»Bestimmt gibt es dafür einen Grund«, erwiderte Sarah. »Und habe auch schon eine Theorie.«

»Was für eine Theorie?«

»Vielleicht fürchtet sie sich vor einem Wiedersehen mit Anthony.« Sarah sah, wie Hannah ungläubig das Gesicht verzog. »Schon gut. Sie ist berühmt und schön und wird laut George von ihrem plastischen Chirurgen vergöttert, aber möglicherweise ist ihr das alles gar nicht wichtig. Sie könnte immer noch

in Anthony verliebt sein. Oder sie traut sich nach all den schrecklichen Ereignissen nicht mehr herzukommen.«
Hannah legte die Karte zurück in die Schachtel. »In diesem Fall sollte sie uns reinen Wein einschenken.«
»Das wird sie irgendwann sicher tun.«
»Ich wünschte, sie könnte mich in diesem Kleid sehen.« Mit träumerischer Miene drehte Hannah sich um die eigene Achse. »Sie hat aus einem hässlichen Entlein einen Schwan gemacht.«
»Tja, ich bin deine offizielle Hoffotografin und werde dafür sorgen, dass sie ein Bild davon kriegt. Allerdings bist du in Jeans auch recht hübsch. Du solltest viele Kinder bekommen, es steht dir.«
Als sie lächelnd dastanden und ihr Spiegelbild betrachteten, hatte Sarah fast das Gefühl, dass Camilla auch im Zimmer war und sie beobachtete. Würden sie drei je wieder zusammen sein und ihre Hoffnungen und Träume miteinander teilen? Sie streckte die Hand aus und zog Hannah an ihrem langen Zopf.
»Komm«, meinte sie fröhlich. »Da müssen wir uns auch noch etwas einfallen lassen. Du kannst doch nicht mit einem Schulmädchenzopf heiraten.«
Doch zu Sarahs Überraschung wich Hannah zurück. Sie setzte sich auf einen Stuhl, ließ den Kopf hängen und brach in Tränen aus.
»Han?«
»Ma hat mir immer das Haar geflochten, als ich noch klein war«, stieß sie mit erstickter Stimme hervor. »Wir haben uns morgens vor der Schule meistens gestritten, denn ich wollte es wild und offen tragen. Und jetzt wünsche ich mir mehr als alles andere, sie würde mir an meinem Hochzeitstag das Haar flechten. Wie schön wäre es, wenn sie und Pa dabei sein könnten.«
»Das werden sie, Hannah, in ihren Herzen.«
»Aber ich habe sie verloren«, schluchzte Hannah. »Ich habe

alle verloren. Meine Mutter, meinen Vater und meinen geliebten Bruder. Manchmal habe ich einfach keine Kraft mehr.«
»Du wirst es schaffen, Hannah. Mit Lars wirst du einen Neuanfang machen. Du hast eine wundervolle Zukunft vor dir. Außerdem hast du Jan und Lottie nicht verloren, Han. Sie haben genauso mit Schwierigkeiten zu kämpfen wie du, und du wirst sie sicher irgendwann wiedersehen, auch wenn es nicht an deinem Hochzeitstag ist.«
»Du hast Recht.« Hannah trocknete ihre Tränen. »Also los, sag mir, was ich mit meinem Zopf anstellen soll.«
Am nächsten Morgen arrangierten sie die Hochzeitsgeschenke auf einem Tisch im Wohnzimmer.
»Du singst gar nicht mehr«, meinte Hannah unvermittelt.
»Doch, unter der Dusche«, erwiderte Sarah, betrachtete einen antiken Silberkrug und stellte ihn auf einen Ehrenplatz.
»Singst du bei der Hochzeit etwas für uns?«, fragte Hannah. »In der Schule habe ich mir immer gewünscht, ich hätte eine Stimme wie du, und jetzt habe ich dich schon so lange nicht mehr gehört.«
Sarah starrte sie überrascht an. »Was soll ich denn singen?«, wollte sie wissen.
»Keine Ahnung. Früher hast du einfach Lieder erfunden. Meinst du, dir fällt für mich und Lars etwas ein?«
»Du spinnst komplett, Hannah. Aber ich werde es versuchen.«
Das Haus war mit Blumen geschmückt, und aufgeregtes Gelächter hallte durch die Räume. Anthony würde Trauzeuge sein. Sergio und seine Familie waren aus Südafrika eingetroffen und Lars' Eltern aus Norwegen angereist. Freunde von den Farmen im ganzen Land versammelten sich und stellten auf dem Feld hinter dem Garten ihre Zelte auf. Am Tag der Hochzeit strahlte die Sonne von einem wolkenlosen Himmel. Der Kirinyaga mit seinen schneebedeckten Gipfeln ragte in den azurblauen Morgen. Mwangi sagte, der Berg gebe Hannah

seinen Segen. Um fünf Uhr nachmittags standen Hauspersonal und Farmarbeiter mit ihren Familien rings um die Veranda Spalier, als Sergio Hannah die Stufen hinunter und in den Garten führte, wo Lars sie erwartete. Unter einem mit Girlanden geschmückten Bogen auf dem Rasen stand der Tisch, den Hannah als Altar ausgewählt hatte. Er war auf dem ersten Ochsenwagen der Familie auf die Farm gekommen. Heute war er mit einem weißen Leinentuch bedeckt, das ihre Urgroßmutter als Teil ihrer Aussteuer selbst bestickt hatte. Der Geistliche der Holländischen Reformkirche erhob sich, um mit der Trauungszeremonie zu beginnen. Es war ein bittersüßer Moment, denn das freudige Ereignis von Hannahs Hochzeit wurde von den Gedanken an Piet überschattet, einem glücklichen jungen Mann, der mitten aus dem Leben gerissen worden war. In den Stunden vor der Zeremonie war Sarah von derselben schrecklichen Trauer gequält worden, die sie bei seinem Tod empfunden hatte. Als sie Hannah durch die Menge der Hochzeitsgäste folgte, konnte sie den Schmerz kaum ertragen. Sie sah die Rührung in Lars' wettergegerbtem Gesicht, als er nach der Hand seiner Braut griff. Anthony legte tröstend den Arm um ihre Taille, während sie ein Schluchzen unterdrücken musste. Gerade wollte der Geistliche die Begrüßungsworte sprechen, als Sarah aus dem Augenwinkel eine Bewegung wahrnahm. Mit einem leisen Ausruf zupfte sie Anthony am Ärmel. Hannah, die das Geräusch gehört hatte, drehte sich um und folgte Sarahs Blick: Camilla stand zögernd am Ende des Mittelgangs und suchte nach einer Möglichkeit, sich unauffällig zu setzen. Ein Raunen entstand, als Hannah Lars etwas ins Ohr flüsterte und ihn dann stehen ließ. Sie nahm Sarah am Arm und zog sie durch die Menschenmenge, wo sie Camilla um den Hals fielen und dann mit ihr zum Altar zurückkehrten. Sarah hatte vor dem Moment gegraut, in dem Hannah und Lars die Trauungsformel sprechen würden. Wie sehr hatte sie sich gewünscht, den Augenblick mit Piet an genau dieser Stelle zu erleben.

Doch als die beiden einander versprachen, sich bis ans Ende ihrer Tage zu lieben und zu ehren, empfand sie nichts als ein tiefes Glücksgefühl. Der Schmerz über ihren eigenen Verlust ließ nach, als sie Hannahs strahlendes Lächeln sah. Dann trat sie vor, um zu singen.

Sarah hatte tagelang an dem Lied gefeilt, und am Vorabend der Hochzeit waren ihr endlich der passende Text und die Melodie eingefallen. Nun erhob sich ihr klarer Sopran in die Abendluft, und all ihre Liebe und ihr Hoffnungen für ihre Freunde schwangen darin mit. Eigentlich hatte sie ja befürchtet, dem Ansturm der Gefühle bei der Hochzeitsfeier nicht gewachsen zu sein. Doch als die letzte Note verklang, waren es die anderen Gäste, die reglos dastanden und Tränen in den Augen hatten. Im nächsten Moment stimmten die Farmarbeiter einen Jubelgesang an. Der Geistliche spendete den Segen, und alle drängten sich um Braut und Bräutigam. Hannah jedoch bahnte sich einen Weg durch die Menge und lief zu Sarah und Camilla hinüber. Dann fielen sich die drei Freundinnen lachend und weinend vor Freude in die Arme und drückten sich, bis sie kaum noch Luft bekamen.

Nach dem Hochzeitsessen hallten Trommeln durch die Luft, und alle Gäste schlenderten hinunter zu der Stelle, wo das Lagerfeuer entzündet werden sollte. Die Farmarbeiter hatten ihre traditionelle Stammeskleidung angelegt. Die Frauen scharten sich tanzend und singend um Hannah und Lars und klatschten in die Hände, während die Männer johlend Luftsprünge und Purzelbäume vollführten. Ihre Umhänge aus Ziegenleder, die scharlachroten *shukas*, die Perlenketten und der Kopfschmuck schimmerten im Feuerschein. Lars hatte für einen gebratenen Ochsen und Bier gesorgt, und als es langsam Nacht wurde, hielten sich alle Bewohner von Langani an den Händen und tanzten in ausgelassener Stimmung im Kreis herum. Fast graute der Morgen, als das Brautpaar in den Mount Kenya Safari Club aufbrach, wo es das Wochenende verbringen würde. Anschließend wollten sie mit streng geheimem Ziel an die Küste fliegen. Hannah lief die Stufen hinunter zum Auto und hielt dabei nach Sarah und Camilla Ausschau.

»Danke, danke, meine liebsten, wunderbarsten Freundinnen. Sarah, ich weiß, dass es heute nicht leicht für dich war, aber ich bin sicher, dass du auch einmal einen schönen Tag wie diesen erleben wirst. Camilla, ich habe mir so gewünscht, du würdest mich in diesem traumhaften Kleid sehen. Manchmal ist die Liebe so nah, dass man buchstäblich darüber stolpert. Das habe ich inzwischen gelernt. Ich liebe euch beide.«

Im nächsten Moment stand sie lachend an der Wagentür und hob den Arm, um den Brautstrauß hinter sich in die Gästeschar zu werfen. Camilla hörte erwartungsvolle Rufe, doch als sie die Hand ausstreckte, sah sie, wie Sarahs Hand ebenfalls nach oben schoss, und sie wich in die jubelnde Menge zurück. Klappernde Blechdosen und Luftballons hinter sich herziehend, rollte das Auto die Auffahrt entlang. Hannahs Strauß fest in der Hand, blickte Sarah dem Wagen nach und nahm die Menschen kaum wahr, die sich um sie drängten.

»Wie fandest du es?« Anthony lächelte ihr zu.

»Spitzenklasse.« Sie blickte hinauf zum Himmel. Bald würde es hell werden. Plötzlich sehnte sie sich nach Ruhe. »Ich glaube, ich fahre spazieren«, meinte sie. »Ich habe genug getrunken und getanzt und muss wieder einen klaren Kopf bekommen.«

»Du willst hinauf zum Berg.«

Sarah sah ihn überrascht an. »Ja, daran habe ich tatsächlich gedacht.«

»Darf ich dich hinfahren?«

Als sie ablehnen wollte, fiel er ihr ins Wort. »Ich werde dir nicht im Weg sein, aber ich würde gern Piets Grab besuchen. Der Steinkreis mit dem Baum ist wunderschön. Sicher hätte ihm das gefallen.«

»Ich sage rasch Camilla Bescheid«, erwiderte sie. »Dann können wir aufbrechen.«

Sie fuhren in den Sonnenaufgang hinein, während die Tierwelt gerade erwachte. Ein Schwarm Perlhühner nahm mitten auf dem Weg ein morgendliches Staubbad. Die Vögel stoben vor dem Landrover her, und ihre dunkelblauen Köpfe und das schwarzweiß getupfte Gefieder schimmerten im Schein der aufgehenden Sonne. Herden von Antilopen zogen über die Ebene, um zu grasen. Als sie den Fuß des Berges erreichten, entdeckten sie das Auto.

»Sie ist gekommen, um sich zu verabschieden.« Sarah hatte Tränen in den Augen.

Sie machten sich an den Aufstieg, halfen einander an unwegsameren Stellen, hielten immer wieder inne, um Atem zu schöpfen, und tätschelten sich tröstend die Hand. Lars und Hannah standen Arm in Arm auf dem Gipfel und schienen nicht erstaunt, sie zu sehen. Aber sie sagten kein Wort, sondern begrüßten sie nur mit einem Lächeln. Anthony und Camilla gingen zur Felskante, damit Sarah ein paar Momente für sich hatte.

»Es ist wunderschön hier oben«, sagte Anthony mit vor Rührung heiserer Stimme. »Ein wahrhaft friedlicher Ort. Ich kann spüren, dass er uns beobachtet.«

Camilla schwieg, doch als er ihre Hand nahm, rückte sie näher an ihn heran, lehnte sich an ihn und lauschte den Geräuschen Afrikas. Sie empfand tiefe Trauer über Piets Tod. Als Anthony ihr den Arm um die Schultern legte, wurde sie von Aufregung und Angst ergriffen.

Hannahs Brautstrauß in der Hand, stand Sarah am Grab. Alles verschwamm ihr vor den Augen, als sie die weißen Steine betrachtete und dem Gesang der Vögel in der Akazie lauschte.

»Für dich, Piet«, sagte sie mit leiser, aber fester Stimme. »Ich möchte dir sagen, dass ich dich heute und für alle Tage lieben werde. Du sollst wissen, dass Lars stark ist und dass Hannah ihr Glück gefunden hat. Sie sind heute an ihrem Hochzeitstag zu dir gekommen. Camilla ist auch hier, und wir werden immer füreinander sorgen, wie wir es uns gelobt haben, als du noch bei uns warst. Wir werden versuchen, uns eine Zukunft aufzubauen. Aber wir werden dich niemals vergessen und dich lieben, solange wir leben.«

Sie beugte sich vor und legte die Blumen auf den Steinkreis. Als sie aufblickte, sah sie ein junges Impalamännchen. Stolz reckte es die wie eine Leier geformten Hörner in die Luft. Ohne sich zu rühren und makellos schön stand es am Waldrand und beobachtete sie. Sein Haarkleid schimmerte kupferfarben im Morgenlicht. Sie musterten einander eine Weile. Dann machte das Tier kehrt, sprang über die Felsen davon und verschwand im Busch.

Glossar

Afrikaaner: Südafrikaner burischer Abstammung
askari: Polizist oder Wachmann
ayah: Kindermädchen
banda: Bungalow, kleine Hütte
bhang: Marihuana
biltong: in Streifen geschnittenes Trockenfleisch
boma: eingefriedete Wohnsiedlung, Viehkoppel
brookies: Unterhöschen
breifleis: Picknick im Freien, Grillabend
bundu: Buschland
bushbaby: nachtaktive Lemurenart
Bwana: respektvolle Anrede für weiße Männer, Chef
chai: Tee
daktari: Arzt
djinn: wachsamer Dämon oder Geist
domkopf: Dummkopf, Idiot
dorp: Kaff, rückständiges Gebiet
duka: Laden
fiki: Freund
fisi: Hyäne
fundi: Handwerker
harambee: Zusammenhalt
hodi: ist jemand zu Hause?
jambo: hallo
Kaffer: abfällige Bezeichnung für schwarze Männer
kali: heftig, ärgerlich, scharf
kanga: buntes Frauengewand
kanzu: langes weißes Gewand, Kleidung des Hauspersonals

kaross: Decke aus gegerbtem Fell
kifaru: Rhinozeros
kipandi: Ausweis
Kirinyaga: Gott der Kikuyu, der auf dem Mount Kirinyaga oder Mount Kenya lebt
kopje: felsiger Hügel
lekker: wundervoll, phantastisch
lugga: ausgetrocknetes Flussbett
mahindi oder mealie: Maiskolben
maji: Wasser
manyatta: traditionelles Dorf der Massai und Samburu
Mau-Mau: Aufstand afrikanischer Freiheitskämpfer gegen die Europäer in Kenia
Memsahib: respektvolle Anrede für weiße Frauen
moran: Krieger der Massai oder Samburu
moto: heiß
mpishi: Koch
munt: abfällige Bezeichnung für schwarze Afrikaner
murram: rote Erde
mzee: respektvolle Anrede für alte Menschen
der Mzee: Titel von Jomo Kenyatta, dem Präsidenten Kenias
ndio: ja
ndofu: Elefant
ngoma: Tanz zur Feier eines Ereignisses
ngombe: Kuh
ngufu: Kraft, Mut
nyati: Büffel
panga: großes Messer mit flacher Klinge, Machete
pole: langsam oder bedauernd
pole sana: sehr langsam oder sehr bedauernd
pombe: verbotener, selbstgebrannter Schnaps
posho: gemahlenes Maismehl zur Herstellung von Maisbrei
purdah: die Absonderung und Verschleierung von Frauen
safi: sauber, klug, nett

salaams: hallo
shamba: kleines Grundstück, das einem Afrikaner gehört, Garten
shauri: Problem, Streit, Meinungsverschiedenheit
shenzi: schäbig, heruntergewirtschaftet
shifta: Banditen von der somalischen Grenze
shuka: traditionelle rote Decke, Kleidung der Massai und Samburu
siafu: aggressive rote Ameisen, die in Kolonnen marschieren
sisal: fasrige Pflanze, die zur Herstellung von Seilen verwendet wird
syke: Pferdepfleger
swala twiga: Giraffengazelle
taka taka: Müll
terrs: rhodesisch umgangssprachlich für Terroristen
toroka: los, Beeilung
toto: Kind (Abkürzung für mtoto)
tsotsis: aufständische Guerilla in Rhodesien
uhuru: Freiheit, politische Bezeichnung für Unabhängigkeit
veldt: Grassteppe
watu: Männer, Arbeiter
wananchi: Volk
wazungu: Weiße
yaapie: Mensch afrikaanser Abstammung